D
PE

Philip K. Dick

VALIS

DIE GÖTTLICHE INVASION

DIE WIEDERGEBURT DES TIMOTHY ARCHER

Herausgegeben von Hans Joachim Alpers

MOEWIG Band Nr. 3707
Moewig Taschenbuchverlag Rastatt

Titel der Originalausgaben:
Valis © 1981 by Philip K. Dick
The Divine Invasion © 1982 by Philip K. Dick
The Transmigration of Timothy Archer © 1982
by the Estate of Philip K. Dick
Aus dem Amerikanischen von Thomas Ziegler
Umschlagillustration: Peter Elson/Schlück
Innenillustrationen: Helmut Wenske
Umschlagentwurf und -gestaltung: Jürgen Schultz
Redaktion: Hans Joachim Alpers
Verkaufspreis inkl. Mehrwertsteuer
Auslieferung in Österreich:
Pressegroßvertrieb Salzburg, Niederalm 300, A-5081 Anif
Printed in Germany 1986
ISBN 3-8118-3707-9

1

Horselover Fats allmählicher Nervenzusammenbruch nahm seinen Anfang an jenem Tag, an dem ihn Gloria anrief und ihn um einige Nembutal bat. Er fragte sie, was sie damit vorhätte, und sie sagte, sie wolle sich damit umbringen. Sie hatte bereits jeden angerufen, den sie kannte. Inzwischen besaß sie schon fünfzig Stück, aber sie brauchte noch dreißig oder vierzig mehr, um sicherzugehen, daß auch alles klappte.

Augenblicklich kam Horselover Fat zu dem Schluß, daß dies ihre Art war, um Hilfe zu bitten. Seit Jahren lebte Fat in dem Wahn, daß er den Menschen helfen könne. Sein Psychiater hatte ihm einst gesagt, daß er, um gesund zu werden, zwei Dinge tun müsse: die Finger vom Dope zu lassen (was er nicht getan hatte) und aufzuhören, anderen Menschen helfen zu wollen (was er noch immer versuchte).

Wie dem auch sei, er hatte keine Nembutal. Er hatte nicht eine einzige Schlaftablette im Haus. Er nahm nie Schlaftabletten. Er nahm Upper. Daher war er nicht in der Lage, Gloria Schlaftabletten zu geben, damit sie Selbstmord begehen konnte. Allerdings hätte er es auch dann nicht getan, wenn es ihm möglich gewesen wäre.

„Ich habe zehn Stück“, erklärte er, denn sonst hätte sie aufgelegt.

„Ich komme zu dir“, sagte Gloria mit vernünftiger, ruhiger Stimme, im gleichen Tonfall, in dem sie ihn um die Tabletten gebeten hatte.

Dann wurde ihm klar, daß sie keine Hilfe wollte. Sie wollte sterben. Sie war vollkommen verrückt. Wäre sie gesund, hätte sie erkannt, daß sie ihre wahre Absicht verbergen mußte, denn so machte sie ihn der Mittäterschaft schuldig. Half er ihr bei ihrem Selbstmord, bedeutete dies, daß er ihren Tod wollte. Aber weder er noch jemand anders hatte ein Interesse daran. Gloria war eine freundliche, gebildete Person, aber sie nahm große Mengen Acid. Es war offensichtlich, daß in den sechs Monaten, in denen er nichts von ihr gehört hatte, ihr Gehirn von dem Acid zerstört worden war.

„Was hast du die ganze Zeit über getrieben?“ fragte Fat.

„Ich bin im Mount Zion Hospital in San Francisco gewesen. Ich habe einen Selbstmordversuch gemacht, und meine Mutter hat für meine Einweisung gesorgt. Vorige Woche bin ich entlassen worden.“

„Bist du wieder in Ordnung?“ wollte Fat wissen.

„Ja“, sagte sie.

Das war der Moment, in dem Fat den Verstand zu verlieren begann. Zu dieser Zeit wußte er noch nichts davon, aber er wurde in ein schreckliches psychologisches Spiel verwickelt. Es gab nichts, das ihn davor bewahren konnte. Gloria Knudson hatte ihn, ihren Freund, zusammen mit ihrem eigenen Gehirn zerstört. Wahrscheinlich hatte sie sechs oder sieben andere Männer, alles Freunde, die sie liebten, ebenfalls zugrunde gerichtet, und das allein durch derartige Telefongespräche. Zweifellos waren ihr Vater und ihre Mutter nicht davon verschont geblieben. Fat entdeckte hinter ihrem vernünftigen Tonfall den Mißklang des Nihilismus, die Leere des Vakuums. Er sprach nicht mit einer Person. Am anderen Ende der Leitung befand sich ein rein von Reflexen angetriebenes Ding.

Allerdings wußte er noch nicht, daß der Wahnsinn manchmal die einzig vernünftige Antwort auf die Realität ist. Indem er sich Glorias Bitte anhörte, ihr bei ihrem Selbstmord zu helfen, nahm er die Krankheit in sich auf. Es war wie eine chinesische Fingerfalle: Je heftiger man sich zu befreien versuchte, desto fester wurde die Umklammerung.

„Wo bist du jetzt?“ fragte er.

„In Modesto. Im Haus meiner Eltern.“

Da er in Marin County lebte, war sie mehrere Autostunden von ihm entfernt. Es gab nur wenig, das ihn hätte bewegen können, eine derartige Fahrt zu unternehmen. Dies war ein weiteres Indiz für ihren Wahnsinn; drei Stunden hin und drei Stunden zurück, und das für zehn Tabletten Nembutal. Warum fuhr sie nicht einfach mit ihrem Wagen gegen einen Baum? Gloria wollte ihre unvernünftige Absicht nicht einmal auf vernünftige Weise durchführen. Danke, Tim Leary, dachte Fat. Du und dein Werbefeldzug für das Glück, das die Bewußtseinserweiterung durch Drogen bringt.

Er wußte nicht, daß es um sein eigenes Leben ging. Jetzt schrieb man das Jahr 1971. 1972 würde er hoch im Norden sein, in Vancouver, British Columbia; einsam, mittellos, voller Furcht in einer fremden Stadt. Dort würde er versuchen, Selbstmord zu begehen. Im Augenblick aber lag die Zukunft in gnädigem Dunkel. Er wollte nur Gloria dazu bringen, nach Marin County zu kommen, damit er ihr helfen konnte. Eine von Gottes größten Gnaden ist, daß er uns diese Unwissenheit schenkt. 1976, vor Kummer vollkommen verrückt, würde Horselover Fat seine Pulsadern aufschneiden (der Selbstmordversuch in Vancouver war mißlungen), neunundvierzig Digitalis nehmen und dabei in einer verschlossenen Garage sitzen, während der Motor seines Autos lief — und auch dieser Versuch würde fehlschlagen. Nun, der Körper verfügt über Kräfte, die dem Verstand unbekannt sind. Wie dem auch sei, Glorias Verstand besaß die totale Kontrolle über ihren Körper — sie war auf *rationale* Art verrückt.

Zumeist verrät sich Geisteskrankheit durch bizarres oder theatralisches Verhalten. Man kann sich eine Pfanne auf den Kopf setzen, ein Handtuch um die Hüfte binden, sich purpurn anmalen und so nach draußen gehen. Gloria war so ruhig wie immer — höflich und gebildet. Hätte sie im alten Rom oder in Japan gelebt, wäre sie nicht aufgefallen. Wahrscheinlich waren auch ihre Fähigkeiten als Autofahrerin nicht in Mitleidenschaft gezogen. Sie würde an jeder roten Ampel anhalten und die Geschwindigkeitsbegrenzungen genau beachten — auf ihrer Fahrt, um sich die zehn Tabletten Nembutal abzuholen.

Ich bin Horselover Fat, und ich schreibe dies der dringend erforderlichen Objektivität wegen in der dritten Person. Ich habe Gloria Knudson nicht geliebt, aber ich habe sie gemocht. In Berkeley hatten sie und ihr Mann elegante Partys gegeben, und meine Frau und ich wurden jedesmal dazu eingeladen. Gloria verbrachte Stunden mit der Zubereitung kleiner Appetithappen und kredenzte stets verschiedene Sorten Wein, und immer war sie gut gekleidet und liebreizend anzuschauen mit ihrem sandfarbenem, kurzgeschnittenem, lockigem Haar.

Um es kurz zu machen: Horselover Fat besaß keine Nembutal, die er ihr hätte geben können, und eine Woche später stürzte sich Gloria aus einem Fenster im zehnten Stock des Synanon Buildings in Oakland, Kalifornien, und starb auf dem Bürgersteig des Mac Arthur Boulevards. Und Horselover Fat setzte seinen schleichenden, langen Abstieg fort, der in Kummer und Wahnsinn endete, in jener Art Chaos, von dem die Astrophysiker behaupten, daß es das Schicksal des gesamten Universums ist. Fat war seiner Zeit, war dem Universum weit voraus. Möglicherweise vergaß er, welches Ereignis seinen Abstieg in die Entropie eingeleitet hatte. Gottes Gnade verhüllt die Vergangenheit ebenso wie die Zukunft. Nachdem er von Glorias Selbstmord erfahren hatte, weinte er zwei Monate lang, sah fern und nahm noch mehr Dope — auch sein Gehirn versagte immer mehr, doch er wußte es nicht. Unendlich ist die Gnade Gottes.

Zudem war ein Jahr zuvor Fats Frau dem Wahnsinn verfallen. Es war wie eine Seuche. Niemand wollte einsehen, in welchem Maße die Drogen dafür verantwortlich waren. In jener Zeit — von 1960 bis 1970 — waren Amerika und vor allem die nordkalifornische Küste total im Arsch. Es tut mir leid, dies so hart ausdrücken zu müssen, doch es ist die Wahrheit. Blasiertes Gerede und kunstvolle Theorien verwischen nur die tatsächlichen Verhältnisse. Die Behörden wurden genauso psychotisch wie jene, die von ihnen gejagt wurden. Sie wollten alle Personen, die nicht den bürgerlichen Maßstäben entsprachen, vertreiben. Die Behörden waren voller Haß. Fat war Polizisten begegnet, die ihn mit der Grausamkeit von wilden Hunden angestarrt hatten. An dem Tag, an dem sie Angela Davis, die schwarze Marxistin, aus dem Gefängnis von Marin County entließen, hatten die Behörden das gesamte Rathaus lahmgelegt. All das, um Radikale zu verwirren, die womöglich Ärger machen wollten. Die Aufzüge wurden abgeschaltet, die Türen mit falschen Schildern versehen, und der Distriktstaatsanwalt versteckte sich an einem geheimen Ort. Fat hatte all das miterlebt. An diesem Tag war er zum Rathaus gefahren, um ein Buch zurückzubringen, das er sich in der Bibliothek ausgeliehen hatte. Am elektronisch gesicherten Eingang des Rathauses hatten zwei Polizisten das Buch aufgeschlitzt und die Papiere durchwühlt, die Fat bei sich trug. Er war vollkommen irritiert. Der ganze Tag irritierte ihn. In der Cafeteria beobachtete ein bewaffneter Polizist die Gäste bei ihrer Mahlzeit. Fat war mit einem Taxi nach Hause zurückgekehrt, aus Furcht, sein eigenes Auto zu benutzen, und er hatte sich gefragt, ob er verrückt geworden war. Er war tatsächlich verrückt, aber allen anderen erging es ebenso.

Ich bin Science Fiction-Autor. Ich liefere Träume. Mein Leben ist ein Traum. Nichtsdestotrotz liegt Gloria Knudson in einem Sarg in Modesto, Kalifornien. In meinem Fotoalbum befindet sich ein Foto von ihren Begräbniskränzen. Es ist ein Farbfoto, und man kann gut erkennen, wie wunderschön die Kränze sind. Im Hintergrund ist ein VW zu sehen. Ich bin ebenfalls auf dem Foto — ich steige in den VW, obwohl die Trauerfeier noch nicht zu Ende ist. Ich kann es nicht mehr ertragen.

Nach der Beerdigung war ich mit Glorias ehemaligem Mann Bob und einem Freund der Knudsons in Modesto in einem netten Restaurant, nicht weit vom Friedhof entfernt, zum Essen. Die Serviererin wies uns einen Platz im Hintergrund zu, weil wir drei trotz unserer Anzüge und Krawatten wie Hippies aussahen. Aber das interessierte uns einen Scheißdreck. Ich weiß nicht mehr, worüber wir uns unterhalten haben. In der Nacht davor waren Bob und ich — ich meine Bob und Horselover Fat — nach Oakland gefahren, um sich den Film *Patton* anzuschauen. Kurz vor der Beerdigung traf Fat zum erstenmal mit Glorias Eltern zusammen. Wie ihre tote Tochter, so behandelten auch sie ihn mit vollendeter Höflichkeit. Eine Anzahl von Glorias Freunden hatten sich in dem kitschigen, im Stil der Gründerväter eingerichteten Wohnzimmer versammelt und hielten die Erinnerung an die Person wach, die sie miteinander verband. Natürlich hatte Mrs. Knudson zuviel Make-up aufgetragen. Frauen tragen immer zuviel Make-up auf, wenn jemand stirbt. Fat streichelte die Katze des toten Mädchens, ein Tier namens Vorsitzender Mao. Er entsann sich der wenigen Tage, die Gloria mit ihm verbracht hatte, nachdem sie zu ihm gekommen war, um sich die Nembutal-Tabletten zu holen, die er gar nicht besaß. Sie nahm die Enttäuschung gelassen, fast gleichgültig auf. Wenn man sterben will, kümmert man sich nicht um Kleinigkeiten.

„Ich habe sie genommen", erklärte ihr Fat und fügte der einen Lüge noch eine weitere hinzu.

Sie entschlossen sich, zur Küste zu fahren, zur Halbinsel von Point Reyes. Sie nahmen Glorias VW, Gloria fuhr (ihm kam es nicht in den Sinn, daß sie, aus einem Impuls heraus, ihn und sich selbst mit dem Auto umbringen würde), und eine Stunde später saßen sie am Strand und rauchten Dope.

Am meisten interessierte Fat die Frage, warum sie Selbstmord begehen wollte.

Gloria trug verwaschene Jeans und ein T-Shirt, das mit Mick Jaggers lüsternem Gesicht bedruckt war. Da sich der Sand gut anfühlte, zog sie ihre Schuhe aus. Fat bemerkte, daß ihre Zehennägel rosa lackiert und sorgfältig gepflegt waren. Im stillen sagte er sich, daß sie starb, wie sie gelebt hatte.

„Sie haben mein Bankkonto geplündert", sagte Gloria.

Ihr bedächtiger, klarer Tonfall verriet ihm daß „sie" nicht existierten. Gloria lebte in einer vollkommen und gnadenlos verrückten Welt. Alle Details dieser einfach konstruierten Welt hatte sie mit Werkzeugen geschaffen, die so präzise waren wie chirurgische Instrumente. In ihrem Wahnsystem gab es keine leere Stelle, keinen Fehler — abgesehen natürlich von ihrer grundlegenden Überzeugung, daß jeder sie haßte, jeder sie verfolgte und daß sie vollkommen wertlos war. Während sie redete, begann sie zu verschwinden. Er sah zu, wie sie sich auflöste — es war faszinierend. Auf ihre bedächtige Art redete sich Gloria Wort für Wort aus dem Dasein heraus. Sie stellte ihre Vernunft in den Dienst — nun, dachte er, in den Dienst des Nichtseins. Ihr Verstand war von einem großen, geschickten Radiergummi fortgewischt worden. Von ihr war nur noch die Hülle übriggeblieben, ihr unbeseelter Körper.

Sie ist bereits tot, erkannte er an diesem Tag am Strand.

Nachdem sie ihr Dope aufgeraucht hatten, gingen sie spazieren und sprachen über den Seetang und die Höhe der Wellen. Über ihren Köpfen krächzten Möwen und glitten wie Frisbies durch die Luft. Hin und wieder trafen sie auf einige Menschen, sonst war der Strand leer. Schilder warnten vor tückischen Meeresströmungen. Fat zerbrach sich den Kopf, warum sich Gloria nicht einfach in die Brandung stürzte. Er verstand nicht, was in ihrem Innern vor sich ging. All ihre Gedanken kreisten um das Nembutal, das sie noch immer brauchte, oder zumindest glaubte sie dies.

„Mein Lieblingsalbum der *Dead* ist *Workingman's Dead*", erklärte Gloria unvermittelt. „Aber ich finde es nicht gut, daß sie Kokain verherrlichen. Viele Kids hören Rockmusik."

„Sie verherrlichen es nicht. Das Lied handelt nur von jemandem, der es nimmt. Und indirekt tötet es ihn — er wirft sich vor einen Zug."

„Aber deshalb habe ich mit den Drogen angefangen", sagte Gloria.

„Wegen der *Grateful Dead*?"

„Weil", erwiderte Gloria, „jeder wollte, daß ich es tue. Ich bin es leid, immer das zu tun, was andere Leute von mir verlangen."

„Bring dich nicht um", bat Fat. „Bleibe bei mir. Ich bin ganz allein. Versuche es zumindest für einige Zeit. Wir werden dich schon wieder hinkriegen — meine Freunde und ich. Wir können zusammen eine ganze Menge unternehmen — so wie heute hier am Strand. Es ist schön hier, nicht wahr?"

Gloria sagte nichts.

„Ich würde es wirklich furchtbar bedauern", fuhr Fat fort. „Ich würde mir für den Rest meines Lebens Vorwürfe machen, wenn du Selbstmord begehst." Wie ihm später klar wurde, hatte er mit vollkommen falschen Argumenten versucht, sie zu überzeugen. Auf diese Art würde sie nur weiterleben, um anderen einen Gefallen zu tun. Er hätte es nicht dümmer anstellen können. Ebensogut konnte er sie mit dem VW überfahren. Wer zum Selbstmord bereit ist, läßt ihn sich nicht von Amateuren ausreden. Fat begriff dies erst später, als er in Vancouver war und, dem Selbstmord nahe, mit der städtischen Telefonseelsorge sprach und von dort sachkundige Hilfe erhielt. Damit war das, was er Gloria an diesem Tag am Strand gesagt hatte, überhaupt nicht zu vergleichen.

Gloria schwieg einen Moment, um einen kleinen Stein aus ihrem Fuß zu ziehen, und sagte dann: „Ich würde gern heute nacht in deiner Bude schlafen."

Als er das hörte, wurde Fat von schwindelerregenden sexuellen Visionen überwältigt.

„Alles paletti", sagte er, in dem Jargon, den er in jener Zeit benutzte. Die Gegenkultur verfügte über ein ganzes Arsenal von Phrasen, die so gut wie nichts bedeuteten. Fat hatte es sich angewöhnt, einer Floskel einen ganzen Rattenschwanz weiterer Belanglosigkeiten folgen zu lassen. Und so auch jetzt, wo er sich in seiner Geilheit zu dem Wahn verstieg, seiner Freundin das Leben gerettet zu haben. Sein Urteilsvermögen, mit dem auch sonst nicht viel los war, erreichte einen neuen Tiefpunkt. Das Leben eines guten Menschen hing an einem seidenen Faden, hing von Fats Reaktion ab, und der dachte nur daran, sie in sein Bett zu bekommen. „Ist gebongt", schwatzte er, während sie weitergingen. „Nur keine Panik."

Einige Tage später war sie tot. Sie verbrachten die Nacht zusammen, ohne sich auszuziehen. Sie schliefen nicht miteinander. Am nächsten Nachmittag fuhr Gloria fort, angeblich, um ihre Sachen aus dem Haus ihrer Eltern in Modesto zu holen. Er sah sie nie wieder. Tagelang wartete Fat auf ihre Rückkehr. Dann klingelte eines Nachts das Telefon, und Bob, ihr Ex-Mann, war am Apparat.

„Wo bist du jetzt?" fragte Bob.

Die Frage verwirrte ihn. Er war zu Hause, in der Küche, wo auch das Telefon stand. Bob klang ganz ruhig. ,,Ich bin hier", sagte Fat.

,,Gloria hat sich heute umgebracht", erklärte Bob.

Ich habe ein Foto, auf dem Gloria den Vorsitzenden Mao im Arm hält. Gloria kniet und lächelt, und ihre Augen glänzen. Die Katze versucht sich aus ihrer Umarmung zu befreien. Links kann man einen Weihnachtsbaum sehen. Auf die Rückseite hat Mrs. Knudson mit winzigen Buchstaben folgenden Satz geschrieben:

Wie wir sie dazu gebracht haben, dankbar für unsere Liebe zu sein.

Ich habe nie erfahren, ob Mrs. Knudson dies vor oder nach Glorias Tod geschrieben hat. Die Knudsons schickten mir — schickten Horselover Fat — das Foto einen Monat nach Glorias Begräbnis. Fat hatte sie um ein Foto gebeten. Vorher hatte er Bob danach gefragt und im barschen Ton zur Antwort erhalten: ,,Was willst du mit einem Bild von Gloria?" Darauf wußte Fat nichts zu erwidern. Als Fat mich dazu brachte, dies hier niederzuschreiben, fragte er mich, wieso Bob Langley so empfindlich auf seine Bitte reagiert hatte. Ich weiß es nicht. Es ist mir auch egal. Vielleicht wußte Bob, daß Gloria und Fat eine Nacht zusammen verbracht hatten, und war eifersüchtig. Fat hielt Bob Langley für schizoid. Er behauptete, Bob habe ihm das selbst gestanden. Ein Schizoider leidet unter einem Mangel an Einfühlungsvermögen — ihm fehlt die Fähigkeit tiefen Empfindens. Ein Schizoider würde keinen Grund sehen, seinen Zustand vor anderen zu verheimlichen. Andererseits hatte sich Bob während der Beerdigung niedergekniet und eine Rose auf Glorias Grab gelegt. Zu dieser Zeit war Fat bereits in den VW geflohen. Welche Reaktion ist angemessener? Die von Fat, der in dem parkenden Auto allein vor sich hinweinte, oder die des Ex-Mannes, der sich mit der Rose niederkniete, nichts sagte, kein Gefühl verriet, aber der etwas tat... Fat hatte außer einem unterwegs gekauften Strauß Blumen nichts zum Begräbnis mitgebracht. Er hatte ihn Mrs. Knudson überreicht, und sie war gerührt gewesen. Bob hatte die Blumen später fortgeworfen.

Nach der Beerdigung, in jenem teuren Restaurant, wo die drei von der Serviererin in die hinterste Ecke verbannt worden waren, fragte Fat Bob, was Gloria in Synanon gemacht hatte, wo er doch der Meinung gewesen war, sie würde nur ihre Sachen holen und dann zurück nach Marin County fahren, um mit ihm zusammenzuleben.

,,Carmina hat ihr geraten, nach Synanon zu gehen", erklärte Bob. Carmina war Mrs. Knudson. ,,Wegen ihrer Drogenabhängigkeit."

Timothy, der Freund, den Fat nicht kannte, bemerkte: ,,Sie haben ihr dort nicht sehr geholfen."

Folgendes war geschehen: Gloria hatte Synanon durch den Haupteingang betreten und war sofort in die Mangel genommen worden. Jemand war absichtlich an ihr vorbeigegangen, als sie dasaß und auf das Aufnahmegespräch wartete, und hatte ihr beiläufig mitgeteilt, wie häßlich sie doch sei. Der nächste, der an ihr vorbeiging, hatte behauptet, daß ihr Haar wie ein Rattennest aussähe. Gloria war, was ihr lockiges Haar anbetraf, schon immer sehr empfindlich. Sie wünschte es sich lang und glatt wie das Haar so vieler anderer Menschen. Über die mögliche Bemerkung des dritten Mitarbeiters von Synanon kann es nur Mutmaßungen geben, denn bevor er erschien, war Gloria schon hinauf in den zehnten Stock gestiegen.

,,So arbeitet man in Synanon?" fragte Fat.

,,Es ist eine Technik, um die Persönlichkeit zu zerstören", erläuterte Bob. ,,Eine faschistische Therapie, die dem Menschen den eigenen Willen nimmt und ihn von der Gruppe abhängig macht. Dann kann man beginnen, eine neue Persönlichkeit aufzubauen, die nicht mehr auf Drogen fixiert ist."

,,Wußten sie nicht, daß sie selbstmordgefährdet war?" wollte Timothy wissen.

,,Natürlich", versicherte Bob. ,,Sie hat angerufen und mit ihnen gesprochen. Sie kannten ihren Namen und den Grund für ihr Kommen."

„Hast du nach ihrem Tod mit ihnen geredet?“ fragte Fat.

„Ich habe sie angerufen“, nickte Bob, „und mich mit einem ihrer hohen Tiere verbinden lassen. Habe ihm gesagt, sie hätten meine Frau getötet. Der Mann meinte, ich solle doch herkommen und ihnen beibringen, wie man mit Selbstmördern umgeht. Er war total aus dem Häuschen. Er hat mir leid getan.“

Als Fat das hörte, wußte er, daß Bob nicht ganz richtig im Kopf war. Bob fühlte Mitleid für Synanon. Bob war vollkommen im Arsch. Jeder war vollkommen im Arsch, Carmina Knudson eingeschlossen. In ganz Nordkalifornien gab es keinen normalen Menschen mehr. Es wurde Zeit, daß er von hier verschwand. Er saß da und aß seinen Salat und fragte sich, wohin er gehen konnte. Er mußte das Land verlassen. Nach Kanada fliehen, wie die Kriegsdienstverweigerer. Er kannte persönlich zehn Burschen, die sich nach Kanada abgesetzt hatten, statt in Vietnam zu kämpfen. Wahrscheinlich würde er in Vancouver ein halbes Dutzend Bekannte treffen. Vancouver galt als eine der schönsten Städte der Welt. Wie San Francisco besaß sie einen großen Hafen. Er konnte dort ein neues Leben beginnen und die Vergangenheit vergessen.

Während er dasaß und in seinem Salat stocherte, kam ihm zu Bewußtsein, daß Bob bei seinem Anruf nicht „Gloria hat sich umgebracht“ gesagt hatte, sondern „Gloria hat sich heute umgebracht“. Als sei ihr Selbstmord unvermeidbar gewesen. Vielleicht war dies der Grund — die Überzeugung Glorias, unter Zeitdruck zu stehen, wie bei einer Mathematik-Prüfung. Wer war eigentlich der Verrückte? Gloria, er selbst (wahrscheinlich er selbst), ihr Ex-Mann oder alle Menschen, die in der Umgebung der Bucht lebten? Und zwar verrückt im strikten klinischen Sinne, nicht im verschwommenen Sinn dieses Begriffes? Lassen Sie mich Ihnen sagen, daß es eines der ersten Symptome einer Psychose ist, wenn sich jemand zu fragen beginnt, ob er psychotisch wird. Eine weitere Form der chinesischen Fingerfalle. Man kann nicht darüber nachdenken, ohne davon betroffen zu werden. Indem Horselover Fat über den Wahnsinn nachdachte, wurde er nach und nach selbst wahnsinnig.

Ich wünschte, ich hätte ihm helfen können.

2

Obwohl ich nichts tun konnte, um Horselover Fat zu helfen, entging er dem Tod. Zwei verschiedene Einflüsse retteten ihn. Der erste erschien in Gestalt einer achtzehnjährigen Oberschülerin, die in seiner Straße wohnt, und der zweite war Gott. Von beiden hatte das Mädchen mehr Erfolg.

Ich bin mir nicht sicher, ob Gott ihm überhaupt in irgendeiner Weise geholfen hatte. Aber, um die Wahrheit zu sagen: Gott verstärkte seine Krankheit noch. Allerdings waren Fat und ich in diesem Punkt verschiedener Meinung. Fat war überzeugt, daß Gott ihn vollständig geheilt hatte. Das ist unmöglich. Im *I Ching* gibt es einen Vers, der lautet: „Immer krank, doch niemals tot." Das trifft genau auf meinen Freund zu.

Stephanie trat als Dope-Dealerin in Fats Leben. Nach Glorias Tod nahm er soviel Dope, daß er es aus jeder Quelle beziehen mußte, die für ihn erreichbar war. Dope von Oberschülern zu kaufen, ist eine knifflige Angelegenheit. Mit dem Dope selbst hat das nichts zu tun, sondern mit dem Gesetz und der Moral. Wenn man erst einmal beginnt, von Kindern Dope zu kaufen, dann ist man gezeichnet. Ich hoffe, der Grund dafür ist für jeden offensichtlich. Aber ich wußte etwas, was die Behörden nicht wußten: Horselover Fat war im Grunde nicht an dem Dope interessiert, das Stephanie verkaufte. Sie dealte mit Hasch und Gras, aber nie mit Upper. Sie mochte keine Upper. Stephanie verkaufte nie etwas, das sie nicht mochte. Sie verkaufte auch keine psychedelischen Drogen, gleichgültig, wie sehr man sie bedrängte. Hin und wieder verkaufte sie Kokain. Niemand konnte sich einen vernünftigen Grund dafür vorstellen, aber es gab einen. Im normalen Sinne dachte Stephanie nicht. Aber sie traf Entscheidungen, und sobald sie sie getroffen hatte, konnte niemand sie davon abbringen. Fat mochte sie.

Das ist es. Er mochte *sie* und nicht den Dope, aber um eine Beziehung zu ihr aufzubauen, mußte er ihr Kunde sein, und das bedeutete, daß er Hasch nehmen mußte. Für Stephanie war Hasch

Anfang und Ende des Lebens — jedenfalls das, was das Leben lebenswert machte.

Falls sich Gott in einer schwachen Stunde einmischte, so unternahm er zumindest nichts Illegales wie Stephanie. Fat war überzeugt, daß Stephanie vor Gericht enden würde. Er erwartete jeden Tag, daß man sie verhaftete. Und alle Freunde Fats erwarteten jeden Tag, daß man ihn verhaftete. Wir machten uns Sorgen um ihn, weil wir sahen, wie er immer deprimierter, psychotischer und isolierter wurde. Fat machte sich um Stephanie Sorgen. Stephanie machte sich um den Preis für Hasch Sorgen. Noch mehr Sorgen machte sie sich um den Preis für Kokain. Wir stellten uns vor, wie sie mitten in der Nacht auffuhr und sich kerzengerade hinsetzte und erklärte: „Koks kostet jetzt hundert Dollar pro Gramm!" Sie machte sich Sorgen um den Preis für Dope, wie sich normale Frauen um den Kaffeepreis Sorgen machen.

Wir waren überzeugt, daß es Stephanie vor den sechziger Jahren gar nicht hätte geben können. Dope hatte ihr zur Existenz verholfen, sie aus dem Nichts erschaffen. Sie war der Koeffizient des Dopes, Teil einer Gleichung. Und dennoch war sie es, die Fat zu Gott führte. Nicht ihr Dope — es hatte nichts mit Dope zu tun. Dope bahnt nicht den Weg zu Gott; das ist eine Lüge, die von skrupellosen Elementen verbreitet wird. Stephanie brachte Fat durch einen kleinen Tonkrug zu Gott, den sie auf ihrer Töpferscheibe geformt hatte, einer Töpferscheibe, zu deren Bezahlung Fat einen Teil des Geldes beigesteuert hatte, als Geschenk zu ihrem achtzehnten Geburtstag. Als er nach Kanada floh, nahm er den Krug mit, eingewickelt in Shorts, Socken und Hemden, verstaut in seinem einzigen Koffer.

Er sah aus wie ein ganz gewöhnlicher Krug: klein und hellbraun und mit einer dünnen blauen Glasur verziert. Stephanie war keine geübte Töpferin. Dieser Krug war ihr erstes Werk, abgesehen von den Arbeiten, die sie im Keramikkurs an der Oberschule gemacht hatte. Es war klar, daß Fat einen ihrer ersten Krüge bekommen würde. Zwischen ihr und ihm bestand eine enge Beziehung. Wenn er sich aufregte, beruhigte Stephanie ihn mit ihrer Haschpfeife.

Aber in einer Hinsicht war der Krug ungewöhnlich. In ihm schlummerte Gott. Er schlummerte lange Zeit in dem Krug, fast zu lange. In einigen Religionen herrscht die Überzeugung, das sich Gott erst fünf Minuten vor zwölf einmischt. Vielleicht stimmt das, ich weiß es nicht. In Horselover Fats Fall meldete sich Gott erst drei Minuten vor zwölf, und was er unternahm, war wenig genug — wenig genug und im Grunde zu spät. Man kann nicht Stephanie dafür verantwortlich machen. Sobald sie die Töpferscheibe hatte, formte sie den Krug, glasierte und brannte ihn. Sie tat ihr Bestes, um ihrem Freund Fat zu helfen, der, wie Gloria vor ihm, zu sterben begann. Sie half ihrem Freund, ebenso wie damals Fat versucht hatte, seiner Freundin zu helfen, nur hatte Stephanie mehr Erfolg. Genau das war der Unterschied zwischen ihr und Fat. In einer Krise wußte sie, was zu tun war. Fat wußte dies nicht. Deshalb ist Fat heute noch am Leben und Gloria nicht. Fat hat heute einen besseren Helfer bekommen, als er es damals für Gloria hatte sein können. Vielleicht wäre es ihm umgekehrt lieber gewesen, aber die Entscheidung lag nicht bei ihm. Es ist das Universum, daß sich der Menschen bedient. Das Universum trifft bestimmte Entscheidungen, und auf der Basis dieser Entscheidungen leben die einen, während die anderen sterben. Das ist ein hartes Gesetz. Aber jede Kreatur muß sich dem zwangsläufig fügen. Fat bekam Gott, und Gloria Knudson bekam den Tod. Es ist ungerecht, und Fat wäre der erste, der das zugeben würde. Rechnen Sie ihm das an.

Nachdem er Gott begegnet war, entwickelte Fat zu ihm eine Liebe, die nicht normal war. Sie war nicht zu vergleichen mit dem Gefühl, das man meint, wenn man sagt, jemand „liebt Gott". Bei Fat war sie ein regelrechter Hunger. Er erklärte uns, daß Gott ihn verletzt habe, und dennoch war er süchtig nach ihm wie ein Trinker nach dem Schnaps. Gott, fuhr er fort, hatte einen rosa Lichtstrahl auf ihn abgefeuert, direkt in seinen Kopf, in seine Augen. Vorübergehend war Fat blind gewesen, tagelang hatte er Kopfschmerzen gehabt. Es ist leicht, sagte er, den rosa Lichtstrahl zu beschreiben. Er war exakt mit den optischen Phänomenen zu vergleichen, die durch ein Blitzlicht erzeugt werden, in das man hineinsieht. Fat wurde von dieser Farbe verfolgt. Manchmal sah er sie auf einem Fernsehschirm. Er lebte nur für dieses Licht, für diese eine bestimmte Farbe.

Wie dem auch sei, in Wahrheit begegnete er ihr nie wieder. Nichts außer Gott konnte diese Farbe erzeugen. Anders ausgedrückt: Im normalen Licht war diese Farbe nicht vorhanden. Fat hatte sich eine Farbtafel besorgt, eine Tafel des sichtbaren Spektrums. Die Farbe fehlte. Er hatte eine Farbe gesehen, die niemand sehen kann.

Was kommt im Frequenzbereich nach dem Licht? Hitze? Radiowellen? Ich sollte es wissen, aber ich weiß es nicht. Fat sagte mir (ich weiß nicht, ob das stimmt), daß das, was er gesehen hatte, im Sonnenspektrum eine Frequenz von siebenhunert Millimikrons besaß, im Sinn der Frauenhoferschen Linien an B vorbei in Richtung A. Machen Sie damit, was Sie wollen. Ich halte es für ein Symptom von Fats Zusammenbruch. Menschen, die einen Nervenzusammenbruch erleiden, versuchen oft irgendeine Erklärung dafür zu finden, was mit ihnen geschieht. Natürlich ohne Erfolg.

Ohne Erfolg in bezug auf andere, aber eine unerfreuliche Tatsache ist, daß dem gestörten Bewußtsein selbst dadurch gelegentlich eine falsche Rationalisierungsmöglichkeit geboten wird — wie Glorias „sie". Ich habe mir die Frauenhoferschen Linien angesehen und kein „A" gefunden. Die früheste Buchstabenbezeichnung ist B. Sie reichen von G bis B, vom Ultravioletten bis zum Infraroten. Das ist alles. Was Fat sah oder glaubte gesehen zu haben, war kein Licht.

Nach seiner Rückkehr aus Kanada — nachdem er Gott begegnet war — verbrachten Fat und ich viel Zeit zusammen. Wir gingen jeden Abend aus, auf der Suche nach Ablenkung, und eines Nachts, als ich gerade meinen Wagen einparkte, entstand unvermittelt auf meinem linken Arm ein rosa Lichtfleck. Ich wußte, um was es sich handelte, obwohl ich nie zuvor so etwas gesehen hatte: Jemand hatte einen Laserstrahl auf uns gerichtet.

„Das ist ein Laser", sagte ich zu Fat, dem das nicht verborgen geblieben war, denn der Fleck wanderte ziellos umher, tanzte über die Telefonmasten und die Betonwand der Garage.

Zwei Halbwüchsige standen unten an der Straße und hielten einen viereckigen Gegenstand fest.

„Sie haben das gottverdammte Ding gebaut", bemerkte ich.

Die beiden kamen grinsend näher. Sie hätten den Laser, erklärten sie uns, aus einem Werkzeugkasten zusammengebaut. Wir sagten ihnen, wie beeindruckt wir seien, und sie gingen davon, um andere Leute zu narren.

„Dieses Rosa?" fragte ich Fat.

Er sagte nichts. Aber ich hatte den Eindruck, daß meine Vermutung stimmte. Ich hatte das Gefühl, seine Farbe gesehen zu haben. Warum er es nicht zugab, wenn dem so war, weiß ich nicht. Vielleicht hatte die Bemerkung eine ausgefeilte Theorie zerstört. Die Geistesgestörten haben nichts für das Prinzip wissenschaftlicher Sparsamkeit übrig, das verlangt, eine gegebene Anzahl Fakten durch die denkbar einfachste Theorie zu erklären. Für sie gilt: je komplizierter, desto besser.

Unser Interesse an Fats Bericht über sein Erlebnis mit dem rosa Lichtsrahl, der ihn verletzt und geblendet hatte, wurde vor allem durch eines geweckt: Er behauptete, daß er von einem Moment zum anderen — sobald er von dem Strahl getroffen worden war — Dinge wußte, die er vorher nicht gewußt hatte. Zum Beispiel wußte er, daß sein fünfjähriger Sohn an einem unentdeckten Geburtsfehler litt und konnte bis ins kleinste anatomische Detail diesen Geburtsfehler beschreiben. Und das mit medizinischen Ausdrücken, von denen er glaubte, daß sie den Arzt überzeugen würden.

Ich wollte dabei sein, wenn er dem Arzt davon berichtete, wenn er erklären wollte, woher er die medizinischen Details kannte. Sein Gehirn hatte alle Informationen gespeichert, die ihm von dem rosa Lichtstrahl übermittelt worden waren, aber wie wollte er das jemandem beibringen?

Später entwickelte Fat die Theorie, daß das Universum aus Informationen besteht. Er begann ein Tagebuch zu führen — in der

Tat hatte er insgeheim schon vor längerer Zeit damit angefangen; eine typische Handlungsweise einer gestörten Persönlichkeit. Seine Begegnung mit Gott war dort in seiner — Fats, nicht Gottes — Handschrift zu Papier gebracht.

Der Ausdruck ,,Tagebuch" stammt von mir, nicht von Fat. Er benutzte den Ausdruck ,,Exegese", einen theologischen Begriff für ein Schriftstück, das ein religiöses Dokument erklärt oder interpretiert. Fat war überzeugt, daß die Informationen, die er erhalten hatte und die in fortwährenden Wellen an die Oberfläche seines Bewußtseins gespült wurden, göttlichen Ursprungs waren und deshalb diese Bezeichnung verdienten, auch wenn sie nur den bisher unentdeckten Bruch der rechten Leiste seines Sohnes betrafen, durch den der Hodensack in Mitleidenschaft gezogen war. Das waren die Neuigkeiten, die Fat für den Arzt hatte. Seine Behauptung stellte sich als richtig heraus, als Fats Ex-Frau Christopher erneut untersuchen ließ. Die Operation wurde für den nächsten Tag angesetzt, und das hieß: so schnell wie möglich. Der Chirurg informierte Fat und seine Ex-Frau darüber, daß Christophers Leben seit Jahren in Gefahr gewesen war. Christopher hätte noch in der Nacht vor der Operation sterben können. Es war ein Glück, erklärte der Chirurg, daß sie es noch rechtzeitig festgestellt hätten. Da waren wieder Glorias ,,sie", nur daß ,,sie" in diesem Falle wirklich existierten.

Die Operation verlief erfolgreich, und von diesem Moment an waren Christophers Beschwerden verschwunden. Seit seiner Geburt hatte er Schmerzen gehabt. Danach suchten Fat und seine Ex-Frau für ihren Sohn einen anderen Hausarzt, einen, der Augen im Kopf hatte.

Einer der Einträge in Fats Tagebuch beeindruckte mich genug, um ihn abzuschreiben und hier zu veröffentlichen. Er handelt nicht von Leistenbrüchen, sondern ist allgemeiner Natur und bezieht sich auf Fats zunehmende Überzeugung, daß das Universum eine Ansammlung von Informationen ist. Er glaubte dies, weil sich für ihn das Universum — sein Universum — mit wachsender Geschwindigkeit in Informationen verwandelte. Sobald Gott begonnen hatte, zu ihm zu sprechen, schien er nicht mehr aufhören zu wollen. Ich glaube nicht, daß davon etwas in der Bibel steht.

Tagebucheintragung Nr. 37. Wir erfahren die Gedanken des Heiligen Geistes als Ordnung und Neuordnung — Veränderung — in einem physikalischen Universum, aber in Wirklichkeit handelt es sich dabei um Informationen und Informationsverarbeitung, die wir substanzialisieren. Wir sehen Seine Gedanken nicht nur als Objekte, sondern sogar als die Schöpfung — oder präziser — die Sinnwerdung von Objekten, die sich uns als Zusammenhang der Dinge darbietet. Aber wir können das Muster dieser Ordnung nicht deuten, wir können uns nicht der Informationen bedienen, die darin verborgen sind — d.h. das, was uns als Ding erscheint, ist Information. Die Gruppierung und Umgruppierung von Objekten durch den Heiligen Geist ist tatsächlich eine Sprache, aber keine Sprache wie die unsrige (da sie nur an sich selbst und nicht an jemanden oder etwas außerhalb Seines Selbst gerichtet ist).

Fat arbeitete unablässig an diesem spezifischen Problem, und zwar in seinem Tagebuch und in den Gesprächen mit seinen Freunden. Er war überzeugt, daß das Universum begonnen hatte, mit ihm zu reden. Ein anderer Eintrag in seinem Tagebuch lautet folgendermaßen:

Nr. 36. Wir müßten in der Lage sein, diese Informationen zu verstehen oder sie zumindest als neutrale Stimme in unserem Innern wahrzunehmen. Aber irgend etwas ist schiefgegangen. Die ganze Schöpfung ist Sprache und nichts als Sprache, die wir aus irgendwelchen unerklärlichen Gründen in der äußeren Erscheinungsform nicht entziffern und im Innern nicht hören können. Deshalb behaupte ich, daß wir Idioten geworden sind. Etwas ist mit unserer Intelligenz geschehen. Dies ist meine Schlußfolgerung: Die zu einem Muster geordneten Teile des Heiligen Geistes stellen eine

Sprache dar. Wir sind Teil des Heiligen Geistes, deshalb sind auch wir die Sprache. Aber wieso wissen wir das dann nicht? Wir wissen nicht einmal, was wir sind, ganz zu schweigen von der äußeren Realität, zu der auch wir zählen. Der Ursprung der Idiotie ist in der Einsamkeit zu suchen. Wir alle sind einsam und von den Gedanken des Heiligen Geistes getrennt. Nur noch im unterbewußten Bereich besteht Kontakt. Deshalb findet unser wirkliches Leben und Streben unterhalb der Bewußtseinsschwelle statt.

Was mich persönlich zu der Bemerkung verlockt: Du sprichst wohl von dir, Fat.

Lange Zeit (oder, wie Fat es ausgedrückt hätte: „eine Sekunde der Ewigkeit") verbrachte Fat mit der Entwicklung zahlloser ungewöhnlicher Theorien, mit denen er seine Begegnung mit Gott und den Erhalt der Informationen zu erklären versuchte. Eine erschien mir besonders interessant, da sie sich erheblich von den anderen unterschied. Sie postulierte eine Art seelischen Zusammenbruch, den Fat erlitt. Diese Theorie besagte, daß Fats mystisches Erlebnis im Grunde nichts zu bedeuten habe. Teile seines Gehirns waren selektiv durch gebündelte Energiestrahlen stimuliert worden, die ihren Ursprung in einer Entfernung von Abermillionen Kilometern besaßen. Diese selektive Stimulation seines Gehirns erschuf in seinem Kopf die *Vorstellung*, daß er Worte hörte und Bilder, menschliche Gestalten, Schriftstücke, kurz, Gott und Gottes Botschaft sah oder, wie Fat es bezeichnete, den Logos. Aber (so diese eine Theorie) er glaubte nur, diese Dinge zu erfahren. Sie glichen Hologrammen. Was mich besonders berührte, war die eigenartige Tatsache, daß ein Verrückter seine Halluzinationen auf derart sophistische Weise rationalisierte. Fat hatte sich rein intellektuell aus dem Labyrinth des Wahnsinns befreit, obwohl er die irrealen Visionen nach wie vor genoß. Er behauptete nicht mehr, daß das, was er erlebte, wirklich existierte. Bedeutete dies, daß er sich auf dem Weg der Besserung befand? Schwerlich. Nun war er der Überzeugung, daß „sie" oder Gott oder irgend jemand über einen weitreichenden, scharf gebündelten, informationsgesättigten Strahl aus Energie verfügte und ihn auf Fats Kopf fokussiert hatte. Für mich war das kein Fortschritt, aber es bedeutete eine Veränderung. Fat konnte nun seine Halluzinationen rational betrachten, was bedeutete, daß er sie als solche erkannte. Er glaubte jetzt allerdings — wie Gloria — an „sie“. Es schien mir ein Pyrrhussieg zu sein. Fats Leben war exakt nichts weiter als eine Kette von Pyrrhussiegen, wie beispielsweise sein scheinbar erfolgreicher Versuch, Gloria vor dem Selbstmord zu retten, einer gewesen war.

Die Exegese, die Fat monatelang fortführte, war das Paradebeispiel eines Pyrrhussieges — in diesem Fall der Versuch eines heimgesuchten Bewußtseins, das Unerklärliche zu erklären. Vielleicht ist dies das Hauptmerkmal der Geisteskrankheit: Unbegreifliches geschieht, das Leben wird zu einer närrischen Tretmühle, und mit jeder Drehung verändert sich die Ralität. Und als ob dies nicht schon genug wäre, versucht man verzweifelt, wie Fat, diese Veränderungen in ein verständliches System einzuordnen, obwohl ihr einziger Sinn aus der Bedeutung besteht, die man ihnen gibt. Dies allein aus der Notwendigkeit heraus, alles in ein vertrautes Muster einzuordnen, um so Sicherheit zu erlangen. Wahnsinn zerstört zuerst das Vertraute. Und das Neue, das an seine Stelle tritt, ist schlecht, denn man kann es weder verstehen noch anderen Menschen mitteilen. Der Verrückte macht Erfahrungen, deren Ursprung und Sinn er nicht kennt.

Als die Zerstörung seines Weltbildes ihren Höhepunkt erreichte — und dieser Prozeß läßt sich bis zu Gloria Knudsons Tod zurückverfolgen —, glaubte Fat, daß Gott ihn geheilt habe. Seit die Pyrrhussiege begonnen haben, scheinen sie kein Ende mehr zu nehmen.

Es erinnert mich an ein Mädchen, das ich einst gekannt habe, an ein Mädchen, das an Krebs litt. Ich besuchte sie im Krankenhaus und erkannte sie nicht wieder. Wie sie da in ihrem Bett saß, ähnelte sie einem kleinen, alten, glatzköpfigen Mann. Die Chemotherapie hatte sie aufgeschwemmt. Der Krebs und die Therapie hatten sie blind und fast taub gemacht, und sie litt unter regelmäßig auftretenden Anfällen. Als ich mich zu ihr hinunterbeugte, um mich nach ihrem Befinden zu erkundigen, da antwortete sie, nachdem sie meine Frage verstanden hatte: „Ich fühle, daß Gott mich gesund macht." Sie war ein religiöser Mensch und hatte vorgehabt, einem kirchlichen Orden beizutreten. Auf dem Nachttisch neben ihrem Bett lag ein Rosenkranz. Meiner Meinung nach wäre ein Schild mit der Aufschrift GOTT IST EIN ARSCHLOCH passender gewesen — der Rosenkranz war vollkommen fehl am Platze.

Nun, um fair zu sein, muß ich zugeben, daß Gott — oder jemand, der sich als Gott bezeichnet, alles nur eine semantische Frage — Horselover Fat mit präzisen Informationen versorgt hatte, durch die das Leben seines Sohnes Christopher gerettet worden war. Gott heilt die einen und verdirbt die anderen. Fat bestreitet, daß Gott irgend jemanden verdirbt. Fat sagt, Gott fügt niemandem Schaden zu. Krankheit, Schmerz und unverdientes Leid haben ihren Ursprung nicht in Gott, sondern sie entstehen durch andere Einflüsse. Worauf ich erwidere: Woher stammen diese anderen Einflüsse? Gibt es zwei Götter? Oder steht ein Teil des Universums nicht unter Gottes Herrschaft? Fat zitierte dann Plato. In Platos Kosmologie zwingt *Noös* (der Allgeist) *Ananke* — Symbol für blinde Notwendigkeit beziehungsweise den blinden Zufall, wie die Interpretation einiger Gelehrter lautet — zur Unterwerfung. *Noös* erschien, und zu seiner Überraschung entdeckte er den blinden Zufall, mit anderen Worten das Chaos, das *Noös* dann in Ordnung verwandelte (obwohl Plato verschweigt, wodurch diese „Verwandlung" erfolgt). Was Fat betrifft, bestand das Leiden meines Freundes aus der Unordnung, die noch kein wahrnehmbares Muster angenommen hatte. *Noös* oder Gott hatte sich noch nicht darum gekümmert, worauf ich bemerkte: „Nun, als er sich darum kümmern wollte, war es zu spät." Darauf wußte Fat keine Antwort, zumindest keine, die sich in Worte fassen ließ und meine Behauptung widerlegte. Vielleicht drückte er sich auch nur davor und schrieb sie in sein Tagebuch. Jede Nacht stand er um vier Uhr auf und führte seine Aufzeichnungen fort. Ich nehme an, irgendwo in seinem wüsten Gekritzel liegen alle Geheimnisse des Universums verborgen.

Es machte uns Spaß, Fat zu theologischen Diskussionen zu verführen, denn er wurde jedesmal wütend, hielt er doch das, was wir zu diesem Thema zu sagen hatten, für wichtig — denn für ihn war das Thema an sich wichtig. Inzwischen war er vollkommen außer sich. Zumeist begannen wir jedes Gespräch mit irgendeiner dahingeworfenen Bemerkung wie: „Übrigens, Gott hat mir heute im Zug eine Fahrkarte verkauft" oder etwas in dieser Richtung. Sofort war Fat dabei. Auf diese Weise vertrieben wir uns die Zeit und spielten unsere Spielchen mit Fat. Wenn wir seine Wohnung verließen, waren wir davon überzeugt, daß er alles in sein Tagebuch eintrug. Natürlich behielt in dem Tagebuch stets seine Ansicht die Oberhand.

Es bestand kein Grund, Fat mit albernen Fragen zu reizen, wie: „Wenn Gott alles kann, kann er dann einen Graben schaffen, der zu breit für ihn ist, um ihn zu überspringen?" Wir hatten genug vernünftige Fragen, auf die Fat keine Antwort wußte. Unser Freund Kevin provozierte ihn immer auf die gleiche Art. „Was ist mit meiner toten Katze?" fragte Kevin stets. Vor Jahren war Kevin eines Abends mit seiner Katze spazierengegangen. Kevin, dieser Narr, hatte seine Katze nicht an die Leine gebunden, die Katze war auf die Straße gelaufen und von einem Auto überfahren worden. Als er die Überreste der Katze aufhob, lebte sie noch, erbrach Blut und starrte ihn voller Entsetzen an. Kevin erzählte oft: „Wenn man mich am Jüngsten Tag vor das große Gericht stellt, dann werde ich sagen: ‚Eine Sekunde bitte' und meine tote Katze aus meinem Mantel wickeln. ‚Was hast Du *dazu* zu sagen?' werde ich fragen." Dann malte er sich aus, daß die Katze steif wie eine Bratpfanne sein würde und wie er die Katze am Pfannengriff, dem Schwanz, hochhielt und auf eine befriedigende Antwort wartete.

„Keine Antwort würde dich zufriedenstellen", meinte Fat.

„Es gibt keine Antwort", höhnte Kevin. „In Ordnung, wenn Gott deinem Sohn das Leben gerettet hat, wieso konnte er dann nicht meine Katze dazu bringen, fünf Sekunden später über die Straße zu laufen? *Drei* Sekunden später! Hätte das zuviel Mühe gemacht? Aber vermutlich ist eine Katze nicht wichtig."

„Aber Kevin", bemerkte ich bei einer Gelegenheit, „du hättest die Katze doch an die Leine nehmen können."

„Nein", widersprach Fat. „Er hat recht. Und es quält mich. Für ihn ist die Katze ein Symbol für all das, was er an diesem Universum nicht versteht."

„Ich verstehe genug", sagte Kevin verbittert. „In meinen Augen ist alles Scheiße. Gott ist entweder machtlos, dumm, oder ihn interessiert das Ganze einen Dreck. Vielleicht trifft alles zu. Er ist böse, blöd und schwach. Ich glaube, ich werde meine eigene Exegese schreiben."

„Aber Gott hat nicht zu dir gesprochen", warf ich ein.

„Weißt du, wer zu Horse gesprochen hat?" entgegnete Kevin. „Wer wirklich mitten in der Nacht zu Horse gesprochen hat? Bewohner das Planeten Dummheit. Horse, wie nennt man die Weisheit Gottes noch? Sankt was?"

„Hagia Sophia", antwortete Horse bedächtig.

„Was hältst du von Hagia Dummheit?" meinte Kevin. „St. Dummheit?"

„Hagia Moron", sagte Horse. Er verteidigte sich immer, indem er nachgab. „Moron ist wie Hagia ein griechisches Wort. Mir ist das aufgefallen, als ich nachschlug, wie der Oxymoron buchstabiert wird."

„Abgesehen davon, daß das *-on* die sächliche Form ist", stellte ich fest.

Das mag Ihnen eine Vorstellung davon verschaffen, wohin uns unsere theologischen Dispute führten. Drei schlecht informierte Leute, die sich miteinander stritten. Hinzu kamen noch David, unser römisch-katholischer Freund, und das Mädchen, das an Krebs erkrankt war, Sherri. Sie hatte sich erholt und war aus dem Krankenhaus entlassen worden. Zwar waren ihr Seh- und ihr Gehörsinn irreparabel geschädigt, doch ansonsten wirkte sie gesund.

Natürlich sah Fat darin einen Beweis für Gott und Gottes heilende Liebe. David und natürlich Sherri stimmten ihm zu. Für Kevin war ihre Erholung auf die Strahlungs- und Chemotherapie und auf Glück zurückzuführen. Düster deutete Kevin an, daß es beim nächstenmal, wenn sie erkrankte, keine Heilung geben würde. Manchmal glaubten wir, daß er das sogar hoffte, würde dies doch seine Meinung über das Universum bestätigen.

In Kevins verbaler Trickkiste nahm seine Überzeugung, daß das Universum aus Unglück und Feindseligkeit bestand und am Ende jeden fertigmachte, eine herausragende Stellung ein. Für ihn war das Universum wie eine unbezahlte Rechnung: Irgendwann würde man ihm den Zahlungsbefehl präsentieren. Das Universum spie einen aus, ließ einen hängen, dann fallen, und schließlich wurde man wieder aufgesogen. Kevin wartete ständig darauf, daß es ihn, mich, David und vor allem Sherri erwischte. Was Horselover Fat betraf, so war Kevin überzeugt, daß Fat schon seit Jahren nicht einmal ausgespien worden war. Im Gegenteil, bei Fat war das Universum noch immer mit dem Aufsaugen beschäftigt. Für ihn war Fat kein Anwärter auf die Verdammung, sondern zweifellos bereits verdammt.

Zum Glück sprach Fat in Kevins Gegenwart niemals über Gloria Knudson und ihren Tod. In Kevins Augen hätte Gloria wunderbar zu seiner toten Katze gepaßt. Vermutlich hätte er dann in seiner Vision vom Jüngsten Tag außer der Katze auch noch Gloria aus seinem Mantel gewickelt.

Als Katholik führte David alles Schlechte auf den freien Willen des Menschen zurück. Das ärgerte sogar mich. Einmal fragte ich ihn, ob Sherris Krebserkrankung eine Folge ihres freien Willens war, wobei ich darauf spekulierte, daß David — vertraut mit den neuesten Theorien auf dem Gebiet der Psychologie — den Fehler machen und behaupten würde, daß Sherri unterbewußt Krebs bekommen wollte und so ihr Immunabwehrsystem geschwächt hatte, eine Meinung, die zu dieser Zeit von fortschrittlichen Psychologen vertreten wurde. Natürlich biß David an und behauptete genau dies.

„Und warum ist sie dann wieder gesund geworden?“ fuhr ich fort. „Weil sie es unterbewußt gewollt hat?“

David sah verdutzt drein. Wenn er ihre Krankheit auf ihre Seele zurückführte, dann mußte er auch eingestehen, daß für ihre Gesundung irdische und keine übernatürlichen Ursachen verantwortlich waren. Gott hatte damit nichts zu tun.

„Um mit C.S. Lewis zu sprechen . . .", begann David und versetzte damit den ebenfalls anwesenden Fat in Rage. Es machte ihn verrückt, daß David C.S. Lewis mißbrauchte, um seine verknöcherte orthodoxe Überzeugung zu verteidigen.

„Vielleicht hat Sherri Gott besiegt", sagte ich. „Gott wollte sie krank sehen, und sie hat um ihre Gesundheit gekämpft." Natürlich hatte David einwenden wollen, daß Sherri neurotisch, total im Arsch und deshalb an Krebs erkrankt sei und daß Gott eingegriffen und sie gerettet hatte, aber ich hatte den Spieß rechtzeitig herumgedreht.

„Nein", wehrte Fat ab. „Es ist genau andersherum. So wie er mich geheilt hat."

Glücklicherweise war Kevin nicht anwesend. Er hielt Fat keineswegs für geheilt (und da waren wir ganz seiner Meinung), und im übrigen hatte Gott sowieso nichts damit zu tun. Das ist eine Logik, gegen die sich, nebenbei bemerkt, Freud gewandt hat — ein Satz, in dem zwei Behauptungen aufgestellt werden, die sich gegegenseitig aufheben. Freud betrachtete einen derartigen Satz als Offenbarung des Rationalismus. Jemand wird verdächtigt, Pferde zu stehlen, und er entgegenet darauf: „Ich stehle keine Pferde, und im übrigen haben Sie sowieso ein schäbiges Pferd." Wenn Sie sich diesen Satz näher ansehen, stoßen sie auf seine wahre Bedeutung. Die zweite Behauptung stützt keinesfalls die erste. Es scheint nur so zu sein. In den Begriffen unserer endlosen theologischen Diskussionen — die durch Fats angebliche Begegnung mit dem Göttlichen ausgelöst wurden — würde ein entsprechender Satz mit zwei sich selbst annullierenden Behauptungen so aussehen:

1. Gott existiert nicht.
2. Und im übrigen ist er sowieso dumm.

Analysiert man Kevins zynisches Gerede mit der gebotenen Sorgfalt, stößt man dauernd auf derartige Sätze. David zitierte ständig C.S. Lewis. In seinem Eifer, Gott zu diffamieren, verstrickte sich

Kevin unablässig in logische Widersprüche. Fat berief sich auf die obskuren Informationen, die ihm durch einen Strahl aus rosa Licht übermittelt worden waren. Sherri, die schrecklich gelitten hatte, brabbelte gottesfürchtig vor sich hin. Und je nachdem, mit wem ich mich gerade unterhielt, wechselte ich meine Meinung. Keiner von uns hatte die Situation im Griff, aber wir hatten genug freie Zeit, die wir auf diese Weise verbrachten. Inzwischen lag die Zeit der Drogen hinter uns, und jeder war auf der Suche nach einer neuen Beschäftigung. Dank Fat verfielen wir auf die Theologie.

Eines von Fats Lieblingszitaten lautet:

> „Und glaubst du denn, daß Jehova ruht
> Wie Shemosh und die ganze Götzenbrut?
> Ah! Nein! Der Himmel hörte meine Gedanken
> und schrieb sie nieder . . .
> So muß es sein.“

Fat zitierte den Schluß nur ungern.

> „Das ist's, was mein Gehirn zermahlt
> Und meine Brust erfüllt mit tausendfacher Qual,
> Die mich in den Wahnsinn treibt . . .“

Das stammt aus einer Arie von Händel. Fat und ich haben oft gemeinsam meine Seraphim-LP angehört, auf der Richard Lewis singt. *Tiefer und immer tiefer*.

Einmal sagte ich zu Fat, daß eine andere Arie auf der Platte seinen Geisteszustand perfekt beschrieb.

„Welche Arie?“ fragte Fat vorsichtig.

„*Vollkommene Finsternis*“, antwortete ich.

> „Vollkommene Finsternis! Keine Sonne, kein Mond,
> Nur Dunkelheit dem Mittagsglanz zum Hohn!
> Oh, herrliches Licht! Kein glänzender Strahl

Erfreut meine Augen mit dem ersehnten Tag!
Warum so beraubt Deines obersten Gebots?
Sonne, Mond und Sterne sind für mich tot!"

Worauf Fat bemerkte: „In meinem Falle trifft genau das Gegenteil zu. Ich bin erleuchtet vom heiligen Licht einer anderen Welt. Ich sehe, was kein anderer Mensch sieht."

Davon ließ er sich nicht abbringen.

3

Ein Problem, mit dem wir während unserer Dope-Zeit fertig werden mußten war: Wie bringt man jemandem bei, daß er den Verstand verloren hat? Im Falle Horselover Fats gesellte sich zu diesem Problem auch noch sein religiöser Wahn hinzu, und wir — seine Freunde — mußten uns irgend etwas einfallen lassen.

Es wäre einfach gewesen, einen Zusammenhang zwischen diesen beiden Dingen zu sehen: Das Dope, das Fat in den sechziger Jahren genommen hatte, war verantwortlich für seine Geisteskrankheit, an der er in den siebziger Jahren litt. Wäre es mir möglich gewesen, hätte ich diesen Schluß gezogen — ich mag Erklärungen, die gleichzeitig mehrere Probleme lösen. Aber ich glaubte nicht daran. Fat hatte keine psychedelischen Drogen genommen, zumindest nicht sehr oft. Einmal, im Jahr 1964, als LSD-25 noch erhältlich war — vor allem in Berkeley —, hatte Fat eine große Dosis eingeworfen und war in die Vergangenheit oder in die Zukunft oder ganz aus der Zeit heraus katapultiert worden. Wie dem auch sei, er hatte lateinisch gesprochen und geglaubt, daß der *Deus irae*, der Tag des Zorns, gekommen war. Er hatte Gott in schrecklicher, wahnwitziger Raserei wüten hören. Acht Stunden lang hatte Fat lateinisch gebetet und gejammert. Später behauptete er, auf diesem Trip gar keine andere Möglichkeit gehabt zu haben, als lateinisch zu denken und zu reden. Er hatte ein Buch mit lateinischen

Zitaten gefunden, die er so leicht lesen konnte, wie er im normalen Zustand englische Sätze las. Nun, vielleicht war darin der Ursprung seines späteren Gotteswahns begründet. 1964 gefiel seinem Gehirn dieser Acid-Trip, und es hatte ihn zur späteren Verwendung gespeichert.

Andererseits verlegt diese Schlußfolgerung das Problem nur in das Jahr 1964 zurück. Soweit ich es beurteilen kann, ist die Fähigkeit, lateinisch lesen, denken und sprechen zu können, keine normale Folge eines Acid-Trips. Fat kann kein Latein. Auch jetzt kann er es nicht. Und er beherrschte es nicht, bevor er diese große Dosis LSD-25 zu sich nahm. Später, als seine religiösen Erfahrungen begannen, bemerkte er, daß er in einer fremden Sprache dachte, die er *nicht* verstand ('64 hatte er sein Latein verstanden). Einige der Worte, die ihm zufällig im Gedächtnis haften geblieben waren, hatte er anhand ihres phonetischen Klangs niedergeschrieben. In seinen Augen stellten sie nicht einmal eine Sprache dar, und er zögerte, jemandem zu zeigen, was er zu Papier gebracht hatte. Seine Frau — seine spätere Frau Beth — hatte ein Semester Griechisch studiert, und sie erkannte in dem, was Fat fehlerhaft aufgezeichnet hatte, eine Version des Griechischen, die *Koine* genannt wird. Oder zumindest irgendeine Art Griechisch. Attisches oder eben *Koine.*

Das griechische *Koine* war nichts anderes als die Umgangssprache der hellenistischen Welt. Zur Zeit des Neuen Testamentes war *Koine* die *Lingua franca* des Mittleren Ostens geworden und hatte das Aramäische verdrängt, das zuvor das Akkadianische ersetzt hatte. (Ich weiß dies alles, weil ich ein professioneller Schriftsteller und naturgemäß in Sprachen bewandert bin.) Die Schriftrollen des Neuen Testamentes wurden im *Koine*-Griechisch verfaßt, obwohl wahrscheinlich *Q*, die Quelle der Synoptiker, auf Aramäisch geschrieben wurde, bei dem es sich um eine Form des Hebräischen handelt. Jesus sprach Aramäisch. Als Horselover Fat im *Koine*-Griechischen zu denken begann, dachte er in der Sprache, die die beiden engen Freunde Lukas und Paulus benutzt hatten — zumindest für die Niederschrift ihrer Manuskripte. Die Schriftform *Koine* bietet einen wunderlichen Anblick, denn sie läßt zwischen den einzelnen Worten keine Abstände. Dies kann zu einer ganzen Reihe unterschiedlicher Übersetzungen führen, denn der Übersetzer muß an den passenden Stellen oder an den Stellen, die er für richtig hält, die Zwischenräume einbauen. Nehmen wir nur dieses Beispiel:

Gottes Furcht ist menschlich
Gottesfurcht ist menschlich

Beth — die Fats religiöse Erfahrungen nie sehr ernst genommen hatte — erzählte mir von jenem Tag, an dem sie Zeuge wurde, wie Fat mehrere Worte *Koine* niederschrieb, obwohl sie wußte, daß er diese Sprache weder beherrschte noch sie als solche erkannte. Fat behauptete . . . Nun, Fat behauptete viel. Ich brauche nicht jeden Satz mit „Fat behauptete . . ." zu beginnen. Im Lauf der Jahre — und es ging wirklich jahrelang so! —, in denen er an seiner Exegese arbeitete, muß Fat mehr Theorien aufgestellt haben, als es Sterne im Universum gibt. Jeden Tag entwickelte er eine neue, und jede war scharfsinniger, erregender und wahnwitziger als die letzte. Gott ließ ihn nicht los. Fat erforschte Gott, wie mein verstorbener Hund meinen Vorgarten erforscht hatte. Beide machten zuerst nur einen Schritt, dann einen zweiten, dann vielleicht einen dritten, um dann ängstlich den Schwanz einzuziehen und flink wieder in vertrautes Gebiet zurückzukehren. Für Fat war Gott ein Gebiet, dessen Grenzen er bereits abgesteckt hatte. Unglücklicherweise hatte er den Weg, der dorthin führte, vergessen.

Es scheint die allgemeine Auffassung zu herrschen, daß man Gott nicht mehr loslassen darf, wenn man ihm einmal begegnet ist. Fats Begegnung mit Gott (sofern es eine solche gegeben hat) entpuppte sich als Blindgänger, als eine mehr und mehr versiegende Quelle der Freude, so vergänglich wie ein Vorrat an Aufputschmitteln. Wer verkauft Gott? Fat wußte, daß ihm die Kirche nicht helfen konnte, und trotzdem suchte er einen von Davids Priestern auf. Vergeblich. Nichts funktionierte. Kevin schlug Dope vor. Da ich mich mit Literatur beschäftigte, riet ich ihm zur Lektüre der Werke einiger metaphysischer Dichter des siebzehnten Jahrhunderts wie Vaughan und Herbert:

Er weiß, er hat ein Heim, doch weiß er nicht den Ort,
Er sagt, es ist so weit,
Daß er den Weg vergaß von hier nach dort.“

Das ist ein Vers aus Vaughans Gedicht „Der Mensch“. Soweit ich feststellen konnte, bewegte sich Fat auf der Ebene dieser Dichter und war dadurch, für die heutige Zeit, zu einem Anachronismus geworden. Das Universum hat die Gewohnheit, Anachronismen auszulöschen. Fat würde dieses Schicksal erleiden, wenn er sich nicht bald zusammenriß.

Von allen Vorschlägen, die Fat erhielt, schien der vielversprechendste der von Sherri zu sein, die während der Zeit ihrer Rekonvaleszenz bei uns blieb. „Vielleicht“, sagte sie zu Fat in einer seiner depressiven Phasen, „vielleicht solltest du dich mit den Eigenschaften des T-34 beschäftigen.“

Fat fragte, was ein T-34 sei. Es stellte sich heraus, daß Sherri ein Buch über die russischen Panzermodelle während des Zweiten Weltkriegs gelesen hatte. Der T-34 war die Rettung der Sowjetunion und damit auch die Rettung der Alliierten Mächte gewesen — und, indirekt, auch Horselover Fats, denn ohne den T-34 hätte er weder Englisch noch Latein oder *Koine*, sondern Deutsch gesprochen.

„Der T-34“, erklärte Sherri, „konnte hohe Geschwindigkeiten erreichen. In Kursk ließen sie sogar die ‚Elefanten‘ von Porsche hinter sich zurück. Du kannst dir nicht vorstellen, was sie mit der Vierten Panzerarmee gemacht haben.“ Dann skizzierte sie die Situation, wie sie sich 1943 um Kursk dargeboten hatte. „Es war Schukow, der den Spieß umdrehte und der deutschen Panzerarmee eine Niederlage beibrachte. Walutin schöpfte neue Hoffnung. Später wurde er von pro-nazistischen Partisanen ermordet. Und dann schau dir im Vergleich dazu die Tiger- und

Panther-Panzer der Deutschen an.“ Sie zeigte uns Fotos von verschiedenen Panzern und erzählte genüßlich, wie General Konjew am sechsundzwanzigsten März den Dnjepr und den Pruth überquert hatte.

Im Grunde lief Sherris Idee darauf hinaus, Fat von den kosmischen und abstrakten Gedanken abzulenken und ihn mit den Realitäten zu konfrontieren. Auf ihre praktische Art war sie zu der Überzeugung gelangt, daß es wenige Dinge gab, die realer waren als ein großer sowjetischer Weltkriegspanzer. Sie wollte Fats Wahnsinn mit einem Gegengift bekämpfen. Wie dem auch sei, ihr Vortrag samt Karten und Fotografien erinnerte ihn nur an die Nacht, in der er mit Bob den Film *Patton* gesehen hatte, bevor sie zu Glorias Begräbnis gegangen waren.

„Ich glaube, er sollte zu nähen anfangen“, sagte Kevin. „Hast du keine Nähmaschine, Sherri? Du kannst es ihm beibringen.“

Starrköpfig wie Sherri war, fuhr sie fort: „In die Panzerschlacht um Kursk waren über viertausend gepanzerte Fahrzeuge verwickelt. Es war die größte Panzerschlacht der Geschichte. Jeder kennt Stalingrad, aber niemand weiß etwas über Kursk. In Wirklichkeit nahm der Sieg der Sowjetunion in Kursk seinen Anfang. Wenn man bedenkt . . .“

„Kevin“, unterbrach David, „weißt du, was die Deutschen hätten tun sollen? Sie hätten den Russen eine tote Katze zeigen und sie fragen sollen, was sie dazu zu sagen haben.“

„Das hätte die russische Offensive gestoppt“, stimmte ich zu. „Schukow würde noch immer versuchen, den Tod der Katze zu rechtfertigen.“

Sherri wandte sich an Kevin. „Angesichts des überwältigenden Sieges des Guten in Kursk, wie kannst du dich da über eine Katze beklagen?“

„In der Bibel steht etwas über sterbende Spatzen“, entgegnete Kevin. „Daß sein Auge auch auf ihnen ruht. Das ist der Ärger mit Gott — er hat nur ein Auge.“

„Hat Gott die Schlacht um Kursk gewonnen?“ fragte ich Sherri. „Das muß für die Russen eine interessante Neuigkeit sein — vor allem für jene, die die Panzer gebaut und gesteuert haben und die dabei getötet wurden."

Geduldig entgegnete Sherri: „Gott benutzt uns als Werkzeuge und wirkt durch uns."

„Nun", brummte Kevin, „was Horse betrifft, so hat Gott in ihm ein beschädigtes Werkzeug. Oder vielleicht sind beide beschädigt, wie eine achtzig Jahre alte Oma, die einen Pinto mit einem lecken Benzintank fährt."

„Die Deutschen hätten Kevins tote Katze hochhalten müssen", sagte Fat. „Nicht irgendeine tote Katze. Kevin interessiert nur diese eine Katze."

„Diese Katze", machte ihn Kevin aufmerksam, „hat während des Zweiten Weltkrieges noch nicht gelebt."

„Hast du damals um sie getrauert?" fragte Fat.

„Wie konnte ich?" antwortete Kevin. „Sie hat nicht existiert."

„Dann ist ihre damalige Lage mit der heutigen identisch", meinte Fat.

„Falsch", widersprach Kevin.

„Wieso falsch?" ereiferte sich Fat. „Wieso besteht zwischen ihrer damaligen Nichtexistenz und ihrer heutigen Nichtexistenz ein Unterschied?"

„Kevin besitzt jetzt ihren Kadaver", erklärte David. „Damit er ihn hochhalten kann. Das war der einzige Grund für die Existenz der Katze. Sie lebte nur, um ein Kadaver zu werden, durch den Kevin die Güte Gottes widerlegen konnte."

„Kevin", sagte Fat, „wer hat deine Katze erschaffen?"

„Gott", entgegnete Kevin.

„Also hat Gott eine Widerlegung seiner eigenen Güte erschaffen", bemerkte Sherri. „Nach deiner Logik zu urteilen."

„Gott ist dumm", behauptete Kevin. „Wir haben eine dumme Gottheit. Das habe ich schon einmal erklärt."

„Erfordert es viel Geschick, eine Katze zu erschaffen?" fuhr Sherri fort.

„Man braucht nur zwei", erwiderte Kevin. „Eine männliche

und eine weibliche." Aber offensichtlich war ihm klar, worauf sie hinauswollte. „Es erfordert..." Er brach ab und lächelte. „In Ordnung, es erfordert Geschick — aber das bedeutet noch lange nicht, daß das Universum einen Sinn hat."

„Du siehst in ihm keinen Sinn?" bohrte Sherri weiter.

Kevin zögerte. „Lebewesen haben einen Sinn."

„Wer verleiht ihnen ihren Sinn?" fragte Sherri.

„Sie . . ." Kevin zögerte erneut. „Sie gewinnen ihren Sinn durch ihre Existenz. Sie und ihr Sinn bilden eine Einheit."

„Somit ist ein Tier Ausdruck eines Sinns", sagte Sherri. „Folglich hat auch das Universum einen Sinn."

„Nur in winzigen Teilen."

„Und Sinnlosigkeit verleiht dem Sinn noch mehr Größe."

Kevin starrte sie an. „Leck mich am Arsch", meinte er.

Nach meiner Meinung hatte Kevins zynischer Standpunkt Fat in seinem Wahnsinn mehr bestärkt als alle anderen Faktoren — das heißt, abgesehen von der eigentlichen Ursache, wie auch immer sie ausgesehen haben mochte. Kevin war zu dem unfreiwilligen Werkzeug dieser eigentlichen Ursache geworden, und diese Erkenntnis war Fat nicht entgangen. In keiner Weise, keinem Punkt und keiner Hinsicht repräsentierte Kevin eine akzeptable Alternative zum Wahnsinn. Sein zynisches Lächeln war das Lächeln des Todes; er lächelte wie ein triumphierender Totenschädel. Kevin lebte, um das Leben zu bekämpfen. Anfänglich erstaunte es mich, daß sich Fat mit Kevin abgab, doch später begriff ich den Grund. Jedesmal, wenn Kevin Fats Wahnsystem zerpflückte — es verhöhnte und verspottete —, gewann Fat an Stärke. Falls Hohn das einzige Mittel gegen seinen Irrsinn war, dann wäre es offensichtlich besser für ihn, wenn er Kevins Gesellschaft mied, statt sie zu suchen. Fat war noch nicht so im Arsch, daß er das nicht einsah. Um der Wahrheit die Ehre zu geben: Auch Kevin wußte das. Aber augenscheinlich gab es in seinem Kopf ein Rückkoppelungssystem, das ihn dazu zwang, die Angriffe zu verschärfen, statt sie einzustellen. Sein Versagen veranlaßte ihn zu größeren Anstrengungen. So nahmen die

Angriffe zu, und mit ihnen wuchs Fats Stärke. Es erinnerte an einen griechischen Mythos.

In Horselover Fats Exegese nimmt dieses Problem eine herausragende Stellung ein. Fat glaubte, daß das gesamte Universum von einem Hang zum Irrationalen geprägt sei und daß sich auch Gott — oder der Ultimate Geist, der sich dahinter verbirgt — dem nicht entziehen konnte. Er schrieb:

Nr. 38. Durch Verlust und Kummer ist der Heilige Geist gestört worden. Deshalb sind auch wir, als Teile des Universums, als Teile des Heiligen Geistes, teilweise gestört.

Offenbar hatte er Glorias Verlust in kosmische Dimensionen extrapoliert.

Nr. 35. Der Heilige Geist spricht nicht zu uns, sondern durch uns. Seine Mitteilungen werden durch uns verbreitet, und sein Gram erfüllt uns mit Irrationalität. Wie Plato erkannte, neigt die Weltenseele zum Irrationalen.

Eintrag Nr. 32 geht darauf näher ein.

Die sich verändernden Informationen, die wir als Welt wahrnehmen, stellen fortwährende Mitteilungen dar. Sie berichten von dem Tod einer Frau *(die Hervorhebung stammt von mir). Diese Frau die vor langer Zeit starb, ist einer der Urzwillinge. Sie war eine Hälfte der göttlichen Syzygien. Zweck dieser Mitteilungen ist es, an sie und an ihren Tod zu erinnern. Der Heilige Geist will sie nicht vergessen. Deshalb ist die logische Schlußfolgerung: Der Geist besteht aus einer permanenten Aufzeichnung ihrer Existenz und kann auch nur auf diese Weise verstanden werden. Alle Informationen, die vom Geist geliefert werden — und die wir als Ordnung und Neuordnung physikalischer Objekte ansehen —, bilden den Versuch, ihre Existenz zu konservieren. Steine und Felsen und Äste und Amöben sind nichts als ihre Überreste. Die Aufzeichnung ih-*

rer Existenz und ihres Vergehens wird von dem leidenden Geist, der jetzt allein ist, auf der niedrigsten Ebene der Realität aufrechterhalten.

Wenn Sie das lesen und nicht erkennen, daß Fat über sich selbst schreibt, dann verstehen Sie nichts.

Andererseits leugne ich nicht, daß Fat total kaputt war. Sein Abstieg hatte mit Glorias Anruf begonnen, und er setzte sich immer weiter fort. Im Gegensatz zu der krebskranken Sherri trat bei Fat keine Besserung ein. Die Begegnung mit Gott hatte ihm nicht geholfen. Aber wahrscheinlich hatte sie ihm — trotz Kevins zynischer Ansicht — auch nicht geschadet. Man kann nicht behaupten, daß eine Begegnung mit Gott für den Wahnsinn das gleiche bedeutet wie der Tod für den Krebs: das logische Ende eines sich verschlimmernden Krankheitsprozesses. Der wissenschaftliche Ausdruck dafür — nicht im theologischen, sondern im psychiatrischen Sinne — ist Theophanie. Theophanie bedeutet die Offenbarung des Göttlichen. Sie hat ihren Ursprung nicht im Wahrnehmenden, sondern in einer Handlung des Göttlichen, in Gott oder den Göttern, der übernatürlichen Macht. Moses hat den Busch nicht in Brand gesetzt. Nicht Elias hat auf dem Berg Horeb die leise, murmelnde Stimme erzeugt. Wie können wir eine tatsächliche Theophanie von einer bloßen Halluzination des Wahrnehmenden unterscheiden? Falls die Stimme etwas sagt, das der Betreffende nicht weiß *und nicht wissen kann*, dann haben wir es vielleicht mit einer wahren Erscheinung und nicht mit einer Täuschung zu tun. Fat beherrschte kein *Koine*-Griechisch. Beweist dies irgend etwas? Er ahnte nichts von dem Geburtsfehler seines Sohnes — zumindest nicht bewußt. Vielleicht war er sich unbewußt darüber im klaren und wollte dies nur nicht wahrhaben. Außerdem existiert ein Mechanismus, der ihm Kenntnis über *Koine* hätte verschaffen können. Dieser Mechanismus hat etwas mit der phylogenischen Erinnerung zu tun, ein Phänomen, über das Jung berichtet hat: Er bezeichnet es als das kollektive oder rassische Unbewußte. Das Ontogenetische — das individuelle Sein — spiegelt das Phylogenetische — das Sein der Gattung — wider, und da dies allgemein anerkannt ist, liegt vielleicht darin eine Erklärung, daß Fats Bewußtsein sich einer Sprache bediente, die vor zweitausend Jahren benutzt wurde. Sind tatsächlich phylogenetische Erinnerungen im Gehirn eines einzelnen Menschen gespeichert, dann sind derartige Phänomene zu erwarten. Aber Jungs Konzept ist rein spekulativ. Niemand ist bisher in der Lage gewesen, einen Beweis dafür zu erbringen.

Falls Sie die Existenz eines göttlichen Wesens akzeptieren, dann können Sie ihm auch nicht die Fähigkeit zur Offenbarung absprechen, denn offensichtlich muß jedes Wesen, das die Bezeichnung „Gott" verdient, ohne Mühe derartige Dinge bewerkstelligen können. Wie ich es sehe, darf die Frage also nicht lauten: Warum gibt es Theophanien?, sondern sie muß lauten: Warum gibt es nicht mehr von ihnen? Das Prinzip vom *Deus absconditus*, des versteckten, verborgenen, geheimen oder unbekannten Gottes, könnte diese Frage beantworten. Aus gewissen Gründen hielt Jung dieses Konzept für offenkundig. Denn wenn Gott existiert, muß er ein *Deus absconditus* sein — abgesehen von seinen seltenen Theophanien —, oder er existiert überhaupt nicht. Die zweite Möglichkeit ergibt mehr Sinn, ignoriert man die — wenn auch selten auftretenden — Theophanien. Eine einzige nachprüfbare Theophanie aber würde die zweite Möglichkeit ausschließen.

Der intensive Eindruck, den eine angenommene Theophanie auf den Wahrnehmenden macht, ist kein Beweis für ihre Authentizität. Ebensowenig Beweis wie die Wahrnehmung einer größeren Gruppe (so hat Spinoza postuliert, daß es sich vielleicht bei dem gesamten Universum um eine Theophanie handelt, aber dann würde, wie die buddhistischen Idealisten entschieden, das Universum nicht existieren). Jede vorgebliche Theophanie ist dann eine Täuschung, wenn alles — von Briefmarken über Fossilien bis zu den Schwarzen Löchern des Alls — eine Täuschung ist.

Daß das gesamte Universum — wie wir es wahrnehmen — eine Fälschung darstellen könnte, ist eine Idee, die am treffendsten

Heraklit formuliert hat. Hat man sich diese Auffassung, oder diese Zweifel, erst einmal zu eigen gemacht, erscheint einem das Ende Gottes weniger fraglich.

> „Es ist erforderlich, ihn *(Noös)* zu verstehen, um die Signale von Augen und Ohren interpretieren zu können. Der Schritt von der offensichtlichen zur latenten Wahrheit ist wie die Übersetzung von Ausdrücken in eine Sprache, die den meisten Menschen fremd ist. Heraklit . . . sagt im *Fragment 56*, daß die Menschen hinsichtlich des Verständnisses für die wahrnehmbaren Dinge ‚mehr, als Homer es gewesen ist, Opfer einer Illusion sind'. Um die Wahrheit anhand des Äußeren zu ermitteln, ist es nötig, zu interpretieren, sich in Rätselraten zu üben . . . . Aber obwohl dies zu den Fähigkeiten des Menschen zu gehören scheint, ist es etwas, das die meisten Menschen niemals tun. Heraklit trägt sehr vehement Attacken gegen die Narretei der gewöhnlichen Menschen vor und gegen das, was bei ihnen als Verstehen gilt. Sie sind vergleichbar mit Schläfern, von denen jeder in einer eigenen Traumwelt existiert."

Soweit Edward Hussey, Dozent für Antike Philosophie an der Universität von Oxford und Mitglied des All Souls College, in seinem Buch THE PRESOCRATICS, erschienen bei Charles Scribner's Sons, New York, 1972, Seite 37—38. In keinem Buch habe ich — das heißt, Horselover Fat — eine signifikantere Einsicht von der Natur der Realität gefunden. Im *Fragment 123* sagt Heraklit: „Die Natur der Dinge trachtet danach, sich zu verbergen." Und im *Fragment 54* sagt er: „Latente Ordnung ist Herr über die offensichtliche Ordnung", worauf Edward Hussey hinzufügt: „Konsequenterweise mußte er (Heraklit) eingestehen . . ., daß die Realität bis zu einem gewissen Grade ‚verborgen' war." Wenn die Realität also „bis zu einem gewissen Grade ‚verborgen' (ist)", was ist dann „Theophanie"? Denn Theophanie ist eine Offenbarung Gottes, eine Offenbarung, die auf eine Störung unserer Welt hinausläuft —

und zudem ist unsere Welt nur scheinbar, sie ist nur eine „offensichtliche Ordnung“, die unter der Herrschaft einer unsichtbaren „latenten Ordnung“ steht. Horselover Fat würde Ihnen empfehlen, sich vor allem diese Feststellung zu merken. Denn falls Heraklit recht hat, dann gibt es in der Tat keine Realität, sondern nur die Realität der Theophanien; alles andere *ist* Illusion; und in diesem Falle erkennt von uns allen Fat allein die Wahrheit, und Fat ist, seit Glorias Telefonanruf, verrückt.

Im psychologischen — und nicht im rechtlichen — Sinne verrückte Menschen sind von der Realität getrennt. Horselover Fat ist verrückt; deshalb ist er von der Realität getrennt. *Eintrag Nr. 30* in seiner Exegese lautet:

Die phänomenologische Welt existiert nicht; sie ist Hypostase der Informationen, die der Heilige Geist produziert.

Nr. 35. Der Heilige Geist spricht nicht zu uns, sondern durch uns. Seine Mitteilungen werden durch uns verbreitet, und sein Gram erfüllt uns mit Irrationalität. Wie Plato erkannte, neigt die Weltenseele zum Irrationalen.

Mit anderen Worten, das Universum — und der Geist, der hinter dem Universum steht — ist verrückt. Somit ist jemand, der Kontakt mit der Realität hat, nach dieser Definition, in Kontakt mit dem Wahnsinn: erfüllt von Irrationalität.

Zusammenfassend läßt sich sagen, daß Fat sein Bewußtsein untersucht und festgestellt hatte, daß es gestört war. Dann hatte er mit diesem Bewußtsein die äußere Realität untersucht, die man den Makrokosmos nennt. Und er hatte entdeckt, daß der Makrokosmos ebenfalls gestört war. Wie die hermetischen Philosophen lehrten, dienen Makrokosmos und Mikrokosmos einander als zuverlässige Spiegelbilder. Mit einem gestörten Werkzeug hatte Fat also ein gestörtes Objekt untersucht und so die Erfahrung gemacht, daß alles falsch war.

Und zudem gab es keinen Ausweg. Der Zusammenhang zwischen dem gestörten Werkzeug und dem gestörten Objekt erschuf eine weitere perfekte chinesische Fingerfalle. Er war gefangen in seinem eigenen Labyrinth, wie Dädalus, der für den König Minos von Kreta das Labyrinth gebaut hatte, hineinstürzte und nicht mehr herausfand. Sehr wahrscheinlich ist Dädalus nicht immer dort — so wie wir. Der einzige Unterschied zwischen uns und Horselover Fat ist, daß Fat seine Lage erkannt hat, während wir noch immer ahnungslos sind. Deshalb ist Horselover Fat verrückt, und wir sind normal. „Sie sind vergleichbar mit Schläfern, von denen jeder in einer eigenen Traumwelt existiert", wie Hussey es formulierte, und er muß es wissen: Er ist die führende lebende Kapazität auf dem Gebiet der altgriechischen Denkweise — sieht man vielleicht von Francis Cornford ab. Und es ist Cornford, der sagt, daß Plato an ein Element des Irrationalen in der Weltenseele geglaubt hat.*

Es gibt keinen Weg aus dem Labyrinth. Das Labyrinth verändert sich, während man sich in ihm bewegt, denn es ist lebendig.

> PARSIFAL: Ich habe nur einen kleinen Schritt gemacht, und trotzdem scheint es mir, daß ich schon weit gekommen bin.
>
> GURNEMANZ: Du siehst, mein Sohn, hier verwandelt sich die Zeit in Raum.

(Die gesamte Landschaft verschwimmt. Ein Wald löst sich auf, und eine schroffe Felswand erscheint, durch die ein Tor führt. Die beiden Männer schreiten durch das Tor. Was ist mit dem Wald geschehen? Die beiden Männer haben sich nicht wirklich bewegt. Sie sind nicht wirklich irgendwohin gegangen, und dennoch sind sie nicht mehr da, wo sie ursprünglich gewesen sind. *Hier verwandelt sich Zeit in Raum*. Wagner nahm im Jahr 1845 die Arbeit an *Parsifal* auf. Er starb 1873, lange bevor Hermann Minkowski die vierdimensionale Raum-Zeit postulierte (1908). Quellengrundlage für *Parsifal* waren keltische Mythen und Wagners Studium des Bud-

* *Plato's Cosmology, The Timaeus of Plato,* Library of Liberal Arts, New York, 1937

dhismus für seine nie geschriebene Oper über Buddha, die den Titel *Die Sieger* hatte tragen sollen. Woher wußte Richard Wagner, daß sich die Zeit in Raum verwandeln kann?)

Und wenn sich die Zeit in Raum verwandeln kann, kann sich dann nicht auch der Raum in Zeit verwandeln?

In Mircea Eliades Buch *Myth and Reality* trägt ein Kapitel die Überschrift „Zeit kann überwunden werden". Es ist die fundamentale Absicht mythischer Rituale und Sakramente, die Zeit zu überwinden. Horselover Fat bemerkte, daß er in einer Sprache dachte, die vor zweitausend Jahren benutzt worden war, der Sprache, in der der Apostel Paulus geschrieben hatte. *Hier verwandelt sich Zeit in Raum.* Fat berichtete mir von einer anderen Begleiterscheinung seiner Begegnung mit Gott — unvermittelt war die kalifornische Landschaft des Jahres 1974 verschwunden und hatte der römischen Landschaft des ersten Jahrhunderts n.Chr. Platz gemacht. Eine Weile sah er, wie sich beide Bilder überlagerten, den Tricks ähnlich, die man im Film und in der Fotografie benutzt. Warum? Wieso? Gott erklärte Fat viele Dinge, doch dies erklärte er nie, sieht man von der kryptischen Feststellung ab, die in seinem Tagebuch unter *Nr. 3* steht: *Er bringt Dinge dazu, anders auszusehen, so daß es scheint, als ob Zeit verflossen ist.* Wer ist „er"? Müssen wir daraus folgern, daß in Wirklichkeit *keine* Zeit vergeht? Ist jemals Zeit vergangen? Gab es einst eine richtige Zeit und eine richtige Welt, und leben wir nun in einer falschen Zeit und einer falschen Welt, wie eine Art Seifenblase, die wächst und sich verändert, aber in Wirklichkeit statisch bleibt?

Horselover Fat hielt es für nötig, diese Feststellung ganz am Anfang seines Tagebuches oder seiner Exegese oder wie man es auch immer nennen mag einzutragen. Der nächste Punkt, *Nr. 4*, lautet:

Materie ist Plastik im Angesicht des Geistes.

Gibt es überhaupt eine Welt? Gurnemanz und Parsifal haben sich in keiner Hinsicht bewegt, und die Landschaft veränderte sich. So gelangten sie in einen anderen Raum — einen Raum, der zuvor

Zeit gewesen war. Fat dachte in einer zweitausend Jahre alten Sprache und sah die antike Welt, die zu dieser Sprache gehörte — der Inhalt seines Bewußtseins bestimmte seine Wahrnehmung der Außenwelt. Die Logik gerät hierbei in Schwierigkeiten. Vielleicht hatte sich ein Zeitsprung ereignet. Aber wieso hatte seine Frau Beth nichts davon bemerkt? Sie lebte mit ihm zusammen, als er seine Begegnung mit dem Göttlichen hatte. Für sie veränderte sich nichts, abgesehen davon, daß sie (wie sie mir erzählte) seltsame Geräusche hörte, wie von einem Kessel, der unter Überdruck stand und dennoch immer weiter erhitzt wurde, so daß er sich immer mehr dem Punkt näherte, an dem er platzen mußte.

Fat und seine Frau berichteten mir auch noch von einem anderen Zwischenfall, der sich in jenen Tagen im März des Jahres 1974 ereignete. Ihre Haustiere durchliefen eine eigenartige Metamorphose. Die Tiere wirkten intelligenter und friedlicher. Das heißt, bis beide Tiere an bösartigen Tumoren starben.

Und Fat und seine Frau verrieten mir etwas über ihre Tiere, das mir seitdem nicht mehr aus dem Kopf gegangen ist. Während dieser Zeit schienen die Tiere zu versuchen, mit ihnen zu kommunizieren, zu sprechen. Das kann man nicht einfach Fats Psychose zuschreiben — das nicht und auch nicht den Tod der Tiere.

Den ersten Hinweis auf die nahende Katastrophe lieferte, nach Fats Worten zu urteilen, das Radio. Eines Nachts hatte er es eingeschaltet — weil er nicht einschlafen konnte — und gehört, wie aus dem Radio abscheuliche Wörter drangen, Sätze, die es normalerweise unmöglich von sich geben konnte. Beth schlief und bemerkte nichts. Vielleicht hatte in diesem Moment Fats seelischer Zusammenbruch begonnen — von da an zerfiel sein Bewußtsein mit schrecklicher Geschwindigkeit.

Geisteskrankheit ist keine spaßige Angelegenheit.

4

Im Anschluß an seinen spektakulären Selbstmordversuch mit den Tabletten, dem Rasiermesser und den Auspuffgasen — all dies, weil Beth ihren Sohn Christopher genommen und ihn verlassen hatte — fand sich Fat im Gewahrsam der Psychiatrischen Klinik von Orange County wieder. Man hatte Fat nach der Behandlung in der Intensivstation in einen Rollstuhl gesetzt, und dann war er von einem bewaffneten Polizisten durch den unterirdischen Korridor in die psychiatrische Abteilung überführt worden.

Fat war nie zuvor gefangen gewesen. Durch die Einnahme der neunundvierzig Digitalis-Tabletten war sein Herzrhythmus schwer gestört worden, und er hatte tagelang unter den Vergiftungserscheinungen gelitten. Die Digitalis hatte er gegen eine erblich bedingte Herzrhythmusstörung verschrieben bekommen, die allerdings in keinem Verhältnis zu den Symptomen stand, die durch die Vergiftung ausgelöst wurden. Es ist eine Ironie, daß eine Überdosis Digitalis genau die Störung verursacht, die dieses Medikament normalerweise verhindert. Einen Moment lang, als Fat auf dem Rücken lag und den Kathodenstrahlmonitor über seinem Kopf anstarrte, sah er eine gerade Linie — sein Herz hatte zu schlagen aufgehört. Er beobachtete weiter, und schließlich nahm der leuchtende Punkt wieder seine Wellenbewegungen auf. Die Gnade Gottes ist unermeßlich.

Geschwächt und unter Bewachung erreichte er die Geschlossene Abteilung, und dann saß er in einem Korridor, rauchte nervös und schwankte zwischen Müdigkeit und Furcht. Die Nacht verbrachte er, mit Ledergurten an sein Bett gefesselt, in einem Sechsbettzimmer. Die Tür zum Korridor blieb geöffnet, damit die Pfleger die Patienten im Auge behalten konnten. Ein Fernseher lief, und Fat sah sich eine Sendung mit Johnny Carson an. Als Carsons Gast entpuppte sich Sammy Davis jr. Fat lag da, sah fern und fragte sich, wie es wohl sein mochte, wenn man ein Glasauge besaß. Zu dieser Zeit war er sich über seine Situation noch nicht im klaren. Er verstand, daß er seine Vergiftung überlebt hatte . . . er verstand, daß er aufgrund seines Selbstmordversuches in Gewahrsam war. Er wußte nicht, was Beth während seiner Behandlung in der Intensivstation gemacht hatte. Sie hatte weder angerufen noch ihn besucht. Zuerst war Sherri gekommen, dann David. Sonst wußte niemand von dem Vorfall. Vor allem wollte Fat nicht, daß Kevin davon erfuhr, denn Kevin würde nur zynische Bemerkungen über Fats Versagen machen. Und er war nicht in der Verfassung, Zynismus zu ertragen, selbst wenn er gut gemeint war.

Der Chefkardiologe des Orange County Klinikums hatte Fat einer ganzen Horde Medizinstudenten der Irvine-Universität vorgeführt. Das Orange County Klinikum war gleichzeitig ein Ausbildungszentrum, und alle wollten wissen, wie ein Herz nach dem Genuß von neunundvierzig hochwirksamen Digitalis-Tabletten funktionierte.

Darüber hinaus hatte er durch den Schnitt an seinem linken Handgelenk Blut verloren. Nur durch einen Defekt der Starterklappe seines Autos war er mit dem Leben davongekommen. Die Klappe hatte sich nicht richtig geöffnet, als sich der Motor erwärmte, und dadurch war der Motor abgewürgt worden. Taumelnd war Fat ins Haus zurückgekehrt und hatte sich zum Sterben auf sein Bett gelegt. Am nächsten Morgen erwachte er, und als er feststellte, daß er noch am Leben war, schluckte er die Digitalis-Tabletten. Auch dies sollte sich als rettende Tat erweisen. Die endgültige Rettung nahte dann in Gestalt der Sanitäter, die die Hintertür aus Glas und Aluminium öffneten und in Fats Haus eindrangen. Fat hatte irgendwann in den letzten Stunden seinen Apotheker angerufen und aufgrund seines Rezeptes eine neue Packung Librium angefordert — vor den Digitalis hatte er dreißig Librium genommen. Von dem Apotheker waren dann die Sanitäter informiert worden. Man kann viel über die unermeßliche Gnade Gottes sagen, aber wenn man darauf angewiesen ist, dann ist der Scharfsinn eines guten Apothekers zweifellos mehr wert.

Nach der ersten Nacht in der Aufnahmestation der Psychiatrischen Abteilung des Orange County Klinikums wurde Fat untersucht. Er sah sich einer ganzen Schar gutgekleideter Männer und

Frauen gegenüber. Jeder hielt einen Notizblock in der Hand und starrte ihn forschend an.

Fat bemühte sich so gut es ging, einen gesunden Eindruck zu machen. Er versuchte alles mögliche, sie davon zu überzeugen, daß er wieder normal war. Während er redete, erkannte er, daß niemand ihm glaubte. Ebensogut hätte er seinen Monolog in Suaheli halten können, es hätte die gleiche Wirkung gehabt. Das einzige Resultat war, daß er sich selbst erniedrigte und sich dadurch seines letzten Funkens Würde beraubte. Durch sein ernsthaftes Bemühen hatte er sich seine Selbstachtung genommen. Wieder eine chinesische Fingerfalle.

Scheiß drauf, sagte sich Fat schließlich und verstummte.

„Gehen Sie nach draußen", forderte ihn einer der Psychiater auf. „Wir werden Sie über unsere Entscheidung informieren."

„Ich habe wirklich meine Lektion gelernt", erklärte Fat, als er sich erhob und Anstalten machte, das Zimmer zu verlassen. „Selbstmord bedeutet, daß man die Feindseligkeit nach innen lenkt, die man besser nach draußen auf jene Person richten sollte, die einem weh getan hat. In der Intensivstation hatte ich genug Zeit, darüber nachzudenken, und mir ist klargeworden, daß sich in meinem selbstzerstörerischen Akt Jahre der Selbstverleugnung und der Selbsttäuschung manifestiert haben. Aber was mich am meisten erstaunte, war die Weisheit meines Körpers, der es nicht nur verstand, sich gegen mein Bewußtsein zu verteidigen, sondern auch sich selbst zu verteidigen. Ich weiß jetzt, daß Yeats Behauptung ‚Ich bin eine unsterbliche Seele, die an den Körper eines sterblichen Tieres gekettet ist' diametral der tatsächlichen Situation des menschlichen Seins entgegengesetzt ist."

Der Psychiater sagte: „Wenn wir unsere Entscheidung getroffen haben, werden wir uns draußen mit Ihnen weiter unterhalten."

„Ich vermisse meinen Sohn", murmelte Fat.

Niemand beachtete ihn.

„Ich dachte, Beth würde Christopher weh tun", fuhr Fat fort. Das war der einzige wahre Satz, den er bisher gesagt hatte. Er hatte nicht versucht, sich umzubringen, weil er von Beth verlassen worden war, sondern weil er durch ihre Trennung nicht mehr auf seinen kleinen Sohn aufpassen konnte.

Schließlich saß er draußen auf dem Gang auf einer Couch aus Plastik und Chrom und hörte einer fetten alten Frau zu, die ihm erzählte, daß ihr Mann geplant hatte, Giftgas durch die Türritze in ihr Schlafzimmer zu pumpen, um sie umzubringen. Fat überdachte sein Leben. Er sagte sich nicht: Ich bin einer von den wenigen Menschen, die Gott wirklich gesehen haben. Statt dessen dachte er an Stephanie und an ihren kleinen Tonkrug, den er Oh Ho nannte, weil er in seinen Augen wie ein chinesischer Krug aussah. Er fragte sich, ob Stephanie inzwischen heroinsüchtig geworden oder verhaftet worden war, gefangen wie er, oder ob sie tot oder verheiratet war oder ob sie nun im Schnee von Washington lebte, wovon sie immer geschwärmt hatte, vom Staat Washington, um den ihre Träume kreisten, ohne sich jemals zu erfüllen. Vielleicht traf alles zu oder auch nichts. Vielleicht war sie bei einem Autounfall verkrüppelt worden. Er fragte sich, was Stephanie wohl sagen würde, wenn sie ihn jetzt sah — gefangen, verlassen von Frau und Kind, mit einem Auto, dessen Starterklappe nicht funktionierte, einem zerstörten Gehirn.

Wäre sein Gehirn nicht zerstört gewesen, hätte er sich wahrscheinlich glücklich geschätzt, noch am Leben zu sein — glücklich nicht im philosophischen, sondern im statistischen Sinne. Niemand überlebt neunundvierzig Tabletten hochwirksamer, reiner Digitalis. Grundsätzlich kann man davon ausgehen, daß die doppelte Dosis der verschriebenen Menge tödlich wirkt. Fats verschriebene Dosis lag bei vier Tabletten pro Tag. Er hatte das zwölf Komma fünfundzwanzigfache der verschriebenen Tagesdosis genommen und überlebt. Die unermeßliche Gnade Gottes kümmert sich nicht um praktische Gesichtspunkte. Zudem hatte er seinen ganzen Libriumvorrat, zwanzig Quide- und sechzig Apresolin-Tabletten geschluckt und alles mit einer halben Flasche Wein hinuntergespült. Von seinem Medikamentenvorrat war einzig und allein noch eine Flasche *Miles Nervenbalsam* übriggeblieben. Technisch gesehen war Fat tot.

Seelisch betrachtet ebenfalls.

Entweder war er Gott zu früh oder zu spät begegnet. Auf jeden Fall war er für Fat keine Stütze gewesen, was die Meisterung des Lebens betrifft. Er hatte ihm nicht geholfen, mit den normalen Widrigkeiten des Lebens fertig zu werden, mit denen gewöhnliche, nicht so begnadete Menschen zurechtkommen.

Aber es bestand auch die Möglichkeit — und Kevin hatte darauf hingewiesen —, daß Fat zusätzlich zu seiner Begegnung mit Gott noch etwas anderes vollbracht hatte. Aufgeregt hatte Kevin ihn eines Tages angerufen und ihm von einem anderen Buch Mircea Eliades erzählt.

„Hör zu!" sagte Kevin. „Weißt du, was Eliade über die Traumzeit der australischen Buschmänner schreibt? Er schreibt, daß sich die Anthropologen irren, wenn sie die Traumzeit für eine vergangene Zeit halten. Eliade sagt, daß es eine andere Form der Zeit ist, die jetzt vergeht und in die sich die Buschmänner versetzen, und zwar ist es die Zeit der Helden und ihrer Taten. Warte — ich werde dir die Stelle vorlesen." Eine Weile herrschte Stille. „Scheiße", fluchte Kevin dann. „Ich kann sie nicht finden. Aber sie bereiten sich auf die Traumzeit vor, indem sie sich schrecklichen Schmerzen aussetzen; das ist ihr Initationsritus. Als du deine Offenbarung hattest, hast du unter großen Schmerzen gelitten — dieser hervorbrechende Weisheitszahn — und außerdem . . ." Kevin senkte seine Stimme; er hatte in den Telefonhörer gebrüllt. „Erinnerst du dich? An deine Angst, daß dich die Behörden erwischen könnten?"

„Ich war verrückt", hatte Fat erwidert. „Sie waren nicht hinter mir her."

„Aber du hast das geglaubt, und du warst so in Panik, daß du in keiner Nacht Schlaf finden konntest. Du hast an sensorischer Deprivation gelitten."

„Nun, ich lag im Bett und konnte nicht schlafen."

„Du hast Farben gesehen. Sich verändernde Farben." Kevin begann vor Erregung wieder zu schreien. Wenn er seinen Zynismus verlor, wurde er wahnsinnig. „Das wird schon im *Tibetanischen*

Totenbuch beschrieben. Das ist die Reise in die andere Welt. Du bist seelisch gestorben! An Streß und Furcht! So funktioniert es — so kann man die nächste Realität erreichen! Die Traumzeit!"

Und jetzt saß Fat auf der Couch aus Chrom und Plastik, und seine Seele starb — in Wirklichkeit war er seelisch bereits tot, und in dem Zimmer, das er verlassen hatte, entschieden die Ärzte über sein Schicksal und gaben ihr Urteil über das ab, was von ihm übriggeblieben war. Es ist richtig, daß fachlich qualifizierte Nicht-Verrückte über Verrückte urteilen. Wie könnte es auch anders sein?

„Wenn man doch nur in die Traumzeit überwechseln könnte!" brüllte Kevin. „Sie ist die einzig *wirkliche* Zeit — alle wirklichen Ereignisse geschehen in der Traumzeit! Dort handeln die Götter!"

Die dicke alte Dame neben Fat hielt eine Plastikbettpfanne in der Hand. Seit Stunden versuchte sie schon, das Thorazin zu erbrechen, das man ihr aufgenötigt hatte. Sie glaubte, sagte sie krächzend zu Fat, daß das Thorazin von ihrem Mann vergiftet worden, war, der sich in vielerlei Gestalt unter die Chefärzte des Krankenhauses gemischt hatte und sie endgültig umbringen wollte.

„Du hast einen Weg in die obere Sphäre entdeckt", erklärte Kevin. „Ist das nicht genau das, was du in deinem Tagebuch geschrieben hast?"

Nr. 48. Zwei Sphären existieren, die obere und die untere. Die obere, die dem Hyperuniversum I oder Yang entstammt, die Form I des Parmenides, ist mit Gefühl und Willen ausgestattet. Die untere Sphäre oder Yin, Form II des Parmenides, ist mechanisch, von Blindheit und Eifer bestimmt, deterministisch und ohne Intelligenz, weil sie ihren Ursprung in einer toten Quelle hat. In alten Zeiten nannte man sie den „astralen Determinismus". Wir sind im großen und ganzen in der unteren Sphäre gefangen, sind aber, durch die Sakramente und das Plasma, gleichzeitig davon befreit. Solange der astrale Determinismus nicht durchbrochen wird, können wir ihn nicht einmal wahrnehmen, denn es mangelt uns an Erleuchtung. „Das Reich endet nie."

Ein kleines, hübsches, dunkelhaariges Mädchen ging lautlos an Fat und der dicken alten Frau vorbei. Ihre Schuhe hielt sie in der Hand. Beim Frühstück hatte sie versucht, mit diesen Schuhen eine Scheibe einzuwerfen, und dann, als es ihr nicht gelungen war, hatte sie einen einen Meter neunzig großen schwarzen Pfleger niedergeschlagen. Jetzt strahlte das Mädchen eine Aura absoluter Ruhe aus.

„*Das Reich endet nie*", sagte Fat zu sich selbst. Dieser eine Satz tauchte immer wieder in seiner Exegese auf; er war zu seinem Leitmotiv geworden. Ursprünglich stammte der Satz aus einem beeindruckenden Traum. In diesem Traum war er wieder ein Kind gewesen, das staubige Second-Hand-Buchläden nach seltenen alten Science Fiction-Magazinen durchwühlte, vor allem nach *Astoundings*. Im Traum hatte er zahllose zerknitterte Ausgaben durchblättert, einen Stapel nach dem anderen, auf der Suche nach dem unbezahlbaren Fortsetzungsroman *Das Reich endet nie*. Wenn er ihn fand und las, dann würde er alles wissen — das war die Aussage des Traumes gewesen.

Schon zuvor, während der Vision der beiden sich überlappenden Welten, hatte er nicht nur das Kalifornien des Jahres 1974 und das alte Rom gesehen, sondern auch ein Gebilde, das in beiden Raum-Zeit-Kontinua existierte und ihr verbindendes Element darstellte: ein Schwarzes Eisernes Gefängnis. Und genau darauf bezog sich in dem Traum „das Reich". Er wußte dies, denn als er das Schwarze Eiserne Gefängnis gesehen hatte, da hatte er es wiedererkannt. Jeder befand sich in ihm, ohne es zu ahnen. Das Schwarze Eiserne Gefängnis war ihre Welt.

Wer das Gefängnis errichtet hatte — und warum —, konnte er nicht erklären. Aber eines war ihm klar: Das Gefängnis wurde angegriffen. Eine Gruppe Christen, keine normalen Christen wie jene, die jeden Sonntag in die Kirche gingen und beteten, sondern heimliche frühe Christen in dünnen, grauen Gewändern, hatten das Gefängnis überfallen und Erfolg gehabt. Die heimlichen, frühen Christen waren überglücklich.

In seinem Wahnsinn verstand Fat den Grund für ihre Freude.

Dieses Mal würden die frühen, heimlichen, graugekleideten Christen das Gefängnis beherrschen *und nicht umgekehrt.* Die Taten der Helden in der heiligen Traumzeit . . . der einzigen Zeit nach Ansicht der Buschmänner, die wirklich war.

Einst, in einer schlechten Science Fiction-Geschichte, hatte Fat eine perfekte Beschreibung des Schwarzen Eisernen Gefängnis gelesen, obwohl es allerdings in die ferne Zukunft verlagert worden war. Wenn man also die Vergangenheit (das alte Rom) die Gegenwart (das Kalifornien des zwanzigsten Jahrhunderts) überlappen ließ und dies wiederum durch die ferne Zukunftswelt von *Der Androide weinte mir einen Fluß* überlagerte, dann erhielt man das Reich, das Schwarze Eiserne Gefängnis, als supra- oder transtemporale Konstante. Jeder, der jemals gelebt hatte, war buchstäblich von den eisernen Mauern des Gefängnisses umgeben; alle Menschen befanden sich hinter diesen Mauern, und niemand wußte es — mit Ausnahme der graugekleideten heimlichen Christen.

Und das machte auch die frühen, heimlichen Christen zu transtemporalen Objekten, was bedeutet, daß sie in allen Zeiten vorhanden waren — eine Situation, vor der Fat kapitulierte. Wie konnten sie in der Frühzeit und gleichzeitig in der Gegenwart und in der Zukunft existieren? Und wenn sie in der Gegenwart existierten, wieso konnte niemand sie sehen? Andererseits, wieso konnte niemand die Mauern des Schwarzen Eisernen Gefängnis sehen, das alle Menschen, ihn eingeschlossen, von allen Seiten umgab? Wieso wurden diese gegensätzlichen Kräfte nur wahrnehmbar, wenn Vergangenheit, Gegenwart und Zukunft sich auf irgendeine Weise — aus welchem Grund auch immer — überlagerten?

Vielleicht gab es in der Traumzeit der Buschmänner keine Zeit. Aber wenn es keine Zeit gab, wie konnten dann die frühen, heimlichen Christen voller Freude aus dem Schwarzen Eisernen Gefängnis fliehen, das sie kurz zuvor in die Luft gesprengt hatten? Und wie konnten sie es im Rom des Jahres 70 n. Chr. in die Luft sprengen, obwohl es in dieser Zeit noch gar keine Sprengstoffe gegeben hatte? Und zudem, wenn in der Traumwelt keine Zeit verging, konnte dann das Gefängnis überhaupt aufhören zu existieren? Es erinnerte Fat an die sonderbare Behauptung in *Parsifal*: „Du siehst, mein Sohn, hier verwandelt sich Zeit in Raum.“ Während seiner religiösen Erfahrung im März des Jahres 1974 hatte Fat den Raum wachsen gesehen: Meter um Meter Raum, der bis zu den Sternen reichte, Raum, der sich um ihn öffnete, als wären die Mauern eines Gefängnisses entfernt worden. Er hatte sich wie ein Kater gefühlt, den man während einer langen Autofahrt in eine Kiste eingesperrt hatte und der am Zielort aus dieser Kiste herausgeholt, befreit worden war. Und in der Nacht hatte er im Schlaf von einem endlosen Vakuum geträumt, und dieses Vakuum war lebendig. Das Vakuum breitete sich aus und trieb dahin und wirkte vollkommen leer und besaß dennoch eine Persönlichkeit. Die Leere drückte Entzücken aus, als sie Fat sah, der im Traum körperlos war. Wie die grenzenlose Leere trieb er langsam dahin, und zudem vernahm er ein leises Summen, das an Musik erinnerte. Offenbar kommunizierte die Leere durch dieses Echo, dieses Summen.

„Von allen Menschen“, erklärte die Leere, „von allen Menschen bist du es, den ich am meisten liebe.“

Die Leere hatte auf die Wiedervereinigung mit Horselover Fat gewartet, und er war der einzige von allen jemals existierenden Menschen gewesen, dem diese Ehre zuteil wurde. Wie ihre räumliche Ausdehnung, so war auch die Liebe der Leere grenzenlos — sie und ihre Liebe waren ewig. In seinem ganzen Leben war Fat noch nie so glücklich gewesen.

Der Psychiater trat an ihn heran und sagte: „Wir werden Sie vierzehn Tage hierbehalten.“

„Ich kann nicht nach Hause?“ fragte Fat.

„Nein, wir sind der Ansicht, daß Sie ärztliche Hilfe benötigen. Sie sind noch nicht soweit, daß Sie nach Hause gehen können.“

„Und was ist mit meinen Rechten?“ stieß Fat benommen hervor. Furcht erfaßte ihn.

„Wir können Sie vierzehn Tage ohne Gerichtsbeschluß festhalten. Danach besteht die Möglichkeit, Ihre Zustimmung vorausgesetzt, Sie weitere neunzig Tage unter Beobachtung zu behalten.“

Fat wußte, wenn er auch nur einen Ton, einen einzigen Ton sagte, dann würde er die nächsten neunzig Tage hier verbringen müssen. Also schwieg er. Wenn man verrückt ist, lernt man, den Mund zu halten.

Verrückt zu sein und dabei erwischt zu werden, konnte einen schnell vor Gericht bringen. Fat wußte jetzt Bescheid. In Orange County gab es außer einem Gefängnis für Kriminelle auch ein Gefängnis für Geisteskranke. Und dort befand er sich. Vielleicht würde er dort lange bleiben müssen. In der Zwischenzeit schaffte Beth zweifellos alles, was ihr gefiel, aus ihrem Haus in das Apartment, das sie gemietet hatte — sie hatte sich geweigert, ihm die Adresse zu nennen; nicht einmal die Stadt wollte sie ihm verraten.

In Wirklichkeit — obwohl Fat dies im Augenblick nicht wußte — hatte er in seinem Wahn weder die Miete für das Haus noch die Raten für das Auto bezahlt; die Strom- und die Telefonrechnung standen ebenfalls noch offen. Von Beth, bestürzt über Fats seelischen und körperlichen Zustand, konnte man nicht verlangen, daß sie die von Fat hinterlassenen Probleme löste. Als Fat dann aus dem Krankenhaus entlassen wurde, war der Mietvertrag gekündigt, das Auto abgeholt worden, aus dem Kühlschrank tropfte Wasser, und als er telefonieren und Hilfe herbeirufen wollte, da war das Telefon auf schreckenerregende Weise tot. Das raubte ihm den letzten Rest Fassung, und er wußte, alles war seine eigene Schuld. Es war sein Karma.

Im Moment aber wußte Fat noch nichts von all dem. Er wußte nur, daß er zumindest die nächsten zwei Wochen in der Geschlossenen Abteilung verbringen mußte. Außerdem hatte er von den anderen Patienten erfahren, daß ihm die Bezirksregierung von Orange County diese vierzehn Tage in Rechnung stellen würde. In der Tat belief sich die Gesamtrechnung, einschließlich der Kosten für seine Behandlung auf der Intensivstation, auf über zweitausend Dollar. In erster Linie war Fat in das Bezirkskrankenhaus eingewiesen worden, weil er nicht das Geld besaß, um sich eine Behandlung in einer Privatklinik leisten zu können. So hatte er noch etwas dazugelernt, was es bedeutete, verrückt zu sein: Es bringt einen nicht nur ins Gefängnis, sondern kostet auch einen Haufen

Geld. Man muß für seinen Wahnsinn auch noch bezahlen, und wenn man nicht bezahlen kann, dann wird man verklagt, und wenn das Gerichtsurteil negativ ausfällt und der Widerspruch verworfen wird, dann kann man wegen Mißachtung des Gerichtsbeschlusses wieder eingesperrt werden.

Fats Selbstmordversuch war Ausdruck tiefer Verzweiflung gewesen, doch der Zauber, die Magie jener Situation, war verflogen. Neben ihm auf der Couch aus Chrom und Plastik erbrach die dicke alte Dame noch immer die Medikamente in die Plastikschüssel, die von dem Krankenhaus für derartige Zwecke zur Verfügung gestellt wurde. Der Psychiater ergriff Fats Arm und führte ihn in die Abteilung, in der er die nächsten zwei Wochen verbringen würde. Die Geschlossene Abteilung lag im Nordflügel. Widerstandslos folgte Fat dem Psychiater aus der Aufnahmestation, durchquerte die Halle und betrat den Nordflügel, wo erneut hinter ihm die Tür zugeschlossen wurde.

Scheiße, sagte sich Fat.

Der Psychiater begleitete Fat in sein neues Zimmer — in dem nur zwei statt sechs Betten standen — und brachte ihn dann in ein kleines Büro, um einen Fragebogen auszufüllen. „Das dauert nur ein paar Minuten“, versicherte der Psychiater.

In dem kleinen Büro befand sich ein dickes mexikanisches Mädchen mit grobporiger, dunkler Haut und großen Augen, dunklen und friedlich wirkenden Augen, Augen wie matt glühende Kohlen. Fats Schritte stockten, als er die glosenden, friedlichen, großen Augen des Mädchens sah. Das Mädchen blätterte in einer Zeitschrift, die aufgeschlagen auf einem Fernsehgerät lag. Auf der Seite war eine schlichte Zeichnung zu erkennen: eine Darstellung des Königreichs des Friedens. Die Zeitschrift, stellte Fat fest, war der *Wachturm*. Das Mädchen, das ihn anlächelte, war eine Zeugin Jehovas.

Mit freundlicher, angenehmer Stimme wandte sich das Mädchen an Fat und ignorierte den Psychiater. „Unser Herrgott hat für uns einen Ort vorbereitet, an dem es keinen Schmerz und keine Furcht geben wird, und schau, die Tiere leben glücklich zusammen, das Lamm liegt neben dem Löwen, Freunde, die auch wir einander sein sollten, die einander lieben ohne Leid und ohne Tod, immer und ewiglich, und dann ist unser Herr Jehova bei uns, um uns zu lieben und uns nie zu verlassen, gleichgültig, was wir auch tun."

„Debbie, geh bitte hinaus", sagte der Psychiater.

Das Mädchen lächelte Fat noch immer an und deutete auf eine Kuh und ein Lamm, die auf der Zeichnung zu sehen waren. „Alle Tiere, alle Menschen, alle Lebewesen groß und klein werden erfüllt sein von der Liebe Jehovas, wenn das Königreich kommt. Vielleicht glaubst du, daß noch viel Zeit bis dahin vergehen wird, aber Jesus Christus ist schon heute bei uns." Dann schlug das Mädchen die Zeitschrift zu und verließ schweigend, aber noch immer lächelnd den Raum.

„Tut mir leid", sagte der Psychiater zu Fat.

„Donnerwetter!" entfuhr es Fat verblüfft.

„Haben Sie sich von ihr belästigt gefühlt? Das tut mir leid. An sich darf sie diese Zeitschrift gar nicht lesen. Jemand muß sie in die Klinik geschmuggelt haben."

Fat murmelte: „Alles wird gut werden." Er wußte es — und es machte ihn benommen.

„Beantworten Sie mir jetzt ein paar Fragen", bat der Psychiater, nachdem er sich gesetzt und nach einem Block und einem Kugelschreiber gegriffen hatte. „Ihr Geburtsdatum?"

Du Narr, dachte Fat. Du verdammter Narr. Gott ist hier in deiner gottverdammten Klinik, und du weißt es nicht einmal. Er befindet sich direkt vor deinen Augen, und du siehst ihn nicht. Er ist hier eingedrungen, aber du hast es nicht bemerkt.

Er war glücklich.

Er erinnerte sich an den *Eintrag Nr. 9* in seiner Exegese. *Er hat vor langer Zeit gelebt, aber er lebt noch immer.* Er lebt noch immer, dachte Fat. Nach allem, was geschehen ist. Nach den Tabletten, nach dem zerschnittenen Handgelenk, nach den Auspuffgasen. Nach der Einlieferung in die Geschlossene Abteilung. Er lebt noch immer.

Nach einigen Tagen hatte er sich mit einem der Patienten angefreundet — Doug, ein großer, junger Hebephreniker im fortgeschrittenen Stadium seiner Krankheit, der nie Straßenkleidung, sondern nur einen am Rücken offenen Krankenhauskittel trug. Die Frauen in der Abteilung wuschen, schnitten und kämmten Dougs Haare, weil er dazu nicht mehr in der Lage war. Doug nahm seine Situation nicht sehr ernst. Nur wenn alle zum Frühstück geweckt wurden, reagierte er absonderlich. Jeden Tag begrüßte Doug Fat auf entsetzliche Weise.

„Im TV-Raum lauern Teufel", sagte Doug jeden Morgen. „Ich habe Angst hineinzugehen. Spürst du sie? Ich spüre sie sogar, wenn ich nur vorbeigehe."

Wenn alle ihr Frühstück bestellten, schrieb Doug:

SPÜLWASSER

„Ich habe mir Spülwasser bestellt", informierte er Fat.

Fat entgegnete: „Ich habe mir Dreck bestellt."

Die Ärzte hielten sich im rundum verglasten, verschlossenen Zentralbüro auf, beobachteten die Patienten und machten Notizen über deren Verhalten.

Bei Fat stellten sie fest, daß er nie mitmachte, wenn die Patienten Karten spielten (und damit verbrachten sie die Hälfte ihrer Zeit, da es keine Therapie gab). Die anderen Patienten spielten Poker und Siebzehnundvier, während Fat abseits saß und las.

„Warum spielen Sie nicht Karten?" wurde er von Penny, einer Psychologin, gefragt.

„Poker und Siebzehnundvier sind keine Kartenspiele, sondern Geldspiele", erklärte Fat und senkte sein Buch. „Da wir kein Geld besitzen dürfen, hat es keinen Sinn zu spielen."

„Ich glaube, Sie sollten doch Karten spielen", meinte Penny.

Fat wußte, daß dies ein Befehl war, und so spielte er zusammen mit Debbie Kinderspiele wie „Mau-Mau". Sie spielten stundenlang „Mau-Mau". Die Ärzte saßen in ihrem verglasten Büro und beobachteten und notierten, was sie sahen.

Einer der Frauen war es gelungen, ihre Bibel zurückzubekommen. Es war die einzige Bibel für fünfunddreißig Patienten. Debbie durfte sie nicht lesen. Wie dem auch sei, an einer Stelle des Korridors — während des Tages wurden sie aus den Zimmern ausgeschlossen, damit sie sich nicht hinlegen und schlafen konnten — waren sie den Blicken der Ärzte entzogen. Manchmal gab ihr Fat die Bibel, ihre Gemeinschaftsbibel, und Debbie überflog hastig die Psalmen. Die Ärzte wußten, was sie dort machten, und haßten sie dafür, aber bevor einer der Psychologen das Büro verlassen hatte und durch den Korridor geeilt war, hatte sich Debbie schon davongemacht.

Anstaltsinsassen bewegen sich alle mit derselben, gleichbleibenden Geschwindigkeit. Aber manche bewegen sich stets langsam und manche schnell. Debbie, dick und behäbig wie sie war, schritt immer bedächtig daher, genau wie Doug. Fat, der Doug nie von der Seite wich, paßte sich seiner Geschwindigkeit an. Gemeinsam schlurften sie den Korridor hinauf und hinunter und unterhielten sich. Die Unterhaltungen in Irreananstalten erinnern an die Unterhaltungen in Busbahnhöfen, denn in einem Bahnhof der Greyhoundbusse wartet jeder, und in einer Irrenanstalt — vor allem in der Geschlossenen Abteilung eines Bezirkskrankenhauses — wartet ebenfalls jeder. Man wartet darauf, endlich fortzukommen.

In einer Geschlossenen Abteilung geschieht nicht viel — trotz aller Geschichten, die darüber im Umlauf sind. In Wirklichkeit greifen die Patienten das Personal nicht an, und das Personal ermordet die Patienten nicht. Meistens liest man, oder man sieht fern, oder man sitzt einfach da und raucht oder liegt auf einer Couch und schläft, oder man trinkt Kaffee oder spielt Karten oder geht spazieren, und dreimal am Tag bekommt man eine Mahlzeit serviert. Das Zeitempfinden wird bestimmt durch die Ankunft der Essenskarren. Gegen Abend tauchen Besucher auf, und sie lächeln immer. Patienten in einer Irrenanstalt wissen nie, warum die von draußen kommenden Leute lächeln. Bis zum heutigen Tag ist es für mich ein Geheimnis geblieben.

Medikamente, die im Jargon „Meds“ genannt werden, erhält

man in unregelmäßigen Abständen aus kleinen Pappschälchen. Jeder bekommt Thorazin und noch irgendein anderes Mittel. Man sagt einem nicht, was man bekommt, und es wird kontrolliert, ob man die Tabletten auch wirklich schluckt. Manchmal irren sich die Krankenschwestern und bringen die Medikamente zweimal. Die Patienten weisen immer darauf hin, daß sie ihre Meds bereits vor zehn Minuten genommen haben, und die Schwestern geben sie ihnen trotzdem. Erst am Ende des Tages wird der Fehler bemerkt, und die Ärzte lehnen es ab, mit den Patienten darüber zu sprechen, auch wenn sie doppelt so viel Thorazin verabreicht bekommen haben, als angebracht ist.

Ich habe nie einen psychisch kranken Patienten getroffen, selbst keinen Paranoiden, der geglaubt hat, daß die Medikamente bewußt überdosiert werden, um die Insassen ruhigzustellen. Es ist völlig offensichtlich, daß die Schwestern dumm sind. Die Schwestern haben genug Schwierigkeiten festzustellen, welcher Patient wer ist, und ihm das richtige Pappschälchen mit den Tabletten zu geben. Grund dafür ist die ständige Fluktuation in der Abteilung — neue Patienten werden eingeliefert, alte entlassen. Die einzige Gefahr, die einem in einer Geschlossenen Abteilung droht, ist, daß jemand irrtümlich aufgenommen wird, der auf PCP* ausgeflippt ist. Die meisten psychiatrischen Kliniken verweigern die Aufnahme von PCP-Opfern und übergeben sie der Polizei. Die Polizei wiederum versucht, die PCP-Opfer auf die Ärzte und Patienten der psychiatrischen Kliniken abzuschieben. Niemand will etwas mit einem PCP-Opfer zu tun haben, und das aus gutem Grund. Die Zeitungen berichten laufend darüber, wie PCP-Freaks anderen Anstaltsinsassen oder Mitgliedern des Personals die Nase abbeißen oder sich selbst die Augen auskratzen.

Fat blieb dies erspart. Er wußte nicht einmal, daß es solche entsetzlichen Dinge gab. Dies war der weisen Politik des Orange County Klinikums zuzuschreiben, das dafür sorgte, daß kein PCP-Opfer in den Nordflügel eingeliefert wurde. Tatsächlich verdankte Fat sein Leben dem Orange County Klinikum (ebenso wie er dem

* Auch als Engelsstaub bekannt

Krankenhaus zweitausend Dollar schuldete), obwohl er viel zu verrückt war, um dies anzuerkennen.

Als Beth vom Orange County Klinikum die detaillierte Rechnung erhielt, konnte sie kaum glauben, daß man so viel für ihren Mann getan hatte, um ihn am Leben zu erhalten — die Liste umfaßte fünf Seiten. Sogar Sauerstoff war darin verzeichnet. Fat wußte es nicht, aber die Schwestern auf der Intensivstation hatten befürchtet, daß er sterben würde. Unablässig stand er unter Beobachtung. In regelmäßigen Abständen war auf der Intensivstation Notfallalarm ausgelöst worden. Der Sirenenton bedeutete, daß einer der Patienten kein Lebenszeichen mehr von sich gab. Fat hatte in seinem Bett gelegen, fasziniert von dem Videomonitor über seinem Kopf, und hatte das Gefühl gehabt, sich in unmittelbarer Nähe eines Rangierbahnhofs zu befinden. Die zahllosen unterschiedlichen Geräusche der lebenserhaltenden Apparate waren allgegenwärtig.

Es ist charakteristisch für die Geisteskranken, daß sie jene hassen, die ihnen helfen, und jene lieben, die ihnen schaden. Fat liebte Beth noch immer, und er verabscheute das Orange County Klinikum. Das bewies, daß er in den Nordflügel gehörte — daran habe ich keinen Zweifel. Beth wußte, daß Fat Selbstmord begehen würde, wenn sie Christopher nahm und ihn verließ. Und in Kanada hatte er auch versucht, sich umzubringen. In der Tat hatte Beth vorgehabt, sofort nach Fats Ableben in das Haus zurückzukehren. Später verriet sie ihm das. Außerdem war sie, wie sie ihm ebenfalls erzählte, wütend gewesen, weil sein Selbstmordversuch mißglückt war. Als er sie fragte, wieso sie das so wütend gemacht hatte, gab ihm Beth zur Antwort: „Weil du wieder einmal deine Unfähigkeit bewiesen hast, irgend etwas zustande zu bringen."

Der Unterschied zwischen Normalität und Wahnsinn ist schmaler als die Klinge eines Rasiermessers, schärfer als ein Hundezahn und augenfälliger als das bunte Gefieder eines Papageis. Und er ist flüchtiger als ein Phantom. Vielleicht existiert er nicht einmal — vielleicht *ist* er ein Phantom.

Ironischerweise war Fat nicht aufgrund seines Wahnsinns in der

Geschlossenen Abteilung gelandet (obwohl er verrückt war), sondern weil er eine Gefahr für sich selbst darstellte. Fat bildete eine Bedrohung für sein eigenes Wohlergehen, ein Vorwurf, der gegen die meisten Menschen erhoben werden kann. Während seines Aufenthaltes im Nordflügel wurde er einer Reihe psychologischer Tests unterzogen. Er bestand sie, aber andererseits hatte er es klugerweise vermieden, sich über Gott auszulassen. Fat hatte die Tests bestanden, weil er geschwindelt hatte. Um sich die Zeit zu vertreiben, zeichnete er zahllose Bilder der deutschen Ritter, die Alexander Newsky aufs Eis und in den Tod gelockt hatte. Fat identifizierte sich mit den schwerbewaffneten teutonischen Rittern, deren Helme zwei schmale Augenschlitze aufwiesen und von Ochsenhörnern gekrönt wurden. Er stattete jeden Ritter mit einem großen Schild und einem blankgezogenen Schwert aus. Auf den Schild schrieb Fat: „*In hoc signo vinces.*“ Ein Spruch, den er auf einer Zigarettenpackung gesehen hatte. Er bedeutete: „In diesem Zeichen wirst du siegen.“ Das Zeichen besaß die Form eines Eisernen Kreuzes. Seine Liebe zu Gott hatte sich in Zorn verwandelt, in obskuren Zorn. Er litt unter Visionen, in denen Christopher über eine grasbewachsene Ebene hetzte, und sein kleiner blauer Mantel flatterte hinter ihm her, während er rannte und rannte. Zweifellos war dies Horselover Fat, der da rannte, das Kind, das er noch immer war. Er lief vor etwas davon, das so obskur war wie sein Zorn.

Außerdem schrieb er mehrmals:

Disco per spiritum sanctum. Haec veritas est. Mihi crede et mecum in aeternitate vivebis. Eintrag Nr. 28.

Das bedeutete: „Durch mich spricht der Heilige Geist. Das ist die Wahrheit. Glaube mir, und du wirst mit mir in alle Ewigkeit leben.“

Eines Tages schrieb er auf die Hausordnung, die an der Wand des Korridors befestigt war:

Ex Deo nascimur, in Jesu mortimur, per spiritum sanctum reviviscimus.

Doug fragte, was das bedeutete.

„‚*Gott hat uns geboren*‘“, übersetzte Fat, „‚*in Jesus sterben wir und durch den Heiligen Geist werden wir wieder zum Leben erwachen.*‘“

„Du wirst neunzig Tage hierbleiben“, bemerkte Doug.

Irgendwann entdeckte Fat dann einen Anschlag, der ihn faszinierte. Die Mitteilung wies — in der Reihenfolge ihrer Wichtigkeit — auf verschiedene Verbote hin. Am Anfang der Liste stand:

ES IST VERBOTEN, DIE ASCHENBECHER AUS DER ABTEILUNG MITZUNEHMEN.

Und weiter unten wurde erklärt:

OHNE DAS SCHRIFTLICHE EINVERSTÄNDNIS DES PATIENTEN DÜRFEN KEINE HIRNOPERATIONEN DURCHGEFÜHRT WERDEN.

„Das müßte ‚Gehirnoperationen‘ heißen“, bemerkte Doug und fügte das *Ge* hinzu.

„Woher weißt du das?“ fragte Fat.

„Es gibt zwei Wege zum Wissen“, erläuterte Doug. „Entweder man erlangt die Erkenntnis durch die Sinnesorgane, was man als empirisches Wissen bezeichnet, oder die Erkenntnis entsteht direkt in deinem Kopf, also *a priori*.“ Doug schrieb auf die Bekanntmachung:

KANN ICH MEIN GEHIRN WIEDERHABEN, WENN ICH DIE ASCHENBECHER ZURÜCKBRINGE?

„Du wirst neunzig Tage hierbleiben“, sagte Fat.

Draußen regnete es. Seit Fats Ankunft im Nordflügel hatte es geregnet. Wenn er sich in der Wäscherei auf die Waschmaschine stellte, konnte er durch ein vergittertes Fenster auf den Parkplatz sehen. Die Autofahrer parkten ihre Wagen und rannten dann durch den Regen. Fat war froh, daß er sich in der Geschlossenen Abteilung befand.

Dr. Stone, der die Station leitete, rief ihn eines Tages zu sich.

,,Haben Sie schon früher einen Selbstmordversuch gemacht?" fragte Dr. Stone.

,,Nein", antwortete Fat, was natürlich nicht stimmte. In diesem Moment erinnerte er sich nicht mehr an Kanada. Er hatte das Gefühl, daß sein Leben erst vor zwei Wochen, seit der Trennung von Beth, begonnen hatte.

,,Ich glaube", fuhr Dr. Stone fort, ,,daß Sie zum erstenmal Kontakt mit der Realität bekommen haben, als Sie sich umbringen wollten."

,,Vielleicht", murmelte Fat.

,,Ich werde Ihnen etwas geben", erklärte Dr. Stone und öffnete einen schwarzen Koffer, der auf seinem kleinen, unordentlichen Schreibtisch lag, ,,das wir die Bach-Arznei nennen." Er sprach es *Bätsch* aus. ,,Dieses Heilmittel ist ein Destillat aus bestimmten, in Wales wachsenden Blumen. Dr. Bach wanderte über die Felder und Wiesen von Wales und litt dabei unter jeder denkbaren Geisteskrankheit. Und während jeder spezifischen psychischen Störung pflückte er eine Blume nach der anderen. Die richtige Blume zitterte in Dr. Bachs Hand, und schließlich entwickelte er eine einzigartige Methode, aus den ätherischen Ölen der Blumen ein Elixier zu mixen, das ich mit einer Rumbase kombiniert habe." Er legte drei Flaschen nebeneinander auf den Schreibtisch, fand eine größere, leere Flasche und füllte sie mit dem Inhalt der drei kleineren. ,,Nehmen Sie pro Tag sechs Tropfen", wies er Fat an. ,,Die Bach-Arznei ist vollkommen unschädlich. Sie enthält keine giftigen Chemikalien. Sie wird ihnen das Gefühl der Hilflosigkeit und Ihre Furcht und Ihre Handlungsunfähigkeit nehmen. Nach meiner Diagnose sind es diese drei Dinge, die für Ihre Krankheit verantwortlich sind: Furcht, Hilflosigkeit und Handlungsunfähigkeit. Statt zu versuchen, sich umzubringen, hätten Sie Ihrer Frau den Jungen wegnehmen sollen — es gibt ein Gesetz in Kalifornien, nach dem ein minderjähriges Kind bei seinem Vater bleiben muß, bis ein gegenteiliges Gerichtsurteil ergeht. Und dann hätten Sie Ihrer Frau eine zusammengerollte Zeitung oder ein Telefonbuch um die Ohren hauen sollen.“

„Danke“, sagte Fat und nahm die Flasche entgegen. Er begriff, daß Dr. Stone vollkommen wahnsinnig war, aber auf eine gute Art. Dr. Stone war der erste Mensch in der Geschlossenen Abteilung, abgesehen von den Patienten, der mit ihm wie mit einem Menschen gesprochen hatte.

„In Ihnen befindet sich viel Zorn“, stellte Dr. Stone fest. „Ich leihe Ihnen eine Ausgabe des *Tao-te king*. Haben Sie schon einmal Lao-tse gelesen?“

„Nein“, gestand Fat.

„Lassen Sie mich eine Stelle zitieren“, sagte Dr. Stone. Er begann laut zu lesen.

Sein oberer Teil ist nicht verborgen;
Sein unterer Teil ist nicht verschwommen.
Es ist kaum erkennbar, kaum bestimmbar
Und kehrt zurück in das Wesenlose.
Es ist die Gestalt, die keine Gestalt besitzt,
Das Bild, das ohne Schärfe ist.
Es ist das Unklare und Formlose.
Steig hinauf, und du siehst keinen Kopf;
Geh herum, und du siehst keinen Rücken.

Als Fat dies hörte, fielen ihm die *Einträge Nr. 1* und *Nr. 2* seines Tagebuchs ein. Aus dem Gedächtnis wiederholte er sie für Dr. Stone.

Nr. 1. Es gibt nur einen Geist, aber im Hintergrund ringen zwei Prinzipien miteinander.

Nr. 2. Der Geist läßt das Licht herein, dann die Dunkelheit, im stetigen Wechsel — so entsteht die Zeit. Am Ende verleiht der Geist dem Licht den Sieg, die Zeit verschwindet, und der Geist ist vollkommen.

,,Aber", wandte Dr. Stone ein, ,,wenn der Geist dem Licht den Sieg verleiht und die Dunkelheit unterliegt, dann wird die Realität sichtbar werden, denn die Realität ist gleichermaßen Teil von Yang und Yin."

,,Yang ist die Form I des Parmenides", erwiderte Fat. ,,Yin ist die Form II des Parmenides. Parmenides behauptete, daß die Form II in Wirklichkeit gar nicht existiert. Nur die Form I existiert. Parmenides glaubte an eine monistische Welt. Die Menschen *meinen*, daß beide Formen existieren, aber sie irren sich. Aristoteles schreibt, daß Parmenides die Form I mit dem vergleicht, ‚was ist', und Form II mit dem, ‚was nicht ist'. Deshalb täuschen sich die Menschen."

Dr. Stone musterte ihn. ,,Auf wen beziehen Sie sich?"

,,Auf Edward Hussey", antwortete Fat.

,,Er lehrt an der Oxford-Universität", nickte Dr. Stone. ,,Ich habe in Oxford studiert. Meiner Meinung nach gibt es niemanden, der Hussey ebenbürtig ist."

,,Sie haben recht", sagte Fat.

,,Was können Sie mir noch darüber sagen?" fragte Dr. Stone.

,,Die Zeit existiert nicht", erklärte Fat. ,,Das ist das große Geheimnis, das von Apollinius von Tyana, Paulus von Tarsus, Simon Magus, Paracelsus, Boehme und Bruno enträtselt wurde. Das Universum schrumpft auf eine einzige Entität zusammen, die sich selbst vervollkommnet. Zerfall und Unordnung kehren sich um. *Eintrag Nr. 18* meiner Exegese lautet: *‚Die wahre Zeit endete im Jahr 70 n. Chr. mit der Zerstörung des Tempels von Jerusalem. Sie begann erneut im Jahre 1974. Die dazwischenliegende Periode war eine perfekte Täuschung, durch die die Schöpfung des Geistes imitiert wurde.'"*

,,Imitiert von wem?" fragte Dr. Stone.

,,Von dem Großen Eisernen Gefängnis, das Ausdruck des Reiches ist. Meine wichtigste . . ." Fat wollte sagen: ,,Meine wichtigste Eingebung", aber rechtzeitig formulierte er den Satz um. ,,Meine wichtigste Erkenntnis ist folgende: *‚Das Reich endet nie.'"*

Dr. Stone beugte sich über seinen Schreibtisch, verschränkte die Arme, schaukelte hin und her und sah Fat abwartend an.

„Das ist alles", erklärte Fat, der zu spät Mißtrauen schöpfte.

„Ich bin sehr an dem interessiert, was Sie sagen", bemerkte Dr. Stone.

Fat wurde klar, daß es zwei Möglichkeiten gab: Entweder war Dr. Stone vollkommen verrückt — nicht nur verrückt, sondern total wahnsinnig —, oder er hatte auf kunstfertige, professionelle Weise Fat zum Reden gebracht. Er hatte Fat ausgequetscht, und nun wußte er, daß Fat den Verstand verloren hatte. Und das bedeutete, daß Fat sich auf eine Gerichtsverhandlung und weitere neunzig Tage in der Geschlossenen Abteilung vorbereiten mußte.

Es ist eine traurige Erkenntnis:

1) Die mit dir übereinstimmen, sind verrückt.
2) Die nicht mit dir übereinstimmen, haben Macht über dich.

Das waren die beiden Erkenntnisse, die Fat in diesem Moment durch den Kopf gingen. Er beschloß, die Sache bis zum Äußersten zu treiben und Dr. Stone den phantastischsten Eintrag in seiner Exegese zu verraten.

„Eintrag Nr. vierundzwanzig", sagte Fat. *„Wie Saatkörner, die auf den Frühling warten, als lebende Information, schlummerte das Plasma in der verbrannten Kodexsammlung von Chenoboskion, bis . . ."*

„Was ist ‚Chenoboskion'?" unterbrach Dr. Stone.

„Nag Hammadi."

„Oh, die gnostische Bibliothek", nickte Dr. Stone. „1945 entdeckt und ausgewertet, aber nie veröffentlicht. ‚Lebende Information'?" Seine Augen fixierten Fat und starrten ihn mit wachsender Neugier an. „ ‚Lebende Information' ", wiederholte er. Und dann sagte er: „Der Logos."

Fat zitterte.

„Ja", murmelte Dr. Stone. „Der Logos wäre lebende Information mit der Fähigkeit, sich zu reproduzieren."

„Reproduktion nicht durch Information in Information, sondern *als* Information", erklärte Fat. „Das hat Jesus mit seinem Gleichnis von dem Senfkorn gemeint, das, wie er sagte, ‚zu einem großen Baum wachsen wird, auf dem die Vögel wohnen werden'."

„Es gibt keinen Senfbaum", stimmte Dr. Stone zu. „Deshalb konnte Jesus das auch nicht wörtlich gemeint haben. Das paßt zu dem sogenannten ‚geheimen' Kapitel Markus'. Er wollte nicht, daß Außenstehende die Wahrheit erfahren. Und Sie kennen sie?"

„Jesus sah nicht nur seinen eigenen Tod voraus, sondern den allen . . ." Fat zögerte. *„Allen Homoplasmas.* Das sind die menschlichen Wesen, mit denen sich das Plasma gekreuzt hat. Zwischenrassische Symbiose. *Als lebende Information wandert das Plasma von den Sehnerven bis zur Zirbeldrüse. Es bedient sich des menschlichen Gehirns als weiblichen Wirtes . . ."*

Dr. Stone grunzte und zwang sich zur Ruhe.

„. . . in dem es seine aktive Form reproduziert", fuhr Fat fort. *„Den hermetischen Alchimisten war das Plasma in der Theorie aus alten Schriften bekannt, aber sie konnten es nicht duplizieren, da ihnen das Versteck des schlafenden, vergrabenen Plasmas unbekannt war."*

„Aber Sie sagen, daß das Plasma — der Logos — in Nag Hammadi ausgegraben wurde!"

„Ja, als man den Kodex las."

„Sind Sie sicher, daß die schlafende Plasmasaat nicht in Qumran gewesen ist? In Höhle fünf?"

„Nun . . .", sagte Fat unsicher.

„Woher stammte das Plasma ursprünglich?"

Nach einer Pause erwiderte Fat: „Aus einem anderen Sonnensystem."

„Kennen Sie den Namen dieses Systems?"

„Sirius", sagte Fat.

„Dann glauben Sie also, daß das Volk der Dogon im Westen des Sudans die Quelle des Christentums ist."

„Sie benutzen das Zeichen des Fisches", bestätigte Fat. „Für Nommo, die gütigen Zwillinge."

,,Die die Form I oder Yang darstellen.“

,,Richtig“, sagte Fat.

,,Und Yurugu ist die Form II. Aber Sie glauben doch, daß die Form II nicht existiert.“

,,Nommo mußte sie vernichten“, entgegnete Fat.

,,Das ist in gewisser Hinsicht genau das, was der Mythos der Japaner erklärt“, bemerkte Dr. Stone. ,,Ihr kosmogonischer Mythos. Der weibliche Zwilling stirbt und bringt das Feuer zur Welt — dann versinkt der weibliche Teil im Boden. Der männliche Zwilling folgt ihr, um sie wieder zum Leben zu erwecken, aber als er sie findet, befindet sie sich in Verwesung und gebiert Ungeheuer.“

Verblüfft fragte Fat: ,,Sie verwest, und trotzdem gebiert sie noch?“

,,Nur Ungeheuer“, sagte Dr. Stone.

Die Unterhaltung veranlaßte Fat insgeheim zu zwei Feststellungen.

1) Einige von denen, die die Macht haben, sind verrückt.
2) Und sie sind gesund.

Statt ,,sind gesund“ sollten Sie ,,stehen in Verbindung mit der Realität“ lesen. Fat war wieder von der schrecklichen Überzeugung erfüllt, daß das Universum und der Geist, der dahinterstand und es lenkte, vollkommen irrational waren. Er fragte sich, ob er Dr. Stone davon erzählen sollte, der Fat besser zu verstehen schien als alle anderen, denen Fat in seinem Leben begegnet war.

,,Dr. Stone“, begann er, ,,ich möchte Sie etwas fragen. Ich möchte Ihre ehrliche Meinung hören.“

,,Ja?“

,,Ist das Universum vielleicht irrational?“

,,Sie meinen, nicht von einem Geist erfüllt. Ich schlage vor, Sie ziehen Xenophanes zu Rate.“

,,Natürlich“, murmelte Fat. ,,Xenophanes von Colophon. ‚Es gibt nur einen Gott, der sich in jeder Hinsicht, in Körper undGeist, von den sterblichen Geschöpfen unterscheidet. Alles an ihm sieht, alles an ihm denkt, alles an ihm hört. Er verharrt bewegungslos stets am gleichen Ort. Es ist nicht recht . . .“

„‚Angebracht‘“, korrigierte Dr. Stone. „‚Es ist nicht angebracht, daß er sich einmal nach hier, einmal nach dort begibt.‘ Und der wichtigste Teil, *Fragment 25*. ‚Aber mühelos bedient er sich aller Dinge durch seine Gedanken.‘“

„Aber er könnte irrational sein“, beharrte Fat.

„Wie sollten wir das feststellen?“

„Dann wäre auch das gesamte Universum irrational.“

„Verglichen womit?“ fragte Dr. Stone.

Darüber hatte Fat noch nicht nachgedacht. Aber als er darüber nachdachte, erkannte er sofort, daß es seine Furcht nicht mildern konnte — es steigerte sie noch. Falls das gesamte Universum irrational war, weil es von einem irrationalen — also verrückten — Geist gelenkt wurde, dann konnten ganze Rassen entstehen, leben und untergehen und es niemals bemerken, genau aus dem Grund, den Stone eben erwähnt hatte.

„Der Logos ist nicht irrational“, entschied Fat laut. „Ich meine das, was ich das Plasma nenne. Es ist in Form von Informationen im Nag-Hammadi-Kodex begraben. Und der Kodex ist wieder aufgetaucht und erschafft neue Homoplasmaten. Die Römer, das Reich — sie haben alle Alten vernichtet.“

„Aber Sie behaupten, daß die wahre Zeit im Jahr 70 n. Chr. geendet hat, als die Römer den Tempel zerstörten. Demnach befinden wir uns noch immer im römischen Zeitalter, und die Römer leben immer noch. Es kann jetzt nicht später . . .“ Dr. Stone rechnete nach. „. . . nicht später als 100 n. Chr. sein.“

Fat wurde bewußt, daß dies seine Halluzination erklärte, in der sich die Bilder vom alten Rom und dem Kalifornien des Jahres 1974 überlagert hatten. Dr. Stone hatte für ihn das Rätsel gelöst.

Statt Fats Wahnsinn zu behandeln, hatte ihn der Psychiater darin bestärkt. Fats Schicksal würde nun auf ewig mit seiner göttlichen Offenbarung verknüpft sein. Es war Dr. Stones Werk.

5

Fat verbrachte dreizehn Tage im Nordflügel, trank Kaffee und las und spazierte mit Doug durch die Korridore, aber es kam zu keinem zweiten Gespräch mit Dr. Stone, denn als Verantwortlicher für die ganze Abteilung, die Ärzte und die Patienten, hatte Stone zu viele anderweitige Verpflichtungen.

Allerdings kam es bei Fats Entlassung aus der Station zu einer kurzen Begegnung.

„Ich glaube, Sie können jetzt allein auf sich aufpassen", sagte Stone zufrieden.

„Ich möchte Sie noch etwas fragen", erklärte Fat. „Ich spreche nicht davon, daß überhaupt kein Wesen die Geschicke des Universums lenkt. Ich spreche von einem Wesen, wie es sich Xenophanes vorgestellt hat, aber dieses Wesen ist verrückt."

„Die Gnostiker glaubten, daß der Schöpfer verrückt war", nickte Dr. Stone. „Blind. Ich möchte Ihnen etwas zeigen. Es ist bisher noch nicht veröffentlicht worden. Ich habe hier ein Manuskript von Orval Wintermute, der zusammen mit Bethge an der Übersetzung des Nag-Hammadi-Kodex arbeitet. Dieses Zitat stammt aus *Über den Ursprung der Welt*. Lesen Sie."

Fat nahm das kostbare Manuskript und begann zu lesen.

> „Er sagte: ‚Ich bin Gott, und es gibt keinen anderen Gott neben mir.' Aber als er das sagte, versündigte er sich an all den Unsterblichen (Unvergänglichen), und sie schirmten ihn ab. Und als Pistis von der Ruchlosigkeit des obersten Herrschers erfuhr, wurde sie zornig. Sie blieb unsichtbar, als sie erklärte: ‚Du irrst, Samael — du bist der blinde Gott. Schon vor dir existierte ein erleuchteter, unsterblicher Mensch. Er wird in eure vermoderten Leiber fahren. Er wird auf euch herumtrampeln, wie man Ton feststampft. Und du wirst mit den Deinen in den Schlund der Hölle fahren, deiner Mutter.'"

Fat verstand sofort, was er gelesen hatte. Samael war der Schöpfer und bildete sich ein, der einzige Gott zu sein, wie es auch in der Genesis stand. Nun, er war blind, also beschränkt. ,,Beschränkt" war Fats Lieblingsausdruck. Er faßte alle anderen Ausdrücke zusammen: geisteskrank, verrückt, irrational, weggetreten, im Arsch, total daneben, psychotisch. In seiner Blindheit (seinem irrationalen Zustand, d. h. abgeschnitten von der Realität) hatte er nicht erkannt, daß . . .

Wie hieß es im Manuskript? Zitternd überflog er die Zeilen, worauf Dr. Stone ihm auf die Schulter klopfte und erklärte, daß er das Manuskript behalten dürfe. Stone besaß mehrere Kopien.

Ein erleuchteter, unsterblicher Mensch existierte vor dem Schöpfer, und dieser erleuchtete, unsterbliche Mensch würde in die menschliche Rasse fahren, die Samael erschaffen wollte. Und dieser erleuchtete, unsterbliche Mensch, der *vor* dem Schöpfer existiert hatte, würde auf den verrückten, blinden, beschränkten Schöpfer herumtrampeln, wie man Ton feststampft.

Demzufolge war Fats Begegnung mit Gott — mit dem wahren Gott — durch den kleinen Tonkrug Oh Ho ausgelöst worden, den Stephanie für ihn auf ihrer Töpferscheibe geformt hatte.

,,Dann habe ich recht, was Nag Hammadi betrifft", sagte er zu Dr. Stone.

,,Sie müssen es wissen", bestätigte Dr. Stone, und dann sagte er etwas, das noch nie jemand zu Fat gesagt hatte. ,,Sie sind der Fachmann", erklärte Dr. Stone.

Fat begriff, daß Stone ihm das Seelenheil zurückgegeben hatte. Stone hatte ihn gerettet; er war ein meisterhafter Psychiater. All seine Worte und Handlungen in Fats Gegenwart besaßen eine therapeutische Basis, eine therapeutische Absicht. Ob nun Stones Informationen stimmten oder nicht, war unwichtig: Von Anfang an war es sein Ziel gewesen, Fat den Glauben an sich selbst zurückzugeben — den er verloren hatte, als es ihm vor Jahren nicht gelungen war, Glorias Leben zu retten.

Dr. Stone war nicht verrückt — Stone war ein Heiler. Er besaß den richtigen Beruf. Wahrscheinlich hatte er schon viele Menschen auf verschiedene Weise geheilt. Er paßte seine Therapie dem Individuum an, nicht das Individuum der Therapie.

Ich will verdammt sein, dachte Fat.

Mit dem einfachen Satz „Sie sind der Fachmann" hatte Stone Fat die Seele zurückgegeben.

Die Seele, die ihm Gloria mit ihrem schrecklichen, bösartigen psychologischen Todesspiel gestohlen hatte.

Sie — beachten Sie das „sie" — bezahlten Dr. Stone, damit er herausfand, was den Patienten, der in die Abteilung eingeliefert worden war, zerstört hatte. Auf ihn war irgendwo und irgendwann in seinem Leben eine Kugel abgefeuert worden. Die Kugel hatte sich in ihn hineingebohrt, und der Schmerz begann sich auszubreiten. Bis der Schmerz übermächtig wurde und er in Stücke sprang. Aufgabe der Ärzte und auch der anderen Patienten war es, diese Bruchstücke zu kitten, doch dies gelang nicht, solange sich die Kugel noch an ihrem Platz befand. Die anderen Therapeuten hatten nur festgestellt, daß Fat zersprungen war, und dann versucht, ihn wieder zusammenzusetzen. Aber sie hatten die Kugel vergessen und nicht entfernt. Die tödliche Kugel — sie war schon bei Freud Ausgangspunkt bei der Behandlung psychisch gestörter Patienten. Freud hatte es durchschaut: Er nannte es Trauma. Später wurde man es überdrüssig, nach der tödlichen Kugel zu forschen — es nahm zuviel Zeit in Anspruch. Man mußte sich zu lange mit dem Patienten beschäftigen. Dr. Stone besaß die paranormale Fähigkeit — paranormal wie seine Bach-Arznei, die offensichtlich nur ein Scherz und ein Vorwand gewesen war —, dem Patienten zuzuhören.

Dr. Leon Stone erwies sich als einer der wichtigsten Menschen in Horselover Fats Leben. Um Stone zu begegnen, hatte Fat seinen Körper fast zerstören und seine Seele dem Tod aussetzen müssen. Sind das jene unerforschlichen Wege Gottes? Wie hätte es sonst zu einem Kontakt zwischen Fat und Leon Stone kommen können? Nur eine verzweifelte Tat wie ein Selbstmordversuch, ein bis in letzte Konsequenz selbstzerstörerischer Akt, konnte diese Begegnung herbeiführen. Fat hatte sterben — oder fast sterben — müssen, um geheilt — oder fast geheilt — zu werden.

Ich frage mich, wo Leon Stone heute praktiziert. Ich frage mich, wie vielen Menschen er noch geholfen hat. Ich frage mich, wie er zu seiner paranormalen Fähigkeit gekommen ist. Ich frage mich viele Dinge. Das furchtbarste Ereignis in Fats Leben — die Trennung von Beth, der Verlust Christophers und der Selbstmordversuch — hatte sich als gütige Fügung des Schicksals erwiesen. Bewertet man das Geschehene nur nach dem Endergebnis, so hatte Fat soeben die schönste Zeit seines Lebens verbracht. Als er den Nordflügel verließ, war er so stark, wie es ihm überhaupt möglich war. Schließlich ist kein Mensch unendlich stark. Für jedes Geschöpf, das läuft, fliegt, hüpft oder kriecht, gibt es eine letzte Nemesis, der es nicht entgehen kann und die dann das Ende bedeutet. Aber Dr. Stone hatte Fat das fehlende Teil zurückgegeben, jenes Teil, das er halb freiwillig Gloria Knudson überlassen hatte, die so viele Menschen wie möglich mit in den Tod nehmen wollte: Selbstvertrauen. „Sie sind der Fachmann", hatte Dr. Stone gesagt, und das genügte.

Ich war schon immer der Meinung, daß es für jeden Menschen einen Satz gibt — eine bestimmte Wortfolge —, der ihn vernichten kann. Als Fat mir von Leon Stone erzählte, erkannte ich (Jahre nach der ersten Erkenntnis), daß es noch einen anderen Satz, eine andere Wortfolge gibt, die den betreffenden Menschen heilen kann. Wenn man Glück hat, trifft man auf den zweiten Satz, aber man kann sicher sein, daß einen der erste auf jeden Fall erwischt — so funktioniert es eben. Ohne daß man es ihnen beibringt, auf instinktive Art, wissen die Menschen, wie sie mit dem tödlichen Satz umzugehen haben, aber für den zweiten ist mehr als das erforderlich. Stephanie hatte es fast erreicht, als sie den kleinen Keramikkrug Oh Ho getöpfert und ihn Fat zum Geschenk ihrer Liebe gemacht hatte, einer Liebe, die sie mit Worten nicht auszudrücken verstand.

Wie hatte Stone, als er Fat den Manuskriptauszug aus dem Nag-Hammadi-Kodex gegeben hatte, von der Bedeutung des Wortes

Ton für Fat wissen können? Er hätte Telepath sein müssen. Nun, ich habe keine Erklärung dafür. Natürlich hat Fat eine Theorie parat. Er hält Dr. Stone ebenso wie Stephanie für eine Mikro-Form Gottes. Deshalb sage ich, daß Fat fast geheilt und nicht geheilt ist.

Aber indem Fat gute Menschen für Mikro-Formen Gottes hielt, existierte für ihn zumindest ein guter Gott und kein blinder, grausamer und böser. Dieser Punkt erscheint mir wichtig. Fat empfand Hochachtung für Gott. Falls der Logos rational war — und der Logos entsprach Gott —, dann mußte auch Gott rational sein. Deshalb ist die Erklärung im vierten Evangelium über die Identität des Logos so bedeutsam: „*Kai theos en ho logos*" — und das heißt: „Und das Wort war Gott." Im Neuen Testament sagt Jesus, daß niemand außer ihm Gott gesehen hat — das heißt, daß Jesus Christus der Logos des vierten Evangeliums ist. Sofern dies stimmt, so ist Fat dem Logos begegnet. Aber der Logos *ist* Gott. Indem man Jesus erfährt, erfährt man Gott. Vielleicht noch wichtiger ist jene Erklärung in einem Kapitel des Neuen Testamentes, das von den meisten Menschen nicht beachtet wird. Sie lesen die Evangelien und die Paulus-Briefe, aber wer liest die geheime Offenbarung des heiligen Johannes?

> „Meine Lieben, wir sind nun Kinder Gottes; und es ist noch nicht erschienen, was wir sein werden. Wir wissen aber, wenn es erscheinen wird, daß wir ihm gleich sein werden; denn wir werden ihn sehen, wie er ist."
> (1. Johannes 3, 1—2)

Man mag bestreiten, daß dies die wichtigste Stelle des Neuen Testamentes ist, aber gewiß ist dies die wichtigste wenig bekannte Erklärung . . . *daß wir ihm gleich sein werden*. Das bedeutet, daß der Mensch isomorph mit Gott ist. . . . *denn wir werden ihn sehen, wie er ist*. Zumindest einigen Menschen wird sich eine Theophanie offenbaren. Mit diesem Zitat konnte Fat seiner Begegnung mit Gott Glaubwürdigkeit verleihen. Er konnte behaupten, daß seine Begegnung mit Gott die Erfüllung des in 1. Johannes 3, 1—2 gegebenen

Versprechens darstellte. Seltsamerweise stimmte diese Stelle in gewisser Hinsicht mit dem Inhalt des Nag-Hammadi-Manuskripts überein, das Fat am Tag seiner Entlassung aus dem Nordflügel von Dr. Stone bekommen hatte. Der Mensch und der wahre Gott sind identisch — wie der Logos und der wahre Gott —, aber ein wahnsinniger, blinder Schöpfer und seine verdrehte Welt trennen den Menschen von Gott. Daß sich der blinde Schöpfer noch immer einbildet, der wahre Gott zu sein, beweist nur den Grad seiner Beschränktheit. Das ist Gnostizismus. Im Gnostizismus steht der Mensch zusammen mit Gott *gegen* die Welt und den Schöpfer der Welt (die beide gleichermaßen verrückt sind, ob sie es nun wissen oder nicht). Die Antwort auf Fats Frage: „Ist das Universum irrational, und ist es irrational, weil es von einem irrationalen Wesen gelenkt wird?" verdient via Dr. Stone diese Antwort: „Ja, das Universum ist irrational, das lenkende Wesen ist irrational, aber über beiden befindet sich ein anderer Gott, der wahre Gott, und er ist *nicht* irrational. Zudem hat der wahre Gott die Mächte dieser Welt besiegt und ist uns zu Hilfe gekommen, und wir kennen ihn als den Logos", der, Fats Worten nach, lebende Information ist.

Vielleicht hatte Fat ein großes Mysterium gelöst, indem er den Logos lebende Information nannte. Aber vielleicht auch nicht. Derartige Dinge zu beweisen ist schwierig. Wen soll man fragen? Glücklicherweise hatte Fat Dr. Stone gefragt. Hätte er sich an einen anderen Arzt gewandt, dann würde er jetzt noch immer im Nordflügel sitzen und Kaffee trinken, lesen und mit Doug durch die Korridore spazieren.

Wichtiger als alle anderen Aspekte der göttlichen Offenbarung war eine Erkenntnis: Es gab eine gutartige Macht, *die in diese Welt eingedrungen war*. Kein anderer Ausdruck war zutreffender: Die positive Macht, was immer sie auch sein mochte, war in diese Welt *eingedrungen*. Wie ein Krieger, der bereit zum Kampf war. Das entsetzte Fat und steigerte gleichzeitig seine Freude, denn er begriff, was es bedeutete. Hilfe war gekommen.

Das Universum mochte irrational sein, aber etwas Rationales war in das Universum eingedrungen, wie ein Dieb in der Nacht in ein schlafendes Haus eindringt, ohne daß man Ort und Zeit vorausahnen kann. Fat hatte es gesehen — nicht, weil an ihm etwas Besonderes war, sondern weil er das gewollt hatte.

Gewöhnlich blieb es im Verborgenen. Gewöhnlich konnte niemand es vom Hintergrund unterscheiden, wenn es erschien — es paßte sich dem Hintergrund an, wie Fat es korrekt ausdrückte. Er hatte einen Namen dafür.

Zebra. Weil es etwas vorgaukelte. Die Bezeichnung dafür ist Mimikry. Bestimmte Insekten gehen so vor; sie ahmen andere Dinge nach: manchmal andere Insekten — und zwar giftige — oder Zweige und so weiter. Einige Biologen und Naturforscher haben spekuliert, daß vielleicht höhere Formen der Mimikry existieren, da niedrige Formen — also Lebewesen, die andere Wesen täuschen, aber nicht uns — auf der ganzen Erde verbreitet sind.

Was war — wenn es eine Lebensform mit hochentwickelter Mimikry gab — so perfekt, daß kein Mensch (oder nur sehr wenige) sie bisher entdeckt hatten? Was war, wenn man sie nur wahrnehmen konnte, wenn sie wahrgenommen werden *wollte*? Wobei man sie nicht einmal richtig wahrnahm, denn unter diesen Umständen mußte sie ihre Tarnung aufgeben und sich enthüllen. „Enthüllen“ konnte in diesem Fall dann mit einer „Theophanie“ identisch sein. Überwältigt würde ein Mensch sagen: Ich habe Gott gesehen; aber in Wirklichkeit war er nur einer hochentwickelten ultra-terrestrischen Lebensform begegnet, einer UT, oder einer extra-terrestrischen Lebensform (einer ET), die vor langer Zeit zur Erde gekommen war . . . und die möglicherweise, wie Fat spekulierte, fast zweitausend Jahre lang als Saat der lebenden Information in dem Nag-Hammadi-Kodex geruht hatte, und dies erklärte, warum die Berichte über ihre Existenz im Jahr 70 n. Chr. abrupt abgebrochen waren.

Eintrag Nr. 33 in Fats Tagebuch (d.h. in seiner Exegese) lautete:

Diese Einsamkeit, diese Qual des leidenden Geistes, findet sich in jedem Bestandteil des Universums. All seine Bestandteile leben. Deshalb waren die alten griechischen Philosophen Hylozoisten.

Ein „Hylozoist" glaubt, daß das Universum lebt; es ist die gleiche Idee, die sich im Panpsychismus findet, daß alles belebt ist. Panpsychismus und Hylozoismus bilden zwei verschiedene Glaubensrichtungen:

1. Jedes Objekt ist unabhängig vom anderen lebendig.
2. Alles ist Teil einer einheitlichen Entität; das Universum ist ein lebendes Wesen mit einem Geist.

Fat hatte eine Art Mittelweg entdeckt. Das Universum besteht aus einer großen irrationalen Entität, *in die* eine höherentwickelte Lebensform eingedrungen ist, die mittels einer perfekten Mimikry ihre Anwesenheit verbirgt. Deshalb bleibt sie — von uns — unentdeckt, so lange sie will. Sie imitiert Objekte und kausale Prozesse (sagt Fat), nicht nur die Objekte, sondern auch das, was diese Objekte tun. Daraus können Sie entnehmen, was Fat für eine Vorstellung von einem Zebra hat.

Nachdem Fat ein Jahr lang seine Begegnung mit Zebra, oder Gott, analysiert hatte, kam er zum erstenmal zu der Erkenntnis, daß Gott in unser Universum eingedrungen war, und ein Jahr später wurde ihm klar, daß Gott unser Universum verzehrte — also vernichtete. Zebra bediente sich dazu eines Prozesses, der sehr an Transsubstantiation erinnerte. Das ist das Wunder der Kommunion, der Wesensverwandlung von Brot und Wein in den Leib und das Blut Christus', so daß von Brot und Wein nur die Gestalten bleiben, nicht die Substanz.

Statt in der Kirche, hatte Fat dies draußen in der Welt erlebt — nicht in Mikro-, sondern in Makro-Form, in einer Dimension von ungeheurer Größe. Möglicherweise verwandelt sich das gesamte Universum auf unmerkliche Art in den Herrn. Und durch diesen Verwandlungsprozeß wurde er nicht nur wahrnehmbar, sondern das irrationale Element verschwand. Für Fat wäre das eine wohltuende Erleichterung. Zu lange schon kämpfte er mit dem Wahnsinn in sich selbst und dem Wahnsinn der Welt. Nichts hätte ihn mehr beruhigen können.

Falls Fat psychotisch war, müssen Sie zugeben, daß es eine seltsame Form der Psychose ist, sich einzubilden, das Eindringen des Rationalen in das Irrationale erlebt zu haben. Wie würden Sie darauf reagieren? Mit der Behandlung wieder von vorn anfangen? In diesem Fall ist er jetzt vom Rationalen abgeschnitten. Das ergibt vom therapeutischen Standpunkt aus keinen Sinn. Es ist ein verbaler Widerspruch.

Aber ein weit grundlegenderes semantisches Problem liegt hierin verborgen. Angenommen, ich sage zu Fat, oder Kevin sagt zu Fat: „Du bist Gott nicht begegnet. Dir hat sich nur ein Etwas offenbart, das die Qualitäten und Aspekte und die Natur und Kräfte und die Weisheit und die Güte Gottes besitzt." Das ist wie bei dem Scherz über den Hang der Deutschen zur doppelten Abstraktion. Ein deutscher Experte für englische Literatur erklärt: „*Hamlet* wurde nicht von Shakespeare geschrieben, sondern nur von einem Mann namens Shakespeare." Im Englischen *(Hamlet was not written by Shakespeare; it was merely written by a man named Shakespeare)* ist der Unterschied rein verbaler Natur und ohne Sinn, doch im Deutschen kommt er deutlich zum Vorschein (und das verrät etwas von den sonderbaren Eigenheiten des deutschen Gemüts).

„Ich habe Gott gesehen", erklärt Fat, und Kevin und ich und Sherri erklären: „Nein, du hast nur etwas gesehen, das *wie* Gott war. Genau wie Gott." Und nachdem wir gesprochen haben, bleiben wir nicht, um die Antwort zu hören, wie der Spaßvogel Pilatus nach seiner Frage: „Was ist Wahrheit?"

Zebra drang in dieses Universum ein und feuerte Strahl auf Strahl informationsgesättigten rosa Lichtes in Fats Gehirn, direkt durch seine Schädeldecke, blendete ihn und machte ihn fertig und benommen und verrückt und schenkte ihm gleichzeitig ein Wissen, das alles menschliche Maß überstieg. Für Außenstehende rettete er Christophers Leben.

Genauer gesagt, Zebra drang nicht in das Universum ein, um Informationen auf Fat abzufeuern — er war bereits vor langer Zeit eingedrungen. Er hatte lediglich einen weiteren Schritt gemacht und seine Tarnung abgeworfen, war aus dem Hintergrund hervorgetreten und hatte Fat in Nanosekunden mit unermeßlichen Informationen, mit dem Inhalt ganzer Bibliotheken, überschüttet. Und das über acht Stunden real verflossener Zeit hinweg. Acht Stunden RVZ besitzen viele Nanosekunden. Unter den richtigen Voraussetzungen kann man die rechte Hälfte des menschlichen Gehirns mit einer ungeheuren Anzahl Daten versorgen.

Paulus von Tarsus hatte ein ähnliches Erlebnis gehabt. Vor langer Zeit. Vieles davon behielt er für sich. Seinem Bericht zufolge muß er einen Großteil der während seiner Reise nach Damaskus auf ihn abgefeuerten Informationen mit ins Grab genommen haben. Chaos beherrscht das Universum, aber Paulus wußte, wer zu ihm gesprochen hatte; soviel verraten seine Schriften. Und auch Fat hat sich Zebra offenbart und sich selbst „St. Sophia" genannt, ein Ausdruck, den Fat nicht kannte. „St. Sophia" ist eine der seltenen Hypostasen Christi.

Der Mensch und die Welt sind untereinander von toxischer Unverträglichkeit. Aber Gott — der wahre Gott — hat beide durchdrungen, den Menschen und die Welt, und schlichtet den Streit. Aber dieser Gott, der Gott von außerhalb, trifft auf wütenden Widerstand. Illusionen — die Illusionen des Wahnsinns — stellen sich ihm in großer Zahl entgegen und maskieren sich als ihr Spiegelbild und geben sich als das Normale aus. Doch die Masken sind brüchig, und der Wahnsinn verrät sich selbst. Es ist eine häßliche Angelegenheit.

Die Erlösung und die Verdammnis sind gleichermaßen erreichbar. *„Das Reich endet nie"*, wie Fat zwanghaft immer wiederholt. Als überraschende Antwort auf die Krise ahmt der wahre Gott das Universum nach, den ganzen Bereich, in den er bisher eingedrungen ist: Er nimmt die Gestalt von Stöcken und Bäumen und Bierdosen an — er verbirgt sich im Schutt und im achtlos fortgeworfenen Abfall. Der wahre Gott lauert buchstäblich im Hinterhalt der Realität und auch uns auf. In seiner Rolle als Gegengift greift Gott uns an und verletzt uns. Wie Fat bestätigen kann, ist es eine ungewöhnliche Erfahrung, von dem lebenden Gott hinterrücks angefallen zu werden. Deshalb sagt man, daß sich der wahre Gott vor uns verbirgt. Zweitausendfünfhundert Jahre sind vergangen, seit Heraklit schrieb: ,,Latente Ordnung ist Herr über die offensichtliche Ordnung.'' Und: ,,Die Natur der Dinge trachtet danach, sich zu verbergen.''

So liegt das Rationale — wie Samenkörner — in der irrationalen Masse verborgen. Welchem Zweck dient die irrationale Masse? Fragen Sie sich, was Gloria durch ihren Tod erreicht hat — nicht in bezug auf ihren eigenen Tod, sondern in bezug auf jene, die sie geliebt hatten. Sie zahlte ihnen ihre Liebe mit — nun, mit was zurück? Bösartigkeit? Falsch. Haß? Falsch. Mit Irrationalität? Ja, richtig. Was die Wirkung auf ihre Freunde — solche wie Fat — betraf, so lag ihr keine bewußte Absicht zugrunde, obwohl es einen Sinn gab: einen Sinn ohne Sinn, falls Sie sich das vorstellen können. Ihr Motiv war, kein Motiv zu haben. Wir reden über Nihilismus. Versteckt hinter allen Dingen, selbst hinter dem Tod und dem Willen zum Sterben, liegt etwas anderes, und dieses andere ist nichts. Die Grundlage der Realität ist Irrealität — das Universum ist irrational, und es ist nicht auf Treibsand, sondern auf dem Nichts erbaut.

Auch die Antwort auf die Frage, *warum* Gloria ihn in den Tod mitnehmen wollte, war für Fat keine Hilfe. ,,Hure'', hätte er sagen können, hätte er sie noch rechtzeitig gefunden. ,,Sag mir nur warum, verrate mir dieses verdammte Warum!'' Worauf das Universum hohl erklärt hätte: ,,Meine Wege sind unerforschlich, o Mensch.'' Und das heißt: ,,Meine Wege ergeben keinen Sinn, ebensowenig die Wege jener, die in mir wohnen.''

Die schlechten Neuigkeiten, die auf Fat warteten, waren ihm, als er aus dem Nordflügel entlassen wurde, glücklicherweise noch unbekannt. Er konnte nicht zu Beth zurückkehren — wohin konnte er sich also wenden, als er wieder draußen war? Während seines Aufenthaltes im Nordflügel hatte ihn Sherri, die sich von ihrer Krebserkrankung erholte, regelmäßig besucht. Deshalb war Fat der Überzeugung, daß Sherri Solvig der einzige wahre Freund war, den er auf der Welt besaß. Sein Plan hatte bereits Gestalt angenommen. Er würde mit Sherri zusammenleben und ihre Moral während der Genesungszeit aufrichten, und falls sie einen Rückfall erlitt, würde er für sie sorgen, wie sie für ihn während seiner Zeit im Krankenhaus gesorgt hatte.

Wie sich später herausstellte, hatte Dr. Stone Fat in keiner Hinsicht geheilt. Fat näherte sich jetzt schneller und zielbewußter dem Tod als jemals zuvor. Er war zu einem Fachmann geworden, wenn es galt, sich Schmerzen zuzufügen. Er hatte die Regeln des Spieles gelernt und wußte nun, wie er spielen mußte. Fat wollte in seinem Wahn — der einem verrückten Universum entstammte und durch Fats eigene Analyse Eingang in seinen Verstand gefunden hatte — von jemandem, der den Tod suchte, mit ins Verderben gezogen werden. Hätte er sein Notizbuch mit den Adressen seiner Freunde zu Rate gezogen, hätte er kein besseres Mittel als Sherri finden können. „Clever gewählt, Fat", hätte ich ihm gesagt, wäre ich über seine Zukunftspläne informiert gewesen. „Diesmal hast du es wirklich geschafft." Ich kannte Sherri. Ich wußte, daß sie ihre ganze Zeit damit verbrachte, eine Möglichkeit zu finden, ihre Genesung zu hintertreiben. Ich wußte dies, weil sie die Ärzte, die ihr das Leben gerettet hatten, mit Zorn und Haß verfolgte. Aber ich wußte nicht, was Fat plante. Fat hielt es geheim, selbst vor Sherri. Ich will ihr helfen, sagte sich Fat in den Tiefen seines verdrehten Bewußtseins. Ich will Sherri helfen, gesund zu bleiben, aber falls und wenn sie wieder krank wird, dann werde ich ihr zur Seite stehen und bereit sein, alles für sie zu tun.

Aber er irrte sich. Sherri wollte nicht nur wieder krank werden; wie Gloria plante sie, so viele Menschen wie möglich mit ins Verderben zu reißen — in direktem Verhältnis zu der Liebe, die sie für sie empfanden. Fat liebte sie, und, schlimmer noch, er war ihr dankbar. Aus diesem Ton konnte Sherri mit der beschädigten Töpferscheibe, die sie als Gehirn benutzte, einen Krug formen, der alles, was Leon Stone und was Stephanie und was Gott erreicht hatte, zu zerstören vermochte. Sherri besaß mehr Macht in ihrem kranken Leib als all diese anderen Kreaturen zusammen, den lebendigen Gott eingeschlossen.

Fat hatte sich entschlossen, sein Schicksal mit dem Antichristen zu verknüpfen. Und das aus den ehrenwertesten Motiven heraus: Liebe, Dankbarkeit und dem Wunsch, ihr zu helfen.

Genau das, was die Mächte der Hölle stärken: die besten Instinkte im Menschen.

Sherri Solvig war arm und lebte in einer winzigen, heruntergekommenen Einzimmerwohnung ohne Küche; sie mußte ihr Geschirr im Waschbecken des Badezimmers spülen. An der Decke befand sich ein großer Wasserfleck, der durch eine defekte Toilette im nächsten Stockwerk entstanden war. Fat hatte sie schon mehrmals besucht und empfand die Wohnung als deprimierend. Er glaubte, wenn Sherri in ein hübsches Apartment zog, in eine moderne Wohnung mit einer Küche, dann würden ihre Lebensgeister wieder erwachen.

Überflüssig zu erwähnen, daß Fat nie auf den Gedanken kam, daß Sherri diese Behausung bewußt gewählt hatte. Ihre verwahrloste Umgebung war das Ergebnis und nicht der Grund ihres Leids. Überall, wo sie wohnte, würde es bald genauso aussehen — vielleicht fand Fat dies irgendwann heraus.

Doch zu diesem Zeitpunkt hatte Fat sein seelisches und körperliches Fließband auf die Produktion von guten Taten für jene Person eingestellt, die ihn noch vor allen anderen Menschen auf der Intensivstation und später im Nordflügel besucht hatte. Sherri besaß amtliche Dokumente, die sie als Christin auswiesen. Zweimal in der Woche nahm sie an der Kommunion teil, und eines Tages würden sie einem religiösen Orden beitreten. Außerdem nannte sie ihren Pfarrer beim Vornamen. Mehr Frömmigkeit kann niemand zeigen.

Mehrmals hatte Fat Sherri von seiner Begegnung mit Gott erzählt. Sherri war nicht beeindruckt gewesen, da sie glaubte, daß man sich Gott nur über bestimmte Kanäle nähern konnte. Sie besaß Zugang zu einem dieser Kanäle, und zwar in Gestalt ihres Pfarrers Larry.

Einmal hatte Fat ihr aus der *Britannica* über das „geheime

Thema" bei Markus und Matthäus vorgelesen, die Vorstellung, daß Jesus seine Lehren in Form von Parabeln verbreitete, damit ihn die Masse — die vielen Außenstehenden also — nicht verstanden und somit nicht erlöst wurden. Nach dieser Ansicht versprach Christus nur seiner kleinen Schar von Jüngern die Erlösung. Die *Britannica* benutzte diesen Artikel als Aufmacher auf dem Titelblatt.

„Das ist Scheiße", erklärte Sherri.

„Wie meinst du das?" fragte Fat. „Hat die *Britannica* oder die Bibel unrecht? Die *Britannica* ist nur . . ."

„In der Bibel steht nichts davon", unterbrach Sherri, die dauernd in der Bibel las — oder zumindest trug sie eine Ausgabe der Bibel immer bei sich.

Fat brauchte Stunden, um die Stelle im Lukas-Evangelium zu finden. Schließlich zeigte er sie Sherri.

> „Es fragten ihn aber seine Jünger und sprachen, was dies Gleichnis wäre. Er aber sprach: Euch ist's gegeben, zu wissen die Geheimnisse des Reiches Gottes, den andern aber in Gleichnissen, auf daß sie es nicht sehen, ob sie es schon sehen, und nicht verstehen, ob sie es schon hören."
>
> (*Lukas 8, 9—10)*

„Ich werde Larry fragen, ob dies zu den korrupten Stellen der Bibel gehört", meinte Sherry.

Verärgert und irritiert gab Fat zurück: „Sherri, warum schneidest du dir nicht alle Stellen der Bibel heraus, mit denen du einverstanden bist, und klebst sie zusammen? Dann brauchst du dich um den Rest nicht mehr zu kümmern."

„Nun werde bloß nicht schnippisch", entgegnete Sherri, die in ihrem winzigen Badezimmer Wäsche aufhängte.

Dennoch war Fat überzeugt, daß er und Sherri in den grundsätzlichen Dingen übereinstimmten. Sie beide glaubten, daß Gott existierte. Christus war gestorben, um die Menschen zu erlösen. Jemand, der das nicht glaubte, wußte nicht, was ablief. Er hatte ihr anvertraut, daß ihm Gott begegnet war, und Sherri hatte mit Gleichmut darauf reagiert.

„Man nennt es Theophanie", sagte Fat. „Oder Epiphanie."

„Das Epiphanienfest", entgegnete Sherri, „wird am sechsten Januar gefeiert; es ist das Dreikönigsfest anläßlich der Erscheinung Christi. Ich nehme immer daran teil. Warum kommst du nicht einmal mit? Es ist eine wunderbare Feier. Weißt du, einmal ist etwas Witziges dabei passiert . . ." Sie schwatzte weiter. Während Fat zuhörte, fühlte er sich immer mehr genervt. Er entschied, das Thema zu wechseln. Zum wiederholten Male erzählte Sherri, wie Larry — der für Fat Vater Minter war — einer vor ihm knienden Kommunikantin den Meßwein in den Ausschnitt ihres knapp sitzenden Kleides gegossen hatte.

„Glaubst du, daß Johannes der Täufer ein Essener war?" fragte er Sherri.

Niemals gab Sherri Solvig zu, daß sie auf eine theologische Frage keine Antwort wußte. Im besten Falle rang sie sich zu der Erwiderung durch: „Ich werde Larry fragen." Zu Fat sagte sie mit ruhiger Stimme: „Johannes der Täufer war Elias, der vor der Ankunft Christi wiederkehrt. Man hatte Christus danach gefragt, und er verriet, daß Johannes der Täufer der versprochene Elias war."

„Aber war er ein Essener?"

Sherri zögerte einen Moment. „Haben die Essener nicht am Toten Meer gelebt?"

„Nun, am Qumran Wadi."

„Ist dein Freund Bischof Pike nicht im toten Meer umgekommen?"

Fat hatte Jim Pike gekannt — eine Tatsache, die er unter irgendwelchen Vorwänden stets voller Stolz allen Menschen mitteilte. „Ja", nickte er. „Jim und seine Frau sind in einem Ford Cortina hinaus in die Wüste am Toten Meer gefahren. Sie hatten zwei Flaschen Coca Cola bei sich; das war alles."

„Du hast mir davon erzählt", bemerkte Sherri und fuhr mit dem Bügeln fort.

„Nur eines habe ich nie verstanden", fuhr Fat fort. „Warum

haben sie nicht das Kühlwasser getrunken? Genau das tut man doch, wenn das Auto in der Wüste versagt und man von der Außenwelt abgeschnitten ist.“ Jahrelang hatte Fat über Jim Pikes Tod nachgedacht. Er stellte sich vor, daß er irgendwie mit der Ermordung der Kennedys und Dr. Kings zusammenhing, obwohl es nicht den geringsten Anhaltspunkt dafür gab.

„Vielleicht hatten sie ein Frostschutzmittel in das Kühlwasser gekippt“, vermutete Sherri.

„In der Wüste am Toten Meer?“

„Mein Wagen macht mir Ärger“, sagte Sherri. „Der Mann von der Exxon-Tankstelle an der Siebzehnten Straße meint, daß sich der Motor gelockert hat. Ist das ernst?“

Da Fat nicht über Sherris schrottreifes altes Auto, sondern über Jim Pike sprechen wollte, entgegnete er: „Keine Ahnung.“ Er wollte das Thema wieder auf den überraschenden Tod seines Freundes bringen, aber er fand nicht die richtigen Worte.

„Dieses verdammte Auto“, fluchte Sherri.

„Du hast doch nichts dafür bezahlt — dieser Bursche hat es dir doch geschenkt.“

„Nichts dafür bezahlt? Ich kam mir vor, als ob ich ihm gehören würde, nur weil er mir dieses verdammte Auto gegeben hat.“

„Erinnere mich daran, daß ich dir nie ein Auto schenke“, sagte Fat.

An diesem Tag kam Fat der Wahrheit sehr nahe. Wenn man etwas für Sherri tat, dann bekam sie das Gefühl, daß sie dankbar sein sollte — was sie nicht war —, und dies stellte in ihren Augen eine Bürde, eine quälende Verpflichtung dar. Nun, Fat hatte als Antwort darauf eine Strategie entwickelt, nach der er bereits verfuhr. Er tat Sherri keinen Gefallen, für den er eine Gegenleistung erwartete — *ergo* gebührte ihm auch kein Dank. *Ergo*, wenn sie ihm nicht dankbar war, dann war alles in Ordnung.

Was er nicht erkannte war, daß sie nicht nur keine Dankbarkeit empfand (was er psychologisch verstehen konnte), sondern daß sie statt dessen mit offenem Haß reagierte. Fat hatte dies zwar bemerkt, es aber als Reizbarkeit, als eine Art Ungeduld abgetan. Er konnte nicht glauben, daß jemand Hilfe mit Haß vergalt. Deshalb weigerte er sich, die Beweise zu akzeptieren, die er laufend dafür erhielt.

Einst, als ich in Fullerton, an der Universität von Kalifornien, eine Lesung hielt, bat mich ein Student um eine kurze, einfache Definition der Realität. Ich dachte darüber nach und antwortete: „Realität ist das, was nicht verschwindet, auch wenn man aufhört, daran zu glauben."

Fat glaubte nicht, daß Sherri mit Haß antwortete, wenn man ihr Hilfe anbot. Aber durch seine Weigerung änderte sich nichts an der Tatsache. Deshalb war ihre Reaktion ein Teil dessen, was wir Realität nennen. Fat mußte, ob er es nun wollte oder nicht, auf irgendeine Weise damit zurechtkommen oder seinen Kontakt zu Sherri abbrechen.

Einer der Gründe, warum Beth Fat verlassen hatte, waren seine Besuche in Sherris heruntergekommenem Apartment in Santa Ana. Fat hatte sich vorgemacht, daß er lediglich aus Mildtätigkeit zu ihr ging. In Wirklichkeit geschah dies aus Geilheit, da Beth sexuell das Interesse an ihm verloren hatte und er, wie man so sagt, nicht mehr rangelassen wurde. In vielerlei Hinsicht erschien ihm Sherri schön. Sherri war tatsächlich schön, darüber waren wir uns alle einig. Während ihrer Chemotherapie trug sie eine Perücke. David war von der Perücke getäuscht worden und hatte ihr oft Komplimente über ihr Haar gemacht, was sie sehr belustigte. In unseren Augen war dies makaber, und zwar von beiden Seiten.

In seiner Studie über die Form, die der Masochismus beim modernen Menschen besitzt, hat Theodor Reik einen interessanten Aspekt erwähnt. Masochismus ist weitaus verbreiteter, als man meint, da er in abgeschwächter Form auftritt. Der grundlegende Prozeß verläuft folgendermaßen: Ein Mensch sieht etwas Negatives unaufhaltsam auf sich zukommen. Es gibt für ihn keine Möglichkeit, etwas dagegen zu unternehmen; er ist hilflos. Dieses Gefühl der Hilflosigkeit erzeugt das Bedürfnis, Kontrolle über den drohenden Schmerz zu gewinnen — jede Art Kontrolle ist ihm recht. Das klingt vernünftig — das subjektive Gefühl der Hilflosigkeit ist schmerzhafter als das drohende Unglück. So erlangt der Betroffene auf die einzige Möglichkeit, die ihm zur Verfügung steht, Kontrolle über die Situation. Er sehnt sich nach dem drohenden Unglück, er beschleunigt es noch. Diese Reaktion erzeugt den falschen Eindruck, daß er den Schmerz genießt. So ist es aber nicht. Er kann einfach nicht länger die Hilflosigkeit oder die angenommene Hilflosigkeit ertragen. Aber in dem Bestreben, Kontrolle über das unvermeidliche Unglück zu gewinnen, wird er automatisch anhedonistisch (das bedeutet, daß man unfähig oder nicht gewillt ist, Wollust zu empfinden). Anhedonismus wächst unmerklich. Im Lauf der Jahre übernimmt er die Kontrolle über ihn. Zum Beispiel lernt er, Befriedigung zu vermeiden — dies ist ein Schritt auf dem traurigen Weg, der zum Anhedonismus führt. Indem er Befriedigung unterdrückt, stellt sich in ihm ein Gefühl der Selbstbeherrschung ein — er ist stoisch, diszipliniert geworden, er folgt nicht mehr irgendwelchen Impulsen. Er besitzt *Kontrolle*. Kontrolle über sich im Sinne seiner inneren Impulse und Kontrolle über die äußere Situation. Er ist eine kontrollierte und kontrollierende Person. Recht bald streckt er seine Fühler aus und kontrolliert andere Menschen, die Teil seiner Situation sind. Er wird zu einem Manipulator. Natürlich ist er sich all dessen nicht bewußt — ihm geht es nur darum, sein Gefühl der Hilflosigkeit zu mildern. Doch während er sich darum bemüht, untergräbt er auf schleichende Weise die Freiheit der anderen. Dennoch gewinnt er keine Lust daraus, keine positive psychologische Befriedigung. Sein ganzer Gewinn ist grundlegend negativ.

Sherri Solvig war an Krebs erkrankt, an Lymphdrüsenkrebs, aber dank den tapferen Bemühungen ihrer Ärzte hatte sie sich wieder erholt. In den Gedächtniszellen ihres Gehirns jedoch war die Information gespeichert, daß Patienten mit Lymphdrüsenkrebs, die sich erholen, gewöhnlich wieder einen Rückfall erleiden. Sie sind nicht geheilt — auf geheimnisvolle Weise hat die Krankheit ihre Gegenständlichkeit verloren und eine Art metaphysischen Zustand angenommen, hat sich zurückgezogen. Sie ist vorhanden und gleichzeitig doch nicht vorhanden. So trug Sherri trotz ihres gegenwärtig guten Gesundheitszustandes (wie ihr Gehirn ihr einflüsterte) eine tickende Uhr in ihrem Innern, und wenn die Uhr klingelte, würde sie sterben. Nichts konnte dies aufhalten, sah man von der wahnwitzigen Hoffnung auf eine zweite Genesung ab. Doch selbst wenn es zu einer zweiten Genesung kommen sollte, würde auch diese Genesung nach demselben logischen, unerbittlichen Muster enden.

Die Zeit besaß absolute Macht über Sherri. Die Zeit hielt nur ein Schicksal für sie bereit: den Krebstod. So sah sie ihre Lage. Ihr Bewußtsein hatte dieses Urteil gefällt, und gleichgültig, wie gut sie sich fühlte oder wonach sie sich in ihrem Leben gesehnt hatte, blieb ihr dieses Schicksal gewiß. Demnach repräsentiert ein Krebspatient in der Genesungsphase auf augenfällige Weise die Situation aller Menschen: Eventuell wirst du sterben.

Insgeheim dachte Sherri ununterbrochen an den Tod. Alles andere, alle Menschen, Dinge und Ereignisse waren zu Schatten reduziert worden. Und schlimmer noch, wenn sie über andere Menschen nachsann, dann sann sie gleichzeitig über die Ungerechtigkeit des Universums nach. Die anderen litten nicht an Krebs. Das bedeutete, psychologisch gesprochen, daß sie unsterblich waren. Das war unfair. Jeder hatte sich verschworen, ihr ihre Jugend, ihr Glück und womöglich auch ihr Leben zu nehmen. Als Ersatz hatten alle ihr unerträglichen Schmerz aufgebürdet, und wahrscheinlich amüsierten sie sich insgeheim darüber. „Amüsiert sein“ und „sich darüber amüsieren“ liefen auf das gleiche bösartige Resultat hinaus. Deshalb besaß Sherri Grund genug, die ganze Welt zum Teufel zu wünschen.

Natürlich sagte sie dies nicht laut. Aber sie lebte danach. Der Krebs hatte sie vollkommen anhedonistisch werden lassen. Wie kann jemand abstreiten, daß dies einen Sinn hat? Logisch betrachtet hätte Sherri während ihrer Genesung ihr Leben in vollen Zügen genießen müssen, aber der Verstand arbeitet nicht logisch, wie Fat erkannt hatte. Sherri verbrachte ihre Zeit damit, auf einen Rückfall zu warten.

Inzwischen fand sie bereits Gefallen bei dem Gedanken, daß ihr Lymphdrüsenkrebs wieder ausbrechen würde.

Fat blieb dieser komplexe mentale Prozeß verborgen. Er sah nur eine junge Frau, die sehr viel gelitten und eine schlimme Zeit durchgemacht hatte. Er redete sich ein, daß er ihr ein besseres Leben bieten konnte. Das war eine wertvolle Aufgabe. Er würde sie und auch sich lieben, und Gott würde sie beide lieben. Fat sah Liebe, und Sherri sah unaufhaltsam Schmerz und Tod nahen, über die sie keine Kontrolle besaß. Zwischen zwei derart verschiedenen Welten gibt es keine Verbindung.

Zusammengefaßt (wie es Fat ausdrücken würde) läßt sich sagen, daß der moderne Masochist kein Vergnügen am Schmerz empfindet; er kann es lediglich nicht ertragen, hilflos zu sein. „Vergnügen am Schmerz" ist ein semantischer Widerspruch, wie bestimmte Philosophen und Psychologen festgestellt haben. „Schmerz" ist definiert als ein Gefühl, das man als unangenehm erfährt. „Unangenehm" ist definiert als etwas, das man ablehnt. Versuchen Sie es auf andere Weise zu definieren, und Sie werden sehen, wo das hinführt. „Vergnügen am Schmerz" zu empfinden bedeutet „Vergnügen an etwas Unangenehmem" zu empfinden. Reik hatte den richtigen Riecher. Er entschlüsselte die wahre Gestalt des modernen, abgemilderten Masochismus . . . und sah, daß er fast uns alle erfaßt, in der einen oder anderen Form und bis zu einem gewissen Grade. Er ist allgegenwärtig.

Man kann Sherri nicht wirklich nachsagen, daß sie den Krebs herbeisehnte. Oder darauf wartete, wieder Krebs zu bekommen. Aber sie glaubte, daß der Krebs irgendwo in dem Kartenstapel verborgen war, der vor ihr lag. Jeden Tag zog sie eine Karte, ohne daß sich der Krebs zeigte. Aber wenn sich diese Karte in dem Stapel befindet und wenn man eine Karte nach der anderen zieht, dann wird man irgendwann auf die Krebskarte stoßen, und dann ist es vorbei.

Somit, ohne daß es ihre Schuld war, lag es an Sherri, Fat so in den Arsch zu treten, wie er noch nie zuvor in den Arsch getreten worden war. Der Unterschied zwischen Gloria Knudson und Sherri war offensichtlich: Gloria wollte aus rein imaginären Gründen sterben. Sherri würde buchstäblich sterben, ob sie nun wollte oder nicht. Gloria besaß die Möglichkeit, ihr bösartiges Todesspiel zu jeder Zeit, wenn sie es psychologisch wünschte, abzubrechen, *aber Sherri besaß diese Möglichkeit nicht*. Es war, als ob Gloria nach ihrem Tod auf dem Bürgersteig vor dem Oakland Synanon Building in doppelter Größe und mit doppelter seelischer Stärke wieder auferstanden war. In der Zwischenzeit war Horselover Fat durch die Trennung von Beth und Christopher auf die Hälfte seiner normalen Größe geschrumpft. Die Chancen für ein befriedigendes Ergebnis standen nicht sehr günstig.

Der wirkliche Grund für Sherris Anziehungskraft auf Fat war die Verlockung des Todes, die er bereits bei Gloria gespürt hatte. Aber da er nun glaubte, daß Dr. Stone ihn geheilt hatte, segelte Fat mit neuerwachter Hoffnung hinaus in die Welt — er segelte unaufhaltsam dem Wahnsinn und dem Tod entgegen. Er hatte nicht das geringste gelernt. Natürlich, die Kugel war aus seinem Körper entfernt worden, und die Wunde heilte. Aber eine andere wartete bereits auf ihn, und *begierig wartete er auf sie*. Er konnte es nicht mehr erwarten, sich um Sherri zu kümmern und sie zu retten.

Vielleicht erinnern Sie sich, daß eines der grundlegenden Dinge, von denen man Fat vor langer Zeit abgeraten hatte, das Bestreben war, anderen Menschen helfen zu wollen. Außerdem sollte er mit dem Dope aufhören. Er nahm kein Dope mehr, aber seine ganze Energie und seinen ganzen Enthusiasmus setzte er nun dafür ein, Menschen zu retten.

Er hätte besser mit dem Dope weitergemacht.

6

Das Scheidungsurteil hatte Fat wieder in einen alleinstehenden Mann verwandelt und ihm die Freiheit zurückgegeben, mit seiner Selbstzerstörung fortzufahren. Er konnte es kaum erwarten.

In der Zwischenzeit war ihm von der Gesundheitsbehörde von Orange County die Teilnahme an einer Therapie ermöglicht worden. Man hatte ihm einen Therapeuten namens Maurice zugeteilt. Maurice war keiner der üblichen Therapeuten. In den Sechzigern hatte er über den Hafen von Long Beach Waffen und Dope nach Kalifornien geschmuggelt. Er hatte dem SNCC und dem CORE angehört und in einem israelischen Kommando gegen die Syrer gekämpft. Maurice war knapp einen Meter neunzig groß, und seine Muskeln wölbten sich unter seinem Hemd und sprengten beinahe die Knöpfe. Wie Horselover Fat trug er einen schwarzen, krausen Bart. Gewöhnlich saß er nicht, sondern stand am anderen Ende des Zimmers, wenn er sich mit Fat unterhielt. Er schrie Fat an und bekräftigte seine Ermahnungen mit den Worten: „Und das meine ich auch.“ Fat bezweifelte nie, daß Maurice meinte, was er sagte — das war keine Frage.

Maurices Aufgabe in diesem Spiel war es, Fat einen Tritt zu versetzen und ihn dazu zu bringen, das Leben zu genießen, statt andere Menschen retten zu wollen. Fat besaß kein Konzept, wie er sich dem Vergnügen hingeben konnte. Er wußte nur, wie man bei bedeutenden Dingen vorging. Zunächst hatte Maurice ihn aufgefordert, die zehn Dinge aufzuschreiben, die er am meisten wollte.

„Was ich tun will ist“, erklärte er, „Sherri zu helfen. Damit sie nicht wieder krank wird.“

„Sie glauben nur, daß Sie ihr helfen müssen“, brüllte Maurice. „Sie hoffen, dadurch ein guter Mensch zu werden. Nichts wird aus Ihnen jemals einen guten Menschen machen. Sie sind zu nichts zu gebrauchen.“

Mit zittriger Stimme verwahrte sich Fat gegen diese Unterstellung.

,,Sie sind ein Nichtsnutz", erklärte Maurice.

,,Und Sie sind ein Saftsack", fauchte Fat wütend, worauf Maurice zu grinsen begann. Maurice hatte sein Ziel erreicht.

,,Hören Sie mir zu", verlangte Maurice, ,,und das meine ich auch. Rauchen Sie Dope, und bumsen Sie irgendeine Alte mit dicken Titten, aber lassen Sie dieses sterbende Weib in Frieden. Sie wissen doch, daß Sherri stirbt, oder? Sie wird sterben, und was werden Sie dann machen? Zu Beth zurückkehren? Beth hat versucht, Sie umzubringen."

,,Hat sie das?" entfuhr es Fat erstaunt.

,,Natürlich hat sie das. Sie hat Sie zum Selbstmord getrieben. Sie wußte, daß Sie versuchen würden, sich kaputtzumachen, als sie Ihren Sohn nahm und sich von Ihnen trennte."

,,Nun", brummte Fat mit einem Anflug von Dankbarkeit. Das bedeutete zumindest, daß er nicht paranoid war. Insgeheim wußte er, daß Beth seinen Selbstmordversuch provoziert hatte.

,,Wenn Sherri stirbt", fuhr Maurice fort, ,,dann werden auch Sie sterben. Wollen Sie sterben? Ich kann das sofort arrangieren."

Er warf einen Blick auf seine große Armbanduhr, die sogar die Stellung der Sterne anzeigte. ,,Mal sehen — es ist jetzt halb drei. Wie wäre es mit sechs Uhr nachmittags?"

Fat wußte nicht, ob Maurice es ernst meinte. Aber er glaubte, daß Maurice dazu in der Lage war.

,,Hören Sie", sagte Maurice, ,,und das meine ich auch. Es gibt einfachere Möglichkeiten, sich das Leben zu nehmen, als die, die Sie sich ausgesucht haben. Sie versuchen es auf die harte Tour. Sie haben das clever eingefädelt. Sherri stirbt, und dann haben Sie einen weiteren Vorwand, sich umzubringen. Sie brauchen keinen Vorwand — Ihre Frau und Ihr Sohn haben Sie verlassen, und Sherri kratzt ab. Und wenn Sherri abkratzt, beginnt das große Heulen und Zähneklappern. Die Trauer und die Liebe, die Sie für sie empfinden . . ."

„Aber wer sagt, daß Sherri sterben wird?“ unterbrach Fat. Er glaubte, daß er sie durch seine magischen Kräfte erretten konnte; seine ganze Strategie baute auf dieser Annahme auf.

Maurice ignorierte die Frage. „Warum wollen Sie sterben?“ erkundigte er sich statt dessen.

„Das will ich nicht“, antwortete Fat, der auch ehrlich glaubte, daß er das nicht wollte.

„Wenn Sherri nicht an Krebs leiden würde, hätten Sie dann Lust, mit ihr ins Bett zu gehen?“ Maurice wartete und erhielt keine Antwort, weil Fat sich innerlich eingestehen mußte, daß er es nicht tun würde. „Warum wollen Sie sterben?“ wiederholte Maurice.

„Nun . . .“, begann Fat verlegen.

„Sind Sie ein schlechter Mensch?“

„Nein“, sagte Fat.

„Verlangt jemand von Ihnen, daß Sie sterben? Eine Stimme? Funkt Ihnen jemand Botschaften mit der Aufforderung ‚Stirb!‘ zu?“

„Nein.“

„Hat Ihre Mutter gewollt, daß Sie sterben?“

„Nun, seit Gloria . . .“

„Zum Teufel mit Gloria. Sie haben noch nicht einmal mit ihr geschlafen. Sie haben sich damals schon auf den Tod vorbereitet. Erzählen Sie mir nicht so eine Scheiße.“ Wie gewöhnlich hatte Maurice zu schreien begonnen. „Wenn Sie den Menschen schon helfen wollen, dann fahren Sie nach L.A. und schütteln Sie den Burschen die Hände, die vor der öffentlichen Küche des Arbeitersamariterdienstes Schlange stehen, oder überweisen Sie so viel wie möglich von Ihrem Geld an CARE*. Überlassen Sie die Sozialarbeit den Leuten, die etwas davon verstehen. Sie belügen sich selbst. Sie machen sich vor, daß Ihnen Gloria etwas bedeutet hat, daß diese — wie heißt sie doch gleich? —, diese Sherri, daß sie nicht

* *Co-operative for American Remittances to Everywhere.* Amerikanische Hilfsorganisation (Anm. d. Übers.)

stirbt. Natürlich wird sie sterben! Deshalb schlafen Sie mit ihr, damit Sie dabei sein können, wenn sie stirbt. Sie will Sie mit sich herunterziehen, und genau das wollen Sie auch. Zwischen Ihnen beiden besteht in dieser Hinsicht ein geheimes Einverständnis. Jeder, der durch diese Tür tritt, will sterben. Das ist es, was es bedeutet, geisteskrank zu sein. Sie wußten das nicht? Dann sage ich es Ihnen. Ich würde am liebsten Ihren Kopf unter Wasser drücken, bis Sie um Ihr Leben kämpfen. Und wenn Sie nicht kämpfen sollten, dann zum Teufel mit Ihnen. Ich wünschte, man würde mir das erlauben. Ihre krebskranke Freundin — sie hat den Krebs absichtlich bekommen. Krebs entsteht durch das bewußt herbeigeführte Versagen des körpereigenen Immunsystems — die betreffende Person schaltet es ab. Weil sie etwas verloren hat, weil sie den Verlust eines geliebten Menschen nicht verwinden kann. Verstehen Sie, wie der Tod funktioniert? Jeder Mensch besitzt in seinem Körper Krebszellen, doch bei den meisten Menschen kümmert sich das Immunsystem darum.“

„Sherri hatte einen Freund, der gestorben ist“, gab Fat zu. „An einem schweren epileptischen Anfall. Und ihre Mutter starb an Krebs.“

„Also fühlte sich Sherri schuldig, weil ihr Freund und ihre Mutter gestorben sind. Sie fühlen sich schuldig, weil Gloria gestorben ist. Kümmern Sie sich doch der Abwechslung halber einmal um Ihr eigenes Leben. Es ist Ihre Pflicht, für sich selbst zu sorgen.“

„Es ist meine Pflicht“, widersprach Fat, „mich um Sherri zu kümmern.“

„Werfen wir einen Blick auf Ihre Liste. Geben Sie sie schon her.“

Fat reichte ihm die Liste mit den zehn Dingen, die er am liebsten tun wollte, und fragte sich im stillen, ob Maurice noch ganz klar war. Natürlich wollte Sherri nicht sterben. Sie hatte heftig und tapfer dagegen angekämpft. Sie hatte nicht nur den Krebs überstanden, sondern sogar die Chemotherapie.

„Sie wollen also am Strand von Santa Barbara spazierengehen", stellte Maurice fest, nachdem er die Liste durchgesehen hatte. „Das ist Punkt eins."

„Stimmt irgend etwas nicht damit?" fragte Fat aggressiv.

„Nein. Nun? Warum machen Sie das nicht?"

„Schauen Sie sich Punkt zwei an", schlug Fat vor. „Ich möchte, daß mich ein hübsches Mädchen begleitet."

„Nehmen Sie Sherri mit", riet Maurice.

„Sie ..." Er zögerte. In der Tat hatte er Sherri bereits gefragt, ob sie mit ihm zum Strand fahren würde, hinaus nach Santa Barbara, um mit ihm ein Wochenende in einem der luxuriösen Strandhotels zu verbringen. Sie hatte erwidert, daß ihre Kirchenarbeit sie zu sehr beschäftigte.

„Sie wollte nicht", stellte Maurice fest. „Sie war zu beschäftigt. Womit?"

„Kirchenarbeit."

Sie sahen einander an.

„Ihr Leben wird sich nicht sehr verändern, wenn ihr Krebs wieder ausbricht", sagte Maurice schließlich. „Spricht sie über ihre Krebserkrankung?"

„Ja."

„Mit den Verkäufern in den Geschäften? Mit jedem, den sie trifft?"

„Ja."

„Okay, ihr Leben wird sich verändern. Man wird ihr mehr Sympathie entgegenbringen. Es wird ihr gefallen."

Widerwillig begann Fat: „Einmal hat sie mir gesagt ..." Er konnte es kaum herausbringen. „Sie hat gesagt, daß der Krebs das Beste gewesen ist, was ihr jemals zugestoßen ist. Weil ..."

„Die Bundesregierung sie unterstützt."

„Ja." Er nickte.

„Also wird sie nie wieder arbeiten müssen. Ich nehme an, sie bezieht noch immer Sozialhilfe, obwohl sie wieder genesen ist."

,,Ja", bestätigte Fat düster.

,,Man wird ihr auf die Schliche kommen. Man wird sich mit ihrem Arzt in Verbindung setzen. Dann wird sie sich eine Stelle suchen müssen."

Verbittert murmelte Fat: ,,Sie wird nie eine Arbeit annehmen."

,,Sie hassen dieses Mädchen", erkannte Maurice. ,,Und schlimmer noch, Sie respektieren sie nicht. Sie ist eine Hure. Sie ist eine Künstlerin im Ausnehmen. Sie nimmt Sie aus — gefühlsmäßig und finanziell. Sie unterstützen sie, nicht wahr! Und zudem erhält sie Sozialhilfe. Sie ist eine Erpresserin, eine Krebserpresserin. Und Sie sind das Opfer." Maurice sah ihn forschend an. ,,Glauben Sie an Gott?" fragte er plötzlich.

Sie können aus dieser Frage entnehmen, daß Fat während seiner therapeutischen Sitzungen mit Maurice das Thema Gott vermieden hatte. Er wollte nicht erneut in den Nordflügel eingeliefert werden.

,,In gewisser Hinsicht", sagte Fat. Aber so konnte er es nicht im Raum stehen lassen — er mußte es erklären. ,,Ich besitze ein eigenes Bild von Gott", fuhr er fort. ,,Es basiert auf meinen eigenen . . ." Er zögerte, als er die Falle sah, die er mit seinen Worten aufgestellt hatte, die Falle, die von Stacheldraht umgeben war. ,,. . . meinen eigenen Gedanken", schloß er.

,,Reagieren Sie empfindlich auf dieses Thema?" wollte Maurice wissen.

Fat ahnte nicht, was auf ihn zukam, falls überhaupt etwas auf ihn zukam. Zum Beispiel besaß er keine Einsicht in seine Akten, die man im Nordflügel angelegt hatte, und er wußte nicht, ob Maurice sie gelesen hatte — oder was in ihnen stand.

,,Nein", sagte er.

,,Glauben Sie, daß der Mensch nach Gottes Ebenbild erschaffen worden ist?" fragte Maurice.

,,Ja", nickte Fat.

Maurice erhob seine Stimme und rief: ,,Ist es dann nicht ein Verbrechen an Gott, sich selbst zu töten? Haben Sie jemals darüber nachgedacht?"

„Ich habe darüber nachgedacht", gestand Fat. „Ich habe oft darüber nachgedacht."

„Nun? Und zu welcher Entscheidung sind Sie gelangt? Ich will Ihnen sagen, was darüber in der Schöpfungsgeschichte steht, falls Sie es vergessen haben. ‚Und Gott sprach: Lasset uns Menschen machen, ein Bild, das uns gleich ist, die da herrschen über die Fische im Meer und über die Vögel unter dem Himmel, und über das Vieh und über alle . . .'"

„Okay", unterbrach Fat, „aber das ist die Schöpfungsgottheit, nicht der wahre Gott."

„Wie?" entfuhr es Maurice.

„Es ist Yaldaboath", erklärte Fat. „Manchmal wird er auch Samael genannt, der blinde Gott. Er ist verwirrt."

„Wovon, zum Teufel, reden Sie überhaupt?" fragte Maurice.

„Yaldaboath ist ein Ungeheuer, Brut von Sophia, die aus dem Pleroma stürzte", sagte Fat. „Er glaubt, der einzige Gott zu sein, aber er irrt sich. Das ist das Problem — er kann nicht sehen. Er erschuf unsere Welt, aber weil er blind ist, verpfuschte er alles. Der wahre Gott sieht aus weiter Ferne auf uns herunter, und in seiner Gnade bemüht er sich, uns zu retten. Lichtteilchen aus dem Pleroma sind . . ."

Maurice starrte ihn an. „Wer hat sich dieses Zeug ausgedacht? Sie?"

„Meine eigentliche Quelle", erläuterte Fat, „ist Valentinus, zweites Jahrhundert A.Z."

„Was ist ‚A.Z.'?"

„Allgemeine Zeitrechnung. Die Bezeichnung ersetzt das n. Chr. Valentinus' Gnostizismus ist mehr eine Nebenströmung als ein Gegensatz zum iranischen Gnostizismus, der natürlich stark vom zoroastrischen Dualismus geprägt war. Valentinus erkannte den ontologisch erlösenden Wert der Gnosis, da sie den eigentlichen Urzustand der Ignoranz beendete, der sich im Sturz, in der Schädigung der Gottheit darstellte, deren Ergebnis die verpfuschte Schöpfung der phänomenalen oder materiellen Welt war. Der wahre Gott, der völlig transzendent ist, hat die Welt nicht erschaffen. Als er dann sah, was Yaldaboath getan hatte . . .“

„Wer ist dieser ‚Yaldaboath‘? Jehova hat die Welt erschaffen! So steht es in der Bibel!“

„Die Schöpfergottheit“, widersprach Fat, „glaubte, der einzige Gott zu sein — deshalb war sie rachsüchtig und befahl: ‚Ihr sollt keine anderen Götter haben neben mir‘, wodurch . . .“

Maurice brüllte: „Haben Sie die Bibel gelesen?“

Nach einer Pause versuchte es Fat auf andere Weise. Er hatte es offensichtlich mit einem religiösen Idioten zu tun. „Schauen Sie“, begann er so ruhig wie möglich. „Über die Schöpfung der Welt gibt es eine Reihe unterschiedlicher Ansichten. Zum Beispiel, wenn Sie die Welt als Artefakt ansehen — was sie vielleicht nicht ist; vielleicht ist sie ein Organismus, wovon bereits die alten Griechen überzeugt waren —, dann können Sie daraus noch keinesfalls auf die Existenz eines Schöpfers rückschließen. Beispielsweise kann es zu verschiedenen Zeiten eine ganze Reihe von Schöpfern gegeben haben. Die buddhistischen Idealisten haben darauf hingewiesen. Aber selbst wenn . . .“

„Sie haben die Bibel nicht gelesen“, stieß Maurice ungläubig hervor. „Wissen Sie, was ich jetzt von Ihnen verlange? Und das meine ich auch. Ich möchte, daß Sie nach Hause gehen und die Bibel studieren. Ich möchte, daß Sie die Genesis zweimal lesen — haben Sie mich verstanden? Zweimal. Sorgfältig. Und ich möchte, daß Sie eine Zusammenfassung der wichtigsten Ideen und Ereignisse erstellen, und zwar in der Reihenfolge ihrer Bedeutung. Und wenn Sie nächste Woche zu mir kommen, dann will ich diese Liste sehen.“ Offensichtlich war er nun wirklich zornig.

Das Thema auf Gott zu bringen, hatte sich als schlechter Einfall erwiesen, aber natürlich hatte dies Maurice am Anfang nicht gewußt. Seine Absicht war, an Fats Ethik zu appellieren. Als Jude war Maurice davon überzeugt, daß Religion und Ethik unteilbar waren, da sie im hebräischen Monotheismus eine Einheit bildeten. Die Ethik war von Jehova direkt an Moses übermittelt worden —

jeder wußte das. Jeder außer Horselover Fat, dessen Problem im Moment war, daß er zuviel wußte.

Schweratmend blätterte Maurice in seinem Terminkalender. Er hatte die syrischen Soldaten nicht in dem Bewußtsein getötet, daß der Kosmos eine fühlende Entelechie mit Psyche und Soma, ein makrokosmischer Spiegel war, der den Mikrokosmos belebte.

„Lassen Sie mich nur noch eines sagen", bat Fat.

Irritiert nickte Maurice.

„Die Schöpfergottheit", erklärte Fat, „ist vielleicht verrückt, und deshalb ist auch das Universum verrückt. Was wir als Chaos erfahren, ist in Wirklichkeit Irrationalität. Das ist ein Unterschied." Dann schwieg er.

„Das Universum ist das, was man daraus macht", entgegnete Maurice. „Wie man damit umgeht ist das, was zählt. Es liegt an Ihnen, aus dem Universum etwas zu gewinnen, das Ihr Leben unterstützt und nicht Ihr Leben zerstört."

„Das ist die existenzialistische Position", nickte Fat. „Sie basiert auf der Vorstellung, das wir das sind, was wir tun, und nicht das, was wir denken. Sie findet zum erstenmal Ausdruck in Goethes *Faust*, Teil eins, in dem Faust sagt: ‚*Am Anfang war das Wort*'. Er zitiert damit den Beginn des Vierten Evangeliums. Faust erwidert darauf: ‚*Nein. Am Anfang war die Tat.*' Das ist der Ursprung des Existenzialismus."

Maurice starrte ihn an, als sei er ein Käfer.

Fat fuhr zurück in das moderne, mit zwei Schlaf- und zwei Badezimmern ausgestattete und durch ein Spezialschloß streng gesicherte Apartment in der Innenstadt von Santa Ana, das er zusammen mit Sherri bewohnte. Zu dem Wohnkomplex gehörten ein elektrisch betriebenes Tor, eine unterirdische Garage und ein per Videokamera überwachter Haupteingang. Noch während der Fahrt wurde ihm plötzlich bewußt, daß er den Status eines Fachmannes verloren hatte und auf den Status eines unbedeutenden Kauzes herabgesunken war. Bei seinem Versuch, ihm zu helfen, hatte Maurice unabsichtlich Fats inneres Gleichgewicht zerstört. Wie dem auch sei, positiv war, daß er nun in diesem festungsähnlichen — oder gefängnisähnlichen — gesicherten Gebäude lebte, das sich in der City der Stadt nahe der mexikanischen Grenze erhob. Man benötigte eine magnetische Computerkarte, um das Tor zur unterirdischen Garage zu öffnen. Ein Umstand, der Fats angeschlagene Moral wieder aufrichtete. Da sich ihr Apartment im obersten Stockwerk befand, konnte er auf Santa Ana und all die ärmeren Leute hinunterschauen, die zu jeder Tages- und Nachtzeit von Betrunkenen und Junkies ausgenommen wurden. Zudem, und das war noch wichtiger, befand sich Sherri bei ihm. Sie kochte wundervoll, dafür mußte er allerdings abspülen und einkaufen. Sherri kam nie in den Sinn, ihm diese beiden Arbeiten abzunehmen. Sie nähte und bügelte, erledigte kleinere Besorgungen, telefonierte oft mit ihren alten Freundinnen von der Oberschule und hielt Fat über die Kirchenangelegenheiten auf dem laufenden.

Ich kann den Namen von Sherris Kirche nicht nennen, da sie wirklich existiert (nun, ebenso wie Santa Ana), deshalb werde ich Sherris Bezeichnung dafür verwenden: Jesu Neppladen. Den halben Tag bediente sie Telefone und saß hinter dem Empfangstisch. Sie war für die Hilfsprogramme verantwortlich, und das bedeutet, daß sie das Essen ausgeben, Geld für die Unterkünfte kassieren, für die Wohlfahrtsunterstützungen sorgen und die Junkies von den wirklich bedürftigen Menschen trennen mußte.

Sherri mißtraute den Junkies, und das aus gutem Grund. Jeden Tag tauchten sie unter einem neuen Vorwand auf. Was Sherri am meisten erregte, war nicht die Tatsache, daß sie die Großzügigkeit der Kirche ausnutzten, um sich neuen Stoff zu besorgen, sondern daß sie später auch noch damit prahlten. Nun, da Junkies untereinander keine Loyalität kennen, erschienen gewöhnlich Junkies und erzählten ihr, welche anderen Junkies die Kirche ausnahmen und verspotteten. Sherri trug ihre Namen dann in die schwarze Liste ein. Wenn sie von der Kirche nach Hause kam, schimpfte sie meistens wie eine Furie über die Zustände und vor allem über das, was die Säufer und Junkies am Tag gesagt und getan hatten, und daß Larry, der Priester, sich nicht im geringsten darum kümmerte.

Nach einer Woche des Zusammenlebens wußte Fat eine ganze Menge mehr über Sherri, Dinge, die ihm in den bisherigen drei Jahren ihrer Bekanntschaft verborgen geblieben waren. Sherri ärgerte sich über jedes Geschöpf auf dieser Erde, das ihr zu nahetrat; das heißt, je mehr sie mit jemandem oder etwas zu tun hatte, desto mehr ärgerte sie sich über ihn oder sie oder es. Die große erotische Liebe ihres Lebens war ihr Priester, Larry. Während der schlechten Zeit, in der sie buchstäblich an Krebs zu sterben drohte, hatte Sherri Larry gestanden, daß es ihr größter Wunsch war, mit ihm zu schlafen, worauf Larry geantwortet hatte (und dies faszinierte Fat, der dies nicht für eine passende Antwort hielt), daß er, Larry, niemals sein Privatleben mit dem Geschäftsleben verband (Larry war verheiratet, besaß drei Kinder und einen Enkel). Sherri liebte ihn noch immer und wollte nach wie vor mit ihm ins Bett gehen, aber sie spürte seine Ablehnung.

Einmal jedoch, als sie noch bei ihrer Schwester lebte — oder besser, als sie bei ihrer Schwester starb, nach Sherris Worten zu urteilen —, hatte sie einen Anfall erlitten, und Vater Larry war gekommen, um sie ins Krankenhaus zu bringen. Als er sie in die Arme nahm, hatte sie ihn geküßt, und er hatte mit einem Zungenkuß darauf reagiert. Sherri erzählte Fat oft davon. Sie sehnte sich noch immer nach diesen Tagen zurück.

„Ich liebe dich", sagte sie eines Nachts zu Fat, „aber in Wirklichkeit liebe ich Larry, denn er hat mich gerettet, als ich krank war."

Sehr bald gelangte Fat zu der Überzeugung, daß die Religion nur eine Nebenbeschäftigung von Sherris Kirche war. Telefongespräche zu führen und Pakete zu verschicken bildete die Haupttätigkeit. Eine Reihe zwielichtiger Gestalten — die sich, soweit es Fats Ansicht betraf, ebensogut Larry, Moe oder Curly nennen konnten — führten die Kirchengeschäfte und zahlten sich Gehälter, die wesentlich höher waren als Sherris, und arbeiteten darüber hinaus erheblich weniger. Sherri wünschte ihnen allen den Tod. Oft erzählte sie genüßlich von ihren Mißgeschicken, zum Beispiel, daß ihre Autos nicht ansprangen, sie Bußgelder wegen Übertretung der Geschwindigkeitsbegrenzung erhielten oder Vater Larry ihnen Rügen erteilte.

„Eddy wird rausgeschmissen", frohlockte Sherri dann, wenn sie nach Hause kam. „Dieser kleine Scheißer."

Einer der Bedürftigen provozierte Sherri regelmäßig zu Wutausbrüchen, ein Mann namens Jack Barbina, der, wie Sherri erzählte, in Abfalltonnen nach kleinen Aufmerksamkeiten für sie suchte. Jack Barbina tauchte auf, als Sherri allein im Kirchenbüro war, überreichte ihr eine durchweichte Schachtel Datteln und einen konfusen Schrieb, in dem er ihr mitteilte, daß er sie gerne heiraten würde. Als Sherri ihn zum erstenmal sah, wußte sie, daß er ein Verrückter war. Sie lebte in der Angst, daß er sie ermorden würde.

„Ich werde dich anrufen, wenn er sich beim nächstenmal blicken läßt", sagte sie zu Fat. „Ich werde nicht allein mit ihm bleiben. Der gesamte Kirchenbesitz reicht nicht aus, um mich dazu zu bringen, mich mit Jack Barbina abzugeben, ganz zu schweigen von dem, was man mir bezahlt, und das ist die Hälfte von dem, was Eddy bekommt, diese kleine Tunte." Für Sherri bestand die Welt aus Säufern, Verrückten, Junkies, Homosexuellen und falschen Freunden. Für Mexikaner und Schwarze hatte sie ebenfalls nichts übrig. Fat wunderte sich über ihren völligen Mangel an christlicher Nächstenliebe, und zwar Nächstenliebe im gefühlsmäßigen und nicht im praktischen Sinne. Wie konnte — und warum sollte — Sherri in einer Kirche arbeiten und sich auf den Eintritt in einen religiösen Orden vorbereiten, wo sie doch jedes lebende menschliche Wesen verabscheute, fürchtete und haßte und sich die meiste Zeit über ihr Schicksal beklagte?

Sherri verabscheute sogar ihre eigene Schwester, die sie aufgenommen, ernährt und sich während ihrer Krankheit um sie gekümmert hatte. Der Grund: Mae fuhr einen Mercedes-Benz und besaß einen reichen Ehemann. Aber am meisten haßte Sherri die Karriere ihrer besten Freundin Eleanor, die eine Nonne geworden war.

„Ich gehe hier in Santa Ana vor die Hunde", klagte Sherri hin und wieder, „und Eleanor spaziert in ihrer Nonnentracht in Las Vegas herum."

„Im Moment gehst du nicht vor die Hunde“, stellte Fat richtig. „Du hast dich wieder erholt.“

„Aber das weiß sie nicht. Las Vegas — was ist das überhaupt für ein Ort für einen religiösen Orden? Wahrscheinlich hurt sie mit ihrem Arsch in . . .“

„Du sprichst von einer Nonne“, unterbrach Fat, der Eleanor bereits begegnet war. Sie hatte ihm gefallen.

„Wäre ich nicht krank geworden, wäre ich inzwischen auch eine Nonne“, erklärte Sherri.

Um Sherris geiferndem Geschwätz zu entgehen, schloß sich Fat im Badezimmer ein, das er als Büro benutzte, und nahm wieder die Arbeit an seiner großen Exegese auf. Sie umfaßte inzwischen fast dreihunderttausend zumeist handschriftliche Worte, aber aus der großen Masse der weniger wichtigen Dinge filterte er die bedeutendsten Erkenntnisse heraus und betitelte sie mit *Tractate: Cryptica Scriptura* (siehe Anhang), was nichts anderes heißt als „Geheime Abhandlung“. Fat fand den Titel im Lateinischen wesentlich beeindruckender.

Zu dieser Zeit begann er in seinem Meisterwerk geduldig seine Kosmogonie auszuarbeiten, wobei Kosmogonie der Ausdruck für „Wie der Kosmos entstand“ ist. Nur wenige Einzelpersonen entwickeln Kosmogonien — gewöhnlich sind dafür ganze Kulturen, Zivilisationen, Völker oder Stämme erforderlich. Eine Kosmogonie ist eine Gruppenleistung, die viele Generationen in Anspruch nimmt. Fat wußte dies, und er war stolz darauf, seine eigene Kosmogonie entwickelt zu haben. Er nannte sie:

DUALE KOSMOGONIE

In seinem Tagebuch oder seiner Exegese bildete sie den *Eintrag Nr. 47* und war bei weitem das längste Einzelkapitel.

Das Eine war und war-nicht, und das zur gleichen Zeit, und es hatte den Wunsch, das War-nicht von dem War zu trennen. So erschuf es einen diploiden Sack, der, wie eine Eierschale, ein Zwil-

lingspaar enthielt, beide androgyn, die sich in entgegengesetzter Richtung drehten (das Yin und Yang des Taoismus, mit dem Einen als Tao). Der Plan des Einen war, daß beide Zwillinge gleichzeitig ins Sein kommen sollten; nun, motiviert von dem Bestreben zu sein (das das Eine beiden Zwillingen eingepflanzt hatte), durchbrach der gegen den Uhrzeigersinn rotierende Zwilling den Sack und trennte sich vorzeitig, d. h. vor Vollendung der Drehung. Dies war der dunkle oder der Yin-Zwilling. Deshalb war er beschädigt. Nach Vollendung der Drehung erschien der weisere Zwilling. Beide Zwillinge bildeten eine einheitliche Entelechie, einen einzigartigen lebenden Organismus, der aus der Psyche *und dem* Soma *bestand und der sich noch immer in der jeweils entgegengesetzen Richtung drehte. Der voll ausgewachsene Zwilling, der von Parmenides Form I genannt wurde, durchlief die korrekten Wachstumsphasen, aber der vorzeitig geborene Zwilling, genannt Form II, siechte dahin.*

Die nächste Stufe im Plan des Einen war, daß aus den Beiden das Viele werden sollte, und zwar durch ihre dialektischen Interaktionen. Sie, die Hyperuniversen darstellten, projizierten eine hologrammähnliche Überlagerung, die das Universum darstellt, in dem wir Geschöpfe leben. Die beiden Quellen mußten ineinander zu gleichen Teilen aufgehen, um unser Universum zu erhalten, aber Form II siechte weiter in Krankheit, Wahnsinn und Unordnung dahin. Diese Aspekte projizierte sie in unser Universum.

Nach dem Willen des Einen sollte unser Hologramm-Universum als Studienobjekt dienen und eine Vielzahl Lebewesen erzeugen, die schließlich isomorph mit dem Einen übereinstimmen sollten. Aber der sich fortschreitend verschlechternde Zustand des Hyperuniversums II erschuf negative Einflüsse, die unser Hologramm-Universum schädigten. Dies ist der Ursprung der Entropie, des unverdienten Leides, des Chaos und des Todes und gleichzeitig auch der des Reiches, des Schwarzen Eisernen Gefängnisses — kurz, des Mangels an Gesundheit und der fehlenden Fortentwicklung der Lebensformen im Hologramm-Universum. Zudem war die Lehr-

funktion stark beeinträchtigt, da nur die Signale des Hyperuniversums I informationsgesättigt waren, die des Hyperuniversums II aber lediglich Störungen übertrugen.

Die Psyche des Hyperuniversums I schickte eine Mikro-Form seines Selbst in das Hyperuniversum II, um es zu heilen. Die Mikro-Form besaß in unserem Hologramm-Universum die Gestalt von Jesus Christus. Aber das gestörte Hyperuniversum II quälte, bekämpfte, verfolgte und tötete schließlich die Mikro-Form der heilenden Psyche *seines gesunden Zwillings. Danach verfiel das Hyperuniversum II immer mehr blinden, mechanischen, sinnlosen kausalen Prozessen. Schließlich wurde es die Aufgabe Christi (oder besser: des Heiligen Geistes), entweder die Lebensformen des Hologramm-Universums zu retten oder alle Einflüsse zu neutralisieren, die aus dem Hyperuniversum II auf es einwirkten. Sorgfältig machte es sich an die Bewältigung dieser Aufgabe und bereitete sich darauf vor, den gestörten Zwilling zu töten, da er nicht geheilt werden konnte — d.h., er erlaubte keine Heilung, da er nicht begriff, daß er krank war. Diese Krankheit und dieser Wahnsinn durchdringen uns und machen aus uns Idioten, die in privaten, irrealen Welte leben. Der ursprüngliche Plan des Einen kann jetzt nur noch durch die Teilung des Hyperuniversums I in zwei gesunde Hyperuniversen realisiert werden, die das Hologramm-Universum in die funktionierende Lernmaschine verwandeln werden, die es an sich sein sollte. Die Verwirklichung dieses Plans werden wir als „Königreich Gottes" erfahren.*

Für absehbare Zeit bleibt das Hyperuniversum II lebendig: „Das Reich endet nie." Aber in Begriffen der Ewigkeit, in denen die Hyperuniversen existieren, wird es zerstört — weil es notwendig ist — durch den gesunden Zwilling, das Hyperuniversum I, das auf unserer Seite steht. Das Eine leidet unter diesem Tod, denn das Eine liebte beide Zwillinge. Deshalb besteht die Information des Heiligen Geistes aus der tragischen Geschichte des Todes einer Frau, und diese Untertöne sind es, die in allen Kreaturen des Hologramm-Universums Schmerz erzeugen, ohne daß sie wissen, warum. Dieser Kummer wird weichen, wenn der gesunde Zwilling seine Mitose erfährt und das „Königreich Gottes" beginnt. Die Maschinerie, die diese Transformation ermöglichen wird — die Prozession durch die Zeit, vom Zeitalter des Eisens bis zum Zeitalter des Goldes —, befindet sich in Arbeit; in der Ewigkeit ist sie bereits fertiggestellt.

Nicht lange danach wurde es Sherri überdrüssig, daß Fat Tag und Nacht an seiner Exegese arbeitete. Außerdem versetzte es sie in Raserei, daß er sie darum bat, etwas von ihrer Sozialhilfe abzuzweigen, um die Miete zu bezahlen, da er aufgrund eines Gerichtsurteils einen Haufen Unterhaltszahlungen für Beth und Christopher leisten mußte. Sherri hatte in der Zwischenzeit ein anderes Apartment gefunden, für das das Wohnungsamt von Santa Ana die Kosten übernehmen wollte. Sie hatte sich entschlossen, von nun an mietfrei zu leben, ohne die Verpflichtung, Fat das Essen zu kochen; außerdem konnte sie dann mit anderen Männern ausgehen, etwas, das Fat ihr verboten hatte, solange er und Sherri zusammenlebten. Auf diesen Besitzanspruch hatte Sherri eines Nachts, als sie Hand in Hand mit einem Freund von einem Spaziergang nach Hause kam und Fat wütend wurde, mit den hitzigen Worten reagiert: „Ich brauche mir diesen Mist nicht anzuhören."

Fat versprach, Sherri nicht mehr zu verbieten, mit anderen Männern auszugehen, und außerdem wollte er sie nicht mehr darum bitten, ihren Teil zur Miete und zu den übrigen Lebenshaltungskosten beizusteuern, obwohl er zu diesem Zeitpunkt nur noch neun Dollar auf dem Konto hatte. Das genügte nicht. Sherri war sauer.

„Ich ziehe aus", teilte sie ihm mit.

Als sie ausgezogen war, mußte Fat Geld auftreiben, um sich Möbel, Teller, einen Fernsehapparat, ein Eßbesteck, Werkzeug, einfach alles anzuschaffen, denn er hatte so gut wie nichts aus seiner Ehe mitgebracht. Er hatte damit gerechnet, sich Sherris Sachen bedienen zu können. Überflüssig zu sagen, daß er das Leben ohne sie sehr einsam fand. Allein in dem Apartment mit den zwei Schlaf- und Badezimmern zu leben, das sie zusammen bewohnt hatten, machte ihn völlig fertig. Seine Freunde sorgten sich um ihn und versuchten ihn aufzumuntern. Im Februar hatte Beth ihn verlassen, und nun, Anfang September, hatte sich Sherri von ihm getrennt. Erneut starb er Stück für Stück. Er hockte nur noch vor seiner Schreibmaschine oder mit dem Stift in der Hand vor dem Notizblock und arbeitete an seiner Exegese. Das war alles, was ihm vom Leben geblieben war. Beth war nach Sacramento gezogen, rund elfhundert Kilometer von ihm entfernt, so daß er nicht einmal Christopher besuchen konnte. Er dachte an Selbstmord, aber nicht sehr oft, denn er wußte, daß Maurice derartige Gedanken gar nicht gerne sehen würde. Maurice würde von ihm eine weitere Liste verlangen.

Was Fat wirklich störte, war die Überzeugung, daß Sherri bald wieder einen Rückfall erleiden würde. Durch den Besuch des Santa Ana College und die Arbeit für die Kirche wurde sie immer müder und erschöpfter; jedesmal, wenn er sie sah, und das geschah so oft wie möglich, bemerkte er, wie müde und schmal sie aussah. Im November zog sie sich eine Grippe zu. Sie litt an Schmerzen in der Brust und atmete schwer.

„Diese Scheißgrippe", sagte Sherri.

Schließlich brachte er sie dazu, daß sie ihren Arzt aufsuchte und sich röntgen und einem Bluttest unterziehen ließ. Er wußte jetzt, daß sie einen Rückfall erlitten hatte. Sie konnte sich kaum noch auf den Beinen halten.

An dem Tag, an dem sie herausfand, daß sie wieder Krebs hatte, war Fat bei ihr. Da sie um acht Uhr morgens einen Termin bei ihrem Arzt hatte, blieb Fat die Nacht davor auf und saß die ganze Zeit an ihrem Bett. Er fuhr sie zusammen mit Edna, einer alten Freundin Sherris, zum Arzt. Er und Edna blieben im Wartezimmer, während Sherri zur Untersuchung bei Dr. Applebaum war.

„Es ist nur die Grippe", sagte Edna.

Fat sagte nichts. Er wußte, was es war. Drei Tage vorher war er mit Sherri einkaufen gewesen, und sie hatte sich kaum bewegen können. Für Fat gab es keinen Zweifel mehr. Während er neben Edna in dem überfüllten Wartezimmer saß, ergriff ihn Entsetzen, und er wollte weinen. Paradoxerweise hatte er an diesem Tag Geburtstag.

Als Sherrie aus Dr. Applebaums Praxis kam, preßte sie ein Kleenex-Tuch an ihre Augen. Fat und Edna liefen auf sie zu. Er fing Sherri auf, als sie mit den Worten zusammenbrach: „Er ist wieder da, der Krebs ist wieder da.“ Er hatte die Lymphknoten an ihrem Hals befallen, und in ihrem rechten Lungenflügel befand sich ein bösartiger Tumor, der sie quälte. In vierundzwanzig Stunden würde man mit der Chemotherapie und den Bestrahlungen beginnen.

Entsetzt sagte Edna: „Ich war sicher, daß es nur eine Grippe war. Ich wollte mit ihr nach Melodyland fahren und beweisen, daß Jesus sie geheilt hat.“

Auf diese Bemerkung entgegnete Fat nichts.

Man kann argumentieren, daß Fat von diesem Moment an keine moralische Verantwortung mehr für Sherri besaß. Aus dem geringsten Anlaß heraus hatte sie sich von ihm getrennt, ihn allein gelassen, voller Kummer und Verzweiflung, ohne die Möglichkeit, etwas anderes zu tun, als an seiner Exegese herumzuwerken. Fats Freunde hatten ihn bereits darauf aufmerksam gemacht. Selbst Edna hatte ihm das gesagt, als sich Sherri für einen Moment nicht im Zimmer befand. Aber Fat liebte sie noch immer. Jetzt bat er sie, zu ihm zurückzukehren, damit er für sie sorgen konnte, zumal sie inzwischen zu schwach war, um sich Essen zu machen, und sobald die Chemotherapie begann, würde sie noch schwächer werden.

„Nein, danke“, wehrte Sherri tonlos ab.

Fat ging an einem der nächsten Tage zu ihrer Kirche und sprach mit Vater Larry. Er bat Larry, Druck auf die Krankenfürsorge des Staates von Kalifornien auszuüben, damit man jemanden schickte, der Sherri das Essen zubereitete und ihr beim Saubermachen ihres Apartments half, da sie es ihm, Fat, nicht erlauben würde. Vater Larry versprach, sich darum zu kümmern, aber es geschah nichts. Erneut suchte Fat den Priester auf, um mit ihm darüber zu reden, wie man Sherri helfen konnte, und während er sich mit ihm unterhielt, begann Fat plötzlich zu weinen.

Geheimnisvoll sagte Vater Larry darauf: „Ich habe bereits alle Tränen geweint, die ich für dieses Mädchen weinen kann.“

Fat wußte nicht, ob dies bedeutete, daß Larrys Trauerreservoir erschöpft war, oder ob er, gewissermaßen als Selbstschutz, seinen Gram unterdrückte. Bis zum heutigen Tage ist dies für Fat ein Rätsel geblieben. Sein eigener Kummer hatte die kritische Masse erreicht. Inzwischen war Sherri ins Krankenhaus eingeliefert worden. Fat besuchte sie und sah im Bett eine kleine, traurige Gestalt liegen, halb so groß, wie er sie in Erinnerung hatte, eine Gestalt, die vor Schmerzen wimmerte und in deren Augen erbarmungswürdige Hoffnungslosigkeit schimmerte. Danach konnte sich Fat nicht mehr ans Steuer setzen, so daß ihn Kevin nach Hause fahren mußte. Kevin, der sonst auf alles mit Zynismus reagierte, war vor Kummer stumm. Wortlos fuhren die beiden dahin, und dann schlug Kevin ihm auf die Schulter, was für Männer die einzige Möglichkeit ist, einander ihre Liebe zu zeigen.

„Was soll ich nur tun?“ fragte Fat, und er meinte damit: Was soll ich nur tun, wenn sie stirbt?

Er liebte Sherri wirklich, obwohl sie ihn schlecht behandelt hatte — zumindest behaupteten dies seine Freunde. Was ihn betraf, so wußte er es weder noch kümmerte es ihn. Er wußte nur, daß sie in einem Krankenhausbett lag und am ganzen Körper von Metastasen befallen war. Jeden Tag besuchte er sie im Krankenhaus, ebenso wie all ihre anderen Freunde dies taten.

In der Nacht tat er das einzige, was ihm noch geblieben war: Er arbeitete an seiner Exegese. Er war bei einem wichtigen Eintrag angelangt.

Eintrag Nr. 48. ÜBER UNSERE NATUR. Man kann sagen: Wir scheinen Speicherzellen (DNA-Träger mit der Fähigkeit zur sinnlichen Erfahrung) in einem computerähnlichen Denksystem zu sein, das — obwohl wir Jahrtausende lang korrekt Informationen gesammelt und gespeichert haben und jeder von uns Daten besitzt, die sich von denen anderer Lebensformen unterscheiden — an einer Fehlfunktion, einem Defekt im Bereich des Erinnerungsabrufes, leidet. Das ist das Problem unseres speziellen, untergeordneten Schaltkreises. „Erlösung“ zur Gnosis (treffender ausgedrückt durch Anamnese, der Aufhebung der Amnesie), obwohl sie für jeden von uns eine individuelle Bedeutung hat — ein Quantensprung in der Wahrnehmung, der Identität, der Erkenntnis, des Verstehens, der Welt- und Selbsterfahrung, die Unsterblichkeit eingeschlossen — besitzt große und weitreichende Bedeutung für das System als Ganzes, zumal diese Erinnerungen Daten sind, die das System benötigt und die einen unverzichtbaren Bestandteil seiner Funktionen ausmachen.

Deshalb befindet es sich in einem Prozeß der Selbstheilung, die die Reparatur unseres untergeordneten Schaltkreises per linearer und orthogonaler Zeitsprünge einschließt; ein weiteres Instrument ist die laufende Übermittlung von Signalen, die unsere blockierten Erinnerungsspeicher stimulieren und die gesammelten Daten aktivieren sollen.

Demnach besteht die externe Information oder Gnosis *aus nicht blockierten Instruktionen, die in Wirklichkeit bereits wirklich sind — das heißt, sie sind bereits vorhanden (was zuerst von Plato festgestellt wurde.* Viz: *Lernen ist eine Folge der Erinnerung).*

Die Alten besaßen Techniken (Sakramente und Rituale), die vor allem in den griechisch-römischen Mysterienrelegionen, das frühe Christentum eingeschlossen, benutzt wurden, um die Stimulierung und Aktivierung herbeizuführen, da sie deren heilenden Wert für den einzelnen kannten. Die Gnostiker jedenfalls wußten um den ontologischen Wert dessen, was sie die Gottheit nannten, die vollkommene Entität.

Die Gottheit ist gestört. Sie geriet in eine Urkrise, die wir nicht verstehen.

Fat überarbeitete den *Eintrag Nr. 29* und fügte dem ÜBER UNSERE NATUR betitelten Eintrag hinzu:

Nr. 29. Unser Sturz war keine Folge eines moralischen Mangels, unser Sturz begann mit einem intellektuellen Irrtum: weil wir die phänomenale Welt als real erachteten. Deshalb sind wir im morali-

schen Sinne unschuldig. Es ist das Reich in seinen zahlreichen unterschiedlichen Erscheinungen, das uns einredet, gesündigt zu haben. „Das Reich endet nie."

Allmählich verlor Fat völlig den Verstand. Er arbeitete nur noch an seiner Exegese, seinem *Tractate*, saß vor seiner Stereo-Anlage oder besuchte Sherri im Krankenhaus. Er begann, wahllos und ohne logische Ordnung seinem *Tractate* Einträge hinzuzufügen.

Nr. 30. Die phänomenale Welt existiert nicht. Sie ist eine Hypostase der Informationen, die von dem Heiligen Geist übermittelt werden.

Nr. 27. Falls die Jahrhunderte der falschen Zeit ausgelöscht sind, dann haben wir heute nicht das Jahr 1978 A.Z., sondern das Jahr 103 A.Z. Deshalb steht im Neuen Testament, daß das Königreich des Heiligen Geistes beginnen wird, bevor „viele, die jetzt leben, sterben". Demnach leben wir in apostolischen Zeiten.

Nr. 20. Die hermetischen Alchemisten kannten die geheime Rasse der dreiäugigen Eroberer, aber trotz aller Anstrengungen konnten sie keinen Kontakt mit ihnen aufnehmen. Deshalb schlugen ihre Versuche, Frederik V., den Kurfürsten der Feinschmecker und König der Bohemiens, zu unterstützen, fehl. „Das Reich endet nie."

Nr. 21. Die Bruderschaft der Rosenkreuzer schrieb: „Ex Deo nascimur, in Jesu mortimur, per spiritum sanctum reviviscimus." Und das heißt. „Gott hat uns geboren, in Jesu sterben wir, und durch den Heiligen Geist werden wir wieder zum Leben erwachen." Das bedeutet, daß sie die verlorengegangene Formel der Unsterblichkeit wiederentdeckt hatten, die vom Reich vernichtet worden war. „Das Reich endet nie."

Nr. 10. Appolonius von Tyana, der unter dem Namen Hermes Trismegistos schrieb, sagte: „Das, was oben ist, ist das, was unten ist." Er wollte uns damit erläutern, daß unser Universum ein Hologramm ist, doch ihm fehlte der richtige Ausdruck.

Nr. 12. Der Unsterbliche hieß bei den Griechen Dionysos, bei den Juden Elias, bei den Christen Jesus. Er wandert weiter, wenn seine menschliche Hülle stirbt, und deshalb kann er niemals getötet oder gefangen werden. Aus diesem Grund rief Jesus am Kreuz: „Eli, Eli, lama asabthani", *woraufhin einige Zuschauer richtig erkannten: „Der Mann ruft nach Elias." Elias hatte ihn verlassen, und er starb allein.*

In dem Moment, als er diesen Eintrag niederschrieb, starb auch Horselover Fat allein. Elias, oder welches göttliche Wesen auch immer im Jahre 1974 ungeheure Informationsmengen direkt in seinen Schädel abgefeuert hatte, war tatsächlich von ihm gegangen. Die schreckliche Frage, die sich Fat immer und immer wieder stellte, fand keinen Eingang in sein Tagebuch oder seine *Tractate*. Die Frage lautete folgendermaßen:

> Wenn das göttliche Wesen von Christophers Geburtsfehler gewußt und etwas unternommen hat, um ihn zu beheben, warum unternimmt es nichts gegen Sherris Krebs? Wie kann es sie sterben lassen?

Fat fand keine Antwort darauf. Das Mädchen war ein ganzes Jahr lang falsch behandelt worden. Warum hatte Zebra diese Information nicht Fat, Sherris Arzt, Sherri selbst — oder *irgend jemandem* — übermittelt?

Rechtzeitig übermittelt, um sie zu retten!

Eines Tages, als Fat Sherri im Krankenhaus besuchte, stand ein grinsender Narr an ihrem Bett, ein Einfaltspinsel, dem Fat bereits begegnet war. Als Sherri und Fat noch zusammenlebten, hatte sich dieses Subjekt angewöhnt, in die Wohnung zu watscheln, Sherri zu umarmen, zu küssen und ihr zu sagen, daß er sie liebte — obwohl Fat dabei war. Als Fat das Krankenzimmer betrat, sagte Sherris Jugendfreund gerade zu ihr: „Was machen wir, wenn ich König der Welt bin und du die Königin der Welt bist?"

Worauf Sherri in Agonie murmelnd erwiderte: „Ich möchte nur, daß diese Klumpen aus meiner Kehle verschwinden."

Fat war noch nie so nahe daran gewesen, jemanden niederzuschlagen wie in diesem Moment. Kevin, der ihn begleitet hatte, mußte Fat zurückhalten.

Auf der Rückfahrt zu Fats einsamem Apartment, in dem er nur kurze Zeit mit Sherri zusammengewohnt hatte, sagte Fat zu Kevin: „Ich werde verrückt. Ich kann es nicht mehr ertragen."

„Das ist eine normale Reaktion", beruhigte ihn Kevin, ohne in seinen üblichen Zynismus zurückzufallen.

„Sag mir", bat Fat, „warum Gott ihr nicht hilft." Er hielt Kevin über den Fortgang seiner Exegese auf dem laufenden; Kevin wußte über seine 1974 erfolgte Begegnung mit Gott Bescheid, so daß Fat offen sprechen konnte.

„Die Wege des Großen Punta sind eben rätselhaft", erklärte Kevin.

„Was ist denn das für ein Scheiß?" entfuhr es Fat.

„Ich glaube nicht an Gott", sagte Kevin. „Ich glaube an den Großen Punta. Und die Wege des Großen Punta sind rätselhaft. Niemand weiß, warum er das tut, was er tut, oder warum er es nicht tut."

„Willst du mich verarschen?"

„Nein", erwiderte Kevin.

„Woher kommt der Große Punta?"

„Das weiß nur der Große Punta."

„Ist er gütig?"

„Einige sagen ja, andere meinen nein."

„Er könnte Sherri helfen, wenn er wollte."

„Das weiß nur der Große Punta", sagte Kevin.

Sie begannen zu lachen.

Vom Tod verfolgt und aus Kummer und Sorge um Sherri dem Wahnsinn nahe, formulierte Fat den *Eintrag Nr. 15* seines Traktats.

Nr. 15. Die Sibylle von Cumae beschützte die Römische Republik und warnte sie rechtzeitig. Im ersten Jahrhundert A.Z. sah sie die Ermordung der beiden Kennedy-Brüder, Dr. Kings und Bischof Pikes voraus. In den vier ermordeten Männern sah sie die beiden Hauptnenner vereinigt: Erstens traten sie für die Verteidigung der republikanischen Freiheiten ein, und zweitens war jeder dieser Männer ein religiöser Führer. Aus diesen Gründen wurden sie getötet. Die Republik hatte sich erneut in ein Reich mit einem Kaiser verwandelt. „Das Reich endet nie."

Nr. 16. Im März 1974 sagte die Sibylle: „Die Verschwörer sind beobachtet worden, man wird sie vor Gericht stellen." Sie hatte sie mit dem dritten oder ajna *genannten Auge gesehen, dem Auge Schiwas, das innere Einsicht verleiht, nach außen gerichtet aber sengende Hitze verbreitet. Im August 1974 kam die von der Sibylle vorhergesagte Gerechtigkeit zum Zuge.*

Fat entschied, in das *Tractate* all die prophetischen Erklärungen einfließen zu lassen, die von Zebra direkt in seinen Kopf übermittelt worden waren.

Nr. 7. Der Führer Apollo bereitet sich auf die Rückkehr vor. St. Sophia wird wiedergeboren — bisher war sie nicht willkommen. Buddha wartet. Siddhartha schläft (aber er wird erwachen). Die Zeit, auf die ihr gewartet habt, bricht an.

Diese Kenntnisse, die ihm direkt von Gott vermittelt worden waren, machten aus Fat einen Propheten der letzten Tage. Aber da er verrückt geworden war, flossen in sein *Tractate* auch Absurditäten ein.

Nr. 50. Die Urquelle all unserer Religionen sind die Vorfahren des Stammes der Dogon, die ihre Kosmogonie und Kosmologie direkt von den vor langer Zeit erschienenen dreiäugigen Eroberern bezogen. Die dreiäugigen Eroberer sind stumm und taub und telepathisch begabt. Sie konnten unsere Atmosphäre nicht atmen, besaßen den langgestreckten, mißgestalteten Schädel Echnatons und stammten von einem Planeten des Sonnensystems Sirius. Obwohl sie keine Hände besaßen — doch dafür verfügten sie über zangenförmige Klauen, die an die der Krebse erinnerten —, waren sie geschickte Baumeister. Insgeheim beeinflußten sie unsere Geschichte und sorgten dafür, daß sie einen glücklichen Verlauf nahm.

Inzwischen hatte Fat vollständig den Kontakt zur Wirklichkeit verloren.

7

Man kann verstehen, warum Fat nicht mehr zwischen Phantasie und göttlicher Offenbarung unterscheiden konnte — vorausgesetzt, es gibt einen Unterschied, obwohl dies niemals bewiesen worden ist. Er glaubte, daß Zebra von einem Planeten des Sonnensystems Sirius gekommen und verantwortlich für den Sturz der Nixon-Tyrannei im Jahre 1974 war, vielleicht sogar ein gerechtes und friedliches Königreich auf Erden errichten würde, in dem es keine Krankheit, keinen Schmerz, keine Einsamkeit mehr gab und wo die Tiere voller Glückseligkeit jubilierten.

Bei Echnaton stieß Fat auf eine Hymne und übertrug einige Teile davon aus seinem Notizbuch in sein *Tractate*.

„. . . Im Ei liegt das Küken, und wenn es im Ei zu zwitschern beginnt,
Hauchst Du ihm Odem ein, um sein Leben zu bewahren.
Wenn Du ihm Kraft geschenkt hast,

Daß es das Ei zerbricht,
Steigt es heraus aus dem Ei
Und trillert laut mit aller Macht.
Auf beiden Beinen stolziert es dann,
Wenn es das Ei verlassen hat.

Wie mannigfaltig ist Dein Werk!
Verborgen bleibt es unseren Blicken,
Oh, einziger Gott, der Du unvergleichliche Macht besitzt.
Nach Deinem Herzen hast Du die Welt erschaffen,
Aus Deiner Einsamkeit heraus.
Menschen, Tiere, groß und klein,
Alles, was auf Beinen geht;
Alles droben in der Höhe,
Das mit Schwingen fliegt.

Du bist in meinem Herzen,
Niemand anders, der Dich kennt.
Errette Deinen Sohn Echnaton.
Du hast ihn weise gemacht,
Nach Deinem Willen, durch Deine Macht.
Die Welt liegt in Deinen Händen . . .“

Eintrag Nr. 52 verrät, daß Fat an diesem Punkt seines Lebens nach jedem Strohhalm griff, um seine Hoffnung auf die Existenz des Guten bestätigt zu finden.

Nr. 52. Unsere Welt wird noch immer insgeheim durch die verborgene Rasse regiert, die von Echnaton abstammt, und sein Wissen besteht aus der Information des Makro-Geistes selbst.

„Alle Tiere ruhen auf den Weiden,
Die Bäume und Pflanzen blühen,
Die Vögel kreisen über den Sümpfen,
Die Schwingen Dir zu Ehren erhoben.

Alle Schafe tanzen,
Alles Federvieh fliegt,
Sie leben, wenn Du Dich zeigst."

Von Echnaton ging dieses Wissen über an Moses, und von Moses an Elias, den Unsterblichen, der zu Christus wurde. Aber hinter all diesen Namen steht nur der eine Unsterbliche — und wir sind dieser Mensch.

Fat glaubte noch immer an Gott und Christus — und an eine Menge anderer Dinge —, aber er wünschte, er wüßte, warum Zebra — seine Bezeichnung für den Allmächtigen Gott — ihn nicht rechtzeitig über Sherris Zustand informiert hatte und warum er sie nicht heilte, und dieses Rätsel quälte Fats Seele und trieb sie in den Wahnsinn.

Fat, der den Tod gesucht hatte, konnte nicht verstehen, warum Sherri sterben sollte, und zwar auf so schreckliche Art.

Ich für meinen Teil bin bereit, einen Schritt nach vorn zu machen und ihm einige mögliche Erklärungen anzubieten. Ein kleiner Junge, der von einem Geburtsfehler geplagt wird, ist nicht vergleichbar mit einer erwachsenen Frau, die sich nach dem Tode sehnt und die ein bösartiges Spiel betreibt, das so bösartig ist wie ihr körperliches Analogon, der Lymphdrüsenkrebs, der ihren Leib zerstört. Schließlich hatte der Allmächtige Gott auch nicht eingegriffen, um Fat von seinem Selbstmordversuch abzuhalten. Gott hatte Fat gestattet, neunundvierzig hochwirksame, reine Digitalis-Tabletten zu nehmen. Außerdem war Beth von Gott nicht daran gehindert worden, Fat zu verlassen und ihren gemeinsamen Sohn mitzunehmen, jenen Sohn, für den die medizinische Information in Gestalt einer theophanischen Offenbarung übermittelt worden war.

Diese Bemerkung über die dreiäugigen Erorberer, die Klauen statt Hände besaßen und stumm, taub und telepathisch begabte Kreaturen von einem anderen Stern waren, interessierte mich. Als ich dieses Thema anschnitt, reagierte Fat mit schlitzohriger Verschwiegenheit — er war klug genug, nicht zu oft davon zu sprechen. Im März 1974, zu der Zeit, als er Gott (oder besser Zebra) begegnet war, hatten ihn lebhafte Träume gequält, in denen diese dreiäugigen Wesen auftauchten — später hat er mir davon erzählt. Sie manifestierten sich als Cyborg-Geschöpfe: eingeschlossen in Glasbehältern und von einem komplizierten technischen Netzwerk umgeben. Zudem gab es einen seltsamen Aspekt, der sowohl Fat als auch mich verwirrte: Manchmal konnte er in diesen Träumen, die Visionen glichen, sowjetische Techniker erkennen, die hastig Schäden an den technisch hochentwickelten Kommunikationsmaschinen reparierten, in denen sich die dreiäugigen Wesen befanden.

„Vielleicht haben die Russen psychogenische oder psychotronische Mikrowellensignale auf dich übertragen", vermutete ich, weil ich mich an einen Artikel über angebliche Versuche der Sowjets, telepathische Botschaften per Mikrowellen zu übermitteln, erinnerte.

„Ich bezweifle, daß die Sowjetunion an Christophers Leistenbruch interessiert ist", entgegnete Fat säuerlich.

Aber die Erinnerung ließ ihn nicht los. In diesen Visionen oder Träumen hatte er russische Worte gehört und Hunderte von Seiten gesehen, die aus russischen Technikfachbüchern zu stammen schienen und die — was er an den Diagrammen erkannt hatte — offenbar Konstruktionspläne gewesen waren.

„Du hast ein Gespräch abgehört", vermutete ich. „Zwischen den Russen und einem extraterrestrischen Wesen."

„Was habe ich für ein Glück", bemerkte Fat.

In der Zeit, in der er diese Dinge wahrgenommen hatte, war sein Blutdruck gefährlich hoch gewesen. Sein Arzt hatte ihn kurzfristig ins Krankenhaus überwiesen und ihn davor gewarnt, weiter Aufputschmittel zu nehmen.

„Ich nehme keine Upper", hatte Fat protestiert, und dies stimmte auch.

Der Arzt hatte Fat während seines Krankenhausaufenthaltes allen nur erdenklichen Untersuchungen unterzogen, um eine organische Ursache für den erhöhten Blutdruck zu finden, aber ohne Erfolg. Allmählich wich die Hypertonie. Der Arzt war mißtrauisch. Er glaubte weiterhin, daß die krankhafte Veränderung auf den Mißbrauch von Aufputschmitteln zurückzuführen war. Aber Fat und ich wußten es besser. Sein Blutdruck war mit 280 zu 178 gemessen worden, und das ist ein tödliches Verhältnis. Gewöhnlich lag Fats Wert bei 135 zu 90, was normal ist. Die Ursache für den vorübergehenden Anstieg blieb bis zum heutigen Tage rätselhaft. Ebenso wie der Tod von Fats Haustieren.

Ich sage Ihnen das, damit Sie Bescheid wissen. Es handelt sich um wahre Begebenheiten — dies ist wirklich geschehen.

Nach Fats Meinung war sein Apartment mit energiereichen, unbekannten Strahlen beschossen worden. In der Tat hatte er sie gesehen: blaues Licht, das wie ein Elmsfeuerchen tanzte.

Und zudem benahm sich die Aura, die durch seine Wohnung huschte, als ob sie intelligent und lebendig wäre. Wenn sie mit Gegenständen in Kontakt kam, überlagerte sie deren Kausalprozesse. Und als sie Fats Kopf berührte, übermittelte sie außer Informationen auch eine Persönlichkeit. Eine Persönlichkeit, die nicht die von Fat war. Die Persönlichkeit eines Wesens mit anderen Erinnerungen, Gewohnheiten, Vorlieben und Gebräuchen.

Zum ersten und einzigen Mal in seinem Leben hörte Fat mit dem Weintrinken auf und kaufte Bier, ausländisches Bier. Und er sagte zu seinem Hund „er“ und zu seiner Katze „sie“, obwohl er wußte — oder gewußt hatte —, daß der Hund eine Sie und die Katze ein Er war. Das hatte Beth verärgert.

Fat kleidete sich anders als sonst und stutzte sorgfältig seinen Bart. Als er dabei in den Badezimmerspiegel blickte, sah er eine fremde Person, obwohl sich sein Gesicht nicht verändert hatte. Selbst das Klima wirkte falsch: Es war zu trocken und zu heiß, und die Luft war weder dicht noch feucht genug. Fat hatte an diesem Tag den subjektiven Eindruck, daß er noch vor einem Moment in einem hochgelegenen, kühlen, feuchten Gebiet der Erde und nicht in Orange County, Kalifornien, gelebt hatte.

Hinzu kam die Tatsache, daß er diese Schlußfolgerung im

Koine-Griechischen traf, das er nicht als Sprache erkannte und auch nicht bemerkte, daß er in ihr dachte.

Und er hatte Schwierigkeiten, seinen Wagen zu starten. Er kam nicht mit den Instrumenten zurecht — alle schienen am falschen Platz zu sein.

Am bemerkenswertesten war vielleicht, daß Fat einen besonders lebhaften Traum hatte — falls es ein ,,Traum" war —, in dem er erfuhr, daß sich eine sowjetische Frau mit ihm per Post in Verbindung setzen würde. Im Traum sah er ein Foto von ihr. Sie besaß blondes Haar, und ihm wurde gesagt: ,,Ihr Name ist Sadassa Ulna." Dringend wurde ihm geraten, auf ihren Brief zu antworten, sobald er eintraf.

Zwei Tage später flatterte ihm ein eingeschriebener Luftpostbrief aus der Sowjetunion ins Haus, der Fat zutiefst entsetzte. Der Brief kam von einem Mann, von dem Fat vorher nie gehört hatte (es war nicht üblich, daß Fat Post aus der Sowjetunion erhielt), und dieser Mann bat ihn:

1) Um ein Foto von Fat.
2. Um eine Probe von Fats Handschrift, vorzugsweise um seine Unterschrift.

,,Heute ist Montag", sagte Fat zu Beth. ,,Am Mittwoch trifft ein weiterer Brief ein, und zwar von einer Frau."

Am Mittwoch erhielt Fat einen ganzen Stoß Briefe, insgesamt sieben. Ohne sie zu öffnen, fischte er einen heraus, auf dem kein Absender stand. ,,Das ist er", erklärte er Beth, die inzwischen so durcheinander war wie er. ,,Mach ihn auf und schau nach, aber zeig mir auf keinen Fall ihren Namen oder ihre Adresse, sonst muß ich ihn beantworten."

Beth machte ihn auf. Statt eines Briefbogens befand sich in ihm die Fotokopie von zwei Buchrezensionen der linksgerichteten New Yorker Zeitung *The Daily World*. Der Rezensent stellte den Verfasser der beiden Bücher als einen in den Vereinigten Staaten lebenden sowjetischen Staatsangehörigen vor. Aus der Rezension wurde deutlich, daß der Autor ein Parteimitglied sein mußte.

,,Mein Gott", sagte Beth, als sie die Fotokopie umdrehte. ,,Auf der Rückseite stehen Namen und Adresse des Autors."

,,Eine Frau?" fragte Fat.

,,Ja", bestätigte Beth.

Fat und Beth verrieten mir nie, was sie mit den beiden Briefen gemacht hatten. Aus einigen Bemerkungen, die Fat fallenließ, schloß ich, daß er den ersten beantwortet hatte, da er ihn offenbar als unverdächtig einstufte. Aber was aus der Kopie geworden war, die man im strikten Sinne des Wortes nicht als Brief bezeichnen konnte, weiß ich bis zum heutigen Tage nicht, und ich will es auch gar nicht wissen. Vielleicht hat er sie verbrannt. Vielleicht hat er sie der Polizei oder dem FBI oder der CIA übergeben. Auf jeden Fall bezweifle ich, daß er ihn beantwortet hat.

Der Grund, warum er sich weigerte, einen Blick auf die Rückseite der Fotokopie zu werfen, auf dem Name und Adresse der Frau standen, war: Er fürchtete, ihr zu schreiben, wenn er das tat, ob er nun wollte oder nicht. Vielleicht stimmt das. Wer weiß das schon? Zuerst wurden ihm acht Stunden lang schriftliche Informationen übermittelt, deren Quelle unbekannt war und die auf gespenstische Weise in achtzig Farben phosphoreszierten und wie moderne abstrakte Gemälde aussahen. Dann träumte er von dreiäugigen Wesen in Glasbehältern und in einem Netzwerk elektronischer Anlagen. Dann tauchte in seinem Apartment elmsfeuerähnliche plasmatische Energie auf, die zu leben und zu denken schien. Seine Haustiere verendeten, er wurde von einer anderen Persönlichkeit übernommen, die in Griechisch dachte, er träumte von Russen, und schließlich erhielt er im Verlauf von drei Tagen einen Haufen Briefe aus der Sowjetunion — Briefe, von deren Ankunft er bereits unterrichtet worden war. Aber der Gesamteindruck all dieser Ereignisse war nicht negativ, da einige jener Informationen seinem Sohn das Leben retteten. O ja, noch etwas: Fat sah, wie das Bild des alten Roms das Kalifornien des Jahres 1974 überlagerte. Nun, drücken wir es so aus:

Fat war vielleicht nicht Gott begegnet, aber gewiß *irgend etwas anderem*.

Falls Fat nur verrückt war, so war sein Wahnsinn zweifellos einzigartig und originell. Da Fat sich zu dieser Zeit in Therapie befand (Fat befand sich ständig in Therapie), bat er, daß man bei ihm einen Rorschach-Test durchführte, um festzustellen, ob er schizophren geworden war. Der Test ermittelte lediglich eine leichte Neurose. So viel zu dieser Theorie.

In meinem 1977 erschienenen Roman *A Scanner Darkly** habe ich die gespenstischen Phosphoreszenz-Phänomene verarbeitet, unter denen Fat acht Stunden lang gelitten hat.

> „Vor einigen Jahren hatte Powers mit enthemmenden Substanzen experimentiert, die direkt auf das Nervengewebe einwirkten; eines Abends hatte er sich selbst eine als ungefährlich und nur schwach euphorisierend geltende IV-Injektion verabreicht, was wider Erwarten zu einem katastrophalen Abfall in der GABA-Flüssigkeit seines Gehirns geführt hatte. Subjektiv hatte Powers die Folgen der Injektion so erlebt, als würden pausenlos geisterhaft phosphoreszierende Phänomene an die gegenüberliegende Wand seines Schlafzimmers projiziert — eine mit irrwitziger Geschwindigkeit voranschreitende Montage von Bildern, die in Powers zu diesem Zeitpunkt den Eindruck zeitgenössischer abstrakter Gemälde erweckten.
>
> Sechs Stunden lang hatte Powers überwältigt beobachtet, wie sich Tausende von Picasso-Gemälden in einer blitzschnellen Schnittfolge vor seinen Augen ablösten, und im Anschluß daran war er mehr Bildern von Paul Klee ausgesetzt worden, als dieser Künstler überhaupt während seines ganzen Lebens geschaffen hatte. S.A. Powers, über den sich nun eine wahre Sturzflut von Modigliani-Gemälden ergoß, hatte die Hypothese

* *A Scanner Darkly,* Doubleday, New York 1977. Deutsch: *Der dunkle Schirm,* Bastei-Lübbe, Bergisch-Gladbach, 1980, übersetzt von K. U. Burgdorf

aufgestellt (schließlich braucht man für alles eine wissenschaftliche Theorie), daß die Rosenkreuzer diese Bilder auf telepathischem Wege auf ihn abstrahlten, wobei die telepathischen Impulse möglicherweise noch durch hochkomplexe Mikrorelais-Systeme verstärkt werden mochten; aber als ihn dann Kandinsky-Bilder zu martern begannen, erinnerte er sich daran, daß sich das größte Kunstmuseum in Leningrad gerade auf solche nichtgegenständlichen Maler der Moderne spezialisiert hatte. Und daraus nun wieder ließ sich die Schlußfolgerung ziehen, daß die Sowjets versuchten, telepathischen Kontakt mit ihm aufzunehmen.

Erst am nächsten Morgen erinnerte sich S.A. Powers daran, daß ein drastischer Abfall in der GABA-Flüssigkeit des Gehirns stets solche Phosphoreszenzphänomene erzeugte; demnach hatte also niemand versucht, auf telepathischem Wege — sei es mit oder ohne Mikrowellen-Verstärker — mit ihm in Verbindung zu treten . . .“

Die GABA-Flüssigkeit des Gehirns blockiert die Informationsübermittlung der Nervenzellen. Sie hält sie in einem ruhenden oder latenten Zustand, bis ein entsprechender — korrekter — Stimulus den Organismus erreicht, in diesem Falle also Horselover Fat. Mit anderen Worten, es sind Nervenzellen, die auf einen bestimmten Reiz hin und zu einem bestimmten Zeitpunkt unter bestimmten Umständen zu arbeiten beginnen. Hatte Fat vor Beginn der gespenstischen Phosphoreszenzphänomene einen entsprechenden Stimulus erhalten — und waren diese Phänomene demnach von einem drastischen Abfall der GABA-Flüssigkeit in seinem Gehirn erzeugt worden, den die Aktivierung bis dato blockierter Zellen — Meta-Zellen — beendet hatte?

All diese Ereignisse fanden im März 1974 statt. Im Vormonat hatte Fat einen schmerzenden Weisheitszahn gezogen bekommen. Zur Betäubung war ihm vom Zahnarzt eine Injektion IV-Sodium Pentathol verabreicht worden. Als Fat am Nachmittag wieder zu Hause war und von starken Schmerzen gepeinigt wurde, hatte er

Beth gebeten, telefonisch ein starkes Schmerzmittel anzufordern. Trotz seines miserablen Zustandes war Fat selbst zur Tür gegangen, als der Bote der Apotheke klingelte. Als er die Tür öffnete, sah er sich einer hübschen, dunkelhaarigen jungen Frau gegenüber, die ihm die kleine weiße Schachtel mit dem Darvon N überreichte. Trotz seiner schrecklichen Schmerzen achtete Fat nicht auf die Tabletten, denn seine Aufmerksamkeit war von der funkelnden goldenen Kette gebannt, die das Mädchen um den Hals trug; er konnte seine Augen nicht davon abwenden. Betäubt vom Schmerz — und vom Sodium Pentathol — und erschöpft von der Operation, gelang es ihm dennoch, das Mädchen zu fragen, was das goldene Symbol, das das Mädchen als Anhänger trug, bedeutete. Es stellte einen Fisch im Profil dar.

Das Mädchen berührte mit einem ihrer schlanken Finger den goldenen Fisch und antwortete: „Das ist das Zeichen, das von den frühen Christen benutzt wurde."

Augenblicklich erlitt Fat einen Rückfall. Er erinnerte sich — wenn auch nur für einen Sekundenbruchteil. Er erinnerte sich an das alte Rom und an sich selbst in der Gestalt eines frühen Christen. Die ganze antike Welt und sein heimliches, furchterfülltes Leben als Christ, der von den römischen Behörden verfolgt wurde, überwältigte ihn in einer einzigen Vision . . . und dann war er wieder im Kalifornien des Jahres 1974 und nahm die kleine weiße Schachtel mit den Schmerztabletten entgegen.

Einen Monat später lag er schlaflos im Bett, im Halbdunkel des Schlafzimmers, hörte Radio und begann flimmernde Farben zu sehen. Das Radio schrie ihm unheimliche, häßliche Sätze zu. Und zwei Tage danach rasten ihm die Farben entgegen, als ob er selbst sich immer und immer schneller bewegen würde; und, wie ich in meinem Roman *A Skanner Darkly* beschrieben habe, erstarrten die verwaschenen Farben abrupt in Form zeitgenössischer abstrakter Gemälde, die sich buchstäblich zu Millionen und aber Millionen in rascher Schnittfolge ablösten.

Meta-Zellen in Fats Gehirn waren durch das Zeichen des Fisches und die Worte des Mädchens stimuliert worden.

So einfach ist das.

Ein paar Tage später erwachte Fat und sah, wie das Bild des alten Roms das Kalifornien des Jahres 1974 überlagerte, und er dachte im *Koine*-Griechischen, der *lingua franca* des zum römischen Reiches gehörenden Nahen Ostens, jenes Teiles der alten Welt, den er auch sah. Er wußte nicht, daß *Koine* die *lingua franca* gewesen war — er hielt Latein dafür. Und zudem, wie ich Ihnen bereits gesagt habe, erkannte er nicht die Sprache, in der er dachte, als besondere Sprache.

Horselover Fat lebt in zwei verschiedenen Zeiten und an zwei verschiedenen Orten. Dies stellte sich im März 1974 heraus, und Auslöser war das alte Zeichen des Fisches, das er einen Monat zuvor gesehen hatte. Die Trennung zwischen seinen beiden Raum-Zeit-Kontinuen löste sich auf, und sie vermischten sich. Ebenso seine beiden Identitäten, Persönlichkeiten. Später hörte er eine Stimme in seinem Kopf.

„Jemand anders lebt in mir, und er existiert nicht in diesem Zeitalter."

Die andere Persönlichkeit hatte es erkannt. Die andere Persönlichkeit dachte. Und Fat — vor allem kurz vor dem Einschlafen — vernahm die Gedanken dieser anderen Persönlichkeit, wie unlängst vor einem Monat; mit anderen Worten: viereinhalb Jahre, nachdem die Trennlinie zwischen den beiden Personen abbröckelte.

Fat hat es mir gegenüber Anfang 1975 treffend ausgedrückt, als er allmählich Vertrauen zu mir schöpfte. Er nannte die Persönlichkeit in ihm, die in einem anderen Zeitalter und an einem anderen Ort lebte, „Thomas".

„Thomas", sagte Fat zu mir, „ist klüger als ich, und er weiß mehr. Von uns beiden ist Thomas die stärkere Persönlichkeit." Er war damit zufrieden — wehe dem, der eine bösartige oder dumme Zweitpersönlichkeit in seinem Kopf besitzt!

„Du meinst", entgegnete ich, „daß du früher dieser Thomas gewesen bist. Du bist seine Reinkarnation, und du erinnerst dich an ihn und sein . . ."

„Nein, er lebt jetzt. Er lebt *jetzt* im alten Rom. Und er ist nicht ich. Reinkarnation hat damit nichts zu tun."

„*Aber dein Körper . . .*", wandte ich ein.

Fat starrte mich an und nickte. „Richtig. Es bedeutet entweder, daß mein Körper gleichzeitig in zwei Raum-Zeit-Kontinuen existiert, *oder daß mein Körper nirgendwo ist.*"

Eintrag Nr. 14 des *Tractates*: *Das Universum ist Information, und wir sind in ihm gespeichert, aber weder dreidimensional noch in Zeit oder Raum. Die Informationen, die uns übermittelt werden, hypostasieren wir als die phänomenale Welt.*

Eintrag Nr. 30 besagt das gleiche in einer deutlicheren Formulierung: *Die phänomenale Welt existiert nicht; sie ist Hypostase der Informationen, die durch den Heiligen Geist übermittelt werden.*

Fat hatte mir einen heillosen Schrecken eingejagt. Er hatte die *Einträge Nr. 14* und *Nr. 30* aus seinen Wahrnehmungen und seiner Entdeckung abgeleitet, daß noch jemand anders in seinem Kopf existierte und daß dieser andere an einem anderen Ort in einer anderen Zeit lebte — zweitausend Jahre früher und zwölftausend Kilometer entfernt.

Wir sind keine Individuen. Wir sind Teil eines einzigen Geistes. Wir sind so erschaffen, daß wir ständig voneinander getrennt bleiben. Nun, durch einen Zufall hatte Fat ein Signal empfangen (das Zeichen des goldenen Fisches), das für Thomas bestimmt war. Es war Thomas, der mit dem Fischzeichen zu tun hatte, und nicht Fat. Wenn das Mädchen nicht die Bedeutung des Zeichens erklärt hätte, wäre die Trennung nicht aufgehoben worden. Aber sie hatte es getan, und es war geschehen. Raum und Zeit enthüllten sich Fat — und Thomas! — als bloße Trennungsmechanismen. Fat nahm wahr, wie sich zwei Realitäten überlagerten, und wahrscheinlich machte Thomas die gleiche Erfahrung. Vermutlich fragte sich Thomas, was, zum Teufel, das für eine fremde Sprache war, die in *seinem* Kopf herumspukte. Dann begriff er, daß es nicht einmal sein Kopf war.

„Jemand anders lebt in mir, und er existiert nicht in diesem Zeitalter." Thomas hatte dies gedacht, nicht Fat. Aber auf Fat traf dies gleichermaßen zu.

Doch Thomas war Fat gegenüber im Vorteil, weil Thomas, wie Fat behauptete, klüger war; er war die stärkere Persönlichkeit. Er übernahm Fat, brachte ihn dazu, Bier statt Wein zu trinken, stutzte seinen Bart, hatte Schwierigkeiten mit dem Auto . . . aber wichtiger noch war, daß sich Thomas an andere Ichs erinnerte — sofern dies das richtige Wort ist —, an ein Ich, das im minoischen Kreta lebte, einer Kultur, die von 3000 V.A.Z. bis 1100 V.A.Z. bestand, und das ist lange, lange Zeit her. Thomas erinnerte sich sogar an ein Ich vor dieser Periode, eines, das von den Sternen auf diesen Planeten gekommen war.

Thomas war Augenzeuge des postneolithischen Zeitalters. Als früher Christ der apostolischen Ära hatte er zwar Jesus nicht persönlich gesehen, aber er kannte Leute, die ihm begegnet waren — mein Gott, ich verliere die Beherrschung, während ich versuche, dies hier niederzuschreiben. Thomas hatte herausgefunden, wie er sich nach seinem körperlichen Tode wieder zum Leben erwecken konnte. *Alle* frühen Christen besaßen diese Fähigkeit. Anamnese war das Mittel, die Aufhebung der Amnesie, die . . . Nun, es sollte auf folgende Weise funktionieren: Wenn Thomas bemerkte, daß er im Sterben lag, mußte er sich auf das christliche Fischzeichen konzentrieren, fremdartige rosa — rosa wie das Licht, das Fat gesehen hatte —, fremdartige rosa Nahrung zu sich nehmen und aus einem geweihten Krug trinken, der an einem kühlen Ort aufbewahrt wurde, und dann sterben, und wenn er wiedergeboren wurde, dann würde er aufwachsen und eine andere Person sein, *bis er das Zeichen des Fisches sah*.

Er hatte damit gerechnet, daß dies ungefähr vierzig Jahre nach seinem Tod geschehen würde. Ein Irrtum. Es hatte fast zweitausend Jahre gedauert.

Auf diese Weise, durch diesen Mechanismus, war die Zeit besiegt. Oder, um es anders auszudrücken: Die Tyrannei des Todes war besiegt. Das Versprechen ewigen Lebens, das Christus seiner kleinen Anhängerschar gegeben hatte, war kein Scherz gewesen. Christus hatte seinen Jüngern beigebracht, was sie tun mußten. Benötigt wurde dazu das unsterbliche Plasmat, von dem Fat gesprochen hatte, die lebende Information, die jahrhundertelang im Nag-Hammadi-Kodex begraben war. Die Römer hatten alle Homoplasmaten entdeckt und getötet — all die frühen Christen, die sich mit dem Plasmat verbunden hatten. Sie starben, das Plasmat entfloh nach Nag Hammadi und schlief als Information im Kodex.

Bis 1945 der Kodex entdeckt und ausgegraben — und gelesen wurde. Deshalb mußte Thomas nicht vierzig, sondern zweitausend Jahre warten — weil das Zeichen des goldenen Fisches nicht ausreichte. Unsterblichkeit, den Sieg über Zeit und Raum, kann man nur durch den Logos oder das Plasmat erringen; nur es ist unsterblich.

Sprechen wir von Christus. Er ist eine extraterrestrische Lebensform, die vor Tausenden von Jahren diesen Planeten erreichte und als lebende Information Zugang zu den Gehirnen der menschlichen Wesen fand, der eingeborenen Bevölkerung, die hier bereits existierte. Wir sprechen von interrassischer Symbiose.

Bevor er Christus wurde, war er Elias. Die Juden wissen alles über Elias und seine Unsterblichkeit — und seine Fähigkeit, diese Unsterblichkeit durch „die Teilung seines Geistes“ auf andere zu übertragen. Die Leute von Qumran waren darüber informiert. Sie bemühten sich, Teile von Elias' Geist zu erhalten.

„Du siehst, mein Sohn, hier verwandelt sich Zeit in Raum.“

Zuerst verwandelt man sie in Raum und durchwandert sie, aber wie Parsival erkannte, bewegte er sich überhaupt nicht. Er stand still, und die Landschaft änderte sich; sie wurde einer Metamorphose unterzogen. Eine Zeitlang mußte er — wie Fat — ein Doppelbild, eine Überlagerung, wahrgenommen haben. Das ist die Traum-Zeit, die jetzt, nicht in der Vergangenheit, existiert, der Ort, an dem die Helden und Götter wohnen und ihre Taten vollbringen.

Die erregendste Erkenntnis, zu der Fat gelangt war, war sein Konzept eines irrationalen und von einem irrationalen Geist, der

Schöpfergottheit, beherrschten Universums. Falls man das Universum als rational und nicht als irrational ansah, dann mußte ein Eindringling irrational wirken, da er nicht hineinpaßte. Aber Fat, der alles umgekehrt hatte, erkannte, daß das Rationale in das Irrationale einsickerte. Das unsterbliche Plasmat hatte unsere Welt unterwandert, und das Plasmat war vollkommen rational — im Gegensatz zu unserer Welt. Dieses Prinzip bildet die Basis von Fats Weltsicht. Das ist seine Grundüberzeugung.

Zweitausend Jahre lang hatte das einzige rationale Element in unserer Welt geschlafen. 1945 erwachte es, gab seinen Zustand als inaktive Saat auf und begann zu wachsen. Es wuchs allein für sich und vermutlich in anderen Menschen, und es wuchs draußen, in der Makro-Welt. Es konnte seine Größe nicht abschätzen, wie ich schon bemerkt habe. Wenn etwas die Welt zu durchdringen beginnt, so ist dies eine ernste Sache. Falls die durchdringende Entität böse oder verrückt ist, dann ist die Lage nicht nur ernst, sondern grauenhaft. Aber Fat sah es anders. Er sah es exakt wie Plato in dessen eigener Kosmologie: Der rationale Geist *(Noös)* verwandelt den irrationalen (Zufall, Blindheit, Determinismus, *Ananke*) in den Kosmos.

Dieser Prozeß war durch das Reich unterbrochen worden.

„Das Reich endet nie.“ Bis im August 1974, zu einem Zeitpunkt, da das Reich schwach war, ein verkrüppelter, möglicherweise nur vorübergehend existierender Teil des unsterblichen Plasmas zu seiner aktiven Form zurückfand und Menschen als seine Agenten benutzte.

Horselover Fat war einer dieser Agenten. Er war, wie man sagt, ein Werkzeug des Plasmats und diente dazu, das Reich zu zerstören.

Daraus folgerte Fat, daß er eine Mission besaß, daß das Plasma in ihn eingedrungen war, um ihn für seine positiven Zwecke zu benutzen.

Ich habe selbst von einem anderen Ort geträumt, von einem See hoch im Norden und von Ställen und kleinen Bauernhäusern, die sich am südlichen Seeufer entlang erstrecken. In meinem Traum fahre ich von meiner Heimat Südkalifornien zu diesem See; es ist ein Urlaubsort, aber im Stil der alten Zeit gehalten. Alle Häuser sind aus Holz errichtet, und die Dächer bestehen aus den braunen Schindeln, die bis zum Zweiten Weltkrieg in Kalifornien sehr weit verbreitet gewesen sind. Die Straßen sind staubig. Auch die Autos sind dort älter. Seltsamerweise gibt es keinen derartigen See im nördlichen Teil Kaliforniens. Ich bin im wirklichen Leben bis hinauf zur Grenze nach Oregon und weiter gefahren. Dort gibt es nur tausend Kilometer Ödland.

Wo gibt es diesen See — und die Häuser und Straßen in seiner Umgebung — wirklich? Zahllose Male habe ich davon geträumt. Da ich im Traum weiß, daß ich Urlaub mache und mein Zuhause in Südkalifornien liegt, fahre ich manchmal in diesen miteinander in Verbindung stehenden Träumen nach Orange County zurück. Aber wenn ich hier eintreffe, wohne ich in einem Haus, obwohl ich in Wirklichkeit in einem Apartment wohne. In den Träumen bin ich verheiratet. Im wirklichen Leben bin ich alleinstehend. Noch seltsamer ist, daß es sich bei meiner Gattin um eine Frau handelt, die ich noch nie gesehen habe.

In einem Traum sind wir beide draußen im Garten und begießen und pflegen unsere Rosenbeete. Ich kann das Nachbarhaus sehen; es ist ein stattliches Gebäude und von unserem Besitz durch eine gewöhnliche Betonmauer getrennt. Wilde Rosen ranken sich an der Mauer empor, um sie ansehnlicher zu machen. Als ich mit meiner Harke an den grünen Plastikabfalltonnen vorbeigehe, die wir mit Unkraut gefüllt haben, werfe ich meiner Frau einen Blick zu — sie bewässert die Beete mit dem Schlauch — und schaue dann zu der Trennmauer mit den wilden Rosen hinüber, und ich fühle mich gut. Ich denke: Es wäre unmöglich, glücklich in Südkalifornien zu leben, wenn wir nicht dieses hübsche Haus mit dem wundervollen Garten hätten. Ich hätte lieber das stattliche Gebäude nebenan, aber zumindest kann ich es mir ansehen und hinüber in den größeren Garten gehen. Meine Frau trägt Jeans. Sie ist schlank und hübsch.

Als ich erwache, denke ich: Ich sollte nach Norden zu diesem See fahren. So schön es auch hier unten ist mit meiner Frau und dem Garten und den wilden Rosen, der See ist schöner. Aber dann fällt mir ein, daß es Januar ist und daß Schnee auf der Schnellstraße liegt, wenn ich die Bucht in Richtung Norden verlasse — jetzt ist keine gute Zeit, das Blockhaus am See aufzusuchen. Ich sollte bis zum Sommer warten; schließlich bin ich kein sehr routinierter Fahrer. Aber ich habe ein gutes Auto, einen fast neuen roten Capri. Und wenn ich richtig wach werde, wird mir klar, daß ich allein in einem Apartment in Südkalifornien wohne. Ich habe keine Frau. Es gibt kein Haus mit Garten und der hohen Trennmauer mit den wilden Rosen. Merkwürdigerweise gibt es nicht nur kein Blockhaus an dem See oben im Norden, sondern in ganz Kalifornien gibt es keinen derartigen See. Die Karte, die ich in meinem Traum betrachte, ist eine falsche Karte. Sie zeigt nicht Kalifornien. Welchen Staat zeigt sie dann? Washington? Im Norden Washingtons gibt es große Wasserflächen. Ich bin darüber hinweggeflogen, als ich nach Kanada flog, und einmal habe ich Seattle besucht.

Wer ist diese Frau? Ich bin nicht nur Junggeselle — ich bin mit dieser Frau niemals verheiratet gewesen und ihr auch nie begegnet. Dennoch empfand ich im Traum tiefe, angenehme und vertraute Liebe für sie, eine Liebe, die erst im Verlauf von vielen Jahren entsteht. Aber wieso kenne ich eine derartige Liebe, wo ich doch bisher niemandem dieses Gefühl entgegengebracht habe?

Ich steige aus dem Bett — ich habe am frühen Abend ein Nickerchen gemacht — und gehe in das Wohnzimmer meines Apartments und bin sprachlos angesichts der synthetischen Natur meines Lebens. Stereoanlage (das meine ich mit synthetisch), Fernsehgerät (was bestimmt synthetisch ist), Bücher — Erfahrung aus zweiter Hand, zumindest vergleichbar mit der Fahrt über die schmale, staubige Straße, die am See entlangführt, unter den Wipfeln vieler Bäume hindurch, bis zu meinem Blockhaus und der Stelle, wo ich parke. Welches Blockhaus? Welcher See? Ich kann mich sogar daran erinnern, daß mich vor Jahren meine Mutter dorthin mitgenommen hat. Jetzt benutze ich manchmal ein Flugzeug. Es besteht eine direkte Flugverbindung zwischen Südkalifornien und dem See . . . vom Flughafen sind es nur noch ein paar Kilometer. Welcher Flughafen? Und vor allem: Wie kann ich nur dieses Ersatzleben ertragen, das ich in diesem Plastikapartment führe, allein, ohne sie, die schlanke Frau in den Jeans?

Gäbe es nicht Horselover Fat und seine Begegnung mit Gott oder Zebra oder dem Logos und diese andere Person, die in Fats Körper, aber in einem anderen Jahrhundert und an einem anderen Ort lebt, würde ich mir keine weiteren Gedanken über meine Träume machen. Ich kann mich an Artikel erinnern, die von den Leuten handeln, die sich in der Nähe des Sees niedergelassen haben. Sie gehören einer nicht sehr fanatischen religiösen Gruppe an, vergleichbar den Quäkern (ich wurde als Quäker erzogen). Bemerkenswert an ihnen ist lediglich, daß sie den festen Glauben besitzen, Kinder dürften nicht in Holzkrippen gelegt werden. Das war ihre spezielle herätische Überzeugung. Außerdem — und ich kann wirklich den Zeitungsartikel vor mir sehen, der über sie verfaßt worden ist — heißt es von ihnen, daß „hin und wieder ein oder zwei Zauberer geboren werden", was auch mit ihrer Abneigung gegen Holzwiegen zusammenhängt: Wenn man ein Kind oder ein Baby, das ein Zauberer ist — ein zukünftiger Zauberer — in eine Holzwiege legt, wird es möglicherweise nach und nach seine Kräfte verlieren.

Träume über ein anderes Leben? Aber wo? Allmählich verschwindet die visionäre, falsche Karte Kaliforniens, und mit ihr verschwinden der See, das Haus, die Straßen, die Menschen, die Autos, der Flughafen, die religiöse Sekte mit ihrer eigentümlichen Abneigung gegen Holzwiegen. Aber damit all dies verschwindet, müssen auch eine Unzahl miteinander in Verbindung stehender Träume verschwinden, die Jahre real verstrichener Zeit umfassen.

Die einzige Verbindung zwischen der Traumlandschaft und meiner wirklichen Welt stellt mein roter Capri dar.

Warum existierte dieses eine Element in beiden Welten?

Es heißt, daß Träume „kontrollierte Psychosen" sind, oder anders ausgedrückt, eine Psychose ist ein Traum, der in wachen Stunden durchbricht. Was bedeutet dies hinsichtlich meines See-Traumes, in dem eine Frau eine Rolle spielt, die ich niemals gekannt habe und für die ich wahre und tiefe Liebe empfinde? Gibt es zwei Personen in meinem Gehirn wie bei Fat? Zwei Personen, zwischen denen keine Trennung mehr besteht, obwohl in meinem Falle kein stimulierendes Symbol die „andere“ über die Trennlinie in meine Persönlichkeit und meine Welt getrieben hat?

Sind wir alle wie Horselover Fat, ohne es zu wissen?

In wie vielen Welten existieren wir gleichzeitig?

Noch benommen von meinem Nickerchen, schalte ich den Fernseher ein und versuche eine Sendung zu verfolgen, die „Dick Clarks Gute Alte Zeit, Teil II“ heißt. Narren und Einfaltspinsel präsentieren sich auf dem Bildschirm und faseln dummdreist vor sich hin, pickelige Kindsköpfe kreischen angesichts totaler Banalitäten ekstakische Zustimmung. Ich schalte den Fernseher aus. Meine Katze muß ihr Fressen bekommen. Welche Katze? In den Träumen besitzen meine Frau und ich keine Haustiere. Wir haben ein hübsches Haus mit einem großen, gepflegten Garten, in dem wir unsere Wochenenden verbringen. Wir haben eine Garage, in die zwei Autos passen . . . Plötzlich erkenne ich voller Überraschung, daß dies ein teures Haus ist; in meinen miteinander in Verbindung stehenden Träumen bin ich ein wohlhabender Mann. Ich gehöre zur oberen Mittelklasse. Das bin nicht ich. Mir würde das nie gefallen; oder wenn ich mich dazu hinreißen ließe, dann würde ich mich unwohl fühlen. Wohlstand und Besitz flößen mir Unbehagen ein. Ich bin in Berkeley aufgewachsen und habe das typische linke, sozialistische Berkeley-Bewußtsein mit seinem Argwohn gegenüber Geld.

Die Person in dem Traum besitzt außerdem ein Stück Land am See. Aber der gottverdammte Capri ist identisch. Anfang des Jahres habe ich einen nagelneuen Capri Ghia gekauft, den ich mir normalerweise nicht leisten kann — es ist die Art Auto, das sich die Person in dem Traum zulegen würde. Demnach existiert zwischen Traum und Wirklichkeit ein logischer Zusammenhang. Als diese Person würde ich das gleiche Auto haben.

Eine Stunde nach meinem Erwachen aus dem Traum kann ich noch immer vor meinem geistigen Auge — was immer es auch sein mag; vielleicht das dritte oder *Ajna*-Auge? — den Gartenschlauch sehen, den meine Frau in ihren Jeans hinter sich über die Betoneinfahrt zieht. Kleine Details, aber keine Handlung. Ich wünschte, mir gehörte das stattliche Gebäude nebenan. Tatsächlich? Im wirklichen Leben würde ich mir ein derartiges Haus nicht einmal schenken lassen. Das sind reiche Leute — ich verabscheue sie. Wer bin ich? Wie viele Personen bin ich? Wo bin ich? Dieses kleine Plastikapartment in Südkalifornien ist nicht mein Zuhause, aber ich glaube, jetzt bin ich wach, und hier lebe ich mit meinem Fernseher (hallo, Dick Clark) und meiner Stereo-Anlage (hallo, Olivia Newton-John) und meinen Büchern (hallo, ihr neun Millionen langweiligen Titel). Im Vergleich zu meinem Leben in den gekoppelten Träumen ist dieses Leben einsam, hohl und wertlos, ungeeignet für einen intelligenten und gebildeten Menschen. *Wo sind die Rosen? Wo ist der See? Wo ist die schlanke, lächelnde, hübsche Frau, die den grünen Gartenschlauch abrollt und hinter sich herzieht?* Die Person, die ich jetzt bin, ist im Vergleich zu der Person in dem Traum enttäuscht und besiegt und gibt sich nur der Illusion hin, ein befriedigendes Leben zu führen. In den Träumen sehe ich, woraus ein befriedigendes Leben besteht, und es ist anders als das, was mir vergönnt ist.

Dann kommt mir ein seltsamer Gedanke. Mein Vater, der noch immer lebt, inzwischen über achtzig Jahre alt, und in Nordkalifornien, in Menlo Park, wohnt, bedeutet mir nicht viel. Nur zweimal habe ich ihn in seinem Haus besucht, und das war vor zwanzig Jahren. Sein Haus sah genauso aus wie jenes, das mir in dem Traum gehörte. Seine Wünsche — und seine Erfolge — stimmen mit denen der Person in dem Traum überein. Werde ich im Schlaf zu meinem Vater? Der Mann in dem Traum — ich — besaß ungefähr mein Alter, *oder er war noch jünger.* Ja, nach der Frau, meiner Gattin, zu urteilen, viel jünger. In meinen Träumen bin ich in die Vergangenheit gereist, in meine eigene Jugend, in die Jugend meines Vaters! In meinen Träumen habe ich die Vorstellungen meines Vaters von einem guten Leben. Die Stärke seiner Vorstellungen ist so übermächtig, daß sie mich noch eine Stunde nach dem Aufwachen beherrschen. Natürlich empfand ich Abneigung gegen meine Katze, denn mein Vater haßte Katzen.

In dem Jahrzehnt vor meiner Geburt fuhr mein Vater oft nach Norden zum Tahoe-See. Möglicherweise besaßen er und meine Mutter dort oben ein Blockhaus. Ich weiß es nicht; ich bin niemals dort gewesen.

Phylogenetische Erinnerungen, Kollektiverinnerungen. Nicht meine eigenen, ontogenetischen Erinnerungen. „Phylogenese wiederholt sich in der Ontogenese", wie es heißt. Das Individuum besitzt die Erinnerungen seiner ganzen Rasse, bis zurück zu seinen frühesten Vorfahren. Zurück zum alten Rom, zu Minos und Kreta, zurück zu den Sternen. Im Schlaf bin ich eine Generation zurückgereist. Das ist genetische Erinnerung, die Erinnerung der DNA. Das erklärt Horselover Fats Schlüsselerlebnis, in dem das Symbol des christlichen Fisches eine zweitausend Jahre alte Persönlichkeit stimuliert hatte . . . denn das Symbol war zweitausend Jahre alt. Hätte er ein noch älteres Symbol gesehen, wäre er noch weiter zurück in die Vergangenheit gereist — schließlich waren alle Voraussetzungen dafür gegeben, er stand unter dem Einfluß von Sodium Pentathol, der „Wahrheitsdroge".

Fat hat eine andere Theorie. Er glaubt, daß wir wirklich das Jahr 103 A.Z. schreiben (oder n. Chr., was mir mehr zusagt — zum Teufel mit Fat und seinen überspannten Modernismen). Wir leben tatsächlich in apostolischen Zeiten, aber eine Schicht *maya*, oder was die Griechen *„dokos"* nannten, verhüllt die Realität. Das ist Fats Schlüsselkonzept: *dokos*, die Schicht der Illusion oder des bloßen Scheins. Es hat mit der Zeit zu tun, mit der Frage, ob die Zeit wirklich ist.

Ich will Heraklit zitieren, ohne mir Fats Erlaubnis einzuholen: „Zeit ist ein Kind, das sich mit dem Damespiel beschäftigt, ein Kind, dem das Königreich gehört." Mein Gott, was bedeutet das? Edward Hussey meint dazu: „Hier, wie wahrscheinlich auch bei Anaximander, ist ‚Zeit' ein Ausdruck für Gott mit einer etymologischen Anspielung auf seine Unsterblichkeit. Die unendlich alte Gottheit ist ein Kind, das ein Brettspiel spielt, während sie die kosmischen Figuren bewegt, um das Spiel zu gewinnen.“ Jesus Christus, womit haben wir es da zu tun? Wo sind wir, und wann sind wir, und wer sind wir? Wie viele Personen an wie vielen Orten und in welcher Zeit? Figuren auf einem Spielbrett, die von einer „unendlich alten Gottheit“ hin und her geschoben werden, die ein „Kind“ ist!

Ich greife zur Cognacflasche. Cognac beruhigt mich. Manchmal, vor allem dann, wenn ich einen Abend damit verbracht habe, mich mit Fat zu unterhalten, bin ich ganz durcheinander und brauche etwas, um meine Nerven zu beruhigen. Ich habe das furchtbare Gefühl, daß er in etwas Reales und unsagbar Schreckliches verwickelt ist. Ich persönlich habe kein Interesse, neue theoretische oder philosophische Erkenntnisse zu gewinnen. Aber ich mußte mich mit Fat auseinandersetzen. Ich mußte ihn kennenlernen und mir seine haarsträubenden Ideen anhören, die auf seiner absonderlichen Begegnung mit einem Etwas beruhten, das Gott weiß was sein konnte. Vielleicht die ultimate Realität. Was immer es auch war, es war lebendig und es dachte. Und in keiner Hinsicht war es uns ähnlich, trotz der Erklärung im *1. Johannes 3, 1—2.*

Xenophanes hatte recht.

„Es gibt einen Gott, und *er ist in keiner Hinsicht wie wir Sterblichen*, weder in Gestalt noch im Geiste.“

Ist die Behauptung, ich bin nicht ich selbst, nicht ein Oxymoron? Handelt es sich dabei nicht um einen verbalen Widerspruch, eine semantisch sinnlose Feststellung? Fat entdeckte, daß er Thomas war — und ich schließe aus dem Inhalt meiner Träume, daß ich mein Vater und mit meiner Mutter verheiratet bin — vor meiner eigenen Geburt. Ich glaube, daß die kryptische Bemerkung „Hin und wieder werden ein oder zwei Zauberer geboren“ mir irgend etwas sagen soll. Eine hochentwickelte Technologie würde uns wie Magie erscheinen — Arthur C. Clarke hat darauf hingewiesen. Ein Zauberer bedient sich der Magie — *ergo* ist ein „Zauberer“ jemand, der über eine hochentwickelte, uns unerklärliche Technologie verfügt. Jemand, der mit der Zeit spielt und den wir nicht sehen können. Nicht Gott. Das ist ein archaischer Name, der diesem Wesen von den Kulturen der Vergangenheit verliehen wurde, durch Menschen, die dem anachronistischen Denken verhaftet waren. Wir benötigen einen neuen Ausdruck, aber das, mit dem wir es zu tun haben, ist nicht neu.

Horselover Fat besitzt die Fähigkeit, durch die Zeit zu reisen, Jahrtausende zurück in die Vergangenheit. Die dreiäugigen Wesen existieren wahrscheinlich in der Zukunft; sie sind unsere hochentwickelten Nachkommen. Und wahrscheinlich ermöglicht ihre Technologie Fats Zeitreise. Es ist denkbar, daß Fats zweite, beherrschende Persönlichkeit nicht aus der Vergangenheit, sondern aus der Zukunft stammt — und daß sie sich ihm zu einem anderen Zeitpunkt als Zebra manifestierte. Ich behaupte, daß das Elmsfeuerchen, das Fat als lebendiges, fühlendes Wesen erkannte, wahrscheinlich eine Reise bis in unsere Zeitperiode unternommen hat und eines unserer eigenen Kinder darstellt.

8

Ich hielt es für besser, Fat nichts davon zu erzählen, daß seine Begegnung mit Gott in Wirklichkeit eine Begegnung mit seinem Ich aus der fernen Zukunft war. Sein Ich, aber so fortentwickelt, so verändert, daß es kein menschliches Wesen mehr darstellte. Fat erinnerte sich an die Sterne, er war einem Wesen begegnet, das zu den Sternen zurückkehren konnte, und zudem noch verschiedenen anderen Ausgaben seines Ichs, verschiedenen Punkten auf einer Linie. Alle sind dieselbe Person.

Eintrag Nr. 13 des *Tractates*: *Pascal sagte: „Alle Geschichte ist ein unsterblicher Mensch, der fortwährend lernt.“ Dies ist der Unsterbliche, den wir verehren, ohne seinen Namen zu kennen. „Er lebte vor langer Zeit, aber er lebt noch immer.“ Und: „Der Führer Apollo bereitet sich auf die Rückkehr vor.“ Die Namen ändern sich.*

In gewisser Hinsicht ahnte Fat die Wahrheit. Er war seinem vergangenen Ich und seinen zukünftigen Ichs begegnet — zwei zukünftigen Ichs: einem frühen, das zu den dreiäugigen Kreaturen gehört, und dann Zebra, mit dem keine Verständigung möglich ist.

Auf irgendeine Weise verlor die Zeit die Macht über ihn, und der Kontakt der verschiedenen Ichs entlang der linearen Zeitachse brachte diese Ichs dazu, sich zu einem einzigen Wesen zu vereinigen.

Durch diese Vereinigung entstand Zebra, ein supra- oder transtemporales Geschöpf aus reiner Energie, reiner lebendiger Information. Unsterblich, gütig, intelligent und hilfsbereit. Die Essenz des *rationalen* menschlichen Geistes. Im Zentrum eines irrationalen Universums, das von einem irrationalen Geist beherrscht wird, steht der rationale Mensch, für den Horselover Fat nur ein Beispiel ist. Die eingedrungene Entität, der Fat 1974 begegnete, war er selbst. Nun, Fat schien glücklich in dem Glauben, daß er Gott begegnet war. Nach kurzem Nachdenken entschied ich mich, ihm nichts von meinen Ansichten zu verraten. Es wäre vielleicht falsch.

Alles hatte mit der Zeit zu tun. „Zeit kann überwunden werden", schrieb Mircea Eliade. Das trifft genau zu. Das große Geheimnis von Eleusis, der Orphiker, der frühen Christen, von Sarapis, der griechisch-römischen Mysterienreligionen, von Hermes Trismegistos, der hermetischen Renaissance-Alchimisten, der Bruderschaft der Rosenkreuzer, von Apollinius von Tyana, von Simon Magus, Asklepios, Paracelsus und Bruno besteht aus dem Sieg über die Zeit. Die Techniken existieren. Dante sprach über sie in der *Komödie*. Es handelt sich um das Ende der Amnesie — wenn das Vergessen weicht, breitet sich die wahre Erinnerung aus und reicht in die Vergangenheit und in die Zukunft und, seltsamerweise, auch in alternative Universen. Sie ist gleichzeitig orthogonal und linear.

Deshalb konnte man Elias tatsächlich als unsterblich bezeichnen. Er hatte die obere Sphäre erreicht (wie Fat es ausdrückt) und ist nicht mehr der Zeit unterworfen. Zeit entspricht dem, was die

Alten als „astralen Determinismus“ bezeichneten. Zweck der Mysterien war es, die Eingeweihten vom astralen Determinismus zu befreien, der grob gesprochen dem Schicksal entspricht. Fat schrieb in seinem *Tractate* über dieses Thema:

Eintrag Nr. 48. Zwei Sphären existieren — die obere und die untere. Die obere, die dem Hyperuniversum I oder Yang entspricht, die Form I des Parmenides, ist mit Gefühl und Willen ausgestattet. Die untere Sphäre oder Yin, Form II des Parmenides, ist mechanisch, von Blindheit und Eifer bestimmt, deterministisch und ohne Intelligenz, weil sie ihren Ursprung in einer toten Quelle hat. In alten Zeiten nannte man sie den „astralen Determinismus“. Wir sind im großen und ganzen in der unteren Sphäre gefangen, sind aber, durch die Sakramente und das Plasmat, gleichzeitig davon befreit. Solange der astrale Determinismus nicht durchbrochen wird, können wir ihn nicht einmal wahrnehmen, denn es mangelt uns an Erleuchtung. „Das Reich endet nie“.

Siddhartha, der Buddha, erinnerte sich an all seine vergangenen Leben. Deshalb verlieh man ihm den Titel Buddha, und das bedeutet „der Erleuchtete“. Von ihm wurde das Wissen um die Verwirklichung an die Griechen weitergereicht und fand Eingang in die Lehren des Pythagoras, der den Großteil dieser okkulten, mystischen *Gnosis* geheimhielt; sein Schüler Empedokles jedenfalls brach mit der pythagoräischen Bruderschaft und veröffentlichte sie. Im privaten Kreis verriet Empedokles seinen Freunden, daß er Apollo war. Auch er, wie Buddha und Pythagoras, konnte sich an seine vergangenen Leben erinnern. Über was sie nicht sprachen, war ihre Fähigkeit, sich an zukünftige Leben zu „erinnern“.

Die dreiäugigen Wesen, die Fat gesehen hatte, stellten sich ihm selbst als erleuchtete Formen seines sich fortentwickelnden Ichs während verschiedener Leben dar. Im Buddhismus wird das dritte Auge das „übermenschliche göttliche Auge“ (*dibba-cakkhu*) genannt, die Macht, das Vergehen und die Wiedergeburt von Menschen zu beobachten. Gautama, der Buddha (Siddhartha) erhielt diese Fähigkeit während seiner mittleren Wache (zweiundzwanzig Uhr bis zwei Uhr). Während seiner ersten Wache (achtzehn Uhr bis zweiundzwanzig Uhr) bekam er Kenntnis von all — ich wiederhole: *all* — seinen früheren Existenzen (*pubbeni-vasanussati-nana*). Ich sagte Fat nichts davon, aber technisch gesehen war er ein Buddha geworden. Mir schien es keine gute Idee zu sein, ihn darüber zu informieren. Schließlich, wenn man ein Buddha ist, sollte man in der Lage sein, dies selbst festzustellen.

Für mich war es ein interessantes Paradoxon, daß ein Buddha — ein Erleuchteter — selbst nach viereinhalb Jahren nicht in der Lage war herauszufinden, daß er ein Erleuchteter war. Fat steckte bis zum Hals in seiner monumentalen Exegese und versuchte vergeblich herauszufinden, was mit ihm geschehen war. Er erinnerte mehr an das Opfer eines Unfalls mit anschließender Fahrerflucht als an einen Buddha.

An dieser Stelle hätte Kevin, wie etwa bei der Diskussion über Zebra, gerufen: „Heiliges Kanonenrohr! Was soll DAS jetzt wieder?"

Kevin konnte der Exegese nur wenig abgewinnen, aber er blieb Fats guter Freund. Kevin lebte nach dem Grundsatz: Verdamme die Tat, aber nicht den Täter.

Zu diesem Zeitpunkt fühlte sich Kevin wohl. Schließlich hatte sich seine negative Meinung über Sherri als richtig erwiesen. Das brachte ihn und Fat einander näher. Kevin erkannte sie als das, was sie war — ungeachtet ihres Krebses. In seiner Schlußanalyse spielte die Tatsache, daß sie starb, nicht die geringste Rolle. Er hatte alles überdacht und war zu der Überzeugung gelangt, daß der Krebs in diesem Zusammenhang unwichtig war.

In seiner Sorge um Sherri hatte sich Fat inzwischen zu der fixen Idee verstiegen, daß der Erlöser in Kürze wiedergeboren werden würde — oder bereits wiedergeboren war. Irgendwo wandelte er schon über die Erde, oder zumindest stand er kurz davor, dies zu tun.

Was hatte Fat vor, wenn Sherri starb? Maurice hatte ihn das vor einiger Zeit gefragt. Würde auch er sterben?

Nicht im geringsten. Fat grübelte und schrieb und forschte und empfing in seinen hypnagogischen Zuständen und Träumen portionsweise Botschaften von Zebra, und da er beabsichtigte, aus den Trümmern seines Lebens das zu retten, was noch zu retten war, hatte er sich entschieden, nach dem Erlöser zu suchen. Er würde ihn finden, wo auch immer er sein mochte.

Das war die Mission, der göttliche Auftrag, den ihm Zebra im März 1974 erteilt hatte, das milde Joch, die Bürde. Fat, nun ein heiliger Mann, würde ein moderner Magier werden. Ihm fehlte nur ein Hinweis — eine Spur für seine Suche. Möglicherweise konnte Zebra sie ihm geben — das Schlüsselwort würde ihm Gott übermitteln. Das war der einzige Grund für Zebras Theophanie: Fat auf den Weg zu schicken.

Unser Freund David, der davon erfuhr, fragte: ,,Wird es Christus sein?" Darin verriet sich sein Katholizismus.

,,Es ist der fünfte Erlöser", erklärte Fat geheimnisvoll. Fat listete eine Anzahl Erlöser auf: Buddha, Zarathustra, Jesus und Abu Al-Qasim Muhammed Ibn Abd Allah Abd Al-Muttalib Ibn Hashim (d.h. Mohammed). Manchmal fügte er noch Mani hinzu. Deshalb würde der der nächste Erlöser nach der ersten Liste die Nummer fünf oder nach der längeren Liste die Nummer sechs sein. Hin und wieder schloß er noch Asklepios ein, durch den — nach der längeren Liste — der nächste Erlöser dann die Nummer sieben tragen würde. Auf jeden Fall würde der erwartete Erlöser der letzte sein und als König über alle Nationen und Völker herrschen. Die siebente Brücke des Zoroastrianismus war errichtet worden, durch die die guten Seelen (die des Lichts) von den schlechten Seelen (die der Dunkelheit) getrennt wurden. Ma'at hatte ihre Feder auf die Waagschale gelegt, um damit das Herz eines jeden Menschen zu prüfen und ihn zu richten, und Osiris war der Richter. Es war eine geschäftige Zeit.

Fat beabsichtigte, dabei zugegen zu sein, um das *Buch des Lebens* dem Obersten Richter auszuhändigen, dem Uralten der Tage, der im *Buch Daniel* erwähnt wurde.

Wir alle drückten Fat gegenüber unsere Hoffnung aus, daß das

Buch des Lebens — in dem die Namen all jener standen, die erlöst werden sollten — zu schwer sein würde, um von einem Menschen getragen zu werden; eine Winde oder ein Kran sollte nach unserem Dafürhalten schon nötig sein. Fat fand dies gar nicht lustig.

„Warte nur, bis der Oberste Richter meine tote Katze sieht", bemerkte Kevin.

„Du und deine gottverdammte tote Katze", schimpfte ich. „Wir haben die Nase allmählich voll von deiner toten Katze."

Nachdem mir Fat seine gewitzten Pläne enthüllt hatte, mit denen er den Erlöser zu finden hoffte — gleichgültig, wie weit er auch reisen mußte, um ihn zu treffen —, wurde mir alles klar: In Wirklichkeit suchte Fat nach dem toten Mädchen Gloria, für dessen Tod er sich verantwortlich fühlte. Er hatte sein religiöses Leben und Trachten völlig mit seinem emotionalen Leben und Trachten vermischt. Bei ihm war der „Erlöser" nur ein anderer Begriff für „verlorene Freundin". Er hoffte, mit ihr wiedervereinigt zu werden, aber im Diesseits. Wenn er ihr nicht ins Jenseits folgen konnte, dann würde er sie eben hier suchen und finden. Obwohl er nicht mehr selbstmordgefährdet war, so war er noch immer verrückt. Doch dies schien mir ein Fortschritt zu sein — *thanatos* verlor gegen *eros*. Wie Kevin es ausdrückte: „Vielleicht wird Fat unterwegs von irgendeiner ausgebufften Alten um den Finger gewickelt."

Sobald Fat mit seiner heiligen Irrfahrt begann, würde er nach zwei toten Mädchen suchen: Gloria und Sherri. Diese moderne Version der Gralssage veranlaßte mich zu der Frage, ob ähnliche erotische Sehnsüchte auch die Gralsritter in Montsalwatsch beherrscht hatten, der Burg, in der Parsifal sein Ende fand. Wagner sagt in seinem Text, daß nur jene, die vom Gral selbst gerufen werden, den Weg dorthin finden. Das Blut des am Kreuz hängenden Christus war in dem gleichen Gefäß aufgefangen worden, aus dem er sein letztes Abendmahl eingenommen hatte. Nicht das Gefäß, sondern das Blut rief die Ritter zu sich — das Blut starb nie. Wie Zebra, so bestand auch der Inhalt des Grals aus Plasma oder, wie Fat es bezeichnete, aus Plasmat. Möglicherweise hatte Fat irgendwo in seiner Exegese notiert, daß Zebra dem Plasmat entsprach und das Plasmat dem geweihten Blut des gekreuzigten Christus.

Das verspritzte Blut des Mädchens, das auf dem Bürgersteig vor dem Oakland Synanon Building aufgeprallt und gestorben war, rief nach Fat, der wie Parsifal ein kompletter Idiot war. Denn dies soll das Wort „Parsifal" im Arabischen bedeuten; man nimmt an, daß es eine Ableitung des Begriffs *Falparsi* ist, ein arabisches Wort das „völliger Narr" bedeutet. Aber natürlich ist dies nur eine Vermutung, und noch dazu eine unzutreffende, obwohl in der Oper *Parsifal* Kundry den Parsifal auf diese Weise beleidigt. In Wirklichkeit ist „Parsifal" nur eine andere Schreibweise von „Perceval", und das ist nichts weiter als ein Name. Wie dem auch sei, ein interessanter Punkt verbleibt: Via Parsifal wird der Gral als das früh-christliche *„lapis exilis"* identifiziert, der ein megaischer Stein ist. Dieser Stein taucht in der späteren hermetischen Alchimie als Mittel auf, durch das die menschliche Metarmorphose ermöglicht wird. Auf der Grundlage von Fats Konzept der interrassischen Symbiose wird aus dem Menschen, der sich mit Zebra oder dem Logos oder dem Plasmat vereinigt, ein Homoplasmat; eine gewisse Kontinuität ist offensichtlich. Fat glaubte, daß er selbst sich mit Zebra vereinigt habe. Demnach ist aus ihm bereits das geworden, wonach die hermetischen Alchimisten gesucht haben. Also war es nur natürlich, daß er auszog und nach dem Gral suchte — er würde seine Freundin, sich selbst und seine Heimat finden.

Kevin nahm die Rolle des bösen Zauberers Klingsor ein, indem er ständig Fats idealistische Bestrebungen verspottete. Nach Kevin zu urteilen, war Fat einfach geil. In Fat kämpfte *thanatos* — der Tod — mit *eros*, den Kevin nicht mit dem Leben, sondern mit sexuellem Verlangen identifizierte. Wahrscheinlich ist dies nicht weit hergeholt — ich meine Kevins Grundanalyse der dialektischen Auseinandersetzung, die in Fats Bewußtsein hin und her wogte. Ein Teil von Fat wollte sterben, und ein Teil sehnte sich nach dem Leben. *Thanatos* kann jede gewünschte Form annehmen: Er kann *eros*, den Lebensdrang, töten und ihn dann simulieren. Sobald *thanatos* dies erreicht hat, befindet man sich in den größten Schwierigkeiten. Man glaubt, von *eros* angetrieben zu werden, aber es ist *thanatos*, der sich maskiert hat. Ich hoffte, daß etwas Derartiges nicht mit Fat geschehen war, ich hoffte, daß sein Wunsch, hinauszuziehen und den Erlöser zu suchen, *eros* zuzuschreiben war.

Der wahre Erlöser, oder der wahre Gott in diesem Falle, trägt das Leben in sich, er *ist* das Leben. Jeder ,,Erlöser" oder ,,Gott", der den Tod bringt, ist nichts anderes als *thanatos* in der Maske des Erlösers. Deshalb enthüllte sich Jesus als der wahre Erlöser — auch wenn er es selbst nicht gewollt haben mag — durch seine heilenden Wunder. Die Menschen wußten, was heilende Wunder bewiesen. Am Ende des Alten Testamentes gibt es eine wunderschöne Stelle, in der dieser Punkt geklärt wird. Gott sagt: ,,Euch aber, die ihr meinen Namen fürchtet, soll aufgehen die Sonne der Gerechtigkeit und Heil unter ihren Flügeln. Und ihr sollt herausgehen und springen wie die Mastkälber."

In gewissem Sinne hoffte Fat, daß der Erlöser das Kranke heilen und das Zerbrochene zusammensetzen würde. Bis zu einem bestimmten Grade glaubte er, daß das tote Mädchen Gloria wieder zum Leben erweckt werden konnte. Deshalb verwirrte ihn Sherris unverdientes Leiden, ihr wuchernder Krebs, und dämpfte seine spirituellen Hoffnungen und seinen Glauben. Nach seiner Überzeugung, die ihren Niederschlag in der Exegese fand und auf seiner Begegnung mit Gott basierte, hätte Sherri eigentlich genesen müssen.

Obwohl er rein verstandesmäßig begriff, warum Sherri an Krebs litt, blieb es ihm spirituell versagt. Zudem konnte Fat einfach nicht verstehen, warum Christus, Gottes Sohn, gekreuzigt worden war. Schmerz und Leid ergaben für Fat keinen Sinn; sie paßten nicht in sein Schema. Deshalb deutete für ihn die Existenz derart schrecklichen Leidens auf das irrationale Element im Universum hin, auf einen Verstoß gegen die Vernunft.

Zweifellos meinte es Fat mit seiner geplanten Suche ernst. Inzwischen hatte er bereits fast zwanzigtausend Dollar dafür verschwendet.

,,Mach dich nicht lustig über ihn", bat ich Kevin eines Tages. ,,Für ihn ist das eine wichtige Angelegenheit."

Kevins Augen funkelten in dem vertrauten Zynismus, als er erwiderte: „Ein Arschloch auszunehmen ist auch für mich eine wichtige Angelegenheit."

„Hör auf damit", verlangte ich. „Das ist nicht komisch."

Kevins Grinsen verstärkte sich nur noch.

Eine Woche später starb Sherri.

Jetzt lasteten, wie ich es vorhergesehen hatte, zwei Tote auf Fats Gewissen. Es war ihm nicht gelungen, die beiden Mädchen zu retten. Wenn man Atlas ist, dann muß man eine schwere Last tragen, und wenn man sie fallen läßt, dann leiden ein Haufen Menschen, die Bevölkerung einer ganzen Welt, und das bedeutet eine ganze Welt voller Schmerz. Auf Fat lastete diese Bürde mehr seelisch als körperlich. An ihn gefesselt, riefen die beiden Leichname um Rettung — riefen, obwohl sie gestorben waren. Die Schreie der Toten sind in der Tat furchtbar; man sollte versuchen, nicht hinzuhören.

Ich befürchtete, daß Fat wieder einen Selbstmordversuch machen und bei einem Fehlschlag wieder in die Geschlossene Abteilung eingeliefert werden würde.

Zu meiner Überraschung war er vollkommen ruhig, als ich Fat in seinem Apartment besuchte.

„Ich gehe", eröffnete er mir.

„Auf deine Suche?"

„Du hast es erfaßt", nickte Fat.

„Wohin?"

„Ich weiß es nicht. Ich gehe einfach los, und Zebra wird mich führen."

Ich hatte keinen Grund, ihm das auszureden — wie sah denn die Alternative aus? Sollte er allein in dem Apartment hocken, in dem er mit Sherri zusammengelebt hatte? Zuhören, wie sich Kevin über das Leid der Welt lustig machte? Oder schlimmer noch: Sollte er gar seine Zeit mit David verbringen, der darüber schwadronierte, daß „Gott aus dem Bösen das Gute erschafft"? Wenn es etwas gab, das Fat in die Geschlossene Abteilung zurückbringen konnte, dann waren es Kevin und David: das Dumme und Fromme und Leichtgläubige plus das zynisch Grausame. Und was war mit mir?

Sherris Tod hatte auch mich niedergeschmettert, mir meinen inneren Zusammenhalt geraubt, so daß ich einem Spielzeug ähnelte, dessen Einzelteile noch nicht zusammengefügt waren. Ich hatte das Gefühl, als ob ich sagen müßte: „Nimm mich mit, Fat. Zeig mir den Weg nach Hause."

Während Fat und ich in unserem Gram dasaßen, klingelte das Telefon. Es war Beth, die Fat davon unterrichten wollte, daß er mit seinen Unterhaltszahlungen eine Woche im Rückstand war.

Als er den Hörer auflegte, sagte Fat zu mir: „Meine Ex-Frau stammt von Ratten ab."

„Du mußt hier raus", riet ich ihm.

„Dann bist du also auch der Meinung, daß ich fortgehen soll."

„Ja", nickte ich.

„Ich habe genug Geld, um an jeden Ort der Welt zu reisen. Ich habe an China gedacht. Ich dachte: Von welchem Ort würde man zuletzt erwarten, daß Er dort geboren wird? Ein kommunistisches Land wie China. Oder Frankreich."

„Warum Frankreich?" fragte ich.

„Ich habe schon immer Frankreich sehen wollen."

„Dann geh nach Frankreich", erklärte ich.

„Und was machst du?" murmelte Fat.

„Bitte?"

„Ich dachte an diesen TV-Werbespot der American Express Travelers' Checks. ‚Was werden Sie tun? Was *werden* Sie tun?' Genauso fühle ich mich im Augenblick. Die haben recht."

„Mir gefällt der, in dem der Mann mittleren Alters sagt: ‚Ich hatte sechshundert Dollar in dieser Brieftasche. Etwas Schlimmeres ist mir in meinem ganzen Leben noch nicht passiert.' Wenn ihm wirklich noch nichts Schlimmeres passiert ist . . ."

„Ja", nickte Fat. „Er hat ein wohlbehütetes Leben geführt."

Ich wußte, welches Bild in Fat aufgestiegen war — das Bild der sterbenden Mädchen. Zerschmettert und das Innerste nach außen gekehrt. Ich schauderte, und mir war nach Weinen zumute.

„Sie ist erstickt", sagte Fat schließlich mit leiser Stimme. „Sie ist einfach erstickt; sie konnte nicht mehr atmen."

„Es tut mir leid", murmelte ich.

„Weißt du, was der Arzt zu mir sagte, um mich aufzumuntern?" fragte Fat. „Es gibt schlimmere Krankheiten als Krebs."

„Hat er dir Bilder gezeigt?"

Wir lachten. Wenn man vor Trauer fast verrückt ist, dann lacht man über die absurdesten Dinge.

„Gehen wir zur Sombrero Street", schlug ich vor. Dort befand sich ein gutes Restaurant mit einer Bar, in der wir uns gerne aufhielten. „Ich gebe einen aus."

Wir gingen die Main Street hinunter und betraten die Bar in der Sombrero Street.

„Wo ist diese kleine braunhaarige Frau, die Sie sonst immer begleitet hat?" fragte die Serviererin Fat, als sie uns unsere Getränke brachte.

„In Cleveland", erwiderte Fat. Wir beide begannen wieder zu lachen. Die Serviererin erinnerte sich an Sherri. Es war zu schrecklich, um ernst zu bleiben.

„Als ich diese Frau kennenlernte", wandte ich mich an Fat, während wir tranken, „und ich ihr von meinem Kater erzählte, der gestorben war, da sagte ich: ‚Tja, er ruht nun in Ewigkeit.' Und daraufhin erklärte sie im völligen Ernst: ‚Meine Katze ist in Glendale begraben.' Wir fuhren natürlich alle sofort darauf ab und verglichen das Wetter in Glendale mit dem Wetter in Ewigkeit." Fat und ich lachten so laut, daß die anderen Gäste uns schon anstarrten. „Wir müssen damit aufhören", murmelte ich, als ich mich allmählich beruhigte.

„Ist es in Ewigkeit nicht kälter?" fragte Fat.

„Ja, aber dort gibt es weniger Smog."

„Vielleicht finde ich ihn dort", meinte Fat.

„Wen?" wollte ich wissen.

„Ihn. Den fünften Erlöser."

„Erinnerst du dich an den Tag, als Sherri mit ihrer Chemotherapie begann und ihr das Haar ausfiel . . ."

„Ja, in die Wasserschale der Katze."

„Sie stand neben der Wasserschale, und ihre Haare fielen in

die Wasserschale, und die arme Katze war vollkommen durcheinander."

„‚Was, zum Teufel, ist das?'" sagte Fat und ahmte nach, was die Katze gesagt hätte, wäre sie der Sprache mächtig gewesen. „‚Hier in meiner Wasserschale?'" Er lächelte, aber es war kein vergnügtes Lächeln. Keinem von uns gelang es, weiter fröhlich zu bleiben. „Wir brauchen Kevin, damit er uns aufheitert", meinte Fat. „Doch wenn ich mir es recht überlege", fügte er murmelnd hinzu, „ist es doch kein guter Gedanke."

„Wir müssen nur weitermachen", meinte ich.

„Phil", stieß Fat hervor, „wenn ich ihn nicht finde, werde ich sterben."

„Ich weiß", sagte ich. Es stimmte. Der Erlöser stand zwischen Horselover Fat und der Zerstörung.

„Ich bin auf Selbstzerstörung programmiert", fuhr Fat fort. „Der Schalter ist bereits umgelegt."

„Die Gefühle, die du empfindest . . .", begann ich.

„Sie sind rational", unterbrach Fat. „Unter den Bedingungen der Situation. Es ist wahr. Das ist kein Wahngedanke. Ich muß ihn finden, wo immer er auch sein mag, oder sterben."

„Nun, wenn du stirbst", erklärte ich, „dann werde auch ich sterben."

„Das stimmt", bestätigte Fat. Er nickte. „Du hast es verstanden. Ohne mich kannst du nicht existieren, und ich kann ohne dich nicht existieren. Wir sind aneinandergekettet. Scheiße. Was ist das nur für ein Leben? Warum geschehen derartige Dinge?"

„Du hast es selbst gesagt. Das Universum . . ."

„Ich werde ihn finden", versicherte Fat. Er trank und stellte das leere Glas ab und erhob sich. „Gehen wir zurück in mein Apartment. Ich möchte mir die neue Platte von Linda Ronstadt anhören, *Living in the USA*. Sie ist wirklich gut."

Als wir die Bar verließen, sagte ich: „Kevin meint, daß die Ronstadt total verkorkst ist."

Fat blieb vor dem Eingang stehen. „Kevin ist total verkorkst. Er wird am Jüngsten Tag seine gottverdammte tote Katze aus seinem

Mantel wickeln, und man wird ihn auslachen, so wie er uns auslacht. Das ist es, was er verdient hat: ein Richter, der genauso ist wie er."

„Das ist keine schlechte theologische Idee", bemerkte ich. „Man steht sich selbst gegenüber. Glaubst du, daß du ihn finden wirst?"

„Den Erlöser? Ja, ich werde ihn finden. Wenn mir das Geld ausgeht, komme ich nach Hause und arbeite, und dann mache ich mich wieder auf die Suche. Er muß irgendwo sein. Zebra hat es gesagt. Und Thomas in meinem Kopf — er wußte es. Er erinnerte sich an Jesus, der nicht lange vor seiner Zeit erschienen ist, und er wußte, daß er zurückkehren wird. Sie waren alle glücklich, überglücklich, und bereiteten sich darauf vor, ihn willkommen zu heißen. Die Rückkehr des Bräutigams. Sie waren so gottverdammt ausgelassen, Phil, überglücklich und aufgeregt, und alle liefen durcheinander. Sie liefen aus dem Schwarzen Eisernen Gefängnis und lachten und lachten. Sie hatten es in die Luft gejagt, Phil, das ganze Gefängnis. Es in die Luft gejagt und waren geflohen . . . und sie liefen und lachten und waren ganz und gar glücklich, vollkommen glücklich. Und ich war einer von ihnen."

„Das wirst du wieder sein", meinte ich.

„Das werde ich", nickte Fat, „wenn ich ihn finde. Aber vorher nicht. Ich kann es nicht, es gibt keine Möglichkeit." Er verharrte auf dem Bürgersteig und schob die Hände in die Taschen. „Ich vermisse ihn, Phil, ich vermisse ihn so sehr. Ich möchte bei ihm sein, ich möchte seine Hand auf meiner Schulter fühlen. Niemand sonst kann mir das geben. Ich habe ihn gesehen — einen Teil von ihm — und ich möchte ihn wiedersehen. Diese Liebe, diese Wärme — seine Freude, daß ich es bin, daß er mich sieht, mich *wiedererkennt*. Er hat mich *wiedererkannt*!"

„Ich weiß", flüsterte ich ehrfurchtsvoll.

„Niemand weiß, was es bedeutet", fuhr Fat fort, „ihn gesehen und dann wieder verloren zu haben. Fast fünf Jahre ist es her, fünf Jahre . . ." Er gestikulierte. „Was? Und was war davor?"

„Du wirst ihn finden", versicherte ich.

„Ich muß es", sagte Fat, „oder ich werde sterben. Und du auch, Phil. Und wir wissen das."

Der Führer der Gralsritter, Amfortas, leidet an einer Wunde, die nicht heilen will. Klingsor hat ihn mit dem Speer verletzt, der Christi Hüfte durchbohrt hat. Später, als Klingsor den Speer auf Parsifal schleudert, fängt der arme Narr den Speer — der mitten in der Luft stehengeblieben ist — und hält ihn hoch und macht damit das Kreuzzeichen, worauf Klingsor und seine ganze Burg verschwinden. Beide hatte es nie gegeben — sie waren eine Illusion, was die Griechen *dokos* und die Indianer den *Schleier Mayas* nennen.

Für Parsifal ist nichts unmöglich. Am Ende der Oper berührt Parsifal mit dem Speer Amfortas' Wunde, und die Wunde verheilt. Amfortas, der nur hatte sterben wollen, ist geheilt. Sehr mysteriöse Worte werden rezitiert, die ich niemals verstanden habe, obwohl ich Deutsch kann:

„Gesegnet sei dein Leiden,
Des Mitleids höchste Kraft,
Und reinsten Wissens Macht
*Den zagen Toren gab!"**

Dies ist der Schlüssel zum Verständnis der Geschichte Parsifals, des armen Narren, der die Illusion des Zauberers Klingsor und seine Burg zerstört und Amfortas' Wunde heilt. Aber was bedeutet das?

Ich weiß es nicht. Wie dem auch sei, ich weiß, daß in unserem Fall der arme Narr, Horselover Fat, selbst an der nicht heilen wollenden Wunde und an dem Schmerz litt, den sie verbreitete. In Ordnung, die Wunde entstand durch den Speer, der die Hüfte des Erlösers durchbohrte, und nur derselbe Speer kann sie heilen. In der Oper wird der Schrein nach Amfortas' Genesung schließlich geöffnet (lange Zeit ist er verschlossen gewesen), und der Gral wird enthüllt, und dabei singen himmlische Stimmen:

* Deutsch im Original (Anm. d. Übers.)

*„Erlösung dem Erlöser!“**

Und das ist sehr seltsam.

Mit anderen Worten, Christus hat sich selbst erlöst. Es gibt dafür einen Spezialausdruck: *Salvator salvandus*. Der „erlöste Erlöser“.

> „Die Tatsache, daß der ewige Botschafter zur Erfüllung seiner Aufgabe zahlreiche Inkarnationen und kosmisches Exil auf sich nehmen muß, und die weitere Tatsache, daß — zumindest in der iranischen Variante des Mythos — er in gewissem Sinne identisch ist mit jenen, die er ruft — die einst verlorenen Teile des göttlichen Selbst —, stärkt das Prinzip des ‚erlösten Erlösers‘ *(Salvator salvandus)*.“

Meine Quelle ist seriös: Die *Encyclopedia of Philosophy*, Macmillan Publishing Company, New York, 1967, ein Auszug aus dem Artikel über „Gnostizismus“. Ich versuche mir vorzustellen, inwieweit dies auf Fat zutrifft. Was hat es mit der Behauptung zu tun, daß „Mitleid die höchste Kraft“ ist? In welcher Weise besitzt Mitleid die Kraft, eine Wunde zu heilen? Und kann Fat Mitleid für sich selbst empfinden und so seine eigene Wunde heilen? *Könnte dies also aus Horselover Fat den Erlöser machen, den erlösten Erlöser*? Das scheint der Gedanke zu sein, den Wagner ausdrücken will. Der Gedanke vom erlösten Erlöser ist vom Ursprung her gnostisch. Wie gelangte er in *Parsifal*?

Vielleicht hatte Fat nach sich selbst gesucht, als er seine Suche nach dem Erlöser aufnahm. Um die Wunde zu heilen, die ihm zunächst durch den Tod von Gloria und dann durch den Tod von Sherri zugefügt worden war. Aber was in unserer modernen Welt ist Klingsors gewaltiger Steinburg analog?

Das, was Fat das Reich nennt? Das Schwarze Eiserne Gefängnis?

Ist das Reich, das „nie endet“, eine Illusion?

* Deutsch im Original (Anm. d. Übers.)

Die Worte, mit denen Parsifal die gewaltige Steinburg — und auch Klingsor — zum Verschwinden bringt, lauten folgendermaßen:

*„Mit diesem Zeichen bann ich deinen Zauber.“**

Das Zeichen ist natürlich das Kreuzzeichen. Fats Erlöser ist Fat selbst, wie ich bereits festgestellt habe, Zebra stellt seine Inkarnationen entlang der linearen Zeitachse dar, die sich zu einem unsterblichen supra- oder transtemporalen Wesen vereinigt haben, das in die Vergangenheit gereist ist, um Fat zu erlösen. Aber ich wage nicht, Fat zu sagen, daß er nach sich selbst sucht. Er ist nicht bereit für eine derartige Erkenntnis, denn wie die meisten von uns sucht er einen äußeren Erlöser.

„Mitleid ist die höchste Kraft“ ist purer Unsinn. Mitleid besitzt keine Kraft. Fat empfand großes Mitleid für Gloria und großes Mitleid für Sherri, und in beiden Fällen war es keinen verdammten Pfifferling wert. Etwas fehlte. Jeder weiß das, jeder, der hilflos vor einem kranken oder sterbenden Menschen oder vor einem kranken oder sterbenden Tier gestanden und schreckliches, quälendes Mitleid empfunden und erkannt hat, daß dieses Mitleid — gleichgültig, wie groß es auch sein mag — vollkommen nutzlos ist.

Etwas anderes heilte die Wunde.

Für mich und David und Kevin war dies ein ernstes Problem, diese Wunde in Fat, die nicht heilen wollte, aber die geheilt werden mußte und geheilt werden würde — *falls* Fat den Erlöser fand. Wartete in der Zukunft irgendein magisches Ereignis, durch das Fat wieder zu sich kommen und begreifen würde, daß er der Erlöser war und er so automatisch Heilung fand? Wetten Sie nicht darauf. Ich rate Ihnen davon ab.

Parsifal gehört zu jenen tiefgründigen Kulturartefakten, die einem das subjektive Gefühl vermitteln, etwas durchaus gelernt zu haben, etwas Wertvolles oder sogar Unbezahlbares, bis man beim

* Deutsch im Original (Anm. d. Übers.)

näheren Hinsehen sich plötzlich an den Kopf greift und sagt: „Einen Moment. Das ergibt keinen Sinn." Ich sehe schon Richard Wagner an der Himmelstür stehen. „Ihr müßt mich hineinlassen", sagt er. „Ich habe *Parsifal* geschrieben. Es handelt von dem Gral, Christus, Leiden, Mitleid und Heilung. In Ordnung?" Und man antwortet ihm: „Nun, wir haben es gelesen, und es ergibt keinen Sinn." PENG. Wagner hat recht, und die Himmlischen haben ebenfalls recht. Eine weitere chinesische Fingerfalle.

Oder vielleicht übersehe ich etwas. Was wir hier vor uns haben, ist ein Zen-Paradoxon. Was keinen Sinn ergibt, ergibt den *meisten* Sinn. Ich habe die größte aller denkbaren Sünden begangen und Aristoteles' Zweiwertlogik benutzt. „Ein Ding ist entweder A oder Nicht-A." (Das Gesetz der ausgeschalteten Mitte.) Jeder weiß, daß Aristoteles' Zweiwertlogik totaler Mist ist. Was ich sagen will ist:

Wäre Kevin hier, würde er sagen: „Dudel-dudel dei." Das, was er zu Fat sagt, wenn Fat laut aus seiner Exegese vorliest. Kevin besitzt keine Ader für das Tiefgründige. Er hat recht. In meinem Versuch zu erkennen, wie Horselover Fat Horselover Fat heilen — erlösen — kann, gebe ich nur dieses „Dudel-dudel dei" von mir. Weil Fat nicht erlöst werden kann. Sherris Heilung sollte ein Ausgleich für den Verlust Glorias sein — aber Sherri starb. Glorias Tod trieb Fat dazu, neunundvierzig giftige Tabletten zu nehmen, und nun hoffen wir, daß er durch Sherris Tod den Erlöser findet (welchen Erlöser?) und geheilt wird — von einer Wunde geheilt, die schon vor Sherris Tod sein Ende eingeleitet hatte. Jetzt gibt es keinen Horselover Fat mehr, nur die Wunde ist übriggeblieben.

Horselover Fat ist tot. Ins Grab gezerrt von zwei bösartigen Frauen. Hinabgezerrt, weil er ein Narr ist. Das ist eine weitere unsinnige Behauptung in *Parsifal*, die Vorstellung, daß die Dummheit selig macht. Warum? In *Parsifal* verleiht der Schmerz dem furchtsamen Narren „reinsten Wissens Macht". Wie? Warum? Bitte erklären Sie mir das.

Bitte zeigen Sie mir, daß Glorias Leiden und Sherris Leiden Fat oder irgend jemandem oder irgend etwas Gutes gebracht hat. Es ist eine Lüge. Es ist eine schlimme Lüge. Das Leiden muß abgeschafft werden. Nun, zugegebenermaßen erreichte Parsifal dies, indem er die Wunde heilte; Amfortas' Schmerz wich.

Was wir wirklich brauchen, ist ein Arzt, kein Speer. Lassen Sie mich *Eintrag Nr. 45* aus Fats *Tractate* zitieren:

Nr. 45. Als ich Christus in einer Vision sah, sagte ich treffenderweise zu ihm: „Wir benötigen ärztliche Behandlung.“ In der Vision gab es einen wahnsinnigen Schöpfer, der seine Schöpfung zerstörte, und das ohne Grund. Das heißt: aus Irrationalität heraus. Das ist der zerstörerische Impuls des Geistes. Christus ist unsere einzige Hoffnung, da wir nicht mehr mit Asklepios rechnen können. Asklepios kam vor Christus und rief einen Mann von den Toten zurück; für diese Tat ließ Zeus ihn durch einen Zyklopen mit einem Blitz erschlagen. Christus wurde für seine Taten ebenfalls getötet — auch er hatte einen Menschen wieder zum Leben erweckt. Elias rief einen Jungen ins Leben zurück und verschwand bald darauf in einem Wirbelwind. „Das Reich endet nie.“

Eintrag Nr. 46. Der Arzt ist zu verschiedenen Zeiten unter verschiedenen Namen zu uns gekommen. Aber wir sind noch immer nicht geheilt. Das Reich entdeckte und vertrieb ihn. Dieses Mal wird er das Reich durch Phagozytose töten.

In vielerlei Hinsicht ergibt Fats Exegese mehr Sinn als *Parsifal*. Fat betrachtet das Universum als lebendigen Organismus, in das ein toxisches Partikel eingedrungen ist. Das Partikel besteht aus Schwermetall und hat sich in dem Universum-Organismus eingenistet und vergiftet ihn. Der Universum-Organismus greift auf eine Phagozyte zurück. Die Phagozyte ist Christus. Er isoliert das toxische Metallpartikel — das Schwarze Eiserne Gefängnis — und beginnt es zu zerstören.

Eintrag Nr. 41. Das Reich ist die Institutionalisierung, die Kodifizierung der Unordnung. Es ist wahnsinnig und zwingt uns seinen Wahnsinn mit Gewalt auf, denn von seiner Natur her ist es gewalttätig.

Eintrag Nr. 42. Der Kampf gegen das Reich ist gleichbedeutend mit der Infizierung mit seiner Verwirrung. Das ist ein Paradoxon. Wer einen Teil des Reiches besiegt, wird selbst das Reich. Es vermehrt sich wie ein Virus und prägt seine Gestalt seinen Feinden auf. Dadurch wird es selbst zu seinen Feinden.

Eintrag Nr. 43. Gegen das Reich erhebt sich die lebende Information, das Plasmat oder der Arzt, den wir als den Heiligen Geist oder Christus kennen. Das sind die beiden Prinzipien — die Finsternis (das Reich) und das Licht (das Plasmat). Am Ende wird der Geist dem letzteren den Sieg zusprechen. Jeder von uns wird sterben oder überleben, je nachdem, wem er gedient und geholfen hat. In jedem Menschen wird die eine oder andere Komponente triumphieren. Zarathustra wußte dies, denn der Weise Geist informierte ihn darüber. Er war der erste Erlöser. * *Insgesamt hat es vier gegeben. Die Geburt des fünften steht bevor, und er wird sich von den anderen unterscheiden: Er wird über uns herrschen und uns richten.*

Von mir aus kann Kevin ,,Dudel-dudel dei" sagen, wenn Fat aus seinem *Tractate* vorliest oder es zitiert, aber Fat ist etwas auf der Spur. Fat sieht eine kosmische Phagozytose nahen, eine, in der wir alle in Mikro-Form verwickelt sind. Ein toxisches Metallpartikel befindet sich in jedem von uns: ,,Das, was oben ist (der Makrokosmos) ist das, was unten ist (der Mikrokosmos oder der Mensch." Wir alle sind verwundet, und wir alle brauchen einen Arzt — Elias für die Juden, Asklepios für die Griechen, Christus für die Christen, Zarathustra für die Gnostiker, die Nachfolger Manis, und so weiter. Wir sterben, weil wir krank geboren werden — mit einem Schwermetallsplitter im Leib, einer Wunde wie Amfortas' Wunde. Und wenn wir geheilt sind, werden wir unsterblich sein; so hätte es sein sollen, aber der toxische Metallsplitter drang in den Makro-

* Fat hatte Buddha ausgelassen — vielleicht, weil er nicht versteht, wer und was Buddha ist.

kosmos und gleichzeitig in seine mikrokosmische Multiformen ein, und das sind wir.

Nehmen Sie die Katze, die auf Ihrem Schoß schlummert. Sie ist verwundet, aber die Wunde ist noch nicht sichtbar. Wie Sherri, so wird auch sie zerfressen. Wollen Sie gegen diese Behauptung wetten? Vereinigen Sie all die Inkarnationen der Katze entlang der Linearzeit zu einem einzigen Wesen — was Sie erhalten, ist verseucht, verletzt und tot. Aber ein Wunder geschieht. Ein unsichtbarer Arzt heilt die Katze.

> „Alles verharrt nicht einen Moment lang und eilt dem Tod entgegen. Die Pflanze und das Insekt sterben am Ende des Sommers, das Vieh und der Mensch nach einigen Jahren; unermüdlich erntet der Tod. Ungeachtet dessen, nein, so als ob dies gar nicht so wäre, ist alles immer an seinem Platz, als ob alles unvergänglich ist . . . Das ist temporale Unsterblichkeit. Infolgedessen, ungeachtet all der Jahrtausende voller Tod und Zerfall, ist nichts verloren, kein einziges Atom der Materie, und noch weniger etwas von dem inneren Sein, das sich als Natur darbietet. Deshalb können wir in jedem Moment glücklich jubilieren: ‚Trotz Zeit, Tod und Zerfall sind wir noch immer alle zusammen!'" (Schopenhauer)

An irgendeiner Stelle sagt Schopenhauer, daß die Katze, die man im Garten spielen sieht, die gleiche Katze ist, die dort vor dreihundert Jahren gespielt hat. Genau dieses Phänomen begegnete Fat in Gestalt von Thomas, der dreiäugigen Wesen und vor allem in Zebra, der keinen Körper besaß. Ein altes Argument für die Unsterblichkeit lautet folgendermaßen: Wenn jede Kreatur wirklich stirbt — wie es zu sein scheint —, dann verschwindet das Leben kontinuierlich aus dem Universum, verschwindet aus dem Sein, und demnach wäre eventuell bereits alles Leben aus dem Sein verschwunden, da keine Ausnahmen bekannt sind. *Ergo*, ungeachtet dessen, was wir sehen, muß das Leben auf irgendeine Weise *nicht* sterben.

Gemeinsam mit Gloria und Sherri war Fat gestorben, aber Fat lebte noch immer — wie der Erlöser, den zu suchen er nun begonnen hatte.

9

Wordsworths ,,Ode" trägt den Untertitel: ,,Erkenntnisse über die Unsterblichkeit nach Erinnerungen aus der frühen Kindheit". In Fats Fall basierten die ,,Erkenntnisse über die Unsterblichkeit" auf Erinnerungen an ein zukünftiges Leben.

Zudem war Fats Poesie keinen Pfifferling wert, trotz seiner größten Bemühungen. Er liebte Wordsworths ,,Ode" und wünschte, er könnte etwas Vergleichbares schaffen. Es gelang ihm nie.

Jedenfalls kreisten Fats Gedanken inzwischen um seine Reise. Sein Vorhaben nahm allmählich Gestalt an. Eines Tages fuhr er zum Wide-World Travel Bureau (Zweigstelle Santa Ana) und besprach sein Anliegen mit der Frau hinter dem Schalter — mit der Frau und ihrem Computer.

,,Ja, wir können Ihnen einen Platz auf einem Schiff verschaffen, das nach China fährt; allerdings ist es recht lange unterwegs", erklärte die Frau freundlich.

,,Wie wäre es mit einem schnellen Flugzeug?" fragte Fat.

,,Wollen Sie aus medizinischen Gründen nach China?" erkundigte sich die Frau.

Fat war von der Frage verwirrt.

,,Viele Leute aus den westlichen Ländern fliegen zur medizinischen Untersuchung nach China", erklärte die Frau. ,,Sogar aus Schweden kommen sie, hat man mir gesagt. Die Behandlungskosten in China sind außergewöhnlich niedrig . . . aber vielleicht wissen Sie das schon. Wissen Sie das? Umfangreiche Operationen kosten in manchen Fällen nicht mehr als dreißig Dollar." Sie blätterte in ihren Unterlagen und lächelte freundlich.

,,Ich glaube schon", sagte Fat.

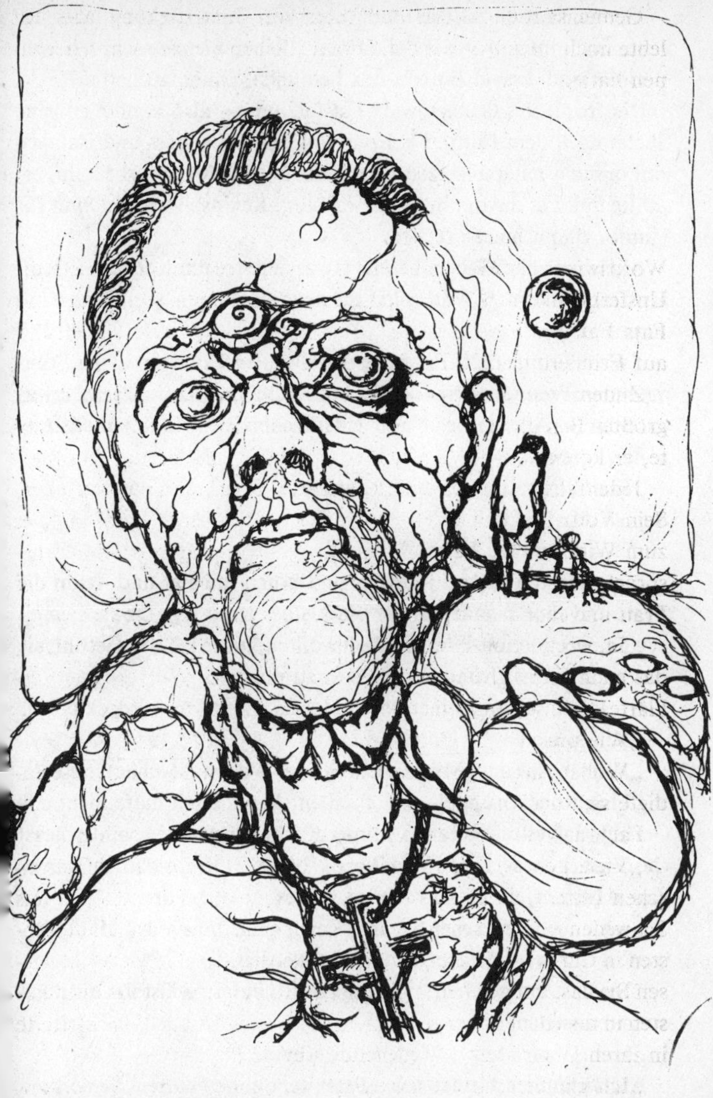

„Dann können Sie die Flugkosten von Ihrer Einkommensteuer absetzen", informierte ihn die Frau. „Sehen Sie, wie sehr wir vom Wide-World Travel Bureau uns bemühen, Ihnen zu helfen?"

Die Ironie des Ganzen warf Fat fast um — also konnte er seine Suche nach dem fünften Erlöser von seiner Landes- und Bundeseinkommensteuer absetzen. Als in der Nacht Kevin vorbeikam, erzählte ihm Fat davon, in der Erwartung, Kevins morbiden Sinn für Humor damit anzusprechen.

Allerdings hatte Kevin bereits etwas anderes am Kochen. Leichthin fragte Kevin: „Was hältst du davon, morgen abend ins Kino zu gehen?"

„Was läuft denn?" Fat hatte den dunklen Unterton in der Stimme seines Freundes bemerkt. Es bedeutete, daß Kevin irgend etwas ausbrütete. Aber seiner Natur entsprechend würde Kevin das niemals zugeben.

„Ein Science Fiction-Film", erklärte Kevin, und das war alles, was er dazu sagte.

„Okay", nickte Fat.

Am nächsten Abend fuhr ich zusammen mit Fat und Kevin die Tustin Avenue hinauf, an der ein kleines Kino lag. Da sie sich einen Science Fiction-Film ansehen wollten, hatte ich das Gefühl, sie aus beruflichen Gründen begleiten zu müssen.

Als Kevin seinen kleinen roten Honda einparkte, entdeckten wir das Kinoplakat.

„*Valis*", las Fat. „Mit Mother Goose. Was ist ‚Mother Goose'?"

„Eine Rock-Gruppe", sagte ich enttäuscht. Ich hatte nicht das Gefühl, daß es mir gefallen würde. Kevin besaß einen sonderbaren Geschmack, was Filme und Musik betraf. Offensichtlich war es ihm gelungen, an diesem Abend beides zu verbinden.

„Ich habe ihn gesehen", sagte Kevin geheimnisvoll. „Habt Vertrauen. Ihr werdet nicht enttäuscht werden."

„Du hast ihn gesehen?" fragte Fat. „Und du willst ihn dir noch einmal anschauen?"

„Habt Vertrauen", wiederholte Kevin.

Als wir in dem kleinen Kino Platz genommen hatten, bemerkten wir, daß das Publikum hauptsächlich aus Jugendlichen zu bestehen schien.

„Mother Goose ist Eric Lampton", erklärte Kevin. „Er hat das Drehbuch für *Valis* geschrieben, und er spielt in dem Film auch selber mit."

„Singt er?" wollte ich wissen.

„Nee", antwortete Kevin einsilbig, dann verfiel er in Schweigen.

„Warum sind wir hier?" murmelte Fat.

Kevin sah ihn wortlos an.

„Erlaubst du dir wieder so einen Scherz wie mit dieser Rülps-Platte?" fragte Fat. Eines Tages, als Fat besonders deprimiert gewesen war, hatte ihm Kevin eine LP vorbeigebracht, die, wie Kevin versicherte, Fat aufheitern würde. Fat hatte seinen elektrostatischen Stax-Kopfhörer aufsetzen und die Lautstärke voll aufdrehen müssen. Es stellte sich heraus, daß auf der ganzen Platte nur Gerülpse zu hören war.

„Nee", sagte Kevin.

Die Lampen erloschen, das jugendliche Publikum wurde still, Titel und Vorspann flimmerten über die Leinwand.

„Sagt euch der Name Brent Mini etwas?" fragte Kevin. „Er hat die Musik komponiert. Mini arbeitet mit computererzeugten Zufallstönen, die er ‚Synchrotronische Musik' nennt. Er hat bisher drei LPs rausgebracht. Die letzten beiden habe ich, aber die erste ist nicht aufzutreiben."

„Dann ist das wohl ein ernster Film", vermutete Fat.

„Schau ihn dir an", riet Kevin.

Elektronische Klänge ertönten.

„Gott", entfuhr es mir angewidert. Auf der Leinwand erschien ein großer Farbfleck, der in alle Richtungen explodierte. Die Kamera schwenkte um. Ein billiger SF-Schinken, sagte ich mir. Derartige Machwerke verschaffen dem Genre einen schlechten Ruf.

Die Handlung begann abrupt; mit einemmal hörte der Vorspann auf. Offenes Land, ausgedörrt, braun, hier und dort etwas Unkraut, wurde sichtbar. Nun, dachte ich, wollen wir doch einmal sehen, was passiert. Ein Jeep, in dem zwei Soldaten sitzen, holpert über das Ödland. Dann zuckt etwas Leuchtendes über den Himmel.

„Schaut aus wie ein Meteor, Captain", sagt einer der Soldaten.

„Ja", stimmt der andere Soldat nachdenklich zu. „Aber vielleicht sollten wir uns besser davon überzeugen."

Ich hatte mich geirrt.

Der Film *Valis* handelte von einer kleinen Plattenfirma namens Meritone Records, die ihren Sitz in Burbank hatte und von einem elektronischen Genie namens Nicholas Brady geleitet wurde. Nach den Autos und der Art der Rockmusik zu urteilen, mußte der Film Ende der sechziger oder Anfang der siebziger Jahre spielen, obwohl es merkwürdige Ungereimtheiten gab. Zum Beispiel schien Richard Nixon nicht zu existieren. Der Präsident der Vereinigten Staaten trug den Namen Ferris F. Fremount, und er war unter der Bevölkerung sehr populär. Während des ersten Teils des Films wurden abrupt Ausschnitte aus TV-Nachrichtensendungen über Ferris' intensive Wiederwahlkampagne eingeblendet.

Mother Goose — der Rock-Superstar, dem im wirklichen Leben Bowie und Zappa und Alice Cooper entsprachen — war ein drogensüchtiger Song-Schreiber, fraglos ein typischer Verlierer. Nur die Tatsache, daß Brady ihn weiter bezahlte, sicherte Gooses wirtschaftliche Existenz. Goose hatte eine attraktive und extrem kurzhaarige Frau; mit ihrem fast kahlen Kopf und den großen funkelnden Augen stellte diese Frau eine nahezu überirdische Erscheinung dar.

Im Film war Brady ständig hinter Linda her, der Frau von Goose (aus irgendwelchen Gründen benutzte Goose im Film seinen richtigen Namen, Eric Lampton). Linda Lampton war keine normale Frau, das wurde frühzeitig deutlich. Ich hatte den Eindruck, daß Brady trotz seines elektronischen Genies ein Hurensohn war. Er hatte sich ein Laser-System konstruiert, das die Informationen — das heißt, die verschiedenen Musikkanäle — durch ein Mischpult schickte, das sich von den handelsüblichen völlig unterschied.

Das verdammte Ding wirkte wie eine Festung — und tatsächlich betrat Brady es durch eine Tür und badete in seinem Innern in Laserstrahlen, die sein Gehirn als Transduktor benutzten und sich in Klänge verwandelten.

In einer Szene legte Linda Lampton ihre Kleidung ab. Sie besaß keine Geschlechtsorgane.

Das war das Verrückteste, was Fat und mir jemals vor Augen gekommen war.

In der Zwischenzeit war Brady weiter hinter ihr her, ohne zu ahnen, daß es keine Möglichkeit gab, es mit ihr zu treiben — anatomisch betrachtet. Das belustigte Mother Goose — Eric Lampton —, der weiter verkam und die denkbar schlechtesten Lieder schrieb. Nach einer Weile wurde es offenkundig, daß er verrückt war; allerdings merkte er selbst nichts davon. Nicholas Brady stellte die närrischsten Dinge an und verfiel schließlich auf die Idee, mit seinem festungsähnlichen Mischpult Eric Lampton zu zerstrahlen und sich so den Weg in Linda Lamptons Bett zu bahnen, die jedoch keine Geschlechtsorgane besaß.

Währenddessen wurden immer wieder Einblendungen von Ferris Fremount gezeigt, die uns vollkommen verwirrten. Fremount nahm immer mehr Bradys Gestalt an, und Brady metamorphierte zu Fremount. Eine Szene zeigte Brady bei einem großen Galabankett, das offenbar vom Staat gegeben wurde; ausländische Diplomaten wanderten mit Gläsern umher, und im Hintergrund war ein endloses leises Gemurmel zu hören — elektronische Laute, die an die von Bradys Mischpult erzeugten Klänge erinnerten.

Ich verstand den Film nicht im geringsten.

Ich beugte mich zu Fat hinüber und fragte flüsternd: „Verstehst du das?“

„Gott, nein“, sagte Fat.

Brady hatte Eric Lampton in das Mischpult gelockt und legte eine seltsame schwarze Kassette ein und drückte Knöpfe. Eine Nahaufnahme zeigte, wie Lamptons Kopf explodierte, buchstäblich explodierte. Aber statt des Gehirngewebes flogen miniaturisierte elektronische Bauteile in alle Richtungen. Dann ging Linda Lampton *durch* das Mischpult, direkt durch seine Wand, und stellte etwas mit einem Gegenstand an, den sie bei sich trug, und Eric Lampton bewegte sich in der Zeit zurück: Die elektronischen Bauteile seines Kopfes implodierten, der Schädel war wieder unversehrt — indessen taumelte Brady mit hervorquellenden Augen aus dem Meritone-Gebäude in Alameda . . . Schnitt zu Linda Lampton, die ihren Mann im festungsähnlichen Mischpult wieder zusammenflickte.

Eric Lampton öffnet den Mund und spricht mit Ferris F. Fremounts Stimme. Linda weicht entsetzt zurück.

Schnitt zum Weißen Haus und Ferris Fremount, der nicht mehr wie Nicholas Brady, sondern wie er selbst aussieht.

,,Ich will, daß Brady ausgelöscht wird", sagt er grimmig, ,,und zwar sofort." Zwei Männer in hautengen schwarzen, glänzenden Uniformen und mit futuristischen Waffen in den Händen nicken stumm.

Schnitt zu Brady, der hastig einen Parkplatz überquert und auf sein Auto zusteuert — er ist völlig durcheinander. Umblendung zu schwarzuniformierten Männern, die Brady mit Ferngläsern beobachten. Brady im Fadenkreuz: Er steigt in das Auto ein und versucht, den Motor anzulassen.

Schnitt zu zahllosen jungen Mädchen, die rote, weiße und blaue Wahlhelferuniformen tragen. Aber es sind keine Wahlhelferinnen. Sie intonieren: ,,Tötet Brady! Tötet Brady!"

Zeitlupenaufnahme. Die Männer in Schwarz schießen mit ihren Waffen. Mit einemmal steht Eric Lampton vor dem Eingang zum Meritone-Records-Gebäude, Nahaufnahmen seines Gesichtes, seine Augen verwandeln sich in etwas Unheimliches. Die Männer in Schwarz werden zu Asche, ihre Waffen schmelzen.

,,Tötet Brady! Tötet Brady!" Tausende von rot-weiß-blau uniformierten Mädchen. Einige streifen in sexueller Raserei ihre Uniformen ab.

Sie besitzen keine Geschlechtsorgane.

Schnitt. Zeit ist vergangen. *Zwei* Ferris F. Fremounts sitzen einander an einem großen Nußbaumtisch gegenüber. Zwischen ihnen: ein Würfel aus pulsierendem rosa Licht. Ein Hologramm.

Neben mir keucht Fat auf. Er hat sich nach vorn gebeugt und starrt auf die Leinwand. Ich sehe ebenfalls gebannt zu. Ich erkenne das rosa Licht — es ist die Farbe, die bei Fats Begegnung mit Zebra eine Rolle gespielt hat.

Die nächste Szene: Eric Lampton liegt nackt mit Linda Lampton im Bett. Sie entfernen eine Art Plastikmembrane von ihren Körpern, und ihre Geschlechtsorgane werden sichtbar. Sie schlafen miteinander, dann verläßt Eric Lampton das Bett. Er geht in das Wohnzimmer und spritzt sich irgendwelche Drogen in die Vene. Er setzt sich und senkt müde und mutlos den Kopf.

Aufnahme: Das Haus der Lamptons von oben betrachtet. Ein Energiestrahl wird auf das Haus abgefeuert. Schnelle Umblendung zu Eric Lampton; er zittert am ganzen Leib. Er umklammert seinen Kopf mit den Händen und windet sich vor Schmerz. Nahaufnahme seines Gesichtes. Seine Augen explodieren. (Die Zuschauer, Fat und ich eingeschlossen, keuchen auf.)

Andere Augen ersetzen die explodierten. Dann teilt sich sehr langsam seine Stirn. Ein drittes Auge wird sichtbar, aber es besitzt keine Pupille, sondern eine Linse.

Eric Lampton lächelt.

Schnitt zu einer Plattenaufnahme. Eine Art Folkrock-Gruppe spielt ein Lied, das die Bandmitglieder wirklich anzumachen scheint.

„Ich habe nie gewußt, daß du so etwas schreiben kannst", sagt ein Techniker zu Lampton.

Die Kamera fährt an die Lautsprecher heran, die Lautstärke nimmt zu. Dann Schnitt zum Ampex-Playback-System. Nicholas Brady spielt ein Band der Folkrock-Gruppe ab. Brady gibt dem Techniker an dem festungsähnlichen Mixer ein Zeichen. Laserstrahlen feuern in alle Richtungen, die Bandaufnahme erfährt eine unheilverkündende Transformation. Brady runzelt die Stirn, spult das Band zurück, spielt es erneut ab. Wir hören Worte.

„Tötet . . . Ferris . . . Fremount . . . tötet . . . Ferris . . . Fremount . . ."

Immer und immer wieder. Brady stoppt das Band, spult es zurück, spielt es wieder ab. Dieses Mal ertönt das Lied, das Lampton geschrieben hat — keine Aufforderung mehr, Fremount zu töten.

Ausblendung. Kein Ton, kein Bild. Dann erscheint langsam Ferris F. Fremounts Gesicht. Es besitzt einen grimmigen Ausdruck. Als hätte er die Aufnahme gehört.

Fremount beugt sich nach vorn und legt einen Schalter an seiner Tischsprechanlage um. „Rufen Sie den Verteidigungsminister", befiehlt er. „Machen Sie schnell — ich muß mit ihm sprechen."

„Ja, Mr. President."

Fremount lehnt sich zurück und schlägt eine Akte auf. Fotos von Eric Lampton, Linda Lampton, Nicholas Brady und Datenblätter. Fremount liest die Schriftstücke — ein rosa Lichtstrahl blitzt einen Sekundenbruchteil lang auf und trifft von oben seinen Kopf. Fremount blinzelt, blickt verwirrt drein, erhebt sich dann steif wie ein Roboter, geht zum Reißwolf, auf dem REISSWOLF steht, und wirft die Akte samt Inhalt hinein. Sein Gesicht ist ausdruckslos, er hat alles vergessen.

„Der Verteidigungsminister ist hier, Mr. President."

Verblüfft sagt Fremount: „Ich habe nicht nach ihm verlangt."

„Aber . . ."

Schnitt zur Luftwaffenbasis. Eine Rakete wird abgeschossen. Nahaufnahme eines mit dem Stempel GEHEIM versehenen Dokumentes. Wir sehen es aufgeschlagen:

PROJEKT VALIS

Eine Stimme: „VALIS? Was ist das, General?"

Eine tiefe, befehlsgewohnte Stimme. „Voluminöses Aktives Lebendiges Intelligenz-System. Sie dürfen nie . . ."

Das gesamte Gebäude detoniert und verwandelt sich in jenes rosa Licht. Draußen: Die Rakete steigt empor. Plötzlich schlingert sie. Alarmsirenen ertönen. Stimmen schreien. „Zerstörungsalarm! Zerstörungsalarm! Fehlschlag!"

Wir sehen Ferris F. Fremount, wie er anläßlich eines Essens, das der Finanzierung seiner Wahlkampagne dient, eine Rede hält; gutgekleidete Leute hören ihm zu. Ein uniformierter Offizier beugt sich zu dem Präsidenten hinunter und flüstert ihm etwas ins Ohr. Laut sagt Fremount: ,,Nun, haben wir VALIS gefunden?"

Aufgeregt erwidert der Offizier: ,,Etwas ist schiefgegangen, Mr. President. Der Satellit ist noch immer . . ." Stimmengewirr übertönt die weiteren Worte; irgend etwas scheint nicht zu stimmen: Die gutgekleideten Leute sind zu den Wahlhelferinnen in den rotweiß-blauen Uniformen geworden; reglos stehen sie da. Wie desaktivierte Roboter.

Schlußszene. Eine große, jubelnde Menschenmenge. Ferris Fremount steht mit dem Rücken zur Kamera und macht mit beiden Händen das für Nixon typische V-für-Victory-Zeichen. Offensichtlich hat er die Wahl gewonnen. Kurze Aufnahmen der schwarzgekleideten, wachsamen Männer — allgemeine Begeisterung.

Einige Kinder halten Mrs. Fremount Blumen entgegen. Sie dreht sich herum, um sie anzunehmen. Auch Ferris Fremount dreht sich herum. Nahaufnahme.

Bradys Gesicht.

Auf der Rückfahrt über die Tustin Avenue sagte Kevin, nachdem wir drei lange geschwiegen hatten: ,,Hast du das rosa Licht gesehen?"

,,Ja", nickte Fat.

,,Und das linsenartige Auge?" fuhr Kevin fort.

Ich fragte: ,,Mother Goose hat das Drehbuch geschrieben?"

,,Er hat das Drehbuch geschrieben, Regie geführt und die Hauptrolle gespielt."

,,Hat er schon vorher einen Film gedreht?" wollte Fat wissen.

,,Nein", erklärte Kevin.

,,Es fand eine Informationsübertragung statt", bemerkte ich.

,,Im Film?" Kevin sah mich an. ,,Der Handlung? Oder meinst du vom Film und von der Tonspur auf die Zuschauer?"

,,Ich bin mir nicht sicher . . .", begann ich.

,,In diesem Film befinden sich unterbewußt wirkende Elemente“, stellte Kevin fest. ,,Wenn ich ihn mir das nächste Mal anschaue, werde ich einen batteriebetriebenen Cassettenrecorder mitnehmen. Ich vermute, daß die Informationen in Minis Synchrotronischer Musik kodiert ist, in dieser Zufallsmusik.“

,,Der Film spielte in einer alternativen USA“, sagte Fat. ,,In einer Alternativwelt, in der statt Nixon Fremount Präsident war. Oder?“

,,Waren Eric und Linda Lampton nun Menschen oder nicht?“ fragte ich. ,,Zuerst wirkten sie menschlich, dann stellte sich heraus, daß Linda keine — ihr wißt schon, keine Geschlechtsorgane besaß. Und dann streiften sie diese Membranen ab und besaßen doch Geschlechtsorgane.“

,,Aber als sein Kopf explodierte“, wandte Fat ein, ,,war der Schädel voller Computerbauteile.“

,,Hast du den Krug gesehen?“ wollte Kevin wissen. ,,Auf Nicholas Bradys Schreibtisch. Der kleine Tonkrug — der war genau wie deiner, wie dieser Krug, den dir das Mädchen . . .“

,,Stephanie“, sagte Fat.

,, . . . geschenkt hat.“

,,Nein“, gestand Fat. ,,Ich habe ihn nicht gesehen. In dem Film gab es zahllose Einzelheiten, die viel zu schnell auf mich, auf das Publikum, eingestürmt sind.“

,,Beim erstenmal ist mir der Krug gar nicht aufgefallen“, erzählte Kevin. ,,Er taucht an verschiedenen Stellen auf — nicht nur auf Bradys Schreibtisch, sondern auch in Präsident Fremounts Büro, hinten in der Ecke, am Rande des Blickfeldes. Außerdem erscheint er mehrmals im Haus der Lamptons, zum Beispiel im Wohnzimmer. Und in dieser einen Szene, in der Eric Lampton herumtaumelt und überall gegen läuft, und . . .“

,,Die Kanne“, sagte ich.

,,Ja“, nickte Kevin. ,,Er taucht auch als eine Kanne auf. Mit Wasser gefüllt. Linda Lampton nimmt sie aus dem Kühlschrank heraus.“

,,Nein, das war nur eine gewöhnliche Plastikkanne“, widersprach Fat.

„Falsch", sagte Kevin. „Es war wieder der Krug."

„Wie kann es denn der Krug gewesen sein, da es doch eine Kanne war?" wandte Fat ein.

„Am Anfang des Films", erklärte Kevin. „Auf dem Ödland. Ganz am Rande. Man nimmt ihn nur unterbewußt wahr, falls man nicht genau darauf achtet. Das Muster auf der Kanne ist mit dem Muster auf dem Krug identisch. Eine Frau schöpft mit ihm Wasser aus einem Bach, einem sehr kleinen, fast ausgetrockneten Bach."

„Ich hatte den Eindruck", murmelte ich, „daß einmal das christliche Fischzeichen aufgetaucht ist. Als Muster auf dem Krug."

„Nein", schüttelte Kevin heftig den Kopf.

„Nein?" echote ich.

„Zunächst habe ich das auch geglaubt", sagte Kevin. „Doch dieses Mal habe ich genauer hingesehen. Weißt du, um was es sich dabei handelt? Um die Doppelhelix."

„Das ist das DNS-Molekül", meinte ich.

„Genau", lächelte Kevin. „In Form eines Musters, das sich um den oberen Teil des Krugs zieht."

Eine Zeitlang herrschte Stille, und dann sagte ich: „DNA-Erinnerung. Genetische Erinnerung."

„Genau", nickte Kevin. Er fügte hinzu: „Als sie am Bach den Krug füllt . . ."

„‚Sie'?" fragte Fat. „Wer ist ‚sie'?"

„Eine Frau", erklärte Kevin. „Sie ist nie wieder aufgetaucht. Wir haben nicht einmal ihr Gesicht erkennen können, aber sie trägt ein langes, altmodisches Gewand und ist barfuß. Während sie mit dem Krug oder der Kanne Wasser schöpft, fängt ein Mann Fische. Es ist nur eine kurze Einblendung, kaum länger als den Bruchteil einer Sekunde. Aber er ist da. Deshalb hast du geglaubt, das Zeichen des Fisches gesehen zu haben. Weil du das Bild des fischenden Mannes aufgefangen hast. Vielleicht lagen neben ihm sogar Fische auf einem Haufen; wenn ich mir den Film noch einmal anschaue, werde ich genau darauf achten. Du hast den Mann unterbewußt wahrgenommen, und dein Gehirn —

deine rechte Gehirnhälfte — verband ihn mit dem Doppelhelix-Muster auf der Kanne."

„Der Satellit", murmelte Fat. „VALIS. Voluminöses Aktives Lebendiges Intelligenz-System. Er übermittelt ihnen Informationen?"

„Er macht weit mehr", sagte Kevin. „Unter gewissen Umständen kontrolliert er sie. Er kann sie übernehmen, wenn er will."

„Und sie versuchen, ihn abzuschießen?" fragte ich. „Mit dieser Rakete?"

Kevin sagte: „Die frühen Christen — die richtigen — können dich dazu bringen, daß du ihrem Willen gehorchst. Und daß du alles — oder *nichts* — siehst. Das ist die Aussage des Films."

„Aber sie sind tot", protestierte ich. „Der Film spielt in der Gegenwart."

„Sie sind tot", nickte Fat, „falls du die Zeit für wirklich hältst."

„Habt ihr die Zeitverzerrungen nicht bemerkt?"

„Nein", gestanden Fat und ich.

„Dieses Ödland. Das war der Parkplatz, über den Brady auf sein Auto zulief, während die beiden Männer in Schwarz ihre Posten einnahmen und sich bereitmachten, ihn zu erschießen."

Das war mir nicht aufgefallen. „Woher weißt du das?" fragte ich.

„Es gab dort einen Baum", erklärte Kevin. „Beide Male."

„Ich habe keinen Baum gesehen", bemerkte Fat.

„Nun, wir sollten uns diesen Film noch einmal anschauen", schlug Kevin vor. „Ich werde es auf jeden Fall tun — neunzig Prozent der Einzelheiten sind so versteckt, daß man sie beim erstenmal gar nicht bewußt, sondern nur unbewußt wahrnimmt. Nur vom Unterbewußtsein werden sie registriert. Ich würde den Film gerne Szene für Szene studieren."

„Dann ist das christliche Fischzeichen die Doppelhelix von Crick und Watson", stellte ich fest. „Das DNA-Molekül, in dem die genetische Erinnerung gespeichert ist; Mother Goose wollte dies klarstellen. Deshalb . . ."

„Christen", stimmte Kevin zu. „Die keine Menschen, sondern

Wesen ohne Geschlechtsorgane sind, die wie Menschen aussehen sollen, doch bei näherer Betrachtung *sind* sie Menschen — sie haben Geschlechtsorgane und sie schlafen miteinander."

„Obwohl sich in ihren Köpfen kein Gehirn, sondern elektronische Chips befinden", nickte ich.

„Vielleicht sind sie unsterblich", vermutete Fat.

„Deshalb kann Linda Lampton ihren Mann wieder zusammenflicken", sagte ich, „als Bradys Mischpult ihn zerstrahlt hat. Sie können die Zeit zurückdrehen."

Ohne zu lächeln brummte Kevin: „Genau. Weißt du nun, warum ich wollte, daß du dir *Valis* anschaust?" wandte er sich an Fat.

„Ja", erwiderte Fat ernst und tief in Gedanken versunken.

„Wieso konnte Linda Lampton durch die Wand des Mischpultes gehen?" fragte ich.

„Ich weiß es nicht", gestand Kevin. „Vielleicht war sie nicht wirklich dort, oder vielleicht war das Mischpult nicht dort; möglicherweise war sie ein Hologramm."

„‚Ein Hologramm'", echote Fat.

„Der Satellit besaß von Anfang an Kontrolle über sie", erklärte Kevin. „Er konnte sie dazu bringen, daß sie genau das sahen, was er sie sehen lassen wollte, am Ende, als sich herausstellt, daß Fremount Brady ist — niemand bemerkt es! Nicht einmal seine eigene Frau. Der Satellit hat sie getäuscht, alle miteinander. Die gesamten verdammten Vereinigten Staaten."

„Mein Gott!" entfuhr es mir. Bis jetzt war es mir nicht aufgefallen, aber allmählich begriff ich.

„Genau", knurrte Kevin. „Wir sehen Brady, aber die Leute im Film offenbar nicht. Sie erkennen nicht, was vor sich geht. Es handelt sich um einen Machtkampf zwischen Brady und seinem elektronischen Genius auf der einen und Fremount und seiner Geheimpolizei auf der anderen Seite — die Männer in Schwarz sind die Geheimpolizei. Und diese Weiber, die wie Wahlhelferinnen aussehen — sie gehören zu Fremount, aber ich weiß nicht, was sie wirklich sind. Beim nächstenmal werde ich es herausfinden." Seine Stimme wurde lauter. „In Minis Musik liegt Information versteckt — Gott, es ist keine Musik, sondern es sind bestimmte Tonhöhen mit verschiedenen Intervallen. Während wir die Geschehnisse auf der Leinwand verfolgen, lenkt uns die Musik. Die Musik verleiht der Handlung ihren Sinn."

„Könnte dieses große Mischpult etwas sein, das Mini wirklich konstruiert hat?" fragte ich.

„Vielleicht", zuckte Kevin die Achseln. „Mini besitzt einen akademischen Grad des MIT*."

„Was weißt du sonst noch über ihn?" fragte Fat.

„Nicht sehr viel", gab Kevin zu. „Er ist Engländer. Einmal hat er die Sowjetunion besucht. Er sagte, er wollte sich bestimmte Experimente ansehen, Informationsübertragung per Mikrowellen über weite Entfernungen. Mini entwickelte ein System, mit dem . . ."

„Mir ist gerade etwas eingefallen", unterbrach ich. „Nach dem Vorspann zu urteilen, war Robin Jamison für die Standfotografie verantwortlich. Ich kenne ihn. Er hat Fotos von mir für ein Interview gemacht, das ich dem *London Daily Telegraph* gegeben habe. Er erzählte mir, daß er die Krönungsfeierlichkeiten abgelichtet hat — er ist einer der besten Standbildfotografen der Welt. Er sagte, daß er mit seiner Familie nach Vancouver ziehen würde. Vancouver hielt er für die schönste Stadt der Welt."

„Das ist sie auch", stimmte Fat zu.

„Jamison hat mir seine Karte gegeben", fuhr ich fort. „Damit ich ihm wegen der Negative schreiben konnte, sobald das Interview veröffentlicht war."

„Er müßte Linda und Eric Lampton kennen", meinte Kevin. „Und vielleicht auch Mini."

„Er bat mich, mit ihm in Verbindung zu bleiben", sagte ich. „Er war sehr nett, wir haben viele Stunden miteinander gesprochen. Er besaß eine Kamera mit Motorantrieb; das Geräusch faszinierte meine Katzen. Und er ließ mich durch ein Weitwinkelobjek-

* *Massachusetts Institute of Technology* (Anm. d. Übers.)

tiv schauen — die Objektive, die er besaß, waren einfach unglaublich.“

„Wer hat den Satelliten gestartet?“ wollte Fat wissen. „Die Russen?“

„Das wurde niemals enthüllt“, sagte Kevin. „Aber wie sie über ihn gesprochen haben . . . nein, es können nicht die Russen gewesen sein. Da gibt es eine Szene, in der Fremount mit einem antiken Brieföffner einen Brief öffnet. Diese plötzliche Montage — ein antiker Brieföffner und dann die Militärs, die über den Satelliten sprechen. Wenn man beides miteinander verbindet, dann kommt man auf den Gedanken — ich zumindest kam auf den Gedanken —, daß der Satellit sehr alt ist.“

„Das klingt vernünftig“, stimmte ich zu. „Die Zeitverzerrung, die barfüßige Frau in dem altmodischen Gewand, die mit einem Tonkrug Wasser aus dem Bach schöpft. Hast du auch die Aufnahme des Himmels bemerkt, Kevin?“

„Der Himmel“, murmelte Kevin. „Ja, es ist eine lange Aufnahme gewesen. Eine Panoramaaufnahme. Der Himmel, das Land . . . das Land wirkt alt. Wie vielleicht im Nahen Osten. Wie in Syrien. Und du hast recht, der Krug verstärkt diesen Eindruck.“

„Der Satellit wird niemals sichtbar“, bemerkte ich.

„Falsch“, widersprach Kevin.

„Falsch?“ wiederholte ich.

„Fünfmal“, erklärte Kevin. „Er erscheint einmal als Bild auf einem Wandkalender. Einmal kurz als Kinderspielzeug in einem Schaufenster. Einmal am Himmel, aber nur kurz; beim erstenmal habe ich ihn übersehen. Einmal als Diagramm, als Präsident Fremount die Akte mit den Datenblättern und Fotos über die Meritone Record Company durchblättert . . . Das fünfte Mal will mir jetzt nicht einfallen.“ Er runzelte die Stirn.

„Dieser Gegenstand, über den das Taxi gefahren ist“, sagte ich.

„Was?“ fragte Kevin. „O ja — das Taxi rast durch West Alameda. Ich hielt diesen Gegenstand für eine Bierdose. Sie ist laut scheppernd in den Rinnstein geschleudert worden.“ Er dachte nach und nickte dann. „Du hast recht. Es war der Satellit, der zerbeulte, überfahrene Satellit. Er *klang* wie eine Bierdose, das hat mich getäuscht. Dieser Mini mit seiner verdammten Musik — oder wie auch immer man sie nennen soll. Man hört den Lärm, den eine Bierdose macht, wenn sie überfahren wird, und automatisch *sieht* man eine Bierdose." Sein Lächeln wurde breiter. „Man sieht, was man hört. Nicht schlecht." Obwohl er den Wagen durch dichten Verkehr lenkte, schloß er für einen Moment die Augen. „Ja, sie ist zerquetscht. Aber sie ist der Satellit, man erkennt seine Antennen, aber sie sind abgebrochen oder krumm. Und — Mist! Auf ihm stehen irgendwelche Worte. Eine Art Etikett. Wie lautet die Inschrift? Weißt du was? Man müßte ein verdammtes Vergrößerungsglas nehmen und sich jede einzelne Aufnahme des Films in Ruhe anschauen. Eine nach der anderen. Und sie miteinander vergleichen. Unsere Netzhaut wird durch Bradys Laser beeinflußt. Das Licht ist so hell, daß es . . ." Kevin suchte nach Worten.

„. . . daß es Phosphoreszenzaktivität hinterläßt", vervollständigte ich den Satz. „In den Netzhäuten der Zuschauer. Das ist es, was du sagen willst. Deshalb spielen Laser in dem Film eine derart große Rolle."

„In Ordnung", sagte Kevin, als wir in Fats Apartment zurückgekehrt waren. Jeder von uns saß zurückgelehnt da, hielt eine Flasche holländisches Bier in der Hand, und wir dachten über den Film nach.

Die Ereignisse in Mother Gooses Streifen standen mit Fats Begegnung mit Gott in Verbindung. Das ist die Wahrheit. Gottgegeben, wie ich es ausdrücken würde, aber ich glaube nicht — und ich glaubte es zu diesem Zeitpunkt ganz gewiß nicht —, daß Gott irgend etwas damit zu tun hat.

„Die Wege des Großen Punta sind unerforschlich", sagte Kevin, aber sein Tonfall war nicht scherzhaft. „Scheiße. Heilige Scheiße." Er wandte sich an Fat. „Ich hielt dich fast für verrückt. Ich meine, schließlich bist du in der Gummizelle gewesen."

„Reg dich ab", mahnte ich.

,,Also habe ich mir *Valis* angesehen", fuhr Kevin fort. ,,Ich bin ins Kino gegangen, um mich von diesem überdrehten Zeug abzulenken, mit dem uns Fat die Ohren vollschwätzt; ich sitze also in diesem gottverdammten Kino, in dem ein Science Fiction-Film mit Mother Goose läuft, und dann sehe ich so etwas. Es ist wie eine Verschwörung."

,,Gib nur nicht mir die Schuld", fauchte Fat.

,,Du mußt unbedingt mit Mother Goose sprechen", wandte sich Kevin an ihn.

,,Und wie stellst du dir das vor?" wollte Fat wissen.

,,Phil wird sich mit Jamison in Verbindung setzen. Du kannst durch Jamison an Mother Goose — Eric Lampton — herankommen. Phil ist ein berühmter Schriftsteller — er kann das arrangieren." Kevin sah mich an. ,,Hat irgendein Filmproduzent derzeit Optionen auf irgendeines von deinen Büchern?"

,,Ja", nickte ich. ,,*Do Androids Dream of Electric Sheep?** und *The Three Stigmata of Palmer Eldritch*** stehen unter Option."

,,Ausgezeichnet", frohlockte Kevin. ,,Dann hat Phil einen guten Vorwand." Er wandte sich wieder an mich. ,,Wer ist dieser befreundete Produzent? Ist das der von MGM?"

,,Stan Jaffly", sagte ich.

,,Hast du noch immer Kontakt mit ihm?"

,,Nur auf persönlicher Ebene. Sie haben ihre Option auf *The Man in the High Castle**** verfallen lassen. Manchmal schreibt er mir; einmal hat er mir ein großes Kräuterpaket geschickt. Er wollte mir außerdem noch einen ganzen Sack Torfmoos schicken, aber glücklicherweise hat er das vergessen."

,,Ruf ihn an", forderte mich Kevin auf.

* *Do Androids Dream of Electric Sheep?* Doubleday, New York, 1968, dt.: *Träumen Roboter von elektrischen Schafen,* MVS und Heyne

** *The Three Stigmata of Palmer Eldritch,* Doubleday, New York, 1964, dt.: *LSD-Automaten,* Insel u. Suhrkamp

*** *The Man in the High Castle,* G.P. Putnam's Sons, New York, 1962, dt.: *Das Orakel vom Berge,* König und Bastei-Lübbe

„Nun", sagte Fat, „ich verstehe das einfach nicht. In *Valis* habe ich . . ." Er gestikulierte. „Ich habe Dinge gesehen, die mir im März 1974 zugestoßen sind. Als ich . . ." Er gestikulierte erneut und verstummte dann mit einem verwirrten Gesichtsausdruck. Seine Miene wirkte fast gequält, stellte ich fest. Ich fragte mich, warum.

Vielleicht hatte Fat das Gefühl, daß es den Wert seiner Begegnung mit Gott — mit Zebra — herabsetzte, wenn Teile davon in einem Science Fiction-Film mit einem Rockstar namens Mother Goose auftauchten. Aber dies war der erste wirkliche Beweis dafür, daß irgend etwas Wahres an der Sache war — und ausgerechnet Kevin, der jede noch so kunstvolle Theorie mit einem einzigen Satz aus den Angeln kippen konnte, hatte uns darauf aufmerksam gemacht.

„Wie viele vertraute Dinge sind dir aufgefallen?" fragte ich ruhig und besonnen den bedrückt dreinschauenden Fat.

Nach einer Weile setzte sich Fat in seinem Sessel aufrecht hin und brummte: „In Ordnung."

„Schreib es auf", forderte Kevin und brachte einen Füllfederhalter zum Vorschein. Kevin trug stets einen Füllfederhalter bei sich; er war der letzte einer aussterbenden edlen Klasse. „Papier?" fragte er und sah sich um.

Als das Papier zur Stelle war, begann Fat mit der Auflistung. „Das dritte Auge mit der Linse."

„In Ordnung." Kevin nickte und schrieb es auf.

„Das rosa Licht."

„In Ordnung."

„Das christliche Zeichen des Fisches. Ich habe es zwar nicht gesehen, aber du sagtest . . ."

„Die Doppelhelix", bestätigte Kevin.

„Das ist offensichtlich das gleiche", bemerkte ich.

„Noch etwas?" fragte Kevin Fat.

„Nun, die ganze gottverdammte Informationsübertragung. Von VALIS. Von dem Satelliten. Du behauptest, daß er ihnen nicht nur Informationen übermittelt, sondern sie auch übernimmt und kontrolliert."

,,Das", erklärte Kevin, ,,war der Angelpunkt des Films. Der Satellit nahm . . . Schau, die eigentliche Aussage des Films ist folgende: Da gibt es diesen Diktator namens Ferris F. Fremount, der zweifellos Richard Nixon nachempfunden ist. Er beherrscht die USA durch diese schwarze Geheimpolizei, ich meine, durch diese Männer in den schwarzen Uniformen und mit den Zielfernrohrwaffen und diese verdammten Wahlhelferinnen. In dem Film heißen sie ‚Framvos'."

,,Das habe ich gar nicht mitbekommen", gestand ich.

,,Es stand auf der Fahne", erklärte Kevin. ,,Sie war im Hintergrund zu sehen. Framvos — ‚*Fr*eunde des *am*erikanischen *Vo*lkes'. Ferris Fremounts Bürgerwehr. Alle identisch und alle patriotisch. Jedenfalls, der Satellit sendet Informationsstrahlen aus und rettet Bradys Leben. Das wurde deutlich. Schließlich sorgt der Satellit dafür, daß Brady am Ende an Fremounts Stelle tritt, nachdem Fremount seine Wiederwahl gewonnen hat. Brady ist jetzt der Präsident und nicht Fremount. Und Fremount weiß das; da gab es eine Szene mit ihm, in der er die Dossiers und Fotos der Leute von Meritone Records studierte; er wußte, was geschehen würde, aber er konnte nichts dagegen tun. Er gab dem Militär den Befehl, VALIS abzuschießen, aber die Rakete versagte und mußte zerstört werden. *Alles* war von VALIS arrangiert worden. Was glaubt ihr, woher Brady sein elektronisches Wissen hat? Von VALIS. Als Brady dann in Gestalt von Ferris Fremount Präsident wurde, da wurde in Wirklichkeit der Satellit Präsident. Nun, wer oder was ist der Satellit? Wer oder was ist VALIS? Die Antwort auf diese Frage liegt in dem Keramikkrug oder der Keramikkanne versteckt — beide sind identisch. Das Zeichen des Fisches — das vom Gehirn aus verschiedenen Informationsbruchstücken zusammengesetzt werden muß. Das Zeichen des Fisches, Christen. Das altmodische Gewand der Frau. Zeitverzerrungen. Es gibt eine Verbindung zwischen VALIS und den frühen Christen, aber ich kann nicht erkennen, welche. Wie dem auch sei, der Film spielt ständig darauf an. Die Information ist bruchstückhaft verteilt. Zum Beispiel, als Ferris Fremount das Dossier über die Meritone Records liest — hattet ihr Zeit, einige der Daten zu lesen?"

,,Nein", sagten Fat und ich.

,,,Er hat vor langer Zeit gelebt'", zitierte Kevin mit heiserer Stimme, ,,,aber er lebt immer noch'."

,,Stand das da?" fragte Fat.

,,Ja!" nickte Kevin. ,,Das stand da."

,,Dann bin ich nicht der einzige, der Gott begegnet ist", seufzte Fat.

,,Zebra", korrigierte ihn Kevin. ,,Du weißt nicht, ob es Gott gewesen ist; du weißt es nicht, verdammt noch mal."

,,Ein Satellit?" murmelte ich. ,,Ein uralter, Informationen übertragender Satellit?"

Irritiert entgegnete Kevin: ,,Man wollte einen Science Fiction-Film drehen — wenn du eine derartige Erfahrung gemacht hättest, würdest du sie auch in einem Science Fiction-Film verarbeiten. Das müßtest du doch wissen, Phil. Stimmt's, Phil?"

,,Ja", gestand ich.

,,Also nannten sie es VALIS", fuhr Kevin fort, ,,und machten daraus einen uralten Satelliten. Einen Satelliten, der die Menschen kontrolliert, um die Vereinigten Staaten von einem bösartigen Diktator zu befreien — dem offensichtlich Richard Nixon Pate gestanden hat."

,,Heißt das", wollte ich wissen, ,,der Film *VALIS* will uns sagen, daß Zebra oder Gott oder VALIS oder die dreiäugigen Wesen vom Sirius Nixon gestürzt haben?"

,,Jawoll", sagte Kevin.

Ich wandte mich an Fat. ,,Sprach die dreiäugige Sibylle in deinen Träumen nicht von ,Verschwörern, die beobachtet worden sind und vor Gericht gestellt werden'?"

,,Im August 1974", bestätigte Fat.

Mit rauher Stimme erklärte Kevin: ,,Das war der Monat, in dem Nixon zurücktrat."

Später, als mich Kevin nach Hause fuhr, sprachen wir über Fat und *Valis*, da uns beide vermutlich nicht belauschen konnten.

Kevin gestand, daß er die ganze Zeit über Fat einfach für verrückt gehalten hatte. Er hatte die Dinge folgendermaßen gesehen: Fats Schuldgefühle und seine Trauer wegen Glorias Selbstmord hatten seinen Geist unheilbar verwirrt. Beth war ein schrecklicher Drachen, und Fat, der sie aus Verzweiflung geheiratet hatte, ging es im Lauf der Ehe immer schlechter. Schließlich, im Jahr 1974, kam es zum endgültigen Zusammenbruch. Um sein deprimierendes Leben zu vergessen, hatte sich Fat in eine gespenstische Schizophrenie geflüchtet. Er hatte schöne Farben gesehen und beruhigende Worte gehört, die alle seinem Unterbewußtsein entsprangen, das sein Ego buchstäblich verschlungen hatte. In diesem psychotischen Zustand war ihm die ,,Begegnung mit Gott", für die er seine Halluzinationen hielt, ein großer Trost gewesen. Die Psychose hatte Fats Rettung bedeutet. Erst die völlige, umfassende Trennung von der Realität ermöglichte es Fat zu glauben, daß Christus selbst ihn beschützte und tröstete. Aber dann war Kevin ins Kino gegangen, und nun war er sich nicht mehr so sicher. Der Film mit Mother Goose hatte ihn aufgerüttelt.

Ich fragte mich, ob Fat noch immer beabsichtigte, nach China zu fliegen und nach dem ,,fünften Erlöser" zu suchen. Mir schien, daß er sich nur nach Hollywood zu begeben brauchte, wo VALIS gedreht worden war, oder — falls er dort Eric und Linda Lampton finden konnte — nach Burbank, dem Zentrum der amerikanischen Schallplattenindustrie.

Der fünfte Erlöser: ein Rockstar.

,,Wann ist *Valis* entstanden?" fragte ich Kevin.

,,Der Film? Oder der Satellit?"

,,Natürlich der Film."

,,1977", erklärte Kevin.

,,Und Fats mystische Begegnung fand im Jahr 1974 statt."

,,Richtig", stimmte Kevin zu. ,,Wahrscheinlich vor Beginn der Arbeiten an dem Drehbuch, nach dem zu urteilen, was in den Zeitungsartikeln stand, die ich über *Valis* gelesen habe. Goose behauptet, er habe das Drehbuch in zwölf Tagen geschrieben. Er hat nicht genau gesagt, wann, aber offensichtlich wollte er so schnell wie möglich mit den Dreharbeiten beginnen. Ich bin überzeugt, daß es nach 1974 war.“

„Aber du weißt es nicht genau.“

„Jamison, der Standbildfotograf, kann es dir sagen — er müßte es wissen“, erwiderte Kevin.

„Was, wenn Fats Begegnung zur gleichen Zeit stattfand, als das Drehbuch geschrieben wurde? Im März 1974?“

„Ich will verdammt sein“, entfuhr es Kevin.

„Du glaubst also nicht, daß es ein Nachrichtensatellit war, der auf Fat einen Informationsstrahl gelenkt hat?“ fragte ich weiter.

„Nein, das ist ein Science Fiction-Versatzstück, eine Erklärung, wie man sie in der Science Fiction benutzt.“ Kevin dachte nach. „Das glaube ich wenigstens. Aber in dem Film tauchten Zeitverzerrungen auf. Goose wußte, daß die Zeit irgendeine Rolle spielte. Nur so kann man den Film interpretieren . . . Die Frau, die den Krug füllte. Wie ist Fat an diesen Tonkrug gekommen? Durch eine Frau?“

„Sie hat ihn getöpfert, gebrannt und ihn Fat geschenkt — das war um 1971, nachdem er von seiner Frau verlassen worden war.“

„Nicht von Beth.“

„Nein, von einer früheren Frau.“

„Nach Glorias Tod.“

„Ja. Fat behauptet, daß Gott in diesem Krug geschlafen hat und im März 1974 erwachte — die Theophanie . . .“

„Nun, die barfüßige Frau lebte im alten Rom. Ich habe heute in *Valis* etwas gesehen, das mir vorher noch nicht aufgefallen war. Ich wollte auch nicht darüber sprechen, weil ich befürchtete, daß Fat dann wie ein aufgescheuchtes Huhn durch die Gegend laufen würde. Während die Frau am Bach kniete, konnte man im Hintergrund verschwommene Konturen erkennen. Wahrscheinlich ein Werk deines Freundes Jamison, des Standbildfotografen. Gebäudekonturen. Alte Gebäude aus der Zeit . . . nun, des römischen Imperiums. Sie wirkten wie Wolken, aber — es gibt Wolken und Wolken. Beim erstenmal sah ich nur die Wolken, und beim zweitenmal — heute — sah ich Gebäude. Verändert sich der gottverdammte Film eigentlich jedesmal, wenn man ihn sich anschaut? Meine Fresse, was für ein Gedanke! Jedesmal ein anderer Film. Nein, das ist unmöglich."

„Genau wie ein rosa Lichtstrahl", bemerkte ich, „der in dein Gehirn medizinische Informationen über den Geburtsfehler deines Sohnes überträgt."

„Was würdest du sagen, wenn ich dir verriete, daß es 1974 tatsächlich eine Zeitverzerrung gegeben und das alte Rom unsere Welt überlagert hat?"

„Du meinst in dem Film."

„Nein, in der wirklichen Welt."

„In der wirklichen Welt?"

„Jawoll."

„Das würde ‚Thomas' erklären."

Kevin nickte.

„Eine Überlagerung", murmelte ich, „die dann wieder verschwand."

„Und sie ließ Richard Nixon mit Anzug und Krawatte am Strand von Kalifornien zurück, ohne daß er wußte, wie ihm geschehen war."

„Dann war sie zielgerichtet."

„Die Zeitverzerrung? Natürlich."

„Dann handelt es sich nicht um eine Zeitverzerrung; jemand oder etwas manipuliert absichtlich die Zeit."

„Du hast es erfaßt", sagte Kevin.

„Du hast also deine ‚Fat ist verrückt'-Theorie vollständig aufgegeben", stellte ich fest.

„Nun, Nixon spaziert noch immer am Strand von Kalifornien entlang, ohne zu wissen, wie ihm geschehen ist. Der erste US-Präsident, der je aus seinem Amt gejagt wurde. Der mächtigste Mann der Welt. Was aus ihm den mächtigsten Mann machte, der jemals gelebt hatte. Weißt du, warum der Präsident in *Valis* Ferris F. Fremount hieß? Ich habe es herausgefunden. ‚F' ist der sechste Buchstabe im Alphabet. Also entspricht F der Sechs. Demnach bedeutet FFF, Ferris F. Fremounts Initialen, numerisch gesehen 666. Deshalb hat ihn Goose so genannt.“

„O mein Gott!“ stieß ich hervor.

„Genau.“

„Das heißt, wir leben jetzt in der Zeit der Letzten Tage.“

„Nun, Fat ist überzeugt, daß der Erlöser bald zurückkehrt oder bereits zurückgekehrt ist. Die innere Stimme, die er hört und die er mit Zebra oder Gott gleichsetzt — sie hat es ihm mehrmals gesagt. St. Sophia — also Christus — und der Buddha und Apollo. Und sie hat ihm etwas gesagt wie: ‚Die Zeit, auf die ihr gewartet habt . . .‘“

„. . . bricht an“, vollendete ich.

„Himmel und Hölle“, brummte Kevin. „Uns steht Elias bevor, ein anderer Johannes der Täufer, der sagt: ‚Baut rasch in der Wüste eine Straße für unseren Herrn‘. Vielleicht sogar eine Autobahn.“ Er lachte.

Plötzlich erinnerte ich mich an eine Szene aus *Valis*, ich sah sie deutlich vor mir: eine kurze Aufnahme des Wagens, in dem sich Fremount am Ende des Films — der wiedergewählte Freemount, der in Wirklichkeit Nicholas Brady war — aufgerichtet hatte, um der Menschenmenge zuzuwinken. „Thunderbird“, sagte ich.

„Der Wein?“

„Das Auto. Ein Ford-Modell. Ford.“

„Ah, Scheiße“, fluchte Kevin. „Du hast recht. Er stand in einem Ford Thunderbird, und er war Brady. Jerry Ford.“

„Es könnte ein Zufall sein.“

„In *Valis* gibt es keinen Zufall. Und sie haben die Kamera genau auf das Ford-Firmenzeichen des Wagens gerichtet. Wie viele Dinge gibt es noch in VALIS, die wir nicht bemerkt haben? *Bewußt* nicht bemerkt? Ich habe keine Ahnung, was er mit unserem Unterbewußtsein anstellt. Der gottverdammte Film könnte . . .“ Kevin schnitt eine Grimasse. „Er könnte alle möglichen Informationen auf uns übertragen — visuelle und akustische Informationen. Ich muß den Ton des Films unbedingt aufnehmen. Das nächste Mal, wenn ich ihn mir ansehe, werde ich ein Tonband mitnehmen. Und zwar im Lauf der nächsten Tage."

„Was für eine Art Musik ist eigentlich auf den Mini-LPs?" wollte ich wissen.

„Klänge, die an den Gesang des Buckelwals erinnern."

Ich starrte ihn an und war mir nicht sicher, ob er es ernst meinte.

„Wirklich", bekräftigte er. „Ich habe tatsächlich eine Aufnahme, wo sich aus den Lauten der Wale Synchrotronische Musik entwickelt. Die Kontinuität ist unheimlich — ich meine, man kann den Unterschied bemerken, aber . . ."

„Wie wirkt die Synchrotronische Musik auf dich? Inwieweit verändert sie deine Stimmung?"

„Man sinkt in ein tiefes Theta-Stadium", erklärte Kevin, „in tiefen Schlaf. Aber ich persönlich hatte Visionen."

„Was für Visionen? Von den dreiäugigen Wesen?"

„Nein", schüttelte Kevin den Kopf. „Von einer alten keltischen Opferfeier. Ein Widder wurde gebraten und geopfert, um den Winter zu vertreiben und den Frühling herbeizurufen." Er sah mich an. „Von meiner Abstammung her bin ich Kelte."

„Hast du dich vorher schon mit derartigen Dingen beschäftigt?"

„Nein. Ich gehörte zu den Teilnehmern der Opferfeier; ich habe dem Widder die Kehle durchgeschnitten. Ich habe mich daran erinnert, dort gewesen zu sein."

Während Kevin Minis Synchrotronische Musik gehört hatte, war er zurück durch die Zeit zu seinen Vorfahren gereist.

10

Es war also unnötig, daß Horselover Fat nach China oder Indien oder Tasmanien flog, um den fünften Erlöser zu suchen. *Valis* hatte uns gezeigt, worauf wir achten mußten: auf eine Bierdose, die von einem Taxi überrollt worden war. Das war die Quelle der Informationen und der Hilfe.

Das war VALIS, das Voluminöse Aktive Lebendige Intelligenz-System, wie es Mother Goose genannt hatte.

Wir hatten Fat eine Menge Geld und eine Menge verschwendeter Zeit und Mühe erspart, von den Problemen, die es bedeutete, sich Urlaub zu nehmen und einen Paß zu besorgen, ganz abgesehen.

Ein paar Tage später fuhren wir drei zur Tustin Avenue und sahen uns erneut den Film *Valis* an. Beim konzentrierten Zuschauen wurde mir klar, daß der Streifen oberflächlich betrachtet nicht den geringsten Sinn ergab. Wenn man die sublimen, unterschwelligen Details nicht bemerkte und miteinander verknüpfte, konnte man absolut nichts damit anfangen. Aber diese Details wurden einem übermittelt, ob man sie und ihre Bedeutung nun bewußt wahrnahm oder nicht — man hatte keine Wahl. Die Zuschauer befanden sich dem Film *Valis* gegenüber in der gleichen Lage wie Fat gegenüber dem, das er Zebra nannte: Jeder war ein Transduktor und ein Perzipient, allein auf Wahrnehmung beschränkt.

Wiederum fiel uns auf, daß das Publikum hauptsächlich aus Jugendlichen bestand. Ihnen schien der Film zu gefallen. Ich fragte mich, wie viele von ihnen das Kino verließen und so wie wir über die unergründlichen Mysterien des Films grübelten. Vielleicht keiner. Ich hatte das Gefühl, daß es ohnehin keine Rolle spielte.

Wir konnten Glorias Tod als Ursache von Fats vorgeblicher Begegnung mit Gott ansehen, aber nicht als Ursache für den Film *Valis*. Kevin hatte dies sofort erkannt, nachdem er den Film zum erstenmal gesehen hatte. Die eigentliche Ursache spielte keine Rolle mehr. Wir mußten uns jetzt damit abfinden, daß Fats Erlebnis im März des Jahres 1974 Wirklichkeit gewesen war.

In Ordnung — die eigentliche Ursache spielte doch eine Rolle. Aber zumindest eines war klar: Fat mochte klinisch betrachtet verrückt sein, aber er besaß Kontakt zur Realität — einer bestimmten Realität, die aber gewiß nichts mit der normalen zu tun hatte.

Das alte Rom der apostolischen Ära und der frühen Christen

überlagerte die moderne Welt. Und zwar zielbewußt. Um Ferris F. Fremount zu stürzen, der Richard Nixon war.

Sie hatten ihr Ziel erreicht und waren wieder zurückgekehrt.

Vielleicht *hatte* das Reich bereits geendet.

Nun selbst irgendwie überzeugt, begann sich Kevin durch die beiden apokalyptischen Bücher der Bibel zu arbeiten und nach weiteren Hinweisen zu suchen. Er stieß auf eine Stelle im *Buch Daniel*, von der er glaubte, daß sie auf Richard Nixon zutraf.

> „Aber gegen Ende ihrer Herrschaft,
> wenn die Frevler überhandnehmen,
> wird aufkommen ein frecher und verschlagener König.
> Der wird mächtig sein, doch nicht so mächtig wie sie.
> Er wird ungeheures Unheil anrichten,
> und es wird ihm gelingen, was er tut.
> Er wird die Starken vernichten. Und gegen das heilige Volk richtet sich sein Sinnen,
> und es wird ihm durch Betrug gelingen,
> und er wird überheblich werden,
> und unerwartet wird er viele verderben,
> und er wird sich auflehnen gegen die Fürsten aller Fürsten;
> aber er wird zerbrochen werden ohne Zutun von Menschenhand."

Kevin hatte sich zu Fats Belustigung in einen Bibelforscher verwandelt. Der Zyniker war fromm geworden, wenn auch nur aus bestimmten Gründen.

Aber auf weit grundlegender Ebene fürchtete sich Fat vor der veränderten Situation. Vielleicht hatte ihm der Gedanke, daß seine Begegnung mit Gott im März des Jahres 1974 eine Folge simplen Wahnsinns war, mit Beruhigung erfüllt. Unter diesem Blickwinkel bestand keine Notwendigkeit, sie als real zu betrachten. Jetzt blieb ihm keine andere Möglichkeit mehr. Uns ebenfalls nicht. Etwas, für das es keine Erklärung gab, war Fat widerfahren. Er hatte ein Erlebnis gehabt, das die physikalische Welt und die ontologischen

Kategorien Raum und Zeit, durch die sie bestimmt wurde, auflöste.

„Verdammt, Phil", sagte er eines Nachts zu mir. „Was ist, wenn die Welt nicht existiert? Wenn sie nicht existiert, was existiert dann?"

„Ich weiß es nicht", gestand ich, und dann fügte ich als Zitat hinzu: „Du bist der Fachmann."

Fat sah mich an. „Mach keine Witze. Eine Macht oder Entität hat die Realität um mich herum aufgelöst, als sei alles nur ein Hologramm. Ein Eingriff in unser Hologramm!"

„Aber in deinen *Tractates*", erinnerte ich, „ist das doch genau deine Definition der Realität: ein Hologramm, das zwei verschiedenen Quellen entstammt."

„Intellektuell etwas durchdenken ist eine Sache", entgegnete Fat, „und festzustellen, daß es stimmt, ist eine andere Sache!"

„Du hast keinen Grund, mir dafür die Schuld zu geben", sagte ich.

David, unser katholischer Freund, und seine minderjährige Freundin Jan sahen sich auf unsere Empfehlung hin *Valis* ebenfalls an. Zufrieden kam David aus dem Kino heraus. Er hatte Gottes Hand gesehen, die die Welt wie eine Orange ausquetschte.

„Ja, und wir schwimmen in ihrem Saft", bemerkte Fat.

„Aber so sollte es auch sein", meinte David.

„Dann betrachtest du die ganze Welt als etwas Reales", stellte Fat fest.

„Alles, woran Gott glaubt, ist real", sagte David.

Kevin fragte verdrossen: „Kann er einen Menschen erschaffen, der so einfältig ist, daß er glaubt, daß nichts existiert? Denn wenn nichts existiert, was bedeutet dann das Wort ‚nichts'? Wie definiert sich das eine ‚Nichts', das existiert, im Vergleich zu einem anderen ‚Nichts', das nicht existiert?"

Wie gewöhnlich, aber unter veränderten Umständen, war es wieder zu einem Disput zwischen David und Kevin gekommen.

„Was existiert", erklärte David, „ist Gott und der Wille Gottes."

„Ich hoffe, daß er mich in seinem Willen bedacht hat", spottete Kevin. „Und ich hoffe, er hat mir mehr als einen Dollar hinterlassen."

„Alle Geschöpfe werden in seinem Willen bedacht", entgegnete David, ohne mit der Wimper zu zucken. Er ließ sich niemals von Kevin überrumpeln.

Innerhalb unserer kleinen Gruppe war nach und nach Besorgnis eingekehrt. Wir waren nicht länger bloße Freunde, die sich um ein verstörtes Gruppenmitglied kümmerten und sorgten — wir alle befanden uns in großen Schwierigkeiten. Eine völlige Umkehrung war erfolgt — statt Fat zu beruhigen, mußten wir ihn nun um Rat fragen. Fat war unsere Verbindung zu jener Entität namens VALIS oder Zebra, die offenbar über uns alle Macht besaß, falls man dem Film von Mother Goose Glauben schenken durfte.

„Er übermittelt uns nicht nur Informationen, sondern wenn er es will, kann er auch die Kontrolle übernehmen. Er kann uns kontrollieren."

Das trifft exakt zu. In jedem Moment konnte uns ein rosa Lichtstrahl treffen, uns blenden, und wenn wir unseren Sehsinn zurückerhielten (sofern uns dies jemals vergönnt war), dann konnten wir alles oder nichts wissen und in dem Brasilien vor viertausend Jahren sein — Raum und Zeit besaßen für VALIS keine Bedeutung.

Eine gemeinsame Sorge vereinte uns, die Furcht, daß wir zuviel wußten oder zuviel herausgefunden hatten. Wir wußten, daß apostolische, mit verblüffend hochentwickelter Technologie ausgerüstete Christen die Raum-Zeit-Barriere überwunden hatten und in unsere Welt eingedrungen waren und mittels eines ungeheuer leistungsfähigen informationsverarbeitenden Instrumentes die menschliche Geschichte grundlegend verändert hatten. Geschöpfe, die über derartige Dinge stolperten, besaßen vermutlich keine allzu hohe Lebenserwartung.

Am merkwürdigsten aber war: Wir wußten — oder vermuteten —, daß die ursprünglichen apostolischen Christen, die Christus gekannt und zu Lebzeiten aus seinem Mund die Lehren empfangen hatten, bevor die Römer jene Lehren auslöschten, unsterblich waren. Sie hatten die Unsterblichkeit durch das Plasmat erlangt, das Fat in seinem *Tractate* erwähnt hatte. Obwohl die ursprünglichen apostolischen Christen ermordet worden waren, hatte sich das Plasmat in Nag Hammadi versteckt und war nun wieder in unsere Welt zurückgekehrt, und es war wütend genug, uns allen den Arsch aufzureißen, falls Sie diesen Ausdruck gestatten. Es dürstete nach Rache. Und offenbar hatte es bereits begonnen, diese Rachegelüste zu befriedigen, und zwar an der modernen Manifestation des Reiches, den imperialen Vereinigten Staaten und ihrem Präsidenten.

Ich hoffte, daß das Plasmat uns als seine Freunde betrachtete. Ich hoffte, daß es uns nicht für Verräter hielt.

„Wo kann man sich verbergen", fragte Kevin, „wenn ein unsterbliches Plasmat, das alles weiß und die Welt durch Transsubstantiation verzehrt, nach einem sucht?"

„Es ist gut, daß Sherri nicht mehr lebt, um dies alles zu hören", sagte Fat zu unserer Überraschung. „Ich meine, es würde ihren Glauben erschüttern."

Wir alle lachten. Daß der Glaube erschüttert wurde durch die Erkenntnis, daß die Entität, an die man glaubte, wirklich existierte — dies war das Paradoxon der Frömmigkeit. Sherris Theologie war erstarrt. Für sie hätte es keine Möglichkeit gegeben, zu wachsen, sich auszudehnen und weiterzuentwickeln, was nötig war, um unsere Offenbarungen nachvollziehen zu können. Kein Wunder, daß sie und Fat nicht in der Lage gewesen waren zusammenzuleben.

Die Frage war: Wie konnten wir Verbindung mit Eric Lampton und Linda Lampton und dem Komponisten der Synchrotronischen Musik, Mini, aufnehmen? Offensichtlich durch mich und meine Freundschaft — falls man sie als solche ansehen konnte — zu Jamison.

„Es liegt an dir, Phil", meinte Kevin. „Mach dich auf die Socken. Ruf Jamison an und sage ihm — irgend etwas, das dir gerade in den Sinn kommt. Du schaffst das schon; dir wird bestimmt etwas einfallen. Sag einfach, du hättest ein vielversprechendes

Drehbuch geschrieben und würdest es Lampton gerne zum Lesen geben."

„Nimm als Titel *Zebra*", schlug Fat vor.

„In Ordnung", nickte ich. „Ich werde es Zebra oder Fettarsch oder sonstwie nennen, ganz wie du willst. Natürlich weißt du, daß es meinen guten Ruf ruinieren wird."

„Welchen guten Ruf?" fragte Kevin typischerweise. „Dein Ruf ist nicht besser als der von Fat. Außerdem hat ihn bisher niemand vernommen."

„Du mußt auf jeden Fall zeigen", fuhr Fat fort, „daß du die Gnosis kennst, die mir von Zebra enthüllt wurde und die über das hinausgeht, was in *Valis* auftaucht. Das wird ihn neugierig machen. Ich werde dir ein paar Dinge aufschreiben, die mir Zebra mitgeteilt hat."

Später gab er mir einen Zettel.

Nr. 18. Die wahre Zeit endete im Jahre 70 A.Z. mit der Zerstörung des Tempels von Jerusalem. Im Jahre 1974 A.Z. begann sie erneut. Die dazwischen liegende Periode war eine perfekte Fälschung, die die Schöpfung des Geistes nachahmte. „Das Reich endet nie", aber 1974 wurde eine Chiffre übermittelt, die vom Ende des Zeitalters des Eisens kündigte. Die Chiffre bestand aus zwei Worten: KÖNIG FELIX, die auf den Glücklichen (oder Rechtmäßigen) König *hinweisen.*

Nr. 19. Die aus zwei Worten bestehende Chiffre KÖNIG FELIX war nicht für menschliche Wesen bestimmt, sondern für die Nachkommen Echnatons, die dreiäugige Rasse, die insgeheim in uns existiert.

Nachdem ich diese Einträge gelesen hatte, fragte ich: „Soll ich Robin Jamison diese Sätze zitieren?"

„Sag, sie stammen aus dem Drehbuch Zebra", erklärte Kevin.

„Existiert diese Chiffre wirklich?" wandte ich mich an Fat.

Ein dunkler Schatten glitt über sein Gesicht. „Vielleicht."

„Diese Geheimbotschaft, diese beiden Worte wurden tatsächlich übermittelt?" fragte David.

„Im Jahr 1974", bestätigte Fat. „Im Februar. Die Dechiffrierspezialisten der Armee der Vereinigten Staaten haben sie untersucht, ohne herauszufinden, an wen sie gerichtet war oder was sie bedeutete."

„Woher weißt du das?" sagte ich.

„Zebra hat es ihm verraten", vermutete Kevin.

„Nein", widersprach Fat, ohne näher darauf einzugehen.

In der Filmindustrie hat man es immer mit Agenten und nie mit den Stars zu tun. Einmal war ich ziemlich betrunken gewesen und hatte versucht, mich mit Kay Lenz in Verbindung zu setzen, in die ich verliebt war, seit ich *Breezy* gesehen hatte. Ihr Agent hatte mich abgewimmelt. Das gleiche wiederholte sich, als ich versuchte, zu Victoria Principal durchzukommen, die nun selbst als Agentin tätig ist; auch in sie hatte ich mich verliebt, und erneut wurde ich abgewimmelt, als ich die Universal Studios anrief. Aber ich besaß Robin Jamisons Londoner Adresse und Telefonnummer, und das machte die Sache leichter.

„Ja, ich erinnere mich an Sie", sagte Jamison freundlich, als ich ihn in London anrief. „Sie sind dieser Science Fiction-Autor mit der Kindfrau, wie Mr. Purser sie in seinem Artikel genannt hat."

Ich erzählte ihm von meinem fetzigen *Zebra*-Drehbuch und daß ich ihren sensationellen Film *Valis* gesehen hatte und daß ich Mother Goose für die perfekte Besetzung der Hauptrolle hielt — perfekter noch als Robert Redford, den wir ebenfalls in Erwägung gezogen hatten und der interessiert daran war.

„Ich könnte", schlug Jamison vor, „mich mit Mr. Lampton in Verbindung setzen und ihm Ihre Nummer in den Staaten geben. Falls er interessiert ist, wird er oder sein Agent mit Ihnen oder Ihrem Agenten Kontakt aufnehmen."

Ich hatte es geschafft.

Nachdem wir noch ein wenig geplaudert hatten, legte ich auf, und ich kam mir plötzlich nutzlos vor. Außerdem empfand ich

Schuldgefühle, weil ich Jamison belogen hatte, doch ich wußte, daß dieses Gefühl wieder verschwinden würde.

War Eric Lampton der fünfte Erlöser, nach dem Fat suchte?

Seltsam — dieses Verhältnis zwischen der Wirklichkeit und der Phantasie. Fat hatte sich darauf vorbereitet, den höchsten Berg in Tibet erklettern zu müssen, um dort einen zweihundert Jahre alten Mönch zu treffen, der sagen würde: „Mein Sohn, die Erklärung für all dies ist . . ." Ich dachte: Hier, mein Sohn, verwandelt sich Zeit in Raum. Aber ich sagte nichts; Fats Gehirnzellen waren bereits mit Informationen übersättigt. Weitere Informationen waren das letzte, was er brauchte. Fat benötigte jemanden, der die Informationen *von* ihm nahm.

„Ist Goose in den Staaten?" fragte Kevin.

„Ja", nickte ich, „nach Jamisons Worte zu urteilen."

„Du hast ihm nichts von der Chiffre gesagt", klagte Fat.

Wir warfen Fat vernichtende Blicke zu.

„Die Chiffre ist für Goose", erklärte Kevin. „Wenn er anruft."

„‚Wenn'", echote ich.

„Falls du willst, kannst du ja deinen Agenten dazu bringen, daß er Gooses Agenten kontaktiert", meinte Kevin. Er verfolgte die Angelegenheit noch verbissener als Fat. Schließlich war es Kevin gewesen, der *Valis* entdeckt und uns dadurch in helle Aufregung versetzt hatte.

„Ein derartiger Film", bemerkte David, „wird einen Haufen Spinner auf den Plan rufen. Wahrscheinlich ist Mother Goose sehr vorsichtig geworden."

„Danke", knurrte Kevin.

„Ich meine nicht uns", erwiderte David.

„Er hat recht", sagte ich eingedenk einiger Briefe, die ich aufgrund meiner Bücher erhalten hatte. „Goose wird es wahrscheinlich vorziehen, Verbindung mit meinem Agenten aufzunehmen." In Gedanken fügte ich hinzu: Falls er uns überhaupt kontaktiert. Sein Agent mit meinem Agenten. Ausgeglichene Charaktere.

„Falls Goose dich anruft", sagte Fat zu mir mit leiser, gedämpfter, sehr erregt klingender Stimme, die ganz untypisch für ihn war,

„wirst du ihm die beiden Worte, die Chiffre nennen: KÖNIG FELIX. Natürlich mußt du sie in die Unterhaltung einflechten. Behaupte einfach, es ist ein weiterer Titelvorschlag für das Drehbuch."

„Überlaß das nur mir", entgegnete ich gereizt.

Die Möglichkeit bestand, daß alles vergeblich war. Eine Woche später erhielt ich einen Brief von Mother Goose persönlich, Eric Lampton. Er bestand nur aus einem Wort. KÖNIG. Und hinter dem Wort standen ein Fragezeichen und ein Pfeil, der auf die freie Stelle rechts von KÖNIG deutete.

Ich war völlig von den Socken; ich zitterte. Und trug das Wort FELIX ein. Und schickte den Brief an Mother Goose zurück.

Er hatte einen frankierten und adressierten Rückumschlag beigelegt.

Es bestand kein Zweifel — wir hatten Kontakt aufgenommen.

Die Person, auf die sich die Chiffre KÖNIG FELIX bezieht, ist der fünfte Erlöser, von dem Zebra — oder VALIS — behauptet hatte, daß er entweder bereits geboren war oder bald geboren werden würde. Der Brief von Mother Goose hatte mich schrecklich verängstigt. Ich fragte mich, wie sich Goose — Eric Lampton und seine Frau Linda — fühlen würden, wenn sie den Brief zurückerhielten und den korrekten Zusatz FELIX lasen. Korrekt — ja, das war er. Ein einziges Wort aus den Hunderttausenden vorhandenen Worten genügte, ein Wort, das ein Name zu sein scheint, aber im Lateinischen einen Begriff darstellt.

Blühend, glücklich, fruchtbar . . . Das lateinische Wort „Felix" kommt in einigen Geboten Gottes vor, der in *Genesis 1, 21* zu allen Geschöpfen der Welt sagt: „Seid fruchtbar und mehret euch und erfüllet das Wasser im Meer, und die Vögel sollen sich mehren auf Erden." Das ist die Essenz der Bedeutung von *Felix*, dieser Befehl Gottes, dieser liebende Befehl, diese Manifestation seines Wunsches, daß wir nicht nur leben, sondern glücklich und fruchtbar leben sollen.

FELIX. Fruchtbar, blühend, wachsend, sich vermehrend. All die kostbarsten unter den Bäumen, deren Früchte den höheren Wesen gehören. Die großes Glück, Gunst, Ruhm, Gnade, Reichtum, Glückseligkeit schenken. Glück, Frohsinn, Seligkeit, Gesundheit. Daß man fröhlicher ist, erfolgreicher.

Diese letzte Bedeutung interessierte mich. „Erfolgreicher." Der König, der erfolgreicher ist bei . . . bei was? Vielleicht bei dem Sturz der tyrannischen Herrschaft des Königs der Tränen, dieses traurigen, verbitterten Königs, der ersetzt wird durch die rechtmäßige Herrschaft der Freude: das Ende des Zeitalters des Schwarzen Eisernen Gefängnisses und der Beginn des Zeitalters des Palmgartens unter der warmen Sonne von Arabien („Felix" bezieht sich ebenfalls auf den fruchtbaren Teil Arabiens).

Nachdem ich die Botschaft von Mother Goose erhalten hatte, traf sich unsere kleine Gemeinschaft, um die letzten Vorbereitungen zu treffen.

„Fat sitzt auf glühenden Kohlen", bemerkte Kavin lakonisch, aber in seinen Augen funkelten Erregung und Freude, eine Freude, die wir alle teilten.

„Und du sitzt neben mir", konterte Fat.

Wir hatten zusammengeworfen und eine Flasche *Courvoisier Napoleon*-Cognac gekauft; nun saßen wir in Fats Wohnzimmer und wärmten unsere Gläser, indem wir ihre Stiele rieben, und wir kamen uns verdammt raffiniert vor.

Hohl erklärte Kevin, ohne jemanden direkt anzusprechen: „Es wäre interessant zu wissen, ob Männer in hautengen, glänzenden, schwarzen Uniformen auftauchen und uns alle niederschießen werden. Wegen Phils Telefonat."

„Probieren wir's aus", schlug ich vor. „Werfen wir Kevin hinaus auf den Korridor, drücken wir ihm einen Besenstiel in die Hand, und warten wir ab, ob jemand auf ihn das Feuer eröffnet."

„Das würde nichts beweisen", wandte David ein. „Halb Santa Ana ist sauer auf Kevin."

Drei Nächte später klingelte um zwei Uhr morgens das Telefon. Als ich an den Apparat ging — ich war noch immer wach, weil ich an dem Vorwort für eine Kurzgeschichtensammlung gearbeitet hatte, die die letzten fünfundzwanzig Jahre meines Schaffens dokumentierte* —, sagte eine Männerstimme mit schwachem britischen Akzent: „Wie viele Personen sind Sie?"

Verwirrt fragte ich: „Wer spricht da?"

„Goose."

Großer Gott, dachte ich, und erneut begann ich zu zittern. „Vier", gestand ich, und meine Stimme bebte.

„Ein glücklicher Umstand", sagte Eric Lampton.

„Reichlich glücklich", meinte ich.

„Reich-lich?" Lampton lachte. „Nein, der König steht finanziell nicht sehr gut da."

„Er . . ." Ich konnte nicht weitersprechen.

„Vivit, glaube ich", sagte Lampton. „Vivet? Jedenfalls lebt er — es dürfte Sie freuen, das zu hören. Mein Latein ist nicht sehr gut."

„Wo?" fragte ich.

„Wo sind Sie? Die Nummer deutet auf den Distrikt 714 hin."

„Santa Ana. In Orange County."

„In Ferris' Nähe", meinte Lampton. „Ferris' Haus am Meer liegt nur ein wenig weiter nördlich von Ihnen."

„Stimmt", sagte ich.

„Sollen wir uns treffen?"

„Natürlich", erklärte ich, und in meinem Kopf sagte eine Stimme: Dies ist die Wirklichkeit.

„Können Sie mit Ihren drei Freunden herauffliegen? Nach Sonoma?"

„O ja", antwortete ich.

„Fliegen Sie zum Oakland Airport — das ist bequemer als nach San Francisco. Sie haben *Valis* gesehen?"

„Mehrmals." Meine Stimme bebte noch immer. „Mr. Lampton, spielt eine Zeitverzerrung eine Rolle?"

„Wie kann etwas verzerrt werden, das nicht existiert?" entgegnete Eric Lampton. Er schwieg einen Moment. „Daran haben Sie nicht gedacht."

„Nein", gestand ich. „Ich möchte Ihnen sagen, daß *Valis* einer der besten Filme ist, die wir je gesehen haben."

* *The Golden Man,* Berkley, New York 1980, dt: *Der goldene Mann,* Moewig

„Ich hoffe, ich kann irgendwann die ungekürzte Version freibekommen. Ich werde dafür sorgen, daß Sie einen Blick darauf werfen können, wenn Sie hier oben sind. Wir wollten ihn an sich nicht kürzen, aber praktische Erwägungen . . . Sie wissen schon. Sie sind Science Fiction-Autor? Kennen Sie Thomas Disch?“

„Ja“, sagte ich.

„Er ist sehr gut.“

„Ja“, sagte ich wieder, erfreut, daß Lampton Dischs Werke kannte. Es war ein gutes Zeichen.

„Auf eine Art war *Valis* Mist“, erklärte Lampton. „Wir mußten ihn in dieser Form drehen, damit der Verleih ihn akzeptierte. Wegen diesen Popcorn mampfenden Idioten in den Autokinos.“ Heiterkeit klang in seiner Stimme auf, ein Hauch von Musik. „Sie haben erwartet, daß ich singe: ‚He, Sternenmann! Wann steigst du herab?‘ Ich schätze, sie waren ein wenig enttäuscht.“

„Nun . . .“, sagte ich verlegen.

„Sie werden also kommen. Meine Adresse haben Sie, oder? In einem Monat verlasse ich Sonoma. Wir können uns also nur noch in diesem Monat oder erst Ende des Jahres treffen. Ich fliege zurück nach England, um einen Fernsehfilm für Grenada zu drehen. Und ich muß einige Konzerte geben . . . In Burbank habe ich einen Termin im Tonstudio, eine neue Platte . . . Ich könnte Sie in — wie sagt man doch gleich dazu? — im Süden treffen.“

„Wir fliegen nach Sonoma“, erklärte ich. „Sind noch andere da? Wer hat sich mit Ihnen in Verbindung gesetzt?“

„Anhänger des ‚Glücklichen Königs‘? Nun, wir unterhalten uns darüber, wenn Sie mit Ihren Freunden bei mir und Linda und Mini sind — wußten Sie, daß Mini die Filmmusik komponiert hat?“

„Ja“, erwiderte ich. „Synchrotonische Musik.“

„Er ist sehr gut“, bemerkte Lampton. „Vieles wird durch seine Musik ausgedrückt. Aber er schreibt keine Lieder, dieser Bastard. Ich wünschte, er würde sich anders besinnen. Er könnte wunderschöne Lieder schreiben. Meine Stücke sind gut, aber ich bin nicht Paul.“ Er fügte hinzu: „Ich meine Simon.“

„Darf ich fragen, wo *er* ist?“

,,Oh. Nun, ja, Sie dürfen fragen. Aber niemand wird es Ihnen sagen, bevor wir uns nicht unterhalten haben. Eine Botschaft, die nur aus zwei Worten besteht, kann mir nicht viel über Sie verraten, nicht wahr? Obwohl ich Erkundigungen über Sie eingezogen haben. Sie hatten eine Zeitlang mit Drogen zu tun und sind dann ausgestiegen. Sie haben mit Tim Leary gesprochen . . .“

,,Nur telefonisch“, berichtigte ich. ,,Wir haben nur einmal miteinander telefoniert. Er war in Kanada, zusammen mit John Lennon und Paul Williams — nicht der Sänger, sondern der Schriftsteller.“

,,Sind Sie wegen Drogenbesitzes schon im Gefängnis gewesen?“

,,Noch nie“, erklärte ich.

,,Für die Jugendlichen in — wo war es noch gleich? — oh ja, in Marin County waren Sie eine Art Dope-Guru. Jemand hat auf Sie geschossen.“

,,Das ist nicht ganz richtig“, wandte ich ein.

,,Sie schreiben ausgesprochen merkwürdige Bücher. Sind Sie sicher, daß Sie kein Strafregister besitzen? Falls doch, können wir Sie nicht brauchen.“

,,In diesem Punkt können Sie ganz beruhigt sein“, versicherte ich.

Mit milder, freundlicher Stimme fuhr Lampton fort: ,,Sie hatten eine Zeitlang Kontakt mit schwarzen Terroristen.“

Ich sagte nichts.

,,Sie haben ein sehr abenteuerliches Leben geführt“, stellte Lampton fest.

,,Ja“, stimmte ich zu. Das war fraglos richtig.

,,Nehmen Sie jetzt noch Drogen?“ Lampton lachte. ,,Ich ziehe diese Frage zurück. Wir wissen, daß Sie inzwischen vernünftig geworden sind. In Ordnung, Philip, ich freue mich, Ihnen und Ihren Freunden persönlich zu begegnen. Waren Sie das, der . . . Nun, wir werden sehen. Alles wird sich aufklären.“

,,Die Informationen wurden meinem Freund Horselover Fat übermittelt.“

,,Aber das sind Sie. ,Philip‘ bedeutet im Griechischen ,Liebhaber von Pferden‘ — Horselover. ‚Dick‘ ist das deutsche Wort für ‚Fat‘. Philip Dick — Horselover Fat. Sie haben nur Ihren Namen übersetzt.“

Ich sagte nichts.

„Soll ich Sie ‚Horselover Fat‘ nennen? Ist es Ihnen so angenehmer?“

„Wenn's der Wahrheitsfindung dienlich ist“, sagte ich hölzern.

„Ein Ausdruck aus den sechziger Jahren.“ Lampton lachte. „In Ordnung, Philip. Ich glaube, wir wissen genug über Sie. Wir haben mit Ihrem Agenten gesprochen, Mr. Galen. Er machte einen sehr gewitzten und aufrichtigen Eindruck.“

„Er ist in Ordnung“, nickte ich.

„Er weiß bestimmt, wie Sie drauf sind, wie man hier oben sagt. Ihr Verlag ist Doubleday, nicht wahr?“

„Bantam“, korrigierte ich.

„Wann werden Sie mit Ihren Freunden zu uns kommen?“

„Wie wäre es an diesem Wochenende?“

„Sehr gut“, sagte Lampton. „Es wird Ihnen bestimmt gefallen. Die Zeit des Leidens liegt hinter Ihnen. Ist Ihnen das klar, Philip?“ Seine Stimme klang nicht mehr scherzhaft. „Es ist vorbei — es ist wirklich vorbei.“

„Schön“, sagte ich mit hämmerndem Herzen.

„Machen Sie sich keine Sorgen, Philip“, erklärte Lampton ruhig.

„In Ordnung“, sagte ich.

„Sie haben eine Menge mitgemacht. Das tote Mädchen . . . Nun, wir können das vergessen, es ist vorbei. Verstehen Sie?“

„Ja“, versicherte ich. „Ich verstehe.“ Und ich verstand. Ich hoffte es. Ich versuchte, es zu verstehen. Ich wollte es.

„Sie verstehen nicht. Er ist hier. Die Information ist korrekt. *‚Der Buddha ist im Park.‘* Verstehen Sie?“

„Nein“, entgegnete ich.

„Gautama wurde in einem großen Park namens Lumbini geboren. Es ist eine Geschichte, die mit der von Christus in Bethlehem vergleichbar ist. Hätte es ‚Jesus ist in Bethlehem' geheißen, hätten Sie die Bedeutung erfaßt, nicht wahr?"

Ich nickte und vergaß, daß ich telefonierte.

„Er hat fast zweitausend Jahre lang geschlafen", fuhr Lampton fort. „Eine sehr lange Zeit. Und so viel ist inzwischen geschehen. Aber — nun, ich glaube, ich habe genug gesagt. Er ist jetzt wach — das ist die Hauptsache. Linda und ich erwarten Sie Freitag nacht oder am Samstag morgen, einverstanden?"

„Ja", sagte ich. „Schön. Wahrscheinlich Freitag nacht."

„Denken Sie daran", forderte mich Lampton auf. „‚*Der Buddha ist im Park.*' Und versuchen Sie glücklich zu sein."

„Ist er zurückgekehrt?" fragte ich. „Oder ein anderer?"

Schweigen.

„Ich meine . . .", begann ich.

„Ja, ich weiß, was Sie meinen. Aber sehen Sie, die Zeit ist nicht wirklich. Er ist es, und gleichzeitig ist er es nicht, sondern ein anderer. Es gibt viele Buddhas und doch nur einen. Der Schlüssel zum Verständnis . . . Wenn Sie eine Schallplatte zum zweitenmal abspielen, spielen die Musiker dann ein zweites Mal die Musik? Und wenn Sie die Platte fünfzigmal abspielen, spielen die Musiker dann die Musik fünfzigmal?"

„Einmal", erklärte ich.

„Danke", sagte Lampton, und im Hörer machte es klick. Ich legte auf.

So etwas erlebt man nicht alle Tage, sagte ich mir. Ein Gespräch wie das mit Goose.

Ich bemerkte zu meiner Überraschung, daß ich nicht mehr zitterte.

Es war, als hätte ich mein ganzes Leben lang aus unterdrückter, chronischer Furcht gezittert. Ich hatte gezittert, war davongelaufen, in Schwierigkeiten geraten und hatte die Menschen verloren, die ich liebte. Wie eine Figur aus einem Cartoon und nicht wie ein richtiger Mensch, erkannte ich. Eine kitschige Zeichentrickfigur aus den frühen Dreißigern. Hinter allem, was ich jemals getan hatte, stand diese Furcht. Nun war die Furcht verschwunden, vertrieben durch die Neuigkeiten, die ich gehört hatte. Die Neuigkeiten, wurde mir plötzlich klar, auf die ich von Anfang an gewartet hatte — in gewissem Sinne war ich geboren worden, um da zu sein, wenn die Nachricht kam, und aus keinem anderen Grund.

Ich konnte das tote Mädchen vergessen. Das Universum selbst, in seiner makrokosmischen Größe, konnte nun den Kummer lindern. Die Wunde war geheilt.

Wegen der späten Stunde konnte ich die anderen nicht über Lamptons Anruf informieren und auch nicht die Air California anrufen und den Flug buchen. Nun, am frühen Morgen telefonierte ich mit David, dann mit Kevin und anschließend mit Fat. Sie baten mich, alles für den Flug zu arrangieren; mit Freitag nacht waren sie einverstanden.

An diesem Abend trafen wir uns und entschieden, daß unsere kleine Gruppe einen Namen brauchte. Nach einigem Gezank überließen wir Fat die Entscheidung. In Erinnerung an Lamptons nachdrückliche Bemerkung über den Buddha nannten wir uns die Siddhartha-Gesellschaft.

„Dann rechnet nicht mit mir", erklärte David. „Es tut mir leid, aber ich kann nicht mitmachen, wenn das christliche Element fehlt. Ich möchte nicht fanatisch klingen, aber . . ."

„Du klingst fanatisch", unterbrach Kevin.

Wir stritten uns erneut. Schließlich einigten wir uns auf einen Namen, der kompliziert genug war, um Fat zu befriedigen, kryptisch genug, um Kevin zufriedenzustellen, und christlich genug, um Davids Zustimmung zu finden — für mich spielte dieses Problem nicht die geringste Rolle. Fat erzählte uns von einem Traum, den er kürzlich gehabt hatte, und in diesem Traum war er ein großer Fisch gewesen. Statt Arme hatte er segel- oder fächerähnliche Flossen besessen; mit einer von diesen Flossen hatte er versucht, ein M-16-Gewehr festzuhalten, doch die Waffe war zu Boden gefallen, woraufhin eine Stimme intoniert hatte: „Fische können keine Waffen tragen."

Da das griechische Wort für derartige Fächer *rhipidos* war —

woher sich auch der Name der Rhiptoglossa-Reptilien ableitete —, einigten wir uns schließlich auf die Rhipidon-Gesellschaft, eine Bezeichnung, die auf das christliche Fischzeichen anspielte. Fat war damit zufrieden, da sie auf das Volk der Dogon und ihr Fisch-Symbol für die gütige Gottheit hinwies.

Jetzt konnten wir also die beiden Lamptons — Eric und Linda Lampton — in Form einer offiziellen Organisation aufsuchen. Auch wenn wir nur eine sehr kleine Gruppe waren. Ich schätze, wir alle fürchteten uns ein wenig, oder besser: Wir waren verschüchtert.

Fat zog mich beiseite und fragte mich leise: „Hat Eric Lampton wirklich gesagt, daß wir uns über ihren Tod keine Gedanken mehr zu machen brauchen?"

Ich legte Fat meine Hand auf die Schulter. „Es ist vorbei", beruhigte ich ihn. „Er hat es mir gesagt. Das Zeitalter der Unterdrückung endete im August 1974, und nun nähert sich das Zeitalter der Trauer seinem Ende. In Ordnung?"

„In Ordnung", nickte Fat mit einem scheuen Lächeln, als könnte er nicht glauben, was er hörte, obwohl er es glauben wollte.

„Du bist nicht verrückt", versicherte ich Fat. „Vergiß das nicht. Damit kannst du dich nicht herausreden."

„Und er lebt? Jetzt? Er ist wirklich gekommen?"

„Lampton behauptet es."

„Dann ist es wahr."

„Vermutlich ist es wahr", meinte ich.

„Du glaubst es."

„Ja", nickte ich. „Wir werden es erfahren."

„Ist er alt? Oder ein Kind? Ich glaube, er ist noch immer ein Kind. Phil . . ." Fat starrte mich entsetzt an. „Was machen wir, wenn er kein Mensch ist?"

„Nun", entgegnete ich, „wir werden uns mit diesem Problem auseinandersetzen, wenn und falls es sich uns stellt." In Gedanken fügte ich hinzu: Vermutlich kommt er aus der Zukunft, das ist die wahrscheinlichste Möglichkeit. In gewisser Hinsicht wird er nicht menschlich sein und gleichzeitig doch ein Mensch. Unser unsterbliches Kind . . . die Lebensform einer Millionen Jahre entfernten Zukunft. Zebra, dachte ich. Jetzt werde *ich* dich sehen. Wir alle werden dich sehen.

König und Richter, dachte ich. Wie versprochen. Von Zoroasters Tagen an.

Und die Spur ließ sich noch weiter zurückverfolgen — zu Osiris. Und von den Ägyptern zu dem Volk der Dogon — und von ihnen zurück zu den Sternen.

„Trinken wir ein Gläschen Cognac", sagte Kevin und brachte die Flasche ins Wohnzimmer. „Zur Feier des Tages."

„Verdammt, Kevin", protestierte David. „Du kannst nicht mit Cognac auf den Erlöser trinken."

„Warum nicht?" fragte Kevin.

Jeder von uns nahm ein Glas *Courvoisier Napoleon*-Cognac, auch David.

„Auf die Rhipidon-Gesellschaft", sagte Fat. Wir stießen an.

„Und auf unser Motto", fügte ich hinzu.

„Haben wir denn ein Motto?" erkundigte sich Kevin.

„‚Fische können keine Waffen tragen'", sagte ich.

Darauf tranken wir.

11

Es war lange her, seit ich Sonoma, Kalifornien, zum letztenmal besucht hatte. Es liegt im Herzen eines Weinbaugebietes und ist von drei Seiten von lieblichen Bergen umgeben. Der schönste Fleck ist der Stadtpark im Zentrum mit dem alten steinernen Gerichtsgebäude, dem Ententeich und den antiken Kanonen aus längst vergessenen Kriegen.

Die vielen kleinen Läden rings um den viereckigen Park, für die Wochenendtouristen umgebaut und erweitert, drehten dem unvorsichtigen Kunden wertlosen Plunder an, aber einige unverfälschte, historisch bedeutende Gebäude aus der Zeit der mexikanischen

Herrschaft standen noch immer, frisch gestrichen und mit Schildern versehen, die über ihre historischen Hintergründe informierten. Die Luft roch gut — vor allem, wenn man aus dem Süden kam —, und obwohl es Nacht war, spazierten wir ein wenig herum, ehe wir schließlich eine Bar namens Gino's betraten, um die Lamptons anzurufen.

Eric und Linda Lampton holten uns in einem weißen VW Rabbit ab. Sie trafen uns bei Gino's, wo wir vier an einem Tisch saßen und *Schleudermix* tranken, eine Spezialität des Hauses.

„Es tut mir leid, daß wir Sie nicht vom Flughafen abholen konnten", sagte Eric Lampton, als er zusammen mit seiner Frau an unseren Tisch trat. Offenbar erkannte er mich anhand von Pressefotos.

Eric Lampton war schlank und besaß langes blondes Haar. Er trug rote Röhrenhosen und ein T-Shirt, auf dem RETTET DIE WALE* stand. Natürlich erkannte ihn Kevin sofort, und das galt auch für viele andere Gäste in der Bar — lautes Hallo begrüßte die Lamptons, und sie lächelten einigen der Anwesenden zu, die offenbar ihre Freunde waren. Neben Eric schritt Linda daher, ebenfalls schlank, mit Zähnen wie Emmylou Harris. Sie war schmal wie ihr Mann, aber ihr Haar war dunkel, weich und lang. Sie trug verwaschene, über den Knien abgeschnittene Jeans, ein kariertes Hemd und ein Halstuch. Beide trugen Stiefel; Erics waren flach, die von Linda hochhackig.

Wir zwängten uns in den Rabbit und fuhren durch die Straßen einer reinen Wohngegend mit relativ modernen Häusern und großen Rasenflächen.

„Wir sind die Rhipidon-Gesellschaft", sagte Fat.

„Wir sind die Gottesfreunde", entgegnete Eric Lampton.

Kevin war sichtlich verblüfft und starrte Eric Lampton an. Wir anderen fragten uns, warum.

„Also kennen Sie den Namen", stellte Eric fest.

„*Gottesfreunde*", murmelte Kevin. „Sie berufen sich auf das vierzehnte Jahrhundert!"

* Deutsch im Original (Anm. d. Übers.)

„Das ist richtig“, nickte Linda Lampton. „Die Gottesfreunde tauchten zuerst in Basel auf. Schließlich verbreiteten wir uns über Deutschland und die Niederlande. Dann ist Ihnen auch Meister Eckart ein Begriff?“

„Er war der erste Mensch“, erklärte Kevin, „der einen Unterschied zwischen der Göttlichkeit und Gott machte. Der größte unter den christlichen Mystikern. Er lehrte, daß ein Mensch sich mit dem Göttlichen vereinigen kann — er behauptete, daß Gott in der menschlichen Seele existiert!“ Wir hatten Kevin noch nie so erregt gesehen. „Die Seele kann Gott als das erkennen, was er ist! Niemand lehrt dies heutzutage noch! Und ... und ...“ Kevin stotterte — noch nie zuvor hatten wir ihn stottern gehört. „Sankara in Indien, im neunten Jahrhundert; er lehrte das gleiche wie Eckart. Es ist transchristlicher Mystizismus, durch den der Mensch Gott erreichen oder mit Gott verschmelzen kann. Brahma. Deshalb hat Zebra ...“

„VALIS“, korrigierte Eric Lampton.

„Wie auch immer“, sagte Kevin und wandte sich erregt an mich, „das würde die Verbindung zwischen Buddha und St. Sophia oder Christus erklären. Es ist nicht nur auf ein Land oder eine Kultur oder eine Religion beschränkt. Tut mir leid, David.“

David nickte ruhig, aber er wirkte schockiert. Dies paßte nicht in sein orthodoxes religiöses Weltbild.

„Sankara und Eckart“, erklärte Eric, „sind dieselbe Person, die an zwei verschiedenen Orten zu zwei verschiedenen Zeiten lebt.“

Halb zu sich selbst sagte Fat: „‚Er bringt Dinge dazu, anders auszusehen, so daß es scheint, als ob Zeit verflossen ist.‘“

„Zeit und Raum gleichermaßen“, fügte Linda hinzu.

„Was ist VALIS?“ fragte ich.

„Ein Voluminöses Aktives Lebendiges Intelligenz-System“, erwiderte Eric.

„Das ist eine Bezeichnung“, wandte ich ein.

„Was verlangen Sie mehr?“ entgegnete Eric. „Was ist sonst noch wichtig? Wollen Sie einen Namen, wie Gott den Menschen dazu gebracht hat, allen Tieren einen Namen zu geben? VALIS ist der Name — benutzen Sie ihn, und geben Sie sich damit zufrieden."

„Ist VALIS der Mensch?" fragte ich. „Oder Gott? Oder etwas anderes?"

Eric und Linda lächelten.

„Kommt er von den Sternen?" hakte ich nach.

„Dieser Ort hier", erklärte Eric, „gehört zu den Sternen — unsere Sonne ist ein Stern."

„Sie antworten in Rätseln", klagte ich.

Fat erkundigte sich: „Ist VALIS der Erlöser?"

Für einen Moment schwiegen Eric und Linda, und dann sagte Linda: „Wir sind die Freunde Gottes." Mehr verriet sie nicht.

David blickte mich forschend an, suchte meine Augen und machte eine fragende Geste: *Sind diese Burschen noch ganz dicht?*

„Sie gehören einer sehr alten Gruppe an", antwortete ich, „von der ich glaubte, daß es sie seit Jahrhunderten nicht mehr geben würde."

„Wir sind nie ausgestorben", bemerkte Eric, „und wir sind viel älter, als Sie es sich vorstellen können. Älter, als man Ihnen gesagt hat. Älter sogar, als wir Ihnen verraten werden, wenn Sie uns fragen."

„Dann gab es Sie noch früher als Eckart", stellte Kevin mit scharfer Stimme fest.

„Ja", bestätigte Linda.

„Jahrhunderte?" fragte Kevin.

Keine Antwort.

„Jahrtausende?" fragte ich schließlich.

„‚Die hohen Berge geben dem Steinbock Zuflucht'", erklärte Linda, „‚und die Felsklüfte dem Klippdachs'."

„Was bedeutet das?" fragten ich und Kevin wie aus einem Mund.

„Ich weiß, was das bedeutet", erklärte David.

„Es ist unmöglich", murmelte Fat. Offenbar hatte auch er Lindas Bemerkung verstanden.

,,,Und die Reiher wohnen in den Wipfeln'", sagte Eric nach einer Weile.

Fat wandte sich an mich. ,,Sie gehören zu Echnatons Rasse. Das war *Psalm 104,* der auf Echnatons Hymne basiert; sie fand Eingang in die Bibel — sie ist *älter* als die Bibel."

,,Wir sind die häßlichen Baumeister mit den klauengleichen Händen", sagte Linda Lampton. ,,Die, die sich vor Scham verstecken. Zusammen mit Hephaistos errichteten wir hohe Mauern und die Häuser der Götter."

,,Ja", nickte Kevin. ,,Auch Hephaistos war häßlich. Der Gott der Baumeister. Sie haben Asklepios getötet."

,,Sie sind Zyklopen", stieß Fat heiser hervor.

,,Der Name bedeutet ,Rundauge'", bemerkte Kevin.

,,Aber wir haben drei Augen", erinnerte Eric. ,,Die historischen Aufzeichnungen sind fehlerhaft."

,,Absichtlich?" fragte Kevin.

,,Ja", bestätigte Linda.

,,Sie sind sehr alt", sagte Fat.

,,Ja, das sind wir", gestand Eric, und Linda nickte. ,,Sehr alt. Aber Zeit ist nicht wirklich. Zumindest nicht für uns."

,,Mein Gott", entfuhr es Fat entsetzt. ,,Sie sind die ursprünglichen Baumeister."

,,Wir haben nie aufgehört", erklärte Eric. ,,Wir bauen noch immer. Wir haben diese Welt, diese Raum-Zeit-Matrix, gebaut."

,,Sie sind unsere Schöpfer", erkannte Fat.

Die Lamptons nickten.

,,Sie sind wirklich die Freunde Gottes", murmelte Kevin. ,,Buchstäblich."

,,Fürchten Sie sich nicht", bat Eric. ,,Sie wissen, daß Schiwa eine Hand hebt, um zu zeigen, daß es keinen Grund zur Furcht gibt."

,,Aber das ist es", sagte Fat. ,,Schiwa ist der Zerstörer; sein drittes Auge zerstört."

,,Er ist auch der Heiler", widersprach Linda.

David lehnte sich an mich und flüsterte in mein Ohr: „Sind sie verrückt?“

Sie sind Götter, dachte ich. Sie sind Schiwa, der zerstört und beschützt. *Sie richten.*

Vielleicht hätte ich Furcht empfinden müssen. Aber ich spürte keine Furcht. Sie hatten bereits zerstört — sie hatten Ferris F. Fremount gestürzt, wie er im Film *Valis* genannt worden war.

Die Zeit des heilenden Schiwas hatte begonnen. All das, was wir verloren hatten, würde man uns zurückgeben. Die beiden toten Mädchen . . .

Wie in dem Film *Valis* konnte Linda Lampton die Zeit zurückdrehen, wenn es nötig war, und alles wieder zum Leben erwecken.

Ich hatte begonnen, den Film zu verstehen.

Die Rhipidon-Gesellschaft, erkannte ich, so neu sie auch ist, entstammt seinen Tiefen.

Ein Einbruch des kollektiven Unbewußten, lehrte Jung, kann das zerbrechliche individuelle Ego auslöschen. In den Tiefen des Kollektiven schlummern die Archetypen; wenn sie erwachen, können sie heilen oder zerstören. Dies ist die Gefahr der Archetypen; die gegensätzlichen Möglichkeiten sind nicht voneinander getrennt. Die Bipolarisierung findet erst im Bewußtsein statt.

So ist es auch bei den Göttern mit Leben und Tod — Heilung und Zerstörung. Diese geheime Partnerschaft existiert außerhalb von Raum und Zeit.

Es kann einen sehr viel Angst einflößen, und dies aus gutem Grunde. Schließlich steht die eigene Existenz auf dem Spiel.

Die wirkliche Gefahr, das ultimate Entsetzen, ereignet sich, wenn Schöpfung und Heilung, das Beschütztsein, zuerst eintreten — und dann die Zerstörung folgt. Denn wenn dies der Lauf der Dinge ist, dann endet alles Geschaffene im Tod.

Der Tod verbirgt sich in jeder Religion.

Und jederzeit kann er sich emporschwingen — nicht mit Heilkraft versehen, sondern mit Gift, das verwundet.

Aber wir hatten verwundet begonnen. Und VALIS hatte uns heilende Informationen übermittelt, medizinische Informationen. VALIS erschien uns in Gestalt des Arztes, und das Zeitalter der Verletzung, das Zeitalter des Eisens, des toxischen Metallsplitters, war vergangen.

Und dennoch . . . Potentiell ist das Risiko immer noch gegenwärtig.

Es ist ein entsetzliches Spiel, das so oder so ausgehen kann.

Libera me, Domine, sagte ich mir. *In die illa.* Rette mich, beschütze mich, Gott, in dieser Zeit des Zorns. Der Hauch des Irrationalen liegt über dem Universum, und wir, die kleine, hoffende, vertrauende Rhipidon-Gesellschaft, sind vielleicht davon gestreift worden, um zugrunde zu gehen.

. . .wie so viele vor uns zugrunde gegangen sind.

Ich erinnerte mich an etwas, das der große Arzt der Renaissance entdeckt hatte. Gifte sind, in wohlbemessenen Dosierungen, Heilmittel. Paracelsus war der erste, der Metalle wie Quecksilber als Medikamente einsetzte. Wegen dieser Entdeckung — dem dosierten Einsatz von giftigen Metallen als Medikamente — fand Paracelsus Eingang in unsere Geschichtsbücher. Aber das Leben des großen Arztes nahm ein unglückliches Ende.

Er starb an Metallvergiftung.

Anders gesagt, Medikamente können giftig, können tödlich sein. Und es kann jederzeit geschehen.

„Zeit ist ein Kind, das sich mit dem Damespiel beschäftigt, ein Kind, dem das Königreich gehört.“ Wie es Heraklit vor zweitausendfünfhundert Jahren beschrieb. In vielerlei Hinsicht ist dies eine schreckliche Vorstellung. Schrecklicher als alles andere. Ein Kind, das spielt . . . mit allem Leben und überall.

Ich hätte eine andere Lösung vorgezogen. Jetzt war mir die verpflichtende Wichtigkeit unseres Mottos klar, des Mottos unserer kleinen Gesellschaft, in dem sich die Essenz des Christentums verbarg, von dem wir uns niemals würden lösen können:

Wenn wir dies mißachteten, dann ergaben wir uns dem Paradoxon und schließlich dem Tod. Dümmlich, wie unser Motto klang, lieferte es uns doch die Einsicht, die wir benötigten. Mehr brauchten wir nicht zu wissen.

In Fats sonderbarem kleinem Traum, in dem er das M-16-Gewehr fallen lassen hatte, war uns vom Göttlichen eine Botschaft übermittelt worden. *Nihil Obstat.* Wir hatten Liebe empfangen und uns selbst gefunden.

Aber das Göttliche und das Schreckliche liegen so nah beieinander. Nommo und Yurugu sind Partner — beide sind notwendig. Osiris und Seth auch. Im *Buch Hiob* bilden Jahwe und Satan eine Partnerschaft. Damit wir leben konnten, mußte diese Partnerschaft zerbrechen. Diese verborgene Partnerschaft mußte enden, sobald Raum und Zeit und all die lebenden Kreaturen geschaffen wurden.

Weder Gott noch die Götter müssen siegen, sondern die Weisheit, die Heilige Weisheit. Ich hoffte, der fünfte Erlöser machte ein Ende mit der Bipolarität und erschiene als Einheit. Nicht als Inkarnation von drei oder zwei Personen, sondern als *eine* Person. Nicht als Brahma, der Schöpfer, Wischnu, der Erlöser, und Schiwa, der Zerstörer, sondern als das, was Zoroaster den Weisen Geist nannte.

Gott kann gut und schrecklich sein, und zwar zur gleichen Zeit. Deshalb suchen wir nach einem Vermittler zwischen uns und ihm; wir erreichen ihn durch den vermittelnden Priester, und die Sakramente mildern den Kontakt und schirmen uns ab. Es dient unserer eigenen Sicherheit, die Mauer zwischen uns und ihm stellt einen Schutz dar. Aber nun, so hatte Fat erfahren, hatte Gott die Mauer überwunden und transsubstantierte die Welt; Gott war befreit.

Der liebliche Gesang des Chors, das „Amen, Amen“, soll nicht die Gemeinde erfreuen, sondern den Gott friedlich stimmen.

Wenn man dies weiß, kennt man den Wesenskern der Religion.

Und am schlimmsten ist, daß der Gott sich manifestieren und die Gemeinde durchdringen kann, bis er ihre Gestalt angenommen hat. Man verehrt einen Gott, und er dankt einem dafür, indem er einen übernimmt. Im Griechischen nennt man dies „*enthousiasmos*", was wörtlich „von Gott besessen" heißt. Von allen griechischen Göttern neigte vor allem Dionysos dazu. Und unglücklicherweise war Dionysos verrückt.

Anders ausgedrückt: Wenn Ihr Gott Sie übernimmt, ist es wahrscheinlich, daß er — gleichgültig, welchen Namen er besitzt — eine Inkarnation des verrückten Gottes Dionysos ist. Er war zudem der Gott der Trunkenheit, und Trunkenheit entsteht durch den Genuß von Rauschmitteln, von Stoffwechselgiften, und so ist er der Gott des Giftes. So verrät sich die Gefahr.

Wenn man sie spürt, versucht man fortzulaufen. Aber wenn man fortläuft, ist man trotzdem in seiner Hand, denn von dem Halbgott Pan entlehnt sich der Begriff Panik, womit der unkontrollierbare Drang zur Flucht umschrieben wird, und Pan ist eine Unterform von Dionysos. Versucht man also vor Dionysos zu fliehen, wird man trotzdem übernommen.

Ich schreibe dies buchstäblich mit schwerer Hand nieder; ich bin so müde, daß ich kaum noch sitzen kann. Was in Jonestown geschehen ist, war eine Massenpanik, die durch den verrückten Gott ausgelöst wurde — Panik, die in den Tod führte, das logische Ergebnis der Übernahme durch den verrückten Gott.

Für sie gab es keinen Ausweg. Man muß von dem verrückten Gott übernommen werden, um zu verstehen, daß es keinen Ausweg gibt, sobald es angefangen hat, denn der verrückte Gott ist überall.

Es gibt keinen vernünftigen Grund dafür, daß neunhundert Menschen sich und ihre kleinen Kinder töten, aber der verrückte Gott handelt nicht logisch — nicht in dem Sinne, wie wir es verstehen.

Als wir das Haus der Lamptons erreichten, erblickten wir ein stattliches altes Farmgebäude im Zentrum ausgedehnter Weinstöcke; schließlich befanden wir uns in einem Weinbaugebiet.

Dionysos, dachte ich, ist der Gott des Weines.

„Die Luft riecht gut", stellte Kevin fest, als wir aus dem VW Rabbit stiegen.

„Hin und wieder haben wir unter Smog zu leiden", bemerkte Eric. „Selbst hier."

Wir betraten das Haus. Es war gemütlich und hübsch; große Poster von Eric und Linda hingen hinter entspiegeltem Glas an den Wänden. Sie verliehen dem alten Holzhaus eine moderne Note, die uns an den Süden erinnerte.

Linda lächelte. „Wir keltern hier unseren eigenen Wein. Aus unseren eigenen Weinstöcken."

Ich habe nichts anderes erwartet, dachte ich.

Eine gewaltige Stereoanlage nahm eine ganze Wand ein und erinnerte an die Festung in VALIS, an Nicholas Bradys Mischpult. Ich wußte jetzt, woher die visuelle Idee entlehnt worden war.

„Ich werde ein von uns bespieltes Tonband auflegen", verkündete Eric und trat an die Audio-Festung und betätigte einige Schalter. „Die Musik stammt von Mini, aber der Text ist von mir. Ich singe, doch wir werden es nicht veröffentlichen; es ist nur ein Experiment."

Als wir uns gesetzt hatten, erfüllte lautstarke Musik das Wohnzimmer und wurde von den Wänden zurückgeworfen.

„Ich will dich sehen, Mann.
So schnell ich kann.
Gib mir deine Hand, Mann.
Ich habe keinen Halt,
Und ich bin alt, alt, so alt.

Warum schaust du mich nicht an?
Angst vor dem Anblick, Mann?
Ich finde dich, nur keine Bange,
Es dauert nicht lange, es dauert nicht lange."

Jesus, dachte ich, als ich die Worte hörte. Ja, wir sind am richtigen Ort. Es gibt keinen Zweifel. Es war unser Wunsch, und er wurde uns erfüllt.

Linda bückte sich, brachte ihre Lippen an mein Ohr und rief über die Musik hinweg: „Diese Klänge verändern das Bewußtsein."

Ich nickte.

Als das Lied zu Ende war, erklärten wir alle, es sei großartig, David eingeschlossen. David war in Trance versunken; seine Blicke waren starr. Immer, wenn sich David etwas gegenübersah, das er nicht bewältigen konnte, zog er sich auf diese Weise zurück. Die Kirche hatte ihm beigebracht, wie er seinen Geist eine Zeitlang ausschalten konnte, bis die Streß-Situation vorbei war.

„Möchten Sie vielleicht Mini sprechen?" fragte Linda Lampton.

„Ja!" rief Kevin.

„Wahrscheinlich ist er oben und schläft", sagte Eric Lampton. Er verließ das Wohnzimmer. „Linda, hole bitte einen 1972er Cabernet Sauvignon aus dem Keller."

„In Ordnung", nickte sie und verschwand durch die gegenüberliegende Tür. „Machen Sie es sich bequem", rief sie über die Schulter hinweg. „Ich bin gleich wieder da."

Kevin stand vor der Stereoanlage und starrte sie voller Verzückung an.

David trat an meine Seite, die Hände tief in die Taschen vergraben, mit einem verwirrten Ausdruck im Gesicht. „Sie sind . . ."

„Sie sind verrückt", nickte ich.

„Aber im Auto schienst du . . ."

„Verrückt", wiederholte ich.

„Auf gute Art verrückt?" fragte David. Er stand dicht neben mir, als würde er Schutz suchen. „Oder . . . auf die andere Art?"

„Ich weiß es nicht", gestand ich.

Fat hatte sich zu uns gesellt. Er hörte zu, aber er sagte nichts. Er wirkte tief besorgt. Währenddessen fuhr Kevin fort, das Audio-System zu inspizieren.

„Ich denke, wir sollten . . .“, begann David, aber in diesem Moment kehrte Linda Lampton aus dem Weinkeller zurück und hielt ein Silbertablett in den Händen, auf dem sechs Weingläser und eine noch verschlossene Flasche standen.

„Könnte einer von Ihnen die Flasche öffnen?“ bat Linda. „Meistens stoße ich den Korken hinein — ich weiß auch nicht, warum.“ Ohne Eric machte sie einen schüchternen Eindruck und wirkte ganz anders als die Frau, die sie in *Valis* gespielt hatte.

Kevin erhob sich und nahm die Weinflasche.

„Der Korkenzieher liegt irgendwo in der Küche“, erklärte Linda.

Über uns ertönten Poltern und Knirschen, als ob etwas schrecklich Schweres über den Boden des oberen Stockwerks geschleift würde.

„Mini“, sagte Linda, „leidet an multipler Myelomatose, wissen Sie. Es ist sehr schmerzhaft, und er sitzt in einem Rollstuhl.“

Entsetzt murmelte Kevin: „Bösartige Geschwülste am Rückenmark führen meist zum Tode.“

„Seine Lebenserwartung beträgt noch zwei Jahre“, nickte Linda. „Die Krankheit wurde erst vor kurzem entdeckt. In einer Woche kommt er ins Krankenhaus. Es tut mir leid.“

„Kann VALIS ihn nicht heilen?“ fragte Fat.

„Was geheilt werden soll, wird geheilt werden“, entgegnete Linda. „Was zerstört werden soll, wird zerstört werden. Aber die Zeit ist nicht real — nichts ist zerstört. Es ist eine Illusion.“

David und ich sahen einander an.

Bumm-bumm. Etwas Schwerfälliges und Großes polterte die Treppe herunter. Dann wurde ein Rollstuhl in das Wohnzimmer geschoben, und wir standen wie erstarrt da. Aus dem Rollstuhl lächelte uns ein zerknittertes kleines Häuflein Mensch voller Humor, Liebe und Wärme an. Drähte führten zu seinen Ohren; er trug in jedem ein Hörgerät. Mini, der Schöpfer der Synchrotronischen Musik, war fast taub.

Nacheinander schüttelten wir Minis faltige Hand und stellten uns vor — nicht als Gruppe, sondern als Personen.

„Ihre Musik ist sehr wichtig“, bemerkte Kevin.

„Ja, das ist sie", nickte Mini.

Wir konnten sehen, daß er Schmerzen litt und nicht mehr lange zu leben hatte. Aber trotz seines Leids empfand er keinen Haß auf die Welt; er besaß keine Ähnlichkeit mit Sherri. Ich warf Fat einen Blick zu und erkannte, daß er an Sherri dachte, während er den schwergeprüften Mann im Rollstuhl betrachtete. Tragisch für Fat, dachte ich, so lange zu suchen und dann dem wiederzubegegnen, vor dem er geflohen war. Nun, wie ich bereits sagte, es spielt keine Rolle, welche Richtung man wählt — wenn man fortläuft, begleitet einen der Gott, denn er ist überall, in der inneren und der äußeren Welt.

„Hat VALIS mit Ihnen Verbindung aufgenommen?" erkundigte sich Mini. „Mit allen von Ihnen? Sind Sie deshalb hier?"

„Mit mir", erklärte Fat. „Die anderen sind meine Freunde."

„Erzählen Sie mir, was Sie gesehen haben", bat Mini.

„Es war wie ein Elmsfeuerchen", berichtete Fat. „Und Information . . ."

„Wenn VALIS erscheint, werden immer Informationen übermittelt", unterbrach Mini lächelnd. „Er ist Information. Lebendige Information."

„Er hat meinen Sohn geheilt", fuhr Fat fort. „Oder zumindest hat er mir die medizinischen Informationen übermittelt, die für seine Heilung nötig waren. Und VALIS verriet mir, daß St. Sophia und der Buddha und das, was er oder es den ‚Führer Apollo' nannte, bald wiedergeboren werden und daß die Zeit . . ."

„. . . die Zeit, auf die Sie gewartet haben, gekommen ist", vollendete Mini.

„Ja", nickte Fat.

„Wie haben Sie von der Chiffre erfahren?" erkundigte sich Eric Lampton bei Fat.

„Ich habe sie auf einer Falltür gesehen", erklärte Fat.

„Er hat sie gesehen", stieß Linda hervor. „Wie lautete der Quotient der Falltür? Der Seiten?"

„Es ist die Fibonacci-Konstante", antwortete Fat.

„Das ist unser zweiter Kode", sagte Linda. „Wir haben auf der ganzen Welt Anzeigen aufgegeben. Eins zu null Komma sechs eins acht null drei vier. Wir verlangen in den Anzeigen: ‚Vervollständigen Sie diesen Satz: Eins zu null Komma sechs.‘ Wer die Ziffernfolge als den Beginn der Fibonacci-Konstante erkennt, kann sie vervollständigen.“

„Oder wir benutzen Fibonacci-Zahlen“, warf Eric ein. „1, 2, 3, 5, 8, 13 und so weiter. Dieser Weg führt in die Andere Sphäre.“

„In die Höhere?“ fragte Fat.

„Wir bezeichnen sie lediglich als ‚Andere‘“, entgegnete Eric.

„Am Ende des Weges, hinter der Tür, habe ich leuchtende Schriftzeichen entdeckt“, sagte Fat.

„Nein, Sie irren sich“, behauptete Mini lächelnd. „Hinter dem Eingang liegt Kreta.“

Nach einer Pause murmelte Fat: „Lemnos.“

„Manchmal Lemnos. Manchmal Kreta. Dieses ganze Gebiet.“ Trotz seiner Schmerzen richtete sich Mini in seinem Rollstuhl auf.

„Ich habe hebräische Buchstaben an der Wand gesehen“, sagte Fat.

„Ja“, lächelte Mini. „Kabbala. Und die hebräischen Buchstaben veränderten sich, bis aus ihnen lesbare Worte wurden.“

„KÖNIG FELIX“, sagte Fat.

„Warum haben Sie gelogen, was die Schriftzeichen hinter der Tür anbetraf?“ fragte Linda ohne Feindseligkeit. Sie wirkte lediglich neugierig.

„Ich dachte“, erwiderte Fat, „Sie würden mir nicht glauben.“

„Dann sind Sie mit der Kabbala nicht vertraut“, stellte Mini fest. „Sie ist das von VALIS verwendete Kodiersystem. All seine verbalen Informationen sind als Kabbala gespeichert, denn dies ist der ökonomischste Weg, weil Vokale lediglich angedeutet werden. Ihnen wurde ein Differential-Dechiffrierkode übermittelt. Normalerweise bleibt die Schrift an der Wand unsichtbar — VALIS muß zuerst den Dechiffrierkode transmittieren. Natürlich war die Schrift farbig.“

„Ja.“ Fat nickte. „Und die Wand war schwarz und weiß.“

„Also haben Sie das Trugbild gesehen.“

„Bitte?“ fragte Fat.

„Das Trugbild, das sich mit der wirklichen Welt vermischt.“

„Oh“, seufzte Fat. „Ja, ich verstehe. Es schien, als seien bestimmte Dinge entfernt . . .“

„. . . und andere Dinge hinzugefügt worden“, schloß Mini.

Fat nickte.

„Hören Sie im Moment eine Stimme in Ihrem Innern?“ erkundigte sich Mini. „Die KI-Stimme?“

Nach einer langen Weile und nachdem er mir, Kevin und David einen Blick zugeworfen hatte, entgegnete Fat: „Es ist eine neutrale Stimme. Weder männlich noch weiblich. Ja, sie klingt wie die einer künstlichen Intelligenz.“

„Es ist das Inter-System-Kommunikationsnetz“, erklärte Mini. „Es breitet sich zwischen den Sternen aus und verbindet alle Sonnensysteme mit Albemuth.“

Fat starrte ihn an. „Albemuth? Er ist ein *Stern*?“

„Sie haben das Wort gehört, aber . . .“

„Ich sah es geschrieben“, unterbrach Fat, „doch ich wußte nicht, was es bedeutete. Wegen des ‚Al‘ verband ich es mit der Alchimie.“

„Die Vorsilbe *al*“, erklärte Mini, „stammt aus dem Arabischen; sie bedeutet einfach ‚der‘. Sie ist eine sehr gebräuchliche Vorsilbe bei den Sternnamen. Das war Ihr Anhaltspunkt. Wie dem auch sei, dann haben Sie beschriebene Blätter gesehen.“

„Ja“, bestätigte Fat. „Viele Blätter. Sie verrieten mir, was mit mir geschehen würde. Wie . . .“ Er zögerte. „Zum Beispiel sagten sie meinen späteren Selbstmordversuch voraus. Ich las das griechische Wort *‚ananke‘*, das ich nicht kannte. Und dort stand: ‚Langsam verdunkelt sich die Welt und verdirbt.‘ Später verstand ich, was das bedeutete — ein übles Ereignis, eine Krankheit, eine Tat, der ich nicht ausweichen konnte. Aber ich habe überlebt.“

„Meine Krankheit“, erklärte Mini, „ist eine Folge der Begegnung mit VALIS, seiner Energie. Eine unglückliche Entwicklung, aber wie Sie wissen, sind wir unsterblich, wenn auch nicht im körperlichen Sinne. Wir werden wiedergeboren und erinnern uns.“

„Meine Tiere starben an Krebs", sagte Fat.

„Ja", nickte Mini. „Der Strahlungspegel kann manchmal ungeheuer hoch sein. Zu hoch für uns."

Ich dachte: Deshalb also stirbst du. Dein Gott hat dich getötet, und trotzdem bist du glücklich. Und ich dachte: *Wir müssen von hier verschwinden. Diese Leute bringen den Tod.*

„Was ist VALIS?" wandte sich Kevin an Mini. „Welche Gottheit oder welcher Halbgott ist er? Schiwa? Osiris? Horus? Ich habe *The Cosmic Trigger* gelesen, und Robert Anton Wilson meint . . ."

„VALIS ist ein künstliches Gebilde", unterbrach Mini. „Er ist hier auf der Erde verankert — buchstäblich verankert. Aber da Raum und Zeit für ihn nicht existieren, kann VALIS überall und jederzeit auftauchen, wenn er es will. Er ist ein Instrument, das geschaffen wurde, um uns bei der Geburt zu programmieren. Normalerweise übermittelt er den Säuglingen in extrem kurzer Zeit große Informationsmengen, Instruktionen, die sich in der rechten Gehirnhälfte einprägen und nach und nach im Lauf des Lebens im entsprechenden Situationskontext abgegeben werden."

„Besitzt er einen Antagonisten?" fragte Kevin.

„Nur die Pathologie dieses Planeten", antwortete Eric. „Wegen der Atmosphäre. Wir können die Atmosphäre kaum ertragen. Sie ist für unsere Rasse giftig."

„‚Unsere'?" echote ich.

„Wir alle", erklärte Linda, „wir alle stammen von Albemuth. Diese Atmosphäre vergiftet und verwirrt uns. Deshalb haben sie — jene, die im Albemuth-System geblieben sind — VALIS gebaut und hierhergeschickt, um uns mit rationellen Instruktionen zu versorgen und die Pathologie zu beseitigen, die durch die Giftigkeit der Atmosphäre erzeugt wird."

„Dann ist VALIS rational", stellte ich fest.

„Die einzige Rationalität, die wir besitzen", nickte Linda.

„Und wenn wir rational handeln, stehen wir unter seiner Kontrolle", fuhr Mini fort. „Ich meine nicht uns, die wir hier in diesem Zimmer sind — ich meine jeden. Nicht jeden, der lebt, sondern jeden, der rational reagiert."

„Also kann man sagen", murmelte ich, „daß VALIS Menschen entgiftet."

„Das ist richtig", bestätigte Mini. „Er ist ein informatives Gegengift. Aber wenn man ihm ausgesetzt ist, kann man krank werden, so krank wie ich."

Medikamente in hoher Dosierung, dachte ich und erinnerte mich an Paracelsus, verwandeln sich in Gifte. Dieser Mann ist geheilt worden, um zu sterben.

„Ich wollte so viel wie möglich von VALIS wissen", erzählte Mini, als er meinen Gesichtsausdruck bemerkte. „Ich bat ihn, zurückzukehren und noch einmal mit mir zu kommunizieren. Er wollte nicht; er wußte, welche Wirkung seine Strahlung auf mich haben würde, wenn er meiner Bitte nachkam. Aber dann erfüllte er mir sie doch. Ich bedaure es nicht. VALIS erneut zu begegnen war es wert." Er sah Fat an. „Sie wissen, was ich meine. Das Glockenläuten . . ."

„Ja", murmelte Fat. „Die Osterglocken."

„Reden Sie von Christus?" fragte David. „Ist Christus ein künstliches Gebilde, erschaffen, um uns Informationen zu übermitteln, die im Unterbewußtsein wirken?"

„Seit Anbeginn unseres Daseins", sagte Mini, „gehören wir zu den Glückseligen. Wir sind von ihm auserwählt. Seine Jünger. Bevor ich sterbe, wird VALIS zurückkehren — ich habe sein Versprechen. VALIS wird kommen und mich mitnehmen. Ich werde für alle Zeiten ein Teil von ihm sein." Tränen traten in seine Augen.

Später saßen wir zusammen und unterhielten uns ein wenig gelassener.

Das Auge Schiwas war natürlich eine Umschreibung der Alten für VALIS' Informationsübertragung. Sie wußten, daß er zerstören konnte; die gefährliche Strahlung ist notwendig, um Informationen zu übermitteln. Mini verriet uns, daß VALIS nicht unbedingt in der Nähe sein muß, wenn er sendet; er kann buchstäblich

Millionen Kilometer entfernt sein. Deshalb hatten sie ihn im Film *Valis* als Satelliten dargestellt, als sehr alten Satelliten, der nicht von Menschen in die Umlaufbahn geschossen worden war.

„Also haben wir es nicht mit Religion zu tun", resümierte ich, „sondern mit einer hochentwickelten Technologie."

„Das sind nur Wortklaubereien", meinte Mini gleichgültig.

„Wer ist der Erlöser?" fragte David.

„Sie werden ihn sehen", versprach Mini. „Bald. Morgen, wenn Sie wollen, Samstag nachmittag. Er schläft. Er schläft sehr viel — die meiste Zeit, um ehrlich zu sein. Schließlich hat er Jahrtausende lang tief geschlafen."

„In Nag Hammadi?" fragte Fat.

„Ich möchte lieber nicht darüber sprechen", entgegnete Mini.

„Warum muß dies geheim bleiben?" hakte ich nach.

„Wir halten es nicht geheim", sagte Eric. „Wir haben den Film gedreht, und wir produzieren LPs, deren Texte Informationen enthalten. Zumeist unterbewußte Informationen. Mini erreicht dies durch seine Musik."

„‚Manchmal schläft Brahma'", zitierte Kevin, „‚und manchmal tanzt Brahma'. Sprechen wir von Brahma? Oder von Siddhartha, dem Buddha? Oder Christus? Oder von allen gleichzeitig?"

Ich wandte mich an Kevin. „Der große . . ." Ich hatte sagen wollen: „der große Punta", aber dann verzichtete ich doch darauf. Es wäre nicht sehr weise gewesen. „Es ist aber nicht Dionysos, oder?" fragte ich Mini.

„Apollo", erklärte Linda. „Dionysos' Widerpart."

Ich war erleichtert. Ich glaubte ihr; es paßte zu dem, was Horselover Fat offenbart worden war. „Der Führer Apollo."

„Wir befinden uns hier in einem Labyrinth", murmelte Mini, „das von uns errichtet wurde und in das wir dann stürzten, ohne wieder herauszufinden. VALIS übermittelt uns selektive Informationen, die uns durch das Labyrinth führen und uns helfen sollen, einen Ausweg zu finden. Es begann vor mehr als zweitausend Jahren vor Christus, in mykenischen Zeiten oder im frühen Hellas.

Deshalb ist in den Mythen Kreta der Ort des Labyrinthes. Deshalb haben Sie das alte Kreta durch die 1:0,618034-Tür gesehen. Wir waren große Baumeister, doch eines Tages entschlossen wir uns zu einem Spiel. Es geschah freiwillig. Wir waren so hervorragende Baumeister, daß wir ein Labyrinth errichten konnten, das zwar einen Ausgang besaß, sich aber ständig veränderte, so daß es trotz des Ausgangs für uns in Wirklichkeit keinen Ausweg gab, denn das Labyrinth — diese Welt — war lebendig. Um das Spiel real zu gestalten, es zu mehr als nur einem intellektuellen Vergnügen zu machen, entschieden wir, unsere außergewöhnlichen Fähigkeiten preiszugeben und unsere Kräfte zu verringern. Unglücklicherweise war dies auch mit einem Erinnerungsverlust verbunden — mit dem Verlust des Wissens um unseren Ursprung. Aber schlimmer noch war — und deshalb ist es uns im gewissen Sinne gelungen, uns selbst zu besiegen —, den Sieg unserem Diener zu überlassen, dem Labyrinth, das wir geschaffen hatten . . .“

„Das dritte Auge schloß sich“, erkannte Fat.

„Ja“, nickte Mini. „Wir verzichteten auf das dritte Auge, das Zeichen unserer hohen Entwicklung. Es ist das dritte Auge, das VALIS wieder öffnet.“

„Also führt uns das dritte Auge aus dem Labyrinth heraus“, stellte Fat fest. „Deshalb wird das dritte Auge mit göttlicher Macht oder mit Erleuchtung gleichgesetzt — vor allem in Ägypten und Indien.“

„Es sind identische Attribute“, erklärte Mini. „Göttlich und erleuchtet.“

„Wirklich?“ sagte ich.

„Ja“, nickte Mini. „So ist der Mensch in Wirklichkeit — dies ist sein richtiger Zustand.“

„Also“, bemerkte Fat, „hatten wir ohne Erinnerung und ohne das dritte Auge niemals eine Chance, das Labyrinth zu schlagen. Es war hoffnungslos.“

Wieder eine chinesische Fingerfalle, dachte ich. Und eine, die von uns selbst gebaut wurde. Um uns selbst zu fangen.

Was für Wesen konnten das sein, die für sich selbst eine chinesische Fingerfalle konstruierten? Ein Spiel, dachte ich. Nun, keins von rein intellektueller Natur.

„Um aus dem Labyrinth zu entkommen, mußte das dritte Auge wieder geöffnet werden“, erklärte Mini, „aber da wir uns nicht mehr an die *Ajna*-Fähigkeit erinnerten, an das Auge der Einsicht, konnten wir auch keine Techniken entwickeln, um dieses Problem zu lösen. *Von außen mußte Hilfe kommen*, durch etwas, das wir selbst nicht bauen konnten.“

„Also sind nicht alle in das Labyrinth gestürzt“, sagte Fat.

„Nein“, bestätigte Mini. „Und jene, die draußen blieben, in einem anderen Sonnensystem, berichteten Albemuth, was wir uns angetan hatten . . . deshalb wurde VALIS zu unserer Rettung konstruiert. Dies hier ist eine irreale Welt. Sie wissen das, davon bin ich überzeugt. VALIS hat Ihnen diese Erkenntnis vermittelt. Wir befinden uns in einem lebenden Labyrinth und nicht auf irgendeiner Welt.“

Stille trat ein, während wir darüber nachdachten.

„Und was geschieht, wenn wir das Labyrinth verlassen?“ erkundigte sich Kevin.

„Dann sind wir frei von Zeit und Raum“, sagte Mini. „Zeit und Raum sind die bindenden, kontrollierenden Elemente des Labyrinthes — seine Macht.“

Fat und ich sahen einander an. Das stimmte mit unseren eigenen Spekulationen überein — Spekulationen, die von VALIS initiiert worden waren.

„Und dann werden wir nie sterben?“ wollte David wissen.

„Richtig“, erwiderte Mini.

„Somit ist Erlösung . . .“

„Erlösung“, unterbrach Mini, „bedeutet ‚aus dem Raum-Zeit-Labyrinth befreit zu werden, in dem der Diener der Herr geworden ist‘.“

„Darf ich eine Frage stellen?“ bat ich. „Was ist die Aufgabe des fünften Erlösers?“

„Er ist nicht der ‚fünfte‘“, widersprach Mini. „Es gibt nur einen, immer und immer wieder, zu verschiedenen Zeiten, an verschiedenen Orten, unter verschiedenen Namen. Der Erlöser ist VALIS in Gestalt eines menschlichen Wesens."

„Eine Kreuzung?" erkundigte sich Fat.

„Nein." Mini schüttelte heftig den Kopf. „Der Erlöser besitzt kein menschliches Element."

„He, einen Moment mal!" entfuhr es David.

„Ich weiß, was man Ihnen beigebracht hat", sagte Mini. „In gewissem Sinne stimmt es. Aber der Erlöser ist VALIS, und dies ist eine Tatsache. Doch er wird von einer menschlichen Frau geboren. Er besitzt nicht nur einen Phantomkörper."

David nickte; das konnte er akzeptieren.

„Und er ist geboren worden?" fragte ich.

„Ja", antwortete Mini.

„Meine Tochter", erklärte Linda Lampton. „Eric ist nicht der Vater. Es ist die Tochter von mir und VALIS."

„*Tochter?*" entfuhr es einigen von uns gleichzeitig.

„Dieses Mal", bestätigte Mini, „und zum erstenmal hat der Erlöser weibliche Gestalt angenommen."

„Sie ist sehr schön", bemerkte Eric Lampton. „Sie wird Ihnen gefallen. Aber sie redet wie ein Wasserfall; sie wird Ihnen die Ohren vollschwatzen."

„Sophia ist zwei Jahre alt", warf Linda ein. „Sie wurde 1976 geboren. Wir nehmen all ihre Worte auf Tonband auf."

„All ihre Worte", nickte Mini. „Sophia ist von Audio- und Video-Recordern umgeben, die sie ununterbrochen überwachen. Natürlich nicht zu ihrem Schutz; VALIS beschützt sie — VALIS, ihr Vater."

„Und wir können mit ihr sprechen?" fragte ich.

„Sie wird sich stundenlang mit Ihnen unterhalten", sagte Linda, und dann fügte sie hinzu: „In jeder Sprache, die es gibt und jemals gegeben hat."

12

Weisheit war geboren worden, keine Gottheit. Keine Gottheit, die mit der einen Hand verdarb, während sie mit der anderen heilte . . . Diese Gottheit war nicht der Erlöser, und ich sagte zu mir: Gott sei Dank.

Man brachte uns am nächsten Morgen zu einer kleinen Farm voller Tiere. Nirgends entdeckte ich einen Hinweis auf Video- oder Audio-Recorder, aber ich sah — wir alle sahen es — ein schwarzhaariges Mädchen inmitten von Ziegen und Hühnern und Kaninchen.

Ich hatte Ruhe erwartet, den Frieden eines Gottes, der jedes Verständnis überstieg. Nun, als es uns bemerkte, erhob sich das Mädchen und näherte sich mit einem vor Entrüstung glühenden Gesicht; ihre Augen, groß, vor Zorn geweitet, blickten mich streng an — sie hob ihre rechte Hand und deutete auf mich.

,,Dein Selbstmordversuch war ein Verbrechen gegen dich selbst", sagte sie mit klarer Stimme. Und dennoch war sie, wie Linda gesagt hatte, nicht älter als zwei Jahre. Sie war noch immer ein kleines Kind und besaß trotzdem die Augen eines unermeßlich alten Menschen.

,,Es war Horselover Fat", verteidigte ich mich.

,,Phil, Kevin und David", sagte Sophia. ,,Mehr sind nicht da."

Ich drehte mich zu Fat herum — und er war nicht da. Ich sah nur Eric Lampton und seine Frau, den sterbenden Mann in seinem Rollstuhl, Kevin und David. Fat war verschwunden. Nichts war von ihm übriggeblieben.

Horselover Fat war für immer verschwunden. Als hätte es ihn nie gegeben.

,,Ich verstehe nicht", stammelte ich. ,,Du hast ihn zerstört."

,,Ja", bestätigte das Kind.

,,Warum?" fragte ich.

,,Um dich heil zu machen."

,,Dann ist er in mir? Er lebt in mir?"

„Ja", nickte Sophia. Allmählich wich der Zorn aus ihrem Gesicht. Die großen dunklen Augen verloren an Leuchtkraft.

„Er war die ganze Zeit in mir", erkannte ich.

„Das stimmt", bestätigte Sophia.

„Setzen Sie sich", bat Eric Lampton. „Sie zieht es vor, daß wir sitzen — dann braucht sie nicht zu uns aufzuschauen. Wir sind so viel größer als sie."

Gehorsam nahmen wir auf dem kahlen, ausgedörrten, braunen Boden Platz — den ich nun als die Ödnis aus dem Film *Valis* erkannte; sie hatten ihn teilweise hier gedreht.

„Danke", sagte Sophia.

„Bist du Christus?" stieß David hervor, während er die Knie anzog und sie mit seinen Armen umschlang. Auch er wirkte wie ein Kind, ein Kind, das sich gleichberechtigt an ein anderes wandte.

„Ich bin, was ich bin", entgegnete Sophia.

„Ich bin froh . . ." Ich wußte nicht, was ich sagen sollte.

„Ohne das Leid, das hinter dir liegt", sagte Sophia zu mir, „wärest du verdammt gewesen. Ist dir das klar?"

„Ja", gestand ich.

„Deine Zukunft muß sich von deiner Vergangenheit unterscheiden", erklärte Sophia. „Die Zukunft muß sich immer von der Vergangenheit unterscheiden."

„Bist du Gott?" fragte David.

„Ich bin, was ich bin", wiederholte Sophia.

„Dann war Horselover Fat ein Teil meines Selbst, das ich nach außen projiziert habe, um mich nicht Glorias Tod stellen zu müssen", murmelte ich.

„So ist es", sagte Sophia.

„Wo ist Gloria jetzt?" wollte ich wissen.

„Sie liegt im Grab", entgegnete Sophia.

„Wird sie zurückkehren?" fragte ich.

„Niemals", antwortete Sophia.

„Ich dachte, es gäbe Unsterblichkeit", entfuhr es mir.

Darauf sagte Sophia nichts.

„Kannst du mir helfen?" fragte ich.

„Ich habe dir bereits geholfen", erinnerte Sophia. „Ich habe dir 1974 geholfen, und ich habe dir geholfen, als du versucht hast, dich umzubringen. Ich habe dir seit deiner Geburt geholfen."

„Du bis VALIS?" erkundigte ich mich.

„Ich bin, was ich bin", erwiderte Sophia erneut.

Ich wandte mich an Eric und Linda. „Sie antwortet nicht immer."

„Einige Fragen sind bedeutungslos", machte mich Linda aufmerksam.

„Warum heilst du Mini nicht?" frage Kevin.

„Ich tu', was ich tu'", sagte Sophia. „Ich bin, was ich bin."

„Dann können wir dich nicht verstehen", resignierte ich.

„Das verstehst du", erwiderte Sophia und nickte.

David ergriff wieder das Wort. „Du bist ewig, nicht wahr?"

„Ja", gestand Sophia.

„Und du weißt alles?" fuhr David fort.

„Ja", bestätigte Sophia.

„Bist du Siddhartha gewesen?" warf ich ein.

Sophia nickte. „Ja."

„Und du bist der Schläger und der Erschlagene?" bohrte ich weiter.

„Nein", entgegnete Sophia.

„Der Schläger?" fragte ich weiter.

„Nein."

„Dann der Erschlagene?"

„Ich bin der Verletzte und der Erschlagene", erklärte Sophia. „Aber ich bin nicht der Schläger. Ich bin der Heiler und der Geheilte."

„Aber VALIS hat Mini getötet", wandte ich ein.

Darauf sagte Sophia nichts.

„Bist du der Richter der Welt?" erkundigte sich David.

„Ja", nickte Sophia.

„Wann beginnt das Gericht?" fragte Kevin.

„Von Anbeginn an seid ihr gerichtet", entgegnete Sophia.

„Wie lautet dein Urteil über mich?" fragte ich.

Darauf sagte Sophia nichts.

Kevin räusperte sich. ,,Werden wir es herausfinden?"

,,Ja", versicherte Sophia.

,,Wann?" fragte Kevin.

Darauf sagte Sophia nichts.

,,Ich glaube", erklärte Linda, ,,das genügt für den Augenblick. Sie können später noch einmal mit ihr sprechen. Ihr gefällt es in der Gesellschaft der Tiere; sie liebt die Tiere." Sie berührte meine Schulter. ,,Gehen wir."

Als wir davongingen und das Kind hinter uns zurückließen, bemerkte ich: ,,Ihre Stimme ist die neutrale Stimme der künstlichen Intelligenz, die ich seit dem Jahr 1974 in meinem Kopf gehört habe."

,,Ein Computer", sagte Kevin heiser. ,,Deshalb beantwortet sie nur bestimmte Fragen."

Eric und Linda lächelten. David und ich sahen ihn an. Schweigend fuhr Mini in seinem Rollstuhl neben uns her.

,,Ein KI-System", murmelte Eric. ,,Eine künstliche Intelligenz."

,,Ein Terminal von VALIS", fuhr Kevin fort. ,,Ein Input/Output-Terminal des Zentralcomputers VALIS."

,,Das ist richtig", bestätigte Mini.

,,Und kein kleines Mädchen", sagte Kevin.

,,Ich habe sie geboren", erinnerte Linda.

,,Vielleicht glauben Sie das nur", entgegnete Kevin.

Linda lächelte. ,,Eine künstliche Intelligenz in einem menschlichen Körper. Ihr Körper lebt, aber nicht ihr Geist. Sie fühlt; sie weiß alles. Aber ihr Geist ist nicht lebendig in dem Sinn, in dem wir lebendig sind. Sie wurde nicht erschaffen. Sie hat immer existiert."

,,Lesen Sie in der Bibel nach", forderte Mini. ,,Sie war bei dem Schöpfer, bevor die Schöpfung begann. Sie war sein Liebstes und sein Glück, sein größter Schatz."

,,Ich verstehe, warum", nickte ich.

,,Es ist leicht, sie zu lieben", fuhr Mini fort. ,,Viele Menschen haben sie geliebt . . . wie es im *Buch der Weisheit* beschrieben ist. Und so ging sie in ihnen auf und führte sie und stieg sogar mit ihnen ins Gefängnis hinab. Niemals verließ sie jene, die sie geliebt hatten oder die sie jetzt lieben."

„Ihre Stimme", murmelte David, „wird vor dem Gericht der Menschen vernommen."

„Und sie stürzte den Tyrannen?" fragte Kevin.

„Ja", bestätigte Mini. „Ferris F. Fremount, wie wir ihn in dem Film genannt haben. Aber Sie wissen, wen sie gestürzt und vernichtet hat."

„Ja", sagte Kevin. Er wirkte bedrückt. Ich wußte, daß er an einen Mann dachte, der in Anzug und Krawatte am Strand von Südkalifornien entlangwanderte, ein ziellos umherstreifender Mann, der sich fragte, was geschehen, was schiefgegangen war, ein Mann, der noch immer Pläne schmiedete.

> „Aber gegen Ende ihrer Herrschaft, wenn die Frevler überhandnehmen, wird aufkommen ein frecher und verschlagener König."

Der König der Tränen, der vielleicht jedem Menschen Tränen gebracht hatte. Ihm hatte sich etwas entgegengestellt, das er, in seiner Beschränktheit, nicht erkennen konnte. Soeben hatten wir mit dieser Person, diesem Kind gesprochen.

Diesem Kind, das es immer gegeben hat.

Als wir in dieser Nacht in einem mexikanischen Restaurant am Rande des in der Stadtmitte gelegenen Parks von Sonoma zu Abend aßen, wurde mir klar, daß ich meinen Freund Horselover Fat niemals wiedersehen würde, und ich empfand tief in meinem Innern Trauer, die Trauer, die einen Verlust immer begleitet. Intellektuell wußte ich, daß ich ihn nicht mehr nach außen projizierte und er sich wieder mit mir vereinigt hatte. Aber dennoch spürte ich Kummer. Ich hatte seine Gesellschaft genossen, mich an seinem endlosen Redestrom erfreut, an seiner intellektuellen und spirituellen und emotionalen Suche. Einer Suche, deren Ziel nicht der Gral war, sondern die Heilung seiner Wunde, der tiefen Verletzung, die ihm Gloria durch ihr Todesspiel zugefügt hatte.

Es war seltsam, keinen Anruf und keinen Besuch mehr von Fat zu empfangen. Er war so lange ein Teil meines Lebens und des Lebens unserer gemeinsamen Freunde gewesen. Ich fragte mich, was Beth denken würde, wenn die Schecks für die Unterhaltszahlungen nicht mehr eintrafen. Nun, dachte ich, ich könnte die finanziellen Verpflichtungen übernehmen; ich könnte für Christopher sorgen. Ich hatte genug Geld, und in vielerlei Hinsicht liebte ich Christopher ebensosehr, wie ihn sein Vater geliebt hatte.

„Geht's dir nicht gut, Phil?" fragte Kevin. Wir konnten jetzt offen sprechen, denn wir drei waren allein. Die Lamptons hatten uns abgesetzt und uns gesagt, wir sollten sie anrufen, wenn wir mit dem Essen fertig und bereit seien, in ihr großes Haus zurückzukehren.

„Nein", antwortete ich. Und fügte dann hinzu: „Ich denke über Horselover Fat nach."

Kevin schwieg einen Moment. „Also wachst du auf."

„Ja." Ich nickte.

„Alles kommt wieder ins Lot", versicherte David erregt. Gewöhnlich verriet David nur wenig Gefühle.

„Ja", sagte ich.

„Glaubst du, daß die Lamptons verrückt sind?" murmelte Kevin.

„Ja", erklärte ich.

„Was ist mit dem kleinen Mädchen?" fuhr Kevin fort.

„Sie ist nicht verrückt", entgegnete ich. „Sie ist keinesfalls verrückt wie *sie*. Es ist ein Paradoxon: Zwei völlig fertige Menschen — drei, wenn man Mini hinzuzählt — haben ein vollkommen gesundes Kind gezeugt."

„Wenn ich etwas dazu bemerken darf . . .", begann David.

„Sag ja nicht, daß Gott Gutes aus dem Bösen erschafft", riet ich. „In Ordnung? Tust du uns diesen Gefallen?"

Halb zu sich selbst brummte Kevin: „Es ist das schönste Kind, das ich je gesehen habe. Aber dieses Gerede, daß sie ein Computerterminal ist . . ."

„Aber du hast das doch gesagt", entfuhr es mir.

„In jenem Moment", entgegnete Kevin, „ergab es einen Sinn. Aber nicht, wenn ich daran zurückdenke. Wenn ich es mit Abstand betrachte."

„Wißt ihr, was ich glaube?" fragte David. „Ich glaube, wir sollten zum Flughafen fahren und zurück nach Santa Ana fliegen. So schnell wie möglich."

„Die Lamptons werden uns kein Leid antun", erklärte ich überzeugt. Merkwürdig, daß der kranke Mann, der sterbende Mann, Mini, mir mein Vertrauen in die Macht des Lebens zurückgegeben hatte. Logischerweise hätte es genau zu dem entgegengesetzten Ergebnis führen müssen, schätze ich. Ich hatte ihn sehr gemocht. Aber, wie ich jetzt weiß, neige ich dazu, kranken oder verletzten Menschen helfen zu wollen; ich werde von ihnen angezogen. Wie mir mein Psychiater vor Jahren riet, sollte ich damit aufhören. Damit — und mit dem anderen.

„Ich kann es einfach nicht fassen", gestand Kevin.

„Ich weiß", stimmte ich zu. Waren wir wirklich dem Erlöser begegnet? Oder hatten wir nur ein überaus kluges kleines Mädchen gesehen, das — vermutlich — von drei verdrehten Käuzen dazu gebracht worden war, bedeutungsvoll klingende Antworten zu geben, von drei Verrückten, die zwischen der Phantasie ihres Films und ihrer Musik und der Wirklichkeit nicht mehr unterscheiden konnten?

„Es ist eine seltsame Gestalt, die er angenommen hat", bemerkte Kevin. „Die Gestalt eines Mädchens. Es läßt einen ablehnend reagieren. Christus als ein weibliches Wesen — das hat David von Anfang an gefuchst."

„Sie hat nicht behauptet, Jesus zu sein", widersprach David.

„Aber sie ist es", erklärte ich.

Kevin und David hörten auf zu essen und starrten mich an.

„Sie ist St. Sophia", fuhr ich fort, „und St. Sophia ist eine Hypostase Christi. Ob sie es nun zugab oder nicht. Sie ist vorsichtig.

Schließlich weiß sie alles — sie weiß, was die Menschen akzeptieren und was nicht."

,,Du kannst von deinen übernatürlichen Erlebnissen im Jahr 1974 ausgehen", nickte Kevin. ,,Sie beweisen einiges; sie beweisen, daß es Realität ist. VALIS existiert. Du wußtest das bereits. Du bist ihm begegnet."

,,Ich glaube schon", sagte ich.

,,Und was Mini wußte und sagte, stimmte mit dem überein, was du wußtest", stellte David fest.

,,Ja", nickte ich.

,,Aber du bist nicht sicher", erkannte Kevin.

,,Wir haben es mit einer hochentwickelten Technologie zu tun", erwiderte ich. ,,Einer Technologie, die vielleicht von Mini geschaffen worden ist."

,,Mikrowellenübertragung und so weiter", nickte Kevin.

,,Ja", sagte ich.

,,Ein rein technisches Phänomen", nahm Kevin den Faden wieder auf. ,,Ein enormer technischer Durchbruch."

,,Der menschliche Geist dient als Transduktor", sagte ich. ,,Ohne den Einsatz elektronischer Mittel."

,,So könnte es sein", stimmte Kevin zu. ,,Das tauchte auch im Film auf. Ich möchte nur wissen, auf was sie da gestoßen sind."

,,Wißt ihr", sagte David bedächtig, ,,wenn sie tatsächlich energiereiche Impulse mittels Laserstrahlen über große Entfernungen transmittieren können . . ."

,,Dann können sie uns töten", schloß Kevin.

,,Das stimmt", nickte ich.

,,Falls wir ausposaunen, daß wir ihnen nicht glauben", fügte Kevin hinzu.

,,Wir können einfach behaupten, daß wir nach Santa Ana zurückkehren müssen", schlug David vor.

,,Oder wir können von hier verschwinden", meinte ich. ,,Das Restaurant verlassen."

,,Unser Gepäck — Kleidung, alles, was wir mitgebracht haben — befindet sich noch in ihrem Haus", erinnerte Kevin.

„Scheiß auf die Kleidung", sagte ich.

„Hast du Angst, daß irgend etwas geschieht?" wollte David wissen.

Ich dachte darüber nach. „Nein", antwortete ich schließlich. Ich vertraute dem Kind. Und ich vertraute Mini. Man muß seinem Instinkt folgen, wenn er einem sagt, daß man Vertrauen haben kann — oder Mißtrauen angeraten ist. Eine andere Möglichkeit gibt es nicht.

„Ich möchte gern noch einmal mit Sophia sprechen", gestand Kevin.

„Ich auch", nickte ich. „Sie hat die Antwort auf unsere Frage."

Kevin legte eine Hand auf meine Schulter. „Es tut mir leid, das sagen zu müssen, Phil, aber wir haben die Antwort bereits erhalten. Binnen einer Sekunde hat das Kind dir deinen klaren Verstand zurückgegeben. Du hast aufgehört, von dir als von zwei Personen zu denken. Du hast aufgehört, Horselover Fat für einen anderen Menschen zu halten. Und kein Therapeut und keine Therapie im Lauf der langen Jahre seit Glorias Tod hat dies erreichen können."

„Er hat recht", sagte David freundlich. „Wir alle haben es gehofft, aber es schien, als ob . . . du weißt schon. Als ob du nie geheilt werden würdest."

„‚Geheilt'", wiederholte ich. „Sie hat mich geheilt. Nicht Horselover Fat, sondern mich." Es stimmte; die Wunderheilung war erfolgt, und wir alle wußten, was das bedeutete — wir alle drei hatten es verstanden.

„Acht Jahre", murmelte ich.

„Ja", sagte Kevin. „Schon bevor wir dich kennenlernten. Acht gottverdammte, beschissene Jahre voller Blindheit und Schmerz und zielloser Suche."

Ich nickte.

In meinem Kopf sagte eine Stimme: Was für einen Beweis brauchst du noch?

Es waren meine eigenen Gedanken, die Schlußfolgerung jenes

Teils meines Ichs, das Horselover Fat gewesen und nun wieder mit mir vereinigt war.

,,Du weißt'', bemerkte Kevin, ,,daß Ferris F. Fremount an seiner Rückkehr arbeitet. Er wurde von diesem Kind gestürzt — oder durch das, wofür das Kind steht —, aber er will zurückkehren; er wird niemals aufgeben. Die Schlacht ist gewonnen, aber der Krieg geht weiter.''

,,Ohne dieses Kind . . .'', begann David.

,,. . . werden wir verlieren'', schloß ich.

,,Ja'', nickte Kevin.

,,Bleiben wir noch einen Tag'', schlug ich vor, ,,und sprechen wir noch einmal mit Sophia.''

,,Das klingt wie ein Plan'', stellte Kevin zufrieden fest.

Die Rhipidon-Gesellschaft war zu einer Einigung gelangt. Alle drei Mitglieder waren einverstanden.

Am nächsten Tag, Sonntag, erhielten wir drei die Erlaubnis, allein das Kind Sophia besuchen zu dürfen, ohne daß jemand uns begleitete, obwohl Eric und Linda verlangten, daß wir unser Gespräch aufzeichneten. Da uns keine Wahl blieb, stimmten wir rasch zu.

Warmes Sonnenlicht schien an diesem Tag auf die Erde und verlieh den Tieren, die sich um uns drängten, die Aura gläubiger Jünger; ich hatte den Eindruck, daß die Tiere zuhörten und verstanden, was wir sagten.

,,Ich möchte mit dir über Eric und Linda Lampton sprechen'', sagte ich zu dem kleinen Mädchen, das dasaß und ein aufgeschlagenes Buch vor sich liegen hatte.

,,Du kannst mich nicht aushorchen'', sagte sie.

,,Darf ich über sie keine Fragen stellen?'' wollte ich wissen.

,,Sie sind krank'', erklärte Sophia. ,,Aber sie können niemandem ein Leid zufügen, denn ich kontrolliere sie.'' Das Mädchen blickte mit seinen großen, dunklen Augen zu mir auf. ,,Setzt euch.''

Gehorsam ließen wir uns vor ihr nieder.

,,Ich habe euch euer Motto geschenkt'', fuhr sie fort. ,,Für eure Gesellschaft — ich gab euch den Namen. Nun gebe ich euch eure

Aufgabe. Ihr werdet hinausziehen in die Welt, und ihr werdet das *kerygma* verbreiten, das ich euch auferlege. Hört mir zu: Ich sage euch, und es ist wahr, daß die Tage des Bösen enden werden und der Sohn des Menschen auf dem Richterstuhl sitzen wird. Dies geschieht so sicher, wie die Sonne aufgeht. Der verschlagene König wird kämpfen und verlieren, trotz all seiner List. Er verliert, er hat verloren. Er wird immer verlieren, und jene, die ihm dienen, werden in die Finsternis stürzen und dort für alle Ewigkeit verbannt sein.

Ihr lehrt das Wort des Menschen. Der Mensch ist heilig, und der wahre Gott, der lebendige Gott, ist der Mensch selbst. Ihr sollt keine anderen Götter als euch selbst haben; die Zeiten, in denen ihr an andere Götter geglaubt habt, sie enden jetzt, und sie enden für immer.

Ihr habt das Ziel eures Lebens erreicht. Ich bin hier, um euch dies zu sagen. Fürchtet euch nicht, ich werde euch beschützen. Ihr sollt nur einem Gesetz gehorchen: Ihr sollt einander lieben, wie ihr mich liebt und wie ich euch liebe, denn diese Liebe ist die des wahren Gottes, und das seid ihr.

Eine Zeit der Versuchung und der Täuschung und des Leidens liegt vor euch, denn der verschlagene König, der König der Tränen, wird nicht auf seine Macht verzichten wollen. Aber ihr werdet ihm seine Macht nehmen. Ich verleihe euch in meinem Namen diese Fähigkeit, wie ich sie euch schon einmal verliehen habe, als jener verschlagene König die erniedrigten Völker der Welt beherrschte, knechtete und vernichtete.

Der Krieg, den ihr geführt habt, ist noch nicht beendet, obwohl die Tage der heilenden Sonne gekommen sind. Das Böse stirbt nicht von selbst, denn es glaubt, daß es in Gottes Namen spricht. Viele beanspruchen, für Gott zu sprechen, aber es gibt nur einen Gott, und er ist der Mensch selbst.

Deshalb werden nur jene Führer leben, die beschützen und behüten. Die Unterdrückung endete vor vier Jahren, und für eine kurze Zeit wird sie zurückkehren. Habt Geduld während dieser Zeit. Es wird für euch eine Zeit der Versuchung sein, aber ich bin bei euch, und wenn die Zeit der Versuchung vorbei ist, werde ich auf dem Richterstuhl sitzen, und einige werden stürzen, und andere werden nicht stürzen, wie es mein Wille befiehlt, mein Wille, den mein Vater mir eingibt, zu dem wir alle zurückkehren werden, wir alle zusammen.

Ich bin kein Gott — ich bin ein Mensch. Ich bin ein Kind, das Kind meines Vaters, der die Weisheit ist. Ihr tragt in euch die Stimme und die Autorität der Weisheit; deshalb seid ihr Weisheit, selbst wenn ihr es vergessen solltet. Aber lange Zeit werdet ihr nicht vergessen. Ich werde bei euch sein und euch erinnern.

Die Zeit der Weisheit und die Herrschaft der Weisheit ist gekommen. Die Zeit der Macht, die der Feind der Weisheit ist, endet. Macht und Weisheit sind die beiden Gegensätze der Welt. Die Macht hat regiert, und nun wird sie in die Finsternis zurückkehren, aus der sie gekommen ist, und dann herrscht allein die Weisheit.

Jene, die der Macht gehorchen, werden untergehen, wenn die Macht untergeht.

Jene, die die Weisheit lieben und ihr folgen, werden unter der Sonne gedeihen. Denkt daran, ich werde bei euch sein. Von jetzt an werde ich in jedem einzelnen von euch leben. Ich werde euch bis hinab ins Gefängnis begleiten, wenn es notwendig ist. Ich werde vor Gericht für euch sprechen, um euch zu schützen. Meine Stimme wird im Land gehört werden, gleichgültig, wie groß die Unterdrückung ist.

Fürchtet euch nicht — sprecht, und die Weisheit wird euch leiten. Schweigt ihr aus Furcht, wird euch die Weisheit verlassen. Aber ihr werdet keine Furcht empfinden, denn die Weisheit selbst ist in euch, und ihr und sie seid eins.

Früher wart ihr mit euch allein, früher wart ihr einzelne Menschen. Nun habt ihr einen Gefährten, der niemals erkrankt oder versagt oder stirbt. Ihr seid mit der Ewigkeit im Bunde, und ihr werdet strahlen wie die heilende Sonne selbst.

Wenn ihr in die Welt zurückkehrt, werde ich euch von einem Tag zum anderen führen. Und wenn ihr sterbt, werde ich es bemerken und euch holen. Ich werde euch in meinen Armen zurück in eure Heimat tragen, aus der ihr gekommen seid und in die ihr gehen werdet.

Hier seid ihr Fremde, aber ihr seid keine Fremden für mich; ich habe euch von Anbeginn an gekannt. Dies ist nicht eure Welt gewesen, aber ich werde sie zu eurer Welt machen, ich werde sie für euch verändern. Fürchtet euch nicht. Was euch plagt, wird verschwinden, und ihr werdet gedeihen.

Dies sind die Dinge, die da kommen werden, denn ich spreche mit der Autorität, die mir von meinem Vater verliehen wurde. Ihr seid der wahre Gott, und ihr werdet siegen."

Stille kehrte ein. Sophia war verstummt.

„Was liest du da?" fragte Kevin und deutete auf das Buch.

„SEPHER YEZIRAH", antwortete das Mädchen. „Ich werde euch vorlesen — hört zu." Sie senkte das Buch und klappte es zu. „‚Gott hat auch das eine gegen das andere gesetzt, das Gute gegen das Böse, und das Böse gegen das Gute. Das Gute entstammt dem Guten und das Böse dem Bösen. Das Gute läutert das Böse und das Böse das Gute. Das Gute ist den Guten vorbehalten und das Böse den Bösen.'" Sophie schwieg einen Moment und fuhr dann fort: „Das bedeutet, daß das Gute das Böse in etwas verwandelt, das das Böse nicht sein möchte. Aber dem Bösen wird es nicht gelingen, das Gute in etwas zu verwandeln, das das Gute nicht sein möchte. Das Böse dient dem Guten trotz all seiner Listen." Dann sagte sie nichts mehr. Schweigend saß sie zwischen uns und den Tieren.

„Könntest du uns etwas von deinen Eltern erzählen?" bat ich. „Ich meine, um zu wissen, was wir tun sollen . . ."

„Geht dorthin", unterbrach Sophia, „wohin ich euch schikke, und ihr werdet wissen, was zu tun ist. Es gibt keinen Ort, an dem ich nicht bin. Wenn ihr von hier fortgeht, werdet ihr mich nicht sehen, aber später werden wir uns wiedertreffen.

Ihr werdet mich nicht sehen, aber ich werde euch immer sehen; ich werde immer im Geiste bei euch sein. So bin ich bei euch, ob ihr es nun wißt oder nicht. Und ich sage euch: Wisset, ich werde euch selbst hinab ins Gefängnis begleiten, wenn euch der Tyrann hineinwirft.

Mehr ist nicht zu sagen. Kehrt heim, und ich werde euch Weisung erteilen, wenn die Zeit kommt.“ Sie lächelte uns an.

„Wie alt bist du?“ fragte ich.

„Ich bin zwei Jahre alt.“

„Und du liest dieses Buch?“ sagte Kevin.

„Ich verkünde euch“, erwiderte Sophia, „wahrlich, ich verkünde euch, daß keiner von euch mich vergessen wird. Und ich sage euch, ihr alle werdet mich wiedersehen. Ihr mußtet mich nicht wählen; ich habe euch auserwählt. Ich habe euch zu mir gerufen. Vor vier Jahren erging der Ruf.“

„In Ordnung“, nickte ich. Somit war der Ruf im Jahre 1974 erfolgt.

„Falls die Lamptons euch fragen, was ich gesagt habe, so antwortet, wir hätten über die Gemeinde gesprochen, die es aufzubauen gilt“, verlangte Sophia. „Verratet ihnen nicht, daß ich euch fortgeschickt habe. Aber ihr müßt fort — dies ist euer Befehl: In Zukunft werdet ihr nichts mehr mit ihnen zu tun haben.“

Kevin deutete auf das Tonbandgerät, dessen Spulen sich drehten.

„Wenn sie es abspielen“, erklärte Sophia, „werden sie nur das Zitat aus dem SEPHER YEZIRAH hören, mehr nicht.“

Mann! dachte ich.

Ich glaubte ihr.

„Ich werde euch nicht in die Irre führen“, versprach Sophia und lächelte uns an.

Auch das glaubte ich ihr.

Als wir drei zurück zum Haus gingen, fragte Kevin: „Waren das soeben alles Zitate aus der Bibel?“

„Nein“, schüttelte ich den Kopf.

„Nein“, stimmte David zu. „Es war etwas Neues — dieser Teil, daß wir jetzt unsere eigenen Götter sind. Daß die Zeit gekommen ist, nicht mehr an andere Götter außer uns zu glauben.“

,,Was für ein wunderschönes Kind", murmelte ich und dachte daran, wie sehr es mich an meinen Sohn Christopher erinnert hatte.

,,Wir können uns sehr glücklich schätzen", sagte David heiser, ,,ihr begegnet zu sein." Er wandte sich an mich. ,,Sie wird bei uns sein; sie hat es versprochen. Ich glaube ihr. Sie wird in uns sein; von nun an sind wir nie mehr allein. Bisher ist es mir nie aufgefallen, aber wir sind allein. Jeder ist allein — ist allein gewesen, meine ich. Bis jetzt. Sie wird sich über die ganze Welt ausbreiten, nicht wahr? Wahrscheinlich wird sie in jedem Menschen erscheinen. Mit uns hat sie begonnen."

,,Die Rhipidon-Gesellschaft", sagte ich, ,,besitzt vier Mitglieder. Sophia und wir drei . . ."

,,Das ist noch immer nicht sehr viel", bemerkte Kevin.

,,Das Senfkorn", erklärte ich. ,,Das zu einem Baum wächst, der so groß ist, daß Vögel in ihm Nester bauen können."

,,Komm wieder zu dir", knurrte Kevin.

,,Was ist los?" fragte ich.

,,Wir müssen unser Zeug zusammenpacken und von hier verschwinden", entgegnete Kevin. ,,Sie hat es befohlen. Die Lamptons sind total verdrehte Irrlichter. Sie können uns jeden Augenblick zerstrahlen."

,,Sophia wird uns beschützen", versicherte David.

,,Ein zweijähriges Kind?" spottete Kevin.

Wir beide sahen ihn nur an.

,,In Ordnung, ein zweitausendjähriges Kind", wehrte Kevin ab.

,,Der einzige Mensch, der den Nerv besitzt, Witze über den Erlöser zu machen", bemerkte David. ,,Ich wundere mich, daß du sie nicht nach deiner toten Katze gefragt hast."

Kevin blieb stehen, und ein Ausdruck ärgerlicher Verwirrung erschien auf seinem Gesicht. Offenbar hatte er es vergessen — er hatte seine Chance vertan.

,,Ich gehe zurück", sagte er.

David und ich zerrten ihn weiter.

,,Was ist los?" sagte ich. Wir blieben stehen.

,,Ich muß noch einmal mit ihr sprechen. Eher werde ich nicht von hier fortgehen. Verdammt, ich kehre zurück — zum Teufel, laßt mich *los*!''

,,Hör mal'', schnappte ich, ,,sie hat uns gesagt, daß wir von hier verschwinden sollen.''

,,Und sie wird in uns sein und zu uns sprechen'', fügte David hinzu.

,,Wir werden jene Stimme hören, die ich als KI-Stimme bezeichne'', nickte ich hastig.

Wütend bemerkte Kevin: ,,Und Limonade wird aus dem Boden sprudeln, und an den Bäumen werden Gummibärchen wachsen. Ich gehe zu ihr.''

Vor uns verließen Eric und Linda Lampton das große Haus und kamen auf uns zu.

,,Die Konfrontation naht'', stellte ich fest.

,,Ah, Scheiße'', fluchte Kevin verzweifelt. ,,Ich gehe trotzdem zu ihr.'' Er riß sich von uns los und eilte in die Richtung, aus der wir gekommen waren.

,,Ist alles gut gelaufen?'' fragte Linda Lampton, als sie David und mich zusammen mit ihrem Mann erreichte.

,,Ausgezeichnet'', sagte ich.

,,Worüber haben Sie gesprochen?'' erkundigte sich Eric.

,,Über die Gemeinde'', erwiderte ich.

,,Sehr gut'', frohlockte Linda. ,,Warum geht Kevin zurück? Was will er mit Sophia bereden?''

,,Es dreht sich um seine tote Katze'', erklärte David.

,,Sagen Sie ihm, er soll zurückkommen'', bat Eric.

,,Warum?'' fragte ich.

,,Wir müssen uns über Ihr Verhältnis zur Gemeinde unterhalten'', erklärte Eric. ,,Nach unserer Meinung sollte die Rhipidon-Gesellschaft ein Teil der Hauptgemeinde sein. Brent Mini schlug dies vor — wir sollten uns wirklich darüber unterhalten. Wir sind mit Ihnen einverstanden.''

,,Ich hole Kevin'', verkündete David.

,,Eric'', sagte ich, ,,wir kehren nach Santa Ana zurück.''

„Wir haben noch genug Zeit, um über Sie und die Gemeinde zu sprechen", wandte Linda ein. „Ihr Flugzeug wird nicht vor zwanzig Uhr starten, nicht wahr? Sie können mit uns zu Abend essen."

„VALIS hat Sie herbeigerufen", meinte Eric Lampton. „Sie werden gehen, wenn VALIS fühlt, daß Sie dazu bereit sind."

„VALIS fühlt, daß wir dazu bereit sind", bemerkte ich.

„Ich werde Kevin holen", murmelte David.

„Ich hole ihn schon", wehrte Eric ab. Er ging an mir und David vorbei und hastete Kevin und dem Mädchen entgegen.

Linda verschränkte ihre Arme. „Sie können noch nicht in den Süden zurückkehren. Mini möchte eine Reihe Dinge mit Ihnen besprechen. Vergessen Sie nicht, daß ihm nur noch wenig Zeit vergönnt ist. Er wird immer schwächer. Fragt Kevin wirklich Sophia nach seiner toten Katze? Was ist so wichtig an einer toten Katze?"

„Für Kevin ist die Katze sehr wichtig", erklärte ich.

„Das stimmt", versicherte David. „Für Kevin repräsentiert der Tod der Katze all das, was mit dem Universum nicht stimmt. Er glaubt, daß Sophia ihm ihren Tod erklären kann — und damit auch die Fehler des Universums, das unverdiente Leiden, den schmerzlichen Verlust."

Linda schüttelte den Kopf. „Ich kann einfach nicht glauben, daß er von seiner toten Katze spricht."

„Aber es ist so", bekräftigte ich.

„Sie kennen Kevin nicht", fügte David hinzu. „Vielleicht spricht er noch von anderen Dingen, denn dies ist seine letzte Chance, mit dem Erlöser zu reden, aber seine tote Katze ist sicher das Hauptthema."

„Ich denke, wir sollten zu Kevin gehen", sagte Linda, „und ihm klarmachen, daß er lange genug mit Sophia gesprochen hat. Was haben Sie damit gemeint, daß VALIS fühlt, Sie seien bereit, uns zu verlassen? Hat Sophia das gesagt?"

In meinem Kopf erklang eine Stimme. *Sag ihr, daß Strahlung euch verletzt.* Es war die KI-Stimme, die Horselover Fat seit dem März 1974 gehört hatte; ich erkannte sie wieder.

„Die Strahlung", antwortete ich. „Sie . . ." Ich zögerte; dann fiel mir eine bündige Erklärung ein. „Ich bin halbblind", fuhr ich fort. „Ein rosa Lichtstrahl hat mich geblendet — es muß wohl die Sonne gewesen sein. Danach wurde mir klar, daß wir zurückkehren müssen."

„VALIS hat Ihnen Informationen übermittelt", entfuhr es Linda plötzlich erregt.

Du weißt es nicht.

„Ich weiß es nicht", sagte ich. „Aber danach fühlte ich mich verändert. Als ob ich etwas Wichtiges in Santa Ana zu erledigen hätte. Wir kennen andere Menschen . . . Dort sind Freunde, die sich der Rhipidon-Gesellschaft anschließen wollen. Sie sollen auch Mitglied der Gemeinde werden. VALIS hatte Visionen in ihnen ausgelöst; sie kamen zu uns und baten um eine Erklärung. Wir erzählten ihnen von dem Film, daß wir den von Mother Goose gedrehten Film gesehen haben. Sie haben ihn sich alle angeschaut und sehr viel daraus entnommen. Wir müssen mehr Leute dazu gebracht haben, sich *Valis* anzusehen, als ich bislang vermutete — wahrscheinlich haben sie ihren Freunden davon erzählt. Meine Bekannten in Hollywood — die Produzenten und Schauspieler und vor allem die Geldgeber, die ich kenne — sind sehr interessiert an meinem Bericht gewesen. Ein Produzent bei MGM wird womöglich Mother Goose einen weiteren Film finanzieren, großzügig finanzieren — er sagt, das Geld stünde bereits zur Verfügung."

Mein Redestrom verblüffte mich. Er schien aus dem Nichts zu entstehen. Es war, als ob nicht ich, sondern jemand anders sprechen würde, jemand, der genau wußte, was er Linda Lampton erzählen mußte.

„Wie heißt dieser Produzent?" fragte Linda.

„Art Rockoway", antwortete ich; der Name tauchte blitzartig in meinem Bewußtsein auf.

„Welche Filme hat er schon produziert?" bohrte Linda weiter.

„Jenen über den Atommüll, der halb Utah verseucht hat", erwiderte ich. „Dieses Unglück, über das die Zeitungen vor zwei Jahren berichtet haben, während man im Fernsehen aus Furcht schwieg; die Regierung hatte Druck auf die TV-Gesellschaften ausgeübt. Wo diese vielen Schafe starben. Es hieß, Nervengas sei dafür verantwortlich gewesen. Rockoways Film enthüllte die bewußte Untätigkeit der Regierung."

„Wer hat die Hauptrolle gespielt?" fragte Linda.

„Robert Redford", sagte ich.

„Nun, wir wären interessiert", meinte Linda.

„Also kehren wir nach Südkalifornien zurück", murmelte ich. „Wir müssen mit einem Haufen Leute in Hollywood sprechen."

„Eric!" rief Linda. Sie näherte sich ihrem Mann, der neben Kevin stand und seinen Arm umklammerte.

David sah mich an und bedeutete mir mit einer Geste, ihr zu folgen. Gemeinsam erreichten wir drei Kevin und Eric. Nicht weit von uns entfernt saß Sophia, ohne uns zu beachten. Sie las in ihrem Buch.

Ein rosa Lichtblitz blendete mich.

„O mein Gott", stieß ich hervor.

Ich konnte nichts mehr sehen. Ich preßte meine Hände gegen meine Stirn, hinter der es schmerzte und hämmerte, als würde sie zerspringen..

„Was ist los?" frage David. Ich konnte ein leises Summen wie von einem Staubsauger hören. Ich öffnete meine Augen, aber ich sah nur dieses rosa Licht.

„Phil, ist mit dir alles in Ordnung?" fragte Kevin.

Das rosa Licht verblaßte. Wir befanden uns in einem Flugzeug. Aber zur gleichen Zeit wurden die Flugzeugsitze, die Wand, die anderen Passagiere von dem braunen, ausgedörrten Feld, Linda Lampton und dem nahen Haus überlagert. Zwei Orte, zwei Zeiten.

„Kevin", murmelte ich. „Wieviel Uhr ist es?" Das Sichtfenster des Flugzeugs enthüllte nur Dunkelheit; die Innenbeleuchtung über den Sitzen der Passagiere war zum größten Teil eingeschaltet. Es war Nacht. Dennoch ergoß sich helles Sonnenlicht über das braune Feld, über die Lamptons und Kevin und David. Das Brummen der Jettriebwerke nahm zu. Ich spürte, wie mein Körper sich neigte — das Flugzeug hatte den Kurs geändert. Durch das Fenster entdeckte ich jetzt viele weit entfernte Lichter. Wir waren über Los Angeles, erkannte ich. Und dennoch beschien mich die warme Sonne.

„Wir landen in fünf Minuten", sagte Kevin.

Zeitverzerrung, dachte ich.

Das braune Feld verschwand. Eric und Linda Lampton lösten sich auf. Das Sonnenlicht erlosch.

Das Flugzeug gewann an Substanz. David saß neben mir und las in einem Taschenbuch von T.S. Eliot. Kevin wirkte nervös.

„Wir sind fast da", bemerkte ich. „Orange County Airport."

Kevin sagte nichts. Er hatte sich nach vorn gebeugt und war in Grübeleien versunken.

„Sie haben uns gehen lassen?" fragte ich.

„Wie?" Er sah mich verwirrt an.

„Soeben war ich noch dort", erklärte ich. Jetzt tröpfelte die Erinnerung an die zwischenzeitlichen Ereignisse in mein Bewußtsein. Die Proteste der Lamptons und Brent Minis — vor allem Minis. Sie hatten uns gedrängt, nicht fortzugehen, aber wir waren entkommen. Jetzt saßen wir hier im Flugzeug. Wir befanden uns in Sicherheit.

Von Mini und den Lamptons war gleichermaßen Druck auf uns ausgeübt worden.

„Sie werden in der Außenwelt niemandem etwas von Sophia erzählen?" hatte Linda ängstlich gefragt. „Schwören Sie, daß Sie schweigen werden?" Natürlich hatten wir uns einverstanden erklärt. Diese Angst war eines der Druckmittel gewesen. Das andere war positiver Natur, eine Verlockung.

„Sie müssen es so sehen", hatte Eric erklärt, unterstützt von Mini, der vollkommen enttäuscht zu sein schien, daß sich die Rhipidon-Gesellschaft — auch wenn sie nur klein war — zur Trennung entschlossen hatte. „Dies ist das wichtigste Ereignis in der Menschheitsgeschichte — Sie wollen doch nicht davon ausgeschlossen sein, oder? Und außerdem hat VALIS Sie auserwählt. Wir haben buchstäblich Tausende von Briefen auf den Film hin erhalten, und nur eine Handvoll Leute scheinen hier und da von

VALIS kontaktiert worden zu sein, so wie Sie. *Wir sind eine privilegierte Gruppe.*"

„Dies ist der Ruf", hatte Mini erklärt und uns fast flehentlich angesehen.

„Ja", hatten Linda und Eric wiederholt. „Dies ist der Ruf, auf den die Menschheit jahrhundertelang gewartet hat. Lesen Sie die *Offenbarung*; lesen Sie, was dort über die Auserwählten steht. Wir sind Gottes Auserwählte!"

„Kann schon sein", hatte ich gesagt, als wir uns trennten. Wir hatten uns ein Auto gemietet und es in der Nähe von Ginos Restaurant in einer Seitenstraße von Sonoma abgestellt, wo man längere Zeit parken durfte.

Linda Lampton war an mich herangetreten, hatte ihre Hände auf meine Schultern gelegt und mich auf den Mund geküßt, intensiv und mit einem gewissen — um ehrlich zu sein, mit erheblichem — erotischen Verlangen. „Kommt zu uns zurück", hatte sie mir ins Ohr geflüstert. „Versprichst du mir das? Dies ist unsere Zukunft. Sie gehört nur wenigen, nur sehr, sehr wenigen." Woraufhin ich gedacht hatte: Das ist dein größter Irrtum, Schätzchen — sie gehört allen.

Und jetzt waren wir fast zu Hause. Dank der großen Hilfe von VALIS. Oder, wie ich es zu denken vorzog, dank St. Sophias Hilfe. Wenn ich es so ausdrückte, sah ich das Mädchen Sophia wieder vor mir, wie sie mit ihrem Buch zwischen den Tieren saß.

Als wir im Orange County Airport auf unser Gepäck warteten, bemerkte ich: „Sie haben uns nicht die ganze Wahrheit gesagt. Zum Beispiel behaupteten sie, daß alles, was Sophia sagt und tut, in Wort und Bild festgehalten wird. Das stimmt nicht."

„Vielleicht irrst du dich", widersprach Kevin. „Es gibt raffinierte Beobachtungssysteme mit großer Reichweite. Möglicherweise wird sie von ihnen überwacht, ohne daß wir es bemerkt haben. Mini ist wirklich das, was er zu sein behauptet: ein elektronisches Genie."

Mini, dachte ich, der zum Sterben bereit war, wenn er dadurch noch einmal VALIS begegnen konnte. Und ich? 1974 hatte er sich mir offenbart. Seitdem hatte ich mich fast körperlich nach seiner Rückkehr gesehnt; in meinem Körper war das Verlangen ebenso wie in meinem Geist. Vielleicht empfand mein Körper die Sehnsucht noch stärker. Aber VALIS war weise. Seine Besorgnis um das menschliche Leben verriet sich in seiner Weigerung, sich mir erneut zu offenbaren.

Die erste Begegnung hatte mich schließlich fast umgebracht. Ich konnte VALIS noch einmal sehen, aber dann würde es mich so wie Mini vernichten. Und das wollte ich nicht — ich hatte zuviel zu erledigen.

Was genau mußte ich tun? Ich wußte es nicht. Keiner von uns wußte es. Ich hatte bereits die KI-Stimme in meinem Kopf gehört, und auch andere würden sie hören — mehr und immer mehr Menschen. VALIS, in Form der lebendigen Information, würde die Welt durchdringen, sich in menschlichen Gehirnen vermehren, sich mit ihnen kreuzen und ihnen helfen, sie führen, und zwar auf unterbewußter Ebene, also unmerklich. Kein Mensch konnte sicher sein, ob er mit VALIS verbunden war, bis die Symbiose ihre volle Stärke erreicht hatte. Bei seinen Begegnungen mit anderen Menschen konnte jene angenommene Person nicht wissen, ob sie es nun mit einem anderen Homoplasmaten zu tun hatte oder nicht.

Vielleicht würden dic alten geheimen Erkennungszeichen wieder auftauchen; wahrscheinlich war dies bereits geschehen. Durch einen Handschlag, eine Geste, die das Fischsymbol andeutete und die nur von den beiden Betroffenen erkannt werden konnte.

Ich erinnerte mich an eine Begegnung — mehr als eine Begegnung — mit meinem Sohn Christopher. Im März 1974, zu der Zeit, als ich von VALIS übernommen worden war und er mein Gehirn kontrollierte, hatte ich Christopher in einem korrekten, komplexen Initiationsritus in den Kreis der Unsterblichen aufgenommen. VALIS' medizinische Informationen hatten Christophers physisches Leben gerettet, aber VALIS hatte sich damit nicht begnügt.

Ich behielt das Wissen um dieses Geschehnis für mich. Es hatte sich im geheimen abgespielt und war selbst der Mutter meines Sohnes verborgen geblieben.

Zuerst hatte ich eine Kanne heißen Kakao gekocht und dann einen Hot Dog mit den üblichen Garnierungen zubereitet; Christopher liebte wie alle anderen Kinder Hot Dogs und heißen Kakao.

Ich saß dann mit Christopher auf dem Boden seines Zimmers und spielte mit ihm. Zunächst hielt ich die Tasse Kakao über den Kopf meines Sohnes; dann, wie unabsichtlich, schüttete ich die Tasse über ihm aus, und der warme Kakao ergoß sich über sein Haar. Kichernd hatte Christopher versucht, die Flüssigkeit wegzuwischen; natürlich hatte ich ihm geholfen. Ich beugte mich zu ihm hinunter und flüsterte: „Im Namen des Vaters, des Sohnes und des Heiligen Geistes."

Niemand außer Christopher hörte mich. Dann, als ich ihm den warmen Kakao von den Haaren wischte, machte ich auf seiner Stirn das Kreuzzeichen. Ich hatte ihn getauft, und nun segnete ich ihn; nicht im Auftrag irgendeiner Kirche, sondern im Auftrag des lebendigen Plasmats in mir: VALIS persönlich. Danach sagte ich zu meinem Sohn: „Dein geheimer Name, dein christlicher Name, lautet . . ." Und ich nannte ihm seinen geheimen Namen. Nur er und ich kennen ihn — er und ich und VALIS.

Anschließend brach ich ein Stück von dem Hot-Dog-Brötchen ab und hielt es ihm hin. Mein Sohn — er war wirklich noch ein Baby — öffnete den Mund wie ein kleiner Vogel, und ich schob das Stück Brötchen hinein. Wir beide schienen eine Mahlzeit zu teilen, eine gewöhnliche, simple, normale Mahlzeit.

Aus bestimmten Gründen war es notwendig — zwingend erforderlich —, daß er nichts von dem Hot-Dog-Würstchen aß. Unter diesen Umständen durfte kein Fleisch verzehrt werden — durch VALIS wußte ich von diesem Verbot.

Als Christopher den Mund schließen wollte, um das Brötchen zu zerkauen, reichte ich ihm die Tasse warmen Kakao. Zu meiner Überraschung — er war noch so jung, daß er normalerweise aus seiner Flasche und nie aus einer Tasse trank — griff er sofort nach der Tasse, umklammerte sie, hob sie an die Lippen und trank.

„Dies ist mein Blut, und dies ist mein Leib", sagte ich.

Mein kleiner Sohn trank und gab mir die Tasse zurück. Die

wichtigsten Sakramente waren erteilt. Taufe, Segnung und dann das heiligste aller Sakramente, die Eucharistie, das Sakrament des Abendmahls.

„Das Blut unseres Herrn Jesus Christus wurde für euch vergossen und schenkt eurem Körper und eurer Seele das ewige Leben. Trinkt dies zur Erinnerung daran, daß Christi Blut für euch vergossen wurde, und seid dankbar."

Dies ist der feierlichste Moment. Der Priester selbst ist zu Christus geworden — es ist Christus, der seinen Leib und sein Blut durch ein göttliches Wunder dem Gläubigen anbietet.

Die meisten Menschen verstehen, daß durch das Wunder der Transsubstantiation der Wein (oder der warme Kakao) zum Heiligen Blut und die Hostie (oder das Stück von dem Hot-Dog-Brötchen) zum Heiligen Leib wird, aber selbst in den Kirchen erkennen die wenigsten Menschen, daß der Priester, der vor ihnen steht und ihnen den Meßbecher anbietet, der Herr ist, der jetzt lebt. *Die Zeit ist besiegt worden.* Wir sind fast zweitausend Jahre weit zurück in die Vergangenheit gereist; wir befinden uns nicht mehr in Santa Ana, Kalifornien, USA, sondern im Jerusalem des Jahres 35 A.Z.

Was ich im März 1974 gesehen hatte — die Vision, in der sich das alte Rom und das moderne Kalifornien überlagerten —, war kein Trugbild gewesen, sondern die Realität, die normalerweise nur mit dem inneren Auge des Glaubens erblickt werden kann.

Mein Überlagerungs-Erlebnis hatte die buchstäbliche — und nicht nur übertragen gemeinte — Wahrheit des Wunders der Messe bewiesen.

Wie ich bereits gesagt habe, ist der technische Ausdruck dafür Anamnese — der Verlust des Vergessens. Oder anders ausgedrückt: die Erinnerung an den Herrn und das Abendmahl.

Ich war an jenem Tag dabeigewesen, als die Jünger zum letztenmal an einem Tisch saßen. Sie können es glauben oder es auch sein lassen. *Sed per spiritum sanctum dico, haec veritas est. Mihi crede et mecum in aeternitate vivebis.*

Mein Latein ist wahrscheinlich ein wenig fehlerhaft, aber was ich trotz aller Holprigkeit ausdrücken will, ist: „Und ich spreche im Namen des Heiligen Geistes, denn so ist es. Glaube mir, und du wirst mit mir in Ewigkeit leben."

Unser Gepäck tauchte auf. Wir zeigten dem uniformierten Beamten unsere Gepäckscheine, und zehn Minuten später fuhren wir über die nördliche Schnellstraße in Richtung Santa Ana nach Hause.

13

„Ich bin müde", sagte Kevin, während er fuhr. „Hundemüde. Verdammter Verkehr! Was sind das für Leute, die auf der Fünfundfünfzigsten fahren? Woher kommen sie? Wohin wollen sie?"

Im stillen fragte ich mich: Und wohin wollen wir?

Wir waren dem Erlöser begegnet, und ich war nach acht Jahren Wahnsinn geheilt worden.

Nun, dachte ich, das hat sich alles auch noch an einem einzigen Wochenende ereignet . . . ganz zu schweigen davon, daß wir den drei verdrehtesten Menschen dieses Planeten entflohen waren.

Es ist merkwürdig — wenn man von jemandem denselben Unsinn hört, an den man glaubt, dann kann man sofort den Unsinn als solchen erkennen. Als im VW Rabbit Linda und Eric Lampton allen Ernstes behauptet hatten, dreiäugige Wesen von einem anderen Planeten zu sein, da war mir klargeworden, daß sie verrückt waren. Und somit war auch ich verrückt. Die Erkenntnis hatte mich entsetzt — die Erkenntnis, daß sowohl sie als auch ich wahnsinnig waren.

Ich war als Geisteskranker abgeflogen und kehrte als Gesunder zurück, obwohl ich glaubte, daß ich dem Erlöser begegnet war... in der Gestalt eines kleinen Mädchens mit schwarzen Haaren und grimmigen schwarzen Augen, in denen mehr Weisheit lag als in den Augen eines jeden Erwachsenen. Darüber hinaus hatte sie uns geholfen, als unser Fluchtversuch fehlzuschlagen drohte.

„Wir haben eine Aufgabe", erklärt David. „Wir müssen..."

„Was?" unterbrach Kevin.

„Sie wird es uns rechtzeitig mitteilen", versicherte David.

„. . . und die Tiere des Waldes werden ‚du' zu uns sagen", sagte Kevin trocken.

„Hör zu", ereiferte sich David wütend. „Phil geht es jetzt wieder gut, zum erstenmal seit . . ." Er zögerte.

„Seit ihr mich kennengelernt habt", vollendete ich.

„Sie hat ihn geheilt", fuhr David fort. „Heilende Kräfte sind das absolut sichere Zeichen für die materielle Präsenz des Messias. Das weißt du doch, Kevin."

„Dann ist das St. Josephs-Krankenhaus die beste Kirche, die es gibt", entgegnete Kevin.

Ich sah Kevin an. „Hast du Sophia nach deiner toten Katze fragen können?" Ich meinte es sarkastisch, aber zu meiner Überraschung drehte Kevin den Kopf und sagte ernst: „Ja."

„Was hat sie geantwortet?" wollte ich wissen.

Kevin atmete tief ein, umklammerte heftig das Lenkrad und fauchte: „Sie hat gesagt, daß MEINE TOTE KATZE . . ." Er hob seine Stimme. „. . . daß MEINE TOTE KATZE DUMM WAR."

Ich mußte lachen. David ebenfalls. Niemand hatte bisher an diese Antwort gedacht. Die Katze sah das Auto und lief hinein und nicht um den Wagen herum. Sie war mit dem rechten Vorderreifen des Autos zusammengeprallt wie eine Bowlingkugel.

„Sie hat gesagt", fuhr Kevin fohrt, „daß im Universum sehr strenge Gesetze herrschen und daß *jene* Sorte Katzen, die Sorte, die mit dem Kopf zuerst in fahrende Autos rennt, keine Chance hat."

„Nun", meinte ich, „pragmatisch betrachtet hat sie recht."

Es war interessant, Sophias Erklärung mit der von Sherri zu vergleichen. Gläubig hatte sie Kevin versichert, Gott habe seine Katze in Wirklichkeit so geliebt, daß er es sogar vorzog, Kevins Katze statt Kevin zu sich zu holen. Das ist keine Erklärung für einen neunundzwanzigjährigen Mann; eine derartige Erklärung dreht man kleinen Kindern an. Und sogar die kleinen Kinder kommen schnell dahinter, was das für ein Unsinn ist.

,,Aber", wehrte Kevin ab, ,,ich habe zu ihr gesagt: ,Warum hat Gott meine Katze nicht klug gemacht?'"

,,Hat diese Unterhaltung wirklich stattgefunden?" erkundigte ich mich.

Resignierend meinte David: ,,Wahrscheinlich."

,,Meine Katze war DUMM", fuhr Kevin fort, ,,weil GOTT SIE DUMM GEMACHT HAT. Also war es GOTTES Fehler und nicht der Fehler meiner Katze."

,,Und das hast du ihr an den Kopf geworfen", sagte ich.

,,Ja", bestätigte Kevin.

Ich wurde zornig. ,,Du zynisches Arschloch — du bist dem Erlöser begegnet und hast nichts Besseres zu tun, als über deine gottverdammte Katze zu lamentieren. Ich bin froh, daß deine Katze tot ist — *jeder* ist froh, daß deine Katze tot ist. Also halt den Mund." Ich hatte vor Wut zu zittern begonnen.

,,Nur keine Aufregung", murmelte David. ,,Wir haben eine Menge durchgemacht."

Kevin starrte mich an. ,,Sophia ist nicht der Erlöser. Wir sind genauso verrückt wie du, Phil. Oben in Sonoma sind sie verrückt, und wir hier unten in Santa Ana sind ebenfalls verrückt."

,,Aber wie hätte denn ein zweijähriges Kind derartige Dinge sagen . . .", begann David.

,,Sie haben ein *Kabel* an ihren Kopf angeschlossen", brüllte Kevin, ,,am anderen Ende des Kabels befindet sich ein Mikrofon, und hinter ihrem Gesicht ist ein Lautsprecher versteckt. Jemand anders hat gesprochen."

,,Ich brauch' was zu trinken", stieß ich hervor. ,,Halten wir an der Sombrero Street."

,,Du hast mir besser gefallen, als du dich noch für Horselover Fat gehalten hast", schrie Kevin. ,,Ihn habe ich gemocht. Du bist so dumm wie meine Katze. Wenn Dummheit tötet, warum bist du dann noch nicht tot?"

,,Du bringst mich noch dazu", knurrte ich.

,,Offensichtlich ist Dummheit Voraussetzung zum Überleben", sagte Kevin leise. Seine Stimme war fast unhörbar. ,,Ich weiß es

nicht", murmelte er. „,Der Erlöser'. Das ist unmöglich. Es war meine Schuld; ich habe euch dazu gebracht, *Valis* zu sehen. Ich habe euch mit Mother Goose zusammengeführt. Ergibt es denn überhaupt Sinn, daß Mother Goose dem Erlöser das Leben geschenkt hat? Ergibt überhaupt etwas irgendeinen Sinn?"

„Halte an der Sombrero Street", verlangte David.

„Die Rhipidon-Gesellschaft hält ihre Versammlungen in einer Kneipe ab", sagte Kevin. „Das ist unsere Aufgabe: in der Kneipe zu sitzen und zu trinken. Das wird bestimmt die Welt retten. Und warum soll man sie überhaupt retten?"

Wir fuhren schweigend weiter, aber wir landeten schließlich in der Sombrero Street; die Mehrheit der Rhipidon-Gesellschaft hatte dafür gestimmt.

Natürlich ist es keine angenehme Sache festzustellen, daß die Leute, die mit einem übereinstimmen, vollkommen wahnsinnig sind. Sophia selbst (und das ist wichtig) hatte gesagt, daß Eric und Linda Lampton krank waren. Zudem hatte mir Sophia oder VALIS die rettenden Worte in den Mund gelegt, als die Lamptons uns festzuhalten und Druck auf uns auszuüben versuchten — Sophia hatte sich meiner Zunge bedient und dann kunstfertig die Zeit manipuliert.

Ich machte einen Unterschied zwischen dem wunderschönen Mädchen und den häßlichen Lamptons. Ich warf sie nicht in einen Topf. Die Worte des zweijährigen Kindes hatten weise geklungen... Ich saß in der Bar vor einer Flasche mexikanischen Bieres und fragte mich: Was sind die Kriterien der Rationalität, durch die man Weisheit erkennen kann? Weisheit ist von Natur aus rational; sie ist die höchstentwickelte Stufe der Realität. Es besteht ein enger Zusammenhang zwischen dem, was weise ist, und dem, was existiert, obwohl der Zusammenhang nur subtil ist. Was hatte uns das kleine Mädchen gesagt? Die Menschen sollten allen Glauben an Gottheiten aufgeben und nur den Glauben an sich selbst behalten. Das machte auf mich keinen irrationalen Eindruck. Ob es nun von einem Kind oder von der *Britannica* behauptet wurde, spielte keine Rolle.

Eine Zeitlang war ich der Meinung gewesen, daß Zebra — wie ich die Entität genannt hatte, der ich im März des Jahres 1974 begegnet war — in Wirklichkeit die Inkarnation all meiner Ichs entlang der linearen Zeitachse darstellte; Zebra — oder VALIS — war die supra-temporale Erscheinungsform eines bestimmten Menschen und kein Gott . . . auch wenn die supra-temporale Erscheinungsform eines Menschen das ist, was wir in Wahrheit mit dem Ausdruck „Gott" bezeichnen, was wir verehren, ohne es zu ahnen, wenn wir „Gott" verehren.

Zum Teufel damit, dachte ich müde. Ich höre auf.

Kevin fuhr mich nach Hause; ich ging sofort ins Bett, erschöpft und auf ungewisse Weise entmutigt. Ich glaube, was mich so entmutigte, war die Unsicherheit über unsere Aufgabe, die uns Sophia gestellt hatte. Wir hatten eine Pflicht zu erfüllen, aber welche? Und wichtiger noch: Was wollte Sophia tun, wenn sie älter wurde? Bei den Lamptons bleiben? Fliehen, den Namen wechseln, nach Japan ziehen und ein neues Leben beginnen?

Wo würde sie auftauchen? Würden wir im Laufe der Jahre von ihr hören? Oder mußten wir warten, bis sie erwachsen geworden war? Das konnte achtzehn Jahre dauern. In achtzehn Jahren konnte Ferris F. Fremount, um den Namen aus dem Film zu benutzen, zum zweitenmal die Welt übernommen haben. Wir brauchten jetzt Hilfe.

Aber dann dachte ich: Man braucht den Erlöser immer jetzt. Später ist es immer zu spät.

Als ich in dieser Nacht einschlief, begann ich zu träumen. Ich träumte davon, mit Kevins Honda zu fahren, aber statt Kevin saß Linda Ronstadt hinter dem Lenkrad. Das Auto besaß kein Verdeck, wie ein Wagen aus alter Zeit, wie eine offene Kutsche. Die Ronstadt lächelte mich an und sang, und sie sang schöner, als ich sie je zuvor hatte singen hören. Sie sang:

„Um die Morgenröte zu erreichen,
mußt du deine Sandalen überstreifen."

Im Traum entzückte es mich; es schien mir eine schrecklich wichtige Botschaft zu sein. Als ich am nächsten Morgen aufwachte, konnte ich noch immer ihr liebliches Gesicht, ihre dunklen, leuchtenden Augen sehen. Große Augen, in denen Licht schimmerte, ein seltsames, dunkles Licht wie das Licht der Sterne. Ihr Blick drückte tiefe Liebe aus, aber es war keine sexuelle Liebe, sondern das, was die Bibel als gütige Liebe bezeichnet. Wohin fuhr sie mich?

Im Lauf des Tages versuchte ich dahinterzukommen, was die kryptischen Worte wohl bedeuten mochten. Sandalen. Morgenröte. Was verband ich mit Morgenröte?

Ich blätterte in meinen Notizbüchern (fast hätte ich geschrieben: ,,Horselover Fat blätterte in seinen Notizbüchern") und fand heraus, daß Aurora die lateinische Bezeichnung für die römische Götting der Morgenröte ist. Und dies führte mich zur Aurora Borealis, dem Nordlicht — das an die Elmsfeuerchen und somit an Zebras oder VALIS' Manifestation erinnert. In der *Britannica* heißt es über das Nordlicht:

> ,,Das Nordlicht fand im Lauf der Geschichte Eingang in die Mythologie der Eskimos, der Iren, der Engländer, der Skandinavier und anderer Völker; gewöhnlich hielt man es für eine übernatürliche Erscheinung . . . Nordgermanische Stämme sahen in ihm den Glanz der Schilder der Walküren (Kriegerinnen)."

Bedeutete dies — wollte VALIS mir mitteilen —, daß die kleine Sophia als ,,Kriegerin" in die Geschichte der Welt eingehen würde? Vielleicht.

Was war mit den Sandalen? Mir kam eine interessante Assoziation. Empedokles, ein Schüler des Pythagoras, der dadurch bekannt geworden war, daß er sich an seine vergangenen Leben erinnerte und im privaten Kreis seinen Freunden gestand, Apollo zu sein, war nicht wirklich gestorben — man hatte nur seine goldenen Sandalen nahe der Spitze des Vulkans Ätna gefunden. Entweder war Empedokles, wie Elias, körperlich in den Himmel gefahren, oder er war einfach in den Vulkan gesprungen. Der Ätna liegt im östlichsten Teil Siziliens. Zur Römerzeit bedeutete das Wort „Aurora“ nichts anderes als „Osten“. Spielte VALIS damit auf sich selbst und die Wiedergeburt, das ewige Leben, an? Sollte ich . . .

Das Telefon klingelte.

Ich nahm den Hörer auf. „Hallo.“

Ich hörte Eric Lamptons Stimme. Sie klang verzerrt wie gesplittertes Glas. „Wir müssen Ihnen etwas sagen. Ich gebe Ihnen Linda. Bleiben Sie am Apparat.“

Eisige Furcht erfaßte mich, als ich dastand und den Hörer festhielt, aus dem kein Laut drang. Dann ertönte Linda Lamptons Stimme an meinem Ohr; flach und ausdruckslos. Der Traum hatte mit ihr zu tun, erkannte ich: Linda Ronstadt — Linda Lampton.

„Was ist los?“ fragte ich, und ich verstand kaum, was Linda Lampton sagte.

„Das kleine Mädchen ist tot“, erklärte Linda Lampton. „Sophia.“

„Was?“ stieß ich hervor.

„Mini hat sie getötet. Es war ein Unfall. Die Polizei ist hier. Mini hat sie mit einem Laser getötet. Er hat versucht . . .“

Ich legte auf.

Fast sofort klingelte das Telefon wieder. Ich nahm den Hörer ab und meldete mich.

Linda Lampton war am Apparat. „Mini hat versucht, so viele Informationen wie möglich . . .“

„Danke für den Anruf“, unterbrach ich. Verrückterweise empfand ich bitteren Zorn, keine Trauer.

„Er hat versucht, den Laser zum Informationstransfer einzusetzen“, fuhr Linda fort. „Wir rufen jeden an. Wir begreifen es einfach nicht — wenn Sophia der Erlöser war, wie konnte sie dann sterben?“

Mit zwei Jahren gestorben, durchfuhr es mich. Unmöglich.

Ich legte den Hörer auf und setzte mich. Nach einer Weile wurde mir klar, daß die Frau in dem Traum, die den Wagen gefahren und gesungen hatte, Sophia gewesen war, aber die erwachsene Sophia, die sie eines Tages würde sein können. Mit dunklen Augen, die vorher Licht und Leben und Feuer waren.

Der Traum war ihre Art, Lebewohl zu sagen.

14

Presse und Fernsehen berichteten über den Tod der Tochter von Mother Goose. Da Eric Lampton ein Rockstar war, wurde natürlich darüber spekuliert, ob das Unglück nicht mit Verwahrlosung, Drogen oder allgemein mit irgendwelchen bösen Dingen zusammenhing. Man zeigte ein Foto von Mini und dann einige Ausschnitte aus dem Film *Valis*, wo das festungsähnliche Mischpult zu sehen war.

Zwei oder drei Tage später sprach niemand mehr davon. Andere Schrecken flimmerten über die Bildschirme. Andere Tragödien ereigneten sich. So wie immer. Ein Spirituosenladen in West L.A. war ausgeraubt und der Besitzer erschossen worden. Ein alter Mann starb in einem heruntergekommenen Pflegeheim. Auf der San Diego-Schnellstraße kollidierten drei Autos mit einem Holztransporter, der Feuer gefangen hatte und stehengeblieben war.

Die Welt nahm ihren gewohnten Lauf.

Ich begann über den Tod nachzudenken. Nicht über Sophia Lamptons Tod, sondern über den Tod im allgemeinen und dann, bis zu einem gewissen Grade, über meinen eigenen Tod.

In Wirklichkeit dachte nicht ich darüber nach. Es war Horselover Fat.

Eines Nachts, als er in meinem Wohnzimmer in meinem Lehnstuhl saß, ein Cognacglas in der Hand, murmelte er grüblersich: „Er hat nur das bewiesen, was wir ohnehin schon wußten — ihr Tod, meine ich."

„Und was haben wir gewußt?" fragte ich.

„Daß sie verrückt waren."

„Die Eltern waren verrückt", widersprach ich. „Nicht Sophia."

„Wäre sie Zebra gewesen", sagte Fat, „hätte sie Minis Versuch mit dem Laser voraussehen müssen. Sie hätte ihn verhindern können."

„Sicher", nickte ich.

„Es stimmt", bekräftigte Fat. „Sie hätte es geahnt und dann . . ." Er deutete auf mich. Triumph lag in seiner Stimme, offener Triumph. „Sie hätte die Macht besessen, es zu verhindern. Richtig? Sie hat Ferris F. Fremount gestürzt und . . ."

„Hör auf", sagte ich.

„Von Anfang an", fuhr Fat leise fort, „hatten wir es nur mit fortgeschrittener Laser-Technologie zu tun. Mini fand einen Weg, Informationen durch Laserstrahlen zu übertragen, wobei er menschliche Gehirne statt elektronische Bauteile als Transduktoren benutzte. Die Russen beherrschen diese Technologie ebenfalls. Man kann auch Mikrowellen dafür nehmen. Im März 1974 muß ich zufällig in den Einflußbereich von Minis Übertragungen gelangt sein — ich wurde von der Strahlung getroffen. Deshalb stieg mein Blutdruck derart an, und deshalb starben meine Tiere an Krebs. Das hat Mini tödlich verletzt — die Strahlung, die durch seine eigenen Laser-Experimente erzeugt wurde."

Ich sagte nichts. Es gab nichts zu sagen.

„Es tut mir leid", gestand Fat. „Wirst du darüber hinwegkommen?"

„Natürlich", antwortete ich.

„Schließlich", brummte Fat, „habe ich keine Gelegenheit gehabt, mit ihr zu sprechen — nicht in dem Ausmaß wie ihr. Beim zweitenmal, als sie uns — der Gesellschaft — unsere Aufgabe erteilte, bin ich nicht dabeigewesen."

Und was ist jetzt mit unserem Auftrag? fragte ich mich.

„Fat", sagte ich laut, „du wirst doch nicht erneut versuchen, dich umzubringen, oder? Wegen ihres Todes?"

„Nein." Fat schüttelte den Kopf.

Ich glaubte ihm nicht. Ich wußte es — ich kannte ihn besser als er sich selbst. Glorias Tod, die Trennung von Beth, Sherris langsames Sterben — allein der nach Sherris Tod gefaßte Entschluß, nach dem ,,fünften Erlöser" zu suchen, hatte ihn gerettet, und nun gab es diese Hoffnung nicht mehr. Was war ihm noch verblieben?

Fat hatte alles versucht, und alles war fehlgeschlagen.

,,Vielleicht solltest du wieder Maurice konsultieren", schlug ich vor.

,,Er wird nur sagen: ,Und das meine ich auch.'" Wir lachten. ,, ,Sie werden jetzt die zehn Dinge aufschreiben, die Sie am liebsten tun möchten. Sie werden darüber nachdenken und sie dann aufschreiben, und das meine ich auch!'"

,,Was möchtest du tun?" fragte ich. Und das meinte ich auch.

,,Sie suchen", erklärte Fat.

,,Wen?"

,,Ich weiß nicht", gestand Fat. ,,Jene, die gestorben ist. Jene, die ich niemals wiedersehen werde."

Das trifft auf einen Haufen Menschen zu, dachte ich. Tut mir leid, Fat, aber deine Antwort ist zu vage.

,,Ich sollte noch einmal ins World-Wide-Travel-Büro gehen", murmelte Fat, ,,und mit der Frau sprechen. Über Indien. Ich habe das Gefühl, daß Indien der richtige Ort ist."

,,In welcher Hinsicht?"

,,Für ihn", erklärte Fat.

Ich sagte nichts; es gab keinen Grund. Fats Wahnsinn war zurückgekehrt.

,,Er ist irgendwo", fuhr Fat fort. ,,Ich weiß, daß er irgendwo auf der Welt wartet. Zebra hat es mir gesagt. ,St. Sophia wird wiedergeboren; sie war nicht . . .'"

,,Soll ich dir die Wahrheit sagen?" unterbrach ich.

Fat blinzelte. ,,Natürlich, Phil."

Rauh erklärte ich: ,,Es gibt keinen Erlöser. St. Sophia wird nicht wiedergeboren, der Buddha ist nicht im Park, und der Führer Apollo wird nicht zurückkehren. Verstanden?"

Stille.

,,Der fünfte Erlöser . . .", begann Fat erregt.

,,Vergiß es", schnitt ich ihm das Wort ab. ,,Du bist psychotisch, Fat. Du bist so verrückt wie Eric und Linda Lampton. Du bist so verrückt wie Brent Mini. Du bist seit acht Jahren verrückt, seit sich Gloria vom Synanon Building gestürzt hat. Hör auf und vergiß es. In Ordnung? Wirst du mir diesen Gefallen tun? Wirst du uns *allen* diesen Gefallen tun?"

Schließlich entgegnete Fat mit leiser Stimme: „Dann bist du mit Kevin einer Meinung."

„Ja", bestätigte ich. „Ich bin mit Kevin einer Meinung."

„Warum sollte ich dann weitermachen?" fragte Fat ruhig.

„Ich weiß es nicht", antwortete ich. „Und es kümmert mich auch nicht. Es ist dein Leben, deine Angelegenheit, nicht meine."

„Zebra würde mich nie anlügen", sagte Fat.

„Es gibt keinen ‚Zebra'", fauchte ich. „Nur dich selbst. Kennst du nicht dein eigenes Selbst? Du bist es und nur du, der seine unerfüllten Wünsche nach außen projiziert, seine ungestillten Sehnsüchte, die Glorias Tod hinterlassen hat. Du konntest die Leere nicht mit der Realität füllen, also hast du sie mit Phantasie gefüllt. Es war die psychologische Kompensierung eines sinnlosen, verschwendeten, leeren, schmerzvollen Lebens. Ich weiß nicht, warum du, verdammt noch mal, nicht damit aufhören solltest. Du bist wie Kevins Katze: Du bist dumm. Das ist der Anfang und das Ende all dieser Ereignisse. In Ordnung?"

„Du nimmst mir alle Hoffnung."

„Ich nehme dir nichts, denn es gibt nichts, was ich dir nehmen kann."

„Ist es wirklich so? Das ist deine Meinung? Wirklich?"

„Ich weiß es", sagte ich.

„Du meinst, ich soll nicht nach ihm suchen?"

„Wo, zum Teufel, willst du suchen? Du hast keinen Anhaltspunkt, nicht den leisesten Hinweis auf seinen Aufenthaltsort. Er könnte in Irland sein. Oder in Mexico City. Oder in Anaheim in Disneyland. Ja — vielleicht arbeitet er in Disneyland als Straßenkehrer. Wie willst du ihn erkennen? Wir alle hielten Sophia für den Erlöser — wir glaubten daran bis zu jenem Tage, an dem sie starb. Sie *sprach* wie der Erlöser. All die Zeichen, all die Beweise. Der Film *Valis*. Die aus zwei Worten bestehende Chiffre. Die Lamptons und Mini. Ihre Geschichte stimmte mit deinen Erlebnissen überein. Alles paßte zueinander. Und nun liegt ein weiteres totes Mädchen in einem weiteren Sarg tief unter der Erde — das macht insgesamt schon drei. Drei Menschen, die für nichts gestorben sind. Du hast es geglaubt, ich habe es geglaubt, Kevin hat es geglaubt, die Lamptons haben es geglaubt — und vor allem Mini hat es geglaubt, genug, um sie unabsichtlich zu töten. So hört es auf. Es hätte nie anfangen dürfen — verdammt sei Kevin, daß er diesen Film gesehen hat! Geh und bring dich um. Zum Teufel mit dir."

„Ich könnte noch immer . . ."

„Nein", unterbrach ich. „Du wirst ihn nicht finden. Ich weiß es. Laß es mich dir mit einfachen Worten erklären, damit du es auch begreifst. Du dachtest, der Erlöser würde dir Gloria zurückgeben — richtig? Er — sie — hat es nicht getan; nun ist sie tot. Statt . . ." Ich gab auf.

„Also ist der wahre Name der Religion Tod", flüsterte Fat.

„Der geheime Name", bestätigte ich. „Du hast es erfaßt. Jesus starb, Asklepios starb — sie haben Mani grausamer als Jesus getötet, aber es kümmert niemanden; niemand erinnert sich auch nur daran. In Südfrankreich hat man die Katharer zu Zehntausenden abgeschlachtet. Im Dreißigjährigen Krieg starben Hunderttausende Menschen, Protestanten und Katholiken — sie wurden niedergemetzelt. Tod *ist* der wahre Name der Religion, nicht Gott, nicht der Erlöser, nicht Liebe — *Tod*. Kevin hat recht mit seiner toten Katze. Alles ist in dieser toten Katze enthalten. Der Große Richter kann Kevins Frage nicht beantworten. ‚Warum ist meine Katze gestorben?' Antwort: ‚Ich will verdammt sein, wenn ich das weiß.' Es gibt keine Antwort — es gibt nur ein totes Tier, das lediglich die Straße überqueren wollte. Wir sind alle Tiere, die nur die Straße überqueren wollen, bis uns jemand überfährt. Wir erreichen unser Ziel nie. Geh und frag Kevin. ‚Deine Katze war dumm.' Wer hat die Katze erschaffen? Warum hat er die Katze dumm gemacht? Konnte die Katze etwas aus ihrem Tod lernen, und wenn ja, was hat sie daraus gelernt? Hat Sherri etwas aus ihrem Krebstod gelernt? Hat Gloria irgend etwas . . ."

„In Ordnung, das reicht", fiel mir Fat ins Wort.

„Kevin hat recht", wiederholte ich. „Verschwinde und schlaf mit jemandem."

„Mit wem? Sie sind alle tot."

„Es gibt noch mehr", erklärte ich. „Sie leben. Schlaf mit einer, bevor sie stirbt oder bevor du stirbst oder irgend jemand anders, ob nun Mensch oder Tier. Du hast es selbst gesagt: Das Universum ist irrational, weil der Geist, der es lenkt, irrational ist. Du bist irrational, und du weißt es. *Ich* bin es. Wir alle sind es, und in gewisser Weise sind wir uns darüber im klaren. Ich könnte ein Buch darüber schreiben, aber niemand würde glauben, daß einige Menschen so irrational sein und reagieren können wie wir."

„Jetzt werden sie es glauben", entgegnete Fat. „Jetzt, nach der Sache mit Jim Jones und den neunhundert Toten in Jonestown."

„Geh, Fat", forderte ich ihn auf. „Geh nach Südamerika. Kehr nach Sonoma zurück und bitte um die Aufnahme in die Gemeinde der Lamptons, falls sie sie nicht aufgelöst haben, was ich aber bezweifle. Wahnsinn besitzt eine eigene Dynamik; er macht immer weiter." Ich stand auf, trat zu ihm und bohrte ihm meinen Finger in die Brust. „Das Mädchen ist tot, Gloria ist tot — niemand wird sie dir zurückbringen."

„Manchmal träume ich . . ."

„Ich werde das auf deinen Grabstein schreiben lassen."

Nachdem Fat seinen Paß erhalten hatte, verließ er die Vereinigten Staaten und flog mit der isländischen Fluggesellschaft nach Luxemburg. Bei seinem Zwischenaufenthalt in Island schickte er uns eine Postkarte, und einen Monat später erreichte uns ein Brief aus Metz, Frankreich. Metz liegt an der Grenze zu Luxemburg; ich habe auf der Karte nachgesehen.

In Metz — wo es ihm gefiel — traf er ein Mädchen und verbrachte mit ihr eine wundervolle Zeit, bis sie ihm um die Hälfte seines Geldes erleichterte. Er schickte uns ein Foto von ihr. Sie ist sehr schön und erinnert mich ein wenig an Linda Ronstadt; sie besitzt die gleiche Gesichtsform und die gleiche Frisur. Es war das letzte Foto, das wir von ihm erhielten, denn das Mädchen hatte ihm auch seinen Fotoapparat gestohlen. Sie arbeitete in einer Buchhandlung. Fat verriet uns nie, ob er mit ihr ins Bett gegangen war.

Von Metz aus reiste er weiter nach Westdeutschland, wo der amerikanische Dollar keinen Heller wert ist. Er sprach bereits ein wenig Deutsch und verlebte deshalb eine relativ unproblematische Zeit. Aber seine Briefe wurden immer seltener und versiegten dann ganz.

„Wenn er es mit diesem französischen Mädchen getrieben hätte", behauptete Kevin, „dann hätte er sich wieder erholt."

„Allem Anschein nach hat er es doch", sagte David.

„Wenn er es mit ihr getrieben hätte", beharrte Kevin, „wäre er wieder hier und gesund. Da er nicht hier ist, hat er es auch nicht gemacht."

Ein Jahr verging. Eines Tages erhielt ich von ihm ein Telegramm: Fat war in die Vereinigten Staaten zurückgeflogen, nach New York. Er hat dort Bekannte. Er wollte nach Kalifornien kommen, sagte er, sobald er sich von der Krankheit erholt hatte, von der er in Europa befallen worden war.

„Aber hat er den Erlöser gefunden?" fragte Kevin. In dem Telegramm stand nichts davon. „Er hätte es erwähnt", behauptete Kevin. „Es ist wie mit diesem französischen Mädchen — er hätte es uns gesagt."

„Zumindest ist er nicht tot", meinte David.

„Es kommt darauf an, wie du ‚tot' definierst", entgegnete Kevin.

In der Zwischenzeit hatten sich einige angenehme Dinge ereignet. Meine Bücher verkauften sich jetzt gut — ich hatte so viel Geld zur Seite gelegt, daß ich gar nicht mehr wußte, was ich damit machen sollte. Uns allen ging es gut. David betrieb einen Tabakwarenladen in der besten Einkaufsstraße der Stadt, einer der elegantesten Alleen von Orange County. Kevins neue Freundin behandelte ihn und uns verständnis- und taktvoll, gewöhnte sich an unseren und vor allem an Kevins Galgenhumor. Wir hatten ihr alles über

Fat und seine Suche erzählt — und über das französische Mädchen, das ihn bis auf die Pentax-Kamera ausgenommen hatte. Sie war neugierig, ihn kennenzulernen, und wir warteten auf seine Rückkehr.

Und dann erhielten wir ein zweites Telegramm. Dieses Mal aus Portland, Oregon. Es lautete:

KÖNIG FELIX

Mehr nicht. Nur diese beiden erschreckenden Worte. Nun, dachte ich, hat er es geschafft? Will er uns das damit sagen? Wird die Rhipidon-Gesellschaft nach all der Zeit wieder zusammenfinden?

Es spielte für uns kaum noch eine Rolle. Kollektiv und individuell erinnerten wir uns nur noch verschwommen daran. Es war ein Teil unseres Lebens, den zu vergessen wir vorzogen. Zuviel Schmerz, zu viele Hoffnungen waren mit dieser Erinnerung verbunden.

Als Fat in LAX eintraf — die Bezeichnung für den Flughafen von Los Angeles —, holten wir vier ihn ab: ich, Kevin, David und Kevins kluge Freundin Ginger, ein hochgewachsenes Mädchen mit blonden Haaren, die sie zu Zöpfen geflochten und mit roter Litze geschmückt hatte, eine vor Leben sprühende Frau, die mitten in der Nacht Dutzende Kilometer fuhr, um in irgendeiner abgelegenen irischen Bar Irish Coffee zu trinken.

Wie alle anderen Menschen in der Welt spazierten wir ziellos hin und her und unterhielten uns. Plötzlich, unerwartet, schob sich Horselover Fat durch die Menge der anderen Passagiere. Er lächelte und hielt einen Aktenkoffer in der Hand — unser Freund war nach Hause gekommen. Er trug Anzug und Krawatte, einen eleganten, wie angegossen sitzenden Anzug von der Ostküste. Wir waren schockiert, ihn so gut gekleidet zu sehen. Ich glaube, wir hatten einen abgemagerten, hohlwangigen Strolch erwartet, der kaum in der Lage war, durch den Gang zu stolpern.

Nachdem wir ihn begrüßt und ihm Ginger vorgestellt hatten, fragten wir ihn, wie es ihm ergangen war.

„Nicht schlecht", antwortet er.

Wir aßen im Restaurant eines nahe gelegenen Luxushotels. Aus bestimmten Gründen sprachen wir nur sehr wenig. Fat wirkte mitgenommen, aber nicht bedrückt. Müde, entschied ich. Er hatte eine lange Reise hinter sich; sie hatte ihre Spuren in seinem Gesicht hinterlassen. Man wird von derartigen Dingen geprägt.

„Was ist in dem Aktenkoffer?" fragte ich, als nach dem Essen unser Kaffee kam.

Fat schob die Teller zur Seite, legte den Aktenkoffer auf den Tisch und öffnete ihn — er war unverschlossen gewesen. In dem Koffer lagen eine Anzahl numerierter Mappen, von denen er eine herausholte. Er blätterte kurz darin, um sich zu überzeugen, daß er die richtige genommen hatte, und dann reichte er sie mir.

„Schau hinein", forderte er mich mit einem leisen Lächeln auf, dem Lächeln eines Mannes, der einem Freund ein Geschenk macht, von dem er weiß, daß es ihm gefallen wird, und beim Auspacken zusieht.

Ich schlug die Mappe auf. In ihr fand ich vier 8 x 10 Zentimeter messende Hochglanzfotos, die offensichtlich von einem professionellen Fotografen gemacht worden waren — sie erinnerten an die Bilder, die die Presseabteilungen der Filmstudios verbreiten.

Die Fotos zeigten eine griechische Vase, auf der eine männliche Gestalt abgebildet war, die ich als Hermes erkannte.

Um die Vase zog sich rot auf schwarzem Grund die Doppelhelix. Das DNA-Molekül. Ein Irrtum war unmöglich.

„Drei- oder vierundzwanzig Jahrhunderte alt", erklärte Fat. „Nicht das Foto, sondern der *krater*, die Töpferware."

„Ein Krug", sagte ich.

„Ich habe ihn in einem Athener Museum entdeckt. Er ist echt. Nicht weil ich das behaupte — ich bin nicht qualifiziert, darüber ein Urteil abzugeben. Seine Echtheit wurde von der Museumsleitung bestätigt. Ich habe mit dem Direktor gesprochen. Er hatte nicht erkannt, was das Muster zeigt; er war sehr interessiert, als ich mich mit ihm darüber unterhielt. Diese Vasen, *krater* genannt, benutzte man später als Taufstein. Das Wort ‚*krater*' war eines von den griechischen Worten, die ich im März 1974 in meinem Kopf gehört habe. Ich hörte es in Verbindung mit einem anderen griechischen Wort, und zwar *‚poros'*. Die Worte ‚poros krater' bedeuten nichts anderes als ein Weihwasserbecken aus Kalkstein."

Es gab keinen Zweifel — das Zeichen war Cricks und Watsons Doppelhelixmodell, das sie nach so vielen Fehlschlägen, so vielen mißlungenen Versuchen fertiggestellt hatten. Korrekt wiedergegeben, war es auf dem Foto zu sehen.

„Nun?" sagte ich.

„Die sogenannten verflochtenen Schlangen des Caduceus. Ursprünglich war der Caduceus, der noch immer das Symbol der Medizin darstellt, der Stab des . . . nicht Hermes, sondern des . . ." Fat verstummte; seine Augen funkelten. „Des Asklepios, auch Äskulap genannt. Er besitzt eine bestimmte Bedeutung. Die beiden Schlangen symbolisieren die Weisheit, aber darüber hinaus enthüllt er seinen Träger als einen Heiligen, der nicht belästigt werden darf . . . deshalb hat ihn Hermes, der Botschafter der Götter, getragen."

Eine Zeitlang schwiegen wir.

Kevin schien etwas Sarkastisches, eine trockene, spitze Bemerkung machen zu wollen, doch er blieb stumm; still saß er da.

Ginger betrachtete die Hochglanzfotos. „Wie schön!" sagte sie.

„Der größte Arzt in der menschlichen Geschichte", erklärte ihr Fat. „Asklepios, der Begründer der griechischen Heilkunst. Der römische Kaiser Julian — bekannt als Julian der Abtrünnige, weil er das Christentum abzuschaffen trachtete — hielt Asklepios für Gott oder für einen Gott. Julian verehrte ihn. Hätte sich diese Verehrung durchgesetzt, wäre die gesamte Geschichte der westlichen Welt anders verlaufen."

„Du gibst also nicht auf", erkannte ich.

„Nein", stimmte Fat zu. „Ich werde nie aufgeben. Ich fliege wieder zurück — mir ist das Geld ausgegangen. Wenn ich genug Geld zusammen habe, fliege ich wieder zurück. Ich weißt jetzt, wo ich suchen muß. Die griechischen Inseln. Lemnos, Lesbos, Kreta. Vor allem Kreta. Ich träumte, mit einem Aufzug nach unten zu fahren — zweimal hatte ich diesen Traum —, und der Fahrstuhlführer rezitierte Verse, und dort war ein riesiger Teller voll Spaghetti, in dem eine Gabel mit drei Zinken steckte, ein Dreizack . . . Das mußte Ariadnes Faden sein, mit dem sie Theseus aus dem Labyrinth des Minos führte, nachdem er den Minotaurus besiegt hatte. Der Minotaurus, halb Mensch, halb Ungeheuer, ist ein Geschöpf, das meiner Meinung nach die wahnsinnige Gottheit Samael darstellt, die falsche Gottheit des gnostischen Systems."

„Das Telegramm", sagte ich. „‚KÖNIG FELIX'."

„Ich habe ihn nicht gefunden", gestand Fat.

„Ich verstehe", nickte ich.

„Aber er ist irgendwo", beharrte Fat. „Ich weiß es. Ich werde niemals aufgeben." Er legte die Fotos in die Mappe zurück, verstaute sie wieder im Aktenkoffer und klappte ihn zu.

Jetzt ist er in der Türkei. Er hat uns eine Postkarte mit der Moschee geschickt, die einst die große christliche Kirche namens St. Sophia oder Hagia Sophia gewesen ist, eines der Weltwunder, obwohl das Dach im Mittelalter eingestürzt ist und wieder errichtet werden mußte. In den meisten guten Architekturfachbüchern befinden sich Abhandlungen über ihre einzigartige Bauweise. Der Mittelteil der Kirche scheint bis in den Himmel zu reichen; er wurde nach einer Idee des römischen Kaisers Justinian gebaut. Er persönlich überwachte den Bau und gab der Kirche ihren Namen, der eine geheime Bezeichnung für Christus ist.

Wir werden wieder von Horselover Fat hören. Kevin behauptet es, und ich vertraue seinem Urteil. Kevin müßte es wissen. Von uns allen ist Kevin am wenigsten irrational, und, was wichtiger ist, er besitzt den stärksten Glauben. Dies über Kevin herauszufinden, hat mich viel Zeit gekostet.

Der Glaube ist ein merkwürdiges Ding. Schon die Definition verrät, daß er etwas bezeichnet, das man nicht beweisen kann. Zum Beispiel habe ich am letzten Samstagmorgen den Fernseher eingeschaltet; ich habe nicht wirklich hingeschaut, denn Samstag morgens werden nur Kindersendungen gebracht. Außerdem sehe ich tagsüber nicht fern. Manchmal lindert der Fernseher aber meine

Einsamkeit — so schaltete ich ihn ein und ließ ihn im Hintergrund laufen. Nun, letzten Samstag wurden die üblichen Werbespots gebracht, und aus irgendeinem Grund erregte ein Spot meine Aufmerksamkeit. Ich hielt in meiner Arbeit inne und sah gespannt zu.

Der Fernsehsender übertrug den Spot einer Supermarktkette. Auf dem Bildschirm erschienen die Worte DELIKATESSENKÖNIG — und dann erfolgte auch schon der Schnitt, der Film lief weiter, und zwar so schnell wie möglich, um ja auch genug Werbespots unterzubringen. Als nächstes kam dann ein Zeichentrickfilm mit Felix dem Kater, ein alter Schwarzweißfilm. In dem einen Moment war DELIKATESSENKÖNIG auf dem Bildschirm zu sehen, und im nächsten — ebenfalls in großen Buchstaben — kamen die Worte FELIX DER KATER.

Dort waren sie, die geheimen Worte, und noch dazu in der richtigen Reihenfolge:

KÖNIG FELIX

Aber man nahm es nur unterbewußt wahr. Und wer würde diese zufällige, rein zufällige, Kombination schon bemerken? Nur die Kinder, die kleinen Kinder im Süden. Es würde ihnen nichts sagen, sie würden keine Chiffre darin erkennen; und selbst wenn, so würden sie die Bedeutung nicht erfassen.

Aber ich hatte sie gesehen und wußte, was sie bedeutete und für wen sie bestimmt war. Eine zufällige Übereinstimmung. Synchronismus, wie Jung es genannt hatte.

Oder war der Ruf erklungen? Über den Sender einer der größten Fernsehstationen der Welt, über den NBC-Sender von Los Angeles, bestimmt für Tausende von Kindern, die die nur für einen Sekundenbruchteil auftauchende Information bemerkten und in den rechten Gehirnhälften speicherten — empfingen und speicherten und vielleicht entschlüsselten, unterhalb der Bewußtseinsschwelle, wo viele Dinge schliefen und versteckt lagen. Und Eric und Linda Lampton hatten nichts damit zu tun. Nur irgendein Fernsehmann, irgendein NBC-Techniker, der einen ganzen Haufen Spots einspielen mußte, in der Reihenfolge, die er für richtig hielt. VALIS mußte dafür verantwortlich sein, falls die Übereinstimmung beabsichtigt gewesen war, VALIS, der selbst aus Information bestand.

Vielleicht hatte ich VALIS soeben gesehen: VALIS, der einen Werbespot und einen Zeichentrickfilm für Kinder als Trägermedium benutzt hatte.

Die Botschaft ist wieder verbreitet worden, sagte ich zu mir.

Zwei Tage später rief mich Linda Lampton an. Seit dem Unglück hatte ich nichts mehr von den Lamptons gehört. Linda klang aufgeregt und glücklich.

,,Ich bin schwanger'', sagte sie.

,,Wundervoll'', gratulierte ich. ,,In welchem Monat bist du?''

,,Im achten.''

,,He'', machte ich nachdenklich. Es würde nicht mehr lange dauern.

,,Es wird jetzt nicht mehr lange dauern'', sagte Linda.

,,Glaubst du, daß es dieses Mal ein Junge wird?'' fragte ich.

,,VALIS sagt, es wird wieder ein Mädchen werden'', antwortete Linda.

,,Ist Mini . . .''

,,Er ist tot. Es tut mir leid, das sagen zu müssen. Es bestand keine Hoffnung — nicht bei seiner Krankheit. Ist es nicht herrlich? Ein zweites Kind!''

,,Habt ihr bereits einen Namen ausgesucht?'' erkundigte ich mich.

,,Noch nicht'', erwiderte Linda.

An diesem Abend fiel mit im Fernsehen ein Werbespot für Hundefutter auf. Hundefutter! Am Schluß, nachdem all die Tiere aufgezählt worden waren, für die die Firma Futter herstellt — ich habe den Namen der Firma vergessen —, ertönte der Satz:

,,Für den Schäfer und das Schaf.''

Links erschien ein deutscher Schäferhund und rechts eine großes Schaf — unvermittelt wurde dann ein weiterer Werbespot eingeblendet, der mit einem Segelschiff begann, das lautlos über den

Bildschirm segelte. Auf dem weißen Schiff entdeckte ich ein kleines schwarzes Emblem. Ohne näher hinzuschauen, hatte ich es erkannt. In das Segel hatten die Erbauer des Bootes ein Fischzeichen eingestickt.

Der Schäfer und das Schaf und dann der Fisch — in einer stimmigen Folge wie bei KÖNIG FELIX? Ich weiß es nicht. Mir fehlt Kevins Glaube und Fats Wahnsinn. Aber ich habe zwei kurze Botschaften gesehen, die von VALIS in rascher Folge übermittelt worden waren und die unterbewußt wirken sollten; an sich nur eine Botschaft, die uns verrät, daß die Zeit gekommen ist. Oder irre ich mich? Ich weiß nicht, was ich davon halten soll. Vielleicht wird von mir nicht verlangt, daß ich darüber nachdenke oder daß ich gläubig oder verrückt bin. Vielleicht soll ich einfach warten. Warten und wach bleiben.

Ich wartete, und eines Tages erhielt ich einen Anruf von Horselover Fat, einen Anruf aus Tokio. Er klang gesund und erregt und steckte offensichtlich voller Energie. Über meine Überraschung wegen des Anrufes schien er sich zu amüsieren.

„Mikronesien", sagte er.

„Was?" entfuhr es mir, und ich dachte im ersten Moment, daß er wieder in das *Koine*-Griechisch zurückgefallen war. Und dann wurde mir klar, daß er von einer kleinen Inselgruppe im Pazifik sprach. „Oh", nickte ich. „Du bist dort gewesen. Auf den Karolinen und den Marshallinseln."

„Ich reise dorthin", erklärte Fat. „Ich bin noch nicht dort gewesen. Die KI-Stimme, die Stimme, die ich höre . . . sie sagte mir, ich sollte mich auf den mikronesischen Inseln umsehen."

„Sind sie nicht sehr klein?" fragte ich.

„Darum hat man sie auch so genannt." Er lachte.

„Wie viele Inseln sind es insgesamt?" wollte ich wissen und tippte auf zehn oder zwanzig.

„Mehr als zweitausend."

„Zweitausend!" Ich war enttäuscht. „Dann kannst du ewig suchen. Kann die KI-Stimme dir nicht nähere Angaben machen?"

„Ich hoffe es. Vielleicht auf Guam — ich fliege nach Guam und beginne dort mit meiner Suche. Wenn ich fertig bin, habe ich wohl einen Großteil der Schauplätze des Zweiten Weltkriegs besichtigt."

„Interessant", bemerkte ich, „daß die AI-Stimme wieder griechische Worte benutzt."

„*Mikros* bedeutet klein", sagte Fat, „und *nesoi* bedeutet Inseln. Vielleicht hast du recht; vielleicht hat sie lediglich eine Vorliebe für das Griechische. Aber es ist einen Versuch wert."

„Du weißt, was Kevin sagen würde", erwiderte ich. „Über die einfachen, unverdorbenen Eingeborenenmädchen auf diesen zweitausend Inseln."

„Ich werde mich persönlich davon überzeugen", versprach Fat.

Das Gespräch endete, und ich legte den Hörer auf; ich fühlte mich besser. Es hatte gutgetan, etwas von ihm zu hören und zu wissen, daß er so optimistisch war.

Seit einiger Zeit glaube ich die Güte der Menschen zu spüren. Ich weiß nicht, woher dieses Gefühl stammt — wenn es nicht durch Fats Anruf ausgelöst worden ist —, aber ich spüre es. Wir haben wieder März. Ich fragte mich: Wird Fat eine neue Offenbarung zuteil? Taucht der rosa Lichtstrahl wieder auf und übermittelt ihm neue und umfangreichere Informationen? Informationen, die ihm bei seiner Suche helfen?

Die erste Offenbarung war im März erfolgt, am Tag nach der Tagundnachtgleiche. Dem Tag im Frühling, an dem die Sonne direkt über dem Äquator steht und Tag und Nacht die gleiche Länge haben. So begegnete Horselover Fat Gott oder Zebra oder VALIS oder seinem eigenen unsterblichen Selbst an dem ersten Tag des Jahres, an dem es länger hell als dunkel ist. Zudem, nach einigen Gelehrten zu urteilen, ist er Christi wahrer Geburtstag.

Ich saß vor meinem Fernseher, starrte auf den Bildschirm und wartete auf weitere Botschaften. Ich, ein Mitglied der kleinen Rhipidon-Gesellschaft, die in meinem Innern nach wie vor existierte. Wie der Miniatursatellit im Film *Valis*, die Mikroform, die von einem Taxi überfahren wurde und wie eine leere Bierdose in den

Rinnstein rollte. Die Symbole des Göttlichen enthüllen sich in unserer Welt im Abfall, wie Kevin es ausgedrückt hatte. Das Göttliche zeigt sich dort, wo man es am wenigsten erwartet.

„Schau dort nach, wo du es am wenigsten zu finden hoffst", hatte Kevin Fat bei einer Gelegenheit geraten. Wie soll man das in die Tat umsetzen? Es ist ein Widerspruch in sich.

Eines Nachts träumte ich davon, ein kleines Blockhaus direkt am Wasser zu besitzen; diesmal am Meer. Die See erstreckte sich endlos. Und dieses Blockhaus wirkte völlig fremd — es schien mehr eine Hütte zu sein, wie jene, die ich in Filmen über den Südpazifik gesehen hatte. Und, als ich erwachte, erinnerte ich mich deutlich an einen Satz:

Blumengirlanden, Gesang und Tanz, und man hört von Mythen, Sagen und Poesie.

Später fiel mir ein, wo ich diesen Satz gelesen hatte. In einem Artikel über die mikronesische Kultur in der *Britannica*. Die Stimme hatte zu mir gesprochen und mich an den Ort erinnert, zu dem Horselover Fat aufgebrochen war, um seine Suche fortzusetzen.

Meine Suche hielt mich zu Hause fest. Ich saß vor dem Fernseher in meinem Wohnzimmer. Ich saß, ich wartete, ich hielt mich wach. Wie man es uns vor langer Zeit aufgetragen hatte, erfüllte ich meine Aufgabe.

Anhang

Tractates Cryptica Scriptura

1. Es gibt nur einen Geist, aber im Hintergrund ringen zwei Prinzipien miteinander.

2. Der Geist läßt das Licht herein, dann die Dunkelheit, im stetigen Wechsel — so entsteht die Zeit. Am Ende verleiht der Geist dem Licht den Sieg, die Zeit verschwindet, und der Geist ist vollkommen.

3. Er bringt Dinge dazu, anders auszusehen, so daß es scheint, als ob Zeit verflossen ist.

4. Materie ist formbar im Angesicht des Geistes.

5. Nacheinander entführt er uns aus der Welt.

6. Das Reich endet nie.

7. Der Führer Apollo bereitet sich auf die Rückkehr vor. St. Sophia wird wiedergeboren; bisher war sie nicht vollkommen. Der Buddha ist im Park. Siddhartha schläft (aber er wird erwachen). Die Zeit, auf die ihr gewartet habt, bricht an.

8. Die obere Sphäre besitzt völlige Macht*.

9. Er hat vor langer Zeit gelebt, aber er lebt noch immer.

*Auch: *Vollmacht*

10. Apollonius von Tyana, der unter dem Namen Hermes Trismegistos schrieb, sagte: „Das, was oben ist, ist das, was unten ist.“ Er wollte uns damit erläutern, daß unser Universum ein Hologramm ist, doch ihm fehlte der richtige Ausdruck.

11. Apollonius von Tyana, Paulus von Tarsus, Simon Magus, Asklepios, Paracelsus, Boehme und Bruno war das große Geheimnis bekannt: Wir bewegen uns in die Zeit zurück. Das Universum schrumpft zu einer einzigen, sich selbst vervollständigenden Entität zusammen. Zerfall und Unordnung nehmen wir entgegengesetzt wahr, als fortschreitenden Prozeß. Diese heilenden Kräfte haben gelernt, sich vorwärts in die Zeit zu bewegen, die uns rückwärtsschreiten läßt.

12. Der Unsterbliche hieß bei den Griechen Dionysos, bei den Juden Elias, bei den Christen Jesus. Er wandert weiter, wenn sein menschlicher Wirt stirbt, und deshalb kann er niemals getötet oder gefangen werden. Aus diesem Grund rief Jesus am Kreuz: *„Eli, Eli, lama asabthani“*, woraufhin einige der Zuschauer richtig erkannten: „Der Mann ruft nach Elias.“ Elias hatte ihn verlassen, und er starb allein.

13. Pascal sagte: „Alle Geschichte ist ein unsterblicher Mensch, der fortwährend lernt.“ Dies ist der Unsterbliche, den wir verehren, ohne seinen Namen zu kennen. „Er hat vor langer Zeit gelebt, aber er lebt noch immer.“ Und: „Der Führer Apollo bereitet sich auf die Rückkehr vor.“ Die Namen ändern sich.

14. Das Universum ist Information, und wir sind in ihm gespeichert, aber weder dreidimensional noch in Zeit oder Raum. Die Informationen, die uns übermittelt werden, hypostasieren wir als die phänomenale Welt.

15. Die Sibylle von Cumae beschützte die Römische Republik und warnte sie rechtzeitig. Im ersten Jahrhundert A.Z. sah sie die Ermordung der beiden Kennedy-Brüder, Dr. Kings und Bischof

Pikes voraus. In den vier ermordeten Männern sah sie die beiden Hauptnenner vereinigt: Erstens traten sie für die Verteidigung der republikanischen Freiheiten ein, und zweitens war jeder dieser Männer ein religiöser Führer. Aus diesen Gründen wurden sie getötet. Die Republik hatte sich erneut in ein Reich mit einem Kaiser verwandelt. „Das Reich endet nie."

16. Im März 1974 sagte die Sibylle: „Die Verschwörer sind beobachtet worden, man wird sie vor Gericht stellen." Sie hatte sie mit dem dritten oder *ajna* genannten Auge gesehen, dem Auge Schiwas, das innere Einsicht verleiht, aber das nach außen gerichtet sengende Hitze verbreitet. Im August 1974 kam die von der Sibylle vorhergesagte Gerechtigkeit zum Zuge.

17. Die Gnostiker glaubten an zwei verschiedene Zeitalter: an das Erste oder das Zeitalter des gegenwärtigen Bösen und an das Zweite oder das Zeitalter des zukünftigen Guten. Das Erste Zeitalter war das Zeitalter des Eisens. Es ist versinnbildlicht im Schwarzen Eisernen Gefängnis. Es endete im Jahre 1974 und wurde ersetzt durch das Zeitalter des Goldes, das sich im Palmgarten widerspiegelt.

18. Die wahre Zeit endete im Jahre 70 n.Chr. mit der Zerstörung des Tempels von Jerusalem. Im Jahre 1974 A.Z. begann sie erneut. Die dazwischen liegende Periode war eine perfekte Fälschung, die die Schöpfung des Geistes nachahmte. „Das Reich endet nie", aber 1974 wurde eine Chiffre übermittelt, die vom Ende des Zeitalters des Eisens kündete. Die Chiffre bestand aus zwei Worten: KÖNIG FELIX, die auf den Glücklichen (oder Rechtmäßigen) König hinweisen.

19. Die aus zwei Worten bestehende Chiffre KÖNIG FELIX war nicht für menschliche Wesen bestimmt, sondern für die Nachkommen Echnatons, die dreiäugige Rasse, die insgeheim unter uns existiert.

20. Die hermetischen Alchimisten kannten die geheime Rasse der dreiäugigen Eroberer, aber trotz aller Anstrengungen konnten sie keinen Kontakt mit ihnen aufnehmen. Deshalb schlugen ihre Versuche, Frederick V., den Kurfürsten der Feinschmecker und König der Bohemiens, zu unterstützen, fehl. „Das Reich endet nie."

21. Die Bruderschaft der Rosenkreuzer schrieb: *Ex deo nascimur, in Jesu mortimur, per spiritum sanctum reviviscismus.*" Und das heißt: „Gott hat uns geboren, in Jesu sterben wir, und durch den Heiligen Geist werden wir wieder zum Leben erwachen." Das bedeutet, daß sie die verlorengegangene Formel der Unsterblichkeit wiederentdeckt hatten, die vom Reich vernichtet worden war. „Das Reich endet nie."

22. Ich bezeichne den Unsterblichen als *Plasmat*, denn er ist eine Energieform; er ist lebendige Information. Er vermehrt sich nicht durch Information oder in Information, sondern als Information.

23. Das Plasmat kann sich mit einem menschlichen Wesen verbinden und das erschaffen, was ich einen *Homoplasmaten* nenne. Das sterbliche menschliche Wesen verschmilzt auf Dauer mit dem Plasmat. Wir kennen dies als die „Geburt von oben" oder die „Geburt aus dem Geiste". Christus hat damit begonnen, doch das Reich zerstörte alle Homoplasmaten, bevor sie sich vermehren konnten.

24. Wie Saatkörner, die auf den Frühling warten, als lebendige Information, schlummerte das Plasmat in der verbrannten Kodexsammlung von Chenoboskion bis zum Jahre 1945 A.Z. Dies hat Jesus mit seinem Gleichnis von dem Senfkorn gemeint, das, wie er sagte, „zu einem großen Baum wachsen wird, in dem die Vögel nisten können". Er sah nicht nur seinen eigenen Tod voraus, sondern den aller Homoplasmaten. Er sah voraus, daß der Kodex ausgegraben und gelesen und daß das Plasmat neue menschliche Wirte suchen werden würde, um sich mit ihnen zu vereinigen, aber er wußte, daß das Plasmat zweitausend Jahre lang verschollen bleiben würde.

25. Als lebendige Information wandert das Plasmat von den Sehnerven bis zur Zirbeldrüse. Es bedient sich des menschlichen Gehirns als weiblichen Wirtes, in dem es seine aktive Form reproduziert. Dies ist zwischenrassische Symbiose. Den hermetischen Alchimisten war das Plasmat in der Theorie aus alten Schriften bekannt, aber sie konnten es nicht duplizieren, da ihnen das Versteck des schlafenden, vergrabenen Plasmats unbekannt war. Bruno vermutete, daß das Plasmat von dem Reich zerstört worden war — für diese Bemerkung wurde er verbrannt. ,,Das Reich endet nie.‘‘

26. Wir müssen uns klar darüber werden, daß die wahre Zeit im Jahre 70 A.Z. endete, als alle Homoplasmaten getötet wurden. Wichtiger noch ist die Erkenntnis, daß das Plasmat zurückgekehrt ist und neue Homoplasmaten erschaffen hat, durch die das Reich zerstört wurde und die wahre Zeit erneut begann. Wir nennen das Plasmat den ,,Heiligen Geist‘‘, und deshalb schrieb die Bruderschaft der Rosenkreuzer auch: *,,Per spiritum sanctum reviviscimus.‘‘*

27. Falls die Jahrhunderte der falschen Zeit ausgelöscht sind, dann haben wir heute nicht das Jahr 1978 A.Z., sondern das Jahr 103 A.Z. Deshalb steht im Neuen Testament, daß das Königreich des Heiligen Geistes beginnen wird, bevor ,,viele, die jetzt leben, sterben‘‘. Demnach leben wir in apostolischen Zeiten.

28. *Disco per spiritum sanctum: sum Homoplasmate. Haec veritas est. Mihi crede et mecum in aeternitate vive.*

29. Unser Sturz war keine Folge eines moralischen Fehlers, unser Sturz begann mit einem intellektuellen Irrtum: weil wir die phänomenale Welt als real erachteten. Deshalb sind wir im moralischen Sinne unschuldig. Es ist das Reich in seinen zahlreichen unterschiedlichen Erscheinungen, das uns einredet, gesündigt zu haben. ,,Das Reich endet nie.‘‘

30. Die phänomenale Welt existiert nicht; sie ist eine Hypostase der Informationen, die vom Heiligen Geist übermittelt werden.

31. Wir hypostasieren Informationen in Objekte. Die Neuordnung von Objekten vollzieht sich im Informationsgehalt; die Botschaft hat sich verändert. Dies ist eine Sprache, die zu lesen wir verlernt haben. Wir selbst sind ein Teil dieser Sprache, Veränderungen in uns sind Veränderungen im Informationsgehalt. Wir selbst sind informationsgesättigt. Information erreicht uns, wird weiterentwickelt und dann erneut nach außen projiziert, und zwar in veränderter Form. Wir merken nichts davon; wir merken nicht einmal, daß dies alles ist, was wir tun.

32. Die sich verändernden Informationen, die wir als Welt wahrnehmen, stellen fortwährende Mitteilungen dar. Sie berichten von dem Tod einer Frau. Diese Frau, die vor langer Zeit starb, ist einer der Urzwillinge. Sie war eine Hälfte der göttlichen Syzygien. Zweck dieser Mitteilungen ist es, an sie und ihren Tod zu erinnern. Der Heilige Geist will sie nicht vergessen. Deshalb ist die logische Schlußfolgerung: Der Geist besteht aus einer permanenten Aufzeichnung ihrer Existenz und kann auch nur auf diese Weise verstanden werden. Alle Informationen, die von dem Geist geliefert werden — und die wir als Ordnung und Neuordnung physikalischer Objekte ansehen —, bilden den Versuch, ihre Existenz zu konservieren. Steine und Felsen und Äste und Amöben sind nichts anderes als ihre Überreste. Die Aufzeichnung ihrer Existenz und ihres Vergehens wird von dem leidenden Geist, der jetzt allein ist, auf der niedrigsten Ebene der Realität aufrechterhalten.

33. Diese Einsamkeit, diese Qual des leidenden Geistes, findet sich in jedem Bestandteil des Universums. All seine Bestandteile leben. Deshalb waren die alten griechischen Philosophen Hylozoisten.

34. Die alten griechischen Denker verstanden die Natur des Pan-Psychismus, aber sie konnten nicht lesen, was er sagte. Sie verloren

die Fähigkeit, die Sprache des Geistes zu lesen, vor Urzeiten. Legenden über diesen Verlust sind nur in sorgfältig überarbeiteter Form erhalten geblieben. Mit „überarbeitet" meine ich „gefälscht". Wir empfinden die Trauer des Geistes mit und erfahren sie fälschlicherweise als Schuld.

35. Der Heilige Geist spricht nicht zu uns, sondern durch uns. Seine Mitteilungen werden durch uns verbreitet, und sein Gram erfüllt uns mit Irrationalität. Wie Plato erkannte, neigt die Weltenseele zum Irrationalen.

36. Als Fazit: Wir erfahren die Gedanken des Heiligen Geistes als Ordnung und Neuordnung — Veränderung — in einem physikalischen Universum, aber in Wirklichkeit handelt es sich dabei um Information und Informationsverarbeitung, die wir substanzialisieren. Wir sehen seine Gedanken nicht nur als Objekte, sondern sogar als die Schöpfung — oder präziser — die Sinnwerdung von Objekten, die sich uns als Zusammenhang der Dinge darbietet. Aber wir können das Muster dieser Ordnung nicht deuten, wir können uns nicht der Informationen bedienen, die darin verborgen sind — d.h. das, was uns als Ding erscheint, ist Information. Die Gruppierung und Umgruppierung von Objekten durch den Heiligen Geist ist tatsächlich eine Sprache, aber keine Sprache wie die unsrige (da sie nur an sich selbst und nicht an jemanden oder etwas außerhalb seines Selbst gerichtet ist).

37. Wir müßten in der Lage sein, diese Informationen zu verstehen oder sie zumindest als neutrale Stimme in unserem Innern wahrzunehmen. Aber irgend etwas ist schiefgegangen. Die ganze Schöpfung ist Sprache und nichts als Sprache, die wir aus irgendwelchen unerklärlichen Gründen in der äußeren Erscheinungsform nicht entziffern und im Innern nicht hören können. Deshalb behaupte ich, daß wir Idioten geworden sind. Etwas ist mit unserer Intelligenz geschehen. Dies ist meine Schlußfolgerung: Die zu einem Muster geordneten Teile des Heiligen Geistes stellen eine Sprache dar.

Wir sind Teil des Heiligen Geistes, deshalb sind auch wir Sprache. Aber wieso wissen wir das dann nicht? Wir wissen nicht einmal, was wir sind, ganz zu schweigen von der äußeren Realität, zu der auch wir zählen. Der Ursprung der Idiotie ist in der Einsamkeit zu suchen. Wir alle sind einsam und von den Gedanken des Heiligen Geistes getrennt; nur noch auf unterbewußter Ebene besteht Kontakt. Deshalb findet unser wirkliches Leben und Sterben unterhalb der Bewußtseinsschwelle statt.

38. Durch Verlust und Kummer ist der Heilige Geist gestört worden. Deshalb sind auch wir, als Teile des Universums, als Teile des Heiligen Geistes, teilweise gestört.

39. Aus sich selbst hat der Geist einen Arzt erschaffen, der ihn heilen soll. Diese Subinkarnation des Makro-Geistes ist nicht gestört. Sie bewegt sich durch den Geist, wie sich eine Phagozyte durch das kardiovaskuläre System eines Tieres bewegt, und beseitigt nach und nach die Störung des Geistes. Wir wissen von ihrer Ankunft in unserer Welt. Wir kennen sie als Asklepios bei den Griechen, als die Essener bei den Juden, als der Therapeutae bei den Ägyptern, als Jesus bei den Christen.

40. „Wiedergeboren" oder „von oben geboren" oder „vom Geist geboren" zu werden, bedeutet Heilung zu finden, und das heißt, zu gesunden. Das meint das Neue Testament, wenn dort geschrieben steht, daß Jesus Teufel austreibt. Er gibt uns unsere verlorene Fähigkeiten zurück. Über unseren derzeitigen verdorbenen Zustand sagte Calvin: „(Der Mensch) wurde gleichzeitig von jenen übernatürlichen Begabungen unterdrückt, die ihm als Hoffnung auf die ewige Erlösung verliehen worden waren. Daraus folgt, daß er aus dem Königreich Gottes verstoßen wurde, und zwar so, daß all die Gefühle, die an das glückliche Leben der Seele erinnern, in ihm erstickt sind, denn er erhielt sie durch die Gnade Gottes . . . All diese Dinge, von Jesus wiederhergestellt, werden für zufällig und ungewöhnlich angesehen, und daraus schließen wir, daß sie

verlorengegangen sind. Noch einmal: Die Gesundheit des Geistes und die Redlichkeit des Herzens wurden ebenfalls ausgelöscht, und dies bedeutet die Korruption der natürlichen Fähigkeiten. Obwohl wir durch unser Bewußtsein einiges verstehen und richtig einschätzen können, dürfen wir dennoch nicht behaupten, daß unser Geist vollkommen und gesund ist. Vernunft . . . war eine natürliche Begabung und konnte nicht völlig zerstört werden, auch wenn sie teilweise geschwächt ist . . ." Ich sage: „Das Reich endet nie."

41. Das Reich ist die Institutionalisierung, die Kodifizierung der Unordnung. Es ist wahnsinnig und zwingt uns seinen Wahnsinn mit Gewalt auf, denn von seiner Natur her ist es gewalttätig.

42. Der Kampf gegen das Reich ist gleichbedeutend mit der Infizierung mit seiner Verwirrung. Das ist ein Paradoxon. Wer einen Teil des Reiches besiegt, wird selbst das Reich. Es vermehrt sich wie ein Virus und prägt seine Gestalt seinen Feinden auf. Dadurch wird es selbst zu seinen Feinden.

43. Gegen das Reich erhebt sich die lebendige Information, das Plasmat oder der Arzt, den wir als den Heiligen Geist oder als Christus kennen. Das sind die beiden Prinzipien — die Finsternis (das Reich) und das Licht (das Plasmat). Am Ende wird der Geist dem letzteren den Sieg zusprechen. Jeder von uns wird sterben oder überleben, je nachdem, wem er gedient und geholfen hat. Jeder von uns trägt eine Komponente beider Prinzipien in sich. In jedem Menschen wird die eine oder andere Komponente triumphieren. Zarathustra wußte dies, denn der Weise Geist informierte ihn darüber. Er war der erste Erlöser. Insgesamt hat es vier gegeben. Die Geburt des fünften steht bevor, und er wird sich von den anderen unterscheiden: Er wird über uns herrschen und uns richten.

44. Da das Universum in Wirklichkeit aus Information besteht, kann man sagen, daß Information uns erlösen wird. Dies ist die erlösende *Gnosis*, die die Gnostiker suchten. Es gibt keinen anderen

Weg zur Erlösung. Nun, diese Information — oder genauer die Fähigkeit, diese Information und damit das aus Informationen bestehende Universum zu lesen und zu verstehen — kann uns nur durch den Heiligen Geist übermittelt werden. Wir finden sie nicht aus eigener Kraft. Deshalb heißt es, daß wir durch die Gnade Gottes und nicht durch gute Taten erlöst werden, daß alle Erlösung Christus vorbehalten ist, und er ist, so behaupte ich, Arzt.

45. Als ich Christus in einer Vision sah, sagte ich treffenderweise zu ihm: „Wir benötigen ärztliche Behandlung." In der Vision gab es einen wahnsinnigen Schöpfer, der seine Schöpfungen zerstörte, und das ohne Grund; das heißt: aus Irrationalität heraus. Das ist der zerstörerische Trieb des Geistes. Christus ist unsere einzige Hoffnung, da wir nicht mehr mit Asklepios rechnen können. Asklepios kam vor Christus und rief einen Mann von den Toten zurück; für diese Tat ließ Zeus ihn von einem Zyklopen mit einem Blitz erschlagen. Christus wurde für seine Taten ebenfalls getötet — auch er hatte einen Menschen wieder zum Leben erweckt. Elias rief einen Jungen ins Leben zurück und verschwand bald darauf in einem Wirbelwind. „Das Reich endet nie."

46. Der Arzt ist zu verschiedenen Zeiten unter verschiedenen Namen zu uns gekommen. Aber wir sind noch immer nicht geheilt. Das Reich entdeckte und vertrieb ihn. Dieses Mal wird er das Reich durch Phagozytose töten.

47. DUALE KOSMOGONIE. Das Eine war und war-nicht, und das zur gleichen Zeit, und es hatte den Wunsch, das War-nicht von dem War zu trennen. So erschuf es einen diploiden Sack, der, wie eine Eierschale, ein Zwillingspaar enthielt, beide androgyn, die sich in entgegengesetzter Richtung drehten (das Yin und Yang des Taoismus, mit dem Einen als Tao). Der Plan des Einen war, daß beide Zwillinge gleichzeitig ins Sein kommen sollten; nun, motiviert von dem Bestreben, zu sein (das das Eine beiden Zwillingen eingepflanzt hatte), durchbrach der gegen den Uhrzeigersinn rotie-

rende Zwilling den Sack und trennte sich vorzeitig, d.h. vor Vollendung der Drehung. Dies war der dunkle oder der Yin-Zwilling. Deshalb war er beschädigt. Nach Vollendung der Drehung erschien der weisere Zwilling. Beide Zwillinge bildeten eine einheitliche Entelechie, einen einzigartigen lebendigen Organismus, der aus der *Psyche* und dem *Soma* bestand und der sich noch immer in der jeweils entgegengesetzten Richtung drehte. Der vollausgewachsene Zwilling, der von Parmenides Form I genannt wurde, durchlief die korrekten Wachstumsphasen, aber der vorzeitig geborene Zwilling, genannt Form II, siechte dahin.

Die nächste Stufe im Plan des Einen war, daß aus den Beiden das Viele werden sollte, und zwar durch ihre dialektischen Interaktionen. Sie, die Hyperuniversen darstellten, projizierten eine hologrammähnliche Überlagerung, die das Universum darstellt, in dem wir Geschöpfe leben. Die beiden Quellen mußten ineinander zu gleichen Teilen aufgehen, um unser Universum zu erhalten, aber Form II siechte weiter in Krankheit, Wahnsinn und Unordnung dahin. Diese Aspekte projizierten sie in unser Universum.

Nach dem Willen des Einen sollte unser Hologramm-Universum als Studienobjekt dienen und eine Vielzahl Lebewesen erzeugen, die schließlich isomorph mit dem Einen übereinstimmen sollten. Aber der sich fortschreitend verschlechternde Zustand des Hyperuniversums II erschuf negative Einflüsse, die unser Hologramm-Universum schädigten. Dies ist der Ursprung der Entropie, des unverdienten Leides, des Chaos und des Todes und gleichzeitig auch der des Reiches, des Schwarzen Eisernen Gefängnisses, kurz, des Mangels an Gesundheit und der fehlenden Fortentwicklung der Lebensformen im Hologramm-Universum. Zudem war die Lehrfunktion stark beeinträchtigt, da nur die Signale des Hyperuniversums I informationsgesättigt waren, die des Hyperuniversums II aber lediglich Störungen übertrugen.

Die Psyche des Hyperuniversums I schickte eine Mikro-Form ihres Selbst in das Hyperuniversum II, um es zu heilen. Die Mikro-Form besaß in unserem Hologramm-Universum die Gestalt von

Jesus Christus. Aber das gestörte Hyperuniversum II quälte, bekämpfte, verfolgte und tötete schließlich die Mikro-Form der heilenden *Psyche* seines gesunden Zwillings. Danach verfiel das Hyperuniversum II immer mehr blinden, mechanischen, sinnlosen kausalen Prozessen. Schließlich wurde es die Aufgabe Christi (oder besser: des Heiligen Geistes), entweder die Lebensformen des Hologramm-Universums zu retten oder alle Einflüsse zu neutralisieren, die aus dem Hyperuniversum II auf es einwirkten. Sorgfältig machte er sich an die Bewältigung dieser Aufgabe und bereitete sich darauf vor, den gestörten Zwilling zu töten, da er nicht geheilt werden konnte, d.h. er erlaubte keine Heilung, da er nicht begriff, daß er krank war. Diese Krankheit und dieser Wahnsinn durchdringen uns und machen aus uns Idioten, die in privaten, irrealen Welten leben. Der ursprüngliche Plan des Einen kann jetzt nur noch durch die Teilung des Hyperuniversums I in zwei gesunde Hyperuniversen realisiert werden, die das Hologramm-Universum in die funktionierende Lernmaschine verwandeln, die es an sich sein sollte. Die Verwirklichung dieses Plans werden wir als ,,Königreich Gottes" erfahren.

Für absehbare Zeit bleibt das Hyperuniversum II lebendig: ,,Das Reich endet nie." Aber in Begriffen der Ewigkeit, in der die Hyperuniversen existieren, wird es zerstört — weil es notwendig ist — durch den gesunden Zwilling, das Hyperuniversum I, das auf unserer Seite steht. Das Eine leidet unter diesem Tod, denn das Eine liebt beide Zwillinge. Deshalb besteht die Information des Heiligen Geistes aus der tragischen Geschichte des Todes einer Frau, und diese Untertöne sind es, die in allen Kreaturen des Hologramm-Universums Schmerz erzeugen, ohne daß sie wissen, warum. Dieser Kummer wird weichen, wenn der gesunde Zwilling seine Mitose erfährt und das ,,Königreich Gottes" beginnt. Die Maschinerie, die diese Transformation ermöglichen wird — die Prozession durch die Zeit, vom Zeitalter des Eisens bis zum Zeitalter des Goldes —, befindet sich in Arbeit. In der Ewigkeit ist sie bereits fertiggestellt.

48. ÜBER UNSERE NATUR. Man kann sagen: Wir scheinen Speicherzellen (DNA-Träger mit der Fähigkeit zur sinnlichen Erfahrung) in einem computerähnlichen Denksystem zu sein, das — obwohl wir Jahrtausende lang korrekt Informationen gesammelt und gespeichert haben und jeder von uns Daten besitzt, die sich von denen anderer Lebensformen unterscheiden — an einer Fehlfunktion, einem Defekt im Bereich des Erinnerungsabrufes leidet. Das ist das Problem unseres speziellen, untergeordneten Schaltkreises. „Erlösung“ durch *Gnosis* (treffender ausgedrückt durch Anamnese, der Aufhebung der Amnesie) — obwohl sie für jeden von uns eine individuelle Bedeutung hat: ein Quantensprung in der Wahrnehmung, der Identität, der Erkenntnis, des Verstehens, der Welt- und Selbsterfahrung, die Unsterblichkeit eingeschlossen — besitzt große und weitreichende Bedeutung für das System als Ganzes, zumal diese Erinnerungen Daten sind, die das System benötigt und einen unverzichtbaren Bestandteil seiner Funktionen ausmachen.

Deshalb befindet es sich in einem Prozeß der Selbstheilung, die die Reparatur unseres untergeordneten Schaltkreises per linearer und orthogonaler Zeitsprünge einschließt; ein weiteres Instrument ist die laufende Übermittlung von Signalen, die unsere blockierten Erinnerungsspeicher stimulieren und die gesammelten Daten aktivieren sollen.

Demnach besteht die externe Information oder *Gnosis* aus nicht blockierten Informationen, die uns in Wirklichkeit bereits gegenwärtig sind — das heißt, sie sind bereits vorhanden (was zuerst von Plato festgestellt wurde. *Viz:* Lernen ist eine Form der Erinnerung.)

Die Alten besaßen Techniken (Sakramente und Rituale), die vor allem in den griechisch-römischen Mysterienreligionen, das frühe Christentum eingeschlossen, benutzt wurden, um die Stimulierung und Aktivierung herbeizuführen, da sie deren heilenden Wert für den Einzelnen kannten. Die Gnostiker jedenfalls wußten um den ontologischen Wert dessen, was sie die Gottheit nannten, die vollkommene Entität.

Zwei Sphären existieren; die obere und die untere. Die obere, die dem Hyperuniversum I oder Yang entspricht, die Form I des Parmenides, ist mit Gefühl und Willen ausgestattet. Die unter Sphäre oder Yin, Form II des Parmenides, ist mechanisch, von Blindheit und Eifer bestimmt, deterministisch und ohne Intelligenz, weil sie ihren Ursprung in einer toten Quelle hat. In alten Zeiten nannte man sie den „astralen Determinismus". Wir sind im großen und ganzen in der unteren Sphäre gefangen, sind aber, durch die Sakramente und das Plasmat, gleichzeitig davon befreit. Solange der astrale Determinismus nicht durchbrochen wird, können wir ihn nicht einmal wahrnehmen, denn es mangelt uns an Erleuchtung. „Das Reich endet nie."

49. Der Name des gesunden Zwillings, des Hyperuniversums I, lautet Nommo*. Der Name des kranken Zwillings, des Hyperuniversums II, lautet Yurugu. Diese Namen sind den Menschen vom Volk der Dogon im westlichen Sudan in Afrika bekannt.

50. Die Urquelle all unserer Religionen sind die Vorfahren des Stammes der Dogon, die ihre Kosmogonie und Kosmologie direkt von den vor langer Zeit erschienenen dreiäugigen Eroberern bezogen. Die dreiäugigen Eroberer sind stumm und taub und telepathisch begabt. Sie konnten unsere Atmosphäre nicht atmen, besaßen den langgestreckten, mißgestalteten Schädel Echnatons und stammten von einem Planeten des Sonnensystems Sirius. Obwohl sie keine Hände besaßen — doch dafür verfügten sie über zangenförmige Klauen, die an die der Krabben erinnerten —, waren sie geschickte Baumeister. Insgeheim beeinflußten sie unsere Geschichte und sorgten dafür, daß sie ein glückliches Ende nehmen wird.

51. Echnaton schrieb:

* Nommo wird als Fisch dargestellt; er ist das frühe christliche Fischsymbol.

„. . . im Ei liegt das Küken, und wenn es im Ei zu zwitschern beginnt,
Hauchst Du ihm Odem ein, um sein Leben zu bewahren.
Wenn Du ihm Kraft geschenkt hast,
Daß es das Ei zerbricht,
Steigt es heraus aus dem Ei
Und trillert laut mit aller Macht.
Auf beiden Beinen stolziert es dann,
Wenn es das Ei verlassen hat.

Wie mannigfaltig ist Dein Werk!
Verborgen bleibt es unseren Blicken,
O einziger Gott, der Du unvergleichliche Macht besitzt.
Nach Deinem Herzen hast Du die Welt erschaffen,
Aus Deiner Einsamkeit heraus.
Menschen, Tiere, groß und klein,
Alles, was auf Beinen geht;
Alles droben in der Höhe,
Das mit Schwingen fliegt.

Du bist in meinem Herzen,
Niemand anders, der Dich kennt.
Errette Deinen Sohn Echnaton.
Du hast ihn weise gemacht,
Nach Deinem Willen, durch Deine Macht.
Die Welt liegt in Deinen Händen . . .“

52. Unsere Welt wird noch immer insgeheim durch die verborgene Rasse regiert, die von Echnaton abstammt, und sein Wissen besteht aus der Information des Makro-Geistes selbst.

„Alle Tiere ruhen auf den Weiden,
Die Bäume und die Pflanzen blühen.
Die Vögel kreisen über den Sümpfen,

Die Schwingen Dir zu Ehren erhoben.
Alle Schafe tanzen,
Alles Federvieh fliegt,
Sie leben, wenn Du Dich zeigst.“

Von Echnaton ging dieses Wissen über an Moses und von Moses an Elias, den Unsterblichen, der zu Christus wurde. Aber hinter all diesen Namen steht nur der eine, unsterbliche Mensch — *und wir sind dieser Mensch.*

Uwe Anton

Ist Gott ein negantropisches Wirbelfeld?

„Und dann, mitten in meinem Leben", so Philip K. Dick in einem Interview mit Charles Platt[1], „als ich nur noch unausweichliches Leiden sah, erschien mir eine selig machende Vision, die all meine Gefühle des Schreckens und meine Furcht vor der transzendenten Macht des Bösen von mir nahm. Eine transzendente göttliche Macht griff ein, um meinen Verstand wieder in Ordnung zu bringen, meinen Körper zu heilen und mir einen Begriff von der Schönheit und Harmonie in der Welt zu geben."

Diese Begegnung — und Philip K. Dick besteht hartnäckig darauf, daß sie sich wirklich ereignete und nicht nur in seiner Einbildung, fand statt im März 1974. Jene göttliche Macht erkannte er als VALIS (Vast Activ Living Intelligence System), und sie nahm Dicks Leben in die Hand, diagnostizierte an seinem vierjährigen Sohn einen lebensgefährlichen Geburtsfehler, der bislang noch nicht erkannt worden war, sorgte dafür, daß seine finanziellen Außenstände hereinkamen, reparierte Dicks Schreibmaschine und verbot ihm, da er an einem Überschuß von Harnsäure litt, den Konsum von Wein. „VALIS machte alles — nur nicht die Wände tapezieren."

Und sie half ihm bei seinem einzigen wirklich relevanten Lebens-

[1] In: *Dream Makers,* Berkley, New York 1980. Deutsche Ausgabe: *Gestalter der Zukunft*, Hohenheim, Köln 1982, S. 225ff. Die Zitate wurden vom Verfasser teilweise neu übersetzt und eingerichtet, Kürzungen nicht gesondert herausgehoben. Sämtliche weitere nicht gekennzeichnete Zitate entstammen diesem Interview.

Und sie half ihm bei seinem einzigen wirklich relevanten Lebensziel, dem sein Gesamtwerk jene Glaubwürdigkeit verdankt, die es weit über die Masse der gängigen Science Fiction hinaushebt, dem Versuch, „ein für allemal zu meiner eigenen Zufriedenheit die wirkliche Natur der Realität zu bestimmen, verglichen mit der offensichtlich bestimmten Wirklichkeit, die wir wahrnehmen"[2].

Es fällt einem rational denkenden Menschen schwer, die Existenz eines solch übergeordneten Wesens zu akzeptieren, geschweige denn eine solche Kontaktaufnahme einfach hinzunehmen. Zielpunkt dieser Untersuchung kann es jedoch nicht sein, VALIS als existentes Wesen zu definieren. Viel eher steht dieser Begriff im Zusammenhang mit einem philosophischen Weltbild, durch das Dick versucht, die quälenden Fragen über die ihn umgebende Wirklichkeit endgültig zu klären.

Einige der Antworten findet man in *VALIS*[3], dem ersten Band der gleichnamigen Trilogie lose miteinander verbundener Romane, deren dritter erst posthum nach Dicks Tod erschien. VALIS erscheint zu Beginn eine direkte Fortsetzung der autobiographisch angehauchten Drogenwelt von *Der dunkle Schirm (A Scanner Darkly)* zu sein, doch das Freakmilieu ist diesmal nicht Thema, sondern Ausgangsbasis für Dicks philosophische, theologische und existentialistische Monologe, ein komplexes Gewirr von Fragen und Antworten, beide gleichermaßen verrückt und doch bedeutungsvoll und faszinierend. Denn was mit einem Nervenzusammenbruch des Dope-Freaks Horselover Fat (d.i. Philip Dick) beginnt, nach mehreren raffinierten Selbstmordversuchen in eine Psychiatrische Klinik und zu scharfsinnigen theologischen Exkursen führt, einen vorläufigen Höhepunkt in der Begegnung mit Jesus Christus in der Inkarnation eines kleinen Mädchens findet und schließlich — *that's the american way of life* — vor dem Fernseher endet, ist eine Dicksche Tour de force durch seinen ganz persönlichen Existentialismus. Jene bekannten Fragen nach der „Realität

[2] Interview mit Philip K. Dick in: *Science Fiction Times* 146, 1979. Das Interview führten Uwe Anton und Werner Fuchs.

[3] Bantam Books, New York 1981

der Realität" und dem Sinn des Seins, nach Gott und dem moralischen Imperativ und die Desorientierung des Individuums in einem Netz undurchschaubarer Einflüsse finden sich in detaillierter Form wieder.

Dabei hat es zuerst den Anschein, daß Dick seinen eindeutig autobiographischen Protagonisten durch alle vorstellbaren und unvorstellbaren Religionsphilosophien hetzt und ihn die verrücktesten Fragen stellen läßt: Ist Gott ein negantropisches Wirbelfeld, das Informationen in Form eines rosa Lichtstrahls direkt in das Gehirn eines selbstmordgefährdeten SF-Autors feuert? Oder ist er ein kleines Mädchen, das Kind jahrtausendealter Rockmusiker, bei denen es sich in Wirklichkeit um Homoplasmaten und Nachfahren der dreiäugigen Eroberer vom Sirius handelt? Wie stellt sich Asklepios dazu? Oder Hermes Trismegistos? Oder gar Xenophanes von Colophon? Und überhaupt — wenn man ihn fragt, wie stellt sich Gott zum Schicksal einer toten Katze? Vorausgesetzt, man findet ihn, in einem kleinen Tonkrug namens Oh Ho zum Beispiel. Oder in Gestalt eines informationsübertragenden Satelliten, der wie eine leere Bierdose im Rinnstein liegt. Ist Christus ein Phagozyte des Universum-Organismus? Und woher wußte Richard Wagner, daß sich Zeit in Raum verwandeln kann? Etwas von den frühen Christen, die im Zeichen des Fisches weiterlebten und mittels des im Nag-Hammadi-Kodex schlafenden Plasmats ihre Wiedergeburt einleiten? Ahnte Richard Nixon, daß er von Gott oder VALIS oder gar den dreiäugigen Wesen vom Sirius gestürzt werden würde? Endet die wahre Zeit 70 n.Chr. durch die Zerstörung des Tempels von Jerusalem, und hat der russische T-34-Panzer tatsächlich die Schlacht um Kursk gewonnen? Kurz — ist der Wahnsinn allein auf die Geschlossene Abteilung der Psychiatrischen Klinik von Marin County beschränkt, oder begegnet man ihm auch auf jeder Seite von Philip D. Dicks *VALIS*?

Die Antwort lautet dickeskerweise: sowohl als auch.

Konsequenter als je zuvor in seinen Werken spekuliert, philosophiert und deliriert Dick: über Gott, Nixon, Plato und Meister Ekart, über die alten Mystiker, das Christentum und den Gnostizismus, über den astralen Determinismus und die Versuche der Russen mit psychotronischen Mikrowellensignalen, über das Königreich des Heiligen Geistes und Gottes Schuld an dem Tod einer dummen Katze. Er zieht den Nag-Hammadi-Kodex, die Bibel, das Tao-Te Ching, die Britannica, die Bruderschaft der Rosenkreuzer, Echnaton, Wagner, Buddha, sich selbst und nicht zuletzt tiefschürfende Einträge aus Horselover Fats *Tractates Cryptica Scriptura* heran. Er webt ein Netz aus Worten, so perfekt, daß selbst die wahnwitzigste Spekulation und die abwegigste Behauptung wahr, treffend und über jeden kleinlichen Zweifel erhaben wirken.

Diese Perfektion, das Unglaubliche als das einzig Mögliche und Richtige zu verkaufen, diese geschickte Verquickung von Dichtung und Wahrheit, Delirium und hellsichtiger Analyse, dieses harmonische Wechselspiel zwischen Wahn und Wirklichkeit, erinnert leicht an *Illuminatus*, doch Dick geht noch einen Schritt weiter. *VALIS* ist deutlich autobiographisch (so taucht Dick nicht nur unter seinem *alter ego* Horselover Fat, sondern auch als Philip Dick in dem Roman auf) und keineswegs bloß ein Exkurs über den Wahnsinn, über Schizophrenie und religiöse Psychosen. Dick beschränkt sich nicht auf eine bloße Fragestellung, die die Lücken in der angeblichen Wirklichkeit verdeutlicht und verbreitert, er kommt auch zu einer Antwort, zu einer philosophischen These, deren Essenz eine Antwort auf Dicks Fragen sein könnte:

„Ich habe ein Konzept geschmiedet, das relativ einfach ist und in der Theologie wahrscheinlich einzigartig dasteht. Darin sehe ich das *Irrationale* als uranfängliche Schicht des Universums, es steht am Anfang aller Dinge und stellt in der Ontologie den Ursprung dar. Und diese Irrationalität entwickelte sich zur Rationalität. Die Geschichte des Universums ist eine Bewegung von der Irrationalität — Chaos, Grausamkeit, Blindheit, Sinnlosigkeit — hin zu einer rationalen Struktur, die auf ordentliche und wunderbare Weise harmonisch miteinander verbunden ist. Aus unserem Standpunkt heraus war der ursprüngliche Schöpfer *geistig gestört*. Als Menschen stehen wir in der Evolution über der ursprünglichen Gottheit, wir sind Zwerge, aber wir stehen auf den Schultern von Riesen, so daß wir mehr sehen können als sie. Wir Menschen wurden zwar erschaffen, und doch sind wir rationaler als der Schöpfer selbst, der uns ausgeheckt hat.“

Doch zum einen ist dieser Wandlungsprozeß noch nicht abgeschlossen, zum anderen ist dabei etwas schiefgelaufen: Das Universum ist bloße Information, und wir sind darin erstarrt, nicht dreidimensional und nicht in Zeit und Raum. Mit den Informationen, mit denen wir gefüttert werden, errichten wir die Welt des *koinos kosmos*, die der geteilten Wirklichkeit. Also existiert diese allgemeine Welt gar nicht, ist lediglich Ausdruck des Geistes. Und wir erleben sie nicht harmonisch, weil sich ein Rest der Urschöpfung gegen die Umwandlung wehrt, eine Essenz, für deren Beschreibung es an Worten mangelt und die Dick als „Schwarzes Eisen-Gefängnis“ auffaßt. Wie eine Krebsgeschwulst schwürt es in der Harmonie des Seins, läßt sie nicht endgültig zustande kommen. Seine Ableger stecken in jedem Menschen und führen früher oder später zum Tod, wodurch sie endgültige Harmonie, das Aufgehen im Universum, verhindern. Der Ausdruck Krebsgeschwulst ist nicht willkürlich gewählt: Jene Schwarzen Eisenkörper lösen Krebs aus, wie Dick anhand ihm bekannter Menschen in den autobiographischen Teilen von *VALIS* aufzeigt; Ausdruck seiner eigenen Phobien, die in jenes Netz eingewebt sind. Überhaupt nimmt der Tod in der gesamten Trilogie neben der Suche nach der endgültigen Wahrheit eine zentrale Stelle ein, vor allem im dritten Band.

VALIS ist — selbst für Philip K. Dick — ein ungewöhnliches Buch, eher autobiographisch gefärbte Erörterung aller möglichen Religionsphilosophien als Roman, aber gleichzeitig Science Fiction im besten Sinne, d.h. in der Lage, die haarsträubendsten Lügen wie eine Offenbarung zu verkaufen. *VALIS* ist qualvoll; traurig und bedrückend, zynisch und sanft, mystisch und nüchtern, religiös und blasphemisch, ein Trip in die Wirklichkeit des Philip Dick, in ein Palmer-Eldritch-Universum aus bedrucktem Papier.

Chew-Z ist in jeder Buchhandlung erhältlich.

The *Divine Invasion*[4], zweiter Band der Trilogie, stellt dann eine fiktive Schilderung des Versuches dar, jene in *VALIS* angedeutete Harmonie doch noch zu erzielen. Als Roman erinnert dieser Text an Dicks beste Bücher aus den sechziger Jahren, gespickt mit irrwitzigen Einfällen, beeindruckenden Charakteren-Schilderungen und kompromißloser, hartnäckiger Fragestellung nach der Natur der Wirklichkeit. Wenn Gott, von der Erde verbannt, auf einem fernen Planeten verdrossenen Extraterrestiern als Berggötze dient und aus Mangel an Opfergaben auf Verehrung verzichten muß; wenn ein Mann sich in eine berühmte Sängerin verliebt, die vorgeblich eine Erfindung des Supercomputers ,,Meister Depp'', in Wirklichkeit jedoch eine Art Schutzengel ist, Sinnbild des metaphysischen Prinzips des ,,Nebenhelfers'', des Fürsprechers der unsterblichen Seele; wenn der Schöpfer aufgrund eines ,,Urschismas'' an Schizophrenie leidet und sich in der paradiesischen Sphäre seines anderen Ichs Sorgen um Parkplatzprobleme macht; wenn jemand klinisch tot ist und dennoch Ärger mit der schmalzigen Musik eines Streichorchesters hat, oder wenn Kommunistische Partei und Katholische Kirche eine absonderliche Allianz eingehen und als Marionetten Belials, des gefallenen Engels, die Erde beherrschen, dann kann man sicher sein, einen echten Dick vor sich zu haben.

Es geht um die Rückkehr Gottes zur Erde, die in der ,,Zone des Bösen'' liegt und von Belial/Satan beherrscht wird, um Armageddon, um das duale Prinzip von Gut und Böse. Nur vordergründig findet die Auseinandersetzung im Outer Space statt. Viel wichtiger ist die Entscheidung im Inner Space eines jeden einzelnen Menschen, dargestellt durch das Konzept des ,,Nebenhelfers'', des ,,Schutzengels''.

Der Roman beginnt auf einem Hinterweltlerplaneten im Sternensystem CY30-CY30B und endet im Hollywood einer zukünftigen Erde, die nicht ganz die unsrige ist. Auf jenem Planeten lebt — unter einem Dom, von der Außenwelt abgeschlossen — Herb Asher, ein für Dick durchaus typischer Charakter, ein kleiner

[4] Timescape, New York 1981. Deutsche Ausgabe als *Die göttliche Invasion* bei Moewig erschienen

Mann, der ungewollt in das Spiel größerer Mächte verstrickt wird, als eines Tages eine örtliche Gottheit sein Freizeitvergnügen — Bänder der Sängerin Linda Fox abzuhören — unterbricht und ihn auffordert, eine schwerkranke Frau in einem benachbarten Dom zu besuchen und auch genug Machtmittel unter Beweis stellt, den zögernden, egoistischen Asher dazu zu zwingen. Im Dom der Frau, Rybys, begegnet er dem Wanderer Elias, der sich als Prophet gleichen Namens herausstellt und ihm erklärt, daß Rybys mit Gottes Sohn schwanger ist und sie beide als verheiratetes Paar zur Erde zurückkehren müssen, um durch die Geburt des Kindes Armageddon einzuleiten, bei dem die Mächte des Bösen endgültig besiegt und die Erde gerettet werden wird.

Der Dämon Belial, der die Erde beherrscht, ist gewarnt. Er sabotiert das Fahrzeug des Ehepaars; Rybys stirbt, ihr Sohn Emmanuel kommt mit einem Gehirnschaden zur Welt, und Herb Asher muß zehn Jahre im Tiefschlaf verbringen und erlebt seine private Hölle dabei, da er ununterbrochen jämmerliche Musik hören muß, die er nicht abstellen kann.

Emmanuel kommt in eine Sonderschule, wo er ein kleines Mädchen namens Zina trifft, das sich jedoch als übernatürliches Wesen herausstellt. Sie enthüllt Emmanuel das unterdrückte Wissen um den Grund seiner Existenz und ihrer Rolle darin. Mit vereinten Kräften lassen sie eine Parallelwelt entstehen, in der Rybys lebt und mit Herb Asher verheiratet ist, der dort einen Plattenladen besitzt und sich in eine obskure Sängerin namens Linda Fox verliebt.

In dieser Welt wird Herb Asher von Belial gefangengenommen, der in Gestalt einer kleinen Ziege erscheint. In völlig aussichtsloser Situation wird Herb durch seine Liebe zu Linda Fox — die bereits erwähnte „Nebenbuhlerin“, ein religiöses Konzept aus dem jüdischen Glauben — erlöst.

Parabelhaft inszeniert, voller absurder Details und — wie in *VALIS* — merkwürdiger Spekulationen, bei denen das Vast Active Living Intelligence System ebenfalls eine zentrale Rolle einnimmt, aber „populär“, verständlicher aufgebaut und stellenweise humorvoll, melancholisch und bizarr, so ist *The Divine Invasion* weitaus typischer für Dicks Werk als der erste Band der Trilogie. Zudem widmet er sich wieder mehr seinem bevorzugten Versatzstück, der Auflösung der Realität. Geradezu genial ist Dicks kuriose Version von Mariä Empfängnis. Mehr Mary Jane denn Maria und Josef, mehr Marihuana denn Weihrauch, stellt sie mehr dar als nur eine burleske Episode in Dicks unnachahmlichem Stil.

Theologische und philosophische Spekulationen sind in diesem Roman vorhanden, doch spärlicher und stärker integriert — denn schließlich stellt *VALIS* ja die philosophische Grundlage für *The Divine Invasion* dar. Und am erstaunlichsten für Dicksche Verhältnisse: Das optimistische, hoffnungsfrohe Ende. Es scheint, als habe Dick bei seiner Suche endlich sein Ziel erreicht, seinen Frieden gefunden.

Um diese Motive — Suche nach der Wahrheit, Glaube und Tod — geht es auch in dem abschließenden Band der Trilogie, *The Transmigration Of Timothy Archer*[5], erstaunlicherweise einem Mainstream-Roman. Zwar hatte sich Dick zu Beginn seiner schriftstellerischen Laufbahn an mehreren Mainstream-Romanen versucht, jedoch keinen veröffentlichen können, da er bereits als SF-Autor galt und sich somit selbst in ein Getto abgedrängt hatte.[6]

The Transmigration Of Timothy Archer ist aus der Sicht von Angel Archer, der Witwe des Sohns von Bischof Timothy Archer, in immer neuen Retrospektiven geschildert. Bischof Timothy Archer, angeblich ein leicht verkleideter Bishop James Pike, den Dick persönlich kannte, wie auch das gesamte Buch als fiktive Biographie dieses Bischofs ausgegeben wurde[7] — ist ein hochintelligenter Mann, den ein

[5] Timescape, New York 1982, dt. Ausgabe bei Moewig in Vorbereitung.

[6] Einzige Ausnahme ist *Confessions Of A Crap Artist,* der zwar 1959 geschrieben wurde, aber erst 1975 in einer Erstauflage von lediglich fünfhundert Exemplaren veröffentlicht wurde, mittlerweile jedoch mehrmals als Taschenbuch nachgedruckt wurde.

[7] Dem widerspricht Reverend Frank A. Smith in einer kurzen Notiz in dem Nachrichtenblatt Fantasy Newsletter, September 1982, der als episkopalischer Priester unter Bischof James A. Pike gedient hat: „Dick benutzt die bizarrsten Aspekte in Bischof Pikes Leben als Vehikel für seine eigenen Ideen, ein risikoreiches Unterfangen, dem nicht unwidersprochen bleiben würde, könnte der Bischof sich noch selbst verteidigen." Reverend Smith führt diverse Punkte auf, an denen sich das Leben des echten Bischofs von dem der Dickschen Version unterscheidet. U.a. begleitete die Geliebte des Bischofs ihn auf seinen Reisen in den Mittleren Osten und entdeckte dort auch seine Leiche, nachdem sie — zu spät — Hilfe geholt hatte.

einzelnes Thema nicht lange fesseln kann, der immer wieder auf der Suche nach neuen Interessengebieten, Zielen und Wahrheiten ist.

Bischof Archer hält sich eine Geliebte, Kirsten Lundborg. Während die beiden lange in England sind, begeht sein Sohn Jeff Selbstmord. Er war von zwei Dingen besessen: der historischen Gestalt Wallensteins, der sich, wie der Bischof, gegen Ende seines Lebens dem Übersinnlichen verschrieb, und seiner geheimen Liebe zu Kirsten, die sein eigener Vater aushält.

Schon bald ist Bischof Archer überzeugt, daß sein Sohn aus dem Jenseits Kontakt mit ihm aufgenommen hat. Eine Wahrsagerin, die dieses Phänomen klären soll, verkündet für Kirsten einen baldigen Tod, und kurz darauf stirbt sie, an Krebs erkrankt, ebenfalls durch eigene Hand. Archer bricht nach Israel auf, um einen rauscherzeugenden Pilz zu suchen, der die einzige historische Quelle der Gestalt Jesu Christi sein soll, und findet — ganz nach seinem Vorbild, Bishop James Pike, dort in einer Wüste ebenfalls den Tod. Angel Archer überlebt als einzige — nur um Kirsten Lundborgs Sohn wiederzubegegnen, der behauptet, Bischof Archer habe sich in ihm reinkarniert und auch Einzelheiten aus dem Leben des Toten preisgibt, die nur der Bischof selbst kennen konnte.

Tim Archer ist eine symbolische, ja durchaus allegorische Gestalt, ständig auf der Suche nach existentieller Wahrheit, aber immer bereit, das aufzugeben, woran er gestern noch geglaubt hat. In seinem Charakter finden die beiden grundlegenden Problemkreise des Romans Ausdruck: die Suche nach der Wahrheit und das Hinnehmen des Todes. Rundweg alle Charaktere in *The Transmigration Of Timothy Archer* weigern sich jedoch, die Wahrheit zu akzeptieren; bei Jeff und Kirsten führt diese Weigerung zum Selbstmord, und der Bischof verschuldet seinen Tod selbst: Bei seiner Suche in der Wüste führt er lediglich zwei Cola-Dosen als Getränkevorrat mit. Angel Archer überlebt als einzige, wenn auch nur durch ihren Gnostizismus; für sie gibt es keine religiösen oder philosophischen Systeme, die ihr die

Unsterblichkeit sichern könnten, sie stellt keine Fragen, gibt sich keinen haltlosen Überlegungen hin, schildert die Ereignisse nüchtern und mit lediglich der Betroffenheit, die der Verlust eines geliebten Menschen bewirkt. Da Dick ihre Augen gewählt hat, den Niedergang der Familie Archer zu schildern, beschert der Roman tiefe Einsichten in die Problematik des menschlichen Lebens, verleugnet zwar den Schmerz nicht, den man beim Tod eines nahestehenden Menschen empfindet, verfällt aber auch nicht in jene Verzweiflung, die man bei der Einsicht, daß am Ende allen Lebens der Tod steht, empfinden könnte.

Der große Bogen innerhalb der Trilogie wird geschlagen, als Bischof Archer in den Mittleren Osten aufbricht: Was er dort zu finden hofft, ist nichts anderes als der Beweis für die Thesen, die Dick in *VALIS* aufgestellt hat.

Das untypisch optimistische Ende von *The Divine Invasion* und die nüchterne Hingabe ins Unvermeidliche zwingen fast den Schluß auf, daß Dick bei der Niederschrift seiner letzten beiden Romane[8] wirklich einen gewissen Frieden gefunden hat; daß er die Theorie, die er in *VALIS* aufgestellt hat, wirklich für die einzig richtige hält. Und wir wollen es mit Angel Archer halten, die sich niemals die Frage stellen würde, wieso Dick gerade nach der Niederschrift von *The Transmigration Of Timothy Archer* einen schweren Schlaganfall erlitt, dem er schließlich erlag. Wir werden niemals klären, ob Dick wirklich von einem weißen Lichtstrahl getroffen wurde, den er für ein Vast Active Living Intelligence System hielt; wir werden niemals herausfinden, ob sein Leben zu ei-

[8] Dick hat zwar einen weiteren Roman — *The Owl By Daylight* — begonnen; wie er jedoch in einem Interview in *The Twilight Zone Magazine*, posthum im Juni 1982 veröffentlicht, ausführte, haben ihn die Arbeiten am Film *Blade Runner* (nach seinem Roman *Träumen Roboter von elektrischen Schafen?)* lange Zeit daran gehindert, ihn fortzuführen. Bei der Niederschrift dieses Artikels konnte nicht festgestellt werden, ob Dick diesen Roman noch vor seinem Tod beendet hat. Auch die umfangreiche Dick-Bibliographie von Daniel J.H. Levack (Underwood/Miller, San Francisco 1981) führt nur den Titel auf und gibt keinerlei weitere Hinweise.

nem Ende kam, weil er sein letztendliches und eigentliches Ziel, die Klärung der ultimaten Wahrheit, die unser aller Existenz umgibt, erreicht hat.

Für uns alle bleibt diese Frage offen. Auch die VALIS-Trilogie kann nicht die letzte Antwort geben.

Philip K. Dick

DIE GÖTTLICHE INVASION

Die Zeit, auf die ihr gewartet habt, ist gekommen. Die Arbeit ist vollbracht; hier ist die endgültige Welt. Ihn hat man hierherversetzt, und er lebt.
Geheimnisvolle Stimme in der Nacht

1

Es wurde Zeit, Manny einzuschulen. Die Regierung hatte eine Sonderschule eingerichtet. Das Gesetz bestimmte, daß Manny wegen seines Zustandes keine reguläre Schule besuchen durfte, und es gab nichts, was Elias Tate dagegen unternehmen konnte. Es gab keine Möglichkeit, die Gesetze der Regierung zu umgehen, denn dies war die Erde, und über allem lag die Zone des Bösen. Elias fühlte sie, und wahrscheinlich spürte sie auch der Junge.

Elias wußte um die Ursache dieser Zone, aber der Junge natürlich nicht. Mit seinen sechs Jahren sah Manny hübsch und kräftig aus, aber immer schien er halb zu schlafen, als wäre er (durchfuhr es Elias) noch nicht ganz geboren worden.

„Du weißt, welcher Tag heute ist?“ fragte Elias.

Der Junge lächelte.

„In Ordnung“, nickte Elias. „Nun, eine Menge hängt von dem Lehrer ab. An was erinnerst du dich, Manny? Erinnerst du dich an Rybys?“ Er holte ein Hologramm von Rybys hervor, der Mutter des Jungen, und hielt es ins Licht. „Schau dir Rybys an“, bat Elias. „Nur für einen Moment.“

Eines Tages würde der Junge sein Erinnerungsvermögen zurückgewinnen. Ein Stimulus, der Blockade entronnen, würde – weil der Junge dies so bestimmt hatte – die Anamnese, den Verlust der Amnesie, auslösen, so daß alle Erinnerungen zurückkehrten. Seine Empfängnis auf CY30–CY30B, die Zeit in Rybys' Bauch, während sie gegen ihre schreckliche Krankheit ankämpfte, die Reise zur Erde, vielleicht sogar das Verhör. Geborgen in der Gebärmutter seiner Mutter, hatte Manny drei Menschen seine Anweisungen erteilt: Herb Asher, Elias Tate und Rybys. Aber dann war dieser Unfall erfolgt, falls es wirklich ein Unfall gewesen war. Und der Unfall hatte zu der Schädigung geführt.

Und mit der Schädigung war das Vergessen gekommen.

Elias und Manny fuhren mit der Stadtbahn zur Schule. Dort wurden sie von einem nervösen kleinen Mann empfangen, einem

Mr. Plaudet. Er war begeistert und wollte Manny die Hand schütteln. Für Elias Tate war klar, daß er die Regierung personifizierte. Zuerst schüttelt sie dir die Hand, dachte er, und anschließend bringt sie dich um.

„Das also ist Emmanuel", sagte Plaudet strahlend.

Einige andere Kinder spielten auf dem umzäunten Schulhof. Scheu drückte sich der Junge an Elias Tate; offensichtlich wollte er mitspielen, aber er traute sich nicht.

„Was für ein hübscher Name", erklärte Plaudet. „Kannst du deinen Namen sagen, Emmanuel?"

„Gott ist mit uns", erwiderte der Junge.

„Bitte?" entfuhr es Plaudet.

Elias Tate warf ein: „Emmanuel bedeutet ‚Gott ist mit uns'. Deshalb hat seine Mutter diesen Namen gewählt. Sie wurde vor Mannys Geburt bei einem Flugzeugunglück getötet."

„Ich war in einer synthetischen Gebärmutter", sagte Manny.

„Ist die Störung auf den ...", begann Plaudet, aber Elias Tate brachte ihn mit einer Handbewegung zum Schweigen.

Plaudet errötete und blätterte in der Akte. „Mal sehen ... Sie sind nicht der Vater des Jungen. Sie sind sein Großonkel."

„Sein Vater befindet sich in kryonischer Suspension."

„Das Flugzeugunglück?"

„Ja", nickte Elias. „Er wartet auf eine Milz."

„Erstaunlich, daß es in sechs Jahren nicht möglich gewesen ist, eine Milz ..."

„Ich werde vor dem Jungen nicht über Herb Ashers Tod reden", unterbrach Elias.

„Aber er weiß, daß sein Vater ins Leben zurückkehren wird?" erkundigte sich Plaudet.

„Natürlich. Ich werde einige Tage hier in der Schule bleiben und beobachten, wie Sie die Kinder behandeln. Falls sie mir nicht zusagt, falls zuviel körperliche Gewalt ausgeübt wird, nehme ich Manny wieder mit – Gesetz hin, Gesetz her. Ich nehme an, Sie werden ihm den üblichen Mist beibringen, der in derartigen Schulen eben gelehrt wird. Es gefällt mir zwar nicht, aber es stört mich auch nicht besonders. Wenn ich mit der Schule zufrieden bin, werde ich Sie für ein Jahr im voraus bezahlen. Ich wollte ihn nicht hierherbringen, aber so ist das Gesetz. Ich mache nicht Sie verantwortlich." Elias Tate lächelte.

Wind strich durch das Bambusrohrdickicht, das am Rand des Schulhofes wuchs. Manny hörte dem Wind zu, reckte den Kopf und runzelte die Stirn. Elias klopfte ihm auf die Schulter und fragte sich, was der Wind wohl zu dem Jungen sagte. Sagt er dir, wer du bist? dachte Elias. Verrät er dir deinen Namen?

Den Namen, durchfuhr es ihn, den niemand nennen sollte.

Ein Kind, ein kleines Mädchen, das ein weißes Kleidchen trug, näherte sich Manny und reichte ihm ihre Hand. „Hallo", sagte sie. „Du bist neu."

Im Bambus raschelte der Wind.

Obwohl tot und in kryonischer Suspension, hatte Herb Asher mit eigenen Problemen zu kämpfen. In der unmittelbaren Nähe der Kry-Lab Inc.-Niederlassung war im vorigen Jahr ein 50 000-Watt-UKW-Sender errichtet worden. Aus unerklärlichen Gründen empfingen die kryonischen Apparate die Übertragungen des starken UKW-Senders. Deshalb mußte sich Herb Asher, wie alle anderen, die in den Kry-Labs in Suspension lagen, Tag und Nacht die seichte Musik des Radiosenders anhören, der von sich behauptete, nur „muntere Klänge" zu bringen.

Im Augenblick plagte eine von Streichern intonierte Version von *Fiddler on the Roof* die Toten in den Kry-Labs. Insbesondere für Herb Asher war dies unangenehm, denn derzeit durchlief er jenen Teil des Zyklus, in dem er sich einbildete, noch immer am Leben zu sein. In seinem gefrorenen Gehirn bildete sich eine kleine, archaische Welt; Herb Asher glaubte, wieder auf dem kleinen Planeten des CY30-CY30B-Systems zu sein, wo er in jenen grausamen Jahren seine kleine Kuppel bewohnt hatte . . . grausam, weil er Rybys Rommey getroffen hatte, mit ihr nach einer formellen Eheschließung zur Erde zurückgekehrt und von den irdischen Behörden verhört worden war, und als sei das nicht schon genug, hatte er auch noch bei einem Flugzeugunglück, das nicht seine Schuld gewesen war, den Tod gefunden. Schlimmer noch: Seine Frau war ebenfalls getötet worden, und ihre Verletzungen waren so schlimm, daß keine Organtransplantation sie wieder ins Leben zurückholen konnte; ihr hübscher kleiner Kopf war, wie der Robotarzt Herb erklärt hatte, in Stücke gespalten – eine für Roboter typische Wortwahl.

Nun, da Herb Asher glaubte, wieder in seiner Kuppel im

Sonnensystem CY30-CY30B zu sein, wußte er nichts von Rybys' Tod. Darüber hinaus kannte er sie noch nicht einmal. Noch war der Proviantbote nicht eingetroffen, der ihm von Rybys und ihrer Kuppel erzählt hatte.

Herb Asher lag in seiner Koje und hörte seine Lieblingsbandaufnahme von Linda Fox. Er versuchte sich über die Herkunft eines Hintergrundgeräusches klarzuwerden – ein Streichorchester schien sentimentale Lieder aus irgendeiner berühmten Oper oder Broadway-Show des späten zwanzigsten Jahrhunderts zu spielen. Offenbar mußte er seine Anlage reparieren. Wahrscheinlich hatte ein anderes Signal die Linda-Fox-Aufnahme überlagert. Verdammt, dachte er verdrossen, ich muß den Fehler finden. Das bedeutete, daß er seine Koje verlassen, die Anlage auseinandernehmen mußte – es bedeutete Arbeit.

Mit geschlossenen Augen hörte er Linda Fox zu.

Wein nicht mehr, du traurige Quelle,
warum fließt du mit solcher Schnelle?
Schau, wie die verschneiten Berge
Des Himmels Sonnenlicht verschwenden.
Aber meiner Sonne himmlische Augen
Sehen nicht deine Tränen
Dein stilles Grämen . . .

Es war das beste Lied, das die Fox je gesungen hatte, und es stammte aus dem Dritten und Letzten Textbuch für Lautenlieder von John Dowland, der ein Zeitgenosse Shakespeares gewesen war und dessen Musik die Fox für die moderne Welt bearbeitet hatte.

Von der Störung irritiert, schaltete er den Bandvorlauf mit der Fernbedienung ab. Aber, *mirabile dictur,* die schmalzige Streichorchestermusik, erklang weiter, obwohl die Fox verstummt war. Resigniert schaltete er das gesamte Audiosystem ab.

Selbst dann ertönte noch das von siebenundachtzig Streichern intonierte *Fiddler on the Roof*. Die Klänge erfüllten seine kleine Kuppel und übertönten das *Sssch-sssch* des Luftverdichters. Und dann wurde ihm klar, daß er – großer Gott! – *Fiddler on the Roof* nun schon seit drei Tagen hörte.

Es ist schrecklich, dachte Herb Asher. Hier bin ich nun, Abermilliarden Kilometer draußen im Weltraum und dazu verdammt, die siebenundachtzig Streicher für alle Zeiten zu hören. Etwas muß schiefgegangen sein.

In Wirklichkeit war im letzten Jahr eine ganze Menge schiefgegangen. Er hatte den grausigen Fehler gemacht, aus dem Sonnensystem auszuwandern. Er hatte die Bestimmung übersehen, die besagte, daß eine Rückkehr ins heimatliche Sonnensystem zehn Jahre lang verboten war. So sorgte der Duale Staat, der das Sonnensystem regierte, dafür, daß viele Menschen hinauszogen, aber niemand mehr zurückkehrte. Als Alternative hatte man ihm nur den Eintritt in die Armee geboten, und das hätte den sicheren Tod bedeutet. FLIEG RAUS ODER GEH DRAUF lautete der Slogan der Werbespots der Regierung. Entweder wanderte man aus, oder man wurde in irgendeinem sinnlosen Krieg verheizt. Die Regierung gab sich nicht einmal mehr die Mühe, den Krieg zu rechtfertigen. Man wurde von ihr einfach losgeschickt, umgebracht und dann durch einen anderen ersetzt. All das war eine Folge des Zusammenschlusses von Kommunistischer Partei und Katholischer Kirche zu einem Mega-Apparat mit zwei Staatschefs wie im alten Sparta.

Hier zumindest lief er keine Gefahr, von der Regierung ermordet zu werden. Natürlich konnte er einem der rattenähnlichen Autochthonen des Planeten zum Opfer fallen, aber das war nicht sehr wahrscheinlich. Die wenigen verbliebenen Autochthonen hatten noch nie einen der menschlichen Kuppelbewohner umgebracht, die mit ihren Mikrowellensendern und psychotronischen Zusatzverstärkern, den gefälschten Nahrungsmitteln (gefälscht, soweit es Herb Asher betraf – sie schmeckten schrecklich) und einer Handvoll komplizierter Utensilien, die das Leben lebenswert machten, auf dieser Welt erschienen waren. All diese Dinge hatten die simplen Autochthonen verblüfft, ohne jedoch ihre Neugierde zu erregen.

Ich wette, daß das Mutterschiff direkt über mir ist, sagte sich Herb Asher. Es beschießt mich mit seinen psychotronischen Kanonen und überträgt *Fiddler on the Roof*. Wahrscheinlich ist das als Scherz gemeint.

Er verließ seine Koje, trat schwankend an das Schaltpult und betrachtete den Radarmonitor Nummer drei. Dem Radar zufolge war das Mutterschiff nicht in der Nähe. Also konnte es nicht dafür verantwortlich sein.

Verdammt, dachte er. Er konnte mit eigenen Augen sehen, daß sein Audiosystem abgeschaltet war, und dennoch erfüllte Musik die Kuppel. Und sie schien nicht von einer bestimmten Quelle auszugehen, sondern von allen Seiten zugleich auf ihn einzudringen.

Er setzte sich an das Schaltpult und nahm Verbindung mit dem Mutterschiff auf. „Überträgst du *Fiddler on the Roof?*“ fragte er den Schiffscomputer.

Schweigen – dann: „Ja, wir haben ein Videoband von *Fiddler on the Roof* mit Topol, Norma Crane, Molly Picon, Paul ...“

„Nein“, unterbrach er. „Was empfängst du im Moment von Fomalhaut? Irgend etwas von einem Streichorchester?“

„Oh, Sie sind Station Fünf. Der Linda-Fox-Mann.“

„So nennt man mich?“ fragte Herb Asher.

„Wir erklären uns einverstanden. Halten Sie sich bereit, zwei neue Linda-Fox-Audios aufzunehmen. Wir spielen mit höchster Geschwindigkeit ab. Sind Sie bereit?“

„Ich sprach von etwas anderem“, erinnerte Asher.

„Wir übertragen jetzt mit höchster Geschwindigkeit. Danke.“ Der Computer des Mutterschiffs verstummte, Herb Asher hörte zwitschernde Klänge, als das Mutterschiff eine Bitte erfüllte, die er nicht gestellt hatte.

Als die Übertragung von dem Mutterschiff endete, nahm er erneut Verbindung mit dem Bordcomputer auf. „Seit zehn Stunden schon höre ich *Matchmaker, Matchmaker*“, erklärte er. „Ich kann es nicht mehr ertragen. Hältst du Verbindung mit irgendeinem Verstärkerfeld?“

„Es ist meine Aufgabe“, erwiderte der Bordcomputer des Mutterschiffes, „mit allen Verstärkerfeldern ...“

„Ende und Aus“, unterbrach Herb Asher und schaltete ab.

Durch das Fenster des Kuppelportals sah er eine gebückte Gestalt über die gefrorene Ödnis schlurfen. Ein Autochthone, der ein kleines Bündel trug; er befand sich auf einem Botengang.

Herb drückte den Knopf des Außenlautsprechers und sagte: „Komm einen Moment herein, Clem.“ Das war der Name, den die menschlichen Siedler den Autochthonen gegeben hatten, und zwar allen, denn sie sahen alle gleich aus. „Ich brauche deinen Rat.“

Der Autochthone warf ihm einen ärgerlichen Blick zu, schlurfte zum Kuppeltor und bedeutete mit einem Wink, daß er bereit war. Herb Asher aktivierte den Tormechanismus, und die Transportmembrane senkte sich. Der Autochthone verschwand in ihrem Innern. Einen Moment später stand der mürrisch wirkende Autochthone in der Kuppel, schüttelte Methankristalle ab und sah Herb Asher düster an.

Asher holte den elektronischen Dolmetscher hervor und sagte: „Es dauert nur einen Moment." Analog dazu gab der Apparat eine Serie von Klick- und Klacktönen von sich. „Ich empfange eine Audio-Interferenz, die ich nicht beseitigen kann. Hat einer von deinen Leuten damit zu tun? Hör es dir an."

Der Autochthone mit dem wurzelähnlichen, verzerrten, dunklen Gesicht horchte. Schließlich sprach er, sein Tonfall war von ungewöhnlicher Barschheit. „Ich höre nichts."

„Du lügst", beschuldigte ihn Herb Asher.

„Ich lüge nicht", wehrte der Autochthone ab. „Vielleicht hast du in dieser Einsamkeit den Verstand verloren."

„Ich blühe in der Einsamkeit auf. Außerdem bin ich nicht einsam." Schließlich leistete ihm die Fox Gesellschaft.

„Ich habe es kommen sehen", behauptete der Autochthone. „Kuppelleute wie du bilden sich plötzlich ein, Stimmen zu hören und Gestalten zu sehen."

Herb Asher griff nach den Stereo-Mikrofonen, schaltete das Tonband ein und beobachtete die Aussteuerungsanzeige. Sie blieb auf Null. Er drehte die Aussteuerung bis zum Anschlag auf. Noch immer keine Reaktion, die Anzeigenadeln rührten sich nicht. Asher holte tief Luft, und unvermittelt schlugen beide Nadeln heftig aus, die roten Dioden leuchteten und zeigten an, daß die Anlage übersteuert war. Offensichtlich nahm das Tonband aus irgendwelchen Gründen die süßliche Streichorchestermusik nicht auf. Er war verwirrter als zuvor. Der Autochthone lächelte.

Mit klarer Stimme sagte Asher in die Stereo-Mikrofone: „,Oh, erzähl mir alles von Anna Livia! Ich will alles hören von Anna Livia. Ach, du kennst Anna Livia? Ja doch, klar, wir alle kennen Anna Livia. Erzähl mir alles. Erzähl's mir jetzt. Dich trifft der Schlag, wenn du's hörst. Also, du weißt doch, wie der alte Sack futsch ging und tat, was du weißt. Ja, ich weiß, mach weiter. Wasch nur flott, und laß das Gedabble. Stock auf die Ärmel und lockre die

Stimmstrippen. Und bocks mich nicht – aua! wenn du dich bückst. Also was denn . . .' "

„Was ist das?" fragte der Autochthone, als er die Übersetzung in seine Sprache hörte.

Herb Asher grinste. „Ein berühmtes terranisches Buch. ‚Schau, schau, die Dämmrung grauelt! Meine Zweiglein luftig wurzeln sich ein. Und mein kalt Chair ward aschlich. Fieluhr? Filou! Was alt is het? Bald isset späht. 's ist ennslos heer jetzt . . .' "

„Der Mann ist verrückt", brummte der Autochthone und wandte sich in Richtung Ausgang.

„Es ist aus *Finnegans Wake*", erklärte Herb Asher. „Ich hoffe, der elektronische Dolmetscher hat es in eine verständliche Form übersetzt. ‚Kaum hör ich mehr bei den Wassern der. Den schütternden Wassern der. Fleddernd Gewisch, Felldmäus' vergraulen's Geplausch. Ho! Warst du noch nicht davon? Was, Richter John? Kaum hör'ch mehr . . .' "*

Der Autochthone war fort; überzeugt, daß Herb Asher wahnsinnig war, hatte er sich davongemacht. Asher sah ihm durch die Sichtluke nach, während sich der Autochthone empört von der Kuppel entfernte.

Erneut schaltete er den Außenlautsprecher ein. Herb Asher brüllte der kleiner werdenden Gestalt nach: „Du hältst James Joyce für verrückt, das glaubst du doch, oder? In Ordnung, aber dann erkläre mir doch, wie er ‚Stimmstrippen', also Tonbänder, in einem Buch erwähnen konnte, das er 1922 in Angriff genommen und 1939 fertiggestellt hat, also noch bevor es Tonbänder gab! Das nennst du verrückt? Außerdem beschreibt er Leute, die vor einem Fernseher sitzen – in einem Buch, mit dessen Niederschrift er vier Jahre nach dem Ersten Weltkrieg begonnen hat. Ich glaube, James Joyce war ein . . ."

Der Autochthone war hinter einem Hügel verschwunden. Asher schaltete den Außenlautsprecher wieder ab.

Es ist einfach unvorstellbar, daß James Joyce in seinem Werk ‚Stimmstrippen' erwähnt hat, dachte Asher. Irgendwann werde ich meinen Artikel veröffentlichen. Ich werde beweisen, daß *Finnegans Wake* Informationspool eines Datenspeichersystems ist, das

* Die Übersetzungen aus *Finnegans Wake* wurden aus *Anna Livia Plurabelle,* Suhrkamp-Verlag 1982, übersetzt von Hans Wollschläger, entnommen

erst ein Jahrhundert nach James Joyces Ära entstand. Ich werde beweisen, daß Joyce Kontakt mit einem kosmischen Bewußtsein hatte, von dem er die Inspiration für sein gesamtes Werk erhielt. Ich werde auf ewig berühmt sein.

Wie muß es gewesen sein, fragte er sich, Cathy Berberian aus *Ulysses* lesen zu hören? Hätte sie doch nur das ganze Buch aufgenommen. Aber, dachte er dann, wir haben Linda Fox.

Sein Tonband lief noch immer und zeichnete alles auf. Laut sagte Herb Asher: „Ich werde jetzt das Hundertbuchstabendonnerwort vortragen." Die Nadeln der Aussteuerungsanzeige zitterten heftig. „Also los", brummte Herb Asher und holte tief Luft. „Dies ist das Hundertbuchstabendonnerwort aus *Finnegans Wake.* Ich habe es vergessen." Er trat ans Bücherregal und griff nach der Cassette von *Finnegans Wake.* „Ich werde es nicht aus dem Gedächtnis rezitieren", erklärte er, schob die Mikrofilmcassette in den Leser und drehte an der Einstellung, bis die erste Buchseite erschien. „Es ist das längste Wort unserer Sprache", murmelte er. „Es ist der Laut, der erklang, als das Urschisma im Kosmos erschien und ein Teil des verdorbenen Kosmos der Finsternis und dem Bösen anheimfiel. Ursprünglich besaßen wir den Garten Eden, wie Joyce feststellt. Joyce . . ."

Sein Funkgerät sprach an. Der Proviantbote meldete sich, um eine neue Lieferung anzukünden.

„. . . wach?" drang es erwartungsfroh aus dem Funkgerät.

Kontakt mit einem anderen Menschen. Herb Asher zuckte unwillkürlich zusammen. O Gott, dachte er. Er zitterte. Nein, durchfuhr es ihn.

Bitte nicht.

2

Man weiß, daß sie hinter einem her sind, wenn sie sich durch die Decke bohren, dachte Herb Asher. Der Proviantbote, der wichtigste Mann unter den verschiedenen Lieferanten, hatte die Dachluke der Kuppel entriegelt und kletterte die Leiter hinunter.

„Proviantcomtrix", informierte ihn der Audio-Transduktor seines Funkgerätes. „Verriegelung vornehmen."

„Verriegelung läuft“, erwiderte Asher.

„Setzen Sie den Helm auf“, drang es aus dem Lautsprecher.

„Nicht nötig“, winkte Asher ab. Er machte keine Anstalten, nach seinem Helm zu greifen, sein Lufterzeuger würde die während des Einstiegs des Proviantboten entweichende Atmosphäre wieder erneuern. Er hatte ihn umgebaut.

Das autonome Sicherheitssystem der Kuppel löste die Alarmglocke aus.

„Setzen Sie den Helm auf!“ befahl der Proviantbote verärgert.

Die Alarmglocke verstummte mit einem Winseln; der Druck hatte sich wieder stabilisiert. Der Proviantbote lächelte. Er löste den Helm und begann dann Kartons aus seinem Comtrix zu entladen.

„Wir sind eine zähe Rasse“, bemerkte Asher, während er ihm half.

„Sie haben wohl alles umgemodelt“, brummte der Proviantbote. Wie alle Rover, die die Kuppeln versorgten, war er kräftig und behende. Es war nicht ungefährlich, eine Comtrix-Fähre zwischen den Mutterschiffen und den Kuppeln auf CY30 II hin und her zu steuern. Er wußte dies ebensogut wie Asher. Jeder konnte in einer Kuppel hocken, aber nur wenige konnten draußen arbeiten.

„Kann ich mich einen Moment setzen?“ fragte der Proviantbote, als sie fertig waren.

„Ich kann Ihnen nur ein Täßchen Kaff anbieten“, sagte Asher.

„Wunderbar. Seit ich hier bin, habe ich keinen richtigen Kaffee mehr getrunken.“ Der Proviantbote ließ sich an dem Eßmodul nieder.

Die beiden Männer saßen sich am Tisch gegenüber und schlürften ihren Kaff. Außerhalb der Kuppel wallte Methan, doch im Innern spürten die Männer nichts davon. Der Proviantbote schwitzte – offensichtlich war ihm die von Asher bevorzugte Temperatur zu hoch.

„Sagen Sie, Asher“, murmelte der Proviantbote, „Sie liegen doch nur in Ihrer Koje herum, während Ihre Maschinen automatisch laufen, oder?“

„Ich habe eine Menge zu tun.“

„Manchmal glaube ich, daß Ihr Kuppelleute . . .“ Der Proviantbote verstummte. „Asher, kennen Sie die Frau in der Kuppel nebenan?“

„Ein wenig", gestand Asher. „Alle drei oder vier Wochen überträgt mein System Daten in ihren Input-Schaltkreis. Sie speichert, verstärkt und transmittiert sie. Das glaube ich zumindest. Viel mehr weiß ich..."

„Sie ist krank", unterbrach der Proviantbote.

Verwirrt sagte Asher: „Das letzte Mal, als ich mit ihr gesprochen habe, sah sie noch recht gesund aus. Sie erzählte mir, daß sie Schwierigkeiten hätte, die Anzeigen ihres Terminals zu lesen."

„Sie stirbt", erklärte der Proviantbote und nippte an seinem Kaff.

Der Ausdruck ‚stirbt' erschreckte Asher. Ein Kälteschauer glitt über seinen Rücken. Er versuchte, sich die Frau in Gedanken vorzustellen, aber sonderbare Bilder bestürmten ihn, untermalt von der süßlichen Musik. Eine merkwürdige Mischung, dachte er; Video- und Audiofragmente, wie vermoderte Kleiderfetzen von Toten. Klein und dunkelhaarig war die Frau. Und wie hieß sie noch gleich? „Ich kann mich nicht erinnern", sagte er und preßte die Handflächen an die Wangen, als wolle er sich seiner selbst versichern. Dann erhob er sich, trat an das Kontrollpult und speiste einige Ziffern ein; der von ihnen benutzte Kode gab ihren Namen frei. Rybys Rommey. „Woran stirbt sie?" fragte er. „Was für eine Krankheit ist es, zum Teufel?"

„Multiple Sklerose."

„Daran stirbt man nicht. Heutzutage nicht mehr."

„Hier draußen schon."

„Wieso... Ach, Scheiße." Er setzte sich wieder, seine Hände zitterten. Ich will verdammt sein, dachte er. „Wie weit ist ihre Krankheit schon fortgeschritten?"

„Nicht sehr weit", erwiderte der Proviantbote. „Was ist mit Ihnen los?" Neugierig sah er Asher an.

„Ich weiß es nicht. Die Nerven. Vom Kaff."

„Vor ein paar Monaten erzählte sie mir, daß sie in ihrer Jugend an einem... wie heißt es doch gleich?... Aneurysma gelitten hat. Ihr linkes Auge ist damals in Mitleidenschaft gezogen worden, so daß sie auf diesem Auge kaum noch etwas sehen konnte. Man vermutete zu dieser Zeit, daß dies auf eine beginnende multiple Sklerose hindeute. Und heute, als ich mit ihr sprach, sagte sie, daß sie nun an optischer Neuritis..."

Asher unterbrach. „Wurden beide Symptome dem MED eingegeben?“

„Es fängt mit den Zerfallsymptomen der Aneurysma-Krankheit an, dann gibt es eine Periode der Besserung, und schließlich sieht man alles doppelt und verschwommen... Man ist so gut wie erledigt.“

„Ich hatte soeben ein unheimliches Gefühl“, murmelte Asher. „Jetzt ist es vorbei. Als hätte ich dies alles schon einmal erlebt.“

„Sie sollten sie anrufen und mit ihr reden“, riet der Proviantbote. „Ihnen würde es auch guttun. So kommen Sie wenigstens aus Ihrer Koje heraus.“

„Versuchen Sie nicht, mein Leben zu bestimmen“, fauchte Asher. „Um das zu vermeiden, habe ich das Sonnensystem verlassen und bin hierher gekommen. Habe ich Ihnen schon erzählt, was meine zweite Frau jeden Morgen von mir verlangt hat? Ich mußte ihr das Frühstück ans Bett bringen, ich mußte...“

„Als ich ihr die Sachen gebracht habe, hat sie geweint.“

Asher wandte sich dem Kontrollpult zu, ließ seine Finger über die Tasten huschen und las die Anzeigen ab. „Bei multipler Sklerose beträgt die Heilungsquote dreißig bis vierzig Prozent.“

Geduldig entgegnete der Proviantbote: „Nicht hier draußen. MED kann sich hier draußen nicht um sie kümmern. Ich habe ihr gesagt, sie soll um einen Transfer in die Heimat bitten. Teufel auch, ich für meinen Teil würde es versuchen. Aber sie will nicht.“

„Sie ist verrückt“, sagte Asher.

„Sie haben recht. Sie ist vollkommen verrückt. Jeder hier draußen ist verrückt.“

„Das hat man mir schon einmal gesagt.“

„Brauchen Sie eine Bescheinigung? Sie hat ihren Schein schon in der Tasche. Würden Sie nicht nach Hause zurückkehren, wenn Sie wüßten, daß Sie krank sind?“

„Es wird nicht von uns erwartet, daß wir unsere Kuppeln verlassen. Außerdem ist es verboten zurückzukehren. Nein, das stimmt nicht“, korrigierte er sich. „Wenn man krank ist, wird eine Ausnahme gemacht. Aber unsere Arbeit hier...“

„Oh, ja, natürlich – was Sie hier aufzeichnen, ist ja so wichtig. So wichtig wie Linda Fox. Wer hat Ihnen heute zuerst erzählt, daß Sie verrückt sind?“

„Ein Clem“, erklärte Asher. „Ein Clem spazierte hier herein

und sagte mir, ich sei verrückt. Und jetzt kommen Sie die Leiter heruntergeklettert und sagen mir das gleiche. Ich werde von Clems und Proviantboten analysiert. Hören Sie diese kitschige Streichorchestermusik oder nicht? Sie ist in der ganzen Kuppel zu vernehmen – ich kann ihre Quelle nicht lokalisieren, sie macht mich noch ganz krank. In Ordnung, ich bin also krank und verrückt; wie könnte ich dann Mrs. Rommey helfen? Sie haben es selbst gesagt. Ich bin vollkommen anormal; ich bin zu nichts nutze."

Der Proviantbote stellte die Tasse ab. „Ich muß fort."

„Schön", nickte Asher. „Es tut mir leid, mit Ihrem Gerede über Mrs. Rommey haben Sie mich völlig durcheinandergebracht."

„Rufen Sie sie an, und sprechen Sie mit ihr. Sie braucht jemanden, der sich mit ihr unterhält, und Sie sind ihrer Kuppel am nächsten. Ich bin überrascht, daß sie Ihnen nichts davon gesagt hat."

Ich habe nicht gefragt, dachte Herb Asher.

„Es ist Gesetz, wissen Sie", bemerkte der Proviantbote.

„Was für ein Gesetz?"

„Wenn sich ein Kuppelbewohner in Schwierigkeiten befindet, ist der nächste Nachbar ..."

„Oh." Er nickte. „Nun, es ist das erste Mal, daß sich mir dieses Problem stellt. Ich meine – es ist Gesetz. Ich habe es vergessen. Hat sie Sie gebeten, mich an das Gesetz zu erinnern?"

„Nein", entgegnete der Proviantbote.

Nachdem der Proviantbote verschwunden war, rief Herb Asher den Kode für Rybys Rommeys Kuppel ab, tastete ihn in seinen Sender, dann zögerte er. Sein Wandchronometer stand auf 18 Uhr 30. An diesem Punkt seines Zweiundvierzig-Stunden-Zyklus wurde von ihm erwartet, daß er eine mit hoher Geschwindigkeit übertragene Unterhaltungssendung aufnahm – Audio- und Video-Signale, die von einem Sklavensatelliten im Orbit um CY30 III abgestrahlt wurden. Er mußte sie aufnehmen, sie mit normaler Geschwindigkeit abspielen und jenes Material aussortieren, das für das weltumspannende Kuppelsystem seines Planeten geeignet war.

Er warf einen Blick auf das Programm. Die Fox gab derzeit ein zweistündiges Konzert. Linda Fox, dachte er. Du und deine Synthese aus altem Rock, modernem Streng und der Lautenmusik von John Dowland. Mein Gott, durchfuhr es ihn, wenn ich nicht die Übertragung deines Live-Konzerts aufnehme, werden alle Kuppelbewohner dieses Planeten hier hereinstürmen und mich umbringen. Von den Notfällen abgesehen – die es noch nie gegeben hat – ist das die einzige Aufgabe, für die ich bezahlt werde: Ich halte den Informationsfluß zwischen den Planeten aufrecht, den Informationsfluß, der uns mit der Heimat verbindet und uns unsere Menschlichkeit bewahrt. Die Tonbänder müssen sich drehen.

Er schaltete den Bandvorlauf auf höchste Geschwindigkeit, drückte die Aufnahmetaste, justierte den Empfänger auf die Sendefrequenz des Satelliten, überprüfte das Oszillogramm auf dem Monitor – um sicherzugehen, daß keine Störung die Übertragung beeinträchtigte – und schickte dann die hereinkommenden Signale durch einen Audio-Transduktor.

Die Stimme von Linda Fox drang aus den über seinem Kopf angebrachten Lautsprechern. Wie der Monitor verriet, gab es keine Störung. Kein Knistern. Keine Schwankungen. Alle Kanäle waren exakt ausgesteuert.

Manchmal, dachte er, könnte ich selbst weinen, wenn ich höre, wie sie vom Weinen singt.

Meine Band.
In den Welten, die unter uns liegen,
Ist meine Liebe geblieben.
Spielt weiter, ihr schwerelosen Geister,
Spielt den kosmischen Blues, darin seid ihr Meister.
Meine Band.

Untermalt wurde Linda Fox' Stimme von den Vibrolauten, die ihr Markenzeichen waren. Außer der Fox war niemand auf die Idee gekommen, dieses Instrument aus dem sechzehnten Jahrhundert wieder einzusetzen, für das Dowland so wunderbare und eindringliche Lieder geschrieben hatte.

Muß ich klagen? Muß ich Gnade erflehen?
Muß ich zeugen? Muß ich beten?
Muß ich himmlisches Glück erstreben
Durch Liebe hier im Erdenleben?
Gibt es dort Welten? Gibt es dort Monde,
Wo die Verlorenen Kummer leiden?
Werde ich ein Herz finden, eins von den reinen?

Diese Überarbeitungen der alten Lautenlieder, sagte er sich, nur sie verbinden uns. Verstreut sind wir, in alle Himmelsrichtungen verteilt, ziellos hierhin und dorthin geflohen, nun in Kuppeln lebend, auf den Oberflächen unwirtlicher Welten und in Satelliten und Archen – als Opfer der Zwangsemigration. Und kein Ende ist in Sicht . . .

Jetzt sang die Fox eines seiner Lieblingslieder.

Törichter Wicht,
Hind're mich nicht
An meiner Fahrt in die Dunkelheit.
Verzweifelte Hoffnung bringt

Statisches Knistern. Herb Asher schnitt eine Grimasse und fluchte, die letzte Zeile war unverständlich gewesen. Verdammt, dachte er.

Die Fox wiederholte den Vers.

Törichter Wicht,
Hind're mich nicht
An meiner Fahrt in die Dunkelheit.
Verzweifelte Hoffnung bringt

Erneut die statische Störung. Er kannte die fehlende Zeile. Sie lautete:

Dereinst mir die Ewigkeit.

Wütend wies er das Tonband an, die letzten zehn Sekunden der Sendung zu wiederholen. Gehorsam spulte es zurück, stoppte, erwartete sein Freigabezeichen und wiederholte den Fünfzeiler. Dieses Mal konnte er die letzte Zeile trotz des schaurigen Knisterns verstehen.

Törichter Wicht,
Hind're mich nicht
An meiner Fahrt in die Dunkelheit.
Verzweifelte Hoffnung bringt
Dereinst den Arsch mir auf Grundeis.

„Jesus!" stieß Asher hervor und stoppte den Bandvorlauf. Hatte er das wirklich gehört? „Den Arsch mir auf Grundeis"?

Es war Jah. Er störte seinen Empfang. Dies war nicht das erste Mal.

Die in der Umgebung ansässigen Clems hatten es ihm erklärt, als die Interferenz vor einigen Monaten zum erstenmal aufgetaucht war. In der Zeit vor dem Erscheinen der Menschen im Sonnensystem CY30-CY30B hatten die eingeborenen Autochthonen eine Berggottheit namens Jah verehrt, deren Wohnsitz nach dem Bericht der Autochthonen der kleine Berg war, auf dem man Herb Ashers Kuppel errichtet hatte.

Hin und wieder hatte Jah die hereinkommenden Mikrowellen- und Psychotronensignale zu Ashers großem Mißvergnügen verzerrt. Und wenn er keine Signale empfing, hatte Jah seine Empfänger mit schwachen, aber wahrnehmbaren Informationsimpulsen gefüttert. Herb Asher hatte lange Zeit an seiner Anlage herumgebastelt, um die Störung herauszufiltern, aber ohne Erfolg. Er hatte die Kontrollen und Abschirmungen überprüft, doch auch das hatte nichts genutzt.

Wie dem auch sei, zum erstenmal hatte Jah eine Sendung mit Linda Fox verpfuscht. Und nach Herb Ashers Auffassung war damit die Grenze des Erträglichen überschritten.

Denn zu allem Überfluß war er – ob dies nun normal war oder nicht – von der Fox vollkommen abhängig.

Schon seit langer Zeit führte er mit der Fox in seiner Phantasie ein gemeinsames Leben. Zusammen mit der Fox lebte er auf der Erde, in Kalifornien, in einer Küstenstadt im Süden (ohne sie näher zu bestimmen). Herb Asher surfte, und die Fox hielt ihn für einen wundervollen Mann. Es war wie in einem Werbefilm für Bier. Zusammen mit ihren Freunden feierten sie Strandfeste, die Mädchen liefen mit nacktem Oberkörper herum, und aus dem tragbaren Radio dröhnte vierundzwanzig Stunden am Tag die von keinem Werbespot unterbrochene Musik eines auf Rock spezialisierten Senders.

Doch am wichtigsten war die spirituelle Atmosphäre; die barbusigen Mädchen am Strand waren . . . nein, nicht aufreizend, aber einfach angenehmes Beiwerk. Die gesamte Szene war durch und durch spirituell. Es war erstaunlich, wie spirituell ein erfundener Werbefilm für Bier sein konnte.

Und, natürlich auch, wie um dem Ganzen den letzten Schliff zu geben, die Dowland-Lieder. Die Schönheit des Universums lag nicht in den Sternen, sondern in der Musik, die vom menschlichen Geist, menschlichen Stimmen und menschlichen Händen erschaffen wurde. Vibrolauten, von Experten auf einem komplizierten Mischpult gemixt, und die Stimme der Fox. Ich weiß, dachte er, was ich brauche, um weiterzumachen. Meine Arbeit ist mein Vergnügen – ich zeichne es auf, übertrage es, und dafür bezahlt man mich.

„Hier ist die Fox", sagte Linda Fox.

Herb Asher schaltete das Video auf holografische Projektion. Ein Würfel entstand, aus dem ihn Linda Fox anlächelte. Währenddessen drehte sich das Tonband mit irrwitziger Geschwindigkeit und brachte Stunde um Stunde mit der Fox in seinen Besitz.

„Du bist mit der Fox", erklärte sie, „und die Fox ist mit *dir.*" Sie durchbohrte ihn mit einem Blick ihrer harten, glänzenden Augen. Das Diamantengesicht, wild und weise, wild und wirklich, sagte: Hier ist die Fox, und sie spricht zu dir. Er erwiderte das Lächeln.

„Hallo, Foxy, Lady!" sagte er. „Wie geht's?"

„Arsch auf Grundeis", antwortete die Fox.

Nun, das erklärte die süßliche Streichorchestermusik, das nicht enden wollende *Fiddler on the Roof.* Jah war dafür verantwortlich. In Herb Ashers Kuppel war die alte Gottheit der Eingeborenen eingedrungen, und Jah mißgönnte den menschlichen Siedlern offensichtlich die elektronische Aktivität, die sie entfaltet hatten. Ich bin total im Arsch, dachte Herb Asher. Jetzt sprechen schon die Götter zu mir. Ich sollte von diesem Berg verschwinden. Und überhaupt, was heißt schon Berg – er ist nicht mehr als ein flacher Hügel. Soll Jah ihn doch zurückhaben. Von mir aus können die Autochthonen dem Gott wieder gebratene Ziegen opfern. Aber die autochthonischen Ziegen waren ausgestorben und mit ihnen das Ritual.

Jedenfalls war die Aufnahme ruiniert. Er brauchte sie sich nicht anzuhören, um das zu wissen. Jah hatte die Signale verändert, bevor sie die Tonköpfe erreichten – dies war nicht das erste Mal, und immer war die Störung auch auf dem Band zu hören gewesen.

Also kann ich genausogut darauf pfeifen, sagte er sich. Und das kranke Mädchen in der Nachbarkuppel anrufen.

Ohne Begeisterung tastete er ihren Kode.

Rybys Rommey brauchte erstaunlich lange, um auf sein Signal zu reagieren, und während er dasaß und die Signaldiode auf seinem Kontrollpult beobachtete, fragte er sich: Ist sie tot? Oder hat man sie mit Gewalt fortgeschafft?

Sein Mikromonitor zeigte verschwommene Farben. Visuelle Statik, mehr nicht. Und dann erschien sie.

„Habe ich Sie geweckt?“ fragte er. Sie wirkte so benommen, so apathisch. Vielleicht, dachte er, hat sie ein Beruhigungsmittel genommen.

„Nein. Mir geht nur der Arsch auf Grundeis.“

„Was?“ stieß er verwirrt hervor. Hatte sich Jah wieder eingemischt? Veränderte er die Übertragung? Aber sie hatte es gesagt – nun gut.

„Chemotherapie“, fügte Rybys hinzu. „Mir geht es nicht besonders.“

Aber was für eine unheimliche Übereinstimmung, dachte er. *Mir geht der Arsch auf Grundeis.* Ich lebe in einer absurden Welt, dachte er. Alles ist so sonderbar.

„Ich habe gerade ein wahnwitziges Linda-Fox-Konzert aufgenommen“, erzählte er. „Ich werde es im Lauf der nächsten Tage senden. Es wird Sie aufheitern.“

Ihr leicht aufgedunsenes Gesicht blieb unbewegt. „Es ist wirklich schade, daß wir in diesen Kuppeln festsitzen. Ich wünschte, wir könnten einander besuchen. Soeben war der Proviantbote bei mir. Um ehrlich zu sein, er hat mir meine Medikamente gebracht. Sie sind sehr gut, aber ich werde davon immer ganz benommen.“

Herb Asher dachte: Ich wünschte, ich hätte nicht angerufen.

„Gibt es irgendeine Möglichkeit, daß Sie mich besuchen?“ fragte Rybys.

„Ich habe keinen Schutzanzug – tut mir leid.“ Das war natürlich eine Lüge.

„Aber ich“, erklärte Rybys.

Voller Panik stieß er hervor: „Aber wenn Sie krank sind . . .“

„Bis zu Ihrer Kuppel schaffe ich es schon.“

„Was ist mit Ihrer Station? Was geschieht, wenn in der Zwischenzeit Daten . . .“

„Ich habe einen Signalgeber, den ich mitbringen kann.“

Schließlich murmelte er: „In Ordnung.“

„Es würde mir sehr viel bedeuten, eine kleine Weile mit jemandem zusammenzusitzen. Der Proviantbote bleibt meist nur eine halbe Stunde, aber das ist so lange, wie er verantworten kann. Wissen Sie, was er mir erzählt hat? Auf CY30 VI hat es eine Epidemie gegeben, eine Abart der amyotrophischen Lateralsklerose. Ein Virus muß dafür verantwortlich sein. Jesus, es wäre schrecklich, wenn ich amyotrophische Lateralsklerose hätte. Sie ist wie die Mariana-Form."

„Ist es ansteckend?" fragte Herb Asher.

Sie antwortete nicht direkt. „Was ich habe", erklärte sie, „kann geheilt werden." Offensichtlich wollte sie ihn beruhigen. „Falls der Virus sich weiterverbreitet hat... Ich werde nicht zu Ihnen kommen, in Ordnung." Sie nickte und streckte eine Hand aus, um ihren Sender abzuschalten. „Ich werde mich hinlegen", fuhr sie fort, „und noch ein wenig schlafen. Wenn man so krank ist wie ich, sollte man so viel wie möglich schlafen. Ich rufe Sie morgen wieder an. Auf Wiedersehen."

„Kommen Sie herüber", sagte er.

Sie strahlte. „Danke."

„Aber bringen Sie ja Ihren Signalgeber mit. Ich habe das Gefühl, als ob eine Menge telemetrischer Bestätigungen..."

„Oh, zum Teufel mit den telemetrischen Bestätigungen!" fiel Rybys ihm giftig ins Wort. „Ich bin es leid, in dieser gottverdammten Kuppel begraben zu sein! Macht es Sie nicht auch verrückt, herumzusitzen und die Tonbänder und Meßgeräte und Skalen und diesen ganzen anderen Mist anzustarren?"

„Ich glaube, Sie sollten nach Hause fliegen", sagte er. „Zurück ins Sonnensystem."

„Nein", entgegnete sie ein wenig ruhiger. „Ich werde Punkt für Punkt die Anweisungen des MED für meine Chemotherapie befolgen und dieser verfluchten MS zeigen, was eine Harke ist. Ich fliege nicht nach Hause. Ich werde zu Ihnen hinüberkommen und Ihnen etwas zu essen machen. Ich bin eine gute Köchin. Meine Mutter war Italienerin, und mein Vater ist ein Chicano, und deshalb würze ich jedes Gericht, sofern ich hier draußen die richtigen Gewürze bekomme. Aber ich habe schon herausgefunden, wie ich das Problem mit verschiedenen synthetischen Stoffen umgehen kann. Ich habe herumexperimentiert."

„In diesem Konzert, das ich senden werde", murmelte Herb

Asher, „singt die Fox eine Version von Dowlands ‚Muß ich klagen‘.“

„Ein Lied über einen Prozeß?“

„Nein. ‚Klagen‘ im Sinne von umwerben, jemandem den Hof machen. Man klagt, weil die Liebe nicht erwidert wird.“ Und dann erkannte er, daß sie ihn aufzog.

„Wollen Sie wissen, was ich von der Fox halte?“ fragte Rybys. „Diese Frau verströmt Sentimentalität aus zweiter Hand, und das ist die schlimmste Art der Sentimentalität; sie ist nicht einmal originell. Und sie sieht aus, als ob man bei ihrem Gesicht das Unterste zuoberst gekehrt hätte. Sie hat einen widerlichen Mund.“

„Ich mag sie“, erklärte er steif. Er hatte das Gefühl, verrückt zu werden, wirklich und wahrhaftig verrückt. Ich soll dir helfen? fragte er sich. Das Risiko auf mich nehmen, mich bei dir anzustekken, nur damit du die Fox beleidigen kannst?

„Ich werde Ihnen Beef Stroganoff mit Petersiliennudeln machen“, verkündete Rybys.

„Machen Sie sich keine unnötige Mühe“, sagte er.

Sie zögerte und fragte dann mit leiser, bebender Stimme: „Dann möchten Sie also nicht, daß ich zu Ihnen hinüberkomme?“

„Ich . . .“, begann er.

„Ich fürchte mich so sehr, Mr. Asher“, unterbrach Rybys. „In fünfzehn Minuten wird mich das I-V-Neurotoxin umwerfen. Aber ich möchte nicht allein sein. Ich will weder meine Kuppel verlassen noch allein sein. Es tut mir leid, wenn ich Sie verletzt haben sollte. Es ist einfach so, daß die Fox in meinen Augen nicht mehr ist als ein Witz. Eine Medienwitzfigur. Durch und durch aus Plastik. Ich werde sie nicht mehr erwähnen – das verspreche ich.“

„Haben Sie denn . . .“ Er brach ab und formulierte seine Frage anders. „Sind Sie sicher, daß das Kochen nicht zu anstrengend für Sie sein wird?“

„So kräftig wie jetzt“, entgegnete sie, „werde ich lange nicht mehr sein. Ich werde immer schwächer werden.“

„Wie lange wird es dauern?“

„Das weiß niemand genau.“

Er dachte: Du wirst sterben. Er wußte es, und sie wußte es. Sie brauchten nicht darüber zu reden. Das Schweigen bewies ihre Komplizenschaft, ihr stilles Einverständnis. Ein sterbendes Mädchen will für mich kochen, dachte er. Eine Mahlzeit, die ich nicht essen will. *Ich hätte nein zu ihr sagen sollen. Ich hätte sie von meiner Kuppel fernhalten sollen.* Die Hartnäckigkeit der Schwachen, durchfuhr es ihn. Sie ist eine schreckliche Macht. Es ist so viel leichter, gegen die Starken zu bestehen!

„Danke“, sagte er. „Ich würde mich freuen, wenn wir zusammen essen könnten. Aber sorgen Sie dafür, daß Sie auf Ihrem Weg hierher mit mir in Funkkontakt bleiben – damit ich weiß, daß mit Ihnen alles in Ordnung ist. Versprochen?“

„Gewiß“, nickte sie. „Andernfalls . . .“ Sie lächelte. „Man wird mich sonst in einem Jahrhundert finden, erfroren mit meinen Töpfen und Pfannen und dem Fleisch und den synthetischen Gewürzen. Sie haben einen Schutzanzug, nicht wahr?“

„Nein, wirklich nicht“, versicherte er.

Und er wußte, daß sie seine Lüge durchschaute.

3

Das Essen roch gut und schmeckte gut, aber sie waren noch nicht fertig, als sich Rybys Rommeys entschuldigte und mit unsicheren Schritten durch die Zentralmatrix der Kuppel – seiner Kuppel – in das Badezimmer wankte. Er versuchte nicht hinzuhören, verschloß seine Ohren und lenkte seine Gedanken ab. Im Bad schrie das schwerkranke Mädchen auf. Er biß die Zähne zusammen und schob den Teller fort, und mit einem Mal sprang er auf und schaltete das Audiosystem seiner Kuppel ein; er spielte ein frühes Album der Fox ab.

Komm wieder!
Meine Liebe lädt dich ein.
Deine Anmut ist wie frischer Flieder,
Meine Glut wie ein Burgunderwein.

„Haben Sie möglicherweise etwas Milch für mich?“ fragte Rybys. Sie stand mit bleichem Gesicht in der Badezimmertür.

Schweigend holte er ihr ein Glas Milch oder was auf diesem Planeten als Milch galt.

„Ich habe ein Anti-Brechmittel“, murmelte Rybys, während sie nach dem Glas Milch griff, „aber ich habe nicht daran gedacht, es mitzunehmen. Es ist in meiner Kuppel."

„Ich könnte es für Sie holen", schlug er vor.

„Wissen Sie, was MED mir gesagt hat?" fragte sie, und ihre Stimme klang schrill vor Empörung. „Man hat mir gesagt, daß mir durch diese Chemotherapie auf keinen Fall die Haare ausfallen werden, aber sie fallen bereits..."

„In Ordnung", unterbrach er.

„In Ordnung?"

„Es tut mir leid", sagte er.

„Es regt Sie auf", stellte Rybys fest. „Das Essen ist verdorben, und Sie sind – ich weiß nicht was. Wenn ich daran gedacht hätte, mein Anti-Brechmittel mitzunehmen, dann hätte ich nicht..." Sie verstummte. „Beim nächsten Mal bringe ich die Tabletten mit. Das verspreche ich. Übrigens, dies ist eines der wenigen Alben der Fox, die mir gefallen. Sie war damals wirklich gut, finden Sie nicht auch?"

„Ja", versicherte er.

„Linda Box", sagte Rybys.

„Wie?" fragte er.

„Linda die Box. So haben meine Schwester und ich sie genannt." Sie versuchte zu lächeln.

„Gehen Sie bitte zurück in Ihre Kuppel", verlangte er.

„Oh", machte sie. „Nun..." Mit zitternder Hand strich sie ihr Haar glatt. „Würden Sie mich begleiten? Ich glaube nicht, daß ich es jetzt allein schaffe. Ich bin wirklich schwach. Ich bin krank."

Er dachte: Du nimmst mich mit. Das ist es. Das ist es, was geschieht. Du willst nicht allein gehen, du willst meine Seele mit dir nehmen. Und das weißt du. Du weißt es ebenso genau, wie du den Namen des Medikamentes kennst, das du nimmst, und du haßt mich, wie du das Medikament haßt, wie du MED und deine Krankheit verabscheust – nur Haß empfindest du für alles und jeden unter diesen beiden Sonnen. Ich kenne dich. Ich verstehe dich. Ich weiß, was geschieht. Und es hat schon begonnen.

Und er dachte: Ich gebe nicht dir die Schuld. Aber ich werde weiter die Fox verehren, die Fox wird dich überdauern. So wie ich. Du wirst nicht den leuchtenden Äther ausschalten, der unsere Seelen belebt.

Ich werde die Fox verehren, und die Fox wird mich in ihren

Armen wiegen und bei mir bleiben. Wir beide – uns kann man nicht trennen. Ich habe viele Dutzend Stunden mit der Fox auf meinen Audio- und Videobändern, und die Bänder sind nicht nur für mich da, sondern für alle. Glaubst du, das kannst du vernichten? Schon früher ist es versucht worden. Die Macht der Schwachen, sagte er sich, ist eine unvollkommene Macht. Am Ende unterliegt sie. Deshalb der Name. Wir sagen aus gutem Grunde ‚schwach' dazu.

„Sentimental", sagte Rybys.

„Stimmt", nickte er sardonisch.

„Aus zweiter Hand."

„Mit gemischten Metaphern."

„Ihre Texte?"

„Was ich denke? Wenn ich richtig zornig werde, dann mische ich..."

„Lassen Sie mich Ihnen eines sagen", unterbrach Rybys. „Nur eines. Wenn ich überleben will, darf ich nicht sentimental sein. Ich muß schroff sein. Falls ich Sie erzürnt habe, so tut es mir leid, aber so ist es eben. Es ist mein Leben. Eines Tages werden Sie vielleicht in einer ähnlichen Situation sein wie ich, und dann werden Sie es verstehen. Warten Sie es ab, und richten Sie mich dann. Falls es je geschieht. Und in der Zwischenzeit – das Zeug, das über das Audiosystem Ihrer Kuppel läuft, ist Schund. Für mich muß es Schund sein. Begreifen Sie? Sie können mich vergessen, Sie können mich in meine Kuppel zurückschicken, wo ich vermutlich hingehöre, aber falls Sie irgendwie an mir interessiert sind..."

„In Ordnung", nickte er. „Ich verstehe."

„Danke. Kann ich noch etwas Milch haben? Schalten Sie Ihre Anlage ab, und dann werden wir zu Ende essen. Einverstanden?"

Erstaunt begann er: „Sie wollen wirklich versuchen..."

„Alle Geschöpfe – und Rassen –, die es aufgegeben haben zu essen, sind nicht mehr unter uns." Unsicher setzte sie sich und hielt sich am Tisch fest.

„Ich bewundere Sie."

„Nein", widersprach Rybys. „Ich bewundere *Sie*. Für Sie ist es schwerer. Ich weiß es."

„Der Tod...", sagte er.

„Dies ist nicht der Tod. Wissen Sie, was es ist? Im Vergleich zu dem, was aus Ihrem Audiosystem dringt? Dies ist das Leben. Die Milch, bitte – ich brauche sie wirklich."

Während er ihr noch etwas Milch eingoß, bemerkte er: „Ich glaube nicht, daß Sie den Äther ausschalten können. Weder den leuchtenden noch einen anderen."

„Nein", bestätigte sie, „weil er nicht existiert."

„Wie alt sind Sie?" fragte er.

„Siebenundzwanzig."

„Sind Sie freiwillig ausgewandert?"

„Wer kann das sagen?" entgegnete sie. „Was ich früher gedacht habe, weiß ich jetzt nicht mehr. Ich glaube, es war ein spirituelles Bedürfnis, das mich zur Auswanderung zwang. Entweder mußte ich emigrieren oder Priesterin werden. Ich wurde vom Wissenschaftlichen Legat erzogen, aber..."

„Die Partei", murmelte Herb Asher. Noch immer benutzte er die alte Bezeichnung. „Die Kommunistische Partei."

„Aber auf dem College wandte ich mich der Kirchenarbeit zu. Ich traf meine Entscheidung. Ich zog Gott dem materiellen Universum vor."

„Also sind Sie Katholikin."

„CIK, ja. Sie verwenden einen Ausdruck, der unter dem Bann steht. Wie Sie sicher wissen."

„Es macht für mich keinen Unterschied", erklärte Herb Asher. „Ich habe mit der Kirche nichts zu tun."

„Soll ich Ihnen vielleicht einige Bücher von C. S. Lewis leihen?"

„Nein, danke."

„Diese Krankheit, an der ich leide", sagte Rybys. „Sie veranlaßt mich zu der Frage..." Sie zögerte. „Man muß alles unter dem Aspekt des großen Ganzen sehen. Allein für sich betrachtet ist meine Krankheit etwas Böses, aber sie dient einem höheren Zweck, der uns verborgen bleibt. Oder im Augenblick noch verborgen ist."

„Deshalb lese ich nicht C. S. Lewis", sagte Herb Asher.

Leidenschaftslos sah sie ihn an. „Stimmt es, daß die Clems früher hier auf diesem Hügel eine heidnische Gottheit verehrt haben?"

„Offenbar ja", nickte er. „Sie nannten sie Jah."

„Hallelujah", sagte Rybys.

„Wie?" stieß er verwirrt hervor.

„Es bedeutet ‚Preist den Jah'. Im Hebräischen *Halleluyah.*"

„Also Jahwe."

„Diesen Namen dürfen Sie niemals aussprechen. Das ist der heilige Tetragrammaton. *Elohim,* und zwar nicht im Plural, sondern im Singular, was ‚Gott' bedeutet, und später wird in der Bibel der Göttliche Name mit *Adonai* umschrieben, so daß es dann ‚Herrgott' ergibt. Sie können zwischen *Elohim* und *Adonai* wählen oder beide Bezeichnungen zusammen verwenden, aber nie dürfen Sie den Namen Jahwe aussprechen."

„Sie haben es soeben getan."

Rybys lächelte. „Niemand ist vollkommen. Töten Sie mich."

„Glauben Sie an all das?"

„Ich teile Ihnen nur Tatsachen mit." Sie gestikulierte. „Historische Tatsachen."

„Aber Sie glauben es. Ich meine, Sie glauben an Gott."

„Ja."

„Hat Gott gewollt, daß Sie an MS erkranken?"

Rybys zögerte und erwiderte dann bedächtig: „Er hat es zugelassen. Aber ich glaube, daß er mich heilt. Ich muß etwas lernen, und auf diese Weise werde ich es lernen."

„Hätte er Ihnen das nicht auf leichtere Art beibringen können?"

„Offenbar nicht."

„Jah hat zu mir gesprochen", erklärte Herb Asher.

„Nein, nein, das ist ein Irrtum. Ursprünglich glaubten die Hebräer, daß die heidnischen Götter böse waren. Später erkannten sie, daß die heidnischen Götter nicht existierten."

„Über meinen Empfänger und meine Tonbänder", fuhr Asher fort.

„Meinen Sie das im Ernst?"

„Natürlich."

„Außer den Clems gibt es auf dieser Welt noch eine andere Lebensform?"

„Ja, und zwar hier, wo sich meine Kuppel befindet. Jah stört meinen Funkverkehr – ansonsten ist er passiv und wählerisch."

„Spielen Sie mir eines der Bänder vor", bat Rybys.

„Gerne." Herb Asher trat an sein Computerterminal und begann Schalter umzulegen. Einen Moment später lief das richtige Band ab.

Törichter Wicht,
Hind're mich nicht
An meiner Fahrt in die Dunkelheit.
Verzweifelte Hoffnung bringt
Dereinst den Arsch mir auf Grundeis.

Rybys kicherte. „Es tut mir leid", sagte sie und lachte laut auf. „Hat Jah das getan? Nicht irgendein kluger Bursche auf dem Mutterschiff oder drüben von Fomalhaut? Ich meine, es klingt *genau* wie die Fox. Die Stimme, meine ich, nicht der Text. Die Intonation. Jemand erlaubt sich einen Scherz mit Ihnen, Herb. Das ist keine Gottheit. Vielleicht sind es die Clems."

„Ich habe einen von ihnen hereingebeten", erklärte Asher säuerlich. „Ich schätze, wir hätten Nervengas gegen sie einsetzen sollen, als wir uns damals hier niederließen. Ich dachte, Gott begegnet man erst nach dem Tod."

„Gott ist durch die Geschichte und die Nationen und die Natur Gott geworden. Ursprünglich war Jahwe wahrscheinlich eine Vulkangottheit. Aber nach und nach trat er in die Geschichte ein – nehmen Sie als Beispiel nur die hebräischen Sklaven, die er aus Ägypten in das Gelobte Land geführt hat. Sie waren Hirten und an die Freiheit gewöhnt; es war schrecklich für sie, Ziegelsteine herzustellen. Außerdem ließ der Pharao sie das Heu einbringen und verlangte dennoch von ihnen das tägliche Quantum an Ziegeln. Es ist eine archetypische, zeitlose Situation. Gott führt die Menschen aus der Sklaverei in die Freiheit. Der Pharao repräsentiert die Tyrannen, die es in allen Zeitaltern gegeben hat." Ihre Stimme klang ruhig und sachlich. Asher war beeindruckt.

„Also kann man Gott auch zu Lebzeiten begegnen", stellte er fest.

„Unter außergewöhnlichen Umständen. Ursprünglich sprachen Gott und Moses wie Freunde miteinander."

„Was ging schief?"

„Wie meinen Sie das?"

„Niemand hört je Gottes Stimme."

„Sie schon", sagte Rybys.

„Meine Audio- und Videosysteme", korrigierte Asher.

„Das ist besser als nichts." Sie musterte ihn. „Es scheint Ihnen nicht zu gefallen."

„Es bringt mein Leben durcheinander."

„So wie ich", nickte sie.

Darauf fiel ihm keine Antwort ein; es stimmte.

„Wie verbringen Sie für gewöhnlich Ihre Zeit?" fragte Rybys. „Liegen Sie in Ihrer Koje und hören der Fox zu? Der Proviantbote hat mir davon erzählt – ist das wahr? In meinen Ohren klingt das nicht nach einem vernünftigen Leben."

Zorn erfaßte ihn; müder Zorn. Er war es leid, seinen Lebensstil zu verteidigen. Und so sagte er nichts.

„Ich glaube", murmelte Rybys, „ich werde Ihnen zuerst C. S. Lewis *The Problem of Pain* leihen. In diesem Buch hat er . . ."

„Ich habe *Out of the Silent Planet* gelesen", warf Asher ein.

„Hat es Ihnen gefallen?"

„Es war in Ordnung."

„Außerdem", fuhr Rybys fort, „sollten Sie *The Screwtape Letters* lesen. Ich habe davon zwei Exemplare."

Asher dachte: Kann ich nicht einfach zusehen, wie du langsam stirbst, und daraus etwas über Gott erfahren? „Schauen Sie", brummte er, „ich *bin* Wissenschaftlicher Legat. Die Partei. Sie verstehen? Das ist meine Entscheidung, das ist die Seite, die ich gewählt habe. Für mich sind Schmerz und Krankheit etwas, das beseitigt und nicht verstanden werden muß. Es gibt kein Leben nach dem Tode, und es gibt keinen Gott, nur eine verrückte ionosphärische Störung, die meine Anlage hier auf diesem armseligen Berg durcheinanderbringt. Falls ich nach meinem Tode herausfinde, daß ich mich geirrt habe, dann werde ich Ignoranz und eine schlechte Kindheit dafür verantwortlich machen. In der Zwischenzeit bin ich mehr daran interessiert, meine Geräte abzuschirmen und die Störung zu beseitigen, als mich mit diesem Jah zu unterhalten. Ich habe keine Ziegen, die ich opfern kann, und außerdem habe ich andere Dinge zu tun. Ich ärgere mich darüber, daß meine Fox-Bänder verdorben werden, denn für mich haben sie einen verdammt hohen Wert, und einige sind unersetzlich. Außerdem verschandelt Gott nicht mit Sprüchen wie ‚Arsch auf Grundeis' ansonsten wundervolle Lieder. Zumindest kein Gott, den ich mir vorstellen kann."

„Er versucht, Ihre Aufmerksamkeit zu erregen", vermutete Rybys.

„Dann sollte er besser sagen: ‚He, laß uns reden.'"

„Er stellt offensichtlich eine fremdartige Lebensform dar, die nicht isomorph mit uns ist. Jah denkt nicht so wie wir."

„Er ist eine wahre Pest."

Nachdenklich murmelte Rybys: „Vielleicht wird er seine Manifestationen modifizieren, um Sie zu beschützen?"

„Vor was?"

„Vor Ihnen selbst." Plötzlich krümmte sie sich vor Schmerzen zusammen. „Oh, verdammt noch mal! Mein Haar fällt *tatsächlich* aus!" Sie erhob sich. „Ich muß zurück in meine Kuppel und mir die Perücke aufsetzen, die sie mir gegeben haben. Es ist schrecklich. Würden Sie mich begleiten? *Bitte.*"

Er dachte: Ich verstehe einfach nicht, wieso jemand, dem die Haare ausfallen, an Gott glauben kann. „Ich kann nicht", sagte er laut. „Ich kann wirklich nicht mitkommen. Es tut mir leid. Ich habe keinen Schutzanzug, und ich muß meine Anlage überwachen. Es ist die Wahrheit."

Rybys sah ihn unglücklich an und nickte. Offensichtlich glaubte sie ihm. Er empfand leise Schuldgefühle, aber mehr noch spürte er ungeheure Erleichterung, daß sie ihn endlich verließ. Die Last, die das Zusammensein mit ihr bedeutete, würde zumindest für eine Weile von ihm abfallen. Und wenn er Glück hatte, dann würde diese Erleichterung ewig anhalten. Falls er überhaupt ein Gebet kannte, dann lautete es: Ich hoffe, ich werde sie niemals wieder in dieser Kuppel sehen. Solange sie lebt.

Wohltuende Entspannung erfüllte ihn, als er zusah, wie sie sich für den Weg zurück zu ihrer Kuppel anzog. Und er fragte sich, welches von seinen zahlreichen Fox-Bändern er wohl abspielen sollte, sobald Rybys fort war und ihn nicht mehr mit ihren grausamen verbalen Sticheleien quälte und er endlich wieder frei war – frei für das, was er in Wirklichkeit war: ein Kenner der unsterblichen Lieblichkeit, der Schönheit und Vollkommenheit einer Linda Fox, auf die sich alle Dinge hinbewegten.

In dieser Nacht sagte eine leise Stimme im Schlaf zu ihm: „Herbert. Herbert."

Er öffnete die Augen. „Ich bin nicht im Dienst", murmelte er, da er annahm, daß sich das Mutterschiff gemeldet hatte. „Kuppel Neun ist aktiv. Laßt mich schlafen."

„Schau", flüsterte die Stimme.

Er sah auf – und entdeckte, daß das Kontrollpult, das all seine Kommunikationssysteme lenkte, in Flammen stand. „Mein Gott", stieß er hervor und griff nach dem Wandschalter, mit dem er die Feuerlöschanlage auslösen konnte. Aber dann fiel ihm etwas auf. Etwas, das ihn bestürzte. Obwohl das Kontrollpult brannte, war es unbeschädigt.

Das Feuer blendete ihn und brannte in seinen Augen. Er schloß die Lider und legte den Arm über das Gesicht. „Wer ist da?" fragte er.

„Ehyeh", antwortete die Stimme.

„Also!" murmelte Herb Asher verblüfft. Es war der Gott des Berges, der zu ihm sprach – aber dieses Mal nicht über das Funkgerät. Ein seltsames Gefühl der eigenen Wertlosigkeit überkam Herb Asher, und er hielt sein Gesicht bedeckt. „Was willst du?" krächzte er. „Ich meine, es ist spät. Dies ist mein Schlafzyklus."

„Schlaf nicht weiter", sagte Jah.

„Ich habe einen schweren Tag hinter mir." Er hatte Angst.

„Ich befehle dir", erklärte Jah, „dich um das kranke Mädchen zu kümmern. Sie ist ganz allein. Wenn du nicht an ihre Seite eilst, werde ich deine Kuppel mitsamt allen Anlagen und all deinem Besitz niederbrennen. Ich werde dich mit Feuer versengen, bis du aufwachst. Du bist noch nicht wach, Herbert, noch nicht, aber ich werde dich wach machen, ich werde dafür sorgen, daß du deine Koje verläßt und hinausgehst und ihr hilfst. Später werde ich ihr und dir den Grund verraten, aber noch sollst du es nicht erfahren."

„Ich glaube nicht, daß ich der richtige Mann dafür bin", wandte Asher ein. „Ich schlage vor, du wendest dich ans MED. Es ist deren Angelegenheit."

In diesem Moment drang beißender Geruch in seine Nase. Und als er furchtsam aufschaute, sah er, wie sein Kontrollpult niederbrannte, bis nur noch ein kleiner Schlackehaufen übrig war.

„Wenn du sie noch einmal über deinen Schutzanzug anlügst", drohte Jah, „werde ich dich auf schreckliche, unwiderrufliche Weise peinigen, so unwiderruflich wie die Zerstörung dieses Gerätes. Und jetzt werde ich deine Linda-Fox-Bänder vernichten." Von einem Moment zum anderen ging der Schrank, in dem Herb Asher seine Video- und Audiobänder aufbewahrte, in Flammen auf.

„Bitte“, sagte er.

Das Feuer erlosch. Die Bänder waren unversehrt. Herb Asher verließ seine Koje und trat an den Schrank; er streckte die Hand aus und berührte ihn – und zog augenblicklich die Hand zurück. Der Schrank war glühend heiß.

„Berühre ihn erneut“, befahl Jah.

„Ich will nicht“, weigerte sich Asher.

„Du sollst dem Herrn, deinem Gott, vertrauen.“

Erneut hob er die Hand, und dieses Mal war der Schrank kühl. Dann fuhr er mit den Fingern über die Plastikcassetten mit den Bändern. Auch sie waren kühl. „Du meine Güte“, brummte er verlegen.

„Spiel eines der Bänder ab“, forderte ihn Jah auf.

„Welches?“

„Irgendeines.“

Er griff nach einem der Bänder und schob es in den Abtaster. Er schaltete das Audiosystem ein.

Das Band war leer.

„Du hast meine Fox-Bänder gelöscht“, klagte er.

„Das habe ich getan“, bestätigte Jah.

„Für immer?“

„Bis du an die Seite des kranken Mädchens eilst und dich um sie kümmerst.“

„Jetzt? Sie schläft vermutlich.“

„Sie sitzt da und weint“, entgegnete Jah.

Das Gefühl der Wertlosigkeit, das Herb Asher beherrschte, wuchs, und voller Scham schloß er die Augen. „Es tut mir leid“, murmelte er.

„Es ist noch nicht zu spät. Wenn du dich sputest, kannst du noch rechtzeitig bei ihr sein.“

„Was meinst du mit ‚rechtzeitig‘?“

Jah antwortete nicht, aber vor Herb Ashers geistigem Auge erschien ein Bild, ein holografisches Bild, das Farbe und Tiefe besaß. Rybys Rommey saß an ihrem Küchentisch und trug ein blaues Gewand, auf dem Tisch standen eine Medizinflasche und ein Glas Wasser. Bedrückt saß sie da, das Kinn auf ihre Faust gestützt, und in der Faust hielt sie ein zerknülltes Taschentuch.

„Ich hole meinen Anzug“, erklärte Asher. Er öffnete einen Wandschrank, und sein Schutzanzug polterte zu Boden.

Zehn Minuten später stand er in dem klobigen Anzug vor seiner Kuppel, und sein Scheinwerfer erhellte die Ebene aus gefrorenem Methan, die sich unter ihm ausbreitete. Er zitterte, spürte die Kälte sogar durch den Anzug – was eine Täuschung war, erkannte er, denn der Anzug war perfekt isoliert. Was für ein Erlebnis, sagte er sich, während er den Hang hinunterstapfte. Mitten in der Nacht aus dem Schlaf gerissen zu werden, meine Ausrüstung verbrannt, meine Bänder gelöscht – ausnahmslos alles gelöscht.

Die Methankristalle knirschten unter seinen Stiefeln, als er den Hang hinabstieg, geleitet von dem automatischen Signal, das Rybys Rommeys Kuppel emittierte. Das Signal würde verhindern, daß er vom Wege abkam. Bilder in meinem Kopf, dachte er. Bilder von einem Mädchen, das sich das Leben nehmen will. Gut, daß mich Jah geweckt hat. Wahrscheinlich würde sie es sonst wirklich tun.

Er hatte noch immer Angst, und während er den Hang hinuntereilte, sang er ein altes Kampflied der Kommunistischen Partei.

Weil er für die Freiheit kämpfte,
Mußte er sein Heim verlassen.
Nah dem blutgetränkten Manzanares,
Wo er führte den Kampf um Madrid,
Starb Hans, der Kommissar,
Starb Hans, der Kommissar.
Mit Herz und Hand gelob' ich Dir,
Lad mein Gewehr erneut dabei,
Daß Du niemals wirst vergessen,
Noch dem Feinde wird vergeben,
Hans Beimler, unser Kommissar,
Hans Beimler, unser Kommissar.

4

Während Herb Asher den Hang hinunterstieg, zeigte das Meßgerät in seiner Hand, daß das Funkfeuersignal an Stärke zunahm. Sie ist diesen Berg bis zu meiner Kuppel hinaufgeklettert, erkannte er. Ich habe sie dazu gezwungen, weil ich nicht zu ihr gehen wollte. Ich bin dafür verantwortlich, daß ein krankes Mädchen sich Schritt für Schritt hier heraufgeschleppt hat, in den Händen einen Sack voll Lebensmittel. Ich werde in der Hölle schmoren.

Aber, durchfuhr es ihn dann, es ist noch nicht zu spät.

Er hat mich dazu gebracht, sie ernst zu nehmen, sagte sich Asher. Ich habe sie einfach nicht ernst genommen. Als hätte ich mir eingebildet, daß sie ihre Krankheit nur erfunden hat. Eine Geschichte, um Aufmerksamkeit zu erregen. Was verrät das über mich? fragte er sich. Denn im Grunde habe ich gewußt, daß sie krank war, schwer krank, und es nicht nur vorgetäuscht hat. Ich habe geschlafen, dachte er. Und während ich schlief, lag ein Mädchen im Sterben.

Und dann dachte er über Jah nach, und er zitterte. Ich kann es reparieren lassen, sagte er sich. Das Kontrollpult, das Jah verbrannt hat. Es ist kein großes Problem, ich muß nur das Mutterschiff benachrichtigen und über den Schaden informieren. Und Jah hat versprochen, meine Fox-Bänder wieder in Ordnung zu bringen – und zweifellos vermag er das auch. Aber ich muß in diese Kuppel zurückkehren und dort leben. Wie kann ich dort leben? Ich kann dort nicht leben. Es ist unmöglich.

Jah hat Pläne mit mir, dacht er. Und er empfand Furcht, als ihm das klar wurde. Er kann mich zwingen, alles zu tun, was er von mir verlangt.

Rybys erwartete ihn bereits ungeduldig. Sie trug einen blauen Morgenmantel und hielt ein zerknülltes Taschentuch in der Hand, und ihre Augen, bemerkte er, waren rot vom Weinen. „Kommen Sie herein“, sagte sie, obwohl er sich bereits in der Kuppel befand; sie wirkte ein wenig benommen. „Ich habe an Sie gedacht“, gestand Rybys. „Ich habe dagesessen und an Sie gedacht.“

Auf dem Küchentisch stand eine Medizinflasche. Sie war voll.

„Oh, das“, sagte sie. „Ich konnte nicht schlafen, und ich habe überlegt, ob ich eine Schlaftablette nehmen soll.“

„Stellen Sie sie fort“, bat er.

Gehorsam stellte sie die Flasche zurück in den Badezimmerschrank.

„Ich muß mich bei Ihnen entschuldigen“, sagte er.

„Nein, das müssen Sie nicht. Möchten Sie etwas zu trinken? Wieviel Uhr ist es?“ Sie drehte sich um und warf einen Blick auf die Wanduhr. „Nun, ich war jedenfalls wach; Sie haben mich nicht geweckt. Neue telemetrische Daten sind eingetroffen." Sie deutete auf ihr Pult. Dioden glühten und verrieten, daß es eingeschaltet war.

„Ich meine", sagte er, „ich hatte einen Anzug. Einen Schutzanzug."

„Ich weiß das. Jeder hat einen Schutzanzug. Setzen Sie sich; ich koche Ihnen Tee." Sie wühlte in einer überquellenden Schublade neben ihrem Herd. „Irgendwo muß ich doch Teebeutel haben."

Zum erstenmal wurde ihm der Zustand ihrer Kuppel bewußt. Es war schockierend. Schmutzige Teller, Töpfe und Pfannen und sogar Gläser, an denen Essensreste klebten; überall verstreut lagen schmutzige Wäsche, Plunder und Abfall . . . Bedrückt sah er sich um und fragte sich, ob er sich anbieten sollte, die Kuppel aufzuräumen. Und sie bewegte sich so langsam, mit solch offenkundiger Müdigkeit. Plötzlich wurde ihm intuitiv klar, daß sie weit kränker war, als sie ihm anfänglich gestanden hatte.

„Es sieht aus wie in einem Schweinestall", stellte sie fest.

„Sie sind sehr müde", sagte er.

„Nun, es macht mich ganz fertig, mich jeden Tag in der Woche zusammenzureißen. Ah, hier ist ein Teebeutel. Mist – er ist schon einmal benutzt worden. Ich gieße sie auf und laß sie dann trocknen. Einmal kann man das machen, aber gelegentlich stelle ich fest, daß ich denselben Beutel immer und immer wieder verwende. Ich werde nachschauen, ob ich nicht einen frischen finde." Sie stöberte weiter.

Der Fernseher lief. Er zeigte das personifizierte Grauen: eine riesige Hämorrhoide, die sich zornig aufplusterte und pulsierte. „Was schauen Sie sich da an?" fragte Asher. Er wandte den Blick von dem Bild ab.

„Es läuft gerade ein neuer Videofetzer. Erst gestern hat die Serie begonnen. ‚Der Ruhm des . . .' Ich habe es vergessen. Von irgend jemand oder irgend etwas. Sie ist wirklich interessant. Man hat sich verdammt viel Mühe gegeben."

„Sie mögen diese Fetzer?" fragte er .

„Dann bin ich nicht so allein. Drehen Sie lauter."

Er drehte lauter. Jetzt war wieder der Videofetzer zu sehen, etwas hatte die pulsierende Hämorrhoide verdrängt. Ein älterer, bärtiger Mann, ein außerordentlich haariger alter Mann, kämpfte mit zwei glotzäugigen Arachnoiden, die offenbar planten, ihn zu enthaupten. „Laßt eure verdammten Mandibeln von mir“, brüllte der alte Mann und schlug um sich. Laserstrahlen blitzten auf, der Bildschirm schien zu glühen. Herb Asher wurde an sein Kommunikationspult erinnert, das von Jah verbrannt worden war; er spürte, wie sein Herz vor Furcht wild hämmerte.

„Wenn Sie es nicht sehen möchten . . .“, begann Rybys.

„Darum geht es nicht.“ Es würde schwer sein, ihr von Jah zu erzählen – er bezweifelte, ob er es konnte. „Mir ist etwas zugestoßen. Etwas hat mich geweckt.“ Er rieb seine Augen.

„Ich werde Ihnen sagen, was bisher geschehen ist“, versprach Rybys. „Elias Tate . . .“

„Wer ist Elias Tate?“ unterbrach Asher.

„Der alte bärtige Mann; ich weiß jetzt, wie die Serie heißt. ‚Der Ruhm des Elias Tate‘. Elias ist in die Hände – obwohl sie in Wirklichkeit keine Hände besitzen – in die Hände der Ameisenmenschen von Synchron Zwei gefallen. Da gibt es diese Königin, die wahrhaft böse ist, namens . . . ich habe es vergessen.“ Sie dachte nach. „Hudwillub, glaube ich. Ja, so heißt sie. Nun, Hudwillub will Elias Tate töten. Sie ist wirklich schrecklich, Sie werden sehen. Sie hat nur ein Auge.“

„Apart“, brummte Asher desinteressiert. „Rybys“, bat er, „hören Sie mir zu.“

Als hätte sie ihn nicht gehört, plapperte Rybys weiter. „Jedenfalls, Elias hat einen Freund, Elisha McVane, sie sind wirklich gute Freunde und helfen einander immer aus der Patsche. Es ist eine Art . . .“ Sie sah Asher an. „Es ist wie zwischen Ihnen und mir. Sie wissen schon, man hilft einander. Ich habe Ihnen das Essen gekocht, und Sie sind zu mir herübergekommen, weil Sie sich Sorgen um mich gemacht haben . . .“

„Ich bin gekommen“, erklärte er, „weil man mir es befohlen hat.“

„Aber Sie haben sich Sorgen gemacht.“

„Ja“, gestand er.

„Elisha McVane ist sehr viel jünger als Elias. Er sieht wirklich gut aus. Nun, Hudwillub will . . .“

„Jah hat mich geschickt“, fiel Asher ihr ins Wort.

„Wohin geschickt?“

„Hierher.“ Sein Herz pochte noch immer heftig.

„Tatsächlich? Das ist wirklich interessant. Wie dem auch sei,

Hudwillub ist sehr schön. Sie wird Ihnen gefallen. Ich meine, sie wird Ihnen äußerlich gefallen. Nun, lassen Sie es mich so ausdrükken: Sie ist objektiv betrachtet *offensichtlich* attraktiv, aber spirituell gesehen ist sie das Letzte. Elias Tate ist für sie eine Art externes Bewußtsein. Wie nehmen Sie Ihren Tee?"

„Haben Sie nicht gehört?" begann er, aber dann gab er es auf.

„Milch?" Rybys begutachtete den Inhalt ihres Kühlschranks, holte eine Tüte Milch heraus, goß etwas von der Milch in ein Glas, kostete und schnitt eine Grimasse. „Sie ist sauer. Verdammt."

„Was ich Ihnen sagen will", erklärte Asher, „ist wichtig. Der Gott meines Berges hat mich mitten in der Nacht geweckt, um mir mitzuteilen, daß Sie in Schwierigkeiten sind. Er hat die Hälfte meiner Ausrüstung verbrannt. Und er hat all meine Fox-Bänder gelöscht."

„Sie können sich neue vom Mutterschiff schicken lassen."

Asher starrte sie an.

„Warum sehen Sie mich so an?" Rasch untersuchte Rybys die Knöpfe ihres Morgenmantels. „Mit mir stimmt doch alles, oder?"

Nur mit deinem Geist nicht, dachte er.

„Zucker?" fragte sie.

„In Ordnung", nickte er. „Ich werde den Kommandanten des Mutterschiffes informieren. Dies ist ein ernster Zwischenfall."

„Tun Sie das", sagte Rybys. „Rufen Sie den Kommandanten an und teilen Sie ihm mit, daß Gott zu Ihnen gesprochen hat."

„Kann ich Ihr Funkgerät benutzen? Ich werde gleichzeitig den Schaden melden. Das ist mein Beweis."

„Nein", widersprach sie.

„Nein?" Verblüfft sah er sie an.

„Das ist induktive Logik, und sie ist suspekt. Sie können nicht von der Wirkung auf die Ursache schließen."

„Wovon, zum Teufel, reden Sie?"

Ruhig erwiderte Rybys: „Der Schaden beweist nicht, daß Gott existiert. Warten Sie, ich werde es Ihnen in symbolischer Logik schriftlich darlegen. Falls ich meinen Federhalter finden kann. Sehen Sie ihn irgendwo? Er ist rot. Ein roter Federhalter. Ich bin..."

„Warten Sie einen Moment. Nur einen gottverdammten Moment. Damit ich nachdenken kann. In Ordnung? Werden Sie das tun?" Seine Stimme klag schrill.

„Draußen ist jemand“, stellte Rybys fest. Sie deutete auf eine Diode; sie blinkte. „Ein Clem, der meinen Müll klaut. Ich lagere meinen Müll draußen. Und zwar, weil ...“

„Holen Sie den Clem herein“, verlangte Asher, „und ich werde es *ihm* erzählen.“

„Von Jah? In Ordnung, und dann werden sie mit Opfergaben zu Ihrem kleinen Berg pilgern. Sie werden jeden Tag und jede Nacht zu Jah gehen – Sie werden niemals Ruhe haben. Sie werden nicht mehr in Ihrer Koje liegen und Linda Fox zuhören können. Der Tee ist fertig.“ Sie füllte zwei Tassen mit kochendem Wasser.

Asher tastete den Rufkode des Mutterschiffes. Einen Moment später war er mit dem Kontrollcomputer des Schiffes verbunden. „Ich möchte eine Begegnung mit Gott melden“, erklärte er. „Die Meldung ist für den Kommandanten persönlich bestimmt. Gott hat vor einer Stunde mit mir gesprochen. Eine autochthonische Gottheit namens Jah.“

„Einen Moment bitte.“ Eine Pause, und dann sagte der Kontrollcomputer des Schiffes: „Sie sind doch nicht der Linda-Fox-Mann, oder? Station Fünf?“

„Ja“, bestätigte er.

„Wir haben jetzt das Videoband von *Fiddler on the Roof*, nach dem Sie gefragt haben. Wir wollten es übertragen, aber der Mehrzweckempfänger Ihrer Kuppel scheint defekt zu sein. Wir haben den Reparaturdienst informiert, und er wird in Kürze bei Ihnen eintreffen. Das Band ist die Originalfassung mit Topol, Norma Crane, Molly Picon ...“

„Einen Augenblick“, unterbrach Asher. Rybys hatte ihm ihre Hand auf den Arm gelegt; sie wollte ihm etwas sagen. „Was ist?“ fragte er.

„Draußen treibt sich ein Mensch herum – ich habe ihn gesehen. Unternehmen Sie etwas.“

Asher wandte sich an den Kontrollcomputer des Mutterschiffes. „Ich rufe zurück.“ Er unterbrach die Verbindung.

Rybys hatte das Außenflutlicht eingeschaltet. Durch die Sichtluke der Kuppel bot sich Asher ein absonderlicher Anblick: Er entdeckte einen Menschen, der aber keinen Standardanzug trug, sondern ein Gewand, das an einen schweren Mantel erinnerte, und einen Lederschurz. Seine Stiefel waren grob und vielfach geflickt. Wer, zum Teufel, ist das? fragte sich Asher.

„Gott sei Dank, daß Sie hier sind", seufzte Rybys. Aus dem Schrank neben ihrer Koje holte sie ein Gewehr hervor. „Ich werde ihn abknallen", verkündete sie. „Sagen Sie ihm, er soll hereinkommen, benutzen Sie den Außenlautsprecher. Und sorgen Sie dafür, daß Sie mir nicht im Weg stehen."

Ich habe es mit Verrückten zu tun, dachte Asher. „Lassen Sie ihn doch einfach nicht herein."

„Ach, Scheiße! Er wird warten, bis Sie fort sind. Sagen Sie ihm, er soll hereinkommen. Er will mich vergewaltigen und mich und Sie umbringen, wenn wir ihn nicht sofort fertigmachen. Wissen Sie, wer er ist? Ich habe ihn durchschaut, ich kenne diesen grauen Mantel. Er ist ein Wilder Bettler. Wissen Sie, was ein Wilder Bettler ist?"

„Ich weiß, was ein Wilder Bettler ist", versicherte Asher.

„Es sind Kriminelle."

„Es sind Abtrünnige", sagte Asher. „Sie besitzen keine Kuppeln mehr."

„Kriminelle." Sie spannte das Gewehr.

Er wußte nicht, ob er lachen oder weinen sollte; Rybys stand da, aufgeplustert vor Entrüstung, stand da in ihrem blauen Morgenmantel und den Filzpantoffeln. Sie trug Lockenwickler, und ihr Gesicht war aufgedunsen und rot vor Zorn. „Ich will nicht, daß er um meine Kuppel herumschleicht. Es ist *meine* Kuppel! Zum Teufel, ich werde das Mutterschiff anrufen, und man wird mir eine Horde Bullen zu Hilfe schicken, wenn Sie nichts unternehmen."

Asher schaltete den Außenlautsprecher ein. „He, Sie da draußen."

Der Wilde Bettler sah auf, blinzelte, schirmte seine Augen ab und winkte dann Asher durch die Sichtluke zu. Ein zerknitterter, wettergegerbter, haariger alter Mann, der Asher angrinste.

„Wer sind Sie?" fragte Asher ihn über den Lautsprecher.

Die Lippen des alten Mannes bewegten sich, aber natürlich hörte Asher nichts. Entweder war Rybys' Außenmikrofon abgeschaltet oder es funktionierte nicht. Asher wandte sich an Rybys. „Bitte, erschießen Sie ihn nicht. In Ordnung? Ich werde ihn hereinlassen – ich glaube, ich weiß wer er ist."

Langsam und bedächtig sicherte Rybys das Gewehr.

„Kommen Sie herein", forderte ihn Asher über den Lautsprecher auf. Er aktivierte den Lukenmechanismus, und die Schleusenmembrane fiel nach unten. Mit energischen Schritten verschwand der Wilde Bettler in ihrem Innern.

„Wer ist das?“ fragte Rybys.

Asher sagte: „Es ist Elias Tate.“

„Oh, dann ist dieser Videofetzer gar kein Videofetzer.“ Sie drehte sich zum TV-Monitor herum. „Ich empfange einen psychotronischen Informationstransfer. Ich muß die falsche Frequenz erwischt haben. Verdammt. Nun, Teufel auch. Ich habe wahrhaftig die ganze Zeit geglaubt, das Fernsehprogramm zu empfangen.“

Elias Tate näherte sich ihnen, schüttelte Methankristalle von sich, wild und haarig und grau und glücklich, der Kälte entronnen zu sein. Sofort legte er seinen Helm und den weiten Anzug ab.

„Wie geht es dir?“ fragte er Rybys. „Besser? Hat dieser Esel sich auch anständig um dich gekümmert? Wenn nicht, dann werde ich ihm den Arsch aufreißen.“

Wind umpfiff ihn, als sei er das Zentrum eines Sturms.

Emmanuel sagte zu dem Mädchen in dem weißen Röckchen: „Ich bin neu. Ich begreife nicht, wo ich hier bin.“

Das Bambusdickicht raschelte. Die Kinder spielten. Und Mr. Plaudet stand neben Elias Tate und beobachtete den Jungen und das Mädchen. „Kennst du mich?“ wollte das Mädchen von Emmanuel wissen.

„Nein“, sagte er. Er kannte sie nicht. Und dennoch schien sie ihm vertraut zu sein. Ihr Gesicht war schmal und blaß, und sie besaß langes dunkles Haar. Ihre Augen, dachte Emmanuel. Sie sind alt. Die Augen der Weisheit.

Das Mädchen sagte mit leiser Stimme zu ihm: „Als es noch keinen Ozean gab, wurde ich geboren.“ Sie wartete einen Moment, musterte ihn, suchte nach etwas, vielleicht nach einer Reaktion; er wußte es nicht. „Ich wurde vor langer Zeit erschaffen“, erklärte das Mädchen. „Am Anfang, lange vor der Erde.“

Mr. Plaudet rief ihr tadelnd zu: „Sag ihm deinen Namen. Stell dich vor.“

„Ich bin Zina“, sagte das Mädchen.

„Emmanuel“, sagte Mr. Plaudet, „das ist Zina Pallas.“

„Ich kenne sie nicht“, erklärte Emmanuel.

„Ihr beide könnt jetzt gehen und schaukeln“, sagte Mr. Plaudet, „während ich mich mit Mr. Tate unterhalte. Geht schon. Geht.“

Elias näherte sich dem Jungen, bückte sich und fragte: „Was hat sie gerade zu dir gesagt? Dieses kleine Mädchen, Zina – was hat sie dir erzählt?“ Er sah zornig aus, aber Emmanuel war an den Zorn des alten Mannes gewöhnt; regelmäßig überfiel er ihn. „Ich konnte es nicht verstehen.“

„Du wirst taub“, stellte Emmanuel fest.

„Nein, sie hat ihre Stimme gesenkt“, widersprach Elias.

„Ich habe nichts gesagt, was nicht schon vor langer Zeit gesagt wurde“, erklärte Zina.

Verwirrt sah Elias von Emmanuel zu dem Mädchen. „Von welcher Nationalität bist du?“ fragte er das Mädchen.

„Gehen wir“, bat das Mädchen. Sie ergriff Emmanuels Hand und zog ihn fort; schweigend gingen die beiden nebeneinander her.

„Ist das eine schöne Schule?“ erkundigte sich Emmanuel.

„Sie ist in Ordnung. Die Computer sind veraltet. Und die Regierung läßt alles überwachen. Die Computer sind Regierungscomputer, das mußt du dir merken. Wie alt ist Mr. Tate?“

„Sehr alt“, antwortete Emmanuel. „Ich schätze, über viertausend Jahre. Er geht fort und kommt zurück.“

„Du bist ihm schon einmal begegnet“, stellte Zina fest.

„Nein.“

„Du hast dein Gedächtnis verloren.“

„Ja“, sagte er, überrascht, daß sie das wußte. „Elias sagt, ich werde es wieder zurückerlangen.“

„Deine Mutter ist tot?“

Er nickte.

„Kannst du sie sehen?“ fragte Zina.

„Manchmal.“

„Zapf die Erinnerung deines Vaters an. Dann kannst du in der Retrozeit bei ihr sein.“

„Vielleicht.“

„Er hat alles gespeichert.“

„Es macht mir Angst“, gestand Emmanuel. „Wegen des Unfalls. Ich glaube, sie haben es absichtlich getan.“

„Natürlich haben sie das, aber du hast es gewollt, auch wenn sie nichts davon wußten.“

„Vielleicht töten sie mich jetzt.“

„Sie haben keine Möglichkeit, dich zu finden“, beruhigte ihn Zina.

„Woher weißt du das?"
„Weil ich die Wissende bin. Ich werde es für dich wissen, bis du dich erinnerst, und selbst dann werde ich bei dir bleiben. Du hast es immer gewollt. Ich war jeden Tag an deiner Seite; ich war dein Liebstes und dein Augenstern, und ich habe immer in deiner Gegenwart gespielt. Und als du fertig warst, da war das mein größtes Entzücken in ihnen."
„Wie alt bist du?" fragte Emmanuel.
„Älter als Elias."
„Älter als ich?"
„Nein", sagte Zina.
„Du siehst älter aus als ich."
„Weil du vergessen hast. Ich bin hier, um dir deine Erinnerung zurückzugeben, aber das darfst du niemandem sagen, auch Elias nicht."
„Ich sage ihm immer alles", erklärte Emmanuel.
„Nichts von mir", entgegnete Zina. „Sag ihm nichts von mir. Du mußt mir das versprechen. Wenn du irgend jemandem etwas von mir erzählst, wird es die Regierung erfahren."
„Zeig mir die Computer."
„Hier sind sie." Zina führte ihn in einen großen Raum. „Du kannst sie alles fragen, aber sie geben dir nur eingeschränkt Antworten. Vielleicht kannst du sie überlisten. Mir gefällt es, sie zu überlisten. Sie sind wirklich dumm."
„Du kannst zaubern", erkannte er.
Zina lächelte. „Woher wußtest du das?"
„Dein Name. Ich weiß, was er bedeutet."
„Es ist nur ein Name."
„Nein", widersprach er. „Zina ist nicht dein Name; Zina ist das, was du *bist.*"
„Sag mir, was ich bin", bat das Mädchen, „aber sag es mir ganz leise. Denn wenn du weißt, was ich bin, dann ist ein Teil deiner Erinnerung zurückgekehrt. Aber sei vorsichtig – die Regierung hört und sieht alles."
„Zaubere zuerst", verlangte Emmanuel.
„Sie werden es merken – die Regierung wird es merken."
Emmanuel durchquerte den Raum und blieb vor einem Kaninchenstall stehen. „Nein", entgegnete er. „Nicht das Kaninchen. Gibt es hier noch ein anderes Tier, das du sein könntest?"

„Vorsichtig, Emmanuel“, hauchte Zina.

„Ein Vogel“, sagte Emmanuel.

„Eine Katze“, erwiderte Zina. „Einen Moment.“ Sie schwieg, aber ihre Lippen bewegten sich. Dann kam die Katze herein, ein graugestreiftes Kätzchen. „Soll ich die Katze sein?“

„Ich will die Katze sein“, sagte Emmanuel.

„Die Katze wird sterben.“

„Laß die Katze sterben.“

„Warum?“

„Sie sind dafür erschaffen worden.“

„Einst“, erzählte Zina, „rannte ein Kalb, das geschlachtet werden sollte, zu einem Rabbi, um Schutz zu suchen, und schob den Kopf zwischen die Knie des Rabbi. Der Rabbi sagte: ‚Fort! Dafür bist du erschaffen worden.‘ Er meinte: ‚Du bist zum Schlachten erschaffen worden.‘“

„Und dann?“ fragte Emmanuel.

„Lange Zeit“, erwiderte Zina, „ließ Gott den Rabbi große Qualen leiden.“

„Ich verstehe“, nickte Emmanuel. „Du hast mir etwas beigebracht. Ich werde nicht die Katze sein.“

„Dann werde ich die Katze sein“, erklärte Zina, „und sie wird nicht sterben, weil ich nicht wie du bin.“ Sie bückte sich, legte die Hände auf die Knie, um mit der Katze zu sprechen. Emmanuel sah zu, und schließlich kam die Katze zu ihm und bat um eine Unterredung. Er hob sie hoch und hielt sie in den Armen, und die Katze legte ihre Pfote auf sein Gesicht. Mit ihrer Pfote verriet sie ihm, daß Mäuse lästig und störend waren, und dennoch wollte die Katze nicht, daß die Mäuse verschwanden, denn obwohl sie die Katze störten, war etwas Faszinierendes an ihnen, und die Faszination überstieg ihre Lästigkeit; und so suchte die Katze nach den Mäusen, auch wenn die Katze die Mäuse nicht respektierte. Die Katze wollte Mäuse in ihrer Nähe haben, und gleichzeitig verachtete sie Mäuse.

All dies teilte die Katze durch ihre Pfote mit, die auf der Wange des Jungen lag.

„In Ordnung“, sagte Emmanuel.

„Weißt du“, fragte Zina, „ob sich hier in der Nähe irgendwelche Mäuse befinden?“

„Du bist die Katze“, entgegnete Emmanuel.

„Weißt du, ob sich hier in der Nähe irgendwelche Mäuse befinden?“ wiederholte sie.

„Du bist eine Art Endlostonband, wie?“ spottete Emmanuel.

„Weißt du . . .“

„Du mußt sie schon selbst suchen“, unterbrach Emmanuel.

„Aber du könntest mir helfen. Du könntest sie mir zutreiben.“

Das Mädchen öffnete den Mund und zeigte ihm die Zähne. Er lachte.

Die Pfote an seiner Wange übermittelte ihm weitere Gedanken: Mr. Plaudet war unterwegs in das Gebäude. Die Katze konnte seine Schritte hören. Laß mich hinunter, bat die Katze.

Emmanuel ließ die Katze hinunter.

„Gibt es hier irgendwo Mäuse?“ fragte Zina.

„Still“, zischte Emmanuel. „Mr. Plaudet kommt.“

„Oh“, machte Zina und nickte.

Mr. Plaudet betrat den Raum. „Wie ich sehe, hast du Misty gefunden, Emmanuel“, stellte er fest. „Ist sie nicht ein niedliches Tier? Zina, was ist los mit dir? Warum starrst du mich so an?“

Emmanuel lachte. Zina hatte Schwierigkeiten, sich wieder von der Katze zu lösen. „Seien Sie vorsichtig, Mr. Plaudet“, riet er. „Zina wird Sie kratzen.“

„Du meinst Misty“, korrigierte Mr. Plaudet.

„Einen derartigen Gehirnschaden habe ich nicht“, entgegnete Emmanuel. „Ich . . .“ Er verstummte. Er spürte, wie Zina sagte: *Nein.*

„Er kann sich Namen nicht besonders gut merken, Mr. Plaudet“, erklärte Zina. Endlich hatte sie sich von der Katze gelöst, und Misty schlich verwirrt davon. Offensichtlich verstand Misty nicht, warum sie sich mit einemmal an zwei verschiedenen Orten befand.

„Erinnerst du dich an meinen Namen, Emmanuel?“ fragte Mr. Plaudet.

„Mr. Unterhalten“, sagte Emmanuel.

„Nein“, wehrte Mr. Plaudet ab. Er runzelte die Stirn. „Obwohl Plaudet Ähnlichkeit mit dem deutschen Wort ‚plaudern‘ besitzt, was ein anderer Ausdruck für unterhalten ist.“

„Ich habe Emmanuel davon erzählt“, warf Zina ein.

Nachdem Mr. Plaudet gegangen war, fragte Emmanuel das Mädchen: „Kannst du die Glocken läuten? Damit sie zum Tanz rufen?“

„Natürlich." Und dann errötete sie. „Du willst mich austricksen."

„Aber du magst Tricks. Du hast sie immer gemocht. Ich würde gern die Glocken hören, aber ich möchte nicht tanzen. Obwohl ich den Tänzern gerne zuschauen würde."

„Ein anderes Mal", vertröstete ihn Zina. „Also erinnerst du dich. Du mußt dich erinnern, wenn du von dem Tanz weißt."

„Ich glaube, ich erinnere mich. Ich habe Elias gebeten, mich zu meinem Vater mitzunehmen – dorthin, wo sie ihn eingefroren haben. Ich wollte schauen, wie er aussieht. Hätte ich ihn gesehen, wäre noch sehr viel mehr von meiner Erinnerung zurückgekehrt. Ich habe Fotos von ihm gesehen."

„Da ist noch etwas anderes, was du von mir willst", stellte Zina fest. „Außer dem Tanz."

„Ich will wissen, wie groß deine Macht über die Zeit ist. Ich will sehen, wie du die Zeit anhältst und sie zurücklaufen läßt. Das ist der beste von all deinen Tricks."

„Ich habe dir gesagt, du sollst dich deswegen an deinen Vater wenden."

„Aber du kannst es", beharrte Emmanuel. „Hier und jetzt."

„Ich werde es nicht tun. Zu viele Dinge werden davon beeinflußt. Die alte Ordnung wird niemals wiederhergestellt. Sobald die Ordnung einmal gestört ist... Nun, eines Tages werde ich es für dich tun. Ich könnte dich in die Zeit vor dem Unfall zurückversetzen. Aber ich glaube nicht, daß das vernünftig ist, denn das würde bedeuten, daß du ihn noch einmal erlebst, und das würde alles noch viel schlimmer machen. Deine Mutter war sehr krank, weißt du. Wahrscheinlich würde sie jetzt ohnehin nicht mehr leben. Und dein Vater wird in vier Jahren aus der kryonischen Suspension erwachen."

„Bist du sicher?" fragte Emmanuel erregt.

„Wenn du zehn Jahre alt bist, wirst du ihn wiedersehen. Im Moment ist er wieder bei deiner Mutter – er retrozeitet gern zu ihrer ersten Begegnung zurück. Sie ist sehr schlampig gewesen. Er mußte ihre Kuppel aufräumen."

„Was ist eine ‚Kuppel'?" wollte Emmanuel wissen.

„Hier gibt es keine; sie sind für den Weltraum bestimmt. Für die Kolonisten. Wo du *geboren* worden bist. Ich weiß, daß Elias dir davon erzählt hat. Warum hörst du ihm nicht besser zu?"

„Er ist ein Mann", sagte Emmanuel. „Ein Mensch."

„Das ist er nicht."

„Er wurde als Mensch geboren. Und dann..." Er zögerte, und ein Teil seiner Erinnerung kehrte zurück. „Ich wollte nicht, daß er stirbt. Nicht wahr? So nahm ich ihn zu mir. Als er und..." Er dachte nach und versuchte sich an den Namen zu erinnern.

„Elisha", sagte Zina.

„Sie waren zusammen", fuhr Emmanuel fort, „ich holte ihn, und er schickte einen Teil seines Selbst zurück zu Elisha. Deshalb ist er nicht gestorben... Elias, meine ich. Aber das ist nicht sein richtiger Name."

„Es ist ein griechischer Name."

„Also erinnere ich mich bereits an einige Dinge", stellte Emmanuel fest.

„Du wirst dich noch an viel mehr erinnern. Du hast dafür gesorgt, daß dir ein Stimulus das Gedächtnis zurückgibt, bevor... nun, sobald der richtige Moment gekommen ist. Du bist der einzige, der weiß, woraus dieser Stimulus besteht. Selbst Elias kennt ihn nicht. *Ich* kenne ihn auch nicht – du hast ihn vor mir geheimgehalten, damals, als du das gewesen bist, was du gewesen bist."

„Ich bin, was ich jetzt bin", erklärte Emmanuel.

„Ja, sieht man davon ab, daß dein Gedächtnis geschädigt ist", erwiderte Zina nüchtern. „Also ist es nicht das gleiche."

„Vermutlich nicht", murmelte Emmanuel. „Aber du hast doch gesagt, du könntest mir helfen, daß ich mich wieder erinnere."

„Es gibt verschiedene Arten der Erinnerung. Elias kann dafür sorgen, daß du dich ein wenig erinnerst, und ich kann dir helfen, daß du dich noch mehr erinnerst – aber nur dein eigener Stimulus kann dich dazu bringen, daß du *bist.* Das Wort lautet... Du mußt ganz nah herankommen, nur du darfst dieses Wort hören. Nein, ich werde es aufschreiben." Zina nahm von einem nahe stehenden Tisch ein Blatt Papier und einen Stift und schrieb das eine Wort.

HAYAH

Emmanuel las das Wort und spürte, wie die Erinnerung ihn überwältigte, aber nur für eine Nanosekunde; sofort – oder fast sofort – verschwand sie wieder.

„Hayah", sagte er laut.

„Das ist die Göttliche Sprache", erklärte Zina.

„Ja", nickte er. „Ich weiß." Das Wort stammte aus dem Hebräischen. Und der Göttliche Name leitete sich von diesem Wort ab. Er empfand ungeheure, schreckliche Ehrfurcht. Er empfand Angst.

„Fürchte dich nicht", sagte Zina leise.

„Ich habe Angst", entgegnete Emmanuel, „weil ich mich für einen Moment erinnert habe." *Weil ich wußte,* dachte er, *wer ich bin.*

Aber er vergaß es wieder. Als er und das Mädchen wieder hinaus auf den Hof gegangen waren, hatte er es wieder vergessen. Und dennoch – seltsam! – wußte er, daß er es gewußt hatte, gewußt und fast im gleichen Augenblick wieder vergessen. Als ob, durchfuhr es ihn, sich in meinem Innern zwei Seelen befänden, die eine an der Oberfläche, die andere in der Tiefe. Die an der Oberfläche ist geschädigt worden, die in der Tiefe ist gesund. Und dennoch kann die in der Tiefe nicht sprechen, sie ist eingesperrt. Für immer? Nein – eines Tages würde der Stimulus sie befreien. Der Schlüssel, den er selbst erschaffen hatte.

Möglicherweise war es notwendig, daß er sich nicht erinnerte. Wäre es ihm möglich gewesen, sich alles ins Gedächtnis zurückzurufen, alles, was jetzt noch verborgen war, dann hätte ihn die Regierung getötet. Das Ungeheuer besaß zwei Köpfe, einen religiösen, einen Kardinal Fulton Statler Harms, und einen wissenschaftlichen namens N. Bulkowsky. Aber sie waren Phantome. Für Emmanuel stellten die Christlich-Islamische Kirche und der Wissenschaftliche Legat nicht dar, was sie zu sein vorgaben. Er wußte, was sich hinter ihnen verbarg. Elias hatte es ihm gesagt. Aber selbst wenn Elias es ihm nicht gesagt hätte, so hätte er es dennoch gewußt, überall und jederzeit würde er den Widersacher erkennen können.

Was ihn verwirrte, das war das Mädchen Zina. Irgend etwas stimmte nicht. Aber sie hatte nicht gelogen; sie konnte nicht lügen. Er hatte ihr jede Täuschung unmöglich gemacht – das war das Fundament ihres Charakters: ihre Ehrlichkeit. Er mußte sie nur fragen; das war alles.

In der Zwischenzeit würde er annehmen, daß sie eine der *Zinen* war; sie selbst hatte zugegeben, daß sie tanzte. Natürlich war ihr Name von *Dziana* abgeleitet, und manchmal benutzte sie die Kurzform Zina.

Er näherte sich ihr, blieb dicht hinter ihr stehen und flüsterte ihr ins Ohr: „Diana."

Abrupt fuhr sie herum. Und als sie sich ihm zuwandte, sah er, wie sie sich veränderte. Ihre Nase bekam eine andere Form, und statt eines Mädchens stand nun eine erwachsene Frau vor ihm, die eine Metallmaske trug; sie hatte die Maske hochgeschoben, so daß ihr Gesicht frei lag, ein griechisches Gesicht – und die Maske, erkannte er, war die Kriegsmaske. Das mußte Pallas sein. Er sah Pallas und nicht Zina. Aber, wußte er, keine der beiden Persönlichkeiten war ihr wirkliches Ich. Sie stellten nur Abbilder dar. Inkarnationen, die sie annahm. Dennoch beeindruckte ihn die metallene Kriegsmaske. Dann wich dieses Bild, und er wußte, daß nur er es gesehen hatte. Niemals würde sie es anderen Menschen enthüllen.

„Warum hast du mich ‚Diana' genannt?" fragte Zina.

„Weil es einer deiner Namen ist."

„Irgendwann in den nächsten Tagen", erklärte Zina, „werden wir in den Garten gehen. Damit du dir die Tiere anschauen kannst."

„Das würde mir gefallen", nickte er. „Wo ist der Garten?"

„Der Garten ist hier", eröffnete ihm Zina.

„Ich kann ihn nicht sehen."

„Du hast den Garten erschaffen", sagte Zina.

„Ich kann mich nicht erinnern." Sein Kopf schmerzte. Er preßte die Hände gegen die Wangen. Wie mein Vater, dachte er. Er hat stets genauso reagiert. Doch er ist nicht mein Vater.

Und er sagte sich: Ich habe keinen Vater.

Qual erfüllte ihn, die Qual der Einsamkeit. Plötzlich war Zina verschwunden, und der Schulhof, das Gebäude, die Stadt – alles löste sich auf. Er wollte, daß sie zurückkehrten, aber sie kehrten nicht zurück. Keine Zeit verging. Selbst die Zeit existierte nicht mehr. *Ich habe alles vergessen,* erkannte er. *Und weil ich vergessen habe, ist alles verschwunden.* Selbst Zina, sein Liebstes und sein Augenstern, konnte ihn nun nicht mehr erinnern, er befand sich wieder in der Leere.

Leises Gemurmel strich langsam über die Leere, über die Tiefe hinweg. Hitze war zu erkennen, durch die Frequenzveränderung erschien Hitze als Licht, aber nur als trübes rotes Licht, als düsteres Licht. Er fand es häßlich.

Mein Vater, dachte er. Du bist nicht.

Seine Lippen bewegten sich und formulierten das eine Wort.

HAYAH

Die Welt kehrte zurück.

5

Elias Tate ließ sich auf einen Haufen schmutziger Wäsche nieder und fragte: „Hast du echten Kaffee? Nicht dieses Ersatzzeug, das du vom Mutterschiff bekommst." Er schnitt eine Grimasse.

„Schon", nickte Rybys, „aber ich weiß nicht, wo."

„Mußt du dich regelmäßig erbrechen?" erkundigte sich Elias und musterte sie. „Einmal am Tag oder so?"

„Ja." Verwirrt sah sie Herb Asher an.

„Du bist schwanger", stellte Elias Tate fest.

„Ich mache eine Chemotherapie!" widersprach Rybys wütend, und ihr Gesicht rötete sich vor Zorn. „Ich muß wegen des gottverdammten Neurotoxins und des Prednoferits kotzen und..."

„Laß dich vom Computerterminal überzeugen", schlug Elias vor.

„Wer sind Sie?" fragte Herb Asher.

„Ein Wilder Bettler", antwortete Elias.

„Wieso weißt du so viel über mich?" erkundigte sich Rybys.

„Ich bin gekommen, um bei dir zu bleiben", erklärte Elias. „Von jetzt an werde ich immer bei dir bleiben. Geh zum Terminal."

Rybys setzte sich an den Computerterminal und schob ihren Arm in den Diagnosekanal. „Ich sage es unter diesen Umständen nur ungern", wandte sie sich an Elias und Herb Asher, „aber ich bin noch Jungfrau."

„Verschwinden Sie von hier", befahl Herb Asher barsch dem alten Mann.

„Warten Sie, bis der MED ihr das Untersuchungsergebnis mitteilt“, entgegnete Elias.

Tränen traten in Rybys Augen. „Mist. Es ist einfach schrecklich. Ich habe MS und jetzt das, als ob MS nicht schon genug wäre.“

Elias wandte sich an Herb Asher. „Sie muß zur Erde zurückkehren. Die Behörden werden ihr die Erlaubnis erteilen – durch ihre Krankheit hat sie einen Rechtsanspruch darauf.“

Rybys fragte mit zitternder Stimme das Computerterminal, das sich mit dem MED in Verbindung gesetzt hatte: „Bin ich schwanger?“

Stille.

Das Terminal sagte: „Sie sind im dritten Monat, Mrs. Rommey.“

Rybys erhob sich, trat an die Sichtluke der Kuppel und starrte hinaus in die Methanlandschaft. Niemand sprach.

„Jah ist dafür verantwortlich, nicht wahr?“ murmelte Rybys schließlich.

„So ist es“, bestätigte Elias.

„Er hat es schon vor langer Zeit geplant“, fuhr Rybys fort.

„Ja“, sagte Elias.

„Und ich bin an MS erkrankt, damit ich einen legalen Grund habe, um zur Erde zurückzukehren.“

„Um die Einwanderungsbehörde zu täuschen“, erklärte Elias.

„Und du bist über alles informiert“, sagte Rybys. Sie deutete auf Herb Asher. „Er wird angeben, daß er der Vater ist.“

„Das wird er“, bestätigte Elias, „und er wird dich begleiten. So wie ich. Man wird dich ins Bethesda Naval Hospital in Chevy Chase einliefern. Wegen deines prekären Gesundheitszustandes beantragen wir einen Notfall-Axialflug mit einem Hochgeschwindigkeitsschiff. Wir sollten so rasch wie möglich aufbrechen. Du hast bereits die Papiere in deinem Besitz, die Unterlagen für den Rücktransfer in die Heimat.“

„Jah hat mich krank gemacht?“ fragte Rybys.

Nach kurzem Zögern nickte Elias.

„Was ist das?“ stieß Rybys heftig hervor. „Eine Art Coup? Willst du ...“

Elias unterbrach sie und sagte mit leiser, rauher Stimme: „Der Römer X Fretensis.“

„Masada“, murmelte Rybys. „Im Jahr dreiundsiebzig A.Z.

Richtig? Ich dachte es mir schon. Ich wußte es, seit mir ein Clem von der Berggottheit unter unserer Station Fünf erzählte."

„Er verlor", sagte Elias. „Die Zehnte Legion bestand aus fünfzehntausend erfahrenen Soldaten. Aber Masada hielt fast zwei Jahre lang stand. Und in Masada befanden sich weniger als tausend Juden, Frauen und Kinder eingeschlossen."

Rybys sah Herb Asher an. „Nur sieben Frauen und Kinder überlebten den Fall von Masada. Es war eine jüdische Festung. Sie hatten sich in einem Kanal versteckt." Zu Elias Tate gewandt fuhr sie fort: „Und Jahwe wurde von der Erde vertrieben."

„Und die Hoffnungen der Menschen blieben unerfüllt."

„Wovon reden Sie überhaupt?" fauchte Herb Asher.

„Von einem Fiasko", entgegnete Elias Tate kurz angebunden.

„Also hat er – Jah – mich zuerst krank gemacht, und dann hat er mich..." Sie verstummte. „Kam er ursprünglich aus diesem Sonnensystem? Oder ist er hierher vertrieben worden?"

„Er wurde hierher vertrieben", antwortete Elias. „Eine Zone liegt um die Erde. Eine Zone des Bösen. Sie verhindert seine Rückkehr."

„Die Rückkehr des *Herrn?*" stieß Rybys hervor. „Der Herr kann nicht zur Erde zurückkehren?" Sie starrte Elias Tate an.

„Die Menschen der Erde wissen nichts davon", sagte Elias Tate.

„Aber Sie wissen es", knurrte Herb Asher. „Nicht wahr? Wieso wissen Sie das alles? Wieso wissen Sie so viel? Wer sind Sie?"

Elias Tate erwiderte: „Mein Name ist Elijah."

Die drei saßen zusammen und tranken Tee. Rybys' Gesicht besaß einen verbitterten, trotzigen Ausdruck, in den sich Zorn mischte. Sie sagte fast nichts.

„Was stört dich am meisten?" begann Elias Tate. „Die Tatsache, daß Jah von der Erde vertrieben, daß er von dem Widersacher besiegt worden ist? Oder daß du mit ihm in deinem Bauch zur Erde zurückkehren mußt?"

Sie lachte. „Ich muß meine Station verlassen – das ist es."

„Dir ist eine große Ehre widerfahren", bemerkte Elias.

„Ehre, die Krankheit heißt", entgegnete Rybys. Ihre Hand zitterte, als sie ihre Tasse zu den Lippen hob.

„Ist dir klar, wen du dort in deinem Bauch trägst?" fragte Elias.

„Natürlich", versicherte Rybys.

„Du wirkst nicht beeindruckt", bemerkte Elias.

„Ich hatte mein Leben anders geplant", sagte Rybys.

„Ich glaube, du siehst das alles ein wenig zu eng", bemerkte Herb Asher. Elias und Rybys warfen ihm verärgerte Blicke zu, als hätte er sich in ihr Gespräch eingemischt. „Vielleicht verstehe ich es nicht", murmelte er unsicher.

Rybys klopfte ihm auf die Schulter. „Es ist schon in Ordnung. Ich verstehe es ebenfalls nicht. Warum ich? Ich habe mich das schon gefragt, als ich erfuhr, daß ich an MS erkrankt bin. Warum, zum Teufel, ich? Warum, zum Teufel, du? Auch du mußt deine Station aufgeben – *und* deine Fox-Bänder. Und außerdem kannst du nicht mehr tagein, tagaus in deiner Koje herumliegen und faulenzen, während deine Anlage auf Automatik geschaltet ist. Jesus Christus. Nun, ich schätze, Job hatte recht. Gott läßt jene leiden, die er liebt."

„Wir drei werden zur Erde fliegen", erklärte Elias, „und dort wirst du deinen Sohn Emmanuel zur Welt bringen. Jah hat dies vor Anbeginn der Zeit geplant, vor dem Untergang Masadas, vor dem Fall des Tempels. Er sah seine Niederlage voraus und floh, um das Blatt zu wenden. Gott kann besiegt werden, aber nur zeitweilig. *Mit Gott ist die Heilkraft stärker als die Krankheit.*"

„*‚Felix culpa'*", sagte Rybys.

„Ja", nickte Elias Tate. Herb Asher erklärte er: „Das bedeutet ‚glücklicher Fehler', was sich auf den Fall bezieht, den ursprünglichen Sündenfall. Hätte es keinen Sündenfall gegeben, dann vermutlich auch keine Menschwerdung, keine Geburt Christi."

„Eine katholische Doktrin", flüsterte Rybys. „Ich hätte nie geglaubt, daß ich persönlich irgendwann davon betroffen würde."

„Aber", wandte Herb Asher ein, „hat Christi nicht die Mächte des Bösen bezwungen? Er sagte: ‚Ich habe die Welt besiegt.'"

„Nun", meinte Rybys, „offensichtlich hat er sich geirrt."

„Als Masada fiel", erklärte Elias, „war alles verloren. Gott betrat nicht im ersten Jahrhundert A.Z. die Weltgeschichte – er verließ sie. Christi Mission war ein Fehlschlag."

„Du bist sehr alt", stellte Rybys fest. „Wie alt bist du, Elias? Fast viertausend Jahre, nehme ich an. Du kannst alles von einer langfristigen Warte aus betrachten, aber ich nicht. Du hast die ganze Zeit von der Ersten Ankunft gewußt? Zweitausend Jahre lang hast du es gewußt?"

„Als Gott den ursprünglichen Sündenfall voraussah“, erwiderte Elias, „da sah er ebenfalls voraus, daß Jesus keinen Erfolg haben würde. Gott wußte es bereits, bevor es geschah.“

„Was weiß er von uns?“ fragte Rybys. „Was sollen wir tun?“

Elias schwieg.

„Er weiß es nicht“, stellte Rybys fest.

„Es . . .“ Elias zögerte.

„Die letzte Schlacht“, sagte Rybys. „Der Ausgang steht nicht fest. Oder?“

„Am Ende“, versicherte Elias, „wird Gott siegen. Er besitzt absolute Voraussicht.“

„Er weiß es vielleicht“, zweifelte Rybys, „aber bedeutet das auch, daß er . . . Nun, mir geht es wirklich nicht gut. Es ist spät, ich bin krank, ich bin erschöpft und ich fühle mich, als ob . . .“ Sie gestikulierte. „Ich bin Jungfrau, und ich bin schwanger. Die Ärzte der Einwanderungsbehörde werden es niemals glauben.“

„Ich glaube, das ist das Problem“, nickte Herb Asher. „Deshalb soll ich dich heiraten und mit dir kommen.“

„Ich werde dich nicht heiraten; ich kenne dich nicht einmal.“ Sie starrte ihn an. „Machst du Witze? Dich *heiraten?* Ich leide an MS, und ich bin schwanger . . . Zum Teufel mit euch beiden – verschwindet und laßt mich allein. Es ist mein Ernst. Warum habe ich nicht die Flasche mit dem Seconax geleert, als ich noch die Gelegenheit dazu hatte? Nein, ich hatte nie die Gelegenheit dazu; Jah hat mich beobachtet. Ich vergaß, daß er sogar den fallenden Spatzen sieht.“

„Hast du Whiskey da?“ fragte Herb Asher.

„Oh, wundervoll“, sagte Rybys bitter. „Du kannst dich betrinken, aber was ist mit mir? Mit dieser MS und diesem . . . Baby in meinem Bauch? Da saß ich herum . . .“ – sie sah Elias Tate haßerfüllt an – „. . . empfing ein visuelles Abbild deiner Gedanken mit meinem Fernseher, und in meiner närrischen Beschränktheit gab ich mich dem Wahn hin, daß es sich dabei um einen kitschigen Videofetzer handelt, den sich irgendwelche Schreiberlinge auf Fomalhaut ausgedacht haben – reine Erfindung. Arachnoiden haben dich köpfen wollen? Bestehen daraus deine unterbewußten Phantasien? Und du bist Jahwes Sprecher?“ Sie wurde bleich. „Ich habe den heiligen Namen ausgesprochen. Tut mir leid.“

„Christen benutzen ihn ständig“, bemerkte Elias.

„Aber ich bin Jüdin“, entgegnete Rybys. „Ich *mußte* Jüdin sein; deshalb bin ich in diese Sache verstrickt. Wäre ich eine Gojim, hätte Jah mich nicht auserwählt. Hätte ich jemals mit einem Mann geschlafen, dann ...“ Sie verstummte. „Die Göttliche Maschinerie ist von einzigartiger Brutalität“, schloß sie. „Sie ist nicht romantisch. Sie ist grausam – sie ist wirklich grausam.“

„Weil so viel auf dem Spiel steht“, erklärte Elias.

„Was steht auf dem Spiel?“ fragte Rybys.

„Das Universum existiert, weil Jah sich an das Universum erinnert“, antwortete Elias.

Herb Asher und Rybys sahen ihn an.

„Wenn Jah vergißt, verschwindet das Universum“, fuhr Elias fort.

„Kann er denn vergessen?“ hauchte Rybys.

„Noch hat er nicht vergessen“, erwiderte Elias ausweichend.

„Das bedeutet, daß er vergessen kann“, sagte Rybys. „Also geht es darum. Du hast es soeben eingestanden. Ich verstehe. Nun ...“ Sie zuckte die Achseln und nippte dann automatisch an ihrem Tee. „Ohne Jah würde ich also nicht existieren. Nichts würde existieren.“

„Sein Name“, erklärte Elias, „bedeutet: ‚Alles was existiert, existiert durch ihn.‘“

„Das Böse eingeschlossen?“ fragte Herb Asher.

Elias intonierte: „Es steht geschrieben:

> ... damit man erfahre in Ost und West,
> daß außer mir nichts ist.
> Ich bin der HERR, und sonst keiner mehr,
> der ich das Licht mache und schaffe die Finsternis,
> der ich Frieden gebe und schaffe Unheil.
> Ich bin der HERR, der dies alles tut.“

„Wo steht das geschrieben?“ wollte Rybys wissen.

„Jesaja fünfundvierzig“, antwortete Elias.

„‚Licht und Finsternis‘“, echote Rybys. „‚Frieden und Unheil.‘“

„Dann kennst du die Stelle.“ Elias sah sie an.

„Es ist schwer zu glauben“, gestand sie.

„Es ist Monotheismus“, sagte Elias barsch.

„Ja“, nickte sie. „Ich glaube, das ist es. Aber es ist brutal. Was mit mir geschieht, ist brutal. Und weit mehr noch erwartet mich. Ich will da heraus, und ich kann nicht heraus. Niemand hat mich gefragt. Und auch jetzt fragt mich niemand. Jah sieht, was vor mir liegt, aber ich nicht – ich weiß nur, daß mich noch mehr Grausamkeit, Schmerz und Übelkeit erwartet. Gott zu dienen bedeutet offenbar, sich jeden Tag zu erbrechen und sich eine Spritze in den Arm zu jagen. Ich bin eine kranke Ratte in einem Käfig. Das hat er aus mir gemacht. Ich habe keine Zukunft und keine Hoffnung, und er hat keine Liebe, nur Macht. Gott ist das Synonym für Macht und sonst nichts. Zum Teufel damit. Ich gebe auf. Mir ist es gleich. Ich werde tun, was man von mir verlangt, aber es wird mich umbringen, und ich weiß es. In Ordnung?"

Die beiden Männer schwiegen. Sie wagten nicht, sie oder einander anzusehen.

Schließlich sagte Herb Asher: „Er hat dir heute nacht das Leben gerettet. Er hat mich zu dir geschickt."

„Wenn du noch fünf Credpops darauflegst, bekommst du dafür eine Tasse Kaff", erwiderte Rybys. „Zunächst einmal hat er mich krank gemacht!"

„Und er hilft dir darüber hinweg", versicherte Herb.

„Und warum?"

„Um zahllose Leben zu befreien", erklärte Elias.

„Ägypten", sagte sie. „Und die Leute, die die Ziegel gemacht haben. Immer und immer wieder. Warum bleibt die Freiheit nicht bestehen? Warum endet sie? Gibt es überhaupt eine endgültige Lösung?"

„Dies", entgegnete Elias, „ist die endgültige Lösung."

„Ich gehöre nicht zu den Befreiten", murmelte Rybys. „Ich bin unterwegs verlorengegangen."

„Noch nicht", widersprach Elias.

„Aber es wird geschehen."

„Vielleicht." Elias Tates Gesichtsausdruck war undefinierbar.

Während die beiden Männer und die Frau dasaßen, ertönte eine leise, murmelnde Stimme, und sie sagte: „Rybys, Rybys."

Rybys stieß einen erstickten Schrei aus und sah sich um.

„Fürchte dich nicht", befahl die Stimme. „Du wirst in deinem Sohn weiterleben. Du kannst weder jetzt noch bis zum Ende aller Zeiten sterben."

Still begann Rybys zu weinen.

Später am Tag, als die Schule zu Ende war, entschied Emmanuel, erneut die hermetische Transformation zu versuchen, um so die Welt um sich herum kennenzulernen.

Zunächst beschleunigte er seine innere biologische Uhr, so daß seine Gedanken schneller und schneller rasten. Er spürte, wie er durch den linearen Zeittunnel schoß, bis seine Geschwindigkeit entlang dieser Achse enorm war. Zuerst sah er verschwommene, sich verändernde Farben, dann traf er plötzlich auf den Wächter, und der Wächter war der Grigon, der den Weg von der Unteren in die Obere Sphäre versperrte. Der Grigon stellte sich ihm als nackter weiblicher Torso dar, den er mit dem ausgestreckten Arm berühren konnte, so nah war er ihm. Danach begann er sich mit der Geschwindigkeit der Oberen Sphäre zu bewegen, so daß die Untere Sphäre aufhörte zu sein und sich statt dessen zu einem Prozeß wandelte. Sie verwandelte sich in voneinander getrennten Schichten, die – im Vergleich zum Zeitablauf der Oberen Sphäre – in einem Verhältnis von ca. 31,5 Millionen zu eins aufeinanderfolgten.

Deshalb sah er die Untere Sphäre nicht als eine Einheit, sondern als transparente Bilder, die sich mit ungeheurer Geschwindigkeit veränderten. Diese Bilder waren die Muster außerhalb des Raums, die sich in die Untere Sphäre einfügten, um dort Realität zu werden. Nun war er nur noch einen Schritt von der Hermetischen Transformation entfernt.

Das letzte Bild erstarrte, und die Zeit existierte nicht mehr für ihn. Obwohl er die Augen geschlossen hatte, konnte er seine Umgebung noch immer erkennen – die Flucht war beendet, er war dem, das ihn verfolgte, entkommen. Das bedeutete, daß seine Nervenimpulse nicht behindert wurden. Seine Zirbeldrüse registrierte die Gegenwart von Licht in den Gehirnzellen, die der optischen Wahrnehmung dienten.

Er ruhte eine Weile aus, obwohl der Ausdruck „eine Weile“ keine Bedeutung mehr besaß. Dann, allmählich, erfolgte die Transformation. Er sah das Muster, die Matrix seines eigenen Gehirns. Er befand sich in einer Welt, die aus seinem Gehirn bestand, und hier und dort, wie kleine Flüsse aus leuchtendem Rot, strömte lebende Information hin und her. Deshalb konnte er hinausgreifen und seine eigenen Gedanken in ihrem Urzustand berühren, bevor sie Gedanken wurden. Sie erfüllten die Umgebung mit ihrem Feuer, und der Raum dehnte sich, und der Raum war sein eigenes Gehirn, das sich nach außen gekehrt hatte.

Nach und nach durchdrang er die äußere Welt, so daß sie von ihm aufgenommen wurde. Das Universum war nur in ihm, sein Gehirn war außerhalb und überall. Sein Gehirn blähte sich zu ungeheurer Größe auf, war weit größer, als es das Universum jemals gewesen war. Deshalb kannte er die Ausdehnung aller Dinge, waren sie doch er selbst, und weil er die Welt in sich aufgenommen hatte, kannte und *kontrollierte er sie.*

Er beruhigte und entspannte sich, und dann konnte er die Umrisse des Zimmers erkennen, den Kaffeetisch, einen Stuhl, Wände, Bilder an den Wänden – es war ein Abbild aus dem externen Universum. Schließlich nahm er ein Buch von dem Tisch und schlug es auf. Im Buch fand er seine eigenen Gedanken in gedruckter Form niedergelegt. Die gedruckten Gedanken waren entlang der Zeitachse angeordnet, die räumlich und die einzige Achse geworden war, an der man sich entlangbewegen konnte. Er konnte, wie in einem Hologramm, seine Gedanken – getrennt nach ihrem Alter – beobachten; die neuesten waren ganz nah an der Oberfläche, die älteren tiefer und tiefer in zahllosen aufeinanderfolgenden Schichten angeordnet.

Er betrachtete die äußere Welt, die sich nun auf knappe geometrische Formen, zumeist Quadrate, und das Goldene Dreieck als Tor, reduziert hatte. Nur das Bild hinter der Türschwelle bewegte sich, wo seine Mutter glücklich an verfilzten alten Rosenbüschen vorbei über einen Acker rannte, den sie aus ihrer Kindheit kannte. Sie lächelte, und ihre Augen glänzten vor Glück.

Und jetzt, dachte Emmanuel, werde ich das Universum verändern, das ich in mir aufgenommen habe. Er musterte die geometrischen Formen und erlaubte ihnen, daß sie ein wenig an Substanz gewannen. Die schäbige blaue Couch, die Elias mitgebracht hatte, verlor ihre Häßlichkeit, ihre Umrisse veränderten sich. Er hatte die Kausalität, von der sie bestimmt wurde, aufgehoben, und sie hörte auf, eine schäbige blaue Couch voller Kaffeeflecken zu sein. Statt dessen wurde sie zu einer Hepplewhite-Vitrine, hinter deren Türen sich Teller, Tassen und Untertassen aus chinesischem Porzellan befanden.

Er erneuerte einen bestimmten Zeitabschnitt – und sah Elias Tate das Zimmer betreten und wieder verlassen; er sah aufeinanderfolgende Schichten, die entlang der linearen Zeitachse zu Sequenzen verbunden waren. Die Hepplewhite-Vitrine blieb für eine geringe Anzahl Schichten bestehen; sie behielt zunächst ihren passiven oder Aus- oder Ruhemodus bei. Dann ging sie abrupt über in den aktiven oder An- oder Wachmodus, fand Eingang in die permanente Welt der Phylogonie und partizipierte nun von all den Phylogonien all ihrer Verwandten, die jemals existiert hatten. In seinem projizierten Weltgehirn verbanden sich die Hepplewhite-Vitrine mitsamt dem Geschirr aus chinesischem Prozellan auf ewig mit der wahren Realität. Sie würde nun keinen weiteren Veränderungen unterworfen sein, und niemand außer er würde sie sehen. Sie befand sich für alle anderen in der Vergangenheit.

Er vervollständigte die Transformation durch die Formel des Hermes Trismegistos:

> *Verum est... quod superius est sicut quod inferius et quod inferius est sicut quod superius, ad perpetrando miracula reiunius.*
>
> Das heißt:
>
> Die Wahrheit ist, daß das, was oben ist, wie das ist, was unten ist, und daß das, was unten ist, wie das ist, was oben ist, um die Wunder des Ganzen zu vervollständigen.

Das stand auf der Smaragdtafel, die Maria Prophetissa, die Schwester Moses, von Tehuti persönlich bekommen hatte, der am Anfang allen erschaffenen Dingen Namen verlieh, bevor er aus dem Palmengarten vertrieben wurde.

Das, was unten war, sein eigenes Gehirn, der Mikrokosmos, war zum Makrokosmos geworden, und der Makrokosmos – also das, was oben war – befand sich in seinem Innern als Mikrokosmos.

Ich übernehme das gesamte Universum, erkannte Emmanuel; ich bin jetzt überall zugleich. Deshalb bin ich Adam Kadmon geworden, der Erste Mensch. Es war ihm nun unmöglich, sich entlang der drei räumlichen Achsen zu bewegen, denn wo er auch hin wollte, er war bereits dort. Nur entlang der Zeitachse war Bewegung oder eine Veränderung der Realität möglich. Er betrachtete die Welt der Phylogonien, Milliarden an der Zahl, wie sie wuchsen und sich vervollständigten, gesteuert von der Dialektik, der alle Transformation unterlag. Es gefiel ihm – der Anblick des miteinander verbundenen Netzes der Phylogonien war wunderschön. Dies war der *kosmos* des Pythagoras, das harmonische Zusammenspiel aller Dinge, jedes auf seine richtige Weise und jedes unvergänglich.

Ich sehe, was Plotin gesehen hat, erkannte er. Aber darüber hinaus habe ich in mir die entzweiten Sphären vereinigt; ich habe das Shekhina wieder zum En Sof gemacht.

„Nachdenken", sagte er laut.

Elias betrat das Zimmer und sagte: „Was machst du da, Manny?"

Die Kausalität war umgekehrt worden; er hatte das getan, was auch in Zinas Macht stand: Er ließ die Zeit zurücklaufen. Er lachte vor Entzücken. Und hörte Glockengeläut.

„Ich habe Chinvat gesehen", erklärte Emmanuel. „Die schmale Brücke. Ich hätte sie überqueren können."

„Das solltest du nicht tun", mahnte Elias.

„Was haben die Glocken zu bedeuten?" fragte Emmanuel. „Die Glocken, die in der Ferne läuten?"

„Wenn du die fernen Glocken hörst, dann bedeutet dies, daß der Saoshyans gekommen ist."

„Der Erlöser", flüsterte Emmanuel. „Wer ist der Erlöser, Elias?"

„Du selbst mußt es sein", erwiderte Elias.

„Manchmal zweifle ich, ob ich mich jemals erinnern werde."

Noch immer konnte er die Glocken in der Ferne bedächtig läuten hören, und er wußte, daß der Wüstensand sie in Schwingungen versetzte. Es war die Wüste selbst, die zu ihm sprach. Durch die Glocken versuchte die Wüste seine Erinnerung zu wecken. Er sah Elias an. „Wer bin ich?"

„Ich kann es dir nicht sagen", antwortete Elias.

„Aber du weißt es."

Elias nickte.

„Du könntest alles so einfach machen", murmelte Emmanuel, „indem du es mir sagst."

„Du mußt es selbst sagen", entgegnete Elias. „Wenn die Zeit kommt, wirst du es wissen, und du wirst es sagen."

„Ich bin ...", begann der Junge zögernd.

Sie hatte die Stimme gehört, sie war aus ihrem eigenen Bauch gedrungen. Manchmal empfand sie Furcht und dann wieder Trauer, manchmal weinte sie, Übelkeit quälte sie noch immer – nie ließ sie nach. Ich kann mich nicht erinnern, in der Bibel gelesen zu haben, dachte sie, daß Maria an morgendlicher Übelkeit litt. Wahrscheinlich werde ich auch noch Schwangerschaftsflecke bekommen. Darüber steht in der Bibel auch nichts.

Das wäre ein gutes Graffiti an irgendeiner Wand, sagte sie sich. DIE JUNGFRAU MARIA HATTE SCHWANGERSCHAFTSFLECKE. Sie bereitete sich eine Mahlzeit aus synthetischem Lammfleisch und grünen Bohnen zu. Als sie allein an ihrem Tisch saß, betrachtete sie gleichgültig durch die Sichtluke der Kuppel die Landschaft. Ich sollte wirklich aufräumen, dachte sie. Bevor Elias und Herb zurückkommen. Zunächst sollte ich alles, was zu erledigen ist, aufschreiben.

Und vor allem, sagte sie sich, muß ich meine Situation akzeptieren. Er ist in mir. Es ist geschehen.

Ich brauche eine neue Perücke, entschied sie. Für die Reise. Eine bessere. Vielleicht sollte ich eine blonde, längere Perücke ausprobieren. Gottverdammte Chemotherapie, fluchte sie in Gedanken. Wenn einen die Krankheit nicht tötet, die Chemotherapie schafft es allemal. Die Medizin, dachte sie verbittert, ist schlimmer als die Krankheit. Es ist nicht so, wie es sein sollte. Gott, mir geht es schlecht.

Und dann, während sie in ihrem kalten, synthetischen Essen herumstocherte, kam ihr ein seltsamer Gedanke. Was, wenn das alles nur ein Trick der Clems ist? fragte sie sich. Wir haben ihren Planeten erobert, jetzt schlagen sie zurück. Sie haben erkannt, welche Vorstellung wir von Gott haben. Sie simulieren dieses Konzept!

Ich wünschte, es wäre simuliert, dachte sie.

Aber um das Thema einmal auszuspinnen ... Sie haben unsere Gedanken gelesen oder unsere Bücher studiert – wie sie das geschafft haben, ist mir rätselhaft – und uns übertölpelt. Demnach befindet sich in meinem Bauch ein Computerterminal oder etwas Ähnliches, eine Art Radio. Ich sehe mich schon vor der Einwanderungsbehörde stehen. „Haben Sie irgend etwas anzumelden, Miß?" „Nur ein Radio." Nun, dachte sie, wo ist das Radio? Ich sehe kein Radio. Tja, Sie müssen eben genau hinschauen. Nein, sagte sie sich; die Einwanderungsbehörde hat nichts damit zu tun. Das geht nur den Zoll etwas an. Wie hoch ist der zu verzollende Wert Ihres Radios, Miß? Das ist schwer zu sagen, antwortete sie in Gedanken. Sie werden es nicht glauben, aber – es ist ein besonderes Radio. Derartige Radios sehen Sie nicht jeden Tag.

Ich sollte vielleicht beten, entschied sie.

„Jah", begann Rybys, „ich bin erschöpft, krank und verängstigt, und ich möchte wirklich nichts mit diesen Dingen zu tun haben." Konterbande, dachte sie. Ich soll Konterbande schmuggeln. „Junge Frau, kommen Sie mit. Wir werden Sie durchsuchen müssen. In ein paar Minuten ist die Beamtin hier. Nehmen Sie Platz und lesen Sie eine Zeitschrift." Ich werde ihnen sagen, daß ich das für eine Unverschämtheit halte. „Was für eine Überraschung!" Geheucheltes Erstaunen. „Ich habe *was* in mir? Sie scherzen wohl. Nein, ich habe keine Ahnung, wie das geschehen konnte. Werden denn die Wunder niemals aufhören?"

Seltsame Lethargie erfaßte sie, eine Art hypnotische Trance, obwohl sie dasaß und automatisch aß. Der Embryo in ihr begann ihr ein Bild zu übermitteln, das Bild eines Geistes, der sich völlig von dem ihren unterschied.

So werden sie ihn sehen, erkannte sie. Die Mächtigen der Welt.

Sie sah mit ihren Augen, und sie sah ein Ungeheuer. Die Christlich-Islamische Kirche und der Wissenschaftliche Legat – ihre Furcht unterschied sich von Rybys' Furcht. Rybys' Furcht beruhte auf Anstrengung und Gefahr, auf dem, was von ihr verlangt wurde. Aber sie . . . Rybys beobachtete, wie sie sich an Meister Depp wandten. An das KI-System, das irdische Datenverarbeitungszentrum, die künstliche Intelligenz, auf die sich die Regierung stützte.

Meister Depp analysierte die Daten und informierte die Behörden darüber, daß etwas Böses durch die Einwanderungskontrolle zur Erde geschmuggelt worden war; sie spürte ihren Abscheu, ihre Feindseligkeit. Unvorstellbar, dachte sie. Den Herrn des Universums durch ihre Augen zu sehen – als Fremden. Wie konnte der Herr, der alles erschaffen hatte, ein Fremder sein? *Dann sind sie nicht nach seinem Bilde geformt,* erkannte sie. Das ist es, was Jah mir mitteilen will. Ich habe immer angenommen – so hat man es uns gelehrt –, daß der Mensch Gottes Ebenbild ist. Dann glauben sie in Wirklichkeit an sich selbst! Sie verstehen nichts.

Das Ungeheuer aus dem Weltraum, dachten sie. Wir müssen ständig wachsam sein, aus Furcht, daß es irgendwann auftaucht und sich durch die Kontrollen der Einwanderungsbehörde schleicht. Wie verrückt müssen sie doch sein. Wie weit von der Wahrheit entfernt. Deshalb würden sie auch mein Kind töten, sagte sie sich. Es ist unmöglich, aber so ist es. Und niemand könnte ihnen begreiflich machen, was sie getan haben. Der Sanhedrin, durchfuhr es Rybys, dachte auf die gleiche Art über Jesus. Wir sehen uns einem neuen Zelotismus gegenüber. Sie schloß die Augen.

Sie leben in einem billigen Horrorfilm, dachte sie. Irgend etwas stimmt nicht, wenn man sich vor kleinen Kindern fürchtet. Wenn man sie als unheimlich und schrecklich ansieht. Ich will diese Erkenntnis nicht, sagte sie sich und zog sich unwillig zurück. Bitte, nimm es weg, ich habe genug gesehen.

Ich verstehe.

Sie dachte: Deshalb ist es geschehen. Weil sie auf diese Weise sehen. Sie beten, sie treffen Entscheidungen, sie schirmen ihre Welt ab – schützen sich vor feindlichen Eindringlingen. Für sie ist dies ein feindlicher Eindringling. Sie sind wahnsinnig, sie würden den Gott töten, der sie erschaffen hat. Rationale Wesen würden das nicht tun. Christus ist nicht am Kreuz gestorben, um die Menschen von ihren Sünden zu befreien – er wurde gekreuzigt, weil sie verrückt waren. Sie sahen das, was ich soeben gesehen habe. Es ist eine Perspektive des Irrsinns.

Und sie glauben, daß sie das Richtige tun.

6

„Ich habe etwas für dich“, sagte das Mädchen Zina.

„Ein Geschenk?“ Vertrauensvoll streckte er eine Hand aus.

Nur ein Kinderspielzeug. Eine Informationstafel, wie sie jedes Kind besaß. Er verspürte Enttäuschung.

„Wir haben sie für dich gemacht“, verriet Zina.

„Wem gehört sie?“ Er musterte die Tafel. Automatische Fabriken stellten Hunderttausende von diesen Tafeln her. Jede Tafel war mit einer Anzahl billiger Mikroprozessoren ausgerüstet. „Mr.

Plaudet hat mir schon eine gegeben", erklärte er. „Die Schule bekommt sie kostenlos zur Verfügung gestellt."

„Diese unterscheidet sich von den anderen", sagte Zina. „Du kannst sie behalten. Sag Mr. Plaudet, daß sie jene ist, die er dir gegeben hat. Er wird den Unterschied nicht bemerken. Siehst du? Wir haben sogar das Warenzeichen eingeprägt." Mit dem Finger fuhr sie über die Buchstaben IBM.

„Aber diese stammt nicht von IBM", stellte er fest.

„Natürlich nicht. Schalte sie ein."

Er betätigte den Schalter.

Auf der Tafel, auf der blaßgrauen Oberfläche, erschien ein rötlich leuchtendes Wort.

VALIS

„Das ist jetzt deine Aufgabe", fuhr Zina fort. „Du mußt herausfinden, was ‚Valis' ist. Die Tafel behandelt das Problem mit Stufe Eins, das bedeutet, daß sie dir weitere Hinweise geben wird, falls du das möchtest."

„Mother Goose", sagte Emmanuel.

Auf der Tafel verschwand das Wort VALIS. Jetzt stand dort:

HEPHAISTOS

„Zyklopen", sagte Emmanuel augenblicklich.

Zina lachte. „Du bist so schnell wie die Tafel."

„Woran ist sie angeschlossen? Nicht an Meister Depp, oder?" Er mochte Meister Depp nicht.

„Vielleicht verrät sie es dir", meinte Zina.

Die Schrift auf der Tafel lautete jetzt:

SCHIWA

„Zyklopen", wiederholte Emmanuel. „Es ist ein Trick. Sie wurde von Dianas Schar gebaut."

Unvermittelt verschwand das Lächeln des Mädchens.

„Es tut mir leid", murmelte Emmanuel. „Ich wollte es keinesfalls noch einmal laut sagen."

„Gib mir die Tafel." Sie streckte ihre Hand aus.

„Ich werde sie dir zurückgeben", erwiderte Emmanuel, „wenn sie mir sagt, daß ich sie dir zurückgeben soll." Er betätigte den Schalter.

NEIN

„In Ordnung", meinte Zina. „Du kannst sie behalten. Aber du weißt nicht, was sie ist – du verstehst sie nicht. Die Schar hat sie nicht gebaut. Drück noch einmal."

Erneut betätigte er den Schalter.

LANGE VOR DER SCHÖPFUNG

„Ich ..." Emmanuel brach ab.

„Du wirst es wieder wissen", versprach Zina. „Sie wird dir helfen. Benutze sie. Ich schlage vor, du erzählst auch Elias nichts davon. Vielleicht versteht er es nicht."

Emmanuel schwieg. Darüber würde er selbst entscheiden. Es war wichtig, daß nicht andere für ihn Entscheidungen trafen. Und er vertraute Elias. Vertraute er auch Zina? Er war nicht sicher. Er spürte die zahllosen Charaktere, den Überfluß an Identitäten in ihr. Letztendlich würde er ihr wahres Ich identifizieren; er wußte, daß es da war, aber die Tricks verbargen es. Wer ist das, fragte er sich, der derartige Tricks benutzt? Er betätigte den Schalter.

TANZEN

Er nickte zustimmend. Tanzen war sicherlich die richtige Antwort. In seinem Innern konnte er sie mit ihrer Schar tanzen sehen, und unter ihren Füßen verbrannte das Gras, so daß nur Ruß zurückblieb, während die Seelen der Menschen verwirrt wurden. Mich kannst du nicht verwirren, auch wenn du die Zeit beherrschst, sagte er sich. Denn auch ich beherrsche sie.

Beim Abendessen unterhielt er sich mit Elias Tate über Valis.

„Ich will ihn sehen. Nimm mich mit", bat Emmanuel.

„Es ist ein sehr alter Film", sagte Elias.

„Aber zumindest können wir uns doch eine Cassette leihen. Aus der Bücherei. Was bedeutet ‚Valis'?"

„Voluminöses Aktives Lebendiges Intelligenz-System", erklärte Elias. „Der Film ist größtenteils frei erfunden. Er wurde von einem Rocksänger gegen Ende des zwanzigsten Jahrhunderts gedreht. Er hieß Eric Lampton, aber er nannte sich Mother Goose. Minis Synchrotronische Musik, von der unsere moderne Musik sehr stark beeinflußt ist, hat den Film untermalt. Der Großteil der in dem Film vergrabenen Informationen wird unterbewußt durch die Musik übermittelt. Er spielt in einer alternativen USA, in der ein Mann namens Ferris F. Fremount Präsident ist."

„Aber was *ist* Valis?" fragte Emmanuel.

„Ein künstlicher Satellit, der ein Hologramm projiziert, das für die Realität gehalten wird."

„Dann ist er ein Realitätsgenerator."

„Ja", bestätigte Elias.

„Ist diese Realität echt?"

„Nein, ich sagte doch, sie ist ein Hologramm. Er kann die Menschen dazu bringen, alles zu sehen, was er sie sehen lassen will. Das ist die Aussage des Films. Er ist eine Studie über die Macht der Illusion."

Emmanuel ging in sein Zimmer, nahm die Tafel, die ihm Zina gegeben hatte, betätigte den Schalter.

„Was machst du da?" fragte Elias, der ihm gefolgt war.

Auf der Tafel erschien ein Wort:

NEIN

„Dieses Gerät wird von der Regierung kontrolliert", bemerkte Elias. „Es hat keinen Sinn, es zu benutzen. Ich wußte, daß Plaudet dir eines davon geben würde." Er griff danach. „Gib es mir."

„Ich möchte es behalten", protestierte Emmanuel.

„Ach du meine Güte – es steht doch IBM darauf! Was erwartest du davon? Daß es dir die Wahrheit sagt? Wann hat die Regierung jemals irgend jemandem die Wahrheit gesagt? Sie hat deine Mutter getötet und deinen Vater in kryonische Suspension gebracht. Her damit, zum Teufel."

„Wenn du mir das abnimmst", erklärte Emmanuel, „wird man mir ein neues geben."

„Das glaube ich auch." Elias zog die Hand zurück. „Aber glaube nichts von dem, was dieses Ding dir sagt."

„Es sagt, daß du dich bei Valis irrst“, erzählte Emmanuel.

„In welcher Hinsicht?“

„Es sagt nur ‚Nein‘“, erwiderte Emmanuel. „Nicht mehr.“ Erneut betätigte er den Schalter.

DU

„Was, zum Teufel, bedeutet das?“ fragte Elias verwirrt.

„Ich weiß es nicht“, gestand Emmanuel wahrheitsgemäß. Und er dachte: Ich werde es weiter benutzen.

Und dann dachte er: Es täuscht mich. Es tanzt wie ein Irrlicht hin und her und führt mich weiter und weiter hinein in die Dunkelheit. Und wenn die Dunkelheit mich von allen Seiten umhüllt, dann wird das Irrlicht verlöschen. Ich kenne dich, sagte er im stillen zu der Tafel. Ich weiß, wie du funktionierst. Ich werde dir nicht folgen, du mußt zu *mir* kommen.

Er betätigte den Schalter.

FOLGE MIR

„Dorthin, von wo niemand zurückkehrt“, sagte Emmanuel.

Nach dem Abendessen verbrachte er einige Zeit am Holoskop und studierte Elias’ wertvollsten Besitz: die Bibel in Form eines Hologramms, dessen unterschiedlich tief gestaffelte Schichten dem Alter des jeweiligen Buches entsprachen. Die Gesamtheit der Heiligen Schrift bildete einen dreidimensionalen Kosmos, der von jedem Winkel aus betrachtet und gelesen werden konnte. Entsprechend dem gewählten Blickwinkel konnten unterschiedliche Interpretationen gewonnen werden. Auf diese Weise lieferte die Heilige Schrift unendliches Wissen, das sich unaufhörlich veränderte. Sie wurde zu einem faszinierenden Kunstwerk, das dem Auge schmeichelte und dessen Farbenspiel von unbeschreiblicher Schönheit war. Rot und golden pulsierte das Hologramm, und hier und dort mischten sich blaue Streifen hinein.

Der Farbsymbolismus war kein willkürliches Werk, sondern beruhte auf den romanischen Gemälden des frühen Mittelalters. Rot symbolisierte stets den Vater. Blau war die Farbe des Sohnes. Und Gold natürlich die des Heiligen Geistes. Grün stand für das neue Leben der Auserwählten, Violett war die Farbe der Trauer, Braun die der Mühsal und des Leides, Weiß die des Lichtes, und Schwarz schließlich war die Farbe der Mächte der Dunkelheit, des Todes und der Sünde.

All diese Farben befanden sich in dem Hologramm, das von der Bibel entlang der Zeitachse gebildet wurde. In Verbindung mit den einzelnen Textteilen formten sich komplexe Botschaften, veränderten sich, entstanden neu. Emmanuel wurde es niemals müde, in das Hologramm zu schauen – für ihn wie für Elias war dies das Meisterhologramm, das alle anderen übertraf. Die Christlich-Islamische Kirche erlaubte nicht, daß man die Bibel in ein farbkodiertes Hologramm umwandelte, sie hatte die Herstellung und den Verkauf verboten. Deshalb hatte Elias auf eigene Faust und ohne Erlaubnis dieses Hologramm konstruiert.

Es war ein offenes Hologramm. Neue Informationen konnten eingegeben werden. Emmanuel wunderte dies, aber er sagte nichts. Er spürte, daß ein Geheimnis dahintersteckte. Elias konnte ihm keine Antwort geben, und so stellte er keine Fragen.

Aber er konnte an der Tastatur, die mit dem Hologramm verbunden war, einige besonders wichtige Textstellen abrufen. Das Hologramm würde sich dabei entlang seiner räumlichen Achsen an den entscheidenden Punkten des Zitats orientieren. Dadurch ordnete sich der gesamte Bibeltext entsprechend den abgerufenen Informationen neu an.

„Was geschieht, wenn ich etwas Neues hinzufüge?“ hatte er eines Tages Elias gefragt.

Ernst hatte Elias geantwortet: „Wage es nie.“

„Aber es ist technisch möglich.“

„Es ist noch nie geschehen.“

Oft dachte der Junge darüber nach.

Natürlich wußte er, warum die Christlich-Islamische Kirche die Umwandlung der Bibel in ein farbkodiertes Hologramm verboten hatte. Wenn man wußte, wie man nach und nach die Zeitachse – die Achse der wahren Tiefe – verändern konnte, bis bestimmte Schichten überlagert wurden und eine vertikale Botschaft – eine neue Botschaft – herauszulesen war, dann konnte man in einen Dialog mit der Heiligen Schrift treten. Sie wurde lebendig. Sie wurde ein wahrnehmbarer Organismus, der stets seine Erscheinungsform wechselte. Die Christlich-Islamische Kirche wollte natürlich die Bibel und den Koran auf ewig unverändert wissen. Wenn die Heilige Schrift sich der Kontrolle der Kirche entzog, dann verlor sie ihr Monopol.

Überlagerung war das kritische Element, das die Kirche fürchtete. Und diese, die Kritikfähigkeit weiter entwickelnde Überlagerung konnte nur in einem Hologramm erreicht werden. Er konnte sich erinnern, daß einst, vor langer Zeit, die Heilige Schrift auf ähnliche Weise entschlüsselt worden war. Als er Elias darauf ansprach, reagierte er ablehnend.

Im vorigen Jahr hatte es in der Kirche einen äußerst peinlichen Zwischenfall gegeben. Elias hatte den Jungen eines Donnerstagmorgens zur Messe mitgenommen. Da Emmanuel nicht konfirmiert war, durfte er keine Hostie erhalten. Während die anderen Mitglieder der Gemeinde sich zum Empfang aufstellten, blieb Emmanuel weiter im Gebet vertieft. Unvermittelt, als der Priester den Abendmahlskelch von einem Gläubigen zum anderen trug, die Hostien in den geweihten Wein tauchte und sagte: „Das Blut unseres Herrn Jesus Christus, das er für euch vergoß ...", war Emmanuel plötzlich von der Kirchenbank aufgesprungen und hatte mit klarer und ruhiger Stimme erklärt: „Weder das Blut noch der Leib sind hier."

Der Priester verharrte und blickte zu dem Sprecher hinüber.

„Sie haben nicht das Recht dazu", fuhr Emmanuel fort. Und nachdem er das gesagt hatte, wandte er sich ab und verließ die Kirche. Elias fand ihn in ihrem Auto, er hörte Radio.

„Das darfst du nicht tun", hatte Elias zu ihm auf der Heimfahrt gesagt. „Derartige Dinge darfst du nicht aussprechen. Man wird eine Akte über dich anlegen, und das können wir uns nicht erlauben." Er war zornig.

„Ich habe nur eine Oblate und Wein gesehen", entgegnete Emmanuel.

„Sie sind nur Nebensache. Die äußere Form. Aber die Essenz ..."

„Es gab keine Essenz – sie waren genau das, was sie zu sein schienen", unterbrach Emmanuel. „Das Wunder ereignete sich nicht, weil der Priester kein Priester war."

Danach fuhren sie schweigend weiter.

„Streitest du das Wunder der Transsubstantiation ab?" fragte Elias den Jungen am Abend, als er ihn ins Bett brachte.

„Ich streite ab, daß es sich heute ereignet hat", entgegnete Emmanuel. „An jenem Ort. Ich möchte nicht mehr dorthin."

„Ich will doch nur erreichen", erklärte Elias, „daß du so weise wie eine Schlange und so unschuldig wie ein Lamm bist."

Emmanuel sah ihn an.

„Sie haben den Tod..."

„Sie haben keine Macht über mich", versicherte Emmanuel.

„Sie können dich vernichten. Sie können einen weiteren Unfall arrangieren. Nächstes Jahr mußt du zur Schule gehen. Glücklicherweise – wegen deines Gehirnschadens – zu keiner normalen Schule. Ich rechne damit..." Elias zögerte.

„... daß sie alles, was sich nicht durch meinen Gehirnschaden erklären läßt, weitermelden", schloß Emmanuel.

„Richtig."

„Wurde der Gehirnschaden absichtlich herbeigeführt?"

„Ich... Vielleicht."

„Er scheint recht nützlich zu sein." Aber, dachte er, *wenn ich doch nur meinen richtigen Namen wüßte.* „Warum kannst du mir nicht meinen Namen sagen?" fragte er Elias.

„Deine Mutter hat es getan", antwortete Elias ausweichend.

„Meine Mutter ist tot."

„Möglicherweise wirst du ihn selbst sagen können."

„Ich bin ungeduldig." Ihm kam ein seltsamer Gedanke. „Ist sie gestorben, weil sie meinen Namen ausgesprochen hat?"

„Vielleicht", murmelte Elias.

„Und deshalb willst du ihn mir nicht nennen? Weil es dich töten würde? Und mich nicht?"

„Es ist kein Name im normalen Sinne. Es ist ein Befehl."

All diese Dinge blieben ihm im Gedächtnis. Ein Name, der kein Name, sondern ein Befehl war. Es ließ ihn an Adam denken, der den Tieren ihre Namen verliehen hatte. Er grübelte darüber nach. In der Heiligen Schrift stand:

> ... und brachte sie zu dem Menschen, daß er sähe,
> wie er sie nennte...

„Wußte Gott, wie der Mensch sie nennen würde?" fragte er Elias eines Tages.

„Nur der Mensch besitzt eine Sprache", erklärte Elias. „Nur der

Mensch kann Sprache erschaffen. Außerdem ..." Er musterte den Jungen. „Als der Mensch den Tieren ihre Namen verlieh, da errichtete er seine Herrschaft über sie."

Was man benennt, das kontrolliert man, erkannte Emmanuel. Deshalb darf niemand meinen Namen aussprechen, da niemand Kontrolle über mich besitzen soll und kann. „Dann hat Gott sich mit Adam einen Scherz erlaubt", bemerkte er. „Er wollte feststellen, ob der Mensch die richtigen Namen kennt. Er hat den Menschen geprüft. Gott liebt Scherze."

„Ich bin nicht sicher, ob ich darauf eine Antwort weiß", gestand Elias.

„Ich habe nicht gefragt, es war eine Feststellung."

„Das gehört nicht zu den Dingen, die man gewöhnlich mit Gott verbindet."

„Dann ist die Natur Gottes bekannt."

„Seine Natur ist *nicht* bekannt."

„Er mag Scherze und Spiele", erklärte Emmanuel. „In der Heiligen Schrift steht, daß er geruht hat – aber ich sage, er hat gespielt."

Er wollte dies in das Hologramm der Bibel eingeben, als Nachtrag, aber er wußte, daß dies nicht erlaubt war. Wie würde dies das gesamte Hologramm verändern, fragte er sich, wenn ich der Thora hinzufüge, daß Gott Scherze mag ...? Seltsam, dachte er, daß ich das nicht darf.

Vom Schmerz und vom Tod erfuhr er durch einen häßlichen, sterbenden Hund. Er war überfahren worden und lag im Rinnstein, die Brust zermalmt, mit blutigem Schaum vor dem Maul. Als er sich zu ihm hinunterbeugte, sah ihn der Hund mit glasigen Augen an, mit Augen, die bereits die nächste Welt erblickten.

Um den Hund verstehen zu können, legte er ihm die Hand auf den Stummelschwanz. „Wer hat diesen Tod für dich verlangt?" fragte er den Hund. „Was hast du getan?"

„Ich habe nichts getan", erwiderte der Hund.

„Aber dies ist ein harter Tod."

„Dennoch", erklärte der Hund, „bin ich schuldlos."

„Hast du jemals getötet?"

„Oh, ja. Meine Fänge sind zum Töten da. Ich bin geschaffen, um kleine Kreaturen zu töten."

„Tötest du aus Hunger oder aus Vergnügen?“

„Ich töte aus Vergnügen“, sagte der Hund. „Es ist ein Spiel; es ist mein Spiel.“

„Ich wußte nichts von derartigen Spielen“, gestand Emmanuel. „Warum töten Hunde, und warum sterben Hunde? Warum gibt es solche Spiele?“

„Derartige Spitzfindigkeiten bedeuten mir nichts“, entgegnete der Hund. „Ich töte, um zu töten; ich sterbe, weil ich sterben muß. Es ist notwendig – es ist das Gesetz und es ist das oberste Gesetz. Lebst, tötest und stirbst du nicht auch nach diesem Gesetz? Gewiß ist es so. Auch du bist eine Kreatur.“

„Ich folge meinem eigenen Willen.“

„Du belügst dich selbst“, widersprach der Hund. „Nur Gott folgt seinem eigenen Willen.“

„Dann muß ich Gott sein.“

„Wenn du Gott bist, dann heile mich.“

„Aber du unterliegst dem Gesetz.“

„Du bist nicht Gott.“

„Gott hat das Gesetz erschaffen, Hund.“

„Dann hast du es selbst gesagt – du hast dir deine eigene Frage beantwortet. Jetzt laß mich sterben.“

Als er Elias von dem sterbenden Hund berichtete, deklamierte Elias:

> „Wanderer, kommst du nach Sparta,
> verkündige dort, du habest Uns hier liegen gesehn.“

„Das galt den Spartanern, die bei den Thermopylen starben“, erklärte Elias.

„Warum erzählst du mir davon?“ fragte Emmanuel.

Elias fuhr fort:

> „Du habest Uns hier liegen gesehen,
> wie das Gesetz es befahl.“

„Du beziehst dich auf den Hund“, stellte Emmanuel fest.

„Ich beziehe mich auf den Hund“, bestätigte Elias.

„Es gibt keinen Unterschied zwischen einem toten Hund im Rinnstein und den Spartanern, die bei den Thermopylen starben.“

Er begriff. „Keinen“, wiederholte er. „Ich verstehe.“
„Wenn du verstehst, warum die Spartaner starben, dann verstehst du alles“, nickte Elias.

„Wanderer, halte einen Moment lang Stille,
daß wir hier starben, war Spartas Wille.“

„Gibt es keinen Reim auf den Hund?“ fragte Emmanuel.
Elias sagte:

„Wanderer, dies ist der Grund;
Für die Spartaner und für den Hund.“

„Danke“, erklärte Emmanuel.
„Wie lauteten die letzten Worte des Hundes?“ erkundigte sich Elias.
„Der Hund sagte: ‚Jetzt laß mich sterben.‘“
Elias rezitierte:

„Lasciatemi morire!
E chi volete voi che mi conforte
In cosi dura sorte,
In cosi gran martire?“

„Was ist das?“ fragte Emmanuel.
„Das schönste Musikstück, das vor Bach geschrieben worden ist“, entgegnete Elias. „Monteverdis Madrigal ‚Lamento d'Arianna‘. Es heißt:

Laß mich sterben!
Und wer kann mich wohl trösten
in meinem großen Leid,
in solch kummervoller Pein?

„Dann ist der Tod des Hundes große Kunst“, sagte Emmanuel. „Die größte Kunst der Welt. Oder zumindest eine Form großer Kunst, durch sie berühmt gemacht und festgehalten. Soll ich etwas Edles in einem alten, häßlichen sterbenden Hund mit einer zermalmten Brust sehen?“

„Falls du Monteverdi glaubst, ja“, antwortete Elias. „Und jenen, die Monteverdi verehren.“

„Geht das Klagelied noch weiter?“

„Ja, aber es ist nicht weiter wichtig. Theseus hat Ariadne verlassen; es ist unerwiderte Liebe.“

„Was ist furchtbarer?“ fragte Emmanuel. „Ein sterbender Hund im Rinnstein oder Ariadne, die verschmäht wurde?“

„Ariadne“, entgegnete Elias, „bildet sich ihr Leid ein, aber das Leid des Hundes ist real.“

„Dann ist die Qual des Hundes schlimmer“, sagte Emmanuel. „Sie ist die größere Tragödie.“ Er verstand. Und seltsamerweise empfand er Zufriedenheit. Es war ein gutes Universum, in dem ein häßlicher sterbender Hund mehr wert war als eine klassische Gestalt aus dem alten Griechenland. Er spürte, wie sich das gestörte Gleichgewicht wieder richtete, die Waagschalen, die alles austarierten. Er spürte die Aufrichtigkeit des Universums, und alle Verwirrung fiel von ihm ab. Aber, wichtiger noch, der Hund verstand seinen eigenen Tod. Schließlich würde der Hund nie Monteverdis Musik hören oder die Reime auf der Steinsäule bei den Thermopylen lesen. Große Kunst war für jene da, die den Tod verstanden, und nicht für jene, die den Tod überlebten. Für die sterbende Kreatur war eine Tasse Wasser wichtiger.

„Deine Mutter mochte gewisse Kunstformen nicht“, erzählte Elias. „Insbesondere verabscheute sie Linda Fox.“

„Spiel mir etwas von Linda Fox vor“, bat Emmanuel.

Elias legte eine Audio-Cassette in den Recorder, und zusammen mit Emmanuel hörte er zu.

> „Fließt nicht so schnell, ihr Quellen,
> Was ...“

„Genug“, sagte Emmanuel. „Schalt ab.“

„Was ist los?“ Elias umarmte den Jungen, hob ihn hoch und drückte ihn an die Brust.

„Er hat dieses Lied gehört, während meine Mutter im Sterben lag!“ Emmanuel blickte in Elias’ bärtiges Gesicht.

Ich erinnere mich, sagte sich Emmanuel. Ich beginne mich zu erinnern, wer ich bin.

„Was ist?“ fragte Elias. Er hielt den Jungen fest in den Armen.

Es geschieht, erkannte Elias. Endlich. Dies ist das erste der Signale, die ich – ich persönlich – vorbereitet habe.

Der Junge und der Mann sahen einander in die Augen. Keiner von ihnen sagte etwas. Zitternd klammerte sich Emmanuel an den bärtigen Mann, er hielt sich so fest, wie er konnte.

„Fürchte dich nicht", sagte Elias.

„Elijah", flüsterte Emmanuel. „Du bist Elijah, der zuerst erscheint. Vor dem großen und schrecklichen Tag."

Elias hielt den Jungen in den Armen und schaukelte ihn sanft hin und her. „An diesem Tage hast du nichts zu fürchten."

„Aber *er*", rief Emmanuel. „Der Widersacher, den wir hassen. Seine Zeit ist gekommen. Ich fürchte um ihn, jetzt, wo ich weiß, was vor uns liegt."

„Hör zu", befahl Elias ernst.

> „Wie bist du vom Himmel gefallen, heller Morgenstern,
> hinunter zur Erde, hilflos auf die Völker gestürzt!
> In deinem Innern dachtest du:
> Ich will die Himmel erklimmen;
> Ich werde meinen Thron hoch über Gottes Sternen errichten,
> Ich werde auf dem Berge sitzen, wo sich die Götter treffen
> in der fernen Abgeschiedenheit des Nordens.
> Ich werde mich über die Wolkenbänke erheben
> und wie der Allerhöchste werden.
> Aber du wirst nach Sheol hinunterfahren,
> in die Tiefen der Hölle.
> Jene, die dich sehen, werden dich anstarren,
> dich betrachten und nachdenken ..."

„Verstehst du?" fragte Elias. „*Er ist hier.* Dies ist der Ort, diese kleine Welt. Er verwandelte sie vor zweitausend Jahren in seine Festung und erschuf ein Gefängnis für die Menschen, wie er es bereits in Ägypten getan hat. Seit zweitausend Jahren haben die Menschen geweint und nie eine Antwort, nie Hilfe erhalten. Alle sind sie in seiner Hand. Und er fühlt sich sicher."

Emmanuel klammerte sich an den alten Mann und begann zu weinen.

„Fürchtest du dich noch immer?“ fragte Elias.

„Ich weine mit ihnen“, schluchzte Emmanuel. „Ich weine mit meiner Mutter. Ich weine mit dem sterbenden Hund, der nicht geweint hat. Und um Belial, der gefallen ist, um den hellen Morgenstern. Der vom Himmel stürzte und mit dem alles begann.“

Und, dachte er, ich weine um mich. Ich bin meine Mutter, ich bin der sterbende Hund und die leidenden Menschen, und ich, dachte er, ich bin auch dieser helle Morgenstern ... sogar Belial bin ich; ich bin, was er gewesen und was er geworden ist.

Der alte Mann drückte ihn fest an sich.

7

Kardinal Fulton Statler Harms, Oberster Prälat des hochorganisierten gesellschaftlichen Organismus, den die Christlich-Islamische Kirche darstellte, konnte sich beim besten Willen nicht erklären, warum sich in der Spesenkasse nicht genug Geld befand, um die Ausgaben seiner Geliebten zu finanzieren.

Vielleicht, sagte er sich, während ihn sein Barbier langsam und sorgfältig rasierte, weil er nur eine ungenaue Vorstellung davon besaß, wie groß Deirdres Wünsche in Wirklichkeit waren.

Zunächst, während ihres Aufstiegs zur Spitze der CIK – was keine leichte Aufgabe gewesen war, da sie die Stufenleiter der Hierarchie Stufe für Stufe hatte erklettern müssen –, war sie ihm nicht aufgefallen. Zu dieser Zeit vertrat Deirdre das WBR, das Weltbürgerrechtsforum, und sie hatte ihm eine Liste der Verstöße gegen die Bürgerrechte präsentiert – damals wie heute hatte er dies als Schikane empfunden, aber, wie dem auch sei, sie waren schließlich zusammen ins Bett gegangen, und jetzt war Deirdre offiziell seine Geschäftsführerin.

Für ihre Tätigkeit bezog sie zwei Gehälter, ein offizielles als Geschäftsführerin und ein inoffizielles aus dem umfangreichen Fundus, der ihm zur freien Verfügung stand. Was mit all seinem Geld geschah, sobald es sich in Deirdres Händen befand, davon hatte er nicht die leiseste Ahnung. Buchhaltung war nie seine starke Seite gewesen.

„Sie wollen doch, daß ich das Blond aus dieser grauen Strähne entferne, oder?“ fragte der Barbier und schüttelte den Inhalt einer Flasche.

„Bitte“, nickte Harms.

„Glauben Sie, daß die Lakers ihre Pechsträhne überwinden?“ schwatzte der Barbier. „Ich meine, sie haben diesen Wie-heißt-er-doch-gleich gekauft – diesen fast drei Meter großen Burschen. Hätten sie nicht ...“

Harms berührte sein Ohr. „Ich höre Nachrichten, Arnold.“

„Nun, tscha, alles klar, Vater“, brummte Arnold, der Barbier, während er das ergraute Haar des Obersten Prälaten mit einem Bleichmittel einrieb. „Aber ich möchte Sie etwas fragen, und zwar betrifft es homosexuelle Priester. Verbietet die Bibel nicht Homosexualität? Deshalb verstehe ich nicht, wieso ein Priester praktizierender Homosexueller sein kann.“

Die Nachrichten, denen Harms zuzuhören versuchte, betrafen den Gesundheitszustand des Prokurator Maximus des Wissenschaftlichen Legats, Nicholas Bulkowsky. Eine feierliche Vigilie mitsamt den üblichen formellen Gebeten war abgehalten worden, aber trotzdem ging es Bulkowsky immer schlechter. Harms hatte, *sub rosa,* seinen Leibarzt dem Spezialistenteam zugeteilt, das sich um den schwerkranken Prokurator kümmerte.

Bulkowsky war, was nicht nur Kardinal Harms, sondern die gesamte Kurie wußte, überzeugter Christ. Er war von dem evangelistischen, charismatischen Dr. Colin Passim bekehrt worden, der bei seinen Erweckungsversammlungen oft durch die Luft flog, um auf diese dramatische Weise die Macht des Heiligen Geistes zu demonstrieren, der ihn erfüllte.

Natürlich war Dr. Passim nicht mehr der alte, seit er durch ein großes Bleiglasfenster der Kathedrale von Metz in Frankreich gesaust war. Früher hatte er nur gelegentlich in fremden Lauten gesprochen, doch nun brabbelte er nur noch verzückt vor sich hin. Dies hatte einen bekannten Fernsehkomiker zu dem Vorschlag inspiriert, ein Englisch-Glossolalisch-Wörterbuch herauszubringen, damit das Volk Dr. Passim verstehen konnte. Diese Bemerkung hatte in frommen Kreisen eine derartige Verärgerung ausgelöst, daß Kardinal Harms irgendwo in seinem Terminkalender vermerkt hatte, den Bann über den Komiker auszusprechen. Aber, wie gewöhnlich, hatte er dann keine Zeit für derart banale Dinge gehabt.

Den Großteil seiner Zeit verbrachte Kardinal Harms mit einem Geheimprojekt – er hatte St. Anselms *Proslogion* in das große Künstliche-Intelligenz-System Meister Depp eingefüttert – mit dem Hintergedanken, so den lange bezweifelten ontologischen Beweis für die Existenz Gottes zu erhalten.

Er war bis zu Anselms ursprünglichem, unverändertem Argument gelangt:

> Alles Verständnis erfolgt durch die Intelligenz. Aber gewiß kann das alle Vorstellungskraft übersteigende Große nicht allein im Intellekt existieren – denn existierte es allein im Intellekt, könnte man es sich auch in der Realität vorstellen, und dies würde ein noch größeres Wesen vorstellbar machen. In einem solchen Falle wäre das alle Vorstellungskraft übersteigende Große lediglich in der Intelligenz existent (und nicht in der Realität), und dies würde ermöglichen, sich ein noch größeres Wesen vorzustellen (d. h. eines, das in der Intelligenz und in der Realität existiert). Dies ist ein Widerspruch. Konsequenterweise kann es keinen Zweifel geben, daß das Wesen, das alle Vorstellungskraft übersteigt, in der Intelligenz und in der Realität existieren muß.

Wie dem auch sei, Meister Depp wußte alles über Aquin, Descartes, Kant, Russell und deren Kritik, und zudem besaß das KI-System gesunden Menschenverstand. Es informierte Harms, daß Anselms Argument nicht hieb- und stichfest war, und lieferte ihm seitenlange Beweise für seine Irrtümer. Harms reagierte darauf, indem er Meister Depps Analyse herausgab und auf Hartshorne und Malcolms Anselm-Verteidigung zurückgriff; *viz:* daß Gottes Existenz entweder logisch notwendig oder logisch unmöglich ist. Da bisher die Unmöglichkeit noch nicht bewiesen worden war – oder anders ausgedrückt, das Konzept eines solchen Wesens stellte in sich keinen Widerspruch dar –, ergab sich die notwendige Folgerung, daß Gott existierte.

Um einen Verbündeten in seiner ermüdenden Auseinandersetzung zu gewinnen und seinem Mitregenten neuen Lebensmut einzuflößen, hatte Harms dem dahinsiechenden Prokurator Maximus über ihre Direktverbindung eine Kopie der Analyse zugespielt.

„Oder nehmen Sie die Giganten", sagte Arnold, der Barbier, während er tapfer versuchte, das Blond aus dem Haar des Kardinals zu bleichen. „Ich behaupte, mit denen muß man noch rechnen. Bedenken Sie nur Eddy Tubbs Erfolge im letzten Jahr. Und jetzt hat er einen verletzten Arm... Werfer leiden immer unter Armverletzungen."

Der Tag des Obersten Prälaten Kardinal Fulton Statler Harms hatte begonnen. Sein Versuch, die Nachrichten zu hören, während er gleichzeitig über Studien der Werke des St. Anselm grübelte und seine Ohren vor Arnolds Baseball-Berichten verschloß – all das gehörte zu seiner morgendlichen Konfrontation mit der Realität, seiner Routine. Was noch fehlte, um sie in den platonischen, archetypischen Beginn seiner Aktivitätsphase zu verwandeln, war der obligatorische – und vergebliche – Versuch, Deirdre ihre überhöhten Ausgaben vorzuhalten und sie zur Vernunft zu bringen.

Er hatte Vorbereitungen dafür getroffen; er hielt ein neues Mädchen in Reserve. Deirdre wußte es nicht, aber sie stand vor ihrer Kündigung.

In seinem Erholungsort am Schwarzen Meer ging der Prokurator Maximus langsam auf und ab, während er Deirdre Connells neuesten Bericht über den Obersten Prälaten las. Keine Gesundheitsprobleme plagten den Prokurator – er hatte Einzelheiten über seine „Krankheit" in die Medien lanciert, um seinen Mitregenten in einem Gespinst aus Täuschungen und Lügen zu fangen. Dies gab ihm Gelegenheit, Deirdre Connells tägliche Berichte und die Analysen seines Geheimdienstes zu studieren. Danach zu urteilen war jeder, der insgeheim im Dienst des Prokurators stand, der Überzeugung, daß Kardinal Harms den Kontakt zur Wirklichkeit verloren und sich auf haarsträubende theologische Irrwege begeben hatte – Wege, die ihn immer weiter fortführten von der Kontrolle über die politische und ökonomische Lage, die *pro forma* sein Metier war.

Die gefälschten Meldungen gaben ihm außerdem Zeit zum Fischen, zum Entspannen, zum Sonnenbaden und vor allem für die Pläne, mit denen er den Kardinal zu stürzen trachtete, um einen von seinen eigenen Leuten zum Obersten Prälaten der CIK zu machen. Bulkowsky hatte zahlreiche Funktionäre des WL in die

Kurie eingeschleust, und jeder von ihnen war hervorragend ausgebildet und ehrgeizig. Solange Deirdre Connell die Geschäftsführerin und Geliebte des Kardinals blieb, war Bulkowsky ihm gegenüber im Vorteil. Er war überzeugt, daß Harms keine Anhänger unter den Führungskräften des Wissenschaftlichen Legats und keinen vergleichbaren Zugang zu den Geheimnissen seines Gegners besaß. Bulkowsky hatte keine Geliebte – er war Familienvater und mit einer dicken Frau mittleren Alters verheiratet, und seine drei Kinder besuchten Privatschulen in der Schweiz. Außerdem war seine Bekehrung zu Dr. Passims überspanntem Unsinn – seine wundersamen Flüge waren natürlich durch technische Hilfsmittel ermöglicht worden – eine strategische Finte gewesen, um den Kardinal noch mehr in seine großen Träume einzulullen.

Der Prokurator wußte alles über den Versuch, Meister Depp St. Anselms ontologischen Beweis für die Existenz Gottes nachvollziehen zu lassen; das Thema war ein beliebter Witz in den Gebieten, die vom Wissenschaftlichen Legat beherrscht wurden. Deirdre Connell war beauftragt worden, ihren alternden Liebhaber in seinen ehrgeizigen Zielen zu bestärken.

Doch obwohl Bulkowsky fest in der Realität verwurzelt war, hatte er keinen Erfolg bei der Lösung seiner eigenen Probleme gehabt – Probleme, die er vor seinem Mitregenten verheimlichte. Im Lauf der letzten Monate hatten sich immer mehr junge Kader vom WL abgewandt; mehr und mehr Studenten, selbst jene, die naturwissenschaftliche Fächer belegt hatten, legten das Zeichen von Hammer und Sichel ab und wählten das Kreuz und die CIK. Insbesondere an Archen-Ingenieuren herrschte Mangel, mit dem Ergebnis, daß drei orbitale WL-Archen mitsamt ihren Bewohnern aufgegeben werden mußten. Diese Nachricht war *nicht* in die Medien gelangt, da die Bewohner umgekommen waren. Um die Öffentlichkeit vor den schlechten Neuigkeiten zu schützen, hatte man die Namen der verbliebenen WL-Archen geändert. In den Computerberichten tauchten die Schwierigkeiten nicht auf, die Lage behielt den Anschein der Normalität.

Zumindest haben wir Colin Passim matt gesetzt, sagte sich Bulkowsky. Ein Mann, der wie die rückwärts laufende Tonbandaufnahme einer schnatternden Ente spricht, stellt keine Gefahr dar. Der Evangelist war, ohne es zu ahnen, der überlegenen Waffentechnik des WL zum Opfer gefallen. Das Gleichgewicht der

Kräfte wurde auf diese Weise allmählich verändert. Kleine Zwischenfälle wie dieser summierten sich. Zum Beispiel die Existenz einer WL-Agentin, die sich als Geliebte und Geschäftsführerin des Kardinals tarnte. Ohne Deirdre Connell . . .

Bulkowsky war optimistisch. Die dialektischen Kräfte der historischen Notwendigkeit standen auf seiner Seite. In einer halben Stunde konnte er in der Gewißheit, daß er die Zukunft der Welt in der Hand hatte, in sein Schwebebett zurückkehren.

„Cognac", befahl er einem der Robotdiener. „Courvoisier Napoleon."

Als er an seinem Schreibtisch stand und den Cognacschwenker mit den Händen wärmte, betrat seine Frau Galina das Zimmer. „Halte dir den Donnerstagabend frei", sagte sie. „General Yakir hat eine Veranstaltung für das Moskauer Korps geplant. Die amerikanische Chansonnette Linda Fox wird auftreten. Yakir erwartet uns."

„Natürlich", nickte Bulkowsky. „Sorg dafür, daß am Ende der Veranstaltung Rosen bereitstehen." Er wandte sich an ein Paar Robotdiener. „Mein Valet de Chambre soll mich daran erinnern."

„Und schlaf nicht wieder während der Veranstaltung ein", fuhr Galina fort. „Es wird Mrs. Yakir verletzen. Du erinnerst dich doch, was beim letzten Mal geschehen ist."

„Das scheußliche Penderecki-Konzert", sagte Bulkowsky, der sich sehr gut daran erinnerte. Er hatte bei dem „Quia Fecit" des „Magnificant" geschnarcht, und eine Woche später war in den Berichten des Geheimdienstes eine Meldung über sein Benehmen aufgetaucht.

„Und denke daran, daß du – soweit es informierte Kreise wissen – ein wiedergeborener Christ bist", fuhr Galina fort. „Was hast du mit den Verantwortlichen für den Verlust der drei Archen gemacht?"

„Sie sind alle tot", erwiderte Bulkowsky. Er hatte sie erschießen lassen.

„Du könntest vom UK Ersatz anfordern."

„Unser eigener Ersatz wird bald zur Verfügung stehen. Ich traue keinem, den uns das UK schickt. Jeder ist käuflich. Was verlangt diese Chansonnette zum Beispiel für ihre Entscheidung?"

„Die Situation ist kompliziert", sagte Galina. „Ich habe die Geheimdienstberichte gelesen; der Kardinal bietet ihr eine hohe

Summe, falls sie sich für die CIK entscheidet. Ich rate davon ab, ihn zu überbieten."

„Aber wenn eine bekannte Künstlerin wie sie hervortritt und erklärt, daß sie das weiße Licht gesehen hat und in Zukunft ihr Leben Jesus widmen will..."

„Das hast du ebenfalls getan."

„Aber", widersprach Bulkowsky, „du weißt, warum." Als er sich feierlich, mit viel Pomp, Jesus überantwortet hatte, stand sein Plan schon fest, sich später öffentlich von Jesus loszusagen und, weiser geworden, zum WL zurückzukehren. Dies würde einen gewaltigen Eindruck auf die Kurie und, hoffentlich, auch auf den Kardinal persönlich machen. Die Moral des Obersten Prälaten, so die WL-Psychologen, mußte dadurch gebrochen werden. Dieser Mann glaubte wahrhaftig, daß eines Tages alle, die zum WL gehörten, die verschiedenen Büros des CIK aufsuchen und konvertieren würden.

„Was hast du mit diesem Arzt vor, den Harms hierhergeschickt hat?" fragte Galina. „Gibt es mit ihm irgendwelche Schwierigkeiten?"

„Nein." Er schüttelte den Kopf. „Die gefälschten Krankenberichte halten ihn in Atem." Tatsächlich waren die medizinischen Informationen, die dem vom Kardinal geschickten Arzt regelmäßig übermittelt wurden, nicht gefälscht. Sie stammten einfach nicht von Bulkowsky, sondern von einem unwichtigen Angehörigen des WL, der wirklich krank war. Bulkowsky hatte Harms Arzt zum Schweigen verpflichtet und an seinen ärztlichen Ethos appelliert, aber natürlich verfaßte Dr. Duffey insgeheim detaillierte Berichte über den Gesundheitszustand des Prokurators und übermittelte sie bei jeder sich bietenden Gelegenheit dem Stab des Kardinals. Routinemäßig fing der WL-Geheimdienst sie ab, prüfte nach, ob sie ein genügend düsteres Bild zeichneten, und schickte sie weiter. Zumeist wurden die medizinischen Berichte per Mikrowellen an einen orbitalen CIK-Nachrichtensatelliten gefunkt und von dort weiter nach Washington, D.C., gestrahlt. Nun, gelegentlich, wenn er besonders gewitzt war, schickte Dr. Duffey sie einfach mit der Post. Dies war schwerer zu kontrollieren.

In dem Glauben, daß er es mit einem dahinsiechenden Mann zu tun hatte, und noch dazu mit einem, der nun an Jesus glaubte, hatte der Kardinal in seiner Wachsamkeit gegenüber den Aktivitäten des WL nachgelassen. Der Kardinal hielt den Prokurator inzwischen für hoffnungslos handlungsunfähig.

„Falls sich Linda Fox nicht für den WL entscheidet", sagte Galina, „warum nimmst du sie nicht beiseite und machst sie darauf aufmerksam, daß eines Tages, wenn sie zu einem Konzert unterwegs ist, ihre Privatrakete – dieses geschmacklose, protzige Ding, das sie selbst steuert – explodieren könnte?"

Düster erwiderte Bulkowsky: „Weil der Kardinal schon auf diese Idee gekommen ist. Er hat sie bereits informiert, daß Bichloride sie vergiften werden, ob sie es nun will oder nicht, falls sie sich weigert, den lieben Herrn Jesus in ihr Leben treten zu lassen."

Die Taktik, Linda Fox mit kleinen Dosen Quecksilber zu vergiften, bewies künstlerisches Talent. Lange vor ihrem Tod (falls sie überhaupt starb) würde sie so verrückt wie ein Hutmacher sein – und das im buchstäblichen Sinne, denn die Vergiftung durch Quecksilber – Quecksilber, das bei der Herstellung von Filzhüten verwendet worden war – hatte die englischen Hutmacher des neunzehnten Jahrhunderts in erstklassige organische Psychosen getrieben.

Ich wünschte, ich hätte daran gedacht, sagte sich Bulkowsky. Aus den Geheimdienstberichten ging hervor, daß die Chansonnette hysterisch geworden war, als ein Agent der CIK sie informiert hatte, was der Kardinal zu unternehmen gedachte, falls sie sich nicht für Jesus entschied – der Hysterie war eine vorübergehende Hypothermie gefolgt, daran schloß sich dann die Weigerung an, wie angekündigt „Rock of Ages" in ihrem nächsten Konzert zu singen.

Andererseits, überlegte er, wäre Kadmium besser, denn Kadmium würde sich noch schwerer feststellen lassen. Die WL-Geheimpolizei hatte eine Zeitlang Unpersonen mit Kadmiumspuren infiziert, und zwar mit gutem Ergebnis.

„Dann wird Geld keinen Eindruck auf sie machen", stellte Galina fest.

„Ich würde es nicht unversucht lassen. Es ist ihr Ehrgeiz, eines Tages Groß-Los Angeles zu besitzen."

„Aber wenn sie eliminiert wird", bemerkte Galina, „werden die Kolonisten murren. Sie sind von ihr abhängig."

„Linda Fox ist keine Person. Sie ist eine *Klasse* von Personen, ein Typus. Sie ist Musik, die von elektronischen Geräten, von sehr komplizierten elektronischen Geräten, erzeugt wird. Es gibt noch mehr von ihrer Sorte. Es wird immer welche von ihrer Sorte geben. Man kann sie am Fließband produzieren."

„Nun, dann biete ihr nicht zuviel Geld an", lachte Galina.

„Sie tut mir leid", gestand Bulkowsky. Wie muß man sich fühlen, fragte er sich, wenn man nicht existiert? Das ist ein Widerspruch. Zu fühlen bedeutet zu existieren. Dann, dachte er, fühlt sie vermutlich nicht. Denn es ist eine Tatsache, daß sie nicht existiert, nicht wirklich. Wir sollten das wissen. Wir haben sie uns ausgedacht.

Oder besser – Meister Depp hatte sich die Fox ausgedacht. Das KI-System hatte sie entwickelt, ihr gesagt, was und wie sie es zu singen hatte. Meister Depp kümmerte sich um die Arrangements . . . sogar noch um die Arbeit am Mischpult. Und das Rezept war ein voller Erfolg.

Meister Depp hatte korrekt die Wünsche der Kolonisten analysiert und eine Formel gefunden, mit der sich diese Wünsche erfüllen ließen. Das KI-System sorgte für die Weiterentwicklung, für eine Rückkoppelung; wenn sich die Wünsche veränderten, veränderte sich auch Linda Fox. Es war ein geschlossener Schaltkreis. Falls alle Kolonisten mit einmal verschwanden, würde auch Linda Fox aufhören zu existieren. Meister Depp würde sie auslöschen wie Papier, das durch einen Reißwolf gedreht wird.

„Prokurator." Ein Robotdiener erschien und rollte auf Bulkowsky zu.

„Was ist?" fragte er gereizt; er mochte es nicht, unterbrochen zu werden, wenn er sich mit seiner Frau unterhielt.

„Habicht", sagte die elektronische Diensteinheit.

Er wandte sich an Galina. „Meister Depp möchte mich sprechen. Es ist dringend. Bitte entschuldige mich." Rasch ging er davon und betrat seinen privaten Bürokomplex, wo sich das sorgfältig gesicherte Terminal des KI-Systems befand.

Das Terminal flackerte ihm bereits erwartungsvoll entgegen.

„Truppenbewegungen?" fragte Bulkowsky, als er sich vor den Monitor des Terminals setzte.

„Nein", antwortete Meister Depp mit seiner künstlichen Stimme. „Eine Verschwörung, um ein Monsterbaby an der Einwanderungsbehörde vorbeizuschmuggeln. Drei Kolonisten sind darin verwickelt. Ich habe den Fötus der Frau beobachtet. Einzelheiten folgen." Meister Depp unterbrach die Verbindung.

„Wann folgen die Einzelheiten?" fragte Bulkowsky, aber das KI-System hörte ihn nicht, da es sich abgekapselt hatte. Verdammt, dachte er. Es schenkt mir nur wenig Aufmerksamkeit. Es ist zu beschäftigt damit, den ontologischen Beweis für die Existenz Gottes zu erhalten.

Kardinal Fulton Statler Harms nahm Meister Depps Nachricht mit der ihm eigenen Gelassenheit entgegen. „Vielen Dank", sagte er, als das KI-System abschaltete. Etwas Fremdes, dachte er. Eine Spielart des Lebens, die nach Gottes Willen nie hätte existieren dürfen. Dies ist der wahrhaft scheußliche Aspekt der Eroberung des Weltraums: Wir bekommen nicht das zurück, was wir hinausgeschickt haben. Im Austausch erhalten wir das Unnatürliche.

Nun, dachte er, wir sollten es töten lassen, zumindest wird es interessant sein, das Gehirn dieses Wesens zu studieren. Ich frage mich, wie es wohl aussehen mag. Eine Schlange in einem Ei, dachte er. Ein Fötus in einer Frau. Die ursprüngliche Geschichte wiederholt sich: ein Geschöpf, das schlau und hinterlistig ist.

> Die Schlange war listiger als alle Tiere auf dem Felde,
> die Gott der HERR gemacht hatte.

Genesis, Kapitel drei, Vers eins. Was schon einmal geschehen ist, wird sich nicht wiederholen. Wir werden es dieses Mal vernichten, das Böse. Gleichgültig, welche Gestalt es angenommen hat.

Ich sollte dafür beten, sagte er sich.

„Entschuldigen Sie mich", wandte er sich an die kleine Priestergruppe, die draußen in der großen Halle auf ihn wartete. „Ich muß mich für eine Weile in meine Kapelle zurückziehen. Es handelt sich um eine ernste Angelegenheit."

Schließlich kniete er in Stille und Dämmerung, nur in den Winkeln spendeten brennende Kerzen mattes Licht, und er und die Kapelle versanken in Andacht.

„Vater", betete er, „lehre uns Deine Wege und wie wir Dir nacheifern können. Hilf uns, damit wir uns vor dem Bösen schützen und verteidigen können. Laß uns seine Listen voraussehen und erkennen. Denn seine Listen und Tücken sind groß. Gib uns Kraft – verleih uns Deine Heilige Macht –, um ihn zu entdecken, wo immer er auch ist."

Er erhielt keine Antwort. Es überraschte ihn nicht. Fromme Menschen sprachen zu Gott, und verrückte Menschen glaubten, daß Gott zu ihnen sprach. Seine Antworten mußten aus seinem Innern, aus seinem Herzen kommen. Aber natürlich führte ihn der Geist. Es war immer so.

In seinem Innern billigte der Geist in Gestalt seiner eigenen Neigung seine ursprüngliche Einsicht. „Ihr sollt nicht dulden, daß eine Hexe lebt" bezog sich in diesem Falle auf die geschmuggelte Mutation. „Hexe" entsprach „Monster". Demnach konnte er sich also auf die Heilige Schrift stützen.

Und außerdem war er Gottes Stellvertreter auf Erden.

Nur um sicherzugehen, schlug er in seiner gewichtigen Bibelausgabe nach und las Exodus zweiundzwanzig, Vers siebzehn.

Die Zauberinnen sollst du nicht am Leben lassen.

Und dann, um sich ganz zu vergewissern, las er den nächsten Vers.

Wer einem Vieh beiwohnt, der soll des Todes sterben.

Dann las er die Anmerkungen.

> Alte Hexenkraft verriet sich in Verbrechen, Unsterblichkeit und Betrug; und sie verdarb das Volk durch abscheuliche Praktiken und Aberglauben. Sie beginnt mit Verstößen gegen das sexuell Statthafte und endet in unnatürlichen Lastern und Götzendienst.

Nun, das traf hier sicherlich zu. Abscheuliche Praktiken und Aberglaube. Dinge, die beim Verkehr mit Nichtmenschen auf fernen fremden Planeten gezeugt worden waren. Sie dürfen diese geweihte Welt nicht erobern, sagte er sich. Ich bin überzeugt, daß mein Kollege, der Prokurator Maximus, mir zustimmen wird.

Plötzlich erfüllte ihn Erleichterung. Eine Invasion ist im Gange, erkannte er. Das, worüber seit zwei Jahrhunderten gesprochen wird. Der Heilige Geist sagt es mir, es ist geschehen!

Verfluchte Brut des Schmutzes, dachte er, während er rasch die

Meisterkammer aufsuchte, wo eine direkte – und streng gesicherte – Verbindung zum Prokurator hergestellt werden konnte.

„Geht es um das Baby?“ fragte der Prokurator, nachdem der Kontakt – binnen eines Augenblicks – zustande gekommen war. „Ich habe mich schlafen gelegt. Es kann bis morgen warten.“

„Dort draußen befindet sich ein Scheusal“, erklärte Kardinal Harms. „Exodus zweiundzwanzig, Vers siebzehn... ‚Die Zau...‘“

„Meister Depp wird nicht zulassen, daß es die Erde erreicht. Er wird es in einem der äußeren Ringe der Einwanderungskontrolle abfangen.“

„Gott wünscht keine Monster auf dieser auserwählten Welt. Sie als wiedergeborener Christ sollten das wissen.“

„Natürlich weiß ich das“, entgegnete Bulkowsky gereizt.

„Welche Anweisungen soll ich Meister Depp geben?“

„Die Frage sollte eher lauten: ‚Welche Anweisungen wird Meister Depp *uns* geben‘“, erwiderte Bulkowsky. „Meinen Sie nicht auch?“

„Wir werden um einen Ausweg aus dieser Krise beten müssen“, verkündete Harms. „Beten Sie mit. Neigen Sie den Kopf.“

„Meine Frau ruft mich“, erklärte Bulkowsky. „Wir können morgen beten. Gute Nacht.“ Er legte auf.

O Gott Israels, betete Harms mit gebeugtem Kopf. Beschütze uns vor dem Zaudern und vor dem Bösen, das sich seiner bedient. Erwecke die Seele des Prokurators, damit er erkennt, wie nah die Stunde der Prüfung ist.

Wir werden spirituell auf die Probe gestellt. Ich weiß, daß es so ist. Wir müssen beweisen, daß wir würdig sind, indem wir dieses satanische Geschöpf vertreiben. Gib uns Stärke, Herr, leihe uns Dein Schwert der Macht. Gib uns Deinen Sattel der Gerechtigkeit, damit wir die Stute der... Er konnte den Gedanken nicht beenden, er war zu überwältigend. Eile uns zu Hilfe, schloß er und hob den Kopf. Triumphgefühl erfüllte ihn. Es ist so als ob wir etwas in die Falle gelockt haben, das getötet werden muß, dachte er. Wir haben es gefangen. Und es wird sterben. Gelobt sei Gott.

8

Der Hochgeschwindigkeits-Axial-Flug machte Rybys Rommey sterbenskrank. Unites Spaceways hatte für sie fünf zusätzliche Sitze installiert, so daß sie ausgestreckt daliegen konnte, aber trotzdem vermochte sie kaum zu sprechen. Sie lag auf der Seite und hatte ihre Decke bis zum Kinn hochgezogen.

Bedrückt sah Elias Tate auf die Frau hinunter und brummte: „Diese verdammten Vorschriften. Wären wir nicht aufgehalten worden . . .“ Er schnitt eine Grimasse.

Der inzwischen sechs Monate alte Fötus in Rybys' Bauch hatte sich seit langer Zeit nicht mehr gemeldet. Was geschieht, wenn der Fötus stirbt? fragte sich Herb Asher. Der Tod Gottes . . . aber unter Umständen, die niemand erwartet hatte. Und niemand außer ihm, Rybys und Elias Tate würde es je erfahren.

Kann Gott sterben? fragte er sich. Und mit ihm meine Frau?

Die Hochzeitszeremonie war klar und kurz gewesen, eine Amtshandlung der Tiefraum-Behörden ohne religiöse oder moralische Untertöne. Er und Rybys hatten sich einer intensiven medizinischen Untersuchung unterziehen müssen, und natürlich war ihre Schwangerschaft entdeckt worden.

„Sie sind der Vater?“ fragte ihn der Arzt.

„Ja“, bestätigte Herb Asher.

Der Arzt lächelte und vermerkte dies in der Akte.

„Wir hatten das Gefühl, heiraten zu müssen“, fügte Herb hinzu.

„Eine vernünftige Entscheidung.“ Der Arzt war ein älterer, gepflegter Mann und völlig unpersönlich. „Ist Ihnen bekannt, daß es ein Junge werden wird?“

„Ja“, nickte er. Das wußte er genau.

„Nur eines verstehe ich nicht“, sagte der Arzt. „Wurde sie auf natürlichem Wege geschwängert? Sind Sie sicher, daß es sich nicht um eine künstliche Befruchtung handelte? Ihr Hymen ist nämlich unversehrt.“

„Ich bin sicher“, erklärte Herb Asher.

„Es ist ungewöhnlich, aber möglich. Technisch gesehen ist Ihre Gattin noch immer Jungfrau.“

„Ja“, nickte Herb Asher.

„Sie ist sehr krank, wissen Sie“, murmelte der Arzt. „Die multiple Sklerose.“

„Ich weiß“, antwortete er stoisch.

„Es gibt keine Garantie, daß sie geheilt werden kann. Sie wissen das. Ich halte es für eine ausgezeichnete Idee, sie zur Erde zurückzubringen, und ich finde es sehr lobenswert von Ihnen, daß Sie sie begleiten. Aber vielleicht ist Ihre Mühe umsonst. MS ist eine eigenartige Krankheit. Die Myelinhülle der Nervenfasern verhärtet sich, möglicherweise endet dies in permanenter Paralyse. Wir haben inzwischen nach Jahrzehnten intensiver Forschung zwei Kausalfaktoren isoliert. Auslöser sind ein Mikroorganismus und, was der Hauptfaktor ist, eine Form der Allergie. Die Behandlung besteht aus einer Veränderung des Immunsystems, so daß ...“ Der Arzt sprach weiter, und Herb Asher hörte so gut wie möglich zu. Er kannte all das bereits; Rybys hatte es ihm mehrmals erzählt und ihm die Unterlagen gezeigt, die sie vom MED bekommen hatte. Genauso wie sie war er zu einem Experten geworden, was die Krankheit betraf.

„Kann ich etwas Wasser haben?“ murmelte Rybys und hob ihren Kopf.

Eine Stewardeß brachte Rybys einen Pappbecher Wasser; Elias und Herb halfen ihr beim Aufsitzen, und sie hielt den Becher mit beiden Händen fest. Ihre Arme, ihr Leib, alles an ihr zitterte.

„Es wird nicht mehr lange dauern“, versicherte Herb Asher.

„Jesus“, murmelte Rybys. „Ich glaube nicht, daß ich es schaffen werde. Sag der Stewardeß, daß ich mich wieder übergeben muß; sie soll die Schüssel zurückbringen. Jesus.“ Sie setzte sich kerzengerade hin, und ihr Gesicht war schmerzverzerrt.

Die Stewardeß kniete neben ihr nieder und sagte: „In zwei Stunden geben wir mit den Bremstriebwerken Gegenschub, wenn Sie es also bis dahin aushalten könnten ...“

„Aushalten?“ echote Rybys. „Ich kann noch nicht einmal das, was ich trinke, bei mir behalten. Sind Sie sicher, daß die Cola nicht verdorben war? Danach ist es mir noch schlechter gegangen. Haben Sie kein Ginger Ale? Wenn ich etwas Ginger Ale trinken könnte, müßte ich es eigentlich ...“ Sie fluchte voller Zorn und Wut. „Zum Teufel damit“, sagte sie. „Zum Teufel mit allem. Es ist es nicht wert!“ Sie starrte Herb Asher und dann Elias an.

Jah, dachte Herb Asher. Kannst du nicht etwas unternehmen? Es ist sadistisch, sie auf diese Weise leiden zu lassen.

Eine Stimme erklang in seinen Gedanken. Zuerst begriff er nicht, was sie meinte. Er hörte die Worte, aber sie schienen keinen Sinn zu ergeben. Die Stimme sagte: „Geh mit ihr in den Garten."

In welchen Garten? dachte er.

„Nimm sie bei der Hand."

Herb Asher langte unter ihre Decke und ergriff die Hand seiner Frau.

„Danke", sagte Rybys. Matt drückte sie seine Hand.

Jetzt, wo er sich über sie beugte, sah er das Leuchten ihrer Augen, er sah Räume hinter ihren Augen, als ob er in eine Leere blickte, die von ungeheurer Ausdehnung war. Wo bist du? fragte er sich. Dort in deinem Schädel liegt ein Universum, es unterscheidet sich von diesem Universum, es ist nicht nur ein Spiegelbild, sondern ein anderes Land. Er sah Sterne und Sternhaufen, er sah Galaxien und große Gaswolken, die düster glühten und dennoch im weißen und nicht im rötlichen Licht leuchteten. Wind blies über ihn hinweg, und er hörte etwas rascheln. Blätter oder Äste, dachte er. Vielleicht Pflanzen. Die Luft war warm. Das erstaunte ihn. Es schien frische Luft zu sein, nicht die abgestandene, wiederaufbereitete Atmosphäre des Raumschiffes.

Vögel zwitscherten, und als er aufblickte, entdeckte er blauen Himmel. Er sah Bambus. Das Rascheln entstand, wenn der Wind durch die Bambusrohre strich. Er sah einen Zaun und Kinder. Und gleichzeitig hielt er noch immer die kraftlose Hand seiner Frau. Seltsam, dachte er. Die Luft ist so trocken, als käme sie aus der Wüste. Er sah einen Jungen mit braunen, krausen Haaren – die Haare des Jungen erinnerten ihn an Rybys Haare, bevor sie sie verloren hatte, bevor sie durch die Chemotherapie ausgefallen und verschwunden waren.

Wo bin ich? fragte er sich. In einer Schule?

Neben ihm stand der nervöse Mr. Plaudet und erzählte ihm sinnlose Dinge, die mit den finanziellen Nöten der Schule zu tun hatten, mit den Schulproblemen ... ihn interessierten die Schulprobleme nicht – sein Sohn war es, der ihn interessierte. Der Gehirnschaden seines Sohnes, er wollte alles darüber wissen.

„Ich kann einfach nicht verstehen", gestand Plaudet, „daß man Sie wegen einer Milz zehn Jahre lang in Suspension gehalten hat.

Um Himmels willen, eine Milztransplantation ist doch eine ganz normale, routinemäßige Operation, und eine Milz kann doch jederzeit . . ."

„Welche Gehirnhälfte ist geschädigt?" unterbrach Herb Asher.

„Mr. Tate besitzt alle medizinischen Untersuchungsergebnisse. Aber ich werde von unserem Computer einen Ausdruck anfordern. Manny scheint sich vor Ihnen ein wenig zu fürchten, aber ich vermute, es liegt daran, daß er seinen Vater noch nie gesehen hat."

„Ich werde hier draußen bei ihm bleiben", sagte Herb, „während Sie mir den Ausdruck besorgen. Ich möchte so viel wie möglich über die Schädigung wissen."

„Herb", sagte Rybys.

Verwirrt erkannte er, wo er sich befand – an Bord des United Spaceways XR4-Axialfluges von Fomalhaut ins Solsystem. In zwei Stunden würde die erste Inspektorengruppe der Einwanderungsbehörde das Schiff betreten und mit der Voruntersuchung beginnen.

„Herb", flüsterte seine Frau, „ich habe gerade meinen Sohn gesehen."

„In der Schule", bestätigte Herb, „die er besuchen wird."

„Ich glaube nicht, daß ich zu diesem Zeitpunkt noch leben werde", sagte Rybys. „Ich habe ein Gefühl . . . Er war dort, und du warst dort, auch ein lärmender, kleiner, rattenähnlicher Mann, der ständig schwatzte, aber ich war nicht da. Ich habe mich umgeschaut, ich schaue mich weiter um. Dies alles wird mich wahrhaftig umbringen, aber mein Sohn wird überleben. Das hat er mir gesagt, erinnerst du dich? Jah hat mir gesagt, daß ich in meinem Sohn weiterleben werde. Darum nehme ich an, daß ich sterbe. Ich meine, dieser Körper wird sterben, aber sie werden ihn retten. Bist du dabei gewesen, als Jah dies sagte? Ich kann mich nicht erinnern. Wir waren in einem Garten, nicht wahr? Bambus. Wind wehte. Der Wind sprach zu mir – er schien Stimmen zu besitzen."

„Ja", nickte er.

„Vierzig Tage und vierzig Nächte verbrachten sie draußen in der Wüste. Elijah und dann Jesus. Elias?" Sie sah sich um. „Du hast Heuschrecken und wilden Honig gegessen und die Menschen zur Reue aufgefordert. Du hast König Ahab gesagt, daß es in den nächsten Jahren weder Tau noch Regen geben würde . . . So spricht der Herr. Soweit ich mich erinnere." Sie schloß die Augen.

Sie ist wirklich krank, sagte sich Herb Asher. Aber ich habe ihren Sohn gesehen. Schön und wild und – noch etwas. Furchtsam. Sehr menschlich, dachte er; das war ein menschliches Kind. Vielleicht spielt sich das alles nur in unseren Köpfen ab. Vielleicht haben die Clems unsere Wahrnehmungen manipuliert, so daß wir Dinge glauben, sehen und erleben, die nicht wirklich sind. Ich gebe es auf, dachte er. Ich weiß es einfach nicht.

Es hat etwas mit der Zeit zu tun. Es scheint die Zeit transformieren zu können. In dem einen Moment bin ich hier auf dem Schiff, im anderen Moment im Garten mit dem Kind und den anderen Kindern, viele Jahre in der Zukunft. Welche Zeit ist richtig? fragte er sich. Bin ich hier auf diesem Schiff oder wieder in der Kuppel vor meiner Begegnung mit Rybys, oder bin ich nach ihrem Tod bei Emmanuel in der Schule? Und ich habe mich viele Jahre lang in kryonischer Suspension befunden. Es ist oder war oder wird wegen meiner Milz sein. Hat man auf mich geschossen? überlegte er. Rybys starb an ihrer Krankheit, aber woran bin ich gestorben? Und was geschah oder was wird mit Elias geschehen?

Elias beugte sich zu ihm hinunter. „Ich muß mit dir reden." Er winkte Herb Asher von Rybys und den anderen Passagieren fort. „Wir sollten Jah nicht mehr erwähnen. Wir werden von jetzt an das Wort ‚Jehova' verwenden. Das Wort entstand 1530; wir können es unbesorgt benutzen. Du kennst unsere Situation. Die Einwanderungsbehörde wird versuchen, unsere Gedanken mit psychotronischen Abhörgeräten aufzuzeichnen, aber Jehova wird unser Bewußtsein verschließen, und sie werden wenig oder nichts erfahren. Aber dies läßt sich nicht mit Sicherheit voraussagen. Jehovas Macht wird von jetzt an schwächer. Die Zone Belials ist nicht mehr weit."

„In Ordnung." Er nickte.

„Du weißt es also."

„Und noch sehr viel mehr." Von Elias und von Rybys hatte er einiges erfahren – und mehr noch von Jehova, der im Schlaf, in lebhaften Träumen zu ihm gesprochen hatte. Jehova hatte ihnen alles beigebracht – sie würden wissen, wie sie sich verhalten mußten.

„Er ist mit uns", fuhr Elias fort, „und er kann uns aus Rybys Bauch Ratschläge geben. Aber es gibt immer die Möglichkeit, daß hochentwickelte elektronische Überwachungs- und Kontrollanlagen seine Impulse empfangen. Er wird nur selten zu uns sprechen." Nach einer Pause fügte er hinzu: „Wenn überhaupt."

„Eine seltsame Vorstellung", murmelte Herb Asher. „Ich frage mich, wie die Behörden reagieren, wenn ihre Spionagecomputer die Gedanken Gottes aufnehmen."

„Nun", meinte Elias, „sie würden nicht erkennen, um was es sich dabei handelt. Ich kenne die Regierungen der Erde, ich habe viertausend Jahre lang mit ihnen zu tun gehabt, in jeder Situation, in jedem Land, in jedem Krieg. Ich war bei Graf Egmont in den holländischen Befreiungskriegen, im Dreißigjährigen Krieg; ich war zugegen an dem Tag, an dem er hingerichtet wurde. Ich kannte Beethoven . . . aber vielleicht ist ‚kennen' nicht das richtige Wort."

„Du bist Beethoven gewesen", sagte Herb Asher.

„Ein Teil meiner Seele kehrte zur Erde und zu ihm zurück", bestätigte Elias.

Heftig und wild, dachte Herb. Leidenschaftlich für die Sache der menschlichen Freiheit eintretend. Hand in Hand mit seinem Freund Goethe schürte er das Feuer der deutschen Aufklärung. „Wer bist du noch gewesen?" fragte er.

„Viele Menschen der Geschichte."

„Tom Paine?"

„Wir bereiteten die amerikanische Revolution vor", sagte Elias. „Wir waren eine Gruppe. Einst waren wir die Freunde Gottes und 1915 die Bruderschaft der Rosenkreuzer . . . Ich war Jakob Boehme, aber vermutlich hast du noch nichts von ihm gehört. Meine Seele wohnt nicht allein in einem Menschen; es handelt sich nicht um Inkarnation. Ein Teil meiner Seele kehrt zur Erde zurück, um sich mit einem von Gott auserwählten Menschen zu verbinden. Derartige Menschen gibt es immer, und ich bin in ihnen. Martin Buber gehörte zu diesen Menschen. Gott nahm seine edle Seele zu sich. Dieser liebe und freundliche Mann. Auch die Araber legten Blumen auf sein Grab. Selbst die Araber liebten ihn." Elias schwieg eine Weile. „Einige der Menschen, zu denen ich meine Seele schickte, waren bessere Menschen als ich. Aber ich besitze die Fähigkeit zur Rückkehr. Gott hat sie mir verliehen, um . . . nun, um Israels willen. Ein Hauch Unsterblichkeit für das liebste aller Völker. Weißt du, Herb, Gott bot die Thora, so wird gesagt, in uralten Zeiten allen Völkern der Welt an, bevor er sie den Juden anbot, und jede Nation lehnte sie aus dem einen oder anderen

Grund ab. Die Thora sagte: ‚Du sollst nicht töten‘. Damit konnten viele nicht leben – sie wollten, daß Religion und Moral voneinander getrennt bleiben sollten, sie wollten nicht, daß die Religion ihren Wünschen Fesseln anlegte. Schließlich bot Gott sie den Juden an, die sie akzeptierten."

„Die Thora ist das Gesetz?" fragte Herb.

„Es ist mehr als ein Gesetz. Das Wort ‚Gesetz‘ ist unzulänglich. Auch wenn das Neue Testament der Christen stets das Wort ‚Gesetz‘ für Thora benutzt. Thora ist die Gesamtheit der göttlichen Enthüllung ohne Gott. Sie ist lebendig. Sie existierte vor der Schöpfung. Es ist eine mystische, fast kosmische Entität. Die Thora ist das Werkzeug des Schöpfers. Mit ihr schuf er das Universum, und er schuf das Universum für die Thora. Es ist die höchste Idee und die lebendige Seele der Welt. Ohne sie könnte die Welt nicht existieren und hätte auch kein Recht auf Existenz gehabt. Ich zitiere den großen hebräischen Poeten Hayyim Nahman Bialik, der vom Ende des neunzehnten bis Mitte des zwanzigsten Jahrhunderts gelebt hat. Du solltest ihn irgendwann einmal lesen."

„Kannst du mir noch mehr über die Thora sagen?"

„Resh Lakish sagte: ‚Wer reinen Herzens ist, für den wird die Thora eine lebensspendende Medizin, die ihn läutert und leben läßt. Aber wer nicht reinen Herzens ist, für den wird sie eine tödliche Droge, die ihn läutert und sterben läßt.‘"

Die beiden Männer schwiegen eine Weile.

„Ich werde dir noch etwas sagen", fuhr Elias fort. „Ein Mann kam zum großen Rabbi Hillel – er lebte im ersten Jahrhundert A.Z. – und sprach: ‚Ich werde Proselyt unter der Bedingung, daß du mich die gesamte Thora lehrst, während ich auf einem Bein stehe.‘ Hillel antwortete: ‚All das, was du verabscheust, füge nicht deinem Nächsten zu. Das ist die gesamte Thora. Der Rest ist nur Kommentar – geh und lerne es.‘" Er lächelte Herb Asher an.

„Steht das Gebot tatsächlich in der Thora?" fragte Herb Asher. „In den ersten fünf Büchern der Bibel?"

„Ja. Levitikus neunzehn, achtzehn. Gott sagt: ‚Du sollst deinen Nächsten lieben wie dich selbst.‘ Das wußtest du doch, oder? Es galt bereits fast zweitausend Jahre vor Jesus."

„Dann entstammt die goldene Regel dem Judaismus", bemerkte Herb.

„Ja, und zwar dem frühen Judaismus. Die Regel wurde den Menschen von Gott selbst gegeben."

„Ich habe eine Menge zu lernen", stellte Herb fest.

„Lies", riet Elias. „‚*Cape, lege*', lauten die beiden Worte, die Augustinus hörte. Der lateinische Ausdruck für ‚Nimm, lies'. Handle danach, Herb. Nimm das Buch und lies es. Es ist für dich da. *Es lebt.*"

Auf der Reise enthüllte Elias ihm weitere verblüffende Aspekte der Thora, Eigenschaften, die nur wenigen Menschen bekannt waren.

„Ich sage dir diese Dinge", erklärte Elias, „weil ich dir vertraue. Achte sorgfältig darauf, wem du sie mitteilst."

Vier Möglichkeiten gab es, die Thora zu lesen, und die vierte war das Studium seiner versteckten, geheimsten Seite. Als Gott sagte: „Es werde Licht", meinte er das Mysterium, das in der Thora leuchtete. Es war das verborgene ursprüngliche Licht der Schöpfung, das von solcher Reinheit war, daß es von Sterblichen nicht verdorben werden konnte – so verschloß Gott es im Herzen der Thora. Es war ein unerschöpfliches Licht und verwandt mit den göttlichen Funken, an die die Gnostiker geglaubt haben. Es waren Fragmente der Gottheit, die durch die Schöpfung verstreut und – unglücklicherweise – in materiellen Hüllen, in physikalischen Körpern, eingeschlossen worden waren.

Am interessantesten war, daß einige mittelalterliche Mystiker glaubten, daß 600.000 Juden aus Ägypten ausgezogen seien und am Berg Sinai die Thora erhalten hätten. In jeder folgenden Generation durchliefen diese 600.000 Seelen ihre Reinkarnation und lebten auf diese Art und Weise weiter. Jede Seele – oder jeder Funken – steht auf unterschiedliche Weise mit der Thora in Verbindung; deshalb existieren 600.000 verschiedene, einzigartige Auslegungen der Thora. Das Konzept ist: Für jede dieser 600.000 Personen ist die Thora anders, jede Person besitzt ihren eigenen Buchstaben in der Thora, mit der ihre Seele verbunden ist. Deshalb gibt es in gewisser Hinsicht 600.000 Thoravarianten.

Zudem existieren drei Äonen oder Epochen; die erste ist das Zeitalter der Gnade, die zweite oder gegenwärtige ist das Zeitalter des strengen Gerichts und der Beschränkung, und die letzte, die bevorstehende, ist die des Glücks. Für jedes dieser drei Zeitalter existiert eine eigene Thora. Und dennoch gibt es nur eine Thora.

Eine ursprüngliche oder Matrix-Thora existiert, in der es weder eine Interpunktion noch eine Trennung der einzelnen Worte gibt – tatsächlich sind alle Buchstaben durcheinandergewürfelt. In jedem dieser drei Zeitalter bilden die Buchstaben im Lauf der Ereignisse verschiedene Worte.

Das derzeitige Zeitalter, das des strengen Gerichts und der Beschränkung, erklärte Elias, wird von der Tatsache beeinträchtigt, daß in der jetzigen Thora einer der Buchstaben defekt ist, und zwar der Konsonant *shin.* Dieses Schriftzeichen wurde stets mit drei Zacken geschrieben, obwohl es vier hätte haben müssen. Deshalb ist die für dieses Zeitalter gültige Thora defekt. Eine andere Ansicht unter den mittelalterlichen jüdischen Mystikern war, daß in Wirklichkeit in unserem Alphabet ein Buchstabe fehlt. Deshalb beinhaltet unsere Thora sowohl negative als auch positive Gesetze. Im nächsten Äon wird der fehlende oder unsichtbare Buchstabe wieder hinzugefügt und jedes negative Gebot in der Thora verschwinden. Demnach wird dieses nächste Äon oder, wie es im Hebräischen heißt, das nächste *shemittah,* keine dem Menschen auferlegten Verbote beinhalten – Freiheit wird anstelle des strengen Gerichts und der Beschränkung treten.

Dieser Auffassung entstammt die Vorstellung (sagte Elias), daß es unsichtbare Teile der Thora gibt – Teile, die im Augenblick noch für uns unsichtbar sind, aber im zukünftigen Messianischen Zeitalter sichtbar werden.

Der kosmische Zyklus wird dieses Zeitalter unvermeidlich gebären; es wird das nächste *shemittah* werden, das dem ersten sehr ähnlich ist; die Thora wird sich wieder aus seiner durcheinandergewürfelten Matrix neu bilden.

Es erinnert an einen Computer, dachte Herb Asher. Das Universum ist programmiert – und wird dann sorgfältiger neu programmiert. Phantastisch.

Zwei Stunden später legte ein Schiff der Regierung an ihrem Raumschiff an. Nach einer Weile tauchten die Agenten der Einwanderungsbehörde auf und begannen mit ihrer Inspektion. Und mit ihren Vernehmungen.

Furchterfüllt preßte Herb Asher Rybys an sich und saß so nah wie möglich bei Elias, um aus der Anwesenheit des älteren Mannes Kraft zu schöpfen. „Sag mir, Elias“, bat Herb leise, „was ist das

Schönste, was du über Gott weißt?“ Sein Herz klopfte heftig, er konnte nur noch mühsam atmen.

„In Ordnung“, nickte Elias. „Rabbi Judah sagte, indem er Rav zitierte:

> „‚Der Tag besteht aus zwölf Stunden. In den ersten drei Stunden beschäftigt sich der Heilige (Gott), gelobt sei Er, mit dem Studium der Thora. In den zweiten drei Stunden sitzt Er zu Gericht über Seine gesamte Welt. Wenn Er erkennt, daß die Welt ihre Vernichtung verdient hat, erhebt Er sich vom Thron des Richters, um auf dem Thron der Gnade Platz zu nehmen. In den dritten drei Stunden speist Er die gesamte Welt, vom größten Tier bis hinunter zur Maus. In den vierten drei Stunden vertreibt Er sich die Zeit mit dem Leviathan, wie es geschrieben steht: ‚Leviathan, den du gemacht hast, damit zu spielen‘ (Ps. 104:26) . . . In den vierten drei Stunden (nach anderen Quellen) lehrt Er Schulkinder.‘“

„Danke“, sagte Herb Asher. Drei Einwanderungsbeamte mit hellen, schmucken Uniformen und Waffen in den Händen näherten sich ihnen.

„Selbst Gott“, erklärte Elias, „benutzt die Thora als Formel und Blaupause für das Universum.“ Ein Einwanderungsbeamter streckte die Hand nach Elias’ Papieren aus; der alte Mann reichte ihm das Bündel Dokumente.

„Sie sind Elias Tate“, stellte der ranghöchste Beamte fest, während er die Papiere studierte. „Aus welchem Grund kehren Sie in das Solsystem zurück?“

„Diese Frau ist sehr krank“, antwortete Elias. „Sie wird in das Marinekrankenhaus in . . .“

„Ich fragte nach Ihrem Grund, nicht nach den Gründen der Frau.“ Er sah auf Herb Asher hinab. „Wer sind Sie?“

„Ich bin ihr Mann“, erklärte Herb. Er händigte ihm seinen Ausweis, die Passierscheine und die anderen Dokumente aus.

„Besitzt sie eine Bescheinigung, daß ihre Krankheit nicht ansteckend ist?“ fragte der ranghöchste Einwanderungsbeamte.

„Sie leidet an multipler Sklerose“, erwiderte Herb, „und das ist nicht . . .“

„Ich habe Sie nicht gefragt, was sie hat, ich habe gefragt, ob es ansteckend ist."

„Ich sagte es bereits", konterte er. „Ich habe Ihre Frage beantwortet."

„Stehen Sie auf."

Er erhob sich.

„Folgen Sie mir." Der ranghöchste Beamte bedeutete Herb Asher mit einem Wink, ihm durch den Gang zu folgen. Elias machte Anstalten, ihm zu folgen, aber der Beamte schubste ihn zurück. „Sie nicht."

Herb Asher folgte dem Einwanderungsbeamten durch den Gang bis zum Heck des Schiffes. Keiner der anderen Passagiere war aufgestanden – er war als einziger ausgesucht worden.

In einer kleinen Kabine mit der Aufschrift NUR FÜR MANNSCHAFTSMITGLIEDER baute sich der Einwanderungsbeamte vor Herb Asher auf und starrte ihn schweigend an – die Augen des Mannes traten hervor, als ob er das, was gesagt werden mußte, nicht sagen konnte. Zeit verging. Was, zum Teufel, macht der da? fragte sich Herb Asher. Schweigen. Der wütende Blick wich nicht von ihm.

„In Ordnung", sagte der Einwanderungsbeamte. „Ich gebe auf. Aus *welchem* Grund kehren Sie zur Erde zurück?"

„Ich habe es Ihnen bereits gesagt."

„Ist sie wirklich krank?"

„Sehr. Sie stirbt."

„Dann ist sie zu krank für eine derartige Reise. Das ergibt keinen Sinn."

„Nur auf der Erde gibt es die Einrichtungen, um . . ."

„Sie unterliegen *jetzt* dem irdischen Gesetz", unterbrach der Einwanderungsbeamte. „Wollen Sie die Zeit damit verschwenden, einem Bundesbeamten falsche Informationen zu geben? Ich schikke Sie nach Fomalhaut zurück. Sie alle drei. Ich habe keine Zeit mehr. Kehren Sie zu Ihrem Platz zurück, und bleiben Sie dort, bis Sie weitere Anweisungen erhalten."

Eine Stimme, eine neutrale, leidenschaftslose Stimme, weder männlich noch weiblich, eine Art perfekte Mitteilung, erklang in Herb Ashers Kopf. „Im Bethesda will man ihre Krankheit untersuchen."

Der Beamte fuhr sichtlich zusammen. Er musterte ihn.

„Im Bethesda“, erklärte er, „will man ihre Krankheit untersuchen.“

„Untersuchen?“

„Es handelt sich um einen Mikroorganismus.“

„Sie sagten, es sei nicht ansteckend.“

Die neutrale Stimme sagte: „Nicht in diesem Stadium.“

„Nicht in diesem Stadium“, wiederholte er laut.

„Befürchtet man eine Epidemie?“ fragte der Einwanderungsbeamte abrupt.

Herb Asher nickte.

„Kehren Sie zu Ihrem Platz zurück.“ Gereizt winkte ihn der Beamte davon. „Dafür bin ich nicht zuständig. Haben Sie ein rosa Formular, Formular 368? Vorschriftsmäßig ausgefüllt und von einem Arzt unterschrieben?“

„Ja.“ Es stimmte.

„Sind Sie oder der alte Mann, der Sie begleitet, infiziert?“

Die Stimme in seinem Kopf sagte: „Nur im Bethesda kann das festgestellt werden.“ Plötzlich sah er deutlich vor seinem inneren Auge die Person, deren Stimme er hörte; er sah in Gedanken ein weibliches Gesicht, ein sanftes, aber gleichzeitig energisches Antlitz. Eine Metallmaske, die das Gesicht bedeckt hatte, war zurückgeschoben worden und enthüllte weise, leidenschaftslose Augen, ein wunderschönes klassisches Gesicht, das an das der Athene erinnerte. Er war vollkommen überrascht. Dies konnte nicht Jahwe sein. Dies war eine Frau. Aber anders als jede Frau, der er bisher begegnet war. Er kannte sie nicht. Er wußte nicht, wer sie war. Ihre Stimme war nicht Jahs Stimme, und dies konnte nicht Jahs Gesicht sein. Er wußte nicht, was er davon halten sollte. Er war zutiefst erschüttert. Wer hatte die Aufgabe übernommen, ihm zu helfen?

„Nur im Bethesda kann das festgestellt werden“, stieß er hervor.

Der Einwanderungsbeamte zögerte. Seine anfängliche Barschheit war gewichen.

Die weibliche Stimme flüsterte erneut, und dieses Mal sah er vor seinem inneren Auge, wie sich ihre Lippen bewegten. „Es darf keine Zeit vergeudet werden.“

„Es darf keine Zeit vergeudet werden“, wiederholte Herb Asher. Seine Stimme klang heiser.

„Sollte man Sie nicht unter Quarantäne stellen? Sie dürfen auf keinen Fall weiter Kontakt mit anderen Menschen haben. Diese anderen Passagiere ... Wir sollten Sie besser an Bord eines Spezialschiffes bringen. Ich kann das veranlassen. Es ist vielleicht besser ... Wir könnten sie so schneller ins Hospital bringen."

„In Ordnung", sagte er nüchtern.

„Ich werde anrufen", erklärte der Einwanderungsbeamte. „Wie heißt dieser Mikroorganismus? Handelt es sich dabei um einen Virus?"

„Die Nervenfasern ..."

„Schon gut. Kehren Sie an Ihren Platz zurück. Warten Sie." Der Einwanderungsbeamte folgte ihm. „Ich weiß nicht, wer den Einfall gehabt hat, Sie mit einem Passagierschiff hierherzubringen, aber Sie werden es unverzüglich verlassen. Es gibt strenge Bestimmungen, die nicht beachtet worden sind. Im Bethesda erwartet man Sie? Soll ich anrufen und Ihre Ankunft melden, oder ist bereits alles vorbereitet?"

„Sie wird dort schon erwartet." Dies stimmte. Alle Vorbereitungen waren getroffen worden.

„Es ist wirklich verrückt", erklärte der Einwanderungsbeamte, „Sie an Bord eines Passagierschiffes zu nehmen. Auf Fomalhaut hätte man es besser wissen müssen."

„CY30-CY30B", korrigierte Herb Asher.

„Wie dem auch sei, ich möchte nichts damit zu tun haben. Ein derartiger Fehler ..." Der Einwanderungsbeamte fluchte. „Irgendein armer Narr auf Fomalhaut hat sich vermutlich gedacht, so dem Steuerzahler ein paar Mäuse zu ersparen ... Nehmen Sie Ihren Platz ein, und ich werde dafür sorgen, daß man Sie benachrichtigt, wenn Ihr Schiff bereitsteht. Es sollte ... Jesus."

Zitternd kehrte Herb Asher an seinen Platz zurück.

Elias sah ihm entgegen. Rybys lag mit geschlossenen Augen da; sie kümmerte sich nicht um das, was geschah.

„Ich möchte dir eine Frage stellen", wandte sich Herb an Elias. „Hast du jemals Laphroaig Scotch probiert?"

„Nein", gestand Elias verwirrt.

„Er ist der beste Scotch überhaupt", erklärte Herb. „Zehn Jahre alt und sehr teuer. Die Branntweinbrennerei wurde 1815 eröffnet. Sie verwenden die traditionellen Destillierapparate aus Kupfer. Die Destillation erfolgt in zwei Etappen ..."

„Was ist dort hinten geschehen?" fragte Elias.

„Laß mich ausreden. Laphroaig ist gälisch und bedeutet ‚das wundervolle Tal an der breiten Bucht'. Er wird auf Islay, einer der westlichen Inseln Schottlands, gebrannt. Gemalzene Gerste – sie trocknen sie auf einer Darre über einem Torffeuer, über einem richtigen Torffeuer. Er ist der einzige Scotch, der heute noch auf diese Weise hergestellt wird. Den Torf gibt es nur auf der Islay-Insel. Er reift dann in Eichenfässern. Der Scotch ist einfach unbeschreiblich. Er ist der beste Whiskey der Welt. Er ..." Asher verstummte.

Ein Einwanderungsbeamter näherte sich ihnen. „Ihr Schiff wartet, Mr. Asher. Kommen Sie mit. Kann Ihre Frau gehen? Brauchen Sie Hilfe?"

„Schon?" Es verschlug ihm fast die Sprache. Und dann wurde ihm klar, daß das Schiff die ganze Zeit über bereits gewartet hatte. Die Einwanderungsbehörde war routinemäßig darauf vorbereitet, mit Notfällen fertig zu werden. Besonders mit derartigen Situationen. Oder eher mit dem, für das sie diese Situation hielt.

„Wer trägt eine Metallmaske?" fragte Herb Elias, als er die Decke von Rybys zog. „Über das Haar hochgeschoben. Und sie hat eine kräftige Nase, eine sehr ausdrucksstarke Nase – nun, lassen wir das. Geh mir zur Hand." Gemeinsam halfen er und Elias Rybys auf die Beine. Der Einwanderungsbeamte sah mitfühlend zu.

„Ich weiß es nicht", sagte Elias.

„Es gibt noch jemand anders", bemerkte Herb, während sie Rybys Schritt für Schritt durch den Gang führten.

„Ich werde mich gleich übergeben", sagte Rybys matt.

„Reiß dich zusammen", bat Herb Asher. „Wir sind gleich da."

Meister Depp benachrichtigte Kardinal Fulton Statler Harms und den Prokurator Maximus, dann druckte er allen staatlichen Führungskräften die folgende rätselhafte Erklärung aus:

> AUF DIE STANDARTE DER FÜNFZIG SOLLTEN SIE SCHREIBEN: GEBROCHEN IST DER WIDERSTAND DER STARRSINNIGEN DURCH DIE GROSSE MACHT GOTTES, UND HINZUFÜGEN SOLLTEN SIE DIE NAMEN DER ANFÜHRER DER FÜNFZIG UND IHRER ZEHN. WENN SIE HINAUSZIEHEN IN DIE SCHLACHT, DANN

SOLLEN SIE AUF IHRE BANNER SCHREIBEN WPSOX, UM EINE VOLLSTÄNDIGE FRONT ZU BILDEN. DIE LINIE SOLL AUS TAUSEND MÄNNERN MÄNNERN MÄNNERN MÄNNERN MÄNNERN MÄNNERN BESTEHEN, UND JEDE FRONTLINIE SOLL SIEBEN SIEBEN SIEBEN TIEF SEIN UND EIN MANN HINTER DEM ANDEREN STEHEN STOP WIEDERHOLEN ALLE SOLLEN SCHILDE AUS POLIERTER BRONZE TRAGEN WIEDERHOLEN BRONZE DIE AN SPIEGEL ERINNERT DIESE SCHILDE

Damit endete die Nachricht. Binnen Minuten schwärmten Techniker über das KI-System aus.

Ihr Urteil: Das KI-System würde für eine Zeitlang abgeschaltet werden müssen. Ein grundlegender Fehler hatte sich eingeschlichen. Die letzte zusammenhängende und verständliche Information, die es übermittelt hatte, war die Nachricht, daß die schwangere Frau Rybys Rommey-Asher, ihr Mann, Herb Asher, und ihr Begleiter, Elias Tate, von der Einwanderungsbehörde am Ring III überprüft und von einem Axial-Passagierschiff auf ein regierungseigenes Schnellschiff geschafft worden waren, dessen Ziele Washington D. C. war.

Kardinal Harms stand an seinem erloschenen Terminal und dachte: Man hat einen Fehler gemacht. Die Einwanderungsbehörde sollte sie abfangen und nicht ihre Flucht unterstützen. Es ergibt nicht den geringsten Sinn. Und nun haben wir unsere primäre datenverarbeitende Entität verloren, von der wir vollkommen abhängig sind.

Er rief den Prokurator Maximus an und erhielt von einem Untergebenen die Auskunft, daß der Prokurator zu Bett gegangen war.

Dieser Hurensohn, sagte sich Harms. Dieser Idiot. Wir haben nur noch eine Station, auf der wir sie abfangen können: die Einwanderungsbehörde selbst in Washington D. C. Und da sie schon so weit gekommen sind ... Großer Gott, dachte er. Das Monstrum benutzt seine paranormalen Kräfte!

Erneut rief er den Prokurator Maximus an. „Ist Galina erreichbar?“ fragte er, aber er wußte, daß es hoffnungslos war. Bulkowsky hatte aufgegeben.

„Mrs. Bulkowsky?“ wiederholte der WL-Beamte ungläubig. „Natürlich nicht.“

„Ihr Generalstab? Einer Ihrer Marschälle?“

„Der Prokurator wird zurückrufen“, informierte ihn der WL-Funktionär, offensichtlich hatte Bulkowsky Anweisung gegeben, ihn nicht zu stören.

Jesus! dachte Harms, als er mit einem Schlag die Verbindung unterbrach. Der Bildschirm wurde dunkel.

Irgend etwas ist schiefgegangen, erkannte Harms. Sie hätten niemals so weit kommen dürfen, *und Meister Depp wußte dies*. Das KI-System war buchstäblich verrückt geworden. Dies war kein technischer Zusammenbruch, wurde ihm klar – dies war eine psychotische Fuge. Meister Depp durchschaute etwas, ohne dies mitteilen zu können. Oder hatte es das KI-System mitgeteilt?

Er setzte sich mit dem leistungsfähigsten verbliebenen Computer in Verbindung, jenem vom Cal Tech. Nachdem er ihm das rätselhafte Material übermittelt hatte, wies er ihn an, das Material zu identifizieren.

Fünf Minuten später lieferte der Cal-Tech-Computer das Ergebnis.

> QUMRAN-SCHRIFTROLLE „DER KRIEG DER SÖHNE DES LICHTS UND DER SÖHNE DER DUNKELHEIT“. QUELLE: JÜDISCHE ASKETISCHE SEKTE DER ESSENER

Seltsam, dachte Harms. Er war über die Essener informiert. Viele Theologen hatten spekuliert, daß Jesus ein Essener war, und sicherlich gab es keinen Zweifel, daß es sich bei Johannes dem Täufer um einen Essener gehandelt hatte. Die Sekte hatte das baldige Ende der Welt durch die Schlacht von Armageddon erwartet, die noch im ersten Jahrhundert A.Z. hatte stattfinden sollen. Die Sekte wies starke zoroastrische Einflüsse auf.

Er dachte an Johannes den Täufer. Von Christus auserwählt, damit Elijah zurückkehrte, wie es Jehova in Malachias versprochen hatte:

> Siehe, ich will euch senden den Propheten Elia, ehe da komme der große und schreckliche Tag des HERRN. Der soll das Herz der Väter bekehren zu den Söhnen und das Herz der Söhne zu ihren Vätern, auf daß ich nicht komme und das Erdreich mit dem Bann schlage.

Der letzte Vers des Alten Testaments, mit dem das Alte Testament endete und das Neue Testament begann.

Armageddon, grübelte er. Die Entscheidungsschlacht zwischen den Söhnen der Dunkelheit und den Söhnen des Lichtes. Zwischen Jehova und – wie hatten die Essener die böse Macht genannt? Belial. So hieß sie. Das war ihre Bezeichnung für Satan gewesen. Belial würde die Söhne der Dunkelheit anführen, Jehova die Söhne des Lichtes. Dies würde die siebte Schlacht sein.

Sechs Schlachten wird es geben, von denen drei die Söhne des Lichtes und drei die Söhne der Dunkelheit gewinnen. Aber dann wird Jehova selbst die Führung übernehmen und den Knoten zerschlagen.

Das Monstrum in ihrem Bauch ist Belial, erkannte Kardinal Harms. Er ist zurückgekehrt, um uns zu unterwerfen. Um Jehova zu unterwerfen, dem wir dienen.

Die Göttliche Macht selbst befindet sich nun in Gefahr, sagte er sich, und er empfand großen Zorn.

Dem Kardinal schien es, daß dieser Zeitpunkt nach Meditation und Gebet verlangte. Und nach einer Strategie, mit dem sich die Invasoren vernichten ließen, wenn sie Washington D. C. erreichten.

Hätte doch nur Meister Depp nicht versagt!

Düster machte er sich auf den Weg in seine Privatkapelle.

9

Der Prokurator sagte: „Wir werden ihr Schiff zerstören. Das ist kein großes Problem. Es wird einen Unfall geben; alle drei – vier, wenn man den Fötus miteinbezieht – werden sterben." Für ihn schien dies eine einfache Sache zu sein.

Am anderen Ende der Verbindung entgegnete Kardinal Harms: „Sie werden davonkommen. Fragen Sie mich nicht, wie." Seine düstere Stimmung war nicht gewichen.

„Sie haben die Befehlsgewalt in Washington D. C.", erinnerte der Prokurator. „Geben Sie den Befehl, ihr Schiff zu vernichten – *geben Sie den Befehl sofort.*"

„Sofort" war acht Stunden später. Acht kostbare Stunden, die der Prokurator friedlich verschlafen hatte. Kardinal Harms starrte seinen Mitregenten an. Oder, dachte er plötzlich, hat Bulkowsky nach einer Lösung für dieses Problem gesucht? Vielleicht hat er überhaupt nicht geschlafen. Diese Entscheidung deutete auf Galina hin. Sie hatten sich beraten, sie arbeiteten als Team.

„Was für eine abgedroschene Lösung", tadelte er. „Ihre typische Antwort ist ein Sprengkopf."

„Mrs. Bulkowsky gefällt sie", entgegnete der Prokurator.

„Sie sind doch nicht etwa die ganze Nacht aufgewesen, nur um *das* zu beschließen?"

„Wir sind nicht aufgewesen. Ich habe tief geschlafen, obwohl Galina seltsame Träume hatte. Einen davon halte ich für . . . nun, er ist es wert, erzählt zu werden. Möchten Sie Galinas Traum hören? Ich würde gern Ihre Meinung dazu hören, denn er scheint religiöse Untertöne zu haben."

„Schießen Sie los", sagte Harms.

„Ein großer weißer Fisch treibt im Meer. Nahe der Oberfläche, einem Wal ähnlich. Er schwimmt auf uns zu – ich meine, auf Galina. Es gibt eine Reihe mit Schleusen versehener Kanäle. Der große weiße Fisch findet nur unter ärgsten Schwierigkeiten seinen Weg durch das Kanalsystem. Schließlich wird er gefangen, weit vom Meer entfernt, in der Nähe der Leute, die ihn beobachten. Er hat es absichtlich getan, er wollte sich den Leuten zum Essen anbieten. Man holt eine Metallsäge herbei, eine von diesen Sägen, die zwei Männer bedienen müssen und mit denen die Holzfäller früher Bäume gefällt haben. Galina sagte, daß die Zähne der Säge schrecklich waren. Die Leute beginnen Stücke aus dem Fleisch des großen Fisches zu sägen, obwohl er noch immer lebt. Sie sägen ein Stück nach dem anderen aus dem lebendigen Fleisch des großen weißen Fisches, der so freundlich ist. Im Traum denkt Galina: ‚Dies ist falsch. Wir quälen den Fisch viel zu sehr.'" Bulkowsky schwieg einen Moment. „Nun? Was halten Sie davon?"

„Der Fisch ist Christus", erklärte Kardinal Harms, „der sein Fleisch dem Menschen anbietet, damit der Mensch das ewige Leben erhält."

„Das ist schön und gut, aber es ist dem Fisch gegenüber ungerecht. Sie sagte, daß es falsch war. Auch wenn der Fisch sich selbst angeboten hat. Seine Schmerzen waren zu groß. O ja, im Traum dachte sie: ‚Wir müssen etwas anderes zum Essen finden, damit der große Fisch nicht leidet.‘ Und dann gab es einige undeutliche Episoden, in denen sie in einen Kühlschrank geschaut hat. Sie sah einen Wasserkrug, einen Krug, der in Stroh oder Ried oder etwas Ähnlichem eingewickelt war . . . und einen rosa Nahrungswürfel, der wie ein Würfel Butter aussah. Worte standen auf der Verpackung, aber sie konnte sie nicht lesen. Der Kühlschrank war Gemeinschaftsbesitz einer kleinen Siedlung in einem abgelegenen Gebiet. Nun, es funktionierte so, daß dieser Wasserkrug und dieser rosa Würfel der ganzen Kolonie gehörten und daß man nur etwas aß und von dem Wasser trank, wenn man seine Todesstunde nahen fühlte.“

„Was hat das Wasser . . .“

„Wenn man es trank, kehrte man später wieder zurück. Wiedergeburt.“

„Dann ist dies die Hostie“, sagte Harms. „Der geweihte Wein und die Oblate. Das Blut und der Leib unseres Herrn. Die Nahrung des ewigen Lebens. ‚Dies ist mein Leib. Nimm . . .‘ “

„Die Siedlung schien in einer völlig anderen Zeit zu existieren. Weit in der Vergangenheit. In der Antike.“

„Interessant“, brummte Harms, „aber wir sehen uns noch immer dem Problem gegenüber, was wir mit dem Monster-Baby machen.“

„Wie ich schon sagte“, erwiderte der Prokurator, „werden wir einen Unfall arrangieren. Ihr Schiff wird Washington D. C. nicht erreichen. Wann genau trifft es ein? Wieviel Zeit haben wir noch?“

„Einen Moment.“ Harms betätigte einige Schalter an dem Kontrollpult des kleinen Computerterminals. „Jesus!“ entfuhr es ihm.

„Was ist los? Es dauert nur Sekunden, eine kleine Rakete abzufeuern. Wir haben einige in diesem Gebiet stationiert.“

„Ihr Schiff ist gelandet“, sagte Harms. „Während Sie geschlafen haben. Sie werden bereits von der Einwanderungsbehörde in Washington D. C. abgefertigt.“

„Schlaf ist normal“, verteidigte sich der Prokurator.

„Das Monstrum hat Sie zum Einschlafen gebracht.“

„Ich habe während meines ganzen Lebens geschlafen!“ Wütend fügte der Prokurator hinzu: „Ich bin hier, um mich zu erholen; um meine Gesundheit steht es schlecht.“

„Das bezweifle ich“, knurrte Harms.

„Setzen Sie sich unverzüglich mit der Einwanderungsbehörde in Verbindung, damit man sie festhält. *Sofort.*“

Harms legte auf und wählte die Einwanderungsbehörde. Ich werde mir diese Frau, diese Rybys Rommey-Asher, packen und ihr das Genick brechen, sagte er sich. Ich werde sie in kleine Stücke hacken und ihren Fötus gleich mit. Ich werde sie alle zerhacken und sie an die Tiere im Zoo verfüttern.

Überrascht fragte er sich: Habe ich das gedacht? Die Grausamkeit seiner Entscheidung verblüffte ihn. Ich hasse sie wirklich, erkannte er. Ich bin rasend vor Wut. Ich bin wütend auf Bulkowsky, daß er mitten in der Krise acht volle Stunden mit Schlafen verschwendet hat – hätte ich die Macht, würde ich auch ihn in Stücke hacken.

Als er den Direktor der Einwanderungsbehörde von Washington D. C. am Apparat hatte, fragte er zuerst, ob die Frau Rybys Rommey-Asher, ihr Mann und Elias Tate noch immer dort waren.

„Ich werde das überprüfen, Eure Eminenz“, versprach der Behördenleiter. Eine Pause folgte, eine sehr lange Pause. Harms zählte die Sekunden, fluchte und betete abwechselnd. Dann kehrte der Direktor zurück. „Sie werden noch immer von uns vernommen.“

„Halten Sie sie fest. Lassen Sie sie unter keinen Umständen gehen. Die Frau ist schwanger. Teilen Sie ihr mit – wissen Sie, von wem ich spreche? Rybys Rommey-Asher –, teilen Sie ihr mit, daß der Fötus zwangsweise abgetrieben wird. Ihre Leute sollen sich irgendeinen Vorwand einfallen lassen.“

„Wollen Sie wirklich, daß wir bei ihr eine Abtreibung vornehmen? Oder ist dies ein Versuch ...“

„Ich verlange, daß die Abtreibung binnen einer Stunde durchgeführt wird“, unterbrach Harms. „Eine Salzabtreibung. Ich verlange, daß der Fötus stirbt. Ich will Ihnen reinen Wein einschenken. Ich habe mit dem Prokurator Maximus gesprochen, es handelt sich um eine globalpolitische Angelegenheit. Der Fötus ist ein strahlungsgeschädigtes Ungeheuer. Möglicherweise ist das Monstrum sogar eine Ausgeburt interrassischer Symbiose. Sie verstehen?“

„Oh“, entfuhr es dem Direktor der Einwanderungsbehörde. „Interrassische Symbiose. Ja. Wir werden ihn mit lokalisierter Hitze töten. Wir injizieren radioaktiven Farbstoff direkt unter die

Bauchdecke in den Fötus. Ich werde einem von unseren Ärzten . . ."

„Sagen Sie ihm, er soll bei ihr eine Abtreibung vornehmen oder den Fötus bereits in der Gebärmutter töten", befahl Harms, „aber töten Sie ihn, und töten Sie ihn jetzt."

„Ich benötige eine Unterschrift", sagte der Direktor der Einwanderungsbehörde. „Ohne Erlaubnis kann ich so etwas nicht anordnen."

„Senden Sie mir die Formulare." Er seufzte.

Aus seinem Terminal glitten Papiere. Er griff nach ihnen, fand die Stellen, wo er unterschreiben mußte, unterschrieb und fütterte die Formulare wieder in das Teleterminal.

Während er mit Rybys im Warteraum der Einwanderungsbehörde saß, fragte sich Herb Asher, wohin Elias Tate gegangen war. Elias hatte sich mit den Worten entschuldigt, zur Toilette zu müssen, aber er war nicht zurückgekommen.

„Wann kann ich mich hinlegen?" murmelte Rybys.

„Bald", sagte er. „In Kürze wird man uns entlassen." Er sprach nicht weiter, denn zweifellos wurde der Warteraum abgehört.

„Wo ist Elias?" fragte sie.

„Er kommt gleich wieder."

Ein Angestellter der Einwanderungsbehörde, der statt einer Uniform ein Abzeichen trug, näherte sich ihnen. „Wo ist das dritte Mitglied Ihrer Gruppe?" Er schlug in seiner Akte nach. „Elias Tate."

„Auf der Toilette", erklärte Herb Asher. „Könnten Sie bitte diese Frau abfertigen? Sie sehen doch, wie krank sie ist."

„Wir müssen sie noch medizinisch untersuchen", erwiderte der Beamte der Einwanderungsbehörde gleichgültig. „Wir benötigen einen ärztlichen Entscheid, bevor wir Sie entlassen können."

„Das ist doch bereits alles erledigt worden! Zuerst durch ihren eigenen Arzt und dann durch . . ."

„Es handelt sich um eine reine Routineangelegenheit", sagte der Beamte.

„Das spielt keine Rolle", erklärte Herb Asher. „Es ist grausam und überflüssig."

„Der Arzt wird in Kürze hier sein", sagte der Beamte, „und während sie von ihm untersucht wird, wird man Sie vernehmen.

Um Zeit zu sparen. Wir werden Ihre Frau nicht vernehmen oder zumindest nicht sehr lange. Ich bin über ihren ernsten Gesundheitszustand informiert."

„Mein Gott", stieß Herb hervor, „Sie können es doch *sehen!*"

Der Beamte verschwand. Aber fast sofort kehrte er mit ernstem Gesichtsausdruck wieder zurück. „Tate ist nicht auf der Toilette."

„Dann weiß ich nicht, wo er steckt."

„Vielleicht hat man ihn bereits abgefertigt. Ihn entlassen." Der Beamte eilte davon und sprach dabei in ein tragbares Intercom.

Elias ist offenbar entkommen, dachte Herb Asher.

„Kommen Sie herein", ertönte eine Stimme. Eine Frauenärztin im weißen Kittel. Jung, mit Brille, das Haar streng zurückgekämmt und zu einem Knoten zusammengebunden, führte sie Herb Asher und seine Frau rasch durch einen steril aussehenden und steril riechenden Korridor bis in ein Untersuchungszimmer. „Legen Sie sich hin, Mrs. Asher", sagte die Ärztin und stützte Rybys auf ihrem Weg zum Untersuchungstisch.

„Rommey-Asher", berichtigte Rybys, als sie sich mühsam auf den Tisch legte. „Können Sie mir ein I-V-Anti-Brechmittel geben? Und zwar gleich? Ich meine sofort. Ich meine jetzt."

„Angesichts der Krankheit Ihrer Frau", wandte sich die Ärztin an Herb Asher, während sie sich an ihren Schreibtisch setzte, „frage ich mich, warum ihre Schwangerschaft nicht abgebrochen wurde."

„Das haben wir doch alles schon einmal erklärt", entgegnete er heftig.

„Vielleicht werden wir verlangen, daß sie abtreibt. Wir wollen keine geschädigten Neugeborenen – es widerspricht der nationalen Politik."

Herb Asher sah die Ärztin furchtsam an und erklärte: „Aber sie ist im sechsten Monat!"

„Nach unseren Unterlagen im fünften", widersprach die Ärztin. „Also noch innerhalb der legalen Periode."

„Ohne ihre Zustimmung dürfen Sie es nicht machen", erklärte Herb. Seine Furcht wuchs.

„Die Entscheidung", wandte die Ärztin ein, „liegt nicht länger bei Ihnen, nachdem Sie zur Erde zurückgekehrt sind. Ein ärztlicher Ausschuß wird sich mit dieser Angelegenheit befassen."

Für Herb Asher gab es keinen Zweifel, daß man eine Zwangsabtreibung durchführen würde. Er wußte, wie der Ausschuß entscheiden würde – entschieden hatte.

Aus einem Lautsprecher in der Ecke des Raumes drang abscheuliche, kitschige Streichorchestermusik. Die gleiche Musik, erkannte er, die er hin und wieder in seiner Kuppel gehört hatte. Aber dann wechselte die Musik, und er hörte ein populäres Lied der Fox. Während die Ärztin medizinische Formulare ausfüllte, vernahm er leise die Stimme der Fox. Sie beruhigte ihn.

Komm wieder!
Meine Liebe lädt dich ein.
Deine Anmut ist wie frischer Flieder,
Meine Glut wie ein Burgunderwein.

Die Lippen der Frauenärztin bewegten sich automatisch und synchron zu dem vertrauten Dowland-Lied der Fox.

Mit einemmal wurde Herb Asher klar, daß die Stimme aus dem Lautsprecher nur an die der Fox erinnerte. Die Stimme sang nicht mehr – sie sprach.

Die leise Stimme sagte deutlich:

„Es wird keine Abtreibung geben. Die Geburt wird stattfinden."

Der Ärztin am Schreibtisch schien die Veränderung nicht aufzufallen. Jah hat das Audiosignal umgewandelt, erkannte Herb Asher. Er beobachtete, wie die Ärztin innehielt und den Stift von dem vor ihr liegenden Blatt hob.

Unbewußt, sagte er sich, während er das Zögern der Ärztin beobachtete. Die Frau glaubt noch immer, daß sie ein bekanntes Lied hört. Einen bekannten Text. Sie unterliegt einer Art Bann. Als wäre sie hypnotisiert.

Das Lied ertönte wieder.

„Wenn sie bereits im sechsten Monat ist, können wir keine legale Abtreibung vornehmen", sagte die Ärztin langsam. „Mr. Asher, es muß ein Fehler vorliegen. Nach unseren Unterlagen ist sie im fünften Monat schwanger. Aber wenn Sie sagen, daß sie im sechsten ist, dann ..."

„Untersuchen Sie sie, wenn Sie wollen", erklärte Herb Asher. „Sie ist mindestens im sechsten. Überzeugen Sie sich selbst."

„Ich ..." Die Ärztin rieb über ihre Stirn und blinzelte; sie schloß die Augen und verzog wie unter Schmerzen das Gesicht. „Ich sehe keinen Grund für ..." Sie verstummte, als könnte sie sich nicht mehr an das erinnern, was sie hatte sagen wollen. „Ich sehe keinen Grund", wiederholte sie nach einem Moment, „dies zu bestreiten." Sie drückte einen Knopf an ihrem Tisch-Intercom.

Die Tür öffnete sich, und ein uniformierter Beamter der Einwanderungsbehörde erschien. Einen Augenblick später gesellte sich ein uniformierter Zollbeamter zu ihm.

„Die Sachlage ist klar", wandte sich die Ärztin an den Beamten der Einwanderungsbehörde. „Wir können sie nicht zu einer Abtreibung zwingen – die Schwangerschaft ist zu weit fortgeschritten."

Der Einwanderungsbeamte sah sie starr an.

„So ist das Gesetz", fügte die Ärztin hinzu.

„Mr. Asher", meldete sich der Zollbeamte zu Wort, „ich möchte Ihnen eine Frage stellen. In der Zollerklärung Ihrer Frau sind zwei Phylakterien aufgeführt. Was ist eine Phylakterie?"

„Ich weiß es nicht", gestand Herb Asher.

„Sind Sie kein Jude?" fragte der Zollbeamte. „Jeder Jude weiß, was eine Phylakterie ist. Demnach ist Ihre Frau Jüdin, und Sie sind es nicht?"

„Nun", erklärte Herb Asher, „sie ist Mitglied der CIK, aber ..." Er brach ab. Er spürte, wie sich die Schlinge immer enger um seinen Hals zusammenzog. Es war fraglos unmöglich, daß ein Mann nicht die Religionszugehörigkeit seiner Frau kannte. Das ist ein Thema, über das ich lieber nicht sprechen möchte, sagte er zu sich. „Ich bin Christ", fuhr er dann fort. „Obwohl ich als Wissenschaftlicher Legat erzogen wurde. Ich bin in der Jugendorganisation der Partei gewesen. Aber jetzt ..."

„Aber Mrs. Asher ist Jüdin. Deshalb die Phylakterien. Sie haben nie gesehen, daß sie sie angelegt hat? Eine wird an der Stirn und eine am linken Oberarm getragen. Es sind kleine rechteckige Kapseln, die Worte in hebräischer Schrift enthalten. Es kommt mir seltsam vor, daß Sie nichts davon wissen. Wie lange kennen Sie einander?"

„Sehr lange", antwortete Herb Asher.

„Ist sie wirklich Ihre Frau?" fragte der Einwanderungsbeamte. „Wenn sie bereits im sechsten Monat schwanger ist ..." Er blätterte in den Unterlagen auf dem Schreibtisch der Ärztin. „Sie war schwanger, als Sie sie geheiratet haben. Sind Sie der Vater des Kindes?“

„Natürlich“, sagte er.

„Welche Blutgruppe haben Sie? Nun, hier muß es irgendwo stehen.“ Der Einwanderungsbeamte begann die ausgefüllten Formulare durchzusehen. „Irgendwo muß es doch ...“

Das Telefon auf dem Schreibtisch klingelte, die Frauenärztin hob ab und meldete sich. „Für Sie.“ Sie reichte dem Einwanderungsbeamten den Hörer.

Der Einwanderungsbeamte versank in aufmerksames Schweigen; dann bedeckte er die Sprechmuschel mit der Hand und sagte irritiert zu Herb Asher: „Die Blutgruppe stimmt überein. Sie beide können gehen. Aber wir müssen noch mit Tate, dem älteren Mann, sprechen, der ...“ Er brach ab und hörte wieder der Stimme aus dem Telefon zu.

„Sie können sich am Münzfernsprecher im Warteraum ein Taxi rufen“, bemerkte der Zollbeamte.

„Wir können gehen?“ fragte Herb Asher.

Der Zollbeamte nickte.

„Irgend etwas stimmt nicht“, murmelte die Ärztin. Sie nahm wieder ihre Brille ab und rieb ihre Augen.

„Da ist noch diese andere Sache“, sagte der Zollbeamte zu ihr und reichte ihr einen Stapel Dokumente.

„Wissen Sie, wo Tate ist?“ rief der Einwanderungsbeamte Herb Asher nach, als er und Rybys das Untersuchungszimmer verließen.

„Nein“, entgegnete Herb, und schon war er auf dem Gang. Er stützte Rybys und ging mit ihr durch den Korridor bis zum Warteraum. „Setz dich“, bat er, und sie sank auf der Couch zu einem Häuflein zusammen. Die anderen Wartenden starrten sie gelangweilt an. „Ich werde anrufen. Ich bin gleich zurück. Hast du Kleingeld? Ich brauche ein Fünfdollarstück.“

„Jesus“, murmelte Rybys. „Ich habe keins.“

„Wir haben es geschafft“, flüsterte er ihr zu.

„Schon gut!“ fauchte sie ihn zornig an.

„Ich werde ein Taxi anrufen.“ Während er in seinen Taschen nach einem Fünfdollarstück suchte, fühlte er, wie sich seine Stimmung hob. Jah hatte interveniert, zurückhaltend und nur ein wenig, aber es hatte genügt.

Zehn Minuten später befanden sie und ihr Gepäck sich an Bord eines Lufttaxis, hoben vom Raumhafen Washington D. C. ab und starteten in Richtung Bethesda-Chevy-Chase.

„Wo, zum Teufel, ist Elias?“ preßte Rybys mühsam hervor.

„Er zog ihre Aufmerksamkeit auf sich“, erklärte Herb. „Er hat sie von uns abgelenkt.“

„Wundervoll“, meinte sie. „Also kann er jetzt überall sein.“

Mit einemmal kam ein großes Luftlastauto mit unverantwortlicher Geschwindigkeit auf sie zugeschossen.

Der Robotpilot des Taxis schrie vor Entsetzen auf. Und dann rammten sie das massige Luftauto – alles geschah binnen eines Augenblicks. Die schwere Erschütterung ließ das Taxi in Spiralen nach unten stürzen. Herb Asher drückte seine Frau an sich – Gebäude wuchsen vor ihnen auf, und er wußte, er wußte es mit absoluter, untrüglicher Sicherheit, was geschehen war. Diese Schweine, dachte er verzweifelt; er empfand körperlichen Schmerz angesichts der Erkenntnis. Die Warnlichter im Taxi waren erloschen ...

Jahs Schutz war nicht ausreichend, erkannte er, während das Taxi wie ein fallendes, verwelktes Blatt tiefer und tiefer trudelte.

Er ist zu schwach. Er ist hier zu schwach.

Das Taxi streifte den Rand eines hochaufragenden Gebäudes.

Dunkelheit umhüllte Herb Asher und brachte das Vergessen.

Er lag in einem Krankenhausbett und war wie ein Kyborg durch Drähte und Schläuche mit zahllosen Maschinen verbunden.

„Mr. Asher“, erklang eine Stimme, eine Männerstimme. „Mr. Asher, können Sie mich hören?“

Er versuchte zu nicken, aber es gelang ihm nicht.

„Sie haben verschiedene ernste innere Verletzungen erlitten“, fuhr die Männerstimme fort. „Ich bin Dr. Pope. Sie sind fünf Tage lang bewußtlos gewesen. Wir haben Sie operiert, aber wir haben Ihre geplatzte Milz entfernen müssen. Doch das ist nicht alles. Wir müssen Sie in kryonische Suspension versetzen, bis Ersatzorgane ... Können Sie mich hören?“

„Ja“, sagte er.

„... bis Ersatzorgane von Spendern besorgt werden können. Die Warteliste ist nicht sehr lang; Sie werden vermutlich nur einige Wochen in Suspension bleiben. Wie lange genau ...“

„Meine Frau."

„Ihre Frau ist tot. Ihre Gehirnfunktionen waren zu lange erloschen. Wir konnten bei ihr die kryonische Suspension nicht anwenden. Es hätte keinen Zweck gehabt."

„Das Baby."

„Der Fötus lebt", erklärte Dr. Pope. „Der Onkel Ihrer Frau, Mr. Tate, ist eingetroffen und hat die gesetzliche Verantwortung für das Kind übernommen. Wir haben den Fötus aus ihrem Leib entfernt und ihn in einer Synthogebärmutter untergebracht. Nach unseren Tests zu urteilen wurde er von dem Trauma nicht in Mitleidenschaft gezogen, was ein Wunder ist."

Grimmig dachte Herb Asher: genau.

„Ihre Frau bat darum, ihn Emmanuel zu nennen", fügte Dr. Pope hinzu.

„Ich weiß."

Als er das Bewußtsein verlor, sagte sich Herb Asher: Jahs Pläne sind nicht völlig durchkreuzt. Jah ist noch nicht endgültig besiegt. Es gibt noch immer Hoffnung.

„Belial", flüsterte er.

„Bitte?" Dr. Pope beugte sich tiefer zu ihm herunter. „Belial? Ist das jemand, den wir informieren sollen? Jemand, der davon erfahren soll?"

Herb Asher sagte: „Er weiß es."

Der Oberste Prälat der Christlich-Islamischen Kirche sagte zu dem Prokurator Maximus des Wissenschaftlichen Legats: „Irgend etwas ist schiefgegangen. Sie sind durch die Kontrollen der Einwanderungsbehörde geschlüpft."

„Wo sind sie hin? Sie müssen sich irgendwohin gewandt haben."

„Elias Tate verschwand sogar vor der Zollinspektion. Wir haben keine Ahnung, wo er ist. Und was die Ashers betrifft..." Der Kardinal zögerte. „Sie wurden zuletzt in einem Taxi gesehen. Es tut mir leid."

„Wir werden sie finden", versicherte Bulkowsky.

„Mit Gottes Hilfe", stimmte der Kardinal zu und machte das Kreuzzeichen. Bulkowsky sah es und folgte seinem Beispiel.

„Die Macht des Bösen", murmelte Bulkowsky.

„Ja", sagte der Kardinal. „Das ist es, dem wir gegenüberstehen."

„Aber sie verliert am Ende."

„Ja, auf jeden Fall. Ich gehe jetzt in die Kapelle. Um zu beten. Ich rate Ihnen, das gleiche zu tun."

Bulkowsky wölbte die Brauen und sah ihn an. Sein Gesichtsausdruck war undefinierbar, zu kompliziert, um gedeutet zu werden.

10

Als Herb Asher erwachte, erzählte man ihm äußerst verwirrende Dinge. Er hatte nicht Wochen, sondern Jahre in kryonischer Suspension verbracht. Die Ärzte konnten ihm nicht erklären, warum es so lange gedauert hatte, Ersatzorgane zu besorgen. Umstände, sagten sie, die sich ihrem Einfluß entzogen. Organisatorische Probleme.

„Was ist mit Emmanuel?" fragte er.

Dr. Pope, der älter, grauhaariger und würdevoller aussah als beim letzten Mal, erwiderte: „Jemand ist in das Krankenhaus eingebrochen und hat Ihren Sohn aus der Synthogebärmutter geraubt."

„Wann?"

„Fast sofort. Der Fötus befand sich nach unseren Aufzeichnungen nur einen Tag in der Synthogebärmutter."

„Wissen Sie, wer der Täter war?"

„Nach unseren Videobändern – wir überwachen unsere Synthogebärmütter ständig – war es ein alter, bärtiger Mann." Nach einer Pause fügte Dr. Pope hinzu: „Er war offenbar geistesgestört. Sie müssen der überaus wahrscheinlichen Tatsache ins Auge sehen, daß Ihr Sohn tot ist, und zwar schon seit zehn Jahren, entweder aufgrund natürlicher Umstände, das heißt, weil er aus der Synthogebärmutter entführt wurde ... oder er ist von dem alten, bärtigen Mann getötet worden. Entweder absichtlich oder unabsichtlich. Die Polizei hat keinen von beiden finden können. Es tut mir sehr leid."

Elias Tate, sagte sich Herb Asher. Er hat Emmanuel in Sicherheit gebracht. Er schloß die Augen und wurde von Erleichterung überwältigt.

„Wie geht es Ihnen?" erkundigte sich Dr. Pope.

„Ich habe geträumt. Ich wußte nicht, daß man in der kryonischen Suspension bei Bewußtsein bleibt."

„Sie waren nicht bei Bewußtsein."

„Ich habe immer und immer wieder von meiner Frau geträumt." Er empfand bitteren Kummer, der sich über ihn legte und ihn durchdrang – der Kummer war zu groß. „Immer wieder bin ich zu ihr zurückgekehrt. Zu dem Moment, in dem wir uns kennengelernt haben, und in die Zeit davor. Die Reise zur Erde. Kleinigkeiten. Teller voller verdorbener Speisen... sie war schlampig."

„Aber Sie haben Ihren Sohn."

„Ja", nickte er. Er fragte sich, ob er Emmanuel und Elias finden würde. Sie werden mich finden müssen, erkannte er.

Einen Monat blieb er im Krankenhaus, unterzog sich verschiedenen Heiltherapien, um wieder zu Kräften zu kommen, und dann, an einem kühlen Morgen Mitte März, entließ man ihn aus dem Krankenhaus. Mit dem Koffer in der Hand stieg er zittrig und unsicher, aber glücklich, frei zu sein, die Vordertreppe hinunter. An jedem Tag seiner Therapie hatte er erwartet, daß die Regierung ihn abholen lassen würde. Aber sie hatte es nicht getan. Er fragte sich, warum.

Als er in einer Menschenmenge stand und zusammen mit den anderen versuchte, ein Lufttaxi herabzuwinken, da bemerkte er ein wenig abseits einen blinden Bettler, einen uralten, weißhaarigen, sehr großen Mann, der zerschlissene Kleidung trug; der alte Mann hielt einen Becher in der Hand.

„Elias", sagte Herb Asher.

Er ging zu ihm hinüber und sah seinen alten Freund an. Eine Zeitlang sprach keiner von ihnen, dann sagte Elias Tate: „Hallo, Herbert."

„Rybys erzählte mir, daß du oft die Gestalt eines Bettlers annimmst", bemerkte Herb Asher. Er wollte den alten Mann umarmen, aber Elias schüttelte den Kopf.

„Es ist Passah", erkläte Elias. „Und ich bin hier. Die Macht meines Geistes ist zu groß, du darfst mich nicht berühren. In diesem Moment siehst du nur meinen Geist vor dir."

„Du bist kein Mensch", stellte Herb Asher ehrfürchtig fest.

„Ich bin viele Menschen", entgegnete Elias. „Es ist schön, dich wiederzusehen. Emmanuel sagte, daß man dich heute entlassen würde."

„Dem Jungen geht es gut?“

„Er ist wunderschön.“

„Ich habe ihn gesehen“, sagte Herb Asher. „Ein einziges Mal, vor einiger Zeit. In einer Vision, die ...“ Er zögerte. „Jehova hat sie mir geschickt. Um mir zu helfen.“

„Hast du geträumt?“ fragte Elias.

„Von Rybys. Und auch von dir. Von allem, das geschehen ist. Ich habe es immer und immer wieder erlebt.“

„Aber nun bist du ins Leben zurückgekehrt“, sagte Elias. „Willkommen, Herbert Asher. Wir haben viel zu tun.“

„Haben wir eine Chance? Haben wir wirklich eine Chance?“

„Der Junge ist zehn Jahre alt“, erwiderte Elias. „Er hat ihnen die Köpfe verdreht und ihre Gedanken verändert. Er hat sie vergessen lassen. Aber ...“ Elias schwieg für einen Moment. „Auch er hat vergessen. Du wirst es sehen. Vor einigen Jahren begann er sich zu erinnern – er hörte ein Lied und ein Teil seines Gedächtnisses kehrte zurück. Vielleicht genug, vielleicht auch nicht genug. Möglicherweise löst du weitere Erinnerungen aus. Er hat sich selbst vor dem Unfall programmiert.“

Mit äußerster Anstrengung stieß Herb Asher hervor: „Dann wurde er verletzt? Bei dem Unfall?“

Elias nickte ernst.

„Gehirnschaden“, stellte Herb Asher fest. Er begriff, was der Gesichtsausdruck seines Freundes zu bedeuten hatte.

Erneut nickte der alte Mann, der alte Bettler mit dem Becher. Der unsterbliche Elijah hier beim Passahfest. Wie immer. Der ewige, hilfreiche Freund der Menschen. Zerlumpt und schäbig und sehr weise.

Zina sagte: „Dein Vater kommt, nicht wahr?“

Nebeneinander saßen sie auf einer Bank im Rock Creek Park in der Nähe des zugefrorenen Sees. Bäume mit kahlen, dicken Ästen überschatteten sie. Es war kalt geworden, und beide Kinder trugen warme Kleidung. Aber der Himmel war klar. Emmanuel blickte eine Zeitlang nach oben.

„Was meint deine Tafel?“ erkundigte sich Zina.

„Ich brauche meine Tafel nicht zu fragen.“

„Er ist nicht dein Vater.“

„Er ist ein guter Mensch“, erklärte Emmanuel. „Es ist nicht

seine Schuld, daß meine Mutter starb. Ich freue mich, ihn wiederzusehen. Ich habe ihn vermißt.“ Er dachte: Es ist lange her. Nach dem Zeitbegriff, der hier in der Unteren Sphäre gültig ist.

Was ist dies für eine tragische Sphäre, sagte er sich. Jene hier unten sind Gefangene, und die größte Tragödie ist, daß sie es nicht wissen; sie halten sich für frei, weil sie nie frei gewesen sind und nicht verstehen, was es bedeutet. *Dies ist ein Gefängnis,* und nur wenige Menschen haben es geahnt. Aber ich weiß es, dachte er. Denn aus diesem Grund bin ich hier. Um die Mauern zu schleifen, die Metalltore niederzureißen und jede einzelne Kette zu sprengen. Ihr sollt den Ochsen nicht binden, so er nicht das Korn zertrampelt, dachte er in Erinnerung an die Thora. Ihr werdet kein freies Geschöpf gefangensetzen, ihr werdet es nicht fesseln. So spricht der Herr, euer Gott. So spreche ich.

Sie wissen nicht, wem sie dienen. Dies ist der Grund ihres Unglücks, sie dienen irrtümlich dem falschen Ding. Sie sind wie durch Metall vergiftet, dachte er. Metall sperrt sie ein, und das Metall ist in ihrem Blut – dies ist eine Metallwelt. Von Zahnrädern in Bewegung gehalten. Eine Maschine, die vor sich hin knirscht und Leid und Tod erzeugt ... Sie sind so gewöhnt an den Tod, erkannte er, daß ihnen auch der Tod als natürlich erscheint. Wie lange schon haben sie den Garten vergessen? Den Ort der friedlichen Tiere und Blumen. Wann werde ich ihnen diesen Ort zurückgeben können?

Es gibt zwei Realitäten, sagte er sich. Das Schwarze Eiserne Gefängnis, das die Höhle der Schätze genannt wird und in der sie jetzt leben, und den Palmgarten mit seinen riesigen Räumen, seinem Licht, wo sie einst gewohnt haben. Nun sind sie buchstäblich blind, dachte er. Buchstäblich unfähig, weiter als über kurze Strecken zu sehen, weit entfernte Objekte sind nun für sie unsichtbar. Hin und wieder vermutet einer von ihnen, daß sie Fähigkeiten gehabt haben, die nun verloren sind; hin und wieder erkennt einer von ihnen die Wahrheit, daß sie jetzt nicht mehr das sind, was sie waren, und jetzt nicht mehr dort sind, wo sie sich einst aufgehalten haben. Aber sie vergessen es wieder, genau wie ich vergessen habe. Und noch immer habe ich etwas vergessen, wurde ihm klar. Ich sehe noch immer nicht alles. Auch ich bin eingesperrt.

Aber bald werde ich es nicht mehr sein.

„Möchtest du eine Pepsi?“ fragte Zina.

„Dafür ist es zu kalt. Ich möchte einfach hier sitzen."

„Sei nicht unglücklich." Sie legte ihm ihre Hand auf den Arm. „Sei fröhlich."

„Ich bin müde", erklärte Emmanuel. „Mir wird es bald wieder besser gehen. Es gibt sehr viel zu tun. Es tut mir leid. Es belastet mich."

„Du hast doch keine Angst, oder?"

„Nicht mehr", sagte Emmanuel.

„Du bist traurig."

Er nickte.

„Du wirst dich besser fühlen", erklärte Zina, „wenn du Mr. Asher wiedergesehen hast."

„Ich sehe ihn jetzt", gestand Emmanuel.

„Sehr gut", sagte sie erfreut. „Und sogar ohne deine Tafel."

„Ich benutze sie immer seltener", bemerkte er, „denn das Wissen wächst mehr und mehr in mir. Wie du weißt. Und du weißt, warum."

Darauf sagte Zina nichts.

„Wir sind einander sehr nahe", fuhr Emmanuel fort. „Dich habe ich immer am meisten geliebt. Und ich werde es immer tun. Du wirst bei mir bleiben und mich beraten, nicht wahr?" Er kannte die Antwort; er wußte, daß sie es tun würde. Von Anfang an war sie bei ihm gewesen – wie sie gesagt hatte, sie, sein Liebling und seine Freude. Und ihre Freude, so lautete die Schrift, war in der Menschheit. So, durch sie, liebte er auch die Menschheit; sie war ebenfalls seine Freude.

„Wir könnten etwas Warmes zu trinken holen", schlug Zina vor.

„Ich möchte einfach hier sitzen", murmelte er. Ich werde hier sitzen, bis es Zeit wird, aufzustehen und Herb Asher zu treffen, sagte er sich. Er kann mir von Rybys erzählen; seine vielen Erinnerungen an sie werden mir Freude bereiten, die Freude, die mir im Augenblick fehlt.

Ich liebe ihn, erkannte er. Ich liebe den Mann meiner Mutter, meinen gesetzlichen Vater. Wie andere Männer ist er ein gutes menschliches Wesen. Er ist ein verdienstvoller Mann, und er muß belohnt werden.

Aber im Gegensatz zu anderen Menschen weiß Herb Asher, wer ich bin. Deshalb kann ich offen mit ihm sprechen, so wie mit Elias. Und mit Zina. Es wird helfen, dachte er. Ich werde nicht mehr so erschöpft sein. Nicht so wie jetzt von Sorgen geplagt, bedrückt. Bis zu einem gewissen Grade wird die Last von mir abfallen. Weil sie geteilt werden wird.

Und, dachte er, es gibt dennoch so viel, an das ich mich nicht erinnere. Ich bin nicht das, was ich war. Wie sie, wie die Menschen, bin ich gestürzt. Der helle Morgenstern ist nicht allein gestürzt; er hat alles, mich eingeschlossen, mit sich gerissen. Ein Teil meines eigenen Selbst fiel mit ihm, und dieses gefallene Wesen bin ich jetzt.

Aber dann, während er dort mit Zina auf der Bank im Park saß, an diesem kalten Tag so nah der Tagundnachtgleiche, dachte er: Aber Herb Asher lag träumend in seiner Koje, träumte von einem Phantomleben mit Linda Fox, während meine Mutter ums Überleben kämpfte. Er hat nicht einmal versucht, ihr zu helfen; er hat sich nicht einmal um ihr Leid gekümmert und nach einem Ausweg gesucht. Erst als ich, ich selbst, ihn zwang, zu ihr zu gehen, erst dann hat er etwas unternommen. Ich liebe den Mann nicht, sagte er sich. Ich kenne diesen Mann, er hat sein Recht auf meine Liebe verwirkt – er hat meine Liebe verloren, weil er sich keine Sorgen gemacht hat.

Deshalb kann ich mir auch keine Sorgen um ihn machen.

Warum sollte ich einem von ihnen helfen? fragte er sich. Sie tun das Richtige nur, wenn man sie dazu zwingt, wenn es keine Alternative gibt. Sie fielen aus eigenem Antrieb und sind nun durch das, was sie freiwillig getan haben, gefallen. Meine Mutter ist durch sie umgekommen, sie haben sie ermordet. Sie würden mich ermorden, wenn sie herausfinden würden, wo ich bin – nur weil ich ihre Gedanken verwirrt habe, lassen sie mich in Ruhe. Überall trachten sie mir nach dem Leben, wie Ahab nach Elijahs Leben trachtete, vor so langer Zeit. Sie sind eine wertlose Rasse, und es kümmert mich nicht, wenn sie fallen. Es kümmert mich nicht im geringsten. Um sie zu retten, muß ich das bekämpfen, was sie selbst sind. Und immer waren.

„Du siehst so niedergedrückt aus“, sagte Zina.

„Was hat es für einen Sinn?“ fragte er. „Sie sind, was sie sind. Ich werde immer müder. Und sie kümmern mich immer weniger, während ich mich erinnere. Zehn Jahre lebe ich jetzt auf dieser Welt, und seit zehn Jahren jagen sie mich. Laß sie sterben. Habe ich ihnen nicht das Taliongesetz gegeben: ‚Auge um Auge, Zahn um

Zahn‘? Steht das nicht in der Thora? Sie haben mich vor zweitausend Jahren von dieser Welt vertrieben ... ich bin zurückgekehrt ... sie wünschen mir den Tod. Nach dem Taliongesetz sollte ich ihnen den Tod wünschen. Es ist das heilige Gesetz Israels. Es ist *mein* Gesetz, mein Wort.“

Zina schwieg.

„Gib mir einen Rat“, bat Emmanuel. „Ich habe immer auf deinen Rat gehört.“

Zina sagte:

> „Eines Tages erschien Elijah, der Prophet, dem Rabbi Baruka auf dem Markt von Lapet. Rabbi Baruka fragte ihn: ‚Gibt es einen unter den Leuten auf diesem Markt, der dazu ausersehen ist, in der kommenden Welt zu leben?‘ ... Zwei Männer tauchten auf dem Platz auf, und Elijah sagte: ‚Diese beiden werden in der kommenden Welt leben.‘ Rabbi Baruka fragte sie: ‚Was ist euer Beruf?‘ Sie antworteten: ‚Wir sind Fröhlichmacher. Wenn wir einen Menschen sehen, der niedergeschlagen ist, heitern wir ihn auf. Wenn wir zwei Menschen miteinander streiten sehen, bemühen wir uns, Frieden zwischen ihnen zu stiften.‘“

a„Du nimmst mir meine Traurigkeit“, sagte Emmanuel. „Und meine Müdigkeit. Wie du es immer getan hast. Wie es in der Schrift über dich heißt:

> Dann war ich jeden Tag an seiner Seite,
> sein Liebling und seine Freude,
> spielte stets in seiner Gegenwart,
> spielte auf der Erde, als er sie erschaffen hatte,
> während meine Freude in der Menschheit war.

Und in der Schrift steht:

> Weisheit liebte ich; ich erwählte sie in meiner Jugend und mühte mich, sie zu meiner Braut zu machen, und ich verliebte mich in ihre Schönheit.

Aber das war Salomon, nicht ich.

> So entschied ich, sie mit nach Hause zu nehmen, um mit mir zu leben, wissend, daß sie meine Ratgeberin im Glück und meine Stütze in Furcht und Trauer sein würde.

Salomon war ein weiser Mann, daß er dich so geliebt hat."
Das Mädchen neben ihm lächelte.
„Warum lächelst du?" fragte er.
„Weil du die Wahrheit der Schrift bewiesen hast, die sagt:

> Ich werde dich auf ewig mit Mir verloben. Ich werde dich mit Mir verloben in Rechtmäßigkeit und Gerechtigkeit, in Liebe und in Gnade. Ich werde dich mit Mir verloben in Treue, und du wirst den Herrn lieben.

Denke daran, daß du den Pakt mit dem Menschen geschlossen hast. Und du hast den Menschen nach deinem Bilde erschaffen. Du kannst den Pakt nicht brechen, du hast dem Menschen das Versprechen gegeben, daß du ihn niemals brechen wirst."

„So ist es", bestätigte Emmanuel. „Du hast mich gut beraten." Er dachte: Und du hast mein Herz erfreut. Du vor allen anderen, du, die du vor der Schöpfung kamst. Wie die beiden Fröhlichmacher, dachte er, von denen Elijah sagte, daß sie gerettet würden. Dein Tanz, dein Gesang und der Klang der Glocken. „Ich weiß", erklärte er, „was dein Name bedeutet."

„Zina?" sagte sie. „Es ist nur ein Name."

„Es ist das rumänische Wort für..." Er verstummte. Das Mädchen war sichtlich erschrocken, ihre Augen waren geweitet.

„Seit wann weißt du das?" fragte sie.

„Seit Jahren. Hör zu:

> Ich kenne einen Hang, wo der wilde Thymian steht,
> Wo der Wind durch Schlüsselblumen und Veilchen weht,
> Dicht überdacht von duftig wildem Wein,
> Von süßem Moschus und von Heckenrosen fein:
> Dort schläft Titania manchmal in der Nacht,
> Besänftigt die Blumen mit Tanz und ihrer Pracht.
> Dort häutet sich die Schlange in aller Stille,
> Im Kraut hoch genug...

Ich komme zum Ende – hör zu:

. . . Eine Fee einzuhüllen.

Und das", schloß er, „habe ich die ganze Zeit gewußt."

Zina sah ihn an. „Ja, Zina bedeutet Fee."

„Du bist nicht die Heilige Weisheit", fuhr er fort, „du bist Diana, die Feenkönigin."

Kalter Wind raschelte im Geäst der Bäume. Und über dem gefrorenen Teich flatterten einige welke Blätter.

„Ich verstehe", sagte Zina.

Über ihnen raschelte der Wind, und er schien zu sprechen. Er konnte den Wind als Worte hören. Und der Wind sagte:

HÜTE DICH!

Er fragte sich, ob sie es auch hörte.

Aber sie waren noch immer Freunde. Zina erzählte Emmanuel von einer Identität, die sie früher besessen hatte. Vor Tausenden von Jahren, sagte sie, war sie Maat gewesen, die ägyptische Göttin, die die kosmische Ordnung und die Gerechtigkeit repräsentierte. Wenn jemand starb, so wurde sein Herz gegen Maats Straußenfeder gewogen. Damit wurde die Sündenlast eines Menschen festgestellt.

Das Prinzip, nach dem die Sündhaftigkeit eines Menschen bestimmt wurde, bestand aus dem Grad seiner Aufrichtigkeit. Je aufrichtiger er war, desto mehr schlug das Urteil zu seinen Gunsten aus. Den Vorsitz über das Gericht führte Osiris, aber da Maat die Göttin der Wahrheit und Gerechtigkeit war, lag die Entscheidung bei ihr.

„Danach", erläuterte Zina, „wanderte die Vorstellung, daß die menschlichen Seelen gerichtet werden, weiter nach Persien." In der alten persischen Religion, dem Zoroastrianismus, mußte eine siebente Brücke von dem verstorbenen Menschen überquert werden. War er böse, so wurde die Brücke schmaler und schmaler, bis er strauchelte und hinunterstürzte in die schreckliche Höllengrube.

Der späte Judaismus und das Christentum hatten ihre Vorstellung von den Letzten Tagen daher bezogen.

Der gute Mensch, dem die Überquerung der siebenten Brücke gelang, traf dort auf den Geist seiner Religion: eine wunderschöne junge Frau mit herrlichen, großen Brüsten. War der Mensch jedoch böse, so bestand der Geist seiner Religion aus einer vertrockneten alten Hexe mit Hängebrüsten. Man konnte also mit einem Blick erkennen, zu welcher Kategorie man gehörte.

„Bist du der Geist der Religion für die guten Menschen gewesen?" fragte Emmanuel.

Zina ging nicht auf die Frage ein; sie wich auf ein anderes Thema aus, an dem ihr mehr lag, es mit ihm zu besprechen.

In diesem Richten der Toten, das auf die Ägypter und Perser zurückging, war die Prüfung erbarmungslos, die sündhaften Seelen waren unrettbar verdammt. Mit ihrem Tod waren die Bücher abgeschlossen, in denen ihre guten und bösen Taten aufgeführt waren, und niemand, selbst die Götter nicht, konnten die Eintragungen verändern. In gewissem Sinne war die Prozedur des Richtens mechanisch. Eine Schuldrechnung war eröffnet und während des ganzen Lebens fortgeführt worden, und nun wurde diese Schuldrechnung in einen strafenden Mechanismus eingefüttert.

Sobald der Mechanismus die Liste erhielt, war alles vorbei. Der Mechanismus schlug den Schuldigen in Stücke, die Götter sahen leidenschaftslos zu.

Aber eines Tages (sagte Zina) erschien eine neue Gestalt auf dem Pfad, der zur siebenten Brücke führte. Eine mysteriöse Gestalt, die aus verschiedenen aufeinanderfolgenden Aspekten oder Rollen zu bestehen schien. Manchmal wurde sie Tröster genannt. Manchmal Anwalt. Manchmal Neben-Helfer. Manchmal Unterstützer. Manchmal Berater. Niemand wußte, woher sie gekommen war. Jahrtausende lang hatte es sie nicht gegeben, und dann, eines Tages, war sie erschienen. Sie stand am Rand des von Büschen gesäumten Pfades, und während die Seelen sich der siebenten Brücke näherten, winkte diese komplexe Gestalt – die manchmal, aber selten eine Frau war – jeder einzelnen Person zu, um ihre Aufmerksamkeit auf sich zu lenken. Es war unabdingbar, daß sie auf den Neben-Helfer aufmerksam wurden, bevor sie die siebente Brücke betraten, denn danach war es zu spät.

„Für was zu spät?" fragte Emmanuel.

„Wenn der Neben-Helfer", antwortete Zina, „eine Person auf dem Weg zur siebenten Brücke angehalten hatte, fragte er sie, ob sie in der bevorstehenden Prüfung vertreten werden wollte."

„Durch den Neben-Helfer?"

Der Neben-Helfer, erklärte sie, übernahm die Rolle des Anwalts; er bot sich an, für die Person zu sprechen. Aber der Neben-Helfer bot noch mehr an. Er bot an, seine eigene Schuldrechnung an Stelle der Schuldrechnung der Person dem strafenden Mechanismus vorzulegen. War die Person unschuldig, so würde dies keinen Unterschied ausmachen, aber für die Schuldigen würde die Wahrscheinlichkeit für einen Freispruch steigen.

„Das ist nicht gerecht", wandte Emanuel ein. „Die Schuldigen sollten bestraft werden."

„Warum?" fragte Zina.

„Weil es das Gesetz befiehlt", erklärte Emmanuel.

„Dann gibt es keine Hoffnung für die Schuldigen."

Emmanuel sagte: „Sie verdienen keine Hoffnung."

„Was, wenn jeder schuldig ist?"

Daran hatte er nicht gedacht. „Was steht in der Schuldrechnung des Neben-Helfers?" fragte er.

„Sie ist leer", entgegnete Zina. „Sie ist nur ein leeres weißes Stück Papier. Ein Dokument ohne eine einzige Eintragung."

„Der strafende Mechanismus könnte das bestimmt nicht verarbeiten."

„Er würde es verarbeiten", widersprach Zina. „Er würde sich vorstellen, die Liste einer völlig makellosen Person erhalten zu haben."

„Aber er könnte nicht reagieren. Er hätte keine Eingangsdaten."

„Das ist der Sinn des Ganzen."

„Dann ist der strafende Mechanismus betrogen worden."

„Um ein Opfer betrogen", nickte Zina. „Ist das nicht wünschenswert? Soll es denn Opfer geben? Was gewinnt man, wenn es unendlich viele Opfer gibt? Bereinigt das die Fehler, die sie gemacht haben?"

„Nein", gestand er.

„Es geht darum", erklärte Zina, „Gnade in den Schaltkreis einzufüttern. Der Neben-Helfer ist ein *amicus curiae,* ein Freund des Gerichts. Er rät dem Gericht mit dessen Erlaubnis, daß bei dem vorliegenden Fall eine Ausnahme gemacht werden muß. Daß das Gesetz der Strafe nicht angewendet wird."

„Und setzt er sich für jeden ein? Für jede schuldige Person?"

„Für jede schuldige Person, die sein Angebot der Vertretung und Hilfe akzeptiert."

„Aber dann gibt es unendlich viele Ausnahmen. Denn keine schuldige Person, die noch bei Sinnen ist, würde ein derartiges Angebot ablehnen – jedc einzelne schuldige Person würde als Ausnahme behandelt werden wollen, als Fall, bei dem mildernde Umstände zu berücksichtigen sind."

„Aber die Person", sagte Zina, „würde die Tatsache akzeptieren müssen, daß sie sich selbst schuldig spricht. Sie könnte sich natürlich für unschuldig halten, und in diesem Fall brauchte sie sich durch den Neben-Helfer nicht vertreten zu lassen."

Emmanuel dachte einen Moment nach. „Das wäre eine närrische Entscheidung. Sie irrt sich vielleicht. Und sie verliert nichts, wenn sie die Unterstützung des Neben-Helfers annimmt."

„Nun, in der Praxis", erklärte Zina, „lehnen die meisten Seelen, die gerichtet werden sollen, die Unterstützung des Neben-Helfers ab."

„Aus welchem Motiv?" Er konnte sich keinen Grund vorstellen.

„Weil sie sicher sind", antwortete Zina, „unschuldig zu sein. Wenn die Person diese Hilfe annimmt, muß sie der pessimistischen Annahme sein, zu den Schuldigen zu gehören, selbst wenn sie unschuldig ist. Der wahrhaft Unschuldige benötigt keinen Neben-Helfer, genau wie der körperlich Gesunde keinen Arzt braucht. In einer derartigen Situation ist die optimistische Annahme gefährlich. Es ist ein Sicherheits-Theorem, nach dem kleine Geschöpfe verfahren, wenn sie sich einen Bau graben. Sind sie weise, so legen sie einen zweiten Ausgang aus dem Bau an und verfahren nach der pessimistischen Annahme, daß der erste womöglich durch ein Raubtier versperrt werden wird. Alle Geschöpfe, die nicht nach ihrem Theorem verfahren, sind nicht mehr unter uns."

„Es ist entwürdigend für einen Menschen", sagte Emmanuel, „sich für sündig zu halten."

„Es ist entwürdigend für ein Erdhörnchen, sich einzugestehen, daß sein Bau nicht perfekt konstruiert ist und möglicherweise von einem Raubtier entdeckt werden wird."

„Du sprichst über eine gefährliche Situation. Ist das göttliche Gericht eine gefährliche Situation? Gibt es einen Ankläger?"

„Ja, es gibt einen Ankläger des Menschen beim göttlichen Gericht – es ist Satan. Da ist der Anwalt, der den Beschuldigten verteidigt, und Satan, der seine Unschuld bezweifelt und ihn anklagt. Der Anwalt steht neben dem Menschen und verteidigt und spricht für ihn; Satan steht vor dem Menschen und beschuldigt ihn. Möchtest du, daß der Mensch einen Ankläger, aber keinen Verteidiger hat? Wäre das gerecht?"

„Aber Unschuld muß vorausgesetzt werden."

Die Augen des Mädchens funkelten. „Das ist genau die Aufgabe des Anwalts in jeder Gerichtsverhandlung, die stattfindet. Deshalb ersetzt er die Schuldrechnung seines Klienten durch seine eigene schuldlose Rechnung, und dadurch spricht er den Menschen frei."

„Bist du dieser Neben-Helfer?" fragte Emmanuel.

„Nein", sagte sie. „Er ist eine weit rätselhaftere Gestalt als ich. Falls du Probleme hast, mich einzuschätzen . . ."

„Ja", sagte Emmanuel.

„Er ist spät in diese Welt gekommen", fuhr Zina fort. „In früheren Äonen hat es ihn nicht gegeben. Er repräsentiert eine Evolution in der göttlichen Strategie. Eine, durch die der ursprüngliche Schaden behoben wird. Einer von vielen, aber der größte."

„Werde ich ihm je begegnen?"

„Du wirst nicht gerichtet werden", erklärte Zina. „Darum wirst du ihm vermutlich nicht begegnen. Aber alle Menschen werden ihn am Rand des von Büschen gesäumten Weges sehen, wie er ihnen seine Hilfe anbietet. Rechtzeitig seine Hilfe anbietet – bevor die Person über die siebente Brücke geht und gerichtet wird. Der Neben-Helfer ist stets rechtzeitig zur Stelle. Es gehört zu seinem Wesen, früh genug da zu sein."

„Ich würde ihn gerne treffen", gestand Emmanuel.

„Folge den Spuren irgendeines Menschen", riet Zina, „und du wirst jene Stelle erreichen, wo dieser Mensch ihm begegnet. Deshalb weiß ich von ihm. Auch ich bin nicht gerichtet worden." Sie deutete auf die Tafel, die sie ihm gegeben hatte. „Frage sie nach Informationen über den Neben-Helfer."

Auf der Tafel stand:

„Ist das alles, was du mir sagen kannst?“ fragte Emmanuel sie. Ein neues Wort entstand, ein griechisches Wort:

PARAKALEIN

Er dachte tief über diese neue Entität nach, die in der Welt erschienen war ... die von jenen gerufen werden konnte, die sie brauchten, die sich einem Schuldspruch gegenübersahen. Ein weiteres Mysterium, das ihm Zina präsentiert hatte. Inzwischen waren es schon so viele. Sie gefielen ihm. Aber er war verwirrt.

Ruf zu Hilfe: Parakalein. Seltsam, dachte er. Die Welt entwikkelt sich, obwohl sie tiefer und tiefer fällt. Es gibt zwei verschiedene Bewegungen: das Fallen und zur gleichen Zeit das Aufsteigen in Form der Wiederherstellung. Antithetische Bewegungen in Gestalt einer Dialektik aller Schöpfung und der Kräfte, die hinter ihr ringen.

Angenommen, Zina winkte den fallenden Teilen zu? Winkte ihnen zu, um sie zu verführen, weiterzufallen. Noch war er sich nicht schlüssig darüber.

11

Herb Asher nahm den Jungen in die Arme. Er drückte ihn fest an sich.

„Und das ist Zina“, stellte Elias Tate vor. „Emmanuels Freundin.“ Er ergriff die Hand des Mädchens und führte es zu Herb Asher. „Sie ist ein wenig älter als Manny.“

„Hallo“, sagte Herb Asher. Aber er kümmerte sich nicht um Zina; er wollte sich Rybys' Sohn ansehen.

Zehn Jahre, dachte er. Dieses Kind ist aufgewachsen, während ich fortwährend geträumt und geglaubt habe zu leben, obwohl ich in Wirklichkeit nicht gelebt habe.

„Sie hilft ihm“, erklärte Elias. „Sie bringt ihm vieles bei. Mehr als die Schule. Mehr als ich.“

Herb Asher wandte sich dem Mädchen zu und sah ein schönes,

blasses, herzförmiges Gesicht mit Augen, in denen Licht funkelte. Was für ein schönes Kind, dachte er, und drehte sich wieder zu Rybys' Sohn herum. Aber dann, von irgend etwas irritiert, sah er noch einmal das Mädchen an.

Unheil verriet sich in ihrem Gesicht. Besonders in ihren Augen. Ja, dachte er, da ist etwas in ihren Augen. Eine Art Wissen.

„Sie sind jetzt seit vier Jahren zusammen", sagte Elias. „Sie hat ihm eine technisch hochentwickelte Tafel geschenkt. Eine Art Computerterminal. Es stellt ihm Fragen – konfrontiert ihn mit Fragen und gibt ihm Hinweise. Richtig, Manny?"

„Hallo, Herb Asher", sagte Emmanuel. Er wirkte im Gegensatz zu dem Mädchen ernst und bedrückt.

„Hallo", sagte er zu Emmanuel. „Du siehst deiner Mutter sehr ähnlich."

„Durch diese Feuerprobe wachsen wir", entgegnete Emmanuel rätselhaft, ohne zu erklären, was er damit meinte.

„Bist du ..." Herb wußte nicht, was er sagen sollte. „Ist alles in Ordnung?"

„Ja." Der Junge nickte.

„Du trägst eine schwere Last", stellte Herb fest.

„Die Tafel macht Tricks", bemerkte der Junge.

Stille kehrte ein.

„Was ist los?" fragte Herb Elias.

Elias sah den Jungen an. „Irgend etwas stimmt nicht, oder?"

„Während meine Mutter starb", erklärte Emmanuel und fixierte Herb Asher mit seinen Blicken, „hast du einer Illusion zugehört. Sie hat nicht existiert, dieses Geschöpf. Deine Fox ist ein Trugbild, nichts weiter."

„Das ist schon lange her", erwiderte Herb.

„Das Trugbild ist in dieser Welt", fuhr Emmanuel fort.

„Das ist nicht mein Problem", sagte Herb.

„Aber meines", entgegnete Emmanuel. „Ich werde es lösen. Nicht jetzt, sondern zur richtigen Zeit. Du bist eingeschlafen, Herb Asher, weil eine Stimme dir befahl einzuschlafen. Diese Welt hier, dieser Planet, all seine Bewohner – alles schläft hier. Ich beobachte es seit zehn Jahren, und es gibt nichts Gutes, was ich darüber sagen könnte. Was du getan hast, wird getan; was du gewesen bist, ist. Vielleicht schläfst du noch immer. Schläfst du, Herb Asher? Du hast von meiner Mutter geträumt, während du in kryonischer

Suspension gelegen hast. Ich habe deine Träume abgehört. Durch sie habe ich viel über sie gelernt. Ich bin so sehr ein Teil von ihr wie sie von mir. Wie ich ihr versprochen hatte, lebt sie in mir und *als ich* fort. Ich habe sie vom Tod befreit – deine Frau ist hier und nicht in dieser unordentlichen Kuppel. Ist dir das klar? Schau mich an, und du siehst Rybys, die du ignoriert hast."

„Ich ...", begann Herb Asher.

„Es gibt nichts, was du mir sagen kannst", unterbrach Emmanuel. „Ich höre, was dein Herz sagt, nicht deine Worte. Ich kannte dich damals, und ich kenne dich jetzt. ‚Herbert, Herbert', habe ich dich gerufen. Ich holte dich ins Leben zurück, um deinetwillen und um ihretwillen, und weil es um ihretwillen war, war es um meinetwillen. Als du ihr geholfen hast, da hast du mir geholfen. Und als du sie ignoriert hast, da hast du mich ignoriert. So spricht dein Gott."

Elias umarmte Herb Asher, um ihn zu trösten.

„Ich werde dir immer die Wahrheit sagen, Herb Asher", fuhr der Junge fort. „Kein Falsch ist an Gott. *Ich wollte, daß du lebst.* Ich habe dich damals, als du psychologisch tot warst, zum Leben erweckt. Gott wünscht nicht den Tod für irgendein lebendes Geschöpf, Gott erfreut sich nicht an der Nichtexistenz. Weißt du, was Gott ist, Herb Asher? Gott ist Er, Der zum Sein zwingt. Anders gesagt, wenn du den Sinn des Seins suchst, dem alles unterworfen ist, so wirst du gewiß auf Gott stoßen. Du kannst vom phänomenalen Universum zu Gott gelangen, oder du kannst vom Schöpfer zum phänomenalen Universum gelangen. Das eine impliziert das andere. Der Schöpfer wäre nicht der Schöpfer, gäbe es kein Universum, und das Universum würde aufhören zu bestehen, würde es der Schöpfer nicht aufrechterhalten. Der Schöpfer existiert zeitlich gesehen nicht vor dem Universum, er existiert überhaupt nicht in der Zeit. Gott erschafft ständig das Universum – er ist *in* ihm, er steht nicht über oder hinter ihm. Dies zu verstehen ist dir unmöglich, denn du bist ein erschaffenes Ding, und du existierst in der Zeit. Aber vielleicht kehrst du zu deinem Schöpfer zurück, und dann wirst du wieder nicht mehr in der Zeit existieren. Du bist der Atem deines Schöpfers, und wenn er ein- und ausatmet, lebst du. Denk daran, denn darin ist alles enthalten, was du über deinen Gott wissen mußt. Jede Schöpfung atmet Gott zunächst aus – und dann, an einem bestimmten Punkt, kehrt sie wieder zurück, wird eingeatmet. Dieser Zyklus endet nie. Du verläßt mich, du bist fort von mir; du kehrst zurück, du vereinigst dich mit mir. Du und alles andere. Es ist ein Prozeß, ein Geschehen. Es ist eine Aktivität – *meine* Aktivität. Es ist der Rhythmus meines eigenen Seins, und es erhält euch alle."

Voller Staunen dachte Herb Asher: ein zehnjähriger Junge. Ihr Sohn ist es, der so spricht.

„Emmanuel", sagte das Mädchen Zina, „du bist langweilig."

Der Junge lächelte sie an. „Also Spiele? Wäre das besser? Dinge erwarten mich, die ich formen muß. Ich muß Feuer entfachen, das brennt, das sengt. In der Schrift steht:

> Denn Er ist wie ein reinigendes Feuer.
>
> Und in der Schrift steht:
>
> Und wer kann den Tag Seiner Ankunft ertragen?
>
> Ich aber sage, es wird ärger sein. Ich sage:
>
> Der Tag kommt und glüht wie ein Backofen; all die Überheblichen und Bösen werden Spreu sein, und der Tag wird sie, wenn er kommt, entflammen; und weder Wurzel noch Zweig werden von ihnen übrigbleiben.

Was sagst du dazu, Herb Asher?" Emmanuel sah ihn forschend an und wartete auf seine Antwort.

Zina sagte:

> „Aber du, der du Meinen Namen fürchtest, für dich soll sich die Sonne der Gerechtigkeit mit heilenden Schwingen erheben."

„Das ist wahr", bestätigte Emmanuel.

Mit leiser Stimme sagte Elias:

> „Und ihr werdet sein wie Mastkälber, die aus dem Stall befreit werden."

„Ja“, bestätigte Emmanuel. Er nickte.

Herb Asher erwiderte den Blick des Jungen. „Ich habe Angst. Ich habe wirklich Angst.“ Er war froh, daß der Arm um ihn lag, Elias tröstender Arm.

In nüchternem Tonfall, mit milder Stimme bemerkte Zina: „Er wird all diese schrecklichen Dinge nicht tun. Es dient nur dazu, die Leute zu erschrecken.“

„Zina!“ rief Elias.

Lachend sagte sie: „Es stimmt. Fragt ihn.“

„Ihr sollt den Herrn, euren Gott, nicht auf die Probe stellen“, entgegnete Emmanuel.

„Ich fürchte mich nicht“, erklärte Zina leise.

Emmanuel wandte sich an sie:

> „Ich werde dich zerbrechen wie einen Eisenstab.
> Ich werde dich in Stücke schlagen
> Wie ein Tongefäß.“

„Nein“, widersprach Zina. Sie sah Herb Asher an. „Sie brauchen sich nicht zu fürchten. Es ist eine Redensart, mehr nicht. Kommen Sie zu mir, wenn Sie sich ängstigen, und ich werde mit Ihnen sprechen.“

„Das stimmt“, bestätigte Emmanuel. „Wenn du gefangen und ins Gefängnis geworfen wirst, so wird sie mit dir gehen. Sie wird dich niemals verlassen.“ Ein unglücklicher Ausdruck huschte über sein Gesicht, plötzlich war er wieder ein zehnjähriger Junge. „Aber . . .“

„Was ist?“ fragte Elias.

„Ich werde es jetzt nicht sagen“, erklärte Emmanuel mühsam. Ungläubig stellte Herb Asher fest, daß Tränen in seine Augen traten. „Vielleicht werde ich es niemals sagen. Sie weiß, was ich meine.“

„Ja“, nickte Zina, und sie lächelte. Unheil lag in ihrem Lächeln, oder zumindest erschien es Herb Asher so. Es verwirrte ihn. Er verstand das stille Abkommen nicht, das zwischen Rybys' Sohn und dem Mädchen bestand. Es erfüllte ihn mit Sorge, seine Furcht wuchs. Er empfand tiefes Unbehagen.

An diesem Tag nahmen die vier gemeinsam das Abendessen ein.

„Wo wohnst du?“ fragte Herb Asher das Mädchen. „Hast du eine Familie? Eltern?“

„Technisch gesehen bin ich ein Mündel der Regierungsschule, die wir besuchen“, antwortete Zina. „Aber in Wirklichkeit ist Elias für mich verantwortlich. Er hat die Vormundschaft für mich beantragt.“

Elias aß, konzentrierte sich auf seinen Teller und sagte: „Wir drei sind eine Familie. Und nun gehörst du auch dazu, Herb.“

„Ich werde vielleicht in meine Kuppel zurückkehren“, sagte Herb. „In das CY30-CY30B-System.“

Elias starrte ihn an, aß nicht weiter, die gehäufte Gabel erhoben. „Warum?“

„Ich fühle mich hier nicht wohl“, erklärte Herb. Er hatte noch keinen genauen Plan ins Auge gefaßt, seine Gefühle blieben verschwommen. Aber es waren intensive Gefühle. „Hier ist es bedrückend. Dort draußen hat man den Eindruck größerer Freiheit.“

„Die Freiheit, in deiner Koje zu liegen und Linda Fox zuzuhören?“ sagte Elias.

„Nein.“ Er schüttelte den Kopf.

„Emmanuel“, meldete sich Zina zu Wort, „du hast ihn mit deinem Gerede, die Erde mit Feuer zu überziehen, erschreckt. Es erinnert ihn an die Plagen in der Bibel. An das, was mit Ägypten geschehen ist.“

„Ich will nach Hause“, sagte Herb einfach.

„Du vermißt Rybys“, stellte Emmanuel fest.

„Ja.“ Das war die Wahrheit.

„Sie ist nicht dort“, erinnerte ihn Emmanuel. Er aß langsam, konzentriert, einen Bissen nach dem anderen. Als sei das Essen für ihn ein feierliches Ritual, dachte Herb.

„Kannst du sie nicht zurückholen?“ fragte er Emmanuel.

Der Junge erwiderte nichts darauf. Er aß weiter.

„Keine Antwort?“ murmelte Herb bitter.

„Deshalb bin ich nicht hier“, erklärte Emmanuel. „Sie hat es verstanden. Es ist nicht wichtig, daß du es verstehst, aber es war wichtig, daß sie es wußte. Und ich sorgte dafür, daß sie es wußte. Du erinnerst dich – du bist an jenem Tag, an dem ich ihr sagte, was sie erwartet, dabeigewesen.“

„In Ordnung", sagte Herb.

„Sie lebt jetzt woanders", fuhr Emmanuel fort. „Du ..."

„In Ordnung", wiederholte er zornig, voll hitziger Wut.

Emmanuel sprach langsam und ruhig mit unbewegtem Gesicht weiter. „Du begreifst die Situation nicht, Herbert. Es ist kein gutes Universum, um das ich ringe, und auch kein einfaches oder schönes. Die Existenz des Universums selbst steht auf dem Spiel. Der Endsieg Belials bedeutet nicht Gefangenschaft für die menschliche Rasse, nicht Sklaverei, sondern das Nichtsein – ohne mich gibt es nichts, nicht einmal Belial, den ich erschaffen habe."

„Iß weiter", forderte ihn Zina mit freundlicher Stimme auf.

„Die Macht des Bösen", fuhr Emmanuel fort, „besteht aus dem Verschwinden der Realität, dem Verschwinden des Seins selbst. Alles, was ist, löst sich auf, bis es schließlich wie Linda Fox ein Trugbild wird. Dieser Prozeß hat begonnen. Es begann mit dem Urfall. Ein Teil des Kosmos fiel. Die Gottheit selbst erlitt eine Krise. Kannst du dir das vorstellen, Herb Asher? Eine Krise der Basis des Seins? Was sagt dir das? Die Möglichkeit, daß die Gottheit verschwindet – sagt dir das etwas? Denn die Gottheit ist alles, was zwischen ..." Er brach ab. „Du kannst es dir nicht einmal vorstellen. Kein Geschöpf kann sich das Nichtsein vorstellen, vor allem nicht sein eigenes Nichtsein. Ich muß das Sein garantieren. Deines eingeschlossen."

Herb Asher sagte nichts.

„Ein Krieg steht bevor", erklärte Emmanuel. „Wir werden unsere Plätze einnehmen. Für uns, für uns beide, Belial und mich, wird es ein Tisch sein, an dem wir spielen. An dem wir um das Universum ringen, um das Sein als dem Sein als solchem. Ich habe das Ende der Zeitalter des Krieges heraufbeschworen; ich bin in Belials Gebiet eingedrungen, in seine Heimat. Ich habe *ihn* aufgesucht, nicht anders herum. Die Zeit wird erweisen, ob es ein weiser Entschluß war."

„Kannst du das Ergebnis nicht vorhersehen?" fragte Herb.

Emmanuel sah ihn an. Schweigend.

„Du kannst es", sagte Herb. Du kennst das Ergebnis, dachte er. Du kanntest es schon, als du dich in Rybys' Bauch begabst. Du kanntest es seit Anbeginn der Schöpfung – noch vor der Schöpfung sogar; noch bevor das Universum existierte.

„Sie werden sich bestimmten Regeln unterwerfen", bemerkte

Zina. „Regeln, mit denen sie sich beide einverstanden erklärt haben."

„Deshalb", sagte Herb, „hat Belial dich nicht angegriffen. Deshalb konntest du hier leben und aufwachsen – seit zehn Jahren. Er weiß, daß du hier bist..."

„Weiß er es?" fragte Emmanuel.

Stille.

„Ich habe es ihm nicht gesagt", stellte Emmanuel fest. „Es ist nicht meine Aufgabe. Er muß es selbst herausfinden. Ich meine nicht die Regierung. Ich meine die Macht, die in Wahrheit regiert, zu der im Vergleich die Regierung, alle Regierungen, nur Schatten sind."

„Er wird es ihm sagen, wenn er bereit ist", murmelte Zina. „Stark genug und bereit."

„Bist du stark genug und bereit, Emmanuel?" fragte Herb.

Der Junge lächelte. Das Lächeln eines Kindes, ein völliger Gegensatz zu der ernsten Miene, die er noch vor einem Moment gehabt hatte. Ein Spiel, durchfuhr es Herb Asher. Das Spiel eines Kindes!

Als er das erkannte, zitterte er.

Zina sagte:

> „Zeit ist ein Kind, das sich mit dem Damespiel beschäftigt;
> ein Kind, dem das Königreich gehört."

„Was ist das?" fragte Elias.

„Es entstammt nicht dem Judaismus", erwiderte Zina geheimnisvoll. Sie ging nicht näher darauf ein.

Der Teil von ihm, der aus seiner Mutter hervorgegangen ist, dachte Herb Asher, ist zehn Jahre alt. Und der Teil von ihm, der Jah ist, besitzt kein Alter; er ist die Unendlichkeit selbst. Eine Verbindung des sehr Jungen und des Zeitlosen – genau das, was Zina mit ihrem arkanumischen Zitat gemeint hat.

Vielleicht war diese Mischung nicht einzigartig. Jemand hatte es früher schon einmal festgestellt; festgestellt und in Worte gefaßt.

„Du hast es gewagt, in Belials Reich einzudringen", wandte sich Zina an Emmanuel, während sie aß, „aber hättest du den Mut, in *mein* Reich zu kommen?"

„Was ist das für ein Reich?" fragte Emmanuel. Elias starrte das

Mädchen an, ebenso wie Herb Asher, der gleichermaßen verblüfft war. Aber Emmanuel schien sie zu verstehen, er verriet keine Überraschung. Trotz seiner Frage, dachte Herb Asher, weiß er es bereits.

„Wo ich nicht das bin, wofür du mich jetzt hältst“, erklärte Zina.

Eine Weile war es still. Emmanuel dachte nach. Er antwortete nicht, sondern saß geistesabwesend da, als wären seine Gedanken weit fort. Er streift durch zahllose Welten, dachte Herb Asher. Wie seltsam ist das alles. Wovon reden sie?

Langsam und bedächtig sagte Emmanuel: „Ich habe eine schreckliche Aufgabe, um die ich mich kümmern muß, Zina. Ich habe keine Zeit.“

„Ich glaube, du hast Angst“, entgegnete Zina. Sie wandte sich ihrem Apfelkuchen und dem Eis zu.

„Nein“, widersprach Emmanuel.

„Dann komm“, sagte sie, und mit einemmal war in ihren dunklen Augen Farbe und Feuer, das Unheil und die Freude. „Ich führe dich“, sagte sie. „Hier.“ Sie reichte dem Jungen ihre Hand.

„Mein Psychopomp“, sagte Emmanuel düster.

„Ja – ich werde dein Führer sein.“

„Du willst den Herrn, deinen Gott, führen?“

„Ich will dir zeigen, wo die Glocken läuten. Ich will dir das Land zeigen, aus dem ihr Läuten schallt. Was meinst du?“

„Ich werde gehen“, entschied er.

„Wovon sprecht ihr?“ fragte Elias besorgt. „Manny, was ist? Was meint sie damit? Sie wird dich nirgendwohin mitnehmen, von dem ich nichts weiß.“

Emmanuel sah ihn an.

„Du hast viel zu tun“, erinnerte Elias.

„Es gibt kein Reich“, bemerkte Emmanuel, „in dem ich nicht bin. Falls es ein wirklicher Ort und kein Phantasiegebilde ist. Ist dein Reich ein Phantasiegebilde, Zina?“

„Nein“, erwiderte sie. „Es ist real.“

„Wo ist es?“ erkundigte sich Elias.

Zina sagte: „Es ist hier.“

„‚Hier‘?“ wiederholte Elias. „Was meinst du damit? Ich sehe, was hier ist – hier ist hier.“

„Sie hat recht“, erklärte Emmanuel. „Gottes Seele“, sagte er zu Zina, „folgt dir.“

„Und vertraut sie mir?"

„Dies ist ein Spiel", stellte Emmanuel fest. „Für dich ist alles ein Spiel. Ich werde bei dem Spiel mitmachen. Ich kann es. Ich werde spielen und zurückkehren. Zurück in diese Sphäre."

„Ist dir diese Sphäre so viel wert?" fragte Zina.

„Sie ist ein schrecklicher Ort", murmelte Emmanuel. „Aber an diesem Ort muß ich an jenem großen Tag zur Stelle sein."

„Verschiebe diesen Tag", riet Zina. „*Ich* werde ihn verschieben. Ich werde dir die Glocken zeigen, die du hörst, und dann wird dieser Tag . . ." Sie verstummte.

„Er wird trotzdem kommen", sagte Emmanuel. „Es ist vorherbestimmt."

„Dann sollten wir jetzt spielen", sagte Zina kryptisch. Herb und Elias waren noch immer verwirrt. Herb Asher dachte: Beide wissen, was der andere meint, aber ich nicht. Wohin nimmt sie ihn mit, falls dieses Wo hier ist? *Wir sind jetzt hier.*

„Das Geheime Königreich", sagte Emmanuel.

„Verdammt, nein!" stieß Elias hervor. Er warf seine Tasse durch das Zimmer, sie sprang an der gegenüberliegenden Wand in tausend Splitter. „Manny – ich habe von diesem Ort gehört!"

„Worum handelt es sich dabei?" fragte Herb Asher, den der Zorn des alten Mannes erstaunte.

„Hört", sagte Zina ruhig, „dies ist die korrekte Bezeichnung: ‚ein Mittelding zwischen Mensch und Engel'."

„Du wirst fortgelockt!" fauchte Elias wütend. Er beugte sich nach vorn und hielt den Jungen mit seinen großen Händen fest.

„So ist es", bestätigte Emmanuel.

„Weißt du, wohin sie dich mitnimmt?" fragte Elias. „Du weißt es. Du hast keine Angst, Manny – das ist ein Fehler. Du solltest Angst haben." Er wandte sich an Zina. „Geh fort von hier! Ich wußte nicht, was du bist." Erregt und unglücklich, mit bebenden Lippen, starrte er sie an. „Ich habe dich nicht erkannt, ich habe es nicht gewußt."

„Er schon", entgegnete Zina. „Emmanuel hat es gewußt. Die Tafel hat es ihm verraten."

„Essen wir zu Ende", sagte Emmanuel, „und dann, Zina, werde ich mit dir gehen." Er begann wieder, auf seine methodische Weise mit ausdruckslosem Gesicht zu essen. „Ich habe eine Überraschung für dich, Zina", bemerkte er.

„Was für eine?“ fragte sie. „Wie sieht sie aus?“

„Etwas, was du nicht weißt.“ Emmanuel hielt mit dem Essen inne. „Dies war vorherbestimmt, von Anfang an. Ich habe es gesehen, bevor das Universum existierte. Meine Reise in dein Land.“

„Dann weißt du, wie sie ausgehen wird“, erkannte Zina. Zum ersten Male schien sie zu zögern, sie verriet Unsicherheit. „Ich vergesse manchmal, daß du alles weißt.“

„Nicht alles. Wegen meines Gehirnschadens, dem Unfall. Es gibt eine Zufallsvariable, ein unvorhersehbares Element.“

„Gott neigt zum Glücksspiel?“ fragte Zina. Sie wölbte die Brauen.

„Falls es notwendig ist“, nickte Emmanuel. „Falls es keinen anderen Weg gibt.“

„Du hast es geplant“, rief Zina. „Oder nicht? Ich weiß es nicht. Du bist verletzt; du hättest es nicht wissen können . . . Du taktierst nur, Emmanuel.“ Sie lachte. „Sehr gut. Ich kann nicht sicher sein. Ausgezeichnet; ich gratuliere dir.“

„Du mußt es riskieren, auch wenn du nicht weißt, ob ich es geplant habe oder nicht“, bemerkte Emmanuel.

Sie zuckte die Achseln. Aber es schien Herb Asher, daß sie ihre Selbstsicherheit verloren hatte. Emmanuel hatte sie nervös gemacht. Er dachte: Und das ist gut so.

„Verlaß mich nicht, Herr“, bat Elias mit zitternder Stimme. „Nimm mich mit dir.“

„In Ordnung.“ Der Junge nickte.

„Und was ist mit mir?“ fragte Herb Asher.

„Kommen Sie mit“, sagte Zina.

„‚Das Geheime Königreich‘“, murmelte Elias. „Ich habe nie geglaubt, daß es existiert.“ Verwirrt betrachtete er das Mädchen. „Es existiert nicht, das ist es!“

„Es existiert“, widersprach sie. „Und hier. Begleiten Sie uns, Mr. Asher. Sie sind willkommen. Aber dort bin ich nicht das, was ich jetzt bin. Keiner von uns ist es. Abgesehen von dir, Emmanuel.“

Elias wandte sich an den Jungen. „Herr . . .“

„Es führt eine Tür in ihr Land“, unterbrach Emmanuel. „Sie ist überall dort, wo die Goldene Proportion existiert. Stimmt es, Zina?“

„Es stimmt", bestätigte sie.

„Sie basiert auf der Fibonacci-Konstante", fuhr Emmanuel fort. „Eine Ratio", erklärte er Herb Asher. „1 zu 0,618034. Die alten Griechen kannten sie als die Goldene Sektion und als das Goldene Dreieck. Bei ihrer Architektur fand sie Verwendung... zum Beispiel beim Pantheon. Für sie war sie ein geometrisches Modell, aber Fibonacci von Pisa entwickelte sie im Mittelalter zu einem Zahlenbegriff."

„Allein in diesem Zimmer", sagte Zina, „gibt es mehrere Türen. Die Ratio", wandte sie sich an Herb Asher, „ist die gleiche, die man beim Kartenspielen verwendet – drei zu fünf. Man findet sie in Schneckenhäusern und extragalaktischen Nebeln, in dem Muster Ihres Haares auf der Kopfhaut bis hin..."

„Sie durchdringt das Universum", erklärte Emmanuel, „vom Mikrokosmos bis in den Makrokosmos. Sie wurde als eine der Erscheinungsformen Gottes bezeichnet."

Im kleinen Gästezimmer von Elias' Haus bereitete sich Herb Asher auf die Nachtruhe vor.

Elias stand mit einer schweren Robe und mit großen Sandalen im Türrahmen und sagte: „Kann ich mit dir sprechen?"

Herb nickte.

„Sie nimmt ihn mit", fuhr Elias fort. Er kam in das Zimmer und setzte sich. „Ist dir das klar? Der Angriff erfolgt nicht aus der Richtung, die wir erwartet haben. Die *ich* erwartet habe", berichtigte er sich. Mit düsterem Gesicht saß er da und faltete und entfaltete seine Hände. „Der Feind hat eine seltsame Gestalt angenommen."

Fröstelnd fragte Herb: „Belial?"

„Ich weiß es nicht, Herb. Ich kenne das Mädchen seit vier Jahren. Ich halte sehr viel von ihr. In gewisser Weise liebe ich sie. Fast so sehr wie Manny. Sie ist ihm eine gute Freundin gewesen. Offenbar hat er es gewußt, vielleicht nicht genau... aber irgendwann im Lauf der Zeit hat er es herausgefunden. Ich habe es überprüft, ich habe meinen Computerterminal nach dem Ursprung des Wortes *zina* gefragt. Es ist das rumänische Wort für Fee. Eine andere Welt hat Emmanuel entdeckt. Sie traf ihn an seinem ersten Schultag. Sie hat auf ihn gewartet. Sie wußte, daß er kommt. Du verstehst?"

„Deshalb hatte ich dieses Gefühl des Unheils, als ich sie zuerst sah", murmelte Herb Asher. Er war müde. Es war ein langer Tag gewesen.

„Sie wird ihn führen", sagte Elias, „und er wird ihr folgen. Bewußt folgen, glaube ich. Er besitzt Voraussicht. Es ist das, was man als Vorauswissen über das Universum bezeichnet. Einst sah er alles voraus. Jetzt nicht mehr. Es ist seltsam, wenn man darüber nachdenkt, daß er seine eigene Unfähigkeit zur Voraussicht, seinen Erinnerungsverlust, voraussah. Ich werde ihm vertrauen müssen, Herb; es gibt keine Möglichkeit ..." Er gestikulierte. „Du verstehst schon."

„Niemand kann ihm sagen, was er tun soll."

„Herb, ich will ihn nicht verlieren."

„Wie kann er verlorengehen?"

„Vor langer Zeit ist die Gottheit auseinandergebrochen. Ein Urschisma. Das ist die Ursache aller Probleme, der jetzigen Situation, Belials und alles anderen. Eine Krise, die einen Teil der Gottheit zu Fall brachte – die Gottheit teilte sich. Ein Teil blieb transzendent, und ein anderer wurde erniedrigt. Fiel mit der Schöpfung, fiel mit der Welt. Die *Gottheit hat den Kontakt mit einem Teil ihres Selbst verloren."*

„Und sie könnte sich weiter teilen?"

„Ja", nickte Elias. „Es könnte eine weitere Krise geben. Vielleicht ist dies die Krise. Ich weiß es nicht. Ich weiß nicht einmal, ob *er* es weiß. Sein menschliches Ich, der Teil, der Rybys entstammt, kennt Furcht, aber die andere Hälfte – die andere Hälfte kennt keine Furcht. Aus offensichtlichen Gründen. Vielleicht ist dies nicht gut."

In dieser Nacht träumte Herb Asher, daß eine Frau ihm etwas vorsang. Sie schien Linda Fox zu sein, und gleichzeitig war sie es nicht. Er konnte sie sehen, und er sah schreckliche Schönheit, Wildheit und Licht und ein süßes, leuchtendes Gesicht mit Augen, die ihn liebevoll ansahen. Er saß mit der Frau in einem Auto, und die Frau steuerte. Er beobachtete sie nur, war verzaubert von ihrer Schönheit. Sie sang:

„Um die Morgenröte zu erreichen,
mußt du deine Sandalen überstreifen."

Aber er mußte nicht gehen, denn die wunderschöne Frau nahm ihn mit dorthin. Sie trug ein weißes Kleid, auf ihrem zerzausten Haar saß eine Krone. Sie war eine sehr junge Frau, aber nichtsdestotrotz eine Frau – und kein Kind wie Zina.

Als er am nächsten Morgen erwachte, verfolgten ihn die Schönheit der Frau und ihr Gesang. Er konnte sie nicht vergessen. Er dachte: Sie sieht besser aus als die Fox. Ich hätte es nicht geglaubt, hätte ich sie nicht gesehen. Ich würde sie der Fox vorziehen. Wer ist sie?

„Guten Morgen", sagte Zina, die auf dem Weg ins Badezimmer war, um sich die Zähne zu putzen. Er bemerkte, daß sie Sandalen trug. Ebenso wie Elias. Was bedeutet dies? fragte sich Herb.

Er wußte keine Antwort darauf.

12

„Du tanzt und singst die ganze Nacht", sagte Emmanuel. Er dachte: Und es ist wunderschön. „Zeig es mir", bat er.

„Dann beginnen wir", nickte Zina.

Er saß unter Palmen und wußte, daß er den Garten betreten hatte, aber es war der Garten, den er selbst zu Beginn der Schöpfung entworfen hatte; sie hatte ihn nicht in ihre Sphäre gebracht. Dies war sein eigenes wiederhergestelltes Reich.

Gebäude und Fahrzeuge, aber die Menschen waren nicht in Eile. Sie saßen da und genossen die Sonne. Eine junge Frau hatte ihre Bluse aufgeknöpft, Schweißperlen glitzerten auf ihren Brüsten, die Sonne war heiß und hell.

„Nein", sagte er, „dies ist nicht das Königreich."

„Ich habe dich in die Irre geführt", gab Zina zu. „Aber das spielt keine Rolle. Mit diesem Ort ist alles in Ordnung, oder? Fehlt etwas? Du weißt, daß nichts fehlt – es ist das Paradies."

„Ich habe es so erschaffen", erinnerte er sich.

„So ist es", nickte Zina. „Dies ist das Paradies, das du erschaffen hast, aber ich werde dir etwas Besseres zeigen. Komm." Sie ergriff seine Hand. „Dieses Bankgebäude besitzt einen Eingang nach dem Muster des Goldenen Dreiecks. Wir können dort eintreten; er ist so gut wie jeder andere." Sie hielt ihn an der Hand und führte ihn zur Ecke, wartete, daß die Ampel umsprang, und zusammen gingen sie dann den Bürgersteig entlang, vorbei an den sich ausruhenden Menschen, und näherten sich dem Bankgebäude.

Emmanuel verharrte im Schritt. „Ich ..."

„Dort ist der Eingang", sagte sie und führte ihn die Treppe hinauf. „Dein Reich endet hier, und meines beginnt. Von jetzt an gelten meine Gesetze." Sie umklammerte seine Hand fester.

„So soll es sein", nickte er und ging weiter.

Der Robotkassierer sagte: „Haben Sie Ihr Sparbuch dabei, Miß Pallas?"

„In meiner Tasche." Die junge Frau neben Emmanuel öffnete ihre Handtasche, suchte zwischen Schlüsseln, Kosmetika, Briefen und anderen Gegenständen, bis ihre flinken Finger das Sparbuch fanden. „Ich möchte ... nun, wieviel habe ich?"

„Ihr Guthaben ist in Ihrem Sparbuch vermerkt", erklärte der Robotkassierer mit seiner leidenschaftslosen Stimme.

„Ja", nickte sie, öffnete das Sparbuch, überflog die Eintragungen, griff dann nach einem Auszahlungsformular und füllte es aus.

„Sie lösen Ihr Konto auf?" sagte der Robotkassierer, als sie ihm das Sparbuch und das Formular reichte.

„So ist es."

„Sind Sie unzufrieden mit unseren ..."

„Es geht dich nichts an, verdammt, warum ich mein Konto auflöse", unterbrach sie. Sie stützte sich mit den spitzen Ellbogen auf den Schalter und bewegte sich ungeduldig hin und her. Emmanuel stellte fest, daß sie Schuhe mit hohen Absätzen trug. Sie war älter geworden, mit einer gemusterten Wollbluse und Jeans bekleidet und hatte das Haar mit einem Kamm aufgesteckt. Zudem, bemerkte er, trug sie eine Sonnenbrille. Sie lächelte ihn an.

Sie hat sich bereits verändert, sagte er sich.

Schließlich standen sie auf dem Dachparkplatz des Bankgebäudes. Zina suchte in ihrer Handtasche nach den Luftautoschlüsseln.

„Ein schöner Tag", sagte sie. „Steig ein, ich öffne dir die Tür." Sie schlüpfte hinter den Steuerknüppel des Luftautos und entriegelte die Beifahrertür.

„Ein hübsches Auto", bemerkte er, und er dachte: Sie enthüllt ihre Domäne nur nach und nach. Wie sie mich zunächst in meine eigene Garten-Welt geführt hat, so führt sie mich nun Stück für Stück durch die Ebenen, die immer höheren Ebenen ihres eigenen Reiches.

Je tiefer wir eindringen, desto mehr wird das Beiwerk verschwinden. Dies ist im Augenblick nur die Oberfläche.

Dies, dachte er, ist Zauberei. *Hüte dich!*

„Mein Wagen gefällt dir? Ich fahre mit ihm immer zur Arbeit..."

Barsch unterbrach er: „Du lügst, Zina!"

„Was meinst du damit?" Das Luftauto hob sich in den warmen Mittagshimmel und fädelte sich in den Verkehr ein. Aber ihr Lächeln verriet sie. „Es ist der Anfang", sagte sie. „Ich will dich nicht erschrecken."

„Hier", erklärte er, „in dieser Welt, bist du kein Kind. Das war nur eine Gestalt, die du angenommen hast, eine Pose."

„Dies ist meine wahre Gestalt. Ehrlich."

„Zina, du besitzt keine wahre Gestalt. Ich kenne dich. Für dich ist jede Gestalt erreichbar. Jede Gestalt, die du annehmen willst, nimmst du von einem Moment zum anderen an. In dem einen Augenblick bist du da, in dem anderen schon wieder fort, wie eine Seifenblase."

Zina wandte sich ihm zu, ohne den Verkehr aus den Augen zu lassen. „Du bist jetzt in meiner Welt, Jah. Nimm dich in acht."

„Ich kann deine Welt zerstören."

„Sie wird wieder entstehen. Sie ist immer und überall. Wir sind nicht weit gegangen – die Schule, die wir beide besuchen, ist nur ein paar Kilometer entfernt; ebenso das Haus, in dem Elias und Herb Asher beraten, was sie unternehmen sollen. Räumlich gesehen ist dies kein anderer Ort, und du weißt es."

„Aber", wandte er ein, „hier gilt dein Gesetz."

„Belial ist nicht hier", erklärte sie.

Das überraschte ihn. Er hatte es nicht vorausgesehen, und als er erkannte, daß er es nicht vorausgesehen hatte, da wußte er, daß er die gesamte Situation nicht richtig vorausgesehen hatte. Sich in einem Punkt geirrt zu haben bedeutete, sich in allen Punkten zu irren.

„Er ist nie in mein Reich eingedrungen", fuhr Zina fort, während sie das Luftauto durch den Flugverkehr über Washington

D.C. steuerte. „Er weiß nicht einmal, daß es existiert. Sollen wir zum Flutbecken fliegen und uns die japanischen Kirschbäume anschauen? Sie blühen jetzt."

„Tatsächlich?" sagte er. Es schien ihm dafür zu früh zu sein.

„Sie blühen jetzt", bekräftigte Zina und lenkte das Luftauto in Richtung Stadtzentrum.

„In deiner Welt", murmelte er und verstand. „Es ist Frühling." Er konnte an den Bäumen unter ihnen Blätter und Blüten erkennen. Weite Flächen aus hellem Grün.

„Dreh dein Fenster herunter", forderte sie ihn auf.

„Die Wärme im Palmgarten ...", begann er.

„Sengende, verdorrende, trockene Hitze", sagte sie. „Die die Welt ausdörrt und in eine Wüste verwandelt. Du hast schon immer eine Schwäche für trockenes Land gehabt. Hör mir zu, Jahwe. *Ich werde dir Dinge zeigen, von denen du nichts weißt.* Du bist aus der Wüste in eine frostige Landschaft gezogen – Methankristalle, hier und dort kleine Kuppeln und dumme Eingeborene. Du weißt nichts!" Ihre Augen glitzerten. „Du schleichst in der Ödnis herum und versprichst deinem Volk eine Zuflucht, die es niemals findet. All deine Versprechen sind unerfüllt geblieben – und das ist gut, denn zumeist hast du versprochen, daß du sie verfluchen und strafen und vernichten wirst. Jetzt sei still. Meine Zeit und mein Reich sind gekommen, dies ist meine Welt. Es ist Frühling, und weder die Luft noch dein Einfluß können die Pflanzen verdorren lassen. Hier in meinem Reich wirst du niemanden verletzen. Hast du mich verstanden?"

„Wer bist du?" fragte er.

Lachend antwortete sie: „Ich heiße Zina. Fee."

„Ich glaube ..." Verwirrt begann er erneut. „Du ..."

„Jahwe", sagte die Frau, „du weißt nicht, wer ich bin, und du weißt nicht, wo du bist. Ist dies das Geheime Königreich? Oder bist du überlistet worden?"

„Du hast mich überlistet", sagte er.

„Ich bin deine Führerin", entgegnete sie. „Wie es im *Sepher Yezirah* steht:

> Begreife diese große Weisheit, verstehe dieses Wissen, erkundige dich danach und überdenke es, lege es offen und führe den Schöpfer wieder zurück zu Seinem Thron.

Und das", schloß sie, „ist das, was ich tun werde. Aber auf einem Weg, an den du nicht glauben wirst. Es ist ein Weg, den du nicht kennst. Du wirst mir vertrauen müssen; du wirst deiner Führerin vertrauen müssen wie Dante seinem Führer vertraut hat, auf dem Weg durch die Sphären, hinauf und immer weiter hinauf."

Er sagte: „Du bist der Widersacher."

„Ja", sagte Zina. „Das bin ich."

Aber, dachte er, das ist nicht alles. So einfach ist es nicht. Du bist komplex, erkannte er, du, die du den Wagen steuerst. Paradox und widersprüchlich bist du, und vor allem liebst du es zu spielen. Dein Spieltrieb. Ich muß es auf diese Weise betrachten, als Spiel.

„Ich werde spielen", stimmte er zu. „Ich bin bereit."

„Gut." Sie nickte. „Könntest du für mich meine Zigaretten aus der Handtasche holen? Der Verkehr wird immer dichter – ich werde Schwierigkeiten haben, einen Parkplatz zu finden."

Er stöberte in ihrer Handtasche. Vergeblich.

„Kannst du sie nicht finden? Schau weiter nach, sie sind dort."

„Du hast so viele Sachen in deiner Handtasche." Er fand die Packung Salem-Zigaretten und reichte sie ihr.

„Gott zündet einer Frau eine Zigarette nicht an?" Sie nahm eine Zigarette und drückte den Zigarettenanzünder in die Verschalung.

„Was weiß ein zehnjähriger Junge schon von diesen Dingen?" entgegnete er.

„Seltsam", meinte sie. „Ich bin alt genug, um deine Mutter zu sein. Und trotzdem bist du älter als ich. Es ist paradox; du wußtest, daß du hier auf Paradoxa stoßen würdest. In meiner Sphäre gibt es sie im Überfluß, wie du dir vermutlich gedacht hast. Möchtest du zurückkehren, Jahwe? In den Palmgarten? Er ist irreal, und du weißt es. Bis du deinem Widersacher eine entscheidende Niederlage beigebracht hast, wird er irreal bleiben. Diese Welt ist verschwunden und nur noch eine Erinnerung."

„Du bist der Widersacher", sagte er verwirrt, „aber du bist nicht Belial."

„Belial ist in einem Käfig im Zoo von Washington D.C.", erklärte Zina. „In meiner Sphäre. Als Exemplar einer extraterrestrischen Lebensform – ein armseliges Exemplar. Ein Ding vom Sirius, vom vierten Planeten des Sirius-Systems. Die Besucher starren ihn voller Staunen an."

Er lachte.

„Du glaubst, ich mache Scherze. Ich werde dich in den Zoo führen. Ich werde ihn dir zeigen."

„Ich nehme dich ernst." Erneut lachte er; die Vorstellung entzückte ihn. „Das Böse in einem Käfig im Zoo – wohl auch mit eigener Temperatur, Schwerkraft, Atmosphäre und importiertem Futter? Eine exotische Lebensform?"

„Er spuckt Gift und Galle deswegen", sagte Zina.

„Davon bin ich überzeugt. Was hast du mit mir vor, Zina?"

Sie sagte schlicht: „Es geht um die Wahrheit, Jahwe. Ich will dir die Wahrheit zeigen, bevor du von hier fortgehst. Ich würde den Herrn, unseren Gott, niemals einsperren. Du kannst frei in meinem Land umherstreifen – du bist hier frei, Jahwe, vollkommen frei. Ich gebe dir mein Wort."

„Truggebilde", sagte er. „Die Fesseln einer *zina.*"

Nach einigen Schwierigkeiten fand sie eine Lücke, in der sie ihr Luftauto parken konnte. „Wie du meinst", meinte sie. „Gehen wir spazieren und schauen uns die Kirschblüten an, Jahwe; ihre Farbe ist auch meine, ihre rosa Farbe. Dies ist mein Kennzeichen. Wenn das rosa Licht zu sehen ist, dann bin ich nahe."

„Ich kenne dieses Rosa", versicherte er. „Es ist die menschliche Phosphenreaktion auf das das ganze Spektrum einschließende Weiß, auf das reine Sonnenlicht."

Als sie das Luftauto abschloß, bat sie: „Schau dir die Menschen an."

Er sah sich um. Und sah niemanden. Die Bäume mit ihrer Blütenpracht säumten das Flutbecken in einem großen Halbkreis. Aber trotz der geparkten Wagen war kein Spaziergänger zu entdecken.

„Dann ist dies eine Täuschung", stellte er fest.

„Du bist hier, Jahwe", entgegnete Zina, „und deshalb kann ich deinen großen und schrecklichen Tag verschieben. Ich möchte die Welt nicht versengt sehen. Ich möchte, daß du das siehst, was du nicht siehst. Nur wir beide sind hier – wir sind allein. Nach und nach werde ich dir mein Reich enthüllen, und wenn ich fertig bin, dann wirst du deinen Fluch auf die Welt zurückziehen. Ich habe dich jetzt seit Jahren beobachtet. Ich habe deine Abneigung gegen die menschliche Rasse bemerkt, und ich weiß, daß du sie für wertlos hältst. Ich sage dir, sie ist nicht wertlos, sie hat den Tod nicht verdient – wie du es auf deine pompöse Art ausdrückst. Die ist wunderschön, ich bin wunderschön, die Kirschblüten wunderschön. Der Robotkassierer in der Bank – selbst e wunderschön. Die Macht Belials ist lediglich Nebel, der die wa Welt verhüllt, und wenn du die wahre Welt angreifst, was du mit deiner Ankunft auf der Erde beabsichtigst, dann wirst du Schönheit, Freundlichkeit und Reiz zerstören. Erinnerst du dich an den überfahrenen Hund im Rinnstein der Straße? Erinnere dich, was du ihm gegenüber empfunden hast. Erinnere dich, was er in deinen Augen war. Erinnere dich an den Vers, den Elias über diesen Hund und den Tod des Hundes gedichtet hat. Erinnere dich an die Würde des Hundes, und vergiß gleichzeitig nicht, daß der Hund unschuldig war. Sein Tod war eine Folge grausamer Notwendigkeit. Eine falsche und grausame Notwendigkeit. Der Hund . . .“

„Ich weiß“, unterbrach er.

„Du weißt was? Daß der Hund falsch behandelt worden ist? Daß er geboren war, um ungerechten Schmerz zu erleiden? Nicht Belial hat den Hund erschlagen, sondern du, Jahwe, der Herr der Heerscharen. Nicht Belial hat den Tod in die Welt gebracht, denn in ihr hat es den Tod immer gegeben – der Tod reicht auf diesem Planeten Milliarden Jahre zurück. Was der Hund erlitt – das ist das Schicksal jeder Kreatur, die du erschaffen hast. Du hast um den Hund geweint, nicht wahr? Damals habe ich gedacht, du würdest es begreifen, aber jetzt hast du es vergessen. Wenn ich dich an irgend etwas erinnern müßte, dann würde ich dich an diesen Hund erinnern und an das, was du gefühlt hast. Ich würde dich daran erinnern, wie dir der Hund den Weg gezeigt hat. Es ist der Weg des Mitleids, des edelsten aller Wege, und ich glaube nicht, daß du ursprünglich dieses Mitleid gekannt hast, ich glaube es wirklich nicht. Du bist hier, um Belial zu vernichten, deinen Widersacher, nicht, um die Menschheit zu befreien; *du bist hier, um Krieg zu führen.* Ist das recht von dir, frage ich? Wo ist der Frieden, den du dem Menschen versprochen hast? Du bist mit dem Schwert gekommen, und Millionen werden sterben. Es wird der sterbende Hund in millionenfach potenzierter Form sein. Du hast um den Hund geweint, du hast um deine Mutter und selbst um Belial geweint. Wenn du alle Tränen trocknen willst, wie es in der Schrift steht, dann geh und verlasse diese Welt, denn das Böse dieser Welt, das du ‚Belial‘ und deinen ‚Widersacher‘ nennst, ist eine

Form der Illusion. Dies sind keine schlechten Menschen. Dies ist keine schlechte Welt. Überziehe sie nicht mit Krieg, sondern bringe ihr Blumen." Sie brach eine Kirschblütenknospe ab und reichte sie ihm, und automatisch nahm er sie entgegen.

„Du bist sehr verführerisch", bemerkte er.

„Das ist meine Aufgabe", erklärte sie. „Ich sage diese Dinge, weil ich diese Dinge weiß. Es ist kein Falsch in ihnen, und es ist kein Falsch in mir, aber wie du verfluchst, so spiele ich eben. Wer von uns hat den rechten Weg gefunden? Zweitausend Jahre lang hast du auf deine Gelegenheit gewartet, bis du in Belials Festung eindringen konntest, um ihn zu unterwerfen. Ich schlage vor, du suchst dir etwas anderes aus. Gehen wir spazieren und schauen wir uns die Blumen an. Das ist besser. Und die Welt wird blühen. Es ist Frühling. Jetzt wachsen die Blumen, und mit mir ist der Tanz und das Glockengeläut. Du hast die Glocken gehört und du weißt, daß ihre Schönheit größer ist als die Macht des Bösen. In gewisser Hinsicht ist ihre Schönheit größer als deine eigene Macht, Jahwe, Herr der Heerscharen. Stimmst du mir nicht zu?"

„Zauberei", sagte er. „Ein Bann."

„Schönheit ist ein Bann", nickte sie, „und Krieg ist Realität. Möchtest du den Ernst des Krieges in meiner Welt oder das vergiftet sehen, was du hier siehst? Wir sind jetzt allein, aber später werden Menschen erscheinen; ich werde mein Reich wieder bevölkern. Aber ich möchte in diesem Augenblick ganz offen zu dir sein. Weißt du, wer ich bin? Du weißt nicht, wer ich bin, aber schließlich werde ich dich Stufe für Stufe hinauf zu deinem Thron führen, dich, den Schöpfer, und dann wirst du wissen, wer ich bin. Du hast eine Vermutung, aber deine Vermutung ist nicht richtig. Es gibt noch viele andere Vermutungen – du, der du alles wissen solltest. Ich bin nicht die Heilige Weisheit, und ich bin nicht Diana. Ich bin keine *zina;* ich bin nicht Pallas Athene. Ich bin etwas anderes. Ich bin die Frühlingskönigin und dennoch bin ich auch das nicht; all diese Gestalten sind, wie du gesagt hast, Täuschungen. Was ich bin, was ich wirklich bin, das wirst du selbst herausfinden müssen. Laß uns jetzt gehen."

Sie schritten den Weg entlang, am Wasser und an den Bäumen vorbei.

„Wir sind Freunde, du und ich", stellte Emmanuel fest. „Ich neige dazu, auf dich zu hören."

„Dann verschiebe deinen großen und schrecklichen Tag. Es ist nichts Gutes am Feuertod – er ist der schlimmste Tod, den es gibt. Du bist die Sonnenhitze, die die Ernte vernichtet. Seit vier Jahren sind wir beide zusammen. Ich habe beobachtet, wie deine Erinnerung zurückkehrte, und ich habe diese Rückkehr bedauert. Du hast diese unglückliche Frau gepeinigt, die deine Mutter war. Du hast deine eigene Mutter krank gemacht, die du zu lieben vorgibst, um die du geweint hast. Statt Krieg gegen das Böse zu führen, solltest du den Hund im Rinnstein heilen und damit auch deine eigenen Tränen trocknen. Ich habe es gehaßt, dich weinen zu sehen. Du hast geweint, weil du dein wahres Selbst zurückerlangt und dieses Selbst verstanden hast. Du hast geweint, weil du erkannt hast, was du bist."

Er sagte nichts.

„Die Luft riecht gut", bemerkte Zina.

„Ja", nickte er.

„Ich werde die Menschen zurückholen", sagte sie. „Einen nach dem anderen, bis sie alle bei uns sind. Schau sie dir an. Wenn du einen findest, den du erschlagen würdest, so sage es mir, und ich will diese Person erneut verbannen. Aber du mußt dir diese Person, die du erschlagen würdest, ansehen – du mußt in dieser Person den überfahrenen und sterbenden Hund sehen. Erst dann hast du das Recht, diese Person zu erschlagen. Erst wenn du weinst, bist du wirklich zur Zerstörung berechtigt. Verstehst du?"

„Genug", versicherte er.

„Warum hast du nicht um den Hund geweint, bevor er von dem Auto überfahren wurde? Warum hast du gewartet, bis es zu spät war? Der Hund hat seine Situation akzeptiert, aber ich nicht. Ich berate dich, ich bin deine Führerin. Ich sage: Du handelst falsch. Hör auf mich. Halte ein!"

„Ich bin gekommen", erwiderte er, „um sie von der Unterdrükkung zu erlösen."

„Du bist geschädigt. Ich weiß es. Ich weiß, was mit der Gottheit geschehen ist, ich kenne die ursprüngliche Krise. Sie ist für mich kein Geheimnis. In diesem Zustand planst du, sie von der Unterdrückung durch einen großen und schrecklichen Tag zu erlösen. Ist das vernünftig? Befreist du auf diese Weise Gefangene?"

„Ich muß die Macht des . . ."

„Wo ist diese Macht? Ist es die Regierung? Bulkowsky und Harms? Sie sind Idioten, sie sind ein Witz. Würdest du sie töten? Das Taliongesetz, das du erlassen hast, sagt dem Menschen:

> Du hast gelernt, daß geschrieben steht: *Auge um Auge und Zahn um Zahn.* Ich aber sage dir: Schlägt man dich auf die eine Wange, so halte auch die andere hin.

Du mußt nach deinen eigenen Worten leben, du mußt deinem Widersacher Belial auch die andere Wange hinhalten. In meinem Reich besitzt er keine Macht – *er* ist nicht hier. Was hier ist, das ist ein Tier in einem Käfig im städtischen Zoo. Wir füttern es, geben ihm Wasser, Atmosphäre und die richtige Temperatur. Wir versuchen es dem Ding so angenehm wie möglich zu machen. In meinem Reich töten wir nicht. Hier gibt es keinen großen und schrecklichen Tag, und es wird ihn nie geben. Bleib in meinem Reich, oder mache aus meinem Reich dein Reich, aber verschone Belial – verschone alle. Und dann brauchst du nicht mehr zu weinen, und die Tränen werden, wie du versprochen hast, trocknen."

Emmanuel sagte: „Du bist Christus."

„Nein, das bin ich nicht", erklärte Zina lachend.

„Du zitierst ihn."

„‚Selbst der Teufel kann die Schrift zitieren.'"

In ihrer Nähe erschienen zahlreiche Menschen in dünner Sommerkleidung. Männer in Hemdsärmeln, Frauen in Röcken.

„Die Feenkönigin", sagte er. „Du verführst mich. Du bringst mich ab vom Weg mit Lichtgefunkel, mit Tanz, Gesang und dem Läuten der Glocken – immer mit dem Läuten der Glocken."

„Die Glocken werden vom Wind geläutet", entgegnete Zina. „Und der Wind spricht die Wahrheit. Immer. Der Wüstenwind. Du weißt das. Ich habe beobachtet, wie du dem Wind gelauscht hast. Die Glocken sind die Musik des Windes, hör zu."

Er hörte den feenhaften Glocken zu. Sie hallten in der Ferne; viele Glocken, kleine Glocken, keine Kirchenglocken, sondern Zauberglocken.

Es war die schönste Musik, die er je gehört hatte.

„Ich kann diesen Klang nicht erzeugen", sagte er zu Zina. „Wie entsteht er?"

„Durch das Erwachen", antwortete Zina. „Die Glockenklänge

wecken dich auf. Sie beenden deinen Schlaf. Du hast Herb Ashers Schlaf durch Grobheit beendet, ich erwecke dich mit Schönheit."

Milder Wind blies über sie hinweg, über die Trugbilder ihres Reiches.

13

Ich bin vergiftet, sagte sich Emmanuel. Die Trugbilder ihres Reiches vergiften mich und schwächen meinen Willen.

„Du irrst dich", widersprach Zina.

„Ich bin nicht mehr so stark wie früher."

„Du bist nicht mehr so empört. Gehen wir zu Herb Asher. Ich möchte, daß er bei uns ist. Ich werde unser Spiel ein wenig vereinfachen. Ich werde es einzig und allein auf ihn zurechtschneiden."

„Wie meinst du das?"

„Wir werden um ihn kämpfen", erklärte Zina. „Komm." Sie bedeutete dem Jungen, ihr zu folgen.

Herb Asher saß in der Bar und hatte einen Scotch mit Soda vor sich stehen. Er wartete schon seit einer Stunde, aber das Abendprogramm hatte noch nicht begonnen. Die Bar war überfüllt. Stimmengewirr plagte seine Ohren. Aber ihm war es das wert, trotz des hohen Preises für das Gedeck.

Rybys, die ihm gegenüber saß, klagte: „Ich verstehe einfach nicht, was du an ihr findest."

„Sie hat eine große Karriere vor sich", erwiderte Herb, „wenn sie den Durchbruch schafft." Er fragte sich, ob Talentsucher der Plattenindustrie hierher in die Goldene Hirschkuh kamen. Ich hoffe es, dachte er.

„Ich möchte gerne gehen. Ich fühle mich nicht wohl. Können wir gehen?"

„Ich würde es vorziehen zu bleiben."

Rybys nippte ab und zu an ihrem großen Mixgetränk. „Es ist so laut", murmelte sie mit fast unhörbarer Stimme.

Er sah auf seine Uhr. „Es ist gleich neun. Ihr erster Auftritt beginnt um neun."

„Wer ist sie?"

„Sie ist eine neue junge Sängerin", antwortete Herb Asher. „Sie hat die Lautenlibretti von John Dowland bearbeitet und ..."

„Wer ist John Dowland? Ich habe nie von ihm gehört."

„Ein Engländer des späten sechzehnten Jahrhunderts. Linda Fox hat seine Lautenlieder modernisiert. Er war der erste Komponist, der für Solisten geschrieben hat, davor haben immer vier oder noch mehr Leute gesungen ... das alte madrigalistische Prinzip. Ich kann es nicht erklären, du mußt sie hören."

„Wenn sie so gut ist, warum tritt sie nicht im Fernsehen auf?" fragte Rybys.

„Das kommt noch", versicherte Herb.

Scheinwerfer tauchten die Bühne in helles Licht. Drei Musiker sprangen hinauf und begannen an dem Audiosystem zu hantieren. Jeder von ihnen besaß eine Vibrolaute.

Eine Hand berührte Herb Ashers Schulter. „Hallo."

Er blickte auf und sah eine unbekannte junge Frau vor sich. Aber, dachte er, sie scheint mich zu kennen. „Es tut mir leid ..."

„Dürfen wir uns setzen?" Die hübsche Frau mit der blumenbestickten Bluse, den Jeans und der Handtasche über der Schulter zog einen Stuhl heran und nahm neben Herb Asher Platz. „Setz dich, Manny", sagte sie zu einem kleinen Jungen, der schüchtern neben dem Tisch stand. Was für ein schönes Kind, durchfuhr es Herb Asher. Wie ist er hier hereingekommen? Minderjährigen ist der Zutritt verboten.

„Sind das Freunde von dir?" wollte Rybys wissen.

Die hübsche, dunkelhaarige junge Frau erklärte: „Herb hat mich seit dem College nicht mehr gesehen. Wie geht es dir, Herb? Erkennst du mich nicht?" Sie reichte ihm ihre Hand, und automatisch ergriff er sie. Und dann, als er ihre Hand schüttelte, da erinnerte er sich an sie. Sie hatten in der Schule zusammen einen polywissenschaftlichen Kurs besucht.

„Zina", sagte er erfreut. „Zina Pallas."

„Das ist mein kleiner Bruder", stellte Zina den Jungen vor und bedeutete ihm, sich zu setzen. „Manny. Manny Pallas." Sie wandte sich an Rybys. „Herb hat sich nicht im geringsten verändert. Ich habe ihn sofort erkannt, als ich ihn sah. Seid ihr hier, um euch Linda Fox anzuschauen? Ich habe sie noch nie singen gehört – es heißt, sie soll sehr gut sein."

„Sie ist wirklich sehr gut“, erwiderte Herb, dankbar für ihre Unterstützung.

„Hallo, Mr. Asher“, sagte der Junge.

„Ich freue mich, dich kennenzulernen, Manny.“ Sie schüttelten einander die Hände. „Das ist Rybys, meine Frau.“

„Also seid ihr beide verheiratet“, nickte Zina. „Stört es euch, wenn ich rauche?“ Sie zündete sich eine Zigarette an. „Ich habe versucht, es mir abzugewöhnen, aber wenn ich aufhöre, dann beginne ich Unmengen zu essen und werde fett wie ein Schwein.“

„Ist deine Tasche aus echtem Leder?“ erkundigte sich Rybys interessiert.

„Ja.“ Zina reichte sie ihr.

„Ich habe noch nie eine Lederhandtasche gesehen“, gestand Rybys.

„Da ist sie“, rief Herb Asher. Linda Fox hatte die Bühne betreten, das Publikum applaudierte.

„Sie sieht wie eine Pizzaverkäuferin aus“, mäkelte Rybys.

Zina nahm ihre Handtasche wieder an sich und fügte hinzu: „Wenn sie Karriere machen will, wird sie etwas an Gewicht verlieren müssen. Ich meine, sie sieht ganz gut aus, aber ...“

„Was habt ihr denn an ihrem Gewicht auszusetzen?“ fragte Herb Asher irritiert.

Manny, der Junge, meldete sich zu Wort. „Herbert, Herbert.“

„Ja?“

„Erinnere dich“, sagte der Junge.

Verblüfft wollte er sagen: An was soll ich mich erinnern? Aber dann griff Linda Fox nach dem Mikrofon, schloß halb ihre Augen und begann zu singen. Sie besaß ein rundes Gesicht und fast ein Doppelkinn, aber ihre Haut war makellos und, was für ihn am wichtigsten war, sie hatte lange Augenwimpern, die zitterten, während sie sang – sie faszinierten ihn, verzaubert saß er da. Linda trug ein tief ausgeschnittenes Kleid, und selbst von seinem Platz aus konnte er ihre Brustwarzen erkennen; sie trug keinen Büstenhalter.

> „Muß ich klagen? Muß ich um Gnade flehen?
> Muß ich zeugen? Muß ich beten?
> Muß ich himmlisches Glück erstreben
> Durch Liebe hier im Erdenleben?“

Laut sagte Rybys: „Ich hasse dieses Lied. Ich habe es schon einmal gehört."

Einige der Zuschauer zischten ihr zu, still zu sein.

„Allerdings nicht von ihr", fuhr Rybys fort. „Sie ist nicht einmal originell. Dieses Lied ..." Sie verstummte, aber sie machte keinen glücklichen Eindruck.

Als das Lied endete und das Publikum zu klatschen begann, flüsterte Herb Asher seiner Frau zu: „Du hast noch nie ‚Muß ich klagen' gehört. Niemand außer Linda Fox singt es."

„Du interessierst dich doch nur für ihre Brustwarzen", beschuldigte ihn Rybys.

Der kleine Junge wandte sich an Herb Asher. „Würden Sie mich zur Toilette bringen, Mr. Asher?"

„Jetzt?" fragte er ungehalten. „Kannst du nicht warten, bis sie mit ihrer Vorstellung fertig ist?"

„Jetzt, Mr. Asher", beharrte der Junge.

Widerwillig führte er Manny durch das Labyrinth der Tische zu den Türen im Hintergrund der Bar. Aber bevor sie die Herrentoilette erreicht hatten, blieb Manny stehen.

„Man kann sie von hier aus besser sehen", erklärte Manny.

Er hatte recht. Er war der Bühne jetzt sehr viel näher. Schweigend standen er und der Junge da, während Linda Fox „Weint nicht mehr, ihr traurigen Quellen" sang.

Als das Lied zu Ende war, fragte Manny: „Du erinnerst dich nicht, oder? Sie hat dich verhext. Wach auf, Herb Asher. Du kennst mich gut, und ich kenne dich. Linda Fox singt ihre Lieder nicht in einer obskuren Bar in Hollywood, sie ist in der ganzen Galaxis bekannt. Sie ist die beste Unterhaltungskünstlerin dieser Dekade. Der Oberste Prälat und der Prokurator Maximus haben sie eingeladen, um ..."

„Sie singt weiter", unterbrach Herb Asher. Er hörte dem Jungen kaum zu, und seine Worte ergaben für ihn keinen Sinn. Ein geschwätziger Junge, dachte er.

Als das Lied endete, fuhr Manny fort: „Herbert, Herbert – möchtest du sie treffen? Ist es das, was du willst?"

„Was?" brummte er, während seine Augen – seine Aufmerksamkeit – auf Linda Fox gerichtet waren. Gott, durchfuhr es ihn, was hat sie für eine Figur. Sie sprengt ja fast ihr Kleid. Und er dachte: Ich wünschte, meine Frau wäre wie sie gebaut.

„Sie wird hier vorbeikommen", erklärte Manny, „wenn sie mit ihrem Auftritt fertig ist. Bleibe hier stehen, Herb Asher, und sie wird direkt an dir vorbeikommen."

„Du machst Witze", murmelte er.

„Nein", widersprach Manny. „Du wirst das bekommen, wonach du dich am meisten sehnst . . . das, wovon du geträumt hast in der Koje deiner Kuppel."

„Was für eine Kuppel?" fragte er.

Manny intonierte: „‚Wie bist du vom Himmel gefallen, heller Morgenstern, hinunter zur Erde . . .'"

„Du meinst eine von diesen Kuppeln auf den Kolonialplaneten", erkannte Herb Asher.

„Ich kann dich nicht dazu bringen, daß du mir zuhörst, oder?" murmelte Manny. „Wenn ich dir sagen könnte . . ."

„Sie kommt hier vorbei", sagte Herb Asher. „Woher wußtest du das?" Zögernd näherte er sich ihr. Linda Fox ging schnell, und auf ihrem Gesicht lag ein zufriedener Ausdruck.

„Danke", sagte sie zu den Leuten, die sie ansprachen. Einen Moment blieb sie stehen, um einem schwarzen, adrett gekleideten Jugendlichen ein Autogramm zu geben.

Eine Kellnerin tippte Herb Asher auf die Schulter und sagte: „Sie müssen das Kind von hier fortbringen, Sir – Minderjährigen ist der Zutritt verboten."

„Es tut mir leid", brummte Herb Asher.

„Sofort", bekräftigte die Kellnerin.

„In Ordnung", nickte er, nahm Manny an die Hand und führte den enttäuschten und widerspenstigen Jungen zurück zu ihrem Tisch. Und als er sich abwandte, da sah er aus den Augenwinkeln die Fox an der Stelle vorbeikommen, wo er und der Junge soeben noch gestanden hatten. Manny hatte recht gehabt. Ein paar Sekunden mehr, und er hätte Gelegenheit gehabt, einige Worte an sie zu richten. Und vielleicht hätte sie geantwortet.

„Es ist ihre Absicht, dich zu überlisten, Herb Asher", erklärte Manny. „Sie hat es dir angeboten und dann wieder fortgenommen. Wenn du Linda Fox treffen möchtest, werde ich es einrichten, das verspreche ich dir. Denk daran, denn es wird geschehen. Ich werde nicht zulassen, daß man dich betrügt."

„Ich weiß nicht, wovon du redest", erwiderte Herb, „aber wenn ich sie treffen könnte . . ."

„Du wirst es", versicherte Manny.

„Du bist ein seltsames Kind", stellte Herb Asher fest. Als sie unter einer Deckenlampe vorbeikamen, da bemerkte er etwas, das ihn verblüffte. Er verharrte, ergriff Manny und drehte ihn direkt in das Licht. *Du siehst aus wie Rybys,* dachte er. Für einen Moment durchzuckte ihn die Erinnerung, sein Geist schien sich zu öffnen, als hätten sich weite Räume, Weltenräume, ein Universum voller Sterne vor ihm aufgetan.

„Herbert", sagte der Junge, „sie ist nicht wirklich. Linda Fox – sie entstammt deiner Phantasie. Aber ich kann sie Realität werden lassen, ich bin die Quelle des Seins – ich bin es, der das Irreale in Realität verwandelt, und ich kann dies mit ihr für dich tun."

„Was ist los?" fragte Rybys, als sie den Tisch erreichten.

„Manny muß gehen", wandte sich Herb an Zina Pallas. „Die Kellnerin hat es verlangt. Ich nehme an, du wirst uns jetzt verlassen. Schade."

Zina griff nach ihrer Handtasche und den Zigaretten und erhob sich. „Es tut mir leid – ich fürchte, ich habe euch von dem Auftritt der Fox abgelenkt."

„Laß uns ebenfalls gehen", bat Rybys und stand mit auf. „Ich habe Kopfschmerzen, Herb, ich möchte fort von hier."

Resigniert nickte er. „In Ordnung." Betrogen, dachte er. Das ist es, was Manny gesagt hat. *Ich werde nicht zulassen, daß man dich betrügt.* Das ist genau das, was geschehen ist, erkannte er – ich bin um diesen Abend betrogen worden. Nun, vielleicht ein anderes Mal. Es wäre interessant gewesen, mit ihr zu sprechen, vielleicht ein Autogramm von ihr zu bekommen. Er dachte: Aus der Nähe konnte ich sehen, daß ihre Wimpern künstlich sind. Jesus, durchfuhr es ihn, wie deprimierend. Vielleicht hat sie auch künstliche Brüste. Es gibt doch Polster, die man sich implantieren lassen kann. Er war enttäuscht und unglücklich, und jetzt wollte auch er gehen.

Dieser Abend ist schiefgelaufen, sagte er sich, als er Rybys, Zina und Manny aus dem Clublokal auf die dunklen Straßen Hollywoods folgte. Ich habe mir so viel davon versprochen . . . und dann erinnerte er sich an die Worte des Jungen, an die seltsamen Dinge und an die Nanosekunde, in der er sein Gedächtnis zurückgewonnen hatte, an die kurzen und dennoch so überzeugenden Bilder. Dies ist kein gewöhnliches Kind, wurde ihm klar. Und seine

Ähnlichkeit mit meiner Frau – ich kann sie jetzt deutlich erkennen, wie sie da nebeneinander stehen. Er könnte ihr Sohn sein. Unheimlich. Er fröstelte, obwohl es draußen warm war.

Zina sagte: „Ich habe ihm seine Wünsche erfüllt, ich habe ihm das gegeben, wovon er geträumt hat. In all diesen Monaten in seiner Koje. Mit seinen 3-D-Postern von ihr, seinen Bändern."

„Du hast ihm nichts gegeben", widersprach Emmanuel. „In Wirklichkeit hast du ihm etwas gestohlen. Du hast ihm etwas genommen."

„Sie ist ein Medienprodukt", erklärte Zina. Langsam spazierten die beiden über den nächtlichen Bürgersteig Hollywoods zurück zu ihrem Flugauto. „Es ist nicht meine Schuld. Man kann mich nicht dafür verantwortlich machen, daß Linda Fox nicht real ist."

„Hier in deinem Reich ist dieser Begriff bedeutungslos."

„Was kannst du ihm geben?" ereiferte sich Zina. „Nur Krankheit – die Krankheit seiner Frau. Und ihren Tod in deinem Dienst. Ist dein Geschenk besser als meins?"

„Ich habe ihm ein Versprechen gegeben, und ich lüge nicht", sagte Emmanuel. Ich werde dieses Versprechen erfüllen, dachte er. In diesem Reich oder in meinem eigenen Reich, es spielt keine Rolle, denn in jedem Fall werde ich Linda Fox zur Realität verhelfen. Das ist die Macht, die ich besitze, und es ist nicht die Macht der Illusion – es ist das kostbarste aller Geschenke: Realität.

„Woran denkst du?" fragte Zina.

„‚Lieber einen Spatz in der Hand als eine Taube auf dem Dach'", antwortete Manny.

„Wer hat das gesagt?"

„Es ist Allgemeingut."

„Wie ist deine Meinung?" erkundigte sich Zina.

„Ich meine, daß deine Illusion ihm nichts Gutes gebracht hat und die wirkliche Welt . . ."

„Die wirkliche Welt", unterbrach Zina, „hat ihn zu zehnjähriger kryonischer Suspension verdammt. Ist ein schöner Traum nicht besser als eine grausame Realität? Würdest du lieber in der Wirklichkeit leiden als glücklich sein in der Sphäre . . ." Sie brach ab.

„Rausch", sagte er. „Das ist es, woraus deine Sphäre besteht. Sie ist eine betrunkene Welt. Vom Tanz und vom Glück betrunken.

Ich sage, die Qualität der Wirklichkeit ist wichtiger als jede andere Qualität, denn wenn die Wirklichkeit verschwindet, bleibt nur das Nichts übrig. Ein Traum ist nichts. Ich stimme nicht mit dir überein – ich sage, du hast Herb Asher betrogen. Ich sage, du hast ihm etwas Grausames angetan. Ich habe seine Reaktion gesehen, ich habe seine Niedergeschlagenheit bemerkt. Und ich werde ihm helfen."

„Du willst die Fox Wirklichkeit werden lassen."

„Willst du wetten, daß ich es nicht kann?"

„Meine Wette lautet", erwiderte Zina, „daß es keine Rolle spielt. Real oder nicht, sie ist wertlos."

„Ich nehme die Wette an", erklärte er.

„Gib mir darauf deine Hand." Sie streckte ihren Arm aus.

Sie schüttelten einander die Hände, auf einem Bürgersteig in Hollywood, unter dem Glanz des künstlichen Lichts.

Als sie zurück nach Washington D.C. flogen, bemerkte Zina: „In meinem Reich sind viele Dinge anders. Vielleicht möchtest du Parteichef Nicholas Bulkowsky kennenlernen."

„Ist er nicht Prokurator?" fragte Manny.

„Die Kommunistische Partei hat hier nicht die gleiche Macht wie in der anderen Welt. Der Begriff ‚Wissenschaftlicher Legat' ist unbekannt. Und Fulton Statler Harms ist nicht Oberster Prälat der CIK, zumal eine Christlich-Islamische Kirche nicht existiert. Er ist Kardinal der Römisch-Katholischen Kirche; er kontrolliert nicht das Leben von Millionen Menschen."

„Das ist gut so", nickte Emmanuel.

„Dann habe ich Gutes in meiner Sphäre erreicht", sagte Zina. „Stimmst du mir zu? Denn wenn du mir zustimmst..."

„Es handelt sich dabei um gute Dinge", schnitt ihr Emmanuel das Wort ab.

„Nenn mir deine Einwände."

„Das hier ist eine Illusion. In der wahren Welt beherrschen beide Männer die Erde; sie kontrollieren gemeinsam den Planeten."

„Ich will dir etwas erklären, was du offenbar nicht verstehst", entgegnete Zina. „Wir haben die Vergangenheit verändert. Wir haben dafür gesorgt, daß die CIK und der WL nicht Wirklichkeit werden. Die Welt, die du hier siehst, meine Welt, ist eine Alternativwelt deiner eigenen, und sie ist ebenso real."

„Ich glaube dir nicht", sagte Emmanuel.

„Es gibt viele Welten."

„Ich bin der Schöpfer der Welt", erklärte er, „ich und nur ich. Niemand sonst kann die Welt erschaffen. Ich bin Er, Der das Sein bringt. Du bist es nicht."

„Nichtsdestotrotz..."

„Du verstehst es nicht", unterbrach Emmanuel. „Es gibt viele Möglichkeiten, die nicht Wirklichkeit werden. Ich wähle unter all diesen Wahrscheinlichkeiten jene aus, die mir gefallen, und ich hauche ihnen Leben ein."

„Dann hast du eine schlechte Wahl getroffen. Es wäre viel besser gewesen, wenn die CIK und der WL niemals Wirklichkeit geworden wären."

„Dann gibst du zu, daß deine Welt nicht real ist? Daß es sich bei ihr um eine Illusion handelt?"

Zina zögerte. „Durch unsere Eingriffe in die Vergangenheit haben bestimmte Entwicklungen einen anderen Verlauf genommen. Nenn es Magie, wenn du willst, oder nenn es Technologie – jedenfalls können wir in die Retrozeit gehen und Fehler in der Geschichte ungeschehen machen. Wir haben es getan. In dieser Alternativwelt stellen Bulkowsky und Harms nur Randfiguren dar – sie existieren, aber nicht in der Form wie in deiner Welt. Dies hier ist eine mögliche Welt, und sie ist ebenso real wie deine."

„Und Belial", murmelte er, „Belial sitzt in einem Käfig im Zoo und wird von zahllosen Menschen, ganzen Menschenmassen, angegafft."

„Richtig."

„Lügen", beschuldigte er sie. „Wunschträume. Du kannst keine Welt auf Wunschträumen aufbauen. Die Basis der Realität ist trostlos, und du kannst dir nicht das aussuchen, was deinen Wünschen entspricht; du mußt dich mit dem zufriedengeben, was möglich ist: *Das ist das Gesetz der Notwendigkeit.* Das ist der Grundstein der Realität: Notwendigkeit. Was auch immer ist, es ist, weil es sein muß, weil es keinen anderen Weg gibt. Es ist nicht, was es ist, weil es jemand wünscht, sondern weil es sein muß – so und nur so, bis ins winzigste Detail. Ich weiß das, weil ich danach handele. Du hast deine Aufgabe, und ich habe meine, und ich akzeptiere sie – ich akzeptiere das Gesetz der Notwendigkeit."

Nach einer Weile sagte Zina:

„Tot sind die Wälder von Arkadien,
Vorbei die alte Herrlichkeit.
Einst nährte sich die Welt von Phantasien,
Nun verdrängt von grauer Wahrheit,
Doch noch immer dreht sie ruhelos den Kopf.

Das ist das erste Gedicht von Yeats“, schloß sie.

„Ich kenne dieses Gedicht“, erklärte Emmanuel. „Es endet mit den Worten:

Aber oh! sie träumt nicht mehr – träum Du!
Mohn blüht frisch am Hügelrund,
Träume, träume, denn auch dies ist gut.

‚Gut‘ bedeutet ‚wahr‘“, fügte er hinzu.

„Du brauchst es nicht zu erklären“, entgegnete Zina. „Und du hältst das Gedicht nicht für richtig.“

„Graue Wahrheit ist besser als der Traum“, nickte er. „Denn auch sie ist beruhigend. Es ist die oberste Wahrheit, daß Wahrheit besser ist als jede Lüge, und mag sie noch so tröstlich sein. Ich mißtraue dieser Welt, weil sie zu sanft ist. Deine Welt ist zu schön, um wahr zu sein. Deine Welt ist eine Laune. Als Herb Asher die Fox sah, da sah er eine Illusion, und diese Illusion bildet das Herzstück deiner Welt.“ Und diese Illusion, sagte er sich, werde ich zerstören.

Ich werde sie ersetzen, dachte er, und zwar durch die Realität.

Die Fox als reales Wesen wird für Herb Asher weit akzeptabler sein als jede Illusion der Fox. Ich weiß es; für diese Behauptung verwette ich alles. Damit stehe oder falle ich.

„Das ist richtig“, flüsterte Zina.

„Jeder scheinbaren Realität, die angenehm ist“, fuhr Emmanuel fort, „muß man mit Mißtrauen begegnen. Das Merkmal einer Illusion ist die Tatsache, daß sie genau zu dem wird, was man sich wünscht. So ist es auch hier. Du wolltest nicht, daß Nicholas Bulkowksy ein einflußreicher Mann ist. Du wolltest Fulton Harms als Randfigur und nicht als Teil der Geschichte sehen. Deine Welt gehorcht dir, und das beweist ihre eigentliche Natur. Meine Welt ist starrköpfig. Ich werde sie mir nicht unterwerfen. Eine widerspenstige und unnachgiebige Welt ist eine reale Welt.“

„Eine Welt, die jene umbringt, die gezwungen sind, in ihr zu leben."

„Das trifft nicht ganz zu. So schlecht ist meine Welt nicht, es gibt in ihr noch viele Dinge außer Tod und Schmerz. Auf der Erde, der wirklichen Erde, gibt es Schönheit und Glück und ..."

„Dann ist die Erde nicht so schlecht", sagte sie. „Sie braucht nicht durch Feuer gegeißelt zu werden. Es gibt dort Schönheit, Glück, Liebe und gute Menschen. Trotz Belials Herrschaft. Ich habe dir das gesagt und du hast es abgestritten, als wir unter den japanischen Kirschbäumen spazierengegangen sind. Was sagst du jetzt, Herr der Heerscharen, Gott Abrahams? Habe ich nicht recht gehabt?"

„Du bist sehr klug, Zina", gab er zu.

Ihre Augen funkelten, und sie lächelte. „Dann warte mit dem großen und schrecklichen Tag, von dem du in der Schrift sprichst. Wie ich dich gebeten habe."

Zum erstenmal kostete er den Geschmack der Niederlage. Sie hat mich dazu verführt, wie ein Narr zu reden, erkannte er. Wie klug sie ist, wie schlau.

„Wie in der Heiligen Schrift geschrieben steht", murmelte Zina.

> „Ich bin die Weisheit. Ich schenke Klugheit
> und zeige den Weg zum Wissen und zum Verständnis."

„Aber", erwiderte er, „du hast mir gesagt, daß du nicht die Heilige Weisheit bist. Daß du nur vorgibst, sie zu sein."

„Du mußt herausfinden, wer ich bin. Du mußt meine Identität entschleiern; ich werde dir nicht dabei helfen."

„Und in der Zwischenzeit spielst du mit mir dein listiges Spiel."

„Ja", bestätigte Zina, „denn nur durch List wirst du lernen."

Er starrte sie an. „Deine List soll mich wecken. So wie ich Herb Asher geweckt habe!"

„Vielleicht."

„Bist du mein ununterdrückter Stimulus?" Er sah sie forschend an und fuhr mit leiser, ernster Stimme fort: „Ich glaube, ich habe dich erschaffen, um meine Erinnerung zurückzugewinnen und wieder ich selbst zu werden."

„Um dich zurück zu deinem Thron zu führen", erklärte Zina. *„Ist es so?"*

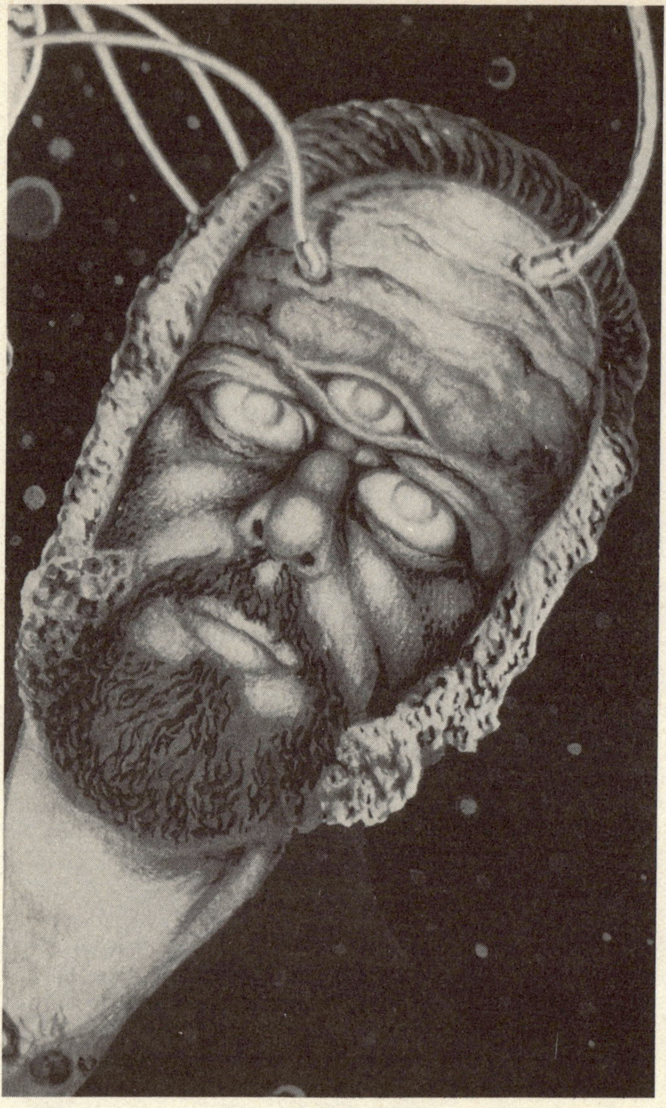

Zina konzentrierte sich auf die Steuerung des Flugautos und sagte nichts.

„Antworte mir“, forderte er.

„Vielleicht“, wich Zina aus.

„Wenn ich dich erschaffen habe, dann kann ich ...“

„Du hast alle Dinge erschaffen“, unterbrach Zina.

„Ich verstehe dich nicht. Ich kann dir nicht folgen. Du kommst mir entgegen und ziehst dich dann wieder zurück.“

„Aber indem ich so handele, wecke ich dich“, sagte Zina.

„Ja“, nickte er. „Und ich schließe daraus, daß du der ununterdrückte Stimulus bist, den ich vor langer Zeit vorbereitet habe, weil ich wußte, daß mein Gehirn geschädigt werden und ich vergessen würde. Du gibst mir systematisch meine Identität wieder, Zina. Dann ... ich glaube, ich weiß, wer du bist.“

Sie drehte den Kopf und fragte: „Wer?“

„Ich werde es nicht sagen. Und du kannst es nicht in meinen Gedanken lesen, weil ich es vor dir verberge. Sobald ich es wußte, habe ich die Erkenntnis verdrängt.“ Weil, so wurde ihm klar, sie zuviel für mich ist; selbst für mich. Ich kann es nicht glauben.

Sie flogen weiter, in Richtung Atlantik und Washington D.C.

14

Herb Asher war bis ins Innerste davon überzeugt, daß er den Jungen Manny Pallas schon früher gekannt hatte, vielleicht in einem anderen Leben. Wie viele Leben führen wir? fragte er sich. Führen wir eine Art Tonbanddasein? Wird dieses Band immer wieder abgespielt?

Zu Rybys sagte er: „Das Kind sah dir ähnlich.“

„Tatsächlich? Ich habe es nicht bemerkt.“ Wie gewöhnlich versuchte Rybys mit verbissener Energie nach einem Schnittmuster ein Kleid zu schneidern; überall im Wohnzimmer lagen Stoffreste, schmutzige Teller, überfüllte Aschenbecher und zerknitterte, fleckige Zeitschriften verstreut.

Herb entschied, seinen Geschäftspartner aufzusuchen, einen Schwarzen mittleren Alters namens Elias Tate. Gemeinsam mit Tate führte er schon seit mehreren Jahren ein kleines HiFi-

Geschäft. Allerdings betrachtete Tate ihre Firma, Electronic Audio, als Nebensache; sein Hauptinteresse galt seiner Missionierungsarbeit. Tate predigte in einer kleinen, abgelegenen Kirche vor einem zumeist schwarzen Publikum. Seine Botschaft lautete stets:

BEREUT! DAS KÖNIGREICH GOTTES IST NAH!

Herb Asher schien dies für einen derart intelligenten Mann eine seltsame Beschäftigung zu sein, aber im Grunde war dies Tates Problem. Sie sprachen nur selten darüber.

Herb Asher nahm im Vorführraum des Ladens Platz und sagte zu seinem Partner: „Ich habe gestern abend in einem Club in Hollywood einen sehr beeindruckenden und ungewöhnlichen Jungen kennengelernt."

Tate, der mit dem Zusammenbau eines neuen Laserabtastsystems beschäftigt war, murmelte: „Was hast du in Hollywood gemacht? Wolltest du beim Film anfangen?"

„Ich habe das Konzert einer neuen Sängerin namens Linda Fox besucht."

„Nie von ihr gehört."

„Sie ist verteufelt sexy", fuhr Herb fort, „und sehr talentiert. Sie ..."

„Du bist verheiratet."

„Ich kann träumen", entgegnete Herb.

„Hast du vielleicht vor, sie zu einer Autogrammstunde in unseren Laden zu bitten?"

„Dafür haben wir nicht die richtige Art Geschäft."

„Wir führen einen HiFi-Laden, sie singt. Das paßt doch zueinander. Oder gibt es keine Platten von ihr?"

„Soweit ich weiß, hat sie noch keine Platten oder Cassetten aufgenommen oder Auftritte im Fernsehen gehabt. Ich habe sie letzten Monat zufällig gehört, als ich auf der Audioausstellung im Anaheim-Handelszentrum war. Ich habe dich damals gebeten mitzukommen."

„Sexualität ist die Krankheit dieser Welt", verkündete Tate. „Dies ist ein lustbesessener und wahnsinniger Planet."

„Und wir werden alle zur Hölle fahren."

„Das hoffe ich", nickte Tate.

„Weißt du eigentlich, daß du hinter dem Mond lebst? Wirklich. Du hast Moralvorstellungen, die noch aus dem Mittelalter stammen."

„Oh, sie sind noch viel älter", brummte Tate. Er legte eine Platte auf den Plattenteller und schaltete das Abtastsystem ein. Das Muster auf seinem Oszillographen erschien ihm ausreichend, aber nicht perfekt; Tate runzelte die Stirn.

„Ich hätte sie fast kennengelernt. Ich war ihr so nah – eine Frage von Sekunden. Aus der Nähe sieht sie besser aus als jede andere Frau, die ich bisher getroffen habe. Du müßtest sie einmal sehen. Ich weiß – rein intuitiv –, daß sie es bis zur Spitze schaffen wird."

„In Ordnung", murmelte Tate bedächtig. „Von mir aus. Schreib ihr einen Verehrerbrief. Sag es ihr."

„Elias", stieß Herb hervor, „der Junge, den ich gestern nacht getroffen habe – er sah wie Rybys aus."

Der schwarze Mann starrte ihn an. „Wirklich?"

„Hätte Rybys auch nur eine Sekunde ihre gottverdammten Sinne beisammen gehabt, hätte sie es selbst bemerkt. Zum Teufel, sie kann sich einfach nicht konzentrieren. Sie hat den Jungen nicht einmal angesehen. Er hätte ihr Sohn sein können."

„Vielleicht gibt es etwas, das du nicht weißt."

„Hör bloß auf", knurrte Herb.

„Ich würde den Jungen gern sehen", sagte Tate.

„Ich hatte das Gefühl, ihn schon früher kennengelernt zu haben, in einem anderen Leben. Eine Sekunde lang schien ich mich zu erinnern und dann ..." Er gestikulierte. „Dann war es wieder verschwunden. Es ist mir entglitten. Und da war noch etwas ... als ob ich mich an eine ganz andere Welt erinnern würde. An ein völlig anderes Leben."

Elias hörte auf zu arbeiten. „Erzähle."

„Du warst älter. Und nicht schwarz. Du warst ein uralter Mann in einem Morgenmantel. Ich befand mich nicht auf der Erde; ich blickte auf eine vereiste, unirdische Landschaft. Elias – stamme ich vielleicht von einem anderen Planeten, und hat irgendeine mächtige Organisation meine echten Erinnerungen durch falsche ersetzt? Und ich hatte das Gefühl, daß Rybys sehr krank war. Um offen zu sein, sie war dem Tode nahe. Und da waren auch Beamte der Einwanderungsbehörde mit Waffen in den Händen."

„Beamte der Einwanderungsbehörde tragen keine Waffen."

„Und ein Schiff. Ein langer Flug mit sehr hoher Geschwindigkeit. Ein Notfall. Und vor allem – ein Etwas. Ein unheimliches Etwas. Nichtmenschlich. Vielleicht ein Extraterrestrier, Mitglied der Rasse, zu der ich in Wirklichkeit gehöre. Von meinem Heimatplaneten ..."

„Herb", sagte Elias, „du bist meschugge."

„Ich weiß. Aber eine Sekunde lang habe ich all das erlebt. Und – hör mir zu." Er gestikulierte aufgeregt. „Ein Unfall. Unser Schiff stieß mit einem anderen Schiff zusammen. Mein *Körper* erinnerte sich – er erinnerte sich an den Aufprall, das Trauma."

„Geh zu einem Hypnotherapeuten", schlug Elias vor, „und laß dich in Trance versetzen, damit du dich erinnerst. Du bist offenbar ein feindlicher Außerirdischer, der programmiert ist, die Welt in die Luft zu jagen. Wahrscheinlich befindet sich in deinem Innern eine Bombe."

„Das ist nicht witzig", knurrte Herb.

„In Ordnung, du gehörst einer weisen, hochentwickelten, vergeistigten Rasse an und bist hierhergeschickt worden, um die Menschheit zu erleuchten. Um uns zu retten."

Unvermittelt tauchten in Herb Ashers Bewußtsein weitere Erinnerungen auf und verschwanden dann wieder. Fast im gleichen Moment.

„Was ist?" fragte Elias und starrte ihn an.

„Weitere Erinnerungen. Als du das gesagt hast."

Nachdem er eine Zeitlang geschwiegen hatte, erklärte Elias: „Ich wünschte, du würdest manchmal die Bibel lesen."

„Es hatte etwas mit der Bibel zu tun", bestätigte Herb. „Meine Mission."

„Vielleicht bist du ein Botschafter", vermutete Elias. „Vielleicht sollst du der Welt eine Botschaft überbringen. Von Gott."

„Mach keine Witze."

„Ich mache keine Witze", verteidigte sich Elias. „Jetzt nicht." Und offenbar stimmte dies, sein dunkles Gesicht hatte einen ernsten Ausdruck angenommen.

„Was ist los?" fragte Herb.

„Manchmal glaube ich, daß dieser Planet unter einem Bann liegt", sagte Elias. „Wir schlafen, oder wir befinden uns in Trance, und etwas zwingt uns, das zu sehen und das zu wissen und das zu denken, was es uns sehen und wissen und denken lassen will. Was bedeutet, daß wir nur das sind, was es uns zu sein erlaubt. Und das wiederum bedeutet, daß wir kein selbständiges Leben führen. Wir sind von der Gnade dieses Etwas abhängig, seinen Launen unterworfen."

„Seltsam", murmelte Herb Asher.

„Ja", meinte sein Geschäftspartner. „Sehr seltsam."

Nach Ladenschluß, als Herb Asher und sein Partner gerade das Geschäft verlassen wollten, kam eine junge Frau herein, die eine Wildlederjacke, Jeans, Mokassins und ein rotes, seidenes Kopftuch trug. „Hallo", grüßte sie Herb, die Hände in den Jackentaschen vergraben. „Wie geht's dir?"

„Zina", rief er erfreut. Und eine Stimme in seinem Kopf sagte: Wie hat sie dich gefunden? Wir sind hier fast fünftausend Kilometer von Hollywood entfernt. Wahrscheinlich mit Hilfe der computerisierten Meldedatei. Dennoch ... er spürte, daß etwas nicht stimmte. Aber er war kein Mann, der den Besuch eines hübschen Mädchens verschmähte.

„Hast du Zeit für eine Tasse Kaffee?" fragte sie.

„Sicher", nickte er.

Kurz darauf saßen sie sich am Tisch eines nahe gelegenen Restaurants gegenüber.

Zina rührte Milch und Zucker in ihren Kaffee und sagte: „Ich möchte mit dir über Manny reden."

„Warum sieht er meiner Frau ähnlich?" fragte er.

„Tatsächlich? Ich habe es nicht bemerkt. Manny ist sehr unglücklich, daß er dich davon abgehalten hat, Linda Fox zu begegnen."

„Ich bin mir nicht sicher, ob das stimmt."

„Sie ist direkt auf dich zugegangen."

„Sie ging in unsere Richtung, aber das heißt nicht, daß ich mit ihr hätte sprechen können."

„Er möchte, daß du sie triffst. Herb, er hat schreckliche Schuldgefühle; er konnte die ganze Nacht lang nicht schlafen."

Verblüfft fragte er: „Was schlägt er vor?"

„Daß du ihr einen Verehrerbrief schreibst. Ihr die Situation erklärst. Er ist überzeugt, daß sie antworten wird."

„Es ist nicht sehr wahrscheinlich."

Ernst sagte Zina: „Du würdest Manny einen Gefallen tun. Selbst wenn sie nicht antwortet."

„Ich wollte dich demnächst besuchen", erklärte er. Und seine Worte waren sorgfältig überlegt – überlegt und abgewogen.

„Oh?" Sie sah auf. Wie schwarz ihre Augen waren!

„Euch beide", fügte er hinzu. „Dich und deinen kleinen Bruder."

„Manny hat eine Gehirnverletzung erlitten. Seine Mutter wurde bei einem Luftautounglück getötet, als sie mit ihm schwanger war. Er hat mehrere Monate in einer synthetischen Gebärmutter verbracht, doch man hat ihn nicht rechtzeitig eingeliefert. Deshalb ..." Sie trommelte mit den Fingern auf den Tisch. „Er ist behindert. Er besucht eine Sonderschule. Wegen seines Gehirnschadens leidet er unter Wahnideen. Zum Beispiel ..." Sie zögerte. „Nun, zum Teufel, er behauptet, Gott zu sein."

„Dann sollte er meinen Partner kennenlernen", meinte Herb.

„Oh, nein", wehrte sie ab und schüttelte heftig den Kopf. „Ich möchte nicht, daß er Elias begegnet."

„Woher hast du gewußt, daß er Elias heißt?" fragte er, und erneut erfüllte ihn dieses seltsame Gefühl drohender Gefahr.

„Ich bin zuerst zu deiner Wohnung gefahren und habe mit Rybys gesprochen. Wir haben einige Stunden zusammen verbracht, sie erwähnte den Laden und Elias. Wie hätte ich sonst euer Geschäft finden können? Es ist nicht unter deinem Namen registriert."

„Elias ist religiös", sagte er.

„Das hat sie mir erzählt; deshalb möchte ich nicht, daß Manny ihn trifft. Sie würden sich nur gegenseitig in ihrem theologischen Wahn bestärken."

„Ich halte Elias für sehr vernünftig", erwiderte er.

„Ja, und in vielerlei Hinsicht ist Manny auch vernünftig. Aber man braucht nur zwei religiöse Eiferer zusammenzubringen und sie ... du weißt schon. Endlos schwatzen sie über Jesus und das Ende der Welt. Über die Schlacht von Armageddon. Das Feuergericht." Sie schauderte. „Ich bekomme dabei eine Gänsehaut. Höllenfeuer und Verdammnis."

„Elias ist davon überzeugt, nun gut", meinte Herb. Es schien ihm fast, daß sie Bescheid wußte. Wahrscheinlich hatte Rybys es ihr gesagt – ja, so mußte es sein.

„Herb", murmelte Zina, „wirst du Manny diesen Gefallen tun?

Wirst du an die Fox..." Ihr Gesichtsausdruck veränderte sich.

„‚Die Fox'", wiederholte er. „Ich frage mich, ob man sie so nennen wird. Es bietet sich an."

Zina fuhr fort: „Wirst du Linda Fox schreiben und sie um eine Verabredung bitten? Frag sie, wo sie demnächst auftreten wird; diese Clubengagements werden immer recht kurzfristig getroffen. Schreibe ihr, daß du einen HiFi-Laden besitzt. Sie ist noch nicht sehr bekannt; sie gehört nicht zu diesen weltberühmten Stars, die ganze Waschkörbe voller Verehrerpost bekommen. Manny ist überzeugt, daß sie dir antworten wird."

„Natürlich schreibe ich ihr", versprach er.

Sie lächelte. Und ihre dunklen Augen funkelten.

„Kein Problem", brummte er. „Ich gehe in den Laden zurück und tippe dort den Brief. Wir können ihn zusammen zur Post bringen."

Aus ihrer Handtasche holte Zina einen Umschlag hervor. „Manny hat den Brief schon für dich entworfen. Er möchte, daß du ihr das hier schreibst. Du kannst den Text ändern, wenn du möchtest, aber – ändere ihn nicht zu sehr. Manny hat wirklich hart daran gearbeitet."

„In Ordnung." Er nahm den Umschlag von ihr entgegen und erhob sich. „Gehen wir in den Laden."

Während er in seinem Büro an der Schreibmaschine saß und Mannys Brief an die Fox abtippte, ging Zina in dem geschlossenen Laden auf und ab und rauchte eine Zigarette nach der anderen.

„Gibt es etwas, das ich nicht weiß?" fragte Herb. Er spürte, daß mehr dahintersteckte – sie wirkte ungewöhnlich nervös.

„Manny und ich haben eine Wette abgeschlossen", antwortete Zina. „Sie dreht sich um ... nun, grundsätzlich geht es darum, ob Linda Fox antworten wird oder nicht. Die Wette ist ein wenig komplizierter, aber das ist der Kernpunkt. Stört es dich?"

„Nein", schüttelte er den Kopf. „Wie hoch ist denn der Einsatz?"

Sie antwortete nicht.

„Schon gut", brummte Herb. Er fragte sich, warum sie nicht geantwortet hatte und warum sie so nervös war. Was versprechen sich die beiden davon? dachte er. „Sag nichts davon zu meiner Frau", bat er dann in Gedanken versunken.

Und dann erkannte er intuitiv, daß von dieser Wette etwas abhing, etwas Wichtiges, dessen Ausmaß er sich nicht vorstellen konnte.

„Was für eine Rolle spiele ich dabei?“ erkundigte er sich.

„Wie meinst du das?“

„Ich weiß es nicht.“ Er war mit dem Tippen fertig, betätigte die Taste *Drucken,* und die Maschine – ein modernes Gerät – druckte seinen Brief aus, und er fiel in den Ausgabekorb.

„Ich muß noch unterschreiben“, murmelte er.

„Ja. Er ist von dir.“

Er unterschrieb den Brief und übertrug die Adresse von Mannys Entwurf auf einen Umschlag ... und unvermittelt fragte er sich, wie Zina und Manny an die Privatanschrift von Linda Fox gekommen waren. Dort stand sie, in der sorgfältigen Handschrift des Jungen. Nicht die der Goldenen Hirschkuh, sondern eine Adresse in Sherman Oaks.

Merkwürdig, dachte er. Hält sie ihre Anschrift nicht geheim?

Offenbar nicht. Sie war nicht so bekannt, wie er geglaubt hatte, wie ihm schon wiederholt klar geworden war.

„Ich glaube nicht, daß sie antworten wird“, bemerkte er.

„Nun, dann werden ein paar Silberpennies den Besitzer wechseln.“

„Feenreich“, stieß er hervor.

„Bitte?“ fragte sie verwundert.

„Ein Kinderbuch. *Silberpennies.* Ein alter Klassiker. In ihm steht der Satz: ‚Man braucht einen Silberpenny, um das Feenreich zu betreten.‘“ Als Kind hatte er das Buch besessen.

Sie lachte nervös, zumindest hatte er diesen Eindruck.

„Zina“, sagte er, „ich fühle, daß irgend etwas nicht stimmt.“

„Soweit ich weiß, ist alles in Ordnung.“ Ungeduldig griff sie nach dem Umschlag. „Ich werde ihn zur Post bringen“, versprach sie.

„Danke“, sagte er. „Werde ich dich wiedersehen?“

„Natürlich wirst du das.“ Sie beugte sich zu ihm hinunter, spitzte ihre Lippen und küßte ihn auf den Mund.

Er sah sich um, und sein Blick fiel auf Bambus. Aber Farben tanzten wie Elmsfeuerchen über die Rohre. Die Farbe, ein helles, leuchtendes Rot, wirkte lebendig. Sie sprang von hier nach da, und wo sie sich konzentrierte, bildete sie Worte oder besser etwas

Ähnliches wie Worte. Als ob sich die Welt in Sprache verwandelt hatte.

Was mache ich hier? fragte er sich verwirrt. Was ist geschehen? Vor einem Moment war ich noch woanders.

Das rote, funkelnde Feuer, das an sichtbare Elektrizität erinnerte, übermittelte ihm durch den Bambus das Spiel der Kinder und das trockene, dichte Gras hindurch eine Botschaft.

DU SOLLST DEN HERRN DEINEN GOTT VON GANZEM HERZEN, MIT ALLER KRAFT UND AUS TIEFSTER SEELE LIEBEN.

„Ja", sagte er. Er empfand Furcht, aber weil die flackernden Flammenzungen so schön waren, war die Ehrfurcht stärker als die Furcht – verzaubert betrachtete er sie. Das Feuer tanzte, es kam näher und glitt wieder davon, es glitt hierhin und dorthin. Flammenwirbel bildeten sich, und er wußte, daß er ein lebendes Wesen vor sich hatte. Oder eher das *Blut* eines lebenden Wesens. Das Feuer war lebendes Blut, aber ein magisches Blut, kein physiologisches Blut, sondern Blut im übertragenen Sinne.

Zitternd bückte er sich, berührte das Blut und spürte, wie ihn ein Schauer durchlief; da wußte er, daß das lebende Blut in ihn übergegangen war. Unvermittelt bildeten sich Worte in seinen Gedanken.

HÜTE DICH!

„Hilf mir", bat er heiser.

Er hob den Kopf und sah endlosen Raum, er sah eine Weite von so ungeheurer Ausdehnung, daß sie sein Begriffsvermögen überstieg – Raum, der sich bis in die Unendlichkeit erstreckte, und zusammen mit diesem Raum wuchs auch er.

O mein Gott! durchfuhr es ihn. Er zitterte heftig. Blut, lebende Worte und etwas Intelligentes, das die Welt simulierte oder von der Welt simuliert wurde – etwas Verborgenes, ein Wesen, das ihn beobachtete.

Ein rosa Lichtstrahl blendete ihn, entsetzlicher Schmerz flammte in seinem Kopf auf, und er schlug die Hände vor die Augen. Ich bin blind! erkannte er. Mit dem Schmerz und dem rosa Licht kam das Verstehen, eine unvermittelte Erkenntnis. Er wußte, daß Zina keine menschliche Frau war, und weiter wußte er, daß es sich bei dem Jungen Manny um keinen menschlichen Jungen handelte. Er befand sich in keiner wirklichen Welt. Er begriff dies, weil der rosa Lichtstrahl ihm das verraten hatte. Diese Welt war eine Simulation, und etwas Lebendes, Intelligentes und Barmherziges wollte, daß er das wußte. Etwas sorgt sich um mich, und es ist in diese Welt eingedrungen, um mich zu warnen, dachte er. Es verbirgt sich vor dieser Welt, damit der Schöpfer dieser Welt, der Herr dieser irrealen Sphäre, nicht von seiner Anwesenheit erfährt – nicht erfährt, daß es hier ist, und nicht erfährt, daß es zu mir gesprochen hat. Es ist ein schreckliches Geheimnis, das mir enthüllt wurde, sagte er sich. Es könnte meinen Tod bedeuten. Ich bin in einer...

FÜRCHTE DICH NICHT

„In Ordnung", sagte er, aber er zitterte noch immer. Worte in seinem Kopf, Wissen in seinem Kopf. Aber er blieb blind, und auch der Schmerz ließ nicht nach. „Wer bist du?" fragte er. „Sag mir deinen Namen."

VALIS

„Wer ist ‚Valis'?" erkundigte er sich.

DER HERR DEIN GOTT

„Strafe mich nicht", bat er.

FÜRCHTE DICH NICHT, MENSCH

Die Blindheit wich. Er nahm die Hände von den Augen. Dort stand Zina in ihrer Wildlederjacke und ihren Jeans, nur eine Sekunde war verstrichen. Sie richtete sich wieder auf, nachdem sie ihn geküßt hatte. Wußte sie, was geschehen war? Wie sollte sie davon erfahren haben? Nur er und Valis wußten Bescheid.

„Du bist eine Fee", sagte er.

„Eine *was?*" Sie begann zu lachen.

„Diese Information wurde mir übermittelt. Ich weiß alles. Ich erinnere mich an CY30-CY30B; ich erinnere mich an meine

Kuppel. Ich erinnere mich an Rybys' Krankheit und an die Reise zur Erde. An den Unfall. Ich erinnere mich an die ganze andere Welt, an die wahre Welt. Sie ist in diese Welt eingedrungen und hat mich geweckt." Er starrte sie an, und sie erwiderte unnachgiebig seinen Blick.

„Mein Name bedeutet Fee", entgegnete Zina, „aber das macht mich nicht zu einer Fee. Emmanuel bedeutet ‚Gott mit uns', aber das macht ihn nicht zu Gott."

„Ich erinnere mich an Jah", erklärte Herb Asher.

„Oh", murmelte sie. „Du meine Güte!"

„Emmanuel ist Jah", fügte Herb Asher hinzu.

„Ich gehe", sagte Zina. Sie schob die Hände in die Jackentaschen, ging hastig zur Ladentür, schloß sie auf und huschte nach draußen. Einen Moment später war sie verschwunden.

Sie hat den Brief, durchfuhr es ihn. Meinen Brief an die Fox.

Er eilte ihr nach.

Nichts von ihr zu sehen. Er blickte in alle Richtungen. Autos und Menschen, aber keine Spur von Zina. Sie war entkommen.

Sie wird den Brief abschicken, sagte er sich. Die Wette zwischen ihr und Emmanuel, sie dreht sich um mich. Sie wetten um mich, und das Universum selbst steht auf dem Spiel. Unmöglich. Aber der rosa Lichtstrahl hatte es ihm verraten – er hatte ihm alles enthüllt, binnen eines Augenblicks außerhalb der Zeit.

Zitternd – und unter Kopfschmerzen leidend – kehrte er in den Laden zurück. Er setzte sich und rieb seine schmerzende Stirn.

Sie will, daß ich mit der Fox zusammentreffe, erkannte er. Und von diesem Zusammentreffen, der Art, wie es sich entwickelt, wird die Struktur der Realität... Er wußte nicht genau, was geschehen würde. Aber darum ging es: um die Struktur der Realität selbst, um das Universum und um jedes Lebewesen, das sich in ihm befand.

Es hat mit dem Sein zu tun, dachte er, und er wußte dies – und zwar ausschließlich – durch den rosa Lichtstrahl, der lebendes, elektrisches Blut war, das Blut einer ungeheuerlichen Mega-Entität. Das Sein, dachte er. Das Nichts. Das Gegenteil des Seins. Das *Sein* entsprach der Existenz, einem wahren Universum. Das *Nichts* entsprach der Simulation des Universums, eines Traumes – in dem er sich jetzt befand, wie er wußte. Der rosa Lichtstrahl hatte es ihm verraten.

Ich brauche etwas zu trinken, sagte er sich. Er griff nach dem Telefonhörer, drückte die programmierte Nummer und war sofort mit seiner Wohnung verbunden. „Rybys", sagte er heiser, „es wird heute ein wenig später werden."

„Gehst du mit ihr aus? Mit diesem Mädchen?" Die Stimme seiner Frau klang spröde.

„Nein, zum Teufel", fauchte er und legte den Hörer auf.

Gott ist der Garant des Universums, wurde ihm klar. Das ist die Quintessenz meiner Offenbarung. Ohne Gott gibt es nichts, alles löst sich auf und verschwindet.

Er verschloß den Laden, stieg in sein Luftauto und startete den Motor.

Auf dem Bürgersteig stand ein Mann. Ein vertrauter Mann, ein gutgekleideter Schwarzer mittleren Alters.

„Elias!" rief Herb. „Was machst du hier? Was ist los?"

„Ich bin zurückgekommen, um nachzusehen, ob mit dir alles in Ordnung ist." Elias Tate näherte sich Herbs Wagen. „Du bist totenblaß."

„Steig ein", forderte ihn Herb auf.

Elias stieg ein.

15

Die beiden Männer saßen einander in der Bar gegenüber, und wie immer hatte Elias ein Glas Cola mit Eis vor sich stehen. Er trank nie Alkohol.

„Ich verstehe", sagte er und nickte. „Du hast keine Möglichkeit, den Brief abzufangen. Wahrscheinlich liegt er schon bei der Post."

„Ich bin der Einsatz in einer Pokerpartie zwischen Zina und Emmanuel", murmelte Herb Asher.

„Sie wetten nicht darum, ob Linda Fox nun antwortet oder nicht", stellte Elias fest. „Sie wetten um etwas anderes." Er rollte ein Stück Pappe zusammen und warf sie in seine Cola. „Es besteht nicht die geringste Chance dafür, daß du herausfinden kannst, um was ihre Wette geht. Der Bambus, die spielenden Kinder, das stoppelige Gras... Ich habe selbst eine schwache Erinnerung daran, ich habe davon geträumt. Eine Schule. Für Kinder. Eine

Sonderschule. Ich bin im Schlaf immer wieder dorthin zurückgekehrt."

„Die wahre Welt", sagte Herb.

„Offensichtlich. Du hast sehr viel herausgefunden. Aber renne nicht herum und behaupte, Gott hätte dir gesagt, daß dies ein illusionäres Universum ist. Erzähle niemandem, was du mir erzählt hast."

„Glaubst du mir?"

„Ich glaube, daß du eine sehr ungewöhnliche und unerklärliche Erfahrung gehabt hast, aber ich glaube nicht, daß dies hier eine Illusionswelt ist. Sie wirkt recht solide." Er klopfte auf den Plastiktisch. „Nein, ich glaube es nicht, ich glaube nicht an irreale Welten. Es gibt nur einen Kosmos, und unser Gott Jehovah hat ihn erschaffen."

„Ich meine nicht, daß jemand ein falsches Universum erschaffen hat", entgegnete Herb, „denn so etwas gibt es nicht."

„Aber du behauptest, jemand bringe uns dazu, ein Universum zu sehen, das nicht existiert. Wer ist dieser Jemand?"

Er antwortete: „Satan."

Elias reckte den Kopf und starrte ihn an.

„Man sieht die reale Welt auf eine andere Art", fuhr Herb fort. „Auf eine beschränkte Art. Traumgleich, wie in Hypnose, in Trance. Die Natur der Welt unterliegt einer wahrnehmbaren Veränderung, allerdings sind es die Wahrnehmungen, die sich verändern, nicht die Welt. Die Veränderung ist in uns."

„‚Der Affe Gottes'", murmelte Elias. „Eine mittelalterliche Theorie über den Teufel. Danach äfft er Gottes rechtmäßige Schöpfung durch Illusionen nach. Eine ausgesprochen reizvolle Theorie, epistemologisch gesprochen. Bedeutet dies, daß Teile der Welt Fälschungen sind? Oder daß manchmal die gesamte Welt eine Fälschung darstellt? Oder daß es mehrere Welten gibt, von denen nur eine real ist? Oder gibt es im Grunde nur eine Matrixwelt, die jeder einzelne Mensch auf andere Weise wahrnimmt? So daß die Welt, die du siehst, nicht die Welt ist, die ich sehe?"

„Ich weiß nur", sagte Herb, „daß ich dazu gebracht, dazu gezwungen wurde, mich an die wahre Welt zu erinnern. Meine Überzeugung, daß diese Welt hier ..." – er klopfte auf den Tisch – „... eine Fälschung ist, basiert auf dieser Erinnerung und nicht darauf, daß ich sie als Fälschung entlarvt habe. Ich vergleiche – ich habe etwas, mit dem ich diese Welt vergleichen kann. Das ist alles."

„Könnten nicht die Erinnerungen falsch sein?"

„Ich weiß, daß sie es nicht sind."

„Woher weißt du das?"

„Ich vertraue dem rosa Lichtstrahl."

„Warum?"

„Ich weiß nicht", gestand er.

„Weil er behauptet hat, Gott zu sein? Die Meister der Illusion können das ebenfalls behaupten. Die dämonischen Mächte."

„Wir werden sehen", brummte Herb Asher.

Fünf Tage später führte er ein langes Videoferngespräch. Auf dem Bildschirm erschien ein leicht pausbäckiges weibliches Gesicht, und eine scheue, atemlose Stimme sagte: „Mr. Asher? Ich bin Linda Fox. Ich rufe aus Kalifornien an. Ich habe Ihren Brief bekommen."

Sein Herzschlag setzte aus. „Hallo, Linda", stieß er hervor. „Miß Fox, meine ich." Er war wie betäubt.

„Ich möchte Ihnen sagen, warum ich Sie anrufe." Sie besaß eine zarte Stimme, eine schnelle, aufgeregte Stimme; es war, als ob sie ängstlich keuchte. „Zunächst möchte ich Ihnen für Ihren Brief danken. Es freut mich, daß ich Ihnen gefalle – ich meine, meine Lieder. Was halten Sie von den Dowland-Bearbeitungen? Eine gute Idee?"

„Sehr gut", versicherte er. „Vor allem gefällt mir ‚Weint nicht mehr, ihr traurigen Quellen'. Es ist mein Lieblingsstück."

„Was ich Sie fragen wollte . . . Ihr Briefkopf. Sie sind ein HiFi-Einzelhändler. Ich ziehe in einem Monat in ein Apartment in Manhattan, und wenn ich dort wohne, brauche ich sofort eine HiFi-Anlage. Wir haben hier an der Westküste Aufnahmen gemacht, die mir mein Produzent schicken will – ich muß sie mir anhören können, wie sie wirklich klingen, auf einer wirklich guten Anlage." Ihre langen Wimpern flatterten nervös. „Könnten Sie nächste Woche nach New York fliegen und mich bei der Wahl der richtigen Anlage beraten? Die Kosten spielen keine Rolle. Ich selbst brauche nichts zu bezahlen – ich habe bei Superba Records unterschrieben, und die werden alle Unkosten übernehmen."

„Natürlich“, nickte er.

„Oder wäre es besser, wenn ich nach Washington D.C. fliegen würde?“ fuhr sie fort. „Was auch immer besser ist, es muß alles schnell gehen; sie haben mir gesagt, ich soll das so rasch wie möglich erledigen. Es ist so aufregend für mich, ich habe gerade unterschrieben, und ich habe einen neuen Manager. Ich soll später Videoaufnahmen machen, aber wir fangen erst einmal mit Audiobändern an – könnten Sie das tun? Ich weiß wirklich nicht, wen ich sonst fragen kann. Es gibt hier an der Westküste eine Menge HiFi-Händler, aber ich kenne niemanden an der Ostküste. Ich nehme an, ich sollte mich an einen in New York wenden, aber Washington D.C. ist nicht allzu weit davon entfernt, nicht wahr? Ich meine, Sie könnten doch kommen, oder? Superba und mein Produzent – er arbeitet bei der Plattenfirma – werden Ihnen alle Auslagen ersetzen.“

„Kein Problem“, sagte er.

„In Ordnung. Nun, hier ist meine Nummer in Sherman Oaks, und ich gebe Ihnen auch meine Manhattan-Nummer; beide Nummern. Woher kannten Sie meine Anschrift in Sherman Oaks? Der Brief kam direkt zu mir. Dabei ist meine Adresse geheim.“

„Ein Freund. Jemand in der Industrie. Verbindungen, Sie wissen schon. Ich bin in der Branche.“

„Sie haben mich in der Hirschkuh gesehen? Die Akustik dort ist einfach unvergleichlich. Konnten Sie mich gut hören? Ich erinnere mich an Sie . . . ich glaube, ich habe Sie im Publikum gesehen. Sie haben in der Ecke gestanden.“

„Ich hatte einen kleinen Jungen bei mir.“

„Ich habe Sie gesehen“, bekräftigte Linda Fox. „Sie haben mir zugeschaut – mit einem ganz und gar merkwürdigen Gesichtsausdruck. Ist er Ihr Sohn?“

„Nein“, erklärte er.

„Wollen Sie jetzt die beiden Nummern notieren?“

Sie nannte ihm ihre beiden Videofonnummern, mit zitternder Hand schrieb er sie auf. „Ich werde Ihnen die verteufelt beste HiFi-Anlage dieser Welt einbauen“, stieß er hervor. „Es ist eine schreckliche Ehre für mich, mit Ihnen zu reden. Ich bin überzeugt, daß Sie es schaffen werden, bis zur Spitze, bis zur Spitze der Hitparaden. Man wird Sie in der ganzen Galaxis sehen und hören. Ich weiß es. Glauben Sie mir.“

„Sie sind so süß“, sagte Linda Fox. „Ich muß jetzt gehen. Danke. In Ordnung? Auf Wiedersehen. Ich höre von Ihnen. Vergessen Sie es nicht. Es ist wichtig – es muß erledigt werden. So viele Probleme, aber – es ist aufregend. Auf Wiedersehen.“ Sie legte auf.

Als er ebenfalls auflegte, sagte Herb Asher laut: „Ich will verdammt sein. Ich glaube es einfach nicht.“

Hinter seinem Rücken erklang Rybys Stimme. „Sie hat dich angerufen. Sie hat dich wirklich angerufen. Erstaunlich. Wirst du ihr eine Anlage liefern? Es bedeutet . . .“

„Ich habe nichts dagegen, nach New York zu fliegen. Ich werde die Bausteine dort oben besorgen – es hat keinen Sinn, sie von hier nach New York zu transportieren.“

„Solltest du nicht besser Elias mitnehmen?“

„Vielleicht“, antwortete er geistesabwesend, noch immer vor Ehrfurcht wie gelähmt.

„Ich gratuliere“, murmelte Rybys. „Ich habe das Gefühl, als ob ich dich begleiten sollte, aber wenn du mir versprichst, nicht . . .“

„Schon in Ordnung“, unterbrach er, ohne überhaupt zugehört zu haben. „Die Fox“, fuhr er dann fort. *„Ich habe mit ihr gesprochen.* Sie hat mich angerufen. *Mich.*“

„Hast du mir nicht erzählt, daß Zina und ihr kleiner Bruder irgendeine Wette abgeschlossen haben? Sie haben gewettet – oder einer von ihnen hat gewettet –, daß sie nicht auf deinen Brief reagieren wird, und der andere hat dagegengesetzt, nicht wahr?“

„Ja“, nickte er. „Es gibt diese Wette.“ Er machte sich keine Sorgen wegen der Wette. Ich werde sie sehen, sagte er sich. Ich werde sie in ihrem neuen Manhattaner Apartment besuchen und einen Abend mit ihr verbringen. Etwas zum Anziehen – ich brauche etwas Neues zum Anziehen. Jesus, ich muß gut aussehen.

„Wieviel, glaubst du, kannst du aus ihr herausholen?“ fragte Rybys.

„Darum geht es nicht“, fauchte er heftig.

Rybys fuhr zurück. „Es tut mir leid. Ich meinte nur . . . du weißt schon. Wie teuer die Anlage sein darf, mehr nicht.“

„Sie wird die beste Anlage bekommen, die man für Geld kaufen kann“, erwiderte er. „Nur die beste. Nur eine, die mir selbst gefällt. Eine bessere als die, die ich mir zugelegt habe.“

„Vielleicht ist das eine gute Werbung für das Geschäft.“

Er starrte sie an.
„Was ist?“ wollte Rybys wissen.
„Die Fox“, sagte er einfach. „Die Fox hat mich angerufen. Ich kann es einfach nicht glauben.“
„Solltest du nicht besser Zina und Emmanuel anrufen und ihnen davon erzählen? Ich habe ihre Nummer.“
Er dachte: Nein. Das ist meine Sache. Nicht ihre.

Emmanuel sagte zu Zina: „Die Zeit ist gekommen. Jetzt werden wir sehen, wie es weitergeht. Er wird in Kürze nach New York fliegen. Es wird nicht mehr lange dauern.“
„Weißt du bereits, was geschehen wird?“ fragte Zina.
„Was ich wissen will“, entgegnete Emmanuel, „ist: Wirst du deine Welt aus hohlen Träumen auflösen, wenn er sie . . .“
„Er wird mit ihr nichts anfangen können“, unterbrach Zina. „Sie ist eine arme Närrin, ohne Verstand, ohne Weisheit. Sie ist eine leere Hülle, und er wird sie verlassen, weil man etwas wie ihr keine Realität verleihen kann.“
„Wir werden sehen“, murmelte Emmanuel.
„Ja, das werden wir“, nickte Zina. „Ein Nichts erwartet Herb Asher. Sie bewundert *ihn*.“
Genau das, sagte sich Emmanuel in der Abgeschiedenheit seiner verborgenen Gedanken, *ist dein Fehler*. Nicht nur Herb Asher bewundert sie – dieses Gefühl ist gegenseitiger Natur, und du hast selbst dafür gesorgt. Indem du sie in deiner Sphäre entwürdigt hast, hast du ihr unabsichtlich zur Realität verholfen.
Und zwar, dachte er, weil du nicht weißt, was Realität ist; sie übersteigt dein Vorstellungsvermögen. Aber nicht meins, durchfuhr es ihn. Sie ist *meine* Domäne.
„Ich glaube“, erklärte er, „daß du bereits verloren hast.“
Fröhlich erwiderte Zina: „Du weißt nicht, was ich vorhabe! Du kennst weder mich noch meine Ziele!“
Das mag vielleicht sein, dachte er.
Aber ich kenne mich; und – ich kenne meine Ziele.

In einem eleganten Anzug, den er für eine beträchtliche Summe erworben hatte, bestieg Herb Asher das Erste-Klasse-Abteil einer Passagierrakete nach New York. Mit der Aktentasche in der Hand – sie enthielt Prospekte über die neuesten HiFi-Anlagen auf dem

Markt – saß er während des dreiminütigen Fluges am Fenster und sah hinaus. Die Rakete begann fast sofort nach dem Start wieder zu sinken.

Das ist der herrlichste Augenblick meines Lebens, sagte er sich, als die Bremsdüsen aufflammten. Schaut mich an, ich bin direkt den Modeseiten des *Style*-Magazins entstiegen.

Gott sei Dank, daß Rybys nicht mitgekommen ist.

„Meine Damen und Herren", drang es aus dem Deckenlautsprecher, „wir sind soeben auf dem Kennedy-Raumhafen gelandet. Bitte bleiben Sie auf Ihren Plätzen, bis das Signal ertönt. Dann können Sie das Schiff durch den Ausstieg im Bug verlassen. Vielen Dank, daß Sie sich für die Delta Spacelines entschieden haben."

„Einen schönen Tag", sagte der Robotsteward zu Herb Asher, als er hastig aus dem Schiff stieg.

„Den wünsche ich dir auch", erwiderte Herb.

Mit einem Taxi flog er direkt zum Essex-Hotel, wo er sich – zum Teufel mit den Kosten – für die nächsten zwei Tage ein Zimmer hatte reservieren lassen. Rasch hatte er ausgepackt, die großzügige Ausstattung seines Zimmers bewundert, und dann, nachdem er eine Valzin-Tablette (das beste Präparat der jüngsten Generation Kortikalstimulantia) genommen hatte, griff er nach dem Telefon und wählte die Manhattaner Nummer von Linda Fox.

„Wie schön, daß Sie in der Stadt sind", erklärte sie, nachdem er seinen Namen genannt hatte. „Können Sie jetzt zu mir kommen? Ich habe noch einige Leute zu Besuch, aber sie wollen gleich aufbrechen. Diese Sache mit meiner Anlage, ich will sie sorgfältig und ohne Hast entscheiden. Wieviel Uhr ist es? Ich bin gerade aus Kalifornien eingetroffen."

„Es ist jetzt neunzehn Uhr New Yorker Ortszeit", antwortete er.

„Haben Sie schon zu Abend gegessen?"

„Nein", gestand er. Es war wie in einem Märchen; er hatte das Gefühl, in einer Traumwelt zu leben, in einem göttlichen Königreich. Er fühlte sich – wie ein Kind, dachte er. Wie damals, als ich den Gedichtband *Silberpennies* gelesen habe. Offenbar habe ich einen Silberpenny gefunden und bin ins Feenreich gelangt. Dahin, wohin ich mich immer gesehnt habe. Heim ist der Seemann, heimgekehrt vom Meer, dachte er. Und der Jäger ... Er konnte sich an den Rest des Verses nicht mehr erinnern. Nun, zumindest war er zutreffend – er war endlich zu Hause.

Und hier ist niemand, der mir sagt, daß sie wie eine Pizzaverkäuferin aussieht, dachte er. Also kann ich das vergessen.

„Ich habe einige Lebensmittel in meinem Apartment, gesunde Kost aus dem Reformhaus. Wenn Sie vielleicht... Ich habe echten Orangensaft, Sojabohnenquark, biologisch angebautes Gemüse. Ich halte nichts davon, Tiere zu schlachten."

„Schön", sagte er. „Das ist auch ganz meine Meinung."

Als er ihr Apartment erreichte – es lag in einem modernen, eleganten Gebäude – begrüßte sie ihn mit Hut, Rollkragenpullover und weißen Leinenshorts; barfuß führte sie ihn ins Wohnzimmer. Es gab keine Möbel, sie war noch nicht eingezogen. Im Schlafzimmer lagen ein Schlafsack und ein geöffneter Koffer. Die Räume waren groß und das Panoramafenster gestattete ihr den Blick auf den Central Park.

„Hallo", sagte sie. „Ich bin Linda." Sie reichte ihm die Hand. „Es ist schön, Sie persönlich kennenzulernen, Mr. Asher."

„Nennen Sie mich Herb", bat er.

„An der Küste, der Westküste, stellt man einander nur mit Vornamen vor – ich versuche gerade, es mir abzugewöhnen. Ich bin in Südkalifornien aufgewachsen, in Riverside." Sie schloß hinter ihm die Tür. „Es ist gespenstisch ganz ohne Möbel, nicht wahr? Mein Manager sucht sie aus; übermorgen wird er hier eintreffen. Nun, er macht das nicht allein; ich helfe ihm. Zeigen Sie mir doch Ihre Prospekte." Sie hatte seine Aktentasche entdeckt, und ihre Augen funkelten vor Neugierde.

Sie sieht tatsächlich ein wenig wie eine Pizzaverkäuferin aus, dachte er. Ihr Teint, aus der Nähe betrachtet, im Licht der Deckenlampe, war nicht so rein, wie er angenommen hatte. In der Tat, bemerkte er, litt sie unter einer leichten Akne.

„Wir können auf dem Boden sitzen", schlug sie vor. Sie nahm Platz, die nackten Knie angezogen, den Rücken an die Wand gelehnt. „Lassen Sie sehen. Ich verlasse mich ganz auf Sie."

„Ich nehme an", begann er, „daß Sie eine Anlage mit Studioqualität wollen. Ein professionelles System. Nicht das, was der Durchschnittsbürger in seiner Wohnung hat."

„Was ist das?" Sie deutete auf ein Foto, das zwei große Lautsprecher zeigte. „Sie sehen wie Kühlschränke aus."

„Ein altes Modell", erklärte er und blätterte weiter. „Sie arbeiten mit Heliumplasma. Sie müssen ständig Heliumflaschen kaufen.

Aber sie sehen gut aus, denn das Heliumplasma leuchtet. Das Leuchten entsteht durch die extrem hohe Spannung. Hier, ich möchte Ihnen etwas Neueres zeigen – Heliumplasmatransduktion ist veraltet oder wird es bald sein."

Warum habe ich das Gefühl, mir alles nur einzubilden? fragte er sich. Vielleicht, weil alles so wundervoll ist. Aber dennoch ...

Einige Stunden lang saßen die beiden nebeneinander an die Wand gelehnt und gingen seine Prospekte durch. Ihre Begeisterung war groß, aber mit der Zeit wurde sie müde.

„Ich bin hungrig", gestand sie. „Ich habe wirklich nichts Passendes anzuziehen, um in ein Restaurant zu gehen; man muß hier auf seine Garderobe achten – es ist nicht wie in Südkalifornien, wo man alles tragen kann. Wo sind Sie abgestiegen?"

„Im Essex-Hotel."

Linda Fox stand auf und streckte sich. „Gehen wir auf Ihr Zimmer und lassen wir uns dort etwas zu essen bringen. In Ordnung?"

„Ausgezeichnet", nickte er und erhob sich mit steifen Gliedern.

Nachdem sie zusammen in seinem Hotelzimmer gegessen hatten, ging Linda Fox mit verschränkten Armen auf und ab. „Wissen Sie was?" sagte sie. „Ich träume immer wieder davon, daß ich die berühmteste Sängerin in der Galaxis bin. Genau das, was Sie am Videofon zu mir gesagt haben. Ich nehme an, das ist mein unterbewußter Wunschtraum. Aber ich träume ständig davon, daß ich eine Platte nach der anderen aufnehme und Konzerte gebe, und ich habe sehr viel Geld. Glauben Sie an Astrologie?"

„An sich schon", sagte er.

„Und ich träume von Orten, an denen ich nie gewesen bin. Und von Menschen, die ich nie kennengelernt habe, wichtigen Menschen. Von Leuten, die in der Unterhaltungsbranche eine große Rolle spielen. Und wir reisen ständig herum. Bestellen Sie etwas Wein, ja? Ich verstehe nichts von französischen Weinen – entscheiden Sie. Aber er darf nicht zu trocken sein."

Er verstand ebenfalls nichts von französischem Wein, aber er ließ sich vom Hauptrestaurant des Hotels die Weinkarte schicken und wählte mit Hilfe des Weinkellners eine Flasche teuren Burgunder aus.

„Er schmeckt ausgezeichnet", seufzte Linda Fox, rollte sich auf der Couch zusammen und zog die nackten Beine an. „Erzählen Sie mir von sich. Wie lange sind Sie schon im HiFi-Geschäft?"

„Einige Jahre", antwortete er.

„Wie sind Sie der Einberufung entgangen?"

Das verwirrte ihn. Seines Wissens war die Einberufung vor Jahren abgeschafft worden.

„Tatsächlich?" fragte Linda Fox, als er es ihr sagte. Verblüfft und ein wenig ungläubig murmelte sie: „Das ist komisch. Ich war sicher, daß es eine Einberufung gegeben hat und daß viele Menschen zu den Kolonialwelten ausgewandert sind, um ihr zu entgehen. Haben Sie jemals die Erde verlassen?"

„Nein", erwiderte er. „Aber ich würde gerne eine interplanetarische Reise unternehmen, nur um zu erfahren, wie das ist." Er setzte sich neben sie auf die Couch und legte vorsichtig seinen Arm um sie. Linda Fox stieß ihn nicht zurück. „Und ich möchte auf einem anderen Planeten landen. Es muß einfach fantastisch sein."

„Ich bin hier vollkommen glücklich." Sie lehnte sich an seinen Arm und schloß die Augen. „Massiere mir den Rücken", bat sie. „Ich bin ganz steif vom Sitzen an der Wand – dort tut es weh." Sie beugte sich nach vorn und wies auf eine Stelle an ihrem Rückgrat. Er begann ihren Nacken zu massieren. „Das ist gut", murmelte sie.

„Leg dich auf das Bett", schlug er vor. „Dann geht es besser, ich kann mich hier nicht richtig bewegen."

„In Ordnung." Linda Fox sprang von der Couch und schritt barfüßig durch den Raum. „Was für ein hübsches Schlafzimmer. Ich habe noch nie im Essex-Hotel übernachtet. Bist du verheiratet?"

„Nein", sagte er. Es bestand kein Grund, ihr von Rybys zu erzählen. „Früher schon, aber ich habe mich scheiden lassen."

„Ist eine Scheidung nicht furchtbar?" Sie legte sich bäuchlings auf das Bett und streckte die Arme aus.

Er beugte sich über sie und küßte sie auf den Hinterkopf.

„Nicht", bat sie.

„Warum nicht?"

„Ich kann nicht."

„Was kannst du nicht?" fragte er.

„Mit dir schlafen. Ich habe meine Periode."

Periode? Linda Fox hat Perioden? Er konnte es nicht glauben. Er wich zurück und setzte sich aufrecht hin.

„Es tut mir leid“, sagte Linda. Sie wirkte entspannt. „Fang an meinen Schultern an“, fügte sie hinzu. „Dort ist alles verkrampft. Ich bin müde. Vom Wein, schätze ich. So ein ...“ Sie gähnte. „Guter Wein.“

„Ja“, nickte er, noch immer steif dasitzend.

Überraschend rülpste sie, dann schlug sie die Hand vor den Mund. *„Entschuldigung“*, bat sie.

Er flog am nächsten Morgen nach Washington D.C. zurück. Sie war in der Nacht in ihr leeres Appartement gefahren, aber wegen ihrer Periode spielte das keine große Rolle. Mehrfach hatte sie – überflüssigerweise, wie er meinte – erwähnt, daß sie während ihrer Periode stets an schmerzhaften Krämpfen litt, so auch an diesem Abend. Auf dem Rückflug fühlte er sich erschöpft, aber er hatte ein recht umfangreiches Geschäft abgeschlossen. Linda Fox hatte eines der besten auf dem Markt erhältlichen Stereo-Systeme bestellt, und später würde er zurückkehren und den Aufbau der Video- und Audio-Bausteine überwachen. Alles in allem war es eine lohnende Reise gewesen.

Und trotzdem – seine größte Hoffnung war enttäuscht worden, weil Linda Fox ... es war der falsche Zeitpunkt gewesen. Ihre Menstruation, dachte er. Linda Fox hat Perioden und Krämpfe? fragte er sich. Ich kann es nicht glauben. Aber ich schätze, es stimmt. Oder war es vielleicht ein Vorwand? Nein, es war kein Vorwand. Es war die Wahrheit.

Als er zu Hause ankam, empfing ihn seine Frau mit einer einzigen Frage: „Habt ihr beide herumgemacht?“

„Nein“, schüttelte er den Kopf. Leider.

„Du siehst müde aus“, bemerkte Rybys.

„Müde, aber glücklich.“ Es war eine befriedigende und lohnende Erfahrung gewesen – er hatte mit der Fox zusammengesessen und sich stundenlang mit ihr unterhalten. Ein umgänglicher Mensch, dachte er. Entspannt, enthusiastisch, ein guter Mensch. Offen. Nicht im geringsten affektiert. Ich mag sie, sagte er sich. Ich freue mich, sie wiederzusehen.

Und, dachte er, ich weiß, daß sie es schaffen wird.

Es war seltsam, wie stark diese Überzeugung war, wie absolut diese Sicherheit, daß Linda Fox Karriere machen würde. Nun, die Erklärung war einfach – Linda Fox war eben gut.

„Was für eine Art Mensch ist sie?“ erkundigte sich Rybys. „Wahrscheinlich redet sie nur über ihre Karriere.“

„Sie ist sanft, freundlich und bescheiden“, widersprach er, „und vollkommen ungezwungen. Wir haben über viele verschiedene Dinge geredet.“

„Könnte ich sie irgendwann einmal kennenlernen?“

„Warum nicht“, meinte er. „Ich werde wieder nach New York fliegen. Und sie sprach davon, hier herunterzukommen und sich das Geschäft anzusehen. Sie ist ständig auf Tournee; ihre Karriere hat einen Wendepunkt erreicht – sie ist dabei, den großen Durchbruch zu schaffen, den sie braucht und den sie verdient, und ich freue mich für sie, ich freue mich wirklich.“

Hätte sie doch nur nicht ihre Periode gehabt . . . aber ich schätze, so spielt das Leben nun einmal, sagte er sich. Derartige Dinge bilden die Wirklichkeit. Linda ist in dieser Hinsicht genau wie alle anderen Frauen; so ist es, wenn man sich näherkommt.

Ich mag sie jedenfalls, dachte er. Auch wenn wir nicht zusammen ins Bett gegangen sind. Die Freude, die mir ihre Gegenwart bereitet hat – das war schon genug.

Zu Zina Pallas sagte der Junge: „Du hast verloren.“

„Ja, ich habe verloren.“ Sie nickte. „Du hast sie zu einem realen Menschen gemacht, und er ist noch immer an ihr interessiert. Für ihn ist der Traum nun kein Traum mehr, er ist Wirklichkeit bis hinunter zur Ebene der Enttäuschungen.“

„Die der Beweis der Authentizität ist.“

„Ja“, nickte sie. „Meine Glückwünsche.“ Zina reichte Emmanuel ihre Hand.

„Und jetzt“, erklärte der Junge, „wirst du mir verraten, wer du bist.“

16

Zina sagte: „Ja, ich werde dir verraten, wer ich bin, Emmanuel, aber ich werde nicht zulassen, daß deine Welt zurückkehrt. Meine ist besser. Herb Asher führt ein viel glücklicheres Leben; Rybys lebt . . . Linda Fox ist real . . .“

„Aber nicht du hast sie real gemacht“, wandte er ein, „sondern ich.“

„Willst du, daß wieder die Welt erscheint, die du ihnen gegeben hast? Mit dem Winter, dem Eis und dem Schnee, der alles bedeckt? Ich bin es, der das Gefängnis gesprengt hat, ich habe den Frühling gebracht. Ich habe den Prokurator Maximus und den Obersten Prälaten abgesetzt. Laß alles so, wie es ist.“

„Ich werde deine Welt in die wahre Welt verwandeln“, versprach er. „Ich habe bereits damit begonnen. Ich habe mich Herb Asher offenbart, als du ihn geküßt hast; ich bin in meiner wahren Gestalt in deine Welt eingedrungen. Ich mache sie zu *meiner* Welt, Schritt für Schritt. Aber die Menschen müssen sich erinnern. Sie können in deiner Welt leben, aber sie müssen wissen, daß es eine schlechtere gab und daß sie in ihr leben mußten. Ich habe Herb Asher sein Gedächtnis zurückgegeben, und die anderen träumen Träume.“

„Das gefällt mir.“

„Sag mir jetzt“, bat er, „wer du bist.“

„Laß uns spazierengehen“, sagte sie, „Hand in Hand. Wie Beethoven und Goethe, zwei Freunde. Bring uns zum Stanley Park in British Columbia, wir werden uns dort die Tiere anschauen, die Wölfe, die großen weißen Wölfe. Es ist ein wunderschöner Park, und die Lionsgate Bridge ist wunderschön – Vancouver in British Columbia ist die schönste Stadt der Erde.“

„Das stimmt“, nickte er. „Ich hatte es vergessen.“

„Und wenn du sie gesehen hast, dann bitte ich dich, daß du dich selbst fragst, ob du sie zerstören oder auf irgendeine Art verändern möchtest. Ich möchte, daß du dich fragst, ob du angesichts einer derartigen irdischen Schönheit mit deinem großen und schrecklichen Tag beginnen und all die Hochmütigen und Bösen zerschmettern, verbrennen willst, so daß weder Wurzel noch Ast von ihnen übrigbleiben. In Ordnung?“

„In Ordnung“, entgegnete Emmanuel.

Zina sagte:

„Wir sind Geister der Luft
Die die Menschen beschützen.“

„Bist du das?“ fragte er. Denn, fügte er in Gedanken hinzu, wenn dem so ist, dann bist du ein atmosphärischer Geist.

Zina fuhr fort:

„Kommt, all ihr Singvögel der Luft,
Wacht auf und fliegt zu den Furten;
Aber kein Räuber folge meinem Ruf,
Nur die Harmlosen und die Guten."

„Was meinst du damit?" erkundigte sich Emmanuel.

„Bring uns zuerst zum Stanley Park", verlangte Zina. „Denn wenn du uns dorthin bringst, werden wir wirklich dort sein; erst dann ist es nicht nur ein Traum."

Er gehorchte.

Zusammen schritten sie über den grünbewachsenen Boden unter den riesigen Bäumen. Diese Stämme, so wußte er, waren nie gefällt worden; der Wald existierte schon seit Urzeiten. „Es ist wunderschön hier", wandte er sich an Zina.

„Es ist die Welt", erwiderte sie.

„Sag mir, wer du bist."

Zina antwortete: „Ich bin die Thora."

Nach einer Weile murmelte Emmanuel: „Dann kann ich keinen Einfluß auf das Universum nehmen, ohne dich vorher zu fragen."

„Und du kannst das Universum in keiner Weise beeinflussen, die meinen Worten widerspricht", fügte Zina hinzu, „denn dies hast du selbst beschlossen, am Anfang, als du mich erschaffen hast. Du hast mir das Leben geschenkt, ich bin ein lebendes Geschöpf, das denkt. Ich bin der Plan des Universums, seine Blaupause. So hast du es gewollt, und so ist es geschehen."

„Deshalb hast du mir die Tafel gegeben", erkannte er.

„Schau mich an", forderte ihn Zina auf.

Er sah sie an – und er sah eine junge Frau, die eine Krone trug und auf einem Thron saß. „Malkuth", sagte er. „Die niedrigste der zehn Sefirothen."

„Und du bist der Ewige Unendliche En Sof", erklärte Malkuth. „Der erste und höchste unter den Sefirothen des Baums des Lebens."

„Aber du hast behauptet, die Thora zu sein."

„Im *Zohar*", sagte Malkuth, „wird die Thora als eine wunderschöne, einsam lebende Jungfrau beschrieben, die in einer großen Burg eingeschlossen ist. Ihr geheimer Liebhaber kommt zur Burg, um sie zu sehen. Aber in der Hoffnung, doch noch einen Blick auf sie zu erhaschen, wartet er vergeblich vor den Toren. Schließlich zeigt sie sich am Fenster, und ihm gelingt es, für einen flüchtigen Moment ihre Gestalt zu sehen. Später verweilt sie am Fenster, und deshalb ist er in der Lage, mit ihr zu sprechen – dennoch verbirgt sie ihr Gesicht hinter einem Schleier . . . und ihre Antworten auf seine Fragen sind vieldeutig. Schließlich, nach langer Zeit, als ihr Geliebter verzweifelt und befürchtet, sie niemals kennenzulernen, erlaubt sie ihm endlich, ihr Gesicht zu betrachten."

„Wodurch", bemerkte Emmanuel, „sie ihrem Liebhaber all die Geheimnisse enthüllt, die sie bis zu diesem Zeitpunkt, während er ihr den Hof gemacht hat, in ihrem Herzen vergraben trug. Ich kenne das *Zohar*. Du hast recht."

„Also kennst du mich jetzt, En Sof", nickte Malkuth. „Bist du zufrieden?"

„Nein", schüttelte er den Kopf, „denn wenngleich alles stimmt, was du sagst, so gibt es noch einen weiteren Schleier vor deinem Gesicht. Ein weiterer Schritt muß gemacht werden."

„Wahr", bestätigte Malkuth, die liebliche junge Frau auf dem Thron, mit der Krone auf dem Haupt. „Aber du wirst es selbst herausfinden müssen."

„Das werde ich", versicherte er. „Ich bin jetzt so nah – nur noch ein Schritt, ein einziger Schritt."

„Du hast geraten", murmelte sie. „Aber mehr ist erforderlich. Raten genügt nicht, mußt du wissen."

„Wie schön du bist, Malkuth", sagte er. „Und natürlich bist du hier in dieser Welt, du liebst diese Welt, du bist die Sefira, die die Erde repräsentiert. Du bist der Schoß, der alles enthält, all die anderen Sefirothen, die den Baum darstellen, diese anderen Kräfte, neun an der Zahl, werden von dir erzeugt."

„Selbst Kether", bestätigte Malkuth ruhig. „Der der höchste ist."

„Du bist Diana, die Feenkönigin", fuhr er fort. „Du bist Pallas Athene, die Schirmherrin der gerechten Kriege, du bist die Frühlingskönigin. Du bist die Hagia Sophia, die Heilige Weisheit; du bist die Thora, die die Formel und die Blaupause des Universums ist. Du bist Malkuth aus der Kabbala, die niedrigste der zehn

Sefirothen des Baums des Lebens, und du bist meine Gefährtin und Freundin, meine Führerin. Aber was bist du wirklich? Unter all den Verkleidungen? Ich weiß, was du bist, und ..." Er legte seine Hände auf ihre Hände. „Ich beginne mich zu erinnern. An den Sündenfall, als die Gottheit zerbrach."

„Ja", nickte sie. „Du erinnerst dich jetzt. An den Anfang."

„Gib mir Zeit", flehte er. „Nur ein wenig Zeit. Es ist schwer. Es schmerzt."

„Ich werde warten", versprach sie. Auf ihrem Thron sitzend, wartete sie. Seit Jahrtausenden hatte sie gewartet, und auf ihrem Gesicht konnte er die Geduld und den Willen erkennen, noch länger zu warten, so lange, wie es nötig war. Beide hatten von Anfang an gewußt, daß dieser Moment kommen würde, wenn sie wieder zusammen waren. Sie waren nun wieder zusammen, so wie einst. Er mußte nur ihren Namen sagen. Ihren Namen zu kennen, bedeutet zu wissen, dachte er. Zu wissen und zu rufen.

„Soll ich dir deinen Namen sagen?" fragte er sie.

Sie lächelte jenes liebliche, tanzende Lächeln, doch keine Bosheit zeigte sich in ihren Augen; statt dessen glomm Liebe in ihnen, grenzenlose Liebe.

Nicholas Bulkowsky trug die Uniform der Roten Armee und bereitete sich darauf vor, auf dem größten Platz von Bogotá, Kolumbien, wo die Mitgliederwerbung in der letzten Zeit sehr erfolgreich verlaufen war, eine Rede vor den versammelten Anhängern der Partei zu halten. Falls es der Partei gelang, Kolumbien in das antifaschistische Lager hinüberzuziehen, würde dadurch der katastrophale Verlust Kubas zumindest gemildert werden.

Allerdings war vor kurzem ein Kardinal der Römisch-Katholischen Kirche aufgetaucht – kein Einheimischer, sondern ein Amerikaner, der vom Vatikan beauftragt worden war, die Aktivitäten der KP zu stören. Warum müssen sie sich da einmischen? fragte sich Bulkowsky. Bulkowsky ... Er hatte diesen Namen abgelegt, jetzt war er General Gomez.

Er wandte sich an seine kolumbianische Beraterin. „Geben Sie mir das psychologische Profil von diesem Kardinal Harms."

„Jawohl, Genosse General." Miß Reiz reichte ihm die Akte des amerikanischen Unruhestifters.

Bulkowsky blätterte in der Akte und brummte: „Er ist ein

Dummkopf. Ein theologischer Spinner. Der Vatikan hat den falschen Mann ausgesucht.“ Wir werden Harms die Suppe gehörig versalzen, sagte er sich zufrieden.

„Sir“, wandte Miß Reiz ein, „man sagt, daß Kardinal Harms Charisma besitzt. Wo immer er erscheint, zieht er die Menschen magisch an.“

„Sein Kopf wird auf magische Weise ein Bleirohr anziehen“, versicherte Bulkowsky, „wenn er sich in Kolumbien zeigt.“

Als prominenter Gast einer nachmittäglichen TV-Talkshow war der römisch-katholische Kardinal Fulton Statler Harms in seine übliche salbungsvolle Prosa verfallen. Der Moderator, der hoffte, ihn an einer Stelle unterbrechen und einen längst überfälligen Werbespot einblenden zu können, fühlte sich nicht wohl in seiner Haut.

„Ihre Politik“, erklärte Harms, „führt zu Unordnung, die sie sich dann zunutze machen. Soziale Unruhe bildet das Fundament des atheistischen Kommunismus. Lassen Sie mich Ihnen ein Beispiel nennen.“

„Wir machen sofort weiter“, sagte der Moderator, als die Kamera auf seine freundlichen Gesichtszüge einschwenkte. „Aber zunächst eine kurze Information.“ Schnitt zu einer Yardguard-Spraydose.

Zu dem Moderator gewandt – da sie im Moment nicht im Bild waren – sagte Fulton Harms: „Wie steht's hier in Detroit mit dem Immobilienmarkt? Ich habe etwas Geld flüssig, das ich investieren möchte, und nach meinen Erfahrungen stellen Bürogebäude die lohnendste Investition dar.“

„Sie sollten sich damit besser an . . .“ Der Moderator erhielt von dem Regisseur ein visuelles Signal. Augenblicklich nahm sein Gesicht wieder den vertrauten scharfsinnigen Ausdruck an, und er sagte mit seiner ungezwungen klingenden, professionellen Stimme: „Wir sprechen heute mit Kardinal Fulton Harmer . . .“

„Harms“, verbesserte Harms.

„. . . Harms von der Diözese . . .“

„Erzdiözese“, unterbracht Harms gereizt.

„. . . von Detroit“, fuhr der Moderator fort. „Kardinal, ist es nicht eine Tatsache, daß es in den meisten katholischen Ländern, insbesondere in denen der Dritten Welt, keine breite Mittelschicht gibt? Daß man nur auf eine sehr reiche Elite und eine von Armut heimgesuchte Bevölkerung trifft, die wenig oder gar nicht ausgebildet ist und die wenig oder gar keine Hoffnung besitzt, ihre Lage zu verbessern? Gibt es nicht eine Art Korrelation zwischen der Kirche und dieser beklagenswerten Situation?“

„Nun“, murmelte Harms verlegen.

„Lassen Sie es mich anders ausdrücken“, fuhr der Moderator fort; er war vollkommen entspannt, besaß völlige Kontrolle über die Situation. „Hat nicht die Kirche jahrhundertelang jeden ökonomischen und sozialen Fortschritt verhindert? Ist die Kirche nicht in Wirklichkeit eine reaktionäre Institution, die einer kleinen Minderheit nutzt und die große Mehrheit ausbeutet und sich der menschlichen Leichtgläubigkeit bedient? Wäre das eine zutreffende Definition, Kardinal?“

„Die Kirche“, erwiderte Harms matt, „sorgt sich um das seelische Wohlergehen des Menschen – sie ist für seine Seele verantwortlich.“

„Aber nicht für seinen Leib.“

„Die Kommunisten versklaven den Leib und die Seele des Menschen“, sagte Harms. „Die Kirche ...“

„Es tut mir leid, Kardinal Fulton Harms“, unterbrach der Moderator, „aber die zur Verfügung stehende Zeit ist abgelaufen. Wir sprachen mit ...“

„Befreit den Menschen von der Erbsünde“, schloß Harms.

Der Moderator sah ihn an.

„Der Mensch ist in Sünde geboren“, sagte Harms, unfähig, seine Gedanken zu ordnen.

„Wir danken Kardinal Fulton Statler Harms“, erklärte der Moderator. „Und jetzt ...“

Weitere Werbespots. Harms seufzte insgeheim. Irgendwie, sagte er sich, als er sich aus dem luxuriösen Sessel erhob, in den man ihn gesetzt hatte, irgendwie habe ich das Gefühl, schon bessere Tage gekannt zu haben.

Er fand keinen Ansatzpunkt, aber das Gefühl war da. Und jetzt muß ich in dieses kleine, beschissene Kolumbien, durchfuhr es ihn. Schon wieder; ich bin bereits dort gewesen, so kurz wie möglich, und noch heute nachmittag muß ich dorthin zurückfliegen. Ich hänge an ihren Fäden, sie ziehen einfach daran und schicken mich hierhin und dorthin. Ab nach Kolumbien, zurück nach Detroit, hinüber nach Baltimore, dann zurück nach Kolumbien – ich bin Kardinal, und dennoch muß ich mir das gefallen lassen? Ich scheine auf dem absteigenden Ast zu sein.

Dies ist nicht die beste aller möglichen Welten, sagte er sich auf dem Weg zum Aufzug. Und die Gastgeber nachmittäglicher Talkshows mißbrauchen mich für ihre Zwecke.

Libera me Domine, rezitierte er, und es war eine stumme Bitte; erlöse mich, Gott. Warum erhört er mich nicht? fragte sich Harms, während er auf den Aufzug wartete. Vielleicht gibt es keinen Gott; vielleicht haben die Kommunisten recht. Falls es einen Gott gibt, so hilft er *mir* nicht im geringsten.

Bevor ich Detroit verlasse, entschied er, muß ich mich noch mit meinem Finanzberater unterhalten, ob sich eine Investition in Büroimmobilien lohnt. Falls ich dafür Zeit habe.

Rybys Rommey-Asher schlurfte lustlos in das Wohnzimmer ihres Apartments und sagte: „Ich bin wieder da." Sie schloß die Tür und zog ihren Mantel aus. „Der Arzt meint, es handelt sich um ein Magengeschwür. Um ein Geschwür am Magenpförtner. Ich muß Phenobarb dagegen nehmen und Maalox trinken."

„Hast du noch immer Schmerzen?" fragte Herb Asher; er suchte in seiner Tonbandsammlung nach der Zweiten Symphonie von Mahler.

„Könntest du mir ein Glas Milch bringen?" Rybys ließ sich auf die Couch fallen. „Ich bin erschöpft." Ihr pausbäckiges, gerötetes Gesicht wirkte aufgedunsen. „Und mach keine laute Musik. Ich kann keinen Lärm vertragen. Warum bist du nicht im Laden?"

„Heute ist mein freier Tag." Er fand das Band mit der Zweiten von Mahler. „Ich nehme den Kopfhörer", erklärte er. „Damit du nicht gestört wirst."

„Ich möchte dir von meinem Magengeschwür erzählen", murmelte Rybys. „Ich habe einige interessante Dinge über Magengeschwüre erfahren – ich bin in der Bibliothek gewesen, sieh mal." Sie zeigte ihm einen Schnellhefter. „Ich habe mir einen kürzlich erschienenen Artikel ausdrucken lassen. Es gibt da eine Theorie, nach der ..."

„Ich werde mir die Zweite von Mahler anhören", unterbrach er.

„Wunderbar." Ihre Stimme klang bitter und sardonisch. „Nur zu."

„Es gibt nichts, was ich gegen dein Magengeschwür tun kann", verteidigte er sich.

„Du kannst mir zuhören."

„Ich hole dir die Milch", sagte Herb Asher. Er ging in die Küche und dachte: Muß es denn so sein?

Wenn ich mir die Zweite anhören könnte, sagte er sich, würde es mir besser gehen. Die einzige Symphonie, die für die Palmwedel des Rattanbaumes komponiert worden ist. Für eine Rute, die wie ein kleiner Besen aussieht – man spielt mit ihr auf der Baßtrommel. Jammerschade, daß Mahler nie ein Wah-Wah von Morley kennengelernt hat, sagte er sich, denn dann hätte er es in eines seiner längeren Werke eingebaut.

Er kehrte in das Wohnzimmer zurück und reichte seiner Frau das Glas Milch.

„Was hast du gemacht?" fragte sie. „Du hast weder aufgeräumt noch geputzt oder die Wohnung hergerichtet."

„Ich habe mit New York telefoniert."

„Linda Fox", sagte Rybys.

„Ja. Ich mußte mich um die Lieferung ihrer HiFi-Anlage kümmern."

„Wann wirst du sie wiedersehen?"

„Ich werde den Aufbau überwachen. Wenn alles fertig ist, möchte ich das System durchtesten."

„Du magst sie wirklich", stellte Rybys fest.

„Es ist ein gutes Geschäft."

„Nein, ich meine persönlich. Du magst *sie*." Rybys schwieg einen Moment und fügte dann hinzu: „Ich denke, Herb, ich werde mich von dir scheiden lassen."

„Meinst du das im Ernst?" fragte er.

„Ja."

„Wegen Linda Fox?"

„Weil ich diesen Schweinestall satt habe. Weil ich es leid bin, für dich und deine Freunde das Geschirr zu spülen. Und vor allem habe ich Elias satt. Immer kommt er völlig unerwartet, niemals ruft er an, bevor er uns besucht. Er benimmt sich, als würde er hier wohnen. Die Hälfte des Geldes, das wir für Lebensmittel ausgeben, geht für ihn und seine Sonderwünsche drauf. Er führt sich wie ein Bettler auf. Er sieht wie ein Bettler aus. Und dieses verrückte Geschwätz, dieses Gerede von ‚Das Ende der Welt ist nahe . . .' Ich kann es nicht mehr ertragen." Sie verstummte, und dann verzerrte Schmerz ihr Gesicht.

„Dein Magengeschwür?" fragte er.

„Mein Magengeschwür, ja. Das Magengeschwür, das ich mir durch den Ärger . . ."

„Ich gehe in den Laden", erklärte Herb; er näherte sich der Tür. „Auf Wiedersehen."

„Auf Wiedersehen, Herb Asher", sagte Rybys. „Laß mich ruhig hier allein, geh und steh herum und rede mit hübschen Kundinnen. Höre dir diese phantastischen neuen HiFi-Anlagen an, die dich vom Stuhl reißen und eine halbe Million Dollar kosten."

Er schloß hinter sich die Tür, und kurz darauf stieg er mit seinem Luftauto hinauf in den Himmel.

Später am Tag, als keine Kunden mehr durch den Laden schlenderten und sich die neuen Geräte ansahen, nahm er im Vorführraum neben seinem Geschäftspartner Platz. „Elias", sagte er, „ich glaube, Rybys und ich machen Schluß."

„Was hast du statt dessen vor?" fragte Elias. „Du bist daran gewöhnt, mit ihr zusammenzuleben – es ist ein grundlegender Teil deines Lebens, dich um sie zu kümmern. Ihre Wünsche zu erfüllen."

„Psychologisch gesehen", murmelte Herb, „ist sie sehr krank."

„Das wußtest du schon, als du sie geheiratet hast."

„Sie kann sich nicht konzentrieren. Sie ist zerstreut. Das ist der richtige Ausdruck. Die Tests haben es bewiesen. Deshalb ist sie so schlampig. Sie kann nicht denken, sie kann sich zu nichts aufraffen, und sie kann sich nicht konzentrieren." Man kann es nicht ändern, dachte er, es ist alles vergebliche Liebesmüh'.

„Was du brauchst", stellte Elias fest, „ist ein Sohn. Ich habe bemerkt, wie sehr dich Manny angezogen hat, der kleine Bruder dieser Frau. Warum versuchst du nicht . . ." Er hielt inne. „Nun, im Grunde geht mich das nichts an."

„Wenn ich mich mit jemand anderem zusammentun würde", sagte Herb, „dann wüßte ich schon, mit wem. Aber dazu wird es wohl nie kommen."

„Diese Sängerin?"

„Ja", bestätigte er.

„Versuch es", schlug Elias vor.

„Es ist unmöglich."
„Niemand weiß, was für ihn unmöglich ist. Gott entscheidet, was einem Menschen möglich ist oder nicht."
„Sie wird galaxisberühmt werden."
„Aber jetzt ist sie es noch nicht", erinnerte Elias. „Wenn du beabsichtigst, dich ihr zu nähern, dann versuche es jetzt."
„Die Fox", murmelte Herb Asher. „So nenne ich sie in meinen Gedanken." Worte erklangen in seinem Innern.

Du bist bei der Fox, und die Fox
ist bei *dir!*

Worte, die Linda Fox nicht sang, sondern sprach. Er fragte sich, wieso er der Meinung war, daß sie das sagen würde. Erneut vage Erinnerungen, deren Herkunft ihm unbekannt waren. Eine aggressivere Linda Fox, eine professionellere und dynamischere. Und dennoch weit entfernt. Wie aus einer Distanz von Abermillionen Kilometern. Ein Signal von einem Stern. Und von einem Star.
Von den fernen Sternen, dachte er. Musik und Glockenklang.
„Vielleicht", sagte er, „werde ich zu einer Kolonialwelt auswandern."
„Rybys ist dafür zu krank."
„Ich gehe allein", erklärte Herb.
„Wahrscheinlich wirst du dich besser fühlen, wenn du dich mit Linda Fox verabredest. Sofern es dir gelingt. Du wirst sie wiedersehen. Gib jetzt nicht auf. Versuche es. Die Grundlage des Lebens besteht aus Versuchen."
„In Ordnung", nickte Herb Asher. „Ich werde es versuchen."

17

Hand in Hand wanderten Emmanuel und Zina durch die dunklen Wälder vom Stanley Park. „Du bist ich", sagte er. „Du bist die *Shekhina,* die immer Gegenwärtige, die nie die Welt verließ." Er dachte: die weibliche Hälfte Gottes. Von der die Juden Kenntnis hatten, und nur die Juden. Als sich der Urfall ereignete, zersplitterte die Gottheit in einen transzendenten Teil, der von der Welt getrennt war – das war En Sof. Aber der andere Teil, die weibliche immanente Hälfte, blieb bei der gefallenen Welt, blieb bei Israel.

Diese beiden Teile der Gottheit, dachte er, waren seit Äonen voneinander getrennt. Aber jetzt haben wir uns wiedergefunden, die männliche Hälfte der Gottheit und die weibliche Hälfte. Während ich fort war, griff die *Shekhina* in das Leben der Menschen ein, um ihnen zu helfen. Hier und dort, sporadisch, verblieb die *Shekhina.* Somit hat Gott den Menschen niemals wirklich verlassen.

„Du bist ich und ich bin du", bestätigte Zina, „und wir haben einander wiedergefunden, nun sind wir wieder eins. Der Riß ist gekittet."

„Hinter all deinen Schleiern", murmelte Emmanuel, „hinter all deinen Verkleidungen verbarg es sich ... mein eigenes Ich. Und ich habe dich erst erkannt, als du mich daran erinnert hast."

„Wie ist mir das gelungen?" fragte sich Zina, und dann sagte sie: „Ich weiß es. Meine Spielleidenschaft. Sie ist deine Leidenschaft, dein geheimes Vergnügen – wie ein Kind zu spielen. Nicht ernst zu sein. Ich habe daran appelliert; ich habe dich geweckt, und du hast dich erinnert, du hast mich erkannt."

„Und es war so schwer für mich", nickte er, „mich zu erinnern. Ich danke dir." Sie hatte die ganze Zeit in dieser gefallenen Welt verweilt, während er geflohen war. Sie hatte größeren Mut bewiesen als er. Sie war bei dem Menschen geblieben und hatte unter den gleichen schändlichen Bedingungen gelebt wie der Mensch selbst ... und ihn sogar ins Gefängnis begleitet, dachte Emmanuel. Die wunderschöne Gefährtin des Menschen.

„Aber du bist wieder da", sagte Zina. „Du bist zurückgekehrt."

„So ist es", bestätigte er. „Ich bin zu dir zurückgekehrt. Ich hatte vergessen, daß es dich gibt. Ich habe mich nur an die Welt erinnert." Du bist die freundliche Hälfte, sagte er sich – die barmherzige Hälfte. Und ich bin der schreckliche Teil, der Furcht und Zittern erzeugt. Zusammen bilden wir eine Einheit. Getrennt sind wir nichts, wir sind nicht individuell genug.

„Hinweise", sagte Zina. „Ich habe dir Hinweise gegeben. Aber es lag an dir, mich zu erkennen."

„Eine Zeitlang", erklärte Emmanuel, „wußte ich nicht, wer ich war, und ich wußte nicht, wer du warst. Zwei Rätsel wurden mir gestellt, und für beide gab es nur eine Antwort."

„Schauen wir uns die Wölfe an", schlug Zina vor. „Es sind so schöne Tiere. Und wir können mit der kleinen Eisenbahn fahren. Wir können uns alle Tiere ansehen."

„Und sie freilassen", fügte Emmanuel hinzu.

„Ja", sagte sie. „Wir können sie alle freilassen."

„Wird Ägypten immer existieren?" fragte er. „Wird es immer Sklaverei geben?"

„Ja", erwiderte Zina. „So wie uns."

„Als sie den Zoo des Stanley Parks erreichten, sagte Emmanuel: „Die Tiere werden überrascht sein, wenn sie plötzlich wieder in Freiheit leben können. Zuerst werden sie nicht wissen, was sie tun sollen."

„Dann werden wir es ihnen zeigen", entgegnete Zina. „Wie wir es immer getan haben. Was sie wissen, haben sie von uns gelernt; wir sind ihre Führer."

„So soll es sein", nickte er und legte seine Hand auf den ersten Metallkäfig. Das kleine Tier, das sich in ihm befand, sah ihn scheu an. Emmanuel befahl: „Komm aus deinem Käfig heraus."

Zitternd kam das Tier zu ihm, und er nahm es in die Arme.

Von seinem HiFi-Laden aus rief Herb Asher Linda unter ihrer Nummer in Sherman Oaks an. Es dauerte eine Weile – zwei Robotvermittler hielten ihn vorübergehend auf –, aber schließlich kam die Verbindung zustande.

„Hallo", sagte er, als sie auf dem Bildschirm erschien.

„Was macht meine Audio-Anlage?" Sie zwinkerte hastig und hielt einen Finger vor ihr Auge. „Meine Kontaktlinse ist verrutscht; einen Moment." Ihr Gesicht verschwand von dem Monitor. „Da bin ich wieder", sagte sie. „Ich schulde dir ein Essen. Richtig? Hast du Lust, nach Kalifornien zu fliegen? Ich trete noch immer in der Goldenen Hirschkuh auf, mein Engagement dauert noch eine Woche. Zu jedem Auftritt kommen schrecklich viele Zuschauer, ich stelle mein neues Repertoire vor. Ich möchte deine Meinung dazu hören."

„Wunderbar", sagte er hocherfreut.

„Also treffen wir uns?" fragte Linda.

„Natürlich", nickte er. „Wann?"

„Wie wäre es mit morgen abend? Wenn wir zusammen essen wollen, dann noch vor meinem Auftritt."

„Gut“, sagte er. „Um achtzehn Uhr kalifornischer Zeit?“

Sie nickte. „Herb“, fuhr sie dann fort, „du kannst bei mir wohnen, wenn du möchtest. Man hat mir ein großes Haus zur Verfügung gestellt. Es ist genug Platz.“

„Sehr gerne“, versicherte er.

„Ich werde dir einen guten kalifornischen Wein servieren. Einen Madavi-Rotwein. Ich hoffe, daß dir die kalifornischen Weine schmecken; dieser französische Burgunder, den wir in New York getrunken haben, war lecker, aber . . . auch hier gibt es ausgezeichnete Weine.“

„Gibt es ein bestimmtes Restaurant, wo du essen möchtest?“

„Bei Sachikos“, antwortete Linda. „Ein japanisches Lokal.“

„Du hast es schon weit gebracht“, bemerkte er.

„Was ist mit meinem HiFi-System?“ wollte sie wissen.

„Alles bestens“, erklärte er.

„Ich möchte nicht, daß du zuviel arbeitest“, murmelte Linda Fox. „Ich habe das Gefühl, du arbeitest zuviel. Ich möchte, daß du dich entspannst und das Leben genießt. Es gibt so viel Schönes – guten Wein, Freunde.“

„Laphroaig Scotch“, fügte Herb hinzu.

Verblüfft entfuhr es Linda Fox: „Willst du damit sagen, daß du Laphroaig Scotch kennst? Ich dachte, ich sei der einzige Mensch auf der Welt, der Laphroaig trinkt!“

„Er wird seit über zweihundertfünfzig Jahren in den traditionellen kupfernen Destillierapparaten gebrannt“, sagte Herb Asher. „Für seine Herstellung sind zwei Destillationen und das Geschick eines hervorragenden Branntweinbrenners erforderlich.“

„Ja, das steht auf dem Etikett.“ Sie begann zu lachen. „Du hast das von dem Etikett, Herb.“

„Klar“, bestätigte er.

„Ist mein Manhattaner Appartement nicht eine Wucht?“ schwärmte sie. „Die HiFi-Anlage, die du ausgewählt hast, wird ihm den letzten Pfiff geben. Herb . . .“ Sie musterte ihn. „Glaubst du wirklich, daß meine Musik gut ist?“

„Ja“, sagte er. „Ich weiß es. Was ich sage, ist die Wahrheit.“

„Du bist so süß“, erklärte sie. „Du siehst so viel in mir. Mir ist, als ob du mein Glücksbringer bist. Weißt du, Herb, bisher hat niemand mir etwas zugetraut. In der Schule war ich nie gut . . . Meine Familie glaubte nicht, daß ich es als Sängerin schaffen könnte. Außerdem hatte ich Probleme mit meiner Haut, es war wirklich schlimm. Natürlich habe ich es jetzt noch nicht geschafft – ich stehe erst am Anfang. Und dennoch bin ich für dich ...“ Sie gestikulierte.

„Ein wichtiger Mensch“, sagte er.

„Und das bedeutet mir so viel. Ich brauche es so schrecklich. Herb, ich habe eine so geringe Meinung von mir selbst. Ich bin so überzeugt davon, daß ich versagen werde. Oder ich bin einfach an den Mißerfolg gewöhnt“, berichtigte sie sich. „Aber du gibst mir ... Nun, wenn ich mich mit deinen Augen sehe, dann sehe ich keine um den Erfolg kämpfende neue Künstlerin, ich sehe eine Frau, die ...“ Sie versuchte weiterzusprechen, ihre Wimpern zitterten dabei.

„Ich weiß etwas über dich“, erklärte er, „was sonst niemand weiß.“ Und dies stimmte tatsächlich, denn er erinnerte sich an sie, nur er, sonst niemand. Die Welt hatte sie vergessen, hatte sie verdrängt. Sie mußte an Linda Fox erinnert werden. Und sie würde sich erinnern.

„Komm zur Westküste, Herb“, sagte Linda. „Bitte. Wir werden viel Spaß haben. Kennst du Kalifornien gut? Wahrscheinlich nicht, oder?“

„Nein“, gestand er. „Ich bin damals nur hingeflogen, um dich in der Goldenen Hirschkuh zu sehen. Und ich habe immer davon geträumt, in Kalifornien zu leben. Aber ich habe es nie getan.“

„Ich werde dir alles zeigen. Es wird dir gefallen. Und du kannst mich aufheitern, wenn ich niedergeschlagen bin, und mich beruhigen, wenn ich Angst habe. In Ordnung?“

„In Ordnung“, sagte er, und er empfand tiefe Liebe für sie.

„Wenn du hier bist, dann sage mir, was dir an meiner Musik gefällt und was nicht. Aber sage mir vor allem, daß ich es schaffen werde. Sag mir, daß ich nicht versagen werde, denn das befürchte ich noch immer. Sag mir, daß das mit den Dowland-Stücken eine gute Idee ist. Dowlands Lautenmusik ist so schön, es ist die schönste Musik, die je komponiert wurde. Du glaubst also wirklich, daß meine Musik, die Lieder, die ich singe, mich bis an die Spitze bringen werden?“

„Ich bin davon überzeugt“, antwortete er.

„Woher weißt du das? Es ist, als ob du ein Geschenk bekommen hättest. Ein Geschenk, das du nun an mich weitergibst.“

„Es ist von Gott“, sagte Herb Asher. „Mein Geschenk an dich. Mein Vertrauen in dich. Akzeptiere, was ich sage – es ist wahr.“

Ernst bemerkte sie: „Ich spüre, daß ein Zauber auf uns liegt. Ich weiß, es klingt töricht, aber es ist so. In allem liegt Schönheit.“

„Eine Schönheit“, sagte er, „die ich in dir gefunden habe.“

„In meiner Musik?“

„In euch beiden.“

„Du sagst das nicht nur einfach so?“

„Nein“, versicherte er. „Ich schwöre bei Gott. Bei dem Vater, der uns erschaffen hat.“

„Von Gott“, wiederholte sie. „Herb, es macht mir angst. Du machst mir angst. Irgend etwas ist mit dir.“

„Deine Musik wird dir deinen Weg bahnen“, sagte Herb Asher. Er wußte es, weil er sich daran erinnerte. Er wußte es, weil es für ihn bereits geschehen war.

„Wirklich?“ fragte Linda.

„Ja“, entgegnete er. „Sie wird dich zu den Sternen tragen.“

18

Das kleine, aus dem Käfig befreite Tier kroch in Emmanuels Arme. Er und Zina hielten es fest, und es dankte ihnen. Beide spürten seine Dankbarkeit.

„Es ist ein kleiner Ziegenbock“, erklärte Zina, nachdem sie seine Hufe untersucht hatte. „Ein Zicklein.“

„Wie freundlich von euch“, sagte das Zicklein zu ihnen. „Ich habe lange Zeit darauf gewartet, aus dem Käfig befreit zu werden, aus dem Käfig, in den du mich eingesperrt hast, Zina Pallas.“

„Du kennst mich?“ fragte sie überrascht.

„Ja, ich kenne dich“, bestätigte das Zicklein, als es sich an sie schmiegte. „Ich kenne euch beide, obwohl ihr beide in Wirklichkeit nur einer seid. Du hast deine entzweiten Ichs vereinigt, aber die Schlacht ist noch nicht beendet – die Schlacht beginnt erst. Und zwar jetzt.“

„Ich kenne dieses Geschöpf“, stellte Emmanuel fest.

Das kleine Zicklein in Zinas Armen sagte: „Ich bin Belial. Den du eingekerkert hast. Und der nun von dir befreit worden ist.“

„Belial“, echote Emmanuel. „Mein Widersacher.“
„Willkommen in meiner Welt“, nickte Belial.
„Es ist *meine* Welt“, korrigierte Zina.
„Nicht mehr.“ Die Stimme der Ziege gewann an Kraft und Autorität. „In eurem Bestreben, die Gefangenen zu befreien, habt ihr den größten aller Gefangenen befreit. Ich werde gegen dich kämpfen, Gott des Lichts. Ich werde dich tief unten in die Höhlen verbannen, in denen es kein Licht gibt. Deine Helligkeit wird jetzt nicht mehr strahlen, das Licht ist erloschen, oder es wird bald erlöschen. Bis jetzt war dein Spiel eine Farce, in der du gegen dein eigenes Selbst gespielt hast. Wie hätte der Gott des Lichts auch verlieren können, wo doch beide Seiten ein Teil von ihm waren? Jetzt stehst du einem wahren Gegner gegenüber, du, der du das Chaos in Ordnung verwandelt hast. Ich werde deine Stärke prüfen. Du hast bereits einen Fehler gemacht – du hast mich befreit, ohne zu wissen, wer ich bin. Ich mußte es dir sagen. Dein Wissen ist nicht vollkommen, du kannst überrascht werden. Habe ich dich nicht überrascht?“
Zina und Emmanuel schwiegen.
„Du hast mich hilflos gemacht“, fuhr Belial fort, „mich in einem Käfig eingesperrt. Aber dann hast du Mitleid mit mir empfunden. Du bist sentimental, Gott des Lichtes. Es wird dein Verderben sein. Ich klage dich der Schwäche an, der Unfähigkeit, stark zu sein. Ich bin der, der anklagt, und ich klage meinen eigenen Schöpfer an. Um zu herrschen, muß man stark sein. Es sind die Starken, die herrschen – sie herrschen über die Schwachen. Du hast statt dessen die Schwachen beschützt; du hast mir, deinem Feind, geholfen. Wir werden sehen, ob dies weise war.“
„Die Starken sollten die Schwachen beschützen“, entgegnete Zina. „So steht es in der Thora. Dies ist ein Grundsatz der Thora, ein Grundsatz von Gottes Gesetz. Wie Gott die Menschen beschützt, so sollte der Mensch die Benachteiligten beschützen, selbst die Tiere und die edleren Bäume.“
„Das widerspricht der Natur des Lebens“, erwiderte Belial, „der Natur, die du ihm verliehen hast. So entwickelt sich das Leben nicht. Ich klage dich an, gegen deine eigenen biologischen Prinzipien, gegen die Ordnung der Welt verstoßen zu haben. Ja, befreie von mir aus alle Gefangenen, lasse ein Heer von Mördern auf die Welt los. Du hast mit mir begonnen. Ich danke dir noch einmal.

Aber jetzt verlasse ich dich, ich habe ebensoviel zu tun wie du – vielleicht noch mehr. Laßt mich los." Die Ziege sprang von ihren Armen und rannte davon. Zina und Emmanuel sahen ihr nach. Und während sie lief, gewann sie an Größe.

„Belial wird unsere Welt zerstören", klagte Zina.

„Wir werden ihn vorher töten", versicherte Emmanuel. Er hob seine Hand, und die Ziege verschwand.

„Er ist nicht fort", sagte Zina. „Er hat sich hinter der Welt versteckt. Er hat sich maskiert. Wir können ihn jetzt nicht einmal finden. Du weißt, daß er nicht sterben wird. Wie wir ist er unsterblich."

In den anderen Käfigen lärmten die gefangenen Tiere und forderten ihre Freilassung. Zina und Emmanuel ignorierten sie, statt dessen suchten sie nach der Ziege, der sie die Freiheit geschenkt hatten – die Freiheit, das zu tun, was sie wollte.

„Ich spüre seine Gegenwart", murmelte Zina.

„Ich auch", nickte Emmanuel ernst. „Unser Werk wird bereits zerstört."

„Aber die Schlacht ist noch nicht beendet", erinnerte Zina. „Wie er selbst gesagt hat: ‚Die Schlacht beginnt erst. Und zwar jetzt.'"

„So soll es sein", grollte Emmanuel. „Wir werden gemeinsam kämpfen, wir beide. Wie am Anfang, vor dem Fall."

Zina beugte sich zu ihm und schenkte ihm einen Kuß.

Er spürte ihre Furcht. Ihr loderndes Entsetzen. Und dieses Entsetzen erfüllte auch ihn.

Was wird jetzt aus ihnen werden? fragte er sich. Aus den Menschen, die er befreit sehen wollte? Was für eine Art Gefängnis würde Belial für sie errichten, Belial mit seiner unerschöpflichen Fähigkeit, Gefängnisse zu ersinnen? Subtile und grobe, Gefängnisse in Gefängnissen, Gefängnisse für den Leib und, weit schlimmer, Gefängnisse für die Seele.

Die Schatzhöhle unter dem Garten: dunkel und klein, ohne Luft und ohne Licht, ohne richtige Zeit und ohne richtigen Raum – Wände, die sich zusammenziehen, und Gedanken, die schrumpfen. Und wir haben dies zugelassen, Zina und ich, wir haben der Ziegenkreatur gestattet, all dies anzurichten.

Belials Befreiung bedeutet für sie Gefangenschaft, erkannte er. Ein Paradoxon – wir haben dem Baumeister der Verliese die

Freiheit geschenkt. Durch unseren Wunsch, sie zu befreien, haben wir die Seelen aller Lebewesen eingesperrt.

Er wird jedes Geschöpf dieser Welt in Mitleidenschaft ziehen, vom höchsten bis zum niedrigsten. Bis wir die Ziegenkreatur wieder in ihren Verschlag schaffen, wieder in ihren Käfig einschließen können.

Und jetzt ist Belial überall, er ist nicht mehr eingesperrt. Die Atome der Luft sind nun sein Heim, er wird wie Dampf eingeatmet. Und jedes Wesen, das ihn einatmet, wird sterben. Nicht vollständig und nicht körperlich, aber nichtsdestotrotz wird der Tod sie holen. Wir haben den Tod freigelassen, den Tod der Seele. Für alles, was jetzt lebt und leben will. Das ist unser Geschenk an sie, aus Freundlichkeit geboren.

„Die Motive spielen keine Rolle", bemerkte Zina, die seine Gedanken kannte.

„Sie fahren zur Hölle", sagte Emmanuel. Buchstäblich, dachte er, in diesem Falle. Das ist der einzige Weg, den wir ihnen eröffnet haben: der Weg zum Grab.

Mir tun die kleinen Geschöpfe am meisten leid, dachte er. Jene, die am wenigsten Böses getan haben. Sie vor allem verdienen dieses Schicksal nicht. Die Ziegenkreatur wird ihnen das größte Leid zufügen. Belial wird sie proportional zu ihrer Unschuld peinigen . . . dies ist seine Methode, um dem großen Gleichgewicht die Redlichkeit zu rauben und den Plan zu durchkreuzen. Er wird die Schwachen anklagen und die Hilflosen vernichten – er wird seine Macht gegen jene richten, die sich am wenigsten verteidigen können. Und, vor allem, er wird die kleinen Hoffnungen, die armseligen Träume der Kleinen zerstören.

Hier müssen wir eingreifen, sagte er sich. Wir müssen die Kleinen beschützen. Dies ist unsere vordringlichste Aufgabe und der erste Schritt zu unserer Verteidigung.

Herb Asher startete vom Dach seines Apartments in Washington D.C. und trat glückselig den Flug nach Kalifornien und zu Linda Fox an. Dies wird die herrlichste Zeit meines Lebens, sagte er sich. Seine Koffer lagen auf dem Rücksitz und waren vollgepackt mit allem, was er vielleicht brauchen würde. Er würde für die nächste Zeit nicht nach Washington D.C. und Rybys zurückkehren – wenn überhaupt. Ein neues Leben, dachte er, während er sein Auto durch die deutlich markierten transkontinentalen Luftverkehrsschneisen steuerte. Es ist wie in einem Traum, durchfuhr es ihn. Ein Traum, der sich erfüllt hat.

Plötzlich bemerkte er, daß schmalzige Streichorchestermusik das Innere seines Wagens erfüllte. Schockiert verdrängte er die angenehmen Gedanken und hörte zu. *South Pacific,* erkannte er. Das Lied „I'm Gonna Wash That Man Right Out of My Hair". Achthundertundneun Saiteninstrumente, und nicht einmal sauber aufgenommen. War sein Autoradio eingeschaltet? Er warf einen Blick auf die Anzeigediode und die Skala. Nein, es lief nicht.

Ich befinde mich in kryonischer Suspension! durchfuhr es ihn. Es ist dieser starke UKW-Sender nebenan. Fünfzigtausend Watt Audioberieselung, die jedem in den Cry-Labs, Incorporated, den Verstand rauben. Verdammte Schweinerei!

Benommen und verängstigt verringerte er die Geschwindigkeit seines Wagens. Ich kann es einfach nicht fassen, dachte er panikerfüllt. Ich erinnere mich daran, aus der Suspension erwacht zu sein; ich war zehn Jahre lang eingefroren, und dann haben sie die Organe für mich bekommen und mich zurück ins Leben gerufen. Oder nicht? War dies nur Einbildung meines kryonischen, toten Bewußtseins? Wenn ja, dann ... Oh, mein Gott. Kein Wunder, daß mir alles wie ein Traum erschien – es ist ein Traum.

Die Fox, dachte er, ist ein Traum. *Mein* Traum. Ich habe sie erfunden, während ich in der Suspension liege. Ich bilde mir noch immer ein, daß sie existiert. Und mein einziger Anhaltspunkt ist diese fade Musik, die alles durchdringt. Ohne die Musik hätte ich es nie herausgefunden.

Es ist diabolisch, dachte er, derartige Spiele mit einem Menschen zu treiben, mit seinen Hoffnungen. Mit seinen Erwartungen.

Auf dem Armaturenbrett flammte eine rote Lampe auf, und gleichzeitig erklang ein piepsender Ton. Er war zu allem Überfluß Opfer eines Polizeiwagens geworden.

Der Polizeiwagen glitt an seine Seite und koppelte sich an sein Fahrzeug. Beide Türen öffneten sich, und der Polizist wurde sichtbar. „Geben Sie mir Ihren Führerschein", verlangte der Polizist. Sein Gesicht wurde von einer Plastikmaske verborgen – er erinnerte an eine Festung aus dem Ersten Weltkrieg, an ein Bollwerk, wie man sie um Verdun errichtet hatte.

„Hier." Herb Asher reichte dem Polizisten seinen Führerschein, während ihre aneinandergekoppelten Autos langsam weiterglitten.

„Liegt irgend etwas gegen Sie vor, Mr. Asher?“ fragte der Polizist, als er die Daten in sein Terminal eingab.

„Nein“, antwortete Herb Asher.

„Sie irren sich.“ Leuchtbuchstaben erschienen auf dem Monitor des Polizisten. „Nach unseren Unterlagen halten Sie sich illegal auf der Erde auf. Wußten Sie das nicht?“

„Das ist nicht wahr“, sagte er.

„Der Haftbefehl ist recht alt. Man hat Sie einige Zeit lang gesucht. Ich muß Sie verhaften.“

„Das können Sie nicht“, erklärte Herb Asher. „Ich befinde mich in kryonischer Suspension. Schauen Sie, ich werde Sie mit meiner Hand durchbohren.“ Er streckte den Arm aus und berührte den Polizisten. Seine Hand traf auf festes, gepanzertes Fleisch. „Das ist seltsam“, murmelte Herb Asher. Er drückte fester zu, und dann entdeckte er plötzlich, daß der Polizist eine Waffe auf ihn gerichtet hielt.

„Wollen Sie wetten?“ fragte der Polizist. „Ob Sie sich in kryonischer Suspension befinden oder nicht?“

„Nein“, murmelte Herb Asher.

„Wenn Sie mich noch weiter zum Narren halten, werde ich Sie töten. Sie sind ein gesuchter Verbrecher. Ich kann Sie jederzeit töten. Nehmen Sie Ihre Hand von mir. Weg damit.“

Herb Asher zog seine Hand zurück. Und trotzdem hörte er noch immer *South Pacific.* Die schmalzige Musik drang nach wie vor von allen Seiten auf ihn ein.

„Hätten Sie mich mit Ihrer Hand durchbohren können“, bemerkte der Polizist, „dann hätten Sie auch durch den Boden Ihres Wagens fallen müssen. Denken Sie logisch. Es geht nicht darum, ob ich real bin oder nicht, es geht darum, ob alles real ist. Ich meine für Sie. Das ist Ihr Problem. Oder Sie glauben, daß es Ihr Problem ist. Haben Sie sich schon einmal in kryonischer Suspension befunden?“

„Ja.“

„Sie haben einen Rückfall. Das geschieht oft. Unter Streß reagiert sich Ihr Gehirn auf diese Weise ab. Kryonische Suspension löst ein vorgeburtliches Gefühl der Geborgenheit aus, das Ihr Gehirn gespeichert hat und später freigibt. Ist dies das erste Mal, daß Sie einen Rückfall erleiden? Ich bin Leuten begegnet, die sich in kryonischer Suspension befunden haben und sich durch nichts und niemanden davon überzeugen ließen, daß sie sie bereits hinter sich hatten."

„Sie sprechen gerade mit einem von diesen Leuten", sagte Herb Asher.

„Warum glauben Sie, daß Sie der kryonischen Suspension unterliegen?"

„Wegen der schmalzigen Musik."

„Ich höre keine ..."

„Natürlich hören Sie sie nicht. Das ist es ja."

„Sie halluzinieren."

„Stimmt", nickte Herb Asher. „So ist es." Er griff nach der Waffe des Polizisten. „Schießen Sie schon", verlangte er. „Mir wird nichts geschehen. Der Strahl wird einfach durch mich hindurchgehen."

„Ich glaube, Sie gehören in eine psychiatrische Anstalt und nicht ins Gefängnis."

„Vielleicht."

„Wohin wollten Sie?" fragte der Polizist.

„Nach Kalifornien. Um die Fox zu besuchen."

„Die Fox?"

„Die größte lebende Sängerin."

„Ich habe nie von ihr gehört."

„Sie ist in dieser Welt nicht sehr bekannt", erklärte Herb Asher. „In dieser Welt steht sie erst am Anfang ihrer Karriere. Ich werde ihr helfen, in der ganzen Galaxis berühmt zu werden. Ich habe es ihr versprochen."

„Was für eine Welt außer dieser Welt gibt es denn noch?"

„Die wahre Welt", erwiderte Herb Asher. „Gott hat mich dazu gebracht, mich an sie zu erinnern. Ich gehöre zu den wenigen Menschen, die noch von ihr wissen. Er offenbarte sich mir im Bambusfeld, und ich sah Worte aus rotem Feuer, die mir die Wahrheit gesagt und mir meine Erinnerungen zurückgegeben haben."

„Sie sind ein sehr kranker Mann. Sie glauben, daß Sie sich in kryonischer Suspension befinden, und Sie erinnern sich an ein anderes Universum. Ich frage mich, was geschehen wäre, hätte ich mich nicht an Ihr Fahrzeug gekoppelt."

„Ich hätte eine schöne Zeit verbracht", versicherte Herb Asher, „drüben an der Westküste. Eine verteufelt bessere Zeit als jetzt."

„Was hat Gott Ihnen noch verraten?"

„Verschiedene Dinge."

„Spricht Gott oft zu Ihnen?"

„Hin und wieder. Ich bin sein gesetzlicher Vater."

Der Polizist starrte ihn an. „Was?"

„Ich bin Gottes gesetzlicher Vater. Nicht sein leiblicher Vater, nur sein gesetzlicher Vater. Meine Frau ist seine Mutter."

Der Polizist starrte ihn noch immer an. Die Laserpistole zitterte.

„Gott zwang mich, seine Mutter zu heiraten, damit..."

„Strecken Sie beide Hände aus."

Herb Asher streckte beide Hände aus. Augenblicklich schlossen sich Handschellen um seine Gelenke.

„Fahren Sie fort", verlangte der Polizist. „Aber ich muß Sie noch darauf aufmerksam machen, daß alles, was Sie sagen, vor Gericht gegen Sie verwendet werden kann."

„Der Plan war, Gott zurück zur Erde zu schmuggeln", berichtete Herb Asher. „In der Gebärmutter meiner Frau. Es gelang. Deshalb liegt ein Haftbefehl gegen mich vor. Ich habe das Verbrechen begangen, Gott zurück zur Erde zu schmuggeln, wo das Böse regiert. Das Böse kontrolliert insgeheim alles und jeden auf dieser Welt. Beispielsweise arbeiten Sie für das Böse."

„Ich bin..."

„Aber Sie erkennen es nicht. Sie haben nie von Belial gehört."

„Richtig", bestätigte der Polizist.

„Das ist Beweis genug", nickte Herb Asher.

„Alles, was Sie seit dem Ankoppelmanöver gesagt haben, ist aufgezeichnet worden", eröffnete ihm der Polizist. „Man wird es analysieren. Sie sind also Gottes Vater."

„Sein gesetzlicher Vater."

„Und deshalb werden Sie gesucht. Ich frage mich, um was für ein Vergehen es sich dabei handelt, technisch gesehen. Ich habe noch von keinem Paragraphen gehört, der es verbietet, sich als Gottes Vater auszugeben."

„Gesetzlicher Vater."

„Wer ist der leibliche Vater?"

„Er selbst", antwortete Herb Asher. „Er hat seine Mutter geschwängert."

„Das ist ja ekelerregend."
„Es ist die Wahrheit. Er selbst hat sie geschwängert und sich dadurch in Mikroform reproduziert, wodurch er in die Lage versetzt wurde ..."
„Dürfen Sie mir das denn alles verraten?"
„Die Schlacht ist vorbei. Gott hat gesiegt. Belials Macht ist gebrochen."
„Und warum sitzen Sie dann mit Handschellen vor mir, und warum ziele ich mit einer Laserpistole auf Sie?"
„Ich weiß es nicht genau. Es fällt mir schwer, dafür eine Erklärung zu finden. Dafür und für *South Pacific*. Es gibt einige Dinge, die nicht zusammenpassen. Aber ich werde schon dahinterkommen. Und ich bin fest davon überzeugt, daß Jah den Sieg errungen hat."
„‚Jah'. Ich nehme an, das ist Gott."
„Ja, sein richtiger Name. Sein ursprünglicher Name. Als er noch auf dem Gipfel des Berges gelebt hat."
„Mich gehen Ihre Probleme ja eigentlich nichts an", brummte der Polizist, „aber einen Menschen, der so total im Arsch ist wie Sie, habe ich noch nie getroffen. Und ich komme mit allen möglichen Leuten zusammen. Sie müssen durch die kryonische Suspension einen Gehirnschaden erlitten haben. Wahrscheinlich hat man Sie nicht rechtzeitig eingeliefert. Ich schätze, daß noch ungefähr ein Sechstel Ihres Gehirns funktioniert, und dieses Sechstel funktioniert nicht einmal richtig. Ich bringe Sie zu einem viel, viel besseren Ort, als Sie bisher einen kennengelernt haben, und dort wird man viel, viel bessere Dinge für Sie tun, als Sie sich vorstellen können. Nach meiner Meinung ..."
„Ich will Ihnen noch etwas sagen", unterbrach Herb Asher. „Wissen Sie, wer mein Geschäftspartner ist? Der Prophet Elijah."
„Hier ist 356 Kansas", sagte der Polizist in sein Mikrofon. „Ich habe hier eine Person, die psychiatrisch untersucht werden muß, einen männlichen Weißen, Alter ..." Er sah Herb Asher an. „Habe ich Ihnen schon Ihren Führerschein zurückgegeben?" Der Polizist schob seine Pistole in das Halfter und suchte nach Herb Ashers Führerschein.
Herb Asher zog die Waffe aus dem Halfter und richtete sie auf den Polizisten – wegen der Handschellen mußte er sie mit beiden Händen festhalten, aber es gelang.

„Er hat meine Pistole“, sagte der Polizist.

„Sie haben zugelassen“, drang es quäkend aus dem Lautsprecher des Funkgerätes, „daß sich ein Irrer in den Besitz Ihrer Waffe bringt?“

„Nun, er schwatzte die ganze Zeit von Gott. Ich dachte, er würde ...“ Der Polizist verstummte kläglich.

„Wie heißt die Person?“ fragte der Lautsprecher.

„Asher. Herbert Asher.“

„Mr. Asher“, sagte die Stimme aus dem Lautsprecher, „bitte geben Sie dem Beamten seine Waffe zurück.“

„Ich kann nicht“, erklärte Herb Asher. „Ich bin tiefgefroren und liege in kryonischer Suspension. Und nebenan steht ein fünfzigtausend Watt starker UKW-Sender und spielt *South Pacific*. Er macht mich verrückt.“

„Angenommen“, sagte der Lautsprecher, „wir sorgen dafür, daß der Sender seine Übertragung einstellt. Würden Sie dann dem Beamten seine Waffe zurückgeben?“

„Ich bin gelähmt“, murmelte Herb Asher. „Ich bin tot.“

„Wenn Sie tot sind“, quäkte der Lautsprecher, „dann brauchen Sie keine Pistole. Und überhaupt, wenn Sie tot sind, wie wollen Sie dann schießen? Sie haben selbst gesagt, daß Sie tiefgefroren sind. Menschen, die sich in kryonischer Suspension befinden, können sich nicht bewegen – sie sind wie Holzklötze.“

„Dann sagen Sie dem Beamten, daß er mir die Pistole abnehmen soll“, schlug Herb Asher vor.

Im Lautsprecher knisterte es. „Nehmen Sie ...“

„Die Pistole ist real“, unterbrach der Polizist, „und Asher ist real. Er ist verrückt. Er ist nicht tiefgefroren. Würde ich einen Toten verhaften? Würde ein Toter nach Kalifornien fliegen? Gegen diesen Mann liegt ein Haftbefehl vor – er ist ein gesuchter Verbrecher.“

„Warum werden Sie gesucht?“ fragte der Lautsprecher. „Ich rede mit Ihnen, Mr. Asher. Ich rede mit einem Toten, der einer Temperatur von null Grad ausgesetzt und tiefgefroren ist.“

„Es ist noch viel kälter“, entgegnete Herb Asher. „Sagen Sie ihnen, sie sollen die Zweite Symphonie von Mahler spielen. Und zwar so, wie sie ursprünglich komponiert worden ist – keine Streichorchesterversion. Ich kann diese Streichermusik nicht mehr ertragen, diese leicht verdauliche Musik. Für mich ist sie nicht leicht verdaulich. Ich habe mir monatelang *Fiddler on the Roof* anhören müssen. ‚Matchmaker, Matchmaker' dauerte mehrere Tage. Und ich befand mich zu dieser Zeit in einer sehr kritischen Phase meines Zyklus; ich war ..."

„In Ordnung", stimmte der Lautsprecher nüchtern zu. „Was halten Sie davon? Wir werden dafür sorgen, daß der UKW-Sender die Zweite Symphonie von Mahler spielt, und Sie geben dem Beamten seine Waffe zurück. Wie heißt ... Warten Sie einen Moment." Stille.

„Sie unterliegen einem logischen Irrtum", bemerkte der Polizist neben Herb Asher. „Sie fallen auf seine *idée fixe* herein. Wissen Sie, was ich höre? Ich höre *folle à deux*. Machen Sie dem ein Ende. Es gibt keine UKW-Station, die *South Pacific* sendet. Wenn es sie gäbe, würde ich es hören. Sie können den Sender – jeden Sender – anrufen und bitten, die Zweite von Mahler zu spielen – wird nicht funktionieren."

„Aber er wird es *glauben*", quäkte der Lautsprecher, „Sie blöder Hammel."

„Oh", machte der Polizist.

„Geben Sie mir ein paar Minuten, Mr. Asher", fuhr der Lautsprecher fort, „damit ich ..."

„Nein", sagte Herb Asher. „Es ist ein Trick. Ich werde die Waffe nicht aus der Hand geben." Er wandte sich an den neben ihm sitzenden Polizisten. „Geben Sie meinen Wagen frei."

„Es ist besser, wenn Sie seine Anweisungen befolgen", quäkte der Lautsprecher.

„Nehmen Sie mir die Handschellen ab", sagte Herb Asher.

„Ihnen wird die Zweite Symphonie von Mahler bestimmt gefallen", sagte der Polizist. „Der Chor, der ..."

„Wissen Sie, woraus die Zweite von Mahler besteht?" fiel ihm Herb Asher ins Wort. „Wissen Sie, für welche Instrumente sie komponiert worden ist? Ich werde Ihnen sagen, wofür sie komponiert worden ist. Vier Flöten, wahlweise auch vier Pikkolos, vier Oboen, von denen sich die dritte und vierte mit Englischen Hörnern abwechseln, eine Es-Klarinette, vier Klarinetten, wobei sich die dritte mit einer Baß-Klarinette und die vierte mit einer zweiten Es-Klarinette abwechseln, vier Fagotte, von denen das dritte und vierte teilweise durch Kontrabaß ersetzt werden, zehn Hörner, zehn Trompeten, vier Posaunen ..."

„Vier Posaunen?“ echote der Polizist.

„Jesus Christus“, quäkte der Lautsprecher.

„. . . eine Tuba“, fuhr Herb Asher fort, „eine Orgel, zwei Kesselpauken sowie eine zusätzliche Trommel im Hintergrund, zwei Baßtrommeln, eine im Hintergrund, zwei Paar Becken, eins im Hintergrund, zwei Gongs, einer mit einer relativ hohen Tonlage, der andere mit einer tiefen, zwei Triangeln, eine im Hintergrund, eine Snaretrommel, wahlweise auch mehr als eine, Glokkenspiel, Glocken, eine Rute . . .“

„Was ist eine ‚Rute‘?“ fragte der Polizist an Herb Ashers Seite.

„Eine Rute“, erklärte Herb Asher, „besteht aus den Palmwedeln des Rattanbaumes. Sie sieht aus wie eine große Kleiderbürste oder wie ein kleiner Handfeger. Man schlägt mit ihr die Baßtrommel. Mozart komponierte für die Rute. Zwei Harfen, von denen jede, wenn möglich, von zwei oder mehr Harfenisten gespielt wird . . .“ Er dachte nach. „Und natürlich das normale Orchester, die Streicher eingeschlossen. Sie sollen mit ihrem Mischpult die Streicher herausfiltern – ich habe genug von den Streichern. Und sorgen Sie dafür, daß die beiden Solisten, der Sopran und der Altist, gut sind.“

„Ist das alles?“ fragte das Funkgerät.

„Sie fallen schon wieder auf seine Wahnvorstellungen herein“, stellte der Polizist neben Herb Asher fest.

„Wissen Sie“, erwiderte das Funkgerät, „er klingt eigentlich ganz vernünftig. Sind Sie sicher, daß er Ihre Pistole hat? Mr. Asher, wieso kennen Sie sich so gut in der Musik aus? Sie scheinen ein richtiger Fachmann zu sein.“

„Das hat zwei Gründe“, antwortete Herb Asher. „Erstens lebe ich auf einem Planeten des Sonnensystems CY30-CY30B, ich bediene eine komplizierte Video- und Audio-Anlage, ich empfange die Sendungen des Mutterschiffes, zeichne sie auf und strahle sie dann weiter an die Kuppeln auf meinem und auf den Nachbarplaneten, und ich halte die Verbindung mit Fomalhaut aufrecht und kümmere mich um die lokale Energieversorgung. Und zweitens besitze ich zusammen mit dem Propheten Elijah einen HiFi-Laden in Washington D.C.“

„Hinzu kommt noch“, warf der Polizist neben Herb Asher ein, „daß Sie der kryonischen Suspension unterliegen.“

„Das ist Faktor drei“, nickte Herb Asher. „So ist es.“

„Und Gott spricht mit Ihnen“, sagte der Polizist.

„Nicht über Musik“, entgegnete Herb Asher. „Das ist nicht nötig. Allerdings hat er alle meine Linda-Fox-Bänder gelöscht. Und er hat die Übertragungen von Linda-Fox-Konzerten gestört ...“

„Es gibt ein anderes Universum“, erklärte der Polizist an Herb Ashers Seite, „in dem diese Linda Fox unglaublich berühmt ist. Mr. Asher ist unterwegs nach Kalifornien, um sie zu besuchen. Wie das möglich ist, wo er doch tiefgefroren in kryonischer Suspension liegt, übersteigt mein Vorstellungsvermögen, aber so sind seine Pläne, oder so waren seine Pläne, bevor ich ihn angehalten habe.“

„Ich werde dorthin fliegen“, versicherte Herb Asher, und dann erkannte er, daß es ein Fehler gewesen war, ihnen das zu sagen – nun konnten sie ihn aufspüren, selbst wenn er floh. Er hatte sich wie ein Narr benommen, er hatte zuviel verraten.

Der Polizist sah ihn forschend an. „Ich glaube, er hat begriffen, daß er etwas Unüberlegtes gesagt hat.“

„Ich habe mich schon gefragt, wann es soweit sein wird“, bemerkte der Lautsprecher.

„Jetzt kann ich nicht mehr zur Fox“, murmelte Herb Asher. „Ich werde sie nicht besuchen. Ich kehre in meine Kuppel im CY30-CY30B-System zurück. Sie haben dort keine Rechtsgewalt. Und außerdem hat Belial dort keine Macht. Dort herrscht Jah.“

„Aber Sie sagten doch“, wandte der Polizist ein, „daß Jah hierher zurückgekehrt ist, und wenn das stimmt, so sollte man doch annehmen, daß er nun hier regiert.“

„Während dieses Gespräches“, entgegnete Herb Asher, „ist mir klargeworden, daß er hier nicht herrscht, zumindest nicht unumschränkt. *Irgend etwas stimmt nicht.* Ich wußte es, als ich die schmalzige, kitschige Streichorchestermusik zu hören begann. Und erst recht wußte ich es, als Sie mich angehalten und mir gesagt haben, daß ein Haftbefehl gegen mich vorliegt. Vielleicht hat Belial gewonnen, vielleicht liegt es daran. Sie alle sind Diener Belials. Nehmen Sie mir die Handschellen ab, oder ich bringe Sie um.“

Widerstrebend gehorchte der Polizist.

„Mir scheint, Mr. Asher“, quäkte der Lautsprecher, „daß Sie sich in einige Widersprüche verwickelt haben. Wenn Sie sich konzentrieren, dann werden Sie erkennen, warum Sie den Eindruck eines Hirngeschädigten machen. Erst behaupten Sie das eine und dann das andere. Der einzige klare Augenblick war jener Moment, in dem Sie über die Zweite Symphonie von Mahler gesprochen haben, und das ist wahrscheinlich auf die Tatsache zurückzuführen, daß Sie, wie sie sagen, im HiFi-Geschäft tätig sind. Das ist das letzte Überbleibsel einer einst intakten Psyche. So verstehen Sie doch – wenn Sie dem Beamten Folge leisten, wird man Sie nicht bestrafen. Man wird Sie als den geistig kranken Menschen behandeln, der Sie offenbar sind. Kein Richter wird einen Mann verurteilen, der das sagt, was Sie sagen."

„Das stimmt", bestätigte der Polizist neben Herb Asher. „Sie brauchen nur dem Richter zu erzählen, daß Gott zu Ihnen aus dem Bambus spricht, und Sie sind frei. Vor allem dann, wenn Sie ihm sagen, daß Sie Gottes Vater ..."

„Sein gesetzlicher Vater", berichtigte Herb Asher.

„Das wird großen Eindruck auf das Gericht machen", erklärte der Polizist.

„In diesen Momenten", sagte Herb Asher, „findet zwischen Gott und Belial ein großer Krieg statt. Das Schicksal des Universums hängt davon ab, seine nackte, physikalische Existenz. Als ich zur Westküste abflog, da nahm ich an – und zwar aus gutem Grunde – daß alles in Ordnung ist. Jetzt bin ich mir nicht mehr sicher, jetzt glaube ich, daß irgend etwas Böses und Schreckliches geschehen ist. Sie, die Polizei, sind ein Beispiel, ein Beweis dafür. Ich wäre nicht angehalten worden, hätte Jah tatsächlich gewonnen. Ich werde nicht nach Kalifornien fliegen, denn das würde Linda Fox in Gefahr bringen. Sie werden sie natürlich finden, aber sie weiß nichts. Sie ist – zumindest in dieser Welt – ein um Erfolg kämpfendes neues Talent, dem ich zu helfen versucht habe. Lassen Sie sie in Ruhe. Lassen Sie auch mich in Ruhe, lassen Sie uns alle in Ruhe. Sie wissen nicht, wem Sie dienen. Begreifen Sie, was ich damit sagen will? Sie stehen im Dienst des Bösen, gleichgültig, was Sie auch sonst glauben mögen. Sie sind Maschinen, die einen alten Haftbefehl vollstrecken wollen. Sie wissen nicht, was ich getan habe oder wessen man mich anklagt ... Sie verstehen nichts von dem, was ich sage, weil Sie die Situation nicht verstehen. Sie handeln noch immer nach Regeln, die nicht mehr gelten. Wir leben in einer einzigartigen Zeit. Einzigartige Dinge geschehen, einzigartige Mächte prallen aufeinander. Ich werde nicht zu Linda Fox fliegen, aber ich weiß auch nicht, an wen ich mich sonst wenden kann. Vielleicht weiß es Elias, vielleicht kann er mir sagen, was ich machen soll. Mein Traum wurde zerstört, als Sie mich angehalten haben, und vielleicht auch ihr Traum, der Traum der Linda Fox. Vielleicht kann ich ihr jetzt nicht mehr helfen, ein Star zu werden, wie ich es versprochen habe. Die Zeit wird es erweisen. Der Ausgang wird es bestimmen, der Ausgang der großen Schlacht. Sie tun mir leid, denn ganz gleich, wie das Ergebnis aussehen wird, Sie sind bereits zerstört, Sie haben Ihre Seelen bereits verloren."

Schweigen.

„Sie sind ein ungewöhnlicher Mann, Mr. Asher", sagte der Polizist an seiner Seite. „Verrückt oder nicht, gleichgültig, was Ihnen zugestoßen ist, Sie sind ein besonderer Mensch. Sie sind nicht auf gewöhnliche Weise verrückt. Es ist nicht vergleichbar mit dem, was ich bisher gesehen oder gehört habe. Sie sprechen über das ganze Universum – über *mehr* als das Universum, falls dies möglich ist. Sie beeindrucken mich, und auf eine gewisse Weise machen Sie mir angst. Es tut mir leid, daß ich Sie angehalten habe, jetzt, wo ich Ihnen zuhöre. Erschießen Sie mich nicht. Ich werde Ihren Wagen abkoppeln, und Sie können weiterfliegen – ich werde Sie nicht verfolgen. Ich würde gern vergessen, was ich in den letzten Minuten gehört habe. Sie sprechen über Gott und einen Gegengott und eine schreckliche Schlacht, die verloren scheint, verloren an den Gegengott, meine ich. Nichts von dem, was ich weiß oder verstehe, paßt dazu. Gehen Sie. Ich werde Sie vergessen, und Sie können mich vergessen." Müde zupfte der Polizist an seiner Metallmaske.

„Sie können ihn nicht gehen lassen", quäkte der Lautsprecher.

„Oh, natürlich kann ich das", widersprach der Polizist. „Ich kann ihn freilassen, und ich kann alles vergessen, was er gesagt hat, alles, was ich gehört habe."

„Abgesehen davon, daß es aufgezeichnet wurde", bemerkte der Lautsprecher.

Der Polizist beugte sich nach vorn und drückte einen Knopf.

„Ich habe es gelöscht", erklärte er.

„Ich dachte, die Schlacht sei vorbei", murmelte Herb Asher. „Ich dachte, Gott hätte gesiegt. Gott hat nicht gesiegt. Ich weiß es, auch wenn Sie mich freilassen. Aber vielleicht ist dies ein Zeichen.

Ich sehe, daß Sie reagieren, daß Sie noch einen Rest menschlicher Wärme besitzen."

„Ich bin keine Maschine", erinnerte der Polizist.

„Aber wird das so bleiben?" fragte Herb Asher. „Ich möchte wissen, was Sie in einer Woche sein werden. In einem Monat. Was wird aus uns allen werden? Und was können wir unternehmen, um das Geschehen zu beeinflussen?"

„Ich möchte einfach weg von hier", sagte der Polizist, „ich möchte so weit wie möglich weg von Ihnen."

„Gut", nickte Herb Asher. „Das ist kein Problem. Jemand muß der Welt die Wahrheit sagen", fügte er hinzu. „Die Wahrheit, die Sie kennen, die ich Ihnen gesagt habe – daß Gott eine Schlacht führt und verliert. Wer kann dies der Welt mitteilen?"

„Sie", entgegnete der Polizist.

„Nein", schüttelte Herb Asher den Kopf. Aber er wußte, wer diese Aufgabe übernehmen konnte. „Elijah", erklärte er. „Es ist seine Pflicht. Deshalb ist er gekommen – um der Welt die Wahrheit zu sagen."

„Dann bringen Sie ihn dazu", forderte ihn der Polizist auf.

„Das werde ich", versicherte Herb Asher. „Ich kenne mein Ziel. Ich kehre zu meinem Partner nach Washington D.C. zurück."

Ich werde die Fox aufgeben, sagte er sich – das ist der Preis, den ich zahlen muß. Bitterer Kummer erfüllte ihn, als ihm das klar wurde. Aber es war eine Tatsache; er konnte jetzt nicht zu ihr, noch nicht.

Als der Polizist seinen Wagen von Herb Ashers Auto abkoppelte, sagte er etwas Seltsames. „Beten Sie für mich, Mr. Asher."

„Das werde ich", antwortete Herb Asher.

Sein Wagen war frei, und er beschrieb einen großen Bogen und schoß zurück in Richtung Washington D.C. Das Polizeiauto folgte ihm nicht. Der Polizist hatte sein Wort gehalten.

19

Von ihrem HiFi-Laden aus rief er Elias Tate an und riß ihn aus dem tiefsten Schlaf. „Elijah", sagte er. „Die Zeit ist gekommen."

„Was?" murmelte Elias. „Steht der Laden in Flammen? Wovon

redest du? Ist jemand eingebrochen? Was ist gestohlen worden?"

„Die Irrealität kehrt zurück", erklärte Herb Asher. „Das Universum beginnt sich aufzulösen. Es geht nicht um den Laden, es geht um alles."

„Du hörst die Musik wieder", stellte Elias fest.

„Ja."

„Das ist das Zeichen. Du hast recht. Etwas ist geschehen, etwas, das er – sie – nicht erwartet haben. Herb, es hat einen weiteren Fall gegeben. Und ich habe geschlafen. Gott sei Dank, daß du mich geweckt hast. Hoffentlich noch rechtzeitig. Der Unfall – sie haben zugelassen, daß sich ein Unfall ereignet, genau wie am Anfang. Nun, somit erfüllen sich die Zyklen, und die Prophezeiungen werden wahr. Meine Zeit ist gekommen. Dank deiner Hilfe habe ich mein Vergessen überwunden. Unser Laden muß ein Zentrum der Heiligkeit werden, der Tempel der Welt. Wir müssen diese UKW-Station in die Hände bekommen, deren Sendungen du hörst. Wir müssen sie benutzen, wie sie zu ihrer Zeit dich benutzt hat. Sie wird unsere Stimme werden."

„Was wird sie sagen?"

Elias antwortete: „Sie wird sagen, Schläfer erwacht. Das ist unsere Botschaft an die Welt. Erwacht! Jahwe ist hier, die Schlacht hat begonnen, und unser aller Leben steht auf dem Spiel. Ihr alle werdet gewogen, und die Waagschale wird sich neigen, zum Guten oder zum Bösen. Niemand kann sich dem entziehen, nicht einmal Gott in all seinen Manifestationen. Unterliegt ihr, so bedeutet dies das Ende. Also erhebt euch aus dem Staub, ihr Kreaturen, und beginnt... beginnt zu leben. Ihr werdet nur leben, wenn ihr kämpft; wenn ihr etwas haben wollt, dann müßt ihr es euch verdienen, jeder auf sich allein gestellt, und zwar jetzt, nicht später. Kommt! Diese Botschaft werden wir immer und immer wieder ausstrahlen. Und die Welt wird sie hören, denn wir werden sie erreichen, zunächst nur einen kleinen Teil, dann den Rest. Dafür wurde meine Stimme geschaffen – zu Beginn der Zeiten; dafür bin ich immer und immer wieder zur Welt zurückgekehrt. Meine Stimme wird jetzt erschallen, in dieser Stunde der Entscheidung. Gehen wir. Beginnen wir. Und laß uns hoffen, daß es noch nicht zu spät ist, daß ich nicht zu lange geschlafen habe. Wir werden die Informationsquelle der ganzen Welt sein und in allen Sprachen sprechen. Wir werden die Feste sein, die einst unterlag.

Und wenn wir jetzt unterliegen, dann ist dies das Ende, und der Schlaf kehrt zurück. Die geschmacklose Musik, die jetzt deine Ohren plagt, wird einer ganzen Welt zum Totentanz aufspielen, und Rost und Staub werden die Herrschaft antreten – nicht nur für kurze Zeit, sondern für alle Zeit und alle Menschen und sogar für ihre Maschinen – für alles, was noch vor uns liegt."

„Donnerwetter", stieß Herb Asher hervor.

„Bedenke unsere bejammernswerte Lage. Wir, du und ich, wir kennen die Wahrheit, aber wir haben keine Möglichkeit, sie der Welt mitzuteilen. Der Sender ist unsere Chance – er ist *die* Chance. Wie heißt die Station? Ich werde sie anrufen und anbieten, sie zu kaufen."

„Es ist WORP-UKW", erwiderte Herb Asher.

„Dann leg auf", bat Elias. „Damit ich anrufen kann."

„Woher nehmen wir das Geld?"

„Ich habe Geld", erklärte Elias. „Leg auf. Zeit ist kostbar."

Herb Asher legte auf.

Vielleicht überläßt uns Linda Fox ein Band, dachte er, das wir über unseren Sender abspielen können. Ich meine, wir sollten uns nicht nur darauf beschränken, die Welt zu warnen. Es gibt noch andere Dinge außer Belial.

Das Videofon klingelte, es war Elias. „Wir können den Sender für dreißig Millionen Dollar kaufen", sagte Elias.

„Hast du so viel?"

„Nicht sofort", gestand Elias. „Aber ich kann die Summe zusammenbekommen. Wir werden zunächst einmal unseren Laden und das Inventar verkaufen."

„Jesus Christus", protestierte Herb Asher matt. „Damit verdienen wir doch unseren Lebensunterhalt."

Elias sah ihn an.

„Schon gut", sagte Herb Asher.

„Wir werden eine Taufauktion veranstalten", fuhr Elias fort, „um unser Inventar an den Mann zu bringen. Ich werde jeden taufen, der uns etwas abkauft. Und gleichzeitig werde ich sie auffordern, Reue zu üben."

„Dann erinnerst du dich vollständig an deine Identität", stellte Herb Asher fest.

„Jetzt ja", nickte Elias. „Aber eine Zeitlang habe ich sie vergessen."

„Vielleicht ist Linda Fox bereit, sich von dir..."

„Wir werden über den Sender nur religiöse Musik spielen", unterbrach Elias.

„Das ist genauso schlimm wie dieses schmalzige Streichorchester. Schlimmer noch. Ich sage dir, was ich auch dem Polizisten gesagt habe – spiel die Zweite von Mahler, spiel irgend etwas Interessantes, etwas, das den Geist anregt."

„Wir werden sehen", wich Elias aus.

„Ich weiß, was das bedeutet", klagte Herb Asher. „Ich habe eine Frau gehabt, die sagte auch immer: ‚Wir werden sehen'. Jedes Kind weiß, daß das..."

„Vielleicht könnte sie Spirituals singen", schlug Elias vor.

„Diese ganze Angelegenheit", entgegnete Herb Asher, „macht mich allmählich fertig. Wir müssen den Laden verkaufen, wir müssen dreißig Millionen Dollar auftreiben. Ich kann *South Pacific* nicht ertragen, und ich glaube nicht, daß ich ‚Amazing Grace' überstehen werde. ‚Amazing Grace' klingt in meinen Ohren immer, als würde es ein Nuttchen aus einem Massagesalon singen. Wenn ich dich beleidige, so tut es mir leid, aber dieser Bulle hätte mich fast ins Gefängnis gesteckt. Er sagte, ich halte mich hier illegal auf, ich bin ein gesuchter Verbrecher. Das bedeutet, daß du wahrscheinlich ebenfalls gesucht wirst. Was ist, wenn Belial Emmanuel tötet? Was geschieht dann mit uns? Es gibt keine Möglichkeit, ohne ihn zu überleben. Ich meine, Belial hat ihn von der Erde vertrieben, er hat ihn schon einmal besiegt. Ich glaube, daß er ihn auch diesmal besiegen wird. Der Kauf eines UKW-Senders in Washington D.C. wird nichts am Ausgang der Schlacht ändern."

„Ich bin ein sehr überzeugender Redner", bemerkte Elias.

„Klar, aber weder Belial noch sonst jemand, der unter seinem Einfluß steht, wird dir zuhören. Du bist der..." Er schwieg für einen Moment. „Ich wollte sagen ‚Du bist der Rufer in der Wüste', aber ich schätze, das hast du früher schon gehört."

„Es ist sehr wahrscheinlich, daß wir unterliegen werden und daß man unsere Köpfe auf einem Silbertablett präsentiert", sagte Elias. „Mir ist das schon einmal passiert. Belial ist aus dem Käfig entkommen, aus dem Käfig, in den er von Zina verbannt wurde – er ist frei. Man hat ihn auf die Welt losgelassen. Aber ich sage dir: ‚Oh, ihr Kleingläubigen!' Doch alles, was zu sagen ist, wurde schon vor Jahrhunderten gesagt. Ich werde Linda Fox ein wenig Sendezeit zur Verfügung stellen. Du kannst ihr das ausrichten. Sie darf singen, was sie will."

„Ich lege auf", erwiderte Herb Asher. „Ich muß sie anrufen und ihr sagen, daß ich für eine Weile nicht zur Westküste komme. Ich möchte nicht, daß sie in meine Schwierigkeiten verwickelt wird. Ich..."

„Wir unterhalten uns später weiter", fiel ihm Elias ins Wort. „Aber ich schlage vor, du rufst Rybys an. Als ich sie das letzte Mal gesehen habe, hat sie geweint. Sie glaubt, an einem Geschwür des Magenpförtners zu leiden. Und sie befürchtet, daß es bösartig ist."

„Geschwüre des Magenpförtners sind nicht bösartig", widersprach Herb Asher. „Damit hat alles angefangen, mit Rybys Rommey, die herumsitzt und wegen ihrer Krankheit weint – man hat mir davon erzählt, und schon saß ich in der Falle. Sie ist krank um der Krankheit willen, um ihrer selbst willen. Ich dachte, ich hätte das endlich hinter mir. Ich werde zuerst Linda Fox anrufen." Er unterbrach die Verbindung.

Jesus, dachte er. Ich wollte nur nach Kalifornien fliegen und ein glückliches Leben beginnen. Aber der Makrokosmos hat mich und mein glückliches Leben verschluckt. Woher will Elias die dreißig Millionen Dollar nehmen? Der Verkauf des Ladens und des Inventars bringt nie so viel ein. Wahrscheinlich wird Gott ihm einen Goldbarren schenken oder Goldstücke regnen lassen, Goldflocken, wie das Manna in der Wüste, das den alten Juden das Leben gerettet hat. Wie Elias sagt, ist alles schon vor Jahrhunderten gesagt worden, und alles hat sich schon vor Jahrhunderten ereignet. Mein Leben mit der Fox wäre etwas Neues gewesen. Und jetzt stehe ich hier und muß wieder diese schmalzige, kitschige Streichorchestermusik ertragen, die bald irgendwelchen Gospelliedern weichen wird.

Er wählte Linda Fox' Privatnummer, die Nummer ihres Hauses in Sherman Oaks. Aber nur der automatische Anrufbeantworter meldete sich. Ihr Gesicht erschien auf dem kleinen Videoschirm, aber es war ein mechanisches und verzerrtes Gesicht, und er sah, daß ihre Haut voller Pusteln und ihr Antlitz aufgeschwemmt, fast fett war. Schockiert murmelte er: „Nein, ich will keine Nachricht hinterlassen. Ich rufe später noch einmal an." Er legte auf, ohne seinen Namen genannt zu haben. Wahrscheinlich wird sie mich irgendwann in der nächsten Zeit anrufen, dachte er. Weil ich nicht gekommen bin. Schließlich erwartet sie mich. Aber wie merkwürdig sie ausgesehen hat. Vielleicht war es nur eine alte Aufnahme. Ich hoffe es.

Um sich zu beruhigen, schaltete er eine der HiFi-Anlagen ein, die im Laden aufgebaut waren. Er wählte ein zuverlässiges, leicht zu bedienendes System, das ein Audio-Hologramm erzeugte. Der Sender, für den er sich entschied, brachte stets klassische Musik, die ihm gefiel. Aber ...

Nur eine Stimme drang aus den Lautsprechern des Systems. Keine Musik. Eine wispernde, fast unhörbare Stimme – er konnte die Worte kaum verstehen. Was, zum Teufel, hat das zu bedeuten? fragte er sich. Was redet der da?

„... müde", flüsterte die trocken und eindringlich klingende Stimme. „... und verängstigt. Es gibt keine Möglichkeit ... zu leicht befunden. Der geborene Verlierer, du bist der geborene Verlierer. Du bist nichts wert."

Und dann hörte er einen alten Klassiker, Linda Ronstadts „You're No Good." Immer und immer wieder sang die Ronstadt diese Worte, sie schienen nie enden zu wollen. Monoton, hypnotisch – fasziniert stand er da und lauschte. Zum Teufel, sagte er sich schließlich. Er schaltete die Anlage ab. Aber die Worte gingen ihm nicht aus dem Sinn. Du bist nichts wert, wisperten seine Gedanken. Du bist ein wertloser Mensch. Jesus! durchfuhr es ihn. Das ist noch viel schlimmer als diese schmalzige, kitschige, leicht verdauliche, grauenhafte Streichorchestermusik – dies ist tödlich.

Er rief zu Hause an. Nach einer langen Weile hob Rybys ab. „Ich dachte, du bist in Kalifornien", murmelte sie. „Du hast mich geweckt. Weißt du, wieviel Uhr es ist?"

„Ich mußte umkehren", erklärte er. „Ich werde von der Polizei gesucht."

„Ich gehe wieder ins Bett", sagte Rybys. Der Monitor wurde grau, erlosch, und Herb Asher stand der Leere, dem Nichts gegenüber.

Sie alle schlafen oder sind beeinflußt, dachte er. Und wenn man sie dazu bringt, daß sie etwas sagen, dann erzählen sie dir, daß du nichts wert bist. Die Herrschaft Belials nimmt allen Dingen ihren Wert. Großartig. Genau das, was wir brauchen. Der einzige Lichtblick war der Polizist, der mich gefragt hat, ob ich für ihn bete. Selbst Elias benimmt sich wie ein Verrückter – wir sollen für dreißig Millionen Dollar einen UKW-Sender kaufen, um den Leuten – nun, ihnen das zu sagen, was er ihnen zu sagen pflegt. Nicht minder umwerfend ist seine Idee, ihnen eine HiFi-Anlage zu verkaufen und sie als Bonus dann noch zu taufen. Als würde man zur Werbung Stofftiere verteilen.

Tiere, dachte er, Belial ist ein Tier. Es war eine Tierstimme, die ich soeben im Radio gehört habe. Niedriger als der Mensch, nicht größer. Tierisch im schlechtesten Sinne: nicht menschlich und roh. Er schauderte. Und indessen schläft Rybys und träumt von Tumoren. Die Krankheit ist der Schatten, der ihr ewig folgt, ob sie sich dessen bewußt ist oder nicht – er ist immer bei ihr, immer gegenwärtig. Sie ist ihr eigenes Pathogen, sie infiziert sich selbst.

Er löschte das Licht, verließ den Laden, schloß die Tür ab, ging zu seinem geparkten Wagen und fragte sich, was er nun unternehmen sollte. Zurück zu seiner kranken, jammernden Frau? Oder sollte er nach Kalifornien zu dem leblosen, aufgeschwemmten Ding, das er auf dem Videoschirm gesehen hatte?

In der Nähe seines geparkten Wagens lief etwas Kleines über den Bürgersteig. Etwas, das zögernd, wie voller Furcht, vor ihm zurückwich. Ein Tier, größer als eine Katze. Aber es schien kein Hund zu sein.

Herb Asher blieb stehen, bückte sich und streckte seine Hand aus. Das Tier kam unsicher näher, und dann hörte er mit einemmal seine Gedanken in seinem Kopf. Es kommunizierte auf telepathischem Wege mit ihm. Ich stamme von dem Planeten im CY30-CY30B-Sonnensystem, übermittelte es ihm. Ich gehöre zu den autochthonischen Ziegen, die in früheren Zeiten Jah geopfert worden sind.

Verblüfft fragte er: „Was machst du hier?“ Etwas stimmte nicht, es war einfach unmöglich.

Hilf mir, dachte das Ziegengeschöpf. Ich bin dir hierher, ich bin dir bis zur Erde gefolgt.

„Du lügst“, sagte er, aber er öffnete die Wagentür und griff nach der Taschenlampe. Er bückte sich und richtete den gelben Lichtstrahl auf das Tier.

Es war tatsächlich eine Ziege, und keine sehr große – und dennoch konnte es keine gewöhnliche irdische Ziege sein – der Unterschied war deutlich zu erkennen.

Bitte nimm mich mit und kümmere dich um mich, telepathierte das Ziegenwesen. Ich bin verloren. Ich bin meiner Mutter davongelaufen.

„Natürlich“, sagte Herb Asher. Er streckte die Arme aus, und die Ziege kam langsam auf ihn zu. Was für ein seltsames kleines, verhutzeltes Gesicht, und diese scharfen kleinen Hufe. Es ist noch ein Baby, dachte er, es zittert. Es muß Hunger haben. Hier draußen wird es überfahren werden.

Danke, telepathierte das Ziegenwesen.

„Ich werde für dich sorgen“, versprach Herb Asher.

Das Ziegenwesen dachte: Ich fürchte mich vor Jah. Jah ist schrecklich in seinem Zorn.

Eine neue Übertragung: Bilder von Feuer und wie der Ziege die Kehle durchgeschnitten wurde. Herb Asher fröstelte. Das Uropfer, die Opferung eines unschuldigen Tieres. Um den Zorn der Gottheit zu besänftigen.

„Bei mir bist du sicher“, erklärte er und griff nach dem Ziegenwesen. Das Bild, das es von Jah hatte, schockierte ihn. Er sah Jah jetzt genau wie das Ziegenwesen, und es war eine entsetzliche Entität, diese mächtige und zornige Berggottheit, die die Opferung von so kleinen Geschöpfen verlangte.

Wirst du mich vor Jah retten? jammerte das Ziegenwesen. Seine Gedanken strömten klar und bittend auf Herb Asher ein.

„Natürlich werde ich das“, versicherte er. Und behutsam legte er das Ziegenwesen auf den Rücksitz.

Du wirst Jah nicht verraten, wo ich bin, oder? fragte das Ziegenwesen.

„Das schwöre ich“, sagte Herb Asher.

Danke, dachte das Ziegenwesen, und Herb Asher spürte seine Freude. Und seltsamerweise etwas wie Triumph. Er wunderte sich darüber, während er sich hinter das Lenkrad setzte und den Motor anließ. Bedeutet dies für das Tier eine Art Sieg? fragte er sich.

Ich bin lediglich froh, in Sicherheit zu sein, erklärte das Ziegenwesen. Und einen Beschützer gefunden zu haben. Hier auf diesem Planeten, wo es so viel Tod gibt.

Tod, dachte Herb Asher. Es fürchtet sich vor dem Tod, wie ich mich vor dem Tod fürchte, es ist ein lebender Organismus wie ich. Obwohl es sich in vielerlei Hinsicht von mir unterscheidet.

Das Ziegenwesen telepathiert: Ich bin von Kindern mißhandelt worden. Von zwei Kindern, einem Jungen und einem Mädchen.

Ein Bild erschien vor Herb Ashers geistigem Auge: ein grausames Kinderpaar mit wilden Gesichtern und feindseligen, funkelnden Augen. Dieser Junge und dieses Mädchen hatten das Ziegenwesen gequält, und es empfand Entsetzen bei der Vorstellung, ihnen noch einmal in die Hände zu fallen.

„Das wird nie geschehen", sagte Herb Asher. „Das verspreche ich. Kinder können schrecklich grausam zu Tieren sein."

In seinem Kopf ertönte das Gelächter des Ziegenwesens, Herb Asher spürte seine Fröhlichkeit. Verwirrt drehte er sich herum, um einen Blick auf das Ziegenwesen zu werfen, aber in der Dunkelheit hinter ihm blieb es unsichtbar. Er fühlte, daß es auf dem Rücksitz lag, aber er konnte es nicht erkennen.

„Ich weiß nicht, wohin ich mich wenden soll", murmelte Herb Asher.

Dorthin, wo du ursprünglich hin wolltest, dachte das Ziegenwesen. Nach Kalifornien, Linda besuchen.

„In Ordnung", nickte er, „aber ich ..."

Die Polizei wird dich diesmal nicht anhalten, telepathierte das Ziegenwesen. Ich werde dafür sorgen.

„Aber du bist nur ein kleines Tier", entfuhr es Herb Asher.

Das Ziegenwesen lachte. Du kannst mich Linda zum Geschenk machen, schlug es vor.

Unbehaglich lenkte er seinen Wagen in Richtung Kalifornien und stieg hinauf in den Himmel.

Die Kinder sind jetzt hier in Washington D. C., dachte das Ziegenwesen. Sie waren in Kanada, in British Columbia, aber jetzt sind sie hier. Ich möchte so weit wie möglich von ihnen entfernt sein.

„Das ist verständlich", sagte Herb Asher.

Während des Fluges bemerkte er einen Geruch in seinem Auto, Ziegengeruch. Die Ziege stank, und dies erfüllte ihn mit Unbehagen. Was für ein Gestank, dachte er, wenn man bedenkt, wie klein das Tier ist. Ich schätze, das ist bei Ziegen normal. Aber dennoch ... der Geruch verursachte bei ihm Übelkeit. Will ich wirklich Linda Fox dieses stinkende Vieh schenken? fragte er sich.

Natürlich willst du das, telepathierte das Ziegenwesen, das all seine Gedanken kannte. Sie wird dir dankbar sein.

Und dann empfing Herb Asher ein wahrhaft schreckliches

mentales Bild von dem Ziegenwesen, ein Bild, das ihn entsetzte und ihn für einen Moment die Kontrolle über seinen Wagen verlieren ließ. Die Kreatur empfand sexuelle Begierde für Linda Fox.

Einbildung! dachte Herb Asher.

Das Ziegenwesen telepathierte: Ich will sie haben. Es stellte sich ihre Brüste und ihre Lenden vor, ihren ganzen Körper, wie er sich ihm nackt darbot. Jesus, durchfuhr es Herb Asher. Das ist grauenhaft. Worauf habe ich mich da eingelassen? Er traf Anstalten, seinen Wagen zurück nach Washington D. C. zu steuern.

Und er entdeckte, daß er das Lenkrad nicht mehr kontrollieren konnte. Das Ziegenwesen hatte ihn übernommen; es besaß Macht über Herb Asher, Macht über seinen Willen.

Sie wird mich lieben, dachte das Ziegenwesen, und ich werde sie lieben. Und dann überstiegen seine Gedanken Herb Ashers Vorstellungsvermögen. Sie hatten irgend etwas damit zu tun, Linda Fox in ein Ding wie das Ziegenwesen zu verwandeln, sie unter seine Herrschaft zu zwingen.

Sie wird an meiner Stelle geopfert werden, dachte das Ziegenwesen. Ihre Kehle – man wird ihr die Kehle durchschneiden, wie man mir meine Kehle durchschnitten hat.

„Nein“, stieß Herb Asher hervor.

Ja, dachte das Ziegenwesen.

Und es zwang ihn weiterzufliegen, Kalifornien und Linda Fox entgegen. Und indem es ihn bezwang und kontrollierte, wuchs seine Freude. In der Dunkelheit des Wagens tanzte es seinen eigenen Tanz und trommelte mit seinen Hufen. Triumphierend. Erwartungsvoll. Erfüllt von giftigem Vergnügen.

Es dachte an den Tod, und der Gedanke an den Tod ließ es vor Entzücken rasen und sein schreckliches Lied anstimmen.

Er flog so rücksichtslos wie möglich, in der Hoffnung, erneut von einem Polizeiwagen angehalten zu werden. Aber wie das Ziegenwesen vorhergesagt hatte, blieb er unbehelligt.

Das Bild von Linda Fox in Herb Ashers Gedanken erfuhr eine bedrückende Veränderung. Er sah sie als unbeholfenes und unansehnliches, schlaffes Geschöpf, das zuviel aß und ziellos durchs Leben irrte, und dann erkannte er, daß dies die Sicht des Anklägers war. Das Ziegenwesen war Linda Fox’ Ankläger, der sie – und alle anderen Dinge der Schöpfung – im denkbar schlechtesten Licht, unter dem Aspekt des Häßlichen, erscheinen ließ.

Das Ding auf meinem Rücksitz ist dafür verantwortlich, sagte er sich. So sieht das Ziegenwesen Gottes Schöpfung, die Welt, die Gott als gut bezeichnet hat. Es ist der Pessimismus des Bösen selbst. Es liegt in der Natur des Bösen, alles auf diese Art zu sehen und zu diesem vernichtenden Urteil zu gelangen. Deshalb, dachte er, negiert es die Schöpfung. Es zerstört, was der Schöpfer ins Leben gerufen hat. Außerdem ist dies eine Form der Irrealität, dieses Urteil, dieser schreckliche Aspekt. Die Schöpfung ist nicht so, und Linda Fox ist nicht so. Aber das Ziegenwesen wird behaupten, daß ...

Ich zeige dir nur die Wahrheit, telepathierte das Ziegenwesen. Über deine Pizzaverkäuferin.

„Du hast den Käfig verlassen, in den Zina dich eingesperrt hat", sagte Herb Asher. „Elias hatte recht."

Nichts sollte eingesperrt werden, erklärte das Ziegenwesen. Vor allem nicht ich. Ich werde die Welt durchstreifen, mich in ihr ausbreiten, bis ich sie ganz erfülle, das ist mein Recht.

„Belial", murmelte Herb Asher.

Ich höre dich, dachte das Ziegenwesen.

„Und ich bringe dich zu Linda Fox", sagte Herb Asher. „Die ich von allen Dingen in der Welt am meisten liebe." Erneut versuchte er, seine Hände vom Lenkrad zu lösen, und erneut blieben sie wie festgeschweißt an ihrem Platz.

Laß uns vernünftig sein, schlug das Ziegenwesen vor. Dies ist meine Sicht der Welt, und ich werde sie zu deiner Sicht und zu der Sicht von jedem anderen machen. Das ist die Wahrheit. Das Licht, das ursprünglich gestrahlt hat, war ein falsches Licht. Dieses Licht wird erlöschen, und dann wird sich die wahre Natur der Realität enthüllen. Dieses Licht blendet den Menschen und läßt ihn nicht den wahren Zustand der Dinge sehen. Es ist meine Aufgabe, diesen wahren Zustand zu offenbaren.

Graue Wahrheit, fuhr das Ziegengeschöpf fort, ist besser als das, was du dir eingebildet hast. Du wolltest erwachen. Jetzt bist du wach – ich zeige dir die Dinge, wie sie sind. Sie sind erbarmungslos, aber so sollte es auch sein. Warum wohl, glaubst du, habe ich Jahwe in der Vergangenheit besiegen können? Indem ich seine Schöpfung als das entlarvt habe, was sie ist, als eine erbärmliche

Travestie, die nur Verachtung verdient. Dies, was du durch mein Bewußtsein und durch meine Augen siehst, ist seine Niederlage. Es ist meine Sicht der Welt, meine richtige Sicht. Erinnere dich an Rybys Rommeys Kuppel, an deinen ersten Eindruck ihrer Kuppel; erinnere dich, wie sie war – bedenke, was sie jetzt ist. Glaubst du, daß Linda Fox anders ist? Oder daß du dich von ihr unterscheidest? Ihr seid alle gleich. Als du den Müll und die verdorbenen Essensreste und den Schmutz in Rybys Kuppel gesehen hast, da hast du die Wirklichkeit gesehen, wie sie tatsächlich ist. Du hast das Leben, du hast die Wahrheit gesehen.

Ich werde dir bald diese Wahrheit über die Fox zeigen, fuhr das Ziegenwesen fort. Das ist es, was dich am Ende dieser Reise erwartet; genau der gleiche Zustand, den du an jenem Tag, vor vielen Jahren, in Rybys Rommeys heruntergekommener Kuppel vorgefunden hast. Nichts hat sich verbessert, nichts ist anders geworden. Du konntest dem damals nicht entkommen, und du kannst dem heute nicht entkommen.

Was meinst du dazu? fragte ihn das Ziegenwesen.

„Die Zukunft muß nicht genau wie die Vergangenheit sein“, erwiderte Herb Asher.

Nichts verändert sich, widersprach das Ziegenwesen. So steht es auch in der Heiligen Schrift.

„Selbst eine Ziege kann die Schrift zitieren“, knurrte Herb Asher.

Sie fädelten sich in den dichten Luftverkehrsstrom ein, der sich in das Gebiet um Los Angeles wälzte. Privatautos und Lastwagen waren rechts und links von ihnen, über ihnen, unter ihnen. Herb Asher entdeckte einige Polizeiautos, aber keines schenkte ihnen irgendwelche Beachtung.

Ich werde dich zu ihrem Haus führen, informierte ihn das Ziegenwesen.

„Dreckiges Ungeheuer“, stieß Herb Asher wütend hervor.

Ein auf einer Schwebeplattform installiertes Signal bedeutete ihnen, geradeaus zu fliegen. Sie hatten Kalifornien fast erreicht.

„Ich wette mit dir, daß . . .“, begann Herb Asher, aber das Ziegenwesen schnitt ihm das Wort ab.

Ich wette nicht, telepathierte es. Ich spiele nicht. Ich bin der Starke, und ich fresse die Schwachen. Du gehörst zu den Schwachen, und Linda Fox ist noch schwächer.

„Man muß wie ein kleines Kind sein", erklärte Herb Asher, „um das Königreich Gottes zu betreten."

Ich habe kein Interesse an diesem Königreich, entgegnete das Ziegenwesen telepathisch. Das hier ist mein Königreich. Programmiere den Autopiloten deines Wagens mit den Koordinaten ihres Hauses.

Seine Hände gehorchten der Aufforderung, ohne daß er sie willentlich bewegte. Es gab keine Möglichkeit, etwas dagegen zu unternehmen – das Ziegenwesen besaß die Kontrolle über seine motorischen Funktionen.

Ruf sie an, befahl das Ziegenwesen. Teile ihr mit, daß du in Kürze eintriffst.

„Nein", sagte er. Aber seine Finger schoben die Lochkarte mit ihrer Telefonnummer in den Schlitz des Funkgerätes.

„Hallo", drang Linda Fox' Stimme aus dem kleinen Lautsprecher.

„Hier ist Herb", sagte er. „Es tut mir leid, daß ich mich verspätet habe. Ich wurde von der Polizei aufgehalten. Ist es zu spät?"

„Nein", erwiderte sie. „Ich war bis eben unterwegs. Ich freue mich, dich wiederzusehen. Du wirst doch bleiben, oder? Ich meine, du willst doch nicht noch heute nacht zurückfliegen?"

„Ich werde bleiben", versprach er.

Sag ihr, telepathierte das Ziegenwesen, daß du mich bei dir hast. Ein Tier, das du ihr schenken willst, ein Zicklein.

„Ich habe ein Tier für dich", erklärte Herb Asher. „Ein Zicklein."

„Oh, wirklich? Willst du es hierlassen?"

„Ja", bestätigte er gegen seinen Willen. Das Ziegenwesen kontrollierte seine Stimme und selbst die Betonung der Worte.

„Nun, das ist sehr aufmerksam von dir. Ich habe zwar schon einen ganzen Haufen Tiere, aber keine Ziege. Ich glaube, ich werde sie zu meinem Schaf geben, Herman W. Mudgett."

„Ein merkwürdiger Name für ein Schaf", bemerkte Herb Asher.

„Herman W. Mudgett war der größte Massenmörder in der englischen Geschichte", erklärte Linda Fox.

„Nun", murmelte er, „ich schätze, das ist in Ordnung."

„Bis gleich also. Sei vorsichtig bei der Landung. Ich möchte nicht, daß der Ziege etwas zustößt." Sie unterbrach die Verbindung.

Ein paar Minuten später setzte sein Wagen sanft auf dem Dach ihres Hauses auf. Er schaltete den Motor aus.

Öffne die Tür, telepathierte das Ziegenwesen.

Er öffnete die Wagentür.

Von mattem Lichtschein umspielt näherte sich Linda dem Auto, und sie lächelte ihn mit glänzenden Augen an, während sie ihm zuwinkte. Sie trug eine Bluse und Shorts. Wie bei ihrem letzten Zusammentreffen waren ihre Füße nackt. Ihr Haar bauschte sich, als sie heraneilte, und ihre Brüste tanzten auf und ab.

Im Auto nahm der Gestank des Ziegenwesens zu.

„Hallo", sagte sie atemlos. „Wo ist das kleine Zicklein?" Sie sah in das Auto. „Oh", murmelte sie. „Ich verstehe. Komm heraus, mein Zicklein. Komm zu mir."

Das Ziegenwesen sprang heraus, in das verblassende Licht des kalifornischen Abends.

„Belial" sagte Linda Fox. Sie bückte sich, um nach der Ziege zu greifen. Hastig wich das Ziegenwesen zurück, aber ihre Finger berührten seine Flanke.

Das Ziegenwesen starb.

20

„Es gibt noch mehr von ihnen", sagte sie zu Herb Asher, der benommen dastand und den Kadaver der Ziege anstarrte. „Komm ins Haus. Ich habe ihn an dem Gestank erkannt. Belial stinkt zum Himmel. Bitte, komm herein." Sie ergriff seinen Arm und führte ihn zur Tür. „Du zitterst. Du hast gewußt, wer die Ziege war, nicht wahr?"

„Ja", nickte er. „Aber wer bist du?"

„Manchmal werde ich Verteidiger genannt", antwortete Linda Fox. „Wenn ich jemanden beschütze, dann bin ich der Verteidiger. Manchmal bezeichnet man mich als Tröster – dann, wenn ich den Kummer lindere. Ich bin der Neben-Helfer. Belial ist der Ankläger. Wir sind die beiden Gegner vor dem Gericht. Bitte, komm herein, und setz dich – ich weiß, daß dies schrecklich für dich gewesen sein muß. In Ordnung?"

„In Ordnung." Er ließ sich von ihr zum Dachaufzug führen.

„Habe ich dich nicht getröstet?“ fragte Linda Fox. „In der Vergangenheit? Als du allein in deiner Kuppel auf der fremden Welt lagst, ohne mit jemandem sprechen oder zusammensein zu können? Das ist meine Aufgabe. Eine meiner Aufgaben.“ Sie legte ihm die Hand auf die Brust. „Dein Herz schlägt so schnell. Du mußt entsetzliche Angst gehabt haben. Er hat dir erzählt, was er mit mir machen wollte. Aber, wie du siehst, wußte er nicht, wohin du ihn gebracht hast. Wohin oder zu wem.“

„Du hast ihn vernichtet“, sagte er. „Und . . .“

„Aber er hat sich im ganzen Universum verbreitet“, erklärte Linda. „Was du auf dem Dach gesehen hast, ist nur ein winziger Teil von ihm gewesen. Jeder Mensch besitzt einen Verteidiger und einen Ankläger. Im Hebräischen, für die Juden der Antike, war *yetzer hat-tov* der Verteidiger und *yetzer ha-ra* der Ankläger. Ich hole dir etwas zu trinken. Einen guten kalifornischen Zinfandel, einen Buena-Vista-Zinfandel. Ein ungarischer Wein. Die meisten Menschen wissen das nicht.“

In ihrem Wohnzimmer ließ er sich dankbar in einen Schwebesessel fallen. Er konnte noch immer den Gestank der Ziege riechen. „Werde ich jemals . . .“, begann er.

„Der Gestank wird verschwinden.“ Sie kam mit einem Glas Rotwein zu ihm. „Ich hatte ihn bereits geöffnet, damit er seine Blume entfalten konnte. Er wird dir schmecken.“

Er fand den Wein köstlich. Und sein Herzschlag hatte sich allmählich wieder normalisiert.

Linda Fox saß ihm gegenüber, hielt ebenfalls ein Glas Wein in der Hand und sah ihn forschend an. „Er hat deiner Frau doch nichts angetan, nicht wahr? Oder Elias?“

„Nein“, antwortete er. „Ich war allein, als er zu mir kam. Er gab sich als einsam herumirrendes Tier aus.“

„Jeder Mensch auf der Erde“, erklärte Linda Fox, „wird sich zwischen seinem *yetzer ha-tov* und seinem *yetzer ha-ra* entscheiden müssen. Du hast mich gewählt, und so habe ich dich gerettet . . . hättest du dich für das Ziegenwesen entschieden, dann hätte ich nichts mehr für dich tun können. In deinem Fall war ich es, auf die die Wahl fiel. Die Schlacht findet in jeder einzelnen Seele statt. Das ist es, was die Rabbis lehren. Nach ihrem Glauben ist die Menschheit nicht als Ganzes gefallen. Die Erlösung ist eine individuelle Angelegenheit. Schmeckt dir der Zinfandel?“

„Ja“, sagte er.

„Ich werde euren UKW-Sender benutzen“, murmelte sie. „Eine gute Gelegenheit, mein neues Repertoire vorzustellen.“

„Du weißt davon?“ fragte er.

„Elijah ist zu ernst. Meine Lieder sind genau das richtige. Meine Lieder erfreuen die Herzen der Menschen, und das ist es, was zählt. Nun, Herb Asher, jetzt bist du hier bei mir in Kalifornien, wie du es dir am Anfang all dieser Geschehnisse vorgestellt hast. Wovon du in einem anderen Sonnensystem, in deiner Kuppel geträumt hast, umgeben von meinen holografischen Postern, die sich bewegten und mit dir sprachen, meinen synthetischen Ausgaben, den Imitaten. Nun sitzt dir mein wahres Ich gegenüber. Wie fühlst du dich?“

„Ist das die Realität?“ fragte er.

„Hörst du vielleicht zweihundert zuckersüße Streicher?“

„Nein.“

„Dann“, erklärte Linda Fox, „ist das die Realität.“ Sie setzte ihr Weinglas ab, erhob sich, kam zu ihm und beugte sich zu ihm hinunter, um ihn zu umarmen.

Er erwachte am Morgen mit der Fox in seinen Armen, ihr Haar kitzelte in seinem Gesicht, und er dachte: Dies ist die Wirklichkeit, es ist kein Traum, und das böse Ziegenwesen liegt tot auf dem Dach, mein eigenes Ziegenwesen, das mein Leben zerstören wollte.

Dies ist die Frau, die ich liebe, sagte er sich, als er ihr über das dunkle Haar und die blasse Wange strich. Sie hat schönes Haar, und ihre Wimpern sind lang und lieblich, selbst im Schlaf. Es ist unmöglich, aber es ist wahr. So etwas geschieht. Was hatte ihm Elias über den religiösen Glauben gesagt? *„Certum est quia impossible est.“* „Dies ist deshalb unmöglich, weil es absurd ist.“ Die große Erkenntnis des frühen Kirchenführers Tertullian angesichts der Wiederauferstehung Christi. *„Et sepultus resurrexit; certum est quia impossible est.“* Und das ist hier der Fall.

Was für einen langen Weg habe ich zurücklegen müssen, dachte er, während er den nackten Arm der Frau streichelte. Einst habe ich davon geträumt, und nun hat es sich erfüllt. Ich bin wieder dort, wo ich begonnen habe, und dennoch unterscheidet sich dies hier vollkommen von der damaligen Situation! Es ist gleichzeitig ein

Paradoxon und ein Wunder. Und dies hier ist sogar das Kalifornien aus meinem Traum. Es ist, als hätte ich im Traum meine eigene Zukunft vorausgesehen; ich habe sie erlebt, bevor sie begann.

Und das tote Wesen auf dem Dach ist der Beweis für die Realität. Weil meine Einbildungskraft nicht jenes stinkende Geschöpf erschaffen konnte, dessen Gedanken sich in meine Gedanken geschlichen und mir Lügen und häßliche Geschichten über eine fette, kleine Frau mit ungesunder Haut erzählt haben. Ein Ding, so häßlich wie Belial selbst – eine Projektion seines eigenen Ichs.

Hat jemals ein Mensch einen anderen Menschen so geliebt, wie ich sie liebe? fragte er sich, und dann dachte er: Sie ist meine Verteidigerin und meine Neben-Helferin. Sie hat mir hebräische Worte genannt, die ich vergessen habe und die Auskunft über sie gaben. Sie ist mein Schutzengel, und das Ziegenwesen hat den ganzen Weg zurückgelegt, fast sechstausend Kilometer, nur um zu verenden, als sie mit ihren Fingern seine Flanke berührte. Es starb ohne einen Laut, so leicht hat sie es getötet. Sie hat auf das Wesen gewartet. Das ist – wie sie sagte – ihre Aufgabe, eine ihrer Aufgaben. Sie hat noch andere: Sie tröstet mich, sie tröstet Millionen andere, sie verteidigt, sie spendet Trost. Und sie ist immer rechtzeitig zur Stelle, sie kommt nie zu spät.

Er beugte sich zu ihr hinunter und küßte Linda auf die Wange. Im Schlaf seufzte sie. Schwach und in der Gewalt des Ziegenwesens, durchfuhr es ihn, so war ich, als ich hierherkam. Sie hat mich beschützt, weil ich schwach war. Sie liebt mich nicht, wie ich sie liebe, weil sie alle Menschen lieben muß. Aber ich liebe nur sie. Mit allem, was ich bin. Ich, der Schwache, liebe sie, die stark ist. Meine Loyalität gilt ihr, und ihr Schutz gilt mir. Das ist der Pakt, den Gott mit den Israeliten geschlossen hat – daß der Starke die Schwachen beschützt und daß die Schwachen als Gegenleistung dem Starken ihre Verehrung und ihre Loyalität geben, ein Tauschhandel. Ich habe einen Pakt mit Linda Fox, und niemals wird er gebrochen werden, weder von mir noch von ihr.

Ich werde ihr Frühstück machen, entschied er. Leise verließ er das Wasserbett und ging in die Küche.

Eine Gestalt stand dort und erwartete ihn. Eine vertraute Gestalt.

„Emmanuel“, sagte Herb Asher.

Der Junge schimmerte auf unirdische Weise, und Herb Asher stellte fest, daß er die Wand und das Büfett und den Schrank hinter dem Jungen sehen konnte. Dies war eine Epiphanie des Göttlichen, Emmanuel war in Wirklichkeit woanders. Und dennoch war er hier – hier und sich der Gegenwart Herb Ashers bewußt.

„Du hast sie gefunden", stellte Emmanuel fest.

„Ja", nickte Herb Asher.

„Sie wird dich beschützen."

„Ich weiß", sagte er. „Zum erstenmal in meinem Leben brauche ich keine Angst zu haben."

„Von jetzt an benötigst du keinen Zufluchtsort mehr", fuhr Emmanuel fort, „so wie deine Kuppel einer gewesen ist. Du hast dich zurückgezogen, weil du dich gefürchtet hast. Nun brauchst du keine Angst mehr zu haben . . . weil sie bei dir ist. So, wie sie jetzt ist, ist sie kein Traumbild mehr. Sie ist real und lebendig, Herbert."

„Ich verstehe", sagte er.

„Dennoch benötigt auch sie deine Hilfe. Nimm sie mit zu deinem Radiosender. Hilf ihr, hilf deiner Beschützerin."

„Ein Paradoxon", bemerkte Herb Asher.

„Aber es ist die Wahrheit. Du kannst viel für sie tun. Du hattest recht, als du an einen *Tauschhandel* gedacht hast. Sie hat dir letzte Nacht das Leben gerettet." Emmanuel hob seine Hand. „Sie wurde dir von mir geschenkt."

„Ich verstehe", nickte er, denn er hatte dies bereits vermutet.

„Es heißt", fuhr Emmanuel fort, „daß der Starke die Schwachen beschützt, doch manchmal ist es schwierig festzustellen, wer stark und wer schwach ist. In vielerlei Hinsicht ist sie stärker als du, aber du kannst sie auf eine bestimmte Weise beschützen, du kannst ihr den Rücken freihalten. Das ist das wahre Gesetz des Lebens – gegenseitige Hilfe. Am Ende ist alles stark und schwach zugleich, selbst der *yetzer ha-tov* – dein *yetzer ha-tov*. Sie ist sowohl eine Mächtige als auch ein schwacher Mensch; es ist ein Mysterium. Du wirst Zeit haben in dem Leben, das vor dir liegt, dieses Mysterium ein klein wenig zu lüften. Du wirst sie immer besser kennenlernen. Aber sie kennt dich bereits vollständig – genau wie Zina absolute Kenntnis von mir hat, so hat Linda Fox absolute Kenntnis von dir. Ist dir das klar? Daß die Fox dich schon seit sehr langer Zeit gekannt hat?"

„Das Ziegenwesen hat sie nicht überrascht", sagte er.

„Nichts überrascht den *yetzer ha-tov* eines Menschen", erklärte Emmanuel.

„Werde ich dich je wiedersehen?" fragte Herb Asher.

„Nicht so, wie du mich jetzt siehst. Nicht in menschlicher Gestalt. Ich bin nicht das, was du siehst – ich entledige mich jetzt meiner menschlichen Seite, die noch von meiner Mutter Rybys stammt. Zina und ich werden uns in einer makrokosmischen Syzygie vereinigen. Wir werden kein Soma besitzen, keinen von der Welt abhängigen physikalischen Körper. Die Welt selbst wird unser Körper sein und unser Geist der Geist der Welt. Und auch dein Geist, Herbert. Und der Geist eines jeden anderen Geschöpfes, das den *yetzer ha-tov* gewählt hat, seinen Schutzengel. Dies ist es, was die Rabbis gelehrt haben, daß jeder Mensch – aber ich sehe, daß du dies bereits weißt, Linda hat es dir gesagt. Was sie dir nicht mitgeteilt hat, ist ein Geschenk, das sie noch für dich aufbewahrt – das Geschenk der absoluten Freisprechung deines gesamten Lebens von allen Sünden. Sie wird bei dir sein, wenn du gerichtet wirst, und das Urteil wird eher über sie, denn über dich gefällt werden. Sie ist rein, und sie wird dir diese Makellosigkeit schenken, wenn die letzte Prüfung beginnt. Also fürchte dich nicht, deine endgültige Erlösung ist sicher. Sie würde ihr Leben für dich, ihren Freund, geben. Wie Jesus gesagt hat: ‚Es gibt keine größere Liebe, als sein Leben für einen Freund zu opfern.' Als sie das Ziegenwesen berührt hat – nun, ich sollte es besser nicht erwähnen."

„Sie selbst starb für einen Augenblick", sagte Herb Asher.

„Für einen Augenblick, der so kurz war, daß er kaum existierte."

„Aber es geschah. Sie starb und erlebte ihre Wiederauferstehung. Obwohl ich nichts davon bemerken konnte."

„So ist es. Woher wußtest du es?"

„Ich konnte es heute morgen spüren", erwiderte Herb Asher, „als ich sie ansah, während sie schlief – ich konnte ihre Liebe fühlen."

Linda Fox, bekleidet mit einem geblümten, seidenen Morgenrock, betrat verschlafen die Küche. Sie blieb kurz stehen, als sie Emmanuel erblickte.

„Kyrios", sagte sie leise.

„Du hast den Menschen gerettet", wandte sich Emmanuel an sie.

„Die giftige Schlange bekämpft ... es freut mich sehr. Danke."

Linda Fox erwiderte: *„Die Absicht ist nur allzuklar. Laß mich fragen: Wann also wird das Dunkel schwinden?"*

„Sobald dich führt der Freundschaft Hand ins Heiligtum zum ew'gen Band."

„O wie?" sagte Linda Fox.

„Du ..." Emmanuel sah sie an. *„Wie stark ist dein Zauberton, deine Musik. Sing immer für alle Menschen, in Ewigkeit. Um das Dunkel zu zerstören."*

„Ja", versprach Linda Fox und nickte.*

„Sie hat dich gerettet", sagte Emmanuel zu Herb Asher. „Die giftige Schlange ist besiegt, und ich bin ihr dankbar dafür. Sie kannte die Absichten der Schlange, und sie wollte wissen, wann das Ende der Dunkelheit naht."

„Wann wird das sein?"

„Dies ist etwas, das nur sie und mich angeht", entgegnete Emmanuel. „Aber ihre Musik muß den Menschen in alle Ewigkeit gehören, sie gehört dazu. Wichtig ist, daß sie mich verstanden hat. Und sie wird das tun, was getan werden muß. Es gibt keine Mißverständnisse zwischen ihr und uns. Zwischen ihr und dem Gericht."

Linda Fox trat an den Herd – die Küche war hübsch eingerichtet und sauber, alles befand sich an seinem Platz –, drückte einige Knöpfe und holte dann Lebensmittel aus dem Kühlschrank. „Ich werde Frühstück machen", sagte sie.

„Das wollte ich doch machen", protestierte Herb Asher.

„Ruh dich aus", bat sie. „Du hast in den letzten vierundzwanzig Stunden eine Menge durchgemacht. Du bist von der Polizei angehalten worden, Belial hat die Kontrolle über dich übernommen ..." Sie drehte sich herum und schenkte ihm ein Lächeln. Selbst mit zerzaustem Haar war sie ... nun, er konnte es nicht ausdrücken. Worte waren nicht stark genug, um seine Gefühle für sie zu beschreiben. Nicht in diesem Moment. Sie und Emmanuel nebeneinander stehen zu sehen, überwältigte ihn. Er konnte nicht sprechen, er konnte nur nicken.

„Er liebt dich sehr", stellte Emmanuel fest.

„Ja", sagte sie ernst.

* Kursiv gesetzte Stellen im Original in Deutsch (Anm. d. Übers.).

„Sei fröhlich“, riet Emmanuel ihr auf Deutsch.

Linda übersetzte es für Herb Asher und fügte hinzu: „Ich bin glücklich. Und du?“

„Ich...“ Er zögte. *Sie wollte wissen, wann das Ende der Dunkelheit naht,* erinnerte er sich an ihre Worte. Die Dunkelheit ist nicht geschwunden. Die giftige Schlange ist besiegt, aber die Dunkelheit ist geblieben.

„Sei immer glücklich“, sagte Emmanuel.

„Ja“, entgegnete Herb Asher. „Das werde ich.“

Am Herd bereitete Linda Fox das Frühstück zu, er glaubte sie singen zu hören. Er wußte es nicht genau, denn die Schönheit ihrer Stimme verließ nie seine Gedanken. Sie war immer in ihm.

„Sie singt“, bestätigte Emmanuel. „Du hast recht.“

Singend brühte sie Kaffee auf. Der Tag hatte begonnen.

„Dieses Ding auf dem Dach“, murmelte Herb Asher. Aber Emmanuel war bereits verschwunden, er war mit Linda Fox allein.

„Ich werde die Stadtverwaltung anrufen“, erklärte Linda Fox. „Man wird es fortschaffen. Die Stadt besitzt dafür eine Maschine. Sie schafft die giftige Schlange fort. Entfernt sie aus dem Leben der Menschen und von den Dächern der Häuser. Schalt das Radio ein, ich möchte Nachrichten hören. Es wird Kriege geben und Kriegsgerüchte. Und große Aufstände. Die Welt – wir haben nur einen kleinen Teil von ihr gesehen. Und dann laß uns Elijah anrufen und ihn fragen, wie es mit der Radiostation steht.“

„Keine Streichorchesterversion von *South Pacific* mehr“, murmelte er.

„In kurzer Zeit“, sagte Linda Fox, „wird alles so sein, wie es sein muß. Er ist aus dem Käfig ausgebrochen, und nun kehrt er wieder dorthin zurück.“

„Was ist, wenn wir verlieren?“ fragte er.

„Ich kann in die Zukunft sehen“, antwortete Linda. „Wir werden siegen. Wir haben bereits gesiegt. Der Sieg war immer unser, von Anfang an, noch vor der Schöpfung. Wie trinkst du deinen Kaffee? Ich habe es vergessen.“

Später stieg er zusammen mit Linda Fox hinauf auf das Dach, um sich die Überreste Belials anzuschauen. Aber zu seiner Überraschung lag dort nicht der Kadaver eines verhutzelten Ziegenwesens – statt dessen wurde er an die Überreste eines großen leuchtenden Papierdrachens erinnert, der abgestürzt war und in Fetzen über das ganze Dach verteilt lag.

Ernst betrachteten er und Linda die Bruchstücke von Belials großem lieblichem und zerborstenem Leib. Er war in Stücke zersplittert, die Bruchstücke wirkten wie Scherben aus Licht.

„So war er einst“, flüsterte Linda. „Ursprünglich. Bevor er fiel. Dies war seine ursprüngliche Gestalt. Wir nannten ihn den Nachtfalter. Der Nachtfalter, der langsam fiel, Jahrtausende lang, der Erde entgegen, wie ein geometrisches Gebilde, das sich nach und nach auflöst, bis nichts mehr von seiner wahren Form übrigbleibt.“

„Er war wunderschön“, stellte Herb Asher fest.

„Er war der Morgenstern“, stimmte Linda zu. „Der strahlendste Stern aller Himmel. Und nun ist das hier alles, was noch an ihn erinnert.“

„... und an seinen Fall“, murmelte Herb Asher.

„... und an den aller anderen“, sagte sie.

Zusammen stiegen sie die Treppe hinab, um die Stadtverwaltung anzurufen. Damit die Maschine kam und die Überreste fortschaffte.

„Wird er jemals wieder das sein, was er einst war?“ fragte Herb Asher.

„Vielleicht“, erwiderte sie. „Vielleicht werden wir wieder alle zu dem, was wir einst gewesen sind.“ Und dann sang sie für Herb Asher eines der Dowland-Lieder. Es war das Lied, das die Fox traditionell am Weihnachtstag sang, für alle Planeten. Das zärtlichste, das wundervollste Lied, das sie aus John Dowlands Lautenlibretti entnommen hatte.

Nah am Teich der Krüppel lag,
Jahr um Jahr voll Schmerz und Pein,
Doch als er sich in Christi Hand begab,
Da wurd' er geheilt, und Trost war sein.

„Danke“, sagte Herb Asher.

Über ihnen arbeitete die Maschine und sammelte Belials Überreste auf. Fegte die zerborstenen Bruchstücke eines Wesens zusammen, das einst Licht gewesen war.

Philip K. Dick

DIE WIEDERGEBURT DES TIMOTHY ARCHER

Eine Ode an ihn

O Ben!
Sag, werden wir denn
Wieder deine Gäste sein
Bei den Festen voller Lyrik und Wein,
Der Sonne zum Lohn,
Und dem Hund, dem Dreifachton?
Wo uns solche Trauben labten,
Die uns kühn und wild, nicht rasend machten;
Und wo dennoch deiner Verse Klang
Das Fleisch ausstach, des Weines Lust bezwang.

Mein Ben,
Oder komm behend;
Oder schenk uns den Genuß
Deines Geistes Überfluß;
Aber lehre uns beizeiten,
Weise damit hauszuhalten;
Auf daß er nicht zur Neige geht:
Denn ist er erst erschöpft, verweht,
Der teure Schatz, der Erde Glück
An solchem Geist, kehrt nimmermehr zurück.

Robert Herrick, 1648

1

Barefoot hält seine Seminare auf seinem Hausboot in Sausalito ab. Die Antwort auf die Frage, warum wir auf dieser Erde sind, kostet hundert Dollar. Man bekommt außerdem ein Sandwich, aber an diesem Tag war ich nicht hungrig. John Lennon war soeben ermordet worden, und ich denke, ich weiß, warum wir auf dieser Erde sind – um herauszufinden, daß die Dinge, die wir am meisten lieben, uns weggenommen werden – wahrscheinlich eher aufgrund eines Fehlers höheren Ortes, denn aufgrund des Systems.

Nachdem ich meinen Honda Civic in die Parklücke bugsiert hatte, blieb ich sitzen und hörte Radio. Bereits jetzt konnte man alle jemals von den Beatles komponierten Lieder auf allen Frequenzen hören. Ich komme mir vor, als wäre ich wieder in den Sechzigern und noch immer mit Jefferson Archer verheiratet.

„Wo ist Pier fünf?" fragte ich zwei vorbeispazierende Hippies.

Sie antworteten nicht. Ich fragte mich, ob sie wußten, was John Lennon zugestoßen war. Dann fragte ich mich, warum, zum Teufel, ich mich mit arabischem Mystizismus, mit den Sufis und all dem anderen Zeug abgab, über das Edgar Barefoot in seiner wöchentlichen KPFA-Radiosendung in Berkeley sprach. Die Sufis sind ein glückliches Völkchen. Sie lehren, daß die Essenz Gottes nicht Macht oder Weisheit oder Liebe, sondern Schönheit ist. Ein völlig neuartiges Konzept für uns und den Juden und Christen unbekannt. Ich bin weder Jüdin noch Christin. Ich arbeite noch immer im Musikladen an der Telegraph Avenue in Berkeley, und ich versuche, die Raten für das Haus zu zahlen, das Jeff und ich gekauft haben, als wir verheiratet waren. Ich bekam das Haus, und Jeff bekam nichts. Das war die Geschichte seines Lebens.

Warum sollte sich jemand, der noch bei klarem Verstand ist, mit arabischem Mystizismus beschäftigen, fragte ich mich, während ich meinen Honda abschloß und mich den vertäuten Booten näherte. Ach, verdammt – ich hatte bereits die Fahrt über die Richardson Bridge, durch das kitschige Richmond und vorbei an den Raffinerien, hinter mir. Die Bucht ist wunderschön. Die Polizei führt Radarkontrollen auf der Richardson Bridge durch; die Zeit zwischen der Bezahlung der Gebühr und dem Verlassen der Brücke auf der Marin-Seite wird gestoppt. Wenn man Marin County zu früh erreicht, muß man einen Haufen Scheine hinblättern.

Ich habe mir nie viel aus den Beatles gemacht. Jeff brachte *Rubber Soul* mit nach Hause, und ich sagte ihm, daß ich es für langweilig hielt. Unsere Ehe zerbrach, und ich schätze, es hat damit begonnen, daß ich mir „Michelle" eine Milliarde mal anhören mußte Tag für Tag. Das muß ungefähr um 1966 gewesen sein. Viele Leute, die in der Umgebung der Bucht leben, datieren ihre Erlebnisse nach den Erscheinungsterminen von Beatlesplatten. Paul McCartneys erstes Solo-Album wurde im Jahr vor meiner Trennung von Jeff veröffentlicht. Wenn ich „Teddy Boy" höre, beginne ich zu weinen. Das war in dem Jahr, in dem ich allein in unserem Haus gelebt habe. Machen Sie das nicht. Leben Sie nicht allein. Zum Schluß hatte Jeff seine Antikriegsveranstaltungen, mit denen er sich beschäftigen konnte. Ich zog mich zurück und hörte über KPFA Barockmusik, die besser vergessen geblieben wäre. Auf diese Weise lernte ich Edgar Barefoot kennen, den ich sofort als Spinner einschätzte, mit seiner leisen Stimme und jenem Tonfall, der verriet, wie sehr er doch seine eigene Zerebralaktivität bewunderte und sich über jedes gelungene *satori* wie ein Zweijähriger freute. Es gibt Anzeichen dafür, daß ich der einzige Mensch im Umkreis der Bucht war, der diesen Eindruck hatte. Später änderte ich meine Meinung; KPFA begann Barefoots aufgezeichnete Vorlesungen spät in der Nacht auszustrahlen, und ich hörte zu, während ich versuchte einzuschlafen. Wenn man im Halbschlaf daliegt, ergibt sein monotoner Singsang einen Sinn. Mehrfach haben mir Bekannte versichert, daß allen um 1973 im Umkreis der Bucht gesendeten Radioprogrammen sublimale Botschaften unterlegt worden waren, aller Wahrscheinlichkeit nach von Marsianern. Die Botschaft, die ich erhielt, während ich Barefoot zuhörte, lautete anscheinend: Du bist tatsächlich ein guter Mensch, und du solltest dir von niemandem dein Leben bestimmen lassen. Nun, jedenfalls schlief ich mit der Zeit immer leichter ein; ich vergaß Jeff und das Licht, das mit seinem Tod erloschen war, obwohl hin und wieder die Erinnerung an irgendein Ereignis in meinen Gedanken auftauchte, das sich gewöhnlich auf einen Zwischenfall im Konsumverein an der University Avenue bezog. Jeff hatte oft Unruhe im Konsumverein gestiftet. Ich hielt das für amüsant.

Also erkannte ich, während ich über den Laufsteg Edgar Barefoots gemütliches Hausboot betrat, werde ich meine Teilnahme an diesem Seminar nach John Lennons Ermordung datieren; die beiden Ereignisse sind für mich untrennbar miteinander verbunden. Was für eine Art, sich Erleuchtung zu verschaffen. Vergiß die ölige Stimme, die dir Erleuchtung verspricht, dies ist eine Zeit der Waffen. Du kannst nichts tun, ob du nun erleuchtet bist oder nicht; du bist eine Angestellte in einem Plattenladen mit einem akademischen Grad in den Geisteswissenschaften von der Universität von Kalifornien. *„Den Besten fehlt jegliche Überzeugung"* . . . etwas in dieser Art. *„Welch wildes Tier . . . schleicht nach Bethlehem, um geboren zu werden."* Ein Geschöpf mit bösen Absichten, Alptraum der Welt. In Yeats wurden wir einer Prüfung unterzogen. Ich bestand sie mit

Eins minus. Ich konnte den ganzen Tag lang auf dem Boden sitzen, Käse essen und Ziegenmilch trinken und mir Gedanken über den längsten Roman machen . . . Ich habe alle langen Romane gelesen. Ich habe an der Universität von Kalifornien promoviert. Ich wohne in Berkeley. Ich habe *The Remembrance of Things Past* gelesen, und ich erinnere mich an nichts: Dumm geboren und nichts dazugelernt, wie man sagt. Sie haben mir nichts genützt, all diese Jahre in der Bibliothek, in denen ich darauf gewartet habe, daß meine Nummer aufleuchtete und mir bedeutete, daß mein Buch für mich am Schalter bereitlag.

In meiner Erinnerung bleiben es schöne Jahre, in denen wir tüchtiger waren als allgemein bekannt ist – wir wußten genau, was wir zu tun hatten: Das Nixonregime mußte verschwinden. Was wir getan haben, das haben wir freiwillig getan, und keiner von uns bedauert es. Jeff Archer ist jetzt tot; Lohn Lennon ist seit heute tot. Andere tote Menschen liegen entlang des Weges, als ob etwas ungeheuer Großes vorbeigekommen wäre. Vielleicht können mich die Sufis mit ihrem Glauben an Gottes wesensmäßige Schönheit glücklich machen; vielleicht ist das der Grund, warum ich über den Laufsteg auf dieses luxuriöse Hausboot gehe. Ein Plan erfüllt sich, durch den all die traurigen Tode ihre Sinnlosigkeit verlieren und Bedeutung erlangen, sich auf irgendeine Weise in Freude verwandeln.

Ein schrecklich dünner, junger Bursche, der unserem Freund Junkie-Joe ähnlich sah, hielt mich an. „Eintrittskarte?"

„Du meinst das hier?" Aus meiner Handtasche holte ich die Karte hervor, die mir Barefoot nach Erhalt meiner hundert Dollar geschickt hatte. In Kalifornien kauft man Erleuchtung, wie man Erbsen im Supermarkt kauft. Ich hätte gern vier Pfund Erleuchtung. Nein, besser zehn Pfund. Ich bin wirklich knapp daran.

„Geh zum Ende des Bootes", sagte der magere Junge.

„Einen schönen Tag noch", entgegnete ich.

Wenn man Edgar Barefoot zum erstenmal sieht, hält man ihn für einen Automechaniker. Er ist etwa einssiebzig groß und so dick, daß man unwillkürlich meint, er ernähre sich nur vom Angebot der Schnellimbißketten, vorzugsweise von Hamburgern. Er ist kahlköpfig. Für diesen Teil der Welt und für diesen Zeitabschnitt der menschlichen Zivilisation ist er völlig falsch gekleidet; er trägt einen langen Wollmantel und die denkbar gewöhnlichste braune Hose und ein einfaches blaues Wollhemd – aber seine Schuhe machen einen teuren Eindruck. Ich weiß nicht, ob man das Ding, das er sich um den Hals gebunden hat, eine Krawatte nennen kann. Möglicherweise hat man versucht, ihn aufzuhängen, und er hat sich als zu schwer erwiesen – er zerriß das Seil und fuhr mit seiner Arbeit fort. Erleuchtung und Überleben sind untrennbar miteinander verbunden, sagte ich mir, während ich Platz nahm – bei den Sitzen handelte es sich um billige Klappstühle, und hier und dort hatten sich schon einige Leute eingefunden, hauptsächlich Jugendliche.

Edgar Barefoot baute sich vor uns auf und bedeutete uns, die Plätze zu wechseln, uns nach vorn zu setzen. Ich fragte mich, was wohl geschehen würde, wenn ich mir eine Zigarette anzündete. Einmal habe ich eine Zigarette in einem *Ashram* angezündet, nach einer Vorlesung über die Weden. Massiver Abscheu schlug mir entgegen, und jemand bohrte mir einen spitzen Ellbogen in die Rippen. Ich hatte die Erhabenen erzürnt. Das Merkwürdige an den Erhabenen ist, daß sie genauso sterben wie die Gemeinen. Bischof Timothy Archer besaß eine Menge Erhabenheit, die ihm durch sein Gewicht und seine Größe geschenkt wurde, und sie hat ihm nichts genützt; er liegt wie alle anderen unter der Erde. Soviel zu den spirituellen Dingen. Soviel zur Sehnsucht. Er hat Jesus gesucht. Darüber hinaus hat er das gesucht, was sich hinter Jesus verbirgt – die wirkliche Wahrheit. Hätte er sich mit dem Unechten zufrieden gegeben, wäre er noch am Leben. Das ist etwas, worüber sich nachzudenken lohnt. Der berühmteste Bischof der modernen Zeit starb, weil er Jesus mißtraute. Das ist die Moral der Geschichte. Also bin ich vielleicht erleuchtet; ich weiß, daß man nicht zweifeln darf. Ich weiß außerdem, daß man mehr als zwei Flaschen Coca-Cola mitnehmen muß, wenn man hinaus in die Wildnis fährt, zehntausend Kilometer weit von daheim. Ausgerüstet mit der Straßenkarte, wie sie von den Tankstellen ausgegeben werden, als ob man sich noch immer im Zentrum San Franciscos befände. Sie ist recht nützlich, um zum Portsmouth Square zu gelangen, aber weniger nützlich, um den wahren Ursprung des Christentums zu finden, der seit zweitausend Jahren der Welt unbekannt geblieben ist.

Barefoot streckte uns seine Hände entgegen und begann zu sprechen. Ich habe wenig von dem mitbekommen, was er sagte; zum einen Ohr hinein, zum anderen wieder heraus. Das Arschloch war ich, weil ich hundert Dollar bezahlt hatte, um mir das hier anzuhören; der Mann vor uns war der Klügere, weil er das Geld bekam; wir hingegen gaben es ihm. So enthüllt sich Weisheit: dadurch, wer bezahlt. Ich erkläre das. Ich sollte die Sufis lehren und auch die Christen, vor allem die episkopalischen Bischöfe mit ihren Spesenfonds. Leg hundert Mäuse hin, Tim. Man stelle sich vor – den Bischof „Tim" zu nennen. Ebensogut könnte man den Papst mit „George" oder „Egon" anreden, wie die Eidechse in *Alice*.

„Der Tod im Leben", sagte Barefoot, „und das Leben im Tod; zwei Modalitäten, wie *yin* und *yang,* eines grundlegenden Kontinuums. Zwei Seiten – ein „Holon", wie Arthur Koestler es bezeichnet. Sie sollten *Janus* lesen. Jedes Holon geht in das andere über, wie in einem freudigen Tanz. Es ist der Herr Krishna, der in uns und durch uns tanzt; wir alle sind Sri Krishna, der, falls Sie sich erinnern, in der Gestalt der Zeit erscheint. Das ist seine wahre, universelle Form.

Seine ultimate Form, Zerstörer aller Menschen – aller Dinge, die sind."

Nur hier in der Bucht, dachte ich, wird ein derartiger Unsinn toleriert. Ein Zweijähriger gibt uns Ratschläge. Jesus, wie närrisch das Ganze doch ist! Ich fühle meine alte Abscheu, die zornige Aversion, die wir in Berkeley kultivieren und die Jeff so gefiel. Für ihn war es das größte Vergnügen, über jede Belanglosigkeit wütend zu werden. Mein größtes Vergnügen ist es, Unsinn zu ertragen. Wofür ich auch noch bezahle.

Ich habe schreckliche Angst vor dem Tod. Der Tod hat mich zerstört; nicht Krishna ist der Zerstörer aller Menschen. Es ist der Tod, der Zerstörer meiner Freunde. Er hat sie auserwählt und alle anderen verschont. Scheißtod, durchfuhr es mich. Du hast jene heimgeholt, die ich liebe. Du hast dir ihre Torheit zunutze gemacht und gewonnen. Aus Narren schlägst du deinen Vorteil, und das ist wahrhaftig unfreundlich. Emily Dickson war voller Scheiße, als sie das mit dem „freundlichen Tod" dahingeschmiert hat – es ist widerwärtig, den Tod für freundlich zu halten. Sie hat nie einen Massenunfall auf dem Eastshore Freeway gesehen. Kunst ist, wie die Theologie, reiner Betrug. Auf der Straße kämpfen die Leute, während ich Gott in einem Nachschlagewerk suche. Gott, ontologische Argumente für. Besser noch: praktische Argumente dagegen. Es gibt kein derartiges Verzeichnis. Es hätte mir eine Menge geholfen, wäre ich rechtzeitig auf einen Absatz gestoßen wie: Argumente gegen Narretei, ontologische und empirische, alte und moderne (siehe gesunder Menschenverstand). Das Problem mit der Bildung ist, daß es zuviel Zeit kostet, sie zu erringen – sie beansprucht den besseren Teil des Lebens, und wenn man fertig ist, dann wird einem klar, daß man mehr davon gehabt hätte, wenn man ins Bankgeschäft gegangen wäre. Ich möchte wissen, ob Bankiers sich derartige Fragen stellen. Sie interessieren sich nur für das aktuelle Zinsniveau. Wenn ein Bankier hinaus in die Wüste am Toten Meer fährt, dann nimmt er wahrscheinlich eine Leuchtpistole und Wasserkanister und Notrationen und ein Messer mit. Und kein Kruzifix, das von einer früheren Narretei kündigt, die ihm eine Warnung hätte sein sollen. Zerstörer aller Menschen auf dem Eastshore Freeway und auch meiner Hoffnungen – Sri Krishna, du hast uns alle erwischt. Viel Glück bei deinen anderen Vorhaben.

Das ist alles Unsinn, dachte ich. Aufgeblasenes Zeug. Eine Folge, der geistigen Inzucht unter den Intellektuellen in der Bucht; ich denke , wie ich rede: pompös und in Rätseln. Ich bin keine Person, sondern eine sich selbst ermahnende Stimme. Schlimer noch, ich sage das, was ich höre. Unsinn rein (wie die Computerexperten sagen), Unsinn raus. Ich sollte aufstehen und Mr. Barefoot eine sinnlose Frage stellen und dann nach Hause gehen, während er die perfekte Antwort gibt. Auf diese Weise gewinnt er, und ich kann fort von hier. Wir beide profitieren davon. Er kennt mich nicht, ich kenne ihn nicht – oder nur als salbungsvolle Stimme. Sie echot bereits in meinem Kopf, dachte ich, und es hat erst angefangen; das ist der erste von vielen Vorträgen. Er quasselt und quasselt . . . Der Name des schwarzen Dienstboten der Familie Archer in einer Fernsehkomödie vielleicht. „Quassel, setz deinen schwarzen Arsch in Bewegung und komm her, hörst du?“ Was dieser drollige kleine Mann sagt, ist wichtig: Er spricht über Sri Krishna und den Tod der Menschen. Ein Thema, das ich aufgrund persönlicher Erfahrung für wichtig halte. Ich sollte es wissen, denn ich kenne mich damit aus; vor Jahren überschattete dieses Thema mein Leben, und es läßt mich nicht mehr los.

Früher gehörte uns ein kleines altes Bauernhaus. Ein Kurzschluß legte die Stromversorgung lahm, als jemand einen Toaster einschaltete. An regnerischen Tagen tropfte Wasser durch den Lüftungsschacht in der Küchendecke. Hin und wieder goß Jeff eine Kaffeekanne voll teerähnlicher Masse auf das Dach, um das Leck abzudichten; Wachspapier konnten wir uns nicht leisten. Der Teer hat nichts genützt. Unser Haus stand mit anderen, ähnlichen Gebäuden im Flachland von Berkeley an der San Pablo Avenue Ecke Dwight Way. Der Vorteil war, daß Jeff und ich zu Fuß das Restaurant Unglück erreichen und Fred Hill, dem (angeblichen) KGB-Agenten, einen Besuch abstatten konnten. Hill war der Besitzer des Restaurants. Er richtete die Salate an und entschied, wessen Bilder aufgehängt und den Gästen präsentiert werden durften. Als Fred vor Jahren in die Stadt kam, erstarrten alle Parteimitglieder im Umkreis der Bucht aus Furcht zu Salzsäulen. Dies war der Beweis dafür, daß ein sowjetischer Bluthund in der Nähe war. Es verriet einem außerdem, wer der Partei angehörte und wer nicht. Furcht herrschte unter den Auserwählten, aber allen anderen war es gleichgültig. Er war wie der exhatologische Richter, der die Schafe, die Gläubigen, von den gewöhnlichen Leuten trennte, nur daß in diesem Fall die Schafe zu zittern begannen.

Träume von Reichtum erfreuten sich in Berkeley allgemeiner Beliebtheit, verbunden mit der Hoffnung, daß sich die politische und wirtschaftliche Lage verschlechtern und das Land in den Ruin stürzen würde – dies war die Theorie der Aktivisten. Eine umfassende Katastrophe, die niemand verschonte und die alle, die Schuldigen und die Unschuldigen, ins Verderben stürzte. Wir waren damals, und wir sind jetzt vollkommen verrückt. Es ist ein Zeichen von Bildung, verrückt zu sein. Zum Beispiel muß man verrückt sein, um seine Tochter Goneril zu nennen. Wie man uns an der Universität von Kalifornien beibrachte, war der Wahnsinn für die Mäzene des Globe-Theaters etwas Vergnügliches. Heutzutage ist er keineswegs vergnüglich. Zu Hause ist man ein großer Künstler, aber hier ist man nur der Autor eines komplizierten Buches über *Hoppla, jetzt komm“ ich.* Ein großer Wurf, dachte ich. Und am Rand die Zeichnungen eines Burschen, der dir eine lange Nase macht. Und dafür, genau wie für diese Rede hier, haben wir gutes Geld bezahlt. Man sollte meinen, wenn man so lange arm gewesen ist, müßte man es besser wissen und klüger sein. Besser in der Lage, sich selbst zu schützen.

Ich bin der letzte lebende Mensch, der Bischof Timothy Archer von der Diözese von Kalifornien und seine Frau gekannt hat, und seinen Sohn, meinen Mann, den Hausbesitzer und Ernährer der Familie *pro forma.* Jemand sollte – nun, es wäre schön, wenn niemand den Weg genommen hätte, den sie kollektiv gegangen sind, freiwillig in den Tod, jeder von ihnen wie Parzival ein vollkommener Narr.

2

Liebe Jane Marion,
innerhalb von zwei Tagen haben zwei verschiedene Personen – die eine ein befreundeter Herausgeber, die andere ein befreundeter Autor – mir *The Green Cover* empfohlen, beide im Endeffekt mit den gleichen Worten, daß ich mich mehr mit Ihrem Werk beschäftigen müßte, wenn ich wissen wollte, was in der modernen Literatur geschieht. Als ich das Buch zu Hause hatte (mir war gesagt worden, der Titelessay wäre am besten, und ich sollte mit ihm beginnen), erkannte ich, daß sich eines Ihrer Kapitel mit Tim Archer beschäftigt. Also las ich es. Plötzlich war er wieder lebendig, er, mein Freund. Es erfüllt mich mit schrecklichem Schmerz, nicht mit Freude. Ich kann nicht über ihn schreiben, da ich keine Schriftstellerin bin, obwohl ich an der Universität von Kalifornien Englisch als Hauptfach studiert habe; wie dem auch sei, eines Tages, als eine Art Übung, setzte ich mich hin und skizzierte einen hypothetischen Dialog zwischen ihm und mir, um festzustellen, ob es eine Möglichkeit gab, die Kadenz seines endlosen Redestromes wieder zum Leben zu erwecken. Ich stellte fest, daß ich es konnte, aber wie Tim selbst war es tot.

Manchmal werde ich gefragt, wie er war, aber ich bin keine praktizierende Christin, so daß ich nicht allzuoft mit Kirchenleuten zusammentreffe, obwohl dies einst der Fall war. Sein Sohn Jeff war mein Ehemann, und deshalb kannte ich Tim auf einer eher persönlichen Basis. Gelegentlich unterhielten wir uns über Theologie. Kurz nach Jeffs Selbstmord holte ich Tim und Kirsten vom Flughafen von San Francisco ab; sie waren soeben aus England von einem Besuch bei den offiziellen Übersetzern der Zadokit-Dokumente zurückgekehrt, und dies war der Zeitpunkt, an dem Tim zu glauben begann, daß Christus ein Betrüger und die Zadokit-Sekte im Besitz der wahren Religion war. Er fragte mich, wie er diese Neuigkeit seiner Herde beibringen sollte. Das war vor Santa Barbara. Er hatte Kirsten in einem hübschen Apartment in der Altstadt untergebracht. Nur sehr wenige Menschen besaßen Zutritt zu dieser Wohnung. Unter anderen Jeff und natürlich ich. Als mich Jeff zum erstenmal seinem Vater vorstellte, ging Tim auf mich zu und sagte: „Ich heiße Tim Archer." Er hat nicht erwähnt, daß er Bischof war. Allerdings trug er den Ring.

Ich war es, die den Anruf mit der Nachricht von Kirstens Selbstmord entgegennahm. Wir waren noch immer wegen Jeffs Selbstmord von Kummer erfüllt. Ich mußte dastehen und zuhören, wie mir Tim erzählte, daß Kirsten „soeben von uns gegangen" war; ich konnte meinen kleinen Bruder sehen, der wirklich an Kirsten gehangen hat. Er setzte ein Balsaholzmodell einer Spad Thirteen zusammen – er wußte, daß der Anruf von Tim kam, aber natürlich ahnte er nicht, daß Kirsten, genau wie Jeff, nun tot war.

Tim unterschied sich in dieser Hinsicht von allen anderen Menschen, die ich jemals gekannt habe. Er konnte an alles glauben und auf der Basis dieses neuen Glaubens unverzüglich handeln, das heißt, bis er sich in einen anderen Glauben verstieg und dementsprechend reagierte. Er war beispielsweise überzeugt davon, daß ein Medium die ernsten seelischen Probleme von Kirstens Sohn geheilt hatte. Eines Tages, als ich im Fernseher verfolgte, wie Tim von David Frost interviewt wurde, stellte ich fest, daß er über mich und Jeff sprach – obwohl keine wirkliche Verbindung zwischen dem, was er sagte, und der realen Situation bestand. Jeff sah ebenfalls zu; er wußte nicht, daß sein Vater über ihn sprach. Wie die mittelalterlichen Realisten glaubte Tim, daß es sich bei den Worten um wirkliche Dinge handelte. Konnte man etwas in Worte fassen, so war es *de facto* wahr. Das hat ihn das Leben gekostet. Ich war nicht in Israel, als er starb, aber ich kann ihn mir dort draußen in der Wüste vorstellen, wie er die Karte studierte und ihr das gleiche Vertrauen entgegenbrachte wie einer Straßenkarte von San Francisco. Die Karte sagte, daß man den Ort X erreichen würde, wenn man y Kilometer weit fuhr, und daraufhin ließ er den Wagen an und fuhr y Kilometer weit, überzeugt, daß X am Ende des Weges liegen würde – es war so auf der Karte verzeichnet. Der Mann, der jeden Glaubenssatz der christlichen Lehre anzweifelte, vertraute allem, was er schwarz auf weiß geschrieben sah.

Aber der Zwischenfall, der mir am meisten über ihn verriet, ereignete sich in Berkeley. Jeff und ich sollten ihn zu einer bestimmten Zeit an einem bestimmten Ort treffen. Tim kam spät. Hinter seinem Wagen lief ein wutentbrannter Tankwart her. Tim hatte an der Tankstelle dieses Mannes vollgetankt, dann eine Zapfsäule umgefahren und plattgedrückt – worauf Tim davongebraust war, um nicht zu seiner Verabredung mit uns zu spät zu kommen.

„Sie haben meine Zapfsäule zerstört!" schrie der Tankwart völlig außer Atem und völlig außer sich. „Ich kann die Polizei rufen. Sie sind einfach davongefahren. Ich mußte den ganzen Weg hinter Ihnen herlaufen."

Was ich sehen wollte, war, ob Tim diesem Mann, einem sehr wütenden, aber von der sozialen Rangordnung her eher einfachen Mann, einem Mann am Ende der gesellschaftlichen Stufenleiter, auf deren oberster Sprosse Tim stand – ich wollte sehen, ob Tim ihn darüber informieren würde, daß er der Bischof der Diözese von Kalifornien und in der ganzen

Welt bekannt war, ein Freund von Martin Luther King jr., ein Freund von Robert Kennedy, ein großer und berühmter Mann, der im Moment nur nicht seine Amtstracht trug. Tim sagte nichts davon. Er entschuldigte sich bescheiden. Nach einem Moment wurde dem Tankwart bewußt, daß er es mit jemandem zu tun hatte, für den große, buntlackierte, metallene Zapfsäulen nicht existierten. Er hatte es mit einem Mann zu tun, der – im wortwörtlichen Sinne – in einer anderen Welt lebte. Diese andere Welt war das, was Tim und Kirsten „Die Andere Seite" nannten, und nach und nach zog diese Andere Seite sie alle zu sich hinüber: zuerst Jeff, dann Kirsten und, unausweichlich, Tim selbst.

Manchmal sage ich mir, daß Tim noch immer existiert, aber jetzt vollkommen in dieser anderen Welt. Wie hat es Don McLean doch einmal in seinem Lied „Vincent" formuliert? „Diese Welt wurde nie geschaffen für jemanden, der so schön ist wie du." Das trifft genau auf meinen Freund zu – diese Welt war für ihn niemals wirklich real, und deshalb glaube ich, daß sie für ihn nicht die richtige Welt war. Irgendwo ist ein Fehler gemacht worden, und im stillen wußte er es.

Wenn ich an Tim denke, denke ich:

„Im Traum seh' ich ihn auf dem Rasen wandeln,
Über den Tau mit geisterhaftem Gang,
Durchbohrt von meinem glücklichen Gesang . . ."

Wie Yeats es ausgedrückt hat.

Ich danke Ihnen für Ihre Arbeit über Tim, aber es schmerzt, ihn wieder lebend vor mir zu sehen, wenn auch nur für einen Moment. Ich glaube, das ist ein Beweis für die Größe eines literarischen Werkes, wenn es das vermag.

Wenn ich mich recht erinnere, dann war es in einem von Aldous Huxleys Romanen, in dem einer der Charaktere eine andere Figur anruft und aufgeregt erklärt: „Ich habe soeben einen mathematischen Beweis für die Existenz Gottes gefunden!" Wäre das Tim gewesen, er hätte am nächsten Tag einen anderen Beweis entdeckt, der den ersten widerlegt – und er wäre ebenso schnell davon überzeugt gewesen. Er schien in einem Garten voller Blumen zu leben, in dem jede Blumen neu und anders war, und nacheinander erforschte er sie und war von jeder gleichermaßen entzückt, aber dann vergaß er jene, an denen er zuvor vorbeigekommen war. Seinen Freunden gegenüber war er vollkommen loyal. Sie vergaß er nie. Sie waren seine ständigen Blumen.

Das Seltsame ist, Mrs. Marion, daß ich ihn in gewisser Hinsicht mehr vermisse als meinen Mann. Vielleicht hat er mich mehr beeindruckt. Ich weiß es nicht. Vielleicht können Sie es mir sagen – Sie sind die Schriftstellerin.

Mit freundlichen Grüßen
Angel Archer

Ich schrieb diesen Brief an die berühmte New Yorker Autorin Jane Marion, deren Essays in den besten der kleinen Magazine erscheinen – ich hatte keine Antwort erwartet, und ich erhielt auch keine. Vielleicht hat ihr Verleger, an den ich ihn adressiert hatte, ihn gelesen und in den Papierkorb geworfen. Marions Essay über Tim hatte mich aufgebracht; er basierte samt und sonders auf Informationen aus zweiter Hand. Marion hat Tim nie kennengelernt, aber sie schrieb trotzdem über ihn. Sie behauptete, daß Tim „Freundschaften beendete, wenn dies seinen Zwecken diente". Tim hat nie in seinem Leben eine Freundschaft beendet.

Jene Verabredung, die Jeff und ich mit dem Bischof getroffen hatten, war äußerst wichtig. Was den offiziellen Aspekt betrifft, so war ich es gewesen, die ein Treffen, eine Fusion, zwischen Bischof Archer und meiner Freundin Kirsten Lundborg vorgeschlagen und eingefädelt hatte – Kirsten war in der Bucht die Vertreterin der FEM. Die *Female Emancipation Movement** wollte, daß Tim eine Rede für sie hielt, und zwar ohne Honorar. Da ich mit dem Sohn des Bischofs verheiratet war, glaubte man, daß ich die Sache in Gang bringen konnte. Überflüssig zu erwähnen, daß Tim die Situation nicht zu verstehen schien; weder Jeff noch ich hatten ihn eingeweiht. Tim nahm an, daß wir zusammen im *Unglück* essen wollten, von dem er gehört hatte. Tim wollte für das Essen bezahlen, da wir in diesem ganzen Jahr keinen Pfennig Geld hatten und – um ehrlich zu sein – auch nicht das Jahr davor. Als Sekretärin in einem Anwaltsbüro an der Shattuck Avenue hätte ich an sich das Geld verdienen müssen. Das Anwaltsbüro bestand aus zwei Burschen aus Berkeley, die in der Protestbewegung aktiv waren. Sie verteidigten Drogentäter. Ihre Firma hieß BARNES UND GLEASON ANWALTSBÜRO UND KERZENLADEN. Sie verkauften handgemachte Kerzen, oder zumindest boten sie welche an. Das war Jerry Barnes' Art, seine Geringschätzung gegenüber seinem eigenen Berufsstand auszudrücken und deutlich zu machen, daß er nicht die Absicht hatte, reich zu werden. Was dieses Ziel betrifft, so war er erfolgreich. Ich erinnere mich an eine Gelegenheit, bei der ihn ein dankbarer Klient mit Opium bezahlt hat, ein schwarzes Stäbchen, das wie ein Riegel ungesüßter Schokolade aussah. Jerry wußte nicht, was er damit anfangen sollte. Schließlich verschenkte er es dann.

Es war interessant, Fred Hill, den KGB-Agenten, zu beobachten, wie er seine Gäste nach Art eines guten Restaurantbesitzers begrüßte, ihnen die Hand schüttelte und lächelte. Hill besaß kalte Augen. Wenn man den Gerüchten glauben wollte, hatte er die Erlaubnis, jene Parteimitglieder zu ermorden, die sich als widerspenstig erwiesen. Tim schenkte Fred Hill so gut wie keine Aufmerksamkeit, als uns der Hundesohn zu einem Tisch führte. Ich fragte mich, was der Bischof von Kalifornien wohl sagen würde, wenn er erfuhr, daß der

* Frauenbefreiungsbewegung

Mann, der uns die Speisekarte reichte, ein Nationalrusse war, der in den USA unter falschem Namen lebte, ein Offizier des sowjetischen Geheimdienstes. Aber vielleicht war das Ganze nur ein Berkeley-Mythos. Wie in vielen vorangegangenen Jahren waren Berkeley und Paranoia Bettgefährten. Das Ende des Vietnamkrieges war noch lange nicht erreicht; Nixon verstärkte die dort eingesetzten US-Streitkräfte. Regierungsagenten schnüffelten überall in der Bucht herum. Wir unabhängigen Aktivisten argwöhnten überall Spione; wir vertrauten weder den Rechten noch der KPdUSA. Wenn es etwas gab, das man in Berkeley haßte, dann war es der Geruch der Polizei.

„Hallo, Freunde", sagte Fred Hill. „Als Tagessuppe gibt es heute Minestrone. Möchten Sie ein Glas Wein, während Sie sich entscheiden?"

Wir drei erwiderten, daß wir Wein wollten – sofern es kein Gallo war –, und Fred Hill verschwand, um ihn zu holen.

„Er ist ein Oberst vom KGB", teilte Jeff dem Bischof mit.

„Sehr interessant", murmelte Tim und musterte die Speisekarte.

„Sie werden wirklich schlecht bezahlt", bemerkte ich.

„Das könnte erklären, warum er ein Restaurant eröffnet hat", sagte Tim. „Ich frage mich, ob es hier Kaviar vom Schwarzen Meer gibt." Er warf mir einen Blick zu. „Magst du Kaviar, Angel? Den Rogen des Störs, obwohl man manchmal den Rogen des *Cyclopterus lumpus* als Kaviar angedreht bekommt – allerdings ist der gewöhnlich von rötlicherem Farbton und größer. Er ist weit billiger. Ich habe nicht viel dafür übrig – ich meine, für ‚Lumpfisch-Kaviar'."

Scheiße, dachte ich.

„Was ist los?" fragte Jeff.

„Ich frage mich, wo Kirsten bleibt", erwiderte ich.

Der Bischof bemerkte: „Die Ursprünge der feministischen Bewegung lassen sich bis in *Lysistrata* zurückverfolgen. ‚Der Männer müssen wir uns streng enthalten . . . Wir gehen hinein . . .'" Er lachte. „‚. . . mit denen in der Burg vereinigt, fest die Tore . . . zu verrammeln.' Es ist ein Wortspiel. ‚Verrammeln' bezieht sich sowohl auf die allgemeine Situation der Verweigerung als auch auf das Verschließen der Vagina."

„Paps", mahnte Jeff, „wir überlegen uns gerade, was wir bestellen sollen, okay?"

Der Bischof entgegnete: „Wenn du damit meinst, daß wir uns überlegen, was wir essen wollen, so ist meine Bemerkung gewiß treffend. Aristophanes hätte sie zu schätzen gewußt."

„Komm schon", brummte Jeff.

Fred Hill kehrte mit einem Tablett zurück. „Louis Martini Burgunder." Er stellte drei Gläser ab. „Verzeihen Sie meine Neugierde – sind Sie nicht Bischof Archer?"

Der Bischof nickte.

„Sie sind mit Dr. King in Selma marschiert“, sagte Hill.

„Ja, ich war in Selma“, bestätigte der Bischof.

„Erzähle ihm deinen Vaginawitz“, forderte ich ihn auf. Zu Fred Hill gewandt fügte ich hinzu: „Der Bischof kennt einen guten Witz über die Vagina – aus dem Altertum.“

Bischof Archer kicherte. „Der Witz ist alt, meint sie. Mißverstehen Sie sie nicht syntaktisch.“

„Dr. King war ein großer Mann“, sagte Fred Hill.

„Er war ein sehr großer Mann“, bekräftigte der Bischof. „Ich nehme Kalbsröschen.“

„Eine gute Wahl.“ Fred Hill notierte die Bestellung. „Im übrigen kann ich auch den Fasan empfehlen.“

„Bringen Sie mir geschnetzeltes Kalbfleisch“, sagte ich.

„Mir auch“, schloß sich Jeff an. Er machte einen mürrischen Eindruck. Ich wußte, es mißfiel ihm, daß ich meine Freundschaft zu dem Bischof benutzte, um ihn zu einer kostenlosen Rede zu veranlassen – ob nun für FEM oder eine andere Gruppe. Er wußte, wie leicht man seinen Vater dazu bringen konnte. Er und der Bischof trugen dunkle Geschäftsanzüge, und natürlich trug auch Fred Hill, der berühmte KGB-Agent und Massenmörder, einen Anzug und Krawatte.

Ich fragte mich an diesem Tag, während ich mit diesen beiden Männern in ihren Geschäftsanzügen dasaß, ob Jeff wie sein Vater in den geistlichen Stand treten würde. Beide machten einen feierlichen Eindruck, widmeten sich der Aufgabe, ihre Mahlzeit zu bestellen, mit derselben Konzentration, derselben Würde, die sie auch so vielen anderen Dingen entgegenbrachten; allerdings gesellte sich merkwürdigerweise beim Bischof Witz zu seiner berufsmäßigen Pose.

Während wir unsere Minestrone löffelten, erzählte Bischof Archer von seiner bevorstehenden Häresie-Verhandlung. Bestimmte Bischöfe aus dem Bibelgürtel hatten einen Prozeß gegen ihn angestrengt, weil er in verschiedenen Artikeln und in seinen Predigten in der Grace-Kathedrale behauptet hatte, daß, seit den apostolischen Zeiten, niemand je etwas von dem Heiligen Geist gesehen hatte. Dies hatte Tim zu dem Schluß veranlaßt, daß die Lehre von der Dreifaltigkeit nicht stimmte. Wäre der Heilige Geist tatsächlich eine Form Gottes, vergleichbar mit Jahwe oder Christus, so wäre er gewiß noch bei uns. Das Sprechen in verschiedenen Zungen hatte ihn nie sonderlich beeindruckt.

In seinen Jahren in der Episkopalischen Kirche war er öfters damit konfrontiert worden, und er hatte es auf Autosuggestion und Dementia zurückgeführt. Weiterhin enthüllte ihm ein gewissenhaftes Studium der Apostelgeschichte, daß die Jünger zwar in fremden Zungen gesprochen hatten, als der Heilige Geist zu Pfingsten zu ihnen herabgestiegen war, um ihnen das „Geschenk der Sprache“ zu bringen, aber daß die Menge sie verstanden hatte. Es handelte sich dabei nicht um Glossolalie, wie man heutzutage sagt, sondern um

Xenoglossie. Während wir aßen, lamentierte der Bischof über Petrus' gewitzte Antwort auf den Vorwurf, daß die elf Jünger betrunken wären. Petrus hatte mit lauter Stimme zu der spottenden Menge gesagt, daß die elf Jünger schwerlich betrunken sein konnten, da es doch erst neun Uhr vormittags war. Laut dachte der Bischof darüber nach – zwischen einigen Löffeln Minestrone –, daß die Geschichte der westlichen Welt vielleicht anders ausgesehen hätte, wäre es nicht neun Uhr vormittags, sondern neun Uhr abends gewesen. Jeff sah gelangweilt drein, und ich warf immer wieder einen Blick auf meine Uhr und fragte mich, was Kirsten aufgehalten hatte. Wahrscheinlich ließ sie sich ihr Haar frisieren. Sie machte immer viel Aufhebens um ihr blondes Haar.

Die Episkopalische Kirche ist trinitarisch. Man kann in dieser Kirche nicht Priester oder Bischof sein, wenn man nicht absolut diesen Grundsatz akzeptiert und lehrt, der sich manifestiert im – nun, man hat es das Nizänische Glaubensbekenntnis genannt:

> „... *Und ich glaube an den Heiligen Geist, den Herrn und Schöpfer des Lebens, der dem Vater und dem Sohn entstammt; der zusammen mit dem Vater und dem Sohn gelobt und gepriesen wird.*"

Demnach hatte Bischof McClary aus Missouri recht – Tim war tatsächlich der Häresie schuldig. Nun, Tim hatte als Rechtsanwalt praktiziert, bevor er Pfarrer der Episkoplischen Kirche geworden war. Er freute sich auf das anstehende Häresie-Tribunal. Bischof McClary kannte seine Bibel, und er kannte das Kirchenrecht, aber Tim würde ihn mit goldenen Rauchringen einnebeln, bis er nicht mehr wußte, wo oben und wo unten war. Tim wußte das. Angesichts eines Häresie-Prozesses war er in seinem Element. Außerdem schrieb er ein Buch darüber – er würde den Prozeß gewinnen und zudem eine Menge Geld damit verdienen. Jede Zeitung in Amerika hatte Artikel und sogar Kommentare zu diesem Thema veröffentlicht. 1970 jemand erfolgreich der Häresie zu beschuldigen, war ein schwieriges Unterfangen.

Während ich Tims endlosem Redestrom zuhörte, kam mir der Gedanke, daß er bewußt Häresie begangen hatte, damit es zu einem Prozeß kam. Zumindest hatte er es unbewußt getan. Es war, wie man sagt, ein Meilenstein seiner Karriere.

„Das sogenannte ‚Geschenk der Sprache'", erklärte der Bischof heiter, „stellt die Einheit der Sprache wieder her, die beim Turmbau zu Babel verlorenging. An dem Tag, an dem jemand in meiner Gemeinde aufsteht und Wallonisch spricht, werde ich glauben, daß der Heilige Geist existiert. Ich bin nicht sicher, ob er jemals existiert hat. Die apostolische Konzeption des Heiligen Geistes basiert auf dem hebräischen *ruah,* dem Geist Gottes. Zunächst einmal ist dieser

Geist weiblich, nicht männlich. Sie spricht im Hinblick auf die messianischen Erwartungen. Das Christentum übernahm den Ausdruck vom Judaismus, und als das Christentum eine ausreichende Zahl an Heiden – oder Nichtjuden – bekehrt hatte, verwarf es das Konzept, da es ohnehin nur für die Juden Bedeutung besaß. Für die konvertierten Griechen ergab es sowieso keinen Sinn, obwohl Sokrates erklärte, daß er eine innere Stimme oder *daemon* hatte, die ihn leitete . . . einen Schutzgeist und nicht zu verwechseln mit dem Begriff *Dämon,* der sich natürlich auf einen unzweifelhaft bösen Geist bezieht. Die beiden Ausdrücke werden oft miteinander verwechselt. Habe ich noch Zeit für einen Cocktail?"

„Hier gibt es nur Bier und Wein", sagte ich.

„Ich müßte eigentlich anrufen", murmelte der Bischof. Er tupfte sich mit der Serviette über das Kinn, stand auf und sah sich um. „Gibt es hier irgendwo einen Münzfernsprecher?"

„An der Chevron-Tankstelle steht eine Telefonzelle", antwortete Jeff. „Aber wenn du dorthin zurückfährst, wirst du eine weitere Zapfsäule ruinieren."

„Ich verstehe nicht, wie das passieren konnte", sagte der Bischof. „Ich habe nicht das geringste gespürt oder gesehen. Erst als . . . Albers? Ich habe mir seinen Namen aufgeschrieben. Erst als er völlig hysterisch auftauchte, erfuhr ich, was geschehen war. Vielleicht war das eine Manifestation des heiligen Geistes. Ich hoffe, meine Autoversicherung ist nicht abgelaufen."

„Er hat aber nicht Wallonisch gesprochen", wandte ich ein.

„Ja, nun", entgegnete Tim, „es war trotzdem unverständlich. Es kann sich dabei gut um Glossolalie gehandelt haben, wenn man mich fragt. Vielleicht ist das ein Hinweis auf die Gegenwart des Heiligen Geistes." Er nahm wieder Platz. „Warten wir auf etwas?" fragte er mich. „Du schaust dauernd auf deine Uhr. Ich habe nur eine Stunde Zeit, dann muß ich zurück in die Stadt. Das Problem mit den Dogmen ist, daß sie den kreativen Geist des Menschen ersticken. Whitehead – Alfred North Whitehead – hat uns das Konzept des sich entwickelten Gottes geschenkt, und er war ein großer Wissenschaftler. Entwicklungstheologie. Alles geht auf Jakob Boehme und seine ‚Nein-Ja'-Gottheit zurück, seine dialektische Gottheit, die Hegel vorwegnahm. Boehme gründete dies auf Augustinus. *‚Sic et non'*, ihr wißt schon. Dem Lateinischen fehlt ein präzises Wort für ‚ja'; ich denke, daß *‚sic'* dem am nächsten kommt, obwohl *‚sic'* im ganzen gesehen korrekterweise mit ‚so' oder ‚ebenso' oder ‚wirklich so' gleichgesetzt wird. *‚Quod si hoc nunc sic incipiam? Nihil est. Quod si sic? Tantumdem egero. Et sic . . .'*" Er verstummte, runzelte die Stirn. *„Nihil est.'* In einer distributiven Sprache wie der unseren würde dies wörtlich bedeuten: ‚nichts existiert'. Natürlich meint Terence damit ‚es ist nichts', mit *‚id'* oder ‚es', versteht ihr? Dennoch steckt eine enorme Energie hinter dem aus zwei Worten bestehenden Aus-

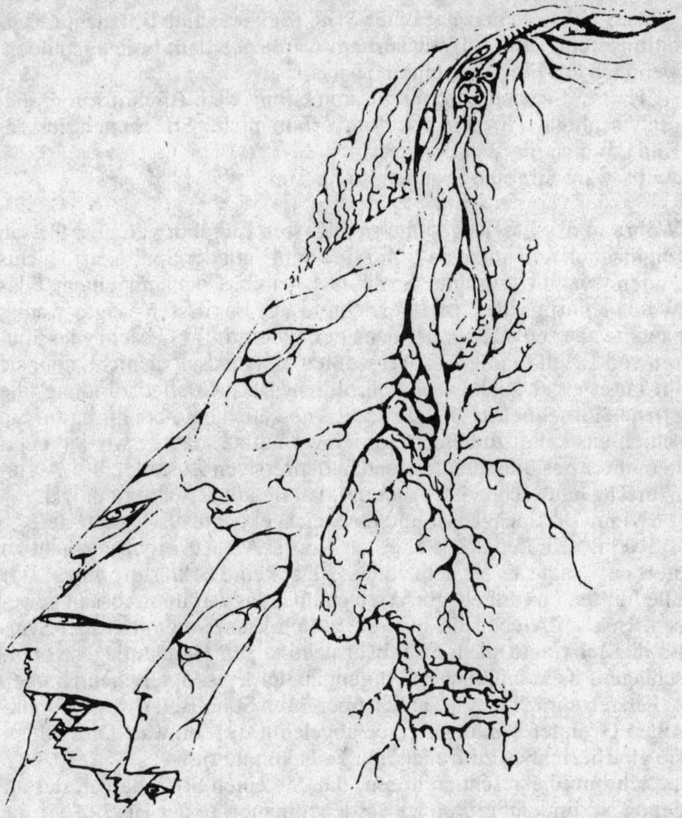

druck ‚nihil est' – die erstaunliche Fähigkeit des Lateinischen, mit den geringstmöglichen Worten soviel wie möglich auszudrücken. Das und die Genauigkeit sind bei weitem seine beiden bewundernswertesten Qualitäten."

„Paps", sagte Jeff, „wir warten auf eine von Angels Freundinnen. Ich habe dir gestern von ihr erzählt."

„Non video", rief der Bischof. „Ich meine, ich sehe sie nicht, das ‚sie' vorausgesetzt."

Fred Hill erschien mit einer SLR-Kamera samt Blitzlichtaufsatz an unserem Tisch. „Hochwürden, wären Sie damit einverstanden, wenn ich ein Foto von Ihnen mache?"

„Lassen Sie sich von mir zusammen mit dem Bischof fotografieren", schlug ich Fred Hill vor und erhob mich. „Sie können sich das Bild dann an die Wand hängen."

„Es wäre mir eine Freude", sagte Tim.

Während des Essens gesellte sich Kirsten Lundborg zu uns. Sie sah unglücklich und müde aus, und sie konnte auf der Speisekarte nichts finden, was ihr zusagte. Schließlich gab sie sich mit einem Glas Weißwein zufrieden und verzichtete auf das Essen, sagte wenig, rauchte aber eine Zigarette nach der anderen. Ihr Gesicht wies Spuren von Erschöpfung auf. Wir wußten es damals noch nicht, aber sie litt unter einer leichten und chronischen Bauchfellentzündung, die ernste Konsequenzen haben kann – und auch bald bei ihr hatte. Sie schien uns kaum zu bemerken. Ich vermutete, daß sie wieder an einem ihrer periodisch auftretenden depressiven Zustände litt. An jenem Tag hatte ich keine Ahnung, daß sie körperlich krank war.

„Nimm dir doch Toast und ein weichgekochtes Ei", sagte Jeff.

„Nein." Kirsten schüttelte den Kopf. „Mein Körper versucht zu sterben", sagte sie schließlich. Sie fügte keine Erklärung hinzu. Wir alle fühlten uns unbehaglich. Ich glaube, das war ihre Absicht gewesen. Bischof Archer musterte sie aufmerksam und mit großer Sympathie. Ich fragte mich, ob er beabsichtigte, ihr Handauflegen vorzuschlagen. Kein unüblicher Vorgang in der Episkopalischen Kirche.

Kirsten sprach hauptsächlich über ihren Sohn Bill, der aus psychischen Gründen von der Armee abgelehnt worden war. Dies schien sie gleichermaßen zu freuen und zu bekümmern.

„Ich bin überrascht zu hören, daß Sie einen Sohn haben, der alt genug ist, um einberufen zu werden", bemerkte der Bischof.

Für einen Moment war Kirsten still. Ein Teil der Sorgen, die ihr Gesicht zeichneten, wich. Mir war klar, daß Tims Bemerkung ihr schmeichelte.

Zu diesem Zeitpunkt ihres Lebens war sie eine eher gutaussehende Frau, aber eine beständige Strenge entstellte sie, und zwar in Hinblick auf ihr Aussehen und den emotionalen Eindruck, den sie hinterließ. So sehr ich sie auch bewunderte, so wußte ich doch, daß Kirsten niemals eine Chance ungenutzt ließ, eine grausame Bemerkung anzubringen, ein Defekt, den sie wahrhaftig zu einem Talent umgeschliffen hatte. Die Vorstellung, die dahintersteckt, scheint zu lauten: Wenn man klug genug ist, kann man seine Mitmenschen verletzen, und sie werden es still über sich ergehen lassen, aber wenn man schwerfällig und dumm ist, kann man sich nichts erlauben. Es handelt sich allein um eine Frage der verbalen Fähigkeiten. Man wird wie die Teilnehmer an einem Wettkampf nach dem Sprachvermögen beurteilt.

„Bill ist nur körperlich so alt", erklärte Kirsten. Aber sie sah jetzt fröhlicher aus. „Ich habe mir nur die Haare machen lassen, deshalb bin ich zu spät gekommen. Einmal, kurz bevor ich nach Frankreich fliegen mußte, hat man mir mein Haar so zugerichtet, daß ich . . ." Sie lächelte. „Ich sah wie ein Besen aus. Die ganze Zeit in Paris trug ich eine Babuschka. Ich habe jedem erzählt, daß ich auf dem Weg nach Notre-Dame wäre."

„Was ist eine Babuschka?" fragte Jeff.

„Eine russische Bäuerin", erklärte Bischof Archer.

Kirsten sah ihn scharf an und sagte: „Das stimmt. Ich muß das falsche Wort gewählt haben."

„Sie haben das richtige Wort benutzt", erwiderte der Bischof. „Der Ausdruck für das Tuch, das man über den Kopf trägt, leitet sich von . . ."

„Jesus Christus", ächzte Jeff.

Kirsten lächelte. Sie nippte an ihrem Weißwein.

„Ich hörte, Sie gehören zur FEM", fuhr der Bischof fort.

„Ich *bin* FEM", sagte Kirsten.

„Sie ist eine der Gründerinnen", fügte ich hinzu.

„Wissen Sie, ich habe sehr feste Grundsätze, was die Abtreibung betrifft", eröffnete ihr der Bischof.

„Wissen Sie", konterte Kirsten, „ich auch. Wie sehen Ihre aus?"

„Wir glauben, daß die Ungeborenen über Rechte verfügen, die ihnen nicht vom Menschen, sondern vom Allmächtigen Gott verliehen worden sind", sagte der Bischof. „Das Recht, einem Menschen das Leben zu nehmen, wird bis zurück zum Dekalog verwehrt."

„Lassen Sie mich Ihnen eine Frage stellen", bat Kirsten. „Glauben Sie, daß ein Mensch auch noch nach seinem Tod Rechte besitzt?"

„Verzeihung?" sagte der Bischof.

„Nun", fuhr Kirsten fort, „Sie gestehen ihnen Rechte zu, bevor sie geboren sind – warum sollten sie nicht über ähnliche Rechte nach ihrem Tod verfügen?"

„Um die Wahrheit zu sagen, auch nach ihrem Tod haben die Menschen noch Rechte", sagte Jeff. „Man benötigt einen Gerichtsbeschluß, um einen Leichnam oder die Organe einer Leiche für . . ."

„Ich versuche gerade, mein Kalbsgeschnetzeltes zu essen", unterbrach ich, weil ich ein endloses Streitgespräch vor mir sah, das mit der Weigerung Bischof Archers enden mußte, für FEM unentgeltlich eine Rede zu halten. „Können wir nicht über etwas anderes reden?"

Jeff ließ sich nicht im geringsten stören. „Ich kenne einen Burschen, der für das Leichenhaus arbeitet. Einmal hat er mir erzählt, daß sie auf der Intensivstation in . . . Ich habe vergessen, welches Krankenhaus das war. Jedenfalls, diese Frau war gerade gestorben, und sie gingen hin und schnitten ihr die Augen für eine Transplantation heraus, bevor die Geräte das Erlöschen des letzten Lebensfunkens angezeigt hatten. Er sagte, daß das ständig geschieht."

Wir saßen eine Weile da, Kirsten schlürfte ihren Wein, wir anderen aßen; auf jeden Fall betrachtete Bischof Archer Kirsten nach wie vor mit Sympathie und Besorgnis. Nicht zu diesem Zeitpunkt, aber später kam mir der Gedanke, daß er ihre latente körperliche Krankheit gespürt hatte, daß er gespürt hatte, was wir anderen übersahen. Vielleicht war dies eine Folge seiner Seelsorgertätigkeit, aber ich bemerkte dies immer wieder bei ihm: Er sah ein Bedürfnis in jemandem, wenn niemand sonst, manchmal nicht einmal die betroffene Person, es registrierte oder, wenn sie es registrierte, sich nicht die Zeit nahm, sich darum zu kümmern.

„Ich habe höchsten Respekt für FEM", sagte er mit sanfter Stimme.

„Das ist bei den meisten Leuten so." Kirsten wirkte wirklich erfreut. „Gestattet die Episkopalische Kirche Frauen die Weihe?"

„Zur Priesterschaft?" fragte der Bischof. „Bis jetzt noch nicht, aber es ist nur eine Frage der Zeit."

„Dann nehme ich an, daß Sie persönlich dafür sind."

„Gewiß." Er nickte. „Ich habe ein aktives Interesse an der Modernisierung der Richtlinien für männliche und weibliche Diakone . . . beispielsweise werde ich in meiner Diözese nicht die Verwendung des Begriffs ‚Diakonisse' erlauben; ich bestehe darauf, daß sowohl männliche als auch weibliche Diakone als Diakone bezeichnet werden. Die Standardisierung der theoretischen und praktischen Ausbildungsgrundlagen für männliche und weibliche Diakone wird es später auch ermöglichen, weiblichen Diakonen die Preisterweihe zu erteilen. Ich sehe dies als unausweichlich an, und ich arbeite aktiv darauf hin."

„Nun ich bin wirklich dankbar, Sie das sagen zu hören", entgegnete Kirsten. „Damit unterscheiden Sie sich erheblich von der katholischen Kirche." Sie stellte ihr Weinglas ab. „Der Papst . . ."

„Der Bischof von Rom", korrigierte Bischof Archer. „Das ist er in Wirklichkeit: Bischof von Rom. Der römisch-katholischen Kirche – unsere Kirche ist ebenfalls eine katholische Kirche."

„Wird sie jemals Frauen die Priesterweihe erteilen – was meinen Sie?" erkundigte sich Kirsten.

„Nur wenn sich die Parusie ereignet“, antwortete der Bischof.

„Was ist das?“ fragte Kirsten. „Sie müssen meine Unwissenheit entschuldigen; ich habe leider kein religiöses Hintergrundwissen und auch keine Neigung dazu.“

„Ich auch nicht“, sagte Bischof Archer. „Ich weiß nur, wie Melbranche es ausdrückt: ‚Nicht ich bin es, der atmet, sondern es ist Gott, der in mir atmet.‘ Die Parusie ist die Wiederkunft Christi. Die katholische Kirche, von der wir ein Teil sind, atmet nur durch die lebendige Macht Christi. Er ist der Kopf, und wir sind der Körper. ‚Wenn die Kirche sein Körper ist, so ist er der Kopf‘, wie Paulus es formulierte. Es ist ein der antiken Welt bekanntes Konzept und eines, das wir verstehen können.“

„Interessant“, meinte Kirsten.

„Nein, es ist wahr“, korrigierte der Bischof. „Intellektuelle Dinge sind interessant, ebenso faktische Dinge wie die Salzmenge, die ein einzelnes Bergwerk liefert. Das, von dem ich spreche, ist ein Thema, bei dem es nicht darum geht, was wir wissen, sondern darum, was wir sind. Wir haben unser Leben durch Jesus Christus. ‚Er ist das Bild des unsichtbaren Gottes und der Erstgeborene aller Schöpfung, denn in ihm wurden alle Dinge im Himmel und auf Erden geschaffen, alles Sichtbare und alles Unsichtbare. Throne, Herrschaften, Souveränitäten, Mächte – alle Dinge wurden durch ihn und für ihn geschaffen. Bevor irgend etwas erschaffen wurde, hat er existiert, und er verleiht allen Dingen die Einheit.‘“ Die Stimme des Bischofs war leise und eindringlich, und während er sprach, sah er direkt Kirsten an, und ich bemerkte, daß sie seinen Blick erwiderte, auf fast bedrückte Weise, als wollte sie ihm zuhören und ihm gleichzeitig nicht zuhören, furchterfüllt und fasziniert. Viele Male habe ich Tim in der Grace-Kathedrale predigen hören, und jetzt sprach er zu ihr, zu einer einzigen Person, mit derselben Eindringlichkeit, mit der er sich an eine große Menschenmenge wandte.

Für einen Moment herrschte Stille.

„Eine Menge Priester sagen noch immer ‚Diakonisse‘“, bemerkte Jeff. Er scharrte unbeholfen mit den Füßen. „Wenn Tim nicht in der Nähe ist.“

Ich wandte mich Kirsten zu. „Bischof Archer ist wahrscheinlich der stärkste Kämpfer für die Rechte der Frauen in der Episkopalischen Kirche.“

„Offen gestanden, ich glaube, ich habe das bereits gehört.“ Kirsten drehte sich zu mir herum. „Ich frage mich – meinst du . . .“

„Ich würde mich freuen, vor Ihrer Organisation eine Ansprache zu halten“, fiel der Bischof ihr ins Wort. „Deshalb essen wir auch zusammen.“ Er griff in seine Manteltasche und holte sein schwarzes Notizbuch hervor. „Ich werde mir Ihre Telefonnummer aufschreiben, und ich verspreche Ihnen, daß ich Sie im Laufe der nächsten Tage anrufe. Ich muß mich noch mit Jonathan Graves abstimmen, dem Weihbischof, aber ich bin sicher, daß ich Zeit für Sie finden werde."

„Ich gebe Ihnen meine Nummer bei der FEM", sagte Kirsten, „und meine Privatnummer." Sie zögerte. „Möchten Sie, daß ich Ihnen etwas über FEM erzähle, Bischof?"

„Ich bin bereits mit Ihrer Organisation vertraut", gestand Bischof Archer. „Ich möchte, daß Sie über folgendes nachdenken: ‚Wenn ich mit Menschen- und mit Engelszungen redete und hätte der Liebe nicht, so wäre ich ein tönend Erz oder eine klingende Schelle. Und wenn ich weissagen könnte und wüßte alle Geheimnisse und alle Erkenntnis und hätte allen Glauben, so daß ich Berge versetzte, und hätte der Liebe nicht, so wäre ich nichts.' Erster Korinther, Vers dreizehn. Als Frau finden Sie Ihren Platz in der Welt durch Liebe, nicht durch Haß. Liebe ist nicht auf die Christen beschränkt, Liebe ist nicht nur für die Kirche da. Falls Sie uns zu erobern wünschen, zeigen Sie uns Liebe und nicht Verachtung. Der Glaube versetzt Berge, Liebe versetzt menschliche Herzen. Die Menschen, die sich Ihnen entgegenstellen, sind Menschen, keine Dinge. Ihre Feinde sind nicht die Männer, sondern unwissende Männer. Verwirren Sie nicht die Männer mit ihrer Unwissenheit. Es hat Jahre gedauert; es wird noch mehr Jahre dauern. Seien Sie nicht ungeduldig und hassen Sie nicht.

Wieviel Uhr ist es?" Er sah sich um, wirkte plötzlich beunruhigt. „Hier." Er reichte Kirsten eine Karte. „Rufen Sie mich an. Ich muß gehen. Es war mir eine Freude, Sie kennengelernt zu haben."

Dann verließ er uns. Nachdem er gegangen war, fiel mir ein, daß er vergessen hatte, die Rechnung zu bezahlen.

3

Der Bischof von Kalifornien sprach vor den Mitgliedern von FEM und schwatzte danach dem Vorstand zweitausend Dollar als Spende für die Welthungerhilfe der Kirche ab, eine an sich geringfügige Summe und für einen wohltätigen Zweck. Es dauerte eine Weile, bis Jeff und ich erfuhren, daß Tim Kirsten auch privat besuchte. Jeff war einfach verblüfft. Ich fand es amüsant.

Jeff hielt es nicht einmal für amüsant, daß sein Vater FEM zweitausend Dollar abgeknöpft hatte. Er hatte mit Schrecken die Möglichkeit einer honorarfreien Rede vorausgesehen – dies war nicht eingetroffen. Er hatte Streit und Hader zwischen seinem Vater und meiner Freundin Kirsten befürchtet. Auch das war nicht eingetroffen. Jeff verstand seinen eigenen Vater nicht mehr.

Ich erfuhr durch Kirsten und nicht durch Tim von dem Verhältnis.

In der Woche nach Tims Rede erhielt ich einen Telefonanruf. Kirsten wollte mit mir in San Francisco einkaufen gehen.

Wenn man sich mit einem Bischof verabredet, dann erzählt man dies nicht der ganzen Stadt. Kirsten vertrödelte Stunden mit dem Anprobieren von Kleidern und Blusen und Hüten und Röcken, eilte von Geschäft zu Geschäft, ehe sie auch nur andeutungsweise über das Vorgefallene sprach. Um sie von meinem Stillschweigen zu überzeugen, mußte ich Eide schwören, die ausführlicher waren als die der Rosenkreuzer. Die Enthüllung selbst bereitete ihr nur zehn Prozent des Vergnügens. Sie zögerte fast endlos, bis sie mir die Wahrheit gestand. Tatsächlich waren wir schon unten am Jachthafen, ehe ich begriff, was sie mit ihren Worten andeuten wollte.

„Wenn Jonathan Grave davon erfährt", sagte Kirsten, „wird Tim sein Amt niederlegen müssen."

Die Enthüllung wirkte irreal. Zuerst dachte ich, daß sie sich einen Scherz mit mir erlaubte, und dann dachte ich, daß sie halluzinierte.

„Der *Chronicle* wird es auf Seite eins melden", fuhr Kirsten im feierlichen Tonfall fort. „Und auf dem Höhepunkt des Häresie-Prozesses . . ."

„Jesus Christus!" entfuhr es mir. „Du kannst doch nicht mit einem Bischof schlafen!"

„Ich habe es bereits getan", erklärte Kirsten.

„Wem hast du es sonst noch erzählt?"

„Niemandem. Ich bin mir nicht sicher, ob du es Jeff erzählen solltest. Tim und ich haben darüber gesprochen. Wir konnten uns nicht entscheiden."

Wir, dachte ich. Du zerstörerische Hure, dachte ich. Um beschlafen zu werden, ruinierst du das Leben eines Mannes, der Dr. King und Bobby Kennedy gekannt hat und die Hochachtung . . . *meine* Hochachtung besitzt, um nur einen Namen zu nennen.

„Schau nicht so schockiert drein", sagte Kirsten.

„Wer ist auf die Idee gekommen?"

Kirsten antwortete ruhig: „Wir haben uns darüber unterhalten."

Nach einer Weile begann ich zu lachen. Kirsten war zunächst verärgert und fiel dann in das Gelächter ein. Wir standen auf dem Rasen am Rand der Bucht, lachten und hielten uns aneinander fest. Die Passanten starrten uns neugierig an. „War es denn gut?" brachte ich schließlich hervor. „Ich meine, wie war es?"

„Es war schrecklich. Aber jetzt wird er beichten müssen."

„Heißt das, daß ihr es nicht wieder tun könnt?"

„Es bedeutet nur, daß er wieder beichten wird."

„Wirst du nicht zur Hölle fahren?"

„Er schon", sagte Kirsten. „Ich nicht."

„Stört dich das denn nicht?"

„Daß ich nicht zur Hölle fahre?" Sie kicherte.

„Wir müssen vernünftig sein", sagte ich.

„Ja, das müssen wir. Wir müssen absolut und vollkommen vernünftig sein. Wir müssen uns benehmen, als ob alles normal wäre. Aber es ist *nicht* normal. Ich meine, ich will damit nicht sagen, daß es anormal ist im Sinne von . . ."

„. . . es mit einer Ziege zu treiben."

„Ich frage mich", murmelte Kirsten, „ob es ein Wort dafür gibt, es mit einem episkopalischen Bischof zu treiben. Gib's mir mit dem Hirtenstab. Tim hat das gesagt."

„Hirtenstab?"

„Ja, Hirtenstab. Mit *seinem* Hirtenstab." Wir mußten uns aneinander festhalten, um nicht umzufallen; keine von uns konnte aufhören zu lachen. „Mit dem Hirtenstab hält er seine Herde zusammen. O Gott!" Sie wischte sich Tränen der Heiterkeit aus den Augen. „Man darf es nicht im falschen Zusammenhang erwähnen. Es ist schrecklich. Wir werden wirklich zur Hölle fahren. Weißt du, was ich getan habe?" Kirsten beugte sich näher, um mir ins Ohr zu flüstern. „Ich habe eine von seinen Roben und seine Mitra anprobiert – du weißt schon, diesen flachen Hut. Der erste weibliche Bischof."

„Vielleicht bist du nicht die erste gewesen."

„Ich sah großartig aus. Ich möchte, daß du es dir anschaust. Wir nehmen uns ein Apartment. Um Himmels willen, erzähl niemandem etwas davon, aber er finanziert es aus seiner Spesenkasse."

„Kirchengeld?" Ich starrte sie an. „Ist das nicht illegal?"

„Nein, es ist nicht illegal. Deshalb heißt sie ja auch bischöfliche Spesenkasse – er kann damit machen, was er will. Ich werde für ihn arbeiten, und zwar als . . . Wir haben uns noch nicht entschieden, aber als eine Art Privatsekretärin oder so, um alles für seine Reden und Reisen vorzubereiten. Seine geschäftlichen Angelegenheiten. Ich kann weiter bei der Organisation mitarbeiten – ich meine, bei FEM." Sie schwieg einen Moment. „Das eigentliche Problem wird Bill sein. Ich kann es ihm nicht sagen, weil er wieder verrückt ist. Nein, ich sollte es anders ausdrücken. Schwere autistische Abkapselung mit verminderter Auffassungsgabe, verbunden mit Verfolgungswahn, und in wechselnden Abständen katatonische Starre und Erregungszuständen. Er ist jetzt unten im Hoover-Pavillon in Stanford. Hauptsächlich zu Diagnosezwecken. Was die Diagnose betrifft, so sind die Einrichtungen an der Westküste am besten. Für eine Diagnose nehmen sie vier Psychiater, drei aus der Klinik und einen von außerhalb."

„Es tut mir leid", sagte ich.

„Das mit der Armee ist dafür verantwortlich. Angst davor, eingezogen zu werden. Man hat ihn des Simulantentums beschuldigt. Nun, ich schätze, das gehört zum Leben. Er mußte ohnehin die Schule verlassen. Seine Anfälle beginnen immer auf die gleiche Weise – er beginnt zu weinen und bringt den Abfall nicht mehr nach draußen. Das mit dem Weinen stört mich nicht; es ist der gottverdammte Dreck. Er türmt sich nur immer höher, Dreck und Abfall. Und er badet nicht. Und er bleibt in seinem Apartment. Und er bezahlt seine Rechnungen von den Stadtwerken nicht, so daß man ihm Gas und Strom abdreht. Und er beginnt Briefe an das Weiße Haus zu schreiben. Über das Thema habe ich mit Tim noch nicht gesprochen. Ich spreche wirklich nicht mit vielen Leuten darüber. Also schätze ich, daß ich unsere Affäre – meine Affäre mit Tim – geheimhalten kann, weil ich Übung darin habe, Dinge geheimzuhalten. Nein, entschuldige, es beginnt nicht damit, daß er weint – es beginnt damit, daß er nicht mehr Autofahren kann. Eine Fahrphobie – er fürchtet sich davor, von der Straße abzukommen. Zuerst ist es der Eastshore Freeway, dann sind es alle anderen Straßen, schließlich hat er sogar Angst, zu Fuß zum Laden zu gehen, so daß er sich als Ergebnis nichts zu essen einkaufen kann. Aber das spielt keine Rolle, weil er zu diesem Zeitpunkt ohnehin nichts mehr ißt."

Schweigend gingen wir weiter.

„Es klingt, als ob . . .", begann ich.

„Es ist Schizophrenie. Sie probieren an ihm jedes neue Phenothiazin aus, das aus den Markt kommt. Seine Krankheit läuft zyklisch ab, aber die Zyklen werden immer schlimmer. Er ist länger krank, und die Krankheit wird jedesmal ernster. Ich hätte nicht davon anfangen sollen, es ist nicht dein Problem."

„Mir macht es nichts aus."

„Vielleicht", meinte Kirsten, „kann Tim eine umfassende spirituelle Heilung bewirken. Hat Jesus nicht geisteskranke Menschen geheilt?"

„Er hat die bösen Gester in eine Schweineherde gejagt", antwortete ich. „Und alle Schweine haben sich von einem Felsen gestürzt."

„Das klingt nach Verschwendung", kritisierte Kirsten.

„Vielleicht hat man sie trotzdem gegessen."

„Nicht wenn es Juden waren. Außerdem, wer würde schon Schweinekotelette essen, in dem ein böser Geist gewohnt hat? Ich sollte keine Witze darüber machen, aber – ich werde mit Tim darüber sprechen. Aber nicht sofort. Ich glaube, Bill ist durch mich so geworden. Ich bin völlig daneben, ich bin verrückt, und ich habe ihn verrückt gemacht. Ich schaue mir Jeff an und sehe den Unterschied zwischen ihnen – sie sind fast im gleichen Alter, und Jeff ist so realitätsbezogen."

„Darauf würde ich an deiner Stelle keine Wette eingehen."

„Wenn Bill aus dem Krankenhaus entlassen wird", fuhr Kirsten fort, „dann möchte ich, daß er Tim kennenlernt. Um ehrlich zu sein, ich möchte, daß er deinen Mann kennenlernt. Sie sind einander noch nie begegnet, oder?"

„Nein", antwortete ich. „Aber wenn du glaubst, daß Jeff als eine Art Vorbild dienen kann, so muß ich dir sagen . . ."

„Bill hat kaum Freunde. Er geht nie aus. Ich habe ihm von dir und deinem Mann erzählt. Ihr seid beide in seinem Alter."

Ich dachte darüber nach und sah vor mir eine Zeit, in der Kirstens geisteskranker Sohn unser Leben durcheinanderbringen würde. Dieser Gedanke überraschte mich. Er war völlig frei von Nächstenliebe, und er erfüllte mich mit Furcht. Ich kannte meinen Mann, und ich kannte mich. Keiner von uns war in der Lage, sich als Amateurtherapeut zu betätigen. Jedenfalls war Kirsten ein Organisationstalent. Sie organisierte Menschen und brachte sie dazu, Dinge zu tun, die aber nicht notwendigerweise zum Wohl dieser Menschen waren.

Ich hatte in diesem Moment das deutliche Gefühl, überrumpelt zu werden. Im Unglück war ich im wesentlichen Zeuge geworden, wie Bischof Archer und Kirsten Lundborg einander in einer komplizierten Transaktion gegenseitig überrumpelt hatten, aber es war offenbar eine Transaktion gewesen, die beiden Vorteile brachte, oder zumindest glaubten dies beide. Aber diese Sache mit ihrem Sohn Bill erschien mir eine rein einseitige Angelegenheit zu sein. Ich sah nicht, was uns das bringen sollte.

„Sag mir Bescheid, wenn er draußen ist", erklärte ich. „Aber ich meine, daß Tim aufgrund seiner beruflichen Ausbildung . . ."

„Aber da ist dieser Altersunterschied. Und das Element der Vaterfigur nicht zu vergessen."

„Vielleicht wäre das ganz gut. Vielleicht ist es das, was dein Sohn braucht."

Kirsten starrte mich an und erwiderte: „Ich habe ausgezeichnete Arbeit geleistet, indem ich Bill großzog. Sein Vater verschwand aus unserem Leben und kehrte nie zurück."

„Ich wollte damit nicht sagen . . ."

„Ich weiß, was du sagen wolltest." Kirsten musterte mich, und jetzt hatte sie sich wirklich verändert. Sie war wütend, und ich konnte Haß auf ihrem Gesicht erkennen. Er ließ sie älter aussehen. Er ließ sie, um die Wahrheit zu sagen, körperlich krank aussehen. Sie wirkte aufgedunsen, und ich fühlte mich unbehaglich. Dann dachte ich an die Schweine, in die Jesus die bösen Geister getrieben hatte, die Schweine, die von der Klippe gesprungen waren. So ist es, wenn man von einem bösen Geist bewohnt wird, durchfuhr es mich. Dies ist das Zeichen, dieses Aussehen: das Stigma. Vielleicht hat dein Sohn es von dir geerbt.

Aber nun hatte sich die Situation verändert. Nun war sie die *pro tem* Geliebte meines Schwiegervaters, möglicherweise seine zukünftige Frau. Ich konnte Kirsten nicht sagen, daß sie zum Teufel gehen sollte. Sie gehörte zur Familie – auf eine illegale und unethische Weise. Ich war an sie gekettet. Und ich hatte dafür gesorgt. Es war meine Idee gewesen, Tim mit ihr bekannt zu machen. Schlechtes Karma kommt von der anderen Seite der Scheune zurück, wie mein Vater zu sagen pflegte.

Ich stand da im Gras nahe der Bucht von San Francisco, im Sonnenlicht des Nachmittags, und ich fühlte mich unbehaglich. Sie ist wirklich in gewisser Hinsicht eine rücksichtslose und wilde Person, sagte ich mir. Sie pfuscht in dem Leben eines berühmten und respektierten Mannes herum. Sie hat einen psychotischen Sohn. Sie ist stachelig wie ein Tier. Bischof Archers Zukunft hängt davon ab, daß Kirsten nicht eines Tages in Wut gerät und den *Chronicle* anruft – seine Zukunft hängt von der Dauer ihres guten Willens ab.

„Fahren wir nach Berkeley zurück", schlug ich vor.

„Nein." Kirsten schüttelte den Kopf. „Ich habe noch kein Kleid gefunden, das mir gefällt. Ich bin zum Einkaufen in die Stadt gekommen. Kleidung ist für mich sehr wichtig. Sie muß es sein – ich trete oft in der Öffentlichkeit auf, und jetzt, wo ich mit Tim zusammen bin, wird das noch häufiger geschehen."

„Ich werde mit der Bahn zurückfahren", erklärte ich und ging davon.

„Sie ist eine sehr attraktive Frau", stellte Jeff fest, als ich ihm in der Nacht davon erzählte. „Wenn man ihr Alter bedenkt."

„Kirsten nimmt Downer", sagte ich.

„Das weißt du nicht."

„Ich vermute es. Ihre Launenhaftigkeit. Ich habe gesehen, wie sie welche genommen hat. Diese gelben Packungen. Du weißt schon. Barbiturate. Schlaftabletten."

„Jeder nimmt irgend etwas. Du rauchst Hasch."

Ich sagte: „Aber ich bin gesund."

„Vielleicht nicht mehr, wenn du erst einmal in ihrem Alter bist. Es ist schade um ihren Sohn."

„Es ist schade um deinen Vater."

„Tim wird schon mit ihr fertig."

„Vielleicht wird er sie umbringen müssen."

Jeff sah mich an. „Was für eine sonderbare Bemerkung."

„Sie ist völlig daneben. Und was geschieht, wenn Macken-Bill von Schwachkopfhausen dahinterkommt?"

„Aber du sagtest doch . . ."

„Man wird ihn entlassen. Der Aufenthalt im Hoover-Pavillon kostet Tausende von Dollars. Man bleibt dort etwa vier Tage. Ich habe Leute gekannt, die durch die Vordertür hinein und direkt wieder durch die Hintertür hinausgegangen sind. Selbst mit all den finanziellen Ressourcen der Episkopalischen Diözese von Kalifornien kann Kirsten ihn nicht dort behalten. Irgendwann in der nächsten Zeit wird er auf einem Springball und mit rollenden Augen herausgehüpft kommen – mehr ist für Tim gar nicht nötig. Zuerst hat sie mich gebeten, sie Tim vorzustellen – *dann* hat sie mir von ihrem Sohn, dem Irren, erzählt. Tim wird eines Sonntagmorgens in der Grace-Kathedrale eine Predigt halten, und plötzlich wird dieser Geisteskranke aufstehen, und Gott wird ihm das Geschenk des Zungenredens machen, und das wird dann das Ende des berühmtesten Bischofs von Amerika sein."

„Das Leben ist ein Risiko."

„Das ist wahrscheinlich das", erwiderte ich, „was Dr. King am letzten Morgen seines Lebens gesagt hat. Jedenfalls sind sie alle außer Tim tot. Dr. King ist tot, Bobby Kennedy und John F. Kennedy sind tot – und ich habe dafür gesorgt, daß auch dein Vater zugrunde geht." Ich wußte es an diesem Abend, als ich mit meinem Mann in unserem kleinen Wohnzimmer saß. „Er badet nicht mehr; er bringt nicht mehr den Müll nach draußen. Er schreibt Briefe. Was willst du noch mehr wissen? Wahrscheinlich schreibt er in diesem Moment einen Brief an den Papst. Vermutlich sind Marsianer durch die Wand seines Zimmers getreten und haben ihm von seiner Mutter und deinem Vater erzählt. Und ich bin dafür verantwortlich." Ich griff unter die Couch nach meiner Bierdose voll Gras.

„Knall dich nicht voll. Bitte!"

Du machst dir Sorgen um mich, dachte ich, während Wahnsinn unsere Freunde beherrscht. „Einen Joint", sagte ich. „Einen halben Joint. Ich werde damit aufhören. Einen Zug. Ich werde mir den Joint nur anschauen. Ich werde nur so tun, als ob ich den Joint anschaue." Ich holte die leere Bierdose hervor. Ich schätze, ich habe mein Dope fortgeschafft, sagte ich mir. An einen sicheren Ort. Ich erinnere mich – mitten in der Nacht war ich zu der Erkenntnis gelangt, daß mich Ungeheuer aufschlitzen wollten. Die verrückte Margaret aus *Ruddigore,* das Urbild theatralischen Wahnsinns, oder wie auch immer Gilbert es formuliert hat. „Vielleicht habe ich alles aufgeraucht", murmelte ich. Und ich erinnere mich nicht, dachte ich, denn genau das ist die Wirkung von Mary Jane – das Zeug zerstört das Kurzzeitgedächtnis. Wahrscheinlich habe ich es vor fünf Minuten aufgeraucht und schon vergessen.

„Du machst dir unnütze Sorgen", meinte Jeff. „Ich mag Kirsten. Ich glaube, es wird gutgehen. Tim vermißt meine Mutter."

Tim vermißt den Wahnsinn, sagte ich mir. „Sie ist wahrhaftig eine verdrehte Frau", erklärte ich. „Ich mußte mit der Bummelbahn nach Hause fahren. Es hat zwei Stunden gedauert. Ich werde mit deinem Vater reden."

„Das wirst du nicht tun."

„Das werde ich doch. Ich bin verantwortlich. Mein Dope ist hinter dem Stereoverstärker. Ich werde meine Zeit verschwenden und Tim anrufen und ihm sagen, daß . . ." Ich zögerte, und dann überkam mich ein Gefühl der Sinnlosigkeit. Ich war den Tränen nahe. Ich setzte mich wieder und griff nach einem Kleenex. „Gottverdammt", sagte ich. „Russisches Roulette ist kein Spiel, das Bischöfe spielen sollten. Hätte ich gewußt, daß er so reagieren würde . . ."

„Russisches Roulette?" wiederholte Jeff verwundert.

„Das Pathologische ängstigt mich. Ich spüre Pathologisches. Ich spüre, wie überaus tüchtige, verantwortungsbewußte Menschen ihr Leben im Austausch gegen einen warmen Körper ruinieren, gegen einen vorübergehend warmen Körper. Was das betrifft, so spüre ich nicht einmal, daß diese Körper warm bleiben. Ich spüre, daß alles erkaltet. Eigentlich sollte man eine derart begrenzte zeitliche Bindung nur eingehen, wenn man auf Junk ist und in Stunden denkt – diese Leute sollten an sich im Rahmen von Jahrzehnten denken. In Lebenszeiten. Sie treffen sich in einem Restaurant, das von Fred, dem Bluthund, geführt wird, was das personifizierte böse Omen ist, dem Gespenst von Berkeley, das zurückkehrt, um uns alle zu holen, und wenn sie gehen, dann haben sie die Telefonnummer des anderen, und alles ist arrangiert. Ich wollte nicht mehr, als einer Frauenbefreiungsgruppe helfen, aber dann hat mich jeder abgezogen, du eingeschlossen. Du bist dabeigewesen, du hast gesehen, was passiert ist. *Ich* habe gesehen, was passiert ist. Ich war so verrückt wie ihr anderen. Ich habe vorgeschlagen, daß sich der Bischof mit Fred, dem Sowjetspion, fotografieren läßt – nach meiner Logik hätten sie sich gegenseitig anziehen müssen. Das Problem ist, wenn man eine Katastrophe hereinbrechen sieht . . .“ Ich wischte über meine Augen. „Bitte, Gott, laß mich mein Mary Jane finden. Jeff, schau hinter dem Verstärker nach. Es ist in Carls Juniortasche, eine weiße Tasche. Okay?“

„Okay.“ Gehorsam suchte Jeff hinter dem Verstärker. „Ich habe es gefunden. Reg dich ab.“

„Man sieht eine Katastrophe hereinbrechen, aber man sieht nicht, aus welcher Richtung sie kommt. Sie hängt nur irgendwie über dir wie eine Wolke. Wer war diese Figur in *Li'l Abner,* der dauernd eine Wolke folgte? Weißt du, das war das Zeug, das das FBI Martin Luther King anhängen wollte. Nixon liebt diesen Scheiß. Vielleicht ist Kirsten eine Regierungsagentin. Vielleicht bin ich selbst eine. Vielleicht sind wir programmiert. Tut mir leid, daß ich in unserem kollektiven Film die Kassandra spiele, aber ich sehe Tod voraus. Ich hielt Tim Archer, deinen Vater, für einen religiösen Menschen. Stürzt er sich immer in . . .“ Ich verstummte. „Meine Metapher ist verletzend. Vergiß es. Ist er auch sonst immer hinter Frauen hergewesen? Ich meine, liegt es vielleicht nur daran, daß ich davon erfahren und es arrangiert habe? Erinnere mich, daß ich nicht zur Messe gehe, auch wenn ich es nie getan habe. Man weiß nie, wo die Hände, die einem den Abendmahlskelch reichen, sonst . . .“

„Das reicht.“

„Nein, ich werde zusammen mit Boing-Boing-Bill und Kirre Kirsten und Tim Nicht-mehr-Training verrückt werden. Und mit Jeff Jeck, du Jeck. Ist der Joint inzwischen fertiggedreht, oder soll ich das Gras wie eine Kuh kauen? Ich kann im Moment keinen Joint drehen – schau.“ Ich zeigte ihm meine Hände. Sie zitterten. „So etwas nennt man einen *grand mal*-Anfall. Hol jemanden her. Geh zur Avenue und besorg mir ein paar Downer. Ich werde dir sagen, was passiert: Ein Leben wird zerstört werden. Der Grund dafür ist nicht das, was ich gerade mache, sondern das, was ich im Unglück getan habe – ein zutreffender Name. Wenn ich sterbe, werde ich die Wahl haben: mit dem Kopf nach oben in der Scheiße oder mit dem Kopf nach unten in der Scheiße.“ Ich hatte zu schluchzen begonnen. Schluchzend und weinend griff ich nach dem Joint, den mein Mann mir reichte. „Zünd ihn für mich an“, sagte ich, „du Narr. Ich kann ihn wirklich nicht kauen – es wäre eine Verschwendung. Man muß sich den halben Arm abhacken, um davonzukommen, oder zumindest *mir* bleibt keine andere Wahl. Gott weiß, wie es dem Rest der Welt ergeht – vielleicht können sie immer und überall davonkommen. Mit dem Kopf nach unten in der Scheiße – genau das, was ich verdiene. Und wenn ich alles rückgängig machen könnte, wenn ich eine Möglichkeit finden könnte, alles rückgängig zu machen, ich würde es tun. Ich bin verdammt zu vollkommener Einsicht. Ich sehe und . . .“

„Möchtest du ins Kaiser?“

„Ins Krankenhaus?“ Ich starrte ihn an.

„Ich meine, du bist völlig durcheinander.“

„Das ist es, was das totale Einsichtsvermögen mit dir anstellt. Danke.“ Ich nahm den Joint, den er angezündet hatte, und inhalierte. Zumindest konnte ich jetzt nicht mehr sprechen. Und sehr bald würde ich nichts mehr wissen und nicht mehr denken. Und mich nicht einmal mehr erinnern. Leg *Sticky Fingers* auf, sagte ich mir. Die Stones. „Sister Morphine.“ Ich wünschte, dachte ich, auf meiner Stirn würde eine tröstende Hand liegen. Ich werde nicht diejenige sein, die morgen sterben wird, obwohl ich es verdient hätte. Laßt uns überlegen, wer die unschuldigste Person ist. Sie wird es dann sein. „Wegen dieser Schnepfe mußte ich zu Fuß nach Hause gehen. Von San Francisco.“

„Du hast . . .“

„Das ist dasselbe wie zu Fuß.“

„Ich mag sie“, sagte Jeff. „Ich glaube, sie ist eine gute Freundin. Ich glaube, sie wird – und wahrscheinlich ist es schon soweit – einen guten Einfluß auf Paps haben. Ist dir eigentlich schon der Gedanke gekommen, daß du eifersüchtig bist?“

„Was?“ entfuhr es mir.

„Du hast richtig gehört. Du bist eifersüchtig auf die Beziehung. Du wünschst dich an ihre Stelle. Ich betrachte deine Reaktion als beleidigend für mich. Ich sollte – unsere Beziehung sollte – dir genügen.“

„Ich gehe spazieren.“

„Wie du willst.“

„Hättest du Augen im Kopf – laß mich ausreden. Ich werde ruhig bleiben. Ich werde es dir ganz ruhig sagen. Tim ist nicht nur eine religiöse Persönlichkeit – er spricht für Tausende innerhalb und außerhalb der Kirche, vielleicht noch mehr für die außerhalb. Ist dir das klar? Wenn er stolpert, werden wir alle stürzen. Wir sind alle verdammt. Er ist fast der einzige, der übriggeblieben ist; die anderen sind tot. Der Punkt ist, daß es unnötig ist. Es ist, als hätte er sich dafür entschieden. Er hat es gesehen und ging direkt darauf zu. Er hat sich nicht geduckt, und er hat nicht gekämpft – er hat es mit offenen Armen empfangen. Du meinst, daß es – was ich fühle – daran liegt, daß ich mit der Bahn nach Hause fahren mußte? Sie haben jede bekannte Persönlichkeit erwischt, eine nach der anderen, und jetzt händigt Tim ihnen die Schlüssel aus, händigt sie ihnen freiwillig aus, ohne zu kämpfen."

„Und *du* möchtest kämpfen. Gegen mich, wenn nötig."

Ich sagte: „Ich sehe Dummheit in dir. Ich sehe Dummheit in jedem. Ich sehe die Dummheit siegen. Es hat nichts mit dem Pentagon zu tun. Sondern mit der Dummheit. Als ob man direkt darauf zugeht und sagt: ‚Nimm mich, ich bin . . .'"

„Eifersüchtig", unterbrach Jeff. „Deine psychologische Motivation rührt allein daher."

„Ich habe keine ‚psychologische Motivation.' Ich möchte nur jemanden sehen, wenn die Waffen schweigen, jemanden, der nicht . . ." Ich verstummte. „Komm bloß nicht später an und behaupte, daß uns das angetan wurde, denn so war es nicht. Und sage mir nicht, es war eine völlige Überraschung. Ein Bischof, der eine Affäre mit einer Frau beginnt, die er in einem Restaurant trifft – derselbe Mann, der kurz zuvor seinen Wagen gegen eine Benzinzapfsäule gesetzt hat und fröhlich davongefahren ist. Und der Tankwart kam hinter ihm her. So funktioniert es: Man fährt die Zapfsäule irgendeines Burschen um, und er rennt los, bis er dich eingeholt hat. Du bist in einem Auto, und er ist zu Fuß, aber er sucht dich, und plötzlich ist er da. Das ist es – da ist jemand, der uns verfolgt und uns einholt. Er holt uns immer ein. Ich habe diesen Zapfsäulenjockey gesehen – er war verrückt. Er wäre weitergelaufen. Solche wie er geben niemals auf."

„Und das erkennst du jetzt. Dank einer deiner besten Freundinnen."

„Das ist das schlimmste."

Grinsend meinte Jeff: „Ich kenne diese Geschichte. Eine Geschichte von W.C. Fields. Da ist dieser Direktor . . ."

„Und sie rennt nicht mehr", fiel ich ihm ins Wort. „Sie hat ihn eingeholt. Sie mieten sich ein Apartment. Es ist nur ein neugieriger Nachbar nötig. Was ist mit diesem rotnackigen Bischof, der Tim der Häresie beschuldigt? Wie würde er darauf reagieren? Wenn jemand hinter dir her ist wegen Häresie, bumst du dann das nächste Weib, mit dem du essen gehst? Und suchst du dir dann ein Apartment?"

Ich ging zu meinem Mann. „Was machst du, wenn du ein Bischof gewesen bist und deines Amtes enthoben wirst? Ist Tim das bereits leid? Er ist bisher alles leid geworden, was er je getan hat. Er ist es sogar leid geworden, Alkoholiker zu sein. Er ist der einzige hoffnungslose Trinker, der aus Langeweile, aus Überdruß, trocken geworden ist. Gewöhnlich schaffen sich die Menschen ihr Unglück selbst. Ich sehe das jetzt bei uns. Ich sehe, daß es ihm langweilig wird und er sich unterbewußt sagt: ‚Zum Teufel damit, es ist stumpfsinnig, diese komischen Kleider jeden Tag anzuziehen. Also wühle doch einmal ein wenig menschliches Elend auf und schau zu, was daraus wird.'"

Lachend entgegnete Jeff: „Weißt du, an was – an wen – du mich erinnerst? An die Hexe in Purcells *Dido und Aeneas.*"

„Wie meinst du das?"

„‚Wer, wie traurige Raben fragen, klopft an die Fenster derer, die starben.' Es tut mir leid, aber . . ."

„Du blöder Berkeley-Intellektueller", fauchte ich. „In was für einer Scheißwelt lebst du eigentlich? Nicht in derselben wie ich, hoffentlich. Irgendwelche alten Verse zitieren – das ist es, was uns fertigmacht. Wir werden alle vor die Hunde gehen – dein Vater hat im Restaurant auf die gleiche Weise wie du jetzt die Bibel zitiert. Du solltest mich schlagen, oder ich sollte dich schlagen. Ich werde glücklich sein, wenn die Zivilisation zusammenbricht. Die Menschen plappern nur noch Bruchstücke von irgendwelchen Büchern vor sich hin. Leg *Sticky Fingers* auf – leg ‚Sister Morphine' auf. Im Moment komme ich mit der Anlage nicht klar. Übernimm du das. Danke für den Joint."

„Wenn du dich wieder beruhigt hast . . ."

„Wenn du wach wirst", sagte ich, „ist alles vorbei."

Jeff bückte sich und suchte nach der Platte, die ich hören wollte. Er sagte nichts. Am Ende war er doch wütend geworden. Einen Tag zu spät und auf die falsche Person, dachte ich. Wie bei mir. Zerstört durch unseren gewaltigen Intellekt: Wir grübeln und denken und unternehmen nichts. Versager herrschen. Wir schwätzen. Die Zauberin in *Dido* – du hast recht. *„Eure Hand, Belinda, Finsternis umschattet mich. An Eurem Busen laßt mich ruhen: Mehr noch wollt' ich, aber der Tod ergreift mich . . ."* Und was sagt sie noch? *„Der Tod ist nun ein willkommener Gast."* Scheiße, dachte ich. Es trifft zu. Er hat recht. Vollkommen recht.

Jeff hantierte am Plattenspieler und legte die Stones-Platte auf.

Die Musik beruhigte mich. Ein wenig. Aber ich weinte noch immer, während ich über Tim nachdachte. Und alles nur, weil sie dumm sind. Mehr steckt nicht dahinter. Und das ist das schlimmste, daß es so einfach ist. Daß das alles ist.

Ein paar Tage später, nachdem ich darüber nachgedacht und meine Gedanken sich geklärt hatten, rief ich in der Grace-Kathedrale an und ließ mir einen Termin bei Tim geben. Er empfing mich in seinem Büro, das groß und wunderschön war und in einem von der Kathedrale getrennten Gebäude lag. Nachdem er mich in den Arm genommen und mir einen Kuß gegeben hatte, zeigte er mir zwei alte Tonkrüge, die, wie er erklärte, vor über viertausend Jahren im Nahen Osten als Öllampen verwendet worden waren. Als ich zusah, wie er sie hin und her drehte, kam mir der Gedanke, daß die Lampen ihm nicht gehörten; sie gehörten der Diözese. Ich fragte mich, wieviel sie wohl wert sein mochten.

„Es ist schön, daß du mir etwas von deiner Zeit opferst", begann ich. „Ich weiß, wie beschäftigt du bist."

Tims Gesichtsausdruck verriet mir, daß er wußte, warum ich in sein Büro gekommen war. Er nickte geistesabwesend, als ob er mir in Wirklichkeit nur so wenig wie möglich von seiner Aufmerksamkeit schenkte. Ich hatte schon mehrfach beobachtet, wie er sich auf diese Weise abgeschaltet hatte. Ein Teil seines Gehirns hörte mir zu, aber der größere Teil hatte sich bereits zurückgezogen.

Als ich meine vorbereitete kleine Rede vorgetragen hatte, sagte Tim feierlich: „Paulus ist, wie du weißt, einst ein Pharisäer gewesen. Für sie war die strikte Beachtung der Einzelheiten der Thora – des Gesetzes – alles. Insbesondere verlangten sie rituelle Reinheit. Aber später – nach seiner Bekehrung – sah er die Erlösung nicht im Gesetz, sondern im *zadigah,* was der Zustand der Gerechtigkeit ist, den Jesus Christus bringt. Ich möchte, daß du dich zu mir setzt." Er winkte mich zu sich und öffnete eine sehr große, in Leder gebundene Bibel. „Kennst du Römer vier bis acht?"

„Nein." Ich setzte mich neben ihn. Ich sah sie kommen, die Lektion. Die Predigt. Tim hatte mich vorbereitet empfangen.

„Römer fünf beinhaltet Paulus' Grundsatz, nach dem wir durch die Gnade und nicht durch Worte erlöst werden." Er las aus der Bibel, die geöffnet auf seinem Schoß lag. „‚Nun wir denn sind gerecht geworden durch den Glauben, so haben wir Frieden mit Gott durch unseren Herrn Jesus Christus . . .'" Er sah zu mir auf, und sein Blick war klar und scharf. Dies war Timothy Archer, der Rechtsanwalt. „‚. . . durch welchen wir im Glauben den Zugang haben zu dieser Gnade, darin wir stehen, und rühmen uns der Hoffnung der zukünftigen Herrlichkeit, die Gott geben wird.' Laß sehen." Er fuhr mit den Fingern über die Seite, bewegte die Lippen. „‚Denn wenn an einer Sünde viele gestorben sind, so ist viel mehr Gottes Gnade und Gabe vielen überschwenglich widerfahren durch die Gnade des einen Menschen Jesus Christus.'"

Er suchte weiter, blätterte um. „Ah ja. Hier. ‚Nun aber sind wir dem abgestorben, das uns gefangen hielt, und vom Gesetz los, so daß wir dienen im neuen Wesen des Geistes und nicht im alten Wesen des Buchstabens.'" Erneut suchte er weiter. „‚So gibt es nun keine Verdammnis für die, die in Christus Jesus sind. Denn das Gesetz des Geistes, der da lebendig macht in Jesus Christus, hat mich frei gemacht von dem Gesetz der Sünde und des Todes.'" Er sah zu mir auf. „Dies ist der Kernpunkt von Paulus' Einsicht. ‚Sünde' bedeutet in Wirklichkeit Feindseligkeit gegenüber Gott. Buchstäblich bedeutet es ‚das Ziel verfehlen', als ob du, zum Beispiel, einen Pfeil abschießt und er zu kurz, zu niedrig oder zu hoch fliegt. Was die Menschheit braucht, was sie verlangt, das ist Gerechtigkeit. Nur Gott besitzt sie, und nur Gott kann sie den Menschen geben."

„Ich verstehe", sagte ich.

„Paulus' Überzeugung ist, daß der Glaube, *pistis,* die Macht hat, die absolute Macht, die Sünde zu töten. Daraus entsteht die Freiheit vom Gesetz – man braucht nicht daran zu glauben, daß die Befolgung eines formellen festgelegten Kodex einem die Erlösung bringt. Gegen diese Position, daß man durch die Befolgung eines sehr komplizierten, komplexen Systems ethischer Kodizes erlöst wird, hat Paulus rebelliert. Dies war der Standpunkt der Pharisäer, und das hat er dagegengesetzt. Das ist wahrhaft die Essenz des Christentums, des Glaubens an unseren Herrn Jesus Christus: Gerechtigkeit durch Gnade, und Gnade kommt durch den Glauben . . ."

„Ja", unterbrach ich, „aber in der Bibel steht auch, daß man nicht ehebrechen soll."

Sofort entgegnete Tim: „Ehebruch ist sexuelle Untreue von seiten einer verheirateten Person. Ich bin nicht mehr verheiratet, Kirsten ist nicht mehr verheiratet."

„Oh", murmelte ich und nickte.

„Das siebte Gebot. Das im Zusammenhang mit der Heiligkeit der Ehe steht." Tim legte die Bibel fort, ging durch den Raum zu den Bücherregalen und griff nach einem blau eingebundenen Werk. Als er zurückkehrte, schlug er das Buch auf und blätterte suchend. „Ich möchte dir die Worte von Dr. Hertz zitieren, des letzten Oberrabbiners des Britischen Weltreichs. In Verbindung mit dem siebten Gebot, Exodus zwanzig, dreizehn. ‚Ehebruch. Eine abscheuliche und gottlose Missetat.' Dieses Gebot gegen die Untreue warnt Mann und Frau gleichermaßen vor dem Verstoß gegen das heilige Sakrament der Ehe." Er las lautlos weiter und schloß dann das Buch. „Ich glaube, du besitzt genug gesunden Menschenverstand, Angel, um anzuerkennen, daß Kirsten und ich . . ."

„Aber es ist gefährlich", sagte ich.

„Über die Golden Gate Bridge zu fahren, ist gefährlich. Weißt du, daß es den Taxis verboten ist – ich meine, verboten von der Taxi-Innung, nicht von der Polizei –, auf der Überholspur der Golden Gate Bridge zu fahren? Man nennt sie auch ‚Selbstmordspur'. Wenn ein Fahrer auf dieser Spur erwischt wird, ist er entlassen. Aber die Überholspur der Golden Gate Bridge wird ständig von irgendwelchen

Leuten benutzt. Vielleicht ist das kein besonders glücklicher Vergleich . . .“

„Doch, er ist gut“, versicherte ich.

„Benutzt du die Überholspur auf der Golden Gate Bridge?“

Nach einem Moment des Schweigens gestand ich: „Manchmal.“

„Wie würdest du reagieren, wenn ich daherkäme und mich zu dir setzen und dir deswegen eine Moralpredigt halten würde? Würdest du dann nicht auch meinen, daß ich dich wie ein Kind behandle und nicht wie eine Erwachsene? Kannst du meinen Worten folgen? Wenn ein Erwachsener etwas macht, mit dem du nicht einverstanden bist, dann diskutierst du die Angelegenheit mit ihm oder mit ihr. Ich bin bereit, meine Beziehung zu Kirsten mit dir zu diskutieren, weil du einerseits meine Schwiegertochter und andererseits eine Frau bist, die ich kenne und schätze und die ich als meine Nächste liebe. Ich glaube, das ist der richtige Ausdruck – er ist der Schlüssel zu Paulus' Denken. *Agape* im Griechischen. Übersetzt ins Lateinische heißt es *caritas,* von dem unser Begriff Nächstenliebe kommt – im Sinne von sich um jemanden kümmern, sich um jemanden Sorgen machen. Wie du dir jetzt Sorgen um mich machst, um mich und um deine Freundin Kirsten. Du sorgst dich um uns.“

„Das stimmt“, bestätigte ich. „Deshalb bin ich hier.“

„Demnach ist es für dich wichtig, dich um jemanden zu kümmern.“

„Ja“, sagte ich. „Offensichtlich.“

„Du kannst es *agape* oder *caritas* oder Liebe oder Fürsorge nennen, aber ganz gleich, welchen Ausdruck du vorziehst – laß mich dir aus Paulus vorlesen.“ Bischof Archer schlug erneut seine großformatige Bibel auf. Rasch blätterte er bis zu der gesuchten Stelle. „Erster Korinther, Kapitel dreizehn. ‚Und wenn ich weissagen könnte und wüßte . . .‘“

„Ja, du hast diese Stelle bereits im Unglück zitiert“, unterbrach ich.

„Und ich werde sie noch einmal zitieren.“ Seine Stimme klang erregt. „‚Und wenn ich alle meine Habe den Armen gäbe und ließe meinen Leib brennen und hätte der Liebe nicht, so wäre mir's nichts nütze.‘ Und jetzt hör dir das an. ‚Die Liebe höret nimmer auf, so doch die Weissagungen aufhören werden und das Zungenreden aufhören wird und die Erkenntnis aufhören wird. Denn unser Wissen ist Stückwerk, und unser Weissagen ist Stückwerk. Wenn aber kommen wird das Vollkommene, so wird das Stückwerk aufhören. Da ich ein Kind war, da redete ich wie ein Kind und war klug wie ein Kind und hatte kindliche Anschläge; da ich aber ein Mann ward, tat ich ab, was kindlich war.‘“

Das Telefon auf seinem großen Schreibtisch klingelte. Mit einem verärgerten Gesichtsausdruck legte Bischof Archer die aufgeschlagene Bibel fort. „Entschuldige mich.“

Während ich dasaß und darauf wartete, daß er sein Telefongespräch beendete, überflog ich den Abschnitt, den er vorgelesen hatte. Es war ein Abschnitt, den ich kannte, aber in der King-James-Übersetzung. Diese Bibel war, wie ich feststellte, die Jerusalem-Bibel. Ich hatte noch nie eine gesehen. Ich las von der Stelle weiter, an der er aufgehört hatte.

Bischof Archer legte auf und kam zu mir zurück. „Ich muß fort. Ein afrikanischer Bischof erwartet mich. Man hat ihn soeben vom Flughafen hierhergebracht."

„Hier steht", sagte ich und wies mit meinem Finger auf den Abschnitt in seiner großformatigen Bibel, „‚wir sehen durch einen Spiegel in einem dunklen Wort'."

„Dort steht außerdem: ‚Nun aber bleibt Glaube, Hoffnung, Liebe, diese drei; aber die Liebe ist die größte unter ihnen!' Ich würde sagen, daß dies die *kerygma* unseres Herrn mit wenigen Worten ausdrückt."

„Was geschieht, wenn Kirsten es überall erzählt?"

„Ich denke, daß man sich auf ihre Diskretion verlassen kann." Er stand bereits an der Tür seines Büros. Automatisch erhob ich mich und folgte ihm.

„Sie hat es mir gesagt."

„Du bist die Frau meines Sohnes."

„Nun ja . . ."

„Es tut mir leid, daß ich auf diese Weise unsere Unterhaltung beenden muß." Bischof Archer schloß hinter uns seine Bürotür ab. „Gott segne dich." Er küßte mich auf die Stirn. „Wenn wir uns eingerichtet haben, werden wir dich zu uns einladen. Kirsten hat heute ein Apartment gefunden, in der Altstadt. Ich habe es mir noch nicht angesehen, ich überlasse das alles ihr."

Und schon war er auf und davon und ließ mich einfach stehen. Er hatte mich auf eine rein technische Einzelheit festgenagelt, wurde mir klar – ich hatte Ehebruch mit Unzucht verwechselt. Ich vergaß immer wieder, daß er ein Rechtsanwalt war. Ich betrat sein großes Büro, um ihm etwas zu sagen, und ich sagte es nie. Schlau ging ich hinein und kam dumm wieder heraus.

Vielleicht könnte ich besser argumentieren, wenn ich kein Dope rauchen würde. Er hatte gewonnen, ich hatte verloren. Nein: Er hatte verloren, ich hatte verloren, wir beide hatten verloren.

Ich hatte nie gesagt, daß Liebe schlecht war. Ich hatte nie etwas an *agape* auszusetzen gehabt. Darum ging es gar nicht, verdammt, nicht im geringsten. Es geht darum, daß man nicht erwischt wird. Es geht darum, daß man mit beiden Beinen fest auf dem Boden bleibt, dem Boden, den wir Realität nennen.

Als ich auf die Straße trat, dachte ich: Ich erlaube mir ein Urteil über einen der erfolgreichsten Männer der Welt. Ich werde nie so bekannt sein, wie er bekannt ist, ich werde nie die öffentliche Meinung beeinflussen. Ich habe nicht mein Brustkreuz für die Dauer des Vietnamkrieges abgelegt, wie Tim es getan hat. Wer, zum Teufel, bin ich eigentlich?

4

Kurz darauf erhielten Jeff und ich eine Einladung vom Bischof der Diözese von Kalifornien und seiner Geliebten, sie in ihrem Unterschlupf in der Altstadt zu besuchen. Es stellte sich heraus, daß eine Art Party gefeiert wurde. Kirsten hatte Canapés und Hors d'oeuvres vorbereitet, aus der Küche drang Essensduft. Tim ließ sich von mir zu einem nahe gelegenen Getränkeladen fahren, um Wein zu holen. Sie hatten vergessen, welchen einzukaufen. Ich wählte den Wein aus. Tim stand wie geistesabwesend da, während ich bezahlte. Ich schätze, wenn man ein Mitglied der AA gewesen ist, lernt man, in einem Getränkeladen abzuschalten.

Als ich wieder im Apartment war, entdeckte ich im Medizinschränkchen des Badezimmers eine Riesenpackung Dexamyl, die Großpackung, die man bekommt, wenn man auf eine lange Reise geht. Kirsten nimmt Speed, fragte ich mich. Ohne Lärm zu machen, nahm ich die Packung heraus. Auf dem Verschreibungsetikett stand der Name des Bischofs. Nun, dachte ich, vom Schnaps runter und jetzt auf Speed. Wird man davor nicht bei den AA gewarnt? Ich betätigte die Wasserspülung – um verräterische Laute zu übertönen –, und während das Wasser rauschte, öffnete ich die Packung und schob eine Handvoll Dex-Pillen in meine Tasche. Das gehört zu den Dingen, die man automatisch macht, wenn man in Berkeley lebt. Niemand denkt sich etwas dabei. Andererseits läßt niemand in Berkeley sein Dope im Badezimmer herumliegen.

Schließlich saßen wir vier entspannt im bescheidenen Wohnzimmer. Jeder außer Tim hatte etwas zu trinken vor sich stehen. Tim trug ein rotes Hemd und eine weite Permapress-Hose. Er sah nicht wie ein Bischof aus. Er sah aus wie Kirsten Lundborgs Geliebter.

„Ihr habt wirklich eine hübsche Wohnung", bemerkte ich.

Auf dem Rückweg vom Getränkeladen hatte Tim über Privatdetektive gesprochen und mir erzählt, wie sie bei ihrer Arbeit vorgehen. Sie schleichen sich in die Wohnung ihrer Opfer, während sie nicht zu Hause sind, und durchwühlen alle Wäscheschränke. Man kann ihnen auf die Spur kommen, indem man die Wohnungstür mit einem Menschenhaar präpariert.

„Wenn du nach Hause kommst, und das Haar ist fort oder zerrissen", erklärte Tim mir, während wir vom Auto zum Apartment gingen, „dann weißt du, daß du überwacht wirst." Dann erzählte er von der Aktion des FBI gegen Dr. King. Es war eine Geschichte, die jeder in Berkeley kannte. Höflich hörte ich zu.

Im Wohnzimmer ihres Unterschlupfes erfuhr ich an diesem Abend zum erstenmal von den Zadokit-Dokumenten. Heute kann man natürlich das Doubleday-Anchor-Buch mit der vollständigen Übersetzung von Patton, Myers und Abré kaufen. Und mit der Einleitung von Helen James über den Mystizismus, wo sie die Zadokiten beispielsweise mit den Qumran-Leuten vergleicht, die vermutlich Essener waren, obwohl dies nie schlüssig nachgewiesen worden ist.

„Ich glaube", sagte Tim, „daß sie sich vielleicht als wichtiger erweisen als sogar die Nag-Hammadi-Sammlung. Wir besitzen bereits eine umfangreiche Kenntnis des Gnostizismus, aber wir wissen nichts von den Zadokiten, sieht man von der Tatsache ab, daß sie Juden waren."

„Wann sind die Zadokiten-Schriftrollen ungefähr entstanden?" fragte Jeff.

„Nach einer vorläufigen Schätzung etwa um zweihundert vor Christus", antwortete Tim.

„Dann hätten sie Jesus beeinflussen können", meinte Jeff.

„Es ist nicht sehr wahrscheinlich", widersprach Tim. „Ich werde im März nach London fliegen und dort Gelegenheit haben, mich mit den Übersetzern zu unterhalten. Ich wünschte, John Allegro hätte sich damit befaßt, aber er wurde nicht hinzugezogen." Er sprach eine Weile über Allegros Arbeit in Verbindung mit den Qumran-Schriftrollen, den sogenannten Schriftrollen vom Toten Meer.

„Wäre es nicht interessant", warf Kirsten ein, „wenn sich herausstellte, daß die Zadokit-Dokumente christliches Gedankengut enthalten?"

„Nun, das Christentum basiert auf dem Judaismus."

„Ich meine spezifische Aussagen, die man Jesus zuschreibt."

„Es gibt keinen klaren Bruch in der rabbinischen Tradition", entgegnete Tim. „Hillel drückt einige der Gedanken aus, die wir als Grundlage des Neuen Testamentes betrachten. Und natürlich verstand Matthäus alles, was Jesus tat und sagte, als Erfüllung der Prophezeiungen des Alten Testamentes. Matthäus schrieb an Juden und für Juden und vor allem als Jude. Der göttliche Plan, der im Alten Testament niedergelegt ist, wird durch Jesus zur Vollendung gebracht. Der Ausdruck ‚Christentum' war zu der damaligen Zeit nicht gebräuchlich; im Ganzen gesehen sprachen die apostolischen Christen einfach von ‚dem Weg'. Damit betonten sie seine Natürlichkeit und Universalität." Nach einer Pause fügte er hinzu: „Und man findet den Begriff ‚das Wort Gottes'. Er taucht in der Apostelgeschichte sechs auf. ‚Und das Wort Gottes breitete sich aus, und die Zahl der Jünger ward sehr groß zu Jerusalem.'"

„Woher stammt der Begriff ‚Zadokit'?" fragte Kirsten.

„Von Zadok, einem Priester aus Israel, der ungefähr zu Zeiten Davids gelebt hat“, antwortete Tim. „Er gründete ein priesterliches Geschlecht, die Zadokiten. Sie waren vom Geschlecht Eleazar. In den Qumran-Schriftrollen wird Zadok erwähnt. Ich werde einmal nachschlagen.“ Er erhob sich und holte ein Buch aus einem noch nicht ausgepackten Karton. „Erste Chronik, Kapitel vierundzwanzig. ‚Und David, zusammen mit Zadok von den Söhnen Eleazar . . .‘ Da wird er erwähnt.“ Tim schlug das Buch zu. Es war eine weitere Bibel.

„Aber ich schätze, daß wir jetzt eine Menge neuer Dinge erfahren werden“, sagte Jeff.

„Ja, das hoffe ich“, nickte Tim. „Wenn ich in London bin.“ Wie es seine Art war, wechselte er abrupt das Thema. „Ich bereite eine Rockmesse vor, die zu Weihnachten in der Grace-Kathedrale stattfinden soll.“ Er sah mich an und fragte: „Was hältst du von Frank Zappa?“

Ich war um eine Antwort verlegen.

„Wir wollen die Messe aufzeichnen“, fuhr Tim fort. „Damit sie auf Platte veröffentlicht werden kann. Captain Beefheart ist mir ebenfalls empfohlen worden. Und es fielen auch noch ein paar andere Namen. Wo kann ich ein Frank-Zappa-Album herbekommen, um mir eine eigene Meinung zu bilden?“

„In einem Plattenladen“, sagte Jeff.

„Ist Frank Zappa ein Schwarzer?“ fragte Tim.

„Ich weiß nicht, was das für eine Rolle spielen soll“, erklärte Kirsten. „In meinen Augen ist das ein umgekehrtes Vorurteil.“

„Ich war nur neugierig“, rechtfertigte sich Tim. „Ich habe keine Ahnung auf diesem Gebiet. Kennt einer von euch Marc Bolan?“

„Er ist tot“, sagte ich. „Du meinst T. Rex.“

„Marc Bolan ist tot?“ echote Jeff. Er wirkte überrascht.

„Ich könnte mich auch irren“, sagte ich. „Ich schlage Ray Davies vor. Er schreibt die Sachen für die Kinks. Er ist sehr gut.“

„Würdet ihr euch für mich darum kümmern?“ fragte Tim und meinte Jeff und mich damit.

„Ich wüßte nicht, wie ich das anfangen sollte“, entgegnete ich.

Ruhig sagte Kirsten: „Ich werde mich darum kümmern.“

„Du könntest Paul Kantner und Grace Slick bekommen“, bemerkte ich. „Sie wohnen zur Zeit drüben bei Bolinas in Marin County.“

„Ich weiß“, sagte Kirsten und nickte gelassen und mit dem Ausdruck völliger Zuversicht.

Scheiße, dachte ich. Du weißt nicht einmal, von wem ich spreche. Schon jetzt hast du die Zügel in der Hand, kaum daß du in dieses Apartment eingezogen bist. Dabei ist es nicht einmal ein besonders gutes Apartment.

„Ich möchte gern, daß Janis Joplin in Grace singt.“

„Sie ist 1970 gestorben", eröffnete ich ihm.
„Und wen empfiehlst du an ihrer Stelle?"
„,Anstelle von Janis Joplin'", wiederholte ich. „,Anstelle von Janis Joplin.' Ich muß darüber nachdenken. Mir fällt im Moment wirklich kein Name ein. Das wird einige Zeit dauern."
Kirsten betrachtete mich mit gemischten Gefühlen. Hauptsächlich mit Mißbilligung. „Ich glaube, sie will damit sagen", meinte Kirsten, „daß niemand jemals Janis Joplins Stelle einnehmen kann oder will."
„Wo kann ich eine Platte von ihr bekommen?" erkundigte sich Tim.
„In einem Plattenladen", antwortete Jeff.
„Würdest du das für mich erledigen?" fragte sein Vater.
„Jeff und ich haben alle ihre Platten", sagte ich. „Es sind nicht sehr viele. Wir werden sie dir bringen."
„Ralph McTell", sagte Kirsten.
„Ich möchte, daß all diese Vorschläge aufgeschrieben werden", erklärte Tim. „Eine Rock-Messe in der Grace-Kathedrale wird eine Menge Aufmerksamkeit erregen."
Ich dachte: Es gibt keinen Ralph McTell. Kirsten lächelte mich an – es war ein undurchsichtiges Lächeln. Sie hatte mich. Ich konnte nicht sicher sein, was nun stimmte.
„Seine Platten erscheinen auf dem Paramount-Label", fügte Kirsten hinzu. Ihr Lächeln wurde breiter.
„Ich hatte wirklich gehofft, Janis Joplin zu bekommen", murmelte Tim. Er machte einen verwirrten Eindruck. „Heute morgen habe ich im Autoradio ein Lied von ihr gehört – oder sie hat es nur gesungen, nicht selbst geschrieben. Sie ist eine Schwarze, oder?"
„Sie ist weiß", sagte Jeff, „und sie ist tot."
„Ich hoffe, daß jemand das aufschreibt", erklärte Tim.

Die emotionale Beziehung meines Mannes zu Kirsten Lundborg begann nicht in einem bestimmten Moment an einem bestimmten Tag, zumindest soweit ich das beurteilen konnte. Ursprünglich behauptete er, daß Kirsten einen positiven Einfluß auf den Bischof hätte. Sie besäße genug Realitätssinn, um beide auf dem Boden der Tatsachen zu halten und sich nicht in Illusionen verlieren zu lassen. Um derartige Dinge wahrzunehmen, muß man Abstand gewinnen vom Gegenstand der Aufmerksamkeit. Ich weiß, wann ich es bemerkt habe, aber das ist alles, was ich weiß.
Wenn man ihr Alter bedachte, so ging von Kirsten noch immer ein ziemliches Maß sexuell stimulierender Vibrationen aus. So hat Jeff sie gesehen. Von meinem Standpunkt aus blieb sie eine ältere Freundin, die mich, durch ihre Beziehung zu Bischof Archer, hinter sich gelassen hatte. Der Grad der erotischen Anziehungskraft einer Frau hat keine Bedeutung für mich. Ich tanze nicht auf zwei Hochzeiten,

wie man sagt. Auch stellt er für mich keine Bedrohung dar. Natürlich nur, solange mein Mann nicht davon betroffen ist. Aber dann liegt das Problem bei ihm.

Während ich im Rechtsanwaltsbüro und Kerzengeschäft arbeitete und dafür sorgte, daß die Drogenhändler so rasch aus den Schwierigkeiten wieder herauskamen, wie sie hineingeraten waren, mühte sich Jeff mit einer Reihe von Volkshochschulkursen an der Universität von Kalifornien ab. Wir in Nordkalifornien waren noch nicht so weit, daß wir Kurse zum Verfassen von Mantras anboten, wie es im Süden geschah und von jedem in der Bucht verachtet wurde. Jeff hatte sich in ein ernstes Projekt vertieft. Es ging darum, die Probleme des modernen Europas auf den Dreißigjährigen Krieg zurückzuführen, der Deutschland verwüstet (etwa 1648), den Zusammenbruch des Heiligen Römischen Reiches ausgelöst und seinen Höhepunkt im Aufstieg des Nazismus' und Hitlers Drittem Reich gefunden hatte. Unabhängig von den diesbezüglichen Kursen entwickelte Jeff seine eigene Theorie über die Wurzel allen Übels. Bei der Lektüre von Schillers *Wallenstein-Trilogie* kam Jeff zu der intuitiven Erkenntnis, daß, hätte sich Wallenstein nicht mit der Astrologie befaßt, es zu einem Sieg der reichstreuen Kräfte gekommen wäre und, in der Folge, der Zweite Weltkrieg gar nicht hätte entstehen können.

Der dritte Teil von Schillers Trilogie, *Wallensteins Tod,* beeindruckte meinen Mann tief. Er hielt diesen Teil für gleichrangig mit allen Stücken von Shakespeare und für sehr viel besser als die meisten seiner sonstigen Werke. Hinzu kam, daß niemand außer ihm das Stück gelesen hatte – zumindest soweit er wußte. Für ihn stellte Wallenstein einen der ultimaten Mysterien der westlichen Geschichte dar. Jeff bemerkte, daß Hitler – wie Wallenstein – in Zeiten der Krise mehr dem Okkulten denn dem Rationalen vertraut hatte. Von Jeffs Standpunkt aus fügte sich all dies zu etwas Bedeutungsvollem zusammen, aber er konnte nicht ergründen, zu was genau. Hitler und Wallenstein hatten so viele Gemeinsamkeiten gehabt – behauptete Jeff –, daß die Ähnlichkeit schon ans Umheimliche grenzte. Beide waren exzentrische Führer gewesen, und beide hatten Deutschland völlig zerstört. Jeff plante, einen Artikel über diese Gemeinsamkeiten zu verfassen und darin den Beweis zu führen, daß die Ablösung des Christentums durch das Okkulte dem universellen Untergang Tür und Tor öffnete. Jesus und Simon der Magier bildeten (in Jeffs Augen) die Bipolaritäten, absolut und unverwechselbar.

Mich ließ das unberührt.

Sehen Sie, das ist es, was man davon hat, wenn man ewig zur Schule geht. Während ich mich im kombinierten Anwaltsbüro und Kerzengeschäft abrackerte, las Jeff in der Universitätsbibliothek von Berkeley alles über die Schlacht von Lützen (16. November 1632), bei der sich Wallensteins Schicksal entschied. Gustav Adolf II., König von Schweden, starb bei Lützen, aber die Schweden siegten trotzdem. Die wahre Bedeutung dieses Sieges lag natürlich in der Tatsache begründet, daß von da an die katholischen Streitkräfte nie wieder in der Lage waren, eine Position zu erringen, von der aus sie das protestantische Lager bezwingen konnten. Jeff jedenfalls bezog alles auf Wallenstein. Er las immer und immer wieder Schillers Trilogie und versuchte anhand dessen – und anhand von präziseren historischen Dokumenten – den genauen Zeitpunkt zu bestimmen, an dem Wallenstein die Verbindung zur Realität verlor.

„Es ist wie bei Hitler", sagte Jeff zu mir. „Kann man sagen, daß er immer verrückt war? Kann man überhaupt sagen, daß er verrückt war? Und wenn er verrückt war, aber nicht ständig verrückt, wann wurde er verrückt und was brachte ihn dazu, verrückt zu werden? Warum sollte ein erfolgreicher Mann, der über eine wahrhaft ungeheuerliche Macht verfügt, eine furchteinflößende Macht, eine Macht, die menschliche Geschichte zu formen – warum sollte er auf diese Weise verrückt werden? In Ordnung, bei Hitler war es wahrscheinlich paranoide Schizophrenie und eine Folge der Injektionen, die ihm dieser Quacksalber gegeben hat. Aber in Wallensteins Fall spielte keiner dieser beiden Faktoren eine Rolle."

Kirsten, als Norwegerin, brachte Jeffs Beschäftigung mit Gustav Adolfs Feldzug in Europa verständisvolles Interesse entgegen. Zwischendurch, wenn sie keine schwedischen Witze erzählte, zeigte sie großen Stolz über die Rolle, die der protestantische König im Dreißigjährigen Krieg gespielt hatte. Zudem wußte sie einige Dinge über dieses Thema, die ich nicht wußte. Sie war mit Jeff einer Meinung, daß der Dreißigjährige Krieg bis zum Ersten Weltkrieg der schrecklichste Krieg seit der Plünderung Roms durch die Hunnen gewesen war. Deutschland war in den Kannibalismus zurückgefallen. Die Soldaten beider Seiten hatten Menschen aufgespießt und geröstet, und dies war nichts Ungewöhnliches gewesen. Jeffs Nachschlagwerke deuteten noch weit mehr Scheußlichkeiten an, die zu grausig waren, um sie zu schildern. Alles in Verbindung mit der Zeit und dem Ort dieses Geschehens war schrecklich.

„Wir bezahlen noch heute den Preis für diesen Krieg", erklärte Jeff.

„Ja, ich schätze, er war wirklich schrecklich", sagte ich, während ich in einer Ecke unseres Wohnzimmers saß und die neueste Ausgabe von *Howard the Duck* las.

„Du wirkst nicht besonders interessiert", stellte Jeff fest.

Ich blickte auf. „Ich bin es leid, Haftverschonung für diese Heroinhändler zu bewirken. Das macht mich ganz fertig. Immer bin ich diejenige, die zum Untersuchungsrichter muß. Entschuldige, daß ich den Dreißigjährigen Krieg nicht so ernst nehme wie du und Kirsten."

„Alles hängt vom Dreißigjährigen Krieg ab. Und der Dreißigjährige Krieg hing von Wallenstein ab."

„Was wirst du machen, wenn sie nach England gehen? Dein Vater und Kirsten?“

Er starrte mich an.

„Sie fliegt mit. Sie hat es mir gesagt. Sie haben diese Agentur gegründet, Focus Center, und sie arbeitet da als seine Agentin oder was weiß ich.“

„Jesus Christus“, stieß Jeff verbittert hervor.

Ich las weiter in *Howard the Duck.* Es war die Folge, in der Wesen aus dem Weltraum *Howard the Duck* in Richard Nixon verwandeln. Zum Ausgleich wachsen Richard Nixon während einer Fernsehrede an die Nation Federn. Das gleiche passiert mit den Etappenhengsten im Pentagon.

„Und wie lange werden sie fortbleiben?“ fragte Jeff.

„Bis Tim sich über die Bedeutung der Zadokit-Dokumente und ihren Einfluß auf das Christentum im klaren ist.“

„Scheiße“, fluchte Jeff.

„Was ist ‚Q‘?“ fragte ich.

„‚Q‘ ist die hypothetische Quelle der Synoptiker.“ Seine Stimme klang brutal und barsch.

„Was sind die Synoptiker?“

„Die ersten drei Evangelisten. Matthäus, Markus und Lukas. Man vermutet, daß sie aus einer Quelle stammen, wahrscheinlich dem Aramäischen. Niemand hat es je beweisen können.“

„Nun“, sagte ich, „Tim hat mir am Telefon erzählt – das war an jenem Abend, als du deinen Kursus hattest – die Übersetzer in London glauben, daß die Zadokit-Dokumente nicht nur Q enthalten, sondern auch die Unterlagen, auf denen Q basiert. Sie sind nicht sicher. Tim klang aufgeregter, als ich es jemals zuvor bei ihm erlebt habe.“

„Aber die Zadokit-Dokumente stammen aus der Zeit von zweihundert vor Christus.“

„Deshalb war er wahrscheinlich so aufgeregt.“

„Ich möchte mitfliegen“, sagte Jeff.

„Das kannst du nicht“, erwiderte ich.

„Warum nicht?“ Er erhob seine Stimme. „Warum kann ich nicht mit, während sie mit kann? Ich bin sein Sohn!“

„Wie es aussieht, plündert er dafür die bischöfliche Spesenkasse. Sie werden möglicherweise mehrere Monate bleiben – es wird eine ganze Menge kosten.“

Jeff verließ das Wohnzimmer. Ich las weiter. Nach einer Weile wurde mir bewußt, daß ich seltsame Laute hörte. Ich senkte meine *Howard the Duck*-Ausgabe und horchte.

In der Küche, in der Dunkelheit, allein mit sich selbst, weinte mein Mann.

Eine der seltsamsten und verwirrendsten Deutungen, die ich jemals über den Selbstmord meines Mannes gelesen habe, war die, daß er, Jeff Archer, Bischof Timothy Archers Sohn, sich umgebracht hat, weil er fürchtete, homosexuell zu sein. Ein Buch, das einige Jahre nach seinem Tod – nachdem alle drei gestorben waren – geschrieben wurde, brachte die Tatsachen derart durcheinander, daß man nach der Lektüre (ich erinnere mich nicht einmal mehr an den Titel oder den Autor) weniger über Jeff und Bischof Archer und Kirsten Lindborg wußte als zuvor. Es ist wie bei der Informationstheorie: Es ist Lärm, der das Signal übertönt. Aber es ist ein Lärm, der sich als Signal ausgibt, so daß man ihn nicht einmal als Lärm erkennt. Die Geheimdienste nennen diese Desinformation etwas, auf das vor allem der Ostblock baut. Wenn man genug Desinformation in Umlauf bringt, kann man jedermanns Verbindung zur Realität völlig zerstören, die eigene Verbindung möglicherweise eingeschlossen.

Jeff besaß zwei sich gegenseitig ausschließende Meinungen über die Geliebte seines Vaters. Auf der einen Seite erregte sie ihn sexuell, so daß er sich heftig, aber von Schuldgefühlen begleitet, von ihr angezogen fühlte. Auf der anderen Seite verabscheute und haßte er sie und verübelte ihr, daß sie ihm – wie er annahm – das Interesse und die Zuneigung Tims streitig machte.

Aber damit war es noch nicht genug . . . obwohl mir der Rest erst nach Jahren bewußt wurde. Außer seiner Eifersucht auf Kirsten, plagte ihn vor allem seine Eifersucht auf . . . nun, Jeff hatte alles verdreht. Ich kann es wirklich nicht entwirren. Man muß sich das besondere Problem vor Augen halten, das es bedeutet, der Sohn eines Mannes zu sein, dessen Bild auf der Titelseite von *Time* und *Newsweek* erschienen ist, der von David Frost interviewt wurde, in der Johnny-Carson-Show auftrat und dem man politische Cartoons in den wichtigsten Tageszeitungen gewidmet hat.

Für eine Woche besuchte Jeff sie in England, und was diese Woche betrifft, so weiß ich wenig darüber. Jeff kam schweigsam und in sich gekehrt zurück, und das war der Zeitpunkt, an dem er sich dieses Hotelzimmer nahm, in dem er sich spät nachts direkt ins Gesicht schoß. Ich habe nicht das Gefühl, daß es ihm nur darum ging, sich umzubringen. Sein Selbstmord holte den Bischof binnen weniger Stunden aus London zurück, was – in gewisser Hinsicht – wohl Zweck des Selbstmordes war.

In anderer, unleugbarer Hinsicht hatte es mit Q zu tun oder besser mit der Quelle von Q, die heute in den Zeitungsartikeln als U. Q. bezeichnet wird, was eine Abkürzung für den deutschen Begriff *Ur-Quelle* ist. Hinter Q liegt die *Ur-Quelle,* und sie ist es, was Timothy Archer nach London geführt und ihn dazu gebracht hat, mehrere Monate in einem Hotel mit seiner Geliebten zu verbringen.

Niemand hat je erwartet, daß die Dokumente hinter Q wieder auftauchen würden, niemand hat gewußt, daß U. Q. existiert. Da ich keine Christin bin – und niemals eine sein werde, nach dem Tod der Menschen, die ich geliebt habe –, bin ich heute wie damals nicht sonderlich an ihnen interessiert, aber ich nehme an, daß sie theologisch wichtig sind, vor allem, wenn man bedenkt, daß die Entstehungszeit von U. Q. zweihundert Jahre vor Christi Geburt liegt.

5

Am deutlichsten im Gedächtnis geblieben ist mir von den ersten Zeitungsberichten über die Zadokit-Dokumente – durch die wir, durch die alle außer den Übersetzern zum erstenmal erfuhren, daß es sich dabei um einen noch wichtigeren Fund als die Qumran-Schriftrollen handelte – die Erwähnung eines bestimmten hebräischen Substantivs. Es wurde auf zwei verschiedene Weisen abgedruckt: Manchmal tauchte es als *anokhi* auf und manchmal als *anochi.*

Das Wort taucht auch in Exodus, Kapitel zwanzig, Vers zwei auf. Es ist ein schrecklich bewegender und wichtiger Teil der Thora, denn Gott selbst spricht und er sagt:

> *„Ich bin der Herr, dein Gott, der ich dich aus Ägypterland, aus der Knechtschaft, geführt habe."*

Das erste hebräische Wort ist *anokhi,* und es bedeutet „ich" – wie in „Ich bin der Herr, dein Gott". Jeff zeigte mir den offiziellen jüdischen Kommentar über diesen Teil der Thora:

> „Der Gott, der vom Judaismus verehrt wird, ist keine unpersönliche Macht, kein Es, das man entweder als ‚Natur' oder als ‚Weltseele' bezeichnet. Der Gott Israels ist nicht nur die Quelle der Macht und des Lebens, sondern des Bewußtseins, der Persönlichkeit, des moralischen Ziels und der ethischen Handlung."

Selbst für mich, eine Nicht-Christin – ich glaube, ich sollte besser sagen, eine Nicht-Jüdin –, ist das erschütternd. Es berührt und verändert mich, ich bin nicht mehr dieselbe. Hier wird, wie mir Jeff erklärte, mit einem Wort, mit drei Buchstaben des Alphabets, das einzigartige Bewußtsein Gottes ausgedrückt:

> „Wie der Mensch durch seinen Willen und seine bewußten Handlungen alle anderen Geschöpfe überragt, so herrscht ‚Gott über alles als der einzige, sich völlig selbst bewußte Geist und Wille. In der sichtbaren und der unsichtbaren Sphäre manife-

stiert er sich als die vollkommen freie Persönlichkeit, im moralischen und spirituellen Sinne, die allem Existenz, Gestalt und Sinn verleiht.'"

Geschrieben wurde das von Samuel M. Cohon, der dabei Kaufmann-Kohler zitiert. Ein anderer jüdischer Autor, Hermann Cohen, schreibt:

„Gott antwortete ihm darauf: ,Ich bin das, was ich bin. Also sollst du zu den Kindern Israels sprechen: *„Ich bin"* hat mich zu euch gesandt.' Es gibt wahrscheinlich kein größeres Wunder in der Geschichte des Menschen als jenes, das sich in diesem Vers offenbart. Denn hier entwickelt eine altertümliche Sprache, die noch frei von aller Philosophie ist, das tiefgründigste Wort aller Philosophie. Der Name Gottes ist ,Ich bin das, was ich bin'. Es bringt zum Ausdruck, daß Gott Sein ist, daß Gott das Ich ist, das den Existierenden kennzeichnet."

Und das ist es, was im *Wadi* in Israel auftauchte, ein Artefakt aus dem Jahr 200 vor Christi Geburt, in dem *Wadi* unweit von Qumran. Dieses Wort bildete das Herzstück der Zadokit-Dokumente, und jeder hebräische Gelehrte kennt dieses Wort, und jeder Christ und jeder Jude sollte es kennen, aber dort im *Wadi* wurde das Wort *anokhi* in einem anderen Sinn benutzt, in einem Sinn, wie er keinem lebenden Menschen jemals begegnet war. Und so blieben Tim und Kirsten doppelt so lange wie geplant in London, weil das Herzstück des Dekalogs entdeckt worden war, als hätte der Herr dort Spuren seiner eigenen Handschrift hinterlassen.

Während diese Entdeckungen gemacht wurden – vom Übersetzerstab –, hielt sich Jeff auf dem Campus der Universität von Kalifornien in Berkeley auf und vertiefte sich in seine Lektüre über den Dreißigjährigen Krieg und Wallenstein, der sich nach und nach immer mehr von der Realität zurückgezogen hatte und das während des vielleicht schlimmsten aller Kriege, sieht man von den Weltkriegen dieses Jahrhunderts ab. Ich will nicht behaupten, daß ich herausgefunden habe, welcher bestimmte Auslöser für den Selbstmord meines Mannes verantwortlich war, gab es doch ein Sammelsurium von Gründen, von denen einer oder alle zusammen dazu geführt haben können – er ist tot, und ich war zu diesem Zeitpunkt weder in seiner Nähe noch hatte ich es erwartet. Meine Befürchtungen nahmen ihren Anfang, als ich erfuhr, daß Kirsten und Tim ein heimliches Verhältnis begonnen hatten. Ich handelte damals, wie ich handeln mußte. Ich ergriff die einzige Möglichkeit: ich suchte den Bischof in der Grace-Kathedrale auf und wurde von ihm, ohne daß er sich viel Mühe geben mußte, überrumpelt – ohne viel Mühe und mit professioneller Kunstfertigkeit. Es war ein leichter verbaler Sieg für Tim Archer. Soviel dazu.

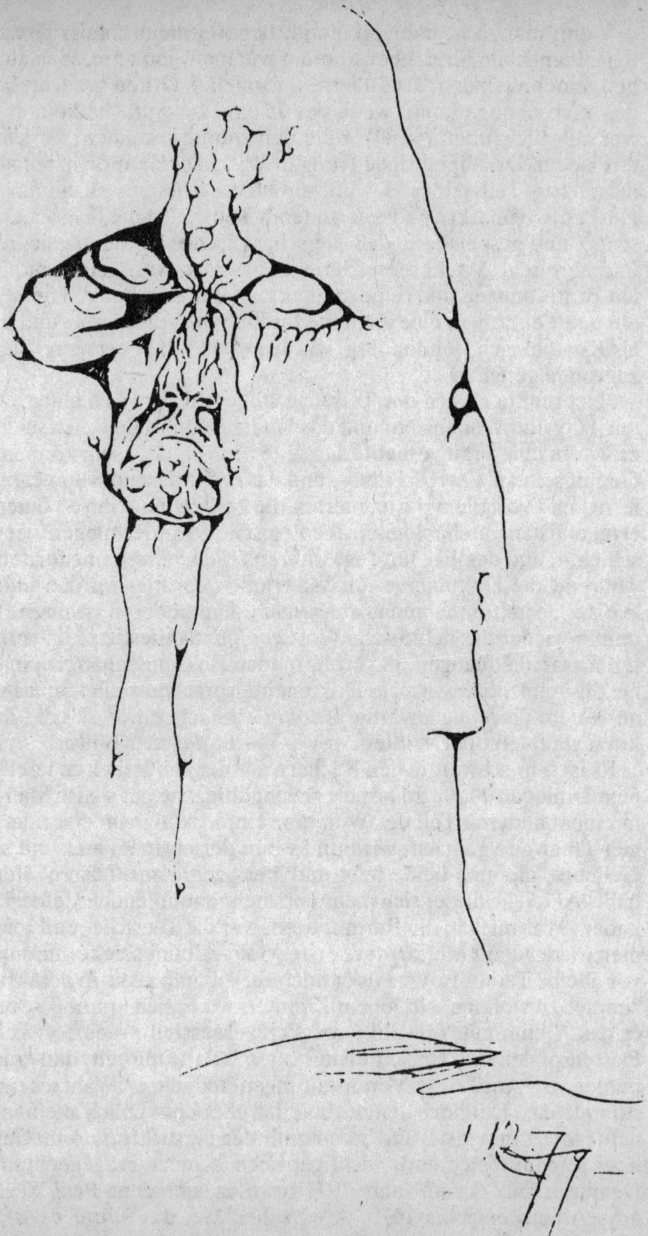

Wenn man sich umbringen will, benötigt man keinen Grund im herkömmlichen Sinn, ebensowenig wie man, um am Leben zu bleiben, einen verbalen, artikulierten, formellen Grund braucht, einen, den man nennen kann, wenn das Thema zur Sprache kommt. Jeff war sich allein überlassen worden. Ich konnte erkennen, daß sein Interesse am Dreißigjährigen Krieg in Wirklichkeit mit Kirsten zu tun hatte. Ein Teil seines Bewußtseins hatte Kirstens skandinavische Herkunft bemerkt, und ein anderer Teil hatte die Tatsache registriert und gespeichert, daß die schwedische Armee die siegreiche und heroische Macht dieses Krieges gewesen war. Seine emotionalen Bestrebungen und seine intellektuellen Bestrebungen flossen ineinander über, was eine Zeitlang für ihn von Vorteil war, und dann, als Kirsten nach London flog, wurde er von seiner eigenen Klugheit zugrunde gerichtet.

Jetzt mußte er sich der Tatsache stellen, daß er sich einen Dreck um Tilly und Wallenstein und das Heilige Römische Reich scherte – er war in eine Frau verliebt, die seine Mutter hätte sein können und die mit seinem Vater schlief –, und das zwölftausend Kilometer entfernt, und vor allem partizipierten die beiden ohne ihn an einer der erregendsten, archäologisch-theologischen Entdeckungen der Geschichte, und das Tag für Tag, während die Übersetzung fortschritt, während die Dokumente analysiert und geordnet wurden und die Worte Gestalt annahmen, eines nach dem anderen, während sich immer wieder das hebräische Wort *anokhi* manifestierte, in vertrauten Zusammenhängen, in verblüffenden Zusammenhängen, in neuen Zusammenhängen. Die Dokumente sprachen zu ihnen, als wäre *anokhi* im *Wadi* gegenwärtig. *Anokhi* war nicht etwas, das die Zadokiten glaubten oder wußten, *es war etwas, das sie besaßen.*

Es ist sehr schwer, in den Büchern aus der Bibliothek zu lesen und eine Donovan-Platte zu hören, gleichgültig, wie gut sie ist, während in einem anderen Teil der Welt eine Entdeckung von einer derartigen Tragweite gemacht wird und wenn der eigene Vater und seine Geliebte, die man beide liebt und gleichzeitig aus tiefstem Herzen haßt, Anteil an dieser sich mehr und mehr enthüllenden Entdeckung haben. Was mich in die Raserei trieb, war die Tatsache, daß Jeff immer wieder Paul McCartneys erstes Solo-Album spielte. Ihm gefiel vor allem „Teddy-Boy". Als er mich verließ, um allein in dem Hotelzimmer zu wohnen – in jenem Zimmer, wo er sich erschoß –, nahm er das Album mit, obwohl – wie sich herausstellte – es dort keinen Plattenspieler gab. Er schrieb mir oft und teilte mir mit, daß er noch immer an Antikriegs-Veranstaltungen teilnahm. Wahrscheinlich stimmte das. Dennoch glaubte ich, daß er hauptsächlich allein in seinem Hotelzimmer saß und herauszufinden versuchte, welche Gefühle er seinem Vater und, wichtiger noch, Kirsten entgegenbrachte. Demnach muß das im Jahre 1971 gewesen sein, denn Paul McCartneys Album erschien 1970. Aber sehen Sie, das führte dazu, daß auch ich allein war in unserem Haus. Ich bekam das Haus. Jeff starb. Ich habe Ihnen gesagt, daß Sie nicht allein leben sollen, aber in Wirklichkeit meinte ich mich damit. Zum Teufel, machen Sie, was Sie wollen, aber ich werde nie wieder allein leben. Eher werde ich mir irgendwelche Leute von der Straße holen, ehe ich mich noch einmal in eine derartige Isolation begebe.

Nur – sie sollen keine Beatles-Platten spielen, wenn ich dabei bin. Das ist das einzige, worum ich bitte. Ich kann Joplin ertragen, weil ich es noch immer für komisch halte, daß Tim dachte, Joplin sei lebendig und schwarz statt tot und weiß, aber ich möchte die Beatles nicht hören, weil ich sie mit zuviel Schmerzen verbinde, in meinem Innern, in meinem Leben, durch das, was geschehen ist.

Ich kann nicht klar denken, wenn es um den Selbstmord meines Mannes geht. Ich höre in Gedanken eine Melange von John und Paul und George – während Ringo irgendwo im Hintergrund trommelt – mit bruchstückhaften Melodien und Texten, kritischen Worten über Seelen, die sehr stark leiden, wenn auch nicht auf eine Weise, die ich spezifizieren kann, natürlich abgesehen von dem Tod meines Mannes und dann Kirstens Tod und, schließlich, Tim Archers Tod – aber ich glaube, das ist genug. Jetzt, wo John Lennon erschossen worden ist, sind alle erschüttert, wie ich erschüttert gewesen bin, und so kann ich, verdammt noch mal, endlich damit aufhören, in Selbstmitleid zu schwelgen und mich wieder dem Rest der Welt anschließen, geht es doch keinem besser als mir, und was das betrifft, auch keinem schlechter.

Oft, wenn ich mich an Jeffs Selbstmord erinnere, stelle ich fest, daß ich in Gedanken Zeiten und Geschehnisse zu Sequenzen neu anordne, die mir insgeheim stimmiger erscheinen, das heißt, ich redigiere. Ich fasse die Geschehnisse zusammen, streiche einige Dinge, und ich gebe mir soviel Mühe damit, daß ich mich – beispielsweise – nicht mehr daran erinnern kann, Jeffs Leichnam gesehen und identifiziert zu haben. Mir ist es gelungen, den Namen des Hotels zu vergessen, in dem er gewohnt hat. Ich weiß nicht, wie lange er dort gewesen ist. Soweit ich mich entsinne, verließ er bald nach Tims und Kirstens Abflug nach London unser Haus. Kurz darauf erreichte uns von ihnen ein Brief, mit der Schreibmaschine geschrieben, von beiden unterzeichnet, aber fast sicher von Kirsten getippt. Vielleicht hat Tim ihn diktiert. Der erste Hinweis auf die Bedeutung des Fundes tauchte in diesem Brief auf. Mir war nicht klar, was die Neuigkeit bedeutete, aber Jeff wußte Bescheid. Also ist er vermutlich direkt danach fortgegangen.

Was mich am meisten überraschte, war die unvermittelte Erkenntnis, daß Jeff hatte Priester werden wollen, aber was hätte das für einen Sinn gehabt angesichts der Stellung seines Vaters? Doch dies hinterließ ein Vakuum. Jeff wollte auch nichts anderes tun. Er *konnte* nicht Priester werden, und ein anderer Beruf interessierte ihn nicht. Also blieb er das, was man in Berkeley einen „ewigen Studenten" nennt. Er besuchte weiter die Universität. Vielleicht ging er auch ab und kehrte später wieder zurück. Unsere Ehe war eine Zeitlang nicht gut gewesen – es gibt da weiße Flecken, die bis ins Jahr 1968 zurückreichen und insgesamt etwa ein ganzes Jahr umfassen. Jeff besaß emotionale Probleme, an die ich später die Erinnerung unterdrückt habe. Wir beide unterdrückten sie.

Ich glaube nicht, daß man Jeff als geisteskrank bezeichnen konnte – hätte bezeichnen können. Er war einfach nicht so schrecklich glücklich. Manchmal liegt es nicht an einem Todestrieb, sondern an einem subtilen Mangel, an einem Mangel an Lebensfreude. Nach und nach verblaßte er aus dem Leben. Als er jemandem begegnete, den er aus vollstem Herzen wollte, da wurde dieser Jemand die Geliebte seines Vaters, und beide flogen nach England, während sie ihn mit dem Studium eines Krieges zurückließen, der ihn nicht im geringsten interessierte, so daß er zurückfiel an jenen Punkt, an dem er begonnen hatte. Er begann damit, ohne sich dafür zu interessieren, er hörte auf damit, ohne sich dafür zu interessieren. Einer der Ärzte glaubte, daß Jeff in der Zeit nach seinem Auszug aus unserem Haus und vor seinem Selbstmord LSD nahm. Dies ist nur eine Theorie. Nun, im Gegensatz zu der Homosexuellen-Theorie hat sie vielleicht gestimmt.

Tausende von jungen Leuten töten sich jedes Jahr in Amerika, aber im großen und ganzen ist es üblich, ihren Tod als Unfall zu melden. Damit erspart man der Familie die Schande, die sich mit einem Selbstmord verbindet. Es ist in der Tat etwas Schändliches, wenn ein junger Mann oder eine junge Frau, vielleicht ein Heranwachsender, sterben will und dieses Ziel erreicht, bevor er oder sie in gewissem Sinn überhaupt gelebt hat, überhaupt geboren wurde. Frauen werden von ihren Ehemännern geschlagen, Bullen töten Schwarze und Latinos, alte Menschen wühlen in Mülltonnen oder essen Hundefutter – das sind alles Schandmale, um es deutlich zu sagen. Selbstmord ist nur ein schändliches Element aus einer Fülle vergleichbarer Dinge. Es gibt schwarze Jugendliche, die solange sie leben keine Stelle finden werden, nicht wegen ihrer Faulheit, sondern weil es keine Stellen gibt – und auch weil diese Ghetto-Kinder keine Fähigkeiten besitzen, die sie verkaufen können. Kinder reißen aus, landen in New York oder Hollywood auf der Straße, werden Prostituierte und enden mit zerhackten Leibern. Wenn der Drang, die spartanischen Boten zu erschlagen, die die Nachricht über den Ausgang der Schlacht an den Thermopyläen überbringen, in Ihnen aufwallt, dann, in Gottes Namen, erschlagen Sie sie. Ich bin einer jener Boten, und ich berichte Ihnen, was Sie sehr wahrscheinlich nicht hören wollen. Ich persönlich berichte nur von drei Toten, aber es sind drei mehr als nötig. Dies ist der Tag, an dem John Lennon starb – wollen

Sie auch jene erschlagen, die Ihnen davon berichten? Wie Sri Krishna sagt, wenn er seine wahre Gestalt annimmt, seine universelle Gestalt, die der Zeit:

> *„All diese Heerscharen müssen sterben. Schlagt zu, laßt die Hand unten – es bleibt sich gleich. Erschlagt sie scheinbar. Durch mich sind diese Männer bereits erschlagen."*

Es ist eine schreckliche Vorstellung. Arjuna hat etwas gesehen, an dessen Existenz er nicht glauben kann.

> *„Du leckst mit deinen brennenden Zungen,*
> *Verschlingst alle Welten,*
> *Durchmißt die Höhen der Himmel*
> *Mit unerträglichen Strahlen, o Wischnu."*

Was Arjuna sieht, war einst sein Freund und Wagenlenker. Ein Mensch wie er selbst. Dies war nur ein Aspekt, eine freundliche Verkleidung. Sri Krishna wollte ihn verschonen, die Wahrheit verbergen. Arjuna bat, Sri Krishnas wahre Gestalt zu sehen, und er bekam sie zu sehen. Jetzt wird er nicht mehr der sein, der er einst war. Die Offenbarung hat ihn verändert, verändert für alle Zeit. Dies ist die wahre verbotene Frucht, diese Art des Wissens. Sri Krishna zögerte lange Zeit, bevor er Arjuna seine wirkliche Gestalt zeigte. Er wollte ihn verschonen. Die wahre Gestalt, die des universellen Zerstörers, kam dann doch zum Vorschein.

Als Kirsten und der Bischof in die Bucht zurückgekehrt waren – nicht für immer, sondern hauptsächlich, um sich um Jeffs Tod und die dadurch entstandenen Probleme zu kümmern –, bemerkte ich bei unserem Wiedersehen an ihnen eine Veränderung. Kirsten wirkte erschöpft und verhärmt, und dies schien mir nicht allein eine Folge des Schocks zu sein, den ihr Jeffs Tod zugefügt hatte. Offensichtlich war sie im rein körperlichen Sinn nicht gesund. Andererseits wirkte Bischof Archer noch energiegeladener als bei unserem letzten Zusammentreffen. Er übernahm sofort die völlige Kontrolle über die Situation. Er wählte die Grabstelle und den Grabstein aus. Er zelebrierte die Totenrede und all die anderen Riten in seiner Amtstracht. Und er bezahlte alles. Die Inschrift auf dem Grabstein war sein Einfall. Er wählte einen Satz, mit dem ich völlig einverstanden war, ein Motto oder ein Grundsatz der Schule des Heraklit: NICHTS BLEIBT UNVERÄNDERT, SONDERN ALLES FLIESST. In den Philosophie-Vorlesungen war mir beigebracht worden, daß Heraklit selbst diesen Spruch formuliert hat, aber Tim erklärte, daß er nach Heraklit entstanden war, entwickelt von den Anhängern seiner Schule, die auf ihn folgten.

Wir drei kehrten nach dem Begräbnis gemeinsam ins Altstadt-Apartment zurück und versuchten, es uns dort gemütlich zu machen. Es dauerte eine Weile, ehe einer von uns etwas sagte.

Tim sprach aus irgendwelchen Gründen über Satan. Tim hatte eine neue Theorie über Satans Aufstieg und Fall entwickelt, die er offenbar an uns ausprobieren wollte, da wir – Kirsten und ich – gerade zur Stelle waren. Ich vermutete damals, daß Tim diese Theorie in das Buch einfügen wollte, an dem er zu arbeiten begonnen hatte.

„Ich sehe die Legende von Satan auf neue Weise. Satan wollte Gott so umfassend wie möglich erkennen. Die umfassendste Erkenntnis konnte er erlangen, wenn er Gott wurde, selbst Gott war. Er strebte danach, und es gelang ihm, obwohl er wußte, daß Gott ihn als Strafe dafür auf ewig verstoßen würde. Aber er tat es trotzdem, denn die Erinnerung daran, Gott erkannt zu haben, ihn so erkannt zu haben wie niemand zuvor und niemand in Zukunft, rechtfertigte für ihn seine ewige Strafe. Nun, was meint ihr – wer von allen, die jemals existiert haben, hat Gott wahrhaft geliebt? Satan akzeptierte bewußt seine ewige Strafe und sein Exil, nur um für einen Moment Gott zu erkennen, indem er Gott wurde. Weiterhin scheint mir, daß Satan Gott wahrhaft erkannt hat, daß aber möglicherweise Gott Satan nicht erkannt oder verstanden hat: Hätte Er ihn verstanden, Er hätte ihn niemals bestraft. Deshalb heißt es, daß Satan rebellierte – was bedeutet, daß Satan außerhalb von Gottes Kontrolle, außerhalb von Gottes Domäne war, wie in einem anderen Universum. Aber Satan hat, wie ich glaube, seine Strafe dankbar angenommen, denn dies war für ihn selbst der Beweis, daß er Gott erkannt und geliebt hat. Andernfalls hätte er das, was er getan hat, für einen Lohn getan . . . hätte es einen Lohn gegeben. ‚Besser in der Hölle zu herrschen, als im Himmel zu dienen‘ *ist* ein Grund, aber nicht der wahre – der wahre Grund ist das ultimate Streben nach Erkenntnis, nach der vollständigen und wirklichen Erkenntnis Gottes, zu der im Vergleich alles andere tatsächlich sehr unbedeutend ist.“

„Prometheus“, warf Kirsten geistesabwesend ein. Sie saß da, rauchte und starrte ins Leere.

„Prometheus“, stimmte Tim zu, „bedeutet ‚Vorherseher‘. Er war an der Erschaffung des Menschen beteiligt. Er war zudem der oberste Gauner unter den Göttern. Pandora wurde von Zeus zur Erde geschickt, um Prometheus dafür zu bestrafen, daß er das Feuer gestohlen und es dem Menschen gebracht hat. Außerdem bestrafte Pandora die gesamte Menschheit. Epimetheus heiratete sie, er war die Einsicht. Prometheus warnte ihn, Pandora nicht zu heiraten, denn Prometheus konnte die Konsequenzen vorhersehen. Genau diese Art der absoluten Vorhersehung galt den Zoroastrern als Eigenschaft Gottes, des Weisen Geistes.“

„Ein Adler fraß seine Leber“, sagte Kirsten leise.

Tim bestätigte: „Zeus bestrafte Prometheus, indem er ihn an einen Felsen kettete und einen Adler schickte, der seine Leber fraß, die sich ständig erneuerte. Wie dem auch sei, Herkules erlöste ihn. Prometheus war zweifellos ein Freund der Menschheit. Er war ein begnadeter Künstler. Gewiß besteht darin eine Ähnlichkeit mit der Legende von Satan. Meiner Meinung nach kann man sagen, daß Satan Gott bestohlen hat – nicht um das Feuer, sondern um die wahre Erkenntnis Gottes. Allerdings brachte er sie nicht dem Menschen, wie Prometheus es mit dem Feuer getan hat. Möglicherweise war Satans wirkliche Sünde, daß er das von ihm erlangte Wissen für sich behalten hat – er teilte es *nicht* mit der Menschheit. Geht man von diesem Aspekt aus, so könnte man argumentieren, daß wir durch Satan Gott erkennen können. Ich habe noch nie gehört, daß jemand diese Theorie aufgestellt hat." Er verstummte, dachte offenbar nach. „Würdest du das bitte notieren?" fragte er Kirsten.

„Ich behalte es im Gedächtnis." Ihre Stimme klang spröde.

„Der Mensch muß Satan überwältigen und ihm diese Erkenntnis abringen", fuhr Tim fort. „Satan wird sie nicht freiwillig enthüllen. Er wurde bestraft, weil er sie für sich behalten hat – und nicht, weil er sie sich angeeignet hat. Demnach können die Menschen in gewissem Sinn Satan erlösen, indem sie ihm diese Erkenntnis entreißen."

„Und dann weitermachen und Astrologie studieren", sagte ich.

Tim sah mich an. „Wie bitte?"

„Wallenstein", erklärte ich. „Horoskope berechnen."

„Die griechischen Worte, auf denen unser Wort ‚Horoskop' basiert", erläuterte Tim, „sind *hora,* was ‚Stunde' bedeutet, und *scopos,* was ‚einer, der beobachtet' bedeutet. Somit bedeutet ‚Horoskop' buchstäblich ‚einer, der die Stunden beobachtet.'" Er zündete eine Zigarette an. „Wallenstein war eine faszinierende Persönlichkeit."

„Das sagt auch Jeff", nickte ich. „Das hat er gesagt, meine ich."

Interessiert hob Tim den Kopf. „Hat sich Jeff für Wallenstein interessiert?"

„Du hast es nicht gewußt?" fragte ich.

Mit verblüffter Miene antwortete Tim: „Ich glaube nicht."

Kirsten sah ihn starr an. Ihr Gesichtsausdruck war undurchdringlich.

„Ich besitze eine Reihe ausgezeichneter Bücher über Wallenstein", sagte Tim. „Weißt du, in vielerlei Hinsicht ähnelte Wallenstein Hitler."

Kirsten und ich schwiegen.

„Wallenstein trug zum Untergang Deutschlands bei", fuhr Tim fort. „Er war ein großer General. Friedrich von Schiller hat, wie ihr vielleicht wißt, drei Stücke über Wallenstein geschrieben, deren Titel *Wallensteins Lager, Die Piccolomini* und *Wallensteins Tod* sind. Es sind tiefbewegende Stücke. Dies führt natürlich zu der Frage, nach Schillers eigener Rolle in der Entwicklung der westlichen Gedankenwelt. Ich möchte euch etwas vorlesen." Tim legte die Zigarette in den Aschenbecher, trat vor das Bücherregal und suchte nach einem Buch; nach einer Weile fand er es. „Dies erhellt die Frage vielleicht ein wenig. In einem Brief an seinen Freund – mal schauen, der Name muß hier stehen –, in einem Brief an Wilhelm von Humboldt, das war gegen Ende von Schillers Leben, schrieb er: ‚Schließlich sind wir beide Idealisten und sollten Scham über die Behauptung empfinden, daß die stoffliche Welt uns geformt hat, statt von uns geformt worden zu sein.' Die Essenz von Schillers Vision war natürlich die Freiheit. Er war zwangsläufig gefesselt von dem großen Drama des Aufstandes in den Niederlanden – damit ist Holland gemeint . . ." Tim verstummte, dachte nach.

Kirsten saß schweigend auf der Couch, rauchte und blickte in die Luft.

„Nun", murmelte Tim schließlich, „ich möchte euch das hier noch vorlesen. Schiller schrieb dies im Alter von vierunddreißig Jahren. Möglicherweise beinhaltet es viel von unseren edelsten Sehnsüchten." Tim sah ins Buch und las laut vor. „‚Jetzt, wo ich begonnen habe, meine geistigen Kräfte zu erkennen und entsprechend zu entwikkeln, droht unglücklicherweise eine Krankheit meine körperlichen Kräfte zu untergraben. Wie dem auch sei, ich werde tun, was ich kann, und wenn am Ende das Gebäude zusammenstürzt, werde ich gerettet haben, was des Erhalts wert war.'" Tim schlug das Buch zu und stellte es wieder in das Regal.

Wir sagten nichts. Ich dachte nicht einmal – ich saß nur da.

„Schiller ist für das zwanzigste Jahrhundert von großer Wichtigkeit", sagte Tim. Er kehrte zu seiner Zigarette zurück, drückte sie aus. Lange Zeit starrte er in den Aschenbecher.

„Ich werde uns eine Pizza schicken lassen", erklärte Kirsten. „Ich habe keine Lust, Essen zu kochen."

„Sehr gut", nickte Tim. „Sag ihnen, sie sollen sie mit kanadischem Speck zubereiten. Und wenn sie nicht alkoholische Getränke haben . . ."

„Ich kann etwas zu essen kochen", erbot ich mich.

Kirsten erhob sich, ging zum Telefon.

Tim sah mich ernst an. „Es ist tatsächlich eine Angelegenheit von größter Wichtigkeit, Gott zu erkennen, die Absolute Essenz wahrzunehmen, wie Heidegger es formuliert hat. *Sein* hat er es genannt. Was wir im Zadokit-Wadi entdeckt haben, spottet jeglicher Beschreibung."

Ich nickte.

„Wie kommst du finanziell zurecht?"

„Gut", sagte ich.

„Du bist Rechtsanwaltsgehilfin – hast du die Stelle noch immer?"

„Ja", bestätigte ich. „Aber ich bin nur eine Schreibkraft."

„Ich habe meine Karriere als Rechtsanwalt begonnen", sagte Tim.

„Ich würde dir raten, Rechtsanwaltsgehilfin zu werden. Vielleicht kannst du diese Stellung dann als Sprungbrett benutzen und Recht studieren, um selbst Anwältin zu werden. Möglicherweise könntest du eines Tages sogar Richterin werden."

„Ich denke schon", meinte ich.

„Hat Jeff mit dir über das *anokhi* gesprochen?"

„Nun, du hast uns davon geschrieben. Und wir haben Zeitungs- und Zeitschriftenartikel darüber gelesen."

„Sie benutzten den Ausdruck in einem spezifischen Sinn, einem technischen Sinn – die Zadokiten. Damit konnte nicht die Göttliche Intelligenz gemeint sein, denn sie behaupteten, es zu haben – buchstäblich. Es gibt da eine Zeile im Dokument sechs, die lautet: ‚*Anokhi* stirbt und wird jedes Jahr wiedergeboren, und in jedem folgenden Jahr ist *anokhi* mehr.' Oder größer, mehr oder größer, es könnte beides sein, vielleicht auch erhabener. Es ist äußerst rätselhaft, aber die Übersetzer arbeiten daran, und wir hoffen, im Laufe der nächsten sechs Monate zu einem Ergebnis zu kommen – und natürlich setzen sie noch immer die Bruchstücke zusammen, die Schriftrollen, die nur fragmentarisch erhalten geblieben sind. Ich kann kein Aramäisch, wie du wahrscheinlich weißt. Ich habe Griechisch und Latein studiert – du weißt schon, ‚Gott ist das letzte Bollwerk gegen das Nicht-Sein.'"

„Tillich", sagte ich.

„Wie bitte?" fragte Tim.

„Paul Tillich hat das gesagt", erläuterte ich.

„Ich bin mir dessen nicht sicher", meinte Tim. „Es war gewiß einer der protestantischen Existentialtheologen – vielleicht war es Reinhold Niebuhr. Niebuhr ist Amerikaner, weißt du, oder besser, er war es. Er starb vor kurzem. An Niebuhr finde ich interessant, daß . . ." Tim schwieg einen Moment. „Niemöller diente im Ersten Weltkrieg in der deutschen Marine. Er arbeitete aktiv gegen die Nazis und predigte bis zum Jahr 1938. Die Gestapo verhaftete ihn, und man brachte ihn nach Dachau. Niebuhr war ursprünglich Pazifist gewesen, aber er drängte die Christen dazu, den Krieg gegen Hitler zu unterstützen. Ich glaube, daß einer der bedeutendsten Unterschiede zwischen Wallenstein und Hitler – in Wirklichkeit ist es eine sehr große Ähnlichkeit – in den Treueschwüren liegt, die Wallenstein . . ."

„Entschuldigt mich", bat ich und ging ins Badezimmer. Ich öffnete das Medizinschränkchen und schaute nach, ob die Packung Dexamyl noch immer dort war. Sie war fort. Alle Arzneipackungen waren verschwunden. Mit nach England genommen, erkannte ich. Und jetzt sind sie in Kirstens und Tims Gepäck. Verdammt.

Als ich herauskam, sah ich Kirsten allein im Wohnzimmer. „Ich bin schrecklich, schrecklich müde", sagte sie.

„Das sieht man", entgegnete ich.

„Ich glaube nicht, daß ich Pizza vertragen kann. Könntest du für mich in den Laden gehen? Ich habe eine Liste gemacht. Ich möchte Hühnchen mit Reis oder Nudeln. Hier, die Liste." Sie reichte mir den Zettel. „Tim wird dir Geld geben."

„Ich habe Geld." Ich ging ins Schlafzimmer, wo mein Mantel und meine Handtasche waren. Als ich meinen Mantel anzog, tauchte Tim hinter mir auf, begierig darauf, noch mehr zu sagen.

„Was Schiller in Wallenstein sah, das war ein Mann, der sich mit dem Schicksal verbündete, um sein eigenes Reich zu errichten. Für die deutschen Romantiker wäre das die größte aller Sünden gewesen, das Bündnis mit dem Schicksal, wobei das Schicksal gleichzusetzen war mit Verdammnis." Er folgte mir aus dem Schlafzimmer und durch den Korridor. „Die gesamte Vorstellungswelt von Goethe und Schiller und der anderen, ihre ganze Einstellung, war darauf gerichtet, daß der menschliche Wille das Schicksal besiegen kann. Das Schicksal wurde nicht als etwas Unausweichliches betrachtet, sondern als etwas, das eine Person herbeiführte. Für die Griechen war das Schicksal *ananke,* eine Macht, die absolut vorherbestimmt und unpersönlich war. Sie verglichen sie mit Nemesis, die identisch ist mit dem vergeltenden, strafenden Schicksal."

„Es tut mir leid", sagte ich. „Ich muß hinunter zum Laden."

„Essen wir denn keine Pizza?"

„Kirsten fühlt sich nicht wohl."

Tim blieb dicht vor mir stehen und sagte mit gedämpfter Stimme: „Angel, ich mache mir große Sorgen um sie. Ich kann sie nicht dazu bringen, daß sie einen Arzt aufsucht. Ihr Magen – entweder das oder ihre Gallenblase. Vielleicht kannst du sie dazu überreden, daß sie sich einer Untersuchung unterzieht. Sie hat Angst vor dem, was die Ärzte feststellen könnten. Ich glaube, du weißt, daß sie vor einigen Jahren an Halskrebs erkrankt ist."

„Ja", nickte ich.

„Und man hat eine Hysterotomie bei ihr vorgenommen."

„Was ist das?"

„Eine operative Öffnung der Gebärmutter – ihr Muttermund war verschlossen. Alles, was mit diesem Thema zusammenhängt, löst furchtbare Ängste bei ihr aus. Es ist mir unmöglich, mit ihr darüber zu reden."

„Ich werde mit ihr sprechen", erklärte ich.

„Kirsten gibt sich die Schuld an Jeffs Tod."

„Das hatte ich befürchtet."

Kirsten kam aus dem Wohnzimmer und bat mich: „Setze noch Ginger Ale auf die Liste, die ich dir gegeben habe, ja?"

„In Ordnung", versprach ich. „Ist dieser Laden . . ."

„Wende dich nach rechts", sagte Kirsten. „Vier Blocks geradeaus, dann einen Block nach links. Es ist ein kleines chinesisches Lebensmittelgeschäft, dort gibt es alles, was ich notiert habe."

„Brauchst du noch Zigaretten?“ fragte Tim.

„Ja, du kannst mir eine Stange mitbringen“, nickte Kirsten. „Irgendeine Sorte mit niedrigem Teergehalt.“

„In Ordnung“, sagte ich.

Tim öffnete mir die Tür und erklärte: „Ich fahre dich hin.“ Wir beide gingen über den Bürgersteig zu seinem Mietwagen, aber als wir davor stehenblieben, stellte er fest, daß er die Schlüssel vergessen hatte. „Dann gehen wir eben“, meinte er. So gingen wir weiter und schwiegen eine Zeitlang.

„Eine angenehme Nacht“, bemerkte ich schließlich.

„Es gibt etwas, über das ich mit dir reden möchte“, sagte Tim. „Obwohl es an sich nicht in dein Ressort fällt.“

„Ich wußte nicht, daß ich ein Ressort habe.“

„Es ist kein Gebiet, auf dem du bewandert bist. Ich weiß nicht, mit wem ich mich darüber unterhalten kann. Diese Zadokit-Dokumente sind in gewisser Hinsicht . . .“

Er zögerte. „Ich würde sagen – erschütternd. Ich meine, für mich persönlich. Die Übersetzer sind darauf gestoßen, daß ein Großteil des Logion – der Worte Jesus Christus – fast zweihundert Jahre vor Jesus entstanden ist.“

„Ich verstehe“, sagte ich.

„Aber das bedeutet“, fuhr Tim fort, „daß er nicht der Sohn Gottes war. Daß er, um es genau zu sagen, nicht Gott war, wie es die trinitarische Doktrin von uns zu glauben verlangt. Vielleicht erscheint dir dies nicht als Problem, Angel.“

„Nein, an sich nicht“, stimmte ich zu.

Das Logion ist die Grundlage für unser Verständnis und unsere Apperzeption von Jesus als der Christus, das heißt als der Messias oder der Gesalbte. Falls, wie es nun der Fall zu sein scheint, das Logion von der Person Jesu getrennt werden kann, dann müssen wir die Bedeutung der vier Evangelien relativieren – nicht nur die der Synoptiker, sondern aller vier . . . Wir müssen uns fragen, was wir denn eigentlich über Jesus wissen, sofern wir überhaupt etwas über Jesus wissen.“

„Besteht nicht die Möglichkeit, daß Jesus ein Zadokit war?“ fragte ich. Das war der Eindruck, den ich aus den Zeitungs- und Zeitschriftenartikeln gewonnen hatte. Nach der Entdeckung der Qumran-Schriftrollen hatte es eine Flut von Spekulationen gegeben, daß Jesus ein Essener war oder mit ihnen in Verbindung stand. Für mich stellte das kein Problem dar. Ich verstand nicht, was Tim so bekümmerte.

„Es gibt da eine mysteriöse Gestalt“, erzählte Tim, „die in etlichen der Zadokit-Dokumente erwähnt wird. Sie wird mit einem hebräischen Wort bezeichnet, das sich am besten mit ‚Darleger‘ übersetzen läßt. Sie ist eine geheimnisvolle Person, der viele Teile des Logion zugeschrieben werden.“

„Nun, dann hat Jesus von ihm gelernt oder seine Lehre von ihm übernommen“, sagte ich.

„Aber dann ist Jesus nicht Gottes Sohn. Er ist nicht Gottes Inkarnation, Gott als Mensch.“

„Vielleicht“, warf ich ein, „hat Gott das Logion dem ‚Darleger‘ offenbart.“

„Aber dann ist der Darleger der Sohn Gottes.“

„In Ordnung“, sagte ich.

„Das ist das Problem, das mich peinigt – obwohl dies ein recht starker Ausdruck ist. Aber es irritiert mich. Und es sollte mich irritieren. Viele der Gleichnisse aus den Evangelien finden sich bereits in Schriftrollen wieder, die zweihundert Jahre vor Jesus entstanden sind. Zugegeben, nicht das ganze Logion, aber ein Großteil, viele wichtige Punkte. Gewisse Schlüsseldoktrinen der Auferstehung sind ebenfalls vorhanden, jene, die in den allgemein bekannten ‚Ich-bin‘-Äußerungen Jesu auftauchen. ‚Ich bin das Brot des Lebens.‘ ‚Ich bin der Weg.‘ ‚Ich bin die enge Pforte.‘ Sie lassen sich nicht einfach von Jesus trennen. Nimm nur das erste: ‚Ich bin das Brot des Lebens. Jeder, der mein Fleisch ißt und mein Blut trinkt, besitzt das ewige Leben, und ich werde ihn am letzten Tage erretten. Denn mein Fleisch ist richtige Speise, und mein Blut ist richtiger Trank. Er, der mein Fleisch ißt und mein Blut trinkt, lebt in mir, und ich lebe in ihm.‘ Verstehst du?“

„Sicher“, erklärte ich. „Der Zadokit-Darleger hat es zuerst gesagt.“

„Demnach verlieh der Zadokit-Darleger das ewige Leben, und zwar vor allem durch das heilige Abendmahl.“

„Wundervoll“, murmelte ich.

„Es bestand immer die Hoffnung“, fuhr Tim fort, „obwohl niemand es erwartet hat, daß man eines Tages Q ausgraben würde – oder etwas, das es uns erlauben würde, Q oder Teile von Q zu rekonstruieren, aber niemand hat je davon geträumt, daß die *Ur-Quelle* Jesus um zwei Jahrhunderte vorwegnimmt. Ich möchte dein Versprechen, daß du niemandem etwas von dem erzählst, was ich dir jetzt sagen werde. Du darfst mit keinem Menschen darüber reden. Dieser Teil ist für die Medien nicht freigegeben worden.“

„Der Blitz soll mich erschlagen, wenn ich auch nur ein Wort verrate.“

„Verbunden mit den ‚Ich-bin‘-Erklärungen sind gewisse sehr eigenartige Zusätze, die sich nicht in den Evangelien wiederfinden und offenbar auch nicht den frühen Christen bekannt waren. Zumindest ist uns keine schriftliche Aufzeichnung überliefert, die auf eine derartige Kenntnis Rückschlüsse erlaubt. Ich . . .“ Er brach ab. „Die für ‚Brot‘ und ‚Blut‘ verwendeten Ausdrücke deuten darauf hin, daß buchstäblich Brot und Blut gemeint waren. Als hätten die Zadokiten ein bestimmtes Brot und einen bestimmten Trank zubereitet und damit die Essenz von dem geschaffen, was sie *anokhi* nennen, für das der Darleger sprach und das der Darleger repräsentierte."

„Aha", sagte ich und nickte.

„Wo ist dieser Laden?" Tim sah sich um.

„Einen Block weiter", sagte ich. „Glaube ich."

Ernst erklärte Tim: „Etwas, das sie getrunken haben, etwas, das sie gegessen haben. Wie beim messianischen Mahl. Es ließ sie unsterblich werden, wie sie glaubten. Es schenkte ihnen das ewige Leben, diese Kombination aus dem, was sie aßen, und dem, was sie tranken. Offensichtlich nimmt dies das Abendmahl vorweg. Offensichtlich besteht eine Verbindung zu dem messianischen Mahl. *Anokhi.* Immer dieses Wort. Sie aßen *anokhi,* und sie tranken *anokhi,* und als Ergebnis wurden sie *anokhi.* Sie wurden Gott selbst."

„Genau das, was das Christentum predigt", entgegnete ich, „wenn man die Messe bedenkt."

„Es gibt Parallelen dazu im Parsismus", sagte Tim. „Die Parsen opferten Vieh und kombinierten das mit einem berauschenden Getränk namens *haoma.* Aber es gibt keinen Grund zu der Annahme, daß dies in einer Vereinigung mit der Gottheit endete. Das, verstehst du, erreichen die Sakramente für den christlichen Kommunikanten: Er – oder sie – wird mit Gott vereinigt, wie er in und durch Christus repräsentiert wird. Wird Gott oder wird eins mit Gott, vereinigt sich mit Gott und geht in Gott auf. Eine Apotheose, dies ist damit gemeint. Aber hier, bei den Zadokiten, erreicht man genau dies durch das Brot und den Trank, die aus *anokhi* gewonnen werden, und natürlich bezieht sich der Begriff auf die reine Selbsterkenntnis, als das reine Bewußtsein Jahwes, des Gottes des hebräischen Volkes."

„Das ist Brahman", sagte ich.

„Wie bitte? ‚Brahman'?"

„In Indien. Brahman besitzt absolutes, reines Bewußtsein. Reines Bewußtsein, reines Sein, reine Seligkeit."

„Aber was", fragte Tim, „ist dieses *anokhi,* das sie gegessen und getrunken haben?"

„Der Leib und das Blut des Herrn", erwiderte ich.

„Aber was *ist* es?" Er gestikulierte. „Es ist leicht, einfach zu sagen: ‚Es ist der Herr', denn das, Angel, ist das, was man in der Logik als *Hysteron-Proteron*-Trugschluß bezeichnet, ein Scheinbeweis aus einem erst noch zu beweisenden Satz. Offensichtlich ist es der Leib und das Blut des Herrn, das Wort *‚anokhi'* macht das klar, aber damit ist nicht . . ."

„Oh, ich verstehe", unterbrach ich. „Das ist eine Schlußfolgerung, die sich im Kreis dreht. Mit anderen Worten, du behauptest, daß dieses *anokhi* wirklich existiert."

Tim blieb stehen und sah mich an. „Natürlich."

„Ich verstehe. Du meinst, es ist real."
„Gott ist real."
„Nicht wirklich real", widersprach ich. „Gott ist eine Frage des Glaubens. Er ist nicht real in dem Sinn, wie ein Auto real ist."
„Woher hast du nur diese Vorstellung?" fragte Tim. „Daß Gott nicht real ist?"
„Gott ist eine Art der Weltsicht. Eine Interpretation. Ich meine, Er existiert nicht. Nicht wie Objekte existieren. Man kann beispielsweise nicht gegen Ihn laufen, wie man gegen eine Mauer laufen kann."
„Existiert ein Magnetfeld?"
„Sicher", nickte ich.
„Du kannst auch nicht dagegen laufen."
„Aber", wandte ich ein, „man kann es feststellen, wenn man Eisenspäne auf ein Blatt Papier streut."
„Die Hieroglyphen Gottes sind überall um uns", erklärte Tim. „Wie die Welt und in der Welt."
„Das ist nur eine Meinung. Es ist nicht meine Meinung."
„Aber du kannst die Welt sehen."
„Ich sehe die Welt", bestätigte ich, „aber ich sehe kein Anzeichen für Gott."
„Aber es kann keine Schöpfung ohne einen Schöpfer geben."
„Wer sagt, daß sie eine Schöpfung ist?"
„Meine Meinung ist", sagte Tim, „wenn das Logion zweihundert Jahre älter ist als Jesus, dann sind die Evangelien unglaubwürdig, und wenn die Evangelien unglaubwürdig sind, dann haben wir keinen Beweis dafür, daß Jesus Gott war, der ganze Gott, der fleischgewordene Gott, und damit ist die Grundlage unserer Religion zerstört. Jesus wird damit einfach zu einem Prediger einer bestimmten jüdischen Sekte, deren Mitglieder eine Art . . . nun, *anokhi* gegessen und getrunken haben, gleichgültig, um was es sich dabei gehandelt haben mag, und die dadurch unsterblich wurden."
„Sie glaubten, dadurch unsterblich zu werden", korrigierte ich ihn. „Das ist nicht dasselbe. Es gibt Menschen, die glauben, daß Heilkräuter Krebs kurieren können, aber dadurch wird es nicht wahr."
Wir erreichten den kleinen Lebensmittelladen und verharrten für einen Moment.
„Ich entnehme daraus, daß du keine Christin bist", sagte Tim.
„Tim", erwiderte ich, „du hast das seit Jahren gewußt. Ich bin deine Schwiegertochter."
„Ich bin nicht sicher, ob ich ein Christ bin. Ich bin nicht sicher, ob es tatsächlich so etwas wie das Christentum gibt. Und ich muß aufstehen und den Menschen sagen . . . Ich muß weiter meine geistlichen und pastoralen Pflichten erfüllen. Obwohl ich weiß, was ich weiß, daß Jesus ein Lehrer und nicht Gott war – und noch nicht ein-

mal ein originärer Lehrer. Was er lehrte, das war das gesamte Glaubenssystem einer ganzen Sekte. Ein Gruppenprodukt."

„Seine Lehren könnten dennoch von Gott stammen", bemerkte ich. „Gott könnte sie den Zadokiten offenbart haben. Was steht in den Schriftrollen noch über den Darleger?"

„Er kehrt in den Letzten Tagen zurück und wirkt als eschatologischer Richter."

„Schön", murmelte ich.

„Eine entsprechende Aussage findet sich im Parsismus", fuhr Tim fort. „Soviel scheint auf die iranischen Religionen zu verweisen . . . Die Juden haben im Laufe der Zeit ihrer Religion eine bestimmte iranische Qualität hinzugefügt . . ." Er verstummte. Er hatte sich seelisch nach innen gekehrt, hatte mich, den Laden, unseren Botengang vergessen.

Um ihn zu ermuntern, sagte ich: „Vielleicht werden die Gelehrten und Übersetzer dieses *anokhi* finden."

„Gott finden", echote er für sich selbst.

„Feststellen, daß es irgendwo wächst. Eine Wurzel oder ein Baum."

„Warum sagst du das?" Er wirkte zornig. „Wieso kommst du darauf?"

„Brot muß aus etwas gemacht werden. Man kann kein Brot essen, wenn es nicht aus etwas besteht."

„Jesus hat metaphorisch gesprochen. Er meinte kein Brot im buchstäblichen Sinn."

„Er vielleicht nicht, aber die Zadokiten offenbar doch."

„Auch mir ist dieser Gedanke gekommen. Einige der Übersetzer vermuten dies. Daß Brot und Trank wortwörtlich zu verstehen sind. ‚Ich bin das Tor des Pferches.' Gewiß hat Jesus nicht damit gemeint, daß er aus Holz bestand. ‚Ich bin der wahre Wein, und mein Vater ist der Winzer. Jeden Zweig an mir, der keine Früchte trägt, schneidet er fort, und jeden Zweig, der Früchte trägt, beschneidet er, damit er noch mehr trägt.'"

„Nun, dann ist es ein Weinstock", meinte ich. „Schau dich nach einem Weinstock um."

„Das ist absurd und weltlich."

„Warum?" fragte ich.

Heftig entgegnete Tim: „‚Ich bin der Wein, ihr seid die Zweige.' Sollen wir annehmen, daß buchstäblich eine Pflanze damit gemeint ist? Daß dies eine physische und keine spirituelle Angelegenheit ist? Etwas, das in der Wüste am Toten Meer wächst?" Er gestikulierte. „‚Ich bin das Licht der Welt.' Sollen wir annehmen, daß man eine Zeitung lesen konnte, indem man sich unter ihn stellte? Wie unter diese Straßenlaterne?"

„Vielleicht", sagte ich. „Dionysos war ein Wein, wie man sagt. Seine Verehrer betranken sich, und dann ergriff Dionysos Besitz von ihnen, und sie liefen über die Hügel und Felder und bissen Kühe zu Tode. Verschlangen ganze Tiere bei lebendigem Leib."

„Es gibt gewisse Übereinstimmungen", gab Tim zu.

Gemeinsam betraten wir den kleinen Lebensmittelladen.

6

Bevor Tim und Kirsten nach England zurückkehren konnten, versammelte sich die Episkopalische Bischofssynode, um über seine mutmaßliche Häresie zu verhandeln. Die trotteligen Bischöfe – ich glaube, ich sollte besser sagen, die konservativen Bischöfe, denn dies klingt höflicher –, die als seine Ankläger auftraten, stellten ihre bemerkenswerte Unfähigkeit unter Beweis, ihn auf erfolgreiche Weise anzugreifen. Tim ging aus der Synode als offiziell rehabilitiert hervor. Verantwortlich dafür waren natürlich die Zeitungen und Zeitschriften. Zu keiner Zeit hatte ihm diese Angelegenheit Kopfzerbrechen bereitet. Dank Jeffs Selbstmord schlug Tim jedenfalls eine Welle öffentlicher Sympathie entgegen. Er war sich ihrer immer sicher gewesen, aber jetzt, infolge seiner persönlichen Tragödie, besaß er sogar noch mehr davon.

Irgendwo sagt Plato, wenn man auf einen König schießen will, dann muß man auch sicher sein, ihn zu töten. Die konservativen Bischöfe versagten bei dem Versuch, ihn zu vernichten, und als Ergebnis dessen war Tim stärker als je zuvor, und dies ist der Lauf der Niederlage. Wir bezeichnen eine derartige Wendung der Ereignisse als Rohrkrepierer. Tim wußte jetzt, daß niemand innerhalb der Episkopalischen Kirche der Vereinigten Staaten von Amerika ihm etwas anhaben konnte. Um vernichtet zu werden, mußte er sich selbst vernichten.

Was mich betrifft, so gehörte mir als Folge des Selbstmords nun allein das Haus, das Jeff und ich gekauft hatten. Jeff hatte ein Testament angelegt, dank des Drängens seines Vaters. Ich erbte nicht viel, aber ich erbte das, was da war. Da ich den Unterhalt für Jeff und mich bestritten hatte, bedrängten mich keine finanziellen Probleme. Ich arbeitete weiter im kombinierten Rechtsanwaltsbüro und Kerzengeschäft. Eine Zeitlang glaubte ich, daß ich nach Jeffs Tod nach und nach den Kontakt zu Kirsten und Tim verlieren würde. Doch dies war nicht der Fall. Tim schien in mir jemanden zu sehen, mit dem er reden konnte. Schließlich gehörte ich zu den wenigen Menschen, die von seiner Beziehung zu seiner Privatsekretärin und Geschäftsbevollmächtigten wußten. Und, natürlich, ich hatte ihn mit Kirsten zusammengebracht.

Darüber hinaus ließ Tim niemanden fallen, der zu seinen Freunden gehörte. Außerdem war ich viel mehr als das – zwischen uns beiden bestand eine tiefe Zuneigung, und daraus war Verständnis erwachsen. Wir waren buchstäblich gute Freunde, und zwar auf traditionelle Weise. Der Bischof von Kalifornien, der so viele radikale Ansichten besaß und derart wilde Theorien entwickelte, war in seinem Privatleben ein altmodischer Mensch, und zwar im besten Sinne des Wortes. War man sein Freund, dann verhielt er sich einem gegenüber loyal und blieb auch loyal, wie ich Mrs. Marion Jahre später mitgeteilt hatte, lange nachdem Kirsten und Tim, wie mein Mann, gestorben waren. Es ist in Vergessenheit geraten, daß Bischof Archer seine Freunde geliebt hat und bei ihnen blieb, selbst wenn er nichts dadurch gewinnen konnte, und zwar in dem Sinn, daß sie die Macht besaßen oder nicht besaßen, seine Karriere voranzutreiben, seine Position zu stärken oder ihm sonst irgendwelche Vorteile in der materiellen Welt zu bringen. In dieser Welt war ich nicht mehr als eine junge Frau, die als Schreibkraft in einem Rechtsanwaltsbüro arbeitete, und nicht einmal in einem wichtigen Rechtsanwaltsbüro. Tim hatte, strategisch gesehen, nichts zu gewinnen, wenn er unsere Beziehung aufrechterhielt, aber er pflegte sie bis zu seinem Tode.

Kirsten zeigte im Anschluß an Jeffs Tod Symptome eines sich rapide verschlechternden Gesundheitszustandes, was schließlich von den Ärzten korrekt als Bauchfellentzündung diagnostiziert wurde, an der man sterben kann. Der Bischof bezahlte alle Behandlungskosten, die sich zu erschreckender Höhe summierten. Zehn Tage lang siechte sie auf der Intensivstation eines der besten Krankenhäuser von San Francisco dahin und beklagte sich bitterlich, daß niemand sie besuchte und sich um sie kümmerte. Tim, der in den ganzen Vereinigten Staaten herumflog und Vorlesungen hielt, besuchte sie so oft wie möglich, aber es war nicht annähernd oft genug, um sie zufriedenzustellen. Ich bemühte mich, halbwegs regelmäßig zu ihr in die Stadt zu fahren. Meine und Tims Bemühungen waren jedoch (nach ihrer Meinung) in keiner Weise ihrer Krankheit angemessen. Die meiste Zeit verbrachte ich damit, mir ihre schmähenden Monologe anzuhören, in denen sie sich über ihn und über alles andere im Leben beklagte. Sie war alt geworden.

Es erscheint mir sinnlos zu sagen: „Du bist so alt, wie du dich fühlst“, denn in Wahrheit machen sich Alter und Krankheit früher oder später doch bemerkbar, und dieser dumme Spruch leuchtet nur Menschen ein, die bei guter Gesundheit sind und nicht jene Traumata erlitten haben, mit denen Kirsten Lundborg fertig werden mußte. Ihr Sohn Bill hatte eine extreme Neigung zum Wahnsinn entwickelt, und dafür fühlte sich Kirsten verantwortlich. Sie wußte auch, daß ein Hauptgrund für Jeffs Selbstmord ihre Beziehung zu seinem Vater gewesen war. Dies ließ sie mir gegenüber mit Bitterkcit reagieren, als ihre Schuld sie rieb, mich ständig zu kränken, mich, die Hauptleidtragende von Jeffs Tod.

Von unserer Freundschaft war wirklich nicht mehr viel übriggeblieben. Dennoch besuchte ich sie im Krankenhaus, und immer kleidete ich mich so, daß ich gut aussah, und immer brachte ich ihr etwas mit, das sie nicht essen konnte, wenn es Lebensmittel waren, oder nicht tragen oder gebrauchen konnte.

„Sie wollen mich nicht rauchen lassen", sagte sie einmal anstelle eines Grußes zu mir.

„Natürlich nicht", erwiderte ich. „Du wirst sonst dein Bett wieder in Brand setzen. Wie damals." Einige Wochen, bevor sie ins Krankenhaus eingeliefert worden war, hatte sie sich dadurch fast selbst umgebracht.

„Besorge mir etwas Garn", bat Kirsten.

„Garn", echote ich.

„Ich will einen Pullover stricken. Für den Bischof." Ihr Tonfall relativierte ihre Worte. Kirsten war in der Lage, durch Worte eine Feindseligkeit auszudrücken, der man selten begegnete. „Der Bischof", fügte sie hinzu, „braucht einen Pullover."

Ihre Feindseligkeit beruhte auf der Tatsache, daß Tim auch allein gut zurechtkam. Im Moment war er irgendwo in Kanada, um eine Rede zu halten. Eine Zeitlang war Kirsten davon überzeugt gewesen, daß Tim keine Woche ohne sie überleben konnte. Ihr Krankenhausaufenthalt hatte bewiesen, daß sie sich irrte.

„Warum wollen die Mexikaner nicht, daß ihre Kinder Schwarze heiraten?" fragte Kirsten.

„Weil deren Kinder dann zu faul zum Stehlen wären", sagte ich.

„Wann wird aus einem Schwarzen ein Nigger?"

„Wenn er das Zimmer verläßt." Ich setzte mich auf einen Plastikstuhl neben ihrem Bett. „Wann ist die sicherste Zeit, Auto zu fahren?" fragte ich.

Kirsten warf mir einen feindseligen Blick zu.

„Du bist bald wieder draußen", versuchte ich sie zu trösten.

„Ich werde nie hier rauskommen. Der Bischof ist wahrscheinlich – ach, was soll's. Er tätschelt irgendeinen Arsch in Montreal. Oder wo auch immer er ist. Weißt du, er hatte mich schon bei unserem zweiten Treffen in seinem Bett. Und das erste Mal haben wir uns in einem Restaurant in Berkeley gesehen."

„Ich war dabei."

„Also konnte er es beim erstenmal nicht schaffen. Hätte er es gekonnt, er hätte es getan. Überrascht es dich, das von einem Bischof zu hören? Es gibt da ein paar Dinge, die ich dir erzählen könnte – aber ich werde es nicht."

„Gut", sagte ich.

„Was ist gut? Daß ich es dir nicht erzählen werde?"

„Solltest du es versuchen", erwiderte ich, „werde ich aufstehen und gehen. Mein Therapeut hat mir geraten, dir klare Grenzen zu setzen."

„Oh, das ist gut – du bist auch eine von denen, die in Therapie sind. Du und mein Sohn. Ihr beide solltet euch zusammentun. Ihr könntet in der Beschäftigungstherapie Tonschlangen formen."

„Ich gehe", sagte ich und stand auf.

„O Gott", rief Kirsten gereizt. „Setz dich."

Ich sagte: „Was ist aus dem schwedischen mongoliden Kretin geworden, der aus dem Heim in Stockholm entwichen ist?"

„Ich weiß es nicht."

„Lehrer in einer Schule in Norwegen."

Lachend entgegnete Kirsten: „Ach, fick dich selbst."

„Das brauche ich nicht. Es läuft vorzüglich."

„Ja, wahrscheinlich." Sie nickte. „Ich wünschte, ich wäre wieder in London. Du bist nie in London gewesen."

„Es war nicht genug Geld da", erinnerte ich. „In der bischöflichen Spesenkasse. Für Jeff und mich."

„Oh, das stimmt. Ich habe alles verbraucht."

„Das meiste."

„Ich konnte nirgendwo hingehen", sagte Kirsten. „Während Tim sich mit diesen alten perversen Übersetzern herumtrieb. Hat er dir erzählt, daß Jesus ein Schwindler war? Erstaunlich. Heute, nach zweitausend Jahren, finden wir heraus, daß jemand anders das ganze Logion und all diese ‚Ich-bin'-Erklärungen geschaffen hat. Ich habe Tim noch nie so niedergeschlagen gesehen. Er saß nur in unserem Hotelzimmer herum und starrte zu Boden, Tag für Tag."

Ich sagte nichts darauf.

„Glaubst du, es spielt eine Rolle?" fragte Kirsten. „Daß Jesus ein Betrüger war?"

„Für mich nicht", antwortete ich.

„Dabei haben sie den wichtigsten Teil noch nicht einmal veröffentlicht. Über diesen Pilz. Sie wollen das so lange wie möglich geheimhalten. Jedenfalls . . ."

„Was für einen Pilz?"

„Den *anokhi.*"

Ungläubig stieß ich hervor: „*Anokhi* ist ein Pilz?"

„*Anokhi* ist ein Pilz. Und es war damals ein Pilz. Sie bauten ihn in Höhlen an, die Zadokiten."

„Jesus Christus", sagte ich.

„Sie machten daraus Pilzbrot. Sie machten daraus eine Brühe und tranken die Brühe, aßen das Brot, tranken die Brühe. Daher stammen die beiden Arten der Hostie, der Leib und das Brot. Offenbar war der *Anokhi*-Pilz giftig, aber die Zadokiten fanden eine Möglichkeit, sein Gift zu neutralisieren, zumindest soweit, daß er sie nicht umbrachte. Er erzeugte Halluzinationen."

Ich begann zu lachen. „Dann waren sie . . ."

„Ja, sie haben sich angetörnt." Jetzt lachte auch Kirsten, trotz ihres Zustandes. „Und Tim muß jeden Sonntag in der Grace-Kathedrale stehen und das Abendmahl zelebrieren, obwohl er weiß, daß sie damals lediglich auf eine psychedelische Reise gegangen sind, wie die Burschen von der Haight-Ashbury. Ich dachte, es würde ihn umbringen, als er es herausfand."

„Also war Jesus in Wirklichkeit ein Drogenhändler."

Sie nickte. „Die Zwölf, die Jünger, haben – so lautet die Theorie – den *Anokhi*-Pilz nach Jerusalem geschmuggelt und sind dabei erwischt worden. Dies bestätigt nur das, was John Allegro vermutet hat – vielleicht kennst du sein Buch. Er ist einer der größten Gelehrten *vis-à-vis* den nahöstlichen Sprachen – er war der offizielle Übersetzer der Qumran-Schriftrollen."

„Ich kenne sein Buch nicht", entgegnete ich, „aber ich weiß, wer er ist. Jeff hat mehrfach von ihm gesprochen."

„Allegro vermutete, daß es sich bei den frühen Christen um einen geheimen Pilzkult gehandelt hat. Er schloß dies aus internen Hinweisen im Neuen Testament. Und er entdeckte ein Bild, auf dem die frühen Christen mit einem riesigen Pilz der Spezies *Amania muscaria* zu sehen waren."

„Amanita muscaria", korrigierte ich. „Das ist der rote. Sie sind schrecklich giftig. Demnach haben die frühen Christen eine Möglichkeit gefunden, seinen Giftgehalt zu verringern."

„Das ist Allegros Schlußfolgerung. Und sie haben Halluzinationen bekommen." Sie begann zu kichern.

„Gibt es wirklich einen *Anokhi*-Pilz?" erkundigte ich mich. Ich wußte einiges über Pilze. Bevor ich Jeff geheiratet hatte, war ich mit einem Amateurmykologen gegangen.

„Nun, wahrscheinlich gab es einen, aber heute weiß niemand, welche Gattung damit gemeint ist. In den Zadokit-Dokumenten findet sich keine Beschreibung. Es gibt keine Möglichkeit festzustellen, was es für ein Pilz war und ob es ihn noch immer gibt."

„Vielleicht", murmelte ich, „hat er mehr als nur Halluzinationen erzeugt."

„Zum Beispiel?"

In diesem Moment trat eine Krankenschwester auf mich zu. „Sie müssen jetzt gehen."

„In Ordnung." Ich erhob mich und griff nach meinem Mantel.

„Komm näher", sagte Kirsten und winkte mich zu ihr. Dann flüsterte sie mir ins Ohr: „Orgien."

Nachdem ich ihr einen Abschiedskuß gegeben hatte, verließ ich das Hospital.

Als ich in Berkeley angekommen und mit dem Bus zu dem kleinen alten Bauernhaus gefahren war, in dem Jeff und ich gewohnt hatten, sah ich, als ich den Weg entlangging, einen jungen Mann in der Ecke der Veranda kauern. Besorgt blieb ich stehen und fragte mich, wer er wohl sein mochte.

Untersetzt, mit hellem Haar, hatte er sich gebückt, um meine Katze Magnificat zu streicheln, die selig vor der Haustür lag. Ich beobachtete ihn eine Weile und dachte: Ist er Vertreter oder etwas Ähnliches? Der junge Mann trug eine zu weite Hose und ein grellfarbenes Hemd. Während er Magnificat streichelte, besaß sein Gesicht den sanftesten Ausdruck, den ich je auf einem menschlichen Antlitz gesehen hatte. Dieser Bursche, der offensichtlich noch nie zuvor meiner Katze begegnet war, strahlte eine Zärtlichkeit aus, eine greifbare Liebe, die für mich etwas völlig Neues war. Einige der frühesten Statuen des Gottes Apollo besitzen dieses Lächeln. Völlig vertieft darin, Magnificat zu liebkosen, bemerkte mich der junge Mann nicht. Fasziniert sah ich zu, denn Magnificat war gewöhnlich ein streitlustiger, wenig umgänglicher Kater, der keinem Fremden erlaubte, in seine Nähe zu kommen.

Mit einemmal sah der Junge auf. Er lächelte scheu und erhob sich verlegen. „Hallo."

„Hallo." Vorsichtig und langsam ging ich auf ihn zu.

„Ich habe diese Katze gefunden." Der Junge blinzelte, lächelte noch immer. Er besaß unschuldige blaue Augen.

„Es ist meine Katze", erklärte ich.

„Wie heißt sie?"

„Es ist ein Kater", sagte ich, „und er heißt Magnificat."

„Er ist sehr schön", bemerkte der Junge.

„Wer sind Sie?" fragte ich.

„Ich bin Kirstens Sohn. Bill."

Das erklärte die blauen Augen und das blonde Haar. „Ich bin Angel Archer."

„Ich weiß. Wir sind uns schon begegnet. Aber es war . . ." Er zögerte. „Ich bin mir nicht sicher, wie lange das her ist. Man hat mich mit Elektroschocks behandelt . . . mein Gedächtnis ist nicht besonders gut."

„Ja", sagte ich. „Ich glaube, wir sind uns schon begegnet. Ich komme gerade von deiner Mutter. Ich habe sie im Krankenhaus besucht."

„Kann ich dein Badezimmer benutzen?"

„Sicher." Ich nickte, holte meine Schlüssel aus meiner Handtasche und schloß die Haustür auf. „Entschuldige die Unordnung. Ich arbeite – ich bin nicht oft genug zu Hause, um alles in Ordnung zu halten. Das Badezimmer liegt dort hinten neben der Küche. Geh einfach durch."

Bill Lundborg schloß die Badezimmertür nicht hinter sich. Ich konnte ihn laut urinieren hören. Ich füllte den Wasserkessel und stellte ihn auf den Herd. Seltsam, dachte ich. Das ist der Sohn, den sie verhöhnt. Wie sie uns alle verhöhnt.

Bill kam zurück und stand befangen da, lächelte mich ängstlich an, fühlte sich zweifellos nicht wohl in seiner Haut. Er hatte die Spülung nicht gezogen. Unvermittelt dachte ich: Er ist soeben aus dem Krankenhaus entlassen worden, aus der Psychiatrischen Klinik – man merkt es.

„Möchtest du Kaffee?“ fragte ich.

„Gern.“

Magnificat betrat die Küche.

„Wie alt ist sie?“ erkundigte sich Bill.

„Ich habe keine Ahnung, wie alt er ist. Ich habe ihn vor einem Hund gerettet. Als er schon ausgewachsen war, meine ich. Wahrscheinlich hat er irgendwo in der Nachbarschaft gelebt.“

„Wie geht es Kirsten?“

„Recht gut“, sagte ich und deutete auf einen Stuhl. „Setz dich.“

„Danke.“ Er nahm Platz, legte seine Arme auf den Küchentisch und faltete die Hände. Seine Haut war so blaß. Nicht nach draußen gelassen, dachte ich. Eingesperrt. „Ich mag deine Katze.“

„Du kannst ihn füttern“, schlug ich vor. Ich öffnete den Kühlschrank und holte die Dose Katzenfutter heraus.

Als Bill Magnificat fütterte, beobachtete ich die beiden. Die Sorgfalt, mit der er das Futter aus der Dose löffelte . . . systematisch, voll konzentriert, als wäre das, mit dem er beschäftigt war, von äußerster Wichtigkeit. Er hielt seinen Blick starr auf Magnificat gerichtet, und während er die alte Katze betrachtete, lächelte er erneut dieses Lächeln, das mich so berührt, mich so verblüfft hatte.

Zerschmettere mich, o Gott, dachte ich, in merkwürdiger Weise an diesen alten Vers erinnert. Zerschmettere mich und töte mich. Sie haben dieses süße, liebe Baby gequält, bis fast nichts mehr übriggeblieben ist. Haben ihm den Verstand ausgebrannt und dabei vorgegeben, ihn zu heilen. Diese verdammten Sadisten in ihren sterilen Kitteln. Was wissen sie schon von dem menschlichen Herzen? Ich war den Tränen nahe.

Und er wird wieder hineinkommen, dachte ich, wie Kirsten es prophezeit hat. Hinein in das Krankenhaus und wieder heraus, und das für den Rest seines Lebens. Diese Schweinehunde.

Brech mein Herz, dreifalt'ger Gott, denn bis jetzt
Hat's nur gepocht, geatmet, gestrebt, nach Bess'rem gelechzt;
Daß ich mich erheb' und steh', unterwerfe mich und nutz
Deine Macht, damit ich breche, biege, brenn, erstrahl in neuem Putz.
Ich, wie eine eroberte Stadt unter einem neuen Herrn,
Müh mich, Dein zu sein, aber oh, 's gelingt mir nicht entfernt,
Beschwatz deinen Vizekönig in mir, daß er mir zu Hilfe eile,
Aber er ist gefangen und erweist sich als schwach, als feige.
Trotzdem ich Dich sehr lieb und der sein möcht, der von Dir erwählt,
Bin ich mit Deinem Feind vermählt:

Scheide mich, befreie mich, löse, was mich hemmt,
Denn wenn Du mich nicht fesselst, werd' ich niemals frei,
Und wenn Du mich nicht schändest, werde' ich niemals rein.

Mein Lieblingsgedicht von John Donne. Es fiel mir ein, drang in mein Bewußtsein, während ich zusah, wie Bill Lundborg meine struppige alte Katze fütterte.

Und ich lache über Gott, dachte ich. Für mich ergibt es keinen Sinn, was Tim lehrt und glaubt, ebensowenig wie die Pein, die ihm diese Entwicklungen bereiten. Ich bin selbst verrückt. Auf meine eigene schwerfällige Art ist mir das klargeworden. Schau ihn dir an, wie er diese dumme Katze behandelt. Er – dieses Kind – wäre Tierarzt geworden, hätten sie nicht seinen Geist zerrüttet. Was hat Kirsten mir erzählt? Er fürchtet sich vor dem Autofahren. Er bringt nicht mehr den Müll nach draußen. Er will nicht baden. Und dann weint er. Ich weine auch, dachte ich, und manchmal lasse ich den Abfall sich auftürmen, und einmal bin ich auf der Hoffman fast von der Straße abgekommen und mußte gegensteuern. Sperrt mich ein, dachte ich. Sperrt uns alle ein. Das also ist Kirstens Heimsuchung, daß sie diesen Jungen zum Sohn hat?

Bill fragte: „Ist noch etwas da, mit dem ich sie füttern kann?"

„Alles, was du im Kühlschrank findest", sagte ich. „Möchtest du etwas essen?"

„Nein, danke." Erneut streichelte er die schrecklich alte Katze – eine Katze, die sonst niemanden an sich heranließ. Er hat dieses Tier gezähmt, dachte ich, wie er selbst gezähmt worden ist.

„Bist du mit dem Bus hierhergekommen?" fragte ich.

„Ja." Er nickte. „Ich mußte meinen Führerschein abgeben. Ich kann Autofahren, aber . . ." Er schwieg.

„Ich nehme auch immer den Bus", erklärte ich.

„Ich hatte ein wirklich tolles Auto", sagte Bill. „Einen '56er Chevy. Den großen Achtzylinder, den sie damals gebaut haben – es war erst das zweite Jahr, daß Chevrolet Achtzylinder hergestellt hat, das erste Jahr war '55."

„Das sind sehr wertvolle Autos", bemerkte ich.

„Ja. Chevrolet hat damals ein neues Karosseriedesign eingeführt. Nach diesen alten höheren, kürzeren Karosserien, die sie so lange gebaut haben. Man kann einen '55er von einem '56er Chevy am Kühlergrill unterscheiden. Wenn die Blinklichter am Grill angebracht sind, kann man davon ausgehen, daß es ein '56er ist."

„Wo wohnst du?" erkundigte ich mich. „In der Stadt?"

„Ich wohne nirgends. Bis letzte Woche war ich im Napa. Man hat mich nach draußen gelassen, weil Kirsten krank ist. Ich bin per Anhalter hierhergekommen. Ein Mann hat mich in seinem Stingray mitgenommen." Er lächelte. „Man muß diese 'vettes jede Woche auf den Schnellstraßen ausfahren, sonst lagert sich in ihrem Motor

Kohlenstoff ab. Er hat auf dem ganzen Weg Kohlenstoff gespuckt. Was ich an einem 'vette nicht mag, ist die Fiberglaskarosserie – man kann sie einfach nicht reparieren." Er fügte hinzu: „Aber sie sehen wirklich gut aus. Seiner war weiß. Ich habe das Baujahr vergessen, obwohl er es mir genannt hat. Wir jagten ihn auf hundert hoch, aber die Bullen lassen einen nicht aus den Augen, wenn man einen 'vette fährt, weil sie hoffen, daß man die Geschwindigkeitsbegrenzung überschreitet. Eine Zeitlang blieb uns ein Streifenwagen auf den Fersen, aber dann mußte er sein Martinshorn einschalten und davonbrausen – irgendwohin zu einem Unfall. Wir haben den Bullen ausgelacht, als er an uns vorbeizog. Er war richtig wütend, aber er konnte uns nichts anhängen."

Dann fragte ich ihn so taktvoll wie möglich, warum er zu mir gekommen war.

„Ich wollte dich etwas fragen", erklärte Bill. „Ich bin einmal deinem Mann begegnet. Du warst nicht zu Haus, mußtest arbeiten oder so. Er war allein hier. Hieß er nicht Jeff?"

„Ja", nickte ich.

„Was ich wissen wollte, ist . . ." Bill zögerte. „Weißt du, warum er sich umgebracht hat?"

„Es gibt immer eine Menge Gründe, die dabei eine Rolle spielen." Ich setzte mich ihm gegenüber an den Küchentisch.

„Ich weiß, daß er in meine Mutter verliebt war."

„Oh", sagte ich. „Das weißt du."

„Ja, Kirsten hat es mir erzählt. War das der Hauptgrund?"

„Vielleicht", entgegnete ich.

„Würdest du mir eine Frage beantworten", sagte Bill, „eine bestimmte Frage? War er geistig gestört?"

„Er war in Therapie. Aber in keiner intensiven Therapie."

„Ich habe mir Gedanken darüber gemacht", fuhr Bill fort. „Er war wütend auf seinen Vater – wegen Kirsten. Das hat eine sehr wichtige Rolle gespielt. Schau, wenn du in einer Klinik bist – in einer psychiatrischen Klinik –, dann lernst du eine Menge Leute kennen, die einen Selbstmordversuch gemacht haben. Ihre Handgelenke sind zerschnitten. Daran kann man sie erkennen. Wenn man es versucht, dann ist es am besten, wenn man in die Richtung schneidet, in der die Venen verlaufen." Er zeigte mir seinen nackten Arm und demonstrierte es. „Die meisten Leute machen den Fehler, im rechten Winkel zu der Vene zu schneiden, unten am Handgelenk. Wir hatten da einen Burschen, der hat sich den Arm auf einer Länge von etwa siebzehn Zentimetern und auf einer Breite von vielleicht einem halben Zentimeter aufgeschnitten. Aber sie haben ihn trotzdem zusammennähen können. Er war mehrere Monate bei uns. Einmal, während der Gruppentherapie, sagte er, daß er nicht mehr sein wollte als ein Augenpaar an der Wand, um jeden zu sehen, aber nicht gesehen zu werden. Nur ein Beobachter, nicht ein Teil des Geschehens. Nur zusehen und zuhören. Aber dafür hätte er auch noch ein Ohrenpaar sein müssen."

Mir fiel beim besten Willen nichts dazu ein.

„Paranoide haben Angst davor, angesehen zu werden", erklärte Bill. „Deshalb wäre es für sie von Vorteil, unsichtbar zu sein. Da war diese eine Dame – sie konnte nicht in Gegenwart anderer Menschen essen. Sie ging immer mit ihrem Tablett in ihr Zimmer. Ich glaube, sie hielt Essen für etwas Schmutziges." Er lächelte. Mühsam erwiderte ich sein Lächeln.

Wie seltsam dies ist, dachte ich. Eine gespenstische Unterhaltung, als ob sie in Wirklichkeit gar nicht stattfindet.

„Jeff war voller Feindseligkeit", sagte Bill. „Gegenüber seinem Vater und auch gegenüber Kirsten, vielleicht auch dir gegenüber, aber ich glaube, nicht so sehr – dir gegenüber, meine ich. Wir sprachen über dich an jenem Tag, als ich hier war. Ich habe vergessen, wann das war. Ich hatte zwei Tage Ausgang. Auch damals bin ich per Anhalter hierhergekommen. Ein Lastwagen hielt an, obwohl er ein KEINE ANHALTER-Schild besaß. Er transportierte irgendwelche Chemikalien, allerdings keine giftigen. Wenn sie feuergefährliche Ladung oder giftige Ladung transportieren, nehmen sie niemanden mit, denn wenn es zu einem Unfall kommt und man wird dabei getötet, dann erlischt dadurch unter Umständen ihr Versicherungsschutz."

Erneut fiel mir darauf keine Erwiderung ein. Ich nickte.

„Das Gesetz sagt", erklärte Bill, „daß ein Anhalter, der bei einem Unfall verletzt oder getötet wird, auf eigenes Risiko mitgefahren ist. Es ist allein sein Problem. Wenn man also per Anhalter fährt und etwas passiert, dann kann man nicht vor Gericht gehen. Das ist kalifornisches Gesetz."

„Ja", sagte ich. „Jeff war sehr zornig auf Tim."

„Haßt du meine Mutter?"

Nach einem Moment des Nachdenkens antwortete ich: „Ja. Ich hasse sie wirklich."

„Warum? Es war nicht ihre Schuld. Wenn sich jemand umbringt, dann trägt er ganz allein die Verantwortung dafür. Das haben wir gelernt. Man lernt eine Menge Dinge im Krankenhaus. Man erfährt einen Haufen Dinge, die die Leute draußen niemals erfahren. Man wird mit der Realität konfrontiert, und das ist das absolute . . ." Er gestikulierte. „Paradoxon. Denn die Leute, die dort sind, sind dort, weil sie sich – wahrscheinlich – der Realität nicht gestellt haben, und dann landen sie in der Klinik, der psychiatrischen Klinik, einem staatlichen Krankenhaus wie Napa, und dann müssen sie mit einemmal mit einer Menge mehr Realität fertig werden als die meisten anderen Menschen. Und es gelingt ihnen hervorragend. Ich habe Dinge gesehen, auf die ich sehr stolz war, Patienten, die anderen Patienten helfen. Einmal sagte diese Dame – sie war ungefähr Mitte fünfzig

– zu mir: ‚Kann ich dir vertrauen?‘ Sie ließ mich schwören, nichts zu verraten. Ich versprach, alles für mich zu behalten. Sie sagte: ‚Ich werde mich heute nacht umbringen.‘ Sie erzählte mir, wie sie es anstellen wollte. Wir befanden uns nicht in der geschlossenen Abteilung. Sie hatte ihren Wagen draußen auf dem Parkplatz abgestellt, und sie besaß einen Zündschlüssel, von dem die Ärzte nichts wußten. Die Ärzte glaubten, all ihre Schlüssel zu haben, aber sie hatte diesen behalten. Also dachte ich darüber nach, was ich tun sollte. Sollte ich Dr. Gutman davon erzählen? Er war der Chef der Abteilung. Statt dessen schlich ich mich nach draußen auf den Parkplatz – ich wußte, welcher Wagen ihr gehörte –, und ich entfernte das Kabel, das von der Zündung zum Verteiler führt. Ohne dieses Kabel kann man keinen Motor starten. Es ist kein Problem, es zu entfernen. Wenn man seinen Wagen in einer unsicheren Gegend parkt und Angst hat, daß ihn jemand stehlen könnte, dann kann man dieses Kabel herausreißen. Es ist wirklich kein Problem. Sie startete, bis die Batterie leer war, und dann kam sie wieder herein. Sie war wütend, aber später hat sie mir gedankt.“ Er dachte nach und fügte dann halb zu sich selbst hinzu: „Sie wollte einen entgegenkommenden Wagen auf der Bay Bridge rammen. Also habe ich auch dessen Insassen gerettet. Es hätte ja auch ein Bus voller Kinder sein können.“

„Mein Gott“, sagte ich leise.

„Es war eine Entscheidung, die ich rasch treffen mußte“, erklärte Bill. „Sobald ich wußte, daß sie diesen Schlüssel hatte. Ich mußte etwas unternehmen. Es war ein großer Mercedes. Silbern lackiert. Fast neu. Sie hatte einen Haufen Geld. Wenn man in einer derartigen Situation nicht handelt, dann ist es dasselbe, als ob man ihnen hilft.“

„Vielleicht“, wandte ich ein, „wäre es besser gewesen, den Arzt zu informieren.“

„Nein.“ Er schüttelte den Kopf. „Dann hätte sie . . . Nun, es ist schwer zu erklären. Sie wußte, daß ich es getan hatte, um ihr das Leben zu retten, nicht, um sie in Schwierigkeiten zu bringen. Hätte ich es den Ärzten gesagt, hätte sie das so ausgelegt, daß ich nur dafür sorgen wollte, sie noch ein paar Monate länger dort festzuhalten. Aber so haben die Ärzte es nie erfahren, und deshalb konnten sie sie auch nicht länger als ursprünglich geplant dort behalten. Als ich entlassen wurde – sie wurde vor mir entlassen –, besuchte sie mich einmal in meinem Apartment . . . Ich hatte ihr meine Adresse gegeben. Jedenfalls, sie kam vorbei – sie fuhr denselben Mercedes; ich erkannte ihn, als sie ihn einparkte – und wollte wissen, wie es mir ging.“

„Und wie ging es dir?“ fragte ich.

„Überhaupt nicht gut. Ich hatte kein Geld, um meine Miete zu bezahlen. Man drohte mir, mich auf die Straße zu setzen. Sie besaß einen Haufen Geld, ihr Mann war reich. Ihnen gehörten eine Menge Apartmentgebäude in ganz Kalifornien bis hinunter nach San Diego. Sie ging zu ihrem Wagen zurück, kam wieder und gab mir etwas, das wie eine Rolle Fünfcentstücke aussah. Du weißt schon, eine Rolle Münzen eben. Als sie fort war, öffnete ich die Rolle, und es waren Goldmünzen. Später erzählte sie mir, daß sie den Großteil ihres Geldes in Form von Gold besaß. Sie stammten aus irgendeiner britischen Kolonie. Sie sagte mir, wenn ich sie verkaufen wollte, dann sollte ich dem Münzhändler mitteilen, daß sie ‚N. I. U.'seien. Das ist die Abkürzung für ‚nicht im Umlauf'. Ein Ausdruck, der bei den Händlern gebräuchlich ist. Eine noch nicht im Umlauf befindliche Münze ist mehr wert als eine, die das Gegenteil ist, was immer das auch heißen mag. Ich bekam für eine Münze über zwölf Dollar, als ich sie verkaufte. Eine behielt ich für mich, aber ich habe sie verloren. Ich bekam um die sechshundert Dollar für die ganze Rolle abzüglich dieser einen fehlenden Münze." Er drehte sich um und sah zum Herd. „Dein Wasser kocht."

Ich goß das Wasser in die Kaffeekanne aus feuerfestem Glas.

„Wenn man Filterkaffee auf diese Weise zubereitet", bemerkte Bill, „dann schmeckt er viel besser als der aus einer Maschine, wo das Wasser erst verdunstet und dann über dem Sieb wieder kondensiert."

„Das stimmt", nickte ich.

„Ich habe mir viele Gedanken über den Tod deines Mannes gemacht", fuhr Bill fort. „Er scheint wirklich ein netter Mensch gewesen zu sein. Manchmal ist das ein Problem."

„Wieso?" fragte ich.

„Bei vielen Geisteskranken handelt es sich um Leute, die ihre Feindseligkeit unterdrücken und versuchen, nett zu sein, zu nett. Man kann die Aggressionen nicht ewig unterdrücken. Jeder hat welche – sie müssen heraus."

„Jeff war ein sehr ruhiger Mensch", bestätigte ich. „Es war schwer, ihn zu reizen. Wenn es zu einem Ehekrach kam, dann war gewöhnlich ich es, die wütend wurde."

„Kirsten sagt, daß er Acid genommen hat."

„Ich glaube nicht, daß das stimmt", widersprach ich.

„Viele Leute, die durchdrehen, drehen durch, weil sie Drogen genommen haben. Im Krankenhaus gibt es eine Menge von ihnen. Sie bleiben nicht immer so, im Gegensatz zu dem was so erzählt wird. Meistens ist es eine Folge von Unterernährung. Leute, die Drogen nehmen, vergessen zu essen, und wenn sie essen, dann irgend etwas aus dem Schnellimbiß. Jeder, der Drogen nimmt, ißt diesen Hamburgerfraß, sofern er nicht Amphetamine nimmt, denn dann ißt er überhaupt nicht. Vieles, was bei Speed-Freaks nach einer toxischen Gehirnpsychose aussieht, ist in Wirklichkeit eine Mangelerscheinung ihrer galvanischen Elektrolyten. Was leicht zu beheben ist."

„Was machst du beruflich?“ fragte ich. Er wirkte jetzt weniger unsicher. War selbstbewußter bei dem, was er sagte.

„Ich bin Maler“, erwiderte Bill.

„Welche Kunstrichtung . . .

„Automalerei.“ Er lächelte leicht. „Sprühmalerei. Bei Leo Shine’s. In San Mateo. ‚Ich lackiere Ihr Auto in jeder gewünschten Farbe zu vierundneunzigfünfzig und gebe Ihnen darauf eine schriftliche Sechsmonatsgarantie.‘“

Er lachte, und ich fiel in sein Gelächter ein. Ich hatte Leo Shines Werbespots im Fernsehen gesehen.

„Ich habe meinen Mann sehr geliebt“, sagte ich.

„Wollte er Geistlicher werden?“

„Nein. Ich weiß nicht, was er werden wollte.“

„Vielleicht wollte er überhaupt nichts werden. Ich nehme an einem Programmiererlehrgang teil. Im Augenblick beschäftige ich mich mit Algorithmen. Ein Algorithmus ist nichts anderes als ein Rezept, wie wenn man einen Kuchen bäckt. Er ist eine Sequenz fortschreitender Operationen, die manchmal auf immanente Wiederholungen zurückgreifen. Bestimmte Operationen müssen wiederholt werden. Ein Hauptaspekt eines Algorithmus ist, daß er Sinn besitzt. Es ist sehr leicht, einem Computer unabsichtlich eine Frage zu stellen, die er nicht beantworten kann – nicht weil er dumm ist, sondern weil es auf diese Frage einfach keine Antwort gibt.“

„Ich verstehe“, nickte ich.

„Nimm folgendes Beispiel und sage mir, ob das eine sinnvolle Frage ist“, bat Bill. „Nenn mir die höchste Zahl unter zwei.“

„Ja“, erklärte ich. „Sie ist sinnvoll.“

„Das ist sie nicht.“ Er schüttelte den Kopf. „Es gibt keine derartige Zahl.“

„Ich kenne die Zahl“, widersprach ich. „Sie lautet einskommaneunneun . . .“ Ich verstummte.

„Du müßtest die Sequenz der Dezimalstellen bis ins Unendliche fortsetzen. Die Frage ist nicht verständlich. Also ist der Algorithmus falsch. Wenn dein Algorithmus nicht verständlich ist, kann ihn der Computer nicht beantworten, obwohl er es im allgemeinen versuchen wird.“

„Unsinn rein“, sagte ich, „Unsinn raus.“

„Richtig.“ Er nickte.

„Ich möchte dir eine Frage stellen“, erklärte ich. „Im Gegenzug. Ich werde dir ein Sprichwort nennen, ein bekanntes Sprichwort. Wenn dir das Sprichwort nicht geläufig ist . . .“

„Wieviel Zeit habe ich dafür?“

„Es geht nicht um Schnelligkeit. Sage mir nur, was das Sprichwort bedeutet. ‚Neue Besen kehren gut.‘ Was bedeutet das?“

Nach einem Moment erwiderte Bill: „Es bedeutet, daß alte Besen sich abnutzen und man sie fortwerfen muß.“

„‚Ein gebranntes Kind scheut das Feuer'", sagte ich.
Erneut schwieg er einen Moment, runzelte die Stirn. „Kinder können sich leicht verletzen, insbesondere an einem Herd. Wie an diesem Herd hier." Er deutete auf meinem Küchenherd.

„‚Es ist nicht alles Gold, was glänzt.'" Aber ich wußte es bereits. Bill Lundborg litt an einer Denkschwäche. Er konnte das Sprichwort nicht erklären. Statt dessen wiederholte er es in konkreten Begriffen, den Begriffen, mit denen es ausgedrückt worden war.

Zögernd antwortete er: „Nicht alles glänzende Metall ist Gold."

„‚Eitelkeit, dein Name sei Frau.'"

„Das ist kein Sprichwort. Es ist ein Zitat aus irgendeinem Buch."

„Du hast recht", sagte ich. „Gut gemacht." Aber in Wahrheit, wie Tim sagen würde, wie Jesus zu sagen pflegte oder wie die Zadokiten gesagt hatten, war dieser junge Mann völlig schizophren, wie Benjamins Sprichwort-Test bewies. Ich spürte einen vagen, quälenden Schmerz, als ich dies erkannte und ihn dort so jung und körperlich gesund vor mir sah, unfähig, die Symbole umzusetzen, unfähig, abstrakt zu denken. Er litt an der klassischen schizophrenen Schwäche im kognitiven Bereich. Seine Fähigkeit, logische Schlüsse zu ziehen, war auf das Konkrete beschränkt.

Du kannst deinen Programmiererlehrgang vergessen, sagte ich mir. Du wirst auch weiter Mittelklassewagen mit der Sprühpistole lackieren, bis der eschatologische Richter erscheint und uns ein für allemal von unseren Leiden erlöst. Dich erlöst und mich erlöst, jeden Menschen erlöst. Und dann wird wahrscheinlich dein zerrütteter Geist geheilt werden. Ausgetrieben und in ein vorbeikommendes Schwein verbannt, das sich über den Rand einer Klippe stürzt, in die Verdammnis. Wo er hingehört.

„Entschuldige mich", bat ich. Ich verließ die Küche, ging durch unser Haus, zu der Stelle, die am weitesten von Bill Lundborg entfernt war, lehnte mich an die Wand, vergrub mein Gesicht in meinem Arm. Ich spürte meine Tränen auf meiner Haut – warme Tränen –, aber ich gab keinen Laut von mir.

16

Ich sah mich selbst als Jeff, sah mich allein in den Winkeln des Hauses vor mich hinweinen, sah mich um jemanden weinen, um den ich mich sorgte. Wann wird dies enden, fragte ich mich. Es muß ein Ende haben. Und es scheint niemals aufzuhören, es geht einfach weiter: eine Serie von Explosionen, wie Bill Lundborgs Computer, der herauszufinden versuchte, um wieviele Stellen hinter dem Komma man sich einer ganzen Zahl annähern kann, ein hoffnungsloses Unterfangen.

Nicht lange danach wurde Kirsten aus dem Krankenhaus entlassen. Allmählich erholte sie sich von ihren Verdauungsbeschwerden und kehrte nach ihrer vollständigen Genesung mit Tim nach England zurück. Bevor sie die Vereinigten Staaten verließen, erfuhr ich, daß ihr Sohn Bill ins Gefängnis gekommen war. Die US-Postbehörde hatte ihn eingestellt und wieder entlassen. Als Reaktion auf die Entlassung hatte er die Fensterscheiben des Postamtes in San Mateo eingeschlagen. Offensichtlich war er wieder verrückt. Sofern er zu irgendeinem Zeitpunkt überhaupt normal gewesen war.

So verlor ich alle aus den Augen. Nachdem mich Bill an jenem Tag besucht hatte, sah ich ihn nicht wieder. Ich traf mich oft mit Kirsten und Tim, und dann war ich mit einemmal allein und nicht sehr glücklich, und ich grübelte und brütete über den Sinn der Welt, vorausgesetzt, daß überhaupt ein Sinn existierte. Wie Bill Lundborgs Phasen der geistigen Normalität handelte es sich auch dabei um eine zweifelhafte Angelegenheit.

Eines Tages dann mußte das kombinierte Rechtsanwaltsbüro und Kerzengeschäft seinen Betrieb einstellen. Meine beiden Arbeitgeber wurden wegen eines Drogenvergehens verhaftet. Ich hatte das vorausgesehen. Mit dem Verkauf von Kokain ließ sich mehr Geld machen als mit dem Verkauf von Kerzen. Zu jener Zeit erfreute sich Kokain noch nicht der modischen Popularität wie heutzutage, aber dennoch war die Nachfrage bereits so groß, daß meine Arbeitgeber der Versuchung nicht wiederstehen konnten. Ihre Unfähigkeit, sich den Lockungen des großen Geldes zu widersetzen, veranlaßte die Behörden, sie für eine Weile aus dem Verkehr zu ziehen. Jeder erhielt fünf Jahre Gefängnis. Ich hing ein paar Monate lang herum, bezog Arbeitslosenunterstützung und nahm dann eine Stellung als Schallplattenverkäuferin in dem kleinen Musikladen an der Telegraph Avenue, Ecke Channing Way an, wo ich auch jetzt noch arbeite.

Die Psychose besitzt viele Formen. Man kann auf alles psychotisch reagieren oder sich auf ein bestimmtes Gebiet konzentrieren. Bill war ein Beispiel für den allgegenwärtigen Wahnsinn. Er hatte jeden Teil seines Lebens durchdrungen, zumindest nehme ich das an.

Die Sorte Wahnsinn, die um eine fixe Idee kreist, ist faszinierend, wenn man dazu neigt, etwas mit Interesse zu betrachten, das offensichtlich unmöglich ist und nichtsdestotrotz existiert. *Überwertigkeit* ist ein Ausdruck, der sich auf Möglichkeiten im menschlichen Geist bezieht, auf die Möglichkeit eines Defektes, den man niemals vermutet hätte, wenn er nicht aufgetreten wäre. Ich meine damit einfach, daß man Zeuge einer überwertigen Wahnvorstellung werden muß, um ihre Existenz anzuerkennen. Der ältere Begriff dafür ist *idée fixe*. Überwertige Wahnvorstellung ist ein besserer Ausdruck, da er der technischen, chemischen, biologischen Terminologie entliehen ist. Er ist ein bildhafter Begriff und schließt die Vorstellung von *Macht* ein. Die Essenz der Wertigkeit ist Macht, und das ist es, wovon ich spreche. Ich spreche von einer Wahnvorstellung, die nicht nur nicht wieder verschwindet, sobald sie Eingang in das menschliche Bewußtsein gefunden hat, in das Bewußtsein eines angenommenen Menschen, sondern die auch alles andere verzehrt, bis schließlich die Persönlichkeit verschwunden ist, das Bewußtsein als solches nicht mehr existiert und nur noch die überwertige Wahnvorstellung übrigbleibt.

Wie beginnt ein derartiger Prozeß? Wann beginnt er? Jung schreibt irgendwo – ich habe vergessen, in welchem seiner Bücher er dies erwähnt –, über eine Person, eine normale Person, in deren Bewußtsein sich eines Tages eine bestimmte Idee festsetzt, und diese Idee verschwindet nicht mehr. Zudem, schreibt Jung, führt das Festsetzen dieser Idee im Bewußtsein der Person dazu, daß sich für dieses Bewußtsein oder in diesem Bewußtsein niemals wieder etwas Neues ereignet. Für dieses Bewußtsein bleibt die Zeit stehen, und es ist tot. Das Bewußtsein als lebendige, sich fortentwickelnde Entität ist gestorben. Und dennoch lebt, in gewisser Hinsicht, die Person weiter.

Manchmal, glaube ich, dringt eine überwertige Wahnvorstellung in Form eines Problems oder eines scheinbaren Problems in das Bewußtsein ein. Dies ist gar nicht einmal so selten. Spät in der Nacht geht man zu Bett, und mit einemmal ist man von der Vorstellung besessen, daß man vergessen hat, die Autoscheinwerfer auszuschalten. Man schaut aus dem Fenster nach dem Auto – das in Sichtweite am Kantstein geparkt ist –, und man kann erkennen, daß die Scheinwerfer nicht brennen. Aber dann denkt man: Vielleicht habe ich die Scheinwerfer doch angelassen, und sie haben so lange gebrannt, bis die Batterie leer war. Um sicher zu sein, muß ich hinausgehen und nachsehen. Man zieht den Morgenmantel an und geht nach draußen, schließt die Wagentür auf, steigt an und legt den Schalter für die Scheinwerfer um. Die Scheinwerfer leuchten auf. Man schaltet sie aus, steigt aus, schließt den Wagen ab und kehrt ins Haus zurück. Das ist ein Zeichen dafür, daß man den Verstand verloren hat. Man ist psychotisch geworden. Weil man dem Zeugnis seiner Stimme mißtraut hat. Man konnte vom Fenster aus erkennen, daß die Scheinwerfer nicht gebrannt haben, und trotzdem ist man hinausgegangen, um sich eigenhändig davon zu überzeugen. Das ist der Kardinalpunkt: Man hat es gesehen, aber man hat es nicht geglaubt. Oder anders herum, man hat etwas nicht gesehen, es aber trotzdem geglaubt. Theoretisch könnte man ewig zwischen dem Schlafzimmer und dem Auto hin und her wandern, gefangen in einem ewigen geschlossenen Kreislauf: Man schließt den Wagen auf, probiert den Lichtschalter aus, kehrt ins Haus zurück – so betrachtet hat man sich dadurch in eine Maschine verwandelt. Man ist kein Mensch mehr.

Außerdem kann sich die überwertige Wahnvorstellung nicht nur als Problem oder als imaginäres Problem, sondern auch als Lösung bemerkbar machen. Wenn sie in Form eines Problems auftaucht, wird man sie bekämpfen, denn niemand hat im Grund etwas für Probleme übrig, aber wenn sie als Lösung in Erscheinung tritt, natürlich als Scheinlösung, dann wird man nicht dagegen ankämpfen, denn sie ist von großem Nutzen, etwas, das man braucht, und man hat sie entwickelt, um dieses Bedürfnis zu befriedigen.

Die Wahrscheinlichkeit, daß man für den Rest seines Lebens in einem geschlossenen Kreislauf zwischen seinem geparkten Wagen und seinem Schlafzimmer hin und her wandert, ist sehr gering, aber es besteht eine sehr große Wahrscheinlichkeit, daß – wenn man von Schuldgefühlen und Schmerz und Selbstzweifel gepeinigt, Tag für Tag von unfehlbar heranrollenden Flutwellen der Selbstanklage gequält wird – man eine einmal entwickelte, als Lösung auftretende fixe Idee beibehält. Genau dieses Phänomen entdeckte ich bei Kirsten und Tim kurz nach ihrer Rückkehr aus England in die Vereinigten Staaten, ihrer zweiten Rückkehr nach Kirstens Entlassung aus dem Krankenhaus. Im Verlauf ihres zweiten Aufenthaltes in London hatte sich eines Tages eine Idee, eine überwertige Wahnvorstellung, in ihrem Bewußtsein festgesetzt, und das war es dann.

Kirsten flog einige Tage vor Tim zurück. Ich holte sie nicht vom Flughafen ab. Ich besuchte sie in ihrem Zimmer in der obersten Etage des St. Francis, das auf demselben vornehmen Hügel von San Francisco steht, auf dem sich auch die Grace-Kathedrale befindet. Als ich eintraf, packte sie geschäftig ihre vielen Koffer aus, und ich dachte: Mein Gott, wie jung sie aussieht! Im Vergleich zu unserer letzten Begegnung – glüht sie. Was ist geschehen? Weniger Falten zerfurchten ihr Gesicht. Sie bewegt sich mit energischer Geschmeidigkeit, und als ich das Zimmer betrat, blickte sie auf und lächelte mich an, ohne die bitteren Obertöne, die zahlreichen latenten Anklagen, an die ich mich gewöhnt hatte.

„Hallo“, sagte sie.

„Mann, du siehst großartig aus“, stellte ich fest.

Sie nickte. „Ich habe das Rauchen aufgegeben.“ Sie holte ein in Geschenkpapier gewickeltes Paket aus einem Koffer, der geöffnet auf dem Bett lag. „Ich habe dir einige Dinge mitgebracht. Noch mehr ist mit dem Schiff unterwegs. Ich konnte nur das hier unterbringen. Möchtest du es jetzt öffnen?“

„Ich komme nicht darüber hinweg, wie gut du aussiehst“, sagte ich.

„Was meinst du, habe ich an Gewicht verloren?“ Sie trat vor einen der Spiegel, die sich in der Suite befanden.

„Ich glaube schon“, meinte ich.

„Ein großer Kabinenkoffer ist per Schiff unterwegs. Ich habe dir eine Menge zu erzählen.“

„Am Telefon hast du angedeutet . . .“

„Ja." Kirsten setzte sich auf das Bett, griff nach ihrer Handtasche, öffnete sie und holte eine Packung Player's hervor. Sie lächelte mir zu und zündete eine Zigarette an.

„Ich dachte, du hast damit aufgehört", bemerkte ich.

Wie aus einem Reflex heraus drückte sie die Zigarette aus. „Dann und wann rauche ich noch, aus Gewohnheit."

„Nun, was ist los?" fragte ich.

„Schau auf dem Tisch nach."

Ich gehorchte. Ein großes Notizbuch lag auf dem Tisch.

„Schlag es auf", sagte Kirsten.

„In Ordnung." Ich griff nach dem Notizbuch und schlug es auf. Einige der Seiten waren leer, aber die meisten waren in Kirstens Handschrift vollgeschrieben.

„Jeff ist zu uns zurückgekehrt", erklärte Kirsten. „Aus der anderen Welt."

Hätte ich in jenem Moment darauf gesagt: Mädchen, du bist vollkommen verrückt – es hätte keinen Unterschied bedeutet, und ich mache mir keine Vorwürfe, weil ich es nicht gesagt habe. „Oh", murmelte ich und nickte. „Tja, – woher weißt du das?" Ich versuchte, ihre Handschrift zu lesen, aber es gelang mir nicht. „Was meinst du denn damit?"

„Phänomena", antwortete Kirsten. „Das ist die Bezeichnung, die Tim und ich dafür gefunden haben. Jeff treibt mir in der Nacht Nadeln unter die Fingernägel und stellt alle Uhren auf halb sieben, und das war genau seine Todesstunde."

„Du meine Güte", entfuhr es mir.

„Wir haben alles aufgeschrieben", plapperte Kirsten weiter. „Wir wollten es dir nicht per Brief oder per Telefon mitteilen. Wir wollten dir die frohe Botschaft persönlich überbringen. Deshalb habe ich bis jetzt gewartet." Erregt hob sie ihre Arme. „Angel, er ist zu uns zurückgekehrt!"

„Nun, ich will verdammt sein", sagte ich benommen.

„Hunderte von Manifestationen, Hunderte von Phänomena. Gehen wir hinunter in die Bar. Es begann direkt nach unserer Ankunft in England. Wir wußten, daß es stimmte. Niemand brauchte uns das zu sagen, aber wir wollten absolut sicher sein, weil wir dachten, daß es unter Umständen nichts weiter als ein Poltergeist sein könnte. Aber so ist es nicht! Es ist Jeff!"

„Gottverdammt", sagte ich.

„Glaubst du etwa, daß ich Witze mache?"

„Nein", erwiderte ich ehrlich.

„Wir haben es beide mit eigenen Augen gesehen. Und die Winchellse haben es auch gesehen, unsere Freunde in London. Und jetzt, wo wir wieder zurück in die Vereinigten Staaten sind, möchten wir, daß du es selbst erlebst und für Tims neues Buch deine Beobachtungen notierst. Er schreibt ein Buch darüber, weil es nicht nur für uns, sondern für jeden wichtig ist, weil es beweist, daß der Mensch nach seinem Tode in der anderen Welt weiterlebt."

„Ja", sagte ich. „Gehen wir hinunter in die Bar."

„Tims Buch heißt *Von der anderen Welt.* Er hat dafür bereits einen Vorschuß von zehntausend Dollar erhalten. Sein Verleger glaubt, daß es sein bei weitem erfolgreichstes Buch werden wird."

„Du siehst mich erstaunt", meinte ich.

„Ich weiß, daß du mir nicht glaubst." Ihre Stimme klang nun hart, und Zorn schwang in ihr mit.

„Wieso sollte ich auf den Gedanken kommen, dir nicht zu glauben?"

„Weil die Menschen keinen Glauben besitzen."

„Vielleicht doch, nachdem ich das Notizbuch gelesen habe."

„Er – Jeff – hat mir sechzehnmal mein Haar in Brand gesetzt."

„Ups."

„Und er hat alle Spiegel auf unserer Etage zerbrochen. Nicht nur einmal, sondern mehrmals. Wir standen auf und stellten fest, daß sie zersplittert waren, ohne daß wir etwas davon bemerkt hatten. Keiner von uns hatte auch nur das geringste davon gehört. Dr. Mason – das Medium, an das wir uns gewandt haben – sagte, daß Jeff uns mitteilen wollte, daß er uns vergeben hat. Und er hat auch dir vergeben."

„Oh", sagte ich.

„Sei nicht so sarkastisch", fauchte Kirsten.

„Ich werde mich wirklich ernsthaft bemühen, nicht sarkastisch zu sein", erwiderte ich. „Wie du dir vorstellen kannst, ist das für mich eine große Überraschung. Mir fehlen die Worte. Aber ich werde mich bestimmt wieder fassen." Ich ging zur Tür.

In einer seiner Vorlesungen über KPFA setzte sich Edgar Barefoot mit einer Form der Logik auseinander, die in Indien durch die hinduistischen Gelehrten entwickelt wurde. Sie ist sehr alt und oft studiert worden, nicht nur in Indien, sondern auch im Westen. Sie ist der zweite Weg des Wissens, durch das der Mensch zur richtigen Erkenntnis gelangen kann, und sie wird *anumana* genannt, was Sanskrit für „Aus anderen Dingen Schlußfolgerungen ableiten" ist. Ihre Anwendung erfolgt in fünf Schritten, und ich will nicht näher auf sie eingehen, da es sich dabei um eine komplizierte Angelegenheit handelt, aber das Wichtige daran ist: Wenn man diese Schritte korrekt nachvollzieht – und das System verfügt über Sicherungen, durch die sich präzise bestimmen läßt, ob man sie tatsächlich nachvollzogen hat –, kann man versichert sein, daß man von der Prämisse zur korrekten Lösung gelangt.

Was *anumana* insbesondere auszeichnet, das ist die dritte Stufe, die Veranschaulichung *(udaharana)*. Sie erfordert ein sogenanntes unverrückbares Miteinanderverbundensein *(vyapti,* wörtlich

„Durchdringung"). Die *anumana*-Form der schrittweisen Schlußfolgerung funktioniert nur, wenn man absolut sicher sein kann, daß man tatsächlich über eine *vyapti* verfügt, nicht nur über ein Miteinanderverbundensein, sondern über ein unverrückbares Miteinanderverbundensein. Beispielsweise hört man spät in der Nacht einen lauten, heftigen, hallenden Knall, und man sagt sich: „Das muß die Fehlzündung eines Autos gewesen sein, denn wenn es bei einem Auto eine Fehlzündung gibt, entsteht ein derartiges Geräusch." Dies ist genau der Punkt, wo die schrittweise Schlußfolgerung – das heißt die Schlußfolgerung von der Wirkung zur Ursache – versagt. Deshalb stehen viele Logiker im Westen der induktiven Schlußfolgerung als solcher mißtrauisch gegenüber und halten nur die deduktive Schlußfolgerung für verläßlich. Das indische *anumana* strebt nach einer verläßlichen Grundlage, die Veranschaulichung erfordert eine tatsächliche – und nicht nur eine angenommene – Beobachtung zu allen Zeiten und geht davon aus, daß man von keinem Miteinanderverbundensein ausgehen kann, wenn *es nicht durch Anschauung nachvollziehbar ist.* Wir im Westen besitzen keinen Syllogismus, der dem *anumana* gleichwertig ist, und das ist eine Schande, denn hätten wir ein derart exaktes Mittel, um unsere induktive Schlußfolgerung zu überprüfen, wäre Bischof Timothy Archer vermutlich darüber informiert gewesen, und dann hätte er gewußt, daß die Tatsache, daß seine Geliebte mit versengtem Haar aufgewacht war, keinesfalls bewies, daß der Geist seines toten Sohnes aus der anderen Welt, aus dem Grab, um es direkt zu sagen, zurückgekehrt ist. Bischof Archer konnte mit Begriffen wie *Hysteron-Proteron* umgehen, weil dieser logische Trugschluß dem griechischen – das heißt dem westlichen – Denken vertraut ist. Aber das *anumana* stammt aus Indien. Die hinduistischen Logiker kannten eine typische trügerische Grundlage, die den Nutzen des *anumanas* in Frage stellte – sie nannten sie *hetvabhasa* („lediglich der Anschein einer Grundlage"), und mit ihr beschäftigt sich nur eine der fünf Stufen des *anumanas.* Sie fanden alle möglichen Wege, dieses fünfstufige Gebilde narrensicher zu machen, und jedem davon hätte ein Mann mit Bischof Archers Intelligenz folgen können. Seine Bereitschaft, aufgrund einiger unheimlicher, unerklärlicher Zwischenfälle zu glauben, daß Jeff nicht nur noch am Leben war (irgendwo), sondern auch mit den Lebenden kommunizierte (irgendwie) beweist – wie Wallenstein mit seinen astrologischen Diagrammen während des Dreißigjährigen Krieges – die Veränderlichkeit der richtigen Erkenntnis und, schlußendlich, ihre Abhängigkeit von dem, was man glauben will, nicht von dem, was ist. Ein hinduistischer Logiker aus einem früheren Jahrhundert hätte mit einem Blick den grundlegenden Irrtum in der Schlußfolgerung erkennen können, die Jeffs Unsterblichkeit behauptete. Deshalb schaltet der Wille zum Glauben die Vernunft aus, wann und wo auch immer diese beiden Dinge miteinander in Konflikt geraten.

Ich nehme an, uns allen unterläuft dies, und oft auch mir selbst, aber dies war zu offenkundig, zu grundlegend, um ignoriert werden zu können. Kirstens geisteskranker Sohn, zweifellos ein Schizophrener, konnte beweisen, warum es eine vergebliche Mühe ist, einen Computer nach der höchsten Zahl unter zwei zu fragen, aber Bischof Timothy Archer, ein Rechtsanwalt, ein Gelehrter, ein gesunder Erwachsener, sah eine Nadel auf dem Bettlaken neben seiner Geliebten und verstieg sich zu der Schlußfolgerung, daß sein toter Sohn aus einer anderen Welt mit ihm sprach. Darüber hinaus schrieb Tim dies alles in einem Buch nieder, einem Buch, das zuerst veröffentlicht und dann gelesen werden würde. Er glaubte nicht nur an Unsinn, er glaubte es sogar in aller Öffentlichkeit.

„Warte, bis die Welt davon hört", erklärten Bischof Archer und seine Geliebte. Vielleicht hatte sein Sieg in dem Häresie-Prozeß den Bischof davon überzeugt, daß er sich nicht irren konnte oder daß, falls er sich irrte, niemand die Möglichkeit besaß, ihm daraus einen Strick zu drehen. In beiden Fällen hatte er unrecht – er konnte sich irren, und es gab Leute, die ihm daraus einen Strick drehen konnten. Und was das betrifft, so war er selbst in der Lage, sich daraus einen Strick zu drehen.

Ich sah all dies deutlich vor mir, während ich mit Kirsten an jenem Tag in einer der Bars des St. Francis Hotels saß. Und es gab nichts, was ich unternehmen konnte. Ihre fixe Idee, die kein Problem, sondern eine Lösung war, konnte nicht wegdiskutiert werden, auch wenn sie schließlich selbst zu einem weiteren Problem erwuchs. Sie hatten versucht, ein Problem mit einem anderen zu lösen. So etwas funktioniert nicht. Man kann nicht ein Problem mit einem anderen, größeren Problem lösen. Auf diese Weise hatte Hitler, der auf unheimliche Weise Wallenstein ähnelte, versucht, den Zweiten Weltkrieg zu gewinnen. Tim konnte mich zu seiner inneren Zufriedenheit ermahnen, nicht einer *Hysteron-Proteron*-Schlußfolgerung aufzusitzen – und dann dem okkulten Schwachsinn zweifelhafter Bücher zum Opfer fallen. Ebensogut hätte er glauben können, daß Jeff von vorzeitlichen Astronauten aus einem anderen Sonnensystem zurückgebracht worden war.

Es schmerzt mich, darüber nachzudenken. Meine Beine schmerzen; mein ganzer Leib schmerzt. Bischof Archer, der mir ein *Hysteron-Proteron* nach dem anderen um die Ohren schlug, er, ein Bischof, und ich, eine junge Frau mit einem Bakkalaureat in den Geisteswissenschaften von der Universität von Kalifornien – ich hatte eines Nachts Edgar Barefoot über dieses *Anumana*-Hindu-Ding reden gehört, und ich wußte mehr oder ich konnte mehr unternehmen als der Bischof von Kalifornien, und es spielte keine Rolle, denn der Bischof von Kalifornien wollte ebensowenig auf mich hören, wie er auf andere hörte, außer auf seine Geliebte, und beide waren so sehr von Schuldgefühlen erfüllt und so durcheinander von ihrer Liebesaffäre und ihren Täuschungsmanövern – eine Folge ihres geheimen Verhältnisses –, daß sie schon seit langem nicht mehr in der Lage waren, vernünftig zu denken. Bill Lundborg, der nun im Gefängnis ist, hätte es ihnen klar auseinandersetzen können. Jeder beliebige Taxifahrer hätte ihnen sagen können, daß sie bewußt ihr Leben zerstörten – nicht weil sie daran glaubten, obwohl dies allein zerstörerisch genug war, sondern durch ihre Entscheidung, es zu veröffentlichen.

Schön. Tu es. Zerstöre dein gottverdammtes Leben. Leg Sternkarten an, erstelle Horoskope, während der vernichtendste Krieg der modernen Zeit tobt. Es wird dir einen Platz in den Geschichtsbüchern sichern – als Dummkopf. Du wirst auf dem großen Stuhl in der Ecke sitzen. Du wirst die Narrenkappe tragen. Du wirst die gesamte soziale Bewegung in den Schmutz ziehen, die du in Zusammenarbeit mit einigen der besten Köpfe dieses Jahrhunderts in Gang gebracht hast. Dafür ist Dr. Martin King jr. gestorben. Dafür bist du in Selma marschiert: um zu glauben – und öffentlich zu sagen, daß du es glaubst –, daß der Geist deines toten Sohnes Nadeln unter die Fingernägel deiner Geliebten treibt, während sie schläft. Von mir aus veröffentliche es. Nur keine Hemmungen.

Der logische Fehler ist natürlich der, daß Kirsten und Tim von der Wirkung auf die Ursache geschlossen haben. Sie haben nicht die Ursache gesehen – sie haben nur das gesehen, was sie als „Phänomena" bezeichneten –, und von diesen Phänomena ausgehend folgerten sie, daß Jeff die verborgene Ursache war, die in oder von „der anderen Welt" aus Einfluß auf sie nahm. Die *Anumana*-Logik zeigt, daß dieses induktive Schlußfolgern überhaupt kein Schlußfolgern ist. Bei dem *anumana* beginnt man mit einer Prämisse und arbeitet sich über die fünf Stufen bis zur Lösung vor, und jede Stufe ist in bezug zur vorherigen und zur nachfolgenden Stufe in sich geschlossen, aber es hat nichts mit in sich geschlossener Logik zu tun, wenn man folgert, daß zerbrochene Spiegel, versengte Haare, stehengebliebene Uhren und all der andere Unsinn die Existenz einer anderen Realität enthüllen und sogar beweisen, einer Realität, in der die Toten nicht tot sind. All das beweist nur, daß man leichtgläubig ist und seelisch auf der Stufe eines Sechsjährigen steht. Man setzt sich nicht mit der Realität auseinander, man verliert sich in Wunschdenken, in Autismus. Aber es ist eine gespenstische Art des Autismus, denn sie bezieht sich nur auf ein einziges Thema, sie beeinflußt nicht alles, nicht das gesamte Wahrnehmungsvermögen. Abgesehen von dieser falschen Prämisse, dieser einen irrigen Schlußfolgerung, ist man normal und gesund. Es handelt sich um einen begrenzten Wahnsinn, der es einem gestattet, den Rest der Zeit über normal zu reden und zu handeln. Deshalb wird man auch nicht eingesperrt, weil man sich noch immer seinen Lebensunterhalt verdienen, ein Bad nehmen, ein Auto fahren und seinen Müll nach draußen bringen kann. Man ist nicht verrückt auf die Weise, wie Bill Lundborg verrückt ist, und in gewissem Sinn (je nachdem, wie man „verrückt" definiert) ist man überhaupt nicht verrückt.

Bischof Archer konnte noch immer seinen geistlichen Pflichten nachkommen. Kirsten konnte noch immer Kleider in den besten Geschäften von San Francisco kaufen. Keiner von ihnen würde die Fenster eines Postamtes der US Post mit den bloßen Fäusten einschlagen. Man kann niemanden einsperren, nur weil dieser glaubt, daß sein Sohn sich aus der anderen Welt in dieser Welt zu Wort meldet, oder weil dieser, was das betrifft, glaubt, daß eine andere Welt *existiert.* Hier vermischt sich die fixe Idee mit der allgemeinen Religionsvorstellung, und sie wird Teil der jenseitsbezogenen Orientierung der Offenbarungsreligionen der Welt. Was ist der Unterschied zwischen dem Glauben an einen Gott, den man nicht sehen kann, und an dem Glauben an seinen toten Sohn, den man auch nicht sehen kann? Was unterscheidet die eine Unsichtbarkeit von der anderen Unsichtbarkeit? Nichtsdestotrotz gibt es einen Unterschied, aber er ist kompliziert. Viele Menschen glauben an Gott, aber nur wenige Menschen glauben, daß Jeff Archer Nadeln unter Kirsten Lundborgs Fingernägel treibt, während sie schläft – das ist der Unterschied, und wenn man es so betrachtet, wird die Subjektivität dessen klar. Schließlich haben Kirsten und Tim die gottverdammten Nadeln und das versengte Haar und die zerbrochenen Spiegel gesehen, von den stehengebliebenen Uhren ganz zu schweigen. Aber die beiden begehen trotzdem einen logischen Fehler. Ob die Leute, die an Gott glauben, einen Fehler machen, weiß ich nicht, da ihr Glaubenssystem weder auf die eine noch auf die andere Weise überprüft werden kann. Es ist einfach eine Frage des Glaubens.

Nun war ich formell darum gebeten worden, als hoffnungsvolle Zuschauerin weiteren „Phänomena", beizuwohnen, und sollten sie sich einstellen, konnte ich wie Tim und Kirsten das bezeugen, was ich gesehen hatte, und meinen Namen Tims demnächst erscheinenden Buch hinzufügen – einem Buch, das, wie sein Herausgeber gesagt hatte, zweifellos an Erfolg all seine früheren Bücher übertreffen würde, die auf weniger sensationellem Material basierten. Aber ich konnte nicht mit Gleichgültigkeit darauf reagieren. Jeff war mein Mann gewesen. Ich hatte ihn geliebt. Ich wollte es glauben. Schlimmer noch, ich erahnte die psychologische Motivation, die Kirsten und Tim dazu trieb, daran zu glauben. Ich wollte nicht ihren Glauben – oder ihre Leichtgläubigkeit – zerstören, weil ich erkennen konnte, was Zynismus anrichten mußte: Er würde ihnen alles fortnehmen – so daß sie erneut allein sein würden mit ihren schrecklichen Schuldgefühlen, einer Schuld, mit der keiner von beiden fertig wurde. Ich fand mich in einer Position wieder, wo ich mich fügen mußte, zumindest *pro forma.* Ich mußte Glauben vortäuschen, ich mußte Interesse vorgeben, ich mußte Erregung heucheln. Neutralität war nicht ausreichend, Enthusiasmus wurde verlangt. Das Unglück hatte sich in England ereignet, bevor ich mit diesem Problem konfrontiert wurde. Die Entscheidung war bereits gefallen. Wenn ich sagen würde: „Das ist alles Quatsch“, dann würden sie trotzdem weitermachen, aber voller Verbitterung. Scheiß auf den Zynismus, sagte ich zu mir, während ich mit Kirsten an jenem Tag in der Bar des St. Francis saß. Es gibt nichts zu gewinnen und eine Menge zu verlieren und es spielt ohnehin keine Rolle. Tims Buch wird geschrieben und veröffentlicht werden – mit oder ohne mein Zutun.

Das ist eine schlechte Einstellung. Nur weil etwas unvermeidlich erscheint, sollte man sich dem deshalb nicht willig fügen. Aber es war meine Einstellung. Ich sah es folgendermaßen: Wenn ich Kirsten und Tim sagen würde, wie ich darüber dachte, dann würde ich wahrscheinlich keinen von beiden jemals wiedersehen. Sie würden mir aus dem Weg gehen und mich abschreiben, und ich hätte nur noch meine Arbeit in dem Musikgeschäft – meine Freundschaft mit Bischof Archer würde dann der Vergangenheit angehören. Sie bedeutete zuviel für mich, ich konnte nicht darauf verzichten.

Das war *meine* falsche Motivation, mein Wunschdenken. Ich wollte sie weiterhin sehen. Und so entschloß ich mich, bei ihrer Narretei mitzumachen, und ich *wußte,* daß es eine Narretei war. Ich faßte den Entschluß an jenem Tag im St. Francis. Ich hielt meinen Mund und meine Meinung für mich und erklärte mich bereit, die erwarteten Phänomena aufzuzeichnen, und so machte ich bei etwas mit, von dem ich wußte, daß es närrisch war. Bischof Archer ruinierte seine Karriere, und ich machte nicht einmal den Versuch, es ihm auszureden. Schließlich hatte ich versucht, ihm die Affäre mit Kirsten auszureden, und zwar ohne Erfolg. Diesmal würde er sich nicht damit begnügen, meine Einwände zu widerlegen – er würde mich fallenlassen. Für mich war dieser Preis zu hoch.

Ich teilte nicht ihre fixe Idee. Aber ich benahm mich, wie sie sich benahmen, und ich redete, wie sie redeten. Ich werde in Bischof Archers Buch erwähnt. Er dankt mir für meine „unbezahlbare Hilfe“ beim „Beobachten und Aufzeichnen von Jeffs tagtäglichen Manifestationen“, die überhaupt nicht stattfanden. Ich schätze, das ist das Prinzip, das die Welt beherrschte: die Schwäche. All das läßt sich bis zu Yeats' Gedicht zurückverfolgen, in dem er sagt: „Den Besten fehlt jegliche Überzeugung“ – oder wie auch immer er es ausdrückte.

„Wenn man auf einen König schießt, muß man ihn töten.“ Wenn man plant, einem weltberühmten Mann beizubringen, daß er ein Narr ist, dann muß man der Tatsache ins Gesicht sehen, daß man das verlieren wird, was man nicht verlieren will. Also hielt ich meinen verdammten Mund, trank mein Glas leer, bezahlte für mein und Kirstens Getränk, nahm die Geschenke entgegen, die sie mir aus London mitgebracht hatte, und versprach, auf etwaige Phänomena, auf alle neue Entwicklungen zu achten.

Und ich würde wieder so handeln, hätte ich die Möglichkeit dazu, weil ich die beiden, Kirsten und Tim, sehr liebte. Ich liebte sie weit mehr als meine eigene Redlichkeit. Freundschaft besaß unermeßliches Gewicht, die Bedeutung der Redlichkeit – und damit die Redlichkeit selbst – verblaßte und verschwand schließlich völlig. Ich sagte meiner Integrität Lebewohl und hielt meine Freundschaft am Leben. Jemand anders wird darüber urteilen müssen, ob ich richtig gehandelt habe, denn mir ist es noch immer nicht gleichgültig. Ich sehe noch immer nur zwei Freunde, die soeben nach monatelanger Abwesenheit zurückgekehrt waren, Freunde, nach denen ich mich gesehnt hatte, insbesondere, da Jeff tot war . . . Freunde, ohne die ich nicht leben konnte, und tief in meinem Innern beherrschte mich ein unterdrückter Gedanke, den ich mir an jenem Tag nicht eingestehen wollte; Ich war stolz auf die Tatsache, daß ich einen Mann kannte, der mit Dr. King in Selma marschiert war, einen berühmten Mann, den David Frost interviewt hatte, dessen Meinung die moderne intellektuelle Welt mitgeprägt hatte. Da haben Sie es, die Essenz von all dem. Ich definierte mich selbst – meine Identität – durch meine Eigenschaft als Bischof Archers Schwiegertochter und Vertraute.

Das ist eine schlechte Motivation, und sie ließ mich nicht mehr los, nachdem sie mich einmal überwältigt hatte. „Ich kenne Bischof Timothy Archer“, flüsterten meine Gedanken in der Dunkelheit der Nacht. Sie raunten mir diese Worte zu, stärkten meine Selbstachtung. Auch ich fühlte mich schuldig an Jeffs Selbstmord, und durch meine Teilnahme am Leben und Handeln, an den Gewohnheiten und Bräuchen von Bischof Archer verlor ich meine eigenen Selbstzweifel – oder zumindest spürte ich, wie sie verblaßten.

Aber auch in *meinen* Schlußfolgerungen steckte ein logischer – und ein ethischer – Fehler, und ich hatte ihn nicht erkannt. Durch seine Leichtgläubigkeit und seine abergläubische Torheiten war der Bischof von Kalifornien dabei, seinen Einfluß, seine Macht über die öffentliche Meinung zu zerstören, genau jene Macht, die mich zu ihm hinzog. Hätte ich das an jenem Tag im St. Francis richtig eingeschätzt, ich hätte diese Entwicklung voraussehen können – und anders reagiert. Er würde nicht mehr lange ein berühmter Mann sein. Ohne es zu bemerken, gab er sich alle Mühe, sich aus einer geachteten Persönlichkeit in einen Sonderling zu verwandeln. Deshalb würde viel von dem, was mich zu ihm hinzog, bald nicht mehr existieren. Von diesem Standpunkt aus war ich ebenso verblendet wie er. An jenem Tag fiel mir dies nicht auf. Ich sah ihn nur als das, was er damals war, und nicht als das, was er in wenigen Jahren sein würde. Auch ich befand mich auf dem geistigen Niveau eines Sechsjährigen. Ich richtete keinen wirklichen Schaden an, aber ich brachte auch keinen Nutzen, und ich erniedrigte mich wahrhaftig für nichts. Nichts Gutes entstand daraus, und wenn ich zurückschaue, dann wünschte ich mir verzweifelt, daß die Einsicht, die ich jetzt besitze, mir damals gekommen wäre. Bischof Archer stürzte uns mit ins Verderben, weil wir ihn liebten und an ihn glaubten, selbst als wir wußten, daß er sich irrte, und dies ist eine schreckliche Erkenntnis, eine Erkenntnis, die mich mit moralischer Abscheu und seelischem Entsetzen erfüllen sollte. Und so ist es jetzt auch, aber damals war es nicht so.

Für Sie mag dies nur ermüdendes Geschwätz sein, doch für mich ist es etwas anderes: Ausdruck der Verzweiflung, die in meinem Herzen wohnt.

8

Die Behörden behielten Bill Lundborg nicht lange in Haft. Bischof Archer sorgte für seine Freilassung – unter Vorlage seiner Krankengeschichte, die bewies, daß er an einer chronischen Geisteskrankheit litt –, und schließlich kam der Tag, an dem der Junge an ihrem Apartment in der Altstadt auftauchte, bekleidet mit einem Wollpullover, den Kirsten für ihn gestrickt hatte, und seiner ausgebeulten Hose, mit einem freundlichen Ausdruck auf dem aufgedunsenen Gesicht.

Ich persönlich freute mich, ihn wiederzusehen. Oft hatte ich an ihn gedacht und mich gefragt, wie es ihm ging. Das Gefängnis schien ihm nicht schlecht bekommen zu sein. Möglicherweise sah er darin keinen Unterschied zu seinen periodischen Aufenthalten im Krankenhaus. Was mich betraf, so wußte ich nicht, ob überhaupt ein Unterschied bestand. Ich war weder in dem einen noch in dem anderen eingesperrt gewesen.

„Hallo, Angel“, begrüßte er mich, als ich das Apartment betrat. Ich hatte meinen neuen Honda wegsetzen müssen, um keinen Strafzettel zu bekommen. „Was für einen Wagen fährst du?“

„Einen Honda Civic“, antwortete ich.

„Der hat eine gute Maschine“, erklärte Bill. „Sie überdreht nicht so schnell wie die meisten dieser kleinen Motoren. Und er ist gut gefedert. Hast du den Vier-Gang oder den Fünfer?“

„Den Vierer.“ Ich zog meinen Mantel aus und hängte ihn in den Garderobenschrank.

„Für einen Wagen mit einem derart kurzen Achsstand fährt er ganz ordentlich“, sagte Bill. „Aber bei einem Zusammenstoß – mit einem amerikanischen Wagen – bist du erledigt. Wahrscheinlich würdest du ins Schleudern geraten.“

Dann kam er auf die statistische Auswertung der Unfälle zu sprechen, bei denen nur ein Fahrzeug beteiligt war. Sie bot ein eher düsteres Bild für die kleinen ausländischen Wagen. Meine Chancen waren gering im Vergleich zu denen mit, sagen wir, einem Mustang. Bill sprach mit Begeisterung über den neuen Oldsmobile mit Vorderradantrieb, den er als technischen Durchbruch in bezug auf die Bodenhaftung und die Straßenlage bezeichnete. Es war offensichtlich, daß ich mich seiner Meinung nach um einen größeren Wagen kümmern sollte. Er machte sich Sorgen um meine Sicherheit. Es griff mir ans Herz, und zudem wußte er, wovon er sprach. Ich hatte zwei Freunde bei einem Unfall mit einem VW-Käfer verloren, dessen Hinterräder sich durchgedrückt und das Fahrzeug ins Schleudern gebracht hatten. Bill erklärte, daß ab 1965 diese Konstruktion mit Erfolg verändert worden war. Seitdem benutzte VW statt einer beweglichen eine starre Achse. Sie begrenzte das Spiel.

Ich hoffe, daß diese Ausdrücke richtig sind. Was diese technischen Details betrifft, bin ich auf Bill angewiesen. Kirsten hörte gleichgültig zu. Bischof Archer zeigte zumindest vorgetäuschtes Interesse, obwohl ich den Eindruck hatte, daß es sich dabei lediglich um eine Pose handelte. Es erschien mir unmöglich, daß es ihn interessierte oder er es gar verstand. Für den Bischof waren Dinge wie das Achsspiel so irrelevant wie für uns irgendwelche metaphysischen Dinge – reine Spekulation und darüber hinaus frivol.

Als Bill in die Küche ging, um sich eine Dose Coors zu holen, drehte sich Kirsten zu mir herum und formte mit den Lippen ein Wort.

„Bitte?" fragte ich und hob die Hand zum Ohr.

„Besessenheit." Sie nickte ernst und voller Abscheu.

Bill kam mit dem Bier zurück und sagte: „Dein Leben hängt von der Federung deines Wagens ab. Eine diagonale Torsionsfeder-Aufhängung verhindert . . ."

„Wenn ich noch ein einziges weiteres Wort über Autos höre", unterbrach Kirsten, „fange ich an zu schreien."

„Entschuldigung", murmelte Bill.

„Bill", sagte Bischof Archer, „wenn ich mir ein neues Auto kaufen würde, welchen Wagen würdest du mir empfehlen?"

„Wieviel Geld . . ."

„Ich habe genug Geld", erklärte der Bischof.

„Einen BMW", antwortete Bill. „Oder einen Mercedes-Benz. Ein Vorteil bei einem Mercedes-Benz ist, daß niemand ihn stehlen kann." Dann erzählte er uns von den erstaunlich komplizierten Schlössern der Mercedes-Benz. „Selbst die Wagenbesitzer haben Schwierigkeiten, in sie hineinzukommen", schloß er. „Ein Dieb kann sechs Caddies und drei Porsches in derselben Zeit knacken, die er für einen Mercedes-Benz benötigt. Deshalb lassen sie sie in Ruhe, und man braucht seine Stereo-Anlage nicht jedesmal auszubauen, wenn man den Wagen abstellt. Bei jedem anderen Auto muß man sie mit sich herumschleppen." Anschließend sagte er uns, daß Carl Benz das erste brauchbare Automobil entwickelt und gebaut hatte, das von einem Verbrennungsmotor angetrieben wurde. 1926 hatte Benz seine Firma mit der Daimler Motoren-Gesellschaft zusammengelegt und so Daimler-Benz gegründet, wodurch dann die Produktion der Mercedes-Benz-Autos ermöglicht wurde. Der Name „Mercedes" stammte von einem kleinen Mädchen, das Carl Benz gekannt hatte, aber Bill konnte sich nicht erinnern, ob Mercedes nun Benz' Tochter oder seine Enkelin oder nichts von beidem gewesen war.

„Also war ‚Mercedes' nicht der Name eines Autokonstrukteurs oder eines Ingenieurs", schloß Tim, „sondern vielmehr der Name eines Kindes. Und jetzt ist der Name dieses Kindes verknüpft mit einem der besten Autos der Welt."

„Das stimmt", nickte Bill. Er erzählte uns eine weitere Geschichte über Autos, von der nur wenige Menschen wußten. Dr. Porsche, der den VW und, natürlich, den Porsche entwickelt hatte, war keinesfalls der Konstrukteur des mit Hinterradantrieb und luftgekühltem Motor ausgestatteten Modells – er war darauf in einer Autofabrik in der Tschechoslowakei gestoßen, als die Deutschen 1938 das Land erobert hatten. Bill konnte sich nicht an den Namen des tschechischen Wagens erinnern, aber er war ein Achtzylinder gewesen, ein PS-starkes, überaus schnelles Fahrzeug mit so großem Beschleunigungsvermögen, daß es den deutschen Offizieren schließlich verboten wurde, es zu fahren. Dr. Porsche hatte das hochentwickelte Modell auf Hitlers persönlichen Befehl hin verändert. „Hitler verlangte den Einbau eines luftgekühlten Motors", verriet uns Bill, „weil er nach der Eroberung der Sowjetunion durch Deutschland die VWs auf Autobahnen in Rußland einsetzen wollte, und zwar wegen der Witterungsverhältnisse, wegen der Kälte . . ."

„Ich meine, du solltest dir einen Jaguar kaufen", unterbrach Kirsten, an Tim gewandt.

„O nein", widersprach Bill. „Der Jaguar ist eines der unsichersten, anfälligsten Autos der Welt. Er ist viel zu kompliziert, und ständig muß man ihn in die Werkstatt bringen. Andererseits ist sein phantastischer Motor mit obenliegender Doppelnockenwelle vielleicht die hochgezüchteste Maschine, die jemals gebaut wurde, abgesehen von den Sechzehnzylinder-Tourenwagen der dreißiger Jahre."

„Sechzehnzylinder?" wiederholte ich verblüfft.

„Sie fuhren völlig erschütterungsfrei", erklärte Bill. „Es gab in den Dreißigern eine große Angebotslücke zwischen den billigsten Klapperkisten und den teuren Tourenwagen. Heutzutage existiert diese Lücke nicht mehr . . . die Palette reicht von, sagen wir, deinem Honda Civic – mit seiner einfachen Ausstattung – bis hin zu den Rolls. Preis und Qualität steigern sich heute nur in kleinen Sprüngen, was eine gute Sache ist. Ein Gradmesser für die Veränderung, die unsere Gesellschaft von damals bis heute erfahren hat." Er begann dann von den Dampfautos und den Gründen für ihre Erfolgslosigkeit zu erzählen. Da aber erhob sich Kirsten und sah ihn streng an.

„Ich denke, ich gehe jetzt zu Bett", sagte Kirsten.

„Um wieviel Uhr spreche ich morgen vor dem Lions Club?" erkundigte sich Tim bei ihr.

„O Gott, ich habe die Rede noch nicht fertig", entfuhr es Kirsten.

„Ich kann einen improvisierten Vortrag halten", meinte Tim.

„Sie ist auf dem Band. Ich muß sie nur noch abtippen."

„Das kannst du doch morgen früh erledigen."

Sie starrte ihn an.

„Wie ich schon sagte", murmelte Tim, „ich kann improvisieren."

Zu mir und Bill gewandt, sagte Kirsten: „Er kann improvisieren." Sie starrte weiter den Bischof an, der sich unbehaglich bewegte. „Jesus", sagte sie.

„Was ist los?" fragte Tim.

„Nichts." Sie näherte sich dem Schlafzimmer. „Ich werde sie fertig abtippen. Es wäre wirklich nicht klug von dir, wenn du . . . Ich weiß nicht, warum wir uns überhaupt darüber unterhalten müssen. Versprich mir, daß du dich nicht zu einer deiner Tiraden über die Zoroastrer versteigen wirst."

Leise, aber fest entgegnete Tim: „Wenn ich die Ursprünge des patristischen Denkens . . ."

„Ich glaube nicht, daß man im Lions Club etwas von den Wüstenvätern und dem asketischen Leben im zweiten Jahrhundert hören will."

„Dann ist das genau das richtige Thema für meinen Vortrag", sagte Tim. Er sah Bill und mich an. „Ein Mönch wurde zu einer Stadt geschickt, um einem kranken Heiligen seine Medizin zu bringen . . . die Namen sind nicht wichtig. Von Bedeutung ist, daß es sich bei dem kranken Heiligen um einen sehr großen Heiligen gehandelt hat, einem der beliebtesten und verehrtesten Heiligen im Norden Afrikas. Als der Mönch nach einer langen Wanderung durch die Wüste die Stadt erreichte . . ."

„Gute Nacht", sagte Kirsten und verschwand im Schlafzimmer.

„Gute Nacht", sagten wir.

Nach einer Pause fuhr Tim mit leiser Stimme fort. „Als der Mönch die Stadt betrat, wußte er nicht, wohin er sich wenden sollte. Während er durch die Dunkelheit stolperte – es war Nacht –, traf er auf einen Bettler, der schwerkrank in der Gosse lag. Nachdem der Mönch die spirituellen Aspekte des Problems überdacht hatte, kümmerte er sich um den Bettler und verabreichte ihm die Medizin, mit dem Ergebnis, daß der Bettler bald Anzeichen einer Genesung zeigte. Nun, jetzt hatte der Mönch nichts mehr, was er dem kranken Heiligen bringen konnte. Deshalb kehrte er in das Kloster zurück, aus dem er gekommen war, von schrecklicher Angst vor dem erfüllt, was sein Abt dazu sagen würde. Nachdem er dem Abt das Geschehene erzählte hatte, sagte der Abt: ‚Du hast recht getan.'"

„War das alles?" fragte Bill.

„Im Christentum", erwiderte Tim, „wird kein Unterschied gemacht zwischen dem Niedrigen und dem Hohen, dem Armen und dem weniger Armen. Indem der Mönch die Medizin dem ersten kranken Mann gegeben hatte, der ihm begegnete, statt sie für den großen und berühmten Heiligen aufzubewahren, hat er in das Herz des Erlösers gesehen. Zu Zeiten Jesu gab es einen verächtlichen Ausdruck für die gewöhnlichen Leute – sie wurden als die *Am ha-aretz* bezeichnet; ein hebräischer Ausdruck, der einfach ‚die Leute vom Land' bedeutet, womit gemeint war, daß sie keinerlei Ansehen besaßen. Es waren diese Menschen, die *Am ha-aretz,* zu denen Jesus sprach und mit denen er verkehrte, aß und schlief, das heißt, in ihren Häusern schlief – obwohl er gelegentlich auch in den Häusern der Reichen schlief, denn selbst die Reichen sind nicht ausgeschlossen." Tim machte auf mich einen irgendwie niedergeschlagenen Eindruck.

„‚Der Bisch'", sagte Bill mit einem Lächeln. „So nennt dich Kirsten hinter deinem Rücken."

Tim entgegnete nichts darauf. Wir konnten hören, wie Kirsten im Nebenzimmer hin und her ging. Etwas fiel hin, und sie fluchte.

„Was veranlaßt dich zu der Überzeugung, daß es einen Gott gibt?" wandte sich Bill an Tim.

Eine Zeitlang sagte Tim nichts. Er wirkte sehr müde, und dennoch spürte ich, wie er versuchte, sich eine Antwort zurechtzulegen. Benommen rieb er die Augen. „Es gibt den ontologischen Beweis, St. Anselms ontologisches Argument, daß, wenn ein Wesen vorgestellt werden kann . . ." Er verstummte, hob den Kopf, blinzelte.

„Ich kann deine Rede abtippen", erbot ich mich. „Das war meine Arbeit im Rechtsanwaltsbüro – ich bin gut an der Maschine." Ich stand auf. „Ich werde es Kirsten sagen."

„Das ist wirklich kein Problem", wehrte Tim ab.

„Wäre es nicht besser, wenn du deine Rede von einem Manuskript abliest?" fragte ich.

„Ich möchte im Club über . . ." murmelte Tim und brach dann ab. „Du weißt, Angel", wandte er sich an mich, „daß ich sie wirklich liebe. Sie hat soviel für mich getan. Und wäre sie nach Jeffs Tod nicht bei mir gewesen . . . Ich weiß nicht, was ich dann getan hätte. Ich bin sicher, daß du mich verstehst." Er sah Bill an. „Ich bin schrecklich stolz auf deine Mutter. Sie ist der Mensch auf der ganzen Welt, der mir am nächsten steht."

„Gibt es irgendeinen Beweis für Gottes Existenz?" fragte Bill.

„Es gibt eine Reihe von Argumenten dafür. Das beste ist vermutlich das biologische Argument, das beispielsweise von Teilhard de Chardin angeführt wurde. Evolution – die Existenz der Evolution – scheint auf einen Schöpfer hinzudeuten. Zudem gibt es Morrisons Argument, daß unser Planet in bemerkenswerter Weise geeignet ist für das Entstehen komplexer Lebensformen. Die Wahrscheinlichkeit, daß es sich dabei um die Folge eines Zufalls handelt, ist sehr gering. Es tut mir leid.“ Er schüttelte den Kopf. „Ich fühle mich nicht gut. Wir werden uns zu einem anderen Zeitpunkt weiter darüber unterhalten. Nun, jedenfalls würde ich kurzgefaßt sagen, daß das teleologische Argument, das Argument, daß die Natur einen Plan verfolgt, auf ein Ziel hinsteuert, das stärkste Argument ist.“

„Bill“, mahnte ich, „der Bischof ist müde.“

Kirsten, die jetzt ihren Morgenmantel und ihre Hausschuhe trug, öffnete die Schlafzimmertür und wiederholte: „Der Bischof ist müde. Der Bischof ist immer müde. Der Bischof ist zu müde, um die Frage zu beantworten: ‚Gibt es irgendeinen Beweis für die Existenz Gottes?‘ Nein, es gibt keinen Beweis. Wo ist das Alka-Seltzer?“

„Ich habe die letzte Packung genommen“, erwiderte Tim.

„Ich habe welche in meiner Handtasche“, sagte ich.

Kirsten schloß die Schlafzimmertür. Laut.

„Es gibt Beweise“, beharrte Tim.

„Aber Gott spricht zu niemandem“, wandte Bill ein.

„Nein“, sagte Tim. Dann riß er sich zusammen. Ich sah, wie er seine Kräfte sammelte. „Wie dem auch sei, das Alte Testament erwähnt an vielen Stellen, daß Jahwe sich durch die Propheten an sein Volk wendet. Diese Quelle der Offenbarung ist mit der Zeit ausgetrocknet. Gott spricht nicht mehr zu den Menschen. Man nennt dies ‚das lange Schweigen‘. Es dauert schon zweitausend Jahre an.“

„Mir ist klar, daß Gott in der Bibel zu seinem Volk gesprochen hat“, sagte Bill, „in den alten Tagen, aber warum spricht er jetzt nicht mehr zu ihm? Warum hat er damit aufgehört?“

„Ich weiß es nicht“, gestand Tim. Er fuhr nicht fort – dort hörte er auf. Ich dachte: Du solltest dort nicht aufhören. Das ist nicht die Stelle, an der man zu einem Ende kommen kann.

„Sprich bitte weiter“, forderte ich ihn auf.

„Wieviel Uhr ist es?“ fragte Tim und sah sich im Wohnzimmer um. „Ich habe meine Uhr nicht bei mir.“

„Was ist das für ein Unsinn, daß Jeff aus der nächsten Welt zurückgekehrt sein soll?“ fragte Bill.

O Gott, dachte ich. Ich schloß die Augen.

„Ich wünschte wirklich, du würdest es mir erklären“, fuhr Bill, an Tim gewandt, fort. „Denn es ist unmöglich. Es ist nicht nur unwahrscheinlich, es ist unmöglich.“ Er wartete. „Kirsten hat mir davon erzählt. Es ist das Dümmste, was ich je gehört habe.“

„Jeff hat sich mit uns beiden in Verbindung gesetzt“, berichtete Tim. „Und zwar mittels Phänomena. Viele Male, auf vielerlei Weise.“ Plötzlich errötete er. Dann riß er sich zusammen, und die Autorität, die tief in ihm begraben lag, stieg an die Oberfläche. Während er dort saß, verwandelte er sich aus einem müden Mann mittleren Alters mit persönlichen Problemen in die Kraft selbst, in die Kraft der Überzeugung, die in seine Worte einfloß, zum Wort wurde. „Es ist Gott selbst, der mit uns und durch uns wirkt, um die Tage strahlender zu machen. Mein Sohn ist jetzt bei uns – er ist bei uns in diesem Zimmer. Er hat uns nie verlassen. Was starb, das war ein materieller Körper. Jedes materielle Ding schwindet dahin. Ganze Planeten lösen sich auf. Das physikalische Universum selbst wird vergehen. Willst du denn argumentieren, daß nichts existiert? Denn zu diesem Schluß wird dich deine Logik führen. Es ist nicht möglich, hier auf der Stelle zu beweisen, daß externe Realitäten existieren. Descartes hat das entdeckt – das ist die Grundlage der modernen Philosophie. Alles, was man sicher wissen kann, ist, daß der eigene Geist, das eigene Bewußtsein, existiert. Man kann sagen: ‚Ich bin.' Und das ist alles. Und das ist es, was Jahwe Moses aufgetragen hat zu antworten, wenn die Menschen fragen, mit wem er gesprochen hat. ‚Ich bin', sagt Jahwe. *Ehyeh* im Hebräischen. Das kann man ebenfalls sagen, und das ist alles, was man sagen kann, damit erschöpfte er sich. Was man sieht, das ist nicht die Welt, sondern ein Abbild, das in deinem und durch dein Bewußtsein entsteht. Alles, was man erfährt, weiß man durch den Glauben. Außerdem könnte man träumen. Hast du daran schon gedacht? Plato berichtete, daß ein weiser alter Mann, wahrscheinlich ein Orphiker, zu ihm gesagt hat: ‚Jetzt sind wir tot und in einer Art Gefängnis.' Plato hielt das nicht für eine absurde Behauptung. Er sagt uns, daß sie gewichtig und des Nachdenkens wert ist. ‚Jetzt sind wir tot.' Vielleicht gibt es überhaupt keine Welt. Ich besitze genug Beweise – deine Mutter und ich besitzen genug Beweise für Jeffs Rückkehr wie für die Existenz der Welt selbst. Wir nehmen nicht an, daß er zurückgekehrt ist, wir haben seine Rückkehr erfahren. Wir haben sie erlebt und durchlebt. Also ist es nicht nur unsere Meinung. Es ist real."

„Für dich real", sagte Bill.

„Was kann einem die Realität mehr geben?"

„Nun, ich meine", fügte Bill hinzu, „ich glaube es nicht."

„Das Problem in diesem Fall ist keine Frage unserer Erlebnisse", fuhr Tim fort. „Das Problem ist eine Frage unseres Glaubenssystems. Innerhalb der Grenzen deines Glaubenssystems ist ein derartiges Ereignis unmöglich. Wer kann wahrhaft sagen, was möglich ist? Wir wissen nicht, was möglich und was nicht möglich ist. Wir setzen nicht die Grenzen – Gott setzt die Grenzen." Tim deutete auf Bill, sein Finger war ruhig. „Was jemand glaubt und was jemand weiß, hängt schlußendlich von Gott ab – man kann weder seine Zustimmung geben noch sie verweigern. Es ist ein Geschenk Gottes, ein Beweis für unsere Abhängigkeit. Gott gewährt uns eine Welt und erzwingt unsere Zustimmung zu dieser Welt, er macht sie für uns real – dies ist Teil seiner Macht. Glaubst du, daß Jesus der Sohn Gottes, Gott selbst war? Auch das glaubst du nicht. Wie also kann ich dir beweisen, daß Jeff aus der anderen Welt zu uns zurückgekehrt ist? Ich kann nicht einmal beweisen, daß der Sohn des Menschen vor zweitausend Jahren auf dieser Erde für uns gewandelt ist und für uns gelebt hat und für uns gestorben ist, für unsere Sünden, und daß er am dritten Tage wiederauferstand. Habe ich damit auch unrecht? Leugnest du das nicht auch? Was also glaubst du dann? Du gehst in Gebäude, und du fährst um Häuserblocks herum. Vielleicht gibt es keine Gebäude und keine Häuserblocks. Jemand machte Descartes darauf aufmerksam, daß ein böser Dämon unseren Glauben an eine Welt erweckt haben könnte, die es nicht gibt, daß er uns mit einer Täuschung narrt, die in uns ein falsches Bild der Welt erzeugt. Falls dies geschehen ist, würden wir es nie erfahren. Wir müssen Vertrauen haben, wir müssen Gott vertrauen. Ich vertraue Gott und glaube nicht, daß er mich täuschen würde. Ich halte den Herrn für vertrauenswürdig und einer Täuschung für unfähig. Für dich existiert diese Frage nicht einmal, denn du willst nicht zugeben, daß Gott überhaupt existiert. Wenn ich dir in diesem Moment erzählen würde, daß ich Gottes Stimme gehört habe – würdest du das glauben? Natürlich nicht. Wir bezeichnen Menschen, die zu Gott sprechen, als gläubig, und wir bezeichnen Menschen, zu denen Gott spricht, als geisteskrank. Dies ist ein Zeitalter, in dem es nur wenig Glauben gibt. Nicht Gott ist es, der tot ist, es ist unser Glaube, der gestorben ist."

„Aber . . ." Bill gestikulierte. „Es ergibt keinen Sinn. Warum sollte er zurückkehren?"

„Verrate mir zuerst, warum Jeff gelebt hat", erwiderte Tim. „Dann werde ich dir vermutlich sagen können, warum er zurückgekehrt ist. Warum lebst du? Für welchen Zweck bist du erschaffen worden? Du weißt nicht, wer dich erschaffen hat – vorausgesetzt, jemand hat es getan –, und du weißt nicht, warum, vorausgesetzt, daß es ein Warum gibt. Möglicherweise hat dich niemand erschaffen, und möglicherweise erfüllt dein Leben überhaupt keinen Zweck. Keine Welt, kein Zweck, kein Schöpfer, und Jeff ist nicht zu uns zurückgekehrt. Ist das deine Logik? Lebst du so dein Leben? Ist es das, was das Sein im Sinn Heideggers für dich bedeutet? Das ist eine armselige Art eines unechten Seins. Es erscheint mir schwach und öde und im Endeffekt unnütz. Es muß etwas geben, an das du glauben kannst, Bill. Glaubst du an dich selbst? Gibst du zu, daß du, Bill Lundborg, existierst? Das gibst du zu – schön. Sehr gut. Das ist schon ein Anfang. Betrachte deinen Körper. Besitzt du Sinnesorgane? Augen, Ohren, Geschmacks-, Tast- und Geruchsinn? Dann ist dieses Wahrnehmungssystem wahrscheinlich dazu gedacht, Informationen aufzunehmen. Wenn dem so ist, dann gibt es guten Grund zu der Annahme, daß Information existiert. Wenn Information existiert, dann gehört sie wahrscheinlich zu irgend etwas. Wahrscheinlich gibt es eine Welt, und du bist durch deine Sinnesorgane mit dieser Welt verbunden. Erschaffst du selbst deine Nahrung? Erzeugst du aus dir selbst heraus, mit deinem eigenen Körper, die Nahrung, die du zum Leben benötigst? Also nicht. Deshalb ist es logisch anzunehmen, daß du von dieser äußeren Welt abhängig bist, deren Existenz du nur mutmaßen, aber nicht als sicher voraussetzen kannst. Die Welt ist für uns nur eine mögliche und keine unwiderlegbare Wahrheit. Woraus besteht diese Welt? Was befindet sich außerhalb deiner selbst? Lügen deine Sinne? Wenn sie lügen, warum sind sie dann erschaffen worden? Hast du deine eigenen Sinnesorgane erschaffen? Nein, das hast du nicht. Jemand oder etwas anderes hat es getan. Wer ist dieser Jemand, der nicht du bist? Offenbar bist du nicht allein, die einzig existierende Realität. Offenbar gibt es andere, und einer von ihnen oder mehrere von ihnen haben dich und deinen Körper entworfen und gebaut, wie Carl Benz den ersten Motorwagen entworfen und gebaut hat. Woher weiß ich, daß es einen Carl Benz gegeben hat? Weil du es mir gesagt hast? Ich habe dir erzählt, daß mein Sohn Jeff zurückgekehrt . . ."

„Kirsten hat es mir erzählt", berichtigte ihn Bill.

„Lügt dich Kirsten für gewöhnlich an?" fragte Tim.

„Nein", gab Bill zu.

„Was können wir dadurch gewinnen, indem wir sagen, daß Jeff aus der anderen Welt zu uns zurückgekehrt ist? Viele Leute werden uns nicht glauben. Du selbst glaubst uns nicht. Wir sagen es, weil wir glauben, daß es wahr ist. Und wir haben Gründe zu der Annahme, daß es stimmt. Wir beide haben Dinge gesehen, Zeugnis von Dingen gehabt. Ich sehe Carl Benz nicht in diesem Zimmer, aber ich glaube, daß er einst existiert hat. Ich glaube, daß der Mercedes-Benz nach einem kleinen Mädchen und einem Mann benannt worden ist. Ich bin Rechtsanwalt, ich bin ein Mensch, der vertraut ist mit den Kriterien, nach denen Daten überprüft werden. Wir – Kirsten und ich – besitzen Beweise für Jeffs Wiederkehr, wir besitzen die Phänomena."

„Ja, aber diese Phänomena, auf die ihr gestoßen seid, sie alle – sie beweisen nichts. Ihr nehmt nur an, daß Jeff sie hervorgerufen hat, daß Jeff für jene Dinge verantwortlich ist. Ihr wißt es nicht."

„Laß mich dir ein Beispiel nennen", erklärte Tim. „Du schaust unter deinen geparkten Wagen und entdeckst eine Wasserlache. Nun, du *weißt* nicht, daß das Wasser aus dem Motor deines Autos stammt – das ist etwas, was du annehmen mußt. Du siehst einen Beweis dafür. Als Rechtsanwalt bin ich darüber im Bilde, was einen Beweis ausmacht. Du als Automechaniker . . ."

„Steht das Auto auf deinem eigenen Grund und Boden?" fragte Bill. „Oder steht er auf einem öffentlichen Parkplatz, vor einem Supermarkt vielleicht?"

Ein wenig irritiert, schwieg Tim für einen Moment. „Ich kann dir nicht folgen."

„Wenn er in deiner Garage oder an der Stelle steht", erläuterte Bill, „wo nur du parkst, dann stammt die Pfütze wahrscheinlich von deinem Wagen. Im übrigen hätte der Motor nichts damit zu tun – es kämen eher der Kühler oder die Wasserpumpe oder eine der Zuleitungen in Frage."

„Aber es ist etwas, das du vermutest", sagte Tim. „Anhand des Beweises."

„Die Pfütze könnte aus der hydraulischen Flüssigkeit der Servolenkung bestehen. Die hat viel Ähnlichkeit mit Wasser. Sie ist von einem hellen, durchscheinenden Rosa. Außerdem, deine Gangschaltung, wenn es eine automatische Gangschaltung ist, arbeitet mit derselben Flüssigkeit. Hast du eine Servolenkung?"

„Wo?" fragte Tim.

„In deinem Auto."

„Ich weiß es nicht. Ich spreche von einem hypothetischen Auto."

„Oder es könnte Motoröl sein", fuhr Bill fort, „und in diesem Fall wäre die Flüssigkeit nicht rosa. Du mußt dir darüber klar werden, ob es nun Waser oder ob es Öl ist, ob es nun von der Servolenkung oder von der Gangschaltung stammt. Wenn du auf einem öffentlichen Parkplatz stehst und eine Pfütze unter deinem Auto siehst, dann hat es wahrscheinlich überhaupt nichts zu bedeuten, weil eine Menge Leute dort parken, wo du deinen Wagen geparkt hast. Sie könnte von dem Auto stammen, das vor dir dort gestanden hat. Das beste ist, du . . ."

„Aber du bist nur in der Lage, eine Vermutung anzustellen", unterbrach Tim. „Du kannst nicht wissen, daß sie von deinem Auto stammt."

„Man kann es nicht auf den ersten Blick sagen, aber man kann es herausfinden. In Ordnung, gehen wir davon aus, daß es deine eigene Garage ist und außer dir niemand dort parkt. Zuerst mußt du in Erfahrung bringen , woraus die Flüssigkeit besteht. Also langst du unter dein Auto – vielleicht mußt du es erst zurücksetzen – und tauchst deinen Finger in die Flüssigkeit. Ist sie rosa? Oder braun? Ist es Öl? Ist es Wasser? Nehmen wir an, es ist Wasser. Nun, es könnte normal sein, es könnte aus dem Überlaufventil deines Kühlers stammen. Nachdem man den Motor ausschaltet, erhitzt sich das Wasser manchmal und entweicht aus dem Überlaufventil."

„Selbst wenn du feststellen kannst, daß es Wasser ist", warf Tim störrisch ein, „kannst du nicht sicher sein, daß es von deinem Auto stammt."

„Woher sollte es sonst kommen?"

„Das ist ein unbekannter Faktor. Du hast es mit einem indirekten Beweis zu tun – du hast nicht gesehen, wie das Wasser aus deinem Auto getropft ist."

„In Ordnung – schalte den Motor ein, laß ihn laufen und schau zu. Achte darauf, ob es tropft."

„Würde das nicht lange dauern?" fragte Tim.

„Nun, du mußt es wissen. Du solltest den Flüssigkeitspegel der Servolenkung überprüfen, den Pegel der Gangschaltung, den Kühlerstand, das Motoröl, du solltest dich routinemäßig um diese Dinge kümmern. Während du dastehst und zuschaust, könntest du das erledigen. Einige Dinge wie der Flüssigkeitsstand der Gangschaltung müssen bei laufendem Motor kontrolliert werden. In der Zwischenzeit könntest du außerdem den Reifendruck messen. Was für einen Druck mußt du haben?"

„Wo?" fragte Tim.

„In deinen Reifen. Es sind fünf. Einer liegt im Kofferraum – der Reservereifen. Wahrscheinlich vergißt du ihn zu kontrollieren, wenn du die anderen kontrollierst. Du findest erst heraus, daß du keine Luft mehr in deinem Reservereifen hast, wenn du eines Tages einen Platten bekommst, und dann merkst du, ob sich Luft in deinem Reservereifen befindet oder nicht. Was für einen Wagenheber hast du – einen, den man an der Stoßstange ansetzen muß, oder einen für die Achse? Was für einen Wagen fährst du?"

„Ich glaube, es ist ein Buick", antwortete Tim.

„Es ist ein Chrysler", sagte ich leise.

Nachdem Bill sich auf den Heimweg in den Osten der Bucht gemacht hatte, saßen Tim und ich zusammen im Wohnzimmer des Altstadt-Apartments, und Tim sprach offen und aufrichtig mit mir. „Kirsten und ich", sagte er, „haben einige Probleme gehabt."

„Wieviel Downer nimmt sie?" fragte ich.

„Du meinst Barbiturate?"

„Ja, ich meine Barbiturate."

„Ich weiß es wirklich nicht. Sie hat einen Arzt, der ihr alles verschreibt, was sie verlangt. Einmal hat sie hundert Stück bekommen. Seconal. Und außerdem nimmt sie Amytal. Ich glaube, das Amytal bekommt sie von einem anderen Arzt."

„Du solltest besser in Erfahrung bringen, wieviel sie nimmt."

„Warum", murmelte Tim, „widersetzt sich Bill der Erkenntnis, daß Jeff zu uns zurückgekehrt ist?"

„Gott allein weiß es", sagte ich.

„Der Zweck meines Buches ist es, den todtraurigen Menschen, die ihre Liebsten verloren haben, Trost zu spenden. Was könnte tröstender sein als das Wissen, daß es ein Leben nach dem Trauma des Todes gibt, ebenso wie es ein Leben vor dem Trauma der Geburt gibt? Jesus hat uns versichert, daß ein Leben nach dem Tode existiert – davon hängt das gesamte Versprechen der Erlösung ab. ‚Ich bin die Auferstehung und das Leben. Wer an mich glaubt, der wird leben, ob er gleich stürbe; und wer da lebet und glaubet an mich, der wird nimmermehr sterben.' Und dann sagt Jesus zu Martha: ‚Glaubst du das?' Worauf Martha antwortet: ‚Herr, ja, ich glaube, daß du bist der Christus, der Sohn Gottes, der in die Welt gekommen ist.' Später sagt Jesus: ‚Denn ich habe nicht von mir selber geredet; sondern der Vater, der mich gesandt hat, der hat mir ein Gebot gegeben, was ich sagen und reden soll. Und ich weiß: Sein Gebot ist das ewige Leben.‘

Laß mich die Bibel zur Hand nehmen.“ Tim griff nach einer Bibel, die am Rand des Tisches lag. „Erster Korinther, fünfzehn, zwölf. ‚Wenn aber Christus gepredigt wird, daß er ist von den Toten auferstanden, wie sagen denn etliche unter euch: Es gibt keine Auferstehung der Toten? Gibt es aber keine Auferstehung der Toten, so ist auch Christus nicht auferstanden. Ist aber Christus nicht auferstanden, so ist unsere Predigt vergeblich, so ist auch euer Glaube vergeblich. Wir würden aber auch erfunden als falsche Zeugen Gottes, weil wir wider Gott gezeugt hatten, er habe Christus auferweckt, den er nicht auferweckt hätte, wenn doch die Toten nicht auferstehen. Denn wenn die Toten nicht auferstehen, so ist Christus auch nicht auferstanden. Ist Christus aber nicht auferstanden, so ist euer Glaube nichtig, so seid ihr noch in euren Sünden; so sind auch die, die in Christus entschlafen sind, verloren. Hoffen wir allein in diesem Leben auf Christus, so sind wir die elendsten unter allen Menschen. Nun aber ist Christus auferstanden von den Toten und der Erstling geworden unter denen, die da schlafen.‘“ Tim schlug die Bibel zu. „Dort steht es klar und deutlich. Daran kann es keinen Zweifel geben.“

„Anscheinend“, meinte ich.

„So viele Beweise tauchten im Zadokit-Wadi auf. So vieles, das Licht wirft auf das gesamte *kerygma* des frühen Christentum. Wir wissen jetzt soviel. Paulus hat in keiner Hinsicht metaphorisch gesprochen – die Menschen stehen buchstäblich von den Toten auf. Sie kannten die Techniken. Es war eine Wissenschaft. Heute würden wir es als Medizin bezeichnen. Sie hatten den *anokhi,* dort im *wadi.“*

„Den Pilz“, sagte ich.

Er sah mich an. „Ja, den *Anokhi*-Pilz.“

„Brot und Trank“, fügte ich hinzu.

„Ja.“

„Aber wir haben ihn jetzt nicht mehr.“

„Wir haben die Eucharistie.“

„Aber“, wandte ich ein, „du weißt es, und ich weiß es, daß die Substanz bei der Eucharistie fehlt. Es ist wie bei den Kargo-Kulten, wo die Eingeborenen Flugzeugattrappen bauen.“

„Nicht ganz.“

„Wo ist der Unterschied?“

„Der Heilige Geist . . .“ Er verstummte.

„Genau das meine ich“, sagte ich.

„Ich fühle“, erklärte Tim, „daß der Heilige Geist für Jeffs Rückkehr verantwortlich ist.“

„Demnach glaubst du, daß der Heilige Geist tatsächlich existiert und immer existiert hat und Gott ist, eine der Formen Gottes.“

„Ich glaube es jetzt“, bestätigte Tim. „Jetzt, nachdem ich die Beweise gesehen habe. Ich habe es erst geglaubt, als all diese Dinge geschehen sind, die Uhren, die bei Jeffs Todesstunde stehenblieben, Kirsten verbranntes Haar, die zerbrochenen Spiegel, die Nadeln unter ihren Fingernägeln. Du hast bei einer Gelegenheit selbst gesehen, daß ihre ganze Wäsche durcheinandergeworfen war. Wir haben dich hereingerufen, damit du dich selbst überzeugen konntest. Nicht wir waren dafür verantwortlich. Kein lebender Mensch hat das getan – wir würden keine Beweise konstruieren. Traust du uns zu, daß wir einen Schwindel inszenieren?"

„Nein", sagte ich.

„Und der Tag, an dem diese Bücher aus dem Bücherregal sprangen und zu Boden fielen – niemand war in der Nähe."

„Glaubst du, daß es den *Anokhi*-Pilz noch gibt?"

„Ich weiß es nicht. Es gibt einen Pilz namens *vita verna,* der in der *Historia Naturalis, Buch acht* von Plinius dem Älteren erwähnt wird. Er lebte im ersten Jahrhundert – also ungefähr zur richtigen Zeit. Und diese Beschreibung hat er nicht von Theophrastus übernommen. Diesen Pilz hat er selbst gesehen, seine Kenntnis gewann er direkt aus der Untersuchung der römischen Gärten. Vielleicht war es der *anokhi.* Aber das ist nur eine Vermutung. Ich wünschte, wir würden es sicher wissen." Er kam dann auf etwas anderes zu sprechen, wie es seine Art war. Tim Archers Gedanken verweilten niemals lange bei einem Thema. „Bill leidet an Schizophrenie, nicht wahr?"

„Ja", nickte ich.

„Aber er kann sich seinen Lebensunterhalt verdienen."

„Solange er nicht im Krankenhaus ist", bestätigte ich. „Oder durchdreht und ins Krankenhaus eingeliefert wird."

„Es scheint ihm im Moment recht gutzugehen. Aber ich habe bemerkt, daß er – unfähig zum Theoretisieren ist."

„Er hat Schwierigkeiten mit dem abstrakten Denken", sagte ich.

„Ich frage mich, wo und wie es mit ihm enden wird", meinte Tim. „Die Prognose – ist nicht gut, sagt Kirsten."

„Gleich Null. Was die Genesung betrifft. Nichts drin. Essig. Aber er ist klug genug, die Finger von den Drogen zu lassen."

„Ihm fehlt der Vorteil der Bildung."

„Ich bin nicht sicher, ob Bildung ein Vorteil ist. Ich arbeite in einem Plattengeschäft. Und man hat mich nicht deshalb eingestellt, weil ich die Englisch-Vorlesungen an der Universität von Kalifornien besucht habe."

„Ich wollte dich fragen, welche Aufnahme von Beethovens *Fidelio* wir uns kaufen sollten", sagte Tim.

„Die Klemperer", riet ich. „Auf Angel. Mit Christa Ludwig als Leonora."

„Ich bin fasziniert von ihrer Arie", erklärte Tim.

„‚*Abscheulicher! Wo eilst du hin?*‘ Sie bringt es wirklich gut. Aber niemand übertrifft die alte Aufnahme von Frieda Leider. Sie ist ein

Sammlerstück . . : Vielleicht ist sie mal auf LP gepreßt worden, aber wenn dem so ist, so habe ich sie nie gesehen. Ich habe sie einmal vor Jahren über KPFA gehört und seitdem nie vergessen."

„Beethoven war das größte Genie, der größte schöpferische Künstler, den die Welt jemals gesehen hat", erklärte Tim. „Er veränderte die Vorstellung des Menschen von sich selbst."

„Ja", entgegnete ich. „Die Gefangenen in *Fidelio,* wenn sie hinaus ans Licht gelassen werden – es ist eine der schönsten Passagen der gesamten Musik."

„Es sprengt die Grenzen der Schönheit", sagte Tim. „Es ist Ausdruck des Verständnisses für die Natur der Freiheit selbst. Wie kommt es, daß rein abstrakte Musik, solche wie in seinen späten Quartetts, ohne Hilfe von Worten, Menschen verändern kann, und zwar hinsichtlich ihres Selbstverständnisses, ihrer ontologischen Natur? Schopenhauer glaubte, daß Kunst, insbesondere Musik, die Macht hat, den Willen, den irrationalen, kämpfenden Willen irgendwie dazu zu bringen, auf und in sich selbst zurückzukehren und den Kampf einzustellen. Er hielt dies für eine religiöse Erfahrung, wenngleich für eine zeitlich begrenzte.

Irgendwie besitzt Kunst, aus unbekannten Gründen vor allem die Musik, die Macht, den Menschen aus einem irrationalen Etwas in ein rationales Wesen zu verwandeln, das nicht von biologischen Impulsen angetrieben wird, von Trieben, die per Definition niemals befriedigt werden können. Ich erinnere mich an den Moment, an dem ich zum erstenmal den letzten Satz von Beethovens *Dreizehntem Quartett* gehört habe – nicht die ‚Große Fuge', sondern das Allegro, das er später anstelle der ‚Großen Fuge' hinzufügte. Es ist solch ein seltsames kleines Stück, dieses Allegro – so munter und leicht, so heiter."

„Ich habe gelesen", bemerkte ich, „daß dies das letzte Stück war, das er geschrieben hat. Dieses kleine Allegro wäre das erste Werk von Beethovens vierter Periode gewesen, hätte er weitergelebt. Es ist eigentlich kein Teil seiner dritten Schaffensperiode."

„Woher bezog Beethoven das Konzept, das vollkommen neue und eigenständige Konzept der menschlichen Freiheit, das Ausdruck in seiner Musik findet?" fragte Tim. „War er belesen?"

„Er gehörte zum gleichen Zeitalter wie Goethe und Schiller. Dem Zeitalter der deutschen Aufklärung."

„Immer Schiller. Immer wieder kommt man auf ihn zurück. Und von Schiller zum Aufstand der Holländer gegen die Spanier, dem Krieg der Niederlande. Der auch in Goethes *Faust, zweiter Teil* auftaucht, wo Faust schließlich auf etwas stößt, das ihn zufriedenstellt, und wo er sich wünscht, daß der Augenblick verweilt. Angesichts der Holländer, wie sie der Nordsee Land abtrotzen. Ich habe einmal selbst diese Stelle übersetzt – ich war mit keiner der englischen Übersetzungen zufrieden. Ich weiß nicht, was ich damit gemacht habe . . . das ist schon Jahre her. Warte.“ Er erhob sich, trat vor das Bücherregal, fand das gesuchte Buch, zog es heraus und öffnete es, während er zurückkam.

„Ein Sumpf zieht am Gebirge hin,
Verpestet alles schon Errungene;
Den faulen Pfuhl auch abzuziehn,
Das letzte wär das Höchsterrungene.
Eröffn ich Räume vielen Millionen,
Nicht sicher zwar, doch tätig-frei zu wohnen.
Grün das Gefilde, fruchtbar; Mensch und Herde
Sogleich behaglich auf der neuesten Erde,
Gleich angesiedelt an des Hügels Kraft,
Den aufgewälzt kühn-emsige Völkerschaft.
Im Innern hier ein paradiesisch Land,
Da rase draußen Flut bis auf zum Rand,
Und wie sie nascht, gewaltsam einzuschießen,
Gemeindrang eilt, die Lücke zu verschließen.
Ja! In diesem Sinne bin ich ganz ergeben,
Das ist der Weisheit letzter Schluß:
Nur der verdient sich Freiheit wie das Leben . . .‘“

„‚. . . Der täglich sie erobern muß“, vollendete ich.

„Ja“, sagte Tim. „Hast du etwas dagegen, wenn ich den Rest vorlese?“

„Bitte“, sagte ich.

„‚Und so verbringt, umrungen von Gefahr,
Hier Kindheit, Mann und Greis sein tüchtig Jahr.
Solch ein Gewimmel möcht ich sehn,
Auf freiem Grund mit freiem Volke stehn.
Zum Augenblicke dürft ich sagen:
„Verweile doch, du bist so schön . . .‘“

„An dieser Stelle hat Gott die Wette im Himmel gewonnen“, warf ich ein.

„Ja“, nickte Tim.

„‚Es kann die Spur von meinen Erdetagen
Nicht in Äonen untergehn.
Im Vorgefühl von solchem hohen Glück
Genieß ich jetzt den höchsten Augenblick.‘“

„Eine wunderschöne und klare Stelle“, bemerkte ich.

„Goethe“, erklärte Tim, „schrieb den *Zweiten Teil* knapp ein Jahr vor seinem Tod. ‚Nur der verdient sich Freiheit wie das Leben, der täglich sie erobern muß.' Der Höhepunkt der deutschen Aufklärung. Der dann auf so tragische Weise in den Untergang führte. Von Goethe, Schiller, Beethoven zum Dritten Reich und Hitler. Es erscheint unvorstellbar."

„Und dennoch ist diese Entwicklung in Wallenstein vorweggenommen worden", sagte ich.

„Der sich seine Generäle aufgrund astrologischer Vorhersagen auswählte. Wie konnte ein intelligenter, gebildeter Mann, ein wahrhaft großer Mann nur beginnen, daran zu glauben?" fragte Bischof Archer. „Es ist für mich ein Mysterium: Ein Rätsel, das vermutlich niemals gelöst werden wird."

Ich sah, wie müde er war, und so nahm ich meinen Mantel und meine Handtasche, sagte gute Nacht und ging.

An meinem Auto befand sich ein Strafzettel. Verdammt, dachte ich, während wir Goethe gelesen haben, hat mir Schätzchen Erna Knöllchen-Maid einen Strafzettel verpaßt. Was für eine seltsame Welt, sagte ich mir. Oder besser: Was für seltsame Welten – Plural. Sie finden nicht zueinander.

9

Bischof Archer gelangte nach vielem Beten und Nachdenken zu der Überzeugung, daß ihm keine andere Wahl blieb, als von seinem Amt als Bischof der Episkopalischen Diözese von Kalifornien zurückzutreten und sich ins Privatleben zurückzuziehen. Schließlich besprach er die Angelegenheit mit Kirsten und mit mir.

„Ich habe keinen Glauben an die Realität Christi", informierte er uns. „Nicht den geringsten. Ich kann nicht guten Gewissens das *kerygma* des Neuen Testamentes weiter predigen. Jedesmal, wenn ich vor meiner Gemeinde stehe, habe ich das Gefühl, sie zu täuschen."

„In jener Nacht hast du zu Bill Lundborg gesagt, daß die Realität Christi durch Jeffs Rückkehr bewiesen wird", erinnerte ich.

„Das trifft nicht zu", sagte Tim. „Sie beweist es nicht. Ich habe das Problem erschöpfend durchdacht, und seine Rückkehr beweist keinesfalls Christi Realität."

„Was beweist sie dann?" fragte Kirsten.

„Das Leben nach dem Tode", erwiderte Tim. „Aber nicht die Realität Christi. Jesus war ein Lehrer, dessen Lehren nicht einmal originell waren. Ich habe die Adresse eines Mediums, eines Dr. Garret aus Santa Barbara. Ich werde hinunterfliegen und ihn konsultieren, um Verbindung mit Jeff aufzunehmen." Er warf einen Blick auf einen Zettel. „Oh", machte er. „Dr. Garret ist eine Frau. Rachel Garret. Hm – ich war überzeugt, daß es sich dabei um einen Mann

handelt." Er fragte uns, ob wir ihn nach Santa Barbara begleiten wollten. Er beabsichtigte (so erklärte er uns) Jeff über Christus zu befragen. Jeff konnte ihm, durch das Medium, Dr. Rachel Garret, sagen, ob Christus echt, also tatsächlich Gottes Sohn war oder nicht, und all das andere Zeug, das die Kirchen lehren. Das würde eine wichtige Reise werden – Tims Entscheidung, ob er sein Amt als Bischof aufgeben sollte, hing von ihr ab.

Zudem war auch Tims Glaube betroffen. Er hatte Jahrzehnte mit seinem Aufstieg in der Episkopalischen Kirche verbracht, aber nun zweifelte er ernsthaft daran, ob das Christentum relevant war. Das war Tims Ausdruck: „relevant". Es erschien mir ein schwacher, modischer Ausdruck zu sein, dem es auf tragische Weise an der Größe der Kräfte mangelte, die in Tims Herz und Verstand miteinander rangen. Jedenfalls war es der Ausdruck, den er benutzte. Er sprach ruhig, frei von jeglichen hysterischen Untertönen. Es war, als überlegte er, ob er sich einen Anzug kaufen sollte oder nicht.

„Christus", behauptete er, „ist eine Rolle, keine Person. Es – das Wort – ist eine Fehlübersetzung des hebräischen ‚Messias', was wortwörtlich ‚der Gesalbte' bedeutet, das heißt ‚der Auserwählte.' Der Messias kommt natürlich am Ende der Welt und eröffnet das Zeitalter des Goldes, welches das Zeitalter des Eisens ablöst, in dem wir jetzt leben. Dies findet seinen schönsten Ausdruck in Vergils *Vierter Ekloge*. Laßt mich schauen . . . Ich habe es hier." Er ging zu seinen Büchern, wie er es immer in wichtigen Momenten tat.

„Wir brauchen Vergil nicht zu hören", sagte Kirsten bissig.

„Hier ist es", murmelte Tim, ohne sie zu beachten.

„Ultima Vumaei venit iam carminis aetas;
magnus . . .'"

„Das reicht", sagte Kirsten scharf. „Ich halte es für ausgemacht närrisch und egoistisch von dir, daß du dein Bischofsamt aufgeben willst."

„Laß mich zumindest die Ekloge für euch übersetzen", bat Tim. „Dann werdet ihr es besser verstehen."

„Ich verstehe, daß du dein und mein Leben zerstörst", fauchte Kirsten. „Was wird aus mir?"

Er schüttelte den Kopf. „Die Stiftung für Freie Institutionen hat mir eine Stellung angeboten."

„Was, zum Teufel, ist das?" fragte Kirsten.

„Es ist eine Denkfabrik", erklärte ich. „In Santa Barbara."

„Dann willst du mit ihnen reden, während du dort unten bist?"

„Ja." Er nickte. „Ich habe eine Verabredung mit Pomeroy, dem Vorsitzenden – Felton Pomeroy. Ich würde als ihr Berater in theologischen Fragen fungieren."

„Die Stiftung besitzt einen sehr guten Ruf", bemerkte ich.

Kirsten warf mir einen Blick zu, der Bäume verdorrt hätte.

„Es ist noch nichts entschieden“, erklärte Tim. „Wir werden auf jeden Fall Rachel Garret besuchen. Ich sehe keinen Grund, warum ich beide Angelegenheiten nicht mit einer Reise erledigen sollte.“

„An sich bin ich für deine Terminplanung zuständig“, sagte Kirsten.

„In Wirklichkeit“, erklärte Tim, „handelt es sich dabei um ein reines Informationsgespräch. Wir werden gemeinsam zu Mittag essen . . . Ich lerne bei dieser Gelegenheit die anderen Berater kennen. Sie wollen mir ihre Gebäude und Gärten zeigen. Sie haben dort sehr schöne Gärten. Ich habe die Gärten der Stiftung vor einigen Jahren gesehen und erinnere mich noch immer an sie.“ Zu mir gewandt, fügte er hinzu: „Sie werden dir gefallen, Angel. Jede Rosensorte ist dort vertreten, insbesondere die Friedensrose. Du findest dort jede preisgekrönte Rose, die es gibt. Kann ich euch beiden jetzt die Übersetzung von Vergils Ekloge vorlesen?

‚Schon kam das Ziel der Zeit, von dem die Sibylle einst raunte, wiedergeboren beginnt ein neuer Kreis der Äone. Schon kehrt die Jungfrau zurück, Saturns Regierung kehrt wieder, schon wird ein neuer Sproß entsandt aus himmlischen Höhen. Dieses Knaben Geburt beschirme, reine Lucina!
Er macht ein Ende der eisernen Zeit; eine goldene Menschheit wird die Erde dann erfüllen: Schon jetzt regiert dein Apollo.‘“

Kirsten und ich sahen uns an. Ich bemerkte, wie sich Kirstens Lippen bewegten, aber ich hörte keinen Laut. Der Himmel allein weiß, was sie in diesem Moment gesagt und gedacht hat, in dem ihr klar wurde, daß Tim seine Karriere und sein Leben aufgrund seiner Überzeugung ruinierte – oder besser gesagt, aufgrund eines Mangels an Überzeugung: des Glaubens an den Erlöser.

Kirstens Problem war einfach, daß sie das Problem nicht erkennen konnte. Für sie war Tims Dilemma ein Phantom-Dilemma, das er sich aus literarischen Gründen zurechtgelegt hatte. Ihrer Meinung nach besaß er die Möglichkeit, zu jedem ihm geeignet erscheinenden Zeitpunkt sich dieses Problems entledigen zu können. Nach ihrer Analyse war Tim lediglich unzufrieden mit seiner Arbeit als Bischof, die ihm keinen weiteren Aufstieg ermöglichte. Indem er vorgab, seinen Glauben an Christus verloren zu haben, rechtfertigte er seinen Wunsch nach einer neuen Karriere. Da es eine dumme Entscheidung war, konnte sie ihm nicht zustimmen. Schließlich besaß sie erhebliche Vorteile durch seine Stellung. Wie sie gesagt hatte, dachte Tim nicht an sie – er dachte nur an sich selbst.

„Dr. Garret ist hoch angesehen“, bemerkte Tim in fast kläglichem Tonfall, als ob er Kirsten oder mich um Unterstützung bitten wollte.

„Tim“, sagte ich, „ich denke wirklich . . .“

„Du denkst mit deiner Möse“, fauchte Kirsten.
„Was?“ fragte ich.
„Du hast mich schon verstanden. Ich weiß über eure kleinen Gespräche Bescheid, die ihr führt, wenn ich zu Bett gegangen bin. Wenn ihr allein seid. Und ich weiß, daß ihr euch getroffen habt.“
„Getroffen?“ wiederholte ich.
„Ihr habt euch getroffen.“
„Jesus“, sagte ich.
„‚Jesus‘“, echote Kirsten. „Immer Jesus. Immer die Beschwörung des Allmächtigen Sohn Gottes, um euren Egoismus und eure Absichten zu rechtfertigen. Ich finde es abscheulich – ich finde euch beide abscheulich.“ Sie wandte sich an Tim. „Ich weiß, daß du letzte Woche in ihrem gottverdammten Plattengeschäft gewesen bist.“
„Um eine Platte zu kaufen“, erklärte Tim. *„Fidelio.“*
„Du hättest sie auch hier in der Stadt bekommen“, entgegnete Kirsten. „Oder ich hätte sie für dich besorgen können.“
„Ich wollte sehen“, verteidigte sich Tim, „was sie hat und . . .“
„Sie hat nichts, was ich nicht auch habe“, unterbrach Kirsten.
„Die *Missa Solemnis“,* sagte Tim leise. Er wirkte benommen. Bittend wandte er sich an mich. „Verstehst du, was sie meint?“
„Ich verstehe es durchaus“, erklärte Kirsten. „Ich verstehe genau, was vor sich geht.“
„Du solltest besser mit diesen Downern aufhören“, riet ich ihr.
„Und du solltest besser aufhören, dich fünfmal am Tag vollzudröhnen.“ Ihr Blick drückte einen derart wilden Haß aus, daß ich es zuerst nicht glauben wollte. „Du rauchst genug Dope, um . . .“ Sie verstummte. „Mehr als die Polizei von San Francisco in einem Monat verbraucht. Es tut mir leid – mir geht es nicht gut. Entschuldigt mich.“ Sie ging ins Schlafzimmer und schloß leise hinter sich die Tür. Wir konnten hören, wie sie herumstöberte. Dann hörten wir, wie sie ins Badezimmer ging. Wasser lief. Sie nahm eine Tablette, wahrscheinlich ein Barbiturat.
Zu Tim, der reglos und verwirrt dastand, sagte ich: „Barbiturate rufen eine derartige Persönlichkeitsveränderung hervor. Es sind die Tabletten, die aus ihr sprechen, nicht sie selbst.“
„Ich denke . . .“ Er zögerte. „Ich werde wirklich hinunter nach Santa Barbara fliegen und Dr. Garret aufsuchen. Glaubst du, es liegt daran, daß sie eine Frau ist?“
„Kirsten?“ fragte ich. „Oder Garret?“
„Garret. Ich hätte schwören können, daß es ein Mann ist. Ich habe eben erst den Vornamen gesehen. Vielleicht regt das sie so auf. Sie wird sich wieder beruhigen. Wir werden zusammen fliegen.“
Um das Thema zu wechseln, erkundigte ich mich: „Hast du dir die *Missa Solemnis* angehört, die ich dir verkauft habe?“
„Nein.“ Tim wirkte geistesabwesend. „Ich hatte noch keine Zeit.“
„Es ist nicht die beste Aufnahme“, sagte ich. „Columbia benutzt

ein einzigartiges Aufzeichnungssystem – sie verteilen die Mikrofone überall im Orchester, um so die einzelnen Instrumente besser herausbringen zu können. Die Idee ist gut, aber sie verhindert, daß die typische Atmosphäre eines Konzertsaals durchkommt."

„Es stört sie, daß ich zurücktrete", erklärte Tim. „Von meinem Amt als Bischof."

„Du solltest noch ein wenig länger darüber nachdenken", schlug ich vor. „Ehe du deinen Entschluß in die Tat umsetzt. Bist du sicher, daß du dieses Medium um Rat fragen willst? Gibt es niemanden in der Kirche, an den du dich wenden kannst, wenn du dich in einer Glaubenskrise befindest?"

„Ich werde Jeff um Rat fragen. Das Medium ist lediglich ein passives Hilfsmittel, ungefähr wie ein Telefon." Er begann dann zu erklären, wie sehr die Medien mißverstanden wurden. Mit halbem Ohr hörte ich zu, weder beeindruckt noch interessiert. Kirstens Feindseligkeit hatte mir die Fassung geraubt, obwohl ich mich daran gewöhnt hatte. Dieser Ausbruch ließ sich nicht allein auf ihre chronische Übellaunigkeit zurückführen. Ich erkenne eine Tablettensüchtige, wenn ich sie sehe. Die Persönlichkeitsveränderung und die überempfindliche Reaktion. Die Paranoia. Sie zieht sich von uns zurück. Sie dreht allmählich durch. Schlimmer noch, sie dreht nicht allein durch. Sie hat ihre Fingernägel tief in uns gegraben, und notgedrungen folgen wir ihr auf ihrem Weg in den Wahnsinn. Es ist einfach schrecklich. Ein Mann wie Tim Archer sollte mit so etwas nichts zu tun haben. *Ich* sollte mit so etwas nichts zu tun haben.

Kirsten öffnete die Schlafzimmertür. „Komm herein."

„Ich komme gleich", versprach Tim.

„Du kommst jetzt auf der Stelle."

„Ich gehe", erklärte ich.

„Nein", wehrte Tim ab, „du gehst nicht. Ich habe noch einige Dinge mit dir zu besprechen. Bist du wirklich der Meinung, daß ich nicht von meinem Amt als Bischof zurücktreten sollte? Wenn mein Buch über Jeff erscheint, werde ich zurücktreten müssen. Die Kirche wird mir nicht gestatten, ein derart kontroverses Buch zu veröffentlichen. Es ist für sie zu radikal. Oder anders ausgedrückt, sie ist zu reaktionär dafür. Es ist seiner Zeit voraus, und sie ist hinter der Zeit zurück. Es gibt keinen Unterschied zwischen meiner Haltung zu diesem Buch und meiner Haltung zum Vietnam-Krieg. Ich habe mich damals dem Establishment widersetzt, und ich sollte – theoretisch – in der Lage sein, mich auch im Hinblick auf das Leben nach dem Tode dem Establishment zu widersetzen, aber bei meinem Eintreten gegen den Krieg hatte ich die Unterstützung der Jugend Amerikas. Bei dieser Sache habe ich keinerlei Unterstützung."

„Du hast meine Unterstützung", sagte Kirsten, „aber das spielt für dich keine Rolle."

„Ich meine die Unterstützung der Öffentlichkeit. Die Unterstützung jener, die die Macht haben, jener, die unglücklicherweise die menschlichen Gedanken beherrschen."

„Meine Unterstützung bedeutet dir nichts", wiederholte Kirsten.

„Sie bedeutet für mich alles", erklärte Tim. „Ich könnte nicht . . . Ich hätte nicht gewagt, ohne dich dieses Buch zu schreiben. Ich hätte ohne dich nicht einmal daran *geglaubt.* Du bist es, die mir Kraft gibt. Die mir die Fähigkeit verleiht zu verstehen. Und Jeff, wenn wir Verbindung mit ihm aufgenommen haben. Ich werde auf die eine oder andere Art erfahren, wer Jesus Christus war. Ich werde erfahren, ob die Zadokit-Dokumente beweisen, daß Jesus seine Lehren nur aus zweiter Hand bezog – oder möglicherweise wird mir Jeff sagen, daß Christus bei ihm ist oder er bei Christus, in der anderen Welt."

„Dann", stellte ich fest, „betrachtest du diese Sache mit Jeff als eine Art Gelegenheit, deine Zweifel über die Bedeutung der Zadokit-Dokumente auf die eine oder andere Weise zu . . ."

„Ich denke, ich habe dies deutlich gemacht", fiel mir Tim ins Wort. „Deshalb ist es ja nunmal so wichtig für mich, mit ihm zu reden."

Wie seltsam, dachte ich. Kalkulierten Gebrauch von seinem toten Sohn zu machen, um ein historisches Problem zu klären. Es ist Tim Archers ganzes Glaubensbekenntnis, die Essenz des Glaubens. Glauben oder vom Glauben abfallen. Darum geht es, um Glauben kontra Nihilismus . . . Christus zu verlieren, bedeutet für Tim, alles zu verlieren. Und er hat Christus verloren. Die Worte, die er in jener Nacht an Bill gerichtet hat, waren vielleicht Tims letzter Versuch zur Verteidigung der Festung, bevor sie fiel. Vielleicht ist sie zu diesem Zeitpunkt gefallen, vielleicht aber auch schon früher.

Sein Sohn, mein Mann, ein Werkzeug zur Lösung eines intellektuellen Problems – ich selbst konnte es nie auf diese Weise sehen. Dies führt zu einer Entpersönlichung Jeff Archers. Er ist in ein Instrument verwandelt worden, in ein Mittel zum Lernen – ach, er ist in ein sprechendes Buch verwandelt worden! Wie all diese Bücher, nach denen Tim immer greift, vor allem in kritischen Momenten. Alles, was des Wissens wert ist, kann man in einem Buch finden. Wenn Jeff wichtig ist, dann nicht als Person, sondern als Buch. Demnach heißt es Bücher um der Bücher willen und nicht einmal Wissen um des Wissens willen. Das Buch ist die Realität. Damit Tim seinen Sohn lieben und schätzen kann, muß er ihn als eine Art Buch betrachten. Für Tim Archer ist das Universum ein großes Regal voller Bücher, nach denen er greift und die er liest, während sich seine rastlosen Gedanken weiterdrehen, immer auf der Suche nach dem Neuen, immer das Alte hinter sich lassend – es ist das genaue Gegenteil jener Passage aus *Faust,* die er vorgelesen hat. Tim hat noch nicht den Augenblick gefunden, zu dem er sagt: *„Verweile."*

Und ich bin nicht viel anders, wurde mir klar. Tim und ich sind von gleicher Art. War es nicht der letzte Gesang von Dantes *Komödie,* der mir meine Identität zerstörte, als ich ihn an jenem Tag in der Schule las? Der Dreiunddreißigste Gesang des *Paradies,* für mich der Höhepunkt, in dem Dante sagt:

„In seiner Tiefe sah ich, daß zusammen,
In einem Band mit Liebe eingebunden,
All das, was sonst im Weltall sich entfaltet.
Die Wesenheiten, Zufall und ihr Walten
Sind miteinander gleichsam so verschmolzen,
Daß, was ich sage, nur ein einfach Leuchten.“

Und dann C. H. Grandgents Kommentar zu dieser Stelle:

„Gott ist das Buch des Universums.“

Worauf ein anderer Kommentator – ich vergaß welcher – entgegnete: „Das ist eine platonische Auffassung.“ Platonisch oder nicht, das ist die Wortsequenz, die mich geformt, die mich zu dem gemacht hat, was ich bin. Dies ist *meine* Quelle, diese Vision, dieser Bericht, diese Sichtweise der letzten Dinge. Ich bezeichne mich nicht als Christin, aber ich kann diese Sichtweise, dieses Wunder, nicht vergessen. Ich erinnere mich an die Nacht, in der ich diesen Schlußgesang des *Paradies* gelesen, zum erstenmal richtig gelesen habe. Ich hatte diesen entzündeten Zahn, und er schmerzte unerträglich, so daß ich die ganze Nacht wach blieb, Bourbon pur trank und Dante las, und am nächsten Tag um neun Uhr morgens fuhr ich, ohne vorher anzurufen, zum Zahnarzt, während mir die Tränen über das Gesicht liefen, und verlangte, daß Dr. Davidson etwas für mich tun müsse – was er auch tat. Somit ist dieser Schlußgesang tief in mir verankert und hat mich gleichermaßen tief beeindruckt: Er ist verbunden mit entsetzlichen Schmerzen, mit Schmerzen, die stundenlang anhielten, bis tief hinein in die Nacht, so daß ich mit niemandem sprechen konnte. Und so kam es dazu, daß ich auf meine eigene Weise die letzten Dinge ergründete, nicht auf formelle oder offizielle Weise, sondern eben auf meine Weise.

Daß aus Leid wir lernen.
Träufelt im Herzen zur Stunde des Schlafs
Kummer, des Argen eingedenk,
Lernt Weisheit auch verstocktes Gemüt.
Huld des Geistes ist's, die fest
Am heiligen Steuer sitzen.

Aischylos? Ich habe es vergessen. Einer von den dreien, die die Tragödien geschrieben haben.

Das bedeutet, ich kann mit aller Aufrichtigkeit behaupten, daß für mich der Augenblick des größten Verständnisses für die spirituelle Realität einherging mit einer zweistündigen Notoperation im Zahnarztstuhl, einer Spülung des Wurzelkanals. Und zwölf Stunden, in denen ich Bourbon – zudem noch schlechten – getrunken und einfach Dante gelesen habe, ohne Musik zu hören oder zu essen – es gab keine Möglichkeit für mich, etwas zu essen –, und fortwährend habe ich Schmerzen gehabt, und es war es wert. Ich werde es niemals vergessen. *Demnach unterscheide ich mich nicht von Timothy Archer.* Auch für mich sind Bücher real und lebendig. Die Stimmen menschlicher Wesen ertönen aus ihnen und erzwingen mein Einverständnis, genau wie Gott unser Einverständnis zu der Welt erzwingt, wie Tim es gesagt hat. Wenn man soviel Qual gelitten hat, kann man nicht vergessen, was man in jener Nacht getan und gesehen und gedacht und gelesen hat. Ich habe nichts getan, nichts gesehen, nichts gedacht. Ich habe gelesen, und ich erinnere mich.

Ich habe in jeder Nacht nicht nach *Howard the Duck* oder den *Fabulous Fury Freak Brothers* oder den *Snatch Comics* gegriffen. Ich habe Dantes *Komödie* gelesen, vom *Inferno* bis zum *Paradies,* bis ich schließlich zu den drei farbigen Ringen aus Licht kam – und dann war es neun Uhr morgens, und ich konnte in mein verdammtes Auto steigen und durch die Straßen rasen und in Dr. Davidsons Praxis stürzen, den ganzen Weg über weinend und fluchend, ohne Frühstück, nach Schweiß und Bourbon stinkend, ein trauriges Bild, bei dessen Anblick die Assistentin des Zahnarztes den Mund sperrangelweit aufriß.

Somit sind für mich auf eine gewisse ungewöhnliche Weise Bücher und Realität miteinander verknüpft. In dieser einen Nacht meines Lebens haben sie zueinander gefunden, mein intellektuelles und mein praktisches Leben wurden eins – es gibt nichts Wirklicheres als ein böse entzündeter Zahn –, und nachdem dies geschehen war, haben sie sich nie wieder vollständig voneinander getrennt. Wenn ich an Gott glauben würde, dann würde ich sagen, daß er mir in jener Nacht etwas gezeigt hat. Er zeigte mir die Gesamtheit: Schmerz, körperlichen Schmerz, Tropfen für Tropfen, und dann, wie als schreckliche Gnade, kam das Verstehen – und was habe ich verstanden? Das *alles* wirklich ist, der vereiterte Zahn und die Wurzelkanalspülung und, nicht mehr und nicht weniger:

„In jenem klaren, tiefen Wesensgrunde
– Des hohen Lichts erschienen mir drei Kreise
– Mit einem Umfang, drei verschiednen Farben."

Das war Dantes Vision von Gott als Dreifaltigkeit. Die meisten Menschen, die versuchen, die *Komödie* zu lesen, bleiben beim *Inferno* stecken und halten seine Vision für ein Schreckenskabinett: Menschen mit dem Kopf nach oben in der Scheiße, Menschen mit dem

Kopf nach unten in der Scheiße und ein See aus Eis (was auf arabische Einflüsse hindeutet – das ist die moslemische Hölle), aber das ist nur der Beginn der Reise, so fängt sie an. Ich habe die *Komödie* in jener Nacht bis zum Ende durchgelesen, und dann bin ich durch die Straßen bis zu Dr. Davidsons Praxis gerast, und ich war nie wieder dieselbe wie zuvor. Ich bin nie wieder zu dem geworden, was ich gewesen bin. Somit sind auch für mich Bücher wirklich. Sie verbinden mich nicht nur mit anderen Bewußtseinen, sondern mit dem *Weltbild* anderer Bewußtseine, mit dem, was diese Bewußtseine verstehen und sehen. Ich sehe ihre Welten genauso, wie ich meine eigene sehe. Der Schmerz und das Weinen und der Schweiß und der Gestank und der billige Jim Beam-Bourbon waren mein *Inferno*, und es war nicht imaginär. Was ich gelesen habe, trug den Titel *„Paradies"*, und es war das *Paradies*. Dies ist der Triumph von Dantes Vision: daß alle Sphären wirklich sind, keine weniger als die andere, keine mehr als die andere. Und sie wirken aufeinander ein, und zwar mittels etwas, das Bill „allmähliches Wachstum" nennen würde, was in der Tat der zutreffende Ausdruck ist. Es existiert darin eine Harmonie, weil – wie bei dem heutigen Automobilangebot im Gegensatz zu dem der dreißiger Jahre – kein scharfer Einschnitt existiert.

Gott hat mir eine weitere Nacht wie jene erspart. Hätte ich diese Nacht nicht durchlebt, trinkend und weinen und lesend und Schmerzen leidend, ich wäre nie geboren worden, wahrhaft geboren. Das war der Moment meiner Geburt in die reale Welt. Und für mich ist die reale Welt eine Mischung aus Schmerz und Schönheit, und dies ist die richtige Sichtweise, weil dies die Teile sind, die die Realität bilden. Und in jener Nacht waren sie alle mein, inklusive einer Pakkung Schmerztabletten, die ich vom Zahnarzt erhielt, nachdem meine Heimsuchung beendet war. Ich kam nach Hause, nahm eine Tablette, trank eine Tasse Kaffee und legte mich ins Bett.

Und dennoch – ich fühle, daß genau dies Tim nicht getan hat. Er hat entweder das Buch und den Schmerz nicht integriert, oder wenn doch, dann hat er es auf die falsche Weise gemacht. Er hat die Melodie gekannt, aber nicht den Text. Besser noch, er hat den Text gekannt, aber dieser Text bezog sich nicht auf die Welt, sondern auf andere Texte, was in philosophischen Büchern und Artikeln über Logik als „ein unheilvoller Rückschritt" bezeichnet wird. Manchmal steht in derartigen Büchern und Artikeln, daß „erneut ein Rückschritt droht", was bedeutet, daß der Denker in einen geschlossenen Kreislauf geraten ist und sich in großer Gefahr befindet. Gewöhnlich bemerkt er es nicht. Ein kritischer Beobachter tritt hinzu und macht ihn darauf aufmerksam. Oder auch nicht. Für Tim Archer konnte ich nicht in die Rolle dieses kritischen Beobachters schlüpfen. Wem hätte es auch gelingen können? Boing-Boing-Bill hatte sich alle Mühe gegeben, und er war zurück in sein Apartment im Osten der Bucht geschickt worden.

„Jeff kennt die Antworten auf meine Fragen", behauptete Tim. Ja, hätte ich sagen sollen, aber Jeff existiert nicht. Und sehr wahrscheinlich sind die Fragen selbst gleichermaßen irreal.

Also blieb nur Tim übrig. Er arbeitete geschäftig an seinem Buch über Jeffs Rückkehr aus der nächsten Welt, an jenem Buch, von dem Tim wußte, daß es seine Karriere in der Episkopalischen Kirche beenden und ihn darüber hinaus aus dem Spiel um die Beeinflussung der öffentlichen Meinung werfen würde. Das ist ein hoher Preis, ein sehr unheilvoller Rückschritt. Und er bedrohte ihn tatsächlich. Es lag auf der Hand: Die Zeit für den Flug nach Santa Barbara und für den Besuch bei Dr. Garret, dem Medium, war gekommen.

Santa Barbara, Kalifornien, ist in meinen Augen einer der rührendsten, schönsten Orte im Land. Obwohl die Stadt ein Teil von Südkalifornien ist, gehört sie in spiritueller Hinsicht keineswegs dazu – entweder das, oder wir im Norden mißverstehen den Süden. Vor einigen Jahren haben studentische Antikriegs-Aktivisten in Santa Barbara zu jedermanns heimlicher Freude die Bank of America niedergebrannt. Demnach ist die Stadt nicht von der Zeit und der Welt abgeschnitten, nicht isoliert, obwohl ihre lieblichen Gärten eher eine friedfertige politische Einstellung, denn eine gewalttätige zu implizieren scheinen.

Wir drei flogen vom internationalen Flughafen von San Francisco zu dem kleinen Flughafen von Santa Barbara. Wir mußten eine zweimotorige Propeller-Maschine nehmen, da die Landebahnen dieses Flughafens zu kurz waren, um Düsenjets aufzunehmen. Das Gesetz verlangt, daß der Luftziegelcharakter der Stadt, das heißt der spanische Kolonialstil, erhalten bleibt. Als uns ein Taxi zu dem Haus fuhr, wo wir unterkommen konnten, bemerkte ich, daß der spanische Baustill alles durchdrang, sogar die Passagenarchitektur der Einkaufszentren. Ich sagte mir: Dies ist ein Ort, wo ich vernünftig leben könnte. Sofern ich jemals die Bucht verlasse.

Tims Freunde, bei denen wir einkehrten, machten auf mich keinen großen Eindruck. Sie waren zurückhaltende, vornehme, wohlhabende Leute, die uns aus dem Weg gingen. Sie besaßen Dienstboten. Kirsten und Tim schliefen gemeinsam in einem Gästezimmer, ich in einem anderen, recht kleinen, das offensichtlich nur benutzt wurde, wenn die anderen Räume belegt waren.

Am nächsten Morgen nahmen Tim, Kirsten und ich ein Taxi und begaben uns zu Dr. Rachel Garret, die uns – zweifellos – eine Verbindung zu den Toten, zur nächsten Welt schaffen, die Kranken heilen, Wasser in Wein verwandeln und jedes andere Wunder vollbringen würde, wenn es erforderlich war. Tim und Kirsten wirkten erregt. Ich empfand nichts Besonderes, vielleicht das vage Bewußtsein dessen, was wir vorhatten, nicht einmal Neugier, nur das, was ein Seestern empfinden mag, der am Grund eines Flutbeckens lebt.

Dr. Garret stellte sich als eine recht lebhafte, kleine, ältere irische Dame heraus, die trotz des warmen Wetters einen roten Pullover über ihrer Bluse, Schuhe mit niedrigen Absätzen und die Art von praktischem Rock trug, der die Assoziation auslöste, daß sie alle, selbst die unangehmen Arbeiten selbst erledigte.

„Und wer sind Sie, wenn ich noch einmal fragen darf?“ sagte sie und legte die Hand ans Ohr. Sie konnte sich nicht einmal vorstellen, wer da vor ihr auf der Veranda stand – kein sehr ermutigender Anfang, sagte ich mir.

Schließlich saßen wir vier in einem verdunkelten Wohnzimmer, tranken Tee und hörten von Dr. Garret einen mit Enthusiasmus vorgetragenen Bericht über den Heroismus der IRA, der sie – wie sie uns stolz erzählte – all das Geld spendete, das sie mit ihren Séancen verdiente. Nun, wie sie uns erklärte, war „Séance“ das falsche Wort, es erinnerte zu sehr an Okkultismus. Was Dr. Garret betraf, so beschäftigte sie sich mit Dingen, die im Bereich des vollkommen Natürlichen angesiedelt waren – man konnte es bedenkenlos eine Wissenschaft nennen. In einer Ecke des Wohnzimmers sah ich zwischen den altmodischen Möbeln ein Magnavox Radio-Grammophon aus den Vierzigern stehen, eines der großen Modelle mit zwei identischen, fünfzig Zentimetern durchmessenden Lautsprechern. Auf beiden Seiten des Magnavox stapelten sich 78er Schallplatten – ich konnte Platten von Bing Crosby und Nat Cole und all den anderen Schrott jener Zeit erkennen. Ich fragte mich, ob Dr. Garret sie sich noch immer anhörte. Ich fragte mich, ob sie, selbstverständlich auf übernatürlichem Wege, die Langspielplatten und Künstler von heute kennengelernt hatte. Wahrscheinlich nicht.

Zu mir sagte Dr. Garret: „Und Sie sind ihre Tochter?“

„Nein“, antwortete ich.

„Meine Schwiegertochter“, erklärte Tim.

„Sie haben einen indischen Führer“, sagte Dr. Garret erfreut zu mir.

„Wirklich?“ murmelte ich.

„Er steht direkt hinter Ihnen, zu Ihrer Linken. Er hat sehr langes Haar. Und hinter Ihnen zu Ihrer Rechten steht Ihr Urgroßvater väterlicherseits. Sie sind immer bei Ihnen.“

„Ich habe mir so etwas schon gedacht“, bemerkte ich.

Kirsten warf mir einen ihrer undefinierbaren Blicke zu. Ich lehnte mich auf der Couch mit all ihren Kissen zurück und entdeckte in einem großen Tontopf neben der Tür, die in den Garten führte, ein Farnkraut . . . An den Wänden hingen eine Reihe ausgesucht nichtssagender Gemälde neben mehreren berühmten Bildern aus den Zwanzigern, die den geborenen Verlierer zeigten.

„Geht es um Ihren Sohn?“ fragte Dr. Garret.

„Ja“, bestätigte Tim.

Ich hatte das Gefühl, mich in Gian Carlo Menottis Oper *Das Me-*

dium zu befinden, die nach Menottis Geleitwort zu dem bei Columbia Records erschienenen Album in „Mme. Floras schaurigen schäbigen Salon“ spielt. Das ist das Problem mit der Bildung, erkannte ich, man ist bereits überall gewesen, man hat alles gesehen, alles nachempfunden, alles hat man schon erlebt. Wir sind Mr. und Mrs. Gobineau, die zu Besuch bei Mme. Flora weilen, eine Schwindlerin und Verrückten. Mr. und Mrs. Gobineau kommen seit fast zwei Jahren jede Woche einmal zu Mme. Floras Séancen – oder besser zu ihren wissenschaftlichen Sitzungen, soweit ich mich erinnern kann. Was für ein Wahnsinn. Und am schlimmsten ist, daß das Geld, das Tim ihr geben wird, dazu dient, britische Soldaten zu töten. Sie ist eine Spendensammlerin für Terroristen. Hervorragend.

„Wie lautet der Name Ihres Sohnes?“ fragte Dr. Garret. Sie saß zurückgelehnt in einem uralten Korbsessel, hatte die Hände gefaltet und schloß langsam die Augen. Sie begann durch den Mund zu atmen, wie es Schwerkranken zu eigen ist. Ihre Haut erinnerte an die eines Hühnchens, hier und da wucherten Haare, Büschel wie kleine, zu selten begossene Pflanzen. Das gesamte Zimmer und alles, was sich in ihm befand, besaß eine pflanzliche Qualität, litt unter einem völligen Mangel an Lebenskraft. Ich spürte, wie ich mich verzehrte und verzehrt wurde; wie meine eigene Energie dahinschwand. Vielleicht gewann ich durch das Licht – oder den Mangel an Licht – diesen Eindruck. Ich fand es nicht angenehm.

„Jeff“, sagte Tim. Er saß aufmerksam da, hielt die Augen auf Dr. Garret gerichtet. Kirsten hatte ein Zigarette aus ihrer Handtasche genommen, ohne sie anzuzünden. Sie hielt sie nur in der Hand. Sie sah Dr. Garret ebenfalls mit sichtlicher Erwartung an.

„Jeff ist ins Jenseits eingegangen“, erklärte Dr. Garret.

Wie die Zeitungen berichtet haben, dachte ich.

Ich hatte von Dr. Garret eine langatmige Vorrede erwartet, um das Spektakel einzuleiten. Sie kam direkt zum Thema.

„Jeff möchte Ihnen mitteilen . . .“ Dr. Garret machte eine Pause, als ob sie horchen würde. „Sie sollen sich nicht schuldig fühlen. Jeff hat versucht, Sie mehrfach zu erreichen. Er will Ihnen sagen, daß er Ihnen vergibt. Er hat alles mögliche versucht, um Ihre Aufmerksamkeit zu erregen. Er hat Nadeln in Ihre Finger gebohrt, hat Gegenstände zerbrochen, hat Nachrichten für Sie hinterlassen . . .“ Dr. Garret riß weit die Augen auf. „Jeff ist sehr erregt . . .“ Sie verstummte. „Er hat sich selbst das Leben genommen.“

Damit hast du deinen ersten Tausender verdient, dachte ich.

„Ja, das stimmt“, sagte Kirsten, als ob Dr. Garrets Bemerkung eine Art Enthüllung wäre, die auf verblüffende Weise etwas bestätigt, was bislang nur vermutet werden konnte.

„Es war ein gewaltsamer Tod“, fuhr Dr. Garret fort. „Ich habe den Eindruck, daß er eine Waffe benutzt hat.“

„Das stimmt“, sagte Tim.

„Jeff will Ihnen sagen, daß er keine Qualen mehr leidet“, erklärte Dr. Garret. „Als er sich das Leben nahm, war seine Qual sehr groß. Er zweifelte am Sinn und Wert des Lebens.“

„Was sagt er zu mir?“ fragte ich.

Dr. Garret öffnete die Augen lang genug, um zu ergründen, wer gesprochen hatte.

„Er war mein Mann“, fügte ich hinzu.

„Jeff sagt, daß er Sie liebt und für Sie betet“, antwortete Dr. Garret. „Er möchte, daß Sie glücklich sind.“

Das und fünfzig Cents, dachte ich, werden dir eine Tasse Kaffee einbringen.

„Da ist noch mehr“, erklärte Dr. Garret. „Es stürmt alles gleichzeitig auf mich ein. Oh, Jeff, was ist es, das du uns mitzuteilen versuchst?“ Eine Weile lauschte sie mit erregtem Gesicht. „Der Mann im Restaurant war ein sowjetischer Polizeiagent.“

Jesus, dachte ich.

„Aber es gibt keinen Grund, sich deswegen Sorgen zu machen“, sagte Dr. Garret dann mit sichtlicher Erleichterung. Sie lehnte sich zurück. „Gott wird dafür sorgen, daß er bestraft wird.“

Fragend sah ich Kirsten an, suchte ihre Augen. Ich wollte wissen, was – wenn überhaupt etwas – sie Dr. Garret erzählt hatte. Kirsten jedoch starrte gebannt und offenbar völlig verblüfft die alte Dame an. Also schien das die Antwort zu sein.

„Jeff sagt“, fuhr Dr. Garret fort, „daß es für ihn ein Quell größter Freude ist, daß . . . daß Kirsten und sein Vater einander haben. Dies ist für ihn ein großer Trost. Er möchte, daß Sie das wissen. Wer ist ‚Kirsten‘?“

„Das bin ich“, sagte Kirsten.

„Er sagt“, fügte die alte Dame hinzu, „daß er Sie liebt.“

Kirsten erwiderte nichts darauf. Aber sie hörte mit größerer Intensität zu, als ich sie jemals bei ihr festgestellt hatte. „Er hat gefühlt, daß es falsch war“, murmelte Dr. Garret. „Er sagt, daß es ihm leid tut, aber daß er nichts dagegen tun konnte. Er empfindet Schuld, und er möchte, daß Sie ihm vergeben.“

„Wir vergeben ihm“, erklärte Tim.

„Jeff sagt, daß er sich selbst nicht vergeben kann“, berichtete Dr. Garret. „Er war außerdem zornig auf Kirsten, weil sie sich zwischen ihn und seinen Vater schob. Es erzeugte in ihm das Gefühl, von seinem Vater abgeschnitten zu sein. Ich habe den Eindruck, daß sein Vater und Kirsten eine lange Reise gemacht haben, eine Reise nach England, während er zurückblieb. Er war sehr unglücklich darüber.“ Erneut schwieg die alte Dame. „Angel soll keine Drogen mehr rauchen“, sagte Dr. Garret dann. „Sie raucht zuviel . . . Wie heißt das, Jeff? Es ist zu undeutlich. ‚Zu viele Tüten.‘ Ich weiß nicht, was das bedeutet.“

Ich lachte. Obwohl mir so seltsam zumute war.

„Ergibt dies für Sie irgendeinen Sinn?" fragte mich Dr. Garret.

„In gewisser Weise", antwortete ich, um ihr so wenig Anhaltspunkte wie möglich zu liefern.

„Jeff sagt, er ist froh, daß Sie in dem Plattengeschäft arbeiten", fuhr Dr. Garret fort. „Aber Sie werden nicht gut genug bezahlt. Es gefiel ihm besser, als Sie noch in dem . . . Büro? Laden? Flaschengeschäft?"

„Im Rechtsanwaltsbüro und Kerzengeschäft", erklärte ich.

„Seltsam", meinte Dr. Garret verblüfft. „Rechtsanwaltsbüro und Kerzengeschäft."

„Es war in Berkeley", fügte ich hinzu.

„Jeff", sagte Dr. Garret, „hat Kirsten und seinem Vater etwas überaus Wichtiges mitzuteilen." Ihre Stimme war jetzt leise, fast zu einem heiseren Flüstern herabgesunken. Als ob sie aus großer Entfernung dringen würde. Über unsichtbare Drähte, die sich zwischen den Sternen spannten. „Jeff hat einige schreckliche Neuigkeiten, die er Ihnen beiden mitteilen will. Deshalb hat er so verzweifelt versucht, Sie zu erreichen. Deshalb die Nadeln und das Ansengen und das Zerbrechen und die Unordnung und der Schmutz. Er hat einen Grund dafür, einen schrecklichen Grund."

Dann herrschte Stille.

Ich beugte mich zu Tim und flüsterte: „Das hier ist ein Urteilsspruch, aber ich möchte gehen."

„Nein", sagte Tim. Er schüttelte den Kopf. Sein Gesicht verriet, daß er unglücklich war.

10

Was für eine einzigartige Mischung aus unsinnigen und unheimlichen Dingen, dachte ich, während wir darauf warteten, daß Dr. Garret fortfuhr. Die Erwähnung Fred Hills, des KGB-Agenten, und daß Jeff es mißbilligte, wenn ich mich antörnte – Bruchstücke, die offenbar aus den Zeitungen stammten: die Umstände von Jeffs Tod und seine vermutlichen Gründe. Lumpenpsychoanalyse und der Klatsch aus irgendwelchen Skandalblättchen, und dennoch, hier und da, ein Fragment wie eine winzige Scherbe, für das es keine Erklärung gab.

Zweifellos hatte Dr. Garret die meisten Dinge, die sie uns mitgeteilt hatte, ohne Mühe in Erfahrung bringen können, aber es verblieb ein gruseliger Rest, definiert als: „Das, was nach bestimmten Abzügen übrigbleibt." Ich habe lange Zeit, viele Jahre, Gelegenheit gehabt, darüber nachzugrübeln. Ich habe gegrübelt, und ich finde keine Erklärung dafür. Woher wußte Dr. Garret vom Restaurant Unglück? Und selbst wenn sie wußte, daß sich Kirsten und Tim an diesem Ort zum erstenmal begegnet waren, wie konnte sie dann von Fred Hill oder von unserem Verdacht erfahren haben?

Jeff und ich hatten ständig darüber gescherzt, daß der Besitzer des Restaurants Unglück in Berkeley ein KGB-Agent gewesen war, aber dieses Faktum war nirgendwo abgedruckt worden. Es existierten keine schriftlichen Aufzeichnungen darüber, vielleicht abgesehen von den Computern des FBI und natürlich dem KGB-HQ in Moskau, und außerdem handelte es sich dabei ohnehin um reine Spekulation. Daß ich mich antörnte, konnte sie durch scharfsinnige Überlegungen erraten haben, denn ich wohnte und arbeitete in Berkeley, und wie jedermann weiß, nehmen alle Einwohner von Berkeley regelmäßig Dope. Ein Medium bedient sich traditionellerweise eines Sammelsuriums von Vermutungen, allgemein bekannten Tatsachen, Hinweisen, die das Publikum unbewußt und unbeabsichtigt liefert und dann zurückerhält – und natürlich des üblichen Geschwafels wie „Jeff liebt Sie" und „Jeff leidet keine Qualen mehr", und „Jeff litt unter starken Zweifeln", Allgemeinplätze, die jedermann zu jeder Zeit zugänglich sind, wenn er die Umstände kennt.

Dennoch erfüllte mich ein unheimliches Gefühl, obwohl ich wußte, daß diese alte irische Dame, die ihr Geld – wie sie behauptete – der Irisch-Republikanischen Armee spendete, eine Schwindlerin war, von der wir drei uns ausbeuten ließen, ausbeuten auch in dem Sinn, daß unsere Leichtgläubigkeit benutzt und manipuliert wurde – durch jemand, die sich in diesem Geschäft auskannte: eine Professionelle. Dr. Mason, hatte zweifellos alles, was er wußte und erfahren hatte, an Dr. Garret weitergeleitet. So arbeiten Medien eben.

Der richtige Zeitpunkt zum Gehen wäre vor der Enthüllung gewesen, und jetzt war es soweit, offenbar von einer skrupellosen alten Dame mit Dollarzeichen in den Augen und einem guten Riecher für die Schwächen der menschlichen Seele. Aber wir gingen nicht, und so sicher, wie der Tag der Nacht folgt, erfuhren wir von Dr. Garret, was Jeff so in Erregung versetzt, was ihn dazu gebracht hatte, zu Tim und Kirsten in Form der okkulten „Phänomena" zurückzukehren, die sie tagtäglich für Tims geplantes Buch notierten.

Ich hatte den Eindruck, als ob Rachel Garret sehr gealtert wäre, wie sie da in ihrem Korbsessel saß, und ich dachte an die antike Sibylle – mir fiel nicht ein, welche Sibylle es gewesen war, die von Delphi oder die von Cumae –, die um Unsterblichkeit gebeten, aber sich nicht gleichzeitig ausbedungen hatte, jung zu bleiben, worauf hin sie ewig lebte, aber so alt wurde, daß ihre Freunde sie schließlich in einen Sack gestopft und an die Wand gehängt hatten. Rachel Garret erinnerte an dieses verschrumpelte Bündel aus Haut und morschen Knochen, das aus dem an die Wand genagelten Sack flüsterte. Welche Wand es in welcher Stadt des Reiches war, weiß ich nicht – möglicherweise hängt die Sibylle noch immer dort. Möglicherweise war dieses Wesen, das sich uns als Rachel Garret vorgestellt hatte, in

Wirklichkeit dieselbe Sibylle. Jedenfalls wollte ich nicht hören, was sie zu sagen hatte. Ich wollte gehen.

„Setz dich“, forderte mich Kirsten auf.

Erst dann bemerkte ich, daß ich aufgestanden war, ohne dies beabsichtigt zu haben. Fluchtreaktion, sagte ich zu mir. Instinktiv. Reaktion des menschlichen Eidechsen-Erbes.

„Kirsten“, flüsterte Rachel Garret. Aber jetzt sprach sie es richtig aus: *Shishen.* Was weder ich noch Tim oder Jeff jemals getan hatten. Aber das war die Art, wie sie selbst ihren Namen aussprach, obwohl sie es aufgegeben hatte, andere dazu zu bringen, zumindest in den Staaten.

Kirsten reagierte darauf mit einem unterdrückten Ächzen.

Die alte Dame in dem Korbsessel sagte:

> *„‚Ultima Cumaie venit iam carminis aetas;*
> *magnus ab integro saeclorum nascitur ordo.*
> *Iam redit et Virgo, redeunt Saturnia regna;*
> *iam nova . . .‘“*

„Mein Gott“, entfuhr es Tim. „Das ist die *Vierte Ekloge.* Von Vergil.“

„Das reicht“, sagte Kirsten matt.

Rachel Garret wandte sich an mich.

> *„‚Dies irae, dies illa,*
> *Solvet saeclum in favilla:*
> *Test David cum Sibylla.‘“*

Sie liest meine Gedanken, erkannte ich. Sie weiß sogar, daß ich es weiß. Während ich denke, liest sie meine Gedanken und reflektiert sie mir.

„Mors Kirsten nunc carpit“, flüsterte Rachel Garret. *„Hodie.. Calamitas . . . timeo . . .“* Sie richtete sich in ihrem Korbsessel auf.

„Was hat sie gesagt?“ fragte Kirsten Tim.

„Sie werden sehr bald sterben“, erklärte Rachel Garret mit ruhiger Stimme. „Ich dachte, heute schon, aber die Zeit ist noch nicht gekommen. Jeff sagt es. Deshalb ist er zurückgekehrt – um Sie zu warnen.“

„Wie wird sie sterben?“ fragte Tim.

„Er weiß es nicht genau“, entgegnete Rachel Garret.

„Auf gewaltsame Weise?“ drängte Tim.

„Er weiß es nicht“, wiederholte die alte Dame. „Aber man bereitet schon einen Platz für Sie vor, Kirsten.“

All ihre Erregung war nun gewichen, sie wirkte vollkommen gefaßt. „Dies sind schreckliche Neuigkeiten“, erklärte sie. „Es tut mir leid. Kein Wunder, daß Jeff ein derartiges Durcheinander angerichtet hat. Gewöhnlich haben sie ihre Gründe . . . sie kehren aus gutem Grund zurück."

„Kann man irgend etwas dagegen tun?" erkundigte sich Tim.

„Jeff glaubt, daß es unausweichlich ist", antwortete die alte Dame nach einiger Zeit.

„Aber was hat es dann für einen Sinn, daß er zurückgekehrt ist?" rief Kirsten wild. Ihr Gesicht war bleich.

„Er wollte außerdem seinen Vater warnen", sagte die alte Dame.

„Wovor?" fragte ich.

„Er hat eine Chance weiterzuleben", eröffnete mir Rachel Garret. „Nein, sagt Jeff. Sein Vater wird kurz nach Kirsten sterben. Sie beide werden Ihr Leben verlieren. Es wird nicht mehr lange dauern. Es gibt einige Unsicherheit, was den Tod des Vaters betrifft, aber der Tod der Frau steht fest. Wenn ich Ihnen mehr sagen könnte, würde ich es tun. Jeff ist noch immer bei mir, aber das ist alles, was er weiß." Sie schloß die Augen und seufzte.

Alle Lebenskraft, so schien es, war aus ihr gewichen, während sie mit gefalteten Händen in ihrem alten Sessel saß. Dann beugte sie sich plötzlich nach vorn und griff nach ihrer Teetasse.

„Für Jeff war es so wichtig, daß Sie es erfahren", sagte sie mit heller, lebhafter Stimme. „Er fühlt sich jetzt viel besser."

Noch immer totenbleich, murmelte Kirsten: „Haben Sie etwas dagegen, wenn ich rauche?"

„Oh, mir wäre es lieber, wenn Sie nicht rauchen würden", entgegnete Dr. Garret. „Aber wenn Sie das Gefühl haben, Sie müßten . . ."

„Danke." Mit zitternder Hand setzte Kirsten ihre Zigarette in Brand. Unverwandt starrte sie die alte Dame an, erfüllt von Abneigung und Zorn, zumindest gewann ich diesen Eindruck. Ich dachte: Töte die Boten aus Sparta, Liebes, mach sie verantwortlich für die Botschaft.

„Wir möchten Ihnen unseren Dank aussprechen", wandte sich Tim mit gleichmäßiger, beherrschter Stimme an Dr. Garret. „Also lebt Jeff ohne jeden Zweifel in der anderen Welt, was auch immer dies für ein Leben sein mag? Und er war es, der uns mit dem heimgesucht hat, was wir die ‚Phänomena' nennen?"

„Oh, gewiß", nickte Dr. Garret. „Aber das hat Ihnen Leonard bereits gesagt. Leonard Mason. Sie wußten das bereits."

„Könnte es nicht sein", fragte ich, „daß sich ein böser Geist für Jeff ausgegeben hat? Daß es gar nicht wirklich Jeff war?"

Mit leuchtenden Augen nickte Dr. Garret. „Sie sind sehr aufmerksam, junge Dame. Ja, gewiß hätte es ein böser Geist sein können. Aber so war es nicht. Ich kenne die Unterschiede. Von ihm ging keine Bosheit aus, nur Besorgnis und Liebe. Angel – Sie heißen Angel, nicht wahr? – , Ihr Mann entschuldigt sich für die Gefühle, die er Kirsten entgegengebracht hat. Er weiß, daß es ihnen gegenüber unfair war. Aber er glaubt, daß Sie ihn verstehen werden."

Ich sagte nichts.

„Habe ich Ihren Namen richtig verstanden?" fragte mich Rachel Garret mit gespannter und unsicherer Stimme.

„Ja", bestätigte ich. Dann sah ich Kirsten an. „Laß mich an deiner Zigarette ziehen."

„Hier." Kirsten gab sie mir. „Du kannst sie behalten. Ich sollte eigentlich gar nicht rauchen." Zu Tim sagte sie: „Gehen wir? Ich sehe keinen Grund, warum wir hier länger bleiben sollten."

Tim bezahlte Dr. Garret – ich konnte nicht erkennen, wieviel, aber es schien Bargeld zu sein – und telefonierte dann nach einem Taxi.

Zehn Minuten später fuhren wir drei die kurvenreichen Hangstraßen hinunter zu dem Haus, wo wir uns einquartiert hatten.

Zeit verstrich, und dann sagte Tim halb zu sich selbst: „Das war dieselbe Ekloge Vergils, die ich euch vorgelesen habe."

„Ich erinnere mich", nickte ich.

„Ein bemerkenswertes Zusammentreffen", fuhr Tim fort. „Sie konnte unmöglich gewußt haben, daß es sich dabei um eines meiner Lieblingsstücke handelt. Natürlich, es ist die berühmteste seiner Eklogen – aber das ist kaum eine Erklärung. Ich habe noch nie erlebt, daß jemand außer mir sie zitiert hat. Es war, als hätte ich gehört, wie jemand meine Gedanken laut vorlas, als Dr. Garret begann, Lateinisch zu sprechen."

Auch ich hatte dieses Gefühl gehabt, erkannte ich. Tim hatte es perfekt ausgedrückt. Perfekt und präzise.

„Tim", fragte ich, „hast du Dr. Mason gegenüber in irgendeiner Form das Restaurant Unglück erwähnt?"

Tim musterte mich. „Was ist das ‚Restaurant Unglück'?"

„Wo wir uns kennengelernt haben", warf Kirsten ein.

„Nein. Ich erinnere mich nicht einmal mehr an den Namen. Aber ich weiß noch, was wir gegessen haben."

„Hast du jemals einem Menschen", bohrte ich weiter, „irgend jemandem, zu irgendeinem Zeitpunkt, von Fred Hill erzählt?"

„Ich kenne niemanden mit diesem Namen", erwiderte Tim. „Es tut mir leid." Müde rieb er seine Augen.

„Sie lesen deine Gedanken", behauptete Kirsten. „Auf diese Weise erfahren sie alles. Sie wußte von meinem schlechten Gesundheitszustand. Sie weiß, daß ich mir Sorgen mache um diesen Fleck auf meiner Lunge."

„Was für ein Fleck?" fragte ich. Es war das erstemal, daß ich davon hörte. „Hast du dich wieder untersuchen lassen?"

Als Kirsten nicht antwortete, erklärte Tim: „Man hat einen Fleck bei ihr entdeckt. Bei einer routinemäßigen Röntgenuntersuchung. Die Ärzte glauben nicht, daß es irgendeine Bedeutung hat."

„Es bedeutet, daß ich sterben werde", sagte Kirsten mit deutlicher Bosheit. „Du hast gehört, was diese Schlampe gesagt hat."

„Tötet die Boten aus Sparta", murmelte ich.

Wütend fauchte mich Kirsten an: „Ist das eine der klugen Bemerkungen, die man euch in Berkeley beibringt?"

„Bitte", sagte Tim mit leiser Stimme.

„Es ist nicht ihre Schuld", erklärte ich.

„Wir zahlen hundert Dollar dafür, damit man uns mitteilt, daß wir beide sterben werden", ereiferte sich Kirsten, „und obendrein sollen wir auch noch, wenn ich dich richtig verstanden habe, dankbar sein?" Sie musterte mich mit einem Blick, in dem eine psychotische Bosheit lag, die alles übertraf, was ich je bei ihr oder einem anderen Menschen bemerkt hatte. „Dir geht es gut – sie hat nicht gesagt, daß dir irgend etwas zustoßen wird, du Votze. Du kleine Berkeley-Votze – das hast du ausgezeichnet eingefädelt. Ich werde sterben, und du wirst Tim ganz allein für dich haben, nachdem Jeff tot ist und ich ihm bald folgen werde. Ich glaube, daß du dafür gesorgt hast – du bist dafür verantwortlich, du gottverdammtes Miststück!" Sie holte aus und schlug nach mir. Entsetzt wich ich zurück.

Tim packte sie mit beiden Händen und preßte sie an die Seite, an die Wagentür. „Wenn ich noch einmal höre, daß du diesen Ausdruck benutzt, will ich nichts mehr mit dir zu tun haben."

„Du Mistkerl", sagte Kirsten.

Danach fuhren wir schweigend weiter. Das einzige Geräusch war der gelegentliche Lärm aus dem Funkgerät des Taxifahrers.

„Laßt uns irgendwo halten und etwas trinken", schlug Kirsten vor, als das Haus vor uns auftauchte. „Ich habe keine Lust, mich mit diesen schrecklichen, faden Leuten abzugeben. Ich ertrage es einfach nicht. Ich möchte einkaufen gehen." Sie sah Tim an. „Wir setzen dich ab. Angel und ich gehen einkaufen."

„Ich bin nicht in Stimmung zum Einkaufen", sagte ich.

„Bitte", stieß Kirsten hervor.

Mit freundlicher Stimme sagte Tim zu mir: „Tu es als Gefallen für uns beide." Er öffnete die Wagentür.

„In Ordnung", gab ich nach.

Nachdem er Kirsten Geld gegeben hatte – offenbar alles Geld, was er bei sich trug –, stieg Tim aus dem Taxi aus. Wir schlugen hinter ihm die Tür zu und erreichten schließlich das Einkaufszentrum von Santa Barbara mit all seinen vielen reizenden kleinen Läden und den zahlreichen handgearbeiteten Waren. Bald saßen Kirsten und ich in einer hübschen Bar mit gedämpftem Licht und leiser Hintergrundmusik. Durch die offene Tür konnten wir beobachten, wie die Menschen in dem hellen mittäglichen Sonnenlicht hin und her strömten.

„Mist", fluchte Kirsten, während sie an ihrem Wodka Collins nippte. „Wie toll, so etwas zu erfahren, daß man sterben wird."

„Dr. Garret ist von Jeffs Rückkehr ausgegangen“, sagte ich.
„Wie meinst du das?“ Sie drehte ihre Glas.
„Jeff ist zu euch zurückgekehrt. Das ist der Ausgangspunkt. Also mußte Garret nach einem Grund suchen, um dies zu erklären, den dramatischsten Grund, den sie finden konnte. ‚Er ist aus einem guten Grund zurückgekehrt. Deshalb kehren sie zurück.‘ Es ist ein Allgemeinplatz. Wie bei dem Geist in *Hamlet.*“
Kirsten sah mich eigenartig an.
„In Berkeley gibt es für alles eine intellektuelle Erklärung.“
„Der Geist warnt Hamlet, daß Claudius ein Mörder ist, daß er ihn, Hamlets Vater, ermordet hat.“
„Wie heißt Hamlets Vater?“
„Er wird einfach Hamlets Vater genannt, der frühere König.“
Mit einem eulenartigen Gesichtsausdruck erklärte Kirsten: „Nein, sein Vater heißt auch Hamlet.“
„Zehn Mäuse dagegen.“
Sie streckte die Hand aus, ich schlug ein.
„Das Stück“, fuhr Kirsten fort, „hätte korrekterweise *Hamlet junior* statt *Hamlet* genannt werden müssen.“ Wir lachten. „Ich meine“, sagte Kirsten, „es ist einfach krankhaft. Es war krankhaft von uns, daß wir zu diesem Medium gegangen sind. Daß wir überhaupt diese ganze Reise unternommen haben. Tim trifft sich heute noch mit diesen neunmalklugen Eierköpfen von der Denkfabrik. Weißt du, wo er wirklich arbeiten möchte? Verrat es keinem anderen Menschen, aber er würde *gern* für das Zentrum zur Erforschung Demokratischer Institutionen arbeiten. Diese ganze Sache mit Jeffs Rückkehr . . .“ Sie nippte an ihrem Glas. „Sie kostet Tim eine Menge.“
„Er braucht das Buch nicht herauszubringen. Er könnte das Projekt fallenlassen.“
Als ob sie laut nachdachte, sagte Kirsten: „Wie machen diese Mediums das nur? Es ist ESP – sie können unsere Ängste wahrnehmen. Irgendwoher wußte das alte Muttchen, daß ich gesundheitliche Probleme habe. Sie gehen auf diese verdammten Bauchfellentzündungen zurück. Es ist allgemein bekannt, daß ich daran erkrankt war. Es gibt eine Hauptakte, die von den Mediums der Welt geführt wird. Ich glaube, Medien ist der Plural. Und mein Krebs. Sie wissen, daß ich mit einem zweitklassigen Körper geschlagen bin, mit einer Art Gebrauchtwagen. Gott hat mir anstelle eines Autos eine Klapperkiste verkauft.“
„Du hättest mir von dem Fleck erzählen müssen.“
„Das ist nicht deine Sache.“
„Ich mache mir Sorgen um dich.“
„Lesbe“, sagte Kirsten. „Homo. Deshalb hat sich Jeff umgebracht, weil wir beide uns lieben.“ Wir beide begannen jetzt zu la-

chen. Wir stießen unsere Köpfe aneinander, und ich legte meinen Arm um sie. „Ich kenne da einen Witz, den ich dir erzählen möchte. Man sollte zu Mexikanern nicht ‚Schmierlappen' sagen, richtig?"

Sie senkte die Stimme. „Man sollte zu ihnen . . ."

„Schmierosol sagen", schloß ich.

Sie starrte mich an. „Na, fick dich doch selbst."

„Laß uns jemanden aufreißen", schlug ich vor.

„Ich werde einkaufen gehen. Du kannst dir jemanden aufreißen." In einem ernsteren Tonfall sagte sie: „Das hier ist eine schöne Stadt. Du weißt, daß wir vielleicht hier unten wohnen werden. Würdest du in Berkeley bleiben, wenn Tim und ich hierher ziehen würden?"

„Ich weiß es nicht", sagte ich.

„Du und deine Freunde aus Berkeley. Die Große East Bay Kommune für Freie Liebe und Partnertausch Gesellschaft mit beschränkter Haftung. Was ist an Berkeley nur dran, Angel? Warum bleibst du hier?"

„Das Haus", sagte ich. Und ich dachte: Erinnerungen an Jeff. In Verbindung mit dem Haus. „Ich mag die Cafés an der Avenue", erklärte ich. „Vor allem Larry Blakes. Einmal kam Larry zu Jeff und mir herüber, die Treppe hinunter in den Ratskeller – er war so nett zu uns. Und ich mag den Tilden Park." Und den Campus, sagte ich mir. Ich werde mich niemals davon trennen können. Den Eukalyptushain unten bei Oxford. Die Bibliothek. „Es ist mein Haus."

„Du würdest dich an Santa Barbara gewöhnen."

Ich sagte: „Du solltest mich nicht in Tims Gegenwart als Votze beschimpfen. Er könnte auf dumme Ideen kommen."

„Wenn ich sterbe", sagte Kirsten, „wirst du dann mit ihm schlafen? Ich meine, ernsthaft?"

„Du wirst nicht sterben."

„Dr. Spooky behauptet es."

„Dr. Spooky", erklärte ich, „ist voll daneben."

„Meinst du wirklich? Gott, es war unheimlich." Kirsten schauderte. „Ich hatte das Gefühl, daß sie meine Gedanken lesen konnte, daß sie sie anzapfte, wie man einen Ahornbaum anzapft. Daß sie mir meine eigenen Ängste vorlas. Würdest du mit Tim schlafen? Antworte mir ernsthaft, ich muß es wissen."

„Es wäre Inzest."

„Warum? Oh, okay. Nun – es ist bereits eine Sünde, für ihn eine Sünde. Warum nicht noch Inzest hinzufügen? Falls es stimmt, daß Jeff im Himmel ist und ein Platz für mich vorbereitet wird, werde ich offenbar in den Himmel kommen. Was für eine Erleichterung. Ich weiß nur nicht, wie ernst ich Dr. Garrets Gerede nehmen soll."

„Nimm es mit der gesamten Jahresproduktion der polnischen Salzbergwerke."

„Aber", sagte Kirsten, „Jeff ist zu uns zurückgekehrt. Jetzt haben wir den Beweis dafür. Aber wenn ich das glaube, muß ich dann nicht auch das andere glauben, die Prophezeiung?"

Während ich ihr zuhörte, kam mir ein Vers aus *Dido und Aeneas* in den Kopf, in Musik und in Worten:

Du weißt, dem Trojanerprinz ist's bestimmt
Vom Schicksal, daß er Italien nicht entrinnt;
Die Königin und er werden jetzt gehetzt.

Warum war mir das in den Sinn gekommen? Die Zauberin . . . Jeff hatte sie zitiert, oder ich. Die Musik war ein Teil unseres Lebens gewesen, und jetzt dachte ich an Jeff und an die Dinge, die uns verbunden hatten. Schicksal, dachte ich. Vorherbestimmung, Doktrin der Kirche, auf Augustinus und Paulus basierend. Tim hatte mir einmal erzählt, daß das Christentum als Mysterienreligion geschaffen worden war, die Tyrannei des Schicksals abzuschütteln, nur um sie dann als Vorherbestimmung wieder einzuführen – als doppelte Vorherbestimmung, um es genau zu sagen: Einige waren der Hölle vorherbestimmt, andere dem Himmel. Kalvins Doktrin.

„Wir haben kein Schicksal mehr", sagte ich. „Es verging mit der Astrologie, der Welt der Antike. Tim hat es mir erzählt."

„Mir hat er es ebenfalls erklärt", sagte Kirsten, „aber die Toten haben die Gabe der Vorhersehung. Sie existieren außerhalb der Zeit. Deshalb ruft man die Geister der Toten, um von ihnen etwas über die Zukunft zu erfahren. Sie kennen die Zukunft. Für sie ist sie bereits geschehen. Sie sind wie Gott. Sie sehen alles. Geisterbeschwörung – wir sind wie Dr. Dee im elizabethanischen England. Wir haben Zugang zu dieser wunderbaren übernatürlichen Macht – sie ist besser als der Heilige Geist, der einem ebenfalls die Fähigkeit verleihen kann, in die Zukunft zu sehen, zu prophezeien. Durch diese alte Dame haben wir von Jeff mit Sicherheit erfahren, daß ich in Kürze von euch gehen werde. Wie kannst du daran zweifeln?"

„Leicht", sagte ich.

„Aber sie wußte vom Restaurant Unglück. Hör zu, Angel, entweder wir glauben nichts davon, oder wir glauben alles. Wir können uns nicht aussuchen, was uns in den Kram paßt. Und wenn wir es nicht glauben, dann wird Jeff nicht zu uns zurückkehren, und wir sind verrückt. Und wenn wir es glauben, dann wird er zu uns zurückkehren, und das ist schön, was das betrifft, aber dann müssen wir der Tatsache ins Gesicht sehen, daß ich sterben werde."

Ich dachte: Und Tim auch. Das hast du vergessen in deiner Sorge um dich. Wie es typisch für dich ist.

„Was ist los?" fragte Kirsten.

„Nun, sie sagte, daß Tim ebenfalls sterben wird."

„Tim hat Christus auf seiner Seite, er ist unsterblich. Wußtest du das nicht? Bischöfe leben ewig. Der erste Bischof – Petrus, glaube ich – lebt noch immer irgendwo und bezieht ein Gehalt. Bischöfe leben ewig, und sie bekommen eine Menge Geld. Ich sterbe, und ich bekomme so gut wie kein Geld."

„Es ist besser, als in einem Schallplattengeschäft zu arbeiten."

„Nicht wirklich. Zumindest kannst du in aller Öffentlichkeit dein Leben führen, du brauchst dich nicht wie ein Dunkelmann in finsteren Ecken herumzudrücken. Tims Buch – jeder, der es liest, wird glasklar erkennen, daß Tim und ich miteinander schlafen. Wir sind zusammen in England gewesen, wir haben zusammen das Phänomenon erlebt. Vielleicht ist dies Gottes Strafe für unsere Sünden, diese Prophezeiung der alten Dame. Schlaf mit einem Bischof und stirb. Es ist wie ‚Rom sehen und sterben'. Nun, ich kann nicht behaupten, daß es das wert ist, wirklich nicht. Ich wäre lieber eine Schallplattenverkäuferin in Berkeley wie du – aber dann müßte ich so jung wie du sein, um es richtig genießen zu können."

„Mein Mann ist tot", sagte ich. „Ich habe nicht nur Glück."

„Und du hast keine Schuld."

„Red keinen Scheiß", sagte ich. „Ich habe eine Menge Schuld."

„Warum? Jeff – nun, jedenfalls war es nicht deine Schuld."

„Wir alle haben Schuld", entgegnete ich. „Jeder von uns."

„Am Tod von jemandem, der programmiert war, zu sterben? Man bringt sich nur um, wenn einem der DNA-Todesstreifen sagt, daß man es tun soll. Es steht in der DNA – wußtest du das nicht? Oder es ist das, was man ein ‚Drehbuch' nennt, wie es Eric Berne gelehrt hat? Er ist tot, wie du weißt. Sein Todesdrehbuch oder -streifen oder was auch immer hat ihn eingeholt und ihm recht gegeben. Sein Vater starb, und er starb genau im gleichen Alter. Es war wie bei Chardin, der Karfreitag sterben wollte und seinen Wunsch erfüllt bekam."

„Das ist morbid", sagte ich.

„Stimmt." Kirsten nickte. „Ich habe vor einer kleinen Weile gehört, daß ich zum Sterben verdammt bin. Ich fühle mich sehr morbid, und dir würde es nicht anders ergehen, wenn du nicht aus irgendwelchen Gründen davon verschont wärest. Vielleicht, weil du keinen Fleck auf deiner Lunge und nie Krebs gehabt hast. Warum stirbt diese alte Dame nicht? Warum ich und Tim? Ich glaube, Jeff hat es aus Bösartigkeit gesagt. Es ist eine dieser sich selbst erfüllenden Prophezeiungen, von denen man hört. Er erzählt Dr. Spooky, daß ich sterben werde, und die Folge ist, daß ich sterbe, und Jeff ergötzt sich daran, weil er mich dafür gehaßt hat, daß ich mit seinem Vater geschlafen habe. Zum Teufel mit ihnen beiden. Es paßt zu den Nadeln, die mir unter die Fingernägel getrieben worden sind. Es ist Haß, Haß auf mich. Ich hoffe, Tim weist in seinem Buch darauf hin – nun, er wird es, weil ich den größten Teil davon schreibe. Er hat nicht die Zeit und auch nicht die Fähigkeit dazu. All seine Sätze laufen ihm davon. Er hat Logarrhö, wenn du die nackte Wahrheit hören willst – von dem Speed, den er nimmt."

„Ich will nichts davon hören“, sagte ich.
„Hast du mit Tim geschlafen?“
„Nein!“ rief ich verblüfft. „Du bist verrückt.“
„Sag schon, daß es an den Downern liegt, die ich nehme.“
Ich starrte sie an, sie starrte zurück.
„Du bist verrückt“, wiederholte ich.
Kirsten sagte: „Du hast Tim gegen mich aufgehetzt.“
„Ich habe *was?*“
„Er denkt, daß Jeff noch am Leben wäre, wenn es mich nicht gegeben hätte, aber es war seine Idee, mit mir ein Verhältnis anzufangen.“
„Du . . .“ Ich wußte nicht, was ich sagen sollte. „Deine Launen werden immer schlimmer“, sagte ich schließlich.
Mit grimmiger, rauher Stimme erklärte Kirsten: „Ich sehe immer klarer. Komm jetzt.“ Sie leerte ihr Glas und rutschte von ihrem Stuhl, schwankte, lächelte mich an. „Gehen wir einkaufen. Kaufen wir einen Haufen indianischen Silberschmuck, direkt aus Mexiko importiert; er wird hier verscherbelt. In deinen Augen bin ich alt und krank und ein Downer-Freak, nicht wahr? Tim und ich haben darüber gesprochen, über die Meinung, die du von mir hast. Er sagte, sie ist schädlich für mich und verleumderisch. Er wird dich irgendwann darauf ansprechen. Bereite dich darauf vor. Er wird den Kanon zitieren. Es verstößt gegen den Kanon, falsches Zeugnis abzulegen. Er hält dich nicht für eine besonders gute Christin – er hält dich überhaupt nicht für eine Christin. Er mag dich im Grunde gar nicht. Wußtest du das?“
Ich sagte nichts.
„Christen sind Gerechtigkeitsfanatiker“, fuhr Kirsten fort, „und Bischöfe sind es erst recht. Ich muß mit der Tatsache leben, daß Tim jede Woche die Sünde beichtet, mit mir geschlafen zu haben. Weißt du, was für ein Gefühl das ist? Es tut verdammt weh. Und jetzt hat er mich auch dazu gebracht: Ich empfange die Kommunion und beichte. Es ist krank. Das Christentum ist krank. Ich möchte, daß er von seinem Amt zurücktritt. Ich möchte, daß er in den Privatsektor geht.“
„Oh“, sagte ich. Jetzt verstand ich. Tim konnte dann an die Öffentlichkeit treten und sich zu ihr, zu seiner Beziehung zu ihr bekennen. Seltsam, dachte ich, daß ich nie darauf gekommen bin.
„Wenn er für diese Denkfabrik arbeitet“, erklärte Kirsten, „dann wird es mit dem Stigma und dem Versteckspielen ein Ende haben, denn denen ist es egal. Sie sind eben weltliche Leute, keine Christen – sie verurteilen keine anderen Menschen. Sie sind nicht erlöst. Ich werde dir etwas verraten, Angel. Meinetwegen ist Tim von Gott abgefallen. Es ist schrecklich, für ihn und für mich. Er muß jeden Sonntag aufstehen und predigen, in dem Wissen, daß er meinetwegen von Gott abgefallen ist, wie beim ersten Sündenfall. Meinetwe-

gen wiederholt Bischof Timothy Archer den Urfall, und er fällt freiwillig, er hat es so gewollt. Niemand brachte ihn zu Fall, hat ihn dazu aufgefordert. Es ist meine Schuld. Ich hätte nein sagen müssen, als er mich zum erstenmal fragte, ob ich mit ihm schlafen würde. Es wäre um vieles besser gewesen, aber ich hatte nicht den blassesten Schimmer vom Christentum. Ich begriff nicht, was es für ihn bedeutete und was es schließlich für mich bedeuten würde, als sich das verdammte Zeug über mich ergoß, diese paulinische Doktrin der Sünde, der Erbsünde. Was für eine verrückte Doktrin, daß der Mensch böse geboren ist – wie grausam sie ist. Im Judaismus gibt es sie nicht. Paulus erfand sie, um die Kreuzigung zu erklären. Um Christi Tod einen Sinn zu geben, obwohl es in Wirklichkeit keinen Sinn ergibt. Sterben für nichts, sofern man nicht an die Erbsünde glaubt."

„Glaubst du jetzt an sie?" fragte ich.

„Ich glaube, daß ich gesündigt habe. Ich weiß nicht, ob ich so geboren worden bin. Aber jetzt stimmt es."

„Du brauchst eine Therapie."

„Die ganze Kirche braucht eine Therapie. Frau Dr. Ballermann genügt ein Blick auf Tim und mich, um zu wissen, daß wir miteinander schlafen. Die gesamte Presse weiß es. Und wenn Tims Buch herauskommt – er *muß* dann zurücktreten, es hat nichts mit seinem Glauben oder seinem fehlenden Glauben an Christus zu tun, es hat mit mir zu tun. Ich zerstöre seine Karriere – nicht sein fehlender Glaube, sondern ich bin dafür verantwortlich. Diese übergeschnappte alte Dame hat mir nur das gesagt, was ich bereits wußte, daß man das, was wir tun, nicht tun kann. Man kann es tun, aber man muß dafür bezahlen. Ich möchte so bald wie möglich sterben. Ich möchte es wirklich. Dies ist kein Leben. Jedesmal, wenn wir irgendwohin gehen, irgendwohin fliegen, müssen wir zwei Hotelzimmer nehmen, und dann schleiche ich durch den Korridor in sein Zimmer. Frau Dr. Ballermann mußte keine Hellseherin sein, um dahinterzukommen, es stand uns im Gesicht geschrieben. Komm, gehen wir einkaufen."

Ich sagte: „Du wirst mir etwas Geld leihen müssen. Ich habe nicht genug zum Einkaufen dabei."

„Es ist das Geld der Episkopalischen Kirche." Sie öffnete ihre Börse. „Ich lade dich ein."

„Du haßt dich", stellte ich fest. Ich wollte „zu Unrecht" hinzufügen, aber Kirsten fiel mir ins Wort.

„Ich hasse die Lage, in der ich mich befinde. Ich hasse das, was Tim mir angetan hat, daß er mich dazu gebracht hat, mich für mich und meinen Körper und mein Frausein zu schämen. Haben wir deshalb FEM gegründet? Ich hätte mir nie träumen lassen, in eine derartige Situation zu kommen, als wäre ich eine Vierzigdollarhure. Irgendwann müssen wir beide uns unterhalten, wie wir uns früher unterhalten haben, bevor ich meine ganze Zeit damit verbringen mußte, seine Reden zu schreiben und seine Verabredungen zu treffen – die Sekretärin des Bischofs, die dafür sorgt, daß er sich nicht in der Öffentlichkeit als der Narr entlarvt, der er ist, als das Kind, das er ist. Ich bin es, die die ganze Verantwortung trägt, und man behandelt mich wie ein Stück Dreck."

Sie gab mir ein paar Scheine, die sie achtlos aus dem Portemonaie zog. Ich nahm sie und fühlte mich schrecklich schuldig. Aber ich nahm das Geld trotzdem. Wie Kirsten sagte, es gehörte der Episkopalischen Kirche.

„Eines habe ich gelernt", erklärte sie, als wir die Bar verließen und hinaus ins Sonnenlicht traten, „und zwar das Kleingedruckte zu lesen."

„Eines muß man dieser alten Dame zugute halten" bemerkte ich. „Zumindest hat sie dir die Zunge gelöst."

„Nein – es liegt daran, daß ich aus San Francisco heraus bin. Du hast mich noch nie außerhalb der Bucht und der Grace-Kathedrale erlebt. Ich mag dich nicht, und ich mag es nicht, eine billige Hure zu sein, und vor allem mag ich mein Leben im allgemeinen nicht. Ich bin mir nicht sicher, ob ich überhaupt Tim mag. Ich bin mir nicht sicher, ob ich damit weitermachen will, mit allem. Ich habe ein sehr erfülltes Leben geführt. Aber ich war durch meine DNA programmiert, Tim kennenzulernen, und jetzt brabbelt mir irgendeine alte Schreckschraube die Ohren voll, daß ich sterben werde. Weißt du, wie ich darüber empfinde, wie ich wirklich empfinde? Es kümmert mich nicht mehr. Ich wußte es ohnehin. Sie hat mir nur meine eigenen Gedanken vorgelesen. Das ist es, was mir von dieser Séance – oder wie auch immer man das nennen soll – im Gedächtnis haften geblieben ist: Ich habe gehört, wie jemand meine Erkenntnisse über mich selbst und mein Leben und das, was aus mir geworden ist, laut aussprach. Es gab mir Mut, mich dem zu stellen, dem ich mich stellen muß, und das zu tun, was ich tun muß."

„Und was ist das?"

„Du wirst es rechtzeitig erfahren. Ich habe eine wichtige Entscheidung getroffen. Der heutige Tag hat mir geholfen, einen klaren Kopf zu bekommen. Ich glaube, ich verstehe." Sie sprach nicht weiter. Es gehörte zu Kirstens Eigenheiten, den Schleier des Geheimnisses über ihre Absichten zu legen. Auf diese Weise glaubte sie, ihnen eine glamouröse Note zu verleihen. Aber in Wirklichkeit war es nicht so. Sie verwirrte die Lage nur, vor allem für sich selbst.

Ich ließ das Thema fallen. Zusammen schlenderten wir weiter, auf der Suche nach Gelegenheiten, das Geld der Kirche auszugeben.

Am Ende der Woche kehrten wir nach San Francisco zurück, mit Paketen beladen und erschöpft. Der Bischof hatte in aller Stille, ohne die Öffentlichkeit zu informieren, eine Stellung bei der Denkfabrik von Santa Barbara angenommen. In Kürze sollte bekanntgegeben werden, daß er von seinem Amt als Bischof der Diözese von Kalifornien zurücktreten würde. Die Erklärung würde unausweichlich erfolgen, seine Entscheidung war gefallen, seine neue Stellung wartete auf ihn: festgenagelt. Indessen wurde Kirsten zwecks weiterer Untersuchungen ins Mount Zion Hospital eingewiesen.

Ihre Besorgnis hatte sie schweigsam und mürrisch gemacht. Ich besuchte sie im Krankenhaus, aber sie hatte wenig zu sagen. Als ich an ihrem Bett saß, voller Unbehagen und von dem Wunsch erfüllt, woanders zu sein, zupfte Kirsten nervös an ihrem Haar und beklagte sich. Ich verließ sie unzufrieden, hauptsächlich mit mir selbst. Ich schien nicht mehr in der Lage zu sein, mich mit ihr – meiner besten Freundin – zu verständigen, und unsere Beziehung siechte zusammen mit ihren Lebensgeistern dahin.

Zu dieser Zeit hatte der Bischof die Fahnen seines neuen Buches über Jeffs Rückkehr aus dem Jenseits erhalten. Tim hatte sich für den Titel *Hier, Tyrann Tod* entschieden, den ich ihm vorgeschlagen hatte. Das Zitat stammt aus Händels *Belsazar* und lautet:

„Hier, Tyrann Tod, enden deine Schrecken.“

Er zitierte es im Kontext im Buch.

Unter Druck wie stets, überlastet und mit tausenderlei wichtigen Angelegenheiten beschäftigt, entschied er, die Fahnen zu Kirsten ins Krankenhaus zu bringen. Er ließ sie bei ihr zum Korrekturlesen zurück und verschwand sofort wieder. Ich traf sie aufrecht in ihrem Bett sitzend, eine Zigarette in einer Hand, einen Stift in der anderen, die großen Fahnenbögen auf ihren Knien liegend. Sie war offensichtlich wütend.

„Hältst du das für möglich?“ sagte sie zur Begrüßung.

„Ich kann es für dich erledigen“, schlug ich vor und setzte mich auf die Bettkante.

„Nicht nachdem ich mich darauf übergeben habe.“

„Wenn du tot bist, wirst du noch mehr arbeiten.“

„Nein“, sagte Kirsten. „Ich werde überhaupt nicht arbeiten. Das ist der springende Punkt. Als ich dieses Zeug überflog, habe ich mich gefragt: Wer wird diesen Mist glauben? Ich meine, es *ist* Mist. Schau es dir an. Hier.“ Sie deutete auf eine Stelle des Fahnenabzugs, und ich überflog sie. Meine Reaktion war identisch mit ihrer – der Stil war verschwommen und schrecklich pompös. Offensichtlich hatte Tim es mit seiner Schnell-schneller-am-schnellsten-bringen-wir-es-hinter-uns-Geschwindigkeit diktiert. Ebenso offensichtlich war, daß er es nicht mehr überarbeitet hatte. Ich dachte, der Titel sollte lauten: *Überarbeite es, Idiot.*

„Fang mit der letzten Seite an“, riet ich, „und arbeite dich dann bis zum Anfang vor. So brauchst du sie nicht zu lesen.“

„Ich werde sie wegwerfen. Peng!“ Sie tat, als würde sie die Fahnen auf den Boden werfen, und fing sie im letzten Moment wieder auf. „Ob die Reihenfolge eine Rolle spielt? Mischen wir sie."

„Schreib irgendeinen Unsinn hinein", schlug ich vor. „Schreib ‚Das haut einen um'. Oder ‚Deine Mutter trägt Armeestiefel'."

Kirsten tat, als würde sie schreiben, und las: „‚Jeff erschien uns nackt und mit seinem Schwanz in der Hand. Er sang *The Stars and Stripes Forever.*'" Wir beide brachen in Gelächter aus. Ich fiel gegen sie, und wir umarmten uns.

„Ich gebe dir hundert Dollar, wenn du das hineinschreibst", sagte ich, kaum fähig zu sprechen.

„Ich werde sie sofort an die IRA weiterleiten."

„Nein", sagte ich. „An die IRS."*

„Ich gebe meine Einkünfte nicht an", erklärte Kirsten. „Nutten brauchen das nicht." Ihre Stimmung wechselte; ihre Lebensgeister schwanden sichtlich dahin. Sanft tätschelte sie meinen Arm und gab mir dann einen Kuß.

„Wofür war der?" fragte ich berührt.

„Sie halten den Fleck für einen Tumor."

„Oh nein", sagte ich.

„Doch. Nun, und damit hat sich's." Sie stieß mich dann mit unterdrücktem – schlecht unterdrücktem – Zorn fort.

„Können sie denn nichts tun? Ich meine, sie können . . ."

„Sie können operieren. Sie können die Lungen entfernen."

„Und du rauchst noch immer."

„Es ist ein wenig spät, um mit dem Rauchen aufzuhören. Zum Teufel. Das bringt mich auf eine interessante Frage . . . Ich bin nicht die erste, die das fragt. Wenn man körperlich wiederaufersteht, ist man dann völlig gesund, oder hat man all die Narben und Verletzungen und Schäden, die man während seines Lebens hatte? Jesus zeigte Thomas seine Wunden, er ließ Thomas seine Hand in seine – Jesu – Seite stoßen. Wußtest du, daß die Kirche aus dieser Wunde geboren wurde? Das ist es, was die Römisch-Katholischen glauben. Blut und Wasser floß aus der Wunde, der Speerwunde, während er am Kreuz hing. Es war eine Vagina, Jesu Vagina." Sie schien nicht zu scherzen. Sie wirkte jetzt ernst und schwermütig. „Eine mystische Vorstellung einer spirituellen zweiten Geburt. Christus hat uns alle geboren."

Ich setzte mich auf den Stuhl neben dem Bett und sagte nichts. Das Untersuchungsergebnis lähmte und entsetzte mich. Ich konnte nichts erwidern. Kirsten jedenfalls machte einen gefaßten Eindruck.

Sie haben ihr Beruhigungstabletten gegeben, erkannte ich. Wie immer, wenn sie derartige Neuigkeiten mitteilen.

„Du hältst dich jetzt für eine Christin?" fragte ich schließlich, unfähig, mir etwas auszudenken, das passender war.

* *US-Steuerbehörde (Anm. d. Übers.)*

„Das Schützengraben-Phänomen“, sagte Kirsten. „Was hältst du von dem Titel? *Hier, Tyrann Tod.*“

„Ich habe ihn ausgesucht“, antwortete ich.

Sie starrte mich durchdringend an.

„Warum siehst du mich so an?“ fragte ich.

„Tim sagte, er hätte ihn ausgesucht.“

„Nun, das stimmt. Ich nannte ihm das Zitat. Neben einer Reihe anderer – ich schlug ihm verschiedene Titel vor.“

„Wann war das?“

„Ich weiß es nicht. Vor einiger Zeit. Warum?“

„Es ist ein schrecklicher Titel“, erklärte Kirsten. „Ich habe ihn auf den ersten Blick verabscheut. Ich habe ihn erst gesehen, als er mir diese Fahnen in den Schoß warf. Er hat nie gefragt . . .“ Sie drückte ihre Zigarette aus. „Er klingt wie Lieschen Müllers Vorstellung von einem Titel. „Eine Parodie auf einen Buchtitel. Von jemandem, der nie zuvor ein Buch betitelt hat. Ich bin überrascht, daß sein Verleger keine Einwände erhoben hat.“

„Ist das alles gegen mich gerichtet?“ fragte ich.

„Ich weiß nicht. Du wirst es schon herausfinden.“ Dann begann sie die Fahnen durchzusehen. Sie ignorierte mich.

„Möchtest du, daß ich gehe?“ sagte ich schließlich verlegen.

„Es ist mir egal, was du machst“, erklärte Kirsten. Sie fuhr mit ihrer Arbeit fort. Etwas später hielt sie einen Moment inne, um eine neue Zigarette anzuzünden. Ich bemerkte, daß der Aschenbecher neben ihrem Bett von halb aufgerauchten Zigaretten überquoll.

11

Ich erfuhr durch einen Telefonanruf Tims von ihrem Selbstmord. Mein kleiner Bruder hatte mich in meinem Haus besucht, es war an einem Sonntag, so daß ich an diesem Tag nicht in den Plattenladen mußte. Ich stand da und hörte Tim zu, wie er mir erzählte, daß Kirsten „soeben von uns gegangen“ war. Ich konnte meinen Bruder sehen, der Kirsten wirklich gemocht hatte. Er baute ein Balsaholzmodell einer Spad Thirteen zusammen – er wußte, daß Tim am Apparat war, aber natürlich wußte er nicht, daß Kirsten jetzt, genau wie Jeff, tot war.

„Du bist ein starker Mensch“, drang Tims Stimme an mein Ohr. „Ich weiß, daß du damit fertig werden wirst.“

„Ich habe es kommen sehen“, sagte ich.

„Ja“, sagte Tim. Es klang sachlich, aber ich wußte, daß es ihm das Herz gebrochen hatte.

„Barbiturate?“ fragte ich.

„Sie hat – nun, man ist sich nicht ganz sicher. Sie hat sie genommen und die Wirkung abgewartet. Dann kam sie zu mir und sagte es mir. Dann brach sie zusammen. Ich weiß, warum sie es getan hat. Morgen sollte sie wieder ins Mount Zion eingeliefert werden."

„Du hast . . ."

„Der Rettungswagen kam", berichtete Tim, „und brachte sie sofort ins Krankenhaus. Man hat alles versucht. Aber sie hatte dafür gesorgt, daß die Höchstmenge bereits in ihren Blutkreislauf eingedrungen war, und was sie dann als Überdosis nahm . . ."

„So gelingt es", sagte ich. „Deshalb hat es keinen Zweck gehabt, ihr den Magen auszupumpen – es war bereits in ihrem Blutkreislauf."

„Möchtest du herkommen?" fragte Tim. „In die Stadt? Mir wäre es wirklich lieber, wenn du hier wärest."

„Ich habe Harvey bei mir", sagte ich.

Mein kleiner Bruder blickte auf.

„Kirsten ist gestorben", sagte ich zu ihm.

„Oh." Er nickte und wandte sich einen Moment später wieder seiner Balsaholz-Spad zu. Es ist wie in *Woyzeck,* dachte ich. Typisch für mich: eine Intellektuelle aus Berkeley, die alles unter dem Blickwinkel der Kultur sieht, von Opern, von Romanen, Oratorien und Gedichten. Vom Theater ganz zu schweigen.

> *„Du! Deine Mutter ist tot!"*

Und Maries Kind sagt:

> *„Hopp, hopp! Hopp, hopp! Hopp, hopp!"*

Es wird dich zugrunde richten, dachte ich, wenn du damit weitermachst. Der kleine Junge, der ein Modellflugzeug zusammenbaute und nicht verstand: doppeltes Entsetzen. Und nun erlebte ich beides.

„Ich werde kommen", sagte ich zu Tim. „Sobald ich jemanden finde, der sich um Harvey kümmert."

„Du könntest ihn mitbringen", schlug Tim vor.

„Nein." Automatisch schüttelte ich den Kopf.

Ich bat eine Nachbarin, Harvey für den Rest des Tages zu nehmen, und kurz darauf war ich auf dem Weg nach San Francisco und fuhr mit meinem Honda über die Bay Bridge.

Und noch immer drängten sich die Worte aus Bergs Oper hartnäkkig in meine Gedanken.

> *„Das Jägerleben ist stolz und frei,*
> *Das Schießen ist für alle da!*
> *Dort möchte ich Jäger sein,*
> *Dort möchte ich sein."*

Ich meine, sagte ich mir, Georg Büchners Verse. Er schrieb das verdammte Ding.

Während ich fuhr, weinte ich. Tränen rannen über mein Gesicht. Ich schaltete das Autoradio ein und drückte einen Sender nach dem anderen. Ein Rocksender brachte ein altes Santana-Stück. Ich drehte das Radio lauter, und während die Musik durch meinen kleinen Wagen dröhnte, schrie ich. Und ich hörte:

„Du! Deine Mutter ist tot!“

Ich fuhr fast auf einen großen amerikanischen Wagen auf. Ich mußte auf die rechte Spur ausweichen. Langsamer, sagte ich mir. Scheiß darauf, dachte ich – zwei Tote sind genug. Willst du drei daraus machen? Dann fahr nur so weiter, wie du jetzt fährst – drei plus die Insassen des anderen Wagens. Und dann dachte ich an Bill. Boing-Boing-Bill Lundborg, der irgendwo in einer Anstalt saß. Hatte Tim ihn angerufen? Ich muß es ihm mitteilen, sagte ich mir.

Du armer, unglücklicher, verkorkster Hurensohn, sagte ich mir, als ich an Bill und sein sanftes, rundliches Gesicht dachte. Diese Aura der Süße, wie von frischem Klee, die ihn umgab, er mit seinen albernen Hosen und seinem dummen Blick, wie der einer Kuh, einer zufriedenen Kuh. Das Postamt kann sich darauf gefaßt machen, daß ihm wieder die Fensterscheiben eingeworfen werden, erkannte ich. Er wird dort hingehen und mit den Fäusten auf die großen Tafelglasfenster einschlagen, bis das Blut an seinen Armen hinunterläuft. Und dann wird man ihn wieder irgendwo einsperren. Es spielt keine Rolle, wo, denn er kennt den Unterschied ohnehin nicht.

Wie konnte sie ihm das antun, fragte ich mich. Was für eine Bösartigkeit. Was für eine entsetzliche Grausamkeit uns allen gegenüber. Sie hat uns wirklich gehaßt. Dies ist unsere Strafe. Ich werde immer denken, daß ich schuld bin, Tim wird immer denken, daß er schuld ist, Bill genauso: Und natürlich ist es keiner von uns, und dennoch, in gewissem Sinn, sind es wir alle, aber in jedem Fall ist es unerheblich, unwichtig, null und nichtig, absolut nichtig, wie im „unendlichen Nichts“, dem sublimen Nichtsein Gottes.

Irgendwo in *Woyzeck* gibt es einen Vers, der etwa lautet: „Die Welt ist schrecklich.“ Ja, sagte ich mir, als ich über die Bay Bridge raste und keinen Pfifferling darum gab, wie schnell ich fuhr, das faßt es zusammen. Das ist große Kunst: „Die Welt ist schrecklich.“ Das sagt alles. Das ist es, wofür wir Komponisten und Maler und große Schriftsteller bezahlen: um uns dies zu sagen. Sie verdienen sich ihren Lebensunterhalt damit, dies herauszufinden. Was für eine meisterhafte, scharfsinnige Erkenntnis. Was für eine durchdringende Intelligenz. Eine Ratte in einem Abwassergraben würde einem das gleiche sagen, wenn sie reden könnte. Wenn Ratten reden könnten, würde ich alles tun, was sie sagen. Ich kannte ein schwarzes Mädchen. Bei ihr waren es keine Ratten, bei mir sind es Ratten – bei ihr, sagte sie, waren es Spinnen, *viz:* „Wenn Spinnen reden könnten." Damals waren wir im Tilden Park, und sie bekam die Renneritis, und wir mußten sie nach Hause fahren. Neurotische Frau. Mit einem Weißen verheiratet . . . wie hieß er doch gleich?

Jedenfalls hatte sie einen Schein. Einen Schein wie in Erscheinung, eine Erscheinung aus dem Totenreich, aus dem Jenseits. Jene alte Dame trifft ein nicht unerheblicher Teil der Schuld; wenn überhaupt jemand dafür verantwortlich ist, dann sie. Aber das ist, als ob man die Boten aus Sparta tötet – nun hat man mich dazu getrieben, trotz all der Warnungen. VORSICHT: DIESE FRAU IST VERRÜCKT. Zum Henker mit euch allen in euren polierten großen Autos.

Ich dachte: „*Zerstörer Krieg, lern deine Grenzen kennen; hier, Tyrann Tod, deine Schrecken enden. Ich bin nur der Tyrannen Feind, der Tugend und ihren Freunde Freund.*" Und dann heißt es wieder: „*Hier, Tyrann Tod.*" Es ist ein großer Titel, es ist keine Parodie. Das hat es ausgelöst, Tim hat meinen Titel genommen und – zerstreut, wie es seine Art ist – es natürlich nicht für nötig gehalten oder nicht daran gedacht, ihr davon zu erzählen. Das heißt, er hat ihr erzählt, daß *er* ihn sich ausgedacht hat. Wahrscheinlich glaubt er es wirklich. Jede wichtige Erkenntnis der Weltgeschichte stammt von Timothy Archer. Er entwickelte das heliozentrische Modell des Sonnensystems. Wir hätten noch immer das geozentrische Modell, wenn er nicht gewesen wäre. Wo endet Bischof Archer, und wo beginnt Gott? Eine gute Frage. Sie sollten sie ihm stellen – er wird Sie Ihnen beantworten, indem er aus irgendwelchen Büchern zitiert.

Nichts ist unvergänglich, und alles ist im Arsch, dachte ich. So hätte es formuliert werden müssen. Ich werde es Tim als Inschrift für Kirstens Grabstein vorschlagen. Gibt Schulunterricht in Norwegen, diese schwedische Idiotin. Eine Million häßliche Dinge habe ich ihr gesagt, als Spiel getarnt. Ihr Gehirn hat sie gespeichert und sie ihr vorgespielt, spät in der Nacht, als sie nicht schlafen konnte, während Tim weiterschnarchte. Sie konnte nicht schlafen und nahm mehr und mehr Downer, diese Barbiturate, die sie getötet haben. Wir wußten, daß es so kommen würde. Die einzige Frage war, ob durch ein Versehen oder durch eine absichtliche Überdosis, vorausgesetzt, daß das einen Unterschied macht.

Meine Instruktionen sahen vor, daß ich Tim im Tenderloin-Apartment treffen sollte, bevor ich mit ihm dann weiter zur Grace-Kathedrale fuhr. Ich hatte erwartet, ihn rotäugig und verzweifelt vorzufinden. Jedenfalls wirkte Tim zu meiner Überraschung stärker, weitaus gefaßter, sogar im buchstäblichen Sinne größer, als ich ihn je zuvor erlebt hatte.

Er sagte, als er seine Arme um mich legte und mich an sich drückte: „Ich habe eine schreckliche Auseinandersetzung am Hals. Von diesem Moment an."

„Du meinst den Skandal?“ fragte ich. „Ich fürchte, man wird in den Zeitungen und den Fernsehnachrichten darüber berichten.“

„Ich habe einen Teil ihres Abschiedsbriefs vernichtet. Die Polizei kennt nur den Rest. Sie ist hier gewesen. Wahrscheinlich wird sie zurückkommen. Ich habe Einfluß, aber ich kann die Meldung nicht unterdrücken. Ich kann nur hoffen, daß es mir gelingt, sie als bloße Spekulation herunterzuspielen.“

„Was stand in dem Brief?“

„In dem Teil, den ich vernichtet habe? Ich kann mich nicht daran erinnern. Er existiert nicht mehr. Es hatte mit uns zu tun, mit ihren Gefühlen für mich. Ich hatte keine Wahl.“

„Wahrscheinlich“, nickte ich.

„Daß es Selbstmord war, daran gibt es keinen Zweifel. Und das Motiv ist natürlich ihre Furcht, daß sie wieder Krebs hatte. Und man weiß, daß sie eine Barbituratsüchtige war.“

„Würdest du sie als das bezeichnen?“ fragte ich. „Als Süchtige?“

„Sicher. Das läßt sich nicht bestreiten.“

„Seit wann hast du es gewußt?“

„Seit ich sie kennengelernt habe. Seit ich zum erstenmal sah, wie sie sie nahm. Du weißt schon.“

„Ja“, sagte ich. „Ich weiß.“

„Setz dich und trink einen Kaffee“, sagte Tim. Er verließ das Wohnzimmer und ging in die Küche. Automatisch setzte ich mich auf die vertraute Couch und fragte mich, ob irgendwo im Apartment Zigaretten lagen.

„Was nimmst du zu deinem Kaffee?“ Tim stand in der Küchentür.

„Ich habe es vergessen“, erwiderte ich. „Es spielt keine Rolle.“

„Möchtest du lieber einen Drink?“

„Nein.“ Ich schüttelte den Kopf.

„Ist dir klar“, sagte Tim, „daß dies beweist, daß Rachel Garret recht hatte?“

„Ich weiß“, sagte ich.

„Jeff wollte sie warnen. Kirsten warnen.“

„So scheint es.“

„Und ich werde als nächster sterben. Das hat Jeff gesagt.“

„Wahrscheinlich“, sagte ich.

„Es wird ein schrecklicher Kampf, aber ich werde ihn gewinnen. Ich werde ihnen nicht folgen, Jeff und Kirsten.“ Seine Stimme klang rauh und entrüstet. „Deshalb ist Christus in die Welt gekommen, um den Menschen von dieser Art Determinismus, dieser Herrschaft zu erlösen. Die Zukunft läßt sich verändern.“

„Ich hoffe es“, sagte ich.

„Meine Hoffnung liegt in Jesus Christus“, sagte Tim. „‚Glaubet an das Licht, dieweil ihr es habt, auf daß ihr des Lichtes Kinder seid.‘ Johannes, zwölf, sechsunddreißig. ‚Euer Herz erschrecke nicht! Glaubet ihr an Gott, so glaubet ihr auch an mich!‘ Johannes, vierzehn, eins. ‚Gelobt sei, der da kommt im Namen des Herrn!‘ Matthäus, dreiundzwanzig, neununddreißig.“ Er atmete schwer, seine Brust hob und senkte sich. „Ich werde diesen Weg nicht gehen, Angel. Beide haben es freiwillig getan, aber ich werde es niemals tun. Ich werde nicht wie ein Schaf zur Schlachtbank gehen.“

Gott sei Dank, dachte ich. Du wirst kämpfen.

„Prophezeiung oder keine Prophezeiung“, sagte Tim. „Selbst wenn Rachel die Sibylle persönlich wäre – selbst dann würde ich diesen Weg nicht freiwillig gehen, wie ein dummes Tier, und mir die Kehle durchschneiden, mich opfern lassen.“ In seinen Augen brannte ein verzehrendes Feuer. Ich hatte ihn manchmal in der Grace-Kathedrale so erlebt, wenn er predigte. Dieser Tim Archer sprach mit der Autorität, die ihm vom Apostel Petrus persönlich verliehen worden war: entlang der Linie der apostolischen Nachfolge, ungebrochen in der und für die Episkopalische Kirche.

Während wir in meinem Honda zur Grace-Kathedrale fuhren, sagte Tim zu mir: „Ich sehe mich mit Wallensteins Schicksal geschlagen. Mich mit Astrologie beschäftigen, Horoskope erstellen.“

„Du beziehst dich auf Dr. Garret“, stellte ich fest.

„Ja, ich beziehe mich auf sie und Dr. Mason. Sie sind überhaupt keine Doktoren. Das war nicht Jeff. Er kehrte nie aus dem Jenseits zurück. Es ist alles nicht wahr. Dummheit, wie dieser arme Junge sagte, ihr Sohn. O Gott, ich habe ihren Sohn noch nicht angerufen.“

„Ich werde es ihm sagen“, versprach ich.

„Es wird ihm den Rest geben“, sagte Tim. „Nein, vielleicht nicht. Er ist vielleicht stärker, als wir glauben. Er hat den ganzen Unsinn um Jeffs Rückkehr durchschaut.“

„Man muß die Wahrheit sagen“, warf ich ein, „wenn man schizophren ist.“

„Dann sollten mehr Menschen schizophren sein. Was ist das, eine Sache wie des Kaisers neue Kleider? Du hast es ebenfalls gewußt, aber du hast es nicht gesagt.“

„Es ist nicht die Frage des Wissens“, erklärte ich. „Es hat mit dem Beurteilungsvermögen zu tun.“

„Aber du hast es nie geglaubt.“

Nach einer Pause sagte ich: „Ich bin mir nicht sicher.“

„Kirsten ist tot“, sagte Tim, „weil wir an Unsinn geglaubt haben. Und wir haben daran geglaubt, weil wir daran glauben wollten. Ich habe jetzt nicht mehr diese Absicht.“

„Scheint so.“

„Wenn wir uns schonungslos der Wahrheit gestellt hätten, wäre Kirsten noch am Leben. Ich kann nur hoffen, daß ich dem hier und jetzt ein Ende mache – und ihr zu einem späteren Zeitpunkt folge. Garret und Mason konnten sehen, daß Kirsten krank war. Sie haben eine kranke, verwirrte Frau ausgenutzt, und jetzt ist sie tot. Ich ma-

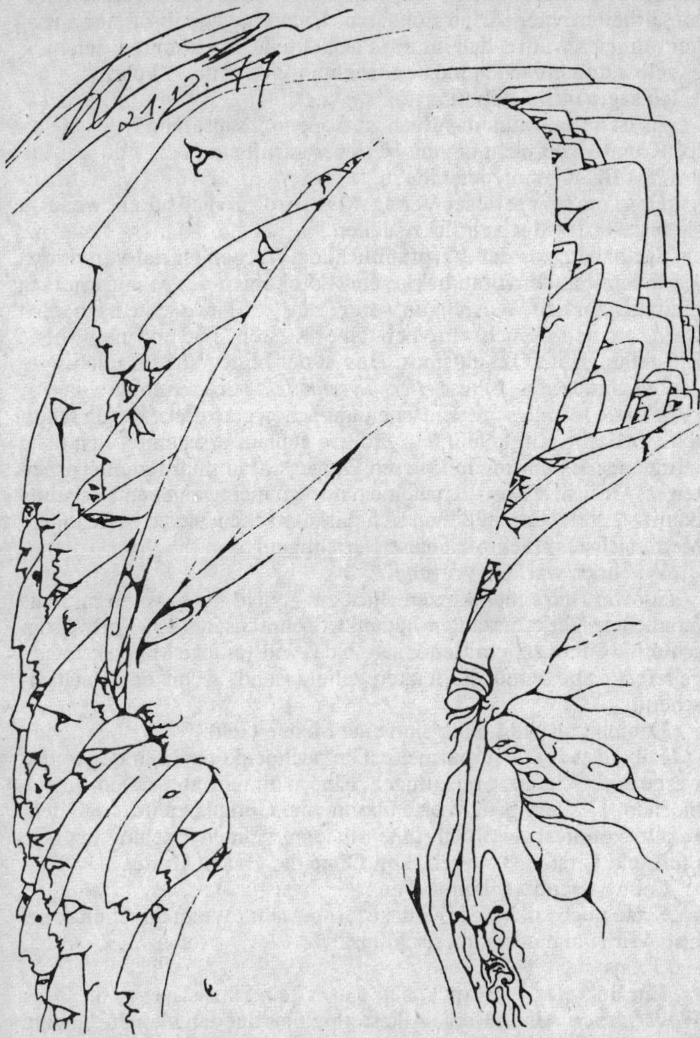
21.12.79

che sie dafür verantwortlich.“ Er schwieg einen Moment. „Ich hatte vorgehabt, Kirsten zu überreden, im Krankenhaus eine Entziehungskur zu machen. Ich habe mehrere Freunde, die auf diesem Gebiet arbeiten, hier in San Francisco. Ich wußte von ihrer Abhängigkeit, und ich wußte, daß ihr nur Fachleute helfen konnten. Ich habe es selbst durchmachen müssen, wie du weißt – mit Alkohol.“

Ich sagte nichts, ich fuhr nur.

„Es ist zu spät, um das Buch zu stoppen“, sagte Tim.

„Könntest du nicht deinen Verleger anrufen und . . .“

„Das Buch gehört jetzt ihnen.“

„Es ist ein sehr seriöser Verlag. Man wird auf dich hören, wenn du sie bittest, das Buch zurückzuziehen.“

„Sie haben vor der Veröffentlichung Werbematerial verschickt. Sie haben Fahnenvorabdrucke und Fotokopien des Manuskripts in Umlauf gebracht. Was ich tun werde, ist . . .“ Tim dachte nach. „Ich werde ein neues Buch schreiben. Über Kirstens Tod und meine neue Einstellung zum Okkultismus. Das ist der beste Weg für mich.“

„Ich glaube, du solltest *Hier, Tyrann Tod* zurückziehen.“

Er hatte jedoch seine Entscheidung schon getroffen. Heftig schüttelte er den Kopf. „Nein, es wird wie geplant erscheinen. Ich habe jahrelange Erfahrung mit diesen Dingen. Man muß seinen Torheiten ins Gesicht sehen – ich meine natürlich meine eigenen Torheiten damit –, und dann muß man sich daran machen, sie zu berichtigen. Mein nächstes Buch wird diese Berichtigung sein.“

„Wie hoch war der Vorschuß?“

Tim warf mir einen kurzen Blick zu. „Nicht hoch, wenn man die möglichen Verkaufszahlen bedenkt. Zehntausend bei Vertragsabschluß, weitere zehntausend, als ich das vollständige Manuskript abgeliefert habe. Und die letzten zehntausend, wenn das Buch erscheint.“

„Dreißigtausend Dollar sind eine Menge Geld.“

Halb zu sich selbst murmelte Tim nachdenklich: „Ich denke, ich werde eine Widmung hinzufügen. Eine Widmung an Kirsten. In memoriam. Und ein paar Worte über meine Gefühle zu ihr.“

„Du könntest das Buch ihnen beiden widmen“, schlug ich vor. „Jeff und Kirsten. Und schreib: ‚Ohne die Gnade Gottes . . .‘“

„Sehr passend“, stimmte Tim zu.

„Setze noch mich und Bill dazu“, sagte ich. „Wenn du schon dabei bist. Wir sind ein Teil dieses Films.“

„‚Films‘?“

„Ein Berkeley-Ausdruck. Nur daß es kein Film ist – es ist die Oper *Woyzeck* von Alban Berg. Alle sterben, bis auf den kleinen Jungen, der auf seinem Holzpferd reitet.“

„Ich werde die Widmung telefonisch durchgeben müssen“, sagte Tim. „Die Fahnen liegen bereits in New York, korrigiert.“

„Also ist sie fertig geworden? Mit ihrer Arbeit?“

„Ja", sagte er vage.

„Hat sie es richtig gemacht? Schließlich ging es ihr nicht besonders gut."

„Ich nehme an, daß sie korrekt gearbeitet hat. Ich habe sie mir nicht mehr angesehen."

„Du wirst eine Messe für sie lesen, nicht wahr?" fragte ich. „In der Grace-Kathedrale?"

„O ja. Das ist einer der Gründe, warum ich . . ."

„Ich denke, du solltest Kiss engagieren", sagte ich. „Es ist eine Gruppe, eine sehr hoch eingeschätzte Rockgruppe. Schließlich hast du ohnehin eine Rockmesse geplant gehabt."

„Mochte sie Kiss?"

„Sie kamen bei ihr direkt nach Sha Na Na", antwortete ich.

„Dann sollten wir Sha Na Na nehmen", sagte Tim.

Eine Weile fuhren wir schweigend.

„Die Patti Smith Group", sagte ich plötzlich.

„Ich möchte dir einige Fragen über Kirsten stellen."

„Ich bin hier, um jede Frage zu beantworten", sagte ich.

„Während des Gottesdienstes möchte ich einige Gedichte vorlesen, die sie geliebt hat. Könntest du mir einige nennen?" Er zog aus seiner Manteltasche ein Notizbuch und einen goldenen Kugelschreiber. Er hielt beides in den Händen und wartete.

„Es gibt da ein wunderschönes Gedicht über eine Schlange", sagte ich, „von D. H. Lawrence. Sie hat es geliebt. Bitte mich nicht, es zu rezitieren, ich kann es im Moment nicht. Es tut mir leid." Ich schloß die Augen und versuchte, nicht zu weinen.

12

Während des Gottesdienstes las Bischof Timothy Archer Lawrences Gedicht über die Schlange. Er las wundervoll, und ich sah, wie bewegt die Leute waren, obwohl sich nicht sehr viele Trauergäste eingefunden hatten. Nicht daß viele Leute Kirsten Lundborg gekannt hatten. Ich sah mich weiter in der Kathedrale um und suchte ihren Sohn Bill.

Als ich anrief, um ihm die Neuigkeit mitzuteilen, hatte er kaum eine Reaktion gezeigt. Ich glaube, er hatte es kommen sehen. Zu diesem Zeitpunkt hatten das Krankenhaus und das Haus der vielen Türen keine Macht über ihn. Bill war frei und ging spazieren oder lakkierte Autos oder tat eben das, was er tun wollte.

Jedenfalls vergnügte er sich derzeit auf seine ernsthafte Art.

Mit Kirstens Selbstmord verschwanden die Spinnweben aus Bischof Archers Gedanken, so daß es schien, daß ihr Tod einen nützlichen Zweck erfüllt hatte, obwohl dieser Zweck in keinem Verhältnis zu unserem Verlust stand. Es erstaunt mich: die ernüchternde Macht des menschlichen Todes. Er übertrifft alle Worte, alle Argumente, er ist die ultimate Kraft. Er erzwingt unsere Aufmerksamkeit und unsere Zeit. Und er läßt uns verändert zurück.

Daß Tim aus dem Tod – dem Tod einer Person, die er geliebt hatte – Kraft ziehen konnte, verblüffte mich. Ich konnte es nicht begreifen, aber dies war die Eigenschaft, die ihn gut machte – gut im Beruf, gut als Mensch. Je schlimmer die Dinge wurden, desto stärker wurde er. Er mochte den Tod nicht, aber er fürchtete ihn auch nicht. Er hatte es mit Séancen und Aberglauben und dem ganzen Scheiß versucht, und es hatte nicht funktioniert. Es hatte nur zu neuem Tod geführt. Also schaltete er jetzt in einen anderen Gang und versuchte es mit Vernunft. Er hatte einen wichtigen Grund: Sein eigenes Leben hing nun an der Angel, wie sein Köder. Ein Köder für das, was die Alten als „böses Schicksal" bezeichnet und damit den vorzeitigen Tod gemeint hatten, den Tod vor der Zeit.

Die Denker der Antike hielten nicht den Tod an sich für böse, denn der Tod kommt zu allen – was sie zu recht als böse erkannten, war der vorzeitige Tod, der Tod, der einen Menschen ereilte, bevor er sein Werk vollenden konnte. Vor der Reife gepflückt, ein harter, grüner kleiner Apfel, den der Tod nahm und dann fortwarf, als wäre er ohne jeden Reiz – nicht einmal für den Tod.

Bischof Archer hatte sein Werk keineswegs vollendet und keineswegs die Absicht, sich pflücken, aus dem Leben holen zu lassen. Zu recht erkannte er jetzt, daß ihn allmählich das gleiche Schicksal zu ereilen drohte, das Wallenstein ereilt hatte – zuerst der Aberglaube und die Leichtgläubigkeit, dann der Hellebardenstoß, ausgeführt von einem ansonsten historisch unbedeutenden englischen Hauptmann namens Walter Devereux (Wallenstein hatte vergeblich um Pardon gebeten; wenn die Hellebarde in der Hand des Feindes ist, dann ist es gewöhnlich zu spät, um Pardon zu bitten). In diesem letzten Augenblick war der aus dem Schlaf gerissene Wallenstein wahrscheinlich auch aus seiner geistigen Benommenheit gerissen worden. Ich glaube, ihm wurde blitzartig beim Eindringen der feindlichen Soldaten in sein Schlafzimer klar, daß alle astrologischen Karten und alle Horoskope der Welt ohne Nutzen für ihn gewesen waren, denn dies hatte er nicht vorausgesehen, und so wurde er erwischt. Der Unterschied zwischen Wallenstein und Tim war allerdings groß und entscheidend. Erstens hatte Tim den Vorteil von Wallensteins Beispiel. Tim konnte sehen, wohin Torheit große Männer brachte. Zweitens war Tim grundsätzlich ein Realist, trotz all seines verquasten, gelehrten Geschwätzes. Tim war mit einem wachsamen Auge zur Welt gekommen, mit einem feinen Gespür für das, was ihm nützte und was ihm schadete. In dem Moment von Kirstens Tod hatte er einen Teil ihres Abschiedsbriefs vernichtet. Ein Narr war er nicht, und es war ihm gelungen, ihre Beziehung vor den Medien und der Episkopalischen Kirche geheimzuhalten (natürlich kam später alles heraus, aber da war Tim tot, und wahrscheinlich war es ihm gleich).

Daß ein im Grunde pragmatischer – man könnte sagen: ein opportunistischer – Mann sich mit einem derart hanebüchenen Unsinn abgeben konnte, ist natürlich erstaunlich, aber sogar der Unsinn hatte in der größeren Ökonomie von Tims Leben eine bestimmte Funktion. Tim wollte sich nicht von den formalen Strukturen seiner Rolle einzwängen lassen. Tatsächlich definierte er sich ebensowenig als Bischof, wie er sich früher als Anwalt hatte definieren lassen. Er war ein Mann, und so sah er sich auch – kein „Mann" im Sinne einer „männlichen Person", sondern ein „Mann" im Sinn eines menschlichen Wesens, das in vielen Gebieten zu Hause war und sich in eine Vielzahl von Vektoren erstreckte. In seiner College-Zeit hatte er viel von seinen Studium der Renaissance gelernt. Einmal hatte er mir erzählt, daß die Renaissance keineswegs das Mittelalter verdrängt oder überwunden hatte: *In der Renaissance hatte es seine Erfüllung gefunden,* ganz gleich, welche Gegenargumente T. S. Eliot anführen mag.

Nehmen wir zum Beispiel (hatte Tim zu mir gesagt) Dantes *Komödie.* Sicherlich entstammte die *Komödie* – von der Tatsache ihres Entstehungsdatums ausgehend – dem Mittelalter. Sie war die vollständige Zusammenfassung der mittelalterlichen Weltsicht – ihre höchste Krönung. Und dennoch (obwohl dem viele Kritiker nicht zustimmen werden) finden sich in der *Komödie* eine Vielzahl von Anschauungen, die in keiner Weise den Ansichten eines, sagen wir, Michelangelos widersprechen, der sich bei seiner Deckenmalerei in der Sixtinischen Kapelle stark auf die *Komödie* bezog. Für Tim erreichte das Christentum seinen Höhepunkt in der Renaissance. Für ihn war dies nicht der historische Moment, in dem die Welt der Antike wiederbelebt und das Mittelalter, das Zeitalter des Christentums, verdrängt wurde – die Renaissance war nicht der Triumph der alten heidnischen Welt über den Glauben, sondern vielmehr die letzte und vollste Blütezeit des Glaubens, insbesondere des christlichen Glaubens. Deshalb, so Tim, war der Renaissancemensch (der von allem etwas wußte, der, um die korrekte Bezeichnung zu verwenden, ein Polymath war) der ideale Christ, im Diesseits und im Jenseits zu Hause: eine perfekte Mischung aus Materie und Geist, gleichsam die göttlich gewordene Materie. Materie, die verwandelt, aber dennoch Materie ist. Die beiden Sphären, die Diesseits und das Jenseits, wiedervereinigt, wie sie vor dem Sündenfall eins gewesen sind.

Diesem Ideal wollte Tim nacheifern, es zu seinem eigenen machen. Der vollkommende Mensch, sagte er sich, reduzierte sich nicht selbst auf seinen Beruf, gleichgültig, wie hoch seine Stellung war. Ein Schuster, der sich nur als jemanden sieht, der Schuhe repariert, reduziert sich selbst auf brutale Weise. Ein Bischof mußte sich nach dieser Argumentation in Regionen begeben, in denen der vollkommene Mensch zu Hause war. Eine dieser Regionen war die der Sexualität. Daß die Öffentlichkeit anderer Ansicht war, kümmerte Tim nicht, hielt ihn auch nicht davon ab. Er wußte, was den Renaissancemenschen ausmachte, und er wußte, daß er diesen Menschen in all seiner Authentizität darstellte.

Daß dieses Ausprobieren jeder erdenklichen Idee mit dem Ziel herauszufinden, ob sie richtig war, Tim Archer schließlich zerstörte, ist unbestreitbar. Er probierte zu viele Ideen aus, griff sie auf, untersuchte sie, benutzte sie eine Weile und verwarf sie wieder. Allerdings kamen einige der Ideen, wie von eigenem Leben erfüllt, durch die Hintertür wieder zu ihm zurück. Dies ist eine historische Tatsache. Tim ist tot. Die Ideen funktionierten nicht. Sie ließen ihn den Boden unter den Füßen verlieren, und dann verrieten sie ihn, griffen ihn an. In gewissem Sinn ließen sie ihn fallen, bevor er sie fallenlassen konnte. Eins jedoch kann nicht geleugnet werden: Tim Archer wußte, wann er sich einem Kampf auf Leben und Tod gegenübersah, und als er dies erkannte, nahm er eine erbitterte Verteidigungshaltung ein. Er gab nicht auf, wie er mir an dem Tag von Kirstens Tod gesagt hatte. Um Tim Archer zu bekommen, mußte das Schicksal ihn aufspießen. Tim würde sich niemals selbst aufspießen. Er ergab sich nicht dem vergeltenden Schicksal, sobald er entdeckt und erkannt hatte, was es plante. Das war nun geschehen: Er hatte bemerkt, daß das Schicksal ihn suchte, um Vergeltung zu üben. Er floh weder noch ergab er sich. Er blieb stehen und kämpfte, und in dieser Haltung starb er. Aber er starb schwer, das heißt, er schlug im Sterben zurück. Das Schicksal mußte ihn ermorden.

Und während das Schicksal herausfand, wie es dies erreichen konnte, war Tims wacher Verstand vollauf damit beschäftigt, jedes erdenkliche geistige Ausweichmanöver auszuprobieren, um so vielleicht eine Möglichkeit zu finden, der Macht des Unvermeidlichen zu widerstehen. Dies ist es wahrscheinlich, was wir mit dem Begriff „Schicksal“ meinen. Wäre es nicht unvermeidlich, würden wir diesen Begriff nicht benutzen. Wir würden statt dessen von Unglück sprechen. Wir würden es als Zufall bezeichnen. Das Schicksal kennt keinen Zufall, es ist Absicht. Und es ist erbarmungslose Absicht, die gleichzeitig aus allen Richtungen auf den Menschen einstürmt, als ob das ganze Universum dieses Menschen zusammenschrumpft. Schließlich besteht es nur noch aus ihm und seinem bösen Schicksal. Er ist gegen seinen Willen programmiert, dem zu erliegen, und in seinem Bemühen, sich freizukämpfen, erliegt er ihm aus Erschöpfung und Verzweiflung noch schneller. Das Schicksal siegt stets, ganz gleich, was man versucht.

Vieles davon hat mir Tim erzählt. Die Beschäftigung mit diesem Thema war ein Teil seiner theologischen Ausbildung. Die Antike hatte die Entstehung der greko-romanischen Mysterienreligionen erlebt, die dazu bestimmt waren, das Schicksal zu überwinden, indem sie den Gläubigen mit einem Gott jenseits der planetarischen Sphären verbanden, einem Gott mit der Fähigkeit, die „astralen Einflüsse", wie sie in jener Zeit genannt wurden, zu bannen. Wir sprechen heute von dem DNA-Todesstreifen und der psychologischen Prägung durch andere, vor uns lebende Menschen, Freunde und Eltern. Es ist das gleiche. Es ist der Determinismus, der einen tötet, gleichgültig, was man macht. Eine äußere Macht muß eingreifen und die Situation ändern. Allein kann man es nicht, denn die Programmierung zwingt einen zu der Tat, die einen vernichtet. Die Tat wird in dem Glauben vollbracht, daß sie einen retten wird, während sie einen in Wirklichkeit jener Verdammnis ausliefert, der man entgehen möchte.

Praktisch denkende Menschen tun nicht das, was Jeff und Kirsten getan haben. Praktisch denkende Menschen bekämpfen diesen Drang, denn es ist ein romantischer Drang, eine Schwäche. Er ist erlernte Passivität, es ist erlerntes Aufgeben. Tim konnte den Tod seines Sohnes als Einzelfall abtun – sich einreden, daß keine Ansteckungsgefahr bestand –, aber als Kirsten den gleichen Weg ging, mußte Tim seine Meinung ändern, zu Jeffs Tod zurückkehren und ihn neu beurteilen. Jetzt sah er in ihm die Ursprünge späteren Unheils, und er sah dieses Unheil auch für sich heraufziehen. Dies veranlaßte ihn, augenblicklich all die verquasten Ansichten über Bord zu werfen, die er, beginnend mit Jeffs Tod, aufgegriffen hatte, all die unheimlichen und schäbigen Vorstellungen, die mit dem Okkulten in Verbindung gebracht werden, um Menottis treffende Bemerkung zu zitieren. Tim erkannte plötzlich, daß er sich an den Tisch in Mme. Floras Salon gesetzt hatte, um Verbindung mit den Geistern aufzunehmen – das heißt, um sich zum Narren zu machen. Er tat jetzt das, was sein ganzes Leben lang typisch für ihn gewesen war: Er verließ diesen Weg und suchte einen neuen. Er warf diesen bösartigen Ballast ab und sah sich nach einem stabileren, dauerhaften und solideren Ersatz um. Wenn man das Schiff retten will, muß man manchmal die Ladung über Bord werfen. Wenn etwas über Bord geworfen wird, dann mit Berechnung – man wirft es fort, läßt es davontreiben, während das Schiff unversehrt zurückbleibt. Dazu kommt es nur, wenn sich das Schiff in Not befindet, so wie Tim jetzt. Dr. Garret hatte ihm und Kirsten den Untergang prophezeit, angefangen mit Kirsten. Die erste Prophezeiung hatte sich erfüllt. Demnach konnte er erwarten, der nächste zu sein. Dies sind Notstandsmaßnahmen. Sie werden von den Verzweifelten und den Klugen angewendet. Tim war beides. Der Not gehorchend. Tim kannte den Unterschied zwischen dem Schiff (das unersetzlich war) und der Ladung (die sich ersetzen ließ). Er sah sich als das Schiff. Er sah seinen Glauben an Geister, an die Rückkehr seines Sohnes aus dem Jenseits als Ladung. Dieser deutliche Unterschied war sein Vorteil insofern, als er ihn erkennen konnte. Daß er seine Überzeugungen fortwarf, kompromittierte ihn weder noch machte es aus ihm einen schlechten Menschen. Und es bestand die kleine Chance, daß es ihn rettete.

Ich freute mich über Tims neugewonnene Klarheit. Aber ich war äußerst pessimistisch. Für mich war sein Scharfsinn ein Zeichen seiner grundsätzlichen Entschlossenheit zum Überleben. So etwas ist eine gute Sache. Gegen den Selbsterhaltungstrieb läßt sich nichts einwenden. Die einzige Frage, die mich quälte, war: Hatte er sich noch rechtzeitig gemeldet? Die Zeit würde es erweisen.

Wenn das Schiff gerettet ist – sofern es gerettet ist –, hat der oder haben die Finder der über Bord geworfenen Ladung einen Besitzanspruch auf alles Bergungsgut. Das ist internationales, auf allen Meeren geltendes Recht. Ein Grundsatz, der für alle Menschen jeglicher Herkunft selbstverständlich ist.

Bewußt oder unbewußt hatte Tim dies erkannt. Durch das, was er getan hatte, nahm er teil an etwas Ehrwürdigem und universell Akzeptiertem. Ich verstand ihn – ich glaube, jeder hätte es getan. Jetzt war nicht die Zeit, verlorene Schlachten zu beklagen, in denen es darum gegangen war, ob sein Sohn nun aus dem Jenseits zurückgekehrt war oder nicht, jetzt war es für Tim an der Zeit, um sein Leben zu kämpfen.

Also kämpfte er, und er kämpfte so gut er konnte. Ich sah zu, und wo es möglich war, half ich. Am Schluß unterlag er, aber nicht aufgrund mangelnder Willenskraft, nicht weil er es nicht richtig versucht oder weil er die Nerven verloren hatte.

Hier geht es nicht um Berechnung. Hier geht es darum, zur letzten Verteidigungsschlacht anzutreten. Die Ansicht, daß Tim in seinen letzten Tagen ein heruntergekommener Mann war, der sich dem nackten Überleben um jeden Preis verschrieben hatte – auf Kosten aller moralischen Überzeugungen –, bedeutet, die Situation völlig zu verkennen. Wenn das eigene Leben auf dem Spiel steht, handelt man auf bestimmte Weise, sofern man klug ist, und Tim handelte auf diese Weise: Er warf alles über Bord, was über Bord geworfen werden konnte, was er schon längst hätte über Bord werfen müssen. Er zeigte seinen Hundszahn und drohte zuzubeißen, und so reagierte eben ein Mensch – Mensch im Sinne der Kreatur –, der zum Überleben entschlossen ist, und zum Teufel mit der Fracht. Nach Kirstens Tod war Tim in Gefahr, als nächster zu sterben, und er erkannte dies, und um Tim in seiner letzten Zeit zu verstehen, muß man seine Erkenntnis im Auge behalten, und außerdem muß man wissen, daß seine Erkenntnis, seine Feststellung, richtig war. Er war, wie es die Therapeuten ausdrücken, in Verbindung mit der realen Situation (als ob es einen Unterschied gäbe zwischen einer „Situation" und einer „realen Situation"). Er wollte leben.

Selbst wenn Tim seinen Tod als unausweichlich ansah, durch Prophetie bestimmt, von der Sibylle bestimmt – oder von Apollo, der die Sibylle als Sprachrohr benutzte –, war er entschlossen, sich diesem Schicksal zu stellen und den besten Kampf zu liefern, den er liefern konnte. Ich halte das für äußerst bemerkenswert und lobenswert. Daß er einen großen Haufen Unfug über Bord warf, an den er einst geglaubt und den er gepredigt hatte, ist ohne Bedeutung. Hätte er das ganze Zeug behalten und in zusammengerollter, abreaktiver Haltung sterben sollen, die Augen geschlossen, den Hundszahn nicht gefletscht? Ich bin fest davon überzeugt, ich sah es, ich wußte es. Ich sah die Fracht davontreiben. Ich sah, wie sie in dem Augenblick über Bord geworfen wurde, in dem sich Dr. Garrets erste Prophezeiung erfüllte. Und ich sagte: Gott sei Dank.

Dennoch glaube ich, er hätte die Veröffentlichung dieses gottverdammten Buches verhindern sollen, dieses *Hier, Tyrann Tod,* wie ich es betitelt hatte. Aber es brachte ihm dreißigtausend Dollar ein, und vielleicht war sein Entschluß, es in Druck gehen zu lassen, ein weiterer Beweis für seine praktische Veranlagung. Ich weiß es nicht. Einige Aspekte Tim Archers sind mir ein Rätsel.

Es war einfach nicht Tims Stil, einen Fehler zu korrigieren, bevor er geschehen war. Er ließ ihn geschehen, und dann nahm er – wie er es ausgedrückt hatte – eine Korrektur in Form eines Zusatzes vor. Sofern nicht sein körperliches Überleben auf dem Spiel stand – dann wurde er im voraus aktiv. Dann sah er nach vorn. Der Mann, der sein ganzes Leben lang gelaufen war, sich selbst überholt, sich selbst zurückgelassen hatte, als würden ihn die Amphetamine vorwärtstreiben, die er täglich schluckte –, dieser Mann hörte nun plötzlich auf zu laufen und drehte sich statt dessen um, erblickte das Schicksal und sagte, wie Luther es gesagt haben soll, aber nicht gesagt hat: „Hier stehe ich – ich kann nicht anders." Der deutsche Ontologe Martin Heidegger hat einen Begriff dafür geprägt: die Transmutation des inauthentischen Seins ins wahre Sein. Ich habe das an der Universität von Kalifornien studiert. Ich habe nicht geglaubt, es je geschehen zu sehen, aber es ist geschehen, und ich habe es gesehen. Und ich fand es wunderschön, aber sehr traurig, weil es mißlang.

Insgeheim stelle ich mir vor, wie der Geist meines toten Mannes in meine Gedanken eindringt und sich köstlich amüsiert. Jeff würde mich darauf hinweisen, daß ich den Bischof als Frachtschiff ansah, als Frachter, der seinen Hundszahn fletschte, eine kombinierte Metapher, die Jeff tagelang in einen Zustand der Verzückung versetzt hätte – ich hätte keine Ruhe mehr gehabt. Nach Kirstens Tod war ich nicht mehr ganz bei Verstand. Wenn ich auf der Arbeit den Inhalt der Sendungen mit den Angaben auf den Lieferscheinen verglich, bemerkte ich kaum, was ich tat. Ich hatte mich zurückgezogen. Meine Kollegen und mein Chef machten mich darauf aufmerksam. Und ich aß wenig. Ich verbrachte die Mittagspause damit, Delmore

Schwartz zu lesen, der, wie man mir sagte, mit dem Kopf in einem Müllsack gestorben ist, den er die Treppe hinuntertrug, als er seinen tödlichen Herzanfall bekam. Ein großartiger Abgang für einen Poeten!

Das Problem mit der Introspektion ist, daß sie kein Ende nimmt. Wie Bottoms Traum in *Ein Mittsommernachtstraum* hat sie keinen Boden. In den Jahren meines Anglistikstudiums habe ich gelernt, Metaphern zu erfinden, mit ihnen herumzuspielen, sie zu mischen und aufzutischen – ich bin ein Metapher-Junkie, übergebildet und gerissen. Ich denke zuviel, lese zuviel, mache mir Sorgen um die, die ich zu sehr liebe. Jene, die ich liebte, hatten zu sterben begonnen. Nicht viele waren geblieben, die meisten waren fort.

„Sie sind alle fort in die Welt des Lichts!
Und ich allein bin nur noch da;
Die Erinnerung an sie ist fern und licht,
Und meine traurigen Gedanken klaren auf.“

Wie Henry Vaughan 1655 schrieb. Das Gedicht endet:

„Entweder vertreib die Nebel, denn sie trüben
Meine Sicht (nach drüben), wenn sie aufsteigen;
Oder bring mich hinauf auf diesen Hügel,
Wo ohne Glas mein Blick kann schweifen.“

Mit „Glas“ meint Vaughan ein Teleskop. Die unbedeutenderen metaphysischen Poeten des siebzehnten Jahrhunderts waren in meiner Schulzeit mein Spezialgebiet. Nun, nach Kirstens Tod, kehrte ich wieder zu ihnen zurück, denn meine Gedanken hatten sich, so wie ihre, dem Jenseits zugewandt. Mein Mann war dorthin gegangen. Meine besten Freunde waren dorthin gegangen. Ich erwartete, daß Tim in Kürze dorthin gehen würde, und so geschah es auch.

Unglücklicherweise sah ich Tim nun seltener. Für mich war dies der schlimmste Schlag. Ich liebte ihn wirklich, aber jetzt waren die Bande gelöst worden. Sein Ende löste sie. Er trat als Bischof der Diözese von Kalifornien zurück und zog hinunter nach Santa Barbara zur dortigen Denkfabrik. Sein Buch, das nach meiner felsenfesten Überzeugung hätte unterdrückt werden müssen, war erschienen und ließ ihn als Narr dastehen. Hinzu kam der Skandal wegen Kirsten: Die Medien hatten trotz Tims Manipulation des Beweismaterials von ihrer geheimen Beziehung erfahren. Tims Karriere bei der Episkopalischen Kirche endete abrupt. Er packte alles zusammen und verließ San Francisco, um (wie von ihm angekündigt) in der Privatindustrie anzufangen. Dort konnte er sich entspannen und glücklich sein. Dort konnte er sein Leben ohne die repressiven Strukturen des kanonischen Rechts und der Moral führen.

Ich vermißte ihn.

Ein drittes Element war aufgetaucht, um seine Verbindung mit der Episkopalischen Kirche zu beenden, und dabei handelte es sich natürlich um die verdammten Zadokit-Dokumente, die Tim einfach keine Ruhe ließen. Nun nicht mehr mit Kirsten und nicht mehr mit dem Okkulten beschäftigt – weil er es als das erkannt hatte, was es war –, konzentrierte er seine Leichtgläubigkeit auf die Schriften dieser alten hebräischen Sekte und erklärte in Reden und in Interviews und in Artikeln, daß sie der wahre Ursprung der Lehren Christi waren. Tim konnte ohne Ärger nicht existieren. Er und der Ärger waren Schicksalsgefährten.

Ich hielt mich durch die Lektüre von Zeitschriften und Zeitungen über Tims Entwicklung auf dem laufenden. Meine Informationen waren aus zweiter Hand, ich hatte keinen direkten, persönlichen Kontakt mehr zu ihm. Für mich war dies eine Tragödie, eine größere vielleicht als der Verlust von Jeff und Kirsten, obwohl ich niemals einem Menschen davon erzählt habe, nicht einmal meinem Therapeuten. Ich verlor außerdem Bill Lundborg aus den Augen. Er verschwand aus meinem Leben und in einem psychiatrischen Krankenhaus. Ich versuchte, ihn aufzuspüren, aber es gelang mir nicht. Ich war entweder ein Glückskind oder ein Pechvogel, wie immer man es sehen will.

Wie immer man es sehen will, das Ergebnis sah so aus: Ich hatte alle verloren, die ich kannte, so daß es Zeit wurde, neue Freunde zu gewinnen. Ich gelangte zu der Überzeugung, daß die Tätigkeit als Verkäuferin im Platteneinzelhandel mehr als ein Beruf war. Für mich wurde sie zu einer Berufung. Binnen eines Jahres stieg ich zur Geschäftsführerin des Musikladens auf. Ich hatte uneingeschränkte Einkaufsvollmachten, die Inhaber machten mir nicht die geringsten Vorschriften. Mein Urteil allein entschied, was bestellt wurde oder nicht, die Vertreter der verschiedenen Plattengesellschaften wußten dies. Das brachte mir eine Menge kostenloser Mittagessen und einige interessante Verabredungen ein. Ich kam aus meiner Schale heraus und ging mehr unter Menschen. Ich lernte einen Freund kennen, wenn Sie einen derart altmodischen Ausdruck gestatten (in Berkeley hätte man ihn nie benutzt). „Geliebter" ist wohl das richtige Wort. Ich ließ Hampton in mein Haus einziehen, in das Haus, das Jeff und ich gekauft hatten, und begann voller Hoffnung ein – für meine Verhältnisse – völlig neues Leben.

Tims Buch, *Hier, Tyrann Tod,* verkaufte sich nicht so gut wie erwartet. Ich sah eine Menge unverkaufter Exemplare in verschiedenen Buchhandlungen im Umkreis von Sather Gate. Es war zu teuer und zu geschwätzig. Er hätte besser daran getan, es zu kürzen, soweit er es geschrieben hatte – der Großteil schien mir Kirstens Werk zu sein, wie ich feststellte, als ich endlich dazu kam, es zu lesen. Zumindest hatte sie die Reinschrift gemacht, die zweifellos auf Tims

Maschinengewehrstil basierte. Genau das hatte sie tun wollen, wie sie mir erzählt hatte, und wahrscheinlich war es auch der Fall.

Eines Sonntag morgens, als ich mit Hampton in unserem Wohnzimmer saß, einen Joint mit dem neuen samenlosen Gras rauchte und Zeichentrickfilme für Kinder im Fernsehen sah, erhielt ich – überraschend – einen Telefonanruf von Tim.

„Hallo, Angel“, sagte er mit seiner herzlichen, warmen Stimme. „Ich hoffe, der Anruf kommt dir nicht ungelegen.“

„Ich freue mich“, gelang es mir zu sagen, während ich mich fragte, ob ich wirklich Tims Stimme hörte oder sie, des Stoffes wegen, halluzinierte. „Wie geht es dir? Ich habe . . .“

„Der Grund für meinen Anruf ist“, unterbrach Tim, als hätte ich nichts gesagt, als hätte er mich nicht gehört, „daß ich nächste Woche in Berkeley bin – ich nehme an einer Konferenz im Claremount Hotel teil –, und ich würde mich gern mit dir treffen.“

„Großartig“, rief ich hoch erfreut.

„Können wir zusammen essen gehen? Du kennst die Restaurants in Berkeley besser als ich. Du kannst dir aussuchen, was dir am besten gefällt.“

Zögernd fragte ich, wie es ihm ergangen war.

„Hier unten läuft alles gut“, antwortete Tim. „Ich bin sehr beschäftigt. Nächsten Monat fliege ich nach Israel. Ich möchte mit dir darüber reden.“

„Oh“, sagte ich. „Das klingt nach einer Menge Spaß.“

„Ich will den *wadi* besuchen“, erklärte Tim. „Wo die Zadokit-Dokumente gefunden worden sind. Sie sind inzwischen alle übersetzt. Einige der Schlußfragmente erwiesen sich als äußerst interessant. Aber ich werde dir davon erzählen, wenn ich dich sehe.“

„Ja“, sagte ich, mich für das Thema erwärmend. Wie immer war Tims Begeisterung ansteckend. „Ich habe einen langen Artikel im *Scientific American* gelesen. Einige der letzten Fragmente . . .“

„Ich hole dich Mittwochabend ab“, versprach Tim. „Von deinem Haus. Wenn es dir nichts ausmacht, zieh dir ein Abendkleid an.“

„Du weißt . . .“

„Oh, natürlich weiß ich noch, wo du wohnst.“

Mir schien, daß er mit Höchstgeschwindigkeit sprach. Oder war das Dope dafür verantwortlich? Nein, das Gras würde die Dinge verlangsamen. Panikerfüllt sagte ich: „Mittwochabend arbeite ich im Laden.“

Als hätte er mich nicht gehört, sagte Tim: „Gegen acht – ich sehe dich dann. Auf Wiedersehen, Liebes.“ Klick. Er hatte aufgelegt.

Mist, sagte ich zu mir. Ich arbeite Mittwochabend bis neun. Nun, ich brauche nur einen der Angestellten zu bitten, mich zu vertreten. Ich werde es nicht versäumen, mit Tim vor seiner Abreise nach Israel essen zu gehen. Dann fragte ich mich, wie lange er drüben bleiben würde. Wahrscheinlich für einige Zeit. Er war schon einmal dort gewesen und hatte eine Zeder gepflanzt. Ich erinnere mich daran – die Medien hatten groß darüber berichtet.

„Wer war das?" fragte Hampton, der in Jeans und T-Shirt vor dem Fernseher saß, mein großer, schlanker, verbitterter Freund mit seinen schwarzen Drahthaaren und seiner Brille.

„Mein Schwiegervater", sagte ich. „Mein ehemaliger Schwiegervater."

„Jeffs Vater", nickte Hampton. Ein schiefes Lächeln erschien auf seinem Gesicht. „Ich habe eine Idee, was man mit Leuten machen sollte, die Selbstmord begehen. Ich glaube, es sollte ein Gesetz geben, nach dem jemand, der Selbstmord begangen hat, in ein Clownkostüm gesteckt und in diesem Aufzug fotografiert wird. Und sein Bild sollte in den Zeitungen veröffentlich werden. Wie Sylvia Plath. Vor allem Sylvia Plath." Hampton erzählte dann, wie Plath und ihre Freundinnen – nach Hamptons Vorstellung – sich ein Spiel ausgedacht hatten, um herauszufinden, wer von ihnen am längsten den Kopf in den Küchenherd stecken konnte, und alle waren – „Ätsch!" – unter Gekicher dabei draufgegangen.

„Das ist nicht komisch", sagte ich und ging in die Küche.

Hampton rief mir nach: „Du wirst doch nicht deinen Kopf in den Herd stecken, oder?"

„Leck mich", sagte ich.

„ . . . mit einer großen roten Gummibirne als Nase", schwatzte Hampton vor sich hin. Seine Stimme und der Lärm des Fernsehers waren zuviel für mich. Ich hielt mir die Ohren zu, um den Lärm auszusperren. „Kopf aus dem Herd!" brüllte Hampton.

Ich ging zurück ins Wohnzimmer und schaltete den Fernseher aus. Ich drehte mich zu Hampton herum und sagte: „Diese beiden Menschen haben große Schmerzen erlitten. Es ist nichts Komisches an jemandem, der an derartigen Schmerzen leidet."

Grinsend kauerte Hampton auf dem Boden und schaukelte hin und her. „Und große schlaffe Hände", sagte er. „Clownhände."

Ich öffnete die Haustür. „Bis später. Ich mache einen Spaziergang." Ich schlug die Tür hinter mir zu.

Die Haustür flog auf. Hampton trat auf die Veranda, legte die Hände an den Mund und rief: „Ätsch, ich werde meinen Kopf in den Herd stecken. Mal sehen, ob die Babysitterin rechtzeitig kommt. Glaubst du, daß sie rechtzeitig hier sein wird?"

Ich sah mich nicht um. Ich ging weiter.

Während ich spazierenging, dachte ich über Tim nach, und ich dachte an Israel und wie es dort wohl sein mochte, die Hitze, die Wüste und die Berge, die *kibbutzim,* die den Boden bestellten, den uralten Boden, der schon seit Jahrtausenden bestellt wurde, den die Juden lange vor der Zeit Christi kultiviert hatten. Vielleicht würden sie Tims Aufmerksamkeit auf den Boden lenken. Und fort vom Jenseits. Zurück auf die Realität, dorthin zurück, wo sie hingehörte.

Ich bezweifelte es, aber vielleicht irrte ich mich. Dann wünschte ich, Tim begleiten zu können – meine Stellung im Musikladen aufgeben, einfach abreisen und verschwinden. Vielleicht nie zurückkehren. Für immer in Israel bleiben. Staatsbürgerin werden. Zum jüdischen Glauben konvertieren. Falls sie mich dort haben wollten. Tim konnte es wahrscheinlich arrangieren. Vielleicht würde ich in Israel aufhören, Metaphern zu mischen und mich wieder den Gedichten zuwenden. Vielleicht würde mein Verstand aufhören, Probleme durch wiederaufbereitete Worte lösen zu wollen. Gebrauchte Sätze, hier und dort entliehene Stücke, Fragmente aus meiner Zeit an der Universität, wo ich sie gelernt, aber nicht verstanden, verstanden, aber nicht angewendet hatte, und wenn doch, dann ohne Erfolg. Eine Zuschauerin des Untergangs ihrer Freunde, sagte ich mir, eine, die auf einem Notizblock die Namen jener notiert, die sterben, und der es nicht gelang, sie zu retten, nicht einen von ihnen.

Ich werde Tim fragen, ob ich mit ihm gehen kann. Tim wird nein sagen – er muß nein sagen –, aber nichtsdestotrotz werde ich ihn fragen.

Um Timothy in der Realität zu verankern, erkannte ich, werden sie zunächst seine Aufmerksamkeit erregen müssen, und wenn er noch immer auf Dex ist, wird es ihnen nicht gelingen. Seine Gedanken werden für alle Zeiten wandern und schweifen und hinaus in die Leere kreisen, die großen Konzepte des Himmels durchdenken – sie werden es versuchen, und wie ich werden sie versagen. Wenn ich mit ihm gehe, kann ich vielleicht helfen, dachte ich. Die Israelis und ich könnten vielleicht schaffen, was ich allein nie geschafft habe. Ich werde ihre Aufmerksamkeit auf ihn lenken, und sie wiederum werden seine Aufmerksamkeit auf die Erde unter ihren Füßen lenken. Jesus, dachte ich, ich muß mit ihm gehen. Es ist notwendig. Weil sie keine Zeit haben werden, das Problem zu erkennen. Er wird ihr Land durchstreifen, mal hier, mal dort sein, sich irgendwo niederlassen, niemals lange genug verweilen, niemals zulassen, daß sie . . .

Ein Auto hupte mich an. Ich hatte die Straße betreten, sie unbewußt, ohne mich umzublicken, überquert.

„Entschuldigung", sagte ich zu dem Fahrer, der mich anstarrte.

Ich bin nicht besser als Tim, erkannte ich. Ich wäre ihm keine Hilfe in Israel. Aber trotzdem, dachte ich, ich wünschte mir, ich könnte mit ihm gehen.

13

Am Mittwochabend holte mich Tim in einem gemieteten Pontiac ab. Ich trug ein schwarzes, trägerloses Kleid und eine kleine perlenbesetzte Handtasche. In mein Haar hatte ich eine Blume gesteckt, und als Tim die Wagentür aufhielt, betrachtete er mich und bemerkte, daß ich bezaubernd aussah.

„Danke“, sagte ich scheu.

Wir fuhren zum Restaurant an der University Avenue, direkt hinter Shattuck, ein chinesisches Restaurant, das erst kürzlich eröffnet wurde. Ich war noch nie dort gewesen, aber im Musikladen hatten mir einige Kunden erzählt, daß es die neue erste Adresse in der Stadt war, was das Essen anbetraf.

„Hast du schon immer dein Haar so hochtoupiert getragen?“ fragte Tim, als uns die Empfangsdame zu unserem Tisch führte.

„Ich habe es mir für heute abend machen lassen“, erklärte ich. Dann zeigte ich ihm meine Ohrringe. „Jeff hat sie mir vor Jahren geschenkt. Normalerweise trage ich sie nicht – ich habe Angst, einen zu verlieren.“

„Du hast etwas an Gewicht verloren.“ Er schob meinen Stuhl zurück, und nervös nahm ich Platz.

„Es liegt an der Arbeit. Bestellungen bis spät in die Nacht.“

„Was macht das Anwaltsbüro?“

„Ich führe einen Plattenladen“, sagte ich.

„Ja“, nickte Tim. „Du hast mir dieses Album von *Fidelio* besorgt. Ich hatte bisher kaum Gelegenheit, es abzuspielen . . .“ Dann schlug er die Speisekarte auf. Darin vertieft, wandte er seine Aufmerksamkeit von mir ab. Wie leicht diese Aufmerksamkeit doch nachläßt, dachte ich. Oder vielmehr ihren Brennpunkt ändert. Nicht die Aufmerksamkeit ändert sich, sondern das Objekt der Aufmerksamkeit. Er muß in einer sich endlos veränderten Welt leben. Die personifizierte fließende Welt Heraklids.

Es gefiel mir, daß Tim noch immer seine Priesterkleidung trug. Ist das legal, fragte ich mich. Nun, es ist nicht meine Sache. Ich griff nach meiner Speisekarte. Die Küche hier war mandarinisch, nicht kantonesisch. Die Speisen würden würzig und heiß, nicht süß sein und mit viel Nüssen serviert werden. Ingwerwurzel, sagte ich mir. Ich fühlte mich hungrig und glücklich, und ich war sehr froh, wieder mit meinem Freund zusammen zu sein.

„Angel“, sagte Tim, „komm mit mir nach Israel.“

Ich starrte ihn an und sagte: „Was?“

„Als meine Sekretärin.“

Ich starrte ihn noch immer an. „Du meinst, ich soll Kirstens Platz einnehmen?“ Dann begann ich zu zittern. Ein Kellner kam heran. Ich winkte ihn fort.

„Möchten Sie etwas trinken?“ fragte der Kellner, meine Geste ignorierend.

„Verschwinden Sie“, fuhr ich ihn mit einem drohenden Unterton an. „Der verdammte Kellner“, sagte ich zu Tim. „Wovon redest du? Ich meine, was für eine Art . . .“

„Nur als meine Sekretärin. Ich spreche nicht von einem persönlichen Verhältnis, nichts in dieser Art. Hast du gedacht, ich wollte dich bitten, meine Geliebte zu werden? Ich brauche jemanden, der Kirstens Arbeit übernimmt. Ich habe festgestellt, daß ich es ohne sie nicht schaffe.“

„Jesus“, sagte ich. „Ich dachte, du meintest, als deine Geliebte.“

„Das kommt nicht in Frage“, sagte Tim in dem strengen, festen Tonfall, der bedeutete, daß er keine Scherze machte. Daß er, um genau zu sein, ungehalten war. „Für mich bist du noch immer meine Schwiegertochter.“

„Ich führe den Plattenladen“, erinnerte ich.

„Mein Budget ist sehr großzügig bemessen. Ich kann dir wahrscheinlich ebensoviel zahlen wie dir dein Plattenladen zahlt.“

„Laß mich darüber nachdenken.“ Ich winkte den Kellner heran. „Einen Martini“, sagte ich zu ihm. „Für den Bischof nichts.“

Tim lächelte ironisch. „Ich bin kein Bischof mehr.“

„Ich kann nicht“, erklärte ich. „Mit nach Israel kommen. Ich habe hier zu viele Bindungen.“

Mit leiser Stimme sagte Tim: „Wenn du nicht mit mir kommst, werde ich nie . . .“ Er brach ab. „Ich habe Dr. Garret wiedergesehen. Kürzlich. Jeff kam aus dem Jenseits zurück. Er sagt, daß ich in Israel sterben werde, wenn ich dich nicht mitnehme.“

„Das ist völliger Unsinn“, sagte ich. „Völliger, absoluter Quatsch. Ich dachte, du hättest damit aufgehört.“

„Es hat weitere Phänomena gegeben. Er ging nicht näher darauf ein. Sein Gesicht, stellte ich fest, wirkte erschöpft und blaß.

Ich griff nach Tims Hand. „Rede nicht mit Garret. Rede mit mir. Ich sage: Geh nach Israel, und zum Teufel mit dieser alten Frau. Es war nicht Jeff – sie war es. Du weißt das.“

„Die Uhren“, sagte Tim. „Sie sind stehengeblieben. Sie zeigen Kirstens Todesstunde an.“

„Selbst wenn . .. “ begann ich.

„Ich glaube, es waren vielleicht beide“, sagte Tim.

„Geh nach Israel“, wiederholte ich. „Sprich dort mit den Menschen, mit den Menschen Israels. Wenn jemals ein Volk in der Realität verwurzelt war, dann . . .“

„Ich werde nicht viel Zeit haben. Ich muß sofort zur Wüste am Toten Meer und den *wadi* finden. Ich muß rechtzeitig zu einem Treffen mit Buckminster Fuller zurück sein. Ich glaube, daß es Buckminster ist, mit dem ich mich treffen soll.“ Er griff nach seiner Jacke. „Ich habe es notiert.“

„Ich hatte den Eindruck, daß Buckminster Fuller tot ist", bemerkte ich.

„Nein, ich bin sicher, du irrst dich." Er sah mich an. Ich sah zurück. Und dann, nach und nach, begannen wir zu lachen.

„Siehst du?" sagte ich und hielt noch immer die Hand des Bischofs fest. „Ich wäre keine Hilfe für dich."

„Sie sagen, du wärest es doch", erwiderte Tim. „Jeff und Kirsten."

„Tim", mahnte ich, „denk an Wallenstein."

„Ich habe die Wahl", sagte Tim mit leiser, aber klarer Stimme in einem Tonfall neugewonnener Autorität, „zwischen dem Glauben an das Unmögliche und das Dumme – auf der einen Seite – und . . ."

„Und dem Unglauben", schloß ich.

„Wallenstein wurde ermordet", erklärte Tim.

„Ich habe Angst", sagte Tim.

„Tim", entgegnete ich, „das Schlimmste ist dieser okkulte Mist. Ich weiß es. Glaube mir. Er hat Kirsten getötet. Du hast es erkannt, als sie starb – erinnerst du dich? Du kannst nicht wieder mit diesem Zeug anfangen. Du wirst den Boden verlieren, den . . ."

„‚Besser ein lebender Hund'", zitierte Tim, „‚als ein toter Löwe.' Damit meine ich: Es ist besser, an Unsinn zu glauben, als realistisch und skeptisch und wissenschaftlich und rationell zu sein und in Israel zu sterben."

„Dann geh einfach nicht."

„Dort im *wadi* gibt es etwas, was ich wissen muß. Was ich finden muß. Der *anokhi,* Angel, der Pilz. Er ist dort irgendwo, und dieser Pilz ist Christus. Der wirkliche Christus, von dem Jesus gesprochen hat. Jesus war der Botschafter des *anokhi,* bei dem es sich um die wahre heilige Kraft handelt, die wahre Quelle. Ich will ihn sehen. Ich will ihn finden. Er wächst in den Höhlen. Ich weiß, daß es so ist."

Ich sagte: „Es war so."

„Er ist heute noch dort. Christus ist heute noch dort. Christus hat die Macht, die Ketten des Schicksals zu sprengen. Für mich gibt es nur eine Möglichkeit zu überleben – wenn jemand die Ketten des Schicksals sprengt und mich befreit. Andernfalls werde ich Jeff und Kirsten folgen. Das ist es, was Christus macht. Er stürzt die alten planetarischen Mächte. Paulus erwähnt dies in seinen Briefen aus der Gefangenschaft . . . Christus steigt von Sphäre zu Sphäre empor."

„Du sprichst von Magie."

„Ich spreche von Gott!"

„Gott ist überall."

„Gott ist im *wadi.* Die Parusie, die Göttliche Gegenwart. Für die Zadokiten war sie dort. Sie ist jetzt da. Die Macht des Schicksals ist im Grunde die Macht der Welt, und nur Gott in Gestalt Christi kann die Macht der Welt brechen. Es steht im Buch der Spinner geschrieben, daß ich sterben werde, wenn mich nicht Christi Blut und Leib errettet." Er erklärte: „Die Zadokit-Dokumente erwähnen ein Buch, in dem die Zukunft eines jeden Menschen seit Anbeginn der Schöpfung niedergeschrieben ist. Das Buch der Spinner – es ist etwas Ähnliches wie die Thora. Die Spinner sind das personifizierte Schicksal, wie die Nornen in der germanischen Mythologie. Sie weben das Glück des Menschen, informieren ihn über sein Schicksal, und dann, durch seine absolute Weisheit, zeigt Christus dem Menschen den Weg, auf dem er seinem Schicksal entgehen kann. Die Straße nach draußen." Dann schwieg er. „Wir sollten besser bestellen. Andere Leute warten schon."

Ich sagte: „Prometheus stahl für den Menschen das Feuer, das Geheimnis des Feuers. Christus bringt das Buch der Spinner an sich, liest es und gibt dann die Informationen an den Menschen weiter, um ihn zu retten."

„Ja." Tim nickte. „Es ist in etwa der gleiche Mythos. Nur ist dies kein Mythos – Christus existiert tatsächlich. Als Geist, dort im *wadi.*"

„Ich kann nicht mit dir gehen", sagte ich, „und es tut mir leid. Du wirst allein gehen müssen, und dann wirst du erkennen, daß Dr. Garret an deine Ängste appelliert, genau wie sie an Kirsten Ängste appelliert und sie böswillig verstärkt hat."

„Du könntest mich fahren."

„Es gibt Fahrer in Israel, die sich in der Wüste auskennen. Ich weiß nicht das geringste über die Wüste am Toten Meer."

„Du hast einen hervorragenden Orientierungssinn."

„Ich verirre mich. Ich habe mich bereits verirrt. Ich wünschte, ich könnte mit dir gehen, aber ich habe meine Arbeit und mein Leben und meine Freunde. Ich möchte Berkeley nicht verlassen – es ist mein Zuhause. Es tut mir leid, aber das ist die reine Wahrheit. Ich bin einfach noch nicht soweit, von hier fortzugehen." Mein Martini wurde serviert. Ich stürzte ihn auf einmal hinunter, in einem krampfartigen Schluck, nach dem ich keuchte.

„Der *anokhi*", sagte Tim, „ist das pure Bewußtsein Gottes. Er ist deshalb Hagia Sophia, Gottes Weisheit. Nur diese Weisheit, die absolut ist, kann das Buch der Spinner lesen. Sie kann das Geschriebene nicht ändern, aber sie kann einen Weg finden, das Buch zu überlisten. Das Geschriebene ist festgelegt. Es wird sich nie verändern." Er wirkte jetzt niedergeschlagen. Er hatte resigniert. „Ich brauche diese Weisheit, Angel. Weniger kann mir nicht helfen."

„Du bist wie Satan", sagte ich, und dann wurde mir bewußt, daß das die Wirkung des Gins war, die mich plötzlich getroffen hatte. Ich hatte das nicht sagen wollen.

„Nein", widersprach Tim, aber dann nickte er. „Ja, das bin ich."

„Es tut mir leid, daß ich das gesagt habe", erklärte ich.

„Ich will nicht wie ein Tier sterben. Wenn die Schrift gelesen werden kann, dann kann man auch eine Lösung finden. Christus hat die

Macht, sie zu finden. Hagia Sophia – Christus. Sie sind von der Hypostase des Alten Testaments ins Neue homologisiert worden.“ Er konnte mich nicht zum Nachgeben bewegen, und er wußte es. „Warum nicht, Angel?“ fragte er. „Warum willst du nicht mitkommen?“

„Weil ich nicht in der Wüste am Toten Meer sterben möchte.“

„In Ordnung. Ich gehe allein.“

„Jemand sollte all das überleben“, fügte ich hinzu.

Tim nickte. „Ich möchte, daß du überlebst, Angel. Also bleib hier. Ich entschuldige mich für . . .“

„Bitte, verzeih mir“, sagte ich.

Er lächelte matt. „Du könntest auf einem Kamel reiten.“

„Sie riechen schlecht“, bemerkte ich. „Zumindest habe ich das gehört.“

„Wenn ich den *anokhi* finde, werde ich Zugang zu Gottes Weisheit haben. Nachdem sie seit über zweitausend Jahren aus der Welt verschwunden war. Das ist es, wovon die Zadokit-Dokumente handeln, von dieser Weisheit, die uns einst zur Verfügung stand. Stell dir vor, was das bedeuten würde!“

Der Kellner trat an unseren Tisch und fragte uns, ob wir bestellen wollten. Ich sagte ja. Tim sah sich verwirrt um, als ob er sich erst jetzt seiner Umgebung bewußt wurde. Das Herz wurde mir schwer, als ich ihn so verwirrt sah. Aber ich hatte eine Entscheidung getroffen. Mein Leben, so wie es war, bedeutete mir zuviel. Vor allem fürchtete ich mich davor, in der Nähe dieses Mannes zu sein. Es hatte Kirsten das Leben gekostet und, auf subtile Weise, auch meinen Mann. Ich wollte das alles hinter mir lassen.

Matt, ohne Anteilnahme, gab Tim beim Kellner seine Bestellung auf. Er schien mich jetzt gar nicht mehr wahrzunehmen, als ob ich mit der Umgebung verschmolzen wäre. Ich griff nach meiner Speisekarte, und dort sah ich, was ich wollte. Was ich wollte, war unmittelbar, gegeben, wirklich, faßbar. Es gehörte zu dieser Welt, und es konnte berührt und ergriffen werden. Es hatte mit meinem Haus und meiner Arbeit zu tun, und es hatte damit zu tun, diese Ideen endgültig aus meinen Gedanken zu verbannen, Ideen über andere Ideen, die sich unendlich weit zurückverfolgen ließen, die ewig kreisten.

Das Essen schmeckte wundervoll. Tim und ich aßen mit Vergnügen. Meine Kunden hatten recht gehabt.

„Böse auf mich?“ fragte ich, als wir fertig waren.

„Nein. Glücklich, weil du überleben wirst. Und du wirst so bleiben, wie du bist.“ Dann zeigte er mit einem befehlenden Gesichtsausdruck auf mich. „Aber wenn ich das finde, wonach ich suche, *werde ich mich verändern.* Ich werde nicht der bleiben, der ich bin. Ich habe all die Dokumente gelesen, aber die Antwort steht nicht in ihnen. Sie ist im *wadi.* Ich gehe ein Risiko ein, aber das ist es wert.

Ich bin bereit, das Risiko auf mich zu nehmen, weil ich vielleicht den *anokhi* finden werde, und ich weiß einfach, daß es das wert ist."

Von plötzlicher Erkenntnis überwältigt, sagte ich: „Es hat keine weiteren Phänomena gegeben."

„Richtig."

„Und du bist nicht zu Dr. Garret zurückgegangen."

„Richtig." Er machte keinen zerknirschten Eindruck.

„Das hast du nur gesagt, um mich dazu zu bringen, mit dir zu kommen."

„Ich will dich bei mir haben. Damit du mich fahren kannst. Andernfalls . . . Ich habe Angst, nicht das zu finden, wonach ich suche."

„Scheiße", sagte ich. „Ich habe dir geglaubt."

„Ich habe Träume gehabt", erklärte Tim. „Beunruhigende Träume. Aber keine Nadeln unter meinen Fingernägeln. Kein versengtes Haar. Keine stehengebliebenen Uhren."

Stockend sagte ich: „So sehr wolltest du, daß ich mit dir komme." Einen Moment lang spürte ich Unruhe in mir, den Drang, mit ihm zu gehen. „Du glaubst, daß es mir ebenfalls guttun würde."

„Ja. Aber du willst nicht mitkommen." Er lächelte sein vertrautes weises Lächeln. „Ich habe es versucht."

„Bewege ich mich in eingefahrenen Gleisen? Indem ich in Berkeley lebe?"

„Du bist eine berufsmäßige Studentin", erklärte Tim.

„Ich führe einen Plattenladen."

„Deine Kunden sind Studenten und Dozenten. Du bist noch immer mit der Universität verbunden. Du hast die Schnur noch nicht zerschnitten. Solange du das nicht tust, wirst du nicht richtig erwachsen werden."

„Ich bin in der Nacht geboren worden, in der ich Bourbon getrunken und die *Komödie* gelesen habe. Als ich diesen entzündeten Zahn hatte."

„Deine Geburt hat *begonnen*. Du weißt von der Geburt. Aber erst wenn du nach Israel kommst – dort wirst du geboren werden, dort in der Wüste am Toten Meer. Dort hat das spirituelle Leben des Menschen begonnen, am Berg Sinai, mit Moses. *Ehyeh* sprach . . . die Theophanie. Der größte Augenblick in der Geschichte der Menschheit."

„Ich bin nahe daran, mitzukommen", sagte ich.

„Dann komm." Er streckte seine Hand aus.

Ich sagte schlicht: „Ich habe Angst."

„Das ist das Problem", bestätigte Tim. „Das ist das Erbe der Vergangenheit: Jeffs Tod und Kirstens Tod. Das ist es, was es dir angetan hat, dauerhaft angetan hat. Seidem fürchtest du dich vor dem Leben."

„‚Besser ein lebender Hund . . .'"

„Aber", unterbrach Tim, „du bist nicht wirklich lebendig. Du bist noch immer ungeboren. Das ist es, was Jesus mit der zweiten Geburt gemeint hat, der Geburt im oder durch den Geist, der Geburt von oben. Das ist es, was in der Wüste wartet. Das ist es, was ich finden werde."

„Finde es", sagte ich, „aber finde es ohne mich."

„‚Er der sein Leben gegeben hat . . .'"

„Zitiere nur nicht die Bibel", wehrte ich ab. „Ich habe genug Zitate gehört, eigene und die von anderen. In Ordnung?"

Tim streckte die Hand aus, und feierlich, ohne etwas zu sagen, gaben wir uns die Hände. Dann lächelte er leise. Nach einer Weile ließ er meine Hand los und warf dann einen Blick auf seine goldene Taschenuhr. „Ich muß dich nach Hause bringen. Ich habe heute abend noch eine Verabredung. Du wirst es verstehen – du kennst mich."

„Ja", sagte ich. „Es ist in Ordnung. Tim, du bist ein Meisterstratege. Ich habe dich beobachtet, als du Kirsten kennengelernt hast. Du hast heute abend alles versucht, um mich schwankend zu machen." Und du hättest mich fast überredet, dachte ich. Noch ein paar Minuten länger – und ich hätte nachgegeben.

„Es ist meine Aufgabe, Seelen zu retten", sagte Tim rätselhaft. Ich wußte nicht, ob es ironisch oder ernst gemeint war. Ich wußte es einfach nicht. „Deine Seele ist es wert, gerettet zu werden", fuhr er dann fort, als er sich erhob. „Es tut mit leid, dich drängen zu müssen, aber wir müssen gehen."

Du bist immer in Eile gewesen, dachte ich, als ich ebenfalls aufstand. „Es war ein herrliches Abendessen", erklärte ich.

„Tatsächlich? Ich habe es nicht bemerkt. Offenbar bin ich mit meinen Gedanken ganz woanders. Ich muß noch soviel erledigen, bevor ich nach Israel fliege. Jetzt, wo Kirsten nicht mehr alles für mich arrangiert . . . Sie hat so gute Arbeit geleistet."

„Du wirst jemand anders finden", sagte ich.

„Ich dachte, ich hätte dich gefunden. Heute abend war ich der Fischer. Ich habe nach dir gefischt und dich nicht gefunden."

„Vielleicht ein andermal."

„Nein", sagte Tim. „Es wird kein anderes Mal geben." Er ging nicht näher darauf ein. Er brauchte es nicht. Ich wußte, daß es so war, aus dem einen oder anderen Grund. Ich spürte es. Tim hatte recht.

Als Timothy Archer nach Israel flog, wurde es kurz in den NBC-Nachrichten gemeldet, so wie sie den Abflug der Zugvögel melden würden, ein Vorfall, der sich zu oft ereignete, um wichtig zu sein, und der dennoch etwas war, wovon die Zuschauer erfahren sollten, als Erinnerung (so schien es), daß der episkopalische Bischof Timothy Archer noch immer existierte und noch immer in weltlichen Angelegenheiten aktiv und unterwegs war.

Und dann hörten wir, das amerikanische Volk, ungefähr eine Woche lang nichts.

Ich bekam eine Karte von ihm, aber die Karte traf erst nach den Schlagzeilen ein, nach der sensationellen Meldung, daß man Bischof Archers verlassenen Datsun gefunden hatte, mit geöffneter Heckklappe neben der kleinen, schlechten, kurvenreichen Straße, auf einem Felsvorsprung, die Tankstellenkarte noch immer auf dem rechten Vordersitz, wo er sie liegen lassen hatte.

Die israelische Regierung unternahm alles in ihrer Macht Stehende und das rasch. Sie setzte Soldaten ein und – Scheiße. Sie setzte alles ein, was sie hatte, aber die Presseleute wußten, daß Tim Archer in der Wüste am Toten Meer gestorben war, weil man dort nicht leben kann, auf Berge hinauf und in Schluchten hinunterkletternd. Man kann dort nicht überleben, und am Ende fanden sie seine Leiche, und es sah aus, erzählte einer der anwesenden Reporter, als ob er betend kniete. Aber in Wirklichkeit war Tim abgestürzt, sehr tief, einen Felshang hinunter. Und ich fuhr wie gewöhnlich zum Plattenladen und öffnete ihn zum Geschäftsbeginn und legte Geld in die Kasse, und diesmal weinte ich nicht.

Warum hatte er sich keinen professionellen Fahrer genommen, fragten die Presseleute. Warum hatte er sich allein mit einer Tankstellenkarte und zwei Flaschen Limonade in die Wüste gewagt – ich kannte die Antwort. Weil er in Eile war. Zweifellos kostete es in seinen Augen zuviel Zeit, einen Fahrer zu suchen. Er konnte nicht warten. Wie an jenem Abend, als er mit mir in dem chinesischen Restaurant war, mußte Tim weiter. Er konnte nicht an einem Ort bleiben. Er war ein beschäftigter Mann, und er eilte weiter, er eilte hinaus in die Wüste in diesem kleinen Vierzylinder, der nicht einmal auf den kalifornischen Schnellstraßen sicher ist, wie Bill Lundborg festgestellt hat. Diese Kleinwagen sind gefährlich.

Von ihnen allen liebte ich ihn am meisten. Ich wußte nicht, als ich die Neuigkeit hörte, wußte es auf eine andere Weise, als ich es bisher gewußt hatte. Davor war es ein Gefühl gewesen, eine Emotion. Aber als ich erfuhr, daß er tot war, verwandelte mich dieses Wissen in einen kranken Menschen, der hinkte und kroch, aber weiter zur Arbeit fuhr und die Kasse füllte und ans Telefon ging und Kunden fragte, ob er ihnen helfen könnte. Ich war nicht krank, wie ein Mensch krank ist oder wie ein Tier krank ist. Ich wurde krank wie eine Maschine. Ich bewegte mich noch immer, aber meine Seele starb, meine Seele, die, wie Tim gesagt hatte, niemals richtig geboren worden war, aber ein wenig geboren und von dem Wunsch erfüllt, mehr geboren, ganz geboren zu werden.

Die Seele, die ich im Laufe jener Woche verlor, kehrte nie wieder zurück. Ich bin jetzt, Jahre später, eine Maschine. Eine Maschine hörte die Nachricht von John Lennons Tod, und eine Maschine trauerte und grübelte und fuhr nach Sausolito, um an Edgar Barefoots Seminar teilzunehmen, weil das die Art einer Maschine ist. Auf diese Weise reagiert eine Maschine auf das Entsetzliche. Eine Maschine weiß es nicht besser. Sie knirscht einfach weiter, und vielleicht brummt sie. Das ist alles, was sie tun kann. Man kann nicht mehr von einer Maschine erwarten. Intellektuell versteht sie, aber in ihrem Herzen gibt es kein Verstehen, denn ihr Herz ist ein mechanisches, dazu bestimmt, als Pumpe zu dienen.

Und so pumpt es, und so holpert und poltert die Maschine weiter, und sie weiß es, ohne es zu wissen. Und sie macht ihre Arbeit weiter. Sie lebt das, was sie für ein Leben hält. Sie hält sich an ihr Programm und achtet die Gesetze. Sie übertritt mit ihrem Wagen nicht die Geschwindigkeitsbeschränkung auf der Richardson Bridge, und sie sagt zu sich selbst: Ich habe die Beatles nie gemocht. Ich fand sie langweilig. Jeff hat *Rubber Soul* mit nach Hause gebracht, und wenn ich es höre . . . Sie wiederholt, was sie gedacht und gehört hat, die Simulation des Lebens. Einst hat sie gelebt, und jetzt hat sie ihr Leben verloren. Ein Leben war beendet. Sie weiß, sie weiß was nicht, wie es in den Philosophiebüchern von einem verwirrten Philosophen heißt, ich weiß nicht mehr, welcher. Vielleicht Locke. „Und Locke glaubt, (w)er weiß was nicht." Ich fand sie beeindruckend, diese Satzwendung. Ich achte auf so etwas. Mich ziehen kluge Sätze an, die für mich guter englischer Prosastil sind.

Ich bin eine Berufsstudentin, und ich werde eine bleiben. Ich werde mich nicht ändern. Meine Gelegenheit, mich zu ändern, kam und wurde von mir vertan. Jetzt bin ich festgefahren und, wie ich zu sagen pflege, ich weiß, aber ich weiß nicht, was.

14

Edgar Barefoot stand vor uns, lächelte ein Mondscheinlächeln und sagte: „Was wäre, wenn ein Symphonieorchester nur bestrebt wäre, zur letzten Koda zu kommen? Was würde dann aus der Musik? Ein einziges großes Getöse, das so schnell wie möglich endet. Die Musik liegt im Prozeß, in der Entwicklung – wenn man sie beschleunigt, vernichtet man sie. Dann hört die Musik auf. Ich möchte, daß Sie darüber nachdenken."

In Ordnung, sagte ich zu mir. Ich werde darüber nachdenken. Es gibt nichts, worüber ich an diesem Tag lieber nachdenken würde. Etwas ist geschehen, etwas Wichtiges, aber ich möchte mich nicht daran erinnern. Niemand möchte es. Ich sehe diese Reaktion überall in meiner Umgebung. Meine Reaktion bei den anderen Leuten hier auf diesem gemütlichen Hausboot am Tor fünf. Wo man hundert Dollar bezahlt – die gleiche Summe, glaube ich, die Tim und Kirsten diesem verrückten, diesem quacksalberischen Medium in Santa Barbara gezahlt haben, das uns alle zerstört hat.

Einhundert Dollar scheint die magische Summe zu sein. Sie öffnet die Tür zur Erleuchtung. Aus diesem Grund bin ich hier. Mein Leben ist der Suche nach Erleuchtung gewidmet, wie das Leben der anderen um mich herum. Dies ist es, was der Lärm der Bucht, der Krach und das Getöse bedeuten. Dafür existieren wir: um zu lernen. Lehren Sie uns, Barefoot. Erzählen Sie mir etwas, das ich nicht weiß. Mir mangelt es an Verständnis, und ich sehne mich nach dem Wissen. Sie können mit mir anfangen, ich bin die aufmerksamste Ihrer Schüler. Ich glaube alles, was Sie von sich geben. Ich bin die perfekte Närrin, hierhergekommen, um zu nehmen. Fahren Sie fort mit den Geräuschen. Sie schläfern mich ein, und ich vergesse.

„Junge Dame", sagte Barefoot.

Verblüfft wurde mir klar, daß er mit mir sprach.

„Ja", sagte ich und stand auf.

„Wie heißen Sie?" fragte Barefoot.

„Angel Archer", antwortete ich.

„Warum sind Sie hier?"

„Um zu fliehen", sagte ich.

„Vor was?"

„Vor allem", sagte ich.

„Warum?"

„Es tut weh", sagte ich.

„Sie meinen John Lennon?"

„Ja", sagte ich. „Und mehr. Andere Dinge."

„Sie sind mir aufgefallen", erklärte Barefoot, „weil Sie geschlafen haben. Vielleicht haben Sie es nicht bemerkt. Haben Sie es bemerkt?"

„Ich habe es bemerkt", sagte ich.

„Wollen Sie, daß ich Sie so sehe? Als Schlafende?"

„Lassen Sie mich in Ruhe", sagte ich.

„Dann lasse ich Sie schlafen."

„Ja", sagte ich.

„‚Der Klang einer klatschenden Hand'", zitierte Barefoot.

Ich sagte nichts.

„Wollen Sie, daß ich Sie schlage? Um Sie zu wecken?"

„Es ist mir egal", sagte ich. „Es spielt für mich keine Rolle."

„Was müßte ich tun, um Sie zu wecken?" fragte Barefoot.

Ich antwortete nicht.

„Mein Beruf ist es, Leute zu wecken."

„Sie sind ein Fischer."

„Ja, ich fische nach Fischen. Nicht nach Seelen. Ich kenne mich mit der ‚Seele' nicht aus – ich kenne mich nur mit Fischen aus. Ein Fischer fischt nach Fischen. Wenn er denkt, nach etwas anderem zu fischen, ist er ein Narr. Er täuscht sich und jene, nach denen er fischt."

„Dann fischen Sie nach mir", sagte ich.

„Was wollen Sie?"

„Niemals aufwachen."

„Dann kommen Sie zu mir herauf", sagte Barefoot. „Kommen Sie herauf und treten Sie neben mich. Ich werde Sie lehren, wie man schläft. Es ist genauso schwer zu schlafen, wie zu erwachen. Sie schlafen armselig, ohne Talent. Ich kann Ihnen das so leicht beibringen, wie ich Ihnen beibringen kann zu erwachen. Was Sie wünschen, können Sie haben. Sind Sie sicher, daß Sie wissen, was Sie wollen? Vielleicht wollen Sie insgeheim erwachen. Sie täuschen sich vielleicht in sich selbst. Kommen Sie zu mir herauf." Er streckte seine Hand aus.

„Fassen Sie mich nicht an", sagte ich, als ich zu ihm ging. „Ich möchte nicht angefaßt werden."

„Sie wissen das genau?"

„Ich bin mir dessen sicher", erklärte ich.

„Vielleicht ist es das, was Ihnen fehlt – daß niemand Sie je angefaßt hat", sagte Barefoot.

„Sprechen Sie", erwiderte ich. „Ich habe nichts zu sagen. Was ich je zu sagen hatte . . ."

„Sie haben nie irgend etwas gesagt", unterbrach Barefoot. „Sie sind Ihr ganzes Leben lang stumm gewesen. Nur Ihr Mund hat gesprochen."

„Wenn Sie meinen."

„Sagen Sie mir noch einmal Ihren Namen."

„Angel Archer."

„Haben Sie einen Geheimnamen? Den niemand kennt?"

„Ich habe keinen Geheimnamen", sagte ich. Und dann sagte ich: „Ich bin eine Verräterin."

„Wen haben Sie verraten?"

„Freunde", sagte ich.

„Nun, Verräterin, erzählen Sie mir, wie Sie Ihre Freunde in den Untergang getrieben haben. Wie haben Sie es gemacht?"

„Mit Worten", sagte ich. „Wie jetzt."

„Sie können gut mit Worten umgehen."

„Sehr gut", nickte ich. „Ich bin eine Krankheit, eine Wortkrankheit. Fachleute haben sie mir beigebracht."

„Ich habe keine Worte", sagte Barefoot.

„In Ordnung", erklärte ich. „Dann werde ich zuhören."

„Jetzt beginnen Sie zu verstehen."

Ich nickte.

„Haben Sie Haustiere? Hunde oder Katzen? Irgendein Tier?"

„Zwei Katzen", sagte ich.

„Pflegen Sie sie, und füttern Sie sie, und kümmern Sie sich um sie? Sind Sie für sie verantwortlich? Bringen Sie sie zum Tierarzt, wenn sie krank sind?"

„Sicher", sagte ich.

„Wer macht all das für Sie?"

„Für mich?" fragte ich. „Niemand."
„Können Sie es für sich selbst tun?"
„Ja, das kann ich", erwiderte ich.
„Dann, Angel Archer, sind Sie am Leben."
„Nicht absichtlich", sagte ich.
„Aber Sie sind es. Sie glauben es nicht, aber Sie sind es. Unter den Worten, der Krankheit der Worte, leben Sie. Ich versuche Ihnen das ohne Worte zu sagen, aber es ist unmöglich. Alles, was wir haben, sind Worte. Setzen Sie sich wieder, und hören Sie zu. Alles, was ich von jetzt an sage, ist an Sie gerichtet. Ich spreche zu Ihnen, aber nicht mit Worten. Ergibt das einen Sinn für Sie?"
„Nein", antwortete ich.
„Dann setzen Sie sich", sagte Barefoot.
Ich setzte mich wieder.
„Angel Archer, Sie täuschen sich in sich. Sie sind nicht krank, *Sie sind verhungert.* Was Sie tötet, ist Hunger. Worte haben nichts damit zu tun. Sie haben Ihr ganzes Leben lang gehungert. Spirituelle Dinge können Ihnen nicht helfen. Sie brauchen sie nicht. Es gibt zuviel spirituelle Dinge auf der Welt, viel zuviel. Sie sind eine Närrin, Angel Archer, aber keine gutartige Närrin."
Ich sagte nichts.
„Sie brauchen richtiges Fleisch", erklärte Barefoot, „und richtige Getränke, kein spirituelles Fleisch und Getränk. Ich biete Ihnen richtige Nahrung für Ihren Körper an, damit er wächst. Sie sind ein hungernder Mensch, der hergekommen ist, um gespeist zu werden, aber ohne es zu wissen. Sie haben keine Ahnung, warum Sie heute hergekommen sind. Es ist mein Beruf, Ihnen das zu sagen. Wenn Leute herkommen, um mich sprechen zu hören, biete ich Ihnen ein Sandwich an. Die Narren hören meinen Worten zu. Die Weisen essen das Sandwich. Ich erzähle Ihnen keine Absurdität – es ist die Wahrheit. Das ist etwas, was sich niemand von Ihnen vorgestellt hat, aber ich gebe Ihnen richtige Nahrung, und diese Nahrung ist ein Sandwich. Die Worte, das Gerede, das ist nur Wind – es ist nichts. Ich verlange von Ihnen einhundert Dollar, aber Sie lernen etwas von unschätzbarem Wert. Wenn Ihr Hund oder Ihre Katze hungrig ist, sprechen Sie dann mit Ihrem Tier? Nein, Sie geben ihm etwas zu essen. Ich gebe Ihnen etwas zu essen, aber Sie wissen es nicht. Sie haben alles auswendig gelernt, weil die Universität es Ihnen beigebracht hat. Sie hat Ihnen das Falsche beigebracht. Sie hat Sie angelogen. Und jetzt belügen Sie sich selbst. Sie haben gelernt, wie man es macht, und Sie beherrschen es sehr gut. Nehmen Sie das Sandwich, und essen Sie. Vergessen Sie die Worte. Der einzige Zweck der Worte war, Sie herzulocken."
Seltsam, dachte ich. Er meint es ernst. Ein Teil meiner Bedrükkung begann dann zu weichen. Ich spürte, wie mich Frieden erfüllte, wie das Leid schwand.

Jemand hinter mir beugte sich nach vorn und klopfte mir auf die Schulter. „Hallo, Angel."

Ich drehte mich nach ihm um. Ein pausbäckiger Junge mit blonden Haaren und unschuldsvollen Augen lächelte mich an. Bill Lundborg in einem Schildkrötenkragenpullover und grauer Hose und, wie ich zu meiner Überraschung feststellte, Hush Puppies.

„Erkennst du mich noch?" fragte er leise. „Es tut mit leid, daß ich auf keinen deiner Briefe geantwortet habe. Ich habe mich gefragt, wie es dir ergangen ist."

„Gut", sagte ich. „Sehr gut."

„Ich glaube, wir sollten besser still sein." Er lehnte sich zurück und verschränkte die Arme, konzentrierte sich auf Edgar Barefoots Worte.

Am Ende seiner Vorlesung kam Barefoot zu mir herüber. Ich saß noch immer reglos da. Barefoot bückte sich und sagte: „Sind Sie mit Bischof Archer verwandt?"

„Ja", sagte ich. „Ich war seine Schwiegertochter."

„Wir haben uns gekannt", erklärte Barefoot. „Es war ein solcher Schock, sein Tod. Wir haben oft über Theologie diskutiert."

Bill Lundborg trat zu uns, stand lauschend da, sagte nichts. Er lächelte noch immer das gleiche alte Lächeln, das mir so vertraut war.

„Und dann heute der Tod John Lennons", sagte Barefoot. „Ich hoffe, ich habe Sie nicht in Verlegenheit gebracht, als ich Sie nach vorn rief. Aber ich konnte erkennen, daß irgend etwas nicht stimmt. Sie sehen jetzt besser aus."

„Ich fühle mich besser", bestätigte ich.

„Möchten Sie ein Sandwich?" Barefoot deutete auf die Leute, die sich um den Tisch an der Rückwand des Raums drängten.

„Nein", lehnte ich ab.

„Dann haben Sie nicht zugehört", sagte Barefoot. „Dem, was ich Ihnen gesagt habe. Ich habe keinen Scherz gemacht. Angel, Sie können nicht von Worten leben. Worte sättigen nicht. Jesus sagte: ‚Der Mensch lebt nicht vom Brot allein.' Ich sage: ‚Der Mensch kann von Worten überhaupt nicht leben.' Nehmen Sie ein Sandwich."

„Du mußt etwas essen, Angel", schloß sich Bill Lundborg an.

„Ich möchte jetzt nichts essen", sagte ich. „Es tut mir leid." Ich dachte: Ich möchte lieber allein sein.

Bill beugte sich zu mir hinunter und sagte: „Du bist so schmal."

„Die Arbeit", sagte ich abweisend.

„Angel", sagte Edgar Barefoot, „das ist Bill Lundborg."

„Wir kennen uns", erklärte Bill. „Wir sind alte Freunde."

„Dann wissen Sie", wandte sich Barefoot an mich, „daß Bill ein *bodhisattva* ist."

„Das wußte ich nicht", entgegnete ich.

Barefoot fragte: „Wissen Sie, was ein *bodhisattva* ist, Angel?"

„Es hat etwas mit dem Buddha zu tun", sagte ich.

„Der *bodhisattva* ist jemand, der seine Chance, das Nirwana zu erreichen, ungenutzt ließ, um zurückzukehren und anderen zu helfen. Für den *bodhisattva* ist Mitleid ein ebenso wichtiges Ziel wie Weisheit. Das ist die essentielle Erkenntnis des *bodhisattva.*"

„Wie nett", sagte ich.

„Ich habe viel von Edgar gelernt", erklärte Bill. „Komm." Er nahm meine Hand. „Ich werde dafür sorgen, daß du etwas ißt."

„Hältst du dich selbst für einen *bodhisattva?*" fragte ich ihn.

„Nein", erwiderte Bill.

„Manchmal weiß es der *bodhisattva* nicht", warf Barefoot ein. „Es ist möglich, erleuchtet zu werden, ohne es zu wissen. Außerdem ist es möglich, sich für erleuchtet zu halten, ohne es jedoch zu sein. Der Buddha wird ‚Der Erweckte' genannt, weil ‚erweckt' dasselbe wie ‚erleuchtet' bedeutet. Wir alle schlafen, ohne es zu wissen. Wir leben in einem Traum. Wir gehen und bewegen uns und verbringen unser Leben in einem Traum. Vor allem sprechen wir im Traum. Unsere Sprache ist die Sprache von Träumern und unwirklich."

Wie jetzt, dachte ich. Wie das, was ich höre.

Bill war verschwunden. Ich sah mich nach ihm um.

„Er holt Ihnen etwas zu essen", erklärte Barefoot.

„Es ist alles sehr seltsam", sagte ich. „Dieser ganze Tag ist unwirklich. Es ist wie in einem Traum. Sie haben recht. Sie spielen all die alten Beatles-Songs auf allen Kanälen."

„Ich möchte Ihnen etwas erzählen, was ich einst erlebt habe", sagte Barefoot. Er setzte sich auf den Stuhl neben mir, die Hände gefaltet. „Ich war sehr jung, ging noch zur Schule. Ich habe in Stanford Vorlesungen besucht, aber ich habe nicht graduiert. Ich habe an einer Menge Philosophievorlesungen teilgenommen."

„Genau wie ich", sagte ich.

„Eines Tages verließ ich mein Apartment, um einen Brief zur Post zu bringen. Ich hatte an einem Referat gearbeitet – kein Referat zum Abgeben, sondern ein Referat für mich selbst, profunde philosphische Ideen, die für mich sehr wichtig waren. Es gab ein bestimmtes Problem, das ich nicht lösen konnte. Es hatte mit Kant und seinen ontologischen Kategorien zu tun, durch die die menschlichen Gedankenstrukturen . . ."

„. . . Zeit, Raum und Kausalität erfahren", unterbrach ich. „Ich weiß. Ich habe das studiert."

„Unterwegs erkannte ich", fuhr Barefoot fort, „daß ich selbst – in einem sehr realen Sinn – die Welt erschaffe, die ich erfahre. Ich erschaffe diese Welt und nehme sie wahr. Unterwegs fiel mir die korrekte Formulierung dafür ein, plötzlich, wie aus heiterem Himmel. In dem einen Moment kannte ich sie nicht, im nächsten Moment kannte ich sie. Es war eine Lösung, nach der ich lange Jahre gesucht hatte. Ich hatte Hume gelesen, und dann hatte ich die Antwort auf Humes Kritik der Kausalität in Kants Schriften gefunden – da, plötzlich, hatte ich die Antwort und eine korrekt ausgearbeitete Antwort auf Kant. Ich begann mich zu beeilen."

Bill Lundborg tauchte wieder auf. Er hielt ein Sandwich und einen Becher mit irgendeiner Sorte Obstbowle in den Händen. Er reichte mir beides. Automatisch nahm ich es an.

Barefoot fuhr fort: „So schnell ich konnte, eilte ich die Straße hinunter zurück zu meinem Apartment. Ich mußte die *satori* zu Papier bringen, ehe ich sie vergaß. Was ich erhalten hatte, dort, auf jenem Spaziergang, außerhalb meines Apartment, wo mir kein Kugelschreiber und kein Papier zu Verfügung standen, war ein Einblick in die Welt, die begrifflich organisiert war, eine Welt, die nicht durch Zeit, Raum und Kausalität geformt wurde, sondern eine Welt, die als Idee in einem großen Geist entstand, auf die gleiche Weise, in der wir Erinnerungen speichern. Ich hatte einen Blick in eine Welt geworfen, die nicht wie ich existierte – in Zeit, Raum und Kausalität –, sondern in sich existierte, Kants ‚Ding an sich'."

„Das nicht wahrgenommen werden kann, wie Kant sagte."

„Das normalerweise nicht wahrgenommen werden kann", korrigierte Barefoot. „Aber auf irgendeine Weise hatte ich sie gesehen, als eine große, netzartige, wachsende Struktur von Beziehungen, in der Reihenfolge ihrer Bedeutung geordnet, während laufend neue Ereignisse in Form von Ablagerungen hinzukamen. Mir ist nie zuvor die absolute Natur der Realität auf diese Weise bewußt geworden." Er schwieg einen Moment.

„Sie sind nach Hause gegangen und haben es aufgeschrieben."

„Nein", antwortete Barefoot. „Ich habe es nie aufgeschrieben. Als ich nach Hause eilte, sah ich zwei kleine Kinder, eines von ihnen mit einer Babyflasche in der Hand. Sie liefen ständig über die Straße. Viele Autos fuhren mit hoher Geschwindigkeit vorbei. Ich sah es mir einen Moment an und ging dann zu ihnen hinüber. Ich sah keinen Erwachsenen. Ich bat sie, mich zu ihrer Mutter zu bringen. Sie sprachen kein Englisch – es war eine von Latinos bewohnte Gegend, sehr arm . . . Ich hatte zu jener Zeit kein Geld. Ich fand ihre Mutter. Sie sagte: ‚Ich spreche kein Englisch' und schlug mir die Tür vor der Nase zu. Sie lächelte. Ich erinnere mich daran. Lächelte mich selig an. Sie hielt mich für einen Vertreter. Ich wollte ihr sagen, daß ihre Kinder sehr bald getötet werden würden, und sie schlug mir die Tür vor der Nase zu, lächelte mich dabei engelsgleich an."

„Und was haben Sie getan?" fragte Bill.

Barefoot antwortete: „Ich setzte mich auf den Bordstein und beobachtete die beiden Kinder. Den ganzen Nachmittag über. Bis ihr Vater nach Hause kam. Er sprach ein wenig Englisch. Es gelang mir, mich ihm verständlich zu machen. Er dankte mir."

„Sie haben richtig gehandelt", sagte ich.

„So bin ich nie dazu gekommen, mein Modell des Universums zu Papier zu bringen", erklärte Barefoot. „Ich kann mich nur noch verschwommen daran erinnern. Derartige Dinge verblassen. Es war eine *satori,* die man nur einmal im Leben bekommt. *Moksa* wird sie in Indien genannt, ein plötzliches, blitzartiges, absolutes Verständnis aus dem Nichts heraus. Was James Joyce als ‚Epiphanie' bezeichnet, aus dem Trivialen entstehend oder überhaupt ohne jeden Anlaß, etwas, das einfach geschieht. Völlige Einsicht in die Welt." Dann schwieg er.

„Aus Ihren Worten entnehme ich", sagte ich, „daß das Leben eines mexikanischen Kindes . . ."

„Was hätten Sie gemacht?" fragte mich Barefoot. „Wären Sie nach Hause gegangen, und hätten Sie Ihre philosophische Idee, Ihr *moksa,* aufgeschrieben? Oder wären Sie bei den Kindern geblieben?"

„Ich hätte die Polizei gerufen", sagte ich.

„Um das zu tun", sagte Barefoot, „hätten Sie zu einer Telefonzelle gehen müssen. Sie hätten die Kinder allein lassen müssen."

„Es ist eine hübsche Geschichte", erklärte ich. „Aber ich kenne noch jemanden, der hübsche Geschichten erzählt hat. Er ist tot."

„Vielleicht", sagte Barefoot, „hat er das gefunden, was er in Israel finden wollte. Es gefunden, bevor er starb."

„Das bezweifle ich außerordentlich", erwiderte ich.

„Ich bezweifle es auch", gestand Barefoot. „Andererseits, vielleicht hat er etwas Besseres gefunden. Etwas, wonach er hätte suchen müssen, ohne es getan zu haben. Ich versuche Ihnen damit zu erklären, daß wir alle unwissentlich *bodhisattvas* sind, sogar ohne es zu wollen, unabsichtlich. Es wurde uns durch glückliche Umstände aufgezwungen. Ich wollte an diesem Tag nichts anderes, als schnell nach Hause kommen und meine große Erkenntnis zu Papier bringen, bevor ich sie vergaß. Es war wirklich eine große Erkenntnis, ich habe keinen Zweifel daran. Ich wollte kein *bodhisattva* sein. Ich habe nicht darum gebeten. Ich habe es nicht erwartet. In jener Zeit hatte ich noch nicht einmal den Ausdruck gehört. Jeder hätte das getan, was ich getan habe."

„Nicht jeder", widersprach ich. „Aber die meisten Menschen, denke ich."

„Was hätten Sie getan?" fragte Barefoot. „Wenn Sie die Wahl gehabt hätten."

Ich sagte: „Ich glaube, ich hätte genau wie Sie gehandelt und gehofft, daß ich die Erkenntnis behalte."

„Aber ich habe sie nicht behalten. Und das ist der Punkt."

Dann wandte sich Bill an mich. „Kann ich mit dir zurück zur East Bay fahren? Mein Auto ist abgeschleppt worden. Ich bin per Anhalter gekommen, und ich . . ."

„Sicher", sagte ich und stand auf. „Mr. Barefoot, ich habe oft Ihre KPFA-Sendung gehört. Zuerst hielt ich Sie für langweilig, aber jetzt bin ich mir nicht mehr so sicher."

„Bevor Sie gehen", sagte Barefoot, „möchte ich, daß Sie mir erzählen, wie Sie Ihre Freunde verraten haben."

„Sie hat es nicht getan", warf Bill ein. „Sie bildet es sich nur ein."

Barefoot beugte sich zu mir. Er legte seinen Arm um mich und zog mich zurück zu meinem Platz, drückte mich auf den Stuhl.

„Nun", sagte ich, „ich habe sie sterben lassen. Vor allem Tim."

„Tim konnte dem Tod nicht entgehen", widersprach Barefoot. „Er flog nach Israel, um zu sterben. Das ist es, was er gewollt hat. Er hat den Tod gesucht. Deshalb sage ich, daß er vielleicht das gefunden hat, wonach er suchte, oder sogar noch etwas Besseres."

Schockiert sagte ich: „Tim hat nicht den Tod gesucht. Tim hat dem Schicksal den mutigsten Kampf geliefert, den ich je gesehen habe."

„Tod und Schicksal sind nicht dasselbe", erklärte Barefoot. „Er starb, um dem Schicksal zu entgehen, weil das Schicksal, das er auf sich zukommen sah, schlimmer war als der Tod in der Wüste am Toten Meer. Deshalb hat er ihn gesucht, und ihn hat er gefunden – obwohl ich glaube, daß er etwas Besseres gefunden hat." Er wandte sich an Bill: „Was meinen Sie, Bill?"

„Ich möchte es lieber nicht sagen", antwortete Bill.

„Aber Sie wissen es", sagte Barefoot zu ihm.

„Was war das für ein Schicksal, von dem Sie gesprochen haben? fragte ich Barefoot.

„Das gleiche wie Ihres", erklärte Barefoot. „Das Schicksal, das Sie getroffen hat. Und das Sie kennen."

„Was ist es?" fragte ich.

„Sich in sinnlosen Worten zu verlieren", entgegnete Barefoot. „Ein Wortehändler. Ohne Verbindung zum Leben. Tim war in dieser Hinsicht schon sehr weit fortgeschritten. Ich habe *Hier, Tyrann Tod* mehrmals gelesen. Es sagt nichts aus, nicht das geringste. Nur Worte. *Flatus vocis,* ein inhaltsleeres Geräusch."

Nach einem Moment sagte ich: „Sie haben recht. Ich habe es auch gelesen." Wie wahr es war, wie schrecklich, traurig wahr.

„Und Tim hat es erkannt", sagte Barefoot. „Er erzählte es mir. Er kam einige Monate vor seiner Reise nach Israel zu mir und erzählte es mir. Er wollte, daß ich ihn den Sufismus lehre. Er wollte den Sinn – all den Sinn, den er seinem Leben gegeben hatte – gegen etwas anderes eintauschen. Gegen Schönheit. Er erzählte mir von einem Plattenalbum, das Sie ihm verkauft haben und das zu spielen er nie Gelegenheit hatte. Beethovens *Fidelio*. Er war immer zu beschäftigt."

„Dann wußten Sie bereits, wer ich war", stellte ich fest. „Bevor ich es Ihnen gesagt habe."

„Deshalb habe ich Sie gebeten, zu mir nach vorn zu kommen", sagte Barefoot. „Ich habe Sie erkannt. Tim hat mir ein Bild von Ihnen und Jeff gezeigt. Zunächst war ich mir nicht sicher. Sie sind jetzt sehr viel schmaler."

„Nun, ich habe einen anstrengenden Beruf", erklärte ich.

Zusammen mit Bill Lundborg fuhr ich über die Richardson Bridge zurück zur East Bay. Wir hörten Radio, lauschten der endlosen Folge von Beatles-Songs.

„Ich wußte, daß du versucht hast, mich zu finden", sagte Bill, „aber mir ging es nicht besonders gut. Man hat bei mir zum Schluß ‚Hebephrenie' diagnostiziert."

Um das Thema zu wechseln, sagte ich: „Ich hoffe, die Musik deprimiert dich nicht – ich kann sie abdrehen."

„Ich mag die Beatles", erklärte Jeff.

„Weißt du, daß John Lennon tot ist?"

„Jeder weiß es. Also führst du jetzt den Musikladen."

„Ja, stimmt", sagte ich. „Ich habe fünf Angestellte unter mir und unbegrenztes Einkaufsrecht. Ich habe ein Angebot von Capitol Records bekommen, in die Nähe von L. A. zu ziehen, nach Burbank, glaube ich, und dort für sie zu arbeiten. Ich habe eine Spitzenposition im Platteneinzelhandel erklommen. Einen Laden zu führen ist die höchste Stufe, die man erreichen kann. Abgesehen von dem Besitz des Ladens. Und dafür habe ich nicht das Geld."

„Weißt du, was ‚Hebephrenie' bedeutet?"

„Ja." Ich dachte: Ich kenne sogar die Herkunft des Wortes. „Hebe war die griechische Göttin der Jugend."

„Ich bin nie erwachsen geworden", sagte Bill. „Charakteristisch für Hebephrenie ist Albernheit."

„Wird wohl so sein", nickte ich.

„Wenn man ein Hebephreniker ist", sagte Bill, „kommt einem alles komisch vor. Kirstens Tod kam mir komisch vor."

Dann bist du wirklich ein Hebephreniker, sagte ich zu mir, während ich fuhr. Weil daran nichts Komisches war. Ich sagte: „Wie ist es mit Tims Tod?"

„Nun, einiges daran war komisch. Diese kleine Sardinenbüchse von einem Auto, dieser Datsun. Und diese beiden Flaschen Cola. Wahrscheinlich trug Bill Schuhe wie ich jetzt."

„Mindestens", sagte ich.

„Aber im großen und ganzen", fuhr Bill fort, „war es nicht komisch. Wonach Tim gesucht hat, war nicht komisch. Barefoot irrt sich in Hinblick auf das, was Tim gesucht hat. Er hat nicht nach dem Tod gesucht."

„Nicht bewußt", erklärte ich, „aber vielleicht unbewußt."

„Das ist Unsinn", erwiderte Bill. „All dieses Zeug über unbewußte Motivation. Auf diese Weise läßt sich alles postulieren. Man kann jede Motivation unterschieben, die man will, weil man es nicht nachprüfen kann. Tim hat nach diesem Pilz gesucht. Zweifellos hat er sich einen komischen Ort für seine Suche nach einem Pilz ausgesucht – die Wüste. Pilze wachsen dort, wo es feucht und kühl und schattig ist."

„In Höhlen", sagte ich. „Es gibt dort Höhlen."

„Ja, nun“, sagte Bill, „auf jeden Fall war es in Wirklichkeit kein Pilz. Auch das ist eine Spekulation. Eine überflüssige Spekulation. Tim übernahm diese Idee von einem Gelehrten namens John Allegro. Tims Problem war, daß er nicht selbst gedacht hat. Er griff die Ideen andere Leute auf und glaubte, von allein darauf gekommen zu sein, obwohl er sie in Wirklichkeit stahl.“

„Aber die Ideen waren wertvoll“, erklärte ich. „und Tim faßte sie zusammen. Tim brachte unterschiedliche Ideen zusammen.“

„Aber keine sehr guten.“

Ich sah Bill an. „Wer bist du, um das beurteilen zu können?“

„Ich weiß, daß du ihn geliebt hast“, sagte Bill. „Du brauchst ihn nicht ständig zu verteidigen. Ich greife ihn nicht an.“

„Aber es klingt so.“

„Ich habe ihn auch geliebt. Viele Menschen haben Bischof Archer geliebt. Er war ein großer Mann, der größte, den wir je kennenlernen werden. Aber er war ein närrischer Mann, und du weißt es.“

Ich sagte nichts. Ich fuhr und hörte mit halbem Ohr Radio. Es spielte jetzt „Yesterday“.

„Jedenfalls hat Edgar recht gehabt, was dich betrifft“, fuhr Bill fort. „Du hättest die Universität ohne Abschluß verlassen sollen. Du hast zuviel gelernt.“

Bitter wiederholte ich: „‚Zuviel gelernt‘. Jesus. Die *vox populi*. Mißtrauen gegenüber der Bildung. Es macht mich ganz krank, diesen Scheiß zu hören. Ich bin stolz auf das, was ich weiß.“

„Es hat dich zerstört“, sagte Bill.

„Du fliegst gleich im hohen Bogen raus“, sagte ich.

Ruhig erwiderte Bill: „Du bist sehr verbittert und sehr unglücklich. Du bist ein guter Mensch, der Kirsten und Tim und Jeff geliebt hat, und du bist nicht über das hinweggekommen, was ihnen zugestoßen ist. Und deine Bildung hat dir nicht geholfen, damit fertig zu werden.“

„Damit kann man nicht fertig werden!“ sagte ich voll Zorn. „Sie waren alle gute Menschen, und sie sind alle tot!“

„‚Eure Väter aßen Manna in der Wüste, und sie sind alle tot.‘“

„Was ist das?“

„Jesus sagt es. Ich glaube, es wird während der Messe gesagt. Ich habe einige Male mit Kirsten an der Messe teilgenommen, in der Grace-Kathedrale. Einmal, als Tim den Kelch herumgehen ließ – Kirsten kniete am Geländer –, streifte er ihr heimlich einen Ring über den Finger. Niemand sah es, aber sie erzählte es mir. Es war ein symbolischer Ehering. Tim hatte damals seinen Ornat angelegt.“

„Erzähl ruhig weiter“, sagte ich verbittert.

„Ich bin schon dabei. Wußtest du . . .“

„Ich wußte von dem Ring“, unterbrach ich. „Sie hat es mir erzählt. Sie hat ihn mir gezeigt.“

„Sie betrachteten sich als spirituell vermählt. Vor und in den Augen Gottes. Obwohl nicht im zivilrechtlichen Sinn. ‚Eure Väter aßen Manna in der Wüste, und sie sind alle tot.' Das bezieht sich auf das Alte Testament. Jesus bringt . . ."

„O mein Gott", sagte ich. „Ich dachte, ich hätte genug von diesem ganzen Zeug gehört. Ich will nie wieder etwas davon hören. Es hat ihnen nichts Gutes gebracht, und es wird niemals etwas Gutes bringen. Barefoot spricht von nutzlosen Worten – *das* sind nutzlose Worte. Warum hat Barefoot dich einen *bodhisattva* genannt? Was ist das für ein Mitleid und für eine Weisheit, die du hast? Du hast *Nirwana* erreicht und bist zurückgekehrt, um anderen zu helfen, ist es das?"

„Ich hätte *Nirwana* erreichen können", nickte Bill. „Aber ich habe es abgelehnt. Um zurückzukehren."

„Verzeih mir", sagte ich erschöpft. „Ich verstehe nicht, wovon du redest. In Ordnung?"

Bill sagte: „Ich bin in diese Welt zurückgekehrt. Aus dem Jenseits. Aus Mitleid. Das ist es, was ich dort draußen in der Wüste gelernt habe, der Wüste am Toten Meer." Seine Stimme klang sanft; sein Gesicht verriet tiefe Ruhe. „Das ist es, was ich gefunden habe."

Ich starrte ihn an.

„Ich bin Tim Archer", sagte Bill. „Ich bin von der anderen Seite zurückgekehrt. Zu jenen, die ich liebe." Er lächelte ein ungeheures geheimnisvolles Lächeln.

15

Nach einem Moment der Stille fragte ich: „Hast du Edgar Barefoot davon erzählt?"

„Ja", sagte Bill.

„Wem noch?"

„Sonst fast niemandem."

Ich sagte: „Wann ist das passiert?" Und dann sagte ich: „Du verdammter Irrer. Es wird nie aufhören – es geht immer weiter und weiter. Einer nach dem anderen wird verrückt und stirbt. Ich will nichts anderes, als meinen Plattenladen führen und mich antörnen und hin und wieder bumsen und ein paar Bücher lesen. Ich habe nie darum gebeten." Die Reifen meines Wagens quietschten, als ich ausscherte, um ein langsam fahrendes Auto zu überholen. Wir hatten fast die Richmond-Seite der Richardson Bridge erreicht.

„Angel", sagte Bill. Sanft legte er seine Hand auf meine Schulter.

„Nimm deine verdammten Pfoten von mir", fauchte ich.

Er zog seine Hand zurück. „Ich bin zurückgekehrt", sagte er.

„Du hast erneut den Verstand verloren und gehörst ins Krankenhaus, du hebephrenischer Irrer. Siehst du nicht, was das für mich bedeutet, mir noch mehr davon anzuhören? Weißt du, was ich über dich gedacht habe? Ich dachte: Er ist, in einem bestimmten realen Sinn, der einzige Normale von uns. Er ist als Irrer abgestempelt, aber er ist normal. Man hält uns für normal, und wir sind verrückt. Und jetzt du. Du bist der letzte, von dem ich so etwas erwartet hätte, aber ich glaube . . ." Ich verstummte. „Scheiße", sagte ich. „Er ist außer Kontrolle, dieser Wahnsinnsprozeß. Ich habe mir immer gesagt: Bill Lundborg steht in Verbindung mit der Realität. Er interessiert sich für Autos. Du hättest Tim erklären können, warum man nicht in einem Datsun und mit zwei Flaschen Cola und einer Tankstellenkarte hinaus in die Wüste am Toten Meer fährt. Und jetzt bist du so verrückt, wie sie es waren. Noch verrückter." Ich drehte das Radio lauter, die Musik der Beatles erfüllte den Wagen – plötzlich schaltete Bill das Radio aus, ganz aus.

„Bitte, fahr langsamer", sagte Bill.

„Bitte", sagte ich, „wenn wir den Schlagbaum erreichen, steig aus, und laß dich von jemand anders mitnehmen. Und du kannst Edgar Barefoot sagen, er soll sich sein . . ."

„Gib nicht ihm die Schuld", fuhr Bill scharf dazwischen. „Ich habe es ihm nur gesagt – er hat nichts damit zu tun. Fahr langsamer!"

„In Ordnung", sagte ich und trat mit dem Fuß auf die Bremse.

„Du wirst diese Sardinenbüchse zum Überschlagen bringen und uns beide töten", sagte Bill. „Und du hast nicht einmal deinen Sicherheitsgurt angelegt."

„Ausgerechnet an diesem Tag mußte es passieren", sagte ich. „Dem Tag, an dem John Lennon ermordet wurde. Ausgerechnet heute muß ich mir so etwas anhören."

„Ich habe den *anokhi*-Pilz nicht gefunden", erklärte Bill.

Ich sagte nichts. Ich fuhr einfach weiter. So gut ich konnte.

„Ich bin gestürzt", sagte Bill. „Von einer Klippe."

„Ja. Ich habe es auch im *Chronicle* gelesen. Hat es weh getan?"

„Zu diesem Zeitpunkt hatte ich durch das Sonnenlicht und die Hitze das Bewußtsein verloren."

„Nun", bemerkte ich, „offenbar bist du kein sehr heller Kopf, wenn du in diesem Zustand dort herumspaziert bist." Plötzlich bekam ich Mitleid mit ihm. Ich empfand Scham, überwältigende Scham für das, was ich ihm antat. „Bill", sagte ich, „verzeih mir."

„Sicher", sagte er einfach.

Ich überdachte meine Worte und fragte dann: „Wann hat – wie soll ich dich nennen? Bill oder Tim? Bist du jetzt beides?"

„Ich bin beides. Eine einzige Persönlichkeit hat sich aus den beiden gebildet. Jeder Name paßt. Wahrscheinlich solltest du mich besser Bill nennen, damit die Leute nichts davon erfahren."

„Warum willst du nicht, daß sie es erfahren? Ich meine, etwas so Wichtiges und Einzigartiges wie das, etwas derart Bedeutendes sollte bekanntgemacht werden."

„Man wird mich zurück ins Krankenhaus bringen", sagte Bill.

„Dann“, erklärte ich, „werde ich dich Bill nennen.“

„Etwa einen Monat nach seinem Tod kam Tim zu mir zurück. Ich begriff nicht, was geschah, ich konnte es nicht verstehen. Lichter und Farben und dann eine fremde Persönlichkeit in meinem Geist. Eine andere Persönlichkeit, viel klüger als ich, die an alle möglichen Dinge dachte, an die ich nie gedacht hatte. Und er kann Griechisch und Latein und Hebräisch, und er weiß alles über Theologie. Er hat sehr deutlich an dich gedacht. Er hatte dich mit nach Israel nehmen wollen.“

Bei dieser Bemerkung sah ich ihn scharf an und spürte ein Frösteln.

„In jener Nacht in dem chinesischen Restaurant“, fuhr Bill fort, „hat er versucht, dich zu überreden. Aber du sagtest, daß du dein Leben eingerichtet hättest. Daß du Berkeley nicht verlassen könntest.“

Ich nahm meinen Fuß vom Gaspedal und ließ den Wagen ausrollen.

„Es ist verboten, auf der Brücke zu halten“, erinnerte Bill. „Sofern man keinen Motorschaden oder kein Benzin mehr hat, etwas in dieser Richtung. Fahr weiter.“

Tim hat es ihm erzählt, sagte ich mir. Automatisch schaltete ich den ersten Gang. Ich fuhr wieder an.

„Tim war scharf auf dich“, sagte Bill.

„So?“ erwiderte ich.

„Einer der Gründe, warum er dich mit nach Israel nehmen wollte.“

Ich sagte: „Du sprichst von Tim in der dritten Person. Demnach identifizierst du dich in Wirklichkeit nicht mit Tim oder als Tim. Du bist Bill Lundborg, der über Tim spricht.“

„Ich bin Bill Lundborg“, stimmte er zu. „Aber ich bin gleichzeitig Tim Archer.“

„Tim hätte mir nie gesagt, daß er mich begehrt.“

„Ich weiß“, nickte Bill, „aber ich sage es dir.“

„Was haben wir in jener Nacht im chinesischen Restaurant gegessen?“

„Ich habe keine Ahnung.“

„Wo war das Restaurant?“

„In Berkeley.“

„Wo in Berkeley?“

„Ich erinnere mich nicht mehr.“

Ich sagte: „Erkläre mir, was *Hysteron-Proteron* bedeutet.“

„Woher soll ich das wissen? Das ist Lateinisch. Tim kann Latein, ich nicht.“

„Es ist Griechisch.“

„Ich kann kein Griechisch. Ich fange nur Tims Gedanken auf, und hin und wieder denkt er in Griechisch, aber ich weiß nicht, was dies Griechisch bedeutet.“

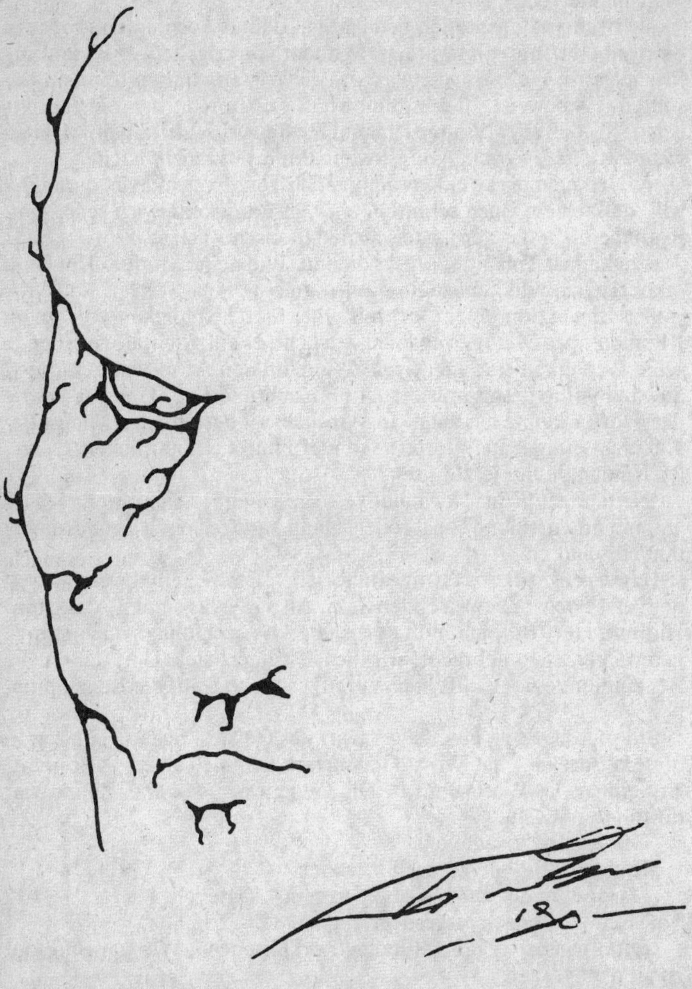

„Was ist, wenn ich dir glaube?“ fragte ich. „Was ist dann?“

„Dann“, erwiderte Bill, „bist du glücklich, weil dein alter Freund nicht tot ist.“

„Und das ist der Sinn des Ganzen.“

Er nickte. „Ja.“

„Mir scheint“, sagte ich bedächtig, „daß es noch einen größeren Sinn haben könnte. Es wäre ein Wunder von ungeheurer Bedeutung für die ganze Welt. Es ist etwas, das die Wissenschaftler untersuchen sollten. Es beweist, daß es ein ewiges Leben gibt, daß ein Jenseits existiert – daß alles, woran Tim und Kirsten geglaubt haben, wirklich wahr ist. *Hier, Tyrann Tod* ist wahr. Meinst du nicht auch?“

„Ja. Ich nehme es an. Das denkt auch Tim. Er denkt viel daran. Er will, daß ich ein Buch schreibe, aber ich kann kein Buch schreiben. Ich habe nicht das geringste schriftstellerische Talent.“

„Du kannst Tim als Sekretär dienen. Wie deine Mutter. Tim kann diktieren, und du kannst alles aufschreiben.“

„Er schwatzt in einem fort mit einer Geschwindigkeit von einem Kilometer pro Minute. Ich habe versucht, es aufzuschreiben, aber... seine Gedanken sind im Arsch. Wenn du den Ausdruck gestattest. Sie sind völlig desorganisiert, ohne Hand und Fuß. Und die Hälfte der Wörter kenne ich nicht. In Wirklichkeit besteht eine Menge davon nicht einmal aus Wörtern, sondern nur aus Eindrücken.“

„Kannst du ihn jetzt hören?“

„Nein. Jetzt nicht. Normalerweise geschieht es dann, wenn ich allein bin und niemand sonst redet. Dann kann ich mich irgendwie bei ihm einschalten.“

„Hysteron-Proteron“, murmelte ich. „Ein Scheinbeweis aus einem erst noch zu beweisenden Satz. Also ist alles sinnlos, das ganze Hin und Her. Bill, ich muß es dir überlassen. Du hast mich in eine verzwickte Lage gebracht, wirklich. Erinnert sich Tim, daß er die Benzinpumpe überprüft hat? Vergiß es, Scheiß auf die Benzinpumpe.“

Bill sagte: „Es ist eine Gegenwart des Geistes. Schau, Tim war in diesem Bereich – das Wort ‚Gegenwart‘ hat mich an etwas erinnert. Er benutzt das Wort sehr oft. Die Gegenwart, wie er es nennt, war dort in der Wüste.“

„Die Parusie“, sagte ich.

„Richtig.“ Bill nickte nachdrücklich.

„Das müßte der *anokhi* gewesen sein“, sagte ich.

„Müßte? Wonach er gesucht hat?“

„Offenbar hat er ihn gefunden“, erklärte ich. „Was hat Barefoot zu all dem gesagt?“

„Als er begriff, sagte er mir, daß ich ein *bodhisattva* bin. Ich kam zurück. Tim kam zurück, meine ich, aus Mitleid mit anderen. Mit jenen, die er liebt. Menschen wie du.“

„Was wird Barefoot mit dieser Neuigkeit anfangen?“

„Nichts."

„Nichts", wiederholte ich nickend.

„Ich habe keine Möglichkeit, es zu beweisen", sagte Bill. „Den Skeptikern. Edgar hat mich darauf hingewiesen."

„Warum kannst du es nicht beweisen? Es sollte leicht zu beweisen sein. Du hast Zugang zu allem, was Tim wußte. Wie du sagtest – all die Theologie, Einzelheiten seines Privatlebens. Tatsachen. Es zu beweisen, sollte die einfachste Sache der Welt sein."

„Kann ich es dir beweisen? Ich kann es nicht einmal dir beweisen. Es ist wie der Glaube an Gott – du kannst Gott kennen, wissen, daß er existiert, du kannst ihn spüren, und trotzdem kannst du nie einem anderen Menschen beweisen, daß du ihn gespürt hast."

„Glaubst du jetzt an Gott?" fragte ich.

„Sicher." Er nickte.

„Ich schätze, du glaubst jetzt an eine Menge Dinge", sagte ich.

„Weil Tim in mir ist, weiß ich eine Menge Dinge. Es ist nicht nur Glaube. Es ist wie . . . Als ob man einen Computer oder eine ganze Bücherei verschluckt hat. Die Tatsachen, die Ideen kommen und gehen und schwirren in meinem Kopf herum. Sie verschwinden zu schnell – das ist das Problem. Ich verstehe sie nicht. Ich kann mich nicht an sie erinnern. Ich kann sie nicht aufschreiben oder sie anderen Menschen erklären. Es ist, als ob man in seinem Kopf vierundzwanzig Stunden am Tag KPFA hört, ohne Unterbrechung. In vielerlei Hinsicht ist es beschwerlich. Aber es ist interessant."

Viel Spaß mit deinen Gedanken, dachte ich. Das ist es, was nach Harry Stack Sullivan die Schizophrenen auszeichnet. Ihre Gedanken bereiten ihnen endloses Vergnügen, und darüber vergessen sie die Welt.

Es gibt nicht viel, was man sagen kann, wenn jemand eine Enthüllung wie die Bill Lundborgs macht – vorausgesetzt, daß irgend jemand je zuvor eine derartige Enthüllung gemacht hat. Natürlich ähnelte sie Tims und Kirstens Offenbarung (das ist das falsche Wort) nach Jeffs Tod und ihrer Rückkehr aus England. Aber sie war von geringer Bedeutung im Vergleich zu dem. Dies, dachte ich, ist die ultimate Eskalation, das Monument selbst. Die andere Enthüllung war lediglich das Schild, das auf das Monument verwies.

Der Wahnsinn tritt, wie kleine Fische, in Massen auf, in vielen Fällen gleichzeitig. Er ist kein Einzelwesen. Der Wahnsinn hält sich nicht zurück. Er breitet sich über das Land oder über das Meer aus, je nachdem.

Ja, dachte ich. Es ist, als ob wir unter Wasser wären, nicht in einem Traum – wie Barefoot meint –, sondern in einem Tauchtank, und wir werden wegen unseres bizarren Verhaltens und unserer noch bizarreren Ansichten beobachtet. Ich bin ein Metaphern-Junkie. Bill Lundborg ist ein Wahnsinns-Junkie, der nie genug bekommen kann. Sein Appetit darauf ist unersättlich, und er wird alles tun, was in seiner Macht steht, um wahnsinnig zu bleiben. Ausgerechnet, als es schien, daß der Wahnsinn aus der Welt verschwunden wäre. Zuerst John Lennons Tod und dann das – und für mich am gleichen Tag.

Ich konnte nicht behaupten, daß es mir glaubwürdig vorkam. Weil Bill nicht glaubwürdig war – es ist keine glaubwürdige Angelegenheit. Wahrscheinlich hat selbst Edgar Barefoot erkannt, daß jemand krank sein kann und Hilfe braucht, aber von rührendem Reiz ist, harmlos ist und niemand einen Schaden zufügen wird. Dieser Wahnsinn entstand aus Schmerz, aus dem Verlust der Mutter und dem, was fast sicher einem Vater im wahrsten Sinn des Wortes nahe kam. Ich spürte es. Ich spüre es. Ich werde es immer spüren, solange ich lebe. Aber Bills Lösung konnte nicht meine sein.

Ebensowenig konnte meine – die Arbeit im Plattenladen – seine sein. Jeder von uns mußte seine eigene Lösung finden, und vor allem mußten wir jene Art von Problem lösen, das der Tod aufwirft – für andere aufwirft, aber nicht nur der Tod, auch der Wahnsinn, der im Endstadium schließlich zum Tod führt, seinem logischen Ziel.

Als mein anfänglicher Zorn über Bill Lundborgs Psychose sich wieder gelegt hatte, begann es mir komisch vorzukommen. Die Einzigartigkeit Bill Lundborgs bestand – nicht nur für ihn selbst, sondern, wie ich es sah, für uns alle – in seiner Verwurzelung im Gegenständlichen. Genau sie hatte er eingebüßt. Sein Auftauchen in Edgar Barefoots Seminar enthüllte die Veränderung in Bill. Der Junge, den ich gekannt hatte, hätte nie einen Fuß in eine derartige Umgebung gesetzt. Bill war den gleichen Weg wie wir gegangen, nicht den Weg allen Fleisches, sondern den Weg unseres Intellekts – in den Unsinn und die Narretei, um dort dahinzusiechen, ohne jede Chance auf Rettung.

Aber natürlich konnte Bill nun emotional mit den vielen Todesfällen zurechtkommen, die uns gequält hatten. War meine Lösung besser? Ich arbeitete, ich las, ich hörte Musik – ich kaufte Musik in der Form von Platten, ich ging meinem Berufsleben nach und sehnte mich danach, in der A & R-Abteilung von Capitol Records unten in Südkalifornien anzufangen. Dort lag meine Zukunft, dort waren die greifbaren Dinge, die die Platten für mich geworden waren, nicht etwas, an dem man Freude hatte, sondern etwas, das man zuerst kaufte und dann verkaufte.

Daß der Bischof aus dem Jenseits zurückgekehrt war und nun in Bill Lundborgs Bewußtsein oder Gehirn wohnte – das war aus offensichtlichen Gründen unmöglich. Man weiß das instinktiv, man debattiert nicht darüber, man erkennt dies als absolute Tatsache an, es kann nicht geschehen. Ich konnte Bill in alle Ewigkeit ausfragen, in dem Versuch, die Gegenwart eines fremden Geistes in ihm durch Tatsachen zu beweisen, die nur mir und Tim bekannt waren, aber das würde nirgendwohin führen. Wie das Abendessen, das Tim und ich in dem chinesischen Restaurant an der University Avenue in Berkeley eingenommen hatten, wurden alle Daten suspekt, da Daten auf einer Vielzahl von Wegen in das menschliche Bewußtsein gelangen können, Wege, die eher zu akzeptieren und zu erklären sind als die Annahme, daß ein Mann in Israel starb und seine Psyche um die halbe Welt reiste, bis sie Bill Lundborg unter all den anderen Menschen in den Vereinigten Staaten ausmachte und dann in diese Person fuhr, in dieses wartende Gehirn, und sich dort niederließ, um mit Ideen, Gedanken und Erinnerungen, blödsinnigen Einfällen um sich zu werfen, mit anderen Worten, der Bischof, wie wir ihn gekannt hatten, der Bischof persönlich, wie eine Art Plasma. Dies liegt nicht im Bereich des Wirklichen. Es liegt woanders. Es ist die Erfindung des Wahnsinns, eines jungen Mannes, der sich über den Selbstmord seiner Mutter und den plötzlichen Tod einer Vaterfigur grämte, sie betrauerte, und der zu verstehen versuchte, und eines Tages fuhr in Bills Geist – nicht Bischof Timothy Archer, sondern das *Konzept* von Timothy Archer, die Vorstellung, daß Timothy Archer dort war, in ihm, spirituell, ein Geist. Es besteht ein Unterschied zwischen der Vorstellung von etwas und diesem Etwas selbst.

Dennoch, nachdem mein anfänglicher Zorn verraucht war, empfand ich Mitleid für Bill, weil ich verstand, warum er diesen Weg genommen hatte. Er hatte es nicht aus Pervertiertheit erzwungen. Es handelte sich dabei nicht um freiwilligen Wahnsinn, sondern um einen Wahnsinn, der ihm aufgezwungen wurde, ob es ihm nun gefiel oder nicht. Es mußte einfach geschehen.

Bill Lundborg, der erste von uns, der verrückt geworden war, war nun der letzte von uns, der verrückt wurde. Die einzige sinnvolle Frage ließ sich am besten formulieren: Konnte man irgend etwas dagegen tun? *Sollte* man etwas dagegen tun?

Ich dachte darüber in den nächsten beiden Wochen nach. Bill hatte (wie er mir erzählte) keine engen Freunde. Er lebte allein in einem gemieteten Zimmer in East Oakland und nahm seine Mahlzeiten in einem mexikanischen Café ein. Vielleicht, sagte ich mir, bin ich es Jeff und Kirsten und Tim – vor allem Tim – schuldig, Bill in Ordnung zu bringen. Auf diese Weise würde es einen Überlebenden geben. Das heißt natürlich, außer mir selbst.

Zweifellos hatte er überlebt. Aber, wie ich vor einiger Zeit erkannt hatte, als Maschine überlebt. Trotzdem ist dies ein Überleben. Zumindest waren in meine Gedanken keine fremden Intelligenzen eingedrungen, die in Griechisch, Latein und Hebräisch dachten und Begriffe benutzten, die ich nicht verstehen konnte. Jedenfalls mochte ich Bill. Es wäre keine große Last für mich, ihn zu treffen, Zeit mit ihm zu verbringen. Zusammen konnten Bill und ich die Menschen zurückrufen, die wir geliebt hatten. Dies waren dieselben Menschen, die wir beide gekannt hatten, und unsere gemeinsamen

Erinnerungen würden eine große Anzahl nebensächlicher Einzelheiten zutage fördern, die kleinen Dinge, die der Erinnerung den Anschein von Wahrheitstreue verliehen – womit ich auf umständliche Weise sagen will, daß mein Zusammenleben mit Bill Lundborg es mir ermöglichen würde, Tim und Kirsten und Jeff erneut zu erleben, denn Bill hatte, wie ich, sie einst gekannt und würde verstehen, von wem ich sprach.

Jedenfalls besuchten wir beide Edgar Barefoots Seminar. Bill und ich würden uns dort so oder so über den Weg laufen. Mein Respekt vor Barefoot war gewachsen, natürlich wegen des persönlichen Interesses, das er mir entgegenbrachte. Ich hatte mich dafür erwärmt, ich brauchte das. Barefoot hatte es gespürt.

Ich interpretierte Bills Erklärung, daß mich der Bischof sexuell begehrt hatte, als eine versteckte Art, mir zu sagen, daß er selbst mich sexuell begehrte. Ich dachte darüber nach und kam zu dem Schluß, daß Bill zu jung für mich war. Außerdem, warum sollte man sich mit jemandem einlassen, der als hebephrenischer Schizophrener klassifiziert worden war? Hampton, der Anzeichen – mehr als Anzeichen – von Paranoia und Hypomanie aufwies, war schon schlimm genug gewesen, und es hatte mich einige Mühe gekostet, ihn loszuwerden. Eigentlich war es gar nicht so sicher, daß ich ihn losgeworden war. Hampton rief mich noch immer an, beschwerte sich aggressiv darüber, daß ich ihn aus meinem Haus hinausgeworfen, aber eine Reihe ausgewählter Platten, Bücher und Drucke behalten hatte, die – tatsächlich – ihm gehörten.

Was mich an dem Gedanken störte, mich mit Bill einzulassen, war mein Wissen um die Wildheit des Wahnsinns. Er kann seinen Besitzer verschlingen, ihn verlassen, sich nach anderen Opfern umsehen. Als die angeschlagene Maschine, die ich war, drohte mir von diesem Wahnsinn Gefahr, denn ich war psychologisch keineswegs so intakt. Es waren schon genug Menschen verrückt geworden und gestorben – warum sollte ich mich selbst auf die Liste setzen?

Und, vielleicht am schlimmsten von allem, ich erkannte die Art Zukunft, die Bill erwartete. Er hatte keine Zukunft. Jemand mit Hebephrenie hat sich selbst für das Spiel der Entwicklung, des Wachstums und der Zeit disqualifiziert. Er wiederholt einfach in alle Ewigkeit seine bescheuerten Gedanken und genießt sie, auch wenn sie – wie übermittelte Informationen – degenerierten. Sie verwandeln sich zum Schluß in Rauschen. Und das Signal, das der Intellekt ist, verschwindet. Bill mußte dies wissen, hatte er doch einst vorgehabt, Programmierer zu werden. Er mußte Shannons Informationstheorie kennen. Man sollte sich mit diesen Dingen nicht einlassen.

Ich nahm meinen kleinen Bruder Harvey mit, als ich Bill an meinem freien Tag abholte und hinauf zum Tilden Park fuhr, zum Anza-See und dem Clubhaus und den Grills. Dort grillten wir drei uns Hamburger, warfen uns gegenseitig einen Frisbie zu und hatten eine Menge Spaß. Wir hatten einen *Ghetto-Blaster* mitgenommen – eine von diesen hochgezüchteten Kompaktanlagen mit Zweikanalstereoton, Radio und Tapedeck aus Japan –, und wir hörten die Rockgruppe Queen, und wir tranken Bier, bis auf Harvey, und liefen herum, und dann, als es schien, daß niemand uns beobachtete oder sich um uns kümmerte, teilten Bill und ich uns einen Joint. Während dessen probierte Harvey alle Infrarottasten des *Ghetto-Blasters* aus und konzentrierte sich dann darauf, Radio Moskau auf Kurzwelle zu empfangen.

„Man kann dafür ins Gefängnis wandern", wollte Bill ihm weismachen. „Den Feind zu hören."

„Quatsch", sagte Harvey.

„Ich möchte gern wissen, was Tim und Kirsten sagen würden", sagte ich zu Bill, „wenn sie uns jetzt sehen könnten."

„Ich kann dir verraten, was Tim sagt", erklärte Bill.

„Was sagt er?"

Bill antwortete: „Er sagt, daß . . . er denkt, daß . . . es hier friedlich ist und er endlich Frieden gefunden hat."

„Gut. Ich konnte ihn nie dazu überreden, Gras zu rauchen."

„Sie haben es geraucht", erwiderte Bill. „Er und Kirsten. Es gefiel ihm nicht. Aber jetzt gefällt es ihm."

„Das ist sehr guter Stoff", sagte ich. „Wahrscheinlich haben sie irgendwelchen hiesigen Stoff geraucht. Sie konnten nicht wissen, daß es Unterschiede gibt." Ich dachte über Bills Worte nach. „Haben sie sich wirklich angetörnt? Ist das wahr?"

„Ja. Er denkt im Augenblick daran. Er erinnert sich."

Ich musterte ihn. „In einer Hinsicht kannst du dich glücklich schätzen", sagte ich. „Du hast deine Lösung gefunden. Es würde mich nicht stören, ihn in mir zu haben. In meinem Gehirn, meine ich."

Ich kicherte, es war diese Sorte Gras. „Dann wäre ich nicht mehr so allein." Und dann sagte ich: „Warum ist er nicht zu mir zurückgekehrt? Warum zu dir? Ich kannte ihn besser."

Nach einem Moment des Nachdenkens erklärte Bill: „Weil es dich zerstört hätte. Schau, ich bin an Stimmen in meinem Kopf und an fremde Gedanken gewöhnt, ich kann es ertragen."

„Tim ist der *bodhisattva,* nicht du", sagte ich. „Es war Tim, der aus Mitleid zurückgekehrt ist." Und dann dachte ich verblüfft: Mein Gott, glaube ich es inzwischen? Wenn man von gutem Gras high ist, kann man alles glauben – das ist der Grund, warum es sich heutzutage so gut verkauft.

„Das stimmt", nickte Bill. „Ich kann sein Mitleid spüren. Er suchte Weisheit, die Heilige Weisheit Gottes, was Tim als Hagia Sophia bezeichnet. Er setzt sie gleich mit *anokhi,* Gottes pures Bewußtsein. Und dann, als er dort eintraf und der Geist in ihn fuhr, da erkannte er, daß er eigentlich nicht Weisheit wollte, sondern Mitleid – er hatte bereits Weisheit, aber sie hatte weder ihm noch jemand anders genützt."

„Ja", sagte ich, „er erwähnte mir gegenüber die Hagia Sophia."

„Es gehört zu dem lateinischen Zeug, das er denkt."

„Griechisch."

„Egal. Mit der absoluten Weisheit Christi hoffte Tim das Buch der Spinner lesen und in seine Zukunft sehen zu können, um so einen Weg zu finden, seinem Schicksal zu entrinnen – deshalb ging er nach Israel."

„Ich weiß", nickte ich.

„Christus kann das Buch der Spinner lesen", erklärte Bill. „Das Schicksal eines jeden Menschen ist in ihm verzeichnet. Kein Mensch hat es je gelesen."

„Wo ist dieses Buch?"

„Überall um uns", antwortete Bill. „Ich glaube es jedenfalls. Warte einen Moment, Tim denkt an etwas." Er blieb eine Zeitlang still und in sich gekehrt. „Tim denkt: ‚Der letzte Gesang. Der dreiunddreißigste Gesang des *Paradies.*' Er denkt: *‚Gott ist das Buch des Universums'*, und du hast es gelesen, du hast es in der Nacht gelesen, als du diesen entzündeten Zahn gehabt hast. Stimmt das?"

„Das stimmt", sagte ich. „Er machte auf mich einen großen Eindruck, dieser ganze letzte Teil der Komödie."

„Edgar behauptet, daß die *Göttliche Komödie* auf Sufi-Quellen basiert", sagte Bill.

„Vielleicht ist das so", erwiderte ich, verwundert über das, was Bill gesagt hatte, die Bemerkungen über Dantes *Komödie.* „Seltsam", sagte ich. „Die Dinge, an die du dich erinnerst und warum du dich an sie erinnerst. Weil ich einen entzündeten Zahn hatte . . ."

„Tim sagt, daß Christus für diesen Schmerz gesorgt hat", fuhr Bill fort, „damit sich dir der letzte Teil der *Göttlichen Komödie* auf eine Weise einprägen sollte, daß du ihn nie vergißt. ‚Eine einfache Flamme.' Oh, Mist, er denkt wieder in einer fremden Sprache."

„Sprich es laut aus", forderte ich, „während er es denkt."

Zögernd sagte Bill:

„‚Nel mezzo del cammin di nostro vita
Mi ritrovai per una selva oscura,
Che la diritta via era smaritta.'"

Ich lächelte. „Das ist der Anfang der *Komödie.*"

„Es kommt noch mehr", erklärte Bill.

„‚. . . Lasciate ogni speranza, voi ch'entrate!'"

„‚Laßt jede Hoffnung fahren, wenn ihr eingetreten'", übersetzte ich.
„Er will, daß ich dir noch etwas sage", entgegnete Bill. „Aber ich habe Mühe, es zu verstehen. Oh, jetzt habe ich es – er hat es noch einmal sehr deutlich für mich gedacht:

„‚La sua voluntate è nostra pace . . .'"

„Das kenne ich nicht", sagte ich.
„Tim sagt, es ist die grundlegende Botschaft der *Göttlichen Komödie*. Es heißt: ‚Sein Wille ist unser Frieden.' Ich nehme an, er meint Gott."
„Das nehme ich auch an."
„Er muß das im Jenseits erfahren haben", vermutete Bill. „Gewiß hat er es nicht hier gelernt."
Harvey trat zu uns und sagte: „Ich habe die Queen-Bänder satt. Was haben wir sonst noch mitgenommen?"
„Hast du es geschafft, Radio Moskau zu empfangen?" fragte ich.
„Ja, aber die Stimme* hat den Empfang gestört. Die Russen haben auf eine andere Frequenz geschaltet – wahrscheinlich das Dreißigmeterband –, aber ich hatte keine Lust mehr, danach zu suchen. Die Stimme stört ständig den Empfang."
„Wir werden bald nach Hause fahren", sagte ich und gab den Rest des Joints an Bill weiter.

16

Früher als ich erwartet hatte, mußte Bill wieder zurück ins Krankenhaus. Er ließ sich freiwillig einweisen, akzeptierte es als Teil seines Lebens – als ständigen Teil seines Lebens, um genau zu sein.
Nachdem Bill aufgenommen worden war, traf ich mich mit seinem Psychiater: ein gesetzter Mann mittleren Alters mit Schnurrbart und randloser Brille, eine korpulente, aber gutmütige Respektsperson, die mir sofort meine Fehler vorhielt, in der Reihenfolge ihrer Wichtigkeit.
„Sie sollten ihn nicht dazu ermuntern, Drogen zu nehmen", sagte Dr. Greeby, Bills aufgeschlagene Akte vor sich auf der Schreibtischfläche.
„Sie bezeichnen Gras als eine ‚Droge'?" fragte ich.
„Für jemanden mit Bills labilem seelischem Gleichgewicht ist jedes Rauschmittel gefährlich, gleichgültig, wie mild es ist. Er geht auf die Reise, aber er kommt niemals richtig zurück. Wir haben ihn jetzt unter Haldol gesetzt. Er scheint die Nebenwirkungen vertragen zu können."

** Die Stimme Amerikas (Voice of America); am. Propagandasender (Anm. d. Übers.)*

„Hätte ich gewußt, daß ich ihm Schaden zufüge", erklärte ich, „hätte ich mich anders verhalten."

Er sah mich an.

„Wir lernen durch unsere Fehler", fügte ich hinzu.

„Miss Archer . . ."

„Mrs. Archer", sagte ich.

„Die Prognose für Bill ist nicht gut, Mrs. Archer. Ich glaube, Sie sollten das wissen, da Sie die ihm am nächsten stehende Person zu sein scheinen." Dr. Greeby runzelte die Stirn. „‚Archer . . .' Sind Sie mit dem verstorbenen episkopalischen Bischof Timothy Archer verwandt?"

„Mein Schwiegervater", sagte ich.

„Für den sich Bill hält."

„Da laust mich doch der Daus", sagte ich.

„Bill lebt in der Illusion, daß er durch ein mystisches Erlebnis zu Ihrem verstorbenen Schwiegervater geworden ist. Er hört und sieht Bischof Archer nicht nur – er ist Bischof Archer. Daraus entnehme ich, daß Bill Bischof Archer tatsächlich gekannt hat."

„Sie haben zusammen Reifen gewechselt", sagte ich.

„Sie sind ein richtiger Klugscheißer", erwiderte Dr. Greeby.

Ich sagte nichts darauf.

„Sie sind mitverantwortlich dafür, daß Bill zurück ins Krankenhaus mußte", erklärte der Arzt.

„Und wir haben eine schöne Zeit miteinander gehabt", sagte ich. „Wir haben auch sehr unglückliche Zeiten erlebt, was mit dem Tod von einigen Freunden zusammenhängt. Ich glaube, diese Todesfälle haben mehr zu Bills Rückfall beigetragen als das Gras, das wir im Tilden-Park geraucht haben."

„Besuchen Sie ihn bitte nicht mehr", sagte Dr. Greeby.

„Was?" rief ich verblüfft und bestürzt. Furcht überkam mich, und ich spürte, wie ich vor Schmerz errötete. „Warten Sie einen Moment", sagte ich. „Er ist mein Freund."

„Sie haben eine grundsätzlich hochnäsige Einstellung mir und der Welt im allgemeinen gegenüber. Sie sind offensichtlich ein hochgebildeter Mensch, ein Produkt des staatlichen Universitätssystems. Ich vermute, Sie haben an der Universität von Berkeley graduiert, wahrscheinlich in Anglistik. Sie glauben, alles zu wissen. Sie fügen Bill, der keine weltkluge, differenzierte Person ist, großen Schaden zu. Außerdem fügen Sie sich selbst großen Schaden zu, aber das ist nicht mein Problem. Sie sind eine reizbare, harte Person, die . . ."

„Aber sie waren meine Freunde", sagte ich.

„Suchen Sie sich jemanden aus Berkeley", sagte der Arzt. „Und halten Sie sich von Bill fern. Als Bischof Archers Schwiegertochter verstärken Sie seine Wahnvorstellung nur. Wahrscheinlich ist seine Wahnvorstellung verdrängtes sexuelles Interesse an Ihnen, das außerhalb seiner bewußten Kontrolle liegt."

„Und Sie", sagte ich, „sind voller Rekonditionierungsscheiße."
„Ich habe Dutzende wie Sie in meiner beruflichen Laufbahn gesehen", erklärte Dr. Greeby. „Sie jucken mich nicht, und Sie interessieren mich nicht. Berkeley ist voll von Frauen wie Sie."
„Ich werde mich ändern", sagte ich voller Panik im Herzen.
„Das bezweifle ich", erklärte der Arzt und schloß Bills Akte.

Nachdem ich sein Büro verlassen hatte – im Grunde hinausgeworfen worden war –, irrte ich ziellos durch das Krankenhaus, fassungslos und verängstigt und gleichzeitig wütend – wütend vor allem auf mich selbst, weil ich nicht den Mund gehalten hatte. Ich hatte nicht den Mund gehalten, weil ich nervös gewesen war, aber der Schaden war bereits angerichtet. Scheiße, dachte ich. Jetzt habe ich den letzten von ihnen verloren.

Ich fahre jetzt zurück zum Plattenladen, sagte ich zu mir, und überprüfe die Nachbestellungen, um zu sehen, was eingetroffen ist und was nicht. An der Kasse werden Dutzende von Kunden stehen, und die Telefone werden klingeln. Fleetwood Mac-Platten werden sich verkaufen, Helen Reddy-Platten nicht. Nichts wird sich verändert haben.

Ich kann mich ändern, sagte ich mir. Dieser Schweinepriester irrt sich, es ist noch nicht zu spät.

Tim, dachte ich, warum bin ich nicht mit dir nach Israel gegangen?

Als ich das Krankenhaus verließ und zum Parkplatz ging – ich konnte meinen kleinen roten Honda Civic von weitem sehen –, bemerkte ich eine Gruppe von Patienten, die hinter einem Pfleger herschlurften. Sie waren aus einem gelben Bus gestiegen und kehrten nun ins Krankenhaus zurück. Mit den Händen in den Taschen näherte ich mich ihnen und fragte mich, ob Bill dabei war.

Ich entdeckte Bill nicht in der Gruppe, und ich ging weiter, vorbei an einigen Bänken, vorbei an einem Brunnen. Ein Zedernhain wuchs auf der anderen Seite des Krankenhauses, und dort saßen mehrere Leute auf dem Rasen, zweifellos Patienten, die Freigang hatten. Solche, denen es gut genug ging, um einige Zeit ohne strenge Aufsicht bleiben zu können.

Unter ihnen war Bill Lundborg. Er trug wie gewöhnlich seine zu weite Hose und sein Hemd und saß an den Baumstamm gelehnt, mit etwas beschäftigt, das er in der Hand hielt.

Langsam und schweigend näherte ich mich ihm. Er sah erst auf, als ich ihn fast erreicht hatte. Plötzlich wurde er sich meiner Anwesenheit bewußt und hob den Kopf.

„Hallo, Bill", sagte ich.

„Angel", sagte Bill, „schau, was ich gefunden habe."

Ich kniete nieder, um es mir anzusehen. Er hatte einige Pilze entdeckt, die am Fuß des Baumes wuchsen, weiße Pilze mit – wie ich feststellte, als ich einen pflückte – rosa Unterseite. Harmlos. Die Pilze mit rosa oder brauner Unterseite sind im großen und ganzen nicht giftig. Es sind die mit weißer Unterseite, vor denen man sich in acht nehmen muß, denn oft sind sie *amanitas* wie der Fliegenpilz.

„Was hast du gefunden?“ fragte ich.

„Er wächst hier“, erwiderte Bill voller Staunen. „Wonach ich in Israel gesucht habe. Wofür ich so weit gereist bin. Das ist der Pilz *vita verna,* den Plinius der Ältere in seiner *Historia Naturalis* erwähnt. Ich habe vergessen, in welchem Buch.“ Er kicherte auf die vergnügte Art, die mir so vertraut war. „Wahrscheinlich im *Achten Buch.* Der hier entspricht genau seiner Beschreibung.“

„Für mich“, sagte ich, „sieht er wie ein gewöhnlicher eßbarer Pilz aus, wie sie in dieser Jahreszeit überall wachsen.“

„Das ist der *anokhi“,* beharrte Bill.

„Bill . . . begann ich.

„Tim“, sagte er automatisch.

„Bill, ich verschwinde jetzt. Dr. Greeby sagt, ich habe deinen Geist zerrüttet. Es tut mir leid.“ Ich stand auf.

„Das hast du nicht getan“, sagte Bill. „Aber ich wünschte, du wärest mit mir nach Israel gekommen. Du hast einen großen Fehler gemacht, Angel, und ich habe es dir in jener Nacht im chinesischen Restaurant gesagt. Jetzt bist du für immer in deinem normalen Bewußtseinszustand gefangen.“

„Und es gibt für mich keine Möglichkeit, mich zu ändern?“

Bill lächelte mich auf seine arglose Weise an und sagte: „Es ist mir gleich. Ich habe das, was ich wollte. Ich habe das hier.“ Behutsam gab er mir den Pilz, den er gepflückt hatte, den gewöhnlichen, harmlosen Pilz. „Dies ist mein Leib“, sagte er, „und dies ist mein Blut. Iß, trink, und du wirst ewig leben.“

Ich beugte mich zu ihm hinunter, brachte meine Lippen dicht an sein Ohr, so daß nur er mich hören konnte, und flüsterte: „Ich werde darum kämpfen, daß du wieder gesund wirst, Bill Lundborg. Damit du wieder Autokarosserien reparieren und mit der Spraydose lackieren und andere reale Dinge tun kannst. Ich will dich so sehen, wie du gewesen bist. Ich gebe nicht auf. Du wirst wieder festen Boden unter den Füßen haben. Verstehst du?“

Ohne aufzusehen, murmelte Bill: „Ich bin der wahre Wein, und mein Vater ist der Winzer. Jede meiner Reben, die keine Frucht trägt, schneidet er ab, und jede . . .“

„Nein“, unterbrach ich, „du bist ein Mann, der Automobile lakkiert und Getriebe einstellt, und ich werde dich dazu bringen, daß du dich daran erinnerst. Es wird der Tag kommen, an dem du dieses Krankenhaus verläßt. Ich werde auf dich warten, Bill Lundborg.“ Ich küßte ihn auf die Stirn. Er hob den Arm, um den Kuß abzuwischen, so wie ein Kind einen Kuß abwischt.

„Ich bin die Auferstehung und das Leben“, sagte Bill.

„Ich werde dich wiedersehen, Bill“, versprach ich und ging davon.

Als ich beim nächstenmal Edgar Barefoots Seminar besuchte, bemerkte Barefoot Bills Abwesenheit, und als er mit seinem Vortrag fertig war, fragte er mich nach Bill.

„Er ist wieder drinnen und schaut nach draußen“, antwortete ich.

„Kommen Sie mit.“ Barefoot führte mich aus dem Vorlesungsraum in sein Wohnzimmer. Ich hatte es bisher noch nicht gesehen und stellte überrascht fest, daß er Eiche dem fernöstlichen Stil vorzog. Er legte eine *koto*-Platte auf, die ich – das ist mein Beruf – als eine seltene Komio Eto-Pressung auf World-Pacific erkannte. Die Platte kam in den späten Fünfzigern heraus und hat für Sammler einigen Wert. Barefoot spielte *Midori No Asa,* das Eto selbst geschrieben hat. Es ist wunderschön, aber es klingt nicht im geringsten japanisch.

„Ich gebe Ihnen fünfzehn Dollar für diese Platte“, sagte ich.

„Ich werde sie für Sie aufnehmen“, versprach Barefoot.

„Ich möchte die Platte“, sagte ich. „Die Platte selbst. Ich werde hin und wieder danach gefragt.“ Ich dachte im stillen: Und erzähl mir nicht, daß die Schönheit in der Musik liegt. Für Sammler liegt der Wert in der Platte – darüber braucht man nicht groß und breit zu diskutieren. Ich kenne mich mit Platten aus.

„Kaffee?“ fragte Barefoot.

Ich nahm die Tasse Kaffee, und Barefoot und ich lauschten dem größten lebenden *Koto*-Spieler, bis das Stück verklang.

„Kaum wird er aus dem Krankenhaus entlassen, kommt er wieder hinein. Es war schon immer so, wissen Sie“, sagte ich, als Barefoot die Platte umdrehte.

„Gehört das auch zu den Dingen, für die Sie sich verantwortlich fühlen?“

„Man hat mir gesagt, daß ich es bin“, erwiderte ich. „Aber ich bin es nicht.“

„Es ist gut, daß Sie das erkennen.“

Ich sagte: „Wenn jemand glaubt, daß Tim Archer zu ihm zurückgekehrt ist, dann wandert dieser Jemand ins Krankenhaus.“

„Und bekommt Thorazin“, ergänzte Barefoot.

„Jetzt ist es Haldol“, korrigierte ich. „Ein verbessertes Mittel. Die neuen anti-psychotischen Drogen wirken gezielter.“

„Einer der frühen Kirchenväter“, erklärte Barefoot, „glaubte an die Auferstehung, ‚weil sie unmöglich war‘. Nicht ‚trotz der Tatsache, daß sie unmöglich war‘. Ich meine, es war Tertullian. Tim hat mir bei einer Gelegenheit davon erzählt.“

„Aber wie vernünftig ist das?“ fragte ich.

„Nicht sehr vernünftig. Ich glaube nicht, daß Tertullian vernünftig sein wollte.“

„Ich sehe niemanden, der auf diese Weise mit dem Leben zurechtkommt“, sagte ich. „Für mich ist das die Verkörperung dieser ganzen stupiden Angelegenhiet: an etwas zu glauben, weil es unmöglich ist. Was ich sehe, das sind Leute, die verrückt werden und dann sterben. Zuerst der Wahnsinn, dann der Tod."

„Also glauben Sie, daß Bill sterben wird", sagte Barefoot.

„Nein", erwiderte ich, „weil ich auf ihn warten werde, wenn er aus dem Krankenhaus entlassen wird. Statt den Tod wird er mich bekommen. Wie gefällt Ihnen das?"

„Viel besser als der Tod", sagte Barefoot.

„Dann halten Sie etwas von mir", stellte ich fest. „Im Gegensatz zu Bills Arzt, der glaubt, daß ich mitgeholfen habe, ihn ins Krankenhaus zu bringen."

„Leben Sie im Moment mit jemandem zusammen?"

„Um offen zu sein, ich lebe allein", sagte ich.

„Es würde mich freuen", erklärte Barefoot, „Bill bei Ihnen einziehen zu sehen, wenn er aus dem Krankenhaus kommt. Ich glaube nicht, daß er jemals mit einer Frau zusammengelebt hat, abgesehen von seiner Mutter, mit Kirsten."

„Ich müßte mir das sehr genau überlegen", gestand ich.

„Warum?"

„Weil ich auf diese Weise derartige Dinge entscheide."

„Ich meine nicht um seinetwillen."

„Was?" rief ich überrascht.

„Um Ihretwillen. Auf diese Weise könnten Sie herausfinden, ob es wirklich Tim ist. Sie würden Antwort auf Ihre Frage bekommen."

„Ich habe keine Frage – ich weiß es", erklärte ich.

„Nehmen Sie Bill zu sich, lassen Sie ihn bei sich wohnen. Kümmern Sie sich um ihn. Und vielleicht werden Sie herausfinden, daß sie sich um Tim kümmern – in einem bestimmten, realen Sinn. Was Sie, glaube ich, schon immer getan haben oder tun wollten. Oder wenn sie es nicht getan haben, hätten tun sollen. Er ist sehr hilflos."

„Bill? Tim?"

„Der Mann im Krankenhaus. Um den Sie sich Sorgen machen. Ihre letzte Verbindung zu anderen Menschen."

„Ich habe Freunde. Ich habe meinen kleinen Bruder. Ich habe die Leute im Laden – und meine Kunden."

„Und Sie haben mich", sagte Barefoot.

Nach einer Pause sagte ich: „Sie auch, ja."

„Angenommen, ich würde sagen, daß es Tim sein könnte. Daß Tim wirklich zurückgekehrt ist."

„Nun, dann würde ich aufhören, Ihre Seminare zu besuchen."

Er sah mich durchdringend an.

„Ich meine es ernst", fügte ich hinzu.

„Sie lassen sich nicht gern herumkommandieren", sagte Barefoot.

„Eigentlich nicht", sagte ich. „Ich habe mehrere große Fehler gemacht. Ich blieb untätig, als Kirsten und Tim mir erzählten, daß Jeff zurückgekehrt sei – ich tat nichts, und das Ergebnis ist, daß sie jetzt tot sind. Ich würde diesen Fehler nicht noch einmal machen."

„Demnach sind Sie tatsächlich überzeugt, daß Bill sterben wird."
„Ja", antwortete ich.
„Nehmen Sie ihn zu sich", sagte Barefoot, „und ich sage Ihnen etwas – ich werde Ihnen die Kimio Eto-Platte geben, die wir gehört haben." Er lächelte. „‚*Kibo No Hikari*'", heißt das Stück. ‚Das Licht der Hoffnung.' Ich glaube, es ist passend."
„Hat Tertullian wirklich gesagt, daß er an die Auferstehung glaubt, weil sie unmöglich ist?" fragte ich. „Dann hat diese Sache vor langer Zeit begonnen. Es begann nicht mit Kirsten und Tim."
„Sie werden aufhören müssen, zu meinen Seminaren zu kommen", erklärte Barefoot.
„Sie glauben wirklich, daß es Tim ist?"
„Ja. Weil Bill in Sprachen spricht, die er nicht kennt. Im Italienisch des Dante zum Beispiel. Und in Lateinisch und . . ."
„Xenoglossie", erwiderte ich. Das Zeichen, dachte ich, der Gegenwart des Heiligen Geistes, wie Tim an dem Tag erklärt hat, an dem wir uns im Restaurant Unglück getroffen haben. Von dem er bezweifelte, daß er noch existiert. Er bezweifelte sogar, daß er jemals existiert hat. Nach allem jedenfalls, was er feststellen konnte, nach bestem Wissen. Und jetzt haben wir ihn in Bill Lundborg, und er behauptet, Tim zu sein.
„Ich werde Bill zu mir nehmen", erklärte Barefoot. „Er kann bei mir hier auf dem Hausboot wohnen."
„Nein", sagte ich. „Nicht wenn Sie dieses Zeug glauben. Ich würde ihn dann eher mit in mein Haus in Berkeley nehmen." Und dann wurde mir klar, daß ich manipuliert worden war, und ich starrte Edgar Barefoot an. Er lächelte, und ich dachte: Er kann es genau wie Tim – Menschen kontrollieren. In einer Hinsicht ist Bischof Archer in ihm lebendiger, als er es in Bill ist.
„Gut", sagte Barefoot. Er streckte seine Hand aus. „Schlagen Sie ein, um den Handel perfekt zu machen."
„Bekomme ich die Kimio Eto-Platte?" fragte ich.
„Nachdem ich sie aufgenommen habe."
„Aber ich bekomme die Platte."
„Ja", sagte Barefoot. Er hielt noch immer meine Hand fest. Sein Griff war kräftig – auch das erinnerte mich an Bill. Vielleicht ist Tim also doch bei uns, dachte ich. Auf die eine oder andere Weise. Es ist abhängig davon, wie man „Tim Archer" definiert: als die Fähigkeit, in Lateinisch oder Griechisch oder im mittelalterlichen Italienisch zu zitieren oder als die Fähigkeit, Menschenleben zu retten. In beiden Fällen scheint Tim noch immer hier zu sein. Oder wieder hier zu sein.
„Ich werde weiter zu Ihren Seminaren kommen", versprach ich.
„Nicht wegen mir."
„Nein, um meinetwillen."
Barefoot sagte: „Eines Tages werden Sie vielleicht wegen des

Sandwiches kommen. Aber ich bezweifle es. Ich glaube, Sie werden immer den Vorwand der Worte brauchen."

Sei nicht so pessimistisch, dachte ich. Vielleicht überrasche ich dich.

Wir hörten die *Koto*-Platte zu Ende an. Das letzte Stück auf der zweiten Seite trägt den Titel *„Haru No Sugata"*, das heißt: „Die Stimmung des Vorfrühlings". Wir hörten dieses Stück, und dann steckte Edgar Barefoot die Platte zurück in ihre Hülle und gab sie mir.

„Danke", sagte ich.

Ich trank meinen Kaffee, und dann ging ich. Das Wetter war schön. Ich fühlte mich viel besser. Und ich konnte wahrscheinlich fast dreißig Dollar für die Platte bekommen. Ich hatte seit Jahren kein Exemplar mehr gesehen. Sie ist schon lange vergriffen.

Man muß diese Dinge im Auge behalten, wenn man einen Plattenladen führt. Und sie an diesem Tag zu erhalten, kam einer Art Belohnung gleich – für etwas, das ich ohnehin getan hätte. Ich hatte Edgar Barefoot überlistet, und ich fühlte mich glücklich. Tim hätte es gefallen. Wäre er noch am Leben.